동아시아 서사와
한국 소설사론

지은이

임형택 林熒澤 Lim Hyung-taek

1943년 영암 출생. 정읍 지역에서 소년기를 보냈다. 서울대학교 문리대 국문학과 및 동대학원에서 수학하였고, 한국학중앙연구원 명예문학박사를 받았다. 성균관대 교수로 대동문화연구원 원장과 동아시아학술원 원장을 겸임했으며, 2009년 정년퇴임하여 현재 명예교수이다. 연세대 용재석좌교수, 실학박물관 석좌교수를 지냈으며, 민족문학사연구소 공동대표, 한국한문학회 회장, 한국실학학회 회장을 역임했다.

저술로는『한국문학사의 시각』,『실사구시의 한국학』,『한국문학의 체계와 논리』,『문명의식과 실학』,『우리 고전을 찾아서』,『옛노래, 옛사람들의 내면풍경』 등이 있고, 편역서로『이조한문단편집』(공동),『백호전집』(공동),『역주 목민심서』(공동),『역주 매천야록』(공동),『반계유고』(공동),『한문서사의 영토』,『이조시대 서사시』 등이 있다.

도남국문학상, 만해문학상, 단재상, 다산학술상, 인촌상(인문사회문학 부문)을 수상했다. 소설에서 출발, 한문학으로 들어가 한국학 전반으로 공부영역을 확장하면서 동아시아적 시각에 착안하였다.

동아시아 서사와 한국소설사론

초판인쇄 2022년 5월 20일 **초판발행** 2022년 6월 3일

글쓴이 임형택 **펴낸이** 박성모 **펴낸곳** 소명출판 **출판등록** 제13-522호

주소 서울시 서초구 서초중앙로6길 15, 2층

전화 02-585-7840 **팩스** 02-585-7848

전자우편 somyungbooks@daum.net **홈페이지** www.somyong.co.kr

값 65,000원 ⓒ 임형택, 2022

ISBN 979-11-5905-691-8 93810

임형택

동아시아 서사와 한국소설사론

EAST ASIAN NARRATIVES
AND PROSE FICTION
IN KOREA

책머리에

이 책은 한국소설사에 관한 나의 학문적 작업을 모아놓은 것이다. 김시습金時習의 『금오신화金鰲新話』를 논평한 글이 개작은 하였지만 본디 1971년에 석사논문으로 작성했던 터이니 반세기 전부터 착수하여 지금에 이른 일이 되었다. 학문하는 사람으로서 일생을 살아오는 동안에 관심을 소설 쪽에 두었고 나름으로 공을 들인 모양새다. 하지만 나 자신 딱히 소설 전공을 표방하지 않았으며, 학계에서도 나를 소설 전공자로 쳐주지 않는 것 같다. 그럼에도 이처럼 부피를 가진 소설의 전문적인 저작을 80 노경에 와서 묶어내기에 이른 경위를 술회할 필요가 있겠다. 먼저 개인사적 고백이 들어가는 점을 양해해 주시기 바란다.

나는 대학을 진학할 당시 소설 창작에 뜻을 두었다. 해서 국문과를 들어갔는데 가서 보니 한문학은 우리 문학의 경계 밖이어서 실제로 연구나 강의가 이루어지지 않고 있었다. 수천 년을 우리 조상들이 기록하여 방대한 축적을 남긴 정신문화의 자원을 방치해도 괜찮을까? 지금은 많이 달라졌지만 그 당시는 온통 폐기처분이 된 상태였다. 이에 나라도 한문학을 공부해 보자고 스스로 방향을 돌리게 된 것이다.

한문학은 한시·한문이 정통으로서 중심부를 형성하고 있다. 한문학을 공부하자면 시문으로 입문하는 것이 당연했으며, 나 역시 시문을 기본으로 중시했음이 물론이다. 그리고 또 한문 문헌에 담겨진 사상이나 역사에 관련한 문제에 대해서도 외면하지 않고 파고들어서 거론하곤 하였다. 한문학도가 응당 감당하여야 할 책무라고 여겼기 때문이다. 소설이라면 한문학에서 주변부에 속한 것이었다. 그럼에도 나는 한문소설에 관심이 각별했을 뿐 아니라 소설사 전반에 걸쳐서 국문소설과 한문소설을 막론하고 학문적 개입을 꾸준히 해왔다. 이는 소설 창작을 지망했던 애초의 뜻이 은근히 작용한 듯도 싶지만, 그보다는 소설이 갖는 인간의 삶에 다가선 서사적 역동성에 음이 끌린 때문일 것이다.

전체 6부와 끝의 보론으로 편성된 이 책은 총설에 해당하는 부분을 제1부에 배치하고 이하 5부로 나누어 한국소설사의 전개 과정을 다루었다. 각각의 과정을 대변하는 서사양식을 포착해서 고찰하는 방식을 취한 바 제2부의 '전기소설傳奇小說'은 동아시아 한자권의 보편적 개념이다. 반면에 제3부의 '규방소설'은 국문으로 쓰인 소설로서 우리 특유의 개념이다. 제4부의 '야담·한문단편'은 한문으로 쓰인 것으로 우리 특유의 용어와 보편적 용어를 결합시켜놓은 꼴이 되었다. 그리고 역사적 전환기를 검토한 제5부의 '20세기 전후 소설양식의 변모'를 지나 제6부로 와서는 '근대소설'이라고 표제하였다. 한자권에 있어서 소설小說이란 말은, 주지하다시피 아주 이른 시기에 등장해서 오랜 기간에 걸쳐서 복잡다기한 연변과정을 통과하여 오늘날 누구나 생각하는 소설이 된 것이다. 실로 장구한 역사성에 문화적 의미를 담고 있는 소설이란 말을 이 책에서 학술적인 용어로 자연스럽게 사용하고 있는 셈이다. 여기에는 근대세계를 경험하면서 도입된 서구적인 소설 개념까지 접수, 결과적으로 혼일되어 있다. 이런 소설 개념은 내가 자의적으로 어디서 가져온 것이 아니고 한국은 물론 한자권에서 공히 써온 것임을 지적해 둔다.

이 책은 제1~6부 및 보론에까지 각각의 개요를 부별로 시작하는 대목에 달아 놓았지만, 요컨대 한국에서 소설이란 문학양식이 본격적으로 성립하여 근대소설에 도달한 5백 년의 경로를 추구하고 있다. 하지만, 소설사란 명목에 걸맞게 시순으로 그 전모를 기술하는 방식을 취하지 못했다. 대신 소설사의 체계적인 인식을 의도한 것이다. 그리고 우리 한국이 동아시아 한자권에 위치했다가 근대적 전환을 성취한 역사·문화적 배경을 중시하여 책이름의 앞에 '동아시아 서사'를 붙였으며, 논의의 중간에도 항시 이 점을 염두에 두었다. 우리의 인식의 시야를 자국에 국한시키지 않고 아무쪼록 동아시아적 차원을 확보하려는 노력임을 강조하고 싶다.

내가 살았던 시대에 항시 눈앞의 장애물이 되었던 서구중심주의를 극복하려는 데서 당초에 착상을 그런 식으로 하였거니와, 지난 세기 말부터 더욱 가중된 전지구화라는 시대상황에 당면해서 내 나름의 인식론적 대응 전략이기도 했다. 동아시아는 말하자면 우리가 인식의 지평을 전지구적 세계로 넓혀나가는 앞마당이다.

이제 저자가 전반적으로 취했던 방법론에 관해서 특히 두 가지 점을 들어둔다. 하나는 소설사의 실상을 해명하는 문제다. 근대소설로 넘어오기 이전의 단계에서 연구자들이 대면하는 난관은 언제 누가 지었는지 알 수 없는 다수의 필사본과 소수의 방각본 소설류들이 산재해 있는 그 실상이다. 대부분이 그런 상태이다. 나는 관련 자료가 극히 희소해도 그런 가운데 아무쪼록 탐색하여 실제 사실에 의거, 소설시의 체계적 인식을 도모한 것이다. 실증을 중요시했지만 실증에 천착한 나머지 개체적 실증에 매몰되는 오류를 범하지 않으려고 부단히 주의했다. 나 자신 전부터 '실사구시의 한국학'을 주장하면서 여기에도 실사구시를 관철시키고자 한 것이다. 다른 하나는 여기서 다루는 대상이 문예작품이라는 점이다. 어디까지나 소설로서 읽고 담긴 의미를 풍부하게 해석하되 문학성을 드러내는 일이 제일이라고 생각하였다. 이 또한 문학 작품을 대하는 실사구시다. 이렇게 하다 보니 중점적으로 거론한 소설은 한정이 될 수밖에 없어서 사례연구처럼 되고 말았다. 우리 소설사의 체계가 구체적으로 이해되고 총체적으로 가닥이 잡혀서 공감대의 폭이 넓어지기를 기대하고 있다.

이 책에서 마땅히 한 부를 차지해야 함에도 설정되지 못한 것이 있다. 다름 아닌 판소리계 민중소설이다. 판소리계 민중소설은 18세기 이래 야담·한문단편과 나란히 성립된 신흥문학이다. 이에 관련해서 책의 중간중간에 거론이 되긴 했으나, 우리 소설사의 구도상에서 보면 결락이 있는 모양이 되고 말았다. 물론 까닭이 있다. 나 자신 일찍이 「『흥부전』의 역사적 현실성」『문화비평』 4, 1969. 원제는 「『흥부전』의 현실성에 관한 연구」을 발표했던바 나로서는 학계에 첫 데뷔작이었던 셈이다. 그리고 『춘향전』에도 비상한 관심을 두어서 「민중문학의 성립과 그 형상적 사상」이란 제목의 글을 발표하였다. 이들은 기왕에 간행된 나의 저술에 실렸던 터이므로 여기서는 부득이 빠진 것이다. 「나말여초의 전기傳奇문학」, 「『홍길동전』의 신고찰」, 「박연암의 윤리의식과 우정론의 성격」, 「18세기 예술사의 시각 ─ 유우춘전柳遇春傳의 분석」 등도 나 스스로 의미 있는 소설 쪽의 작업이라 생각하면서도 같은 이유로 이 책에 포함시킬 수 없었다.

문학유산은 원래 골동품이 아니다. 오직 독서 행위에 의해, 나아가 적극적 해석이 이루어짐으로써 존재 의미를 갖게 되는 것임이 물론이다. 더구나 소설은 다른 문학의 장르에 비해서 현재성이 풍부하며 활용 가치도 월등하다. 위에서 소설 고유의 성격을 '서사적 역동성'이라고 말했거니와 하기에 따라서는 창조적 변용의 가능성이 거의 무궁무진하지 않을까 한다. 나는 소설사의 체계적 인식을 위한 논리가 우리의 소설 작품들의 의미를 살려내서 창조적 부활이 이루어지는 계기가 되기를 기대해 본다. 이는 쉽게 실현될 일이 아닌 줄을 나 자신 십분 느끼고 있으면서, 그러기에 궁극적인 목적 지점이자 소망사항으로서 들어둔다.

이 책이 만들어지는 데 긴 세월이 걸렸던 만큼 여러모로 도움을 받았던 분들을 일일이 기억해서 거명하기 어려운 지경이다. 예전의 논고들에 대해 그 모든 분들께 머리 숙여 감사드린다는 말로 줄이고 근래 작성한 신고들에 한해서 표명하려고 한다. 『금오신화』를 개고한 글은 박희병 교수가 읽고 논평을 해주셨다. 「『화영집花影集』을 통해 본 한·중소설—우의적 성격과 권선징악적 서사구조」에 대해서는 노경희 교수의 자상한 지적과 조언이 있었다. 「근대계몽기 한문소설, 『신단공안神斷公案』」은 백낙청 선생과 최원식 선생, 박희병·한기형·정환국 교수가 각도를 달리해서 고귀한 논평과 조언을 주셨다. 「『임꺽정』론」에 대해서는 백낙청 선생과 최원식 선생이 역시 논평과 조언을 주셨다. 백낙청 선생께는 책을 엮는 과정서부터 의논을 드린 터여서 서문을 부탁드렸다. 서문으로는 굳이 사양하고 발문으로 쓰겠다고 하신다. 이 여러분들이 저에게 베푼 고견과 교시에 감사드려 마지않는다.

그러고 보니 이들 신고는 코로나19로 활동이 제약을 받았던 2020~21년 이태 동안에 작성한 것이었다. 이 책을 만들어내기 위한 작업 또한 동시에 진행되었다. 한편, 엄중했던 상황임에도 나는 동학들과 갖는 익선재益善齋의 독회를 방역수칙을 준수하느라 조심조심하면서 지속하였다. 책을 엮어내기까지에는 점검·정리·교정 등 번거로운 작업에 익선재 동학들의 헌신적 노고가 있었음을 밝혀둔다.

언젠가 나는 박성모 대표와 소설 관계의 저술을 소명출판에서 내겠노라고 약속한 적이 있었다. 그것이 언제였던지 기억도 나지 않는 옛일인데 박 대표는 채근하지 않고 마냥 기다려 주었다. 박 대표의 무언의 기다림으로 『동아시아 서사와 한국소설사론』이 지금 탄생하게 된 것이다. 끝으로 이 책의 편집·교정을 담당한 이예지 선생께 깊은 사의를 표한다.

2022년 4월
익선재에서 임형택 쓰다

차례

책머리에 3

제1부
동아시아
서사와
그 근대전환

제1장 **동아시아 서사학 서설**
『구운몽』과『홍루몽』을 중심으로 논함 17
1. 동아시아 서사학에 대한 문제의식 17
2. 서사의 '닫힌' 구조
『소양취사昭陽趣史』와『구운몽』 21
3. 한국소설사에서『구운몽』과 중국의『홍루몽』 26
4. 『구운몽』과『홍루몽』의 비교분석 32
5. 맺음말 40

제2장 **소설에서 근대어문의 실현경로**
동아시아 보편문어에서 민족어문으로 이행하기까지 44
1. 동아시아의 근대어문 44
2. 근대 이전의 한국에서 소설의 존재 형태와 야담 48
3. 1920년대 소설에서 실현되는 근대어문
『만세전』과『아Q정전』을 대비해서 60
4. 동아시아 보편문어로부터 민족어문으로의 이행과정
소설과 대비해 본 논설체의 성립 70

제2부
15, 16세기의
전기소설

제1장 **전기작가의 탄생,『금오신화』** 83
1. 머리말 83
2. 김시습
전기소설 작가의 탄생 85
3. 『금오신화』
현실주의와 비극성 101
4. 한·중소설의 전개과정에서 본『금오신화』 145
5. 맺음말 168

제2장 『화영집花影集』을 통해 본 한·중소설
우의적 성격과 권선징악적 구조   173
1. 『화영집』, 그 조선간본   173
2. 명대소설과 조선에서 수용양상
『삼국지연의』·『전등신화』   176
3. 『화영집』이 성취한 경지   192
4. 16세기 조선문인의 창작에서 우의적 성격
「수성지」·「화사」   205
5. 17세기 국문소설에 있어서 권선징악의 구조
『창선감의록』   216
6. 맺음말   222

제3장 전기소설의 연애주제와 「위경천전韋敬天傳」   224
1. 머리말
한국소설사에서 전기소설   224
2. 「위경천전」   227
3. 전기소설의 연애주제   230
4. 맺음말
임진전쟁의 소설적 투영   242
추기   245

제3부
규방소설

17세기 규방소설의 성립과 『창선감의록倡善感義錄』   249
1. 머리말   249
2. 규방소설의 성립 경위   251
3. 국문소설의 유행양상과 그 여성교양적 성격   267
4. 『창선감의록』을 통해 본 규방소설   282
5. 끝맺음
규방소설의 문학사적 행방   326
덧붙임   334

제4부
야담·
한문단편

제1장 **18·19세기 '이야기꾼'과 소설의 발달** 339
　1. 머리말 339
　2. 이야기꾼의 유형과 실태 341
　3. 이야기꾼의 활동 배경 352
　4. 이야기꾼과 소설의 관계 360
　5. 맺음말 365
　붙임 367

제2장 **한문단편 형성과정에서의 강담사**
　허생고사許生故事와 윤영 368
　1. 한문단편과 강담사 368
　2. 윤영尹映의 존재 375
　3. 허생고사의 연변양상 378
　4. 강담사의 창작의식과 수법 385
　5. 보론
　　광문(달문) 이야기 389

제3장 **『동패낙송東稗洛誦』 연구**
　야담의 기록화과정과 한문단편의 성립 397
　1. 머리말 397
　2.『동패낙송』의 작자 고증 과정 400
　3.『동패낙송』을 지은 노명흠 407
　4.『동패낙송』의 작가의식과 구성표현의 특징 414
　5. 맺음말 444

제4장 **야담의 근대적 변모**
　일제하에서 야담전통의 계승양상 448
　1. 야담의 전통과 그에 대한 인식 448
　2. 1910년 이후 야담의 존속 양상 452
　3. 1928년의 '야담운동' 456
　4. 1930년대 야담의 잡지매체 수용 475
　5. 맺음말 490

제5부
**20세기 전후
소설양식의
변모**

제1장 **『조선개국록』**
　　민간적 상상의 역사소설　　　　　　　　　　　497
　　1.『조선개국록』　　　　　　　　　　　　　　497
　　2. 역사상의 사실과 소설　　　　　　　　　500
　　3. 역사에 대한 민간적 상상　　　　　　　504
　　4. 불합리성과 투식적 표현법　　　　　　507
　　5.『조선개국록』의 소설화 과정　　　　　511
　　6. 19세기의 민족 위기와 민간적 역사상의 문학세계　　515

제2장 **근대계몽기의 한문소설**
　　『신단공안神斷公案』　　　　　　　　　　522
　　1. 글을 시작하면서　　　　　　　　　　　522
　　2. 한국소설의 전래적 존재양상과 20세기 초의 변형　　527
　　3.『신단공안』인식, 그 소설적 성격과 문체의 특색　　535
　　4.『신단공안』의 작품적 성취　　　　　551
　　5.『잠상태岑上苔』,『신단공안』과의 대비　　582
　　6. 맺음말
　　　『신단공안』의 작자 문제　　　　　　595

제3장 **20세기 초 소설의 신구양식의 교호양상**
　　『빈상설』·『흥선격악록』·『정씨복선록』　　608
　　1. 20세기 초의 전환기적 상황　　　　608
　　2.『빈상설鬢上雪』의 경우　　　　　　611
　　3.『흥선격악록興善擊惡錄』의 경우　　623
　　4.『정씨복선록鄭氏福善錄』의 경우　　631
　　5. 맺음말　　　　　　　　　　　　　640

제6부
근대소설

제1장 **『임꺽정』론 1**
벽초 홍명희와 『임꺽정』 648
1. 『임꺽정』의 첫머리 648
2. 문학사에서 홍명희의 위치 649
3. 신간회와 홍명희의 입장, 『임꺽정』 654

제2장 **『임꺽정』론 2**
한국근대문학사에서 『임꺽정』 671
1. 서언 671
2. 신문학의 성립 과정에서 계급문학의 대두와 민족문학 672
3. 홍명희의 좌우합작을 위한 노력과 문학관 675
4. 『임꺽정』의 해석·평가 문제 679
5. 맺음말 694

제3장 **『삼대』론**
염상섭의 작가정신과 한국 근대 696
1. 『삼대』에 대한 평가 문제 696
2. 염상섭의 사상적·문학적 입장 699
3. 『삼대』의 작법상의 특징적 면모 706
4. 세 세대를 통한 서사의 의미 712
5. 염상섭 문학의 자연주의와 사실주의 718

제4장 **단편소설론**
그 연원과 전개 723
1. 한국단편소설의 연원 723
2. 단편문학의 고품질
이태준의 『해방 전후』 727
3. 8·15 전후의 작가와 작품들
『한국현대 대표소설선』 7 739

보론

군도의 사회사
역사 속의 홍길동과 소설 속의 홍길동   755

1. 『홍길동전』과 활빈당   755
2. 역사상의 홍길동   756
3. 역사상 홍길동의 존재 의미와 그 소설화   761

한국 실학의 화폐에 대한 두 시각
동시대 소설의 문제제기와 관련하여   764

1. 금속 화폐의 출현과 실학, 소설   764
2. 소설에 반영된 화폐경제의 사회상
　『흥부전』과 『보은기우록』의 경우   767
3. 18세기 실학의 화폐에 대한 긍정론과 부정론   772
4. 19세기 두 지식인의 화폐관   781
5. 맺음말   787

저작·발표 경위 일람   790

발문 | 백낙청_한국소설사의 영도   794

인명 찾아보기   803
작품 및 매체 찾아보기   807
지명 찾아보기   814
용어 찾아보기   815

제1부

동아시아 서사와
그 근대전환

제1장 | 동아시아 서사학 서설
『구운몽』과 『홍루몽』을 중심으로 논함

제2장 | 소설에서 근대어문의 실현경로
동아시아 보편문어에서 민족어문으로 이행하기까지

'동아시아 서사와 한국소설사론'이란 이 책의 총설에 해당하는 내용이다. 동아시아 서사는 과연 성립 가능한 개념인지부터 타진하고 있으니 여기 실린 2편은 시론적인 것이다.

동아시아를 하나의 인식단위로 포괄할 수 있는 근거는 무엇보다도 한자를 역사적으로 장기간에 걸쳐서 보편적 문자로 공유한 데 있다. 때문에 이 지역이 한자문화권으로 일컬어진다. 첫 장은 '동아시아 서사학 서설'을 제목으로 설정하였다. 전래의 한자권은 그 전환의 길목에서 해체, 민족국가로 이동하는 수순을 밟게 되었다. 다음은 '소설에서 근대어문의 실현 경로'를 제목으로 설정하였다.

한자권에서는 한시와 한문이 보편적 문학으로 통용되었다. 소설의 경우 후발주자로 출현한 것인데 한자권이 해체된 근대 상황에서 한자·한문과 함께 동반퇴장하지 않고 비록 큰 변화를 겪었음에도 근대소설로 부활하게 된 것이다. 뿐 아니라, 영상예술과 접합이 되어 다양하고 경이로운 현시가 이루어지고 있다. 전통시대에 발흥했던 소설류는 근현대의 현란한 전변을 준비한 것이리라.

지금 다루는 내용은 워낙 방만해서 손에 잡히는 말로 엮어내기 어렵다. 게다가 나 자신의 전공 분야를 넘어서 아는 척하지 않을 수 없는 노릇이다. 이런 난점들을 앞에 놓고 고심한 끝에 내 눈으로 읽어서 떠오른 생각들을 정리해보기로 하였다. 해서 작품을 들어 분석적으로 해명하는 방식을 취한 것이다. 중국소설사에서는 근대 이전의 대표작으로 손꼽히는 『홍루몽』, 그리고 근대에 대응하는 단계에서는 『아Q정전』을 논의의 대상으로 잡았다. 무슨 고명한 이론을 세우려는 목적이 아니고 아무쪼록 독자들에게 나의 정직한 견해를 전하고자 한 때문이다. 안은 물론 밖에 대해서도 나의 눈으로 보고 나의 생각으로 표현하는 것이 학문의 기본 자세 아닌가 싶다.

제1장

동아시아 서사학 서설

『구운몽』과 『홍루몽』을 중심으로 논함

1. 동아시아 서사학에 대한 문제의식

'동아시아 서사학'은 학적으로 성립할 수 있는 개념인가? 동아시아를, 하나의 문명권으로서 역사적 실체를 인정한다면 이 권역의 공통적 서사의 발전 양상 또한 추구해 볼 수 있지 않을까? 동아시아가 하나의 문명권으로 형성되었던 기반은 무엇보다 문자에 있었다. 한자가 중국을 넘어서 한국, 일본 그리고 베트남까지 오랫동안 공용문어로 역할한 까닭으로 일찍이 중국에서 성립한 문학의 여러 형식들이 이 권역에 보편적·고전적 형식으로 수용되기에 이른 것이다. 한국·일본·베트남의 근대 이전에 존재했던 한문학이 그 가장 뚜렷한 징표이며, 각 나라의 자국어문학 역시그 그늘에서 벗어나 성립한 것은 아니었다.

따라서 상호 간의 교섭 및 영향관계에 유의할 필요가 있음은 물론이다. 하지만 그들 상호 간의 관련 양상을 일반적인 비교문학의 관점에서 따지는 방식은 적절치 못하다는 것이 나의 지론이다. 그야말로 보편적 문화를 이룬 현상이었으므로 응당 공통의 문명권이란 차원에서 논해야 마땅하다고 보는 것이다. 그리스 로마의 고전이 서양 각국의 문학과 갖는 관계와 유사한 현상이기 때문이다.

그런데, 소설의 경우 한문학의 고전적 양식―시문詩文과는 사정이 다르다. 각국 한문학의 시문은 중국 고전의 시문과 기본적으로 형식상에서 보면 다름이 없다. 반면에 소설은 이질화가 훨씬 활발하게 진행된 편이었다.

한국문학사를 돌아보면 10세기부터서는 한문학이 주류를 형성하였는데, 가창歌唱의 요구에 호응해서 국문문학國文文學의 형태가 존재해 왔다. 그러다가 17세기 중엽 이래 소설 장르가 본격적으로 등장하면서, 비록 한문소설과 국문소설의 공존 양상은 청산되지 못한 채였고 이 시기에 창작된 한문소설의 미학적 성과가 우수하긴 하였으나, 국문소설의 위상 또한 올라갔다. 문학사의 지각 변동이 예견되는 구조적 현상이었다.

소설이 다른 고전적 문학 형식들과 변별성을 드러낸 요인은 어디 있었을까? 상식적인 사실이지만, 주로 존재 형태의 차이에서 비롯된 것이다. 한문학의 시문은 본디 문인 엘리트들 사이에서 향유된 양식임에 대해 소설이란 다수의 잠재적 독자층을 기반으로 해서 제작자와 소비자가 뚜렷이 분화되고 그에 따라 제작자와 소비자를 매개하는 시장경제의 유통구조를 필요로 한다. 한국문학사에서 대중적인 국문소설이 출현하게 된 '문학 외적' 요인이다. 나아가 근대적·민족적인 문학의 코스에서 소설이 주도적 역할을 하게 된 요인 또한 이러한 그 자체의 성장 배경에서 찾을 수 있지 않을까 한다.

중국소설의 인식에 서사학적 담론을 제출한 앤드루 플랙스Andrew H. Plaks 교수는 16~18세기 유라시아 대륙의 양쪽 끝, 중국과 유럽에 소설이 동시적으로 발생한 사실을 인정하면서, '놀라운 공존성'으로 거론한 것이다. "유럽에서 소설의 형식이 등장하는 것과 관련된 문학의 외적 상황을 중국 전통과 비교해 보면 놀랄 정도의 유사성을 보이고 있음을 알 수 있다."[1] 이 중국의 소설 전통에 대한 인상은 서구소설과의 대비를 통해 떠오른 것임은 말할 나위 없다.

저자 자신 중국 소설에 접해서 두고두고 풀리지 않은 의문점이 한 가지 있다. 서구적인 소설Novel은 시민계급의 성장과 밀접하게 관련된 장르이다. '소설은 부르조아 서사시'란 명제는 바로 이를 뜻하겠거니와, 이완 와트Ian Watt가 해명한 바에 의하면 중산층의 성장, 인쇄술의 발달, 순회문고의 유행 등의 조건이 조성된 18세기 영국사회에서 선진적으로 소설이 발생하였다 한다. 19세기로 와서 유럽은 '위대한 소설'의 시대를 맞이한 것이다. 중국의 경우 오늘날까지 인구에 회자하는 '위대한 소설'들 —『삼국지』·『수호전』·『서유기』가 오랜 연변演變의 과정을 거쳐서 15, 16세기가 되면 이미 완성된 형태로 출현하였으며, 개인 창작의 '위대한 소설'『홍루몽』은 18세기에 출현하였다. 중국소설의 범세계적인 조기성취를 어떻게 설명할 것인가? 그럼에도 저 위대한 소설 전통이 20세기 근대전환의 과정에서 외관상으로는 무화되고 서구적 소설의 압도적 영향으로 거의 새판이 차려진 모양새가 된 사실을 어떻게 설명할 것인가?

플락스 교수의 위 지적을 통해서도 동서를 회통하는 소설 인식의 가능성은 열린다. 하지만 의문점은 풀리지 않은 채 오히려 증가되는 면이 있

---

1 앤드루 플랙스·김진곤 편역, 「중국서사론」, 『이야기 小說 Novel — 서양학자의 눈으로 본 중국소설』, 예문서원, 2001, 121~122면.

다. 중국적 '小說'과 서구적 Novel은 개념범주가 달라서 당초에 인지할 코드가 서로 맞지 않은 것인가. 대개 이렇게들 치부한 나머지 이 사안에 의문을 일으키지 않았던가 싶다. 물론 서양적 소설과 중국적^{동아시아적} 소설은 같은 것이 아니다. 그렇다고 완전히 다른 것도 아니다. 상호 간의 같고 다름을 혼동해서는 안 되겠지만, 한쪽을 무시하거나 한쪽의 편견으로 다른 쪽을 보아서도 안 될 것이다.

중국의 소설전통이 서구적 상황과 크게 다른 양상, 바로 이 점이 동아시아 서사학을 제기하는 일차적 근거이기도 하다. 한국의 소설전통은 중국과 이런저런 차이점을 가지면서 대체로 동일한 궤적을 그려왔다. 이 점은 거의 이의 없이 수긍될 수 있는 사실이다. 일본의 경우는 사정이 간단치 않다. 일본을 동양권에서 분리하려는 시각이 안팎에서 있어 왔다. 일본은 현상적으로 한·중 관계에 비추어 소원한 관계라고 말할 수 있겠으나 역시 중국문명의 자장 내에 들어 있어 공통적인 경과와 양상을 보여주었다. 요컨대, 서구의 서사 전통에 대한 이질성은 중국뿐 아니라 한국과 일본도 유사하게 해당되고 있다. 서구소설과 동아시아소설의 역사적인 상호 이질성은 양자의 문명적 차이로 해석할 수 있는 문제이다.

나는 동아시아 서사학을 논할 자격을 갖추지 못했다. 한·중·일에 걸쳐 장구한 시간대로 펼쳐진 서사의 방대한 축적이 일으킨 다양한 스펙트럼을 포착해서 논리를 세울 역량에 멀리 미치지 못하고 있다. 단지 나 자신 중국소설이 전공은 아니라도 평소에 재미 삼아 읽으면서 한국소설과 견주어 떠오른 약간의 생각들을 진술해 보려는 것이다. '동아시아 서사학의 전통과 근대'를 논의하는 오늘 이 학술마당에 일말의 보탬이 되었으면 하는 취지이다.

2. 서사의 '닫힌' 구조―『소양취사昭陽趣史』와『구운몽』

야담野談은 조선왕조의 전기에 발전한 필기筆記의 과정을 통해서 형성된 한국 특유의 서사양식이다. 거기서 한문단편漢文短篇의 **빼어난** 성과를 산출, 소설사에서 중시해야 할 대상이 되었다. 야담이란 양식의 특징을 규명하기 위한 시도로서 나는 '닫힌' 구조란 개념을 도입한 바 있다. 서사 방식의 특징으로서 '열린' 형식에 대해 '닫힌' 형식을 떠올려 본 것이다.[2]

무릇 세상의 어떤 사물이건 나름으로 각기 조리와 격식은 있기 마련이다. 인간의 문학 부문의 창조 또한 예외일 수 없겠는데, 그 기속도羈束度가 높은 편이고 유형화된 요소를 종종 도입하는 점에서 '닫힌' 구조의 특성이 드러난다. 시가문학의 정형시는 그것의 현저한 모습이라 하겠거니와, 서사적 양식들은 기속의 방식이 구구각각이긴 하지만 각기 나름의 틀을 벗어나기는 어려웠다.

사례의 하나로 한문단편의 「말馬」이라는 작품을 들어본다. 남주인공인 한 선비는 불길한 운명을 앞에 두고 점쟁이의 예언을 들어서 어행을 떠났다가 미모와 재산을 겸비한 여인을 만나고 과거에 급제하는 행운을 얻는다는 줄거리다. 그 여인은 어린 나이에 홀로된 처지였는데 마침 꿈의 계시가 있었기 때문에 과감하게 남주인공과 새 인생을 개척하게 되는 것이다. 작중에서 서사적 장치로 두 가지가 작동되고 있다. 하나는 남주인공의 운명에 관계된 점쟁이의 예언이며, 다른 하나는 여주인공이 꾼 꿈의 징조이다. 작품은 이중적 서사 장치로 꾸며진 셈이다.

미국문학 초기의 단편소설 작가 워싱턴 어빙Washington Irving은 "나는 이

---

2 임형택, 「東稗洛誦研究」, 『한국한문학연구』 제23집, 1999, 이 책 397면.

야기란 소재를 스케치하는 액자라고 생각한다"고 액자소설을 일반적인 형식처럼 주장하였다. 현대소설에서도 액자적인 형태는 더러 볼 수 있는 것이다. 이때의 액자는 그야말로 형식적 장치이다. 그런데, 여기서 말하는 '닫힌' 구조의 기속 장치들은 형식적 장치로 그치지 않는, 나름으로 인간의식의 반영물이고 문화적 논리로 해석할 수 있는 것이다. 대개 인과의 논리로 짜이는데 그 원인과 결과 사이에 불합리한 초현실이 개입되는 수가 많다. 「말」의 경우 이야기가 숙명론의 틀 속에 갇혀 있다. 하지만, 그것이 내용상에서 어떤 역할을 수행하는가 주의를 요한다. 여주인공은 나이 겨우 17세에 남편을 잃어 앞으로 긴 인생을 과부로 살아가야 하는 불행한 운명에 놓여 있었다. 여성의 개가를 금지하는 율법이 이 어린 여성에게 엄중한 족쇄였다. 기속의 장치는 역설적이게도 이 여성의 기속을 푸는 해방적 작용을 한 것이다.

'닫힌' 구조는 정형시와 함께 전근대적인 문학의 형식으로 간주할 수 있다. 그러나 나는 칼로 자르듯 근대와 전근대를 구획하는 태도에 대해서는 바람직하게 생각하지 않는다. '닫힌' 구조라 해서 그야말로 폐쇄, 고정된 틀은 아니다. 그 내부에서 일어나는 아이러니뿐 아니라, 부정과 창조의 역동적 변화를 주목할 필요가 있다. 서사 전통의 근대적 전환은 다른 어디보다 이런 대목에서 찾아볼 수 있지 않을까 한다.

중국의 명나라 말엽의 소설 『소양취사昭陽趣史』를 들어본다. 중국의 소설 목록에 완질이 전하지 않는 것으로 나와 있는데[3] 저자가 근래 우연히 얻어서 읽게 되었다. 4권 4책으로 간행년대는 밝혀 있지 않으나 조선식으로 장정되어 고본의 체취가 풍기는 것이다. 이 작품은 한나라 궁정의 후비后妃로

---

3   『中國通俗小說總目提要』(江蘇省社會科學院 明淸小說硏究中心編, 1990)의 『昭陽趣史』 항목에 "二卷 存"으로 나와 있다.

함께 들어간 조비연趙飛燕 자매의 이야기인『비연외전飛燕外傳』을 바탕으로 해서 실로 해괴하게 꾸며낸 소설이다. 유명한『서유기西遊記』와『금병매金甁梅』를 혼성해 놓은 것도 같다. 루쉰魯迅적 개념범주로 신마소설神魔小說과 인정소설人情小說을 결합시킨 형태이다. 1천 년 묵은 여우와 5백 년 묵은 제비가 각기 수련을 하며 별천지를 경영하다가 서로 맞닥뜨려서 '요마妖魔의 전쟁'을 일으킨 때문에 상제의 벌을 받는다는 서막의 이야기는『서유기』를 연상시키는데, 5백 년 묵은 제비와 1천 년 묵은 여우가 상제의 벌을 받아 하계에서 자매로 환생, 절세의 두 미인이 무한히 추구하는 성적 유희와 쾌락의 서사는『금병매』에 못지않은 농도로 그려진 것이다.

이렇듯 성적인 불륜과 방종의 극치를 연출한 소설이 어떻게 윤리가 지배하는 시대에 출현할 수 있었을까? '비례물시非禮勿視'라는 유교적 덕목에 비추어 대단히 불경스런 내용임은 물론, 현대사회에 있어서도 지하에서나 통행하는 포르노에 가깝게 느껴진다. 하필 황제와 후비에 결부시킨 점으로 미루어 황권체제皇權体制를 향해 일으킨 염증 내지 야유로 읽혀질 소지도 있는 것이다. 이 작가는 고항염염생古杭艶艶生이란 필명을 쓰고 있는바 그는 양귀비를 주인공으로 한『옥비미사玉妃媚史』를 짓기도 하였다. 황제의 전제권력이 다른 어느 시대보다 폭력적으로 자행된 명조로 향한 지식층의 반감이 저류하는 듯도 싶다. 하여튼 이런 부류의 소설들 역시 성문화의 향유하는 소비자들이 있었기에 출현했을 것임은 말할 나위 없다.

여기서 이 소설을 군이 거론하는 것은 호기好奇를 취해서가 아니다. 한국소설의 대표작으로 손꼽히는『구운몽九雲夢』과 한번 대비해 봄 직하다고 여긴 때문이다. 먼저 흥미롭게 여긴 점은 액자적 틀의 상호 유사성이다.『소양취사』와『구운몽』, 다 같이 별천지에서 도를 닦다가 모종의 죄를 짓고 적강謫降을 하며, 인간적 욕망에 탐닉하다가 마침내는 뉘우쳐서 이제 참으로 수도에 정진한다는 결말에 이르는 전체 구조이다. 이 구조는 신화적 원형 회귀라는 보편성을 띤 것으로 간주할 수 있겠으나, 어디까지나 선불仙佛의 동양적 종교 논리에 의거한 방식이다. 그리고 또 죄를 범하게 된 동기, 인간 현실에서 추구하는 행태까지 유사성을 도출할 수 있다.『소양취사』에서 1천 년 묵은 여우가 '욕망의 불꽃이 타올라[慾火頓炎]'로 표현되었듯 성욕이 소설전개의 발단이 되었거니와,『구운몽』에서도 수도승이 사문師門으로부터 쫓겨난 계기 역시 팔선녀를 보고 성적 충동을 자제하지 못한 데 있었다.

『구운몽』의 주인공 양소유는 인간 특질을 '풍류재자風流才子'라고 미화시켜 놓긴 하였지만 따지고 보면 갈데없는 호색한이다. 아름다운 여자들을 무려 여덟이나 사양하지 않고 맞아들이는 것도 그렇거니와, 심지어는 귀신이라는데도 한사코 동침을 하고야 마는 것이다. 이 대목은 죽은 혼과의 연애라는 오래된 모티브를 차용한 것으로서 그의 호색적 면모를 여지없이 드러내고 있다.『소양취사』가 여성 중심적이라면『구운몽』은 남성 중심적으로 성적 추구의 서사를 끌어간 셈이다. 이렇듯 동질성을 내포하면서 양자는 전혀 다른 인상을 풍긴다.『구운몽』은 남녀 관계가 처음부터 끝까지 예절바르고 정숙한 언행으로 그려져 있다. 호색을 매우 점잖게 가식하고 있다고 하면 정평이 될 것 같다.

『소양취사』와『구운몽』의 공통성은 영향관계라기보다는 문화적 동질성에 기인한 현상으로 보는 편이 타당할 것이다.『구운몽』과『소양취사』는 인간 본성에 즉한 문제제기를 다 같이 소설적으로 한 셈이다. 그럼에도 왜 상호 간의 차이가 크게 되었을까? 이 점이 의문시된다. 여기에 이런저런 설명을 붙일 수 있겠으나, 각기 소설을 성립시킨 사회적 환경을 고려해야 할 것이다. 요는 소양취사류의 소설을 수용할 현실 기반이 당시 조선에는 조성되어 있지 않았다.

> 내가 살피건대 중국인은 향을 피워놓고 차를 마시며 불자拂子(먼지털이같이 생긴 물건인데 선승이 소지하기도 했음-인용자)를 흔들면서 청담淸談을 나누는 모양을 보면 겉과 속이 투명하여 한 점의 속기도 묻어나지 않을 듯이 보인다. 그러나 대체로 재물에 탐욕을 부리는 자들이 많으며, 여색의 음란에 푹 빠져서 음화에 항시 눈을 붙이고 약을 복용하면서 성욕을 만끽하려 든다. 그리하여 문자로 저술하는 데까지 이르렀으니『금병매』·『육포단肉蒲團』따위는 온통 음행을 교사하는 내용인 것이다. 이미 명나라로부터서 지금에 이르기까지 온통 마찬가지다.
>
> ―『松村筆談』[4]

18세기 조선의 한 문인이 중국 세태를 전하는 기록이다. 소시민적 취미의 발전과 연관해서『금병매』와『육포단』을 생각한 것은 어쨌건 인식의 방향을 옳게 잡았다고 보겠다. 그러나 중국인을 싸잡아서 물욕과 색욕의 탐닉자들처럼 말한 것은 상당한 과장일 터이다. 상업주의 문화 내지 소시민적 취미를 별로 경험하지 못하고 살았던 당시의 조선인으로서 일으키기 쉬운 과장이며,『금병매』와『육포단』에 이르러는 도저히 용납할 수 없는 추잡한 내용으로 눈에 비쳐진 것 또한 용혹무괴容或無怪라 할 것이다.

『구운몽』은 루쉰적 개념의 신마소설과는 아예 족보가 다르고 인정소설의 범주에 들어간다고 할 수 있겠으나,『금병매』부류와도 질적으로 판이

---

4 '愚按, 華人焚香啜茶, 揮麈談玄, 宜若表裏瑩澈, 無一點塵累, 而率多貪黷貨財, 汩溺女色淫褻之事, 圖形常目, 服藥縱慾, 以至著述文字如金瓶梅·肉蒲團等書, 無非誨淫之術也. 已自皇朝式至于今滔滔一轍.'(沈鐸,『松泉筆談』권1, 서울대 규장각 고도서 필사본)

한 내용이다. 굳이 중국소설사에 비추어 말하면 소위 재자가인형의 소설
류와 근친성이 있다 하겠다.

3. 한국소설사에서 『구운몽』과 중국의 『홍루몽』

중국소설의 최고봉을 『홍루몽紅樓夢』으로 잡는 것은 대개 정설이다. 한
국소설의 경우는 딱히 어느 하나를 들어서 이것이 최고다고 말하기 어려
운 형편이다. 대체로 규방소설의 계보에서 『구운몽』, 민중소설의 계보에
서 『춘향전』이 높이 평가될 터인데 『홍루몽』에 대비해보자면 『구운몽』을
들어야 할 것이다. 그런데, 중국과 한국 두 나라의 정상급 소설이 하필
『홍루몽』과 『구운몽』이란 유사한 이름일까? 이 유사성에서 우연 이상의
어떤 의미를 찾아볼 수 있지 않을까 한다.

전에는 따져보지도 않고 두서없이 『구운몽』이 『홍루몽』을 본 뜬 제목
이란 말도 있었다. 『구운몽』의 창작 년대는 1687, 8년 김만중 자신이 선
천으로 유배가 있을 시기에 지은 것으로 확인이 되었으니,[5] 『구운몽』보다
거의 백 년 뒤에 『홍루몽』이 출현한 것이다. 게다가 또 흥미로운 사실이
있는데, 조선에서는 『구운몽』 이후 18세기에 『옥린몽玉麟夢』이, 다시 19세
기에 『옥루몽玉樓夢』 일명 『玉蓮夢』이 나와서 독자들의 환호를 받았다는 점이다.

---

5   김만중이 『구운몽』을 지은 시점은 그의 연보 기록에 의해서 확인되었다. 김만중이 평안도
    宣川으로 유배 갔던 때(그의 나이 51~2세)의 기록에 "旣到配, 値尹夫人生朝, 有詩曰 : '遙
    想北堂思子淚, 半緣死別半生離.' 又著書寄送, 傳作消遣之資. 其旨以爲一切富貴繁華都是
    夢幻"이라고 나와 있다. 여기서 '著書寄送' ― 책을 지어 보낸다고 한 그 책이 무엇인지 명
    기되지 않았으나, '一切富貴繁華都時幻夢' ― 일체의 부귀번화는 모두 다 몽환이라고 한 그
    요지 설명으로 『구운몽』임을 알게 한다. 이 『西浦年譜』를 발굴, 소개한 김병국 교수는 따로
    논문을 발표한 바 있다.(金炳國, 「九雲夢 著作時期 辨證」, 『한국학보』 51집, 1988 여름)

한국소설사에는 통칭 '몽자류夢字類'란 용어가 등장하기도 했다. '몽자류'라고 하면 『홍루몽』도 포함이 될 터이다. 한·중의 '몽자류' 소설들 사이에는 유형적 상동성도 없지 않다고 여겨져서 자못 눈여겨볼 대목이기도 하다.

『구운몽』과 『홍루몽』, 양자의 유형적 공통성으로서 우선 신화적 원형회귀의 하강구조를 지적할 수 있다. 『구운몽』은 하강구조에 꿈을 차용하여 인생을 한바탕의 꿈으로 처리한 내용이다. 꿈을 꾸고 깨는 과정이 '닫힌' 구조의 틀이 된 것이다. 『홍루몽』 경우 꿈을 전체의 구조로서는 도입하지 않았어도 중간에 아주 긴요하게 이용되는데 그 꿈의 의미가 중층적이고 미묘하다. 『홍루몽』 제5회를 보면 꿈속에서 경환警幻이란 이름의 선녀가 주인공 가보옥을 태허경太虛境으로 안내하는 장면이 설정되어 있다. 이 대목은 몽유록으로 장차 작중에서 일어날 일들을 암시한다. 몽환 중에 인간의 욕망과 쾌락을 맛보게 한 것은 깨달음을 얻도록 하기 위함이라는 언표도 나온다.[6] 『구운몽』에서 일체의 부귀영화가 다 몽환임을 깨닫도록 한다는 그것과 일맥상통하는 듯하다. 『홍루몽』은 마지막 끝맺는 데서 "처음부터 모두 다 꿈이던 것을 세인들의 어리석음 비웃지 말라由來同一夢 休笑世人痴"고, 작품에 그려진 파란의 인생이 온통 꿈에 비유된 것이다. 두 소설이 '몽'자 돌림이 된 연유이기도 하다.

그리고 다른 하나는 남주인공 1인에 여성은 다수가 등장하는 인물배치의 구도이다. 『구운몽』에서 8선녀, 『홍루몽』에서 '금릉金陵 십이채十二釵'가 그것인데, 이 모두 전생에 정해진 인연이 있는 것처럼 설정한 것까지 동일하다.

---

6   "幸仙姑偶來, 可望先以情欲聲色等事警其痴頑, (…중략…) 故引彼再到此處, 令其歷飮饌聲色之幻, 或冀將來一悟, 未可知也." 『紅樓夢』, 經元堂藏板 제5회, 7면 뒤.

비록 그렇지만 차이점이 워낙 커서 동질적인 것으로 보기 어렵다. 내용 및 기법 면에서 양자는 현격하게 구별되는 작품임이 물론이다. 조선의 19세기 기록에 중국인의 『구운몽』에 대한 소감이 적혀 있다. "중원 문사가 그것을 읽고서 기축機軸은 매우 좋은데 사건을 포장鋪張하여 편폭이 큰 작품으로 만들지 못한 점은 아쉽다"[7]고 논평했다는 것이다. 전언이긴 하지만 일리 있는 평가로 생각된다. 여기서 '기축'이란 작품의 구성 및 표현미 · 풍격 등을 포괄해서 비유하는 개념이다. 『구운몽』은 우선 편폭에 있어서 대작이 못된다. 서사의 줄거리로 말하면 아주 복잡하면서도 세부의 디테일로 풍부하게 펼쳐낼 기법이 따르지 못한 것이다.

  『구운몽』은 『홍루몽』보다 1세기 앞서 나온 소설이다. 『구운몽』 이후 조선의 문화 풍토에서도 대하장편이 출현하긴 하였다. 하지만 흥미본위가 되어 다분히 통속화로 떨어지면서 양적 비대현상을 빚어내고 말았다. 소설이란 글쓰기를 통해 고도의 작가적 예술혼이 투입되기를 애당초 기대하기 어려웠던 것이 당시 조선의 문화 풍토였다고 하겠다.

  이는 작가의 개인적인 역량 문제가 아니다. 요는 '직업적 글쓰기'에 창조적 활기를 불어넣을 수 있는 사회적 조건이 얼마나 갖추어졌느냐에 달려 있다. 19세기를 살았던 경화세족京華世族 출신의 문인인 홍길주洪吉周, 1786~1841의 증언을 들어보자.[8] "중국의 곤궁한 문사들은 허다히 책을 간행해서 생활을 영위하는데 우리나라에는 이런 풍속이 없다. 그래서 사대부 자제로서 벼슬길이 막혀 빈한한 자들 중에는 법을 어기고 이익을 탐하

7 "中原之士見之, 以爲機軸甚好而恨不能鋪張其事, 以成大篇之." 李遇駿, 『夢遊野談』, 필사본.
8 "中國窮士, 多以鋟書資生, 而我邦此俗. 故士大夫子弟之貧而未仕者, 多入於冒法求利之塗, 以之喪身而覆家. 我邦工匠笨劣, 用財冗濫, 貴富之家, 欲刻先集數卷, 動費千萬貲, 非按雄藩, 不敢萌意, 尙奚論於貧士! 使燕者宜先鋟書不費財之法, 歸傳于國中, 俾士族寒餓者得以資活如中國人, 不惟嘉惠后儒, 抑將少革其浮浪窮濫之患." 洪吉周, 『沆瀣丙函』 卷5, 「睡餘瀾筆」 上, 필사본.

는 데 빠져들어 패가망신하는 사례가 허다하다." 당시 자국을 비추어볼 타자는 오직 중국이었다. 관직에서 소외된 지식인 부류의 생존 문제를 제기한바 중국의 경우 문필업이 생계수단으로 되고 있음에 대해서 조선의 사정은 그런 출구가 열리지 않아 잉여지식인들은 악의 구렁텅이로 쉽게 빠져든다는 판단이었다. 홍길주가 걱정해 준 대상은 기존의 사대부에서 영락한 선비들이지만 그뿐이 아니었다. 지식의 욕구가 확산됨에 따라 밑에서 상승한 식자층이 늘어나서 당시 사회에는 잉여지식인들이 광범하게 존재했던 것이다.[9]

홍길주는 지식인의 근대적인 생존형태를 선각적으로 내다본 셈이다. 그는 출판문화의 활성화를 가로막는 요인은 인쇄술에 있다고 말한다. 우리의 고비용 인쇄술을 가지고는 책의 상품적 유통이 불가능하다는 생각이다. 그래서 긴급히 중국의 저비용·고효율의 인쇄술을 배워서 국내에 보급시키면 "춥고 배고픈 선비들이 중국 지식인들처럼 그에 힘입어 살아갈 수 있다"고 주장하였다. 이때의 글쓰기 양식은 어떤 종류가 유용한 것일까? 이에 관해 홍길주는 어떤 견해를 가지고 있었던지 표명되어 있지 않다. 중국인의 『구운몽』 독후감을 전했던 사람은 이우준李遇駿, 1801~1867 이란 문인인데 그의 북경北京 견문기를 참고로 들어보자.

내가 보니 북경 정양문正陽門 밖의 즐비한 서점들에 책이 가득 쌓여있는데 태반은 패관잡설稗官雜說이다. 대개 강남江南·서촉西蜀지방에서 과거보러 상경했다가 떨어진 서생들이 원로에 돌아가지를 못하고 다음 번 과거를 기다리며 소설

---

9 저자는 이조후기 사회에서 잉여지식인이 확산된 현상, 그 현상이 일으킨 사회·문화적인 문제를 「이조말 지식인의 戲作化 경향-金笠詩 연구서설」(『실사구시의 한국학』, 2000)에서 다루었다.

을 지어 출판, 팔아서 살아간다. 그래서 이렇다는 것이다.[10]

물론 이국의 풍경에 대한 여행객의 기록이므로 얼마나 전체적 실상에 부합하는지 단정하기 어렵다. 그렇지만, 청대소설의 작가는 하층문인과 서적상의 합작의 결과라는 것이 일반적인 견해이므로 위의 기록은 부분적 현상으로서는 실상에 부합하는 듯하다. 더욱 확실한 사실은 '직업적 글쓰기'로서 말하면 소설이 으뜸이라는 점이다. 이것이 시대적 추세이기도 하였다.

17세기에서 19세기에 이르는 조선사회 역시 같은 시대적 추세 속에 들어가 있었다. 방각坊刻 형태의 상업출판이 이루어지는 한편, 세책점貰冊店이 출현하여, 그런 대로 소설이 발흥할 조건이 마련된 것이다. 다만 그 수준이 유치하고 영세한 단계였다. 그래서 당시 소설은 대부분 필사본으로 보급되는 방식이 취해졌다. 이런 조건에서 증가한 독자들(궁정을 비롯한 상류층 부녀자들)의 수요에 맞추다 보니 부분적으로 소설의 양적 비대화가 빚어진 것으로 생각된다.

여기서 한국 고소설의 익명성 문제에 눈을 잠깐 돌려보자. 한문소설은 작자를 명기한 사례가 있으나 국문소설은 예외 없이 책 자체에 작자의 성명을 밝혀놓지 않았다. 소설의 익명성은 신소설 단계에 이르러서야 극복하게 된다. 이 현상은 저작권에 해당하는 권리를 당초에 생각하지 못했음을 의미하는바 당시 열악했던 출판문화의 실태를 반영한 것이다. 이런 외형적인 데 그치지 않고 글을 지은 주체로서의 창작의식이 부재했음을 의

---

10 "中國人多爲小說. 余見正陽門外冊肆堆積滿架, 而太半是稗官雜記. 蓋江南西蜀擧子應擧上京見落者, 路遠不得還, 留待後科, 作小說印刊, 賣以資生, 故多如是." 李遇駿, 『夢遊野談』下(小說, 『藥坡漫錄』(附錄), 大東文化研究院, 1995).

미한다. 곧 소설 양식은 창작의식을 발휘할 필요조건이 마련되지 못한 상태였다. 한문소설의 경우 전통적인 시문 창작의 자세와 관행의 연장으로 볼 수 있다. 『구운몽』 또한 예외가 아니었던바 후세에 다른 자료를 통해서 작자가 김만중으로 고증이 된 것이다. 『구운몽』이 『홍루몽』과는 달리 "세부의 디테일을 풍부하게 펼쳐 낼 기법"이 따르지 못한 사정은 일종의 시대적 한계로서 이해할 수 있겠다.

그렇다면 나름으로 개성이 선명하고 높은 수준에 도달한 『구운몽』은 어떻게 출현할 수 있었을까? 17세기 말 김만중金萬重의 『구운몽』과 나란히 조성기趙聖期의 『창선감의록倡善感義錄』이 한국문학사에 등장하였던바 두 소설 모두 당시 명문 출신의 일류지식인에 의해 창작된 사실을 주목할 필요가 있다. 소설이라면 유자들이 다분히 부정적 관점을 가졌고 사회기반도 열악한 처지에서 어떻게 짧지도 않은 것을 지어낼 수 있었을까? 다름 아닌 규방에서의 요청을 의식한 것이다. 전통사회에서 부녀자들은 궁정을 포함해서 양반층까지 한결같이 규방에 속박되어 있었다. 저들을 계속 규방에 인주시켜야 하는데, 그러기 위해서는 어떤 형식으로든 살짝 숨통을 터 주어야 하는 변화된 시대상황에서 저들에게 오락과 교양의 효과를 동시에 기대할 수 있는 안성맞춤으로 소설을 착안하였다. 이에 교훈적이고 여성 교양적인 '규방소설閨房小說'이 창출된 것이다.[11]

규방소설은 당초 여성독자의 수요에 맞춘 것이기에 국문으로 씌어졌다. 『구운몽』은 보편문어, 한문이 아닌 '방언'으로 쓰인 측면에서 '한국판 『신곡』'으로 일컬을 수 있는 것이다. 『구운몽』이나 『창선감의록』 등으로 국문소설의 존재가 부상하여, 장차 자국어문학의 독립을 전망할 수 있게

---

11 임형택, 「17세기 규방소설의 성립과 『倡善感義錄』」, 『東方學志』 제57집, 1988, 이 책 249면.

하였다. 그런가 하면 규방소설은 규방을 넘어 남성 독자들을 끌어들임으로써 한문소설로의 전환이 일어나는 한편, 서민층으로 확산이 되어 다양한 종류의 소설 형태가 발전하는 계기를 마련한 것이다.

『구운몽』의 '닫힌' 구조는 규방소설의 성격을 반영한 역설적 형식이다. 여성의 속박과 해방이라는 역사적 아이러니를 형식에서뿐 아니라 내용에서 구현하고 있다.

4. 『구운몽』과 『홍루몽』의 비교분석

이제 『구운몽』의 시각에서 『홍루몽』을 해석하고, 『홍루몽』의 시각에서 『구운몽』을 해석해 보려고 한다. 동아시아 서사학에 접근하는 방법론이다.

『구운몽』의 양소유楊少遊와 『홍루몽』의 가보옥賈寶玉, 두 작품의 남자 주인공은 유형적 차원에서 보자면 다 같이 고귀하고 비범한 재자형才子型이다. 여자로 말하면 두 작품 모두 다수의 여성이 출연하는바 역시 마찬가지로 유형적 상동성을 보이는데 미모와 재주를 겸비한 가인형佳人型이다. 『구운몽』과 『홍루몽』에서 만나는 남녀의 인물들은 한마디로 재자가인형才子佳人型에 속하는 것이다. 이는 전기소설傳奇小說에서 유래한 유형으로, 전기소설의 '닫힌' 구조에 상응하는 인물형이다. 루쉰은 『중국소설사략中國小說史略』에서 『홍루몽』을 인정소설人情小說로 구분지었는데 그가 설정한 인정소설이란 다름 아닌 재자가인들의 이야기다. 소위 재자가인형 소설이 명말청초明末淸初에 크게 유행하였던바 루쉰은 이들을 인정소설의 범주로 다루면서 그 특징적 면모를 "그 서술한 내용은 대체로 재자가인의 일인데 문아풍류文雅風流를 섞어서 엮고 공명功名과 기우奇遇를 주로 하되 중간에 혹

어긋나지만 끝내 소망대로 이루어지는 까닭에 당시 가화佳話라고 일컫기도 하였다"[12]고 개괄했던 것이다. 한국소설사에서도『구운몽』을 비롯하여 재자가인형 소설이 성행하였거니와, 루쉰이 개괄한 그 특징적 면모는거의 그대로 적용될 수 있을 것이다. 재자가인 자체가 중세 동아시아세계보편의 이상적 인간형이니『구운몽』과『홍루몽』의 상동성은 이를 투영한형상이라 하겠다.

『홍루몽』의 가보옥

이렇듯『구운몽』과『홍루몽』은 여러모로 상동성을 지니고 있음에도, 상동성의 핵심인 양소유 그리고 가보옥의 성격이 상이해서, 양자의 성격차이는 그대로 두 작품의 성격차이를 빚어내고 있다.

『구운몽』의 양소유는 과거 시험을 보기 위해 집을 떠나면서 자기 모친에게 "만일 집 지키는 개가 되어 공명을 구하지 않으면 부친이 저에게 기대하신 뜻이 아닙니다"라고 말한다. 작품에서 이 대목은 남주인공이 8미인을 만나고 출장입상出將入相의 영예를 한 몸에 누리는 전체 서사의 발단이 된다. 공명은 유교의 최고 덕목인 충효의 실천목표이기에, 남자로 태어나 공명을 추구하지 않는 삶의 태도는 '집 지키는 개'로 매도되는 것이다. 이러한 인생관을『홍루몽』의 가보옥은 죽도록 지겨워하고 혐오하였다. 문장경륜文章經綸이다, 충효다고 떠벌이는 자들을 그는 한낱 '녹을 훔치는 좀벌레'로 치부하고 있다. 가보옥의 눈에 혹시 양소유가 띄었다면 갈데없이 '녹을 훔치는 벌레'로 비쳤을 터다.

『홍루몽』에서 '돌'은 서사적 장치로 중층적 기능을 하면서 고도의 상징

---

12 魯迅,『中國小說史略』, 北新書局, 1924, p.197.

성을 내포하고 있다. 저 아득한 옛날에 천지창조의 여신 여와씨女媧氏가 하늘을 떠받치고 나서 남겨놓은 돌덩이 하나, 그 돌의 조화가 다 늦게 '소설적 신기루'를 창출한 것이다. 돌의 화신이 보옥이요, 돌에 적혀진 기이한 기록이 다름 아닌 『홍루몽』이다. 그래서 원제가 『석두기石頭記』였다.

신화적으로 탄생한 인물이 영웅형이 아니고 재자형에 속하게 된 자체가 서사문맥에서는 이미 정식에서 벗어났다. 게다가 또 재자형으로서도 이단아가 되고 말았다. 재자형이란 요컨대 숭문적崇文的 문벌사회의 이상형이다. 재자는 공명을 인생의 지표로 삼는 것이 마땅하다. 그럼에도 보옥은 엉뚱하게 공명을 죽으라고 싫어하여 멀리한 것이다. 보옥의 형상을 '봉건 가정의 반역자'로 규정지은 사회주의 문예학의 관점은 타당성이 인정된다.[13] 보옥의 반역이 만약 체제에 저항하는 행동으로 나갔다면 그야말로 영웅 본색이 되겠거니와, 자기 자신으로 내면화하여 정서적으로 표출되곤 하였다. 그의 성질이며 행동이 종잡을 수 없이 되어, 당초 쑥맥인데다가 주변 사람들에게 살짝 돈 사람으로 비쳐진다. 그의 인상을 "밖은 청수한데 안이 혼탁하다外淸而內濁"고 표현하였으니 특이한 형상 그 본체에서 이미 괴리가 생긴 것이다. 가보옥賈寶玉이란 이름이 벌써 진짜가 아닌 '가假보옥'임을 암시한 터였다. 그 돌은 본시 천지공사에 쓰고 버려진 '폐기물'이었으니 그 화신인 보옥 또한 문벌 귀족의 '폐기물'이란 의미를 함축하고 있다.[14]

반항아 보옥의 이상한 성격은 여성 편향으로 표출이 된다. 그는 "여자의 몸은 맑은 물로 이루어졌고 남자의 몸은 지저분한 흙으로 빚어졌다"[女兒是水做的骨肉, 男人是泥做的骨肉]면서, 여자를 보면 맑고 깨끗한 느낌이 드는 데 반

13　游國恩 외, 『中國文學史』四, 1978, 人民出版社, p.266.
14　章培恒·駱玉明, 『中國文學史』下, 復旦大學出版社, 1996, pp.548~9.

해서 남자를 접하면 혼탁한 냄새가 풍긴다는 것이다. 작중에서 보옥은 유난히 여자들에게 다정다감해서 어울려 놀며 웃고 이야기하기를 좋아한다. 반면에 남자들과는 잘 어울리지 못해서, 더욱이 부친을 비롯해서 집안의 남자 어른들과는 거의 적대적인 관계에 놓인다. 이러한 여성 편향에는 또 이상한 점이 발견된다. 그는 여성이 결혼하는 것을 몹시 안타까워하고 나이 들어가는 모습에서 환멸을 느끼는 것이다. 결혼하기 전의 소녀는 보배로운 구슬이고 시집을 가면 어느덧 광채를 잃어버린 구슬, 늙어지면 썩은 고기눈깔로 변한다고 탄식을 발하고 있다. 이러한 인간관을 어떻게 이해해야 할 것인가?

가보옥의 여자에 대해 남자 못지않게, 오히려 남자보다 고귀하게 보는 의식에서 고질적인 남존여비의 관념을 거부하고 가부장적인 남성중심의 사회에 저항하는 의미를 읽을 수 있다. 또 그의 소녀적 청순미에 쏠린 대목에서는 이탁오李卓吾의 유명한 「동심설童心說」이 제기한 사상에 결부시켜 볼 수도 있겠다. 사람들이 세상을 살아가면서 저마다 물욕에 빠져들고 여자들의 경우 가족 이기주의에 집착하는 인간현실이 너무나 역거워서 혼자 고뇌한 나머지 '동심'을 잃지 않고 참 마음(佛性이라 해도 좋을 것임)을 찾으려는 그런 정신적 지향으로 이해된다. 그런데, 삶의 과정에서 때 묻고 먼지 끼는 세월의 나이테에 염증을 느낀 나머지 그는 환멸하고 있다. 마침내는 염세적으로 흘러 반체제적 비판의식의 현실적 출로를 스스로 차단해버린 것이다. '피터팬 증후군'으로 진단할 혐의마저 있어 보인다. 이러한 그의 출구는 탈현실밖에 없다.

『홍루몽』의 작가는 여러 부류의 인간들, 이런저런 삶의 세부들을 예리하고 치밀하게 그려서 리얼리스트의 치열하고도 탁월한 정신과 필치를 유감없이 발휘하긴 했지만 『홍루몽』을 현실주의로 규정짓기에는 그 자체에 현실주의에 배치되는 인간학적·문학적 경향이 적잖게 도사리고 있는 것이다.

『홍루몽』은 '반역적 재자형'을 주인공으로 등장시킴으로써 반역적 소설이 된 셈이다. 이는 작가가 처음부터 의도한 바였다. 작품의 서두에서 공공도인空空道人이란 서사적 장치에 해당하는 인물의 입을 빌어 '돌에 기록된 이야기'『석두기』=『홍루몽』는 어찌해서 일반 소설과 달리 연대도 나와 있지 않은 데다 대현 대충大賢大忠의 나라를 구하고 세상을 바로잡는 내용이란 찾아볼 수 없는가라고 의문을 제기하도록 한 다음, 작가의 소설관을 내비치고 있다. 기존의 소설에 대한 부정과 창조의 변증법을 작가 스스로 실천한 것이다. 루쉰이 『홍루몽』을 인정소설로 다루면서도 "구투를 파탈하여 앞의 인정소설들과는 심히 같지 않다"고 한 지적은 이런 측면에 주의해서 나온 발언으로 여겨진다.

『구운몽』의 양소유와 게임 논리의 서사

『홍루몽』의 경우 주인공이 '날개 잃은 천사'가 되어 서사의 무대가 집을 벗어난 일이 드물었던 반면, 『구운몽』의 주인공은 '집 지키는 개'가 되기를 거부하고 훨훨 비상하여 이야기가 사방으로 휘황하게 펼쳐진다. 양소유는 한번 집을 떠남에 "장원급제 한림학사翰林學士를 하고 출장입상出將入相하여 공명신퇴功名身退하고 두 공주와 여섯 낭자로 더불어 즐기기"에 이른 것이다. 두 공주와 여섯 낭자—8가인은 부귀공명의 징표로 되어 있다. 『구운몽』의 서사구조가 곧 각양각색인 여덟 가인들을 하나하나 만나서 우여곡절 끝에 결연하는 과정이다. 이는 『수호전』에서 강호의 영웅들이 양산박으로 집결하는 것과 유사한 구조로 볼 수 있겠다.

여기서 살펴볼 점이 있다. 양산박의 108명 영웅에 9명의 재자가인을 대비해 보면『구운몽』은 아무래도 단조로울 밖에 없다. 호걸들이 연출하는 역동감과 스펙타클은 아예 기대조차 할 수 없으려니와, 남녀 관계 또한 당초 서사의 디테일이 발전하지 못한 상태로서 애정 표현조차 극히 절제되고 보면 도대체 무슨 흥미가 있을까. 이에 나름으로 고안한 묘방이 있으니 다름 아닌 '놀리고 속이기'이다. 예컨대 양소유가 여도사를 가장하고 대갓집으로 들어가서 규중심처閨中深處의 처녀 정경패鄭瓊貝를 만나 가까운 자리에 앉게 되며, 그 앙갚음으로 시녀 가춘운賈春雲이 선녀도 되고 귀신도 되어 양소유를 골려주는 이야기, 적경홍狄驚鴻이 남장을 하고 나타나서 양소유에게 의심을 일으키도록 하는 이야기, 이렇듯 줄줄이 이어진다. 갈등구조 대신 게임의 논리가 전편에 걸쳐 주조를 이루고 있다. 놀리고 속이는 게임이 주는 묘미로 재치와 익살에 긴장감도 적절히 유지되어 소설은 흥미진진하게 읽혀진다.

하긴『구운몽』은 전체로서 게임의 구조 아닌가. 육관대사는 신의 조화를 지닌 연출자이니 성진과 팔선녀는 놀이판의 말처럼 실컷 놀림을 당한 꼴이다. 막판에 성진은 "인간 재미 어떻더뇨?"라는 육관대사의 소리침에 비로소 꿈에서 깨어나며, 놀이판 또한 끝이 난 것이다.

게임 논리가 서사를 주도하는『구운몽』은 '무갈등'의 소설이라고 말할 수 있을 것 같지만 가만히 들여다보면 갈등이 여러모로 개재된 내용이다. 남자 하나에 여자 여덟의 구조 자체가 모순구조라고 하겠거니와, 처지가 각각 다른 여덟 '가인'들과 결연하는 전개 과정에 결정적인 요소로서 신분 문제가 붙어 다녔다. 특히 정경패와 난양공주 사이의 갈등은 심각한 수준으로 전체 구도와도 긴요하게 관련되어 있다. 정경패는 문벌귀족의 딸로서 먼저 양소유와 결혼하기로 굳게 정해졌는데 뒤에 황제권력이 양소유를 부마로 간택한 것이다. 이 삼각의 모순관계는 오직 비극적 결말로 갈밖에 없는 난제였다. 해서 이야기가 적잖은 파란을 일으키지만 결국 난양공주가 양보의 미덕을 발휘해서 누구도 억울함이 없는 원만한 해결을 본다. 요는 정경패를 황후의 양녀로 삼아서 영양공주로 봉한 것이다. 그리하여 양소유는 두 여자를 정실로 맞아들이는데 순위를 영양공주 정경패를 1호 부인으로 난양공주를 2호 부인으로 순위를 정한 대목은 보기에 따라서는 문제적이다.

정경패를 공주로 승격시킨 절차로 난제가 일단 해결되긴 하였으나 문벌귀족과 황실 사이의 모순이 해결된 것은 아니었다. 오히려 모순이 더욱 상승되었다. 이 모순 갈등은 황제의 아우 월왕越王과 양소유가 낙유원樂遊原에서 벌인 시합으로 표출이 된다. 양자의 대결이 양소유의 완승으로 끝나자 월왕은 그 앙갚음으로 양소유의 방종한 태도를 성토하고 나서는 것이다. 월왕이 작성한 성토문을 보면 양소유의 행실이 교만하고 방자함을 공격하는데 특히 여색 탐하기를 목마른 놈 물 찾기보다 더하다고 양소유의 씻을 수 없는 약점을 잡아서 공격한다.

이 대목에서 몇 가지 짚어볼 점이 있다. 하나는 정경패와 난양공주 사이의 모순에서 양소유와 월왕의 각축으로 발전한 갈등은 벌열과 황실의 관계를 투영한 것으로 해석할 수 있을 듯하다. 이 갈등의 처리과정에서 작가의 벌열중심적 의식이 엿보이는 것이다. 다음은 갈등의 처리 방식이다. 역시 게임 논리를 따라서 해소되고 있는바 언제고 치열한 대결이 없으므로 비장한 좌절도 없이 두루두루 원만하게 되는 식이다. 위의 양소유에 대한 월왕의 성토는 자못 험악했지만 기껏 벌주를 마시는 것으로 끝나며, 이에 양소유는 그 분풀이로 8인의 처첩들에게 차례차례 벌주를 마시게 하는 장면으로 이어진다. 갈등을 유희적으로 미봉한 방식이 이 소설의 특징적 기법이라 하겠다. 다른 한편으로 『구운몽』에서 1대 8의 성비는 현대사회에서는 상상조차 하기 어렵지만 당시 독자들의 눈에도 자못 과도한 모양으로 비쳤을 것이다. 작가는 이 점을 의식하고 미리서 비판적 시선을 작중에 수용, 해소시킨 듯이 보인다.

지금 우리는 『구운몽』의 '재자' 1인에 '가인' 8명의 구도를 어떻게 해석할 것인가? 물론 "인간 부귀와 남녀 정욕이 다 허사인 줄"을 깨닫도록 하기 위한 가상으로서 황량몽黃粱夢의 고사로부터 차용한 것이기도 하다. 『구운몽』의 주제를 "공명부귀는 일장춘몽으로 돌아갈 뿐이다"는 종래의 해석을 따른다면 더 할 말이 없겠으나 역시 '닫힌' 구조의 소설에서는 으레 밖의 장치보다는 안의 내용물이 문제이다. 『구운몽』의 한 남자와 여덟 여자가 벌이는 서사는 충분히 알레고리로 읽혀질 소지를 내포하고 있다. 거기에 붙여진 의미는 다층적인 해석이 가능하다. 일차적으로 가족을 이루는 핵심인 남녀관계의 도리를 구체적으로 그려 보인 내용인데 사회적 인간의 언어와 처신으로 일반화시킬 수 있으며, 국가 체제인 군신관계에 확대 적용할 수 있다. 작가가 이미 이런 측면을 염두에 두고 쓴 것으로 짐작되는 문장들이 눈에 들어온다. 다층적 의미의 지향점은, 요는 체제의 안정적 유지에 있다. 비록 규범적으로 강제하는 것은 아니로되 예교질서禮教秩序에 순종하는 인간으로 견인하고자 한 것이다. 규방소설의 취지가 본디 그렇지 않은가. '닫힌' 구조가 역시 적합한 형식이었다.

'닫힌' 구조의 『구운몽』과 『홍루몽』은 다 같이 재자가인형의 인물들이 등장하지만 두 작품은 남주인공의 성격이 판이하게 다름으로 해서 서로 다른 소설로 형상화되었다. 『구운몽』에 있어서는 내용의 보수성이 기속도를 보다 높여 주는 기능을 한 것이다. 그런데, 기속장치 속에는 인간의 자유를 갈망하는 소리가 입력되어 있는 사실을 주목할 필요가 있다. "세세생생世世生生 계집 몸을 면하게" 해달라고 호소하는, 여자 몸으로 태어난 자체를 원죄로 치부하는 그 절규에서 여성 일반의 원한과 고뇌가 느껴진다. 그런 가운데서 배우자를 자신의 주체적 판단으로 선택하려 한다거나 여성의 교육과 사회활동을 갈망하는 자태들이 작지만 심상찮게 일어난다. 이 점에 관해서는 따로 다룬 글이 있으므로 여기서 구체적 분석은 생략한다.[15] 『구운몽』은 굳이 따지자면 『홍루몽』이 부정한 소설의 계보에 속할 터이지만, 『구운몽』에서 『홍루몽』에 통하는 인간적 각성을 감지할 수 있다.

5. 맺음말

이상에서 18세기 전후 동아시아 두 나라의 정상급 소설 『구운몽』과 『홍루몽』을 양자간의 상동성 및 상이성에 유의하여 분석해 보았다. 상이성은 그것을 산생한 양국의 사회·문화적 차이, 또 그 속에서 창조 주체의 개성적 차이에 기인한 현상이다. 반면 상동성은 서사전통에 관계되는바 공통의 서사기반이 존속해 있었다. 그 서사기반은 오랜 층위와 다양한 폭원으로 형성된 총체인데 『구운몽』과 『홍루몽』의 경우로 말하면 전기소설로부터 재자가인의 소설류에 이르는 선상에 가까이 접속되어 있다. 요컨대 상동성의 구조 위에서 상이한 꽃이 찬연히 피어난 것이다.

동아시아 서사학의 거대한 전통은 곧이어 닥친 근대전환의 역사과정에서 어떤 운명에 처했던가? 동아시아세계-한자문명권은 서구 주도의 근대적 세계 질서에 편입되면서 해체 작용이 급속히 일어난 사실을 역사적

---

15 저자는 이에 관해 「한국문학의 여성성과 그 인식방향」('한국 고전 여성문학의 세계'란 제목으로 이화여자대학교에서 1998년에 열렸던 학술회의의 기조 발제)에서 거론하였다. 이 글은 『한국문학의 논리와 체계』(창비, 2002)에 수록되어 있다.

으로 경험하였다. 이와 함께 한자문명권 공유의 문학양식들이 전반적으로 용도폐기의 처분을 받아 서사기반 역시 공도共倒의 운명에 놓였다. 그리하여 민족국가 단위로 '문학적 분가分家'가 진행된바 이때 서구 근대의 문학양식들을 보편성으로 수용하는 경향이 일어났다.

한국의 근대소설을 보면 '이식'으로 보일 정도로 자기 과거와의 단절의 골이 깊다. 이는 외관적 현상인데 내면에는 연속성의 저류가 없지 않았을 뿐 아니라, 그 자체를 부정과 창조의 과정으로 들여다보는 것이 바람직하다. 중국의 경우도 사정은 대개 비슷하다. 중국 서사전통의 근대전환에 학적 관심을 기울인 천핑위안陳平原 교수는 신문학 작가들이 서구소설을 적극적으로 배우고 받아들인 측면과 자국의 문학전통이 교양으로서 광범하게 작용한 측면을 아울러 논하여, 전자는 '의식적 모방'임에 대해서 후자는 '무의식 가운데 접수'라고 논하였다.[16] 이러한 견해는 한국의 근대소설에도 적용해볼 수 있을 것이다.

그렇다면 『구운몽』과 『홍루몽』은 서사의 근대에서 어떤 의미를 띠었던가? 위대한 『홍루몽』의 후광이 중국의 근대소설에 드리운 그림자를 가늠할 정보를 저자는 갖지 못했다. 내가 한 가지 관심하는 사안은, 바로 그 단계에서 『홍루몽』에 대한 연구 탐색이 고조되어 '홍학紅學'을 성립시켰는데 학문적 열정이 창작적 방향으로는 이동하지 않았다는 사실이다. 한국에 있어서 1910년대 이후 근대적 출판물로 간행되어 대중적 인기를 누렸던 소설은 『구운몽』과 같은 '몽자류'에 속하는 『옥루몽』인데 이 대목에서 특히 『무정』과의 관련성을 한마디 말해 두고 싶다.

이광수 『무정』의 문학사적 위상을 한국근대소설의 출발로 잡은 기존의

---

16 陳平原, 「中國小說의 근대적 전환」, 『동아시아 서사학의 전통과 근대』, 성균관대 출판부, 2005, 276~284면.

통설은 분명히 과대평가된 문제점이지만, 전환기적 지표로 삼아볼 수 있는 작품이긴 하다. 이『무정』의 서사는 기본적으로 남성 하나에 다자 여성의 구조이다. 그리하여 재자가인적 면모를 드러내고 있다.『구운몽』에서『옥루몽』으로 내려온 서사전통의 맥락을 짚어낼 수 있는 것이다. 다만, 근대적 제약을 받은 까닭에 일부일처一夫一妻의 형태로 귀결이 된 한편, 규방소설적 교훈성이 근대적 계몽성으로 대체된 모양새를 취한다.『무정』은『구운몽』에서『옥루몽』으로 내려온 서사 맥락의 끝자락에서 변형된 면을 엿볼 수 있다.

돌이켜 생각해보면 인간은 삶이 있고 꿈이 있기에 지구상에서 문학을 창조하는 유일한 생명체가 아닌가. 꿈을 차용한 서사의 의미는 원천적으로 해석할 소지가 심원하다. 성진과 가보옥의 세속을 꿈으로 돌리는 염세적 인생관은 중층적인 역설이기도 하다. 근대 서사의 방식은 꿈을 차용한 '닫힌' 구조를 파기하였는데 꿈마저 치워버렸다. 그래서 근대적 형식에 역설적으로 기속羈束되어 진정한 자유를 찾아 나서는 도전과 창조의 정신을 결여한 느낌이 없지 않다. 그런 점에서『구운몽』과『홍루몽』의 창조적 계승은 근대를 넘어선 앞으로의 과제라 할 것이다.

결론적으로 말해서 동아시아 서사학은 실상의 차원이 아닌 시각의 문제이며, 실천적 과제이다. 중국문학의 위대한 서사 전통, 일본문학의 (여기서 구체적으로 살펴지는 못했으나) 괄목상대 할 서사의 다채로운 전개, 한국문학의 소박한 조건을 활용해서 창출된 서사의 풍부한 성과, 이 모두 역사적 실체로 있는 것이다. 이들은 저마다 양상이 다르면서도 문화적 동질성에 기반한 공통성을 지니고 있다. 이 동아시아 서사 전통은 근대적 전환의 과정에서 해체·분리의 길을 걸었지만, 서로 소원해진 가운데서 직·간접의 교류 영향의 관계는 소멸하지 않았다. 오히려 이 시기에 더욱 더 활발하고 깊이를 가진 관계로 발전한 면이 있었다.

왜 동아시아 서사학은 여태껏 학적으로 진지하게 고려하지 못했을까? 동아시아의 민족 국가들은 대립·반목의 근대사를 아직 청산하지 못한 상태이다. 더욱이 동아시아문학을 하나의 통일체로 추구하는 데 학적 사고가 나아가지 못했던 터에, 방법론이나 담론이 미개발 상태에 있는 것은 더 말할 나위 없다. 이런 현황에 비추어 동아시아 서사학은 중차대한 의의를 가질 수 있을 것이다.

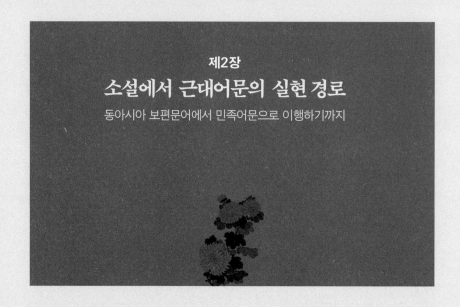

제2장
소설에서 근대어문의 실현 경로
동아시아 보편문어에서 민족어문으로 이행하기까지

1. 동아시아의 근대어문

대동문화연구원은 2005년 1월 20일에 '근대동아시아 지성의 동아시아 인식'이란 주제로 학술회의를 가졌다. 그리고 1년 후인 2006년 다시 열리는 학술회의의 주제 '동아시아 근대 어문질서의 형성과 재편'은 상호 연관적 의미를 띠고 있는 것이다.

사실 돌이켜 생각해보면 동아시아의 근대전환이란 역사현상에서 어문語文만큼 뚜렷한 전환적 징표는 없지 않은가 싶다. 동아시아 지역의 근대전환은 그 자체가 전지구적 역사운동의 일환이고 문물제도 전반에 걸쳐서 일어났던바 거기에 대응하고 참여해서 변혁을 선도하고 추동한 것은 어문으로 표현된 인간행위였음이 물론이다. 그런 결과로서 형성된 어문은 이 지역의 국민민족국가들이 각기 자국의 어문으로, '근대인'의 자기표현의 형식으로 자리 잡아 지금에 이른 것이라고 말할 수 있다.

그런데 이른바 '근대어문'이라고 하는 것은 무엇인가? 말하기와 글쓰기의 형태로 표현되는 인간행위에서 근대어문이라고 호명할 때 과연 그 표현 방식은 어떤 특징을 갖는 것인가? 이 문제에 관해서 따로 전문적 지식을 갖추지 못한 나로서는 상식선에서 대답을 할밖에 없는데 다음의 세 측면을 들어 본다.

① '근대주체'의 자기표현 형식이라는 점이다. '근대주체'라고 할 때, 크고 작은 두 차원이 있다. 민족과 자아가 그것이다. 큰 차원에서 민족의 주체적 각성은 국민국가라는 정치제도를 요망하면서 자기의 언어와 문자를 중시하게 되는 것이다. 종래 방언이나 이어俚語, 혹은 언자諺字라고 해서 변방적인 것으로 취급되었던 말과 글이 중심부로 이동하는 현상이 일어난다. 그리하여 '국어', '국문'으로 호칭되기에 이르렀다. 이때 '국國'이란 주권국가로서의 '우리나라'를 의미하는 것임은 물론이다. 개체의 자아는 민족에 비추어 최소의 단위, 즉 단자에 불과하지만 '근대주체'로 확립된 자아는 하나하나가 창조주체이다. 이 자아의 내면을 표현하는 데서 신문학이 창출되었으며, 이 자아의 인식과 지식의 확충에 따라서 신학문이 성립하였다. 바로 여기서 근대적 형태의 문학적 글쓰기 및 논술적 글쓰기는 발생한 것이다.

② 신문·잡지와 같은 대중매체의 등장과 상업출판의 새로운 발전은 근대어문의 형성에 직접적인 관련이 있었다. 전근대 사회에서도 조보朝報란 것이 '기별'을 전하는 역할을 하였으며, '언론' 혹은 '언로言路'란 개념이 엄연히 있었다. 하지만, 조보는 기껏 벼슬아치들의 인사이동을 알리는

정도로 정보기능이 한정된 형태였고, 또 말이 '언론'이지 관인들이 최고 통치자^{제왕}에게 진언하는 것을 뜻하였을 뿐이다. 대중매체로서의 의미와 기능은 갖지 못하였다. 20세기로 진입하는 시점에서 대중매체를 적극적으로 활용하여 당시 '동아시아 근대 지식인'으로 우뚝 선 중국의 량치차오^{梁啓超}는 "보장^{報狀, 신문·잡지를 가리킴}이 출현하면서 우리나라의 문체는 크게 변하게 되었다"^{『淸議報』, 1901}고 증언한 바 있다. 신문·잡지가 글쓰기 방식에 영향을 미쳤음을 간파한 발언이다. 출판문화는 동아시아 지역의 경우 예로부터 풍부한 전통이 있었음은 주지하는 사실이다. 상업출판도 국가별 차이는 있었지만 전부터 상당한 수준으로 발전하고 있었다. 그러다가 서양의 효율적인 인쇄기술이 도입되고 신지식의 대중적 수요가 확대되면서 출판 사업이 활발하게 일어났다. 이 과정에서 판권이란 개념이 채택되어, 지적생산물에 대한 소유권을 인식하게 된 사실도 유의할 점이다. 근대적 형태의 신문·잡지 및 상업출판은 곧 근대어문의 형성배경인 동시에 근대어문이 펼쳐지는 마당이었다.

③ 보편적인 문어의 형식을 탈피해서 국민적^{민족적}인 언문일치^{言文一致}를 지향한 점이다. 한자가 근대로 진입하기 이전의 동아시아세계에서 보편적 문자로 통용되었던 것은 공인된 사실이다. 이 한자에 기반한 보편적·고전적인 문어의 체계로부터 이탈하는 방식은 동일한 궤도로 진행될 수 없었다. 동아시아의 민족국가들이 각기 근대 이전에 조성된 여건이 달랐거니와, 근대 이후에 처한 상황이 또 서로 달랐기 때문이다. 한자의 원적지인 중국에서 근대어문은 백화문운동^{白話文運動}으로 실현되었다. 중국과 달리 자국의 고유한 언어를 구어^{口語}로 사용하면서 한문을 문어^{文語}로 차용^{借用}하였던 한국의 경우 언문일치는 국문운동으로 추진되었다. 어문의 중심부를 한문이 독점한 반면, 국문^{한글}은 주변부에 놓여 있었으므로 근대어문

은 국문의 주권회복을 의미하는 것이었다. 일본의 경우 자국의 언어·문자와 함께 한자·한문을 차용한 점에서는 사정이 한국과 마찬가지였다. 그렇지만 구체적으로 대비해 보면 한국처럼 한문이 보편적으로 통용되었다고 말하기 어렵다. 일본 국문이 그들의 문자생활에서 차지한 비중은 근대 이전에도 동시기 한국에 비해 훨씬 높았다. 따라서 일본의 근대어문에는 '국문의 주권회복'이란 표현이 들어맞지 않으며, 근대어문에서 한자의 존재는 다르게 취급된 것이다(한자를 배제하지 않는 방식을 취했다). 대체로 동아시아의 한자문화권은 근대의 출발과 함께 해체된 것으로 보고 있다. 그렇더라도 한자는 동아시아 근대어문에서 해결해야 할 과제로 남아 있을 뿐 아니라, 그 활용가치가 소실되었다고 말할 수 없는 것이 동아시아 근대의 어문 현실이었다.

'동아시아 어문의 형성'이란 주제는 아마도 전에 제기되지 않았던 것 같다. 사안이 담고 있는 의미에 비추어 대단히 새삼스럽고 의아스런 느낌마저 드는 것이다. 동아시아적 시각이 열린 것이 최근이기도 한데 특히 어문의 문제를 동아시아적 차원에서 본격적으로 고려하지 못한 때문이 아닌가 싶다. 물속의 고기가 물을 보지 못하듯 일상성의 어문을 의식하지 못했던 것은 아닐까. 이 주제는 실제로 다루기 난감하다. 자료는 무한한데 인식의 시각을 잡기 어려운 데다가 이론화의 과제 또한 난제 중의 난제이기 때문이다.

나는 지금 문제를 제기한 입장에서 시론이나마 펴보려고 분석의 대상을 소설로 한정했다. 소설은 잘 알려진 바와 같이 근대의 지적 상황에서 주변부로부터 중심부로 이동한 문학양식이다. 근대인의 자기표현의 형식으로 일반적 글쓰기에서는 논설, 문학적 글쓰기에서는 소설이 중심적 위치를 차지한 것이다. 이런 실상을 염두에 두고 잡은 제목이 '소설에서 근대어문의 실현 경로'이다. 동아시아 보편문어의 한문 글쓰기로부터 언문일치의 근대어문으로 전환한 경로를 소설문체로 포착해 보려는 취지다. 19세기 전후의 한문소설과 1920년대 전후의 근대소설이 분석의 주 대상으로 될 것이다. 나 자신, 지식의 한계로 한국소설사의 현장에 집중될 수밖에 없지만, 중국의 경우를 되도록 비추어 논하려고 한다. 이 작업과정에서 근대어문의 첫 번째 특징으로 들었던 '근대주체의 자기표현 형식'이라는 측면을 중요하게 고려해서 '자아'를 관건어로 삼아 볼 생각이다.

2. 근대 이전의 한국에서 소설의 존재 형태와 야담

한국의 옛 소설은 표기체계상으로 보아 한문소설과 국문소설의 구분이 있었다. 양자가 대부분 필사형태로 유포되었으며, 그런 중에서 독자층의 수요가 비교적 많은 부류는 상업출판의 방식으로 보급되기도 하였다. 근대 이전의 한국사회에서 소설의 존재 형태는 대략 이러했던 것이다.

소설양식에서 그려진 한문소설과 국문소설의 병존현상은 한국문학사 전반의 이원구조의 일환이다. 그러나 문학사 전반에서의 한문학과 국문학의 이원구조와는 의미상에서 다름이 있고 관련 양상에서 같지 않음을 발견할 수 있다.

한국문학사 특유의 이원구조는 구어와 문어의 불일치라는 모순에 의해서 발생, 발전한 현상이었다. 한문을 문어로 통용하는 역사적 특수성 및 문화적 환경에서 보편적·고전적 형식의 한문학을 수용하고 향유한 것은 기실 자연스런 현상이었다. 그런 한편, 이 또한 자연스런 현상인데 노래를 부르고 싶은 욕망을 한문학의 형식으로 충족시키기에는 제약이 없을수 없었다. 이런 요인으로 향가에서 시조로 이어진 가창양식歌唱樣式이 존속하게 된 것이다. 한국문학사는 17세기로 진입하기까지 한문학 주류에 가창양식의 국문학 단선으로 이어진 모양을 그리고 있었다. 그러다가 17세기로 와서 국문소설이 출현하게 된다. 이 국문소설의 출현에는 전에 없이 새로운 요인이 작용하였던바, 다름 아닌 독자층의 요청이다. 문학사에 국문소설이 등장함으로 해서 이원구조가 외형은 그대로지만 의미는 상당히 달라졌다.

문학사 일반의 국문학과 한문학의 공존체제는 안정적인 상태를 유지해왔다. 그런데 국문소설과 한문소설의 관계를 보면 표기법상에서 교호작용이 일어났다. 이 또한 독자층의 요구에 따라서 야기된 현상이다. 당초 국문소설을 요청한 독자층은 사대부 여성층, 즉 규방閨房의 부녀자들이었다. 규방이란 폐쇄적 공간에서 생활해야만 했던 부녀자들에게 흥미를 제공하고 교양적 의미도 지닌 것으로 고안된 품종이 다름 아닌 국문소설이었다. 당시에 '여사고담女史古談'이라고도 일컬어졌거니와, 지자는 여기에 '규방소설'이란 개념을 적용하고 있다. 이 규방소설이 사대부 남성들에게도 관심을 끌어 한문으로 번역된다. 이 한문본이 원본처럼 되어 다시 국문으로 옮겨지기도 한다. 또한 원작이 한문소설이었던 것이 여성들의 요청에 따라 국문으로 옮겨지기도 했음이 물론이다. 17세기에서 19세기에 이르기까지 소설양식에서는 표기법상의 교호 현상이 자못 활발하게 진행되었다.[1]

이런 현상은 대단히 역동적인 모습이긴 하지만 표기법상의 성적性的 분

---

1 임형택, 「17세기 규방소설의 성립과 『창선감의록』」, 『東方學志』 57, 1988. 이 책 249면.

할구도 그대로다. 국문소설이 규방의 문턱을 넘어서 사랑방으로, 서민층으로 확대되는 과정에서 소설의 개체수가 급속히 증가했고 유형도 다양화되었던 것이 사실이다. 하지만, 그 당시 양적 증대가 질적 전환을 가져왔던가를 따져 묻는다면 나는 긍정적으로 답하기 어렵다고 생각한다. 19세기로 들어와서 더욱 비대해진 국문소설은 독자들의 저속한 취미에 영합한 나머지, 한편에서는 통속화 경향이 현저하게 되고 다른 한편에서는 긴치 않게 늘어지고 길어진 대작소설이 등장하였다.

17~19세기의 국문소설의 존재는 문학사의 지각 변동을 예고하는 현상이고, 적어도 외견상으로 보면 근대어문의 조기적 실현이라고 말할 수도 있겠다. 하지만, 위에서 지적하였듯 국문소설은 어쨌건 한국문학사의 전근대적 이원구조의 연장선에 놓인 것이었으며, 그 위상이 당대를 대표하는 문학으로 올라서기에는 아직 거리가 멀었다. 중국과 대비해 보자면, 한자가 자기 언어에 직결된 것이라는 차이는 있으나 문어문학文語文學과 구어문학口語文學의 이원구조라는 면에서는 서로 유사한 상태였다. 중국에선 일찍이 '명청소설明淸小說'이라고 일컬어져 왔듯 시대를 대표할 만큼 소설의 비중이 당시의 한국에 비해 훨씬 높은 편이었다. 그렇긴 해도 중국 역시 20세기로 진입하기까지 시문위주詩文爲主의 정통문학이 중심적 위치를 고수하고 있었다. 중국은 5·4에 이르기까지, 한국은 3·1에 이르기까지 큰 틀에서 구조적 상동성을 지속해 왔다.

여기서 나는 본 주제와 관련하여 야담野談 – 한문단편漢文短篇을 중시해서, 특히 『기리총화綺里叢話』라는 19세기의 한 야담집을 거론하려고 한다. 최근에 이 자료를 접해서 나 자신의 야담에 대한 인식논리를 일부분 수정했기 때문이다. 일찍이 신문체新文體를 창출하여 이 시기 문학을 선도했던 박지원朴趾源의 창조적 시도와 대비되는 논의가 포함될 것이다.

야담이란 한국문학사 특유의 관행적인 용어다. 17세기 초 『어우야담^{於于野談}』에서 첫 용례가 보이고 19세기 중엽에 와서 『청구야담^{靑邱野談}』으로 그 다양한 성과들이 종합되어 전형적 성격이 갖춰졌는데 20세기 근대 상황에서도 '야담'이란 이름의 잡지가 발간되어 대중적 인기를 누린 바 있었다.

야담은 범박하게 규정짓자면 '서사의 구연형태'를 가리키는 것이므로 언제고 어디에고 있을 수 있는 그런 부류이다. 중국에 있어 속강^{俗講}·설화^{說話}·설서^{說書}·평설^{評說}·화본^{話本} 등이 이에 해당하며, 일본에 있어 강담^{講談}·강석^{講釋} 등도 이에 해당하는 유형이라고 말할 수 있다. 1920년대 말경 한국에서 신야담운동이 일어났던바, 이는 일본 전래의 강담의 근대적 변형인 '정치강담^{政治講談}'·'사회강담^{社會講談}'에 자극받아 우리 상황에 도입하려는 시도였다.[2]

요컨대 '서사의 구연형태'는 중세부터 동아시아 여러 나라들에도 각기 사회·문화적 배경에 상응해서 이런저런 형식으로 유행, 연변하여 근대에 이른 것이다. 특히 중시할 점은 이런 구연형태가 각국의 소설사에 밀접한 관계를 맺고 있다는 사실이다. 중국의 경우, '사대기서^{四大奇書}'의 위대한 성과는 설화인^{說話人}의 활동을 전제하지 않고서는 설명하기 어렵다. 전기소설^{傳奇小說}·문언소설^{文言小說}의 전통에 머물러 있었다면 '명청소설'의 시대는 결코 열리지 못했을 것이다. 저 창조적 메커니즘은 일차적으로 청중을 상대로 이야기를 구연하는 현장성에 있다고 여겨진다. 그런 과정에서 성시민^{城市民}들의 삶의 입김이 생생하게 담겨지게 되었으니, 문체상에서는 자연스럽게 구어가 실현될 수 있었다. 사대기서를 비롯한 백화체^{白話體} 소설의 경이로운 성과는 중국뿐 아니라 동아시아 한자문화권의 보편적 문

---

2   임형택, 「야담의 근대적 변모」, 『韓國漢文學硏究』 19, 1996. 이 책 448면.

어체계에 도발적 의미가 없지 않았을 것이다. 그런데 백화체와 같은 주변부적인 소설양식에서의 성세盛勢가 근본적 변혁을 가져오기엔 한계가 있었다는 점을 유의할 필요가 있다. '명청소설'의 시대, 그 당시의 체제권력은 소설을 불온시한 나머지 탄압조치를 심심찮게 발동하였다. 표면적으로 '회음誨淫'과 '조반造反'을 경계한다는 것이었지만 따지고 보면 '문어적 질서'의 붕궤를 우려한 것이다. '문어적 질서'란 요컨대 경학經學의 이데올로기적 보루, 시문詩文의 문화적 중심부를 보수하는 것을 뜻하였다. 이 중심부 자체가 완고한 상태에서 주변부적 동요로 어문질서의 체제적 변혁이 금방 일어나기는 어려운 노릇이었다.

조선조 박지원의 신문체는 어문질서의 체제 그 내부로부터 발생한 변화라는 점에서 주목할 현상이다. 학계에 이미 알려진 대로 박지원이 중국을 여행하고 돌아와서 창작한『열하일기熱河日記』가 신문체로 비친 것이다. 이『열하일기』의 문체적 영향력이 확산될 조짐을 보이자 국왕 정조正祖는 방관하지 않고 이른바 '문체반정'이란 정책을 편다.

그야말로 문제작이 된『열하일기』는 어떻게 규정지을 것인가?『열하일기』는 근대적 문학관에 비추어 보면 소속시킬 곳이 애매하고 문학성을 부여할 논리도 마땅찮다. 도리어 비문학적인 것으로 분류되기 십상이다. 동양 전래의 문학관에 비추어보더라도 문文에 속하는 것이긴 한데 비난과 지탄을 받을 소지가 적지 않다. 실제로『열하일기』로 향해서 갖가지 공박이 쏟아졌는데 당시의 정황을 그의 처남이면서 지기知己였던 이재성李在誠은 "저 그를 좋아한다는 자들도 진수를 이해한 것이 아니니, 해타咳唾의 찌꺼기를 주워서 보배처럼 여기고 우언해소寓言諧笑로 널리 전파하였다. 이에 그에 대한 공격은 예봉을 얻었다"고 당시 소식을 전하고 있다. 이 대목에서『열하일기』의 원서原序를 참고해 본다.[3] 저서著書 형태의 인간적 실천의 최고경지로『역경易經』과『춘추春秋』를 전제하고 있다.『역경』은 드러나지 않은 이치를 추구하기 때문에 '우언'으로 흐르게 되며,『춘추』는 드러난 일을 다룬 기사紀事이기 때문에 변해서 '외전外傳'이 된다는 것이다.『열하일기』는 물론 외전外傳에 속하는데『장자莊子』와 견주어서 이렇게 주장하고 있다.

> 비로소 알았노라!『장자』는 외전外傳이 되어 진가眞假가 뒤섞인 상태인데 연암씨燕巖氏가 지은 외전은 진만 있고 가는 없다. 양자 모두 우언으로서 이치를 논하는 데로 귀결된 점에서는 마찬가지다.

『장자』는 허구적 가탁이 섞여 있음에 대해서 경험적 사실에 근거한『열하일기』의 특징을 지적한 말이다. 위의 논법에 따르면『열하일기』는 외전의 형식에 우언寓言의 의미를 겸하여 실로『춘추』와『주역』의 변용이며,『장자』에 비해 장점이 있다고 말할 수 있다. 지나친 과장이고 허세를 부리는 건 아닐까? 나는 그 작가의 각성된 주체의 최고 실천으로『열하일기』를 해석한 논리라고 이해한다.

『열하일기』에 대해 당시 독자들은 대부분 '전기해소지작傳奇諧笑之作'기이한 내용으로 우스개 글이라는 의미으로 알고 흥미롭게 읽었다고 한다.『열하일기』의 핵심 논지를 파악해 읽은 독자는 드물다고, 작가의 아들이『과정록過庭錄』에서 안타깝게 지적하였듯[4] 그야말로 피상적인 독법이다. 허나『열하일

---

3 『열하일기』의 서문은 통행하는 본에는 실려 있지 않다. 이가원 선생이 자료를 발굴해서, 자신이 번역한『국역 열하일기』(민족문화추진회, 1977)에 수록된 것이다. 이『열하일기』의 서문은 누가 지었는지 단언하기 어렵다. 본문에 '燕巖氏'라는 호칭이 나와서 제삼자가 지은 것처럼 보이는데 그렇다고 작자가 밝혀있지도 않다. 나는 혹시 연암 자신의 가탁이 아닐까 하고 생각해보기도 했으나, 근래 이 서문은 유득공(柳得恭)이 지은 것으로 확인이 되었다.

기』의 다양하고 중층적인 면모에 소설적 요소 및 풍자·해학적 성격이 다분히 곁들여 있음 또한 부인할 수 없는 실정이다. 구사한 문체 또한 문어체를 중심으로 하였지만, 필요에 따라서는 백화체를 쓰고 있다. 그리고 그 전편에 걸쳐 소설적인 서사방식과 묘사수법이 도입되었고 해학적·풍자적 표현이 활용되기도 한 것이다. 『열하일기』가 신문체로 인식된 요인이기도 하다. 특히 「호질虎叱」과 「옥갑야화玉匣夜話」는 소설로 분류되어왔던 성격인데 전자는 풍자소설에 속하는 것이며, 후자는 야담의 작품화라고 할 것이다.

'사실의 보고報告'를 위주로 한 『열하일기』에다 허구적 소설을 삽입한 까닭은 어디 있을까? 그 작가의식에 직결된 문제다. 『열하일기』의 핵심 주제는 세계인식에 있었다. '내'가 발을 딛고 선 이 세계는 지금 어떤 상황이고, 이 세계의 질곡을 어떻게 타개해 나갈 것인가? 이에 당시 세계의 중심부인 중국의 정세를 판단하고 전망하기 위한 글쓰기 형식을 요망한 것이다. 『열하일기』에서 청조淸朝의 중국을 어떻게 대면하고 어떻게 판단할 것인가의 문제를 총괄하기 위해서 논술적 글쓰기 방식으로「심세편審勢編」을 썼다. 그리고 청황제淸皇帝의 지배체제에 기회주의적으로 영합하는 중국지식인들을 비판하기 위한 의도로 「호질」을 삽입하였으며, 청황제 체제의 극복은 동아시아적 차원의 과제로서 조선이 고민해왔던 사안이기에 이와 관련해서 「옥갑야화」를 삽입한 것으로 해석할 수 있다.[5]

방금 거론한 「옥갑야화」가 그렇듯 박지원은 젊은 시절에 쓴 구전九傳, 「방

---

4 "讀者不知要領, 往往認之以傳奇諧笑之作. 雖自以爲愛好善讀者, 亦未必其大致."『過庭錄』권1, 35면(『韓國漢文學研究』제6집). 이에 대해서는 저자의 「朴趾源의 주체의식과 세계인식-『열하일기』분석의 시각」, 『실사구시의 한국학』, 139면에서 논하였다.

5 임형택, 「박지원의 주체의식과 세계인식」, 제3회 동양학국제학술회의논문집『동아시아 삼국 고전문학의 특징과 교류』, 1985, 『실사구시의 한국학』, 2000, 창비.

경각외전(京刻外傳)」에서도 야담을 창작의 호재료로 활용하곤 하였다. 그런데 박지원의 야담활용은 야담집이 형성되는 일반적인 경로와는 다름이 있다. 그에 있어서는 고도의 작가의식 및 창작기법이 투입된 것이었다. 반면 야담집은 대개 구연 형태로부터 문자 형태로 전환한 결과물이라고 할 수 있다. 중국의 화본話本과 유사하므로 그것에 화집話集이란 용어를 부여하였다. 그래서 박지원의 경우, '창작적'임에 비하여 야담집은 '기록적'인 성격이라고 저자는 보았던 것이다.

야담의 성립 과정은 대체로 구연화口演化라는 구두창작의 단계와 기록화記錄化라는 문자창작의 단계로 나누어 볼 수 있다. 야담을 가리켜 '기록적'이라고 표현한 것은 일차적인 구두창작의 단계를 중시한 때문이다. 그런데 기록화가 요즘 녹취를 하듯 자동적으로 이루어지는 과정이 아닐 터이다. 그 작가의 의식과 필치가 어쨌건 결정적으로 작용하기 마련이다. 이런 점을 고려하긴 하면서도 나 자신 기록화의 단계를 상대적으로 경시한 편이었다. 『기리총화綺里叢話』를 통해서 시각교정을 하게 되었다는 곳은 바로 이 대목이다. 야담인식의 기본논리를 바꾸려는 것은 아니고 그 기록화 단계에서의 창작적 개입을 보다 적극적으로 평가하려는 뜻이다.

『기리총화』는 최근에 비로소 전모를 확인할 수 있게 된 야담집이다. 이미 오래전 일인데 이우성李佑成 선생과 저자가 야담류의 자료들을 두루 섭렵, 한문단편이란 개념으로 정리하는 과정에서 『기리총화』는 포착되지 못한 상태였다. 지난 1997년에 저자는 『기리총화』를 발굴하여 학계에 소개하면서 그중의 6편을 소개하였다.[6] 당시는 작자의 성명이 확인되지 않아 '기리綺里'라는 필명으로 제시했고 입수한 자료도 결락이 심한 것이었

---

6 임형택, 「『기리총화』 소재 한문단편」, 『민족문학사연구』 11, 1997.

다. 그 후로 김영진金榮鎭 교수의 고증작업에 의해 작자가 전의全義 이씨 가문의 이현기李玄綺, 1796~1846로 밝혀졌으며,[7] 저자는 또 따로 비교적 온전한 상태의 자료를 새로 얻어 보게 된 것이다.

『이조한문단편집』에 이미 『기리총화』 소재의 작품이 9편이나 뽑혀 있었다. 이 9편 모두 한문단편에서 재미있고 빼어난 작품으로 평가받는 것들이다. 그럼에도 이들에 대한 통일적 인식은 불가능하였다. 왜냐하면 원출전도 모르고 원작자도 까맣게 모르는 상태였기 때문이다.

이들 작품은 주로 『청구야담』에 수록되어 있었던 것이다. 『청구야담』의 편찬 과정에 『기리총화』가 접수되었음이 틀림없다. 그런데 『기리총화』의 상·중·하 3권에서 상권과 중권에서만 『청구야담』에 뽑힌 것으로 보인다. 저자가 후에 신발굴로 소개한 6편은 모두 하권에 실려진 것이었다. 이들 작품을 소개하는 글에서 저자는 "대개 야담에 기초하고 야담적 수법을 채용해서 경묘한 필치로 엮어 가는데 정치 사회 및 인간 세태에 대한 비판의식이 번득이고 있다. 그런 가운데 구연의 재료에 의거하지 않고 작가의 머리에서 이야기를 꾸며낸 것들이 있는 것으로 생각된다"고 논평하였다.

『기리총화』에서 먼저 중시하는 점은 작가의식의 측면이다. 「노주문답奴主問答」은 노예로 부림당하는 자가 아무도 없는 틈에 상전을 붙잡아 놓고 부조리함을 조목조목 따진 그야말로 풍자서사이다. 인간의 원천적 평등을 일깨우며 "오직 신분이 천한 까닭으로 남의 아래서 굽히고 살아야 되는가?"라고 신분제도에 대한 문제제기를 하고 있다. 이 경우는 작가의 허구적 창작으로 추정된다. 「포천이문抱川異聞」은 기존의 귀신 이야기에 자기

---

7   金榮鎭, 「『綺里叢話』에 대한 일고찰―편찬자 확정과 후대 야담집과의 관련 양상을 중심으로」, 『韓國漢文學研究』 28, 2001.

주장을 끼어 넣은 일종의 '술이우의述異寓意'이상한 이야기를 서술해서 거기에 뜻을 붙임로 보인다. 이 「포천이문」에서는 무덤 속에 있는 조선 개국공신 하륜河崙을 호출하여 북벌론北伐論의 허위성을 공박하는 발언을 하도록 한다. 「옥갑야화」에서 허생이 이완李浣 대장 앞에 던졌던 공격적인 발언을 여기서는 귀신에게 시킨 모양이다. 한편 「김령金令」이나 「구복막동舊僕莫同」 등[8]에서는 양반의 무능력에 대조적으로 역관 및 노비 출신의 신흥부자에게서 합리적이고 기민한 인간형을 발견, 묘사하고 있다. 작가의 비판적 의식이 시대의 진운을 기민하게 포착한 듯싶다. 이런 풍자와 비판의 작가정신은 바로 자아각성 그것이다.

그리고 또 『기리총화』를 중시하는 이유는 그 창작수법에 있다. 전체를 훑어보면 이런 종류의 책이 대개 그렇듯 이것저것을 잡기한 형태여서 한 가지로 말하기 어렵다. 그런 가운데 서사의 완벽한 구조를 갖춘 작품의 경우는 구사한 수법이며 도입한 표현형식이 여러 가지로 다채롭다. 「장수과전張守果傳」이란 제목의 소설은 특히 실험성이 돋보이는 것이다. 문체며 서술방식이 한문단편의 관행에 비추어 대단히 특이하다.

「장수과전」은 편폭부터 한문단편으로서는 아주 긴 중편 정도의 분량인데 학계에서조차 알려지지 않고 있다가 이제 비로소 거론되는 것이다. 현재 확인된 바로 저자가 최근에 입수한 『기리총화』에만 실려 있기 때문이다. 그런데 원본 자체가 끝이 결락된 상태이다. 유감스럽지만 다행인 것은 서사의 결말은 짐작할 수 있다. 작품의 줄거리는 서울 남산 기슭에서 과수를 재배하여 생계를 꾸려가는 주인공이 파멸에 이르는 구조이다. 제목의 '장수과'란 주인공 장생이 과일을 지키는 자라 해서 붙여진 별명이

---

8 『기리총화』에는 원제가 「김령」은 「채생기우(蔡生奇遇)」로, 「구복막동」은 「최승선전(崔承宣傳)」으로 되어 있다.

다. 몰락한 양반 장생은 노총각 신세도 면해야 하고 가문도 다시 세워야
하는 처지이다. 매년 열리는 과수의 결실을 남이 훔쳐가지 못하도록 지켜
서 외축 없이 팔아, 그래서 생기는 돈은 한 푼도 소비하지 않고 저축해야
하는 것이다. 그는 자신이 세 끼 먹는 밥도 아끼느라, 남산의 활터에서 한
량들이 벌이는 음식자리에 끼어들어 얻어먹는 행위를 매일 하게 된다. 이
에 '장수과'에게는 '장비위'라는 별명이 하나 더 붙는다. 이런 인간이 활
터의 못된 친구들의 꾐에 걸려들어 남몰래 쌓아 두었던 돈을 몽땅 날리고
개망신을 당하는 이야기다.

　이 소설의 서사구조는 '주인공 망치기'의 과정이다. 성장소설의 전도형
인 셈이다. 나름으로 인생설계를 세워 착실하게 실행하는 한 인간을 파멸
로 몰아가는데 그 자신의 신조를 무너뜨렸다는 면에서는 '훼손형'에 속하
는 것이다. 또한 작중의 남주인공 장생과 여주인공 최낭자는 재자가인의
원형이 전도된 형태로 볼 수도 있겠는데 그렇게 보면 애정소설의 역설적
구조이다. 희화적으로 표현되며 이에 따라 풍자성이 짙게 묻어난다. 이런
제반 특징으로 미루어 「배비장전」과는 계보가 다르고 성격이 다르면서도
유형적 상동성이 있다고 하겠다.

　「장수과전」과 「배비장전」의 상동성은 차용한 모티브가 동일한 데서 비
롯된 것이다. 기존의 구비적 화소를 차용하되 창작 수완을 발휘해서 새롭
게 꾸며내는 방식은 작가적 역량이기도 하다. 『기리총화』가 '기록적'이라
기보다 '창작적'이라고 지적한 것은 바로 이런 때문이다.

　한문단편의 최우수작으로 평가되는 「김령」과 지금 거론하는 「장수과
전」은 한 작가의 필치에서 나온 것임에도 여러모로 흥미롭게 대비되고 있
다. 기존의 구비적 화소를 차용해서 재창조한 수법은 마찬가지며, 몰락 양
반이란 사회적 존재를 주제로 포착한 점에 있어서도 마찬가지이다. 다만

「김령」은 성취구조를 취한데 반해 「장수과전」은 파멸구조를 취한 측면에서 양자는 전도된 모양이고 미학적 성격도 상반되어 있다. 그러면서도 서사가 전체 관건적 문제를 설득력 있게, 독자들에게 흥미를 제공하면서 풀어가는 기법에서 동일한 작가의 탁월한 솜씨를 느낄 수 있다. 그런데 「장수과전」 쪽이 실험성이 강하다고 본 것은 문체 및 평어評語의 도입에 있다. 전편에 걸쳐 문장 표현을 백화체로 쓰고 있는데다가 중간 중간에 작자가 직접 개입한 평어가 삽입된 것이다. 명청소설에서 형성된 문학적 관습의 차용으로서, 우리의 소설 관행으로 보면 생소한 양상이다. 평어를 삽입해서 노린 효과, 그리고 군이 백화체를 쓴 의미에 대해 짚어 보자.

작품은 서두 부분에서 주인공을 등장시키는데 "남산 아래 몇 칸의 허름한 집"이라고 한 다음 "지금도 이 산 아래는 이런 부류의 사람이 많이 있다"[秪今此峰下, 亦多有此般人]는 평어를 붙여 놓았다. 주인공의 생존 시기를 오래된 과거로 설정하면서 평어로 현재성을 일깨운 것이다. 그리고 서사가 진행되면서 주인공의 생업과 호칭이 소개되는데 여기에 붙여서는 "그의 생업과 호칭을 글의 서두에 쓰지 않고 지금 문득 그 자신의 입을 빌어 나오게 했으니 서사의 묘품이다"[9]고 평한다. 이렇듯 평어는 독자에 대해 해설적 기능을 하고 있는 모양이다. 작가와 가상적 독자 사이의 격리된 공간에 비평가를 세워 독자들의 이해를 돕는 한편 추임새를 넣고 때로는 웃음을 유도하기도 한다. 원래 별개로 존재하기 마련인 비평가의 역할을 작가가 위장하고 나선 설정 자체가 넉살이고 익살이다.

인물의 시간대를 과거로 설정하고 현재성을 일깨운 문제에 관련해서 언급해 둘 점이 있다. 작중에 다른 인물들 또한 16세기 전후 중종반정에

---

9   「장수과전」, "將他生業稱號不書傳首, 今忽借他口裡說出, 敍事妙品."

서 공신이 된 인물들의 이름으로 등장시킨다. 그대로 보자면 성종 말년 내지 연산군 시대를 배경으로 한 역사소설인 셈이다. 하지만, 이 작품은 결코 역사소설은 아니다. 이 또한 역사상의 인물을 차용해서 설정한 시간 대는 가차한 것일 뿐이니, 세태소설로 간주해야 할 성질이다. 나름의 특이한 수법이다. "지금도 남산 아래는 이런 인물이 많다"는 평어는 제재의 현재적 의미를 떠올리게 하는 기능을 한 것이다.

「장수과전」은 그 작자가 대체 무슨 맘을 먹고 백화체를 썼을까? 백화 체가 한어漢語를 일상어로 사용하는 중국인에게는 친숙하지만 조선인에게 는 도리어 생소한 어문이다. 야담의 기록화는 문어적 한문으로 이루어지 는 것이 관행이었고 성과도 거두었다. 그럼에도 백화체를 쓴 의도는 어디 있었을까? 야담은 구연의 이야기를 기록한 것이기에, 야담의 한문은 일반 고문과 다른 '조선식 한문'으로 되었다. 하지만 아무리 '조선식 한문'이라 도 '사실'의 재현이라는 측면에서는 부족함을 느끼지 않을 수 없었을 것이 다. 구어와 문어의 불일치라는 숙명적 모순을 안고 고뇌한 문인으로서 는 이런저런 해결책을 모색하게 되었다. 이 모순의 극복방안으로 박제가 朴齊家의 경우 한어화漢語化 방향에서 언문일치를 가상해 보았거니와,『기리 총화』의 작가 이현기는 백화체 소설을 실험 제작해 본 것이다.

3. 1920년대 소설에서 실현되는 근대어문
　　-『만세전』과『아Q정전』을 대비해서

'소설에서 근대어문의 실현'이란 이 글의 본론으로 이제야 들어섰다. 당초에 설정한 주제가 방만한 까닭에 접근하는 방도 또한 막연하다. 그래서 몇 작품을 사례로 들어서 논의를 구체화해 보려고 한다.

한국문학사에서 중국문학사상의 『아Q정전阿Q正傳』에 비견되는 작품이라면 무엇이 거기에 해당할까? 나의 개인적인 소견이지만, 한국근대소설 성립기의 대표작은 『만세전萬歲前』이다.[10] 1922년 『신생활』지에 연재를 시작한 염상섭의 『만세전』연재 당시 제목은 『묘지』였음을 일단 귀착처로 잡고 1915년에 발표된 양건식의 「귀거래歸去來」를 출발지로, 1921년에 발표된 현진건의 「빈처貧妻」를 하나의 이정표로 삼아서 논할 것이다. 「빈처」와 『만세전』이 발표된 것은 3·1운동의 여파로 일어난 신문학운동이 전개되는 바로 그 시간대였다.

중국근대의 루쉰魯迅과 『아Q정전』, 저처럼 확고부동한 위치를 점유한 작가와 작품이 한국문학사에는 부재한 형편이다. 그렇긴 한데, 소설작품으로서 『아Q정전』과 『만세전』 사이에 몇 가지 공통점을 발견할 수 있다. 양적인 면에서 다 같이 중편소설의 규모를 갖추고 있으며, 발표 시점이 비슷한 시기이다. 단순한 시간의 일치에 그치지 않고, 역사적 계기로 중국에 있어 5·4의 문학적 대변자가 『아Q정전』이라면 한국에 있어 3·1의 문학적 대변자로는 『만세전』이 손꼽히는 것이다. 그리고 신해혁명辛亥革命의 좌절을 뼈저리게 반성한 『아Q정전』, 3·1운동의 사회적 배경을 암울한 화폭에 담은 『만세전』, 양자의 작품세계에서 이렇듯 내면적 상동성을 포착할 수 있다. 중국문학사의 『아Q정전』과 한국문학사의 『만세전』을

---

10 『阿Q正傳』은 당초 北京에서 발간되는 『晨報週刊』에 1921~2년에 발표되었던 것이다. 『萬世前』은 1924년 8월 고려공사에서 단행본으로 간행되었는데 그에 앞서 복잡한 경위가 있었다. 1922년 『新生活』이란 잡지의 7월호와 8월호에 「墓地」란 제목으로 2회 연재되고, 다음 9월호의 3회분은 일제 당국의 검열로 전문 삭제되고 연재도 중단되었다. 1924년 『時代日報』에 다시 연재, 4월 6일부터 6월 7일까지 총 59회에 걸쳐 발표된다. 그리고 해방 후인 1948년 수선사에서 개정판이 나온바 이때 수정되기에 이르렀다. 이 개정판이 요즘 통행되는 것이다. 본고는 고려공사의 초판본을 대상으로 잡아 논하고 인용한다.

비교의 시각에서 읽으면 담론을 풍부하게 끌어낼 수 있다고 생각하는 것이다.

『아Q정전』과 『만세전』을 놓고 상동성을 위와 같이 열거해 보았으나 실은 같은 면보다는 다른 면이 더 많다. 당연한 노릇이다. 양자의 상이한 작풍作風에서 각기 자기 전통에 대응하는 자세의 차이점에 나는 특히 흥미를 갖는다. 우선 '아Q정전'이라고 붙인 제목부터 심상하게 지나칠 것이 아니다. 그 작가의 창작의식에 관계된 사안이다. '阿Q'라는 주인공은 이름부터 천고에 유례없이 괴상하게 들리거니와, 날품팔이로 주거부정에 성명도 모호한 결함투성이의 인간을 입전立傳하겠다니, 작중에서 지적하였듯 도무지 도리에 맞지 않는, 문화관습을 위배한 수작이다. 것도 '정전正傳'이라고 붙인 것이다. 이 물론 작가에 의해 치밀하게 계산된 수법으로서, 작가의 창작정신에 직통하는 표현 형태이다.

박지원은 젊은 시절에 창작한 소설적 산문에 대해 '외전外傳'으로 표제하였다. 그리고 『열하일기』에 당해서는 성경현전聖經賢傳으로부터 유변流變한 형태라는 의미에서 '외전'이란 개념을 빌어 의미부여를 하였다. 그 자신이 법고창신法古創新을 표방하였듯이 전통에 전면적 도발을 감행하지는 않았던 것이다. 반면 『아Q정전』은 '정전'으로 표제한 것을 변명하는 논조의 희화적 언설을 작중에서 펴고 있긴 하지만, 문화전통에 도전해서 정면으로 승부를 걸어본다는 뜻이 과감하다. 그 작가의식은 대담한 조반造反이다.

중국은 여러 천년에 걸쳐서 입언立言—불후문장不朽文章의 정신을 구현하여 유가적 '문화장성長城'이 구축된 상태였다. 이 '문화장성'은 주변지역으로 영향을 확장하여 이른바 한자문화권이 형성된 것이다. '문화장성'을, 작중에서 꼬집고 있는 것처럼 삼교구류三敎九流에도 끼이지도 못하는 소설로, 더구나 '수레를 끌고 다니며 뚜장 파는 자들의 말[引車賣漿者流]'[11]인 백화문으로 써가지고 공략한다는 그 자체가 아이러니이다. 그리고 작가는 의도적으로 성경현전을 종종 들먹여서 불경스럽게도 패러디를 자행하고 있다. 작품의 전략적 선택에 상응하는 전술적 기법이다.

이 대목에서 다시 회고해 볼 문제점이 있다. 저 『삼국지』·『수호전』으로부터 『홍루몽』에 이르는 대장편의 백화체소설이 출현하여 독자들의 비상한 환호를 받았음에도 '문화장성'은 요지부동이었다. 「아Q정전」, 기실 중편에도 미치지 못하는 소설이 급기야 '문화장성'을 해체하는 위력을 발휘하다니, 이 점을 어떻게 설명할 것인가? 이 사안은 저자가 나서기엔 주제넘는 사안이긴 한데 본고의 논지와 관련해서 간략히 소견을 진술해 두고자 한다. 당연한 말이지만, '아Q의 시대'인 20세기 초반은 그 이전과 시대적 조건이 현격히 달랐던 사실에서 요인을 찾아야 할 터이다. 보다 중요하게 착안해야 할 점은, 당면한 시대 상황에서 창작주체가 어떻게 대응하였느냐는 데 있다.

『이Q정전』은 신해혁명기 미장未庄지역에 관한 보고서인 셈이다. 다시 말하면 신해혁명이 왜 실패하였는가를, 소설형식을 차용해서 구체적으로 분석한 내용이다. 역사의 주체인 인간들에서 문제점을 찾았다. 인간들의 행동양식, 그 행동양식을 유발하는 사상에서 혁명이 실패할 수밖에 없는 병폐를 포착한 것이다. 곧 구중국의 사상문화의 전통에 저항하는 통렬한 자기비판이요, 부정이었다. 그런 내용이라면 전통적인 형식으로 '재도지

---

11 引車賣漿者流는 백화문을 얕잡아 지칭한 말이다. 차이위안페이(蔡元培)는 북경대학 총장으로서 백화문 운동을 주장하였던바 백화문을 격렬히 반대한 린수(林紓)가 차이위안페이에게 보낸 서신에서 쓴 것이다. 린수는 고문(古文)을 버리고 백화문을 채용한다면 수레를 끌고 다니며 뚜장 파는 자들의 말도 모두 문법에 맞는다고 할 터이니 천한 장사치도 교수로 임용될 판이라고 조롱을 하였다. 루쉰은 이 말을 일부러 작중에 끌어들여서 패러디한 것이었다.

文載道之文'─고문으로 하는 것이 마땅했다. 그러나 지금은 도유교의 교리 자체가 비판의 표적이요, 고문은 청산하지 않으면 안 되는 대상이었다. 때문에 소설이란 형식을 채택한 것이겠거니와 문체 또한 고문을 부정하고 백화체를 채용하였다. 이『아Q정전』의 형식은 '문화장성'을 공략하기 위한 전투적 글쓰기다. 그리고 공격을 효과적으로 수행하기 위한 전술적 선택으로서 아이러니와 패러디의 수법을 십분 활용하였다.『아Q정전』의 문장은 비록 대중의 일상적 언어인 백화체이지만, 만근의 무게에 칼날의 날카로움으로 구문학을 넘어뜨리는 효과를 발휘할 수 있었다.

『만세전』역시 질곡으로 작동하는 자기 전통에 대한 비판과 부정을 자행하고 있다. 작중에서 바로 자신의 아버지, 그 아버지를 둘러싼 인간들의 덜떨어진 구습이며, 타락하고 진부한 사고방식들을 들춰내서 비웃으며 환멸하기도 하는 것이다. 그러면서도 정작 문학적 전통을 향해 비판적 필봉을 휘두른 대목은 보이지 않는다. 신문학을 건설하면서 구문학과의 싸움을 정면으로 걸지 않고 비껴선 모양새다.[12]

1) 소설작가의 자아

지금 논의의 선상에 올린「귀거래」·「빈처」·『만세전』, 3편 모두 주인공이 작가로 설정되어 있다. 그것도 일인칭이다. 말하자면 인텔리겐챠 소설인데 작가 자신의 생활을 그리거나 그의 시각으로 인식된 세계이다. 한국 전래의 소설은 작가가 부재한 상태였다. 옛 소설은 대부분 익명으로

---

12 중국에서 제기된 구문학과 신문학 간의 다툼이 한국에서도 당연히 일어났는데 그 구체적인 내용과 양상은 서로 다를밖에 없었다. 문체문제를 두고 말하면 한국에서는 표기수단으로 국자國字(=한글)냐 한자냐는 문제가 이미 1900년대 전후에 제기되어 근대 계몽기를 거치면서 일단 해소되었기 때문에 1920년대로 와서는 쟁점으로 크게 부각되지 않았던 것으로 보인다.

유포된바 생산자도 자기 제품임을 굳이 밝히려 하지 않았고 소비자도 누구의 제품인지 알려고 들지 않았기 때문이다. 소설에 자아가 부재해서 소설은 문학으로 인정받지 못했다는 말도 되는 것이다.

「귀거래」가 발표된 1915년은 근대 단편소설이 성립하기 직전이다.[13] 미숙한 태를 아직 벗지 못한 데다가 '미완'으로 되어 있다. 이 작가 양건식梁健植이 1918년에 쓴 「슬픈 모순」은 1920년대로 와서 확립된 단편소설의 디딤돌 역할을 한 것으로 북한학계에서 평가했는데 남한학계에서도 대개 수긍하는 편이다. 나는 「귀거래」가 비록 미완의 작이지만 문학사적으로 보다 큰 의미를 지닌 것으로 판단한다. 「귀거래」는 주인공부터 '작자'로 설정하고 있다. 소설작가로서의 '나'를 전면에 내세운 모양이다. 작자가 소설을 제작하는 현장을 묘사한 다음, 잡지 매체에 인쇄 공정을 거쳐 독자에게 공급되는 전 과정을 보여주고 있다. 근대어문의 메커니즘에 선각적으로 착안한 모습이다. 특히 작자가 구술하고 그의 처가 받아쓰는 소설제작의 현장을 재미나게 묘사하는데 당시 사람들이 소설을 어떻게 인식했던가도 드러나고 소설작가의 심리까지 제법 날카롭게 포착한다. 그러면서도 「빈처」에서처럼 작가의 경제적 처지에는 시선이 미치지 못하고 있다.

한국단편문학의 미학적 성취로 첫 손가락에 꼽히는 작가 현진건의 「빈처」는 창작주체의 고뇌를 다룬, 말하자면 자기 서사이다. 경제적 궁핍이 서사의 발단이 된 점에서는 「옥갑야화」와 유사한 설정이다. 「옥갑야화」의 허생은 비록 처의 굶주림을 해결해 주진 못하지만 "만금이 어떻게 나의 도를 살찌게 하랴![萬金何肥於道哉]"라고 자부하는 대인물이다. 그토록 자

---

13 『佛教振興會月報』 1권 6호, 1915.8. 「歸去來」는 표제 위에 '實地描寫'라는 4자를 붙여 놓았다. 작자는 菊如라는 필명으로 나와 있는데 梁健植이다.

부하는 도란 대체 무엇일까? 필시 치국평천하治國平天下의 경륜을 펼치고자 하는 뜻일 터이니, 주체적 사士의 형상 그것이다. 반면에 지고의 가치를 문학에 두고 소설 창작으로 자기를 성취하려는 「빈처」의 '나'는 그야말로 소도小道·소기小技의 인간이다. 이 주인공은 궁핍한 살림살이에 마음이 흔들리는 아내에게 "예술가의 처가 다 뭐야!"라고 역정을 내는 것이다. '나'를 가장 괴롭게 만드는 것은 소설에 대한 사회적 몰이해다.

> 그 잘난 언문諺文 섞어서 무어라고 끄적거려 놓고 제 주제에 무슨 조선에 유명한 문학가가 된다니! 시럽에 아들놈![14]

앞의 「귀거래」에서 작중 나의 말로, "조선사람 정도에 무슨 문학을 알겠소. 그저 쓸데없는 이야기나 늘어놓으면 소설로 알지"라고 개탄했던 그 상태로부터 조금도 나아진 것 같지 않다. 문제는 자기는 온몸으로 성취해야 할 가치로 믿고 추구하는데 세상은 '시럽에 아들놈의 짓'으로 지목하는 자아와 세계의 분열이다. 그 분열상은 너나없이 속물화로 편향하도록 만드는 식민지 현실과 무관하지 않음을 작품은 보여주고 있다. 「빈처」의 '나'는 곧 그 작가의 투영이다. 소설가로 각성한 자아는 『열하일기』에서도, 『기리총화』에서도 발견할 수 없다. 소설을 쓰긴 하면서도 그 스스로 소설가로 의식하지 않은 때문이다. 박지원은 말할 것도 없으며, 『기리총화』의 작가 이현기조차도 "역시 경사經史에 무한한 낙토가 있"음을 역설한 터였다.[15] 반면 「귀거래」와 「빈처」에서 보이는 소설가로서의 자아는 경세 지

---

14 『開闢』, 1921.1, 162면.

15 『綺里叢話·稗官移志』, "余酷嗜稗官, 多少閱覽, 甚至忘寢廢食, 而久乃厭之. 設意措辭, 都 是一板印來, 纔看第一卷, 已料得全帙排鋪, 更不新奇. 反求經史, 而有無限樂地. 世人或因 尤物移志, 終始不悟者何哉?" 이 글은 『기리총화』의 맨 끝에 실려 있다.

향의 대인이 아닌 범인으로 왜소화된 모습이지만 그대로 근대주체이다.

『만세전』의 초판에는 「서序를 대신하야」라고 해서 세 토막으로 된 작가의 말이 실려 있다.

> ① 내가, 왜 이것을 썼느냐는 것은, 잘 되었든 못 되었든 이 작作 자신이 나를 대신하야 제군諸君에게 말할 것이다.
>
> ② 이 작에, 얼만한 생명과 가치가 있겠느냐는 것은, 좋든 글튼 제군이 작을 대신하야 말할 것이다
>
> ③ 나는 이 두 가지를 믿음으로 또다시 입을 벌이려고는 아니한다.

①에서 '나'는 작가, '작 자신'은 창작의 결과물인 소설, '제군'은 독자를 가리키고 있다. 곧 작가는 작품으로 말한다고, 소설가로서의 자아를 선명하게 의식한 발언이다. ②에서는 작가로부터 분리되어 오직 독자에 의해서 의미를 갖게 되는 근대적 문학의 존재 방식을 또한 분명히 인식한 것이다. ③은 ①과 ②를 자신은 확실히 믿기 때문에 작품에 대해서 더 이상 말하지 않겠다는 뜻이다. 요컨대 『만세전』의 작가는 소설로 발언하는 근대 주체를 고도로 선명하게 의식했음을 인지할 수 있다.

『만세전』에서 '나'＝이인화李寅華는 작가의 분신이라고 보아도 좋을 것이다. 소설은 주인공이 동경서 출발, 부산을 경유해서 서울에 도착하기까지 도중에 보고 듣고 느낀 이런저런 사실과 상념들을 나열해 놓았다는 점에서 여행기적 구조이다. 말하자면 해사록海槎錄의 근대적 전도, 소설적 변용인 셈이다. 그 일련의 과정이 '나'의 민족현실의 발견으로 세계인식의 심화를 가져와서 자아를 재정립하는 결말에 도달한다는 점에서는 성장소

설적인 구조이다. '묘지'로 비유한 민족현실을 경험해 가면서 로맨티시즘에 빠졌던 자신의 문학태도를 부끄럽게 여겼다고 고백하는데 스스로 재정립한 그 문학관에서 산출된 것이 다름 아닌『만세전』이다.『만세전』은 근대소설의 본격적인 출발지점이 되었다.

2) 근대소설의 문체

개척자의 마땅히 맛보는 고통을 우리는 얼마나 받았을까? 조선문학의 나아갈 길은? 작품作風은? 문체는? 수없는 '?'가 우리 앞에 있었다.[16]

근대소설 개척자의 한 사람으로 특히 문체 문제의 해결에 공헌한 김동인의 회고담이다. 그렇듯 꼬리를 물고 일어나는 의문표들에서 "첫째 문체였었다. 구어체 사용은 물론이었지만 그 구어체의 정도?"라고 그는 당시의 고민을 털어놓고 있다.

지금 논의의 중심이 되고 있는「빈처」와『만세전』을 보아도 아직 소설 문체로서 미숙하고 불안정한 상태가 부분적으로 보인다.「빈처」의 경우 김동인이 그토록 배격했던 종결어미 '-더라'가 흔적으로 남아 있다.「빈처」의 작가는 주체적 진술이 되려면 전달체의 '-더라'는 부적절함을 느꼈던 것으로 보인다. 그래서 과거형 종결어미를 전면적으로 구사하면서 부분적으로 인물의 심리상태를 드러내는 대목 같은 데서 '-알겠더라', '-함이라'를 쓴 것이다.『만세전』의 경우 1924년 초판본을 1948년의 개정본과 대조해보면 처음에서 끝까지 문장표현을 작가 자신이 가필, 수정했음

---

16 김동인,「韓國近代小說考」,『春園研究』, 春潮社, 1956, 199면.

이 확인된다. 『만세전』의 단계까지도 소설문장은 아직 정착되지 못한 상태였다.

한국근대어문의 형성 경로에서 부딪힌 최대의 이슈는 국문체냐 국한문체냐는 문제였다. 방금 거론한 「귀거래」에서 『만세전』에 이르는 3편 모두 국한문체를 채용하였다. 이광수의 경우 『무정』은 국문체로, 『개척자』는 국한문체를 썼다. 신문학운동을 전후한 시기에 소설양식은 대개 언문일치로 가야 한다는 데는 합의가 이루어졌으나, 국문이냐 국한문이냐는 문제에 당해서는 유동적인 상태였던 것이다. 오히려 국한문체가 주도하는 상황이었다. 종래의 국문소설의 전통에 비추어 보거나 후일 소설은 국문체로 정착된 정황에 비추어 이 단계에서 국한문체가 소설의 혁신을 주도한 것은 특이한 일로 보인다. 왜 이런 현상이 일어났을까 주목할 필요가 있는 문제점이다.

국한문체는 사실상 근대 계몽기에 역사적으로 부상한 것이다. 근대 이전의 한문체와 국문체의 이원구조로 짜인 표기법 체계에서 국한문체는 독자적인 입지가 없었다. 1894년 이후 시대적 요청으로 한문체를 밀어내고 그 자리를 국한문체가 대신하게 된다. 국한문체는 실로 한국 계몽주의의 문체적 대변자로 부각된 것이다. 국한문체의 경이로운 부상에 따라 국문체 또한 동반상승을 하게 되었다. 때문에 나는 국한문체와 국문체를 아울러서 '한국 계몽주의의 쌍생아'라고 규정짓기도 하였다.[17]

초창기의 근대소설이 국문체보다 오히려 국한문체에 친연성을 갖게 된 요인은 어디 있었을까? 거기에 두 가지 점을 떠올려 본다. 하나는 근대소설은 입으로 낭송하는 이야기가 아니고 눈으로 읽고 머리로 사고하는 문

---

17 임형택, 「근대계몽기 국한문체의 발전과 한문의 위상」, 『민족문학사연구』 14, 1999(『한국문학사의 논리와 체계』, 창비, 2002).

학이라는 그 자체의 속성과 관련된 것이다. 다른 하나는 창작주체가 세계를 인식하고 현실을 장악해서 발언하자면 계몽주의의 적통인 국한문체를 계승하는 편이 타당성도 있고 유리했으리라는 것이다.

4. 동아시아 보편문어로부터 민족어문으로의 이행과정
─소설과 대비해 본 논설체의 성립

본 학술회의의 전체 주제인 '동아시아 근대어문의 형성'은 요컨대 보편문어의 질서가 동아시아 각국의 민족어문으로 개편되는 과정에 해당하는 것이다. 그 과정에서 필연적으로 부딪힐 수밖에 없었던 쟁점의 하나는 종래 보편적인 문자로 통행되었던 한자를 어떻게 처리하느냐는 사안이다. 한자는 원적지 중국에서조차 근대어문으로 사용하기에 불편한 두통거리처럼 여겨져서 한때는 폐기론이 고개를 들더니 간자화簡字化로 가닥이 잡힌 터였다. 각기 고유한 언어와 문자를 가지고 있으면서 한자를 차용하였던 한국이나 일본에 있어서 한자문제는 그냥 넘길 수 없는 난관이었음이 물론이다.

'소설에서 근대어문의 실현 경로'를 검토한 본고 역시 논의의 끝자락에서 한자문제가 떠올랐다. 한국문학연구자라면 다 아는 사실인데 문학적 글쓰기에서 유독 소설만 한글전용이 관행이었다. 그런데 방금 보았듯 근대소설의 출발단계에서 국한문체가 등장한 것이다. 이전의 고소설의 전통이나 이후 전개된 근대소설의 관습에 비추어 매우 이례적이다. 지금까지 간과된 문학사적 사실이지만 이 또한 분명히 보편문어로부터 민족어문으로의 이행과정상에서 야기된 현상이다. 이 의문점을 해명하는 말로 본고의 결론을 대신하려고 하는바, 아무래도 일반적 글쓰기와 함께 거론하지 않을 수 없는 문제이다.

생각해보면 문학적 글쓰기는 글쓰기의 특수한 형태이다. 근대주체가 자기를 표현하고 주장하고 세계를 인식함에 있어서 일반적 글쓰기의 형식이 그야말로 보편적이고 선차적인 것이었음은 더 말할 나위 없다. 일반적 글쓰기에서 근대적 형식으로 전환됨에 따라 근대서사의 방법으로서 소설의 근대적 문체가 실현되었다. 논설과 소설은 1920년대에 근대적 글쓰기의 대표적인 두 품종으로 등장한 것임에 주목할 필요가 있다.

그 당시 조선에서 영향력을 크게 행사했던 매체의 하나인 『개벽』의 지면을 보면 전반적으로 국한문체를 쓰고 있다(당시 신문·잡지들 일반이 국한문체를 채택하고 있었는데 여기서는 『개벽』을 사례로 거론한 것이다). 이는 개벽사의 방침이었던 것으로 보인다. 『개벽』은 1920년 6월의 창간호부터 투고자에게 공지하는 난을 매호 게재하였는데 문체는 '선한교작鮮漢交作 시문체時文體'조선어와 한문을 섞어 짓는 시문체라고 명시한 것이다. 널리 저자를 개발하기 위해 투고를 환영했겠거니와, 당시에는 잡지의 문체가 아직 정착되지 않은 단계이기 때문에 굳이 이런 규정을 공지하였을 터이다. '선한교작'이란 다름 아닌 한글과 한자를 혼용하는 방식인데 '시문체'는 무엇을 가리키는가? 당시 유행하는 문투라는 뜻에서 '시문체'라고 한 것이니, '고체古體' 혹은 '고문체古文體'에 상대되는 개념이다. 곧 한국 20세기의 문체적 지향을 시문체라고 표현한 것이다. 1910년대에 최남선은 바로 『시문독본時文讀本』이란 이름의 책을 편찬하였던바 '고문체'를 배격하고 '시문체'를 보급하려는, 이 또한 문화운동의 일환이었다. 그렇다면 『시문독본』이 제시한 시문체와 『개벽』이 지향한 시문체는 동일한 것이었을까?

『시문독본』과 『개벽』, 문체상에서 이 양자의 같고 다름을 해명하는 문제는 대조 분석을 요하는 사안이다. 지금 이 문제를 가지고 새로 전을 벌이기는 어려우므로, 당시의 자료들을 접해 본 나 자신의 소견을 시간대를 전후로 넓게 잡아 짚어보려고 한다. 20세기로 들어와서 진행된 문체적 변혁은 근대계몽기─1900년대, 완전히 피식민지로 들어선 1910년대, 3·1을 경험한 1920년대로 단계가 그려지고 있었다. 『시문독본』의 시문체와 『개벽』의 시문체는 상호 연속성이 없지 않지만, 단계적 차이를 주의해 보는 것이 좋겠다.

『개벽』은 한글에 한자를 보조수단으로 이용하는 방식의 시문체를 공고하였으나 의도한 그대로 되지 못했던 듯하다. 창간호로부터 1년 몇 개월이 지난 시점에서 역시 편집자가 투고자에게 공고하는 형식으로 "문체는 꼭 말글로 써 주셔야 되겠습니다"라고 강조를 한다. '말글'이란 구두언어, 언문일치를 의미할 텐데 '말글'에다 자상한 설명을 달아놓고 있다. "비록 국한문을 섞어 쓴다 할지라도 한문에 조선문=한글으로써 토 다는 식을 취取하지 말고 순연純然한 말글로써 씀이 좋겠습니다." 이처럼 친절한 풀이로도 부족하였던지 다시 또 예시까지 덧붙인 것이다. "예를 들어 말하면 '一葉落而知秋'라 하면 '一葉이 落하야 天下가 秋됨을 知한다'함과 같이 쓰지 말고 '한 닢이 떨어짐을 보아 天下가 가을됨을 알겠다'라고 씀과 같음이외다." 이 예문의 "一葉이 落하야 天下가……"는 곧 계몽기에 유행했던 국한문체임에 대해서 『개벽』이 예시한 "한 닢이 떨어짐을 보아 天下가……"는 1920년대의 국한문체이다. 각기 그 단계에서의 시문체인데 다 같이 국한문체라고 하더라도 차이점은 현저하다.

『개벽』이 지향하는 문체는 계몽기의 시문체로부터 이른바 '말글'에 접근한 시문체로 전환한 점에서 분명히 『시문독본』의 시문체의 연장선에 있다고 보겠다. 그런데 『시문독본』을 앞의 계몽기 문장을 염두에 두고 읽어보면 정론적 성격은 무기력해진 상태이고 서사적 성격 또한 모호하다는 감이 금방 들어온다. 당초 계몽기의 담론에서는 정론적 성격이 넘쳐나서 시가나 소설 양식에까지 정론적 색채로 물들어 있었다. 한국의 1900년대는 '논설시대'라 할 수 있고, 이런 점에서 역동적이었다고 말해도 좋다. 반면에 1910년대는 논설이 사망하고 서사가 타락한 시대였다. 다름아닌 식민지의 폭력적 체제가 유도하고 거기에 순응한 결과이다.

1920년대로 와서 신문·잡지 등 매체가 활발하게 등장함에 따라, 바로그 지면 위에 정론적 성격이 소생하게 된다. 일반적 글쓰기의 형식으로서 논설과 평론, 기사·기행 등 보고문이 자리 잡게 된 것이다. 이 점에서는 계몽기의 부활로 볼 수 있다. 그러나 정론적 성격이 부활했다하더라도 탈계몽주의적인 성격이었다. '계몽논설'과는 다른 '비판논설'을 위주로 한 것이다.

朝鮮의 思想界는 三一運動을 機會삼어 一大廻轉하얏다. 그 前의 朝鮮의 主潮에는 政治的 自由主義 卽 獨立主義이엇섯다. 朝鮮 政治保護條約(1905년 일제에 의해 강요된 을사조약 – 인용자)이 成立되얏슬 째에 우리의 先輩는, 懃懃히 「越南亡國史」를 가리치며 「波蘭滅亡記」를 密談케 하얏고 또, 鮮鮮(朝鮮의 오기인 듯 – 인용자)의 專制政治가 滅亡을 自致하얏다하야 君主立憲政體를 目標삼은 勤王愛國主義를 高調하얏슴을 只今 生覺하야보면 可笑할 일이나 그 當時에는 隱然히 勢力 잇든 政治思想이엇섯다.(한자 및 국문표기를 원문 그대로 인용한 것임)

『개벽』 1924년 3월호에 실린 「사상의 귀추와 운동의 방향」필자는 ○民으로 나와 있음이란 글의 서두이다. 1920년대 국한문체의 실상을 살피면서 당시

지식인들이 자기 시대를 어떻게 인식하였는지 직접 들어 보기 위해서 일부러 인용한 것이다. 문장부호만 현행표기로 바꾼 상태인데 완전히 한국어 어법을 쓰면서도 한자 의존도가 매우 높았음을 알 수 있다. 3·1이 근대적인 사상·문화로의 전환에 결정적 계기로 작용하였다는 것은 통설이지만 당시 사람들 스스로 이미 그렇게 생각하였던 사실이 분명하게 드러난다. 그리고 주목할 점은, 계몽기의 정치적 한계를 지적한 논리이다. 위에서 조선의 주조를 '정치적 자유주의, 즉 독립주의'로 규정한 것은 대개 자주적 국민국가의 형태를 상정한 언표이다. 을사조약으로 식민화의 위기에 직면한 상황에서 애국적 열정과 개혁적 의지는 기껏 '군주입헌제'를 목표로 하는 근왕적勤王的 성격을 탈피하지 못했다는 것이다. 물론 '군주입헌제'는 21세기의 세계에도 일부에 실재하는 정치제도이지만, 당시 한국의 현실에서 그것은 '구체제의 멍에'를 뜻하였다. 요컨대 '구체제의 멍에'와 당시의 국한문체는 상관관계를 갖는 것이다.

식민화로 인한 군주제의 종언이 민족사적 좌절이었음은 말할 나위 없지만 근왕적 논리의 기반을 해체하는 작용을 한 것 또한 사실이다. 그 때문에 식민지 폭력체제의 1910년대로 와서 소거된 정론적 성격이 3·1의 저항으로 되살아났을 때, 근왕적 움직임은 동반하여 일어날 수 없었다. 그 시점에서 중시할 점이 있는데 사회주의가 사고와 실천의 논리로 도입된 사실이다. 위에서 인용한 「사상의 귀추와 운동의 방향」이라는 제목의 글도 기실 맑스주의의 입장에서 운동 노선을 사고하고 있거니와, 당시 속속 등장한 언론매체들의 논조가 사회주의적 경향을 띠어갔을 뿐 아니라, 사회주의적 운동이 태동하는 추세였다. 나는 이 대목에서 사회주의 내지 맑스주의 운동 자체를 거론하려는 것은 아니다. 생각하는 방법이나 논리의 틀로서 그것이 글쓰기에 직접·간접으로 영향을 미친 측면에 관심을 두고 있다. 사회주의는 식민지 현실을 설명하는 언어를 가르쳤으며, 봉건적 모순에 대해 비판적인 눈을 뜨게 하였다. 그리고 또 유물론적 논리에 의해서 주관과 분리된 객관 현실을 인식하도록 인도하였다. 계몽주의 담론은 이미 구태의연해지고 말았다. 근대적 문체로서 논설·평론·보고 등이 1920년대에 성립하게 된 배경은 대략 이와 같이 설명할 수 있겠다.

3·1운동이 계기로 작동하여 1910년대에 잃어버린 '논설시대'를 단계를 높여서 회복하게 된 것이다. 본고의 주제인 소설의 근대문체 역시 동일한 맥락에서 실현된 것임이 물론이다. 특히 주관과 분리된 객관현실을 발견함으로 해서 서사적 현실성을 확장해 갈 수 있었다. 여기 와서 당시의 소설은 왜 한국소설사에서 이례적으로 국한문체를 채용하였던가 하는 의문이 풀린다.

이 대목에서 또 하나 제기되는 의문점이 있다. 논설과 나란히 국한문체로 출발했던 근대소설이 다시 한글전용으로 선회한 것은 언제이며, 거기에는 또 어떤 계기가 있었을까? 이 의문점은 우선 실증적인 조사를 요하는 사안이다. 저자 자신이 실사한 바로 1924년이 획기적인 전환점이었으며, 1925년에서 1926년으로 가면 소설은 국문체가 이미 주류적으로 바뀌었다는 답을 얻었다. 자료적 현상이 보여주는 사실이다.[18]

---

18 1920년대의 소설에서 한자를 쓴 실태를 알아보기 위해『개벽』과『조선문단』및 동인지 성격의 문예지 등을 조사해 본 결과는 대략 다음과 같다.
『개벽』은 1920~23년에 실린 소설들이 거의 모두 한자를 노출시킨 형태의 국한문을 쓰고 있다. 현진건의「貧妻」·「술 勸하는 社會」, 염상섭의「標本室의 靑개고리」·「暗夜」, 나도향의「행낭자식」등 문학사적인 작품들이 여기에 발표되었는데 역시 국한문체이다. 나도향의「행낭자식」에서는 한자 빈도가 많이 줄었다. 1924년도『개벽』지면의 소설들은 한자를 괄호로 처리한 경우가 10편, 한자를 노출한 경우가 8편으로 나타난다. 나도향의「自己를 찾기 前」(3월호)과 현진건의「운수 좋은 날」(6월호)은 한글전용이고, 염상섭의「金半指」는 국한문이다. 1925년으로 와서는 한글전용이 18편, 한자노출이 8편이며, 1926년은 8월호로 발매 금지되는 바 소설 22편(번역소설 포함) 모두 한글전용으로 되어 있다.
『조선문단』은 1924년 10월에 창간되어 20년대 중반기의 대표적인 문예지로서 소설에 많이후 잡지에 소설이 실린 것을 보면 대체로 한글 전용으로 되면서 한자는 드물게 괄호로 처리되는 방식이다. 그러면서도 제목이나 작자의 성명에서는 한자를 노출하고 있다. 이같이 전환을 초래한 계기는 어디 있었을까? 위에서 지적한 대로 동아시아 보편문어의 질서에서 이탈, 민족어문으로 이행하는 도정상에서 출현한 것은 자국어의 문법에 한자를 보조수단으로 사용해서 이해를 돕는 국한문체였다. 그런 형태는 이전에도 꼭 없었던 것은 아니지만 근대라는 새로운 환경에서 탄생한 '근대적 국한문체'라고 할 것이었다.[19] 일반적 글쓰기의 여러 형식들은 물론이고 문학적 글쓰기도 대체로 이 근대적 국한문체였다. 소설 역시 근대적 국한문체로 함께

은 지면을 할애하였던바, 창간호부터 소설은 대부분 한글전용에, 한자를 괄호로 처리하는 방식으로 되어 있다. 김동인의 「감자」(1925.1), 박화성의 「秋夕前夜」(1925.1)같이 한자를 노출해 쓴 예외가 보인다. 이 경우도 그 빈도는 높지 않다. 박종화의 「詩人」(1925.2)이란 소설을 보면, 한자를 괄호로 처리하면서 시에서만 한자를 노출하고 있다. 시와 소설이란 장르에 따라 한자 처리의 방식을 다르게 생각하였음을 보여준다.

1919년 창간되어 1921년 6월까지 9호를 발간한 『창조』에는 김동인의 「약한 者의 슬픔」·「마음이 여튼 者여!」, 늘봄(전영택)의 「生命의 봄」, 東園의 「夢影의 悲哀」 등 작품이 발표되었던바 모두 국한문체이다. 김동인의 「배짜락이」(1921.6)는 제목과 작자명을 한글로, 문체도 한글을 위주로 하면서 약간의 한자를 노출시키고 있다.

『廢墟』는 1920년 7월의 창간호와 1921년의 제2호 모두 국한문체를 쓰고 있다. 1924년 2월에 『廢墟以後』를 발간하는데 여기에 실린 염상섭, 홍명희, 현진건의 소설은 한글전용에 한자는 괄호로 처리되고 있다. 홍명희의 「후작부인」은 번역소설이다.

『白潮』는 1922년 제1호를 내고 1923년 9월 제3호를 발간하는바 소설에 해당하는 것이 11편 발표되는데, 모두 국한문체이며 1편의 예외가 있는 정도이다.

국한문체로 출발한 근대소설이 국문체로 선회한 것은 1924년 이후로 소설에서 한글전용은 대세를 이루었다. 그렇지만 30년대로 넘어와서도 한자를 노출시킨 사례를 어렵지 않게 찾아볼 수 있다. 예컨대 九人會의 회지인 『詩와 小說』의 창간호(1936)에서 박태원의 「芳蘭莊主人」은 국한문체이며, 『文章』 창간 2주년(1940.2) 기념으로 특별 발간한 『創作 三十四人集』에는 한자를 노출한 작품이 희곡 2편을 포함해서 9편에 이른다. 소설에서 한글전용이 대세이지만 준수해야만 하는 규율은 아니었음을 확인할 수 있다.

19 근대 이전의 표기체계에서 국한문체는 경전을 풀이한 언해와 노래를 기록한 가사에 쓰였을 뿐이다. 전자는 경전학습의 보조수단이며, 후자는 일반적으로 읽혀지는 것은 아니었다. 보편적 글쓰기로서 한문이 통용되고 여성용으로 국문이 쓰이는 표기법의 성적 분할구도에서 국한문은 확실한 위상을 차지하지 못했다. 근대적 개혁이 시작되면서 한문체가 밀려나자 종래 한문체의 위상이 국한문체로 대체되는 현상이 일어난 것이다.

출발을 하였다가 이내 한글전용으로 선회한 것이다.

하필 1924년의 시점부터 소설 장르에서 한글전용으로 선회하는 현상이 일어난 이면에 어떤 기제가 작동을 하였는지, 이 의문점에 대한 해답을 나는 아직 발견하지 못했다. 이 의문점은 지금으로서는 미제로 남겨둘 밖에 없지만, 유독 소설만 한글전용이 가능하게 된 이유는 대략 설명할 수 있다. 한자를 배제하는 어떤 이데올로기가 거기에 작용했던 것은 아닌 것 같다. 소설에서만 오직 한글전용으로 해도 성공할 수 있었던 까닭에 정착도 되고 지속도 되지 않았겠는가. 능히 그렇게 될 수 있었던 데는, 국문소설의 전통이 원천적 기반으로 받쳐주었다. 뿐 아니라, 당장에 순한글로 쓴 소설문장이 의미전달에 별 무리 없이 읽혀졌기 때문이었을 것이다. 이 무렵 국한문체를 쓴 소설들 역시 한자 노출의 빈도가 줄어들어 희소하게 된 사실을 확인할 수 있다. 요는 한국근대소설에서 한글전용의 조기적 성취는 작가들의 실천적 노력의 결과라고 평가할 수 있다.

또한 각도를 달리해서 보면 소설의 문체에 한자가 배제된 현상을, 한국의 '근대적 국한문체'는 안정적이지 못했다는 증거로 간주할 수 있겠다. 한국의 '근대적 국한문체'가 자신이 출생한 그 세기에 전면적으로 퇴출을 당하는 징조였던 셈이다. 동아시아 보편문어의 질서가 각국의 민족어문으로 개편되는 과정에서 일본은 '화한혼용체和漢混用體'가 성립되었고 한국은 '선한鮮漢혼용체'가 성립되었다. 양자는 '역사적 동시생同時生'이며, 성격 또한 유사한 것이었다. 이들 자국문과 한자의 혼용체에서 각기 자국의 어문체계와 동거하는 한자어는 표면적으로 보면 종래 보편문어의 잔존물이다. 그것은 동아시아적 전통의 연결고리라고 말할 수 있다. 이 점은 더없이 명백해 보이지만 실은 일면일 뿐이다. '근대적 국한문체'에서 한자어는 서구의 문명을 수용한 기표의 구실을 수행한 다른 일면이 있다.

이 글을 발표할 당시 학술회의에서 일본 측의 참가자로 '근대일본의 한자와 자국어 인식'이란 주제의 발표를 하였던 고야스 노부쿠니子安宣邦 교수는 일본 근대에 성립한 화한혼용문和漢混用文에서 '한漢'의 배후에는 '양洋'이 있음을 지적하였다. "한자·한어의 재영유화再領有化를 통해 일본은 문명화를 이룩해 갔다"는 것이 그의 논지였다.[20] 누구나 다 알고 있다시피 일본의 경우 한자혼용의 근대적 문체가 오늘에 이르도록 큰 틀에서는 변함없이 통용되고 있는 데 반해서 한국의 경우 한자를 자국어문으로부터 기어코 배제, 퇴출시킨 것이다. 한일양국의 한자에 대한 태도는 극히 대조적이어서 기이하다는 느낌마저 든다. 근대 이전의 보편문어의 질서 속에서는 한국이 일본에 견주어 한자·한문에 대한 친밀도가 훨씬 강했는데 근대 이후로는 역으로 한자를 일본은 자국의 어문체계로 끌어안은 반면 한국은 밀어내기를 결행한 것이다. 이 현상을 어떻게 해석할 것인가?

한일양국의 근대에서 '역사적 동시생'으로 탄생한 국한문체가 일본과 달리 한국에서 단명하게 된 원인은 두 방향으로 짚어볼 수 있다. 한쪽은 근대 이전의 상황에 연계되고, 다른 한쪽은 근대상황에 연계된다. 한국의 전통적인 표기체계에서 국한문체는 일본과는 상이하게 위상이 뚜렷하지 못했다. 국문소설은 전통이 확실하였기에 근대소설에서 한글전용이 무난히 성공할 수 있었던 반면, 뿌리가 약한 국한문체는 결국 착근하지 못했던 셈이다. 이런 역사적 측면과 관련이 있었던 것은 물론이지만 직접적 영향을 미친 근대 상황이 문제적인 것이다. 고야스 교수의 "한자·한어의 재영유화를 통해 일본은 문명화를 이룩해 갔다"는 그 논지가 한국근대에도 적용될 수 있을까? 한국에 있어서도 한자어가 서구문명을 수용하는

---

20 고야스 노부쿠니의 「근대 일본의 한자와 자국어 인식」은 『흔들리는 언어들-언어의 근대와 국민국가』(성균관대 대동문화연구원, 2008)에 수록되어 있다.

기표이긴 하였지만 거기에 '재영유화'라는 개념을 붙이기는 맞지 않은 듯 보인다. 서양문물의 유입과 근대적 제도·사상의 수용에 따라 신조어들이 무수히 생겨났으나 이들 신조어에 대해 지적소유권을 주장할 계제는 아니지 않은가. 이 현상은 피식민지로 통과한 근대상황과 여러모로 상관관계가 있음을 부인할 수 없다.

한국근대가, 한자를 부단히 타자화한 의식의 저변에는 수세적이고 편협한 사고가 도사리고 있는 한편으로 근대를 주체화하지 못한 병리도 감지된다. 나는 이 글에서 한국근대가 한자를 타자화한 사실을 두고 옳으냐, 그르냐를 따지려는 것은 아니다. 그것을 '재영유화'한 일본근대와 한번 비교, 성찰해 보자는 뜻이다. 한자·한문에 대한 근대와 전근대의 한국과 한국인 특유의 태도는 심리현상으로서 현재성이 없지 않은 것 같다.

제2부

15, 16세기의
전기소설

제1장 | 전기작가의 탄생, 『금오신화』

제2장 | 『화영집花影集』을 통해 본 한·중소설
우의적 성격과 권선징악적 구조

제3장 | 전기소설의 연애주제와 「위경천전韋敬天傳」

전기소설은 동아시아 한자문화권에서 보편적인 서사양식으로 간주할 수 있는 것이다.

한자권의 중심부인 중국의 경우 명대로 와서 소설시대로 접어들었다. 이른바 사대기서로 대변되는 대중적 성격의 소설이 크게 유행하여 소설시대를 주도하게 된 것이다. 그런 분위기를 타고 문인적 성격의 전기소설 또한 동반상승을 하게 된다. 사대기서류가 구어투의 백화체를 쓴 것임에 대해 전기소설류는 문어체를 구사한 것이었다. 여기에 각별히 주의할 점이 있다. 중국 이외의 한자권에서는 이 전기소설류가 창작의 틀로서 널리 수용된 사실이다. 고전적인 한시문이 한자권에서 전부터 창작의 틀로 수용되어 보편적 문학으로서의 위상을 얻었던 데에 비견되는 현상이다.

한국소설사에서 획기적인 김시습의 『금오신화』는 전형적인 전기소설이다. 이후 16세기를 지나 17세기로 진입하기까지 주류적인 소설의 형태는 전기소설의 테두리를 벗어나지 못했다. 그런데 전기소설은 한자권의 보편적인 것이라도 한시문과는 성격이며 양상이 같지 않다. 소설 자체의 특성에 관계되는 터인데, 전기적 틀로부터 제 각각 다채로운 변형이 일어난 것이다. 16세기에 창작된 임제의 「수성지」와 「화사」, 17세기 전후로 등장한 「주생전」·「운영전」·「최척전」 등이 좋은 실례이다.

지금 제2부에서는 전기소설의 본격적인 출현에 이어 그 개변양상까지 구체적으로 작품분석을 통해 살펴보았다. 『금오신화』의 표제에 '전기작가의 탄생'이라고 붙인 것은 소설사적으로 그 존재를 부각시키자는 의도이다. 「『화영집』을 통해본 한·중소설」은 16세기 소설을 동아시아적 지평에서 보고자 하는 방법론적인 고민을 담은 내용이다. 소설사의 풍부화는 연구자로서 간과할 수 없는 책무이기에, 「위경천전」을 소개하여 흥미를 느낄 수 있도록 의도하였다.

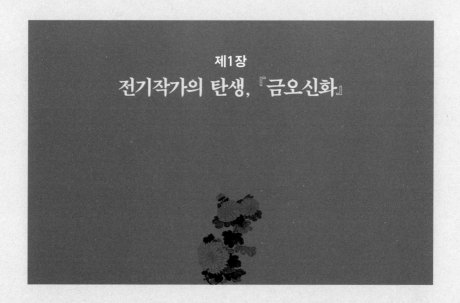

제1장
전기작가의 탄생, 『금오신화』

1. 머리말

내가 「현실주의적 세계관과 『금오신화』」란 논문을 발표한 것은 반백 년이 다 된 일이다. 그 작가의 사상적 특징을 현실주의로 규정짓고 『금오신화』를 분석해 들어간 내용이었다. 오래 묵혀 두었던 것을 지금 들추어서 읽어보니 학문의 길에 막 들어선 자의 미숙성이 여러모로 드러나지만 나름의 패기는 느껴진다. 하긴, 그때 가졌던 김시습金時習, 1435~1493으로 향한 학적 열정을 나 자신 마음 한구석에 쭉 지니고 있었던 셈이다. 그의 사상적 면모와 삶의 형상을 방외인方外人으로 파악, 조선전기의 문학사에 '방외인 문학'이란 개념을 도출하였다. 그리고 따로 『매월당 시사유록梅月堂詩四遊錄』이란 시집을 주목해서 다룬 바도 있었다. 그가 방외인의 삶으로 출발한 20대에서 30대에 이르는 시기의 문학적 결산서로서 『금오신화』와 나란히 『시사유록』을 주목한 것이었다. 『시사유록』이 후세에 편찬, 간행된 경위를 실증적으로 밝히고 그 의미를 해석·평가하였다.

이 밖에 한국철학회의 요청을 받아서 『한국철학의 연구』란 기획물에 「매월당의 방외인적 성격과 사상」이란 글을 기고한 바도 있었다. 한편 문화관광부가 1999년 9월에 '이 달의 문화인물'로 김시습을 선정하여, 행사를 주관한 측의 요청을 받아서 그의 생애와 사상·문학을 간략히 서술하는 기회를 갖기도 했다. 이 소책자의 표제는 『김시습』이다.

지금 이 책에 「현실주의적 세계관과 『금오신화』」를 수록할 것인가, 말 것인가 나 자신 판단이 서지를 않았다. 고소설을 전공하는 젊은 연구자들에게 의견을 청했더니 수록하는 편이 좋겠다는 답이 돌아왔다. 기실 석사학위 청구논문으로 작성한 것이었는데 이후 누차 논문집을 묶어낼 때 포함시키지를 않았다. 전반부의 작가론에 해당하는 부분은 축약하거나 개작한 형태로 여기저기 옮겨지기도 했지만 작품론은 전체적으로 방치해둔 상태였다. 돌이켜 생각해보면 『금오신화』에 대한 분석의 방법이나 해석의 논리가 당시로서는 새로운 시도여서 연구사적 의의가 있지 않은가도 싶다. 그것이 학계에 접수되지를 못해서 나로서는 아쉬운 면이 없지 않다. 해서 여기에 작품론 부분은 원형을 유지하는 선에서 수록한다. 문장표현을 다듬으면서 미흡하고 부족하고 잘못된 곳들을 수정·보완하려는 것이다. 그런데, 하다 보면 손이 저절로 가게도 될 것 같다.

『금오신화』는 전기傳奇 양식의 단편소설집이다. 근대 이전의 한국문학사에서는 유례를 찾아보기 극히 드문 창조적 집적물이다. 이 점에 유의하여 '김시습―전기소설 작가의 탄생'이란 첫 단원의 제목이 필요하다는 생각이 들어 앞에 붙이는데, 내용은 기왕의 작가론 부분을 기조로 하되 '방외인 문학'으로 파악했던 논지를 비롯해서 관계 논설들을 가져다가 축약하는 방식이 될 것이다.

2. 김시습 – 전기소설 작가의 탄생

1) 삶의 역정과 자세 – 방외인

세조가 어린 조카 단종을 축출하고 왕위에 오른 역사 사건은 김시습에 있어서는 삶의 길을 크게 바꾸어 놓은 계기가 되었다. 당시 그는 북한산의 중흥사中興寺에서 글을 읽고 있었다. 뜻있는 선비라면 응당 그렇듯 그 역시 경륜의 큰 포부를 품고 과거에 응시하기 위해서 공부하는 중이었다. 이 소식에 그는 충격을 받아 문을 걸어 잠그고 3일 동안 통곡을 하다가 보던 책을 전부 태워버린 다음, 머리를 깎고 중의 행색을 하고서 먼 길을 떠났다 한다. 1455년 그의 나이 21세 때였다.

김시습의 목각 초상
『매월당시사유록』의 책머리에 실려 있다. 부여 무량사에 있는 매월당 초상을 죽림수(竹林守) 이영윤이 모사한 것을 각해서 『시사유록』 앞에 붙였다 한다. 상단의 글은 자작 화상찬이다.

그로부터 꼬박 10년 동안 국토산하를 구름처럼 물처럼 떠돌았다. 처음에 관서 쪽으로 방향을 잡아서 개성에 들렀다가 평양을 거쳐 묘향산에 머물고 압록강에서 발길을 돌린다. 관동의 명승지를 유력하다가, 다시 호남지역으로 내려와서 두루 답사하고 영남으로 넘어가 일단 경주 금오산金鰲山, 남산에 정착을 하게 된다. 『시사유록』이 바로 그런 결산서이다. 『시사유록』의 제1부가 「탕유관서록宕遊關西錄」인데 거기 붙인 글에서 자신의 심경을 이렇게 토로하고 있다.

> 어느 날 갑자기 감개感慨한 일을 만났다. 이에 나는 세상에 도를 행할 수 있으면 결신란륜潔身亂倫이 부끄러운 일이 되겠거니와, 도를 행할 수 없는 경우에는 독선기신獨善其身도 가하다는 생각이 들었다. 세상 바깥에서 자유롭게 노닐고 싶어 진도남陳圖南·손사막孫思邈의 풍모를 동경하였으되 우리나라의 풍속에는 그런 삶의 방식이 없어 실행하지 못하고 머뭇거렸다. 그러다가 하루 저녁에 문득 깨달아 승복을 걸치고 산인山人이 되면 소망을 이룰 수 있으리라고 하였다.
>
> * 결신란륜(潔身亂倫): 자아의 고결성을 지킨 나머지 군신·부자의 윤리에 혼란을 빚어내는 결과를 초래한다는 뜻.
> * 독선기신(獨善其身): 사회적 실천을 등지고 오직 일신의 고결성만을 지킨다는 뜻.
> * 진도남(陳圖南)·손사막(孫思邈): 옛날 중국의 도교 계통의 유명한 인물.

'감개한 일'이란 세조에 의해서 자행된 무도한 처사를 완곡하게 표현한 말이다. 그의 생각에 절망적인 정치 상황에 당면해서는 현실권을 등진 '독선기신'도 가능하다고 판단한다. 도가 무너진 난세에 처해서 정당성이 부여되는 삶의 방식이다. 이 지점에서 어떤 삶의 방식을 취할 것인가?

그의 정신적 기반은 유교적인 현실참여였던바 그 출로가 이미 차단되었다고 생각한 처지에서 그는 도교적인 삶의 방향을 희구했던 것이다. 하지만 중국과 달리 도교가 종교화되지 못한 우리의 문화풍토에서 그런 방식은 실제 현실에서 취할 도리가 없었다. 해서 부득이 중의 모양을 차리게 된다. 자기 술회에 의하면 그가 승려로 나선 것은 말하자면 '꿩 대신

닭'이었던 셈이다.

　김시습의 인생역정을 보면 중대한 고비가 세 차례 있었다. 첫째 고비는 자신이 일상으로부터 이탈한 21세 때이니, 그것이 제일 결정적 고비였다. 둘째 고비는 경주 금오산에 머물다가 상경을 한 37세 때이고, 셋째 고비는 재차 관동으로 떠나 춘천의 청평사, 양양의 설악산 등지에 머물다가 충청도로 내려가서 홍산鴻山 무량사지금 부여군 외산면 소재에서 영면을 한 것이다. 무량사에는 그의 부도와 초상화가 보존되어 있다.

　그의 30대 시절, 경주 금오산에 생활공간을 마련하면서 "이곳에서 생을 마치리라"고 스스로 다짐한다. 그곳에 매화 한 그루가 서 있어 매월당이란 당호를 쓰게 된다. 거기서 엮은 시집은 『매월당 시사유록』이 되었고, 『금오신화』라는 소설집의 표제 또한 금오산에서 유래한 것이다. 이토록 정든 곳을 그는 왜 떠나 서울로 올라 왔을까? "신묘년1471 봄에 친구의 권유를 받고 상경"한 것으로 말했으며, 다른 데서는 "지금 성상성종을 가리킴이 등극하사 어진 이를 등용하고 간언을 받아들인다 하기로 벼슬하고 싶은 뜻이 있었다"고 밝혔다. 그가 올라온 해는 세조가 죽어 바야흐로 새 정국이 개시되는 즈음이었다. 친구의 권유란 이제 그만 출사出仕하라는 권유였을 터요, 새로 열리는 정국에 기대를 가졌던 것임이 확실해 보인다.

　본디 서울 사람이었던 그가 서울로 와서 지낸 기간은 37세부터 49세까지 12년 동안이었다. 이 기간의 행적은 자세치 않지만, 확인되는 사실들이 있다. 상경한 이듬 해 가을, 그는 수락산 동쪽 기슭에 폭천정사瀑泉精舍를 짓고 몸소 농사를 지으며 살았다. 그의 동봉東峰이란 호는 여기서 유래했을 것이다. 수락산이라면 지금은 바로 서울이지만 당시로선 상당히 떨어진 곳이었다. 권력과 물질의 번화 가운데서 얼마간 거리를 두고 싶었던 모양이다. 그래도 21세 이후로는 정치현실에 가장 근접했던 시기이다. 이

기간에 그는 환속을 한다. 유교의 입장으로 말하면 반본返本이라 할 것이다. 그리하여 결혼까지 한다. 20세에 이미 남씨와 결혼한 기록이 보이는데 곧 사별을 했던 것 같다. 재혼은 47세 때의 일로 안씨 부인이었는데 이 부인과도 이내 사별을 하였다. 자녀 하나 없는 고독한 일신이었다. 그가 재차 서울을 떠날 때 그와 가장 지기가 상합했던 추강秋江 남효온南孝溫이 전한 소식이 있다.

> 열경悅卿(김시습의 자─인용자, 이하 같음)이 육경六經·자사子史를 싣고 관동의 산수를 찾아 떠나는데 약간의 밭을 구해서 자기 힘으로 경작을 하여 살아가며 다시 돌아올 뜻이 없다.
>
> ─『추강집』권1

그의 인생역정에서 세 차례의 고비에 각각 어떤 계기가 있었을까? 첫째 고비는 위에서 살핀 대로 20대 초 그가 출가를 하게 된 정변이었고, 둘째 고비는 방금 살핀바 정국이 바뀐 상황으로 미루어 충분히 짐작이 가는데 셋째 고비는 쉽게 설명이 되지 않는다. 거기에 어떤 까닭이 있었을까? 그 일신상의 불행이 요인으로 작용했겠으나, 근본적인 이유는 따로 규명되어야 할 문제이다. 다른 무엇보다도 당시의 정치 현실을 들여다보아야 할 일이다. 다시 남효온의 증언을 들어 보자. "임인년1482 이후로 세상이 쇠해질 것을 내다보아 인간현실을 돌보지 않고 길거리에서 버린 사람처럼 행동했다."『사우명행록(師友名行錄)』 여러 기록들에 전하는 기행과 광태는 대부분 그가 서울 가까이에 머물던 시절의 일이었다.

그는 현실권에 근접해 있으면서도 벼슬길로 진출하지 못했다. 아니 하지 않았다. 그가 자기를 표현해서 잘 쓰는 문자가 있는데 세아모순世我矛盾

祭祖父文

伏以帝敷五教有親居先罪列三千不孝爲大
凡居覆載之內軌頁養育之恩故惡豊過虎
狼而微虫無逾豺獺能全愛親之性又謹報本
之誠是皆天理之固然而物欲之難蔽者也伏
念愚騃小子似續本支少沈滯於異端嗟迷懵
而未講將修道可以薦拔悟謊說莫如論迴壯

歲仍修末路万悔乃考禮與搜聖經玫定追遠
之弘儀采酌清貧之活計務簡而潔在腆以誠
漢武帝七十年始悟田登相之說元德公一百
歲乃化許魯齋之風感霜露之沾濡憂歲月之
逾邁驚惶無已嘆許良多如贖尤愁倘納塙輿
之兩際庶將面目得拜祖宗於九原

「제조부문(祭祖父文)」
『매월당집』 보유에 실려 있는 글이다. 김시습은 성종이 즉위하자 승려생활을 청산하고 현실로 돌아
와서 조부에게 제문을 바쳤다. 유자로서의 생활 질서를 지키고자 했으나 결국 다시 현실권을 떠나고
말았다.

이다. 주체의 현실과 자아 사이에 일어난 괴리이다. 자기 시대와 불화한
정도가 극도로 심각했다.

이 대목에서 따져 볼 점이 있다. 김시습은 충절의 표상으로 알려져 왔
다. 생육신生六臣 중에 첫째로 꼽히는 존재이다. 그런데 충의란 윤리규범 하

나만으로 그의 생애가 다 설명이 되지 않는다는 점이다. 당초 세조에 의해 자행된 무도에 비분하고 절망한 나머지 출가를 결행했던 터이므로 충의를 중시했음은 더 말할 나위 없다. 그런데 30대 금오산 시절에 그는 두 차례 서울을 다녀온다. 한 번은 서적을 구입하기 위해서, 또 한 번은 원각사圓覺寺의 낙성연에 참석하기 위해서다. 원각사 낙성연에는 세조의 부름을 받았던바 세조를 기리는 시편이 보이기도 한다. 그런데 그는 일부러 똥통에 빠지는 기행을 연출하고 도망쳐서 내려왔다는 이야기가 전한다.

그는 세조정권의 성립에 원천적으로 반발했던 터에 타협하기 못내 싫었다. 또한 어디까지나 승려로서 부름을 받았으므로 유자가 본색인 그로서는 못내 탐탁하지 않았다. 다음 세조 이후 성종의 치세로 와서는 기대를 걸고 올라왔는데, 돌아가는 정치상황을 보고 참여하기를 거부한 것이다. 현실상황에 대한 그의 좌절과 환멸은 원인이 보다 근본적인 데 있었을 것으로 여겨진다.

김시습의 기행을 전하는 일화들이 오래지 않은 시점에서 기록되어 각종 문헌에 실려 전하고 있다. 이들 기록들을 다 그대로 준신하긴 어렵겠으나 그 인간형상의 진실이 새겨진 것으로 여겨진다. 그는 중앙정부의 고위직이 새로 임명된 소식을 듣고는 "우리 백성이 무슨 죄가 있느냐. 저런 자가 이 소임을 맡다니"라고 부르짖으며 여러 날 통탄을 했다 한다. "농부가 밭을 가는 모습을 조각하여 백여 개를 책상에 벌여 놓고 진종일 바라보다가 문득 통곡하며 불살랐다"고도 한다. 이런 일화에 담긴 그의 정치적 입장은 오로지 백성을 위하는 데 있었다. 인정 · 애민의 정치가 제대로 실현되지 못하는 정치현실에 분노하고 회의한 나머지 그런 행동을 취했던 것으로 해석이 된다. 요컨대 자신의 정치적 신조와 입장이 정치현실과 괴리된 때문에 느끼는 좌절과 환멸이 기행 · 광태로 표출된 것이었다.

조선의 사대부로서는 정치현실에 타협을 거부하는 경우 마땅히 취하는 길이 있었다. 중앙에 관인으로 진출했다가 물러나게 되면 자신의 생활기반이 있고 친족이 있는 향리로 돌아가게 되어 있었다. 관인으로 활동하는 출出의 세계와 농촌에서 산수자연을 벗하는 처處의 세계가 사대부 일반의 양면성이다. 그는 사대부의 일반적인 삶의 규율로부터 이탈하여 체제 밖의 인간이 된 것이다.

이 대목에서 다시 한 편의 일화를 들어본다. 그는 자기 재산을 방치해 두고 관리하지 않았기 때문에 남에게 탈취를 당했다. 그가 직접 송사를 제기하여 법정에 자신이 직접 나가서 다투어 전택·노비를 되찾았다. 그러고는 이 문서를 껄껄 웃으며 도랑에 던져 버렸다고 한다. 그는 본디 사대부로서의 생활기반을 소유하고 있었던바 거기에 집착하지 않았던 것을 유추할 수 있다. 그는 '출'의 세계뿐 아니라 '처'의 세계까지 스스로 방기하고 체제 밖의 자유인이 되었다. 이런 삶의 자세를 저자는 '방외인'으로 규정지은 것이다.

2) 사상적 특성 - 현실주의

『시사유록』은 그가 방외인으로 나서서 국토산하를 편력한 기행시집이다. 시집은 위에서 처음 들었던 「탕유관서록」에서 「탕유관동록」·「탕유호남록」·「탕유금오록」까지 4부로 엮어진 것이다. 모두 탕유宕遊란 말이 들어가 있다. '탕유'는 마음껏 노닌다는 뜻이어서 자유의 표상으로 느껴진다. 「탕유관서록」 끝에 붙인 글에서 "만약 내가 벼슬길에 있으면서 이런 청완淸玩을 다하고자 했다면 불가능한 노릇이었을 것이다"라고 독백을 한다. '청완'이란 맑은 감상을 뜻하므로 탕유를 통해 실현되는 취미이다. 청완은 고독한 자아가 자연을 비롯한 외물과 만나는 방식이니 청완에 의해

문학적으로 성취된 것이 다름 아닌 '방외인 문학'이다. 한편으로 그 특유의 사상을 주목할 필요가 있겠다. 그의 사상적인 면모를 다음 몇 가지로 나누어 간략히 서술할 것이다.

철학사상

그의 철학은 성리학의 이기론에 근거하고 있다. 만물의 생성과 변화를 기氣의 운동으로 설명하고 있는 점이 김시습 철학의 특징이다. 이 땅에 성리학이 도입된 이래 이기론을 철학적 담론으로서 체계적으로 제출한 것은 김시습이 처음이 아닌가 싶다.

「생사설生死說」에서 "천지 사이에 생생불궁生生不窮하는 것이 도라"는 정자程子의 설을 끌어와서 생생불궁하도록 취산왕래聚散往來하는 것이 '이理의 기氣'라고 한다. 그에게 있어서 기란 천지간에 충만해 있는 어떤 시원적 물질로서 그 자체가 운동능력 및 생변生變 능력을 가진 것이다. 즉 기는 자체의 고유한 능력에 의해서 천지만물의 생성변화를 수행하는 것으로 상정하고 있다. 다분히 기일원론적氣一元論的인 사유형식이다. 인간존재 또한 기의 취산聚散의 한 형태이다. 거기에 '이理'가 내재해 있다. 한데 '이지귀이멸理之歸而滅'이라 하여, 기가 흩어지면 이는 소멸하는 것으로 보는 반면에 "기는 명막무짐冥漠無朕, 아득한 시원적 상태으로 돌아가 천지 음양의 시종으로 복귀한다"고 본다. 기불멸론氣不滅論을 주장한 논리여서 서경덕徐敬德의 기철학에 통하는 논법이다.

참고로 그의 귀신론을 들어보자. 천지 사이에서 일기一氣가 마치 풀무질을 하면 바람이 들고나듯이 작동을 하는 것이다. 기의 작동은, 풀무질로 공기가 차면 밖으로 나오는 생성작용이 신神이며, 비어서 사라지는 소멸작용이 귀鬼라고 한다. 우주공간에서의 상호 대립하면서 연속된 기의 무한하고 신묘한 운동, 그것을 신과 귀라고 보았다. 그의 이 귀신론은『중용中庸』에서 가져온 것인데 그에 있어서는 이 논법으로 여러 미신적 사고를 타파하고 있는 점에 의미부여를 할 수 있다.

그는 귀신을 기의 변증법적 작용으로 해석함으로 해서 일체의 유심적唯心的 · 유형적有形的인 귀신을 부정하고 무신론적 입장에 확고히 섰다. 해서 각종 음사陰祀나 기복 행위를 배격하고, 하늘에 대해서도 오직 경건하게 임할 일이요 불경스런 제사 따위는 무의미하다고 했다. 상장喪葬 문제에 대해서는 부모님이 돌아가시면 그 은혜를 새기며 음양의 시원始元으로 복귀했음을 엄숙히 생각해야 할 일이지, 무당을 불러 굿을 한다거나 절에 가서 재를 올리는 행위는 요망스러운 짓으로 간주한다.

이어서 우주론을 들어보자. 천天은 형形이 있다고 한다. 그 형은 '원이무물圓而無物'이라고 하여, 하늘은 둥글고 땅은 네모라는 전래의 천지관과 다르지 않다. 그런데 천은 그냥 무無가 아니고 기가 작용하는 곳이다. 해 · 달 · 별의 운행, 추위와 더위, 주야의 바뀜 이 모두 기의 작용이다. 그런데 하늘에 달이나 별 같은 물체가 공중에 있으면 떨어지지 않겠느냐는 의문이 생길 수 있다. 그는 이렇게 답한다. 하늘은 끝도 가도 없이 맑은 천정인데, 거기에 기가 끊임없이 원전圓轉 · 건행健行하고 있다. 해와 달과 별은 광명으로 매인 것이지 붙박이로 매달린 상태가 아니다. 즉 천체들은 우주공간에 계철繫綴, 매달린 것된 상태가 아니고 자체의 속성, 광명의 형태로 나타나는 기의 고유한 능력에 의해서 운행하는 것이다. 때문에 추락하지 않는다고 말한다.

또 의문이 제기된다. 천은 기가 부단히 작용하는 곳이라면 천상에도 지상과 방불한 어떤 세계, 불교의 28천이나 도교의 38천과 같은 것이 실재할 가능성이 있지 않겠느냐는 질문이다. 이에 대해서 지地는 기의 특수한 작용으로 우주공간에 떠 있어 인간세계가 펼쳐지고 있다. 이 밖에 다른 세계가 천형 안에 존재할 수 없다. 왜냐하면 천형 안에는 오직 하나의 원리, 이理가 통하기 때문에 별세계를 만들어낼 다른 어떤 기의 원리가 작용할 수 없다는 생각이다. 그는 이처럼 불교·도교의 우주관을 합리적 논리로 부정한 나머지 이 지상에서의 삶 이외에 도교의 불노장생이나 불교의 천당지옥 같은 비현실적이고 불합리한 유혹에 현혹당하지 말 것을 깨우치고 있다. 오직 이 현세에서 성실할 삶을 강조하는 논법이다.

사회사상

위에서 그는 인간존재를 근원적으로 사고하여 이합취산離合聚散하는 기의 운동과정으로 보았거니와 생의 현실을 무엇보다도 중시하게 된다. 『주역周易』의 "천지의 대덕을 생이라 한다[天地大德曰生]"는 말을 인용하여 생생生生하는 자체가 천지의 대덕이라고 말한다. "살고 번식하려는 욕구는 만물의 타고난 본성"이라고 본 것이다. 인간에 있어서는 이 본성을 실현하기 위한 물질적 조건이 더없이 중요하다고 생각하였다.

그런데 생의 문제를 그는 개인적 차원이나 추상적으로 다룬 것이 아니고 구체적으로 민생을 문제 삼았다. 즉, "사람과 만물은 천지가 화육化育하는 가운데 공생하고 있는바, 민은 우리와 동포요, 만물은 우리와 더불어 사는 것이다. 그러므로 사람이 우선이고 만물은 다음이다"라고 하여, '민오동포民吾同胞'라는 송대 학자 장재張載 말을 써서 민생의 옹호를 특별히 강조하였다. 그의 민생옹호론이 어떻게 전개되는가를 경제의 측면과 정치의 측면으로 나누어 살펴보자.

애물정신과 노동의 의미 : 그는 물物, 즉 자연자원이나 생활의 용구는 인류의 생을 위한 욕구의 달성에 필요한 것이므로 이를 당연히 아끼고 사랑해야 할 것이다. 이것이 애물愛物의 정신이다. 불교처럼 살생을 금지할 것은 아니고 금수·어류·산림 같은 자연자원의 남획·약탈을 금하되 보호·육성해서 재부財富를 풍족하게 하고, 농업과 양잠업을 발전시켜 민생을 윤택하게 해야 옳다는 생각이다. 이에 정당한 재리財利의 추구를 긍정한 것이다.「생재설生財說」에서 이렇게 말한다.

사람으로서 누군들 식화殖貨에 대한 욕구가 없겠는가. 군주는 이 마음으로 미루어 민에게 혜택을 미치고, 민 또한 이 마음으로 미루어 위를 받들어야 한다. 사람으로서 누군들 이利를 추구하려는 욕구가 없겠는가. 이 마음으로 미루어 군주는 민에게 혜택을 미치고, 민 또한 모름지기 이 마음으로 미루어 윗사람을 이롭게 해야 한다.

정통유학은 물질적 이익의 추구를 타기시하는 경향이 농후해서 재리의 추구를 사욕이라 하여 좋지 않게 여긴 터였다. 그가 사람들이 재리를 좋아하고 추구하는 것을 인간의 공통된 심리로 이해하고 긍정하여, 이 논법을 군주와 인민의 관계에 확대적용하고 있다. 군주는 민의 재리를 보장해야 하고 민 역시 군주를 이롭게 해야 한다고 상호관계로 말한 것은 당시에 있어선 보기 드문 사고의 논리이다. 그는 여기서 사고를 발전시켜 재리를 창출하기 위한 인간의 활동인 노동을 중시하는 방향으로 나아간다.

그 자신 수락산의 폭천정사瀑泉精舍에 있을 때 몸소 농사를 짓는 생활을 했고 관동으로 떠나서도 밭을 얻어 경작할 뜻을 가진 것으로 남효온은 말했다. 뿐 아니라, 승려들에게도 농사일을 게을리 않도록 했으며, 부귀가富貴家의 자제라도 그의 문하에 들어오면 필수로 농사일을 고되게 시켰다고 한다. 이는 그의 삶의 자세요, 생활철학이었다.

> 우리나라는 습속이 농사짓는 일을 장획臧獲에게 맡기기 때문에 놀고먹는 자
> 들이 많으며, 이도異道를 숭상하기 때문에 기생적인 생활을 하는 자들이 늘어
> 나고 있다. 소위 한산閑散 우족右族이나 하는 일 없이 살아가는 좌도左道 등은 모
> 두 일하지 않고 놀면서 민에 붙어사는 부류이다.
>
> * 장획(臧獲): 노비를 뜻하는 말이지만 여기서는 전호(佃戶)를 가리키는 것으로 보임.
> * 한산(閑散) 우족(右族): 실제 관직에 종사하지 않지만 직함을 가진 양반 집안의 사람들.
> * 좌도(左道): 무당·점쟁이 같은 부류. 위의 이도(異道)는 불교를 가리킴.
> —「和靖節勸農詩」의 머리글

벼슬아치 및 승려·무당들을 농민에 기생하는 무위도식자로 규정짓고
있다. 누구나 농업생산에 힘쓰는 근면한 삶을 해야 한다는 관점이다. 위
내용을 확대해석해서 지주와 전호佃戶의 생산관계를 부정한 것이라 해석
하기는 어렵겠으나, 치자治者 입장에서의 권농적인 성격으로 의미를 축소
해 보는 것 또한 타당치 않다고 본다.

인정과 민생옹호론 : 위에 거론한 경제사상의 정치적 실현으로 '인정'에
가장 역점을 둔다. 인정을 통해서 생산을 발전시켜야 한다는 주장이었다.
생재生財의 원칙은 생산자가 많고 유식자游食者는 적고, 생산은 활발하게, 소
비는 완만하게 하는 데 있다는 경전의 논리에 입각하여 방도를 제시하고
있다.

> 인仁으로 하층민을 보살피면 백성은 저절로 안도해서 각기 생업에 충실하게
> 되어 유식자가 줄고 생산자가 많아질 것이요, 인으로 민을 다스리면 함부로 부

역에 동원되지 않게 되어 역역力役이 번다하지 않고 농사철에 시간을 빼앗기지 않으므로 생산이 촉진될 것이다. 그리고 인으로 물物을 대하면 전곡錢穀·기용器用의 효용을 따져서 양입계출量入計出을 하기 때문에 소비가 완만하게 될 것이다.

— 「생재설」

인을 당위의 윤리 덕목으로 강조하는 논리와는 달리 민생의 차원에서 구체적으로 주장하고 있다. 백성을 동원하는 이런저런 일에 인정을 펴면 농업생산이 증대하게 될 것이라고 보는가 하면 인의 의미를 재화나 각종 도구에 확대해서 수입에 맞추어 지출하는 합리적인 경영방식에 착안하고 있다.

그리고 '인정'을 강조한 정치론을 군주와 민의 관계에 적용시킨 점이 더욱 주목된다. 「애민의愛民義」에서 통치구조에 대한 견해를 제시한 것이다. 그는 왕의 절대적 권위를 인정하지 않고 군민君民을 공생적 계약관계처럼 말하고 있다. 민이 10분의 1세를 납부해서 군주를 이롭게 하는 대가로 군주도 민을 잘 살게 할 임무를 지게 되며, 이를 이행하지 못하는 경우 왕의 자리에서 쫓거나서 일개 평민으로 떨어질 것이라고 한다. 이는 맹자孟子에서 취해온 논법이긴 하지만 누구도 꺼내기 곤란한 말이었다. 군주는 당연히 민을 위한 정치를 해야 함을 고도로 강조한 논법인데 무리한 조세와 역역力役의 부과 등 민생을 해치는 요소를 제거하고 농업과 잠업을 적극 장려하는 등으로 인정을 펴나가야 한다는 것이 그의 지론이었다.

요컨대 민생이 보장되는 민본위 국가는 그가 소망하는 정치적 이상이었다. 조선왕조 국가는 농민층이 국가의 실질적 기반이었고, 농민층을 보다 많이 확보해서 공민公民으로 거느리고 육성시키는 것은 그만큼 사회를 안정시키고 국가를 부강하게 만드는 방도였다. 조선조의 초창기는 대략 그런 방향에서 정책이 추진되는 것 같았다. 그러다가 15세기 중반기를 넘어서면서 기본 노선 자체가 흔들려서 자영농민층을 안정시키지 못했다. 그렇게 된 요인은 권력구조 자체에 있었다. 조선왕조의 건립 주체인 사대부들과 왕조의 실질적 기반인 농민 일반과의 사이에는 기본적으로 모순이 개재해 있었다. 양반 지주와 전호 농민은 아무래도 이해를 같이 할 수 없기 때문이다. 게다가 특권세력인 왕족과 훈척勳戚들의 대토지 사유화 현상으로 자영농민층의 급격한 몰락을 초래한 것이다. 그가 민생옹호론을 제창하고 정치현실에 끝내 외면한 이유는 바로 여기에 역사적 배경이 있었다.

선도 · 불교에 대한 관점

이상에서 논평한바 그의 철학은 성리학에 기반한 것이었고, 사회사상은 유학의 원칙을 실천하려는 취지였다. 하지만, 그를 순수한 유자라고 말하기는 아무래도 맞지 않다. 당초 그가 현실권에서 이탈할 때 뜻이 도교 쪽에 가 있었다. 그러면서도 부득이 승려의 행색을 차리고 나섰다. 이후 죽음의 길에까지, 중간에 일시 환속했던 기간을 빼면, 그는 불승으로 일생을 살았다. 그에 대해 유교적 입장에서는 심유적불心儒跡佛로 규정지었다. 그렇다면 불승은 한갓 외피에 불과했던 것일까? 조선조 사회에서 도교는 별난 지식인들의 취향으로서 선도仙道란 이름으로 맥이 이어졌는데 김시습의 존재는 그 계보에서 아주 중요한 위치에 놓여 있다. 그의 선도와 불교에 관해서도 당연히 따로 연구해할 주제이지만 여기서는 양자에 대한 그의 기본 관점만을 언급하기로 한다.

「해동전도록海東傳道錄」이란 선도 계통의 문건이 있는데 거기에는 신라의 김가기金可記로부터 최치원崔致遠으로 내려온 삼한의 도맥은 이후 끊어질 듯 간신히 이어졌던바 김시습으로 와서 홍유산洪裕山, 김시습의 제자인 洪裕孫을 가리키는 듯 · 정희량鄭希良 · 윤군평尹君平으로 확장이 되었다고 한다. 그리고 김시습을 선도로 인도한 이가 있는데 설공楔公이란 인물이다. 설공은 그를 어린 시절에 보고 선학仙學의 이기利器인 줄로 알아보았으나 당세에 대한 뜻이 날카로워서 끌어들일 수 없었다는 것이다. 후일 세상이 어떻게 해볼 도리가 없음을 실컷 맛보고서 설공을 만나 수련하여 마침내 단성丹成을 이루었다고 한다.[1] 홍만종洪萬宗의 『해동이적海東異跡』은 선도계 인물들의 전기인데 여기에도 그가 크게 다루어져 있다. 그럼에도 선도에 대해 "자기 일신의 보전만 힘써 세상에는 유익함이 없다"고 그 이기적인 면을 비판했다 한다. "도는 천하의 공물公物이다. '성性' 밖에 도가 있지 않으며 도 밖에 성이 있지 않다"면서 노자老子의 도는 우물 안에서 하늘을 보는 소견이라고 낮추어 말했다고도 한다.

그의 정체성을 '심유적불'로 파악한 것은 전혀 틀렸다고 말할 수는 없다. 이런 소지가 없지 않은 데다가 유교 국가인 조선이 그를 용인하는 방도이기도 했다. 하지만 그에 있어서 불교는 수단에 불과했고 건성으로 절집에 머문 것이 아니었다. 「십현담요해十玄談要解」·「묘법연화경별찬妙法蓮華經別讚」 등은 높이 평가해 마땅한 그의 불교학 저술이다. 매월당이 금오산에 있을 시절이었다. 이 무렵 양희지楊熙止란 분이 그곳에서 10일 동안을 함께 생활하여 남긴 기록이 있다. "동봉은 매일 꼭 명수明水를 갖추어 예불禮佛을 드리고 예불이 끝나면 곡哭을 하고, 곡이 끝나면 시를 짓고, 시를 짓고 나면 다시 곡을 하며 지은 시고를 태워버렸다."『大峰集』 부록, 「行狀」 정치현실에 대한 비분 감을 삭히지 못하고 있음에도 종교적 수양에 임하고 있음을 확인케 한다.

그의 『매월당집』에서 '잡저雜著'로 분류된 중에 전반 10편은 불교적인 인생관·사회관을 서술한 논설이다. 부처의 본뜻은 무엇보다 자애에 있으

---

1 「해동전도록(海東傳道錄)」은 『야승(野乘)』 권21(장서각 소장본)에 수록된 신돈복(辛敦復)의 『학산한언(鶴山閑言)』에 보인다.

니 "임금은 백성을 사랑하고 부모는 자식을 사랑하고 남편은 아내를 사랑해야 한다는 점을 알도록 하는 데 있다"고 하였다. 그렇다면 부처를 섬기는 도리는 어떠해야 하는가?

> 부처를 섬김에 있어서는 응당 인애仁愛를 다하여 안민安民 제중濟衆으로 근본을 삼고 불법을 구함에 있어서는 응당 그 지혜를 배워 만사의 변화를 슬기롭게 뚫어보는 것을 우선시할 일이다.
>
> ―「雜著·人主」

이 곧 불자의 도리요, 불자로서 배워야 할 요지이다. 이 뜻을 치자에 적용해서는 "만민을 어린아이처럼 사랑하고 사해를 나의 몸처럼 다스려, 한 백성이 굶주리는 것을 나의 굶주림으로, 한 백성이 추위에 떠는 것을 나의 추위로 생각해야 할 일이다"고 하였다. 요컨대 민생옹호론으로 불교사상을 해석한 것이다. 그리고 인간 현실의 초탈을 강조한 부처의 가르침에 대하여, "대개 인정이 탐욕에 빠져 교만한 마음이 생기기 때문에 사심捨心을 권했고, 생사에 집착한 나머지 화내고 근심하기 때문에 사신捨身을 권했으며, 재물을 탐하여 인색하고 비루한 마음이 커지기 때문에 사재捨財를 권했던 것이다"라고 사심·사신·사재를 가르친 본뜻이 인간 현실을 부정한 것이 아니라 삶의 참을 깨닫고 실천하도록 하기 위한 반어라고 보았다. 그래서 그는 생사와 번뇌를 일단 초탈할 필요가 있지만 생사와 번뇌의 세간을 떠나서는 안 된다고 하였다. "불법은 세간에 있는 것이니 세간을 떠나서는 깨달음이 있을 수 없다. 세간을 떠나서 보리菩提를 구하려는 것은 토끼에게서 뿔을 찾는 격이다."

요컨대, 그는 현실주의로 불교사상을 해석하였다. 그의 내면에서 이미 유·불·선의 경계를 넘어선 것으로 여겨진다. 그렇다고 여러 종교의 무원칙한 절충, 아니면 이것저것 뒤섞는 혼종의 형태를 취하고 있는 것은 아니다. 그의 사상적 기반은 유학이다. 그 기초 위에 불교와 선도를 원용해서 현실주의적 해석을 가한 것이다. 거기에 관통하는 것은 애민정신이고 현실주의적 자세다. 그 자신 방외인으로서의 고뇌에 찬 삶에 의해 성취한 인간주체의 확립 그것이었다.

3. 『금오신화』 - 현실주의와 비극성

『금오신화』의 창작 현장을 작가 자신이 그려 놓은 시가 있다. 칠언절구 2수인데 『금오신화』의 분석으로 들어가기에 앞서 이 시를 들어보자.

조그만 집에 전방석이 따스한데
매화 꽃 그림자 달빛 받아 창에 가득
긴 밤 등불 아래 향불 피우고 앉아
세상에 보기 드문 책을 한가로이 짓노라.
矮屋靑氈暖有餘, 滿窓梅影月明初.
挑燈永夜焚香坐, 閑著人間不見書.

옥당玉堂에서 글 지을 마음 하마 사라졌거니
산창에 홀로 앉아 밤이 정히 깊다.
구리병에 향 꽂히고 책상이 조촐한데
풍류기화를 자세히 찾고 있노라.
玉堂揮翰已無心, 端坐松窓夜正深.

香挿銅瓶烏几淨, 風流奇話細搜尋.

―「書甲集後」[2]

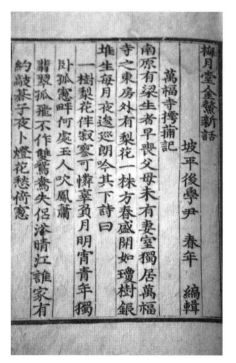

『금오신화』 16세기 조선간본의 첫 면
'윤춘년 편집'으로 밝혀져 있다(원본, 中國 大連圖書館 소장).

[이미지 내 한문 세로쓰기:]
梅月堂金鰲新話
坡平後學尹 春年 編輯
南原有梁生者早喪父母未有妻室獨居萬福
寺之東房外有梨花一株方春盛開如瓊樹銀
堆生每月夜逡巡朗吟其下詩曰
一樹梨花伴寂寥可憐辜負月明宵
卧孤窓畔何處玉人吹鳳簫
翡翠孤飛不作雙鴛鴦失侶浴晴江誰家有
約綵基子夜卜燈花愁倚窓

"작은 집에 전錘방석이 따스한데 매화 꽃 그림자 달빛 받아 창에 가득"이란 앞의 1, 2구에서 집필실의 온난한 분위기가 느껴진다. 이 분위기는 매월당이란 그의 호를 연상케 한다. 그는 서울을 떠나 관서, 관동, 호남을 돌아 영남으로 넘어와서 여기 금오산에서 떠돌던 발걸음을 멈춘 것이다. 바야흐로 짓고 있는 '세상에 보기 드문 책'이란 『금오신화』를 가리키는 것임이 물론이다. 뒤의 첫 구절 "옥당에서 글 지을 마음 하마 사라졌거니"와 끝 구절의 "풍류기화風流奇話를 자세히 찾고 있노라"에 각별히 관심이 가진다. '풍류기화'란 탈속의 신기한 이야기를 뜻하는 말인데[3] 다

2　이 시가 1927년경에 연활자로 간행된 『매월당집』에는 詩集 권6 장13에 「題金鰲新話」라는 제목으로 소개되어 있다. 그런데 최용철 교수에 의해서 발굴된 16세기 조선 간본 『금오신화』(중국 大連圖書館 소장)에는 이 시편이 「書甲集後」라고 하여 5편 끝에 실려 있다(일본에서 明治 17년, 1884년 간행본에도 이 시편이 보인다). 김시습이 『금오신화』를 짓고 나서 이 시편을 지은 것임이 분명하다. 그래서 「書甲集後」를 시제로 제시한 것이다.

3　風流는 여러 가지 의미로 쓰이는 말이다. '風流奇話細搜尋'의 '풍류'가 딱히 어떤 뜻인지 단언하기 어렵다. 남녀의 멋진 사랑을 풍류로 표현하기도 해서, 대개 이런 의미로 보아왔

름 아닌 『금오신화』이다. 사대부라면 문과에 급제하여 옥당에 뽑히는 일을 최상의 명예로 여기는 터였다. 그런 꿈을 진작 털어버린 몸으로 산창에 앉아 '세상에 보기 드문 책', 다름 아닌 『금오신화』를 짓는 중이다.

이 글의 서두에서 『금오신화』에 대해 "근대 이전의 한국문학사에서는 유례를 찾아보기 극히 드문 창조적 집적물"이라고 말했는데, 작가 자신이 창작 현장을 이처럼 술회한 사례 또한 극히 드문 것 같다. 그 인간 존재가 특이한 때문에 가능한 일이었고, 그런 만큼 『금오신화』는 문제작으로 보아야 할 것이다. '세아모순世我矛盾'을 심각하게 의식하고 방외인으로서의 삶을 온몸으로 실천한 창작주체의 정신을 소설적으로 표출한 것이 『금오신화』이다.

지금 우리가 접하는 『금오신화』는 「만복사저포기」·「이생규장전」·「취유부벽정기」·「남염부주지」·「용궁부연록」의 순으로 전5편이다.[4] 이 5편의 작품은 전기소설로서 유형적 공통성을 지니면서도 각각 나름의 개성이 있다. 다음에 전체 5편을 분석의 논점에 따라 세 부분으로 나누어서 시술하려고 한다.

1) 「남염부주지」 - 현실주의의 소설적 표현

「남염부주지南炎浮州志」(이하 「부주지」로 약칭)는 『금오신화』 중의 네 번째

다. 하지만 「남염부주지」나 「용궁부연록」의 경우는 해당되지 않아 달리 해석할 필요가 있다는 생각을 하였다. 풍류는 세속에 집착하지 않고 자유로운 태도를 뜻하기도 하여 '풍류기화'를 "탈속의 신기한 이야기"로 이해한 것이다.

4 최용철 교수의 『금오신화의 판본』(국학자료원, 2003)에 尹春年 편집·간행본을 영인, 소개하였다. 이를 확인해 보면 『금오신화』의 현존 5편 끝에 「書甲集後」라는 시제가 명기되어 있다. 갑집 이후에 후속이 있었으리라는 추정을 가능케 한다. 하지만, 이 책의 앞쪽으로 가면 '梅月堂 金鰲新話'라는 내표제의 전면에 현존 5편의 목차만 보이며, 卷次 표시는 어디에도 보이지 않는다. 작가가 원래 갑집, 을집으로 후속해서 작품을 써 나갈 구상을 가졌을 것임은 분명해 보이지만 구상대로 실현이 되었는지는 확인이 되지 않는다. 현전하는 5편이 『금오신화』의 전부인지, 후속편이 있었던지 여부는 미상이다.

작품이다. 이것은 다른 작품들과는 분위기가 전혀 다르다. 철리와 정치에 대한 문제를 걸고 토론을 벌인 일종의 사상소설이다. 서술형식으로 말하면 우언적인 소설이다.

시간배경은 성화成化, 성화 원년이 1465년이다 초로 작품을 쓰는 당시이고 공간 설정도 작품을 쓰고 있는 경주이다. 주인공인 경주 사람 박생은 작가의 분신처럼 여겨진다. 그런 만큼 현실성이 강하고 자의식이 선명한 작품이다.

작품의 줄거리로 말하면 기담으로 간단한 편이다. 박생이란 사람이 꿈에 염라왕을 만나 대화를 나누고 나서 얼마 지나지 않아 죽었다는 이야기. 그가 죽은 날 밤, "너희 이웃에 사는 박공이 장차 염라대왕이 될 것이다"는 꿈을 동네 사람들이 꾸었다고 한다. 이렇게만 보면 민담적인 신이한 이야기에 불과한 것이다. 박생과 염왕 사이에 전개된 대화 부분이 사실상 작품의 내용이다. 다시 이렇게 보면 일종의 액자소설이다.

주인공 박생은 의기가 고매한 선비다. 일찍이 출세할 뜻을 품고 태학관太學館, 성균관의 별칭에서 공부했으나 과거시험에 실패하고 늘 앙앙불락했었다. 그는 불교의 말이나 귀신·무당 등에 대해서 의심하다가 『중용』과 『주역』의 연구를 통해서 무신론적인 사고를 확실히 하게 되었다. 그가 세운 입장은 성리학의 이기론理氣論에 바탕을 둔 것이었다. 가령 천당지옥설에 반대해서 "천지는 하나의 음양陰陽일 뿐, 어찌 천지 밖에 다른 천지가 있을 수 있겠는가?"라 주장하였으며, 「일리론—理論」이란 제목의 글을 지어서 주체를 이론적으로 확고히 세웠다.

「일리론」의 논지는 대략 간추리자면 "천하의 이치는 하나요, 둘일 수 없다. 하늘이 음양陰陽 오행五行으로 만물을 화생化生함에 기의 운동으로 이뤄지고 거기에 이理가 부여된다. '이'는 성性이요 하늘이 명하는 바이니, 일용사물상에 개재하는 조리여서 부자·군신·부부·장유 간의 도리는

'이'가 인간의 마음에 구현된 것이고, 천하만물도 각기 당연한 '이'가 있다. 우리가 물物에 나아가서 궁구하고 사리를 끝까지 따짐으로써 '이'의 지극함을 깨달아 어떠한 사물에도 현혹되지 않는 유자의 확고부동한 자세를 수립할 수 있다. 이런 하나의 이치를 믿을 뿐, 저 이단의 설은 일체 불신하노라"는 것이었다.

이 논리는 정주程朱의 설에 의거한 것이다. 성리철학의 이론으로 무장한 인물을 작중의 주인공으로 등장시킨 점에 주목할 필요가 있다. 주지하는 바 14세기에 성리학이 새로운 사상으로 이 땅에 도입되었다. 성리학 자체가 불교의 주관적 관념론에 비해 객관적 현실론으로 다가선 사상이었다. 그러나 15세기까지도 성리학의 기반은 견고하지 못했으며, 이론적인 수준 또한 아직 높지 못했다. 사대부나 관인층 일반이 사장詞章을 여전히 중시하던 당시 성리철학은 일부의 학자에 의해 추구되어, 16세기로 와서 정치개혁의 기초이론으로 원용되기에 이르렀다. 박생은 드물게 진보적인 사상을 지녔던 선비로, 15세기 당시 사회적 이해의 폭이 좁아 불우한 처지를 면치 못했다고 보겠다.

소설은 박생이 염라왕과 몽중에서 만나 대화하는 방식으로 주제 사상이 펼쳐진다. 그는 염라왕에게 고상한 선비로서 초대를 받은 것이다. 박생과 염라왕은 군신으로 주종관계가 아니라, 평등하게 의자를 마주 놓고 앉는다. 현세에서 박생은 처지가 불우했지만 염라국에서는 군왕과 동격이 된 모양이다. 박생이 그처럼 대우를 받은 까닭은 오직 그가 천지의 만물·만사에 두루 통달한 철인이기 때문이다. 두 인물이 등장해서 묻고 대답하고 하면서 담론이 이어지는바, 박생은 평소에 의문을 가졌던 사항을 꺼내기도 하고 지상에서 사람들이 살아가는 방식이나 정치상황을 논의의 선상에 올리기도 한다.

염라왕의 말로, 주공·공자는 문명 지역의 성인임에 대해 석가는 야만 지역의 성인이어서 '부정한 것으로 부정한 것을 제거[以邪去邪]'해야 했기 때문에 그 말이 황탄하지만 궁극에 가서는 인간을 바른 길로 인도하고 혹 세무민하는 도가 아니라고 한다. 또 귀신을 두고서는 음양이기陰陽二氣의 양능良能이라 하여, 생의 상태가 '인人·물物'임에 대해서 죽음의 상태가 귀신이라고 하였다. 음양의 시원으로 돌아가는 것을 귀신이라 한다는 그 논법이다. 그리하여 미신적인 존재를 부정하고 우리가 조상에게 제사를 드리는 것은 자신의 근본을 존중하는 행위일 뿐, 길흉화복을 믿어서가 아님을 강조했다. 박생은 불교의 천당지옥설에 대해서도 묻는다. 이 물음에 염라왕은 천지간에는 오직 음양의 운동과 생생불궁生生不窮의 변역의 이치가 있을 뿐이요, 이 밖에 다른 어떤 세계도 존재할 수 없다는 지론이었다.[5] 그리고 세상에서 죽은 자를 위해 절에 가서 재를 드리는 행위에 대해 묻자, 염라왕은 자기는 모르는 일이라면서 도리어 인간 세상의 풍속이 어떤지를 묻는다.

> 세속에선 부모가 죽은 49일에는 귀천 없이 상례·장례의 예법을 생각지 않고 오로지 천혼遷魂을 힘씁니다. 부자는 비용을 과다하게 들여 정도에 넘쳐서 보는 이를 어리둥절하게 하며, 가난한 자도 전답을 팔고 집을 잡히고 곡식을 빌리고 하지요. (…중략…) 상주가 되면 처자식을 이끌고 이웃과 친구를 불러 모아 남녀가 들끓고 똥오줌으로 더럽혀져서 정결해야 할 처소가 오물장이 되고 고요해야 할 처소가 장바닥으로 변합니다. 한편 시왕을 모신다 하여 음식을

---

5 「南炎浮洲志」, 『金鰲新話』, "古人云 : 一陰一陽之謂道, 一闔一闢之謂變, 生生之謂易, 無妄之謂誠. 夫如是, 則豈有乾坤之外, 復有乾坤, 天地之外, 更有天地乎". 최용철, 『금오신화의 판본』, 77면.

차려 제를 올리고 지전紙錢을 태우는데 속죄하기 위해 한다는 겁니다.

이런 박생의 말에 염라왕은 탄식해 마지않는다. 천명을 타고나 살아가는 인간은 자신의 행동여하에 따라 상서와 재앙을 현세의 삶에서 받을 뿐, 사후에는 정기가 흩어져 시원의 상태로 환원됨으로 머무를 명계冥界가 따로 있을 수 없다.[6] 따라서 망인을 위해 물력을 소비하며 재를 드리는 행위는 전혀 무의미한 짓이라 한다. 이어서 "정령이 흩어지지 않은 상태에서는 윤회가 있는 듯이 보이나 시간이 지나가면 흩어져 소실해버립니다"고 윤회설을 완전히 부인했다.

귀신 및 불교적인 천당지옥, 윤회설이 화제의 중심이었던바, 요는 현실을 떠난 어떤 세계도, 어떤 미신적인 존재도, 죽은 뒤의 내세도 일체 부정한 것이다. 소설은 각종 미신적인 사고나 불교적인 현실관의 극복에 주제를 둔 것으로 보인다. 하지만, 이것으로 소설이 충분히 해명되었다고 말하기는 어렵다. 미신적인 사고나 불교적 현실관의 극복은 주제를 구성하는 일부이지 그대로 주제는 아니다.

소설은 각설하여, 염라왕이 삼한의 흥망에 대해 물음에 박생이 우리나라의 역사를 말하는 것으로 이어진다. 고려에 미치자 염라왕은 탄식을 하면서 중대한 발언을 한다.

나라를 가진 자는 폭력으로 인민을 위협해서는 안 됩니다. 인민이 두려워서 따르는 것 같지만 내심으로 역심逆心을 품어 날이 가고 달이 차면 크게 터질 날

---

6 "噫哉! 至於此極也? 且人之生也, 天命之以性, 地養之以生, (…중략…) 順之則祥, 逆之則
殃, 祥與殃, 在人世受之耳. 至於死, 則精氣已散, 升降還源, 那有復留於幽冥之內哉?" 위의
책, 79~80면.

이 오기 마련이지요. 덕 있는 자라고 하여 폭력을 써서 왕위에 오를 수는 없습니다. 하늘이 직접 말로 표현하지는 않는다더라도 행사行事로 보이는 법입니다. 처음부터 끝까지 상제의 명이 엄숙하지요. 대개 나라는 인민의 것[國者民之國]이요, 명命이란 하늘이 명하신 바라. 천명이 떠나면 벌써 민심이 이반하여 왕은 제 한 몸을 지키려 해도 어찌할 도리가 없지요.

통치자가 인민을 탄압하면 필시 반발이 일어난다고 확언하며 폭력적인 수단을 써서 왕위를 차지할 수 없음을 강한 어조로 주장하고 있다. 그러면 하늘을 어기는, 역천逆天이 된다. 하늘의 뜻은 행사行事로 표시된다고 했는데, 아마도 민심에 반영된다는 의미일 것이다. 위 발언은 유교적인 민본정치의 이념에서 나온 논리이다. 천명이 민심에 의에 표시된다는 이 점에 강조점이 찍혀 있다. 그리하여 '나라는 인민의 것'이라는 주장이 제출되었다. 물론 유교적인 성격으로서 민본위의 정치사상이라고 해석할 수 있는 내용이다.

꿈속의 대화로 계속 이어지는 소설의 진행은 염왕이 왕위를 박생에게 물려주겠다고 발언하는 데서 끝난다. 염라왕은 직접 박생에게 선위문禪位文을 건네준다. 애당초 염왕은 박생이 정직하고 뜻이 높고 사리에 통달한 인물로서 정치현실에 타협하지 않기 때문에 당세에 뜻을 펴지 못하는 인물이라는 사실을 인지하고 있었다. 해서 염라국의 왕위를 물려줄 적임자로 발탁을 한 것이었다. 작중 대화 자리는 말하자면 면접 시험 절차였던 셈이다. 그런 절차를 통해서 양자 간에 세계관과 정치이념이 서로 일치함을 확인할 수 있었다. 염라왕이 내린 결론은 이렇다.

억조 인민이 길이 의지할 바 그대가 아니면 누가 있겠는가? 백성을 마땅히

덕으로 인도하고 예로서 바로잡아 지선至善한 경지로 끌어올리기를 기약하여, 몸소 실행하고 마음속에 다져서 태평시대를 이룩하도록 힘쓸지라.

불우한 박생에게 드디어 경세의 뜻을 크게 펼 날이 온 것이다. 그것도 신하의 지위가 아니라 최고의 통치자로서 국정을 맡게 된 것이었다. 성리학적인 철학과 정치학으로 이론무장을 한 자로서 최고의 정치적 승리로 해석할 수 있겠다.

염라왕이 박생에게 왕위를 물려주는 방식은 선양禪讓에 해당하는 것이다. 박생은 그 자신이 지닌 이론적 역량과 도덕성 이외에는 다른 어떤 왕이 될 조건도 갖추지 못한 사람이었다. 그런 인물이 왕으로 발탁된 것이다. 이 점을 주목하지 않을 수 없다. 박생은 당시로 보아서는 진보적이었던 성리학으로 이론무장을 한 인물이다. 사士를 대변한 형상이다. 염라왕은 사인군士人群이 염원한 이상적인 통치자상이라 하겠다. 그래서 박생과 염라왕 사이에는 갈등이 있을 수 없었다. 작중에서 대립·갈등을 일으키는 상대역은 등장하지 않는다. 다만, 염라왕과 박생의 대화 가운데서 계속 공박을 당하고 있을 뿐이다. 대화체로 전개되는 이 작품의 특성이기도 하다. 서사의 표면에서 갈등의 상대는 잠재된 모양이다.

대화체는 부조리하고 불합리한 관념과 생활습속, 그리고 불의하고 폭력적인 정치권력과 통치구조를 비판하고 공박하는 데 편리한 진술방식이다. 계몽적인 문학에서 이 수법이 곧잘 구사되는 것은 이 때문이다. 「부주지」의 작가 역시 성리학적 합리주의와 민본·애민의 정치를 실현하는 문제를 당면의 긴급한 과제로 확신했던 까닭에 박생이 염라왕에게 왕위를 물려받는 알레고리가 설정된 것이다. 방금 "이론무장을 한 자의 정치적 승리로 해석"하는 다소 강하게 들리는 주장을 한 것 또한 이 때문이다.

요컨대, 『부주지』는 작가의 현실주의 사상을 소설적으로 표출한 것이다. 박생과 염라왕의 대화 중의 논리는 작가의 사상이나 주장과 기본적으로 다르지 않다. 하지만 따지고 들어가면 차이점이 없지 않다. 「일리론」과 귀신설을 예로 들어보자. 물론 동일한 주체의 이론적 표현과 소설적 표현이 꼭 일치하란 법은 없지만, 「부주지」는 성격이 다르기 때문에 해명할 필요가 있다. 「일리론」은 앞에서 중요하게 거론했듯, 박생의 철학적 입장을 정리한 글이다. 여기서 일라一理는 천지간에 오직 하나의 이치가 작동하고 있다는 뜻이다. 이기론에서 '이'를 절대자로 규정한 그 '이'와 의미가 꼭 일치하는 것은 아니다. 그렇지만 기일원론에 도달했던 매월당의 기철학의 논리처럼 선명치 못하다. 매월당의 성리학에서 기철학의 논리는 40대에 확립되었던 것[7]으로 생각된다. 『금오신화』를 집필할 시절의 매월당은 기의 운동을 중시하는 쪽으로 사유의 방향이 기울긴 했으나, 아직 기일원론에 도달하지는 못했던 듯하다. 「부주지」에서 착상이 되었던 이기론이 미신적인 여러 관념과 불합리한 생활태도를 부정·비판하고 민본·애민의 정치론을 확고히 하면서 존재론적으로는 기의 역할을 중시하는 논리로 사유를 발전시켰던 것으로 여겨진다.

「부주지」에서 귀신에 대한 말은 그의 「귀신설鬼神說」과 「잡저雜著·귀신」에서 펼친 언설과 관점이 합치하는데 원혼이나 요괴 따위를 부정하지 않고 있을 수도 있는 것으로 본 점이 다르다. 예외적인 현상으로 기의 운동과정에서 맺히고 막힌 기운이 있어 혹 이매魑魅나 요사스러운 잡것으로 출몰하며, 전쟁터에는 간혹 흩어지지 못한 원귀가 있을 수 있다고 염라왕의

---

7   그의 문집에 수록된 '說' 9편의 끝인 「栔仁說」 말미에 "成化庚子立秋日, 碧山淸隱翁說"이라 부기하고 있어, 이것을 1480년에 지었음을 알게 한다. 9편의 說에 그의 이기론의 진수가 드러나는바 초기의 저작으로 보이는 잡저와 상호 모순되는 점이 발견된다. 가령 「服氣」에서 '志, 氣之帥'라 하고 '纔有理, 便有是氣'라 한 구절을 들 수 있다.

말로서 인정하였다. 이런 것들도 잠정적인 현상이어서 언젠가 기의 시원으로 환원하기 마련이라는 말을 덧붙이는 것을 잊지 않고 있긴 하지만, 소설에서 무신론은 불철저한 것이었다. 신이한 현상이나 원혼에 대한 관념은 사람들이 떨쳐내지 못했던 통념이었다. 주자朱子도 부분적으로 긍정한 터였고, 유종원柳宗元 같은 무신론자도 「상원이비묘비湘沅二妃廟碑」나 「종남산 사당비終南山祠堂碑」에서 신이한 사적을 서술하기도 했다. 김시습의 철리적인 글에서는 이러한 신이까지도 용인하지 않았는데 「부주지」에서 원혼을 부정해버리지 않음으로 하여 여타의 소설작품에서 신이神異가 들어올 자리를 마련한 셈이었다.

이런 등등의 문제점은 지엽적인 사안이다. 그런데, 끝내 석연치 않은 의문처가 있다. 작중의 남염부주는 하늘의 남쪽 우주 공간에 떠 있어 항상 화염이 타오르는 섬 같은 곳이라 한다. 불길이 치솟는 사이로 사람들이 철액鐵液을 밟고 다니는데 그 나라의 왕성王城은 문물이 인간세상을 방불케 했다. 불교에서 이르는 지옥이다. 그 나라의 통치자는 염라왕이다.

내가 인간세상에서 역적을 토벌하는 데 용맹을 날려 죽어서도 꼭 여귀厲鬼가 되어 나쁜 놈들을 죽여 없애겠노라고 맹서했지요. 이런 충성스런 마음이 소멸되지 않아서 이 악향惡鄉을 맡겨 군주가 되게 한 것이라오.

그가 염라국의 군주가 된 경위이다. '악향'이란, 즉 흉악한 무리들이 거주하는 지역이란 뜻의 말이다. 염라왕은 말하기를 "지금 이 지역의 주민들은 모두 전세에 역적질을 하고 흉악한 짓을 자행했던 무리들인데 나에게 의탁해 있으면서 사악한 마음을 바로잡는 중이랍니다"고 한다. 저들은 자신이 저지른 죄과를 교정하고 있으므로, 전생의 업보를 이곳에서 받는다는 뜻이다. 인과응보와 함께 지옥설을 인정한 것이다. 이는 염라왕과 김시습이 역설했던 사상의 논리에 모순될 뿐 아니라 작중에서 박생과 염라왕이 했던 발언과도 당착을 일으키고 있다.

이런 자가당착을 어떻게 볼 것인가? 결론부터 말하자면 염라왕은 사인 군士人群이 그려낸 이상적인 통치자상으로 해석할 수 있거니와 남염부주는 우언적인 설정이다. 반어법이기도 하다. 염라왕이나 남염부주는 실재의 공간이 아니라 우언으로서 서사적 가공물이다.

박생은 정치현실에 모순과 비리를 심각하게 의식하고 앙앙불락하는 인물이었다. 목전의 불의와 불합리를 정면으로 다루기 어려운 경우 실제가 아닌 어떤 가상의 세계를 상정하는 경우가 허다하다. 예컨대『홍길동전』은 율도국을 건설해야 했으며, 허생은 해외의 빈 섬에 새로 문자와 제도를 만들려고 했던 것이다. 이는 기존 체제의 개조와 신사회의 건설을 표현하려고 할 경우 우려되는 압박이나 비난을 피하기 위한 수단으로 꾸며낸 가상의 세계이다. 만약 선양 방식의 왕위계승을 조선의 현실에 설정했다가는 반역으로 몰리기 십상이다. 이에 우언적인 수법을 필요로 했다. 가공의 남염부주를 설정하고 염라왕을 등장시킴으로 해서 진보적 이념의 정치적 승리를 그려 보일 수 있었던 것이다.

물론 남염부주 자체에 큰 의미가 주어진 것은 아니다. 오직 아무리 못된 무리들이 득실거리는 데다가 불구덩이에 철옥鐵獄의 악향이라 해도 인정·애민의 정신으로 정치를 해야 하며, 박생 같은 철학과 사상을 구비한 인물이 최고의 통치자가 되어야 한다는 논법이다. 따라서 민풍이 돈후하고 문물이 정비된 나라에 무도한 정치는 결코 용납될 수 없다는 강력한 부정이 자연스럽게 도출된다.

그래도 남염부주와 염라왕이 작중에서 당착이 있는 점은 아직 해명이 되지 않았다. 염라왕이 박생과의 대화에서 편 논리는 스스로 자기 부정을 한 것이 아닌가. 문학적 진실은 정공법으로 달성되는 것만은 아니다. 오히려 역설이 효과적일 수 있다. 염라왕이나 남염부주는 역설적인 장치인 셈이다. 작중에서 불교를 '이사거사以邪去邪'라고 했던 그 논법이 그대로 남염부주와 염라왕에게도 적용되는 것이다.

「부주지」는 현실을 개조하려는 이념을 표현한 소설인데 인간생활에 있어서 각종 미신과 정치·사회적 불합리를 부정하고 비판하면서 현실주의를 역설했다. 다시 말하면 이 소설은 우언적 수법으로 현실주의를 주장하고 있다.

2)「이생규장전」과「만복사저포기」 - 인간성의 긍정과 비극성

이상에서 「부주지」를 통해 현실주의의 소설적인 전개를 고찰했다. 문제는 나머지 4편에 있다. 일견 '신기한 이야기' 내지 '귀신 이야기'가 현실주의적인 그의 사상과 무슨 관련이 있단 말인가? 자신의 사상과는 무관하게 다만 신이지사神異之事를 기록해 놓은 것에 불과한가? 현실주의를 포기하고 신비의 세계로 도피한 것은 아닐까?

이들 작품은 단순히 '신기한 이야기'나 귀신담으로 돌릴 것이 아님은 물론이다. 새로운 시각과 함께 진지한 해석이 요망되는 대목이다.

「이생규장전」 분석

「이생규장전李生窺墻傳」이하「이생전」으로 약칭은 이생과 최랑崔娘의 삶을 그린 작품이다. 14세기 중엽의 고려사회를 배경으로 했는데 작중 이생과 그의 애인 최랑은 당시 수도인 개성에서 살던 사람이다.

개성의 낙타교 옆에 사는 18세의 소년 이생은 풍류호남아로 시문에도 뛰어났으며, 선죽리 사는 귀족의 딸 최랑은 교양과 미모를 구비했다. 세상에서 "이씨댁의 풍류 도령이요 최씨댁 어여쁜 아씨라네. 재색이 먹거리가 될 수 있다면 바라만 봐도 저절로 배가 부르겠네"[8]라는 노래가 불릴 정도였다. 이처럼 재자가인으로 일컬어지는 두 사람이 짝을 맺는 것은 이미 예정된 수순으로 보인다.

어느 날 이생은 최랑이 연예 감정을 담아서 읊는 시를 담 너머에서 엿듣고 화답한 시 3수를 지어 담장 안으로 던진다. 이에 날이 저물 때를 기약해서, 이생은 그날 밤에 담장을 넘어가는 모험을 감행하게 된다. 이렇게 두 사람의 사랑이 시작되는데, 이생이 최랑에게 일이 탄로 나면 어쩌느냐고 떠보는 말을 하자 최랑은 정색을 한다.

> 저는 그대를 평생토록 받들며 즐거움을 길이 누리려는 것입니다. 그대는 어찌 생각을 성급하게 하십니까? 저는 비록 여자의 몸이오나 마음이 태연하거늘 대장부로서 그럴 수 있나요.

그리고는 결혼을 관철시키겠다는 뜻을 확고히 표시한다. 실로 이생은 담장을 넘기에 용감했고 최랑은 사랑을 이루는 데 주저함이 없었다. 이렇듯 인습과 계율을 탈피해서 그야말로 '자유연애'가 이루어진 셈이다. 이 남녀는 연애시를 주고받는 데서 그치지 않고 육체적 욕망에도 '극기정환極其情歡'이라고 표현될 정도로 적극적이었다.

이후로 이생은 매일 밤 최랑을 만나려고 저녁에 집을 나가서 새벽에 돌아오곤 하였다. 그러다가 부친에게 발각됨에, 그는 울주蔚州, 지금의 울산 농장으로 추방을 당한다. 최랑은 이생을 기다린 끝에 병이 들어 병세가 심상

---

8 『金鰲新話』「李生窺墻傳」, "世稱風流李氏子, 窈窕崔家娘. 才色若可餐, 可以療飢腸". 위의 책, 28면.

치 않게 된다. 그 부모가 결국 연유를 알게 되어, 최랑은 드디어 이생과의 일을 고백한다. 그리고 결연한 태도로 "저 사람과 황천에서 만날지언정 저는 누구에게도 시집가지 않겠습니다"고 말한다. 그래서 양인의 혼사가 성립될 수 있게 된 것이다. 하지만, 거기에 이런저런 난제가 잠복해 있었다. 이생가와 최씨가 사이에 가로놓인 신분상의 걸림돌 때문이었다. 이생의 아버지는 최씨가의 청혼에 대답하여

저 역시 소시부터 책을 들고 글을 읽었소이다만, 늙도록 성취를 못 한 데다가 노비들이 도망쳤고 친척의 도움도 기대할 수 없으니 생애가 소활하고 살림이 어렵소이다. 더구나 거가대족巨家大族으로서 하필 일개 한유寒儒를 사윗감으로 마음에 두시겠습니까.

라고, 자기 집은 지체가 한미하여 귀족과는 어울릴 처지가 못 된다는 사연으로 사절하는 태도를 보인다. 하지만, 이생가는 그가 내려가 있던 울주에 "노속을 거느리고 농사를 지을" 농장이 있었던 것으로 미루어, "살림이 어렵소이다"는 말은 핑계 대는 수사이고 기실 상당한 경제기반을 소유했던 것으로 여겨진다. 주의할 점은 아들의 장래에 대해서 자신만만한 태도를 보인 것이다. 그 당시 국학國學, 개성 성균관에 다니는 아들 이생을 두고 "학문이 정통하고 풍채도 제법이라, 장차 장원급제를 하여 후일에 이름을 떨칠 것으로 기대"하였다. 이생가의 경우 자랑스러운 과거는 없으나 미래가 희망으로 벅차 있었다. 이생의 가문은 지방의 중소 토지소유자로서 독서를 하여 관인으로의 진출을 도모한 점으로 미루어, 신흥층에 속했던 것으로 보인다.

이에 대해 최씨가는 '거가대족' 즉 기성의 귀족에 속했다. 소설은 거대

한 저택에서 호사스럽게 살아가는 모습을 묘사하고 있다. 무남독녀의 딸이 거처하는 누정을 부용지 언덕에 세우고 기화요초로 꾸몄다. 방안치레도 대단하여 문방과 책상이 말쑥한 데 서화골동이 벌여 있다. 화려한 생활을 향유하는 도시귀족이다.

최씨가와 이생가는 의식면에서도 차이점을 드러낸다. 최씨는 딸이 이생과 주고받은 시고를 발견했을 때 딸의 방종을 꾸짖는 것이 아니고 무릎을 치며 "하마터면 딸자식을 잃을 번했네" 하고 서둘러 청혼을 한다. 이 물론 외동딸에 대한 사랑이 앞서서겠지만 부모로서 딸자식에 대해 지나치게 관대한 태도로 보인다. 어린 여자에게 호화로운 생활을 누리도록 하는 것도 유교적인 생활양식과는 너무도 거리가 멀다. 반면에 이생의 아버지는 사뭇 다르다.

네가 아침에 나갔다가 저물어 돌아오는 것(당시 국학의 학생이기에, 인용자)은 옛 성현의 어진 말씀을 배우자는 뜻이거늘, 밤에 나갔다가 새벽에 돌아오다니, 웬일이냐? 필시 경박자의 행동으로 남의 집 담장을 넘어가서 꽃을 꺾는 것이겠지. 만약 이 일이 드러나면 사람들이 나에게 자식을 잘못 가르쳤다고 비난할 것이요, 좋은 가문의 처자라면 네가 남의 문호를 더럽혀 죄를 저지르는 짓이다.

이처럼 아들을 준절히 질책하고 당장 시골로 쫓아 보냈던 것이다. 이런 처사를 통해서 이생가는 ① 유학으로 입신, ② 가부장으로서의 명분과 권위의 유지, ③ 가문의 중시 등 유교적인 이념을 생활신조로 삼고 있음을 확인할 수 있다. 양가의 대응방식의 뚜렷한 차이점은 무엇을 의미하는 것일까? 최씨가는 구귀족의 생활실태와 의식을 대변하고 있다면 이생가는 신흥 사대부층의 생활의식을 대변하고 있는 것으로 볼 수 있지 않을까 한다.[9]

두 가문은 신분의 차등이 있고 의식면에서 달랐다. 이생의 부친이 최씨 가로부터 청혼을 받아들이지 않았던 것은 이런 면으로 설명이 된다. 이생의 부친은 혼사에서 저쪽에 꿀리고 싶지 않았을 것이다. 최씨 쪽에서 이생가에 세 차례나 중매자를 보내 설득해서야 혼사가 이루어진다. 이생과 최랑은 신분상의 장애를 극복하여 성혼이 되었다. 두 사람은 사회적 인습과 신분상의 갈등을 극복함으로 해서 사랑의 승리를 얻었는데, 그 과정에서 적극적이었던 것은 최랑 쪽이었다. 최랑의 자유분방한 연애감정과 결사적 의지가 주도를 했으며, 이생의 풍류와 재능이 보조하는 모양새였다. 흥미로운 대목이 아닐 수 없다.

이들은 결혼한 뒤에 행복한 가정을 이루었음이 물론이다. 최랑은 옛날의 현처에 비해 손색이 없을 정도로 행실이 아름다웠던 것으로 그려지고 있다. 이생도 문과에 급제하여 벼슬길이 환히 열린다. 그런데 이들에게 뜻밖에 제2차 시련이 닥쳐온 것이다. 공민왕 때 홍건적의 침략으로 수도 개경이 적군에 짓밟힌 사건이다. 약탈과 방화, 살육으로 개경이 온통 쑥밭이 되었다. 그런 중에 최랑은 적군에게 겁탈을 당하지 않으려고 힝거하다가 살해를 당했다. 전란이 평정되어 이생이 홀로 집에 돌아와 보니 온통 잿더미였다. 화려했던 처갓집 역시 눈에 보이는 것은 폐허뿐이다.

그래서 절망감에 빠져 있는 이생의 목전에 최랑이 생시의 모습 그대로 나타난 것이다. 이생은 그녀가 살아있으리라고는 꿈에도 생각지 못했던 터이기에, 애매한 상태로 그러나 무한히 반갑게 그녀를 대한다. 그리하여 현실의 삶을 재개하게 되는바 부부의 성애도 전과 다름없었다. 이 장면을

---

9   정병욱, 「김시습의 생애와 사상」(『國文學散藁』, 신구문화사, 1959)에서는 「이생규장전」을 언급하면서 "가정의 맹렬한 반대와 계급의 차이에서 오는 부자연한 억제를 극복"했다고 보았다.

'극환여석極歡如昔'이라 표현하고 있다. 기실 최랑은 실체가 아니고 환체幻體로서 출현한 것이었다. 이 부부는 몇 년 동안 행복한 생활을 누리지만 결국은 이별이 닥친다. 그녀는 영원히 떠나가고, 이생은 그녀에 대한 그리움으로 마음에 병이 되어 얼마 지나지 않아서 죽는다. 소설은 여기서 끝나고 있다.

이생은 환체, 곧 귀신과 부부관계를 지속했던 셈이다. 이미 죽은 그녀의 형해는 어느 산골에 버려진 상태였다. 전란이라는 악에 의해 인간의 삶이 단절된 현실을 도저히 받아들일 수 없었다. 두 번의 난관을 어렵게 극복하고 얻어진 행복인데, 뜻하지 않은 전란으로 파탄이 된 것은 결코 수용할 수 없는 악이었다. 그 악은 어떠한 방식에 의해서건 해결되기를 소망하지 않을 수 없다. 그 간절한 염원이 죽은 최랑을 서사의 무대로 소환한 것이다. 그리하여 속개된 부부생활은 작중에서 비현실의 신이神異가 아닌, 일상의 삶으로 묘사되고 있다. '극환여석'이란 표현까지 써서 이들이 처음 만났을 때의 '극기정환極其情歡'을 재현한 것이다. 이생은 전란으로 인해서 모든 것이 파탄에 이른 상태에서 복원된 부부생활에 기쁘고 행복하기 그지없었다. 이에 이생은 벼슬길에 나갈 뜻도 버리고 이런저런 인사도 멀리하고서 조용히 살아갔다. 그는 오로지 사랑하는 아내와의 삶을 추구했다. 이생은 아내를 죽음이라는 악에게 빼앗겼을 때 사랑이 참으로 값진 것임을 깨달았다. 부부생활은 그야말로 생사를 초월한 사랑 그것이었다.

그러나 생사를 초월한 사랑 또한 영원한 것일 수는 없다. 누구도 피할 수 없는 운명적인 이별이 도래하기 마련이었다. 영원히 떠날 운명이라는 최랑의 말에, 이생은 "차라리 당신과 구천에 같이 갑시다. 부질없이 남은 생명을 지키고 있겠소. (…중략…) 여보! 제발 이 세상에서 백 년토록 살다가 같이 진토가 됩시다"하며, 비통함을 이기지 못해 한다. 최랑은 "당신은 수명이 남아 있으나 저는 이미 귀신장부에 올라 있어요. 저는 더 이상 머무를 수 없답니다"라고, 정해진 운명에는 어찌할 도리가 없다고 한다. 그 마지막 자리에서 「옥루춘玉樓春」 한 곡을 부른다.

창칼이 번득이는 전쟁터에
옥이 깨지고 꽃잎이 흩어지고 원앙도 짝을 잃었네.
육신이 버려졌으니 누가 묻어 주리오.
피로 물들어 떠도는 혼은 호소할 곳도 없어라.

무산 신녀 한번 고당高唐에서 떠나니
깨진 거울 다시 쪼개져 이 마음 참담하네요.

이제 한번 헤어지면 아득히 멀어지리니
천상과 인간 사이에 소식인들 누가 전하리오.[10]

* 고당(高唐) : 중국 초(楚)나라에 있던 누대로 양왕(襄王)이 이곳에서 무산(巫山)의 신녀를 만나 꿈같은 사랑을 이루었다는 전설이 있다.(宋玉의 「高唐賦」)

이는 이생과 영원히 헤어져야 하는 최랑의 입장에서 부른 노래이다. "옥이 깨지고 꽃잎이 흩어지고 원앙도 짝을 잃었네"는 홍건적란에 최랑이 겪은 비운을 표현한 것인데 당시 인민이 겪었던 재난의 전형적인 사례라고 하겠다. "피로 물들어 떠도는 혼", 즉 최랑의 혼령은 무산의 신녀처럼 이생을 만나서 못 다한 인연을 얼마간 가졌으나, 이제 또 이별하는 마당

---

10 "干戈滿目交揮處, 玉碎花飛鴛失侶. 殘骸狼藉竟誰埋, 血汚遊魂無與語. 高唐一下巫山女, 破鏡重分心慘楚. 從妓一別兩茫茫, 天上人間音信阻." 『金鰲新話』 「李生窺墻傳」, 48면.

에 슬픔은 더 더욱 절실하다. 절대적인 운명 앞에서 '인간의 삶'이 좌절될 때 비극적인 종말이 온 것이다.

이 작품은 세 차례의 시련을 설정하고 있다. 이생이 시골로 추방을 당하고 최랑의 마음의 병이 침중하게 된 때가 처음이고, 전란으로 인한 최랑의 죽음이 다음이요, 그녀가 이생을 영원히 떠나는 것이 마지막이었다. 첫 번째는 사회인습의 장애 때문이고, 두 번째는 전란이라는 폭력적인 악이요, 세 번째는 절대적인 운명이었다. 제1차 시련은 완전히 해결되었고, 제2차 시련은 표면적으로 일단 해소되었으나, 그것은 오히려 비통의 심각함을 일시 유보한 셈인데 제3차와 직결되어 있다. 위 「옥루춘」에서 전반부는 제2차 시련이 초래한 비애를 표출한 내용인데 곧 후반부로 가는 다리가 되었다. 제3차 시련은 영영 해결할 수 없는 문제였다. 다만, 운명에 순응함으로써 남은 인생을 살아갈 수 있다. 이생은 순응하지 않은 것이다. 결국 절대적 운명에 순응하지 않고 자신을 죽음으로 가게 하였다. 여기서 소설은 비극의 절정에 도달하고 있다.

「이생전」은 비극적인 것으로 해석되는 작품이다. 그것이 비극적일 수 있는 근거는 어디에 있는가? 이에 대한 답은 작중 서사에서 그려진 인생에 대한 태도, 즉 인간에 대한 인식에서 해명해야 할 문제이다.

규중의 처자로서 길가는 총각을 유인한 최랑의 행위는 일반적인 윤리규범으로 보면 갈데없이 음녀이다. 만약 작가의식이 여기에 머물었다면 이 작품은 교훈적인 것, 아니면 외설적인 것으로 떨어질 밖에 없다. 앞에서 최랑의 자유분방한 연애감정과 용감한 행동을 부정적으로 그리지 않았던 점을 유의했거니와, 결혼을 하게 됨에 "그 부부는 사랑하면서도 손님을 대하듯 서로 공경했다"고, 그녀의 현숙함을 부각시키고 있다. 죽어서 떠도는 혼이 되어서도 정을 끊지 못한 나머지 환체로 출현해서 성애를 계속했으니, 그녀는 정염의 화신이라고 비하시켜 지탄할 수도 있을 것 같다. 하지만, 작중에서 그녀에 대한 시선은 "천성이 순수하고 효성스러우며[天性之純孝]" "인정에 돈독하다[人情之篤厚]"고 더없이 긍정적이다. 소설은 최랑을 인간적인 덕성을 갖춘 숭고한 여성으로 표출한 것이다.

이와 같은 작가의 인간 인식은 '인간성의 긍정'이 없이는 나올 수 없다. 작중에서 최랑의 입을 통해서 "남녀 간에 서로 통하는 감정은 인정의 가장 소중한 것"임을 강조하기도 했다. 이 원문은 '남녀상감男女相感 인정지중人情至重'이다. 곧 작가의 인간관이다. 이런 인간관이 아니고는 이생과 최랑의 관계가 고귀한 것으로 그려질 수 없는 것임이 물론이다.

인간성의 긍정은 필연적으로 '인간의 현실적 삶' 자체에 대한 중시를 전제한다. 우리는 그의 사상체계에서 인간의 현실적 삶이 중시되었던 것을 보았다. 작중에서 인간성 긍정은 인간의 현실적 삶을 중시하는 작가의 사상체계에 연계되어 있다.

작중에서 인간의 행복은 어디까지나 현세에 있었다. 그것은 인간적인 사랑에 중점이 두어지는 것이었다. 인간 현실을 떠나서는 어떠한 행복도 있을 수 없었다. 그러기에 죽음을 넘어 인간적·현실적 삶을 추구했다. 이는 그 작가의 인생과 현실을 긍정하고 사물을 객관적으로 인식하는 현실주의적 사유에 바탕하고 있다.

현실주의적 세계관은 비극성을 낳은 태반이다. 인생을 진지하게 받아들이려 하지 않는 태도로부터는 비극성이 발생하지 않는다. '제행무상諸行無常'이라는 불교적 세계관으로부터는 체념 내지 초탈이 가능할 뿐이다. 노장적 무위자연無爲自然의 사상은 자기를 자연에 조화시킴으로써 즐거움을 발견하거나 인생을 관조하고 미소를 지을 수 있다. 여러 미신적 관념은 인간과 사물에 대한 객관적인 인식을 갖지 못함으로 해서 인간의 존엄성을 자각하지 못한다. 이런 경우에는 재난이나 고통을 당하더라도 비극적인 것으로 전환될 수 없다.

작중의 남녀주인공은 행복한 삶을 방해하고 제약하는 외물과 대결해야 했다. '아我'와 '비아非我'의 대립·갈등이다. '아'는 이생과 최랑이고 이들의 삶이다. '비아'는 '아'를 속박하는 부당한 인습이나 규율, 불의의 폭력이나 전란·죽음 등등이다. '아'가 '비아'에 타협하거나 순응하는 것이 아니라, 기어이 항거하고 투쟁하는 그것이 비극적인 자세이다. '비아'와 악전고투하는 것은 진지한 삶의 태도인데 이 싸움은 중간에 승리는 있겠으나, 궁극적으로는 '아'의 패배를 면할 도리가 없다. 작중의 최랑과 이생의 죽음이 그것이다.

최랑을 마지막 떠나보내는 이생의 태도에 비극성이 뚜렷하다. 인간적 의지가 우주적 질서 앞에서 여지없이 좌절된 것이었다. 이때 만약 유한성을 숙명으로 받아들여서 순응했다면 이생의 인생은 파탄에 이르지 않았을 것이고 따라서 비극성은 발생하지 않는다. 숙명적 질서에 순응하지 못하는 여기에 비극성이 있다. 그 비극성은 천도天道를 믿는 데서 더욱 심각하게 된다. 예컨대 『삼국지연의』에서 제갈량諸葛亮의 죽음이 그런데, 천도를 믿는 독자라면 위대한 인간의 대업을 하늘이 배반했다고 생각할 때 크게 실망하고 비탄하지 않을 수 없게 된다. 이생은 제갈량에 비견될 대인물은 아니지만 나름으로 진실한 삶을 살았고 최랑과의 부부애는 더없이 돈독했다.

『금오신화』의 작가는 자신이 처한 현실에 타협하거나 순응하지 못하고 '세아모순'의 갈등으로 고뇌하고 방황하는 삶을 살았다. 현실을 도피해 있으면서도 현실의 모순으로부터 도피하지 못했다. 산수에 어울려 살면서도 산수자연 속에서 스스로 안락하지도 못했다. 또한 유교적인 천도사상을 믿으면서 선^善이 열세에 놓이는 현실의 진행에 통탄하곤 하였다.[11] '세계'와 '자아' 사이에 조화점을 발견하여 안정된 생활방식을 구축하지 못하고 외적 현실과 '나' 사이의 괴리로 인해서 항시 괴로움에서 벗어나지 못하였다. 그의 이런 인생자세는 지식인으로서의 '비극적인 앎'이 되었다. '비극적인 앎' 그것이 전기소설의 양식을 차용해서 '비극적인 것'을 창출하게 되었다.

「만복사저포기」 분석

「만복사저포기^{萬福寺摴蒲記}」 이하 「만복사기」로 약칭는 『금오신화』에서 첫 번째에 실린 작품이다. 소설은 뼈대만 추리자면 ① 전란으로 여주인공의 죽음, ② 양생과의 생사를 초월한 사랑, ③ 남녀가 영구히 헤어지는 데서 끝나는 구조이다. 실은 ②가 서사의 거의 전부이다.

소설은 왜구가 휩쓸고 간 남원을 배경으로 꾸며진 이야기다. 「이생전」의 홍건적란으로부터 20년쯤 뒤의 일이다. 「만복사기」의 여주인공은 당시 상황을 이렇게 전한다.

지난번 변방의 방어가 허술해서 왜구가 침략하여 창칼이 번득이고 봉화불이 연년이 끊이질 않아 가옥이 온통 불타고 백성이 도륙을 당했지요. 동분서주하여 숨고 달아나느라 친척과 노복들이 뿔뿔이 흩어지고 말았습니다.

「만복사기」는 전란으로 인민이 당한 상흔을 전기적인 틀에 담아낸 것

---

11 그의 「擬天問」이란 시는 현실적인 고민 때문에 天道에 대해 회의하면서도, 그것을 믿으려고 노력하는 정신자세를 보여준다. 전3수 중 제2수의 "再問天何故, 雍熙不久衰? 帝言疇已解, 汝黠更多癡. 處治常思亂, 居安必慮危. 但能如此守, 隆替作通歧"(『梅月堂集』 권14, 5장, 大東文化研究院, 1973, 350면)는 그 시대의 정치상황에 대한 의문을 담은 것으로 보인다.

인데, 여주인공 또한 적군의 폭력에 자신을 지키려다가 죽임을 당하고, 작중에 원혼으로 출현하게 된다. 이 점은 「이생전」에서 최랑의 비운과 동일하다. 양자는 유형적 상동성을 지니고 있다. 그럼에도 서로 다른 진행을 보인다.

「만복사기」의 여주인공은 성씨부터 모호하다. 모호성은 「만복사기」 전편에 걸친 특성처럼 느껴진다. 남원의 외로운 청년 양생이 등장하는 장면으로 소설이 시작된다. 그가 만복사의 부처님 앞에서 고독감을 호소하며 짝을 동경하는 의미의 시를 읊자 공중에서 홀연히 "그대가 좋은 짝을 구하길 갈망한다면 어찌 이루지 못할 걸 걱정하랴"는 소리가 들렸다고 한다. 서사의 진행은 그대로 된 셈인데, 그 소리는 도대체 어디서 온 걸까? 끝내 아무런 해명도 보이지 않는다. 중간에도 모호한 곳이 자꾸 나오지만 역시 모호한 채로 넘어간다. 양생이 여주인공을 첫 대면한 장면에서 "아가씨는 웬 사람이기에 여길 혼자 온 것이오?"라고 의아해 묻는다. 그녀는 "저 또한 사람입니다. 왜 의심을 합니까? 좋은 짝을 만나면 그만이지, 굳이 성명을 물어 놀라게 할 것이 있나요"라고 대꾸를 하고 있다. '저 또한 사람'이란 말이 심상치 않게 들리지만 이어진 말도 얼른 납득이 가지 않는다. 그녀의 성명은 작중에 "무슨 성씨 아무[何氏某]"라고 기재되어 종내 알 수가 없는 것이다. 어쨌건 이 남녀주인공은 서로 끌림이 강렬해서 성애를 하고, 연장하여 만복사의 판방板房에서 그 밤을 즐겁게 지샌다. 새벽에 그녀는 시녀를 시켜서 "자리를 걷어 돌아가라"고 이른다. 시녀가 자리를 챙겨 나가는데, 금방 사라지고 종적이 보이지 않더라는 것이다. 이 장면에서 독자들은 대개 귀신이리라 짐작은 간다. 작중의 모호성은 양계陽界의 사람이 음계陰界의 귀신과 만나고 어울리는 것으로 서사가 전개되는 때문에 발생한 것으로 간주할 수 있겠는데, 작품의 분위기를 환상적으로 만들고 있다.

「이생전」의 경우 최랑이 환체로 등장한 대목에 와서 모호성을 띠긴 하지만, 서사의 전체 진행과정에서 차지하는 양적 비중은 그다지 크지 않다. 반면에 「만복사기」는 처음부터 끝까지 귀신과의 연애 이야기로 엮어진 데서 모호성이 증가되었다. 모호성은 수법으로 활용된 것이기도 하다. 모호성은 환상성과 결합되어 작품 성격을 낭만성이 짙게 만들었다. 요컨대 「만복사기」와 「이생전」은 낭만적 경향이라는 면에서 유사한바 「만복사기」는 모호성이 강해서 낭만적 색채가 훨씬 뚜렷하게 된 것으로 볼 수 있다.

「만복사기」는 전란이란 '악'에 의해 '인간적인 삶'이 파탄에 이른 일을 주제의 중심으로 잡았다. 여주인공은, 「이생전」의 최랑처럼 인간의 행복한 삶은 오직 현세에 있고 인간성을 긍정하는 의식이 강렬해서 양생과의 만남이 이루어지고, 그리하여 생사를 초월한 사랑의 스토리가 전개되는 구조이다. 첫 만남에서 이들의 성애는 "더불어 나누는 즐거움이 한결같이 사람들 사이와 다름없었다"고 한다. 원문은 '상여강환相與講歡 일여인간一如人間'이다. 그녀는 앞서 '나도 사람'임을 굳이 강조했던바 이 대목에 와서 '일여인간'이라고 표현된 것이다. 이는 작가의 의도적 언표로 여겨진다.

이어서 양인은 함께 손잡고 개녕동開寧洞이란 곳으로 이동한다. 나중에 그곳이 전란으로 희생된 여자들이 묻힌 황량한 골짝임을 알게 되지만, 당장 눈앞에는 조촐하고 아름다운 집이 서 있다. 그곳에서 남녀주인공이 3일을 함께 보내는데 '환약평생歡若平生'이었다는 것이다. '평생'은 본뜻이 '평소'인데 '일생'과 같은 말로 전의된 것이다. 여기서는 두 의미가 복합된 듯도 하다.

양생이 그곳을 떠날 임시에, 그녀는 이웃의 네 친구를 초대해서 시회가 열린다. 한시가 서사의 과정에 끼어드는 방식은 「부주지」를 제외하고 『금오신화』의 4편에 공히 나타나 있다. 이는 전기소설 일반의 특성이다. 「만복사기」를 음미해보면 한시가 중간에 삽입되어 분위기를 적절히 살리고 서사의 진행을 은근히 돕는다. 작품 전편에 드러나는 현상인데 개녕동의 시회 또한 이런 효과를 십분 발휘한 장면으로 들 수 있다. 네 친구가 각기 한 편씩을 지어 읊고 여주인공이 받아서 읊는다. 이제 양생의 차례. 양생은 여성들이 읊은 시편들이 하나하나 격조도 있고 시상이 빼어난 데 감탄하다가, 즉시 자리에 나아가 고풍단편古風短篇 1장을 빨리 써나갔다.

양생이 지은 것은 노래 형식의 한시다. "오늘 저녁 웬 저녁인가? 여기서 선녀를 만나다니"라고 서두를 꺼낸 다음, "직녀는 천상에서 베틀을 버리고 은하수 건너 내려왔고 상아嫦娥=항아(姮娥)는 방아 찧기 그만두고 월궁을 떠났던가"로 이어진다.[12] 직녀와 상아는 천상에서 지상으로 내려온 신화적 인물, 즉 선녀이다. 이 구절은 물론 하늘나라의 미인이 출현하는 이야기, 즉 신화를 차용한 표현이다. 뿐 아니라, 환상적인 밤의 그 자리를 선계로 상정하고 있는 것이다. 노래의 전편을 끝맺는 4구를 들어보자.

> 낭자는 어찌 그리 가볍게 말을 하시나요?
> 내가 당신을 가을 부채처럼 버리다니.
> 우리 세세생생世世生生 짝이 되어
> 꽃 피는 아침 달 뜨는 저녁에 손잡고 노닙시다.[13]

---

12 이 단락에서 시구의 원문은 "今夕何夕 見此仙姝"와 "織女投機下天津 嫦娥抛杵離淸都"(『金鰲新話』, 22면)이다.

13 "娘子何爲出輕言, 道我奄棄秋風紈. 世世生生爲配耦, 花前月下相盤桓." 위의 책, 22~23면.

"낭자는 어찌 그리 말씀을 가볍게 하는가?"는 까닭이 있어 나온 구절이다. 먼저 그녀가 읊은 시에 "좋았지요, 같이 동심결同心結을 맺을 때는. 가을바람 원망하는 부채 신세 되지 말기를"[14]이라는 구절이 있었다. 버림받은 여인의 한이 담긴 여기에 대해서 자기는 절대로 그러지 않을 것임을 맹세한 내용이다. 길이길이 행복한 삶을 염원하는 뜻이 표현되어 있다. 양생은 그녀와 만나 사랑을 나누는 지금을 선경과 같이 환상적인 세계로 생각하고 있는 것이다. 그리하여 두 사람이 짝을 맺어 "꽃 피는 아침 달 뜨는 저녁에 우리 손잡고 노닙시다"고 소원을 토로한다. 실로 진정어린 프로포즈의 모양이다.

그러나 「이생전」의 최랑이 그렇듯 「만복사기」의 여주인공 역시 벌써 죽은 사람이므로, 떠나야 할 운명은 어찌할 도리가 없었다. 소설은 이미 정해진 대로 끝이 난다. 이 종착점에 도착할 때까지 무슨 사전 행사처럼 몇 가지 의식이 설정되어 있다. 이 부분은 전체 서사를 마무리 짓는 긴요한 의미를 지니고 있는데, 독자들은 계속 따라 읽으면서 가졌던 의문점들이 함께 풀리게 된다. 양생이 여주인공의 부모를 만나는 장면이 설정되고, 함께 보련사寶蓮寺에서 그녀의 삼년상을 치르는 행사에 참여한다. 곧이어, 그녀의 부모는 양생과 딸의 혼령이 동방同房을 하도록 조처를 한다. 먼저 양생이 부모를 만나는 설정은 요즘 상견례에 해당하며, 뒤의 동방을 하도록 한 조처는 첫날밤인 셈이다. 동방하는 밤에, 그녀는 양생에게 자신의 처지와 심경을 술회한다. 양생과 만난 이래로 한 번도 털어놓지 않았던 말이다.

---

14 "好是同時雙縮結, 莫將紈扇怨清秋." 위의 책, 21면.

저의 몸이 오래도록 잡초 우거진 가운데 버려져 있으매 풍정風情이 한번 일어나면 끝내 여자의 계율을 지키기 어렵습니다. 지난번 절에 가서 불전에 향불을 피우고 제 생애가 박복함을 스스로 한탄하였는데, 뜻밖에 삼세三世의 인연을 만난 것이지요. 저는 혼인하여 낭군을 평생토록 받들면서 술 빚고 바느질하며 성실한 아내로서 살아가려고 했습니다. 하지만 숙명을 피할 길이 없으니 한스럽네요. 인생의 즐거움이 다하지 못했거늘 비통한 이별이 금방 다가옵니다.

앞서 계속 이상하고 의아스럽던 점들이 풀리는 것이다. 결혼도 못해본 젊은 여자로서 전란이란 폭력에 의해 죽임을 당해 황량한 산속에 묻혀 있는 상태였다. 그녀가 소망하는 것은 좋은 짝을 만나 "술 빚고 바느질하며 성실한 아내"로 살아가겠다는 뜻이었다. 지극히 일상적이고 평범한 삶이다. 이 간절한 소망이 양생을 만나서 일시 실현되었으나 숙명은 거역할 도리가 없다. 드디어 최종의 '슬픈 이별'이 닥친다. 송혼送魂하는 시각에 "명수冥數가 유한하여 안타깝게 떠나가니 임이시여! 성글다 마소서. 슬프다, 부모님도 이 길은 같이 못가네요. 아득한 구천에 원한이 맺히리…"라는 소리가 은은히 들리다가 흐느낌과 함께 멀어졌다. 첫날밤이 영결永訣이 된 모양이다.

양생은 따로 개녕동으로 가서 제를 올리고 조문을 지어 그녀의 혼령을 위로했다. 그러고도 그녀를 사랑하는 애절한 마음에 자기의 전재산을 팔아서 불사를 드린다. 며칠이 지나 공중에서 "당신의 공덕으로 저는 다른 나라로 가서 남자로 태어납니다. 비록 서로 가로막혀 있지만 마음깊이 감사드리옵니다. 당신은 부디 정업淨業을 닦아 윤회의 고리에서 벗어나옵소서"라는 말소리가 귀를 울렸다. 이후 "양생은 다시 결혼을 않고 지리산에 들어가 약을 캐며 살았는데 뒤에 어떻게 되었는지 알 수 없다"는 진술로

소설은 끝난다.

위와 같이 독해한 「만복사기」에서 따져볼 필요가 있는 두 가지 문제점이 있다. 서사의 과정에서 처음부터 끝까지 개입된 사안이다. 귀신과 불교에 대한 관점이다.

「만복사기」에서 여주인공은 등장할 때부터 퇴장할 때까지 실상은 귀신이었다. 「이생전」에서 최랑의 경우 후반부에 환체로 출현했었다. 「만복사기」는 시종일관 귀신과 사람이 어울려 논 꼴이다. 귀신의 존재를 부인했던 작가 자신의 사상의 논리와도 배치되는 것이다. 이 문제점을 어떻게 설명할 것인가? 앞에서 본 「부주지」에서 원귀는 혹 있을 수 있다고 한 논법에 비추어보면 모순될 것이 없다고 말할 수 있다. 하지만 전체 서사의 문맥에서 워낙 비중이 큰 문제점이므로 납득이 가는 논리를 찾아야 할 것이다. 결론부터 말하면 민간의 이야기를 차용한 것으로 보는 관점이다. 매월당의 「귀신」이란 제목의 논설에서 굴원屈原의 유명한 『초사楚辭』에 괴기한 것들이 등장하는 점을 설명한 논리가 있다.

> 굴원이 군주를 잘못 만나서 소상강瀟湘江 가로 추방을 당해 자신의 뜻을 펴지 못하고 다만 무당의 노래를 차용해서 충신이 밝은 군주를 얻지 못한 심회를 표현하여 군주의 마음에 깨달음이 있기를 기대했던 것이다.[15]

굴원의 『초사』에서 무가적 내용은 작자가 무巫를 꼭 믿어서가 아니고 자신이 추방되어 가 있었던 지역의 민속에서 유행하는 무가를 가차한 것이다. 이런 매월당 나름의 『초사』 해석을 「만복사기」의 귀신에도 적용시

---

15 『梅月堂集 · 鬼神』 권17, 29장, 299면.

킬 수 있다. 즉 굴원이 무가를 차용하였듯 매월당은 민간전승을 차용하였다는 논법이다. 매월당 자신이 『금오신화』에 붙인 시에서 "풍류기화를 자세히 찾고 있노라"고 한 구절이 곧 이를 증명한 것으로 여겨진다. 굴원이 중국 남방의 무가를 『초사』에 끌어들였듯, 매월당은 남원 지역의 구비전승을 「만복사기」로 소설화하였다. 14세기 무렵 외적의 침략이 빈발했던 바 당시 인민이 겪은 고통과 시련이 민간에서 이야기로 만들어져서 전해지고 있었다. 여기서 착안하여 전기적 틀에 담아낸 것이 「만복사기」요 「이생전」이다. 북쪽 홍건적의 상흔이 「이생전」으로, 남쪽 왜구의 상흔이 「만복사기」로 형상화되었다.

다음은 불교에 대해서다. 『금오신화』 5편 중에서 불교적 색채가 농후한 작품은 「만복사기」이다. 「만복사기」는 불전에서 처음 남녀주인공의 만남이 이루어졌고, 뒤에 보련사에서 여주인공의 대상을 치르는데 그 행사가 첫날밤으로 이어지고 영결식까지 된다. 양인의 만남이 '부처님의 도움[佛之所佑]'이자 숙연宿緣이라고 생각했던 터였다. 그리고 양생이 자기의 재산을 전부 바쳐서 그녀의 명복을 빈 곳 또한 절이었으며, 그 공덕으로 그녀가 환생을 하였다고 한다. 작품의 분위기가 불교적이고 주인공의 생활의식 또한 불교적이었다. 작품의 배경이 된 고려는 불교가 국교였다. 김시습의 시대로 와서도, 불교가 비록 국교적 지위에서 밀려났다지만, 상하 일반의 생활의식은 여전히 불교에 젖어 있었다. 「만복사기」의 불교적 면모는 이런 객관적 정황을 반영한 것으로 해석할 수 있다.

이 대목에서 『삼국유사』에 나오는 이야기, 「조신調信」[16]과 비견해 볼까 한다. 그리고 유명한 국문소설 『구운몽』과 대조해보자. 조신은 농장 관리

---

16 『三國遺事』권2 제4 塔像에 나오는 「洛山二大聖 觀音 正趣 調信」.

자로 파견 나가 있는 중이었다. 중의 신분으로 강릉태수의 따님을 몹시 짝사랑하여, 낙산사의 부처님께 남몰래 기원을 드린다. 도무지 성취될 가망이 없는 일이기에, 낙산사의 대비전에 가서 읍소泣訴를 하다가 잠이 들어 꿈을 꾼다. 꿈속에서 그 여자와 짝을 맺어 아들딸 낳고 생을 영위하게 된다. 그런데 생계가 극도로 궁핍하여 온갖 고초를 겪고 막판에는 구걸을 다니던 10세 여아가 큰 개에 물려서 두 사람 앞에 쓰러져 신음한다. 이 지경에서 결국 두 사람은 다 늙고 병든 몸으로 헤어지게 된다. 이때 조신은 꿈에서 깨어나 인생의 염증을 느껴 모든 것을 버리고 불도에 정진하는 것으로 서사가 끝난다. 「조신」은 『구운몽』과 서사구조가 동일한데 꿈속에서 펼쳐진 인생은 정반대이다. 조신은 가난과 질고를 실컷 맛보고 나서 깨달음을 얻는 반면에 『구운몽』의 성진은 부귀향락을 만끽한 끝에 인생무상을 깨닫게 되는 것이다.

어쨌건 「조신」과 『구운몽』은 상반된 서사구조를 통과해서 불교적 깨달음을 얻게 되는 작품이다. 「만복사기」는 남녀의 진실한 사랑을 희구하는 점에서 「구운몽」과는 다름이 있고 「조신」과 상통성이 있다. 「만복사기」와 「조신」, 이 두 작품의 남주인공은 똑같이 뒤에 "어떻게 되었는지 알 수 없다"는 문장으로 끝난다. 그렇지만 실상은 전혀 다르다. 조신은 부부로 평생을 살다가 삶 자체가 고해임을 깨닫고 불도에 정진하였는데 뒤에 소식을 모른다는 것이었다. 반면 「만복사기」에서 양생은 여자를 위해 재산을 전부 절에 바치고 세상을 떠나 지리산 속으로 들어가서 약초를 캐며 살았는데 뒤에 소식을 모른다는 것이었다. 양자는 인생에 대한 태도가 근본적으로 다르다.

작가의 현실주의는 「이생전」과 마찬가지로 「만복사기」에도 관철되고 있다. 두 소설의 인물들은 현실주의적 삶의 자세를 견지한 까닭으로 현실의 모순에 타협하거나 체념하지 못하고 저항하여 작품이 비극성을 유발하게 된 것이다.

조위한趙緯韓의 「최척전崔陟傳」은 바로 만복사를 배경으로 정유재란 때 인민이 당했던 엄청난 시련을 그려낸 소설이어서 「만복사기」와도 흥미롭게 대비해 읽을 수 있는데 여기서는 다루지 못해 아쉽다.

3) 「취유부벽정기」와 「용궁부연록」 - 상상 속 시공간의 여행기적 구조

「취유부벽정기醉遊浮碧亭記」이하 「취유기」로 약칭는 홍생이 평양의 부벽정에서 취해 놀았던 이야기이고, 「용궁부연록龍宮赴宴錄」이하 「용궁록」으로 약칭은 한생이 개성 박연의 수중세계에 초청을 받아 놀았던 이야기이다.

『금오신화』에서 「취유기」는 중간에, 「용궁록」은 맨 끝에 놓인 작품이다. 5편이 각각 개성을 연출하는데, 이 2편은 유기적遊記的인 구조라는 면에서 상동성을 지니고 있다. 「취유기」가 과거로의 시간여행 구조라면 「용궁록」는 수중 세계로의 공간여행 구조라고 해석할 수 있기 때문이다. 작가 자신 방외인의 행각으로 국토산하를 두루 여행하며 그 결과물로서 『매월당 시사유록』이란 시적인 보고서를 제출하였다. 그리고 『금오신화』의 집필로 들어가는데 상상 세계로 여행해서 이 두 편을 지은 셈이다. 서사 공간으로서의 배경에 대한 인식이 특히 이 두 편에서 진전이 된 모습을 보여주고 있다. 「용궁록」에서 서사의 배경인 천마산天磨山의 박연폭포는 개성의 명승지이다. 이곳을 소개하는 말로 소설은 시작하고 있다. 「취유기」는 첫 문장을 "평양은 고조선의 국도이다"라 하고서, 대동강 부벽정 사이의 곳곳의 수려한 공간을 묘사하고 있다. 한국소설사에서 공간을 서사배경으로 의미 있게 끌어들인 첫 사례가 아닌가 싶다.

「취유기」의 시간서사

「취유기」의 홍생은 개성의 부유한 집안의 청년인데 친구들과 함께 배로 장사 길을 떠나 평양에 도착해서 대동강 변에 정박한다. 시점은 천순天順 초 1457년이니 작가가 방외인으로 나서서 개성에 머물다가 평양에 당도하여 머물었던 무렵으로 추정된다. 그곳에서 어느 달 밝은 밤에 술에 취하고 경치에 취하여 조그만 배를 저어가서 부벽정에 오른다.

부벽정 난간에 몸을 기대 그곳의 회고적 감회를 담뿍 담은 시를 짓고, 흥에 겨워서 춤을 추며 지은 시를 노래한다. 그의 이 행위로 인해서 천상의 선녀인 기씨녀箕氏女를 만나는 것으로 스토리가 전개된다. 그녀는 아득히 먼 옛날 기자조선이 망할 당시의 공주인데 어떻게 신선의 도움을 받아서 천상의 선녀가 되었다고 한다. 그녀는 우연히 고국이 그리워서 내려왔다가 홍생의 노래에 이끌려 서사의 무대에 등장한 것이다. 그녀가 홍생의 시에 화답하고 또 홍생의 간청을 받아들여서 「부벽정 가을밤에 달빛을 완상하다[江亭秋夜翫月]」란 제목으로 40운韻에 달하는 장편시를 짓는다. 이 장시를 쓰기가 바쁘게 그녀는 붓을 던지고 공중으로 사라져서 어디로 갔는지 알 수가 없었다. 시를 적은 종이도 바람과 함께 날아갔다.

홍생은 방금 자신이 경험한 일이 "꿈인가 생시인가, 참인가 거짓인가 하여 곰곰이 생각해 보니 그녀가 남긴 말과 함께 시구가 또렷또렷 떠올랐다"고 한다. 이에 감회를 절구 1편으로 표현하는데 "운우양대雲雨陽臺에서 이룬 잠깐의 꿈, 어느 제 그 얼굴 다시 만나 보랴"라고 무한한 아쉬움을 표출한 내용이다. '운우양대'란 문자는 일상적이 아닌 남녀의 성적 관계를 표현하는 말로 흔히 쓰이는데 그 만남에는 성애가 개입될 여지조차 없었다. 기우奇遇로 끝났을 뿐이다. 「취유기」에서 남녀의 만남은 「만복사기」나 「이생전」과 달리 육체적 교감은 수반하지 않았다. 정신적 사랑이라고 표현해도 좋을 듯한데, 한국의 서사 전통에서는 찾아보기 극히 드문 사례이다.

당초 만남이 기씨녀가 먼저 홍생에게 접근해서 이루어졌거니와, 그녀가 40운을 짓고 바람처럼 사라질 적에도 시녀에게 "정다운 말을 다 하지 못해 섭섭하다"는 말을 전하도록 하여 여운을 남겨두길 잊지 않았다. 이후 홍생은 병이 심상치 않아 먼저 개성 집으로 돌아간다. 어느 날 밤에 시녀가 현몽해서 전하는 말이 "우리 주모主母, 작중에서 시녀가 기씨녀를 부르는 호칭 옥황상제께 아뢰었더니 상제께서 선생의 재주를 아끼어 선생을 하고河鼓, 견우성을 가리킴 막하의 종사관이 되도록 하셨답니다"고 하면서, 상제의 명을 받들라고 했다는 것이다. 홍생은 곧 숨을 거두었는데 죽어서도 안색이 변하지 않고 그대로였다 한다. 해서 "사람들이 그가 신선을 만나서 선화仙化한 것으로 생각했다"는 말로 작품을 끝맺고 있다. 기씨녀를 천상에서 만나는 것이 예상되는 서사 문맥이다. 문학의 특이한 주제의 하나가 된 유선遊仙으로 읽을 수도 있다. 그러고 보면 「취유기」는 '유선소설'에 해당하는 것이다.

「용궁록」의 공간서사

「용궁록」의 주인공 한생은 역시 고려의 수도인 개성 사람이며, 서사 공간도 개성이다. 그를 서사 무대에 처음 등장시킬 때 벌써 "어려서부터 글 잘하기로 이름이 조정에까지 알려져서 문사로 일컬음을 받았다"고 한다. 주인공을 '문학지사文學之士'로 내세운 것이다. 그가 용왕의 초청을 받아 용궁의 가회루佳會樓를 짓기 위한 연회에 참석하고 돌아온 이야기여서, 작품 제목도 '용궁의 연회에 참석한 기록'으로 되었다.

용왕이 사랑하는 공주의 결혼식이 임박하여 가회루를 장대하게 세우고 그 상량문을 짓도록 하기 위해 양계陽界에서 특별히 한생을 초청한 것이었다. 조강신祖江神, 낙하신洛河神, 벽란신碧瀾神이 그 자리에 함께한다. 이들 역시 수중세계의 각 영역을 관장하는 군왕으로서 자리를 빛내기 위해 특별히 초대된 것이다. 한생을 얼마나 환대했던지 짐작케 한다. 용왕이 한생에게 간곡하고도 정중하게 가회루 상량문을 청하자, 한생은 붓을 날려서 한 편을 지어낸다. 상량문이란 원래 격식을 요하는 문체임에도 용궁세계의 굉장히 경이로운 분위기를 살리면서 활달하게 그려낸다. 용왕과 세 수신은 한생이 지은 글을 둘러보면서 혀를 차며 찬탄해 마지않는다. 그러고 나서 드디어 연회가 열리는 것이다. 이름하여 윤필연潤筆宴이다. 상량문은 최고의 문화적 장식품으로 의미를 지닌 것이거니와 윤필연은 거기에 값하는 행사였다.

윤필연의 묘사는 「용궁록」의 중심을 이루는 대목이다. 신기하고도 다채롭게 펼쳐지는 각가지 종류의 연회를 독자들은 마치 관객처럼 관람하게 된다. 첫째 마당과 둘째 마당은 여자 무용수와 남자 무용수들이 줄지어 등장해서 멋들어지게 춤과 창으로 한바탕 놀다가 퇴장한다. 다음으로 인간세상에서는 상상할 수 없는 수족들의 연기가 펼쳐져서 더욱 놀라게 만든다. 곽개사郭介士, 게와 현선생玄先生, 거북이 기기묘묘한 재주를 부리고 노래를 부르다가 물러난다. 그리고 온갖 도깨비와 요괴들이 노래를 부르고 휘파람을 불며, 날뛰고 춤추고 난장판을 벌인다. 곽개사와 현선생이란 고려 때 특이하게 발달했던 가전假傳문학을 시청각으로 연출한 방식이며, 도깨비와 요정 등은 민간의 이야기를 끌어들인 것이다. 이 가지가지 연희들은 무용에 가창이 빠지지 않는다. 가창은 나름으로 시에 속하는 것임이 물론이다. 이어서 본격적으로 한시 짓기에 들어간다. 조강신, 낙하신, 벽란신이 각기 칠언율시 1수를 짓는다. 한생은 20운韻의 장편시를 짓는데 역시 전체의 압권이다. 이 한생의 시는 용궁세계와 용궁의 연회를 종합한 내용이어서 대미를 훌륭하게 장식한 셈이다. 용왕은 한생의 시를 보고 기뻐하여 "시를 돌에 새겨 용궁의 보물로 삼겠노라"고 한다.

연회가 끝나자 한생은 용왕께 청하여 용궁세계의 궁궐의 장려함이며 시가지의 바둑판처럼 정비된 경관을 두루 관광하게 된다. 공간여행의 의미를 명실상부하게 살린 셈이다.

한생이 용왕과 작별하고 돌아오는 길은 통천서각通天犀角이란 괴수의 등에 올라타서 하늘을 나는 것 같았다. 바람과 물소리가 문득 그쳐서 눈을 뜨자 몸이 자기 집 방 안의 자리 위에 누워있는 상태였다는 것이다. 마침 닭이 울고 동이 트는 새벽이었다. 급히 더듬어보니 용궁을 떠날 때 선물로 받았던 명주明珠와 빙초氷綃가 그대로 있었다. 용궁의 신비 체험이 꿈속의 일인지 생시의 일인지 분간이 되지 않는다. 모호성은 「용궁록」의 세계 전체의 특성을 이루고 있다. 하지만 용궁의 공간 여행은 한생의 인생에 결정적 의미를 갖는다. "이후로 한생은 명리에 마음이 떠나 명산으로 들어가서 생을 어떻게 마쳤는지 모른다." 이것이 「용궁록」을 끝맺는 문장이다.

「취유기」와 「용궁록」은 이처럼 유사하면서 대조되는 서사구조이다. 다같이 주인공이 겪는 하룻밤 사이의 신비체험을 서술한 방식이다. 그런 가운데서 상동점과 상이점이 있다.

회고적 정서에 호출된 기씨녀와 문인적 고독감의 한생

「취유기」의 홍생이나 「용궁록」의 한생은 다같이 개성의 문인 지식인이지만 전개된 서사 배경은 다르게 설정되어 있다. 전자는 무대를 평양의 대동강 부벽정으로 옮겨서 펼쳐지고 후자는 개성의 박연에 무대를 꾸민 것이다. 명승지를 서사의 배경으로 설정한 점은 공통되지만 시간과 공간으로 갈라져서 전개되는 사건이 판이하다. 양쪽 주인공의 형상은 작가의 의식의 다른 면을 투영한 것도 같다.

「취유기」가 주인공을 상업에 종사하도록 하여 평양에서 회고적 정서에 몰입시킨 점을 먼저 검토해 보자. 개성은 고려 5백 년의 수도였다. 신왕조에서 소외되었던 개성인들은 구왕조에 대한 정서가 강했던 것이 당연했고 신왕조 역시 개성인을 차별하여 등용의 길을 막았다. 때문에 개성인들이 상업에 많이 진출하였던 것은 잘 알려진 사실이다. 「취유기」의 홍생 또한 상업에 은둔한[隱於商] 인물이다.

망국 유민의 처지인 홍생이 고도 평양에서 회고적 정서를 일으키게 된 것은 자연스런 진행이다. 이 대목에서 한생이 기씨녀를 호출한 정신적 기저를 이룬 기자의 존재에 대해 언급할 필요가 있겠다. 기자조선의 문제까지 따지고 들어갈 것은 없겠으나, 작품의 서두에서부터 끌고 들어온 것이므로 지나칠 수 없는 문제점이다. 평양은 기자조선의 수도라고 한다. 주나라 무왕[武王]이 기자에게 천하를 다스리는 방도를 물어 홍범[洪範]의 법으로 교시해서 무왕은 기자를 조선 땅에 봉하고 신하로 삼지 않았다는 것이다. 이 말을 작품 서두에 적어놓고 있다. 이는 작중에 기씨녀를 등장시키기 위한 복선이기도 하지만, 문제는 중국이 기자를 동쪽 땅으로 보내 왕을 삼았다는 그 내용이다. 기자조선을 사실로 인정한 것이다.

북한 학계는 김시습을 문학사·사상사에서 대단히 높이 평가하는바 『금오신화』의 번역을 보면 이 대목은 삭제하여 드러내지 않고 있다. 기씨녀 또한 '미녀'라고만 하고 단군조선의 마지막 공주인 듯 생각이 되도록 하였다.[17] 이는 근대적 민족주의의 검열에 의한 삭제라고 말할 수 있겠다.

---

17 류수 역, 『김시습 작품선집』(조선고전문학 선집 12), 평양 : 조선문학예술총동맹 출판사, 1963, 354~389면.

남한 학계는 원전을 중시하는 태도를 취하기 때문에 삭제하는 등의 조처는 취하지 않으나 내심에 불편한 대목으로 여겨서 아예 거론하기를 꺼려한 것으로 여겨진다. 하지만 이 대목은 간과할 곳이 아니다. 작가는 여주인공으로 굳이 기씨녀를 등장시킨 것일까? 아무래도 이 문제를 논의할 필요가 있다.

기자동래설箕子東來說이 실제 사실이냐, 아니냐는 문제는 따질 성질이 아니고 관념의 차원이다. 기자동래설을 역사서에 올렸던 중국인이나, 근대 이전에 의심 없이 이를 접수했던 동국인이나 비록 입장은 서로 상반되더라도 관념의 차원인 점에 있어서는 동일하다. 요컨대 동쪽으로 온 기자는 중국인의 자기중심주의의 산물이며, 동국인의 입장에서는 당시 유일무이한 문명의 세계에 참여한다는 의식이 동쪽으로 온 기자를 환영한 것이었다. 이는 중국 중심의 세계에 속했던 동인의 문명의식으로 해석할 수 있다.

기자동래설이 나오는 최초 기록의 문맥을 보면 심상치 않은 말이 들어 있다. "이 땅에 봉하고 신하로 삼지 않았다[封于此地而不臣也]."[18] 즉 조선에 분봉한 기자를 신하로 대하지 않았다는 의미로 해석이 되는 문구다. 기자의 충의에 훼손이 가지 않도록 하기 위한 배려이겠으나, 동국의 자립성을 인정했다는 의미로 해석될 수 있다. 동국은 일찍이 문명세계에 참여하였으되 자주국으로 인정을 받았다고 주장하는 논거로 이 문구가 제시되기도 한 것이다. 고려 말에 이색李穡은 바로 이를 논거로 중국에 대해 동국은 신종臣從의 관계가 아님을 역설했던 터였다.

김시습의 경우 또한 한자문명의 틀 속에서 사고하고 한문으로 글을 쓰면서도 동인이라는 자아의식이 문면에 담겨 있다. 『금오신화』를 읽어보

---

18 『史記·微子世家』, "於時武王, 乃封箕子於朝鮮而不臣也".

면 편편이 이 땅의 정조를 살려서 조선 사람의 삶을 느낄 수 있게 한 것이다. 「취유기」에는 기자조선의 왕녀를 서사 무대에 등장시켰다. 그녀는 자기를 소개하길 위만衛滿이 폭력으로 왕위를 탈취, 천년의 문물이 파괴되고 자신도 몸을 지키기 어려운 위기에서 조상의 구원을 받아 천상의 선녀가 되었다고 말한다. 「취유기」의 회고적 상상의 서사에 호출된 기씨녀는 홍생이 꿈꾼 애인이다. 곧 작가의 이상적 여성상의 투영이라고 보아도 좋을 것 같다.

「용궁록」은 한생의 문학적 재능이 얼마나 빼어났는가를 그려낸 작품이다. 『금오신화』에 등장하는 주인공들의 성격은, 「부주지」는 좀 다르지만 공히 문인적이다. 상대역인 여주인공까지 시를 잘하여 전형적인 애정전기의 양상을 띠게 되는데 「용궁록」의 경우는 서사가 다르게 전개된다. 애정전기의 성격은 아예 띠지 않는다. 전편이 시구로 점철되는 가운데 주인공의 글솜씨가 단연 돋보여서 문인적 자가도취라는 느낌이 들기도 한다. 「용궁록」은 결론부터 말하면 문인적 고독감을 표출한 작품이다.

한생은 소시부터 글을 잘해 조정에까지 알려져서 문사로 평판이 높은 인물이라고 한다. 그래서 용궁에 초대를 받아 자신의 문학적 천재성을 한껏 발휘하여 성대한 접대를 받고 돌아오게 되는 것이다. 이후로 그는 인간세상의 명리에 전혀 마음을 쓰지 않아, 드디어 명산으로 들어가서 종적을 감추었다는 것으로 소설은 끝난다.

조선조는 숭문주의 사회였다. 글을 하는 목적은 오로지 벼슬에 있었고 글솜씨가 특출하면 영광스러운 자리가 예정되어 있었다. 그럼에도 한생은 출세에 전혀 뜻을 두지 않고 현실권을 이탈한 것이다. 현실권이 아닌 용궁에서는 굉장한 대우를 받았으나 현실권에는 자신이 설 자리가 없다고 생각한 것이다.

『금오신화』를 최초로 국역한 이가원李家源 선생은 「용궁록」에 대해 "명리를 버리고 명산에 들어감은 그의 방랑생활을 자서自敍한 것인 듯싶다"고 자서전적인 것으로 해석했다. 한생이 용궁에 초청을 받아 지극한 환대를 받은 작중 서사와 작가 자신이 천재 아이로 이름을 날려 궁정에 들어가서 시를 짓고 칭찬을 크게 받았던 생애적 사실을 대비하는 도표까지 작성하고 있다.[19] 나는 「용궁록」이 작가의 자전적 요소가 있음을 인정하며, 서사의 결말을 "방랑생활을 자서한 것인 듯"하다고 해석한 것은 탁견이라고 생각한다. 그런데 소설을 읽는 기본 방법론에 있어서는 동의하기 어려운 면이 있다. 작중에 서술된 사건들을 작가의 생애적 사실에 개별적으로 대비시켜 보는 방식은 소설의 독해에 있어서는 적절치 않다고 생각하는 때문이다.

『금오신화』의 여러 작품들은 제 각기 작가의식을 투영한 면모를 지니고 있다. 「부주지」의 경우 정치 상황에 대한 비판 정신이 뚜렷하며, 「취유기」와 「용궁록」은 현실로부터 소외된 처지에서 전자는 회고적 정서에 의한 시간 여행으로 서사가 전개되고 후자는 고독감에 의한 공간여행으로 서사가 전개되는 구조이다. 「부주지」의 홍생이 젖어든 회고적 정서는 부당한 정치권력이 지배하는 현실에 기인한 것이다. 이에 대하여 「용궁록」의 한생이 느낀 고독감은 자신이 일찍이 문학적 천재성을 발휘했으나 결국 소외될 수밖에 없는 처지에 기인하였다. 그 고독감이 몽유형식에 붙여져서 공간여행의 서사로 풀어낸 것이 곧 「용궁록」이다.

---

19 이가원 역주 『金鰲新話』는 초판이 1953년에 현대사에서 간행되었고 개간이 1959년에 통문관에서 나왔다. 해설적인 논문이 번역문 앞에 실려 있는바(27~28면) 이것은 1956년에 개고(改稿)한 것으로 명기되어 있다. 본고에서 참고한 것은 통문관의 1973년 재판본이다.

도교적 상상 속의 별천지

「취유기」에서 회고적 정서에 스스로 취해 놀았던 공간이나 「용궁록」에서 용궁의 초청을 받아 놀았던 공간은 일종의 별천지이다. 작중에서도 누차 인간세계－양계陽界와는 다른 공간임을 상기시키고 있다. 작중의 별천지는 두 작품이 다르게 펼쳐져 있고 설명이 없어서 모호하긴 하지만 동일한 우주내의 공간으로 여겨지는 것이다. 작가의 상상력으로 구도된 하나의 우주이다. '유선소설'의 특징적인 면모이다.

이 상상속의 우주－별천지는 연원이 도교에 있는 것으로 볼 수 있다. 작가 자신이 방외인으로 출발할 즈음, 마음이 십분 도교에 가 있었던 데에 연관된 것이 아닌가 싶다. 저자는 도교적 우주관에 대해 이해가 부족하므로 그 자체를 논의하지 않고 작중에 드러난 면모만을 다룰 생각이다. 두 작품에 그려진 우주상을 유추해 본 다음 한두 가지 점을 거론하려는 것이다.

> (기씨녀는) 그 이후로 구해九垓를 소요하고 육합六合을 배회하며 동천복지洞天福地와 십주十洲 삼도三島를 유람하지 않은 곳이 없었다.

기씨녀가 조상의 인도를 받아 수련을 거쳐서 불로장생을 누리는 신선이 되어 놀았던 별천지이다. 구해와 육합은 천지 사방의 우주공간을 가리키는 말이며, 복지나 십주·삼도 모두 어딘가에 있다는 선계로, 행복과 안락을 영원히 누릴 수 있다는 이상향이다. 곧 도교적인 선계이다. 이 경지를 자부紫府라고 부르는바 중심은 현도玄都, 일명 옥경玉京이다. 거기에는 상제, 즉 옥황상제玉皇上帝가 위치해 있다. 인간 세상에 군주가 절대자로 군림하듯 저 공간은 옥황상제가 총괄하는 곳이다. 「취유기」에서 기씨녀는 상제의 명이 엄중하다고 하면서 백란白鸞, 상상적인 새을 타고 서둘러 떠난다. 「용궁록」에서는 박연의 용왕이 상제에게 조회하러 갈 적에 의장을 갖추는 처소로 능허각凌虛閣이란 별도의 특별한 건물이 있었다.

월세계에는 광한전廣漢殿 청허부淸虛府가 있다. 기씨녀는 그곳의 수정궁으로 들어가서 달의 여신인 상아嫦娥를 만나는데, 상아는 그녀가 글 잘하는 것을 아껴서 측근에 두었다고 한다. 「용궁록」에서 한생이 만난 선관仙官은 박연의 용왕 말고도 조강신·낙하신·벽란신이 있었다. 이들 선관들은 각기 수중세계를 관장하고 있다고 한다. 한생이 용궁의 연회에서 지은 시에 "하늘이 나누어 맡기신 임무 무거우니 청구靑丘에 배치된 관작이 높은 줄 알겠노라"는 구절이 들어있다. 청구는 동국의 땅을 지칭하는 말이다. 상제가 동토를 각별히 중시해서 여러 선관들을 나누어 임명, 배치했다는 의미이다. 상제가 통섭하는 별세계는 인간세계와 절연된 것이 아닌데 상제는 동토에 대해서 각별히 중시하는 것으로 생각했음을 짐작케 한다.

「취유기」는 등장인물이 재자가인형의 남녀 주인공에 시녀 하나로 한정되어 서사가 전개되지만, 「용궁록」에는 셀 수 없이 많은 부류가 등장하고 있다. 용궁으로 들어갈 때 수문장이 자라 거북의 종류인데 창검을 들고 눈알이 부리부리했으며, 연회에는 여자 남자로 각각 팀을 이룬 무용수들에, 곽개사게와 현선생거북, 도깨비며 요괴 무리들이 줄줄이 나와서 춤추고 노래 부르고 휘파람 불고 뛰고 온갖 소리로 백태를 연출하는 것이다. 그야말로 천태만상의 물종들이 가장 행렬을 벌여서 장관이 벌어진다. 「용궁록」의 작중 경관은 한국소설사에서 후세에 출현한 『토끼전』을 연상케 한다. 『토끼전』이 일명 『수궁가』이니 그러고 보면 제목도 서로 유사하다. 중국소설사에서는 사대기서四大奇書의 하나로 손꼽히는 『서유기』나 신마소설神魔小說로 높이 평가되는 『봉신연의封神演義』와도 비견해 볼 수 있다. 다 같이 신

화적 소설로 분류할 수 있다는 점에서 유사성을 띤 것이다.[20]

「용궁록」의 경우 수륙의 수많은 군상들이 등장하지만 이들을 동원해서 이야기를 다채롭게 엮어내지 못하고 기껏 서사의 배경적 구경거리로 삼는 데 그쳤다. 소재 자체는 『서유기』와 유사한 신화적 대서사로 발전할 가능성을 지닌 것이다. 허나 본디 전기적인 단편소설의 틀에 담긴 까닭에 장편화로 나가기는 불가능했던 것이다.

종결구조의 의미와 현실주의

「취유기」는 주인공의 죽음으로 끝나고 「용궁록」은 주인공이 종적을 감추는 것으로 끝나는 구조이다. 『금오신화』 5편에서 주인공의 죽음으로 끝나는 작품은 「이생전」·「취유기」·「부주지」 3편이며, 주인공이 종적을 감추는 작품은 「만복사기」·「용궁록」 2편이다. 이러한 끝맺기는 작중에 각각 다르게 전개된 서사의 결론임이 물론이다.

죽음의 종결구조 3편에서 죽음의 의미는 각기 다른 것이다. 「부주지」는 사상적 알레고리의 성격을 지닌 작품이어서 그 죽음은 정치적 실천의 장으로 이동하는 것을 뜻하였다. 전형적 애정 전기인 「이생전」의 경우 인간으로서 소망하는 삶의 좌절을 뜻하였다. 「취유기」는 「이생전」과 같은 애정전기의 속성을 지니고 있으나 죽음은 달랐다. 기씨녀가 상제에게 홍생을 천거하여 천상으로 뽑혀 올라간 것으로 끝나고 있다. 「취유기」에 등장하는 여주인공은 처음부터 선녀로서 이상적 여성상이다. 홍생이 신선이 되어 승천하는 의미는 무엇을 뜻하는 것일까? 서사의 문맥상으로는 정신적 사랑을 완성하는 것이긴 해도 기실은 인간 현실에서의 절망을 비

---

20 신화적 소설이란 점에 있어서 「용궁록」함께 「취유기」도 마찬가지다. 신화적 소설은 본고에서 채택한 용어인 신유소설과 유사한 개념이라고 하겠다.

약시킨 형국이다.

주인공이 종적을 감추는 종결구조 2편에서 「만복사기」의 양생은 이후로 결혼을 않고 지리산으로 들어가 약초를 캐며 살았는데 뒷날의 소식은 모른다는 것이었고 「용궁록」에서 한생은 명리를 버리고 떠났는데 뒷일은 모른다는 것이었다. '결혼을 않고'와 '명리를 버리고'에 각기 서사의 요점이 있다. 양생으로 말하면 사랑하는 사람을 영결하고 나서 끝내 잊지 못해 현실권을 떠났다는 점에서 다른 애정전기 2편과 같은 종결구조이다. 곧 「만복사기」의 양생이 결혼을 않고 종적을 감춘 것은 「이생전」에서 이생의 죽음이나 「취유기」에서 홍생의 죽음과 상통하는 것이다.

애정전기와 성격이 다른 「용궁록」은 문인적 고독감을 주제로 한 이야기이다. 작중에서 주인공 한생이 어디로 갔는지 모른다는 것은 명리를 추구하기 마련인 현실권으로부터 이탈했음을 뜻한다. 다름 아닌, 작가 자신이 추구했던 방외인적 전환 그것이다. 「용궁록」의 종말은 비극적인 것이 아니지만 현실에 대한 소외의식을 고도로 강하게 표현하고 있다. 그런 점에 있어서는 비극적 결말과 통하는 성격이 없지 않다.

이상에서 『금오신화』 전반의 핵심적인 특성을 현실주의와 비극성으로 해석하였다. 현실주의적인 자세를 취한 까닭에 비극적인 결말을 초래한 것으로 평가한 것이다.

현실주의는 그 작가의 사상적 특성이었다. 그것이 전기 형식으로 표현되면서 비극성을 띠게 되었다는 결론을 도출할 수 있다. 이 현실주의는 인간의 삶의 현실을 긍정하는 데서 출발하는 것이다. 인간성의 긍정을 전제하고 있다. 현실주의에 바탕한 서사가 비극적인 종결구조로 낙착된 것은 삶의 현실이 모순과 고난의 길임을 뜻하는 바, 전형적인 비극성은 거기에 대결하여 악전고투하다가 좌절하게 됨을 의미하는 것이다. 물론 『금오신화』의 작품들이 한결같이 전형적 비극성을 담지하고 있는 것은 아니다. 5편이 각각 개성적인 내용이긴 하지만 죽음이나 종적을 감추는 종결 구조의 의미 또한 방금 지적했듯 상호 간에 같고 다름이 있다.

저자는 『금오신화』가 현실주의를 기조로 하고 있지만 현실주의로 관철한 것은 아니고 한계가 있음을 지적했던 터다. 돌이켜 생각해 보면 현실주의와 전기소설이란 양식은 상호 모순되는 것도 같다. 근대소설로 와서 본격적인 현실주의문학이 실현될 수 있지 않았던가. 김시습이 현실주의를 착안한 자체가 그의 사상적 진보성을 의미하지만, 그것이 전기소설의 틀에 담겨짐으로 해서 다양한 변형과 함께 굴절도 일어나지 않을 수 없었다.

4. 한·중소설의 전개과정에서 본 『금오신화』

국내에서 이미 오래전에 사라진 『금오신화』를 발굴해서 소개한 것은 최남선崔南善이다. 임진왜란 때 일본 땅으로 건너가서 간행이 되었던 책을 구해서 1927년 『계명啓明』 19호에 원문과 함께 해제를 실어 이 땅에서 다시 빛을 보게 만든 것이다. 그리하여 우리 문학사에 중요한 위치를 점유할 수 있게 되었으니 그 공헌은 높이 평가해 마땅하다. 「금오신화 해제」는 그리 길지는 않지만 널리 문헌을 동원해서 작성하여 담긴 내용이 아주 해박하다. 신 발굴 자료의 해제로서 훌륭한 글이다. 여기서 『금오신화』를 『전등신화剪燈新話』의 모방작으로 설명하였던바 이에 관해 거론하지 않을 수 없겠다.

최남선은 『금오신화』에 대해 이렇게 말하고 있다. "현존하는 것만으로는 『금오신화』란 결코 탁월한 대작이랄 것이 아니며, 선유先儒의 설說과 같이 명초 구우瞿佑의 『전등신화』를 방倣한 한 전기傳奇이니, 그 체제와 조사상措辭上에서뿐 아니라, 입제명의立題命意와 취재설인取材設人에까지 『전등신화』를 남본藍本으로 하였다 할 것이며"라 지적하고 나서, 『금오신화』 5편과 『전등신화』 소재 작품들을 비교, 모방작으로 간주한 목록을 일괄 제시해 놓았다. 그러면서도 "『전등』의 표피를 뒤집어 쓴 밑에는 그대로 국설國說의 근골筋骨, 갈비뼈이 들어 있어 본디 가착架鑿과 한낱 답습이 아님을 알 것"이라고 하면서 "작자의 정신의 일면을 엿볼" 수 있는 작품임을 강조하고 있다.[21] 『금오신화』를 두고 평가절하를 한 다음에 평가절상하는 쪽으로 논지를 돌린 것이다. 억양의 수사법이다. 따라서 중점은 평가절상 쪽에 찍혀있음이 물론이다.

하지만, 이후로 『금오신화』에 관심이 확산되어 관련한 언설들이 무수히 나왔던바 대체로 평가절하 쪽을 추수했다. 최남선이 강조한 '작가정신의 일면'을 따지는 문제에 관심을 두지 않고 모방작이란 언급에 눈길이 떠날 줄을 몰랐던 것이다. 『금오신화』 하면 으레 최초의 소설이란 언급과 함께 『전등신화』 모방작이란 말이 따라다니기에 이르렀다.

『금오신화』는 우리나라의 최초의 소설인데 『전등신화』의 모방작이다. 이것이 통설이 되어 교과서적 지식으로 굳어졌다. 문제가 확대재생산된 꼴이었다. 나 자신이 『금오신화』에 대해 당초 가지고 있었던 문제의식은 바로 여기에 있었다. 하여 작가론에 해당하는 부분과 작품론에 해당하는 부분은 이 문제점을 해명하는 데 역점이 두어졌던 것이다. 그 이후로 『금오신화』는 『전등신화』의 모방작이라는 설은 학술 담론의 장에서 어느덧 관심권으로부터 벗어났다. 그렇다고 문제점이 해소된 것은 아니다.

---

21 崔南善, 「金鰲新話解題」, 『啓明』 19, 啓明俱樂部發行, 1927.

『금오신화』는『전등신화』와 무관한 것이 아님은 물론이다. 상호관계를 어떻게 설명할 것인가? 이 점을 간과할 수 없다고 보아 지금 재론하려 한 다.『전등신화』의 작가인 구우瞿佑의 대해서도 관심을 두어 양자의 상동성 뿐 아니라 상이성까지 거론할 생각이다. 또한『금오신화』를 한국 최초의 소설이라고 규정지은 통설을 그대로 받아들여도 옳은가? 이 점은 한국 서사문학의 전개과정상에서 검토해야 할 주요 사안이다.

이제『금오신화』를 중국소설사와 한국소설사의 전체 흐름 속에서 살펴 볼 필요가 있게 되었다.

1)『전등신화』와의 대비

『전등신화』의 작자인 구우瞿佑, 1341~1427, 자 종길(宗吉), 호 존재(存齋)는 전당錢 塘, 지금 杭州 사람으로 원말명초의 혼란기를 살다가 김시습이 태어나기 8년 전에 세상을 떠난 문인이다. 시인으로서 명망이 있었고, 저술로『전등신 화』이외에『귀전시화歸田詩話』가 전한다. 그의 생애는 자세치 않으나[22] 대 체로 다난한 일생을 보낸 것으로 보인다.

소년시절에 그는 풍채가 영특하다는 기림도 받고 시를 잘한다는 칭찬도 들어서[23] 크게 촉망을 받았다고 한다. 그러다가 장사성張士誠의 난리를 만 나서 유랑하는 신세가 되었다. 그의 자전적인 소설로 알려진「추향정기秋香 亭記」를 보면 주원장朱元璋에 의해 난이 평정되었을 때 부친은 돌아가셨고 애 인은 이미 딴 남자의 아내가 되어 있었다. 작중의 주인공은 그녀를 잊지

---

22 瞿佑의『歸田詩話』에 붙인 朱文藻의 발문에 그의 생애가 고증되어 있다.『전등신화』와 그 의 생애를 상세히 논술한 것으로는 일본인 久保天隨의「剪燈新話에 대하여」(『言語와 文 學』4・5, 臺北 : 臺灣大學 國語國文學會, 1930)와「剪燈新話에 관한 것들」(『斯文』제15 집 2・3・4・6・12호, 東京, 1932)의 두 논문을 들 수 있다.

23 『歸田詩話』권하 장10에 구우 부친의 친구 章彦復이 14세 소년인 그를 두고서 "瞿君有子 무能詩"라고 읊었다는 서술이 보인다.

못해 애끊는 슬픔을 견뎌야 했다. 이런 작중의 내용이 그의 생애적 사실에 완전히 부합한다고 말할 수 없으나 대개 자기술회로 여겨졌다.[24]

『전등신화』는 자서를 홍무 11년[1378]에 쓰고 있는데 그 전에 지은 것으로 언급하고 있어 30대 시절의 작임을 짐작케 한다.[25] 또 홍무 14년에 쓴 오식吳植의 서문에 의하면 누차 명경明經으로 천거를 받았으나 모친이 늙어 벼슬길에 나가지 못한 것으로 되어 있다.[26] 그리하여 고향 전당에서는 어느덧 문학지사로 명성이 높아졌다. 『전등신화』의 여러 서문 또한 전당의 문인들에 의해서 쓰인 것이었다.

그는 천거를 받아 임안臨安·의양宜陽 등지에서 학교의 교직을 맡다가 국자조교國子助敎를 거쳐 주왕부周王府 우장사右長史에 오른다. 이때[1403년] 시화詩禍에 걸려 보안保安으로 유배를 갔다가[27] 23년 만에 풀려서 고향으로 돌아온다. 그 해에 『귀전시화』를 지었으며 선덕宣德 연간에 87세를 일기로 죽었다. 그가 영락초년 금의옥錦衣獄에 걸렸을 때 집안 형편이 영락해지고 지은 글의 원고까지 산일되었다고 한다.[28]

구우는 생애가 불우했던 점에서 김시습과 비슷한 면이 있으나 모든 것을 버리고 방외인으로 일생을 살았던 김시습과는 같지 않다. 그는 향신鄕紳으로서 삶의 질서를 지키는 편이었고 현실에 순응하려 했던 것으로 보인다. 또 그에 있어서 불우는 다분히 밖에서 주어진 것이지 내적인 고뇌와 갈등의 결과라고 보기 어렵다. 요컨대 김시습은 저항적인 인간형임에 대해 구우는 불우하긴 했으나 예속에 저항적인 면모는 드러나지 않는다.

---

24 凌雲翰,「剪燈新話序」,"至於秋香亭記之作, 則猶元稹之鶯鶯傳也. 余將質之宗吉, 不知果然否?"
25 그의 생년은 1341년이 통설인데 1346년이란 견해도 있다.
26 吳植,「剪燈新話序」,"宗吉, 家學淵源, 博及群集, 屢薦明經, 母老不仕, 得肆力於文學".
27 朱文藻의 『歸田詩話』跋文.
28 『歸田詩話』卷下.

『전등신화』의 몇 가지 특징

『전등신화』는 그 작자가 온몸으로 겪어야 했던 전쟁의 혼란과 고난, 그런 중에서 실연의 아픔까지 당한 젊은 시절의 기록임을 알았다. 작중의 서사는 전체적으로 전란을 배경으로 하고 있음을 이해할 수 있다. 그중에도 장사성 난리에 인민이 당한 고난을 재자가인의 비애로 형상화시킨「애향전愛鄕傳」이나「취취전翠翠傳」은 바로 작자 자신의 간절한 심회를 표현한 것이었다. 이러한『전등신화』를 통해서 다음의 몇 가지 측면을 거론해 본다.

①『전등신화』는 14세기 무렵 중국의 역사 현실과 사회 동향을 반영하고 있다. 작중에서 여러 신분층의 인물을 발견하는바 대개 신흥부자들이 주인공으로 등장하고 있음이 주목된다. 그것은 원대元代 사회에서 특히 도시를 배경으로 상승한 상인을 포함한 신흥부자층의 생활과 의식세계를 보여준 것이다. 가령「연방루기聯芳樓記」의 경우는 소주蘇州에서 미곡상을 운영하는 부호 설씨薛氏의 두 딸과 소주의 속현 곤산崐山의 갑족이며 무역업에 종사하는 정생鄭生이 등장한다. 설씨의 두 딸 난영蘭英과 혜영蕙英은 부호로서 화사한 생활을 누리는데 시재詩才가 빼어나 이들의 시가 널리 애송될 지경이었다. 정생이 설씨가에 상거래로 출입하던 중에 딸들의 프로포즈를 받아서 연애를 하게 되고 뒤에 무난히 결혼에 성공한다. 이 사실이 소주인들 사이에 아름다운 이야기가 되었다는 것으로 소설은 끝난다. 한편「위당기우기渭塘奇遇記」는 남경南京의 한 문사와 위당의 부자 주점 딸이 결혼해서 잘 살았다는 이야기다. 이들 작품은 도시를 배경으로 부호들의 연애 이야기다. 우리는 이러한 연애소설을 통해서 성시민의 호사한 생활과 낭만적인 분위기를 엿볼 수 있다. 위에서 본 신흥부자층은 교양이 있는 재자가인으로서 긍정적 인간형으로 그려진 것이다.

한편으로 빈부의 격차에 의한 사회적 갈등을 드러내기도 한다. 가령 「영호생명몽록令狐生冥夢錄」은 탐욕을 끝없이 부리는 수전노에 대한 반감을 표출한 작품이다. 「취취전」은 회안淮安의 신흥부자 유씨劉氏의 딸 취취와 가난한 선비 김생金生이 등장한다. 이들은 부학府學에 함께 다니던 중에 사랑하는 사이가 되었는데 결혼이 성사되기까지는 두 가문 사이의 경제적인 장애를 넘어서야만 했다.

『전등신화』는 전반적으로 강남지방의 성시를 배경으로 한 소설로서 상인층이나 신흥부자들의 인간관계 내지 의식세계를 포착한 면에 뚜렷한 특징이 있다.

② 『전등신화』는 21편에 걸쳐서 전란의 이야기다. 즉 한 시대가 무너지면서 밀어닥친 생리사별의 수난상을 전기적으로 표출한 것이다. 상인층 혹은 부자층 출신의 재자가인들이 만나서 서로 사랑하여 가정을 꾸미는데 난리로 인해서 안정된 삶이 파탄에 이르고 만다. 이 대목에서 이야기는 비현실적인 신비로 빠져들게 된다. 이것이 전편의 대체적인 서사구조이다. 일견 허황하고 괴기스러운 가운데서 재자가인이 난세를 만나서 얼마나 괴롭고 어려웠으며, 어떻게 삶이 망가졌는지를 생생하게 보여준다. 부모를 잃고 아내나 애인을 빼앗기고 유리하며, 혹은 시서詩書가 만복滿腹한 문사로서 병영에 몸을 붙여 푸대접을 받고 심지어 노예로 전락하게도 된다. 이러한 시대배경에서 재자가인의 사랑의 이야기는 비참한 결말을 초래하기 마련이었다.

③ 위와 같은 전란의 시대에 당면해서 온갖 고난과 파란의 삶의 실상들을 전형적인 전기의 틀에 담은 것이 『전등신화』이다. 즉 당대唐代에 발전했던 전기 양식을 빌려서 재자가인들의 애절한 사랑과 슬픈 이별을 문어체 소설로 꾸며낸 것이다. 도시적인 분위기에서 이루어진 낭만적인 연애

담과 애달픈 후일담이 문인적 정서에 맞아들었다고 하겠다. 이처럼 고사故事에서 취재하여 소설로 만든 방식은 염정시艶情詩를 짓는 문인적 취향을 방불케 한다. 서사의 진행과정에서 시편이 크게 비중을 차지하는 것은 여기에 까닭이 있다. 작품의 성격 자체가 문인적인 것이다.

④ 도시적인 분위기 속에서 상인층 내지 부자들의 생활감정인 연애의 쾌락과 이별의 비애를 다룬 『전등신화』는 주정주의主情主義를 기조로 하고 있었다. 주정주의적 면모는 중세적 권위와 고전문화에 대해서 다분히 이질적일 밖에 없었다. 그리하여 1442년正統 7 명조의 관헌으로부터 『전등신화』는 금훼서禁燬書로 지목을 받아 불태워지고 출판하는 자와 소지하여 읽는 자까지 법으로 다스리는 엄한 조처가 내려지게 된 것이다. 일개 소설에 이토록 강경한 조처가 취해진 데는 내용도 내용이지만 그 영향력을 우려한 때문일 것이다. 그 내용이 사설邪說·이단이어서 인심을 현혹시킨다는 지적을 하고 있다. 시정의 경박한 무리들이 다투어 읽을 뿐 아니라 경생유사經生儒士까지도 정학을 버리고 여기에 쏠린다는 것이다.[29] 소설이 상업출판이 되어 독자들의 환호를 받아서 피급력이 높아진 까닭이다. 문어체로서 문인적 취향에 맞아든 때문에 오히려 더 우려하여 강경한 조처가 취해진 것으로 여겨진다.

김시습의 『전등신화』 읽기

『전등신화』에 견주어 『금오신화』는 어떻게 말할 수 있을까? 매월당은

---

29 『明實錄』, 正統 七年 三月 十日, "國子監祭酒, 李時勉言, (…중략…) 近年有俗儒, 假托怪異之事, 飾以無根之言, 如剪燈新話之類, 不惟市井輕浮之徒, 爭相誦習, 至於經生儒士, 多舍正學不講, 日夜記憶, 以資談論. 若不嚴禁, 恐邪說·異端, 日新月盛, 惑亂人心, 實非細故. 乞勅禮部, 行文內外衙門, 及提調學校僉事御史并按察司官巡歷去處, 凡遇此等書籍, 卽令焚燬, 有印賣及藏習者, 問罪如律, 庶俾人知正道, 不爲邪妄所惑. 從之".

『전등신화』를 애독했던 것으로 확인된다. 「제전등신화후題剪燈新話後」[30]라는 제목으로 장편시를 남겨놓았다. 『전후신화』를 읽고 나서 감회를 쓴 시이기에, 그 자신 이 소설을 어떤 느낌으로 읽었는지 알게 하지만 전기소설의 미학으로 의미부여를 할 수 있는 내용이기도 하다. "산문이 있고 시가 있고 서사가 있으며 골계로 유희하면서도 질서가 있다[有文有騷有記事 滑稽遊戲有倫序]"고 『전등신화』 특유의 수사적 빼어남에 눈이 끌리게 만든다. 그러고서 그 허구적 성격이 처음 접하면 허황한 듯싶지만 재미가 쏠쏠함을 지적하였다. 미학적 인식으로서 주목할 필요가 있다. "아름다운 경지 사탕수수를 씹는 맛과 흡사하네[佳境恰似甘蔗茹]." 인간이 문학에서 느끼는 감흥을 '사탕수수 씹는 맛'이라고 입맛에 비유한 사례를 이전엔 찾아보기 드물다. 신흥문학에 대한 새로운 감수성으로 읽혀지는 것이다. 이 장편시에서 후미의 6구를 옮겨본다.

이 작품을 대함에 마음이 아득해져서
환영이며 기이한 자취 눈앞에 펼쳐진 듯
산당山堂에 홀로 누워 봄꿈을 깨니
꽃잎 몇 조각이 책상 앞에 뿌려있네.
눈으로 한 편을 읽자니 절로 웃음이 나와
늘 울적한 나의 가슴을 흔들어 놓는다.
使人對此心緬邈, 幻泡奇踪如在目.
獨臥山堂春夢醒, 飛花數片點床額.
顔開一篇足啓齒, 蕩我平生磊塊臆.

매월당이 언제 『전등신화』를 입수해서 읽었는지 알 수 없다. 이 시를 지은 시점이 미상이기 때문이다. 그가 『금오신화』를 짓기에 앞서서 『전등신화』를 읽었던 것은 확실하다. 위에서 『전등신화』를 읽노라면 절로 웃음이 나와서 "늘 울적한 나의 가슴을 흔들어 놓는다"고 했던바 그처럼 감동해서 심중에 창작의욕이 발생하지 않았을까. 매월당이 『금오신화』 5편을 짓고 나서 붙인 시구에 "조그만 집에 전방석이 따스한데 매화 꽃 그림자 달빛 받아 창에 가득"이라고 했던 그 분위기와 위의 분위기가 서로 닿는다는 느낌이 들기도 한다. 아마도 『전등신화』를 애독하던 그 방이 『금오신화』를 창작하는 방이지 싶다.

『전등신화』와 『금오신화』는 영향을 주고받은 관계가 있었던 것이 물론이다. 문제는 이 관계를 어떻게 해석하느냐. 양자의 상동점과 상이점을 따져서 평가하는 데 요령이 있다.

『전등신화』와 『금오신화』의 같고 다른 점

『금오신화』가 문언전기文言傳奇라는 점에서 『전등신화』와 나를 바 없다. 당唐 전기의 틀을 구우가 사용했듯이 매월당 또한 사용하고 아울러 『전등신화』도 차용한 것이다. 『전등신화』의 서사방식을 『금오신화』는 좋은 선례로 삼은 것이었다. 그러나 작품이 보여준 작중인물과 그들의 인간관계에 있어서 서로 다른 면모가 보인다. 『금오신화』에서 남주인공은 모두 문사인데 귀족이나 사족의 딸과의 관계를 보여주었을 뿐이다. 『전등신화』에서처럼 다양한 사회상이 펼쳐지지 않았으며 상인층의 활약상도 미약했다. 이는 작품을 산출한 사회가 서로 다른 데서 유래한 것으로 보인다. 즉 13~14세기 중국처럼 당시 조선 사회는 상업도시가 발달하고 상인층 내지 신흥부자가 역사적으로 대두하지 못했다. 여기서 『금오신화』는 『전등신화』를 그냥 본뜬 것이 아니라 자기 현실에 절충하고 자기 사상으로 제조한 것임을 유추할 수 있다.

앞서 구우는 매월당에 비해 현실에 순응하는 인간형임을 지적했거니와 그의 세계관은 어떠했던가? 「영호생명몽록令狐生冥夢錄」과 「태허사법전太虛司法傳」은 「부주지」와 직접적인 관계가 있는 작품으로 알려져 있다. 「영호생명몽록」을 보면 작중인물 영호생은 「부주지」의 박생과 마찬가지로 미신을 부정하는 강직한 선비다. 그리고 사자의 명복을 비는 불교적인 행사를 반대한 점이나 꿈속에서 지옥에 가 담판하는 등 좋은 대응이 되고 있다. 그러나 이 작품이 악질적인 부자에 대한 사회적인 반감을 주제로 하고 있다는 점에서 근본적으로 「부주지」와 지향점이 다르다. 그리고 영호생은 무신론에 대해 분명한 이론적 근거를 제시하지 않았으며 미신에 대해서도 미온적인 태도를 보였다. 그리하여 결국 불교적인 인과론을 옹호하는 입장을 취했다. 그가 여기서 보여준 사상은 인과론적 합리주의였다. 인과론적 합리주의에 의해 귀신을 수긍하는 방향으로 나가게 된다.

「태허사법전」의 경우 주인공 풍대이馮大異는 귀신을 부정하는 오활한 선비였다. 그는 우연히 전란에 죽은 해골이 널려진 음침한 숲속을 통과하다가 온갖 마귀에게 봉변을 당하고 그 자신이 하나의 괴물 형상이 되어가지고 돌아왔다. 이에 분통이 터져 죽는데, 그는 죽어서 하느님에게 소송을 제기, 마귀를 박멸하고 그 자신은 태허사 법관을 맡게 된다는 결말이다. 이 소설은 인간적인 의지로 악귀에 대결하여 승리해서 인간의 우월성을 과시했다는 점이 흥미롭다. 하지만 귀신을 부정하는 데서 출발했으나 마귀와 인간의 투쟁에서 하늘이 정의의 편이기 때문에 인간이 승리한다고 이야기를 끌고 가서, 결국 선악이원론적 귀신계를 설정하기에 이르렀다. 즉 인간의 편이고 정도를 지원하는 존재인 주재자 및 그를 보좌하는 선신

善神에 대립하는 마귀집단을 등장시켜서 이원구도를 설정하고 있다.

이러한 세계관은 작품의 형식에도 연관을 갖게 된다. 구우의 친구 계형 桂衡은 『전등신화』를 두고 '선을 선으로 악을 악으로 구분 지어 실로 과오 가 없다[善善惡惡苟無失]'는 표현을 쓰고 있다.[31] 즉 이 소설의 전반적인 내용 이 선은 선으로, 악은 악으로 응보를 받는 인과론에서 벗어나지 않음을 평가한 것이었다.

> 나의 이 글이 세교世教와 윤리에 도움이 되리라고는 주장하지 않겠다. 그러나 선을 권장하고 악을 징계하며 옹색하고 억울한 사람들을 애련히 여기는 바가 있어 이런 이야기를 지어낸 자에게 죄가 안 되고 독자에게는 혹 경계하는 뜻이 있지 않을까 한다.[32]

구우 스스로 「자서」에 쓴 말이다. 이렇듯 작가는 권선징악에 의도가 있 었음이 분명하다. 그런데 고려할 측면이 있다. 앞서 『전등신화』는 도시문 화와 함께 상업출판이 발전한 사회를 배경으로 출현한 것임을 언급하였 다. 작가는 독자로 향한 파급력을 의식하지 않을 수 없었다. 『전등신 화』의 명대 판본의 표지에 "編成神異新奇事 敦尙人倫絶義行"이라는 문구 가 보인다. 즉 신이·신기한 사적을 엮어서 세상에 인륜절의의 행실을 숭 상하도록 한다는 취지이다. 일종의 책 선전 문구이니, 권선징악은 소설의 대중성과 무관하지 않았음을 증언하고 있는 셈이다. 이처럼 권선징악을 염두에 두고 소설을 엮어내자면 행복한 결말로 가기 마련이다.

---

31 桂衡, 「題剪燈新話」, 계형이 구우의 절친한 친구라는 사실은 『歸田詩話』(卷下, 8~9면)를 통해서 알 수 있다.
32 「剪燈新話 自序」, "今余此編, 雖於世敎民彝, 莫之或補, 而勸善懲惡, 哀窮悼屈, 其亦庶乎言 者無罪, 聞者足以戒之一義云爾".

「영호생명몽록」과 「태허사법전」이 권선적인 것이었거니와 자전적인 「추향정기」와 「취취전」을 제외하고는 대부분이 어쨌건 해피엔드로 이어지는데 이는 작가의 의도적인 처리이다. 「위당기우기渭塘奇遇記」나 「연방루기聯芳樓記」의 경우 이렇다 할 난관이 없이 순탄하게 결혼하고 행복하게 된다. 「애향전」은 남녀가 연애를 하고 결혼을 했다가 전란으로 인해 여자가 죽음에 이르고 사후에 재회하는 줄거리는 『금오신화』의 「이생전」과 유사한 구도이다. 그런데, 결말에서 여주인공이 어느 집의 아들로 환생하며, 남주인공은 그 집을 찾아가 환생한 아기를 직접 보고 나서 마음이 평온해져서 재혼을 한다. 이로서 비애는 해소된다. 여주인공이 환생한 설정은 『금오신화』의 「만복사기」도 동일하지만 「만복사기」의 양생은 그런 사실을 알았음에도 끝내 그녀를 잊지 못해 현실권을 떠난다. 『전등신화』에서는 인과론적인 합리주의가 해피엔드를 가져왔다. 곧 인과론적 합리주의와 순응적인 인생 자세는 현실의 모순과 끝까지 대결을 벌이지 않으며, 다만 선악이원적 귀신관에 의해서 절대적 무엇이 나서서 부조리와 불만을 해결해 준다. 『전등신화』에서는 아무리 고난을 겪고 슬픔이 절실하더라도 그것이 비극적인 것으로 나가지는 않는다.

　자전적인 「추향정기」의 경우 주인공이 애인을 못 잊어 몹시 슬퍼하지만 비극적으로 종결되지는 않는다. 친구의 사리로 깨우치는 충고를 듣고,[33] 세월이 흘러가면서 마음의 평온을 회복하게 된다. 「취취전翠翠傳」은 「이생전」과 대조되는바 비애를 처절히 느끼게 하는 작품이다. 전란 중에 아내를 장군에게 빼앗기고 그 장군의 병영에서 서기 노릇을 하며 재회의 기회를 엿보다가 끝내 병들어 죽고 아내 취취 역시 뒤따라 죽는다. 그리

---

33 『剪燈新話』「秋香亭記」, "生之友山陽瞿佑備知其詳. 旣以理論之"라고 하는데, 이는 스스로에 대한 자위인 것으로 생각되기도 한다.

하여 그들 부부가 한 곳에 묻히는데 명계冥界에서 부부관계를 지속하는 것으로 되어 있다. 물론 이러한 설정이 오히려 슬픔을 더욱 절실하게 느끼도록 하는 효과가 있지만 비극적인 결말과는 구별이 있다. 여기서는 인생을 자탄하며 내세에 기대를 걸 따름이다.

『전등신화』와 『금오신화』는 인간성에 대한 긍정과 함께 주정주의를 주조로 한 면에서 유사성이 있다. 그러나 전자의 인과론적 합리주의와 유심적唯心的 세계관에 대하여 후자의 기일원론적 사상에 의한 무신론적 관점과는 상반되는 입장이다. 구우에 있어서는 권선징악적인 문학관으로 나타나게 되어 해피엔드를 가져왔으며 인생의 비애를 그리면서도 그것을 비극적인 것으로 전환시키지 못했던 것이다. 여기서 『전등신화』와 『금오신화』가 문학의 본질적인 차원에서 상호 방향이 다른 것이라는 결론에 도달한다.

그런 한편 『전등신화』는 『금오신화』에 비해서 괴기잡설적인 데로 치우쳤다는 인상을 받기도 한다.[34] 소설적인 구성이나 서사의 방식 면에서 『전등신화』가 소설로서의 형상성이 부족한 편이어서 보다 민담적이리 하겠다. 구우가 자서自序에서 "고금의 괴기지사怪奇之事를 엮어냈다"고 밝힌바 『금오신화』에 비해 지괴적志怪的 성격을 보다 강하게 드러낸 것으로 볼 수 있다.

『금오신화』는 『전등신화』로부터 문학적 감염을 짙게 받았던 것이 사실이다. 그럼에도 작가 자신의 현실주의적인 사상에 기반해서 『전등신화』와 상이한 개성적인 작품세계를 창출한 것이다.

---

34 민병수, 『한국소설발달사』에서(『韓國文化史大系』 중의 言語 · 文學史 편, 高大民族文化硏究所, 1967, 1014면) "剪燈新話에 나오는 妖鬼類나 物怪類가 金鰲新話 속에서는 완전히 度外視"되었다고 지적했다.

2) 한국의 서사경로에서 『금오신화』

이 단원은 본디 표제가 '『금오신화』 형성의 사적 배경'이었다. 『금오신화』는 김시습이란 작가의 창작 행위로 탄생한 소설이지만 거기에 국내적 연원이 있었다고 사고하여 설정한 제목이었다. 『금오신화』를 읽어보면 초창기가 아니라 상당히 원숙한 단계에 들어선 작품으로 여겨졌다. 방금 거론한 대로 『전등신화』의 영향이 있었지만 안으로 서사전통을 돌아볼 필요가 있는 문제임이 물론이다.

저자는 뒤에 따로 「나말여초의 전기傳奇 문학」[35]이란 제목의 논문을 발표한바 있다. 『금오신화』에 훨씬 앞서서 나말여초의 역사전환기에 전기라는 소설양식이 성립했다고 주장한 것이었다. 이는 『금오신화』 연구의 속편에 해당하는바 '『금오신화』 형성의 사적 배경'에서 착안했던 논지를 확장·심화시킨 것이었다. 따라서 이 단원은 불필요하게 되었다. 다만 본 단원을 빼고 보면 글의 전체 구성에 결함이 있기 때문에 구고를 손질해서 함께 실어 둔다.

『금오신화』 이전의 소설적인 기록으로 현전하는 중에서 『수이전殊異傳』의 일문逸文과 『삼국유사』에 실린 몇몇 기록이 중요하다. 이 자료들을 집중적으로 들어 『금오신화』와 비교·분석하려는 것이다.

『수이전』 일문 2편

『수이전』의 작자는 누구라고 단정 짓기 어려우나 고려 초의 문인인 박인량朴寅亮 설이 유력하다. 책도 지금 전하지 않아서 전모를 확인할 도리가 없으나, 『태평통재太平通載』·『대동운부군옥大東韻府群玉』 및 『삼국사절요三國史

---

35 임형택, 「羅末麗初의 傳奇文學」, 『韓國漢文學研究』 5, 1981(『韓國文學史의 視角』, 창작과비평사, 1984).

節要』등 15, 16세기 문헌에 단편적으로 산재해 있어서 중요시되는 국고문헌이다.

『수이전』이라는 그 서명이 말해주듯 기이한 이야기를 전하는 내용이다. 현전하는 자료들 모두 신라시대의 것이어서 일명『신라수이전』이라고도 일컬어져 왔다. 흩어진 글들을 전부 주워 모아도 기껏 14편 정도인데 다들 기이한 이야기라도 성격은 단일하지 않다. 「탈해脫解」・「영오迎烏와 세오細烏」 같은 신화나 「모란화牧丹花」와 같은 사담史談의 성격을 갖는 것도 있다. 「죽통미녀竹筒美女」・「노옹화구老翁化狗」・「심화요탑心火遶塔」 등은 기담을 전하는 내용으로서 지괴적志怪的 양식으로 간주할 수 있다. 「심화요탑」의 경우 '역마을 사람[驛人]'으로서 감히 선덕여왕을 사모한 데서 빚어지는 더없이 특이한 이야기다. 사랑 앞에 만인평등을 깨닫도록 한 그 주제의식이 참으로 경이롭다. 하지만 전편이 137자의 단형이어서 서사화는 미급한 수준이다.『금오신화』와 비교론적의 관점에서는 「수삽석남首揷石枏」과 「최치원崔致遠」이 가장 주목되는 자료이다.

「수삽석남」은 160자 정도의 단형서사임에도 단순한 일화가 아니고 그런대로 수미를 갖춘 완정完整한 내용이다. 주인공 최항崔伉은 부모의 완강한 반대 때문에 애인을 만나지 못해 급사해 버린다. 그런데 죽은 최항이 밤에 석남 꽃을 꽂고 애인의 집에 나타나서 부모가 우리의 결혼을 드디어 허락하셨다고 말하며 자기 집으로 데려 온다. 그녀가 그의 주검을 눈앞에 보고 통곡을 하자 죽은 사람이 살아나, 이후 30년을 부부로 잘 살았다는 이야기다. 그야말로 행복한 결말이다. 이미 죽은 남자가 머리에 석남을 꽂고 애인을 찾아가서 애인의 머리에 꽃을 꽂아주고, 나중에 그의 시신에서 석남이 꽂혔음을 확인하는 설정은 더없이 신이하면서 부모의 결혼 승낙을 받게 만든 계기이다. 동시에 서사의 분위기를 낭만적으로 만든 효과를 십분 발휘하였다. 이 이야기의 내용은 일상 현실에서 허다히 발생하는 혼사장애이다. 신이는 혼사장애를 돌파하는 서사적 장치로 이용된 셈이다. 『수이전』의 다른 지괴류보다는 진일보한 서사로 볼 수 있다. 여기에 『금오신화』와 관련해서 두 가지 점을 지적해 두고 싶다.

하나는 사자를 산 사람처럼 행동하도록 한 설정이다. 이는 「만복사기」와 「이생전」에서 사후의 재회와 비슷한 서사구도이다. 「수삽석남」은 혼사장애를 극복하기 위한 설정이고 「만복사기」와 「이생전」은 사랑하는 남녀의 현세에서의 삶을 연장시켜주기 위한 설정이라는 면에서는 다름이 있다. 다른 하나는 양쪽 공히 현세의 삶에서 행복을 추구한 점이다. 즉 인간적인 행복을 현세에서 추구했기 때문에 애인의 곡성에 사자가 문득 살아나서 마침내 결혼이 이루어져서 사랑하는 남녀의 인생이 실현되었다. 이 또한 『금오신화』에서 모든 것을 걸고 추구한 삶의 자세와 함께 인간관이 기본적으로 공통되고 있다. 다만 「수삽석남」은 사자가 너무도 쉽게 살아나서 행복한 결말을 가져올 수 있었다. 그런 면으로 말하면 서사가 안이하게 진행되었고 디테일 또한 지나치게 간소해서 전기소설의 단계에 미달한 수준이다.

『수이전』의 일문으로서 『태평통재』에 실린 「최치원」과 『대동운부군옥』에 실린 「선녀홍대仙女紅袋」는 분량이 크게 차이나지만 실은 같은 것이다. 『대동운부군옥』은 본디 각종 고사성어의 출전을 해설하기 위해 편찬된 책이므로 이 경우 '선녀홍대'란 유래가 어떻고 뜻이 무엇인지 알려주면 그만이다. 즉 『대동운부군옥』의 「선녀홍대」는 원문을 요약 제시한 형태이며, 그것을 제목으로 삼기에도 맞지 않다. 따라서 『태평통재』의 「최치원」을 제목으로 삼아 논의하는 편이 십분 타당하다.

「최치원」은 2천여 자에 가까운 분량이다. 『수이전』의 다른 일문과는 양적으로 비교가 안 되는 데다가 서사의 방식도 판이하다. 그에 따라 사건이 복잡하고 문예적인 취향까지 선명하게 느껴진다. 주인공으로 역사상에 유명한 문인인 최치원이 등장하는바 이역에서 난세의 말직에 붙어 있는 고독한 인물로 그려진다. 그가 느끼는 고독감으로 인해서 신녀神女인 두 아름다운 여성과 시를 주고받으며 사랑을 속삭이다가 하룻밤 성적인 쾌락을 누리게 된다. 두 여자와 한 남자가 동침하는 설정은 의아스런 대목이다. 하여튼 새벽에 서로 헤어진다. 신녀가 떠나간 뒤 그는 몽환적인 상태에서 현실로 돌아오는데 비감이 더욱 절실했다. 하지만 그는 이런 비현실적 상황과 달리 합리적인 사고를 하여, "장부의 기운 모름지기 아녀자의 정한에서 벗어나 요망한 잡것에 빠져드는 심사를 갖지 말아야지[壯氣 須除兒女恨, 莫將心事戀妖狐]"라고 스스로 떨쳐 버리는 것이다. 이처럼 신이한 일을 설정해 놓고 나서 합리적 사고를 하여 현실로 돌아오게 만든 것은 나름으로 특이한 서사구조라고 하겠다.

그가 하룻밤 신녀와 나눈 사랑은 오히려 고독감을 더해준 결과를 가져온 모양새다. 그는 이역에서 난세의 관직생활을 청산하고 신라로 돌아오지만 역시 고독감에서 벗어나지 못했다. "세상의 영화는 꿈속의 꿈이니 흰 구름 깊은 곳에 안식이 좋아라[浮世榮華夢中夢 白雲深處好安身]"라고 인생의 덧없음을 절감하며 세상에서 도피하는 길을 택하게 된다. 한 마디로 은둔주의이다. 이 작품은 한 지식인의 고뇌를 통해서 신라가 멸망하는 당시의 동향을 대변한 것으로 해석할 수 있다.

이 이야기는 상당히 원숙한 형식을 갖춘 전기로 볼 수 있다. 재자가인의 사랑을 제재로 한 점에서『금오신화』와 유사하다. 고독한 문인을 주인공으로 등장시킨 점 또한『금오신화』와 유사하다. 유려한 문언문으로 서술해 나간 표현수법 역시 유사한 면모이다. 그리고 작중인물의 심리적 갈등을 제법 섬세하게 건드리는데『금오신화』와 마찬가지로 시편을 많이 곁들여서 심리묘사와 사건전개에 한몫을 하도록 한다. 이렇게 볼 때『수이전』의 「최치원」과 『금오신화』는 계보를 같이하는 소설양식이라고 보아도 좋은 것이다.

『삼국유사』에 실린 3편

『삼국유사』는 문학사에서도 대단히 중요시되는 문헌이다. 국문학은 여기서 향가를 발견했던 터지만, 나는 소설사의 관점에서 읽는 것이 요망된다는 견해를 가지고 있다. 그런 점에서 「김현감호金現感虎」·「조신調信」·「노힐부득奴肹夫得 달달박박達達朴朴」 3편을 거론하려고 한다.[36] 『삼국유사』 자체가 불교문헌으로서 이 3편의 경우도 불교적으로 윤색된 내용임을 전제하고 읽어야 할 것임이 물론이다.

「김현감호」는 경주 서천西川 가에 있었던 호원사虎願寺란 절이 서게 된 내력을 전한 이야기다. 이와 유사한 기록이 『대동운부군옥』에는 '호원'이란 제목으로 나와 있다. 양자는 원 출전이 동일한데 『대동운부군옥』에는 축약된 상태이므로 『삼국유사』 쪽을 택해서 다루는 것이다. 김현이란 인물은 당대 화랑의 신분이었다. 그가 흥륜사의 복회福會에서 탑돌이를 밤늦게까지 하다가 아름다운 처녀와 눈이 맞아서 깊은 인연을 맺게 된다. 기실은 호랑이가 둔갑한 여자였다. 이류교구異類交媾의 기담이다. 그런데 작중에서 그녀의 입을 빌어 "비록 종은 다르더라도 사랑을 맺었으니 뜻이 부부의 관계와 마찬가지다"고 말한다. 한낱 기담에 그치지 않고 애정의 진실성을 표명한 것이다. 나아가서 살신성인殺身成仁이라는 숭고한 덕성을 보여주었다.

---

36 『삼국유사』에서 각 편의 출처는 다음과 같다.
　「金現感虎」, 권5, 感通部.
　「調信」, 권4, 塔像部, 「洛山二大聖 觀音 正趣 調信」.
　「奴肹夫得 達達朴朴」, 권4, 塔像部, 「南白月二聖 奴肹夫得 達達朴朴」.

「조신」에 대해서는 앞의 「만복사기」를 다룬 데서 비교해 논했다. 조신은 승려이지만 농장 관리인으로 파견된 미천한 처지였다. 그런 사람이 강릉태수의 따님을 연모해서 낙산사의 부처님께 간절히 기원을 드렸다. 그녀가 결혼을 하자 조신은 애절한 심경으로 부처님께 읍소를 한 끝에 꿈속으로 들어간다. 이런 설정은 「만복사기」와 유사하다. 그다음 전개되는 서사적 경위는 전혀 다르다. 조신은 꿈속의 세계에서 그녀를 반갑게 만나 자녀를 다섯이나 낳는다. 하지만 40년을 부부로 살아가는 동안에 심각한 생활고로 인해서 큰아들은 굶어 죽고 부부가 걸식해서 연명하는 신세가 되고 말았다. 내외가 늙고 병든 몸으로 누워있는데 열 살 먹은 딸이 구걸을 나갔다가 개에게 물려 눈앞에 쓰러져서 신음하고 있다. 드디어 전에 그토록 소망해 마지않던 사랑이 도리어 괴로움을 만드는 계단임을 깨닫게 된다. 그리하여 부부가 남으로 북으로 따로따로 헤어지는 것이다. 조신은 여기서 꿈을 깬다. 인생의 염증을 실컷 느껴서 사재를 정리하여 절을 짓고 불도에 정진한다는 결말에 이른다.

「조신」은 구두가 ① 현실로부터 ② 꿈속의 세계를 통과하여 ③ 다시 현실로 돌아오는 구성법을 쓰고 있다. ①에서 제기된 갈등이 ②에서 일단 해결되지만 더 큰 시련에 부딪혀서 제기된 문제 자체가 무의미해지며, ③에서 작중인물은 꿈꾸기 전과 똑같은 현실에 처하는데 내면적으로 전혀 다른 인간이 되어서 새로운 신앙의 세계로 들어간다. 결국 인간적인 갈등이 종교적인 차원으로 해소된 것이었다.

「노힐부득 달달박박」은 「백월산양성성도기白月山兩聖成道記」란 글을 인용한 것으로 되어 있다. 백월산의 두 고승이 성불한 사적을 전하는 문서가 따로 있었을 것이다. 부득과 박박, 이 두 스님은 열심히 불도를 닦아서 드디어 성불을 하여 승천하는 종교적 기적담이다. 두 주인공은 전심전력 불도를 닦으며 가정생활을 영위하고 있다. 그러면서도 가치관은 현실에 두지 않는다.

풍년에 기름진 밭을 가는 것은 이로운 일이로되 의식이 뜻대로 제공되어 저절로 배부르고 따듯해지는 것만 못하며, 처자와 가정이 인정에 끌리는 바지만 연화지蓮花池에서 여러 성자들과 노닐며 앵무 공작을 보고 즐기는 것에 비할 수 있으리오!

이렇게 마음을 먹고 깊은 산속으로 들어가서 수도승이 되어 현세적·인간적인 삶에 반대되는 영원한 도를 추구한 것이다. 그리하여 이들은 인세를 버리고 깊은 산골에 숨어서 불도에 정진했다. 어느 날 저녁에 묘령의 여성이 그들 앞에 출현한다. 관음보살이 묘령의 여자로 현신하여 두 사람을 시험해 보려 한 것이다. 이 여자를 박박은 집에 들이지도 않고 내쫓고 노힐은 안타깝게 여겨서 받아들인다. 박박은 수도승으로서 견결한 자세를 고수했던 반면에 노힐은 깊은 산중에 여자를 홀로 버려둘 수 없다는 생각이었다. "여기는 부녀자가 들어와서 더럽힐 곳은 아니로되 중생을 따르는 것 또한 보살행의 하나가 아닌가." 노힐은 이처럼 고민한 끝에 자비심을 발휘한 것이었다. 아무래도 노힐이 훨씬 높은 경지이지만 박박 역시 도달한 경지가 만만치 않았기에, 비록 선후는 있었어도 두 사람이 이내 성불하여 승천할 수 있었다. 이 서사는 인간현실과는 먼 고원한 경지이다. 한 밤중에 남녀가 마주 앉았을 적에도 인간으로서 자연스러운 성애 같은 것은 개입할 여지조차 없었음이 이 서사의 성격이다.

이 종교적 기적담은 숭고한 길을 제시한 반면에 「조신」과 마찬가지로 인간성과 함께 현세를 부정했다. 「수삽석남」에서 보았던 인생관과는 정면으로 배치되는 것이다. 그리고 「최치원」에서 읽었던 고독감·무상감과도 성격이 판이하다. 「최치원」에서 고독감·무상감은 주인공 자신이 처했던 시대 현실에 대한 저항의 소극적 반응이기도 했다. 이에 대해 노힐과 박박은 인간의 유한성을 넘어서기 위해 추구하는 순수 경지다.

『삼국유사』의 불교 서사들은 『금오신화』의 세계와는 상반되는 것임이 물론이다. 그러나 서사의 각도로 비춰보면 『금오신화』와 닿는 면이 없지 않다. 두 가지 점을 지적한다. 첫째는 귀신적인 것에서 인간적인 것으로 바뀐 점이다. 다분히 종교적인 차원이긴 해도 인간적인 갈등을 현실적으로 표현한 점은 지괴잡설에 비교해서 크게 진전된 모습으로 여겨지기도 한다. 『금오신화』로 와서는 『삼국유사』의 종교적인 차원이 극복되는 셈이다. 둘째는 표현법과 서사법의 측면에서다.

「김현감호」나 「조신」을 읽어보면 문어체로서 문장 표현이 상당히 섬세하고 논리적이다. 「노힐부득 달달박박」에서는 관음보살의 현신으로 설정된 여성이 시적으로 의사를 표현하는데 진실하면서 격조가 높다. 이 점을 『삼국유사』의 편자=일연는 주목하여 "처연하고 아름다운 품이 완연히 천선天仙의 의취가 있다"고 평가하면서 구체적으로 언급하기도 했다.[37] 서사 수법으로 말하면 「노힐부득 달달박박」의 경우 두 주인공이 당면한 사태에 대처하는 모습을 대조해 보임으로서 독자에게 흥미와 함께 생각을 해 보도록 하는 효과를 거두고 있다. 「조신」은 치밀한 구성법을 구사하는데 『금오신화』에 통하는 것이다. 「이생전」을 두고 보면 ① 아내를 잃은 이생의 슬픔, ② 환체로 등장한 아내와 부부생활의 연장, ③ 환체가 떠난 뒤의

---

37 『三國遺事』 권4, 塔像部, 「南白月二聖 奴肹夫得 達達朴朴」, "議曰 : (…중략…) 觀其投詞, 哀婉可愛, 婉轉有天仙之趣. 嗚呼! 使郎婆不解隨順衆生語言陀羅尼, 其能若是乎. 其末聯宜云'淸風一榻莫予嗔', 然不爾云者, 盖不欲同乎流俗語爾'.

고독한 현실, 이렇게 엮어진 방식이다. 하지만 가상의 삶에서 복귀한 현실은 상호 의미를 달리하고 있기에, 전혀 다른 결말을 초래한 것이었다. 인생관에 있어서 근본적인 다름이 있었기 때문이다.

위에 검토한 바 『삼국유사』에 실린 3편은 서사적인 것으로 읽더라도 준수한 작품이다. 다만 종교적인 주제가 기본을 이루고 있으므로 이야기를 소설로 만들었다기보다는 실사라고 여기는 일화들을 후세에 전하고 교화를 행하려는 의도가 우선시된 것이었다. 작가의식과 작품이 그려낸 인간들의 삶의 자세가 『금오신화』와는 근본적 차원에서 다름이 있다. 『삼국유사』에서 『금오신화』에 이르는 관계를 연속적인 것이라고 말하기는 어렵다. 전자를 부정하고 극복하는 데서 후자의 소설세계가 열린 것이다. 이런 관점에서는 『금오신화』를 『삼국유사』의 부정적 · 발전적 계승으로 평가할 수 있다.

이상의 분석적 고찰을 통해, 『금오신화』에 이르는 우리의 전통 서사의 전개 과정상에서 『수이전』의 「수삽석남」 · 「최치원」 등은 긍정적으로, 『삼국유사』의 「조신」 · 「노힐부득 달달박박」 등은 부정적으로 계승한 관계라는 결론을 도출할 수 있었다.

선초의 문학 현장과 『금오신화』

여말선초의 사대부들은 그들의 문학으로서 가사와 시조를 창조했다. 보다 일찍이 문학사에 등장한 경기체가를 유지하는 한편 악장이라는 새로운 시가형식도 내놓았다. 한문학에 있어서도 형식미에 치중하는 귀족적인 변려문駢儷文을 청산하고 평이한 산문─고문古文을 위주로 하게 되었다. 하지만 이런 여러 장르들을 가지고는 서사문학에 대한 요구를 충족시키기 어려웠다. 경기체가 · 시조 · 가사[38]는 성격 자체가 서사적인 것으로 전환될 수 없었으며, 악장은 서사적일 수 있으나 송축가頌祝歌로 제작된 궁정문학의 형식이었기에 일반 문인들이 받아쓰기에 어색했고, 다수 독자들이 향유하는 것이 되기도 어려웠다. 한글로 쓰인 『석보상절釋譜詳節』의 산문은 서사문학으로서 의미가 큰 것이었다. 그러나 이 역시 최고위층의 욕구에 의해서 만들어진 궁정문학으로 불교적인 내용을 담은 것이어서 삶의 서사를 수용하기에는 적절치 못했다. 한문학의 경우 고문이 인생과 사회문제에 대한 주장을 펴는 수단이었지만 곧바로 서사적인 것으로 전용되기에는 적절치 못했다. 이런 문학적 상황에서 전기소설 양식의 『금오신화』가 출현하게 된 것이다.

이때 소설이라는 장르가 비로소 신조新造되었거나 당장 외국에서 수입해 쓴 것은 아니었다. 소설은 애당초 사람들의 입과 귀를 통해 유전하는 이야기들을 기록하는 과정에서 성립되었으니 『수이전』이나 『삼국유사』의 서사적인 기록물들은 그런 경로상의 낙수로서 보배로운 것이었다. 한편으로 『금오신화』가 성립한 과정에서 『전등신화』로부터 받은 영향 또한 간과할 수 없다. 『금오신화』가 나오기 바로 전에 마침 『전등신화』가 도입되어 창작의 모델로 활용됐던 터인데 그것이 김시습에게 창작적 영감을 고취하였다.

15~16세기 문학사에서 소설양식은 김시습의 독점물이 아니었다. 그 무렵에 이르러 소설문학의 분위기가 상당히 조성되었던 듯하다. 김시습과 동시대의 성임成任은 『태평광기상절太平廣記詳節』을 편찬·간행했으며, 중국과 우리나라의 문헌에서 소설적인 기록들을 뽑아내서 『태평통재太平通載』라는 책을 방대한 규모로 편찬했다.[39] 그의 아우 성현成俔의 『용재총화慵齋叢話』가 중요하게 손꼽히는가 하면, 앞에 또 서거정徐居正의 『필원잡기筆苑雜記』와 『태

---

38 조동일, 「가사의 장르 규정」(『語文學』 21)에서 가사를 교술장르로 보았다.
39 李仁榮, 「太平通載殘卷小考」, 『震檀學報』 12, 1940.

평한화 골계전太平閑話滑稽傳」이 있다. 그 뒤로는 남효온의 『추강냉화秋江冷話』,
강희맹姜希孟의 『촌담해이村談解頤』, 송세림宋世琳의 『어면순禦眠楯』 등등 필기·
소설류로 분류될 수 있는 것들이 줄줄이 선을 보였다.

　『금오신화』는 문인들 사이에 유행된 필기·소설류에 대한 관심과 취미
의 한 결정판이다. 『용재총화』나 『필원잡기』·『추강냉화』 등은 문인적인
필기였으며, 『촌담해이』와 『어면순』 등은 『금오신화』와는 전혀 다른 방
향을 개척한, 하나의 새로운 길이었다.[40] 『금오신화』는 당대 소설적인 여
러 부류에서 가장 고도로 완성된 서사양식으로서 독특한 세계를 구현한
것이었다.

5. 맺음말

　이 글은 기왕에 발표했던 구고를 개작한 것이다. 작업을 시작하면서 앞
에 붙인 말에서 작가론에 해당하는 제1절은 표제부터 '김시습, 전기소설
작가의 탄생'이라 바꾸고 전면적으로 다시 쓰겠다하고, 작품 분석을 위주
로 한 제2절과 한·중소설의 전개과정을 비교 고찰한 제3절은 구고를 수정
·보완하는 선에서 정리하겠노라고 밝혔다. 그런 뒤에다 "하다 보면 손이
저절로 자꾸 가게도 될 것 같다"는 말을 달아놓았다. 지금 돌아보니 2절과
3절 역시 많이 달라진 것이 되고 말았다. 전체의 기본 틀과 논지를 유지하
면서도 이처럼 변모가 된 데에는 대개 두 가지 요인이 작동되었던 것 같다.
　하나는 나 자신 집필 당시 미숙한 상태에서 기일에 쫓기다 보니 글이 거

40　골계담인 이들 어면순류의 산문은 내용이나 형식면에서 소박하고 골계적 성격의 것들이
　　다. 그러나 『금오신화』와 다른 새로운 소설세계를 열었던 것으로 주목된다.

칠고 주장이 앞선 데가 있었다. 그런 중에는 당시 내 머릿속에 떠오르긴 했지만 어렴풋했던 상념들이 지금 와서 뚜렷하게 잡힌 것도 있는가 싶다. 다른 하나는 자료를 새로 접하게 되었거나 식견이 다소 나아간 경우이다. 전자의 예를 하나만 들어보면 『금오신화』의 16세기 조선 간본이 발굴되어 학계에 제공된 사실이다. 후자의 예로는 「취유부벽정기」와 「용궁부연록」에 대한 관점이 이번에 잡혀서 양자를 '상상 속 공간의 여행기적 구조'로 해석할 수 있었다. 그리고 김시습 자신이 『전등신화』를 읽고 감회를 시로 표현한 「제전등신화후題剪燈新話後」를 전기소설의 미학으로 해석한 것이다.

「전기작가의 탄생, 금오신화」로 개제한 본고는 결과적으로 구고와 여러모로 달라진 것이 되고 말았다. 표제의 '전기작가'란 물론 한국소설사에서는 곧 '소설작가의 탄생'이 되는 것이다. 따라서 굳이 연구사적으로 따지자면 「현실주의적 세계관과 『금오신화』」는 1971년에 속하며, 이것은 현 시점에 속한다고 하겠다. 하지만 건물을 리모델링한 것처럼 아무리 달라졌다고 해도 원형과 기본 논지는 구고 그대로임을 거듭 밝혀둔다.

지금 결론은 따로 쓰지 않고 한국소설사에서 『금오신화』의 위상 문제를 중국소설사에서 『전등신화』에 대비해 보는 논의로 대신해 둔다. 저자는 구고를 집필하면서 『전등신화』에 대해 중국에서는 어떻게 보는지 하는 점이 궁금했다. 당시 그것에 관한 논의를 알아보기 어려웠다. 중국소설사의 대표적인 저술인 루쉰의 『중국소설사략中國小說史略』에서는 취급도 하지 않은 것이다. 리우 따지에劉大杰의 『중국문학발달사中國文學發達史』에서 언급된 대목을 발견할 수 있었다. 명대문학에 대해서는 장편소설을 위주로 다루며 단편평화短篇平話를 부차적으로 거론할 것이라고 전제한 다음, "당인전기唐人傳奇 형식의 소설로 구우瞿佑의 『전등신화』와 이정李禎의 『전등여화剪燈餘話』 등 작품이 이 시대에 있었지만, 이미 대표성을 상실했기 때문에 생략하는 편이 좋겠다"[41]고 하였다. 전기소설은 당대唐代에 고전적으로 발전한 문학인데 백화체의 장편소설이 크게 유행하는 명대에 있어서는 전기형식의 문어체 소설은 시대적 의미를 상실했다는 논지이다. 이 논지는 타당성이 없지 않다. 하지만 명대에 유행했던 전기소설류 또한 시대적 요청이 있었고 그 영향력 또한 무시할 것은 아니다. 하여튼 본바닥에서는 치지도외된 것이 우리나라에서 중시되었던 현상이 당시 나에게는 적잖게 곤혹스러웠고 아이러니처럼 여겨지기도 했다. 이후 본 사안에 대한 나의 관점이 잡힌 터여서 견해를 간단히 진술해 둔다.

중국의 명과 동시기인 한국의 조선전기는 시대상황이 달랐다는 사실을 중요하게 고려할 필요가 있다. 중국은 원대를 거쳐 명대에서 성황을 이루게 된, 성시를 중심으로 흥기한 대중문화의 일환으로서 장편소설이 고도로 발전한 것이다. 중국의 강남처럼 성시가 발달하지 못했던 조선에서는 장편소설이 성립할 사회·문화적 기반이 애당초 부재했던 것으로 보아야지 맞다. 아울러서 염두에 두어야 할 측면이 있다. 중국과 한국은 언어적 차이 때문에, 한자가 표현 수단으로 통용되긴 하지만 그것은 어디까지나 문어였다. 구두언어와는 거리가 있는 보편 문어다. 따라서 중국의 구어체 소설을 수용하는 데는 한계가 없을 수 없었다. 한국의 소설사는 『금오신화』를 본격적인 출발선으로 17세기에 이르기까지 문어체를 구사한 전기 계통의 소설이 주류를 형성하게 된다. 자체의 서사전통이 『금오신화』 이전에도 없지 않았지만 존재감은 『금오신화』처럼 뚜렷하지 못했던 것이다.

이상의 논의를 통해 한국소설사에서 『금오신화』의 위상은 중국소설사에서 『전등신화』의 위상과 크게 다를 밖에 없는 요인을 이해할 수 있게

---

41 劉大杰, 『中國文學發達史』 하권, 臺灣中華書局, 1963, 370면.

되었다. 이에 전기소설에 대한 시야를 동아시아적 차원으로 넓혀볼 필요가 있음을 깨닫게 된다.

명초의 『전등신화』가 조선 초에 들어와서 『금오신화』가 출현한 이래 17세기 「운영전雲英傳」에 이르기까지 전기 양식은 일종의 틀로서 창조와 변형이 계속되었다. 또한 16세기 중반에 『전등신화구해剪燈新話句解』라 해서 그 주석본이 나와 이것이 후세에까지 널리 보급되었다. 그런 한편 조선의 『금오신화』와 『전등신화구해』는 일본열도로 건너가서 에도시대에 누차 간행·유포 되면서 일본적인 소설의 발전에 이런저런 영향을 미치게 된다.

일본 쪽에 대해서는 나 자신이 읽어본 작품으로 우에다 아키나리上田秋成, 1734~1801의 『우월물어雨月物語』를 들어본다. 이 작품은 출현한 시점부터 18세기여서 '전기의 시대'가 한참 지나간 때이기도 하지만, 전기소설의 일반적인 형태와는 달라도 많이 다른 것이다. 그 작가도 일본 국학國學에 바탕한 지식인이며, 구사한 문체 역시 한문 문어가 아니라 '화한和漢 혼용문'이다. 그럼에도 전반적으로 '귀신신이鬼神新異의 이야기'가 주조를 이루고 있는데다가, 주인공 또한 대개 전기적 인물이다. 전기소설의 현저한 특징인 한시는 자취를 감춘 대신으로 일본 고유의 노래 형식인 와카和歌가 종종 나오고 있다. 전기의 기본 틀과 미학을 지니고 있는 것으로 여겨진다. 저자의 소견으로 『우월물어』는 한자권의 보편적인 전기소설의 일본적·후기적 변형태이다.

다른 한편 우리의 시선을 남방으로 돌려서 베트남을 고려할 필요가 있다. 16세기 전반에 베트남의 완서阮嶼란 작가가 등장하여 『전기만록傳奇漫錄』이란 전기소설집을 창작한다. 그 역시 김시습처럼 구우의 『전등신화』를 읽고 스스로 지어낸 것이었다. 『전기만록』에 대해서는 박희병朴熙秉 교수가 금세기 초에 작품의 번역과 함께 「한국·중국·베트남 전기소설의 미적 특질 비교-『금오신화』·『전등신화』·『전기만록』이란 제목의 논문을 붙여서 상호 관련성에 대한 인식의 방향을 열었다.[42]

전기소설은 동아시아적 차원에서 보편성을 지닌 소설양식이라고 볼 수 있지 않을까 한다. 물론 한시가 누렸던 보편문학으로서의 성격과 지위를 전기소설이 획득했다고 말하려는 것은 아니다. 이 세계에서 한시처럼 국제적인 소통과 사교의 수단으로 이용되기에는 어려운 것이었다. 신흥문학이란 소설 자체의 특성으로 그럴 가능성은 기대조차 할 수 없었다. 하지만, 전기소설은 한자권의 독자들에게 재미난 읽을거리로 소비되었을 뿐 아니라 창작의 모형으로 활용될 수 있었다. 그리하여 각국의 사회·문화적 환경 및 작가의 처지나 취향에 따라서 복잡다기한 변모를 일으켰다. 이 점 또한 한시와 다른 소설 자체의 특성과 관련된 현상이다.

요컨대, 전기소설은 동아시아 한자권에서 공유하는 개념이다. 중국소설사에서 전기소설은 당대唐代에 처음 등장했고, 일찍이 한국에는 나말여초에 수용되었다. 명대 초의 『전등신화』는 전기 양식이 다시 등판한 셈인데 그 영향력이 파급되면서 전기소설은 한국을 비롯하여 일본·베트남에서 각기 나름으로 발전, 한자권의 보편적인 서사양식으로 자리 잡기에 이르렀다.

김시습의 『금오신화』는 내가 판단하기에 전기소설로서는 동아시아적 차원에서 돌올한 작품이다. 작중인간들의 삶을 수행하는 자세가 현실주의적이며, 때문에 악전고투하는 데서 비극성이 발생한 것이다. 다름 아닌 작가 자신의 방외인적인 삶과 사상의 소설적 표현이다. 이 장의 제목을 「전기소설 작가의 탄생, 『금오신화』」라고 한 취지이다.

---

42 완서(阮嶼), 박희병 역, 『베트남의 기이한 이야기』, 돌베개, 2000.
　　베트남의 전기소설을 다룬 논문으로는 정환국의 「베트남 원혼서사의 성격과 복수담-『傳奇漫錄』의 경우」(『민족문화연구』 65, 고려대 민족문화연구원, 2014) 등을 들 수 있다.

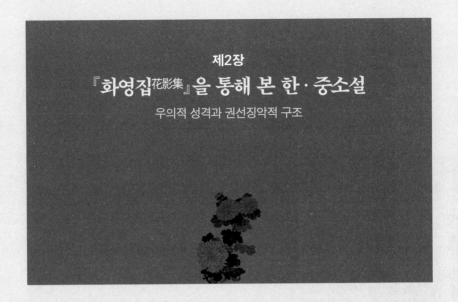

제2장

『화영집花影集』을 통해 본 한·중소설

우의적 성격과 권선징악적 구조

1. 『화영집』, 그 조선간본

『화영집花影集』은 16세기 전후 중국의 명대에 출현한 단편소설집인데 16세기 후반 조선에서 간행된 책이 유일하게 현전하고 있다. 20편의 작품이 실려 있고 작가는 도보陶輔, 1441~?라는 인물이다.

이 소설집은 중국이나 한국에 전혀 알려지지 않았던 책이다. 언제부턴가 사람들의 관심권에서 사라진 때문이겠는데, 그 유일본이 일본의 와세다早稻田대학 도서관에 소장되어 있어, 1995년 중국의 지린吉林대학 출판부 발행으로 다시 햇빛을 보게 되었다. 한국의 학계에는 1999년 박재연朴在淵 교수에 의해서 소개된 것이다.[1]

나는 박재연 교수가 보내주신 책을 처음 받아보고서 『화영집』이란 서명에 우선 시선이 끌렸다. 북조선 학계에서 비상하게 중시하는 문헌으로 『화몽집花夢集』이란 한문소설집이 있다. 이 문헌이 남한학계에 알려졌을 때 나 역시 당연히 관심을 가졌는데 '화몽'이란 표제가 좀 낯설다는 생각이 들었다. 그러다가 이 『화영집』이란 표제를 보고서 낯설었던 느낌이 가셔졌다.

『화영집』 조선간본 첫 면
최립의 발문이 뒤에 실려 있는데 丙戌(1586년)에 지었고 간행지는 경상도 곤양임을 알게 한다(원본 일본 早稻田大學圖書館 소장).

지금 이 『화영집』을 한중소설을 대비해보는 한 창구로 삼아보려고 한다. 16세기에서 17세기 무렵까지가 본고에서 관심하는 시간대이다. 논의의 중점은 16세기 한문소설에 있어서 '우의적 성격'과 17세기 국문소설에 있어서 '권선징악적 구조'에 있다. 때문에 위와 같이 부제를 붙인 것이다.

『화영집』은 윤경희尹景禧란 분이 1586년에 곤양昆陽, 지금 경남 진주 지역의 사천 군수로 있으면서 간행하였다.[2] 원래 그의 종조부인 윤계尹溪가 1546년 중국사절단의 수행원으로 갔던 길에 구입해 온 책이라 한다. 이 『화영집』의 조선간본에

---

1 『화영집』은 선문대학교 중한번역문헌연구소에서 1999년 간행이 되었다. 조선간본을 영인한 형태이다. 아울러 『화영집』 소재의 하나인 「劉方三義傳」의 언해본을 수록했다(「뉴방삼의뎐」이란 제목으로 『太平廣記』를 국역한 장서각 필사본에 들어 있던 것). 박재연 교수의 「朝鮮刻本 『花影集』에 대하여」라는 해제가 앞에 실려 있다.

2 어숙권(魚叔權), 『攷事撮要』를 보면 昆陽지역에 『花影集』의 책판이 있는 것으로 나와 있다. 이 『고사촬요』는 선조 18년 1585년에 간행된 것으로 알려져 있다. 그렇다면 최립의 방문은 간행이 이루어진 뒤에 붙여졌을 것이다.

는 문장가로 유명한 최립崔岦, 1539~1614이 지은 짤막한 발문이 실려 있는데,
한 대목을 옮겨본다.

> 지금 연형年兄이 영남의 곤양 군수로 있으면서 나에게 신작소설로서 『화영
> 집』이란 책을 붙여 왔다. 나는 미처 열람해 보지 못했어도 필시 세상을 권계勸
> 戒하거나 사람의 의사를 표출함에 있어 취할 점이 있을 것이다.

'연형'이란 과거시험에 같이 합격한 친구를 이르는 말이니, 곧 최립과
윤경희의 관계이다. 윤경희가 곤양 군수로 있으면서 『화영집』을 간행하
기 위해 발문을 최립에게 특별히 부탁한 것이다. 최립은 『화영집』에 대해
말하기를 아직 읽어보진 못했어도 "필시 세상을 권계하거나 사람의 의사
를 표출"한 내용일 것이라고 말하였다. '권계'는 권선징악으로, '의사 표
출'은 소설형식에 어떤 의도하는 바를 붙였다는 우의寓意라고 바꾸어도 무
방할 듯하다. 『화영집』류의 주지를 최립은 '권선징악'과 '우의'에 있는 것
으로 간주한 것이다.

『화영집』은 명초의 『전등신화』로부터 『전등여화』를 거쳐서 발전했던
계보에 속하는 것이다. 이들을 지칭하는 용어가 하나로 정해져 있지 않
다. 중국소설사에서는 대개 문언소설文言小說이라고 일컫는데 이 개념은 백
화소설白話小說에 대비시킨 용어이다. 한국소설사에서는 이 어법에 준하면,
국문소설에 대해서 한문소설이라고 칭할 수 있다. 이들 부류는 당대唐代의
전기傳奇에서 출발한 것으로, 전기소설은 동아시아의 한자문화권에 보편
적 양식으로 존재하게 되었다. 나는 이 점을 고려하여 전기소설이라 지칭
하고 있다. 오늘날 통용되는 일반적 개념으로 말하면 단편소설에 속하는
것이기도 하다.

한국소설사를 개관해 보면 전기소설은 나말여초에 출현하였던 바 15세기에 『금오신화』라는 획기적인 작품이 등장하여 17세기로 들어오는 지점까지는 전기소설에서 유래한 한문소설이 주류를 형성하였다. 그러다가 17세기에 국문소설이 등장하였다. 한문소설은 주로 우의적 성격을 띠었거니와, 국문소설로 와서는 '권선징악적 구조'가 도입되었다. 본고는 이러한 한국소설사의 내면을 해명하기 위한 비교의 관점을 제공하는 자료로서 『화영집』을 원용한 셈이다.

16세기 쪽으로는 임제林悌의 「수성지」와 「화사」에 초점을 맞추고 17세기 쪽으로는 『창선감의록』을 언급할 예정이다. 그런데 나 자신 벌써 오래 전인데, 임제에 대해서는 「이조전기의 사대부문학」이란 주제로 갈피를 잡아 정리한 글에서 다루었다. 그리고 『창선감의록』에 대해서는 종합적인 조사·연구를 수행하여, 그 결과물이 바로 이 책의 뒤에 수록되어 있다. 「수성지」와 「화사」는 지면 사정으로 소략하게 다룰 수밖에 없었으므로 보다 심화해서 논의를 진전시켜 볼 생각이다. 『창선감의록』을 연구할 당시 작중 주인공의 가문 배경에서 풀리지 않는 점이 있었다. 이 의문점이 마침 『화영집』에 실린 한 작품을 읽고서 풀렸다. '권선징악의 구조'와도 관련이 있기로, 이에 대해서도 언급하려고 한다.

2. 명대소설과 조선에서 수용양상-『삼국지연의』·『전등신화』

중국문학사를 일별해보면 원대에는 희곡이, 명대에는 소설이 자기 시대를 대표하는 문예로 올라섰다. 희곡과 소설은 대중적 성격의 문예이다. 원명대라면 13세기에서 17세기의 사이인데 이 시간대에 대중적 문예가 뚜렷한 위치를 점유하기에 이른 것이다.

　명대는 소설시대라고 일컬어진 만큼 당시 소비된 소설부류는 거의 부지기수였다고 한다. 그런 가운데서 사대기서四大奇書가 손꼽혀 왔다.『삼국지』·『수호전』과 『서유기』·『금병매』가 그것이다. 이들 모두 거대장편으로서 질량 공히 굉장하여 세계문학적으로도 실로 유례를 찾기 어려운 조기성취라고 말할 수 있겠다. 이같은 중국소설의 세계적인 조기성취를 어떻게 설명할 수 있을까? 이 물음은 그야말로 범세계적인 차원의 비교연구와 근본적 성찰을 요망하는 과제로 제기되어 마땅한 것이 아닌가 한다.

1) 사대기서의 형성 과정

　사대기서 4종의 장편소설은 오늘날까지 누리는 명성과는 달리 성립연대도 분명치 않고 작가의 실체도 모호하다. 이렇게 된 까닭은 다름 아닌 그것들의 형성배경에 관련되는바 그 경위가 바로 중국소설의 조기성취를 설명할 수 있는 길이기도 한 것이다.『삼국지』와 『수호전』은 출현시기가 빨라서 원말 명초인 14세기로 올라간다.『서유기』의 경우 형성과정은 소급이 되지만 확정이 된 시기는 훨씬 늦어서『금병매』와 함께 명말인 17세기 전후이다.『서유기』와『금병매』의 출현만 해도 서구 장편소설의 출발선으로 공인된 세르반테스의『돈끼호테』와 앞서거니 뒤서거니 하는 지점이다. 나관중羅貫中, 시내암施耐庵, 오승은吳承恩의 성명이 각 간행본에 올라 있어 작자가 누군지를 알게 하지만 이들의 생애를 확실히 전하는 기록은 발견되지 않고 있다. 그런 정도로 무명의 존재였다.『금병매』의 경우는 난릉소소생蘭陵笑笑生이란 필명으로 올라있는데 그가 누군지는 설이 분분한 형편이다.

　사대기서는 요약해 말하면, '민중적 창조력의 역사적 축적'의 산물이다. 즉 성시의 민간영역에서 이야기 형태나 연희적 형태로 발휘된 민중적 창조력이 장구한 기간대에 걸쳐서 축적되고 진화한 것이었다. 그런 과정에서 시청자들의 흥취를 따라 다양화·풍부화를 이루었던바, 이에 문인이 작가로서 관여하게 된다. 거기에 비상한 관심을 가진 문필가가 구연의 성과물에 손을 대서 다듬고 고치고 한 것이다. 구연과 연희의 형태가 감상하는 책의 형태로 전환되기에 이르렀다. 책의 형태로 나오는 과정은 상업적 출판업자가 담당하였음이 물론이다.

이런 메커니즘은 근대소설에서 보편화된 작가의 고립적 창작과는 아주 다른 방식이다(마지막 출판 단계는 마찬가지다). 사대기서 중에서 『금병매』는 전체의 틀과 세부가 전에 있어왔던 것이 아니고 전적으로 작가가 구상하여 쓴 소설이다. 삶의 일상에다 욕망에 빠진 인간현실을 묘파한 그 내용 역시 소설의 신경지를 열어놓은 것이었다. 그런데, 『금병매』는 『수호전』에서 주요인물인 무송武松이 서문경西門慶과 놀아난 형수 반금련潘金蓮을 죽인 대목을 차용하여 엮어내고 있다. 『금병매』로 와서 종래의 메커니즘에 현저한 변형이 일어났음에도, 성립 과정상의 연결고리는 아직 떨어지지 않았다고 하겠다.

2) 명대에 부활한 전기소설

명대에 소설은 방금 거론한 백화체의 장편소설과 함께 문어체를 쓴 전기소설, 이 두 유형이 공존하는 상태였다. 전기소설은 '문인전기'라고 일컬어지기도 하듯 문인지식층이 창작하고 향유하던 것이므로 대중적인 장편소설과는 성격이 같지 않다. 이 전기소설은 본디 당나라 때 등장한 것이어서 그 고전적 시대는 벌써 지나갔다. 이후로 비록 명맥이 끊어지진 않았어도 이미 한물간 상태였다. 그러던 것이 명대로 들어오면서 부활을 한 형국이다. 소설시대가 본격적으로 개시되면서 고목나무에 새순이 돋아난 모양이다. 양자 사이는 서로 불통한 상태가 아니었고 주고받고 한 관계이기도 했다.

그런데, 근대적으로 문학사를 정리한 단계에서 전기소설은 존재감을 상실하고 말았다. 문학사는 말할 것도 없고 소설사에서도 거의 취급하지 않게 되었다. 그러다가 최근에 와서 전문연구자들 사이에 관심이 돌아가고 있다. 사대기서를 비롯한 장편소설의 문학적 성취에 전기소설은 미치지 못하는 것은 사실이다. 그렇다 해서 무시해도 좋을까? 내가 보기로, 거기에는 시각상의 문제점이 개입되어 있다. 두 가지 측면에서 문제점을 지적해 볼까 한다.

한 측면은 근대적 편견이다. 명대 당시에도 전반적 실상을 들여다보면 문학의 주류적 위치는 여전히 전통적 시문이 차지하고 있었다. 소설이 아무리 폭넓게 인기를 누리더라도 문학으로서의 권위와 공식적인 지위를 인정받지 못했던 것이다. 문화권력은 전통적인 시문이 종래와 마찬가지로 틀어쥔 상태였다. 20세기 중국의 신문학운동에서 내세운 구호는 백화문을 공적으로 사용하자는 것이었다. '뚜장豆醬 장사의 상스런 말'에 지나지 못하는 백화체를 어떻게 품격을 요하는 자리에 올릴 수 있느냐는 것이 보수진영의 반대논리였다. 대중적 장편소설은 '뚜장 장사의 상스런 말투'에 지나지 못하는 따위다. 이에 대해 전기소설은 '뚜장 장사의 상스런 말투'와는 격이 다른 세련된 문어체다. 대중성·통속성을 중시하는 시류로부터 비켜선 것이었다. 하지만 오히려 이를 중시하게 된 근대적 문학관의 안목에서 전기소설은 경시되기 마련이었다. 지금 다시 돌아보면 이 또한 근대적 편견이 아닐 수 없다. 서구중심주의적이라는 지탄을 면키 어렵다고 본다. 균형 잡힌 사고가 요망되는 대목이다.

다른 한 측면은 동아시아적 시각을 갖추지 못한 점이다. 명대소설의 한 계보로서 문어적인 전기소설이 공존했던 데는 그에 따른 사회·문화적 요청이 응당 있었는데, 동시대에 한국은 전기적 유형이 소설사를 대변하는 추세였으며, 일본과 베트남도 전기적 유형이 발전하였다. 반면에 백화체 장편소설은 창작의 틀로서는 수용되지 못했다. 전기소설은 동아시아세계에 보편적인 소설유형으로 설정할 수 있는 것이다. 동아시아적 차원에서 관심할 필요가 있는 현상임이 물론이다. 명대소설사에서 전기소설을 도외시한 데는 동아시아적 시각은 결여했다는 문제점이 확실히 있다.

3) 조선전기 명대소설의 수용

한국사에서 명과 맞물린 시기는 조선전기이다. 한중관계의 오랜 역사에서 원제국과 고려는 교류가 아주 활발했던 기간에 속하는데, 이어진 명제국과 조선의 관계양상은 여러모로 달랐다. 명제국은 전에 비해 폐쇄적이었고 조선도 바깥과의 소통에 소극적이었다. 그렇긴 했지만, 조선의 외교는 사대교린事大交隣이 기본이어서 명과의 관계를 절대적으로 중시했다. 게다가 전대의 활발했던 풍조도 사라지지 않아 학술문화상의 교류가 빈번한 편이었다.

소설 부문은 제약이 없지 않았으나 당시의 분위기에 상응해서 수용이 비교적 활발하게 이루어진 셈이었다. 앞서 거론했던 명대소설의 두 계통이 조선에 수용되는 양상은 같지 않다. 대중적 장편소설로서는 『삼국지연의』, 문인적 전기소설로서는 『전등신화』를 특별히 들어서 대비해 보려고 한다. 이 두 작품은 한국 쪽에 수용되는 데 관계가 실로 막중한 바 있었기 때문이다.

사대기서 4종의 장편소설은 내용 성격이 제각각이어서 일률적으로 말하기 어렵거니와, 이들이 한국에 수용되어 일어난 반향 또한 일률적으로 논하기 어렵다. 한 가지 분명한 사실이 있다. 조선에서 『삼국지연의』의 영향력은 다른 세 작품에 견줄 수 없는 정도로 절대적이었다는 점이다. 16세기에 벌써 논란의 대상으로 떠올랐고, 17세기 이후로 반복해서 계속 간행되고 번역되는가 하면 축약·발췌의 형태로 독자들에게 공급된 것이다. 오늘날까지도 『삼국지연의』에 대한 대중적 관심은 사라지지 않고 있지 않은가. 그야말로 시대를 넘어선 스테디셀러라고 할 수 있겠는데, 그만큼 한국인이 선호한 때문이겠다. 우선 먼저 『삼국지연의』가 수용된 초기에 논란의 표적이 되었던 그 현장으로 돌아가 볼까 한다.

선조 2년[1569] 6월 20일의 경연 자리이다. 경연관이 선조 임금에게 『삼국지연의』를 읽은 것에 대해 경계하는 말을 한 다음, 근래 소설류의 간행이 분별없이 이루어지고 있는 일은 매우 좋지 않다고 우려를 표명한 것이다. 『삼국지연의』와 함께 『전등신화』도 같이 논란의 표적이 되었다. 그 정황이 『왕조실록』에 비교적 상세히 기록되어 있다.[3] 이 기록은 『삼국지연의』가 조선 땅에 들어와서 간행된 사실을 전하는 내용이 담겨 있는데 일시 국제적인 관심을 끈 자료가 된 바도 있었다. 그런데 논의들이 대체로 교류사의 차원에 머물러 있었고, 정작 이 땅에 수용되는 양상, 한국소설사와 직결된 내적 문제에 관련해서는 시선이 미치지 못한 것 같다. 이제 16세기 당시 명대소설이 조선에 수용되는 양상을 살피는 본고의 주제와 직결해서 『왕조실록』에 그려진 장면을 복기해 보려는 것이다. 나 자신의 학적 관심에 따른 경험까지 논의의 중간에 곁들여 볼 생각이다.

---

3 『조선왕조실록』 국편 영인본 21책, 213면. 이에 관한 기록이 기대승의 『高峰先生論思錄』(권하 16~17장)에도 보인다.

4) 16세기『삼국지연의』의 인출 경위

기대승은 "일전에 상上께서 장필무張必武를 불러 보실 적에 '장비가 한 번 소리를 지르자 만군이 달아났다[張飛一聲走萬軍]'는 말씀을 하셨다지요. 이 말은 정사에는 보이지 않고『삼국지연의』에 나오는 것입니다"고 말머리를 꺼낸다. 장판교長板橋에서 장비가 조조의 대군을 향해 "연인燕人 장비가 여기 있다"고 대갈일성을 하자 대군이 놀라 일시에 도주했다는『삼국지연의』의 한 극적인 장면이다. 물론 정사에는 있을 수 없는 소설적 허구이다. 기대승은 이어서 소설류는 읽을 것이 못 되는데도 그런 것들이 공적으로 간행되는 실태를 지적하고 있다.

기대승 자신『삼국지연의』가 나온 지 얼마 되지 않아서 보지 못했다가 임금이 그런 말씀을 하셨다는 것을 듣고서 직접 읽어보았다고 한다. "무뢰자들의 잡스런 소리를 모아놓은 고담古談 같은 따위여서 잡박하고 이로울 것이 없을 뿐 아니라 의리에도 심히 해롭습니다."『삼국지연의』에 대한 도학자의 독후감이다. 소설에 대한 이해는 결여되어 있어도 정사『삼국지』를 기준으로 판단하면, 부정적 가치평가는 별문제로 치고, '고담 따위'라는 그의 규정은 한 마디로서『삼국지연의』의 성격에 정곡을 맞췄다고 하겠다.

선조가 읽었고 기대승도 읽었다는『삼국지연의』는 과연 어떤 판본이었을까? 기대승은 "나온 지 얼마 되지 않은[出來未久]" 것이라고 한 다음에, "『삼국지연의』는 괴탄스럽기 이 같음에도 인출印出하기에 이르렀으니 그때 사람이 어찌 무식한 것 아니겠습니까"라고 탄식하는 말을 한 것이다. 이 대목에서 논의의 초점은 '인출'이라는 두 글자다. 인출이 누구에 의해서 된 것이냐? 즉『삼국지연의』가 당시 조선에서 간행되었느냐는 문제다. 위의 문맥으로 미뤄보면『삼국지연의』가 조선에서 간행된 일을 가리키고 있음이 분명해 보인다. 그럼에도 '인출'이 누구에 의한 것이냐는 문제를 중국 쪽으로 돌리는 주장이 제출된 바 있었으며, 이 주장에 별다른 이론이 제기되지도 않았다. 나는 여기에 의문이 가지 않을 수 없었다. 앞뒤의 문맥을 살펴보면 기대승은 당시 조선에서 무분별하게 야기된 소설류의 간행과 함께 『삼국지연의』가 인출된 사실을 지적하고, 이를 식견이 없는 자들의 소행이라고 비판한 것이다.

『삼국지연의』가 한국에 들어와서 최초로 간행된 시점은 언제일까? 우리가 현재 접할 수 있는 『삼국지연의』는 '김성탄 원평金聖歎原評', '모종강 평점毛宗崗評點'이라고 하는 책이다. 모두 방각본으로서 간행지와 간행시기가 나와 있는 것을 나는 아직 보지 못했다. 수권首卷을 보면 순치順治 갑신1651에 김성탄이 쓴 서문이 실려 있다. 현전하는 자료만으로 미뤄보면 조선에서 『삼국지연의』의 간행이 16세기로 올라가는 것으로 생각하기는 어렵다. 이런 등의 이유로 '인출'이 중국에서 된 것으로 추정했을 터이지만, 나는 아무래도 마음 한구석에 있는 의문을 지울 수 없었다.

지난 1990년대의 일로 기억이 된다. 고본『삼국지연의』한 권을 인사동의 어느 고서점관훈고서방이었던 듯에서 발견하여 내 손에 들어왔다. '신간교정 고본대자 음석 삼국지전 통속연의新刊校定 古本大字音釋 三國志傳 通俗演義'라고 길다란 내표제가 달린 책이다. 권4인데 전모는 미상이었다. 일견해서 '김성탄 삼국지'와는 전혀 다른 고본이다. 명대에 주왈周曰이란 문인이 교정하여 중국의 학계에서 '주왈교본'이라고 일컬어지는 것이다. 조선에서 간행된 책임은 분명해 보이지만 어디서 언제 간행되었는가는 알아낼 도리가 없었다. 그러던 중에 통문관 주인 이겸노李謙老 옹이 이 고본의 마지막 권을 소장하고 계시다는 말을 들었다. 이 옹은 흔쾌히 보여주시고 복사까지 허락하셔서, 나는 이 책을 복사본으로나마 소중히 간직하고 있다. 권12여서 전체가 12권 12책으로 된 것임을 알 수 있게 되었다. 맨 끝장에는 "정묘의 해에 탐라 개간[歲在丁卯耽羅開刊]"이라고 간기가 찍혀있어, 제주도에서 정묘년에 목각 인쇄된 책임이 확실했다.[4]

문제는 이 제주본의 정묘가 어느 정묘냐. 17세기 전후로 잡아보면 1567·1627·1687년이 있다. 이 중에 언제일지 단정하기는 쉽지 않지만, 앞의 16세기 중엽으로 올라가기는 서지적으로 미루어 어렵겠고 뒤로 17세기 말엽은 중국에서 이미 '김성탄 삼국지'가 대유행하는 판에 굳이 '주왈교본'을 간행하지 않았을 듯싶다. 그렇다면 1627년, 인조 5년이 된다.[5] 어쨌건 '김성탄 삼국지' 이전에도 조선 간본이 나왔던 것은 확실하다. 1569년 경연에서 논란이 되었던 『삼국지연의』가 바로 이 제주본이었다고 보기는 어렵지만, 『삼국지연의』의 '인출'이 조선에서 이루어질 가능성이 있다는 심증 쪽에 무게가 실렸다. 나는 한국 고전문학회의 2003년 제227차 정례 학술발표회에서 지금 정리하는 이것을 요지 형태로 발표했던바 16세기 조선에서 명대소설의 수용이 종래 생각했던 것보다 일찍이 폭넓게 진행된 것으로 말하였다. 그런 과정에서 『삼국지연의』의 인출이 이뤄졌을 것이라는 발언을 하였다. 하지만 실물이 나타나지 않은 상태였기에 어디까지나 가설이었다.

그로부터 얼마 지나지 않아, 16세기 조선 간본이 출현해서 관련 학계의 이목을 크게 끌었다. 『삼국지통속연의』란 표제로서 권8의 상하 1책인데 병자자丙子字로 일컬어지는 동활자본이다. 2010년 이 자료가 박재연朴在淵 교

---

4 이 周日本『三國志傳 通俗演義』12권 전체가 선문대학교 중한번역문헌연구소에서 수합 상하 2책으로 2008년에 영인 발간된 바 있다. 영인과 함께 표점 교주를 신활자로 제시한 바 朴在淵·金敏智가 담당하였다.
5 박철상 선생은 이 제주판『삼국지연의』의 간년을 1627년의 60년 뒤로 잡는 견해를 제출하였다.(「제주판『삼국지연의』간년 고증」,『포럼 그림과 책 2011, 논문집 1』, 화봉문고, 2011)

수의 주도로 간행되어 공유할 수 있게 되었고,[6] 이를 주제로 한 대규모의 국제학술행사가 성균관대학교 동아시아학술원이 주관하여 개최된 것이다.[7] 이제는 기대승이 경연에서 '인출'되었다고 한 『삼국지연의』가 다름 아닌 이 본이라고 자신 있게 말할 수 있게 되었다. 한국소설사 연구자로서는 『삼국지연의』가 16세기 중엽에 그것도 교서관에서 '인출'되었던 만큼 그에 상응하는 소설의 수요가 발생한 점에 관심이 가졌다.

기대승은 『삼국지연의』를 문제 삼은 그 자리에서 『전등신화』를 아울러 거론하였다. 『전등신화』에 관련해서는 이렇게 말한다.

『삼국지연의』 제주본의 간기
전12권인데 '丁卯 耽羅開刊'으로 밝혀 있다. 인장의 글자는 李謙魯(통문관 주인)

『전등신화』는 저속하고 외설스럽기 심히 놀라운 것임에도 교서관에서 사적으로 재료를 지급해서 판각을 하는 데 이르렀으니 식견 있는 사람이라면 누구나 마음 아파합니다. 이 판목을 없애려고 하였으나 그렁저렁 지금에 이르러 여항에서 다투어 찍어 읽는 실정입니다. 그 내용은 남녀의 음탕한 일이나 귀신 나오는 괴상한 이야기들이 많이 들어 있는 것입니다.

6 朴在淵·金瑛 교주, 『三國志通俗演義』, 학고방, 2010. 원문 영인과 함께 신활자 교점이 아울러 제시되어 있다.
7 이 국제학술회의는 주제를 『전근대 동아시아 소설의 교류』, 부제로 '신발견 금속활자본 『삼국지연의』에 대하여'라고 달았다. 2010년 8월 10일에 학술행사를 가졌으며, 당시 발표논문들은 수록한 책자가 나와서 참고할 수 있다.

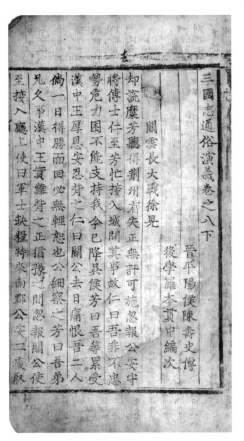

『삼국지연의』 16세기 중엽 조선간본
교서관 동활자로 8권 하의 첫면.

5) 『전등신화구해』의 간행 경위

"교서관에서 사적으로 재료를 지급해서 판각을" 하였다 함은 간행과정상에 있던 일이었겠으나, 구체적으로 설명하기는 어렵다. 아무튼 국가기관인 교서관이 이런 서적의 간행에 관여한 행위는 타당치 못하다고 지적한 말이다. 그런데 이것을 "여항에서 다투어 찍어 읽는 실정"이라고 개탄을 하였다.

위 인용문의 요지는 『전등신화』에 대한 도학자적인 평가지만 『삼국지연의』와는 논지가 다르다. 『삼국지연의』를 두고는 사실의 차원에서 황당하게 개변되었다는데 초점이 맞춰졌다. 반면 『전등신화』는 남녀 간의 일과 귀신이야기가 주를 이루고 있다 하여 불경스럽다고 평가절하한 것이다. 기대승은 연의와 전기라는 서로 다른 소설적 특성에 따라 비판을 가한 셈이다. 『전등신화』에 대해 그 판목을 없애버리려고 했다는 것은 완전히 절판시키려 했음을 뜻한다. 그런데 결행이 되지 못하고 반대로 민간에서 경쟁적으로 찍어내는 실정이라는 것이다. 『전등신화』에 대한 부정적 인식과는 전혀 다른 방향으로 당시의 현실에서 이미 작동되고 있음을 짐작케 한다. 후세에 『전등신화』는 계속 간행되고 읽혀졌으니, 그 증거물로서

『전등신화』의 수많은 판본들이 현전하고 있다.

경연에서 지탄받은 『전등신화』는 기실 『전등신화구해句解』이다. 즉 『전등신화』에 주해를 붙인 책이다. 후세에 무수히 반복 간행이 이뤄진 『전등신화』는 바로 이것이었다. 일본에서 발간되어 읽혀진 것도 이 『전등신화구해』였으며, 중국에도 이것이 전해졌다. 『전등신화』를 주해한 성과는 그 자체로서 업적인데 동아시아적 차원에서도 의미를 갖는 일이 되었다고 하겠다.

하지만 지금 허다히 눈에 뜨이는 『전등신화구해』는 다 후세에 간행된 것이고 16세기로 소급되는 판본을 나는 만나지 못했다. 그런 중에 고본으로 보이는 책이 출현한바 경연에서 문제시된 『전등신화구해』 초간본으로 추정되는 것이었다. 상·하 2권으로서 각권의 첫 면에 '구우瞿祐 저著'라고 원작자를 표시하고 옆에 나란히 '창주滄注 정정訂正', '수호자垂胡子 집석集釋'이라고 밝혀 놓은 것이었다.[8] 창주는 이조판서로서 교서관 제조提調를 맡았던 윤춘년尹春年, 1514~1567의 호이고, 수호

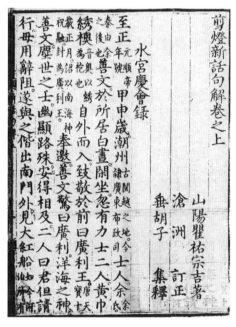

『전등신화구해』 16세기 조선간본
창주(滄州, 윤춘년) 정정(訂正), 수호자(垂胡子, 임기)의 집석(集釋)으로 밝혀 있다(원본 서울대학교도서관 고도서 소장).

---

8 이 『전등신화』 간본은 서울대학교 고도서에 소장되어 있는 것이다. 도서 청구기호는 '古貴 895.1308 G93J'이다. 이 책이 잘못 중국 간본 속에 합류되어 있어서 연구자들의 눈에 뜨이지 못했던 것이라고 들은 바 있다.

자는 이문학관吏文學官을 지낸 임기林芑의 호이다. 『전등신화구해』가 임기의 저술인 줄은 전부터 알려져 있었는데 거기에 윤춘년이 크게 기여했음을 보여준다.

고본 『전등신화구해』를 보면 임기가 붙인 발문이 실려 있다. 후세의 간본에는 보이지 않는 글이다. 여기에는 『전등신화구해』가 나오기까지의 경위가 서술되어 있어 이런저런 사실을 알 수 있다. 관련 사실이 상당히 복잡한데 여기서는 되도록 간략히 정리해서 소개해본다.

『전등신화구해』는 처음에 송분宋翼이란 사람이 간행한 것이 있었고 뒤에 교서관에서 윤계연尹繼延이란 사람이 구각購刻하여 간행한 것이라고 한다. 앞은 간행 연도가 1549년, 뒤는 1559년의 일이다. 송분이 임기에게 요청을 하여 주해 작업이 시작되었던바 간행 또한 송분에 의해 된 것으로 말하고 있다. 송분은 예부 영시禮部令史로서 경아전에 속하는 신분인데 그가 발간을 추진한 모양이다.

『전등신화구해』가 처음 간행되고 나서 10년이 지나 교서관에서 개간이 이뤄진 경위는 이러하다. 앞서 송분의 간본은 목판이 아니었고 목활자로 찍은 것이었다. 임기는 이 점을 불만스럽게 말하고 있다. 윤춘년이 교서관 제조로 있을 때 창준唱准=唱準, 교서관의 교정담당자인 윤계연이 제조에게 품의하여 개간이 되기에 이르렀다. 이 과정에서 주해가 전면적으로 다듬어지는데 윤춘년이 직접 정정訂正을 보았다 한다. 윤춘년은 『전등신화구해』의 간행사업에 적극적으로 개입한 것이다. 임기가 송분으로부터 주해작업을 요청받은 당초에 임기는 창주 대인滄洲大人께 의논을 드렸다 했고, '정정訂正' 또한 형식적으로 이름을 걸어놓은 것이 아니었다.

윤춘년이 쓴 「제주해전등신화후題註解傳燈新話後」라는 글이 따로 전하고 있다. 여기서 『전등신화』에 대해 "위로 유생들로부터 아래로 서리들에 이르기까지 이 책을 좋아한다. 문리文理를 터득하는 데 지름길이라고 여기는 때문이다"라고 말한다. 『전등신화』가 많은 독자들을 끌어들일 수 있었던 것은 물론 소설적 흥미가 일차적이었겠으나, 한문 문리를 얻는데 유리하다는 실용적인 면과 어울려서 상승효과를 십분 발휘했던 것으로 여겨진다. 경아전에 속했던 송분이 『전등신화구해』의 발간을 적극적으로 추진했던 데는 이런 점도 작용했을 것으로 보인다.

『전등신화』는 한국에 들어온 것부터 빨랐다. 그것이 경연에서 논란이 되었던 시점보다 1세기 전에 벌써 김시습은 자신이 『전등신화』를 읽은 소회를 한편의 장시로 읊었다. "이 작품을 대함에 마음이 아득해져서 환영이며 기이한 자취 눈앞에 펼쳐진 듯[使人對此心綿邈 幻泡奇蹤如在見]."[9] 소설의 기이하고 환상적인 세계를 감동적으로 표현한다. 동일한 대상을 두고 보는 사람의 마음에 따라서 이처럼 반응이 판이하다. 김시습의 『전등신화』를 읽은 감흥이 『금오신화』의 창작으로 이어진 것이다. 16세기 중엽에 이르러 기대승의 눈에는 폐기해야 마땅한 것으로 비쳐졌지만 임기는 거기에 정력을 바쳐서 주해 작업을 했고, 송분은 이 책을 사업 삼아서 간행했다. 당대 최고의 관인 엘리트였던 윤춘년이 『전등신화구해』의 간행에 적극적으로 관여한 일은 매우 특이한 사례인데, 동시기에 『금오신화』가 간행되었던 바 이 또한 윤춘년이 주도한 일이었다.

6) 윤춘년, 지적 생산물의 출판 유통

윤춘년은 당대 명문귀족으로서 현달했음에도 보통 사대부와는 인간유형이 여러모로 달랐다.[10] 사고방식부터 일반 유학자와는 같지 않았다. 문

---

9   『梅月堂詩集』「題剪燈新話後」권4, 장34. 이 책 152면 참조.
10 안대회,『尹春年과 詩話文話, 윤춘년의 인간상』, 소명출판, 2000.

학에 대한 자부심이 대단했는데 신흥문학을 옹호하는 입장이었다. 해서 문학적으로 경박하다는 평이 그를 따라 다녔다. 요는 생각이 시대를 앞서 나갔던 까닭이다. 그가 악평을 듣게 된 사례 하나를 들어보자. 명종6년 1551 5월 26일의 『실록』 기사에 사헌부에서 올린 계啓가 실려 있다.

"우리나라는 백물을 거래하는 시전市廛이 있는데 유독 서적은 없습니다. 때문에 책이 있어도 팔 길이 없습니다. 청하옵건대 지금 해당 부서에서 별도로 서점을 세워 서책의 매매가 쉽게 이루어지도록 하소서."

우리가 보기에 너무도 상식적이고 당연한 제안이다. 이 제안은 윤춘년에게서 나온 것이었다. 이에 대한 사평史評에서 윤춘년의 성명을 바로 들어 "경망하고 간사한 사람"이라고 인격적으로 폄훼한 다음, "서점이란 국가 2백 년 사이에 없던 제도인데 새로 세워서 권세를 독점해 보려는 장본으로 삼고자 한 것"이라고 그 의도에 정치적 의혹을 붙이고 있다. 서점을 개설하자는 주장과 정치적 의도라는 것이 어떻게 연계되는지, 사평은 논리적 비약이 있다. 서점이 2백 년이나 없었으면 지금이라도 서둘러서 개설해야 할 일이 아닌가. 윤춘년의 제안을 사관은 전혀 이해하려 들지 않았을 뿐 아니라 왜곡하였다. 윤춘년의 서울에 서점을 개설해서 서책의 매매가 쉽게 이루어지게 해야 한다는 제안은 그가 소설의 간행에 적극적이었던 행위와 상호관계가 있었을 것임은 말할 나위 없겠다. 송분이 『전등신화구해』의 발간사업에 나섰던 일이나 기대승이 『전등신화』를 "교서관에서 재료를 지급해서 판각"했다고 지탄한 일은 대개 서적의 비공식인 매매와 관련이 있었던 것이 아닌가 한다.

윤춘년은, 내가 알고 있기로, 지적 창작물이 출판 유통되는 구조를 우리나라에 도입하기 위해 노력한 최초의 인물이다. 상업적인 출판 관행은 명대의 중국에는 이미 성황을 이루었음에도 조선에서는 전혀 생소했다. 사회지도층인 사대부들은 대체로 생각이 거기에 미치지 못한 나머지 오히려 부정적이었다. 윤춘년은 그런 사고방식에 도전하여 소설 출판에 적극적으로 개입했고 서점 개설을 주장했던 것이다. 『삼국지연의』의 인출이 누구에 의해 주도되었던지는 단정할 수 없으나, 『전등신화구해』와 『금오신화』가 간행되는 데는 윤춘년이 있었다. 이 행위에 비난이 따라붙긴 했어도 지적 생산물의 출판 유통방식이 처음 시도되었다는 면에서 역사적 의미를 평가해 마땅하다.

그런데 명종을 지나 선조 연간으로 오면서 사림세력이 득세하고 사회 풍조 또한 성리학적으로 경도하게 되자 그 모처럼의 시도는 발동이 정지되고 말았다. 윤춘년 자신도 정파적으로 사림세력과 반대되는 입장이어서 후세에 악명을 듣게 되었다. 그렇지만 그 방향으로의 움직임이 아주 중단되었다고는 말할 수 없다. 문화의 큰 흐름이기 때문이다.

이상 16세기 중반기에 『삼국지연의』와 『전등신화구해』가 간행된 사실에 주목해서 그 전반적인 경위를 분석적으로 살펴보았다. 종래 한국소설사의 인식구도와는 상당히 다른 그림이 나타난다. 16세기의 소설사는 훨씬 전진적으로 그려보는 것이 그 실상에 부합할 듯하다. 여기에 연구자로서는 지나쳐서 안 되는 사실이 있다. 무언가 하면 16세기 당시 『삼국지연의』는 접수되긴 했으나 아직 창작의 틀로서 이용되지 못했던 반면에 『전등신화』 같은 전기 형식은 창조적 변용이 연출된 점이다.

3. 『화영집』이 성취한 경지

『화영집』에는 작자의 서문이 실려 있다. 『전등신화』로부터 『전등여화剪燈餘話』· 『효빈집效顰集』에 이르는 전기소설 3편에 대해 『화영집』을 지은이로서의 관점이 표명되어 있다. 명대 전기소설에 접근하는 길잡이로 삼아 봄직한 내용이다.

　나는 장년 시절에 종길宗吉 구선생瞿先生의 『전등신화』, 창기昌祺 이선생李先生의 『전등여화』, 보지輔之 조선생趙先生의 『효빈집』을 구해서 읽었다. 이들 내용은 선을 포상하고 악을 증오하거나[襃善貶惡], 이것에 가탁해서 저것을 비유하거나[托此喩彼] 무엇을 빌려 뜻을 붙인다든지[假名寓意], 붓을 놀려 희롱을 하고[舞文爲戲] 감정을 풀어 욕망을 표출하는[放情肆欲] 등이다. 위 세 작가로 말하면 대체로 하나는 붓을 따라 글을 희롱하는 경향, 다른 하나는 정도正道를 지켜서 황탄한 것을 배격하는 경향을 지니고 있다고 할 수 있다. 세 작가는 글을 써가는 수법이 같지 않아서 각기 보는 바 있다 하겠으나, 공히 마음의 진수를 토해낸 정화의 결정이다. 향기와 색채가 현란하고 귀환鬼幻이 백출해서 공부가 깊지 못한 자 도달할 수 있는 경지가 아니다. 나 자신 능력을 헤아리지 않고 마침내 세 작가의 장단점에서 번거로움을 줄이고 허술함을 보완해 도합 20편을 짓고 제목을 『화영집』이라고 붙였다.

　이 자서를 쓴 시점은 가정嘉靖 2년 1523년으로 되어 있다. 작자 도보陶輔는 당시 나이가 83세라고 하였다. 자서 앞에 장맹경張孟敬이란 문인의 서문이 실려 있는바 이 시점은 정덕正德 병자, 즉 1516년이다. 간행 년대는 자서의 시점으로 내려 잡는 것이 맞겠다. 작자는 자신이 장년 시절에 이 작품을 지었다고 하는바 뒤에 가서 3, 40년 전의 일로 술회하고 있다. 『화영집』의 창작시기는 언제라고 단언하기 어렵다. 『화영집』의 맨 뒤에 실린 작품이 자기 술회적인 성격의 「만취서원기晚趣西園記」인데 이를 보면 작중의 시간이 1501년으로 되어 있다. 이는 아마도 나중에 지어 붙였으며, 앞의 여러 작품들은 그 이전에 상당한 시일을 두고 썼던 것으로 생각된다. 요컨대 『화영집』은 1480, 90년대에 지었고 1523년에 간행된 것으로 볼 수 있다. 그것이 1546년에 조선으로 들어와서 1586년에 조선간본이 나오게 되었다.

위 인용문에서 『화영집』의 작자는 명대 전기소설의 내용을 권선징악적인 것, 가탁적인 것, 우의적인 것, 희작적인 것, 자기 표현적인 것의 다섯 가지로 파악하고 있다. 전체를 분류한 것으로 볼 수는 없지만 작품들의 대체적인 면모를 분별해서 드러낸 것이다. 작품성격이 다양하게 창출되었음을 알게 한다. 도보는 이처럼 다양한 전대의 성과를 기반으로 하되, "세 작가의 장단점에서 번거로움을 줄이고 허술함을 보완해 도합 20편을 짓고 제목을 『화영집』이라고 붙"였다고 밝힌다. 명대 중엽에 등장한 『화영집』은 문인전기文人傳奇[11]의 문학적 관습을 계승하면서 독자적인 경지에 도달한 것이었다.

이 『화영집』을 세상에 다시 햇빛을 보도록 한 현대 중국학자 청이중程毅中은 이에 대해 "(『전등신화』의) 구우瞿佑처럼 문필이 화미정교華美精巧하지는 못하고 다수의 작품이 고사성이 강하지 않으며 왕왕 설교적인 의미를 함유하고 있다"고 평가절하 하는 논조의 진술을 하고 있다. 고사성이란 서사성과 통하는 개념이다. 그의 지적은 대체로 타당한 것으로 여겨진다.

---

11 전기소설을 가리켜 그 주체의 측면에서 문인전기, 문체의 측면에서 문언(文言)전기라고 표현한 것이다. 따라서 문인전기와 문언전기는 내용상으로 동일한 것이다.

'화미정교'라는 수사적인 성격은 『전등신화』가 후세에까지 널리 읽혀지게 된 요인인데 거기에 『화영집』은 못 미치는 것이다. 고사성이 부족하고 설교적인 언설이 끼어드는 것은 소설로서는 일반적으로 말해 결점이다. 하지만 설교적인 면모를 그 자체의 속성으로 평가할 수 없는 것일까. '의론성의 강화'를 문인전기의 자기 발전 과정에서 강화된 현상으로 볼 수 있는 것 같다. 뿐 아니라, 고사성으로 말하면 『화영집』에 자못 흥미롭게 엮인 작품도 없지 않다. 이 점은 뒤에 가서 구체적으로 논의하는 중에 드러날 것이다. 청이중 역시 "『화영집』은 명인明人의 소설 가운데 따로 한 품격을 갖추고 있다"면서 "일가지언一家之言을 이루는 데 부족함이 없다"고 긍정적인 지적을 한 바 있었다.

나 자신 20편을 쭉 읽어본 소감이 각기 나름으로 개성적인 작품이어서, 『화영집』은 명대소설로서 독자적 경지에 도달했다는 지적을 방금 했던 터다. 다음에 『화영집』의 문학적 성취를 『전등신화』를 비롯한 그 이전의 전기소설들에 비교하는 관점에서 몇 가지 면을 들어 논의를 구체화시켜볼까 한다.

귀신신이鬼神新異의 이야기가 주조를 형성하고 있는 것은 전기소설의 전반적인 실상이다. 조선의 『금오신화』도 이 점을 두고 말하면 다르지 않은 것이다. 『화영집』은 전기적 귀신신이를 탈피했다고 할 수 없지만 대폭 약화되면서 다양한 면모를 연출하고 있다. 여기서 「사괴옥전四塊玉傳」과 「심견금석전心堅金石傳」 두 편을 들어보자. 전자는 귀신이 등장해서 중요한 역할을 맡는 작품임에 대해 후자는 그 자체에서 변화를 일으킨 사례이다.

1) 귀신이 등장하는 「사괴옥전」

「사괴옥전」은 전기의 전형적 성격을 띠고 있다. 남주인공인 류이문繆以文

은 회음淮陰의 문인 청년이다. 그가 동료들과 중국의 고도인 장안長安으로 멀리 장사를 떠나서 장안이 서사의 무대가 된다. 그가 백마사白馬寺란 절의 정자에서 시주詩酒의 자리를 벌이다가 혼자 밖으로 나오는 데서 상황이 전개된다. 류이문이 달밤에 산책하다가 미녀와의 만남이 이뤄져서 사랑을 나누는 이야기다. 여자는 본명이 비파琵琶여서 「사괴옥전」이란 작품명도 이에 연유한 것이다.[12] 작중에서 여성 인물의 존재감이 크다는 말도 된다. 그녀는 기실 당나라 천보天寶 연간에 활동했다 했으니, 반천 년을 무덤 속에 갇혀 있다가 마침내 멋진 문인 청년을 만나서 성애를 나누게 된 셈이다.

작중의 생사와 시간을 초월한 남녀의 사랑은 전기소설에서 항용 설정되는 구도이다. 우리나라의 전기 전통에서도 종종 나오는 방식인데 위로 『수이전』의 「최치원」, 그리고 『금오신화』 중의 「취유부벽정기」와 「만복사저포기」가 곧 그런 사례이다. 「사괴옥전」의 서사 방식을 이 세 작품과 대비해 보자. 친구들과 어울려서 고도로 장사를 떠나, 거기서 예전 시대의 여자를 만나 서로 시를 수창하고 정감이 통하는 설정은 「취유부벽정기」와 마찬가지다. 상대역이 「취유부벽정기」에서는 기씨조선의 공주로서 정신적 사귐으로 일관하는데 「사괴옥전」의 경우 육체적 교감이 친밀하게 되어 관계가 1년이나 지속된다. 만남이 성애로 발전하는 것은 「만복사저포기」와 유사한 방식이다. 다만 결말 대목에서 양자는 판이하게 된다. 「사괴옥전」에서 남주인공은 여자와의 밀회가 종결되고 나자 마음의 상처도 별로 없이 일상에 복귀하는 것으로 처리되고 있다. 「만복사저포기」에서 양생이 그녀를 사랑했던 마음을 해소하지 못해 결국 현실권을 등지는

---

12 작중에서 그녀는 자신을 소개하면서 비현(琵縣)의 파씨(琶氏)이고 이름이 옥옥(玉玉)인데 호를 사괴옥(四塊玉)이라 한다고 하였다. 본명인 琵琶를 파자(破字)해서 琵縣 琶氏, 이름을 玉玉이라 한다 했으니, 본래 이름에 玉이 넷이기에 四塊玉이라고도 한 것이다.

결말과 대조적이다. 서사구조상에 상호유사성에도 결말이 달라지게 된 것은 주인공의 삶의 자세와 직결되며, 이는 곧 작가의 주제의식으로 해석할 수 있다.

「최치원」에서 무덤 속의 여자가 출현하여 육체적 교섭이 이루어지는 서사의 진행은 「사괴옥전」과 다르지 않으며, 그러고 나서 일상으로 복귀한 점 또한 다르지 않다. 하지만 「최치원」은 초점이 남주인공의 고독을 표현하는데 맞춰져 있으므로, 작중의 생사를 초월한 만남은 고독감을 강화하는 효과를 내고 있다는 점에서 양자의 의미는 사뭇 다르다. 「사괴옥전」에서 남녀의 만남을 주도한 것은 여자 쪽이었다. 그녀는 지하의 어둠 속에 외롭게 갇힌 처지이긴 해도 "어찌 고난﹅의 그리움인들 없겠냐"면서 "저를 싫다 않으시면 실로 고목에 싹이 돋아나듯 울울한 정회를 풀 수 있으리라"고 호소한 것이다. 다음날 아침에는 친구들에게 돌아가야 한다는 남자에 대해, "어찌 군자를 여기 오래 붙잡아 두겠습니까" 하고 친구들과 함께 떠나도록 하겠다는 언약을 한다. 물론 서사는 그녀의 말처럼 진행되고 있다. 「사괴옥전」의 서사는 삼차원의 신비로운 시공간에서 전개되지만 그런대로 합리적이어서 일상으로 복귀하는 결말로 자연스럽게 이동하는 구도이다.

2) 「심견금석전」에 도입된 기적

「심견금석전心堅金石傳」은 '귀신신이'라는 전기적 정석에서 '귀신'이 탈락되고 신이新異'만 남은 이야기이다. 남녀 사이의 사랑이 서사의 중심을 이루는 점에서는 전기 일반과 마찬가진데 현실 문맥에서 '신이'가 출현하게 된 것이다. 이때 신이는 일종의 기적이지만 그 기적은 종교적 의미는 띠지 않고 오로지 사랑의 상징으로 작중 서사에서 결정적인 작용을 하고 있다.

소설은 시간 배경이 원나라 때로서 남주인공은 송강松江 부학府學의 우수한 학생이었다. 여주인공은 그곳 기생의 딸로서 일등의 재능과 미모를 겸비해서 전형적인 재자가인의 소설이다. 한국의 서사 전통에서 이에 적절히 대비되는 작품을 찾자면 『금오신화』의 「이생규장전」이다. 양자의 같고 다른 면모는 자못 흥미롭다.

「이생규장전」에서 남주인공은 개성 국학의 학생이고 여주인공은 귀족의 딸이다. 이 남녀를 두고 "멋진 이씨댁 도령이요, 아리따운 최씨댁 아가씨라네"라는 노래가 동요처럼 불려졌다고 한다. 이처럼 두 소설은 남녀 주인공을 유사하게 설정함에 따라 도입부 또한 유사하다. 양쪽 여주인공은 상대가 빼어난 학생인 줄을 알고서 연모하던 차에 어쩌다가 남몰래 시를 주고받아 사랑하는 관계가 성립되는 것으로 급진을 하게 된다. 여기까지도 세부는 다르지만 서사가 유사하게 진행되는 것이다.

「심견금석전」에서 따로 지적해 둘 사항이 하나 있다. 여주인공이 남주인공에게 화답한 시에 '화영花影, 꽃 그림자'이란 시어가 나오고 있다. 작가는 이 작품에 각별히 의미를 두었던 까닭으로 작품집 전체의 표제를 『화영집』이라고 붙인 것이다.

「심견금석전」은 주인공의 설정에서 「이생규장전」과 상반되는 면이 있다. 「심견금석전」에서 여주인공을 기생 신분으로 설정한 때문에 결혼에 이르는데 극복해야 할 어려움이 더욱더 심대했을 뿐 아니라 부모의 허락을 간신히 얻어 내고도 결혼하기 전에 해결할 도리가 없는 장애물에 부딪치게 된다. 「이생규장전」의 경우 우리가 알다시피 사랑하는 남녀가 고난을 이기고 결혼에 성공하여 행복한 삶을 이루었다가 전쟁이라는 뜻하지 않은 악을 만나서 결국 비극적 종말을 초래하는 구도이다. 이와 달리, 「심견금석전」은 아로태阿魯台란 지방관이 자신의 영전을 위해 그녀를 당대의 권력자인 백안(白顏)에게 바치려고 뽑아서 강제로 끌어간다. 이 때문에 양인은 약혼한 상태에서 삶이 파탄에 이르러 비극적인 종결로 직진하는 구도다. 백안은 원나라의 실존 인물이었다.

그녀를 배에 싣고서 대운하를 따라 수도로 올라가는데 그가 이 배를 뒤쫓는다. 급기야 임청(臨淸)이란 곳에 배가 정박했을 때 수천 리를 도보로 쫓아가느라 참혹한 몰골이 된 그를 발견하고서 그녀는 사람을 시켜 마음을 돌리도록 하는 말을 전한다. 자기는 당초에 죽으려 했으나 어머니가 볼모로 함께 잡혀 있기 때문에 지금 이러고 있다면서 공연히 고생을 자초하지 말고 돌아가라고 간절히 당부한 것이다. 이 말을 전해 듣자 그는 곧 몸을 던져 자결하며, 이 사실을 알고 그녀 또한 즉시 목을 매서 자살한다.

이렇듯 양인이 다 스스로 죽음을 결행한 이후 서사의 종결로 이어진 경로는 특이한 방식을 취하고 있다. 아로태가 자기 기획이 실패하자 분노하여 그녀의 시신도 불태워 버리도록 한다. 이때 기적이 일어난 것이다. 놀랍게도 심장만은 타지 않고 그 속에서 인형이 나왔는데 아주 조그맣지만 그녀가 사랑하는 남자의 형상이 분명했다. 그의 시신도 불태우게 했는데 그가 사랑하는 여자의 형상이 나왔다. 양인의 결코 포기할 수 없는 사랑이 각기 심장에 결정체를 만든 것으로 보인다. 이 하트의 상징물이 또 다시 기적을 일으키는 것이다. 아로태는 이 한 쌍의 인형을 천하의 보물로 여겨서 잘 포장하여 권력자에게 바친다. 그런데 권력자의 면전에서 포장을 펼치자 한 쌍의 인형은 썩어 흉물스럽게 변해 있었다. 때문에 아로태는 남의 부녀자를 강탈해 죽인 죄목으로 처형을 당하게 된다. 비극으로 끝난 마지막에서 실로 한 서린 복수극이 일어난 모양이다.

「심견금석전」은 「이생규장전」과 비교해 보면 상동성을 지니고 있다. 재자가인의 이야기라는 유형적 공통성에 결말이 비극적이라는 점에서 또한 마찬가지다. 남녀주인공이 서로 사랑하여 난관을 극복하고 행복한 삶을 이루는 단계에서 결정적인 악을 만나게 된다. 허나 이 서사의 맥락에 동원된 수단은 같지 않다. 「이생규장전」이 죽은 혼을 호출한 지점에 「심견금석전」은 기적을 도입하고 있다. 「심견금석전」에 일어난 기적 또한 신이에 속한다. 「심견금석전」은 탈전기적은 아니라도 상당한 변형이 일어난 형국이다. 『화영집』 20편에서 여러모로 달라진 양상을 읽어낼 수 있다. 서사의 내용상·수법상에서 달라진 특성을 다음 두 측면으로 적시해 본다.

3) 전기적 귀신신이의 변모양상

『화영집』이 창출한 신이성의 다채로운 변화양상에서 작가 자신으로 향한 자아적 성격과 타자로 향한 경세적警世的 성격의 양 측면을 들어볼 수 있다. 거기에 수법상의 문제가 부수되는 것은 당연하다.

문인전기는 그 자체의 속성상 작가의식이 드러나는 쪽으로 진행되는 것이 거의 필연적인 현상이다. 『전등신화』부터도 끝에 붙인 「추향정기秋香亭記」는 자전적인 것으로 알려져 있지만 전체적으로도 문인적 색채가 농후했다. 『화영집』으로 와서는 자아 술회적인 면모가 더욱 더 강화되기에 이른다. 첫머리에 놓인 「퇴일자전退逸子傳」과 마지막에 놓인 「만취서원기晚趣西園記」는 그대로 자기술회이다. 군이 구분 짓자면 전자는 탁전托傳, 후자는 자전自傳의 형식을 취하고 있다. 중간에 배치된 작품들 가운데도 「몽몽옹록夢夢翁錄」과 「적길적선가翟吉翟善歌」는 작가의 사상적 입장을 펴기 위한 의도가 선명했다.

요컨대, 자기 이야기를 하되 어떻게 하느냐가 문제이다. 이때 수법상의 고려를 하지 않을 수 없었다. 그래서 여러 가지 방법이 고안되는바, 꿈의 차용과 의인화가 곧잘 채택되고 있다. 사례로서 「몽몽옹록」이란 표제의 작품을 들어보자.

이는 몽몽夢夢이란 사람의 이야기이다. 작가 자신을 가탁한 존재이므로 곧 자기서사다. 그는 나이가 84세인데 애초에 호를 화서국인華胥國人이라고 했다. 어느 밤 꿈에 몽중의 세계를 경험하고 나서 '몽몽옹'으로 호를 바꾼 것이다. 화서국인이란 호도 '꿈나라 사람'이란 뜻이었는데, 몽몽옹이라 했으니 '꿈속의 꿈'을 의미할 터이다. 이처럼 호를 바꾸게 된 내력이 서사의 핵심이므로 소설은 '가상세계'이다.

꿈의 차용은 고금의 서사물에 허다히 나오는 방식인데 우리의 『구운몽』은 그런 중에 유명한 소설이다. 「몽몽옹록」의 경우 몽중에 의인화한 존재들을 출연시킨 점이 특이하다. 「퇴일자전」도 똑같은 수법을 쓰고 있다. 「퇴일자전」은 빈대·모기·이·파리 같은 해충들을 의인화시켜서 풍자적 의미를 담았으며, 「몽몽옹록」은 '가상세계'가 한층 복잡하고도 형언하기 어려울 정도로 미묘하다.

꿈속에 펼쳐진 가상세계에 등장인물이 10명을 헤아린다. 마음[心]을 의인화한 아이[童]와 아이의 스승으로 호칭된 여환旅幻, 여환이 주최한 만찬에 초대된 손님이 8명이다. 손님으로 먼저 출현한 4인은 실체가 무엇인지 모호해서 장차 따져보아야겠으며, 뒤에 출현한 4인은 차·그림자·지팡이·부채로 비정이 된다. 몽몽옹은 꿈에서 깨어난 뒤에 이 8인을 자신이 일상으로 사용하는 물건이라면서 '기운이 느끼고 정신이 변화한[氣感神化]' 것으로 생각을 한다.

작중의 아이는 주인공의 마음을 의인화한 존재이다. 아이 스스로 이르기를 자신이 있는 곳은 심장이긴 하지만 마음은 본디 바람처럼 만질 수도 없고, 날뛰는 원숭이처럼 붙잡을 수도 없는 그런 것이라고 한다. 이 아이가 가상 세계를 처음부터 끝까지 주도하고 있다. 그러면 여환은 무엇을 의인화한 것인가? 몽몽옹은 여환이 누군지 모른다고 했다. 아이가 자기 스승이라고 말했으므로 아이＝마음을 지도하는 무엇이 아닌가 싶다. 이 가상세계를 처음부터 끝까지 주도한 것은 아이이다. 몽몽옹은 작중에서 주체이긴 하나 이야기를 엮어내는 사실상의 주인공은 마음을 의인화한 아이가 맡고 있는 것이다. 주체와 분리된 '마음'^{아이와 여환}이 적극적으로 자유롭게 활동하여 서사가 전개되고 있다. 『구운몽』에서 성진과 양소유의 관계에 비견해볼 수도 있겠다. 하여튼 「몽몽옹록」은 실험적 성격이 강한 서사형식이기도 해서 일종의 심리소설로 해석할 수 있는 작품이다.

경세적 서사란 한마디로 세상 사람들에게 깨우침을 주기 위한 이야기이다. 따라서 자기 서사와 달리 대중적 공감대를 필요로 한다. 『화영집』에는 이에 해당하는 작품이 적지 않은데 「개수가시^{丐叟歌詩}」를 전형적인 것으로 들어볼 수 있다. '시를 지어 부르는 거지 늙은이'가 제목의 뜻이다.

가상이 아닌 현실을 그린 이 소설은 이자연^{李自然}이란 사람이 주인공으로 출연하며, 배경이 된 곳은 산동성^{山東省}의 임청^{臨淸}이다. 작중 인물들의 이름은 물론 작가가 붙이는 것이지만, 『화영집』에는 작가가 의도를 가지고 작명한 사례가 허다하다. 방금 보았던 「몽몽옹록」의 몽몽이란 호칭이 작품의 주지를 대변하고 있거니와, 첫머리에 실린 「퇴일자전」의 경우 주인공은 이름이 도^道이고 호를 포도선생^{抱道先生}이라 했다. 등장인물들의 이름이나 호를 맞춤형으로 부여한 셈이다. 그런 만큼 『화영집』은 과잉이라 할 정도로 주제의식을 노출하고 있다.

임청이란 서사의 무대는 『화영집』의 여러 곳에서 중요한 의미를 지닌 처소로 나온다. 앞서 「심견금석전」에서도 운하를 따라 올라가던 배가 정박하여 비극적 사건이 일어났던 바로 그 현장이다. 「개수가시」에서 주인공 이자연은 민가의 고아로 어려운 처지였다. 그는 원래 영리하고 약삭빠른 사람이어서 자기를 길러주고 지도해준 사부를 배반하고 방탕하게 놀았는데도 어찌어찌 장사를 잘하여 크게 치부를 한다. 그러다가 역시 방탕한 자식이 멀리 장사를 나갔다가 재산을 몽땅 털어먹고 주인공은 결국 거지 신세로 전락하게 된다. 「개수가시」는 상업이 흥성한 도시를 배경으로 꾸며진 소설이어서 경세 또한 상업자본주의 시대를 살아가는 인간들에게 깨우침을 주는 성격을 띤 것이다.

이자연의 일생은 실로 다난하고 복잡하다. 그가 치부한 경위만 보더라도 사부인 도사道士를 기만하고 기생과 놀아난 끝에 처음에 떡장수를 하고, 다음에 식당을 차리며, 나중에 조방槽坊을 경영해서 큰 부자가 된다. 이 과정을 사실적으로 그려내자면 일대 장편이 되어야만 할 소재다. 그런데 작품은 단편형식에 담아놓고 있다. '고사성'이 아주 풍부한 소재를 줄거리 요약 식으로 처리한 모양이 되고 말았다. 하지만 그냥 결점으로 치부할 것만은 아니다. 경세라는 작가의 본 의도에 충실한 수법을 취한 것이다.

주인공의 이름을 굳이 '자연'이라 한 것은 인생만사가 자연으로 되기 마련이라는 의미이다. 한때 큰 부자가 되었다가 거지로 전락한 신세를 자위하고 체념하는 뜻이 담겨져 있다. 사실상 숙명론이다. 그가 살아온 과정에서 자신이 범한 악행에 면죄부를 발행한 논리이다. 그런데 이 대목에서 서사는 급전을 한다. 만사를 자연으로 돌리는 논법을 여지없이 공박하는 쪽으로 뒤바뀐 것이다.[13] 소설은 극적인 장면을 연출하게 된다. 느닷없이 튀어나온 찻집 늙은이의 입을 빌려서 자연처럼 보이는 인사의 변화 또한 그 행위자의 행실에 달렸다고 대갈하는 것이다. 제가 저지른 죄과로 그 업보

---

13 작중의 찻집 늙은이는 "人生一世, 少壯老死, 亦氣運之自然"이라고 모든 것을 '기운의 자연'으로 돌리는 논법에 대해 예컨대 근검하여 부귀를 이루는 것과 교만·사치하여 빈천하게 되는 것이 어찌 다 같이 '기운의 자연'이라 할 수 있느냐고 공박을 하고 있다.

를 받는다는 지적이었다. 「개수가시」는 상업이 발달함에 따라 인간들이 타락하는데 대응해서, 사람이라면 응당 지켜야 할 도리를 저버린 인간들을 대상으로 깨우침을 주어 삶의 주체로서 바로 세우고자 하는 의도를 담고 있는 작품이다. 복선화음福善禍淫의 논리가 서사구조로 이용되고 있다.

4) 인과론적 서사구조

「개수가시」의 주인공 이자연은 늙어서 빈털터리로 추락하여 먹고 살기 위해 구걸행각을 나설 도리밖에 없었다. 때마침 동류 중에 누군가 노래를 잘 불러서 수입이 썩 좋은 것을 보고 부러워하여 그에게 노래를 배운다. 이자연은 어릴 적에 도사에게 시를 익혔던 데다가 타고난 재주도 있어 노래를 부르는데 실력을 발휘할 수 있었다. 해서 저자 거리로 나가 노래를 부르면 둘러선 사람들로부터 박수를 받아서 돈과 쌀을 한 짐 짊어지고 돌아오게 되었다. 음유시인으로서 일종의 연예인이 된 셈이었다. 앞서 잠깐 언급했던 「적길적선가」에 대중적 연예를 두고 지탄한 말이 나온다. 옛날에도 소경이 생존의 수단으로 패관소설稗官小說을 연창演唱히는 습속이 있었다고 한다. 시를 고송鼓誦한다는 고전적인 의미를 담고 있긴 한데 지금은 일대 폐습이 되고 있다면서 이렇게 문제제기를 한 것이다.

오늘날에 와서는 아주 달라져서 남녀 물론하고 현악 관악을 전문으로 배워서 곱고 간드러진 소리로 음란한 곡을 불러, 사람의 집에 들락거리며 해가 가고 달이 간다. 어른 아이 할 것 없이 귀에 젖고 마음이 혹해져서 세속을 온통 물들여 놓고 있는 실정이다. 후일에 자녀들이 절의 인간이 되기를 기대한다면 가능한 일이겠는가.

대중적인 오락물의 범람으로 인한 도덕적 위기감을 표명한 발언이다. 지금으로부터 5백 년 전의 중국 상황이다. 저 상황과 오늘날 우리 목전에 펼쳐지는 대중문화가 현상 자체로 말하면 근본적으로 상통하는 듯하다. 다만 도덕적 위기를 우려하는 문제제기는 옛날 소리이다. 유교 지식인의 입장에서는 당연한 사고방식이고 주장이 아니었던가 싶다.

앞 장에서 거론했던 『삼국지연의』를 비롯한 장편소설들은 타락한 시대에 대중적인 '즐길 거리'로서 개발된 것이었다. 방금 보았듯 상업이 흥성하고 통속적인 대중문화가 풍미하게 된 마당에서 인륜 도덕을 주장하는 목소리가 높아진 것은 당연한 면이 있었다고 할 수 있다. 사람들을 어떻게 도덕적으로 각성시킬 것인가? "세교世教를 세워서 강상綱常의 질서를 유지해야 한다."[14] 이 점을 중대한 과제로 의식하기에 이르렀다. 선은 복을 받고 악은 화를 부른다. 이 '복선화음'의 논리가 대중을 깨우치는 제일의 경구였다. "복선화음은 천도天道이다. 유자에 있어서도 이 논리는 외면할 수 없다." 『화영집』의 한 편인 「관감록管鑑錄」에 등장한 인물의 주장이다. 복선화음에 특별히 유의할 점이 있는바 그 논리가 서사구조를 형성하게 되는 사실이다. 이는 통속적인 소설류 전반에 나타나는 현상이기도 하다. 복선화음의 구조를 갖춘 소설은 독자들에게 권선징악의 의미로 공급되는 것임이 물론이었다.

복선화음의 논리는 인과론이다. 이 인과론이 과연 인간의 행사에 꼭 들어맞는 것일까? 선행은 복리를 초래하고 악행은 앙화를 초래하는 식으로 반응하느냐는 의문이다. 이를 담보해주는 것으로 천도를 설정했다. 하지만 현실적으로도 역사적으로도 맞지 않은 사례는 비일비재하다. 뜻있는

---

14 "大丈夫, 以讜言介論, 立世教而扶綱常." 『花影集』 「廣陵觀燈記」.

사람들의 의혹과 고뇌를 불러일으킨 대목이다. 복선화음은 합목적적인 낙관론이다. 요는 인간 세상의 교화를 목적한 것이었다. 「관감록」은 "부귀는 하늘에 달려 있어서 억지로 구할 수 없으되 정히 농사를 지어 추수를 기다리는 것과 같다"[15]고 하였다. 노력을 하면 좋은 결과가 돌아온다는 응보의 논리다. 우리나라 속담에 "저만 부지런하면 흉년에도 죽은 먹을 수 있다"고 하였다. '인과응보'의 논리를 삶의 실제에 맞춰 수정한 말로 생각되기도 한다.

복선화음은 『전등신화』에서부터 명대의 전기소설 일반이 취했던 서사의 논리구조이다. 『화영집』으로 와서는 논설적인 면이 강화되는 경향을 띠는데 현실에서 일어날 밖에 없는 의혹에 대응하려는 의도였던 듯하다. 경세적인 측면 또한 그러했다. 한국의 소설사를 살펴보면 구도가 이와 다르다. 16세기에는 문인전기적인 한문소설이 주류적이었고 17세기 이후로 국문소설이 발전하였다. 복선화음－권선징악의 서사는 한문소설에서는 찾아보기 드물며 국문소설에서 비로소 나타난 것이다. 이처럼 서로 같지 않은 한·중소설사의 구도를 어떻게 해석할 것인가?

4. 16세기 조선문인의 창작에서 우의적 성격－「수성지」·「화사」

허균許筠, 1569~1618은 백호白湖 임제林悌, 1549~1587의 「수성지愁城誌」를 두고 문자가 생겨난 이래 하나의 특별한 문자라고 하면서, "천지간에 「수성지」가 없다면 하나의 결함이 될 것이다"고 말한 바 있었다.[16] 인류의 문자가

15 "富貴由天莫强求, 正如農業望秋收."『花影集』「管鑑錄」.
16 許筠,『鶴山樵談』, "其文不多見, 所謂愁城誌者, 結繩以來別一文字, 天地間自欠此文字不得."

창제된 이래 「수성지」가 없다면 한 아쉬움이 될 것이다. 그럴 정도로 개성적이고 특이한 작품으로 평가한 때문이 아니겠는가. 허균은 임백호의 「수성지」에 대해 왜 이렇게까지 경이롭게 보았던 것일까? 답변은 발언자 자신의 해명이 없으므로 이 발언에 주목한 후인의 몫으로 남겨진 셈이다.

이 두 작가는 연령차가 꼭 20세인데, 임백호는 임진왜란 이전에 세상을 떠났으며, 허균은 임진왜란을 경험하고 17세기까지 생존하였다. 그리하여 전자는 임진왜란 이전의 시대를 대변하는 작가가 되었고, 후자는 16세기에서 17세기로 넘어오는 시대를 대변하는 작가가 되었다.

백호문학의 본령은 시에 있었고 시인으로 널리 알려진 존재이지만 「수성지」를 비롯해서 「화사花史」·「원생몽유록元生夢遊錄」은 한국소설사에서 16세기의 대표작으로 인정을 받고 있다. 이 3편은 기실 소설로 보아야 할지 산문으로 보아야 할지부터 애매하다. 허균도 산문으로서 「수성지」를 거론했던 터다. 지금 우리가 읽어보더라도 이들 작품은 산문으로서 소설적인 것이기도 하고 역으로 소설로서 산문적인 것이기도 하다. 문학은 분류하기 모호한 경우가 없지 않다. 오히려 문학 고유의 자율성·창조성이 기계적 구분을 허용하지 않는 사례가 더러 있는 바 「수성지」가 바로 그렇다고 말할 수 있다.

1) 「원생몽유록」

「원생몽유록」은 표제 그대로 몽유형식을 차용한 작품이고, 「화사」와 「수성지」는 의인화 수법을 구사한 작품이다. 각기 형식적인 장치 속에 작가의식, 매우 심각한 비판의식을 담아놓은 것이다. 따라서 우의성이 강렬한 작품이라는 점이 이 3편의 공통된 특징이다.

「원생몽유록」은 남효온南孝溫, 1454~1492의 「육신전六臣傳」을 몽유형식으로 변형시킨 작품이다. 세조가 어린 조카 단종을 축출하고 왕위를 차지했던 과거사를 꿈의 무대로 소환하고 있다. 왜 1백 년도 더 지난 일에 집착한 것일까? 과거사를 청산하지 못하면 그것이 남아서 질곡으로 작용하는 사례를 우리가 겪어온 현대사에서 무수히 경험하였다. 이 또한 과거사가 현재사로 작용한 사례. 당시 선조 임금이 「육신전」을 읽고서 "저 남효온이란 자는 웬 사람인데 감히 붓을 놀려서 나라의 일을 들추어낸단 말이냐?"고 치를 떨었던 것으로 『선조실록』은 전하고 있다.[17] 얼마나 현재성이 내포된 민감한 주제였던지 알게 한다. 과거사를 끌어낸 거기에 작가의 현재에 대한 비판의식이 담겨 있음이 물론이다.

2) 『유여매쟁춘』과 「화사」

「화사」와 「수성지」 역시 역사를 테마로 하고 비판의식을 담았다는 점에서 공통점이 있는데, 인간의 역사에 대해서 보편적 물음을 제기한 내용이다. 「화사」에서는 흥망성쇠의 과정에 시선을 돌렸으며, 「수성지」에서는 인간들이 삶을 영위하며 만들어온 역사가 과연 정당했던가를 따져 묻는다. 역사철학적인 주제라고 하겠다. 이 거대 주제를 수용하기 위한 방법론으로서 의인화를 채택한 셈이다.

의인화 수법은 앞 장에서 보았듯 전기소설에서 더러 쓰이는 방식이지

---

17 『朝鮮王朝實錄』선조 9년(1576) 6월 을유조. "上因經筵官所啓, 取南孝溫六臣傳觀之. 招三公傳曰: '今見所謂六臣傳, 極可驚駭. 予初不料至於如此, 乃爲下人所誤. 且見其書, 不寒而慄. 昔我光廟, 受命中興, 固非人力所致. 彼南孝溫者何人? 敢自竊弄文墨, 暴揚國史. 此乃我朝之罪人也. (…중략…) 此人若在, 予必窮鞫而治之矣."
율곡의 『經筵日記』에 이 사실이 언급되어 있는데 선조에게 「육신전」을 올린 것은 朴啓賢이었다고 한다. 박계현은 백호가 존경하는 선배로서 각별한 사이였다.(정학성, 「원생몽유록연구」, 『고전소설의 양식과 비판정신』, 월인, 2015, 409~410면) 율곡은 박계현이 선조에게 「육신전」을 보게 한 사실을 두고 "육신은 실로 충절이 높은 분들이지만 지금 세상에 당해서 거론할 일은 아니라"는 지적을 하고 있다.(『栗谷全書·經筵日記』)

만, 우리 문학사에서는 특징적이라 할 정도로 문인들 사이에 글쓰기의 방식으로 곧잘 구사 되었다. 고려 중엽에 가전假傳이라는 의인전기擬人傳記가 일시 유행하였고, 조선조로 와서는 변형을 일으키며 발전한 것이다. 백호는 의인적 글쓰기에 일찍부터 재미를 붙였던 것 같다. 그의 소년시절 작으로 알려진 「전동군서餞東君序」와 「유여매쟁춘柳與梅爭春」이란 제목의 2편은 저자가 근래 발굴, 소개한 바 있다.[18]

동군東君은 봄의 신이다. 「전동군서」의 말미에는 "봄이 가는 것을 애석해 하는 아이가 쓰노라"고 적혀 있다. 서술자가 계절의 변화에 민감한 소년임을 알게 한다. "버들과 매화가 봄을 다툰다"는 의미의 「유여매쟁춘」은 버들가지와 매화 꽃이 봄을 다투어서 논쟁을 벌이는 이야기다. 이 또한 "나는 그들이 주고받는 말을 쭉 듣고서 기이하게 여긴 나머지 「유여매쟁춘」 1편을 짓는다"는 말로 끝을 맺는다. 역시 서술 주체를 '나'로 명기하고 있는데 "그들이 주고받는 말을 쭉 듣고서"란 언급에서 서술자의 자연에 다정다감한 취향을 십분 느끼게 한다. 습작기에 보여준 작가 특유의 작법과 기풍이 자신의 문학적 성장에 따라 진화한 것이 아닌가 싶다.

「화사」는 역사서법에서 기전체紀傳體의 본기本紀를 모의模擬한 셈이다. 가전이 단일한 물종을 의인화한 것임에 대해 「화사」는 자연계의 변화를 총체적으로 의인화한 방식이다. 작가의 표현 역량이 확대된 것이며, 그만큼 작가의 인식 능력과 사고용량이 커진 것으로 볼 수 있겠다.

「화사」는 요컨대 꽃 왕국의 역사이다. 작가의 시대에 공화정은 인식 범위에 들어올 수 없었으므로 왕정체제를 상정한 것은 당연했다. 작중의 세

---

18 「유여매쟁춘」과 「전동군서」는 『백호일고(白湖逸稿)』라는 필사본 문헌에 『남명소승』과 함께 수록되어 있었던 것이다. 저자가 『역주 백호전집』(창작과비평사, 1997. 신편 2014)에 수록해서 이 두 작품이 비로소 알려지게 되었다.

계는 도陶, 동도東陶, 허夏, 당唐으로 나뉘는 네 왕조의 역사를 각기 연대기적으로 서술하고 있다. 도와 동도는 왕이 매화이고, 하는 모란, 당은 연꽃이다. 꽃의 왕국으로서 식물계이다. 곧 화사의 가상 왕국은 식물계의 1년을 상정한 것이다. 버들과 매화의 논쟁으로 전개되는 「유여매쟁춘」은 시간상으로 봄의 시작에서부터 봄이 다 가는 데까지 서사가 종결되는 구도였다. 「화사」는 이 방식을 식물계의 사계절로 확장시키면서 인류역사의 흥망성쇠를 포괄하는 대주제를 담아낼 수 있었다.

꽃의 왕국이란 가상 공동체의 흥망성쇠는 사실상 자연의 변화에 따라 일어나는 현상을 활용한 것임이 물론이다. 예컨대 하기夏紀를 보면 풍백風伯을 우대하여 조정에 무시로 출입하게 한 때문에 나라가 망하는 지경에 이른 것으로 그려지고 있다. 풍백이란 바람을 의인화한 존재이다. "풍백은 변덕이 심하여 좋을 적에는 살랑거리지만 성이 났다 하면 사납게 몰아치니, 그야말로 치세의 능신이요, 난세의 간웅입니다治世之能臣 亂世之奸雄"라고 왕에게 간언을 한 신하도 있었다. 그러나 이 간언을 듣지 않아서 망국을 초래했다고 한다. 바람의 특성을 적절하게 포착한 것이다. '치세의 능신이요 난세의 간웅'이란 『삼국지연의』에서 조조曹操의 성격을 표출한 말인데 여기에 원용한 점 또한 흥미롭다.

한자권의 역사 서술은 유교적 사관에 입각하는 것이 보편적인데 「화사」의 경우도 마찬가지다. 방금 예로 들었던 풍백으로 인해 망국에 이르렀다는 설정 역시 따지고 보면 유교적 관점이 개입되어 있다. 그런 가운데서 작가는 자신이 처한 정치 사회를 민감하게 의식하고 있음을 보여준다. 국가공동체가 붕궤되는 계기로서 두 가지 점을 드러내고 있다. 하나는 지배층 내부의 분열인데 작중에서 홍·백·황의 3색 당파로 갈라져서 싸움을 벌인다(3색의 꽃이 다투어 핀 현상에 결부시킨 것임). 다른 하나는 산야에 숲이 무성해서 꽃의 왕국이 파멸에 이르게 된다.(농민반란으로 나라가 붕괴되는 사태를 암시하는바 농민반란을 녹림적綠林賊이라고 표현하는 문자가 있기 때문) 작중의 우의는 전반적으로 유교적 사관에 입각하고 있으나, 당대 현실과 연계해서 해석할 수 있는 소지 또한 없지 않은 것이다.

「화사」는 마지막 대목에 '총평'을 달아 놓았는데 "천지간에 인간 또한 만물의 일종"임을 전제하고서 다양하거나 오래 생존하는 등등 인간보다 우월한 면도 많음을 들어서 논한다. "꽃들은 혹은 섬돌 위에서 피고 혹은 똥간에서 자라 고하와 귀천을 다투지 않고 영고성쇠를 함께하니, 이로 보면 그 공평한 마음 또한 인간과 다르다."꽃의 세계를 둘러보며 평등안을 가지고 인간세상을 향해 스스로 반성토록 하는 의미를 담아놓고 있다. 특히 '고하 귀천을 다투지 않는다'는 발언은 신분등급에 매어있는 당시 인간들의 의표를 찌른 것도 같다.

3) 「수성지」

「화사」가 기전체 역사서법에서 본기를 모의한 방식이라면 「수성지」는 지志를 모의한 방식이라고 말할 수 있다. 천군天君, 마음을 의인화한 존재의 영역에 수성이 구축되었다가 격파된 시말을 기록한 내용이기에 표제를 「수성지」라고 한 것이다.

천군이란 마음[心]의 주제자다. 이 천군의 나라는 인·의·예·지와 희·노·애·락·시·청·언·동 등등의 의인화된 관원들이 각기 맡은 직무를 수행하고 있다. 천군의 나라란 기실 한 인간 개체이지만 그대로 국가공동체를 가상하고 있으며, 확대해 보면 자체로서 하나의 세계이다.

마음을 의인화한 점에서는 『화영집』의 「몽몽옹록」과 동일한 설정이다. 그런데 「몽몽옹록」과 달리 「수성지」의 천군 나라는 성리학적인 인간학의 체계에 의해 구도되어 있다. 이 천군의 나라는 관원들이 각기 직무를 제대로 수행하여 균형과 안정을 유지하고 있었다. 그러더니 뜻하지 않게 문제가 크게 발생하는바 수성이 구축되어 균형을 잃음으로써 나라가 위태로움에 빠지게 된다. 심리적 균형을 이루고 있다가 애哀의 감정이 과다해진 나머지 수습하기 극난한 상태에 이르렀다는 말이다. 기실은 마음에 시름과 고뇌가 잔뜩 쌓였다는 뜻이다.

요컨대 「수성지」는 천군의 영역에 수성이 쌓이게 된 내력으로부터 국양麴釀, 술장군을 기용, 수성을 격파하는 이야기다. 말하자면 수성전말기이다. '수성전말'을 어떻게 해석할 것인가? 이 작품을 읽는 포인트이다.

수성에는 충의문·장렬문·무고문無辜門·별리문別離門의 네 문이 있다. 이네 문으로 역사상에 온갖 불의며 비분한 사연을 지닌 원혼들이 몰려들어와서 집결한 것이다. 충의문과 장렬문으로는 충절을 지키다가 희생된 충신들이며, 불의에 맞서 비장하게 죽은 열사들이 몰려들었다. 충신의 대열에는 맨 뒤로 "의관이 중국제도와 달라 보이는 5, 6인"이 따라오고 있었다. 이들은 다름 아닌 세조 때의 사육신이다. 「원생몽유록」에서의 작가정신에 직통하는 대목이다. 무고문 쪽에는 죄 없이 살육을 당했거나 전란과 폭력에 의해 집단 학살을 당했던 원혼들이 엄청나게 우글거리고 있다. 별리문에는 여성들이 집결해 있는데 남자들로부터 배신과 무시를 당했거나 생리사별로 인해서 외롭고 괴로운 삶을 살아야만 했던 여자들이다.

이 수성을 기록하는 과정에 작가 자신이 등장해서 특히 눈길을 끈다. 수성의 관찰 기록이 끝날 무렵, "나도 당대의 호걸이다"면서 관성자管城子, 붓=기록자를 붙잡는 사람이 있었다. "그대는 어찌 옛날 일만 추억하고 지금의 일은 무시하고, 저승의 귀신 장부만 점검하면서 이승의 살아있는 사람들은 업신여기는가"라고 항의하며, 나도 지은 시가 있으니 받아쓰라고 한다. 이 시는 「수성지」을 풀이하는 열쇠로 보인다.

이 사람 기남자奇男子라고 일컬음직하다.
십오 세 되기 전에 육도六韜를 통달했거니

날카로운 칼, 칼집에다 먼지 낀 채 꽂아두고
가을 기운 소슬한데 변방의 산하 둘러보았네.

중년에는 성현의 글 즐겨 읽거늘
허름한 옷 입는 거야 부끄러운 바 아니로세.

우가牛歌를 불러 제왕齊王의 귀에 들리게 못하는데
귀밑머리 흐르는 세월은 저물자 아침일레.

창작 주체의 자술서이다. 마치 연극의 무대에 극작가가 슬쩍 등장한 모
양이다. 그 자신 젊은 시절에는 기개를 자부하며 병법을 익혔고 장년으로
와서 성현의 책을 읽어 세상을 바로잡을 뜻을 가졌노라고 한다. "우가를
불러 제왕의 귀에 들리게 못하는데"란 구절은 경륜을 펴려고 아무리 애를
써도 실현할 길을 얻지 못하고 있다는 탄식이다. 전편을 끝맺는 구절에서
그렁저렁 세월만 무료하게 흘러가고 있다고, 좌절과 실의의 감정이 느껴
진다. 위에서 살펴본 수성의 네 문으로 밀려들어온 원혼들은 작자의 마음
을 괴롭히는 역사적 현실에 대한 문제의식이다. 난제의 해법을 찾지 못한
고뇌를 토로한 것으로 읽혀진다.
　수성은 역사적 비극의 집결장이요, 정치사회적 모순의 총체이다. 작품

은 국양장군을 기용해서 수성을 격파하여 평정을 회복하는 것으로 끝나고 있다. 국양은 술을 의인화한 것이다. 결국 술을 잔뜩 퍼마시고 시름을 잊었다는 문맥이다. 이를 어떻게 볼 것인가?

마음을 의인화한 「수성지」의 작품 구도는 성리학적 인간학에 기초한 것이었다. 국양장군을 기용해서 수성을 평정했다는 「수성지」의 결말은 심성 수양에 의해서 나라의 안정을 도모하려는 처방이 무위로 돌아갔음을 비유하고 있다. 성리학적 정치학이 현실과의 괴리를 수습하지 못한 까닭으로 파산 지경에 이른 모양새다.

이 대목에서 김시습의 『금오신화』 가운데 한편인 「남염부주지」와 잠깐 대비해 볼까 한다. 「남염부주지」에서는 성리학으로 이론 무장을 한 주인공이 왕도정치를 실시하면 인간 사회를 제대로 개조할 수 있다는 확신을 보여주고 있다. 그런데 「수성지」로 와서는 성리학적 정치학의 파산 선고를 내리고 있다. 그것을 대체할 어떤 정치학이나 제도를 발견하지 못해, 극복하고 나아갈 길이 보이지 않는 상태였다. 때문에 좌절과 실의의 마음으로부터 벗어날 길이 없었다. 자연히 사고를 비관적 · 낭만적으로 하는 경향을 띠게 되어, 구체적 비판으로 현실을 그려내지 못하고 역설적 · 우언적인 허구의 형태를 취하게 되었다. 천재적 기발성이 고도로 표출된 「수성지」가 그것이다.

4) 『화영집』에 대비해 본 「화사」와 「수성지」

백호의 작품 3편은 우의성이 확대된 경향 및 의인화나 꿈을 차용한 수법에 있어서 명대의 전기소설집인 『화영집』과 상호 유사성을 보이고 있다. 이런 양자의 관계를 어떻게 설명할 수 있을까?

『화영집』의 조선간본이 나왔던 사실을 본고는 처음부터 주목한 터였다. 『화영집』이 조선에서 어떻게 읽혀졌는지 알아볼 길이 없는데 단편적이긴 하지만 관련된 자료 하나가 전하고 있다. 오장吳長, 1566~1617이란 학자의 『사호집思湖集』에 실린, 『화영집』을 두고 지은 절구 2수이다. 오장은 살던 곳이 진주 인근인 산청山淸 땅이고 남명南冥 조식曺植의 명망이 높은 제자 덕계德溪 오건吳健의 아들이다. 『화영집』을 중이 팔기 위해 가지고 왔다고 한다. 곤양에서 발간한 책이 중을 매개로 인근에 보급이 된 모양이다. 『화영집』의 내용에 대해서는 생애가 불우했던 작가의 처지에서 호사 취미로 지었을 것으로 간주하고 다분히 부정적 평가를 내리고 있다.[19] 영남 유학자의 관점이다.

『화영집』의 조선 간본이 나온 것은 1586년이었고 백호는 1587년에 세상을 떠났다. 백호가 『화영집』을 구해 보아서 직접적인 영향관계가 성립되었을 가능성은 아주 낮아 보인다. 하지만 명대 소설들을 더러 읽었으리라는 점은 추정이 가능하다. 「원생몽유록」에 유응부로 상정된 인물을 묘사한 대목에서 면여중조面如重棗, 얼굴이 대춧빛 같다와 성여거종聲如巨鍾, 소리는 큰 종소리 같다이라고 표현한 것은 『삼국지연의』에서 장비張飛를 표현한 데 나오는 구절이다. 이는 재일교포 학자인 김문경金文京 교수가 밝힌 사실이다.[20] 「화사」에서 "치세의 능신이요, 난세의 간웅"이란 문구 또한 『삼국지』 보다는 『삼국지연의』에서 나왔을 것으로 여겨진다. 『화영집』 이전의 명대 전기소설집들을, 단정해 말하기는 어려우나, 대개 섭렵했을 것이다. 이보

---

19 『思湖集 卷1·有販書僧持花影集 題二絶句』, "夕川好事陶居士, 八十年來著此書. 辛苦一生無處用, 謾傳愚俗助淸虛. / 文章初爲生民設, 千載諸家自不知. 謾造妖談欺末俗, 可憐無益費心思."
시제의 밑에 "大明 夕川居士 陶復所著"라고 적혀 있다. 저자의 성명이 陶復으로 나와 있는데 陶輔를 이렇게도 칭했던 것으로 추정된다.

20 金文京, 「有關新發見朝鮮銅活字本『三國志通俗演義』的幾點淺見－『宣祖實錄』中奇大升諫言的涵義」, 『전근대 동아시아 소설의 교류－'신발견 금속활자본『삼국지연의』에 대하여』, 2010.8.10 성균관대학교 동아시아학술원에서 열린 국제학술회의 자료집.

다 중시해야 할 사실이 있다. 양국의 문화적 공통성으로 인한 문학적 관습의 유사성과 함께 사유방식의 상동성 측면이다.

16세기의 명과 조선은 문화적 공통성을 폭넓게 지니고 있었다. 그러면서 다른 면모도 없을 수 없었다. 소설양식의 경우 상동성과 상이성을 아울러 살펴보는 것은 응당 필요한 작업이다. 위에서 『화영집』의 특징적 성격으로, 신이성의 약화, 우의성의 강화를 들었다. 백호의 작품에서는 귀신신이가 사라지는 대신 차원을 달리해서 우의성이 증폭된 것이다. 탈전기적인 모습으로 간주할 수 있다.

「화사」와 「수성지」는 우의성이 증폭되면서 전기적 원형을 탈피한 것이 되었다. 그리하여 소설적 산문 혹은 산문적 소설처럼 여겨지기에 이르렀다. 문인전기의 자기 발전 과정의 결과물이므로 소설로 보는 편이 타당한 것이다. 그런데 하필 16세기 조선에서 이런 양상이 빚어졌을까?

앞의 제2장에서 주시해 보았듯 16세기 조선의 문화풍토는 중국과 사뭇 달랐다. 소설이 유행하는 분위기가 형성되지 않았던 데다가, 정치 사회를 주도한 지식인들 일반이 소설에 극히 부정적인 관점을 취했다. 『화영집』에 대해 비우호적인 평가 역시 같은 문맥이다. 이와같은 문화풍토에서 현실에 순응하지 못한 지식인들은 자신의 비판의식을 담아낼 그릇으로 문인전기를 차용했는데 거기에 모종이 변형이 일어날 밖에 없었다.

백호의 「원생몽유록」·「화사」·「수성지」는 작가의 일관된 비판의식으로 만들어진 작품이다. 인간의 역사가 도덕적 정당성을 잃지 않고 유지되어야 한다는 문제를 앞에 놓고 고민한 것이다. 수법상으로 희작을 쓰긴 했지만, 주제의식은 실로 진지하고도 심각하다. 허균이 「수성지」에 대해 '문자 창제 이래 별문자'라고 했을 때 한자세계를 전제하고 있음은 말할 나위 없다. 「수성지」와 함께 「화사」는 한문 글쓰기에서 유래를 찾아보기 어려울 정도로 기발하고도 특이한 것이다. 그런 만큼 실험적 형식으로 볼 수 있다.

나는 기왕에 15세기에서 16세기에 이르는 우리 문학사에 방외인方外人 문학이란 하나의 흐름을 설정한 바 있다. 방외인문학을 창도한 존재가 『금오신화』의 작가인 김시습이었다. 16세기로 와서 방외인문학을 대변한 작가는 백호 임제이다.

5. 17세기 국문소설에 있어서 권선징악의 구조 - 『창선감의록』

조선조의 전기에서 후기로 들어선 17세기는 소설사가 선도하여 한국 문학사의 전체 구도상에 변형이 일어난 지점이었다.

당시 한문소설, 전래의 전기소설에도 괄목할 변모가 일어났다. 윤계선 尹繼善의 「달천몽유록達川夢遊錄」과 작자 미상의 「강도몽유록江都夢遊錄」은 전후 의 두 차례 역사적 전란을 몽유라는 틀을 차용해서 비판적으로 서술한 작 품이다. 「원생몽유록」과 유사한 성격이다. 그리고 애정전기의 계보로서 권필權韠의 「주생전周生傳」과 조위한의 「최척전」, 작자 미상의 「운영전」 등 이 있다.

한반도를 무대로 전개된 16세기의 왜란과 17세기의 호란이 동아시아 의 역사전환을 추동하였다. 위에 호명한 소설들은 양대 전란과 무관할 수 없었다. 직접 혹은 간접으로 관련되어 있으므로 소설적 방영이라고 말해 도 좋다. 거기에서 전기소설 형식의 변이 내지 해체가 일어난 점이 흥미 롭다. 「최척전」의 경우 전란으로 인해 남녀 주인공이 겪은 고난의 서사가 동아시아 전역을 무대로 전개되어, 전기의 틀에 넘쳐나서 구성이 전례 없이 복잡하게 되었다.[21] 그리고 「운영전」의 경우 편폭 자체가 확장되면서 전기적 성격과 형식이 변모되는 양상을 연출하기에 이르렀다.

이 지점에서 국문소설이 등장한다. 17세기 초에 허균이 『홍길동전』을 창작했고, 후반기에 김만중의 『구운몽』·『사씨남정기』, 조성기趙聖期의 『창선감의록』이 출현한 것이다. 『홍길동전』을 두고는 원작이 국문이었을까, 허균이 정말로 지은 것일까 하는 의혹이 일어나 설들이 분분하다. 나는 이런 태도 자체에 문제점이 있는 것으로 보고 있다. 명확한 증거가 있는 것도 아닌데 왜 군이 의심하려 드느냐. 그래서 '국민적 상식'에 혼선을 빚어낼 필요가 어디에 있는가를 반문하고 싶은 것이다. 깊은 반성이 요망되는 대목이다.

『홍길동전』이 국문이 아닌 한문으로 지어졌다고 생각하는 까닭은 요컨대 허균이 살았던 시기에 국문으로 소설을 쓰고 그것을 읽는 독자가 있었겠느냐는 데 있다. 해서 『홍길동전』이 국문소설로 유통되어 오늘에 이른 엄연한 실상을[22] 돌아보지 않고 의문을 던지는 것이다. 무릇 어떤 사안에 당해서 후대인으로서 주관적인 판단을 앞세우려 들지 말고 실제에 의거, 궁구·해명하려는 자세가 학문하는 기본이다. 이 또한 실사구시다. 『홍길동전』의 경우 창작 주체인 허균에 일차로 눈을 돌리고, 국문소설이 그의 시대에 출현했을 가능성을 짚어보는 것이 당연한 도리가 아니겠는가. 나

---

21 박희병, 「16·17세기 동아시아의 전란과 가족 이산-〈최척전〉攷」, 『한국고전소설연구의 방법론적 지평』, 알렘, 2019.

22 『홍길동전』은 방각본이나 필사본으로 많은 이본이 전해지는데 이들 모두 국문으로 된 것이다. 반면에 한문본 『홍길동전』은 알려진 책이 극히 드물며 그나마 신뢰가 가지 않는 것이다. 허균이 『홍길동전』을 지었던 사실은 허균과 동시대 학자인 이식(李植)의 기록으로 확인되는바 이식의 기록상에는 국문으로 썼는지 한문으로 썼는지는 언급되어 있지 않다. 원작이 국문이냐, 한문이냐는 점은 꼭 단정하기는 어려운 면이 있다 해도, 전승된 상황이 국문소설로 접근할 밖에 없이 되었다. 다만 현전하는 『홍길동전』이 원작 그대로는 아니고 전승과정에서 상당한 개변이 있었다. 이 점은 고려할 필요가 있다.

자신 이 문제에 관련한 논문을 이미 오래전에 발표했고 이후로도 계제가 닿을 적이면 발언을 한 터이므로, 여기서는 논의의 방향을 『창선감의록』쪽으로 옮긴다.

『홍길동전』이후 당대 일급의 지식인들에 의해서 국문소설이 제작될 수 있었던 배경에는 여성독자들이 있었다. 『구운몽』과 『창선감의록』이 서로 약속이나 한 듯이 자기 어머니를 위해 지었다는 기록이 전하는바 이 역시 여성들이 소설책을 읽는 문화가 어느 정도 형성되었기 때문에 가능했던 일일 것이다. 이런 까닭에 나는 당시의 국문소설에 규방소설閨房小說이란 개념을 부여하였다. 『홍길동전』은 규방소설의 계보에 속하는 것이 아니다. 국문소설의 기반이 있었기에 『창선감의록』이나 『구운몽』의 높은 성취가 가능했을 터다. 또한 이전의 『홍길동전』도 국문소설의 바탕이 다소간 있었던 위에서 진보적·천재적 작가의 재능이 발휘된 것일 터다.

규방소설은 본디 사대부 부녀를 주 독자층으로 해서 형성된 것이었다. 그것이 사대부 남성들을 자연스럽게 독자로 끌어들이면서 독자층의 확산현상이 점차 일어났고, 그에 따라 국문소설의 품종도 다양화되기에 이르렀다. 규방소설은 국민문학으로 발전할 잠재적 가능성을 조기에 마련했던 셈이다. 이런 이유로 위 서두에서 17세기에 소설사가 추동하여 우리 문학사의 구도상 변형이 일어났다는 가설적 견해를 제시한 것이다.

규방소설로 와서 '권선징악의 구조'가 비로소 도입되는데 『창선감의록』이란 작품명부터 그런 의도를 드러내고 있다. 이 소설은 저자가 직접 확인한 책만 해도 국문본 한문본으로 이본이 아주 많다. 독자들에게 애호를 받았던 증거로 간주할 수 있겠다.

『창선감의록』은 시대배경을 명대로 설정, 화씨花氏 가문의 흥망으로 엮어진 소설이다. 한 이본에는 처음 시작되는 데서 이런 말이 적혀 있다.

천지간에 사람 되어 남녀귀천 무론하고 충효로 근본하면 이를 좇아 나는 마음 형제간에 우애하고 부부간에 화순하며 어른을 공경하고 어린이를 사랑하며 벗에게 믿음 있어 오륜 백행百行 구비하니 군자의 성덕이요 성인의 교훈이라. 예로부터 지금까지 사적事蹟이 분명하니 자손이 창성하고 부귀영화 하는 사람 그 복에 오는 바는 멀리 좇아오나이다. (…중략…) 이 책(『창선감의록』을 가리킴—인용자) 말씀 듣고 보면 자연 마음 감격하야 악한 사람 징계하고 착한 일을 권하나니 언문책중 제일이라 감심하여 보옵소서.[23] (현행 표기법을 따라 바꾼 것임—인용자)

『창선감의록』은 복선화음의 논리에 의해 꾸며져서 권선징악의 의미를 갖기 때문에 '언문책중 제일'이라고 고평한 내용이다. 이 머리말은 누군지 모르지만 『창선감의록』을 국문소설로서 최고라고 여기는 어떤 독자가 필사하면서 앞에 적어 놓았을 것이다. '부귀영화'는 세인이 소원해 마지 않는 바였다. 요즘 사람들도 대부분 이렇지 않을까. 그야말로 '통속'의 주제를 포착한 소설이다.

그런데 만인이 소망하는 부귀영화를 누리게 되는 것은 우연이 아니고 내력이 있어서라 말하고 있다. 작중의 주인공은 화진인데 명나라의 개국공신인 화운花雲, 1322~1360의 후손으로 되어 있다. 소설의 도입부는 이러하다.

각설, 명나라 초년에 화운이 태평부太平府에서 죽으매 그 아내 고郜씨 운의 뒤를 따라 죽고 그 어린 아이는 물 가운데 던져졌더니 이레 동안을 물속에 있으되 죽지 아니하니 이는 하늘이 도우심이라.[24]

---

23 『朝鮮文學全集』 小說集 上, 三文社, 1948, 1면.
24 『창선감의록』 필사본 전3책, 익선재 소장본, 첫 책 첫 면.

물에 던져진 어린아이가 7일 동안이나 죽지 않았다고 한다. 하늘의 도움으로 생존하여 화씨가문이 성립, 『창선감의록』의 소설세계가 열리게 되었다는 이야기인데, 어린 아이가 물에 버려져서 7일이나 죽지 않고 살았다니 이 무슨 영문일까? 내가 「17세기 규방소설의 성립과 『창선감의록』」이란 제목의 글을 쓸 당시에는 이 도입부가 어떤 사연을 가진 내용인지 알지를 못했다. 이후 몇 가지 기록을 통해서 의문이 풀렸다. 참고한 문헌은 명초의 문인인 송렴宋濂이 지은 「동구군후 화공묘비東丘郡侯花公墓碑」와 『명사기사본말明史記事本末』, 그리고 『화영집』에 실린 「동구후전」이다. 동구후는 명 태조가 화운에게 내린 봉호封號이다.

원명교체기 천하대란의 와중에서 특히 강남지역은 주원장朱元璋과 진우량陳友諒이 패권을 치열하게 다툰 곳이었다. 화운은 명나라 주원장 진영에서 용맹을 떨친 장군으로서 태평부를 맡아 지키고 있었다. 참고한 3종의 문헌에서 화운에 관한 사적은 대략 유사하다. 화운 본인의 절륜한 용력과 충의는 물론, 그 부인 고씨가 스스로 우물에 몸을 던져 정절을 지켰고, 부인이 죽으면서 손씨에게 3세 유아를 부탁하는 유언을 한바 이 유아가 구사일생으로 살아남게 된 일이 기록되어 있다. 『화영집』에 나오는 「동구후전」은 전기소설집에 실렸음에도 전傳에 가깝다. 송렴이 지은 묘비문에서 명銘 부분을 그대로 옮겨놓기까지 했다. 그렇지만 세부의 디테일이 그려지고 그런 중에 소설적 윤색이 가해지기도 했다. 읽는 맛이 느껴지는 것이다.

「동구후전」에서 두 가지 점을 사례로 들어보자. 하나는 화운이 소년시에 초인적인 힘을 지니게 된 유래담이다. 어느 날 밤 꿈에 신인이 나타나 조그만 쇳조각 같은 것을 주며 "네가 이걸 먹으면 통력通力이 생길 것이다" 하여, 받아먹고 엄청난 장사가 되었다 한다. 그리하여 마침내 아버지를 살해한 철천지원수를 갚고 나라를 위해 큰 무훈을 세울 수 있었다. 효와 충의 덕목을 아울러 실현한 것이었다.

다른 하나는 고씨 부인이 유아를 남겨놓고 자살한 이후 전개되는 이야기다. 화운의 집안사람들이 다 살육을 당해 화씨가문은 멸종이 되기에 이르렀다. 생존자는 오직 유아 하나와 화운의 소실인 손씨가 있었다. 손씨는 금비녀 두 개를 지녀서, 고씨의 시신을 수습해 가매장을 하면서 하나는 고씨 머리에 꽂아주었다. 다른 하나는 자신이 소지하고 급히 유아를 안고 도주하다가 적군에게 붙잡혔다. 우여곡절 끝에 소지한 금비녀를 어부에게 주고 배를 구해 위기에서 벗어나게 된다. 후일 명의 승리로 상황이 종료되어, 고씨 부인의 정식장례를 치를 때 머리에 꽂아 주었던 그 금비녀가 증거물이 되어 유해를 확인할 수 있었다.

앞서 손씨가 배를 어렵게 구해 탈출했던 것이 위기의 끝이 아니었다. 배를 저어 가다가 적군의 패잔병을 조우한 것이다. 적병은 배를 빼앗고 손씨와 아이를 물에 던져버렸다. 『창선감의록』의 도입부에 "어린아이는 물 가운데 던져졌더니"는 바로 이 사연이다. 용케도 물에 뜬 나무토막을 붙잡고 떠내려가다가 물가에 닿아 갈대숲에 은신을 하였다. 거기서 7일 동안 연밥을 따 먹으며 살아 구원을 받을 수 있었다. 이처럼 극한의 고난을 겪고 생존하여 화씨가계가 끊어지지 않을 수 있었다.

방금 「동구후전」을 통해 화씨가문의 과거사를 알게 되었다. 이에 대한 지식이 전혀 없는 상태에서 도입부를 읽으면 무슨 영문인지 도무지 알 수 없다. 짐작컨대 『창선감의록』이 지어지고 읽혀지던 당시에는 이 이야기가 어느 정도 유통이 되었을 것이다. 적어도 지식층이라면 상식이었을 듯싶다.

무릇 인간세상에서 과거사는 선택적으로 기억되기 마련이다. 유교사회의 조선에서는 화운과 고씨 부인, 그 3세 유아의 이야기는 충·효·열이 결합된 가치체계의 상징으로 기억되었다. 화씨가계는 『창선감의록』이 가문적 배경으로 끌어오기에 그야말로 맞춤형이다.

6. 맺음말

16~17세기의 한국소설을 동시기 중국소설과 비교론적 관점에서 분석·평가한 위 글의 요지를 간추려서 정리해 보면 대략 이러하다.

① 한국소설사를 보면 17세기를 분기점으로 이전에는 전기 양식의 한문소설 위주로 발전하였고 이후에 국문소설이 등장하였다. 이러한 한국소설사의 내면을 해명하기 위해 이 글은 비교의 관점을 제공하는 자료로서 『화영집』을 원용한 것이다.

② 중국의 명대는 소설시대라고 일컬어진 만큼 소설이 성행하였던바 대중적인 장편소설과 문인적인 전기소설의 두 갈래로 양립해 있었다. 장편소설로서 『삼국지연의』와 전기소설로서 『전등신화』가 16세기 중엽 조선에서 공간이 되어 크게 문제시된 일이 있었다. 이 사실을 확인하고 들여다보면서 명대소설이 조선에서 수용된 양상을 평가하였다.

③ 『화영집』은 명대 전기소설의 후기작이다. 『전등신화』로부터 이어진 전기적 성격을 기초로 하면서 탈전기적인 면모를 확장시켜 나간 것이다. 이 작품집의 읽기를 통해서 전기소설의 16세기적 변모양상을 규명하였다. 두 가지 점을 중요시한바 하나는 작가의 자아와 직결된 '우의적 성격'이고 다른 하나는 '복선화음의 논리'에 의거한 서사의 '권선징악적 구조'

이다.

④ 16세기의 한국소설사는 한문소설 위주로 전개되면서 나름으로 변화하고 있었다. 이 지점은 임백호의 창작 3편을 분석하는 방식으로 논평하였다. 그의 실험적인 소설은 기본적으로 문인전기 형식에 작가의 비판정신을 담아낸 것이었다. 『화영집』과는 다르면서도 유사성이 있다. 양자 간의 유사성은, 직접적인 영향관계를 상정하기 어려우며, 양국의 문화적·정신적 상동성에 기인한 것이다. 백호의 창작에서 '우의적 성격'이 극대화된 점은 소설에 부정적이었던 조선적 문화풍토에 관계가 있는 것으로 해석하였다.

⑤ 17세기의 한국문학사는 국문소설—규방소설이 등장함에 따라 구도상의 변형이 일어나기 시작했다. 규방소설에서 비로소 권선징악이 서사의 구조로 들어온 것이다. 『창선감의록』은 규방소설로서 전형적인 작품이다. 마침 『화영집』에 실린 「동구후전」에 『창선감의록』의 가문적 배경이 나와 있어서 이를 점검하여 규방소설의 기본성격을 들여다볼 수 있었다.

⑥ 끝으로 덧붙일 말이 있다. 본고는 내 나름으로 방법론적 고민을 가지고 쓴 하나의 시론이다. 근래 국제화시대라고 하여, 교류·관계사 쪽으로 휩쓸리는 경향이 뚜렷하다. 물론 우물 안 개구리처럼 일국사적 안목에 집착해서는 안 되고 그럴 수도 없다. 소설사의 연구 또한 동아시아적 시각이 절실히 요청되고 있다. 그런데 교류관계다, 비교론이다 하면서 작품 읽기에 깊이 들어가지 못하고 '나'에 대한 사고까지 망각한 경우가 많은 것 같다. 이런 추세에 대한 반성적 의미를 이 글에 담아본 것임을 밝혀 둔다.

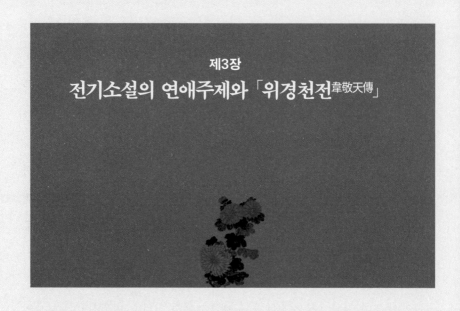

제3장
전기소설의 연애주제와 「위경천전韋敬天傳」

1. 머리말 — 한국소설사에서 전기소설

오늘날 우리가 접하는 소설은 전문작가와 다중의 독자들을 인쇄매체로
연계하는 구조에 의해서 성립된 것이며, 그러한 구조 속에서 아직 살아
있다. 소설이 자본주의 시대를 대변하는 '근대적' 문학양식으로 된 것은
주로 이 때문이다.

이 근대적 성격의 소설이 확립되기까지에 그것은 자기 발전의 오랜 역
사를 가지고 있다. 소설이란 말 자체가 어원적으로 '길거리에서 주워들은
이야기를 기록한 것'을 의미했던바 소설은 사람들 사이에서 행해지던 이
야기로부터 발원하였다고 보는 편이 좋다. 요컨대 시대를 경과하면서 인
간의 생활의식이 변모하고 복잡해져감에 따라 경험에다 상상을 곁들여

엮어낸 이야기의 내용과 형식 또한 연변演變이 여러모로 일어나 이런저런 유형으로 전개되어 온 것이다. 이리하여 소설은 그야말로 '대설大說'이 못 되는 하찮은 이야기에 지나지 않았던 것에서 급기야는 시대를 대변하는 문학양식으로 격상하였다. 근대라는 시대에 이르러서는 '소설'이 아니고 오히려 '대설'이라고 불러야 그의 성격에 합당할 듯도 하다.

이야기 형식의 단계적 발전 과정, 그것은 바로 소설사 자체다. 그러므로 우리의 소설사 인식은 다른 어디가 아니라 기본적으로 여기에 착안을 해야 할 것이다.

저자는 벌써 오래전에 신라말 고려초의 전환기적 상황에서 전기라는 일종의 소설 유형이 출현했던 사실을 몇몇 사례를 들어서 규명해 보았다.[1] '『금오신화』 – 최초의 소설'이라는 국문학의 통설을 뒤집는 주장이지만 최초라는 물건을 되도록 올려 잡아서 문화적 자존심을 세워보자는 그런 뜻이 아니다. 이야기 형식의 단계적 과정을 염두에 두고 한자세계의 보편성에 비추어 생각할 때 당연한 귀결이었다.

우리가 전기소설을 하나의 유형으로 고려히고 『금오신회』를 다시 읽어보면 거기에는 확실히 '최초'에 걸맞는 신생의 풋풋함이라기보다는 오히려 원숙의 아름다움이 느껴진다. 그렇지만 이 『금오신화』가 한국소설사에서 전기소설의 종점은 아니었다. 적어도 17세기 전반까지는 전기소설의 틀에서 재미난 신작이 종종 창출되고 있었다.

한국소설사에서 전기소설은 10세기 무렵에 출현하여 17세기에 이르는 긴 시간대에 걸쳐 존재했던 것이었다. 그런 만큼 전기소설의 사적 위상은 자리가 폭넓다 하겠다. 그것이 중국소설사에서 지니는 무게에 견주어 한

---

1 임형택, 「羅末麗初의 傳奇文學」, 『韓國漢文學硏究』 5, 1981(『韓國文學史의 視角』, 창작과비평사, 1984).

국소설사에서는 상대적으로 비중이 크다. 왜 이런 현상이 나타났을까?

이 전기소설, 즉 문인전기文人傳奇는 문인지식층 사이에서 발생·발전하여, 표현형식이 문어체 한문으로 특색을 드러낸 것이다. 그런데 중국에서는 오늘날까지도 세계적으로 효용가치를 잃지 않고 있는『삼국지』·『수호전』같은 장회체의 장편소설이 14·15세기에 이미 완성되었던 한편, 백화단편소설이 따로 출현해서 통행하고 있었다. 설화인說話人의 이야기들이 성시를 배경으로 일찍부터 발흥해서 소설의 신경지를 열었던 것이다. 전기소설의 후기적 모델인『전등신화』는 14세기에 나왔는데, 한국 및 일본에서는 지속적인 인기를 누렸다. 그러나 정작 본바닥에서는 새로운 유형의 소설 앞에서 존재감이 그렇게 대단치 못했다. 반면, 한국소설사는 17세기로 들어서기까지는 전기소설을 밀어낼 사회적·문화적 기반이 조성되어 있지 못했던 것으로 보인다.

17세기는 동아시아의 일대 전환기였다. 우리 한반도는 근·현대역사에서 겪었던 바와 비슷하게 전환기적 운동의 중심 고리가 되었다. 그런 과정에서 파란의 기구한 인생체험들이 쌓였고 또 인간의식의 내면에 회의와 반감이 폭넓게 싹텄음이 물론이다. 이의 소설적 반사는 여러모로 일어나 거기에 변형의 가능성이 현저하였다. 그렇지만 주류적 양상은 '문인전기'의 범주를 탈피하지 못하고 그 틀 속에서 형식적 모색이 나름으로 다채롭게 이루어지고 있었다.

지금「위경천전韋敬天傳」은 바로 17세기로 들어선 시점에서 출현한 소설 부류의 하나다. 우리의 전기소설은 초창기부터 애정갈등에 초점이 맞추어져 있었거니와,「위경천전」또한 남녀 간의 연애를 소설적으로 꾸민 것이다. 이 작품을 학계에 소개하면서 전기소설의 연애주제를 다시 생각해 보고자 한다. 아울러 17세기 전후에 일어난 우리 소설의 변모양상에 대해서도 잠깐 돌아보고 싶다.

2. 「위경천전」

「위경천전」은 1592년 임진왜란이 발발한 그해, 중국의 동정호洞庭湖 주변의 도시 악양岳陽을 주무대로 장강長江을 따라 사건이 엮어지는데, 주인공이 임진왜란에 참전함으로 해서 조선에까지 연계되고 있다.

남자주인공 위경천韋敬天, 본명은 뵴이며, 敬天은 그의 字은 남경南京 사람으로 문학을 좋아하는 청년이었다. 그의 아버지는 조선지원군의 정토제군사征討諸軍事로 임명된 무장이다. 여자주인공 소숙방蘇淑芳은 귀족 가문의 막내딸로 태어나 역시 감정이 풍부한 문학소녀다.

이 밖에 위경천의 친구로 장생張生, 병영에서 함께 근무하는 친구 김생金生, 그리고 소씨蘇氏 집의 하녀, 심부름꾼, 사자 등등이 보조역으로 출연한다.

위경천과 소숙방, 이 다정다감한 두 남녀가 펼치는 소설의 줄거리는 이러하다.

임진년 봄, 금릉金陵, 남경 사람 위경천은 친구 장생과 함께 배를 타고 장강을 따라 유람을 나선다.

배는 답청절 삼월삼진날 동정호 맑은 물결 위에 마음껏 노닐다가 악양성 아래 닿는다. 물과 하늘이 온통 푸르러 한빛인데 강변으로 그림 같은 가옥들, 풍악이 바람결에 울려서 마치 선경이 아닌가 싶다. 위경천과 장생은 감흥이 샘처럼 솟아나 주옥같은 시편을 주거니 받거니 한다.

장생은 소상강瀟湘江 가에 뿌려진 아황阿黃·여영汝英의 눈물, 멱라수汨羅水

에 몸을 던진 굴원屈原의 영혼을 회상하며 비감에 잠긴다. 반면에 경천은 "옛사람을 조문하며 상심한 나머지 즐거운 한때를 부질없이 소모하는 것은 바람직하지 못하다"는 느낌으로 이런 꽃피고 새 우는 좋은 날 한껏 기분을 내자며 마음이 들떠 오른다. 이윽고 함께 목이 쉬도록 노래 부르고 담뿍 술에 취해 둘이 다 뱃전에 쓰러진다.

경천이 어렴풋이 깨어 두리번거려 보니 어느덧 호수에 석양이 깃들어 물새는 끊기고 인적도 뜸하다. 장생을 흔들어 보았으나 혼곤해 있으므로 무료히 혼자 배에서 내린다. 강둑으로 발길을 옮기다가 우연히 악기와 노래 소리에 귀가 팔려서 어느 대문 안으로 들어서게 된다. 거기 완전히 별천지가 눈앞에 나타난다. 그는 굉장히 화려한 저택의 구조며 기기묘묘한 배포에 눈이 홀린 나머지 내정 깊숙이 빠져든다. 마침 곱게 분장한 배우들이 연극을 파하고 흩어지는 광경에 넋이 나가 숨을 죽이고 바라보는 사이 그 집의 대소 문들이 온통 잠겨 버린다. 그는 꼼짝없이 조롱에 갇힌 새의 신세가 되고 만다.

이제 경천은 새벽에 대문이 열리기만 기다리며 여기저기 서성거린다. 그러다가 후원에서 낭랑히 울리는 소리를 듣고 들여다보니 백일홍나무 아래 등불을 걸고 선녀인가 싶은 미인이 노래를 부르는 것이 아닌가. 미인은 이내 안으로 사라진다. 그는 따라 들어가고 싶은 충동을 걷잡지 못한다. 마음 한 구석에서 내닫는 감정을 붙잡아서 발을 들었다 놓았다 하다가 드디어 두 발이 가는 대로 안으로 뛰어드는 것이다.

그 미녀가 다름 아닌 소숙방이다. 그녀는 경악해서 남자를 거부하며 "뉘 집 탕자냐? 이처럼 광포할까"라고 부르짖는다. 그는 당황해서 물러나려 하였으나 이미 몸이 독안에 든 쥐처럼 달아날 길도 없다. 이에 경천이 간절히 진정을 호소하자 여자의 태도는 처음과 사뭇 달라진다. 그리하여 남녀는 은밀한 사랑을 맺게 된다.

소숙방은 위경천에게 우연한 만남을 영원한 결합으로 이끌자고 제안하며 서로 굳게 맹세한다. 그리하여 봄밤의 짧음을 안타까워 하다가 남자가 일어서자 여자는 "오늘밤을 기약하자"고 다짐을 둔다.

그날은 배를 돌리는 날이다. 떠날 준비로들 부산한데 위경천은 눈이 뚫어져라 동쪽 마을만을 바라보고 앉아 있다. 장생이 캐어물어서 간밤의 일을 들려준다. 장생은 경천의 마음이 이미 말로 돌이킬 수 없는 줄 알고 술을 잔뜩 먹여서 취하게 만든 다음 배를 띄운다. 그 다음날 아침 경천이 눈을 떴을 때는 이미 악양성으로부터 멀리 떨어진 전당錢塘, 杭州에 닿아 있었다.

경천은 그리움으로 병이 날로 침중해져서 거의 사경을 헤맨다. 그의 부모가 그를 붙잡고 눈물을 흘리며 "네가 가슴 속에 무엇을 숨기고 털어놓지 못하느냐? 후회나 없도록 쌓인 마음을 풀어 보아라"고 타이른다. 이에 그는 부모님께 전날 밤의 일을 모두 말씀드리고 불효막심한 자식은 죽음을 기다릴 수밖에 없다고 말한다.

그의 부모는 즉시 소상국 댁으로 청혼을 하기 위해 창두가 막 대문을 나서는 판에 소상국 댁의 사람이 당도한다. 그리하여 혼사는 순조롭게 이루어진다. 위경천과 소숙방 두 사람은 이제 부부로서 서로 극진히 사랑하고 공경하였음이 물론이다.

그해 8월 경천의 아버지 위장군은 조선 땅으로 3만의 군사를 거느리고 출정을 하게 된다. 당시 이 신혼부부는 악양의 신부 집에 머물러 있었다. 위장군은 막중에 서기의 직으로 적임자가 없어 자기 아들을 급히 부른다. 두 사람이 신혼의 이별을 애달파하여, 떠나는 마당에서 숙방은 「임강선臨江仙」 한 곡을 지어 경천을 전송한다.

경천은 이별의 상처가 큰 데다 장정에 풍찬노숙을 하다 보니 예전의 병이 다시 도져서 중도에 병세가 날로 악화된다. 몇 달 끌다가 마침내 아버지의 손을 잡고 눈을 못 감은 채 숨을 거두고 만다. 출상하는 날 아버지 위장군의 꿈에 아들이 나타나 "소씨 낭자와는 살아서도 같이 못 살고 죽어서도 같이 못 묻히네요"라고 탄식을 한다. 이에 위장군은 운구하는 배를 소씨 집이 있는 악양으로 가도록 지시를 한다.

경천의 상여를 실은 배는 10여 일이 걸려서 악양에 이른다. 숙방은 경천의 죽음을 대하자, 곧바로 자결을 택한다. 그리하여 구의산九疑山 기슭에는 경천과 숙방 양인의 무덤이 나란히 생겼다.

3. 전기소설의 연애주제

「위경천전」은 남녀 간의 애정문제를 다룬 소설이다.

인간은 의식주가 삶의 기본조건이다. 그러므로 먹고사는 문제의 해결 및 개선을 필수적으로 도모하지 않을 수 없다. 또한 생식이 없이는 인간의 존속 자체가 불가능하므로 남녀의 결합을 결코 경홀히 여길 수 없다. 『예기禮記』에서 "음식과 남녀 간에 사람의 대욕이 개재해 있다" 함은 바로 인간적 실정을 깊이 간파한 발언이라 하겠다.

인류에게 정당한 삶의 도리를 마련해 주었다는 성인들은 이 문제를 어떻게 접근하였을까? 중국 청대의 계몽사상가 대진戴震, 1723~1777은 주장하기를 "성인은 천하를 다스림에 있어 민民, 피통치자 일반의 정情을 체현하고 민의 욕망을 완수하도록 해서 왕도王道를 이루었다"『孟子字義疏證·理』고 한다. 대진에 의하면 왕도정치의 요체는 인간에 내재한 성적 욕구를 잘 살리는 데 있다. 과연 그렇게 했을까?

"나는 덕을 좋아하기를 색을 좋아하듯이 하는 사람을 보지 못했다[吾未見 好德如好色者也]"『論語·衛靈公』고 한숨을 쉰 것은 다른 누가 아닌 공자다. 덕을 좋아하는 마음이 철학적 개념으로 도심道心이라면, 색을 좋아하는 마음은 인심人心이다. 공자는 인심의 위태로움에 비해서 도심의 미약함을 우려했던 것이다. 성인은 인심−정욕을 그대로 발산하도록 두지 않고 어디까지나 도덕으로 유도하고 예로 절제하는 방향을 강구하였다. 앞의 대진의 주장은 성인의 본뜻이라기보다 인간성 해방을 역설한 그 자신의 사상이다.

그러나 예禮를 내세운 공자학도가 정욕을 원천적으로 무시하거나 봉쇄하려고 의도했던 것으로는 여겨지지 않는다. 예의 근본 취지가 오직 지나치고 빗나갈 가능성이 없지 않은 정욕을 적절히 한계를 두어서 바른 길로 인도하자는 데 있었다. 유교의 사회윤리에서 '정시正始'남녀의 결합을 바르게 한다는 의미를 첫째로 삼은 데 잘 나타난다. 범람하는 물을 틀어막는 것이 능사가 아니고 수로를 개통해 주어야 되듯 말이다.

그런데 같은 유교라도 정주학程朱學−도학道學으로 와서는 이 문제에 대한 대응 방식이 상당히 달라진 것 같다. 천리天理와 인욕人慾을 불상합不相合의 대립관계로 설정한 나머지 "인욕을 제거하고 천리를 보존해야 한다"[去人欲, 存天理]는 명제를 세우고 있다. 인간의 육신을 완전히 악의 원천으로 치부한 셈이다. 도학의 큰 스승 정이程頤, 1033~1107, 伊川先生으로 일컬음는 이렇게 가르친다. 어떤 제자가 선생님께 과부가 굶어 죽게 된 경우 부득이 개가라도 해야 하지 않겠느냐고 묻자 "아사餓死는 일이 극히 사소하며 실절失節은 일이 극히 중대하다"『遺書』卷22下고 단호하게 판정했다. 그에 있어서 육체적 생존은 도덕적 가치에 비추어 무시되고 있다.

이처럼 경직된 도덕규범이 당위의 이데올로기로 작동하는 사회에 있어서 정욕은 악으로 부정되는 것이 당연한 귀결이다. 중세 시대에 인간성이 속박되었던 이데올로기적 요인이 바로 여기에 있었다. 그리고 소설이 오랫동안 문학으로서의 지위를 누리지 못했던 사정 또한 이데올로기적 편향과 무관하지 않겠거니와, 전기소설의 연애 주제가 갖는 역사적 의미 또한 여기서 찾아볼 수 있겠다.

1)「이생규장전」으로부터「위경천전」

『금오신화』의「만복사저포기」・「이생규장전」같은 작품에 그려진 인생화폭을 보면 남녀의 애정이 인간의 삶에서 거의 절대적이다.「만복사저포기」의 주인공 양생은 어찌나 장가가 들고 싶던지 만복사 연등 날에 기원을 하다못해 남몰래 부처님과 윷놀이 내기를 한다. 부처님과 윷놀이라니 차라리 애교라고 봐주어야겠으나, 짝을 갈구하는 심경이 간절하게 느껴진다. 어쨌건 부처님이 내기에 져서 신녀神女와의 로맨스가 이루어지는 것이다. 이러한 설정은 초기의 전기소설「김현감호」나「조신」과 비슷하다. 다만「김현감호」의 상대역은 신녀가 아니고 호녀虎女이기에 이야기가 서로 다르게 진행된다.

「만복사저포기」에서 신녀와의 환상적 연애는 다른 한 편의 전기소설「최치원」으로부터 상속받은 유산이다. 그네들의 만남은 당초 모순되는 설정이어서 파국을 예정하고 있었다. 그런데「최치원」의 경우 주인공은 신녀와의 이별을 자신의 입신양명을 위해 오히려 무방하게 된 일로 받아들인다.「만복사저포기」의 주인공은 태도가 전혀 다르다. 그는 파국에 이르자 마음에 상흔이 커서 마침내 세상과 등을 지고 만다.「이생규장전」역시 남녀의 사랑이 비극적으로 귀결되는 작품이다.

「위경천전」은 이들 작품과 성격이 상통하는데 전체적으로「이생규장전」쪽에 맥락이 더 가까이 닿아 있다. 문학을 좋아하고 성격이 분방한 남녀가 사랑의 밀회를 가진 이후 난관을 넘기고 합법적인 부부로 맺어지지만 뜻하지 않은 전란으로 인해 파탄에 이르는 이야기. 줄거리의 골자만 추리면 이처럼 똑같이 요약되는 내용이다. 그리고 주인공 위경천과 소숙방은 「이생규장전」의 이생과 최랑에 대응되는 바, 이들 인물의 가문적 배경도 똑같이 여자주인공쪽이 지체도 우월하고 훨씬 호화로운 생활을 영위하는 모양으로 설정되어 있다.

이러한 두 작품 사이의 유사성이 그냥 우연은 아닐 터이다. 필시 받은 바 영향이 있었을 듯싶다. 그렇지만 「위경천전」은 「위경천전」이다. 「이생규장전」의 아류로 칠 것은 아니다. 「위경천전」에서 「이생규장전」과 특히 다른 측면을 약간 들어서 살펴보기로 한다.

두 남녀가 은밀한 만남으로 사랑이 이루어지는 것은 마찬가지다. 그러나 그 과정은 판이하다. 「이생규장전」에서는 비록 총각이 담장을 넘어가서 처녀에게 접근하는 불법적 방법이긴 하나 사전에 연시戀詩를 던져서 이미 서로 감지하고 있는 상태였다. 「위경천전」은 사내가 순간적으로 성적 충동을 이기지 못해 여자의 침실로 뛰어든 것이다. 외형상으로 보면 성폭력이요, 그 사내는 갈데없이 부랑자다. 이런 상황을 설정하고 거기서 진실한 사랑이 싹튼 것으로 납득할 수 있도록 처리하기란 실로 쉽지 않겠다. 작가의 필치는 이 대목이 무리하지 않도록 제법 기량을 발휘하고 있다.

소설은 경천이 여자의 침실로 뛰어드는 돌발적인 행동을 취하기까지에, 마음이 들뜨는 상황, 그 상황을 경험하면서 변화하는 심리상태를 비교적 자상하게 묘사한다. 묘령의 아가씨가 밤에 정원으로 나와서 꽃가지를 들고 앉아 노래를 부르는 모습을 눈앞에 대면하는 장면이 결정적이다.

바람 따라 점점이 뿌리는 꽃잎들

더구나 노래의 사연은 이렇듯 분방하고 싶은 사춘기적 정서가 담겨 있다. 이에 동요하지 않는다면 피 끓는 청년이 아니라 목석이 아닐까.

숙방이 밤중에 침실로 돌입한 자를 대해 처음에 "뉘 집 탕자냐"고 소리치다가 나중에 사랑하게 되는 감정의 변동이 또한 재미있게 그려진다. 앞의 숙방이 정원으로 나와서 노래 부르는 장면은 경천이 이끌린 동기로 작용하지만 한편으로 여주인공이 남자에게 얼른 사랑을 느끼는 복선으로 되고 있다. 숙방은 경천이 야수처럼 덤벼들지 못하고 도리어 어쩔 줄 몰라 하며 죄책감을 갖는 태도와 어조에서 우선 그에 대한 인상이 바뀌어간다. 여자는 남자의 등을 정답게 어루만지며 "인생의 환희와 쾌락은 규방 깊은 곳까지는 미치지 못하는데 이 세상에 오늘이 있다니요" 하고 감격해 한다. 이 대목은 아무래도 비약이 있다. 하지만 이성이 통할 곳이 아니고 감정의 영역임을 고려해야 하겠다. 두 몸이 하나로 합치면서 정이 무르녹고 마음까지 화합하게 된 사정을 소설은 보여준다. 그러므로 인간적 현실과 당시 여성의 처지에 비추어 보면 그렇게 비약이 아니다.

지금 두 작품에서 남녀가 사랑하게 되는 곡절을 엿보면서 확인한 사실이 하나 있다. 「이생규장전」에 비해 「위경천전」은 인물이 놓인 환경과 인물의 내적 심리 묘사가 훨씬 더 섬세하게 되어 있다는 점이다. 인물의 사회적 관계 또한 그에 상응해서 진전된 양상을 보여준다. 경천의 친구로 장생·김생 등이 등장하고 아버지 위장군에게도 작중 역할이 돌아가고 있으며, 임진년이라는 시간대를 배경으로 설정하고 임진왜란에 인물들이 직접 참여케 함으로써 보다 역사적 구체성을 주고 있다. 이와 달리 「이생규장전」은 두 주인공으로 고립시켜 훨씬 단순화된 구성이다. 소설적 형식이 「이생규장전」에서 「위경천전」에 이르러 보다 진전되었다고 하겠다.

다음에 두 소설이 각기 결말로 가는 과정을 비교해 보자. 전란이 원인을 제공해서 비극적 종말에 이르는 경위는 마찬가지다. 여자주인공이 죽고 남자주인공이 살아있거나 그 반대이거나는 별문제다. 사랑하는 남녀 사이에 어느 한편의 죽음으로 공도共倒하는 결말, 이는 공통되는 구조다. 주목해야 할 차이점은 짝을 잃고 난 다음에 바로 이어지는 이야기다. 「이생규장전」은 이미 죽은 자가 생시의 모습 그대로 출현해서 일정 기간 부부생활을 영위한다. 그런 연후에 인간의 운명은 끝내 거역할 수 없는 것이기에 이때 비로소 영결을 하게 되는 것이다. 말하자면 비극적 최후의 직전에다 유예기간을 둔 셈인데, 이 유예기간을 통해 두 사람의 간절한 사랑 — 현세적 삶에 대한 열렬한 소망을 다시한번 확인하고 있다. 그럼으로써 종막의 비장감이 한결 농도를 더한다.

반면에 「위경천전」은 경천이 죽어서 상여에 실려 돌아오는 것을 보자 숙방은 즉시 자기 목숨을 끊는다. 이처럼 유예기간이 없이 비극적 최후로 직행한 결구는 '전기적 신이'의 청산이라고 소설적 의미를 부여할 수 있다고 본다. 물론 미학적 측면에서 어떤 처리 방식이 보다 효과적인지 이 점은 단순하게 평가할 수 없다. 다만 분명하게 말할 수 있는 점은, 「위경천전」이 상대적으로 합리적 구성을 취했으며, 그럼으로써 현실성에 의거한 비장감을 준 것이다.

「위경천전」에서 비극적 종말은 요컨대 사랑에 기인한 것이었다. 인간성의 긍정적 이해를 작품 전면에 깔고 있다. 작가는 위장군의 입을 빌어 '남녀 상감相感은 고금 상정常情이다'라고 말하기도 했는데 「이생규장전」에서 '남녀 상감은 인정지중人情至重이라'는 발언과 사상적 의미뿐 아니라, 언어 표현까지 유사하다. 여자주인공 숙방은 "인생의 환희와 쾌락은 규방

깊은 곳까지는 미치지 못한다"고, 활동 반경이 규방에 제한되었던 여성들의 자유를 동경하는 감정을 대변하였던바 정욕을 대담하게 긍정하는 논리를 제기하고 있다.

여기서 우리는 인간의 삶에서 남녀의 애정이 그토록 절대적인가에 한 번 의문을 던져 볼 수도 있겠다. 아버지를 모시고 출전한 자가 집에 두고 온 아내를 그리워하다 못해 죽었다. 경천 자신이 임종에 당해서 자기 아버지에게 죄송스럽게 여겼지만 불충불효라고 지탄해도 변명할 말이 실로 없을 것이다. 두 주인공은 사랑에 빠진 나머지 신세를 망친 그런 경우라고도 볼 수 있겠다. 애정지상주의적 인생태도를 어떻게 평가할 것인가?

이 문제는 특히 역사성을 고려해서 해석해야 할 성질이다. 중세시대에 있어서 정욕의 무시는 사상적 질곡으로 작용했다. 그러므로 정욕의 긍정은 인간해방의 의미를 내포하게 된다. 그러나 오늘날은 어떠한가? 자본주의 사회에 있어서 소비의 확대를 위해서 과다하게 조장되는 측면이 있는 것이다. 정욕의 무한정한 조장은 해방적 의미라기보다 도리어 자본주의적 물신의 노예로 인간을 세뇌하려는 수작같이도 느껴진다. 지금 사랑이 범람하는데 역으로 진정한 사랑은 잃어가는 현상 또한 이와 무관하지 않다고 여겨진다.

물론 전기소설이 출현한 시대는 지금과 사정이 크게 다르다. 처녀총각이 자의로 만나서 사랑을 한다. 이 자유연애는 이제 물마시고 밥 먹듯 일상적인 일이지만 옛날엔 그야말로 '신기'의 일에 속하였다. 현실적으로 감히 있을 수 없는 일이기에 소설은 무덤 속의 영혼을 불러내기도 하고 이류異類와의 교구交媾를 꾸며내기도 하였다. 때문에 신이·신기의 일을 엮어내는 전기소설로 성격화된 것이다. 현실적 방법을 택하자면 「이생규장전」처럼 담을 넘어 들어가든지 「위경천전」처럼 뜻밖의 기이한 만남이 될 수밖에 없다. 이런 식의 자유연애는 대단히 심각한 사태를 야기하는바 작중에서 장생이 경천을 타이르는 말 속에 대략 담겨 있다.

요컨대 위생과 숙방이 저지른 일, 다름 아닌 연애 행위는 사통률私通律을 위배한 범법이었을 뿐 아니라, 가문의 멸망과 자신의 파멸을 부르는 실로 '위험한 불장난'이었다. '위험한 불장난'은 예교禮敎의 속박으로부터 삶의 자유를 얻고자 하는 저항적 행동으로 역사적 의미를 갖는 것이다.

「이생규장전」이 쓰어진 15세기 중엽으로부터 「위경천전」이 쓰어진 17세기로 내려오는 동안 이조사회는 유교의 강상綱常 윤리가 한층 더 강화되고 경직되는 추세였다. 예교의 굴레 속에서 인간은 감정이 말라빠지고 굳어졌으며, 세속적 출세주의가 충효라는 지상의 덕목으로 미화되었다. 「위경천전」은 연애주제를 표출하기 위해 한층 대담하게 정욕을 긍정하고 있는바 예교의 강압에 대한 저항적 의미를 띠고 있다.

「위경천전」은 보다 진전된 소설의 수법을 구사하여 「이생규장전」에서 제기한 주제사상을 심화·발전시킨 것으로 볼 수 있다.

2) 「주생전」과의 대비

「위경천전」의 필사된 자료에 작자로 '권석주제權石洲製'라고 적혀 있다. 과연 이 작품은 당대 일류시인으로 인정을 받았던 석주石洲 권필權鞸, 1569~1612, 字汝章이 지은 것일까? 민간 잡서의 기록은 그대로 신빙하기 어려운 경우가 허다하다.

권필의 소설로 「주생전」은 이미 알려진 것이다. 이 역시 방증을 제시할 수 없기 때문에 말하자면 '전 석주작傳石洲作'이다. 그런데 「주생전」의 경우 그 작중에서 '나'로 설정된 사람이 주인공 주생을 개성의 여관에서 직접 만나 대화를 나누었던바, "주생 자신이 전후에 겪었던 일을 이와 같이 들려주었다"라고 했으며, 작품의 말미에는 "계사년 중하中夏에 무언자無言子 권여장權汝章은 쓰노라"고 명기해 놓았다. 이 끝의 부기를 가탁으로 돌리지 않는다면 「주생전」은 권필이 1593년에 지은 것으로 인정할 수 있다.

「위경천전」이 과연 「주생전」과 한 사람의 필치로 쓴 것인가? 이 문제는 일단 접어두고 두 작품이 같은 연애주제를 다루고 있으므로 내용을 우선 대비해 보기로 한다.

「주생전」의 소설적 시·공간은 「위경천전」과 일치하고 있다. 두 작품이 서로 맞춘 듯이 임진년 전후 중국 강남에서 조선으로 이어진 이야기다. 심지어는 똑같은 상황설정이 나온다. 「위경천전」에서 읽은, 주인공이 악양岳陽에서 저녁때 배에 실려 흘러가 아침에 눈을 떠보니, 전당錢塘=항저우이더라는 경위는 「주생전」에도 재현되고 있다. 이 대목은 소설의 진행과정에서 양쪽 다 중요한 계기로 되고 있다.

실은 이 소설적 상황은 지리적 조건에 맞춰보면 크게 무리하다. 악양서 전당까지, 당시 교통수단인 배로 아무리 빨리 가더라도 몇 날 며칠 밤이 걸려야 하는 먼 거리다. 하룻밤 사이에 당도한다는 것은 있을 수 없는 일이다. 당시 우리 쪽 문인들의 중국 지리에 대한 지식이 얼마나 막연했던가를 잘 보여준다. 뿐 아니라 항주는 위치가 장강에 직접 닿아 있지 않고 양주揚州에서 운하로 갈라져 들어가 사뭇 긴 시간을 경과해야 도착할 수 있는 곳이다. 「위경천전」에서 주인공의 집은 장강을 끼고 있는 도시 남경南京이다. 그를 전당까지 데려다 놓을 필요는 당초에 없었다. 「위경천전」은 「주생전」을 그대로 따온 결과, 마치 잘못 가는 말의 뒤를 멋모르고 쫓아가다가 자기 집을 멀리 지나쳐버린 꼴로 이중의 오류를 범하게 된 것이 아닌가 본다.

이들 두 소설은 주인공이 배를 타고 떠도는 발단에서부터 임진왜란에 참전했다가 병이 드는 귀결까지, 시작과 끝이 비슷하다. 그러나 중간에는 각각 아주 다른 내용으로 엮어지고 있다. 이야기를 달라지게 만든 요인은 남자 주인공의 상대역이 하나가 아니고 둘이라는 점에 있었다. 주생은 처음에 배도裴桃라는 기생과 연애를 하다가 나중에 선화仙花라는 귀족 아가씨에게로 연정이 옮아간 것이다. 우리 소설사에서 처음 출현한 삼각관계의 구도인 것 같기도 하다.

주생과 배도의 사랑은 「춘향전」의 예고편인 듯하지만 귀족의 가정교사로 들어가서 그 집 딸의 방을 범하는 주생은 출세주의자 줄리앙 소렐의 '조선판'같이도 여겨진다. 특히 주생의 애정이 배도에서 선화로 기우는 감정의 묘사는 절묘하다. 다음은 주생이 선화를 한번 몰래 훔쳐본 뒤에 저도 모르게 나온 소리다.

> 채운에 잠긴 요대瑤臺
> 꿈결에 들어가
> 구화장九華帳 깊은 곳에서
> 선아를 만나네.

이처럼 오매불망 꿈속에서 그리는 것이다. 선아仙娥=선녀란 그가 간밤에 얼핏 본 선화임이 물론이다. 배도가 의아해서 선아가 누구를 가리키느냐고 따져 묻자 주생은 얼른 노래하기를

> 잠을 깨니 그 아니 반가운가
> 선아가 옆에 있네
> 화월花月이 방에 가득하니

하고 배도의 등을 애무하면서 "당신이 나의 선녀 아니냐"고 능친다. 이에 순진한 배도는 "그럼 서방님은 저의 선랑仙郞이게요?" 하며 좋아한다. 남자의 새 여자로 향한 마음의 기움, 그러고도 현재의 여자에게 사랑을 가장하는 꼴이 눈앞에 선한데 변심한 애인의 가식에 속아서 기뻐하는 여자가 애처롭게 느껴진다.

작중의 주생은 사람이 신의도 없고 교활하며 여성의 순정을 농락한 자로 그려져 있다. 하지만 그가 악인형의 인물이냐 하면 그렇지는 않다. 절대 선하지도 절대 악하지도 않은, 사랑과 출세, 이성과 욕망의 사이에서 주저하는 그런 인간으로 소설은 포착하고 있다. 실상 이런 모습이 현실적 인간의 모습이지만, 그 이전의 소설에서는 별로 만나보지 못한 인간 유형이다.

이 처음 만나는 인간형이 「주생전」 특유의 삼각 구도를 만들어낸 것이다. 앞서 인간들의 착잡한 관계와 미묘한 심리의 묘파를 살펴보았거니와, 거기에서 소설의 새로운 가능성이 열려질 수도 있었다. 잘하면 '리얼리즘 소설의 승리'가 앞당겨졌을지도 모르나, 「주생전」이 도달한 위치는 아직 그런 문제를 운운할 단계는 아니었다.

「주생전」의 소설적 한계는 그 작가의 주인공에 대한 시각에서 일차로 요인을 찾아볼 수 있다. 작중의 '나'는 실의에 빠진 주생에 대해 "대장부로서 근심할 바는 공명을 성취하느냐 못 하느냐에 있다. 천하에 미인이 어찌 없겠느냐?"고 위로를 한다. 즉, 남자가 공명을 세우면 미인은 따라오게 되어 있으니 일개 아녀자 때문에 고민할 것이 없다는 속류적 논법이다. 물론 주생을 위로하기 위해서 하는 말이지만 당시의 통념이요 상식이기도 하다.

주생이 배도와 하늘을 두고 맹세했던 사랑의 언약을 팽개친 까닭은 기실 그녀가 기적妓籍에 올라있는 천한 여자이기 때문이다. 선화에게 마음이 사로잡혔던 이면에는 또한 여자와 출세를 저울질한 손익계산이 있었다고 보지 않을 수 없다. 주생은 명백히 배신자요, 한 여성의 순결을 짓밟고 죽음으로 몰아넣는 악행을 범했다. 배도는 마지막 눈을 감으면서 "단지 소원이 하나 있어요. 제가 죽은 뒤에 선화 아씨에게 장가를 드시고 저의 유골은 서방님이 다니는 길옆에 묻어 주셔요"라고 주생에게 부탁한다. 주생은 배도의 죽음 앞에서 느낄 수밖에 없는 죄의식을 그녀를 위해 슬피 통곡하고 유언을 이행하는 것으로 상쇄한다. 그럼에도 작가의 서술태도는 적어도 표면적으로는 주생을 부정적 인간으로 설정하지 않았다. 남자는 첫째 공명을 세워야 하며, 여자 문제는 부수적이라는 통념으로 주생의 악행을 양해한 것이리라. 성적·신분적 질곡에 희생된 배도에 대해서는 작가 역시 주생과 함께 공범의식을 가졌던 셈이다.

「주생전」은 그 제재의 특성이 채택한 형식에 적합하지 않음을 보여주고 있다. 즉, 삼각관계의 구도를 성립시킨 복잡한 인간 현실을 소설적으로 재구성하는 데는 전기적 틀이 부적합한 것이다. 그럼에도 작가는 비판적 시각을 견지하지 못한 나머지 어정쩡한 문인적 취향으로 배도의 비련을 동정하면서 주생의 변심을 긍정하는 모순을 초래하였을 뿐 아니라, 주생을 긍정하면서도 실제 결과는 부정적 인간으로 묘사된 중층적 모순이 일어난 셈이다. 결국 작품은 「위경천전」에서 느꼈던바 비극적 종말이 가져오는 비장감의 효과를 감쇄시켜 놓았으니, 사회소설적 심각성에는 미처 다가서지 못하였다.

「위경천전」과 「주생전」을 문장표현의 측면에 유의해서 읽어보면 「주생전」이 월등히 고수의 솜씨로 여겨진다. 삽입시들의 수준 역시 서로 비교활 정도가 아닐 뿐 아니라, 장면장면을 형상적으로 드러내고 사건을 구성해 나가는 데도 「주생전」은 솜씨가 번득이고 있다. 「주생전」 말미의 "계사년 중하에 무언자無言者 권여장權汝章은 쓰노라"는 기록은 그대로 믿어도 좋을 듯하다. 당시 권필은 나이 25세의 청년이었으니 우연히 '신기新奇'한 제재를 만나자 당唐의 전기작가들이 그랬던 것처럼 한번 자기의 문학적 기량을 발휘해 보고도 싶었을 것이다.

「위경천전」은 「주생전」과 동일인의 필치는 아무래도 아닌 것 같다. 추측컨대, 「위경천전」은 어느 무명의 문인 손에서 나온 것이다. 언제인지 확정할 수 없으나, 「주생전」을 읽고 자극을 받아서 이 작품을 쓰게 되었던 같다. 「주생전」으로부터의 시차는 그렇게 멀지 않을 것으로 보인다. 무명씨들까지 소설 창작에 손을 댄 만큼, 당시 한문소설은 상당한 정도로 사회기반을 가졌던 모양이다.

「위경천전」의 문학적 성취는 높은 수준에 도달한 것으로 말하기는 어렵다. 「주생전」에 비하면 하수의 솜씨요, 「이생규장전」에 비하면 긴장감이 떨어진다. 그러나 소설 문학이란 원래 내용형식이 단순치 않듯 그 평가 역시 단선적으로 내려질 성질이 아니다. 「위경천전」은 속류적 인생 태도에 대한 저항정신이 투명하여, 「주생전」이 못 가진 비극적 갈등을 살려내고 있는바 「이생규장전」을 발전적으로 이은 성과로 평가할 수 있는 것이다.

4. 맺음말 – 임진전쟁의 소설적 투영

우리 전기소설은 이 땅의 구체적 공간 및 특정한 시간을 배경으로 구성되는 것이 특징이다. 지금 「주생전」과 「위경천전」은 소설의 무대를 중국으로 삼아서 전기소설의 일반 속성과는 다른 것처럼 보인다. 그러나 고소설류에서 막연히 중국의 어느 시대와 공간을 끌어 붙인 것과는 경우가 같지 않다. 요는 국제전의 양상을 띠었던 임진전쟁으로 전기소설의 배경이 확대된 것이니 이 두 편은 견문했던 역사적 사건의 소설적 투영물이다.

「주생전」・「위경천전」 이외에도 임진왜란 직후 전쟁의 상흔을 다룬 소설들이 나왔다. 현전하는 것으로 1600년에 쓰인 윤계선尹繼善, 1577~1604의 「달천몽유록」, 1601년 작으로 볼 수 있는 「운영전」, 그리고 조금 지나서 1621년에 조위한趙緯韓, 1558~1649이 지은 것으로 전하는 「최척전」이 손꼽힌다. 이들은 모두 한문소설이다.

국문소설로는 「임진록」이 대표작이다. 「임진록」은 과연 전쟁을 치르고 얼마 지나지 않아서 지어진 것일까? 나는 이 점을 회의하고 있다. 「임진록」은 민간적 상상력을 민간적 언어로 표현한 것이다. 역사적 경험이 민중적 창작 방식으로 전화되어 하나의 작품을 형성하게 되기까지에 상당한 세월이 경과되었으리라고 본다. 소설사에서 「임진록」・「박씨전」 같은 유형의 출현은 단정키 어려우나 17세기 초는 아니고 그보다 후대의 일로 여겨지는 것이다.

17세기를 전후한 시대에는 전기소설의 대체 형식이 아직 발전하지 못한 상태였다. 작가들은 자신이 몸소 겪고 눈으로 보고 귀로 들었던바 풍부한 이야기들을 구래의 전기소설의 틀에다 수용해 보았던 것이다. 이는 또 작가들의 문인적 교양이나 취미와도 어울렸다.

그런데, 저 복잡하게 전개된 현실 상황, 그로 인한 정치・사회적 변화와 인간 자신의 내적・외적 파동을 전기소설이라는 고전적・폐쇄적 양식으로 포착하는 일은 실로 난감한 노릇이다. 그렇기 때문에 전기소설이라도 거기에는 '비전기적' 요소가 증폭할 밖에 없었다. 앞서 「위경천전」과 「주생전」에서도 이 점에 관심을 두고 지적했던 터이다. 몽유형식을 차용한 「달천몽유록」은 전쟁의 참상 및 그에 대한 비분감이 양적 무한에 가깝도록 펼쳐진다. 「운영전」은 몽유형식에다 「이생규장전」의 성격을 결합시킨 수법을 쓰고 있는바 장편화의 면모를 보이면서 '특'이란 하층인물에게 비중 있는 역을 맡긴 점이 주목된다. 「홍길동전」에서 자객으로 등장하는 인물의 이름이 '특자'로 되어 있거니와 「창선감의록」의 서산해·범한, 「사씨남정기」의 동청·냉진 같은 악인형의 원조로 볼 수 있다. 「최척전」은 「이생규장전」에서 「위경천전」으로 내려온 전기소설적 연애주제의 발전 과정에 맥을 대었으나 파란만장의 복잡한 인생 현실을 수용함으로써 전기소설적 틀이 그만 파탄을 일으켰다. 한편 이 「최척전」의 이야기는 유몽인柳夢寅, 1559~1623에 의해서 야담으로 기록되었다. 『어우야담』에 실린 「홍도紅桃」다. 보기에 따라서는 매우 주목할 점인데 「홍도」는 「최척전」의 문학적 성과에 미치지 못하는 것으로 판단된다. 야담은 당시 아직 초창기여서 복잡한 현실을 담아내기에는 미흡했던 것이다.

17세기 동아시아의 대전환 국면에서 소설 장르는 그 현실 상황에 총체적으로 대응할 단계에 아직 도달하지 못했던 것으로 생각된다. 당시 창작된 소설들은 대개 내용과 형식의 모순을 일으켰다. 한편 국문소설 「홍길동전」의 출현은 중대한 의미를 띠고 있는바 전기소설의 한계를 민중적 방향에서 해결할 길을 비로소 발견한 것이다. 소설 장르로는 비록 위대한 성과를 창출하지 못했으나, 현실상황에 반사되어 소설 그 자체에서 변혁을 준비하는 운동이 활발해지고 있었다.

추기

「위경천전」은 『고담요람古談要覽』이란 이름의 필사본 책자에서 습득한 것이다.

『고담요람』은 벌써 여러 해 전에 내가 어느 고서방에서 거두어둔 것이었다. 「위경천전」을 비롯해서 「운영전」·「영영전英英傳」·「허생전許生傳」(박지원의 「허생전」과는 무관한 것) 등과 함께 「황석공소서黃石公素書」니 「어제백행원御製百行源」이니 하는 따위들이 뒤섞여 있고 『부휴자담론浮休子談論』의 일부도 끼어 있다. 소설집이라 하겠으나 그야말로 '골동반'이다. 책 모양도 어설프고 글씨마저 졸렬한데, 표지를 넘기자 첫 머리에 「위경천전」이란 제목과 그 아래 '권석주제權石洲製' 4 글자가 먼저 눈에 들어왔던 것이다.

당초에 「위경천전」은 내가 들어보지 못한 제목이라서 얼른 대충 훑어본바 걸출한 시인 석주 권필의 작으로는 믿어지지 않았다. 그래서 처박아 놓았다가 박희병 교수에게 한번 검토해 보도록 했었다. 박 교수는 이명선 李明善 『조선문학사朝鮮文學史』 1948의 소설목록에 보이는 「장경천전章敬天傳」이 바로 이 「위경천전」일 것이라 말하고 또 북한의 1959년판 『조선문학통사』에서 "「주생전」은 선조 때의 시인인 석주 권필의 작품으로, 권필에게는 이 밖에도 「장경천전」이란 작품도 전한다"는 언급이 있는 사실까지 알려 주었다.

위의 이명선 『조선문학사』의 소설목록에서 「장경천전」은 출전이 같은 『고담요람』으로 밝혀져 있다. 저자 소장 『고담요람』에서 위경천은 주인공의 성명인데 작중에서 그는 당나라 시인 위응물韋應物의 후예로 설정되어 있다. 이로 미루어 제목은 「위경천전」이 틀림없으며, '章'은 글자 모양이 비슷한 때문에 발생한 오자로 짐작되는 것이다.

이 소설은 1948년에 한번 거명이 된 이후로 남한 학계에서는 실종이 되고 말았다. 북한 학계의 『조선문학통사』 또한 작품에 대한 실사를 거친 발언 같지는 않고 이명선의 「조선문학사」에 근거한 서술일 듯싶다.

『위경천전』 필사본 첫 면
權石洲製라고 적혀 있다(익선재 소장).

「위경천전」은 1950년의 남북전쟁으로 인해서 불행하게 학계의 미아가 되었다. 이제 반세기 만에 실종된 작품을 찾은 터이니 학계를 위해서 공개하는 것이 요망된다. 나는 이 일을 박 교수에게 권유했으나 고사를 했다. 다시 찾은 자에게 되돌아온 짐을 하루 빨리 벗기 위해서 이번에 『동양학東洋學』의 지면을 빌리기로 한다.

「위경천전」의 원문은 뒤에 따로 붙인다. 본래 필사 상태가 속체俗體에 차착이 심하여 오자는 물론 탈자脫字·연문衍文 및 앞뒤 바뀐 곳도 더러 있다. 이 모두 바로잡아서 원문을 확정지어 학계에 제공하는 것은 또한 요망되는 일임이 물론이다. 대조할 이본도 없으니 이 작업은 만만치 않다. 저자가 오류를 범했거나 원문의 잘못을 지나친 곳이 없지 못할 것이다.

교정 작업의 과정에서 벽사碧史 선생께 자문을 구하였으며, 우전雨田 선생께는 따로 가르침을 받았다. 「위경천전」은 석주의 작으로 보기 어렵다는 것은 두 분 선생님 역시 같은 견해였다.

(「위경천전」 원문은 『동양학』 제22집(1992)에 본 논문과 함께 수록되어 있으므로 여기에는 싣지 않는다.)

제3부

규방소설

17세기 규방소설의 성립과 『창선감의록』

규방소설의 성립 경위

국문소설의 유행양상과 그 여성교양적 성격

『창선감의록』을 통해 본 규방소설

규방소설은 우리 옛소설의 주요 부분을 호출한 용어이다.

『창선감의록』·『구운몽』을 비롯해서 이후 출현한 『완원회맹연』 같은 대하 장편소설들을 학계에서 대개 가문소설이라고 불렀다. 나는 그 사회역사적 배경을 중시, 규방소설을 개념으로 제기한 것이다. 무엇보다도 그런 소설류를 요청한 독자들의 존재에 주목해서다.

한국소설사는 규방소설이란 특유의 개념을 어떻게 성립시킬 수 있었을까? 그것이 성립되는 데 어떤 요인이 있었을까? 이 물음에 대한 해답으로서 당시 서울의 문벌사회에서 여성의 역할과 존재의미를 들여다보았다. 여성들은 비록 규방에 속박된 처지였음에도 결코 무시될 대상이 아니었다. 나름으로 교양을 갖추는 것도 필요했던바 거기에 국문이 긴요하였다. 여성들에게 즐길 거리가 되고 교양을 섭취하는 데도 유용한 국문소설이 규방에 접수되기에 이르렀다. 그렇다면 규방소설이란 소설로서 어떤 성격을 띠고 있는 것인가? 이 물음은 『창선감의록』을 통해서 해명하는데 『구운몽』을 아울러 검토해서 논지를 보강했다.

규방소설로서 장편적 규모를 갖춘 국문소설은 이후 어떻게 전개되었던가? 규방소설의 계승관계와 함께 그것의 영향이 어떤 파장을 일으켰는지 하는 문제이다. 이는 17세기 이후 소설사에 대한 질문에 다름 아닌데 규방소설을 제기한 마당에서 가설적인 소견이나마 언급해 두었다. 규방소설의 계보에서 19세기 중엽에 등장한 『옥루몽』 원제 『옥련몽』은 대작으로 평가할 성과이다. 다른 한편 그 파급효과로 독자층의 확산에 따라 소설의 품종도 급증하는데 상업주의에 의한 저속화로 경도되는 현상이 두드러졌다. 소설사에서 성찰을 요하는 대목이다.

끝으로 덧붙일 말이 있다. 이 글을 따라가면 우리 선조들의 생활문화에 관련해서 일반 상식과 다른 점들이 눈에 들어올 듯싶다. 전통사회에서 여성의 삶은 지옥이었고 한글은 무시되었다고 흔히 여겨지고 있다. 이 글은 편향된 통념을 반성하는 계기가 되기를 희망한다.

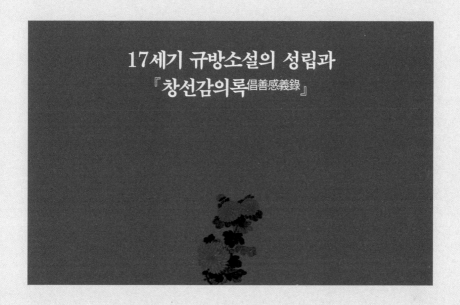

17세기 규방소설의 성립과
『창선감의록倡善感義錄』

1. 머리말

규방소설閨房小說은 문자 그대로 '사대부 부녀자들의 공간' — 규방에서 읽혔던 소설을 가리키는 것이다. 이를 '여사고담女史古談'이라고 부르기도 했다. 문학사적으로 하층계급 남성들을 기반으로 성립된 서민소설에 상대되는 개념이다. 이 규방소설은 우리의 옛소설에서 양적으로 막대한 비중을 점유하고 있는데 일종의 오락물로 그치지 않고 여성들에게 있어 교양적 의미까지 지녔던 점에서 더욱 유의해야 할 대상이다.

국문학 연구자들이 소설사의 입구에서 부닥치는 난관이 있다. 옛소설의 대부분이 작자 미상, 연대 미상에다 관련 자료도 극히 희소하기 때문에 사적 구성이 어렵다는 점이다. 종래 소설사는 평면적 서술을 탈피하지 못했거니와, 요즈음 소설에 대한 관점이 비역사적으로 빠져드는 경향이 농후하다. 그럴수록 작품의 실상 및 관련 자료에 근거해서 실상을 파악하고 이론을 구성하는 실사구시實事求是의 자세가 요망되는 것이다.

소설사 또한 민족의 정신생활의 일부로서, 삶의 궤적인 생활사와의 밀접한 연계 속에서 인식할 필요가 있다. 규방소설은 특히 여성생활과 직결되어서 중요하게 살펴보아야 할 개념이다.

『창선감의록』은 『구운몽』과 함께 규방소설의 고전적 작품이다. 나는 『구운몽』에 못지않게, 오히려 그보다 중시해야 될 작품으로 보고 있다. 나의 주관적인 소견만이 아니다. 옛소설 중에서 독자들 사이에 다른 어떤 작품보다 소중하게 읽혀졌고 식자들의 평가를 받았던 사실이 확인되고 있다.[1] 그럼에도 이 작품은 신문학이 발전한 이후 지금에 이르도록 너무도 소홀하게 취급되었다. 이렇게 된 데는 까닭이 없지 않을 것이다.

그 이유의 하나는 작품 내용의 윤리적 성격이다. 우리의 현대적 감각에서 『창선감의록』의 유교적 내용은 별로 흥미를 끌지 못했던가 싶다. 이제와서 새삼 그 윤리도덕을 재현해 보려는 태도라면 실로 부질없겠으나 그것을 역사적으로 부정할 수는 없다. 고루한 관념에서 벗어나는 일과는 별도로 그것의 고유한 의미를 진지하게 음미해야 옳다.

다른 하나는 최초의 소설사에서 이 작품이 모호하게 언급된 데 직접적 요인이 있었다. 우리의 소설에 대한 학문적 인식의 출발선에서 『창선감의록』은 아류작 내지 번안처럼 오해되었다.[2] 이 잘못 찍힌 첫 인상을 두고

1　『창선감의록』에 관한 언급은 여러 자료에 보이는데, 그중에 하나를 소개한다. "盖彰善感義錄一書는 (…중략…) 其論事之正直ᄒ고 措語之平易ᄒ야 使閨巷間婦女로 讀之면 足以感發善心ᄒ야 廉頑立懦而非尋常稗官比也." 李炳勗, 「懸吐彰善感義錄序」, 翰南書林, 1919. 李源周 교수의 조사보고에 의하면 경상북도 북부 지역의 60세 이상 여인들이 가장 애독하던 고소설로 이 『창선감의록』을 손꼽았다고 한다. 「古小說 讀者의 性向」, 『韓國學論集』 제3집, 啓明大學, 1975.

두고 지우지 못한 셈이다. 그렇다고 반세기의 국문학 연구를 공백으로 돌리고 초창기의 부주의로 오해된 사실을 들추어 문책할 것은 없다고 본다. 요컨대 저자는 우리의 국문학 지식이 문학사의 움직이던 현장작품이 독자와 만나서 자기 존재를 확인하는 자리에 소식이 불통했음을 깊이 반성할 필요가 있다고 생각하고 있다.

이제 규방소설의 성립에 관해서 살펴보고 『창선감의록』의 분석을 통해 그것의 성격을 구체적으로 이해해 보고자 한다. 이 과정에서 국문소설이 읽혀지고 지어지게 된 경위, 한문본과의 선후문제, 중국을 배경으로 삼은 문제 등등을 거론할 예정이다. 이 모두 소설사연구에서 중요하면서도 풀리지 않은 난제인데 나름으로 해결의 실마리를 찾아 들어가려 한다.

2. 규방소설의 성립 경위

1) 문벌사회에서 여성의 존재

우리의 주변에 어렴풋한 잔영으로 남아 있는 문벌門閥은 대체로 이조후기, 17세기 이후 확립되었던 것으로 생각된다. 문벌이란 요즘 세상에서 보듯이 돈 벌고 출세하면 곧장 올라서는 그런 것이 아니고 세덕世德—가문적 전통의 후광을 업어야 하므로 그 연원은 위로 상당히 소급될 수 있

---

2 "明 世宗 嘉靖年間 花尙書 一門에 波瀾을 敍述하였으니 妖妾의 秘計로 보면 『南征記』와 伯仲間에 있고 孝子의 逸跡으로 보면 『瞿成義』의 後轍을 밟으나 『英烈演義』의 飜案인 듯하다." 金台俊, 『朝鮮小說史』, 學藝社, 1939, 162면.
『英烈演義』는 일명 『大明英烈傳』, 명대에 나온 작품으로 朱元璋이 明을 세운 역사를 소설로 꾸민 것이다. 『창선감의록』은 처음의 도입부에서 이 『大明英烈傳』을 조금 취해왔을 뿐 전혀 별개의 내용이다. 『大明英烈傳』의 국역본이 따로 나와서 주로 여성 독자들에게 읽혀지기도 했다.

다. 특히 그 전 시대16세기에 형성된 사림士林 계열에 끼어 청망清望을 얻었느냐, 이 점이 문벌로 인정받는 결정적 조건이 되었다.

이중환李重煥은 『택리지擇里誌』의 「사민총론四民總論」에서 이조사회의 신분 등급을 구분해서 설명한 바 있다.[3] 신분 문제는 각자의 견해에 따라 달리 파악할 수 있겠는데, 당시 학자에 의해서 인식된 것이므로 일단 준신해도 좋을 듯하다. 그 내용을 도표로 제시하면 다음과 같다.

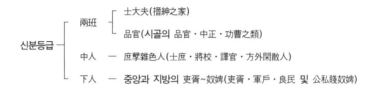

위와 같이 복잡하게 발달한 신분 등급에 당시 인간들은 숙명적으로 소속되기 마련인데, 운명적으로 주어진 신분에 따라 역役＝구실이 주어지며, 주어진 구실은 그의 인생을 결정했던 것이다.

위의 도표로 볼 때 양반은 상·중·하의 구분에서 상급에 속하며, 그 가운데서 사대부士大夫는 한층 더 높은 위상이다. 사대부는 진신지가搢紳之家, 즉 조정에서 벼슬할 수 있는 집家이다. 요컨대 당시 사회의 신분 층급에서 최상층이다. 그런데 이중환은 "사대부 가운데 다시 대가명가大家名家의 구분이 있다"고 하였다. 최상층인 사대부 가운데서 또 대가명가라는 특수층이 존재한다는 것이다. '대가명가'란 다른 무엇이 아니고 문벌門閥을 가리킨다.

---

3 "我朝開運, 以名分立國. (…중략…) 人品層級甚多. 宗室與士大夫, 爲朝廷搢紳之家. 下士大夫則爲鄕曲品官·中正·功曹之類. 下此爲士庶及將校·譯官·算員·醫官·方外閑散人. 又下者爲吏胥·軍戶·良民之屬. 下此爲公私賤奴婢矣. 自奴婢而京外吏胥, 爲下人一層也. 庶孼及雜色人, 爲中人一層也, 品官與士大夫, 同謂之兩班. 然品官一層也, 士大夫一層也, 士大夫中又有大家名家之限." 『擇里誌』「總論」(新文館, 1912, 78면).

여기서 한 가지 의문이 생긴다. 왜 하필 이조후기로 들어와서 문벌이 확립되었으며, 거기에 상응해서 문벌의식이 강화되었을까? 16세기 말 17세기 초 사이에 두 차례 대규모의 전란을 치르고 나서 이루어진 사회적 재편성의 결과로 생각해 볼 수 있겠으나 이 사실만으로는 전부 설명되지 않는다.

신분제도는 중세 사회의 보편적 현상이다. 역사상 우리나라 역시 그 이전부터 이미 공고한 신분제 사회였으며, 그 당시는 오히려 신분제도의 붕괴 조짐을 드러내고 있었다. 이중환은 사대부라는 사회적 존재가 왜 중시되는가 하는 문제에 당해 "사람을 쓰는데 오로지 문벌을 취해 쓰는 때문이다"라고 간명한 답을 내놓았다.[4]

이조국가는 당초부터 신분제 사회요, 양반은 지배층으로서의 특권을 누리고 있었다. 비록 그렇지만 과거라는 공개 경쟁시험을 통해서 인재를 뽑고 또 각자의 재능과 학식을 고려해서 관직에 기용하였다. 물론 근본적 한계는 뚜렷하나, 능력본위의 원칙이 대개 지켜지고 있었다. 그런데 16세기 말엽부터 당쟁이 차츰 격화되더니 17세기 초반의 인조반정 이후 정치권력은 소수의 가문에 연계된 당파에 의해 농단이 되었다. 그리하여 서인의 득세로, 다시 서인에서 노소老少의 분당으로 권력투쟁의 과정이 발전하였던 것이다. 마침내 조정의 청淸·화華·요要(국왕의 측근에서 문한文翰을 담당하는 벼슬을 청직淸職·화직華職으로 일컬었으며, 인사를 담당하는 경우는 요직要職에 해당하며, 청직과 요직을 겸한 자리도 있었다)의 벼슬자리는 사실상 일부 서인-노론계에 속하는 가문들의 전유물로 전락하고 말았다. 이제 정계 진출에 재능과 학식보다 문벌이 필수 요건으로 되었다. 성호星湖 이익李翼은 이러한

---

4 "我朝開運, 以名分立國, 至今士大夫之名, 甚盛以衆, 用人專取門閥故也." 위의 글.

사태를 지적하여 "문벌 숭상의 폐단이 오늘날처럼 심각한 때는 없었다"라 말하고 또 "맑은 조정의 좋은 벼슬자리가 모두 문벌을 위해 설치된 것인 지 알 수 없노라"고 탄식했던 것이다.[5]

벌열閥閱에 속하는 가문은 사실 손가락으로 셀 수 있는 정도였다. 지역 적으로 진작 서북西北, 평안도와 함경도 지방이 소외되었거니와 영호남이 차츰 밀려나게 되었으며, 근기의 세족世族들도 정쟁에 패한 나머지 허다히 벌열 의 반열에 끼이지 못했다. 명실상부한 벌열은 기호의 서인계의 몇몇 가문 소수의 소론계에 한정되어 있었다.

그러면 정권으로부터 소외된 계층은 어떻게 되었던가? 사대부로서의 명분을 아예 포기하고 농·공·상에 투신한다는 것은 현실적으로 곤란한 노릇이었다. 문벌의 후광으로부터 멀어져가는 만큼 도리어 문벌의식은 가열되는 추세였다. 유수한 사대부가문들은 중앙정계에서 비록 소외되었 지만 각기 한 현조顯祖를 머리에 이고 한 좋은 장원莊園을 점유해서 일가붙 이들이 모여 살며[6] 문호를 그야말로 청청쟁쟁靑靑錚錚하게[7] 유지해 나갔던 것이다. 아무리 벼슬길이 막히더라도 문호가 위축되거나 손상되거나 하 지 않도록 유지해 가면 정국의 변화에 따라서는 언젠가 벼슬자리에 앉을

---

5 "尙閥之弊, 未有甚於今日也. 進人則曰, 祖有官不如父有官, 大夫之子不如卿之子也. 退人則曰 近世無官也, 族黨有鄕任也, 母及祖母之先, 非顯爵也, 遠世有廢棄者也. 或窮親未柜, 貧甚行乞 也, 西北曁舊都人也, 至於行義及材識不論也. 是以無起自草萊者也, 無非才而抑退者也, 所引 莫非婚姻親黨也."『星湖僿說』권3 上「類選·人事篇·尙閥」(文光書林, 1929, 45면).
"近時臺官, 無所知識, 所彈擊不過以'門地寒微'爲最上題目, 而不論才德之如何, 未知淸朝 顯窠, 爲閥閱子弟而設者耶."『星湖僿說』권2「類選·人事篇·不尙族姓」(권3 下, 47면).
6 "國中莊墅之美, 唯嶺南爲最. 故士大夫卜於時數百年而尊富不衰. 其俗, 家各戴一祖, 占一莊, 族 居而不散處, 所以維持鞏固而根本不拔也. 如李氏戴退溪占陶山, 柳氏戴西崖占河洄, 金氏戴鶴 峯占川前……."丁若鏞,「跋擇里志」,『與猶堂全書』詩文集 권14, 新朝鮮社, 1937, 25면.
7 영조 이후 老論政權이 嶺南 南人을 老論으로 개종하는 술책을 폈는데 결국 '河柳靑靑 川金 錚錚'이요 기껏 미꾸라지만 걸려들 뿐이라고 탄식했다는 이야기가 있다. '河柳'는 河回 柳 氏, '川金'은 川前(내앞)의 金氏를 가리킨다.

254   제3부_규방소설

기회를 엿볼 수 있으며, 그렇게는 안 되더라도 최소한 사대부로서의 사회적 지위와 명성을 누리며 안정할 수 있었다.

여기서 한 가지 유의할 사실은, 문벌이 중시되는 사회에 있어서 문벌은 최상의 가치로서 지켜가야 하는 것이었다. 문벌이란 본래적 속성으로 전통성·보수성을 띠기 마련이지만, 그것을 떨어트리지 않고 유지해야 한다는 중압감을 눈앞의 현실로 느꼈던 것이다.

대체 문벌을 지탱하는 기둥은 무엇인가? 그것은 두 개의 기둥 위에 구축되는 것이니, 하나는 사대부로서의 '교양'이요 다른 하나는 사대부다운 '범절'이다. 사대부라면 반드시 문장 도덕으로 이루어지는 가문적 배경을 등에 짊어져야 하는 동시에 문학을 자신의 교양으로 소유하고 조행操行을 닦아야 한다.[8] 그리고 관혼상제冠婚喪祭의 전통적 예절을 깍듯이 차리고 '접빈객接賓客'을 능히 해낼 수 있어야 한다. 문한文翰이 실추되지 않고 범절을 잘 차려서 가문의 명망을 지속시켜 나가면 관작이 돌아올 가능성도 없지 않았으며, 비록 관작으로부터 소외된다 하더라도 사부가士夫家로서 당당히 행세할 수 있는 것이다.

이 두 개의 기둥, 문한과 범절은 물질적 토대가 없이는 설 수 없다.[9] 자고로 빈자貧者는 예절를 차릴 수 없다 했거니와, 「옥갑야화」의 허생처럼 굶주리며 독서를 계속할 수 있겠는가. 어디까지나 지주地主 – 전호佃戶라는 생산 관계 내지 '이록대경以祿代耕, 녹봉을 받아서 생활함]'의 특권 위에서 문벌은 존립할 수 있었다. 재산 상속에서 적장지嫡長子에게 우선권이 주어지고 종

---

8 "我朝比麗尤文明. 昔世宗大王, 以聖人之資, 莅君師之位, 束一世於禮法名教之中, 於是乎士大夫, 家家文章, 戶戶道德, 文彩彬彬然. 是故 才學鹵奔, 則謂之儈楚, 婚娶少失, 則待以荒外, 行義有玷, 則不齒交遊, (…중략…) 故爲士大夫自難, 必攻文學·力行義·修身齊家然後, 方可行於世矣."『擇里誌』, 79면.

9 "天下之至美好者, 士大夫之名也, (…중략…) 而此非禮不能, 禮非富不立, 故於是乎不得不立家置業, 以四禮爲仰事俯育持門戶之計."「四民總論」, 위의 책, 2면.

가宗家의 비중이 커지게 된 사회 관행이 이 시기로 와서 확립되게 된 사실도 이런 제반현상과 무관하지 않은 것이다.

다른 한편으로 이 문벌을 가꾸어 나가는 데 절대로 요긴한 사항이 하나 있으니 무언가 하면 혼인관계이다.[10] 당시 아들딸의 혼인은 서로 지추덕제地醜德齊를 자로 재듯 따져서 맺어지고 얽혀졌기 때문에 '혼벌婚閥'이 이루어졌고, '혼반婚班'이란 말이 생겨났다. 그에 따라 '실혼失婚'이다, '앙혼仰婚'이다 하는 등의 말들도 통용되었다. 한 번 '실혼'을 하고 보면 가문의 명망에 지대한 영향을 미쳤음이 물론이다. 말하자면 혼인은 문벌의 척도요, 거기에 문호의 성쇠흥망이 달려 있었다.

가만히 생각해보면 혼인관계를 중시하는 자체가 여성의 존재를 무시할 수 없겠거니와, 문벌을 유지하는 다른 하나의 기둥인 '범절' 또한 하나부터 열까지 여성의 솜씨와 노고에서 나오는 것 아닌가. 요컨대 문벌이 중시되는 사회에 있어서 여성의 존재는 결코 가볍게 볼 수 없었으며, 여성의 역할 또한 요긴해질 수밖에 없었다.

2) 규방여성의 교양과 국문

문벌은 가부장제를 바탕으로 성립된 것이다. 그 세계는 말하자면 가부장 전제의 소왕국이다. 남성 일반도 그 질곡에서 벗어나 자유로웠던 것은 아니지만, 여성 일반은 남권에 의해 지배되므로 질곡이 더 가중된 상태였다. 앞서 '범절'을 문벌을 유지하는 기둥으로 들었는데 범절은 실상 사대부 가정의 부녀자들의 고역苦役이었던 셈이다. 『동사회강東史會綱』의 저자 노촌老村 임상덕林象德, 1683~1719, 字 潤甫·彝好은 「가거절언家居切言」이란 제목의 글에서 부인의 임무는 의복 음식에서 벗어나지 않는다. 의복 음식의 사이에 덕행의 선악과 이치의 길흉이 나타나서 의당 절실히 살펴야 할 일이다.

라고 훈계하는 말을 남겼다.[11] 의복과 음식, 그것은 인간 생존의 기본조건이다. 그 일로써 사람의 행실을 평가하는 관점은 정당하다 하겠다. 다만 그 일이 하필 여성만의 의무로 강요된 제도는 정당한 것이 아니다. 성호 이익은 그의 『성호사설』의 「부녀지교婦女之敎」라는 조목에서

우리 집에 신부가 처음 들어오면 꼭 경계하는 말이 있다 "효도하고 공경하는 일은 굳이 가르치지 않아도 알 것이다. 나의 말은 세 가지에 그치겠으니 부지 런함과 검소함과 남녀유별男女有別이다. 부지런하면 곤궁하지 않고 검박하면 절 제가 있으며, 옛날 자녀를 가르치매 7세가 되면 남녀가 자리에 같이 앉지 말라 고 일렀으니 규문의 마땅히 지켜야 할 바 여기서 벗어나지 않는다. 책을 읽고 뜻을 연구하는 것은 장부의 일이요, 부인은 아침저녁의 음식과 춥고 덥고에 따 른 의복의 지공, 제사와 빈객의 받듦에 힘써야 하거늘 어느 겨를에 서책을 앞 에 놓고 읽고 외우고 할 수 있겠느냐?[12]

라고 하였다. 성호 역시 여성의 임무는 의복 음식에 봉제사奉祭祀·접빈객接 賓客으로 한정하고 있다. 그리고 독서의 교양은 여성의 임무가 아니라고 규정지었다. 성호와 같이 높은 식견으로 진보적 사고를 하였던 학자로서

---

11 "婦人之任, 不越乎衣服飮食, 而衣服飮食之間, 德之美惡·理之吉凶形焉, 切宜審察."『老村 集』권4 장36 뒤「居家切言」.
12 "余家新婦入門, 戒之云 : '維孝與敬, 不待訓而知. 吾言止於三, 勤也·儉也·男女有別也. 勤 則不窮, 儉則有節, 古之敎子, 始於七歲而云, 男女不同席, 閨門之所當嚴者, 無過於此也. 讀 書講義, 是丈夫事 婦人有朝夕寒暑之供·鬼神賓客之奉, 奚暇對卷諷誦哉!'"『星湖僿說』上 「人事門·婦女之敎」(慶熙出版社, 1967, 560면).

왜 이렇게 말하였을까? 여성에 대한 편견이 아니라고 말할 수 없지 않은가. 위 글은 성호 자신의 처지를 고려해서 읽어야 할 것으로 생각된다. 성호의 가정형편은 생활 기반이 매우 빈약했던 것으로 전한다.[13] 그런 처지에서 선비의 규모를 근근이 유지하며 학문 연구를 지속하자면 근검을 강조하고 부인들에게는 지식의 욕구를 절제하도록 할 수밖에 달리 도리가 없었던 것으로 이해할 수 있지 않은가 한다. 남성의 '책을 읽고 뜻을 연구하는' 학자적 생활은 대체로 여성의 헌신적 노고에 의존해야만 했다. 정권에서 소외된 근기 실학자들의 고충을 짐작케 한다. 어쨌건 성호의 본뜻이 여성을 무지의 지경으로 밀어 넣으려는 데 있었던 것은 아니었다.

> 부인들은 마땅히 역사서와 『논어』·『시경』 및 소학서小學書(한자 학습서 – 인용자)·『여사서女四書』를 대략 읽어 그 뜻을 통하고 백가의 성姓과 선대의 계보며 역대국호, 성현의 이름을 알면 족하다. 부질없이 시사詩詞를 지어서 바깥에 전파되도록 하는 것은 옳지 못하다.[14]

이덕무李德懋가 지은 『사소절士小節』이란 책의 「부의婦儀」에서 뽑은 대목이다. 여성으로서 시를 지어 그것이 외부에 알려져 남자들의 입에 오르내리게 되는 것은 대단히 마땅치 못한 일로 지목하였다. 다시 말하면 문예활동을 여성에게는 허용하지 않은 것이다. 그러나 교육문제에 당해서는 상당한 배려를 하고 있다. 위에 열거된 교과목과 섭취해야 할 지식을 구분

---

13 "星湖先生, 蚤歲貧甚. 秋穫僅十二石, 分之以配十二月. 旬後糧絶, 卽別辦他物, 變賣得粟米, 以給饘粥, 至新月初一, 始出庫中粟食之. 中歲收二十四石, 每月用二石. 晩年收六十石, 每月用五石."「爲尹載卿贈言」, 『與猶堂全書』詩文集 권18, 3면.
14 "婦人이 當略讀書史·論語·毛詩·小學書·女四書하야 通其義하고 識百家姓과 先世譜系와 歷代國號와 聖賢名字而已오 不可浪作詩詞하야 傳播外間이니라."『士小節』「婦儀」(翰南書林, 1916, 74면).

해 보면, 첫째 인간의 도리와 여성의 도리를 알도록 하기 위해 경서經書가
채택되었으며, 둘째 역사 및 일반 상식 그리고 가문의 전통을 알도록 유
의했던 것이다. 이 내용은 『사소절』이란 책의 성격으로 미루어 사대부 가
문에 일반적으로 해당되는 것이었다.

우리들이 상식으로 알고 있듯 이조사회에 있어서 여성에 대해 따로 제
도적인 교육은 있지 않았다. 여성이 문자를 알면 도리어 규범閨範에 누를
끼칠 염려가 있다 생각하고 가르치지 않았던 것이 당시의 관행이었다. 그
러나 사대부의 부인으로서 마땅히 갖추어야 할 예절과 교양은 현실적으로
익히도록 하지 않을 수 없는 노릇이었다. 적어도 언어 동작이 품위를 갖추
어야 하고 사대부의 여러 가지 범절을 알아야 하며, 또한 친정이나 시집
쪽으로 필요에 따라서 편지를 쓸 수 있어야 했다. 아무리 여자라도 그런
정도의 교양은 구비해야 사부가의 부인 노릇을 능히 할 수 있었다. 그래서
연암학파에 속했던 인물들 중에서 비교적 보수적 성향을 띠었던 이덕무도
위와 같이 단서를 붙이면서 여성교육과 교양을 강조했던 터였다.

이조말엽의 유학자 홍직필洪直弼의 기록에 "우리나라 풍속에 여자의 교
육은 언문을 가르치고 한문은 가르치지 않는다"는 뜻의 말이 보인다.[15]
즉 여성들은 한문 대신 국문을 배워서 사용했던 것이다. 이 유래는 아주
위로 올라가는 것 같다. 연산군 때 사화로 죽임을 당했던 인물인 주계군朱
溪君 이심원李深遠의 시에 「삼랑가三娘歌」라는 시가 전한다. 어느 집의 세 자매
를 두고 지은 시이다.

첫째 딸 솜을 타고 둘째 딸 언문을 쓴다.[16]

---

15 "東俗敎女子, 以諺文不以文." 『梅山集』 권52 「雜錄」.
16 "一娘櫟撞架, 二娘書諺文." 『大東詩選』 권2, 新文館, 1918, 58면.

한 가정에서 첫째 딸은 길쌈을 하고 둘째 딸은 언문＝국문을 공부하는 정경을 하나의 풍속화처럼 제시한 것이다. 훈민정음이 창제되고 나서 반 세기 정도의 세월이 흐른 시점에서는 여성들 사이에 국문이 보급되었던 정황을 확인할 수 있다(물론 사족 가문의 일이다).

> 훈민정음의 자모반절과 초初·중中·종성終聲, 치음齒音·설음舌音·청음淸音·탁음濁音, 그리고 글자 모양의 덧붙이고 빼고는 아무렇게나 하는 것이 아니다. 비록 부인이라 할지라도 또한 마땅히 그 상생변화相生變化의 묘를 잘 알아야 한다. 이를 알지 못하면 말씨나 서간이 조잡하고 어긋나서 법식에 맞지 않게 된다.[17]

역시 『사소절』의 「부의」에서 부녀자들에게 요망되는 교양에 대해 말한 대목이다. 국문의 자음 모음의 접합관계, 성음聲音의 원리, 자체字體 등에 대해서 체계적으로 학습해야 법도에 맞는 언어·문자의 생활을 영위할 수 있다고 한다. 말하자면 여성에 대한 국어 교육을 제대로 실시할 것을 주장한 것이다.

종래 논자들은 으레 국문을 얕잡아 보았다고 지탄했다. 이처럼 탓만 할 일이 아니고 그 시대의 문자 생활에 있어서 국문과 한문과의 관계를 들여다보는 것이 정히 요망된다. 한자가 보편적인 문자로, 한문 글쓰기가 보편적인 글로 통용되는 상황에서 여성에 대해서는 특수하게 국문을 쓰도록 했던 것이다. 한문과 국문 간에는 상호 역할 분담이 되어 있었다. 그런 분할구도에서 여성에 대한 교육은 으레 국문을 통해서 이루어졌다. 이런 방식으로 여성에

---

17 "訓民正音의 子母翻切·初中終聲·齒舌淸濁·字體加減이 非偶然也ㅣ니 雖婦人이라도 亦當明曉其相生相變之妙니 不知此ㅣ면 辭令書尺에 野陋疎舛하야 無以爲式이니라." 『士小節』, 75면.

대한 교육과 교양을 배려했던 것이다. 일반적으로 교육과 교양이 보편적인 한문서적과 한문교양으로 이루어지는 시대상황에서 보편적이 아닌 언문=국문으로 이루어지는 것은 여성차별이다. 이 점은 부인할 수 없다. 하지만 거기에는 유의할 측면이 있다. 이덕무가 여성에 대해서 국문을 제대로 바르게 쓰도록 지도해야 한다고 역설한 것도 이 때문이었다. 그의 논지를 들여다보면 여러모로 국문교육을 배려하고 있다. 뿐 아니라, 여성에 대해서도 보편적인 한문 교양 및 기초상식을 알도록 해야 할 것으로 말한다. 여성의 교육과 교양에 배려를 하고 있는 것이다. 이토록 여성을 배려해야 할 정도로 여성의 존재는 의미를 갖기에 이르렀다고 말할 수 있다. 이는 문벌이 중시되는 사회에서 여성의 존재가 가볍게 여길 수 없게 된 시대의 요청이었다고 해석할 수 있다고 보는 것이다.

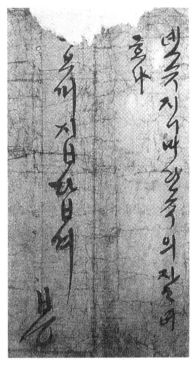

국문간찰의 겉봉(『叢巖公手墨帖』 소재)
"넷 슈(수)지니 내 관속의 잘 녀흐(넣으)라"라고 적혀 있다. 수지(手紙)는 편지를 뜻하는 말로 보인다.
총암은 임일유(林一儒, 1611~1684, 한성서윤을 지냈음)의 당호. 그의 국문간찰을 수습해서 첩을 만들며 붙인 명칭이『총암공유묵첩』이다. 겉봉만 따로 떨어진 상태로 있던 것을 함께 붙여 놓은 것이다. 수신자는 '배오개집'으로 되어 있다.

이어서 규방여성의 삶에 직결된 국문편지에 대해 거론하기로 한다. 인간이 서로 소식을 전하고 의사를 소통하기 위한 수단인 편지라는 형식은 예전엔 오늘날과 달리 훨씬 더 큰 비중과 의미를 지니고 있었다. 한문학에서는 편지를 서書 혹은 척독尺牘이라 해서 문체의 하나로 중시된 것이었다. 여성과 여성 사이, 남성과 여성 사이에는 으레 국문으로 썼다. 흔히들 유식한 남자들은 국문을 얕잡아 보아 쓰지 않았다고 생각하는데 그것은 실제와 다르다. 위로 국왕으로부터 권위 있는 학자들까지도 어머니·부인·누이에게 편지를 할 경우 으레 국문으로 하였던 것은 자료들이 증명하는 사실이다. 편지를 일러 '내간內簡', 또는 언간諺簡, 순수 우리말로 '유무'라고 했다.

앞의 『사소절』에서 국문 공부를 강조한 것도 실은 편지쓰기에 주목적을 두고 있었다. 규방 여성에게 있어서 '유무'는 비상하게 의미를 띤 것이었다. 친정의 식구에게 주고받는 '유무'는 '눈멀어 삼년, 귀먹어 삼년, 말 못하여 삼년'의 시집살이에서 모처럼의 반가움이요, 풀이였던 것이다.[18] 뿐만 아니라, 시집의 어른들에게 문안을 여쭙거나 남편에게 소식을 전해야 하는 경우가 종종 있게 마련이다. 그리고 또 혼인으로 맺어진 관계에 대해 안쪽으로도 '사돈서査頓書'를 써서 정중하게 주고받는 것이 상호 간의 예법이었다. 이때 그것은 곧바로 자신의 혹은 가문의 교양의 척도로 된다. 내간을 얌전하게 쓸 수 있도록 하는 글짓기와 글씨 쓰기의 공부는 규방에서 결코 소홀히 해서 안 되는 일이었다. 언서諺書＝국문편지를 쓸 적에 말씨는 명료하고 글씨도 단정하여 황잡하게 되어서는 안 된다고 여긴 것이다.[19]

3) 규방에서 소설의 요청

부인으로서 길쌈 바느질과 음식 만드는 일을 알지 못하는 것은 장부로서 시서詩書 등 육예六藝＝六經를 알지 못하는 것과 마찬가지다. (…중략…) 그런데 근

---

18 상담의 이르되 "신부 시집가서 눈 멀어 삼 년이요, 귀먹어 삼 년이요, 말 못 하여 삼 년이라" 하니 "눈 멀단 말은 보고도 말하지 말난 되(도이)라, 귀 먹단 말은 듣고도 말 아니함이요, 말 못 하여 삼 년이란 말은 보고 듣는 밖의 불긴한 말 아니함이라"고 하였다. 『尤庵先生戒女書』「記言어」.
19 "凡作諺書, 語又明約, 字又疎整, 不可作荒草胡說." 『士小節』「婦儀」.

래 시속에 서울의 부인네들이 베짜기를 할 줄 모르고 사족의 부인들이 밥짓기를 하지 못하니 모두 누습陋習이다. 베짜기나 밥짓기를 수치로 여기다니, 이러고도 부인이라 할 수 있겠는가.[20]

역시 『사소절』의 「부의」에 보이는 구절이다. 여성의 기본 도리, 의복 음식의 일을 부끄럽게 생각하는 시속을 개탄하는 내용이다. 짐작컨대 시간을 소설 읽기의 행위에 소비하는 유한 여성들이 실재하기 때문에 이처럼 개탄했을 터이다.

그런데, 위의 의복 음식의 일을 돌아보지 않는 이른바 '서울의 부인네들'이란 과연 어떤 부류들이었을까? 구체적 언급은 없으나 대체로 문벌 가정의 부녀자들의 생활태도를 두고 말한 것으로 여겨진다. 서울에서는 중인·서리층의 여성 중에도 소설 읽기에 열중한 사례가 보이는데 『사소절』은 이런 쪽을 논의의 직접 대상으로 잡지 않았다.

앞에서 경제적 기반이 없이는 문벌이 존립할 수 없음을 언급했거니와, 화폐경제에 의해 일부 해결되고 시녀 노속들이 수고를 대신하기 때문에 문벌의 여성들은 굳이 가사 노동에 얽매일 필요가 없었다. 의복 음식의 일이 아무리 부덕의 표현이라지만 거기에 골몰해야만 하는 것은 현실적으로 가난하다는 증거 이상 아무것도 아니다. 그러므로 문벌 부녀자들의 생활의식은 점차로 바느질·밥짓기를 수치스러운 일로 느끼게 되었다.

이러한 문벌의 처지에서는 여성들도 어느 정도 취미생활을 누릴 수 있었을 뿐 아니라, 지식에 대한 욕구를 원천적으로 봉쇄할 필요가 없었던

---

20 "婦人而不識縫織烹飪이면 是猶丈夫而不知詩書六藝라. (…중략…) 今之俗은 京婦人은 不解織布ᄒ고 士婦人은 不解炊飯이 皆陋習也라. 織布炊飯을 視以爲羞恥면 是可謂之婦人乎아."『士小節』, 42면.

것이다. 여기서 구체적 사례를 저 유명한 안동김씨安東金氏 가문에서 들어 본다.

곡운谷雲 김수증金壽增, 1624~1701, 김상헌의 손자은 자기 부인 조씨曹漢英의 따님 행장行狀에서

타고난 자품이 장중하고 예절과 공경으로 스스로를 가다듬었으며 본디 식견이 있었다. 『소학小學』『내훈內訓』 등의 책을 대략 통하였는데 늘 말하기를 '불행히도 부인이 되어 주어진 책임을 버리고 문사文史를 학습할 수 없으니 이것이 나의 한이오, 라고 하였다. 그래서 수증이 책을 읽을 적이면 옆에서 넘겨다보아 하나둘 깨쳐 나갔다.[21]

고 하면서 상당한 학식을 갖게 되었던 것으로 말하였다. '어깨 넘어 공부'라는 속담은 바로 이 조씨 부인에게 해당하는데 남편의 독서하는 곁에서 들여다보고 배운 점이 재미있다.

다음은 조씨 부인의 종손녀의 이야기다. 곧 농암農岩 김창협金昌協, 1651~1708의 따님으로 태어나 뒤에 오씨吳氏에게 출가한 여성이다. 농암은 이 딸을 나이 11세 적에 그 남동생과 함께 글을 가르쳐 보았는데 문리가 빨리 나서 『주자강목朱子綱目』을 혼자 막힘없이 읽을 수 있었으며, 밤낮으로 책을 들고 침식을 잊을 정도였다고 한다. 농암 자신도 그것이 귀엽고 기특해서 금하지 않았으며, 그의 백조伯祖 곡운이나 숙부 삼연三淵金昌翕은 각별히 사랑해서 '여사'로 대접했다는 것이다.[22]

---

21 "淑夫人曹氏 (…중략…) 天姿莊重, 禮敬自將, 而雅有鑑識, 略通小學內訓等書. 常謂不幸爲婦人, 不可舍己所事, 學習文史, 此爲可恨. 故於壽增看時, 從旁領會其一二."『谷雲集』권6「亡室淑人曹氏行狀」(景文社, 1978, 116면).

22 "時, 女年十一矣. 始同弟崇謙受書十數板, 文理輒通, 能自讀朱子綱目無所礙. 日閉戶手卷,

명문 가정의 여성들 가운데 문식文識이 넉넉했던 분들의 이야기가 간혹 전하고 있으니, 시인으로 난설헌蘭雪軒, 허균의 누이·영수각靈壽閣徐氏, 洪爽周의 어머니, 학자로 윤지당允摯堂, 任聖周의 누이은 저명한 사례이다. 앞서 인용한 노촌 임상덕의 부인 박씨朴師洙의 따님는 남편이『동사회강東史會綱』을 미완으로 남기고 젊은 나이에 세상을 뜨자 그 뒷마무리를 지었다고 한다.[23]

그러나 여성으로서 이와 같이 한문교양을 갖춘 것은 극히 희한한 사례에 속한다. 농암의 따님만 하더라도 "이 아이는 품성이 정숙하고 졸박拙朴하니, 비록 글을 알더라도 폐해가 없을 것이다"고 판단되어 가르쳤다는 것이다. 여자에게 '언문' 아닌 '진서'를 가르치는 데는 이처럼 변명이 필요했다. 그리고 여성의 문학적 소양은 항상 들어내지 않고 숨기는 쪽을 미덕으로 말하였다. 여성의 지식의 추구는 다소 개방된 경우도 없지 않으나, 특수한 경우이며 그나마 위축을 받지 않고 발양되기는 어려웠다. 위의 조씨 부인이 불행히도 여자의 몸으로 태어나 문사文史를 마음껏 공부할 수 없음을 탄식했던 것도 대개 그 때문이다. 농암의 따님 또한 일찍이 친정의 형제에게 "나를 남자로 태어나게 한다면 다른 소원은 없다. 다만 산중에 거처를 정하여 책을 백 권이고 천 권이고 갖추고서 소연히 그 가운데서 늙으면 그만이다"고 말하였다[24]고 한다. 여성은 지식의 문으로 들어서자마자 곧 여성으로 태어난 그 자체를 불행으로 통감하고 있다.

여기서 우리는 여성이 깨우침을 얻는 만큼 갈등이 커지는 사실을 엿볼 수 있다. 성호星湖는 이러한 현상을 지적해서 "부녀들이 고금을 통하고 예

兀然潛玩, 幾不省寢飯. 居士(農岩 자신을 가리킴) 憐而奇之, 故不禁曰: '是女, 性靜而拙, 雖識書無害也.' (…중략…) 伯祖谷雲先生·叔父三淵子, 每愛呼與言, 待以女士."『農岩集』 권27「亡女吳氏婦墓誌銘」(景文社, 1976, 260면).

23 李能和,『朝鮮女俗考』, 한남서림, 1927, 138면.
24 "顧嘗私謂兄弟, 使吾得爲男子, 無他願, 但願結局深山, 皮書百千卷, 蕭然老其中足矣."『農岩集』.

의에 밝으면 그것을 몸소 행하기보다 폐해만 무한하게 되는 것을 허다히 보았다"고 지적했던 터다.[25] 지식의 추구는 금방 장벽에 부딪치는데 거기서 갈등을 느낀 여성들이 그 갈등을 타개하기 위한 어떤 실천을 감행할 수 있었을까? 그러자면 규방으로부터 탈출해야 하고 자신과 자기 가문에 무한한 특혜와 영광을 끼쳐준 제도를 거부하고 타도하기 위한 싸움을 전개하지 않고는 안 된다. 말하자면 여성해방을 위한 싸움의 출발은 자기 자신을 깨뜨리고 자기를 안보하고 있는 가문을 거부하는 데서부터 시작되는 것이다. 실로 지난한 싸움인데, 현실적으로는 그럴 만한 마음의 자세도, 그럴만한 조건도 아직 조성되지 않은 상태였다. 문제의 실마리가 여기 있으니, 상호 모순되는 측면을 주목할 필요가 있다.

한 측면은 여성을 윤리적으로 단속해야 한다는 것이다. 종래 삼강오륜의 윤리 체계로 사회 전체의 질서를 유지하고 인간 개개인의 행동을 규제해 왔거니와, 여성들의 의식이 성장하는 그만큼 단속해야 할 요인이 추가로 발생한 것이다. 이에 부녀들을 가르치기 위한 책으로 『내훈內訓』, 『여사서女四書』 등등의 수신서가 권장되었으며, 우암尤庵 송시열宋時烈이 자기 친딸에게 써주었던 『계여서戒女書』라는 책자가 두루 보급되기도 했다.

다른 측면은 여성들을 다소간 풀어 주어야 한다는 것이다. 오로지 윤리 교육을 강화해서 여성들을 규방 속에 안주시키려는 구태의연한 방식은 사실 효과적이기 어렵다. 게다가 달라진 현실에 적응해서 의식도 조금은 앞으로 나아갔는데 케케묵은 설교를 동원해서 다시 뒤로 돌려놓을 수 있을까? 그런 방식이 얼마나 효율적일지 회의적인 생각도 들 것이다. 그러니 좌우간 숨구멍을 조금은 터주어야 한다. 부녀들 사이에 구경이나 놀이 등

---

25 "多見婦女通古今·說禮義者, 未必躬行而弊害無窮." 『星湖僿說』 「人事門·婦女之敎」(560면).

의 취미생활이 차츰 성행했던 것도 까닭이 있겠거니와, 소설로 쏠리는 관심 역시 무조건 제지하고 단속하기는 어려웠을 터다. 차라리 소설을 교육·교화에 이용하는 적극적 방안이 바람직한 일로 여겨지기도 했을 것이다.

여성을 규방 속에 속박해 놓고서 살짝 풀어 주어야 하는 모순의 타협점에서 출현한 것이 규방소설이다.

3. 국문소설의 유행양상과 그 여성교양적 성격

1) 소설의 유행양상

국문소설의 등장은 문학사의 새로운 단계를 준비하는 사건이다. 무엇보다 문학이 대중의 것으로 될 수 있는 가능성을 확보했다는 측면에서 그러하다.

전통적인 시문의 경우 그 속성 자체가 독서계층 내부에서 자기들끼리 짓고 읊고 하는 폐쇄성을 탈피하기 어려운 것이었다. 자기만족적인 성향이 강했다. 한문으로 쓴 전기소설傳奇小說의 형태도 오래전부터 있어 왔지만 이 역시 내용 및 표현 방식이 다중의 독자를 확보하는 대중성 문학으로 되기에는 한계가 있었다.

문제적인 국문소설의 출현은 언제부터인가? 우리의 최초의 국문소설은 잘 알려진 『홍길동전』이다. 이는 국민적 상식이지만 돌연한 일처럼 되어 있다. 이 때문에 그 작자에 대해 회의를 불러일으키기까지 했다. 나는 이 문학사의 지식을 군이 헷갈리게 만들 필요는 전혀 없다고 생각한다. 보다 그 존재 가능성을 탐구하는 쪽으로 관심을 돌려야 마땅하다.

소설은 원론적으로 독자의 요구를 바탕으로 해서 성립되는 문학양식이

다. 따라서 소설이 읽혀지던 상황을 살펴보는 것이 필수적 작업이다. 『홍
길동전』이 출현한 그 무렵에 국문소설이 어떻게 지어지고 읽혀졌느냐는
문제는 지금 실증적으로 탐지할 길은 없으나 조금 지나서의 정황을 전하
는 자료들이 있다.

> A. 글월보고 무양ᄒ니 깃거ᄒ며 보ᄂᆞᆫ듯 든든 반기노라. 그리 나간디 여러 날이
> 되ᄃᆞ록 아마도 섭섭 무류ᄒ여 ᄒ노라. 녹의인뎐은 고텨 보내려 ᄒ니 깃거 ᄒ노라.
> B. 하북니쟝군뎐 간다. 감역 집의 벗긴 칙 ᄎᆞ자 드러올제 가져오나라.
> C. 슈호뎐으란 ᄂᆡ일 드러와서 네 출혀 보내여라.[26]

위의 자료들은 모두 인선왕후人宣王后 장씨張氏, 張維의 따님으로 孝宗의 妃, 1618~1674
가 숙명공주淑明公主, 淸平尉 沈益顯과 결혼에게 보낸 편지묶음에서 뽑은 것이다. A는
『녹의인전綠衣人傳』을 바꿔 보내려 하니 기쁘다, B는『하북 이장군전河北李將軍
傳』을 네게 보낸다는 내용으로, 출가한 딸의 글 읽기를 위한 어머니의 자애
로운 배려를 느끼게 하는 대목이다. C는『수호전水滸傳』을 내일 들어와서 네
가 갖추어 보내라는 뜻이다. 아마도 앞서 딸이 어머니께『수호전』을 누구에
게 보내 주었으면 좋겠다는 부탁이 있었으며, 이에 대해 내일 네가 궐내로
들어와서 직접 챙겨 보내라고 회답한 것이다.『녹의인전』『하북 이장군전』
『수호전』은 모두 국문으로 표기된 소설 부류임이 물론이다. 숙명공주는 효
종 3년1652에 결혼을 하였다. 위의 편지를 쓴 정확한 연도는 나와 있지 않는
데 숙명공주가 출가한 1652년 이후부터 인선왕후가 세상을 뜨기 전인 1674
년 사이의 언제로 잡혀진다.

26　金一根, 『親筆諺簡總覽』, 자료번호 56 · 57 · 102(경인문화사, 1974).

그리고 17세기 후반기의 학자 임영林泳, 1649~1696, 字 德涵, 號 滄溪의 『창계선 생연보滄溪先生年譜』에 다음과 같은 기록이 보인다.

효종 7년 선생 8세 (…중략…) 글을 읽는 여가에 꼭 누이들에게 여사고담女史 古談을 읽어달라고 청하여 듣곤 하였다. 누이들이 귀찮고 괴롭게 여긴 나머지 스스로 읽지 못함을 책망하자 분연히 반절反切을 써 달라고 했다. 그것을 가지 고 방으로 들어가 문을 꼭 닫고 자습하더니 반나절 만에 나왔는데 언문을 막힘 없이 깨치게 되었다.[27]

이는 창계선생의 소년 시 일화이다. 8세 소년이 국문을 반나절 사이에 혼자 깨쳤다는 사연인데, 여기서 우리는 소설이 사대부의 규방에서 읽혀 졌고 때문에 그것을 가리켜 '여사고담'이라 불렀던 사실을 알게 된다. 효 종 7년은 1656년에 해당한다. 먼저 인선왕후가 숙명공주에게 보낸 편지 에 의해서 확인하게 된, 국문소설이 읽혀졌던 사실은 궁중에서만 국한되 었던 현상이 아니고 이미 사대부 여성들 사이에 보편화되어 있었던 것으 로 볼 수 있다.

'여사고담' 즉 규방소설이 효종연간인 17세기 중엽에 이미 유행했던 것이다. 이러한 현상은 물론 어느 날 갑자기 생겨날 수 없다. 국문소설이 읽혀진 현상의 시작이 언제부터인지 단정할 수 없으나 필시 17세기 중엽 이전으로 소급되는 것이다. 그리고 국문소설이 읽혀지는 배경에서 『홍길 동전』이 출현했을 것이다. 다만 그때의 구체적 정황을 우리가 파악하지 못하고 있을 뿐이다. 이 부분은 본고에서 길게 논의할 사항이 아니므로

---

27 "孝宗七年 先生八歲, (…중략…) 讀書之暇, 則必令姊妹 讀女史古談而聽之. 姊氏厭苦, 責其不 能自看. 遂奮然請反切, 持入一室, 閉而究之. 半日而出, 洞然無礙矣."『滄溪先生年譜』寫本.

과제로 남겨두고 규방에서 소설이 읽혀지던 실태를 좀 더 구체적으로 살펴보기로 한다.

앞서 인용했던 인선왕후의 편지 중에서 "감역監役 집의 베낀 책 들어올 제 가져 오너라"는 사연이 있었다. 감역 집에 책의 필사를 부탁했는데 그것을 들어오는 길에 찾아오라는 당부이다. 아마 그 책도 소설류일 것이다. 당시에는 소설이 요즘처럼 인쇄된 책자로 유통되지 않았다. 필사에 의존하는 길밖에 없었던바 궁정에서는 글씨를 잘 쓰는 자에게 위탁했던 모양이다. 일반 사대부 여성들의 경우 대개 손수 베끼는 방식을 취하였다. 이에 관련되어 하나의 흥미로운 일화가 전한다. 조태억趙泰億, 1660~1722, 字 大年, 號 謙齋이 쓴 「언서 서주연의발諺書西周演義跋」에 나와 있는 일화를 소개한다. 당시 여성들 사이에서 국문소설이 읽혀지던 정황을 아무쪼록 느끼게 하기 위해서 좀 길지만 번역으로 인용해 본다.

우리 어머니께서 기왕에 국문으로 『서주연의西周演義』 10수 편編을 베껴놓은 것이 있었다. 이것은 본래 한 권이 빠져서 권질을 채우지 못해 어머니께서 늘 서운하게 여기셨다. 오랜 뒤 한 호고가好古家에게 전질을 얻어 부족한 부분을 채워서 이 책이 완전하게 되었다. 얼마 지나지 않아 한 여항의 여자가 어머니께 그 책을 빌려 보기를 간청하므로 어머니는 곧 그 전질을 빌려주었다. 이윽고 그 여자가 찾아와서 사과하기를

"빌린 책을 삼가 돌려 드립니다. 그런데 길에서 한 책을 잃어 버렸습니다. 아무리 찾아도 얻지 못하여 죽을죄를 졌습니다. 죽을죄를 졌습니다."

어머니께서 짐짓 용서하시고 잃어버린 것이 어느 책인가 물었더니 바로 나중에 베껴서 채운 그 책이었다. 완질로 갖추어진 책이 이제 다시 불완전하게 되어 어머니께서는 마음에 애석해 하시었다. 그로부터 2년이 지난 겨울에 내가 자부

를 데리고 남산 아래 우거하고 있을 때였다. 자부가 마침 몸도 성치 않고 무료해서 안집에 있는 족부族婦에게 가진 책이 있느냐고 물었더니 족부는 한 권을 자부에게 보여주는 것이었다. 그 책은 어머니가 잃어버렸다가 손수 쓰신 바로 그 책이었다. 나를 맞이해서 보여주는데 내가 보아도 과연 그러했다. 이에 자부는 그 족부에게 가서 그 책의 소유래를 자세히 물어보았더니 족부는 말하기를

"저는 이 책을 우리 일가 아무에게서 빌렸는데 일가 아무는 마을 사람 아무에게서 산 것이고, 그 마을 사람은 이것을 길에서 습득한 거랍니다."

라고 했다. 자부는 이에 잃어버린 내력을 이야기해 주고 돌려달라고 청하니 그 족부(책을 당초 구득한 자 - 인용자) 또한 신기하게 여기며 돌려주었다. 앞서 불완전한 책이 이제 다시 완전하게 되었으니 또한 기이하지 않은가.[28]

이 「언서 서주연의발」에 얽힌 일화를 통해서 우리는 소설사에 관련된 몇 가지 소중한 지식을 얻을 수 있다. 당시 소설책은 대단히 희귀한 물건이었던 듯하다. 값비싼 종이에다 시간과 정력을 들여서 꼬박꼬박 베껴 써야 하므로 그럴밖에 없었을 것이다. 그렇지만 이미 소설책까지 수장한 호고가好古家가 나타났으며, 결코 구득하기 쉽지 않은 것이었기 때문에 그것을 상호 간에 빌려주고 빌려 보는 형태가 제법 행해졌던 모양이다. 『언서 서주연의』 십수 권 중에서 한 권 낙질로 떨어진 것이 돈으로 팔렸고, 또

---

28 "我慈闈旣諺寫西周演義十數編. 而其書闕一筴, 秩未克完, 慈闈常嫌之. 久而得全本於好古家, 續書補亡, 完了其秩. 未幾 有閭巷女從慈闈乞窺其書. 慈闈卽擧其秩而許之. 俄而, 女又踵門而謝曰 : 借書謹還, 但於途道上逸筴. 求之不得. 死罪死罪. 慈闈姑容之, 問其所逸, 卽向者續書而補亡者也. 秩之完了者, 今復不完, 慈闈意甚惜之. 越二年冬, 余絜婦, 僑居南山下, 婦適病且無聊, 求書于同舍族婦所. 族婦酒副以一卷子, 婦視之, 卽所逸慈闈手書者也, 要余視之. 余視果然. 於是, 婦乃就其族婦, 細訊其卷子所逌來. 其族婦云 : 吾得之於吾族人某, 吾族人買之於其里人某, 其里人於途道上 拾得之云. 婦乃以前者見逸狀告之, 且請還之. 其族婦亦異而還之. 向之不完之秩, 又將自此而得完矣. 不亦奇歟." 『謙齋集』 권42 「諺書西周演義跋」.

그것이 A에게서 B로, B에게서 C로 옮겨 다니며 읽혀졌으니 말이다. 요컨대 소설이 유포되는 방식이란 아직 별다른 유통구조가 발생하지 않았으며, 주로 독자들 상호 간에 서로 빌려 보고 또 그런 과정에서 필사되기도 하는 형태의 실로 소박한 상태였다.

> 요사이는 적이 틈이 없사오나 긴긴 밤에 책이나 보고저 하오대 『내훈內訓』이
> 라 하는 책은 『오륜행실』(『오륜행실도』를 가리킴－인용자)의 있사오니 보아
> 더 신기한 것 없사오며 『진딕방젼陳大方傳』이라 하옵는 책은 딕방 수죄數罪하온
> 말이 너모 호번만 하옵고 별로 신기한 책 얻어 볼 수 업사오니 댁의 무슨 책 있거
> 든 빌이시압소서. 믿삽나이다. 일후 연하와 연신도 하옵고 혹 무엇 빌이라 하오시면
> 있는 것은 그리 하오리다.[29]

이는 부인들의 '편지틀'인 『증보언간독增補諺簡牘』이란 책에서 뽑은 것이다. 긴긴 밤에 읽을 만한 책이 마땅히 없으니 무슨 재미난 책을 빌려 달라는 부탁 편지인데, 그쪽에 혹시 필요한 것결국 소설 따위를 의미할 것임이 있으면 이쪽에서도 빌려드리겠다 한다. 이는 부인의 '편지틀'의 하나로, "남남끼리 하는 편지"의 예로서 제시된 것이다. 이 사연에 답한 말은 "기별하신 것은 예도여기도 별책 없사와 『수호지』 보내오나 이전의 보아 계실 듯하오니 신기치 아닐 듯하오이다"라고 되어 있다. 소설책을 서로 빌리고 빌려주는 데 으레 쓰던 투식이었다. 이 『징보언간독』은 19세기에 방각본으로 간행된 책인데 부녀자들 상호 간에 소설책을 서로 빌려 보는 풍습이 성행하다보니 마침내 '편지틀'에까지 반영된 것이다. 그런 만큼 소설책 빌리

---

29 『징보언간독』 하, 장19 뒤.

기는 '남남끼리'의 여성 관계에 있어서 하나의 관행적인 일로 되었다고 하겠다.

다음 문제로, 소설을 대체 어떤 식으로 읽었던가? 우선 『기문총화記文叢話』에 수록된 이야기의 한 장면을 인용해 보자. 어떤 젊은이가 길에서 우연히 미모의 여성을 보고 마음에 끌린 나머지 그 뒤를 따라가다 마침내 남의 집 담장을 넘어 들어간 것이다.

> 전면으로 동서 두 방에 등불이 환히 밝아 뒷쪽 쌍창으로 비쳤다. 이에 쌍창 밑으로 가서 몰래 동쪽 방을 엿보니 아까 보았던 그 여자가 등불 아래서 언책諺冊(국문소설책)을 읽는데 목소리는 낭낭히 옥을 깨는 듯싶었다. 젊은이는 창문 밑에 엎드려서 창틈으로 들여다보니 이윽고 늙은 부인네가 그 여자에게 "오늘은 피곤한 듯하니 네 방으로 가서 쉬도록 하여라"고 이르는 것이었다.[30]

공간은 남촌南村 모동某洞의 재상댁으로 설정되어 있다. 젊은 여성이 시어머님을 위해서 시방 소설책을 낭랑한 목소리로 읽어드리는 장면이다. 이는 규방에서 부녀자들이 소설을 읽는 하나의 전형적 모습이다. 근대소설은 으레 혼자 눈으로 감상하는 문학인데 비해서 옛 소설은 대체로 입으로 낭독하는 것이었다. 물론 위의 장면처럼 다른 사람을 위해서, 혹은 여러 사람이 함께 듣도록 낭독하는 수도 있고 혼자서도 으레 목청을 뽑아서 읽었던 것이다. 다시 말하면 소설은 낭독 내지 구연口演을 하고 그것을 청각을 통해 감상하는 형태였다. 이에 따라 소설의 문체 또한 낭송에 알맞도록 되어 있었다. 소설 낭송에 얽힌 비화 하나를 소개한다.

---

30 『記聞叢話』 藏書閣本 필사본, 장14 뒤.

몇 년 전에 한 상놈이 십여 세 적부터 눈썹을 그리고 얼굴에 분화장을 하고서 여인 언서체諺書體를 익히더니 패설을 잘 읽어 목소리조차 여자와 다름이 없었다. 그가 홀연 자취를 감추었는데 실은 부인으로 변복을 하고 사부가에 출입하며 혹은 진맥을 한다, 혹은 방물장수를 한다, 혹은 패설을 읽는다, 일컬으며 한편으로 여승과 결탁을 하여 불공·기도를 드려주기도 하였다. 사부士夫의 부녀들이 그를 보면 누구나 좋아하게 되어 혹은 한 자리에서 잠을 자서 인하여 음란한 짓을 저질렀다. 판서 장붕익張鵬翼은 이 사실을 탐지하고 그를 죽여서 입을 막아 버렸다. 만약 그가 입을 열고 보면 난처한 경우가 있을까 싶었기 때문이었다. 대개 재상가들이 이런 치욕을 당하게 되는 것은 오로지 사치스런 생활을 하며 할 일이 없는 데 연유한 것이다.[31]

장붕익張鵬翼, ?~1735은 유명한 무관으로 영조 초년에 어영대장·포도대장·한성부 좌윤 등을 거쳐 형조판서에까지 오른 인물이다. 위의 사건은 그가 포도대장 내지 한성부 좌윤으로 있을 때 일어난 일로 추정된다. 이 기록자는 "재상가들이 이런 치욕을 입게 된 것은 오로지 호사하고 할 일이 없는 데 연유한 것이다"라고 지적하였던 바, 유한적 생활을 영위할 수 있는 조건이 갖추어진 벌열층 부녀자들이 소설을 낭송으로 듣기 좋아하는 취미가 유행하였으며, 이 풍조를 배경으로 상민 신분의 소년이 여자로 변장하고 사부가의 내실을 드나들었다는 것이다. 그렇지만 소설 낭송의 기능이 아직은 전문적 직업으로 분화되지는 못했던 듯하다. 만약 그런 정

---

31 "頃年一常漢, 自十餘歲 畫眉粉面, 習學女人諺書體, 善讀稗說, 聲音如女人矣. 忽不知去處, 變爲女服, 出入士大家, 或稱知脉 或稱方物興商, 或以讀稗說. 且締結僧尼, 供佛祈禧. 士夫婦女之見之者, 莫不愛之, 或與同宿處, 因作行淫. 張判書鵬翼知之, 鉗其口殺之. 如開口, 恐有難處故耳. 蓋宰相家被辱者, 專由豪奢無事之致也." 具樹勳『大東稗林』8「二旬錄」(國學資料院版, 1983, 452~453면).

도로 발전이 되었다면 진맥이나 방물장수까지 겸하지 않았을 것이다.

이상에서 살펴본 국문소설의 유행 양상은 대략 다음과 같이 정리할 수 있다.

① 소설책은 부녀자들이 직접 손으로 베껴 쓴 필사본의 형태였다. 경우에 따라 다른 사람에게 위탁해서 쓰기도 하였다.

② 그 유통의 방식은 부녀자들이 인척 내지 친지 사이에 서로 빌려 보는 형태였다.

③ 소설을 독자가 소비하는 방식은 입으로 낭독하는 형태였다. 낭독행위가 개인적인 것으로 국한되는 수도 있었고 여러 사람을 상대로 이루어지는 수도 있었다.

위의 세 가지 형태는 차츰 시대를 내려오면서 독자층의 확대에 따라 각기 변형이 일어났던바 이 문제에 관해서는 뒤에 언급하기로 한다.

2) 규방에서 소설의 기능

국문소설의 유행 양상을 알아보는 과정에서 드러난 비, 소설은 부녀자들에게 흥미를 제공하는 심심풀이로 이용되었다. "긴긴 밤에 책이나 보고자" 하여 무슨 재미난 이야기책을 빌려 달라는『언간독』의 사연이 정황을 단적으로 말해주고 있다.

소설이 심심풀이 즉 소한消閑의 자료로서의 구실을 하였다는 것은 부정하기 어려운 사실이다. 그러나 이러한 면을 그냥 보아 넘겨서는 안 될 것이다. 요즘 텔레비전의 연속극이 하는 기능을 당시에는 소설이 전적으로 담당했던 셈이다. 소설책은 17세기 이후의 제반 사회세태의 변모에 반응하여 장차 동요할 가능성을 내재한 여성들을 규방 안에 계속 붙잡아 두는 데 유용한 것이었다. 일종의 정신 안정제였던 셈이다. 소설이란 신흥 양식의 존재 의미는, 체제 유지와도 무관하지 않았던 셈이다.

뿐 아니다. 소설의 기능은 무료한 시간을 메우거나 울적한 심사를 달래주는 거기에만 국한되지 않았다.[32] 앞서 당시 소설책은 주로 부녀자들이 손수 베껴 쓴 필사본의 형태로 유행하였던 사실을 언급하였다. 이는 물론 인쇄기술의 미숙, 상업유통의 부진을 말해주는 것이긴 하지만, 그 나름으로 특별한 의미를 갖게 되었다. 무언가 하면, 소설책을 내 것으로 소유하기 위해서는 아무쪼록 베껴 써야 하는데, 베껴 쓰는 과정에서 글씨 공부도 되는 부수적인 효과가 확실히 있었다. 글씨를 얌전하게 쓰는 것은 여성이 마땅히 갖추어야 할 덕목의 하나이며, 현실적으로도 필요한 일이다. 여자에게 습자 혹은 서예를 따로 가르치는 제도가 마련되지 않았던 당시의 형편에서 소설책의 필사는 곧 글씨 공부의 수단이기도 하였다.

사부가의 여성들은 대개 출가하기 전에 상당한 분량의 소설책을 베껴 써서 그것을 시집갈 때 혼수와 함께 가지고 가는 풍속도 지역에 따라서 확인되기도 한다. 그것이 일종의 교양의 척도처럼 의식되기도 하였다. 그러므로 문벌 가정에서는 대개 내용을 고려할 뿐 아니라, 되도록 필체가 얌전한 글씨를 골라서 체본을 삼도록 했음은 당연한 노릇이었다.

부녀자들이 소설책을 베껴 쓰는 풍속은 잔재로서 얼마 전까지도 남아 있었다.[33] 요즈음도 시중의 고서점이나 낡은 책 상자 사이에서 더러 눈에 띄는 소설책은 대부분이 그런 과정의 산물이었다. 책장 끝에 "글씨도 졸필이요, 오자낙서誤字落書 많사오니 눌러보시압" 등의 겸사를 흔히 보거니

---

32 "至於尋常之閭巷男女도 初學諺文하야 纔通反切하면 則以坊市行賣之諺文小說로 作爲學習敎科書하고……." 李能和, 「國文一定意見書」, 『大韓自强會月報』 6호, 1906.12.

33 저자가 직접 확인한 바로 구(舊) 남원부에 속했던 지역에서 20세기로 들어온 이후로까지 처녀들이 국문소설책을 필사해서 출가 시에 혼수와 함께 가지고 갔다. 그런 결과물들이 집안에 따라서는 꽤 많이 보관되어 있는 것을 1980년대에 직접 접해본 경험이 있었다.

와, 실제로 치졸하고 황잡한 것들이 많다. 지금 돌아다니는 소설책이란 대체로 필사의 연조가 오랜 것이 아니요, 명문가에서 세전世傳해 왔던 물건은 보기 드물다. 그런 중에도 궁정에서 읽었던 낙선재樂善齋 구장본舊藏本이나 간혹 명문가에서 흘러나온 소설책을 만나 보면 질이 좋은 종이에다가 세련된 궁체宮體로 필사되어 있는 것을 확인할 수 있다.

> 일찍이 궁체 글씨를 익혀서
> 이응에 살짝 뿔이 돋쳤다.
> 시부모님 글씨를 보시고 기꺼워하며
> "우리 집에 언문 여제학이 들어왔네."

> 早習宮體書, 異凝微有角
> 舅姑見書喜, 諺文女提學

이는 18~19세기의 문학가 이옥李鈺이 지은 「이언俚諺」이란 연작시에서 뽑은 것이다. "이응에 살짝 뿔이 돋쳤다"다 함은 궁체의 특징, 'ㅇ'자를 꼭지가 나온 듯 쓰는 방식을 지적한 표현이다. 신부가 궁체를 얌전하게 쓰는 것을 보고 시부모가 대견해서 '언문 여제학女提學'이라고 칭찬하고 있다.

이 궁체는 문자 그대로 궁정에서 쓰이던 필체이다. 그런데 궁정에서 읽던 소설책이 벌열가에 자연스럽게 보급되고 다시 차츰 여항으로까지 확대되면서 그 필체 역시 서로 본받아 쓰게 되었다. 「이언俚諺」의 작중 주인공은 서울의 광통교에서 태어나 수진방壽進坊으로 출가한 여자로 설정되어 있다. 곧 여항의 여성이다. 위의 조태억이 기록한 글에서 여항 여자가 그 어머니에게 『언서 서주연의』를 빌려다 본 사실을 보았거니와, 이옥의 시대로 내려오면 여항 여성들도 이미 궁체를 제법 쓸 수 있게 되었던 모양이다.

국문소설이 여성의 글씨 공부에 유용하였다는 사실은, 소설을 읽는 행위가 여성의 교양을 위해서 의미가 있었다는 말이 된다. 그러나 소설 자체로서 보면 그것은 어디까지나 부수적이요, 표면적인 사실에 속한다. 정작 소설의 내용이 여성의 교양과 관련해서 어떠한 역할을 하였던가?

이 문제의 답을 얻기 위해서는 먼저 그때 읽혀진 소설이 어떤 것들이었던가를 알아야 할 텐데 물론 따로 정리된 목록은 없다. 작자 미상의 소설군群 가운데에도 그 시기에 나온 것이 다소간 포함되어 있을 줄로 여겨진다. 이제 단편적인 자료에 의거해서 추적해 보자.

앞서 인용했던 인선왕후와 숙명공주 사이의 편지에 적힌 세 편의 작품명이나 조태억의 기록에 나오는 『서주연의』는 모두 중국의 소설이다. 비록 매우 특수한 사례이긴 하지만 이런 뚜렷한 사실로 미루어 초창기에 규방에서 읽혀진 것은 중국 소설의 번역물이 주종을 이루었다는 추정이 가능하다. 국문소설을 가리켜 '언번전기諺翻傳奇'라 일컬었던 것은 이 때문일 것이다.

여기서 『서주연의』에 좀 더 관심을 두어 보자. 이 소설은 제목이 말해 주듯 서주西周 시대를 강사講史 형식으로 엮은 내용이다. 그 앞 시대를 강사 형식으로 서술한 작품으로 저자가 소장한 바 『개벽연의開闢演義』가 있다. 2책의 고사본古寫本이다. 원작은 명나라 주유周游가 지은 것으로, 반고씨盤古氏의 천지 창조로부터 시작해서 하은夏殷의 시대에 이르는 기간의 신화적·역사적 내용을 담고 있다. 이 두 편의 소설만 읽더라도 그런대로 중국 상고사에 대한 지식을 갖출 수 있음은 물론, 문자 상식도 제법 풍부해질 것이다. 우리나라에서 가장 널리 애독되었던 『삼국지연의』의 경우 선조 초년에 이미 수입되어 읽혔던 사실이 확인되므로,[34] 17세기 중엽에 오면 필

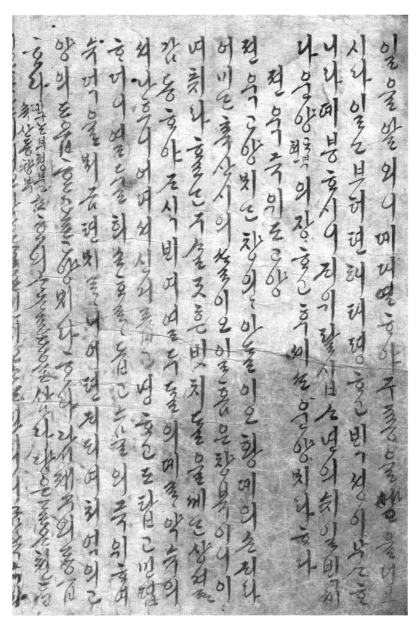

『개벽연의』권1 '전욱즉위도고양(顓頊卽位都高陽)'이란 장이 시작되는 면
내용, 필치, 책 모양 등으로 미루어 전형적인 규방소설로 보인다(익선재 소장).

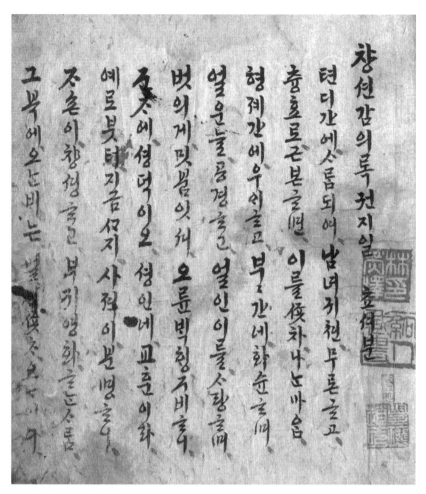

『창선감의록』국문필사본 권1 첫 면
익선재 소장.

시 번역본이나 축약본이 나왔을 것이다. 그밖에 다른 연의소설류도 일부
번역·소개되었던 것으로 여겨진다. 김용겸金用謙, 1702~1789, 농암 김창협의 조카

<hr />

34 "宣廟之世, 上敎有'張飛一聲走萬軍'之語. 奇高峰大升進曰∶三國衍(演)義, 出來未久, 臣
未之見, 後因朋輩間聞之, 甚多妄誕云云. 盖此書始出而上偶及之. 高峰之啓, 眞得體矣. 在
今印出廣布, 家戶誦讀, 試場之中, 擧以爲題. 前後相續, 不知愧恥, 亦可以觀世變矣."『星湖
僿說』권9 上「論事門·三國演義」(35면)

의 행장行狀에 그가 자기 어머님께 효성이 극진하였던바 "간혹 사씨패관史氏稗官에서 기이한 내용을 취해 어머니 앞에서 번역으로 읽어 즐겁게 해드렸다"는 기록이 보인다.[35] 사씨패관이란 연의소설류를 가리키는 것이다. 유득공柳得恭, 1748~1807은 자기 어머니의 행장에도 이런 말도 보인다.

> 선비先妣께서는 가정 일을 자부에게 맡긴 이후로 한 방을 깨끗이 치우고 손부나 손녀들에게 명하여 언시諺史 가운데 감계監戒가 될 내용을 뽑아서 그들로 하여금 읽도록 하고 누워서 듣곤 하시었다.[36]

이는 자기 어머니의 현숙한 면모를 서술한 대목이다. '언사' 역시 연의소설의 번역물을 가리킨다. 거기에는 '감계' 즉 역사와 인생에 대한 이해를 갖게 하는 동시에 교훈으로 삼을 내용이 포함되어 있는 것으로 인식되고 있다. 연의소설은 우리 여성 일반의 생활환경과 정신수준에 비추어 흥미를 지속하면서 교양을 공급하는 썩 적합한 재료였다. 요컨대 일부 연의소설의 경우는 여성에게 권장해서도 좋은 내용이었다.

당시 중국 소설의 번역이 연의류에만 한정되어 있었던 것은 물론 아니었다. 예컨대 『수호전』이 읽혀진 사실이 확인되고 있는데 다른 소설들도 여러 가지 번역되었을 것이다. 다만 연의류가 여성들의 교양을 위해서 보다 유익한 것으로 인식되었기에 이들이 우선 취택되고 있었다. 그러나 번역소설을 가지고 독자들의 다양하게 확산되는 요구를 만족시키기에는 한계가 있기 마련이다. 더욱이 여성에 대한 교양이라는 측면에서 그것은 우리의

---

35 "母夫人, 晩患風症, 沈淹有年, 先生(金用謙을 가리킴)扶持保護, 夙夜不懈, (…중략…) 間取史氏稗官·奇聞異蹟, 諺譯于前, 以資歡笑."(『族曾祖 嘐嘐齋先生行狀』, 『臺山集』권12)
36 "先妣旣傳家事於子婦, 淨掃一室, 命孫婦若孫女, 選諺史之可監戒者, 使之讀而臥而聽之." 『泠齋集』권6「先妣行狀」.

정서와 이쪽의 생활에 소원한 점이 없지 않았다. 말하자면, 외부에서 수입 가공하는 데만 의존할 수 없었고 자체 생산할 필요성이 발생한 것이다. 창작소설이 출현하게 되었다. 17세기 후반기로 확인된 소설, 조성기의『창선감의록』과 김만중의『구운몽』·『사씨남정기』가 손꼽힌다. 이제 규방소설이 본격적으로 창작되기에 이른 것이다. 이들 소설의 여성을 위한 교양적 성격에 대해서는 다음에 작품 분석을 통해서 구체적으로 거론하려 한다.

4. 『창선감의록』을 통해 본 규방소설

1) 그 작자 및 국문본 · 한문본에 관련한 문제

『창선감의록』의 작자에 대해서 종래 몇 가지 이설이 전해오고 있으며, 국문본과 한문본이 함께 공존하고 있어 이 역시 쟁점의 하나이다. 그런데 본 사안은 이 작품에만 국한되는 문제가 아니다. 작자문제, 과연 누가 지은 것이냐는 점은 일단 고증을 거쳐서 밝혀내야 할 문제이지만 소설가 출현이라는 문예사 일반의 주제를 모름지기 염두에 두어야 한다. 그리고 국문본 한문본의 공존 현상 역시『창선감의록』뿐 아니라,『구운몽』·『남정기』로부터『옥린몽玉鱗夢』·『옥루몽玉樓夢』에 이르기까지 규방소설에 걸려 있는 문제점이므로 전체적인 고찰을 필요로 하는 사안이다.

논의의 순서를 원작이 당초 국문으로 지어졌느냐, 한문으로 지어졌느냐는 데서부터 잡아 보자. 이 논제와 관해서는, 정규복丁奎福 교수의『구운몽』에 대한 일련의 연구를 들 수 있다.[37] 정 교수는 한문본과 국문본의 선

---

37 丁奎福,『九雲夢研究』, 高大出版部, 1974;『九雲夢原典研究』, 일지사, 1977.

후 문제를 해결하기 위한 방법론으로서 여러 이본들을 널리 수집, 정치하게 대조하였다. 그리하여 각 이본의 계통을 따져본 결과 한문본으로부터 국문본으로 옮겨졌음을 확인하였다. 마침내 『구운몽』의 원작은 한문이었다는 결론을 도출한다. 이 마지막 결론은 종전의 학계의 통설과는 상반된 것이다. 정 교수 자신이 술회하듯, "구운몽의 원전 규명을 위해 기울여진 10여 년의 노력"의 총 결산이다.[38]

저자는 정 교수의 성실하고도 집요한 학문적 노력에 경의를 표하며, 그 연구과정의 중간 결론도 대체로 수긍하고 있다. 그러나 『구운몽』의 원작은 한문이었다는 최종의 결론에 이르러서는 선뜻 동의하지를 못한다. 요컨대 정 교수는 자신이 조사한바 서지적으로 가장 앞선 것은 한문본이며, 원전비평의 방법을 써서 대조한 국문본들은 한문본의 번역이라는 것이다. 이 역시 추론과정에 대개 동의한다. 하지만 저자의 원본이 확인되지 않은 이상, 현존의 최고본이 곧 저자가 지은 원본과 다름없이 한문으로 창작한 것인가는, 그 개연성은 있지만 증거력을 갖지는 못한다고 본다. 저자는, 이 문제에 있어 원전비평 교수 자신의 개념의 방법에만 의존하다가는 결정적 증거를 확보하지 못하는 경우 끝내 미제로 돌아가게 되므로 각도를 달리해서 고찰하려는 것이다. 여기서 먼저 저자가 전에 입수하여 가지고 있는 국문본 『구운몽』에 붙여진 글을 참고로 소개한다.

뒤져 부여의 슬필 거시 규즁閨藏과 여계女戒 외난 업슬 거신 고로 이 칙에 결죠節操와 도리난 분여婦女라도 방즉紡織 여가에 가히 보암즉 하기로 우리 조부 그오셔(께서) 번역ᄒ시어 기신는고로 이번 봉심奉審 후 슈틱手澤을 직키랴 ᄒ였던이

---

38 丁奎福, 「原典批評의 理論과 實際」, 『陶南學報』 제7·8집, 22면.

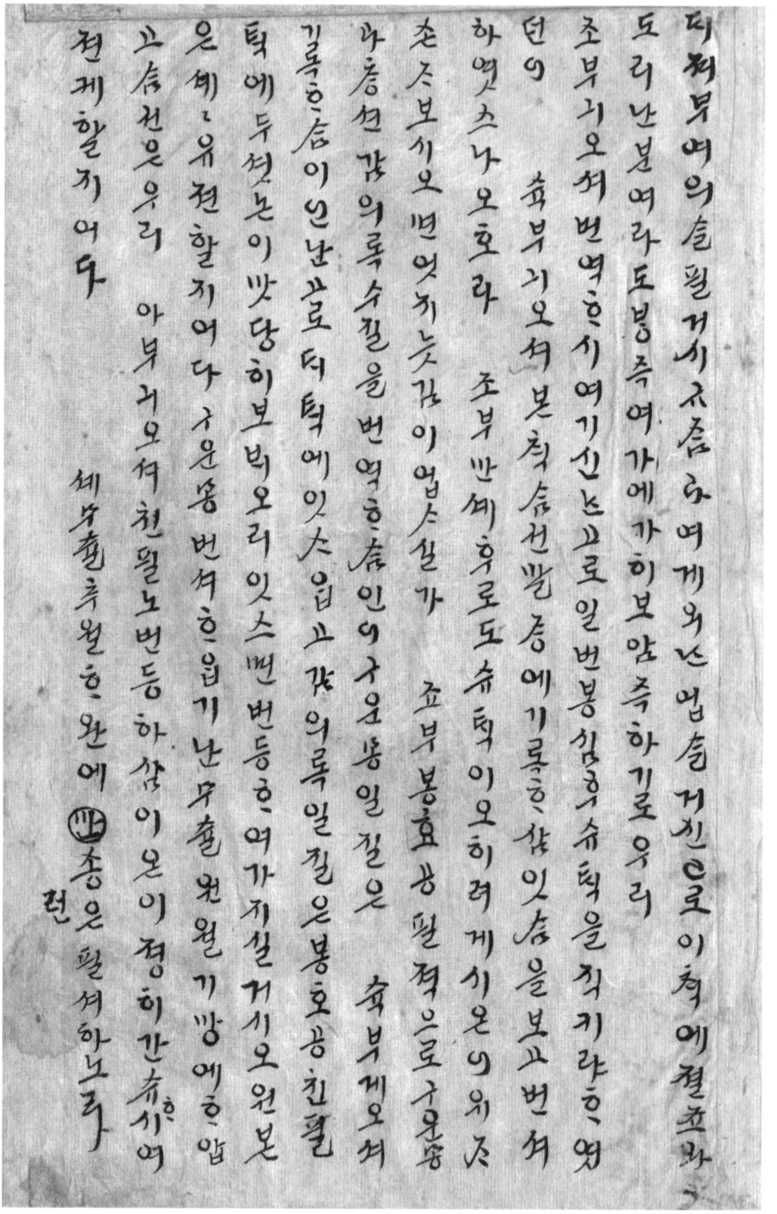

[필사기 — 세로쓰기, 오른쪽에서 왼쪽으로]

디쳐부여의슬별거세쇼흡호여게외는업슬거시인으로이측에쳔효와
도리난분여라도붕즉여가에가히보암즉하기로우리
조부긔오셔번역호시여긔신는고로일번붕심호슈틱을직기랴호엿
던의 슉부긔오셔보칙슘션뿔즁에긔록호삼잇슘을보고번셔
하엿스나오호라 조부반셰우로도슈틱이오히려게시온의위조
촌스보시오변엇치눗갑이업스실가 윘부봉효홍별젹으로구운몽
라층션갑의록슈길을번역호슘인의스온몽일길은 슉부게오셔
길록호슘이인난고로터틱에잇스입고 갓의록일길은봉효홍친필
틱에두엇논이싯당히보박오리잇스뻔번등호여가지실거시오원본
은셰스유젼할지어다 슈운몽번셔호읍기난부츌원기방에호읍
고슘젼은우리 아부긔오셔쳔월노번등하삼이온이졍히간슈시여
젼계할지어다

세우츌추월호완에 ㊅송은
㊅젼 활셔하노라

『구운몽』 전4권 중 제1권 끝에 적힌 필사기

필사자 송은(松隱)의 조부가 여성에게 가르침이 될 소설로는『구운몽』과『창선삼의록』이 대표적이기에 번역했다는 말이 적혀 있다(익선재 소장).

(…중략…) 죠부 봉효공 필적筆跡으로 구운몽과 충션감의록 수질을 번역ᄒᆞᆷ인
이 구운몽 일질은 슉부게오셔 기록ᄒᆞᆷ이 인난고로 딕퇴ᄎᆓ에 잇ᄉᆞᆸ고 감의
록 일질은 봉효공 친필 딕에 두셧논이 맛당히 보비오리(보고뫼우리) 잇스면
번등ᄒᆞ여 가지실 것시오 원본은 셰셰 유젼할지어다. (…중략…)

셰 무술 추월 ᄒᆞ완에 숑은 필셔 하노라(원문 표기 그대로 인용함. 한자와 괄
호 속의 글자는 인용자가 첨가한 것임).[39]

오자가 섞이고 문맥도 소명하지 못한데, 요지는 자기의 조부 봉효공이
『구운몽』과 『창선감의록』을 손수 번역하신바 『구운몽』 한 질은 숙부의
글씨요, 『창선감의록』 한 질은 조부의 친필이니[40] 자손들 가운데 보고 배
우고자 하는 자는 반드시 베껴갈 것이며, 원본은 소중하게 길이 전하도록
하라는 내용이다. 『구운몽』과 『창선감의록』을 특히 부녀들에게 읽힐 만
한 좋은 소설로 인식하였으며, 그래서 나름으로 뜻을 가지고 번역 작업을
하였다는 것이다. 위의 무술의 해는 추정컨대 1898년에 해당한다. 『창선
감의록』이나 『구운몽』의 국문본이 물론 없지 않음에도 다시 우리말로 옮
기는 작업을 굳이 하고 있다. 우리는 이 사실에 주의할 필요가 있다. 책의
보급 유통이 원활하지 못한 때문에 이런 현상이 일어났겠지만, 소설에 있
어서 한문과 국문의 표기형태는 고정적·절대적인 것이 아니고 수시로 전환될 수
있는 것이었다. 전환의 요인은 다름 아닌 독자의 요구이다. 즉 한문 교양

---

39 익선재 소장 『구운몽』 제1책, 모두 4책으로 '長水後人' '黃德容印'이란 장서인(藏書印)이
찍혀 있다.
40 이 『창선감의록』 필사본은 김동욱 교수의 羅孫書屋에 수장되어 있다. 이 책에도 "내 아히
위친ᄒᆞᄂᆞᆫ ᄆᆞ음으로 셩념(盛炎)의 극력ᄒᆞ여 벗겨시니 자자(字字) 쥬옥이로다. 내외 앗기
ᄂᆞᆫ ᄆᆞ음 슈등보옥갓치 아ᄂᆞ니 앗겨 볼지어다. 이 칙은 본손으로 ᄂᆞ리와 졔손계부의 젼ᄒᆞ고
츌가ᄂᆞ션들은 벗겨갈디어다"는 글이 끝에 적혀 있다.(金東旭, 「李朝小說의 作者와 讀者에
對하여」, 『池憲英華甲論叢』, 1971)

을 소유한 부류들의 요구에 호응해서 한문본이 성립되고 또 부녀층의 요구에 호응해서 국문본이 성립되어 공존하게 되었던 것이다.

그러면 『구운몽』이나 『창선감의록』 같은 규방소설의 경우 당초 어느 쪽에서 먼저 요구가 발행했던가? 국문본과 한문본의 선후 문제는 여기서 가려질 것이다.

애당시 소설을 쓰게 된 배경을 구체적으로 알아보자. 『구운몽』을 직접 거론한 초기의 기록으로 이재李縡, 1680~1746의 『삼관기三官記』에 나오는 것이 있다. 우리나라 패설에 『구운몽』이 있으니, 이 책은 서포西浦가 대부인의 근심을 위로하고 풀어드리고자 해서 지었고 지금 규합閨閤 간에 성행하고 있다는 내용이다.[41] 즉 『구운몽』은 일차적으로 작가가 자기 어머니의 독서를 위해 지은 것인바 역시 규합=규방에서 널리 읽혀지고 있다는 것이다. 서포의 바로 종손인 김춘택金春澤의 "서포는 자못 많이 속언俗諺=國文으로 소설을 지었다"[42]는 증언과 관련지어 생각할 때 『구운몽』이 당초 국문으로 지어진 사실은 의심할 여지가 없다.

『창선감의록』의 경우 또한 저작 동기가 『구운몽』과 흡사하다. 김만중과 동시대 인물인 조성기의 행장에 다음의 기록이 보인다.

> 대부인(조성기의 모친 – 인용자)은 총명하고 슬기로워 고금의 사적史籍·전기傳奇를 모르는 것이 없을 만큼 널리 듣고 잘 알았는데 만년에는 누워서 소설 듣기를 좋아하여 졸림을 쫓고 시름을 잊는 자료로 삼았다. 부군(조성기를 가리킴)이 매양 남의 집에 못 본 책이 있다는 말을 들으면 반드시 힘을 다 해서 구득하

---

41 "稗說有九雲夢者, 卽西浦所作. 大旨以功名富貴歸之於一場春夢, 要以慰釋大夫人憂思. 其書盛行閨閤間. 余兒時慣聞其說. 盖以釋伽寓言而中多楚騷遺意云." 『大東稗林』 「三官記」 (338면)

42 "西浦頗多以俗諺爲小說." 『北軒集』 권16 장25 「散藁」.

였다. 또한 자신이 고설古說에 의거, 연역해서 몇 책을 엮어내 바치기도 하였다.[43]

　위의 기록은 조성기의 친조카인 조정위趙正緯가 숙종 34년[1708]에 쓴 것이다. 조성기가 고설에 의거, 연역해서 엮었다는 책의 이름은 이 기록에는 나와 있지 않다. 그런데 그의 5대손인 조재삼趙在三의『송남잡지松南雜識』에 "지은 책은 세상에 전하는『창선감의록創善感義錄』,『장승상전張丞相傳』등 책이 그것이라"고 밝혀져 있다.[44] 따라서『창선감의록』은 조성기에 의해 지어졌음이 확실시되는 것이다.

　조성기[1638~1689, 字 成卿, 본관 林川]는 다름 아닌『옥갑야화』에서 연암이 허생의 입을 빌려 "졸수재는 가히 적국에 사신으로 보낼 만한 인물인데 포의로 늙어 죽었다"고 애석해하던 그 사람이다. 우암은 마치 산이 험준하게 뻗은 모습이라면 졸수재는 바다가 물결치는 듯하다고 서인가에서 송시열에 대비된 그런 존재였다. 그는 젊어서 병으로 곱사등이가 되어 초야에 묻혀 있었지만 농암農岩과 삼연三淵 형제가 한평생 외복畏服하였다고 한다.[45] 그리고 그가 성리설에 일가의 견해를 수립하였던 것은 알려진 사실인데, 뿐만 아니라 "백가의 기록, 역대 사서史書로부터 도불道佛의 서적 및 패가설稗家說에 이르기까지 깊이 음미하고 옆으로 넓게 상고하지 않은 것이 없었다"는 것이다.[46] 곧 지식에 임한 자세가 아주 개방적이었으며, 평

43　"太夫人聰明睿哲, 於古今史籍傳奇, 無不博聞慣識. 晚又好臥聽小說, 以爲止睡遣悶之資, 而常患無以繼之. 府君, 每聞人家有未見之書, 必竭力求之, 得之而後已. 又自依演古說, 構出數冊以進."『拙修齋集』권12 장27「行狀」.

44　"我先祖拙修公行狀曰：(…중략…) 世傳 創善感義錄 張丞相傳等冊是也."『松南雜識』「稽古類・創善感義錄」(亞細亞文化社, 1986, 1018면).

45　"三淵詩云 '尤翁山峙脚 拙修海騰波'以拙修對尤翁, 拙修亦間世之士也. 但因貌寢而龜背, 遂不出世. 然農淵皆一生畏服云."『智水拈筆』권2, 필사본.

46　"聖人之經, 賢人才士之籍, 百氏之記, 歷代之史, 以及道佛之書, 稗家之說, 無不浸淫玩索, 旁稽博考也." 趙亨期,『拙修齋集』권12 장3「祭拙修文」.

소 소설에 대한 교양을 쌓고 있었음을 짐작케 한다.

이상에서 우리의 17세기를 대표하는 소설 작품을 창작한 조성기와 김만중1637~1692은 다 같이 문벌 출신으로 일류의 학식과 명망을 지닌 인물이었다. 다시 말하면 당대 최고 수준의 지식인에 의해서 국문으로 장편 형태의 소설이 제작되었던 것이다. 국문 장편소설은 당시로서는 극히 획기적이고 특이한 것이 아닐 수 없었다. 그것이 최고 수준의 지식인에 의해 착수되었던 점에서 또한 각별한 의미를 느끼게 한다.

앞에서 서포가 『구운몽』을, 졸수재가 『창선감의록』을 짓게 된 직접적 동기가 자기 어머니를 위해서라는 말을 인용했다. 소설 제작은 말하자면 효행의 하나였던 셈이다. 늙은 어머님의 읽을거리로 소설을 창작했다. 우리는 이런 엄영한 사실을 무시해서는 안 된다고 본다. 하지만 이 측면만으로 모든 것을 다 설명하려 들어서도 안 될 것이다. 어머니라는 존재는 당시 형성되고 있었던 소설 독자, 즉 규방여성의 하나이다. 실제로 그들이 자기 어머님께 바친 소설은 어느새 유포되어 규방에서 널리 읽혀지고 있었다. 김춘택이 서포가 국문으로 소설을 짓게 된 뜻에 대해 언급한 말이 있다. 구체적으로 『남정기』를 거론하여, 인간의 마음깊이 감동을 주는 작품인데, 서포가 그것을 언문으로 지은 의도는 대개 여항부녀閭巷婦女, 여기서는 여성 일반을 가리킴들로 하여금 모두들 풍송諷誦, 읽고 외운다는 뜻하여 관감觀感, 살펴보아서 감동한다는 뜻의 효과를 얻도록 한 것이라고 하였다.[47] 요컨대 여성에 대한 교육적 의미를 고려해서 국문으로 썼다는 의미이다.

소설이란 태생적으로 끊임없이 새로운 내용과 함께 좀 더 긴 이야기를

---

47 "記(『南征記』를 가리킴) 本我西浦先生所作, 而其事則以人夫婦妻妾之間, 然讀之者無不呑嗟涕泣. 豈非感於謝氏處難之節・翰林改過之懿, 皆根於天・具於性而然者 (…중략…) 是烏可與他小說同日道哉. 然先生之作之以諺, 蓋欲使閭巷婦女, 皆得以諷誦觀感, 固亦非偶然者."『北軒集』전16권 장25「散藁」.

요망하기 마련이다. 독자의 열렬한 주문 사항이다. 『창선감의록』이나 『구운몽』이 전에 없이 장편의 형태를 취하게 된 요인 또한 여기에 있었다.

그렇다면 한문본은 어떤 경위로 성립되었을까? 국문 장편소설이 당초 여성들의 요구에 응답해 형성되었다는 측면에서 국문본이 규방소설의 고유한 속성이다. 한문 교양을 소유한 남성들도 진작부터 소설 쪽으로 취미가 다소간 쏠려 있었거니와, 규방소설류에 접해서도 차츰 그네들의 흥미의 대상으로 되었다.

규방소설이 한문으로 옮겨진 첫 사례로서 『남정기』라고 알려져 있다. 원작자의 종손 김춘택의 손에서 이루어진 일이었다. 김춘택은 이 번역 작업을 마친 소감으로 술회하기를 원작에서 더하고 빼고 하여 가다듬었으나 비록 언문이라도 글의 색채가 살아 있어 자신의 번역이 거기에 미치지 못한다고 하였다.[48] 번역 작업을 통해서 원작의 언어 예술적인 아름다움을 실감했던 모양이다. 한편으로 『남정기』는 한가로운 읽을거리로 취급될[等閑之比] 것이 아니라서 문자로 옮긴다고 그 취지를 밝힌 바 있다. 김춘택의 이 발언을 심상하게 넘긴 것이 아니다. 당시 궁정 내부의 사정과 관련해서 작품 내용이 특별한 의미를 내포하고 있기 때문에 일부러 번역작업에 착수했다는 뜻으로 해석이 되는 것이다. 『남정기』의 번역에는 다분히 정치적 의도가 개입되어 있었다.[49]

다음에 『창선감의록』이 한문으로 옮겨진 경우를 추적해 보자.

---

48 "會謫居無事, 以文字飜出一通. 又不自揆, 頗增刪而整釐之. 然先生特以其性情致之妙而有是書故, 於諺之中, 猶見詞釆. 今愚所飜, 反有不及焉者." 『北軒集』 권16 장26 「散藁」.
49 "甲戌 二十年(1694年) (…중략…) 時張后(張禧嬪 - 인용자)色衰, 王待之稍稍疎. 又厭其族之微. 有金春澤者, 萬基之孫也, 豪俠有權數. 察知王意, 乃爲廢后, 作一書, 假托閨房寃恨之事, 名曰謝氏南征記. 使所善韓重赫·康晚泰等, 因宮人以進. 因以微言讒張后, 王見其書感悟, 欲復廢后之位." 金澤榮, 『韓史綮』 권4 장11.
위의 金春澤이 『謝氏南征記』를 지었다는 말은 번역한 사실을 가리킬 것이다.

나는 근래 담[痰火]으로 정양을 하느라 누워 있으면서 며느리들을 시켜 여항 간의 언서諺書 소설을 읽게 하고 들었다. 그중에 원감록寃感錄이란 것이 있는데 그 내용은 원한과 응보가 서로 엇물려서 실로 마음 아프고 뼈골이 시릴 지경이다. 그러나 착한 일을 하는 자는 반드시 창성하고 악한 일을 한 자는 반드시 망하는 이치를 보여 주어서 또한 족히 사람을 감동시키고 권징勸懲이 될 만한 내용이다.[50]

『창선감의록』한문본의 책머리에 실린 글인데, 『원감록寃感錄』이 이처럼 의미 있는 것이기 때문에 한문으로 옮기겠다는 취지이다. 위의 내용을 보면 『창선감의록』의 원제는 『원감록』이다. 이 이름으로 전하는 소설이 있는바 『창선감의록』과 다름없는 것이다.[51] 아무튼 여성들의 이야기책을 낭송하는 소리가 제법 들을 만하여 남성들까지 귀를 기울였던 사정을 분명히 짐작케 한다. 그리하여 국문소설이 마침내 남성들의 문자인 한문으로 옮겨지게 되었다.

지금 거론하는 한문본 『창선감의록』은 번역투의 생경함이 전혀 느껴지지 않고 국문본과 대조해서 읽어보면 보다 세절細節이 곡진한 대목도 적지 않음을 느낄 수 있다. 특히 그 문장표현이 질박하고 평이하면서 색채가 있고 속되지 않아서 묘미를 맛보게 한다. 중국의 일반 소설체와는 아주 다른 '조선적'인 한문체라고 여겨지는 것이다.[52]

---

50 "余近以痰火養病潛臥, 使婦人輩讀閭巷間諺書小說而聽之. 其中有所謂寃感錄者, 盖寃報相因, 憪愴酸骨, 然爲善者必昌, 爲惡者必亡, 亦足可以動人, 而懲勸者矣."『倡善感義錄』권1, 2면(二葉山房版 권1 장1).

51 韓國精神文化硏究院 圖書館 所藏의 필사본 소설에, 내 표제는 『원감록』이라 하고 외 표지에는 『花珍傳』으로 된 것이 있다. 내용은 바로 『창선감의록』이다.

52 碧史 李佑成 선생의 언급에 의하면 『창선감의록』의 한문 문장은 우리나라 사람들의 편지 글과 유사하다고 한다. 여기에 碧史 선생 자신이 소년시절에 이 소설을 접하게 된 경위를 참고로 소개해 둔다. 1년 내내 課讀을 하는데 다만 추석에 이틀, 설에 닷새의 휴가가 주어

『창선감의록』을 한문으로 옮긴 사람은 누구인가? 전혀 알 수 없다. 하나의 추정을 해보자면 『남정기』의 역자가 작자로 오인된 사례가 있었듯이 경우도 그 작자로 알려진 김도수金道洙나 정동준鄭東浚 중에 한 사람으로 가정해볼 수 있겠다. 정동준은 정조 때의 각신으로 권력 암투의 와중에서 궁지에 몰려 음독자살한 자이다.[53] 김도수호 春洲, ?~1742는 영조 때의 문인으로 문장력이 뛰어났으며 일찍이 소설을 탐독하여 침식을 잊을 정도였다고 한다.[54] 이러한 각각의 행적 및 성향으로 미루어 김도수 쪽에 보다 가능성이 주어진다.

이와 같은 규방소설과 달리 당초에 한문으로 형성이 되었다가 나중에 국문으로 전환된 사례도 없지 않다. 예컨대 『청구야담靑邱野譚』의 경우다. 이들은 사랑방에서 야담이란 형태로 남성들 사이에 유행하여 한문으로 기록이 되었는데 다시 여성적 수요에 호응해서 국문본이 생겨났다. 그러므로 야담계의 단편소설은 한문소설로 분류되지만 규방소설은 일차적으로 국문소설에 속하는 것이다. 여기에 유의할 점 하나가 있다.

당시 한문은 보편적 문자로 어전히 권위를 누리고 있었으며, 여성 일반

졌다. 이때 『창선감의록』을 읽어 보도록 하여 10세 직후에 애독하였다는 것이다. 그리고 그 댁에서 구한말 일제 초에 도서출판을 한 일이 있었던바 주로 유가의 서적을 간행한 가운데 소설류로는 유일하게 이 『창선감의록』이 포함되어 있었다. 二葉山房版 『창선감의록』 3책이 그것이다. 그 발행 연도는 1917년, 발간지는 경상남도 밀양군 부북면 퇴노리로 되어 있다.

53 "盖彰善感義錄一書, 旣逢來鄭公東浚之所作." 李炳勗, 「懸吐 彰善感義錄序」, 翰南書林, 1919.
金台俊 『朝鮮小說史』에 鄭浚東으로 되어 있는 것은 東浚의 착오인 듯하다.
鄭東浚이 세도하던 洪國榮과 결탁했던 내막이 金和鎭의 『李朝五百年奇譚逸話』(東國文化社, 1966)란 책에 기록되어 있다. 『王朝實錄』에는 그가 자살하게 된 사정이 "鄭東浚自在簪筆, 厚被恩寵, 出入彌密, 官至宰列. 上, 特欲曲保, 常令歛避權要, 東浚意慾未滿, 漸懷怨懟, 壽張恃說, 誣毁聖德. 上, 已燭其姦. 而以任使之久, 未及明正其罪. 至是裕論之. 東浚自知罪不容貸. 未幾自斃或以爲飮毒云." 正宗十九年 五月 V.46 543면 上·右.

54 "余年十八九時, 鶩志虛遠, 遂誤入稗家, 久而成癖, 幾忘寢食, 自以爲能." 金道洙, 『春洲遺稿』 권2 「刪定諸家文粹說」.

이 종속적 위치에서 벗어나지 못했다는 사실이다. 이에 따라『창선감의록』·『구운몽』등 소설까지도 한문본 쪽이 권위를 갖고 우세하게 보급되기에 이르렀다. 현재 남아 있는 자료들의 상황이 증명하고 있으나, 부녀자들이나 서민 사이에서 유전하던 이야기책들 중에 연대가 오랜 것은 거의 찾아볼 수 없는 형편이다. 이에 또 한문본에서 다시 국문본으로 전환하는 현상도 발생하였다. 실로 우스꽝스런 노릇이지만 그것이 실정이었다. 우리가 지금 접하는『창선감의록』의 국문본도『구운몽』이 그렇듯 한문본으로부터 전환된 경우가 대부분인 듯하다.

규방소설에 있어서 국문본과 한문본의 관계는 다음과 같은 도식으로 정리해 볼 수 있다.

① 국문본 → 한문본
② 국문본 → 한문본 → 국문본

2) 그 제재題材에 관련한 문제

『창선감의록』의 줄거리는 16세기 중엽의 중국 사회를 무대로 전개되고 있다. 서사는 권간權奸 엄숭嚴嵩이 정권을 장악하는 데서 발단, 그가 실각하는 데서 끝맺음에 이른다. 그때 마침 남방에 침입한 도적들을 정벌하는 내용으로 대단원을 준비한다. 대체로 명나라 가정嘉靖 29년1550으로부터 가정 말년1566에 이르는 기간이다.

화씨가花氏家의 흥망성쇠를 중심으로 엮어진 이 소설은 문제의 요인이 가문의 내부에서 발생하는 것으로 보여 준다. 화씨는 그야말로 '세세 명문거족'의 가문이다. 주인공 화진花珍은 이 가문의 차자次子로, 사람됨이 그야말로 성현을 방불케 하는 이상형의 인물이다. 거기에 반해서 적장자 화춘花瑃은 말할 수 없이 불초하고 용렬하며, 그의 소생모 심씨沈氏 부인 또한 성격이 편협하고 사리 분별에 어두운 여자이다. 심씨 부인과 화춘 모자가 들어서 이런저런 과오를 범하여 가문을 온통 어지럽게 만들며, 화진의 현명함을 시기·증오한 나머지 음모를 꾸며서 마침내 죽음으로까지 밀어 넣기에 이른다. 그래도 화진은 가부장적 권위를 합법화하는 효의 윤리에 구애된 나머지 맞서 싸우지 못하는 것은 말할 나위 없고 사실을 해명하는 말도 한마디 하지 않는다. 드디어 화진 개인의 운명뿐 아니라 화씨 가문이 파멸되는 위기에 직면하게 된다. 위의 내부적 요인에 화춘의 애첩 조녀월향趙女月香과 조녀의 간부 범한范漢, 그리고 화춘의 나쁜 친구 장평張平 등이 끼어들어 갖은 농간을 부린 까닭에 상황이 그토록 악화됐던 것이다.

한편 화씨가의 위기는 당시의 중앙 정계와도 무관하지 않았다. 주인공 화진과 친밀한 관계를 맺고 있는 인간들은 다 군자형君子型에 속하였다. 권간 엄숭에게 거의 모두 배척을 받고 있을 뿐 아니라, 화진 주변에 가해진 음모는 엄숭 일당에게 직통으로 선이 닿았던 것이다. 가문 내부의 복잡한 사건은 정치권력과 구조적 관련성이 있었다. 그리하여 급기야 엄숭이 조정에서 축출되어 정국의 전환이 오는 것과 동시에 가문도 옛 영화를 회복하는 것이다. 전체적으로 악이 몰락하고 선이 승리하면서 파국의 위기로부터 안정을 회복하는 서사구조이다.

그런데 이 소설의 스토리는 전적으로 가공의 허구가 아니고 역사 사실과 관련지어서 꾸며져 있다. 주인공 화진은 실존 인물로서 확인되지 않지만 그의 선조로 설정된 화운花雲이란 인물은 『명사』에 입전立傳되어 있다. 화운은 주원장周元璋 휘하의 용맹을 떨친 맹장으로 적에게 포위가 되어 악전고투 끝에 비장한 죽음을 당했으며, 그의 부인 또한 세 살 난 아기를 남기고 자결하였다. 이 아기가 물속에 버려진 채 7일 동안 죽지 않고 마침내 기적적으로 살아났다.[55] 소설에도 얼핏 비치는 이야기다. 이 아기의 자손이 작중에서 '충효법가^{忠孝法家}'로 일컬어진 화씨가문^{花氏家門}을 이룬 것이다. 여기서부터는 허구이다. 작중에서 허구적인 사건 전개의 배경으로 설정된 엄숭의 세도와 몰락은 뚜렷한 역사 사실로서 대개 내용이 서로 부합되며 도적과 싸우는 대단원의 내용 역시 맞춰볼 수 있는 사실적 근거를 가지고 있다. 그렇다 하여, 『창선감의록』을 연의류^{演義類}의 소설로 칠 수 있는 것은 전혀 아니다.

예컨대 대단원이 된 장면을 보면 내용은 가정 연간에 유대유^{兪大猷} · 척계광^{戚繼光} 등이 복건^{福建} · 광동^{廣東} 등지로 침입한 왜구 및 해적을 토벌한 사실에서 취재한 것이다. 그러나 소설로 꾸며진 내용은 사실의 구체성을 서술한 것이 아니고 기껏 사실로부터 유추된 것일 뿐이다. 작중의 전쟁은 주인공 화진이 대원수로서 오로지 그의 탁월한 수단에 의해 승전을 가져오는데 이 또한 사실무근이다. 역사상에 왜구 정벌의 전략가요, 최대의 무훈을 세운 명장은 척계광이다. 작중에서도 척계광은 선봉장의 직책으로 출연은 하지만 실제의 형상과는 너무도 다르게 약화되어 있다. 그리고 소설에서 적군의 대장은 성명이 서산해^{徐山海}라는 이름으로 나와 있다. 역사상에는 작중에 설정된 시간대보다 몇 년 전에 해적 서해^{徐海}를 쳐서 잡은 기록이 『명사』에 보이는데[56] 이 서해라는 성명이 서산해로 전이^{轉移}된 것이 아닌가 싶다.

『창선감의록』의 인물들은 거의 작자의 머리 속에서 탄생한 자들이며

---

55 『明史』 권289, 列傳 忠義, 花雲.
56 『明史』 권18, 嘉靖三十五年 秋七月條.
　　『明史』에는 戚繼光 兪大猷 등이 상대한 賊將의 성명이나 賊情에 관한 기록이 전혀 보이지 않는다. 소설화를 하자면 불가불 적장을 내세워야겠고 그래서 비슷한 상황에 활동했던 인물의 이름을 차용한 것으로 추정된다.

그 내용 또한 전체로 허구이다. 다만 역사를 배경으로 가차假借하면서 실존 인물을 몇몇 끌어들였을 뿐이다. '연의적' 수법과는 다른 기법을 쓴 것이다. 오직 사실史實을 유추한 것이므로 사실의 측면에서만 따지면 이야기가 황탄하여 유명한『삼국지연의』에서처럼 역사 자체의 구체적이고도 흥미진진한 드라마를 접할 도리는 없다. 그러나 작가는 기존의 역사 사실에 구애받지 않고 인간 사회의 문제를 자유롭게 그리면서 보편성을 확보할 수 있는 이점이 있다. 그러면서도 이야기를 역사 사실에 결부시켜 구성하고 실존 인물까지 적당히 배치함으로써 허구적 내용에 실감을 주는 효과를 얻게 된 셈이다.

이 작품은 왜 굳이 공간적·시간적으로 우리와 소원한 배경을 무대로 잡았을까? 이 역시『창선감의록』한 작품에 국한된 문제가 아니다. 우리가 알다시피 고소설 일반이 거개 중국 배경으로 되어 있다. 특히 가정嘉靖 연간과 엄숭嚴嵩이란 인물은 대체 무슨 영문인지 옛 소설에 종종 등장한다. 자국의 사실이 아닌 남의 나라의 해묵은 이야기를 끌어온 때문에 혹은 모화사상에 젖은 소치라고 지탄을 받기도 하며, 혹은 옛 소설 일반이 사실성을 결여한 징표로 지적되기도 한다. 이 문제는 소설사 이해의 기초로서 한번은 짚고 넘어가야 할 사안이다.『창선감의록』에서 제재의 의미를 검토하는 일은 이 문제를 접근하는 사례의 하나이므로, 추론적인 견해나마 제시해 본다.

첫째, 소설의 무대는 중세의 보편적 공간으로서의 의미를 갖는 것이다.

물론 소설이 설정한 배경은 가정 연간이라는 특정한 시간대요, 명대 중국이라는 특정한 공간이다. 우리의 조선조와는 시공이 다르다는 사실은 말할 필요조차 없다. 그러나 명대의 역사를 들여다보면 우리의 조선조와 현상적으로 유사함을 금방 인지할 수 있을 것이다.

원명의 교체에 뒤이어 우리의 역사도 대전환이 일어났다. 또 명나라 2대 혜제惠帝가 그 숙부 성조成祖 영락제永樂帝에 의해 축출되더니 조선에서도 세조가 단종을 폐위하는 사건이 발생하였다. 그리고 또 연산군이 황음무도한 행사를 자행하였는데 명나라에서는 무종武宗이라는 폭군이 출현하고 있다. 각기 국정이 한 번 문란해진 연후에 조금 수습의 국면으로 들어선 것이 저쪽은 이 소설의 시대인 가정 년간이요, 이쪽은 중종으로부터 명종에 이르는 기간이다. 이 시간대에 조선에서는 남곤南袞 윤원형尹元衡 같은 자들이 국정을 농단하여 사류士類를 해치고 있을 즈음 명나라에서는 엄숭이란 자가 등장하는 것이다. 민심의 이반이 심각하게 되고 왜구가 창궐한 것까지 유사하다. 실로 작중의 엄숭의 자리에 윤원형을 대치시켜 놓아도 괜찮을 정도다.

이런 현상을 어떻게 보아야 할 것인가? 조선사는 명사를 모의模擬하고 있다는 인상을 주지만, 실제로 모의했을 이치는 없고 일단 우연으로 생각해야 할 것이다. 그러나 무릇 세상사의 우연은 그 내재적 필연성의 표출이요 궁극 필연의 과정이기도 하다. 즉 엄숭의 농권과 윤원형 전횡의 동시 출현은 서로 약속한 바 없겠으므로 우연은 우연이지만 정치권력의 자기모순의 불가피한 반영이란 측면에서 보면 구조적 유사성이 개재해 있는 것이다. 요컨대 당시 중국의 명과 이쪽의 조선은 체제적으로 공통된 하나의 세계로서 상호의 연관성이 있었기 때문이다.

우리가 『창선감의록』을 읽어보면 먼 남의 나라 사람들의 이야기라는 생각이 들지 않는다. 거기 그려진 가문은 우리의 벌열을 연상케 하며, 등장하는 남녀들의 언어 및 사고방식·기거동작에서 우리의 양반을 발견하고, 방금 엄숭의 자리에 윤원형을 대치시켜 놓아도 괜찮을 정도라고 말했거니와 화진 편에 선 인물들은 사림에 해당하는 셈이다.

둘째, 그 제재는 우리의 당대 현실에 대해서도 일정한 의미를 담고 있다. 『창선감의록』의 창작 연대는 저자의 졸년이 숙종 15년1689이므로 하한선이 잡혀진다. 따라서 17세기 후반인 숙종 연간의 작품으로 보면 틀림없는 것이다. 이 시기는 정치사적으로 당쟁이 특히 치열하여, '환국換局'이란 이름으로 정권의 전환·부침이 반복되었다. 당초 서인이 주도하는 정국이 남인으로 바뀌더니 경신환국庚申換局, 숙종 6년, 1680으로 남인의 허적許積·윤휴尹鑴 등이 사사賜死되고 서인이 득세하며, 다시 기사환국己巳換局, 숙종 14년, 1688으로 서인의 송시열 등이 사사賜死되고 남인이 당국當局하며, 또 다시 갑술환국甲戌換局, 숙종 20년, 1694으로 반전이 되었던 것이다. 이 엎치락뒤치락의 과정은 권력투쟁 이외에 다른 것이 아니다. 그러나 언제고 명분을 세워서 정적을 공격하기 마련이었다. 당파적 입장을 도학을 차용하여 합리화시킴으로써 자기편은 군자당君子黨이요 상대편은 소인당小人黨으로 지목하여, 주관적으로는 그렇게 확신했던 것이다. 말하자면 반대당의 영수는 엄숭과 같은 자로 의식되기 마련이었다. 이편이나 저편이나 마찬가지다.

쟁점은 당초 현종 연간1660~1673의 복제服制 시비로 일어난 예설禮說로부터 비롯되었다. 요점은 종통宗統 문제이다. 당시 조선사회의 성격을 규정짓는 특징으로 가부장제를 들고 있거니와, 가부장적 지배를 합법화하고 공고하게 하려면 무엇보다 적서嫡庶의 구분을 엄격히 하고 종통을 세우는 것이 요망되었다. 거기에 복제服制가 중대한 의미를 갖게 되는 것이다. 복제를 1년으로 하느냐 3년으로 하느냐, 오늘날엔 하등의 현실적·정치적 의미를 가질 수 없는 사안이다. 그러나 종통을 중시하는 사회에 있어서는 경우에 따라 심각한 문제로 될 수 있는 것이다. 현종 때 서인과 남인 사이에 서로 물고 늘어진 복제문제의 시비가 그것인데, 예설의 논쟁은 곧바로 살육을 부른 권력투쟁으로 나아갔다.[57]

이런 와중에서 의외의 사건이 발생하였다. 숙종이란 임금이 희빈禧嬪 장씨張氏를 좋아한 나머지 정비正妃 민씨閔氏를 쫓아내는 조처를 취한 것이다. 그러다가 뒤에 장씨에 대한 왕의 애정이 식으면서 다시 민씨를 복위復位하고 끝내 장씨를 죽이기까지에 이른다. 한 사내로서 계집에 대한 애정의 변화는 전혀 개인적·감정적인 차원이다. 하지만 그 개인의 애정의 변화가 '환국'으로 직결되었던 것이 그때의 상황이었다. 가부장적 사회에 있어서는 남녀의 애정문제를 결코 개인적 차원에 방임할 수 없는 일이었다.

일찍이 춘추시대에 제齊 환공桓公이 국제간의 회맹會盟을 할 적에 "불효를 처단하고 이미 후계자로 정한 아들을 바꾸지 말라"고 가부장적 체제의 유지에 대해서 적극 배려하면서 '첩으로 처를 삼지 말라[無以妾爲妻]'라는 조항을 포함시킨 바 있었다.[58] 첩을 적실嫡室=처의 위치로 올려서는 안 된다고 국제 협약에 규정할 만큼 애정의 자의적 행동은 체제적 위험으로 인식한 것이다. 가부장적 사회의 처첩간妻妾間 갈등이 내포한 잠재적 위험이 굉장한 쟁점으로 현실화된 것은 바로 이때였다.

앞서 규방소설의 성립 경위를 설명하는 대목에서 17세기 후반에 벌열이 확립되었음을 언급하였다. 환국의 반복을 거쳐서 벌열로 자리를 굳히기도 하고 몰락하기도 하였다. 『창선감의록』의 내용 ─ 문벌세족門閥世族의 내적 갈등과 정국 변화에 따르는 가문의 흥망은 매우 현실감을 주는 내용이다. 가문의 운명은 바로 자기들이 시방 부딪친 문제로 실감할 수 있다. 예컨대 소인의 무리로 의식된 반대당이 집권함으로써 몸이 죽임을 당하거나 귀양을 가고 가문의 운명이 온통 뒤바뀌는 눈앞의 현실은 소설적 상황을 방불케 한다. 그리고 가부장적 권위를 행사하는 심부인沈夫人과 적장

---

57 成樂熏,「韓國黨爭史」第四篇 黨爭 第四期 참고(『韓國文化史大系』V.II, 295~367면).
58 『孟子』告子 下·『左傳』僖公 三年.

자 화춘, 차자 화진 사이의 모순 갈등은 따지자면 복제를 둘러싼 다툼과
도 근원적으로 상통하는 문제이다. 더구나 천첩으로 들어온 요염한 조녀
가 정실 임부인을 쫓아내고 종부宗婦의 위치에 올라서 횡포를 부리는 이야
기는 그대로 희빈 장씨를 연상케 한다.

『창선감의록』의 작가가 굳이 중국을 배경으로 소설을 엮은 데는 따로
또 고충이 있었던 듯하다. 원래 자기 조정의 일은 함부로 발설하지 못하
는 법이었다. 우리의 고소설들을 보면 배경을 이쪽으로 설정한 드문 경우
에도 "숙종대왕 즉위 초에 성덕이 넓으시사"『춘향전』하는 식으로 조정 일
에 미쳐서는 상투적인 찬사를 바치는 이외에 구체적 서술은 비치지 않는
다. 『창선감의록』의 경우 역시 만약 조선조의 어느 임금 시절로 설정하고
보면 가지가지 구애를 받기 마련이다. 작가는 아무래도 중국을 무대로 삼
는 편이 무난하고 실제로 서사를 엮어가기에도 자유로울 것으로 판단했
을 것이라고 여겨지는 것이다.

3) 그 여성 교양적 성격

소설의 일관된 주제는 악을 경계하고 착한 마음으로 의로움에 감복하도
록 하는 데서 벗어나지 않는다. '창선감의'라는 제목이 표방한 뜻이기도
하다.[59] 줄거리가 복잡하게 얽혀 있지만 선행을 하면 좋은 응보를 받고 악
행을 하면 나쁜 응보를 받는 것으로 귀결되고 있다. 등장인물들 역시 각기
이러한 주제 사상을 나타내는 데 알맞게 연기를 하고 있는 모양이다.

그러므로 이 소설은 철두철미 교훈적이다. 작자는 가정의 행복과 국가

---

[59] '창선'의 한자표기는 혹은 創善, 혹은 倡善, 또 혹은 彰善으로 되어 있다. 어떤 것이 옳고
어떤 것이 틀리다고 판정하기 어려운 듯하다. 본고에서는 편의상 많이 쓰인 쪽으로 생각해
서 倡善이라 하였다.

의 안녕은 기본적으로 인간 자신의 마음씨에 달려 있다고 확신한다. 인간의 윤리화—선의 자각이라는 절대 당위의 지향점에 인간은 어떻게 도달할 수 있을까? 인간을 도덕적 규율로 멍에 씌워 몰고 가거나 규범 속에 잡아넣어서 유형으로 찍어내듯 하면 잘될 것이라고는 결코 생각하지 않고 있다. 인간은 본디 선을 좋아하고 악을 싫어하는 마음씨를 타고났으니 모름지기 이 마음씨를 감발시켜야 할 것으로 본다. 이 의미가 표제의 '감의感義'이다.

우리 고소설은 모두 권선징악으로 천편일률이라고들 말한다. 모조리 천편일률로 만들어낼 수야 없었겠으나, 그렇게 치부할 소지는 없지 않은 듯하다. 이 『창선감의록』의 경우 권선징악이란 윤리적 주제를 뚜렷이 구현한 대표작이다. 그러나 천편일률의 틀에 맞추어진 것은 아니다. 저자가 지금 이 작품을 여성 교양적 성격으로 주목하는 소이연이 바로 여기에 있는 것이다. 다음에 작품의 여성 교양적 성격을 구체적으로 분석해볼까 한다.

(1) 등장인물들은 각기 개성을 지니고 있다

소설에 실제로 얼굴을 드러낸 인물만 헤아려도 대략 50명이 넘는다. 대개 고귀한 신분을 타고난 사람들이 주역이 되어 이야기가 만들어지고 있다. 고귀한 신분을 타고난 사람들이 주역이 되어 서사가 진행되는 것이다. 그렇지만 유모 시녀 같은 아래 것들과 여항의 부류 및 자객 등등 여러 인물이 등장하고 있다. 이 수다한 인간 군상들은 모두 다 크게 두 편으로 계열화를 이루고 있으니 다름 아닌 선인계善人系와 악인계惡人系이다. 청류淸流와 탁류濁流처럼 구분이 선명하여, 서로 반목 대립하는 것이다. 그런데 여기서 우리가 주목할 점은 가령 선인계에 속한다 해서 하나같이 판박이는 아니다.

徐山海

趙女

范漢

『창선감의록』 등장 악인계 남성인물

서산해, 조녀, 범한. 이엽산방(二葉山房) 간본.

앞서 주인공 화진은 옛 성현을 방불케 하는 그야말로 군자형의 인물로 설정되어 있음을 언급했거니와, 소설은 전체로서 이 주인공을 부각시키는데 초점을 맞추고 있다. 그리고 화진의 처남이 되는 윤여옥尹汝玉이 등장한다. 윤여옥은 화진과 동갑이면서 지기상합한 친구인데, 서로 대조적인 성격을 보여준다. 윤여옥은 작중 인물의 입을 통해 "가위 풍류남아요, 단정한 군자라 못하리로다"라는 평을 받는다. 그런 만큼 대단히 활달하고 호방한 성격이다. 화진으로 표상된 군자형의 성격과는 거리가 멀다. 윤여옥을 가장 인상적으로 표출시킨 대목은 소설의 제7회이다. 그의 누이화진의 부인 윤옥화가 장평張平의 계략에 걸려 엄세번嚴世蕃, 엄숭의 아들의 첩으로 제공될 위기에 놓임으로써 벌어진 사건이다. 윤여옥은 일부러 여장을 하고 누이 대신 엄부嚴府로 납치되는 것이다이 남매는 쌍둥이로 용모가 닮았다고 함. 여자로 변신한 윤여옥은 도리어 미모와 언변을 부려 엄세번嚴世蕃을 유혹해서 구금된 화진을 구하도록 만들고, 또 엄세번의 누이 월화月華와 함께 밤을 지내 둘이 사랑하는 사이로 발전한다. 그리하여 윤여옥은 엄부에서 무사히 탈출하게 되는 것이다. 소설에서 특히 재미난 대목인데 윤여옥은 호랑이 굴이라도 들어가는 담대하고도 적극적인 행동과 민첩하고도 슬기로운 기지와 익살이 이야기를 흥미진진하게 만들고 있다. 물론 장부로서 여자로 변장한 것은 급박한 상황에서 취한 일종의 권도權道이다. 권도를 취한 그것부터 적극적인 자세이거니와, 항상 몸가짐을 조심하고 단정히 해야 하는 일반 선비의 태도와는 사뭇 다른 인간형으로 그려져 있다.[60]

---

60 윤여옥은 누이로 변장을 하고 화부(花府)에 들어갔을 때 조녀(趙女)가 그 앞에서 아주 못되게 굴자 조녀의 머리채를 끌어당기고 뺨을 대쪽 쪼개는 소리가 나게 때리는 장면이 있다. 그리고 그가 엄부(嚴府)로 납치되었을 때도 주눅이 들거나 초조해 하지 않고 여자역을 실로 능란하게 해내면서 술도 서슴없이 마시고 심지어 규방 처녀인 월화의 머리를 쓰다듬고 손을 잡는 등 활달한 행동을 보여준다.

요컨대 화진과 윤여옥은 같은 선인계에 속하면서도 개성이 아주 다르다. 작가는 윤여옥의 화진과 상반되는 인간 특징을 좋지 않거나 보다 못한 것으로 치지 않고 또 하나의 바람직한 인간 타입으로 그려낸 것이다.

　　선인계의 여성으로 주인공의 고모인 성부인成夫人과 두 처 윤옥화尹玉華·남채봉南彩鳳, 그리고 윤여옥의 약혼녀 진채경陳彩瓊이 가장 선명한 인상을 남긴 인물이다. 성부인은 사리분별이 준엄하고 충직한 성품을 보여주어 조정에 비유하자면 나약한 군주를 능히 보필하는 노신老臣의 전형에 통한다. 진채경과 윤옥화와 남채봉 이 세 여성은 고귀한 가문에 빼어난 용모를 타고난 그야말로 고소설에 으레 출현하는 재자가인才子佳人이다. 그러면서도 각자의 성격은 판이하다. 진채경은 규방여성으로 놀랍게 '담략이 과인過人'하고 삶의 자세가 적극적이면서 너그러운 성격이다. 윤·남 두 여성은 의자매간으로 사이좋게 지내다가 나란히 화진과 결혼을 하였다. 그런데도 이들의 성격은 좋은 대조를 이루고 있다. 나아가서 그러한 개성의 차이는 위기상황에 대처하는 방식에 있어서 다름이 있게 되며, 그 때문에 드디어 각자 다른 운명에 치하게도 된다.

　　화부花府에서 윤·남 두 여성이 시어머니인 심부인에게 구박을 받고 조녀에게 곤욕을 당할 때의 일이다. 조녀는 화춘의 첩으로 들어왔다가 정실 임부인을 몰아내고 '우둔한 지아비를 농락하여 간특한 교태와 발연한 노색怒色으로 달래락저희락'하여, 남편을 손아귀에 집어넣고 온 집안을 휘두른다. 조녀는 윤·남 두 사람에게 "이제 부인 등은 차부次婦의 몸으로서 외람히 종가 세전지물을 가짐이 명실名實에 합당치 못하고 사체事體 틀린지라"라고 하며, 시아버지로부터 결혼의 예물로 받았던 보물을 내 놓으라고 강요한다. 이에 대처해서 윤옥화는 미소를 지으며 "원래 그렇던가? 명교 당연하도다"라고 말하며 그 보물을 선선히 꺼내 주는데 남채봉은 정색단

『창선감의록』 등장 선인계 여성인물
윤옥화, 남채봉, 화춘의 부인 임씨. 이엽산방 간본.

좌 하고서 그 말을 묵살해 버린다. 그리고 조녀가 임소저_{화춘의 본부인}를 헐 뜯어 말하자 옥화는 못 들은 척하는데 채봉은 가만있지 않고 준절하게 꾸 짖는다.

> 낭자 장부의 은총을 믿고 말씀이 너무 무례하니 고인이 일렀으되 난초 불 붙
> 으매 혜초 탄식하고 토끼 죽으매 여우 슬퍼한다 하였나니 낭자 홀로 백두궁녀
> 의 반첩여班婕妤 조롱하든 말을 듣지 못하였느냐?

이러한 성격의 차이를 작품 내에서도 남채봉을 '경개방준耿介方峻'이라고, 윤옥화는 '옹용주선雍容周旋'이라고 표현해서 구분 짓는다. 남채봉은 그런 성격 때문에 결국 조녀의 독수에 걸려 파란만장의 기구한 운명을 당하게 되는 것이다.[61] 진채경·윤옥화·남채봉의 각각 다른 세 인격은 서로 간에 좋고 나쁘고 낫고 못하고를 가릴 성질이 아니다. 모두 본받을 만한 여성상으로 제시되었을 따름이다. 요컨대 각자의 타고난 품성과 삶의 조건에 따라서 지향해야 할 인간상으로 제시된 것이었다.

---

61 "噫! 南夫人耿介方峻, 恰有乃爺之風節, 故言語堂堂, 不能如尹夫人之雍容周旋, 而受禍尤慘云."『倡善感義錄』二葉山房版 권2 장12.
　　이 대목이 국문본에는 "슬프다, 남부인은 성품이 모나고 엄하여 부친의 풍절이 잇는 고로 언어 당당하여 윤부인의 굴수인욕함만 같지 못하여 화를 받음이 더욱 참혹하더라"(『朝鮮文學全集』 제4권, 『小説集』下, 申命均 編)라고 되어 있다. 이처럼 성격이 운명을 좌우하고 사건을 결정짓는 측면은 『창선감의록』에서 주목할 면이기도 하다. 소설에서 개성이 그만큼 중요시된 것이다.
　　* 이 글에서 『창선감의록』 국문본의 인용은 모두 申命均編 『小説集』上에 실린 것으로 한다. 다만 서로 대조해 보아서 필요에 따라 저자 소장의 사본에서 취한 경우와 漢文本에서 취한 경우가 있는데 이때는 출전을 밝히기로 한다.

(2) 여성의 자아의식이 싹트고 있다

등장인물들을 세대별로 구분해 보면 거기서 하나의 흥미로운 경향을 발견할 수 있다. 당연히 부모의 세대와 자녀의 세대로 나누어지는데, 작중의 서사는 으레 부모들 쪽에서보다 자녀들 세대에서 사건이 벌어진다. 어디까지나 청소년이 주역이다. 그리고 여성이 남성 못지않은 비중을 차지하고 있다. 말하자면 이 소설의 세계는 젊은 남녀들의 무대라고 하겠다.

주인공 화진을 비롯해서 윤여옥, 그리고 이 두 사람의 배필로 만나는 여성들이 모두 10여 세 되는 무렵부터 이야기가 본격적으로 시작되어 그들이 성장하고 출세하는 데서 끝이 맺어진다. 다시 말하면 소년 소녀들이 인격을 완성하고 사회적으로 성공하는 과정이 곧 소설의 구조이다.

이때 '인격의 완성'이란 물론 가문과 국가의 요구에 적합한 인간으로 되는 것을 의미한다. 도덕적 품성이 첫째로 중요시되는데, 이는 따지고 보면 봉건적 도덕율 그것이다. 화진의 인품을 가장 고상한 형상으로 내세우는 것도 효의 윤리를 엄청난 시련 속에서 완전무결하게 실천한 자이며, 따라서 그에 의해 최고의 충이 성취될 수 있다고 하는 논리에 근거를 둔 것이다. 여성의 경우 역시 순결과 효순孝順을 미덕으로 강조하고 있음이 물론이다. 그러나 부모의 강압에 의해서 타율적으로 인격이 갖춰지는 것이 아니다. 주체적으로 자기 성장을 실현해 가고 있다. 등장인물이 개성을 지닐 수 있었던 것은 바로 이 때문이지만 또 그렇기 때문에 소년 소녀들이 작중에서 주역으로 활동할 수 있다고 보겠다.

『창선감의록』은 인격의 성장을 기본 줄거리로 삼고 있다는 점에서, 더욱이 도덕적 품성의 고양을 인간의 자율성에 바탕을 두고 있다는 점에서 교양소설로서의 특색이 뚜렷하다. 그러나 그 교양적 의미는 전체적으로 봉건윤리의 범주로부터 벗어난 것은 아니다. 따라서 제시된 인간상 역시

'새로운 인간'이라고 말하기 어려운 것이다. 그런 가운데도 자아에 대한 의식과 함께 속박으로부터 벗어나고자 하는 의지가 어렴풋이나마 엿보인다. 낡은 범주 내부에서 새로운 요소가 싹트고 있는 꼴이다.

앞서 개성적인 여성의 사례로 진채경을 들었다. 그의 아버지가 엄숭과 한편인 자의 모함으로 처형당할 위기에 놓인 사건이 발생했다. 이 소식을 듣고 그의 어머니가 급히 상경할 적에 옆에서 "소저를 다리고 감이 무익하매 이곳에 두고 가라"고 조언을 하자 그 사람에 대해 진채경이 이렇게 자신의 의사를 표명한다.

> 엄친이 대화중大禍中에 계시거든 소질小姪이 비록 여자오나 어찌 차마 편안히 있으리오.

당시 채경은 윤여옥과 곧 결혼하게 되어 있었다. 가만히만 있으면 행복이 보장되는 것이다. 그러나 결단코 여자의 몸이라 해서 일신의 안위에만 안주하려 않는다. 원래 아인계의 인물 조문화가 채경의 아름다움을 탐내 며느리로 삼고자 청혼했는데 아버지가 거절한 까닭에 이런 사단이 발생했던 것이다. 조문화는 은밀히 사람을 보내 구혼에 응하면 옥중의 아버지를 죽음으로부터 면해 주겠다는 제안을 해온다. 채경은 어머니의 반대를 무릅쓰고 그 제안을 수락한다. 마음속에 따로 계책이 있었기 때문이다. 채경은 이리 저리 핑계를 대고 혼인날을 미루다가 아버지를 떠나보낸 다음 남장을 하고 몰래 도주하는 것이다. 마침내 어린 여자의 몸으로 능히 아버지의 생명을 구하고 자신의 인간적 주체성도 지켰다.

다음에 채경이 남장을 하고 여행하는 대목은 윤여옥의 여장 장면과 함께 이 소설의 압권이라 할 만하다. 채경은 약혼자윤여옥의 집으로 가느냐

수만리 험한 땅으로 귀양을 간 아버지를 좇느냐로 고민을 한다. 여기서 내린 결론은 "정情을 버리고 의義를 온전히 함만 같지 못하다"는 것이었다. 사랑하는 약혼자를 단념하겠다는 뜻이다. 이때 백련교白蓮橋에서 백경白瓊과 그 누이를 만나게 된다. 채경은 백소저가 아름답고 현숙하여 윤여옥의 좋은 짝이 될 만함을 알고 대담하게 자신이 윤여옥으로 가장하고 나선다.

> 사람이 세상에 나매 지기知己를 위하여 죽는 이도 있나니 내 어찌 일시 붓그러움으로써 윤랑尹郎=윤여옥을 위하여 좋은 배필을 얻는 데 중매됨을 혐의하리오.

나를 알아주는 동지를 위해 죽는다는 자세로 나를 사랑하는 약혼자를 위해서 여하한 자기희생도 감내하겠다는 것이다. 채경은 이같이 결심을 하고 백경에게 수작을 걸어 백소저와 윤여옥과의 혼담을 자연스럽게 유도해 낸다. 비록 남장을 했다지만, 규중처자로서 낯선 남자 앞에 나서다니 당시로서는 아주 대담한 결단이라고 하겠다. 그리고 연인을 위해 자기를 대신할 좋은 배우자를 찾아주려 한 행동에서 아무래도 부자연한 설정으로 여겨지긴 하지만, 무한히 넓은 마음씨와 고귀한 정신을 그려낸 것으로 볼 수 있겠다.

당시 여성들의 처지는 사실상 활동 범위가 오직 규방에 제한되어 있었고 또 나의 인생을 나의 책임하에서 주체적으로 영위할 도리도 없었다. 여성 일반의 현실이었다. 소설에서 각자의 개성을 부여했을 때 벌써 인간의 주체성을 인정한 것이었다. 진채경의 사고와 행동을 통해서 소극적·타성적으로, 굴종만을 부덕으로 여기고 살아가는 삶의 방식이 꼭 여자의 바른 도리는 아님을 깨닫게 하고 있다.

가령 화춘의 부인 임씨는 남편의 잘잘못을 가리지 않고 무조건 따르는 것이 아니고 분명히 따지고 충고를 하며, 끝내 남편이 악의 구렁에 빠져들자 일단 멀리한다. 이런 임씨의 태도를 화춘과 시어머니 심씨는 내쫓는 조건으로 삼지만 작중의 논리는 정당하게 보고 있다. 『사씨남정기』의 사씨謝氏는 이 방향을 논리화해서 임금에 대해 간쟁諫爭하는 것이 신하의 도리이듯 부부관계 또한 서로 책망하고 충고함이 마땅한 도리라고 규정짓고 있다.[62]

남녀의 자유로운 교제는 당시의 사회제도 아래서는 불가능한 일이었다. 그렇기 때문에 백련교에서 진채경과 백경의 만남은 진채경의 남장으로 이루어진 것이다. 그런데 젊은 남녀들이 만나서 재미나게 노는 장면 하나가 작중에 설정되어 있다. 옥화·채봉·채경 세 여성과 윤여옥이 윤부尹府의 조용한 처소에서 함께 시를 주고받고 바둑을 두기도 한다. 이들 네 남녀의 관계는 남남이 아니기 때문에 '내외법內外法'의 율에 허용된 셈이지만 여옥과 채경은 약혼한 사이로 은근히 사랑의 감정을 품고 있다. 말하자면 서로 사랑하는 처녀총각의 만남이 자연스럽게 이루어진 모습이다.[63]

작중에서 이러한 남녀의 교제는 당시 조선사회의 분위기에 비추어 어디까지나 가상이요, 아마도 독자에겐 아름다운 꿈이었을 터다. 실은 인간관계가 이성에게만 금지되었던 것이 아니고 여성 상호 간에도 개방적일 수 없었다. 『구운몽』에 등장하는 한 여성은 "남자는 천하에 벗을 얻어 어

---

62 少師曰, "無違丈夫, 是爲婦道, 則夫雖有過, 亦可從之歟?"
　　小姐曰, "非謂此也. 古語曰, 夫婦之道, 兼諸五倫. 父有爭子, 君有爭臣, 兄弟相勉, 以正朋友, 相責以善, 夫婦何獨不然." 『謝氏南征記』 제2회 필사본, 益善齋 소장.
63 전통사회에 있어 남녀의 만남은 내외법에 저촉이 되기 때문에 불가능한 일에 속하였다. 있다면 불법이기 때문에 '유장천혈(窬墻穿穴, 담을 넘고 울타리 구멍을 뚫음)'이 되지 않을 수 없다. 『이생규장전』이나 『심생』(李鈺 작)에서 남녀의 연애는 모두 '유장'의 방식으로 이루어진다. 『춘향전』에서 이몽룡과 춘향의 만남은 춘향의 신분이 기생에 속했기 때문에 가능했던 것이다. 『창선감의록』에서 윤옥화와 진채경이 바둑을 두는 장면은 시대를 앞선 이채로운 대목이 아닐 수 없다.

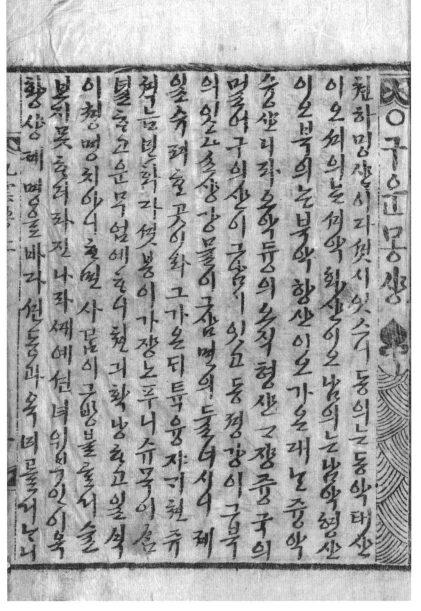

『구운몽』 방각본. 상하 2책 중의 상 첫 면
丁未(1907년) 仲春 完南 開刊(익선재 소장).

진 일을 돕거늘 여자는 비복婢僕 밖은 상접할 이 없으니 허물을 어디가 고치며 학문을 뉘게 질정質正하리오" 하며 탄식하고 있다.[64] 『창선감의록』에서는

사람이 오륜에 붕우 또한 들었으니 우리가 비록 여자나 의기상합하면 규중
지기지우가 됨이 해롭지 않은지라.

라고 여성 상호 간의 진정한 우정을 소망하고 있다.

한편 남녀의 배우자 선택 문제에 있어서도 주장은 부모가 하지만 선택은 당사자에게 달렸다는 썩 파격적인 발언이 보인다. 『구운몽』에서는 진일보하여,

여자 장부를 쫓음은 종신의 대사요, 일생의 영욕과 고락이 달렸다. (···중
략···) 이제 나는 처자의 몸이라, 비록 스스로 중매서는 혐의가 있으나 옛말에
도 신하가 임금을 대한다고 하지 않았던가.

하며, 신하가 임금을 택하듯 자기의 이상적인 남성을 만나기 위해 남자에게 편지를 쓴다.[65]

그리고 한편 결혼제도와 관련해서 조혼의 폐습을 비판하기도 한다. 화진의 입을 통해 "국조國朝(이 경우 사실상 조선왕조를 지칭한 것임)의 조혼은 풍속을 이루어 아무것도 모르는 어린애를 억지로 혼인시키고 있으니 재앙

---

64 『구운몽』 권3, 『古典文學大系』 9, 민중서관, 251면. 진소저가 양소유에 대해 취한 행동이
  다. 위의 인용문은 한문본 제2회에서 번역한 것임(같은 책, 459면).
65 『구운몽』 권1, 33면.

인들 어찌 생기지 않겠는가"라고 말한다.[66] 그야말로 인생을 결정짓는 대사에서 본인의 의사를 배제한다든지 아직 사춘기도 겪지 않은 어린 것들을 결혼시키는 등의 생활습관은 질곡이라는 인식을 하고 있다. 이 작품은 질곡으로부터 해방의 길을 제시하지는 못하지만 적어도 문제점에 착안한 것으로 그려지고 있다.

(3) 언어 행동이 본받음직하고 세련되어 있다

『창선감의록』은 16세기 중국을 무대로 전개되고 있으나 그 내용을 17세기 무렵 조선의 문벌가정으로 상정하고 읽더라도 사실상 별 무리가 없다. 이야기가 전개되는 과정은 곧 여러 인간관계와 세상사의 복잡한 경우이다. 그때마다 대처하는 행동양식과 언어표현으로 소설은 엮어지게 마련인데, 그것이 각기 적절하고 마땅함을 얻고 있다.

하나의 사례로 남채봉이 몸종 계영과 함께 쌍계촌의 진씨가陳氏家를 찾아가는 장면을 사례로 들어보자. 채봉은 귀양 가는 아버지를 따라가다가 동정호洞庭湖에서 도적을 만나 부모를 잃었다(그 부모는 물에 빠져서 죽었다가 천행으로 목숨을 건져 먼 훗날 딸과 다시 상봉하게 된다). 어린 여자의 몸으로 천애의 고아가 된 채봉은 어딘가 의탁할 곳을 찾아야만 했다. 이런 막다른 처지에서 생소한 진씨가의 문을 두드리게 된 것이다. 이때 채봉은 몸종 계영을 시켜 "내 규중처녀의 몸으로 평생 아지 못하든 집을 급히 나아가지 못할지라"고 하면서 그 집의 사정을 자세히 탐문해 보고 오라고 한다. 만약 몸을 의지할 만한 곳이 아니면 "차라리 도로에서 죽을지언정 결단코 들어가지 못하리라"고 결연한 각오를 하고 있었다. 진씨가는 다름 아닌 진채경의 집

---

66 晋公嘆息對曰：" 禮云, 三十而娶者, 意非偶然. 而國朝之早婚成風, 使童騃無知, 强體乾坤,
災安得不生乎."『倡善感義錄』제13회(二葉山房版 권3 장31).

이다. 마침 채경과 그 어머니 오씨 부인만 집에 있었다. 계앵으로부터 남채봉의 전후 사정을 들은 오씨 부인은 자기의 몸종 조영을 불러,

재변을 만나 유리하여 주리고 치우며 가련타 하기로 노신老身이 듣고 측은히 여겨 교자를 보내어 맞노라.[67]

고 말을 전하도록 시킨다. 진채경이 옆에 있다가 이 말을 듣고 어머니께 지금 전어傳語의 사연은 불쌍하니 동정을 베풀겠다는 뜻인데 곧고 바른 여자라면 필시 비굴하게 느껴서 오려 하지 않을 것이라고 아뢴다. 오씨 부인은 즉시 깨닫고 말을 고쳐서 전언을 하게 한다. 몸종 조영이 오씨 부인의 명을 받고 남채봉에게 가서 옮긴 말은 이러하다.

시비를 인하여 대강 들으니 소저 유리하여 액회를 만나다 하니 놀랍고 슬픈지라. 그윽히 생각컨대 창졸한 노상에서 상례喪禮를 분변키 어려울 듯 헌고로 노신의 모녀 바야흐로 소저를 위하여 친히 상복을 다시리니 오즉 바라건대 잠간 드러운 집의 굴屈하여 성복成服을 지낸 연후 서서히 고향으로 돌아감을 도모하라.[68]

먼저 저쪽의 불의의 환난에 조위하는 뜻을 표하면서 노상에서 예를 거행하기 어려울 것인 고로 누추한 집에나마 들어오라고 한다. 이 전어의 내용은 처음에 하려던 것과 의미를 크게 달리하고 있다. 한 가련한 자에게 온정을 베푸는 말이 아니라, 저쪽을 어디까지나 '예의 주체'로 대접한

---

67 『창선감의록』, 익선재 소장 제3책 장20.
68 『창선감의록』 장21.

다. 인격을 존중한 것이다. 채봉은 그제서야 안심하고 진씨가로 가는데 그녀는 사람을 상대하는 절차나 몸가짐에 있어 숙녀로서는 물론 상주喪主로서의 제반 범절이 조금도 어긋남이 없도록 하는 것으로 그려져 있다.

이 대목에서 '전어'의 법을 잠간 설명해 두기로 한다. '전어' 혹은 '전언'이란 직접 대면한 경우가 아닐 때 수하의 사람을 시켜 말을 상대에게 그대로 옮기는 방식이다. 궁정이나 대갓집에서는 상호 간에 '전어'의 관행이 있었으며, 전어하러 온 사람을 그냥 돌려보내지 않고 '신발채', 즉 팁을 주는 것이 관행이었다고 한다. 우리의 중세기적 생활 정조가 담긴 풍속의 하나다. 위 장면을 통해서 남채봉의 개결하고도 엄격한 성격과 진채경의 소명한 면모가 잘 드러나거니와, 처신하는 법과 말하는 법이 참으로 사리에 합당하게 그려져 있음을 확인할 수 있다.

사대부 여성─소설의 독자들은 '밀폐된 공간'에 상주하여 바깥의 사회 생활은 경험할 도리가 없었다. 그럼에도 문벌 가정은 대체로 오늘날 소가족적인 가정과 견줄 수 없을 만큼 인간관계가 번다하고 까다로웠으며, 생활도 규모가 크고 다사다난했다. 혹은 정치적인 풍파와 이러저러한 변고를 겪는 일도 없지 않았던 것이다. 사대부 여성이라면 모름지기 인간관계와 세상사에 있어서 여하한 경우건 몸가짐을 신중하게 절차를 바르게 해야 할 뿐더러, 제반 언어 동작에 범절을 차릴 줄 알아야 했다. 그러므로 나름으로 여자를 가르쳤겠지만, 이런 종류의 소설이야말로 여성을 위해서 더 없이 알맞은 교재가 될 수 있지 않았겠는가.

위에서 보았듯, 소설의 세계는 세상사의 예측하지 못할 변고 및 복잡한 관계와 사건을 예시한다. 물론 소설의 서사과정이 엎치락뒤치락하는 정치상황을 그대로 재현시킬 수야 없겠으나, 여러모로 전형을 제시할 수는 있다. 『창선감의록』의 여러 가문에 걸쳐 수다한 군상들에 의해 엮어진 파란만장의 이야기는 풍부한 인생의 지식을 제공해 주며 행동과 언어의 모범으로 삼아 볼 수 있다. 더욱이 추상적 규범인 관념으로 강요하는 방식이 아니라, 구체적 형상으로 보여주기 때문에 설득력을 얻을 수 있겠다.

앞서 『창선감의록』 한문본의 문장 특징에 대해 앞서 언급한 바 있다. 국문본 역시 점잖고 세련된 문어체를 쓰고 있으면서도 재미난 비유와 속담 격언에다 간간이 익살스런 표현까지 집어넣어 그런대로 지루하지 않고 생기가 흐른다. 그리고 생활어 및 문자어를 포함해서 언어지식을 풍부하게 구사하고 있는 것이다. 이러한 문장 표현은 당시 사대부들의 언어현실을 반영한 것으로 생각된다. 이 소설의 문체는 사대부들의 언어적 지향과 일치하는 것이다. 지금 우리가 접할 수 있는 국문편지들을 읽어보면 대체로 『창선감의록』의 문체적 특징이 느껴진다. 여성들은 특히 규방소설의 문장을 모범으로 삼아 여성으로서의 교양 있고 세련된 말을 배우고 편지글의 조어造語 및 표현법을 학습했던 것이다.

4) 현실주의적 비판

소설의 발전은 현실주의의 발전이다. 소설이란 본래적 속성이 현실주의와는 따로 떼놓고 논할 수 없는 것이다. 그런데 규방소설의 경우는 현실성이 다분히 결여된 것처럼 여겨진다. 또 사실이 그렇기도 하다. 그러나 한걸음 더 속으로 들어가 보면 꼭 그렇게만 단정지을 수 없는 현실주의적 의미를 추출할 수 있다. 이 『창선감의록』에서 또한 현실주의로 볼때 한계는 한계대로 엄정하게 따지고 평가할 부분은 평가할 부분대로 해석해야 할 것이다.

『창선감의록』의 주제는 어떤 역사적 의미를 담고 있는가? 선이 악을 이긴다. 만고의 당위이긴 하지만 별무의미한 말이다. 소박하게 추상화시키고 말게 아니라, 그 역사적 의미를 물어야 옳다. 선이 악을 극복한 결과, 가운家運이 다시 돌아오고 나아가 조정도 국면이 바뀐다. 이 '가문의 회복'과 '조정의 환국換局'은 궁극적으로 무엇을 뜻하는가?

먼저 경제적인 측면에서 보자. 당초 중국의 소흥紹興 땅에 차려진 화씨가花氏家는 규모가 자못 굉장한 것으로 묘사되어 있다. 가문의 성원들은 아이고 어른이고 부인이고 심지어 고모네 식구들까지 모두들 시종을 거느리고 각기 별채를 쓰고 있다. 취성루聚星樓 · 백화헌百花軒 · 죽우당竹友堂 등 이런 건물의 당호堂號만 헤아려도 열셋이 나온다. 주인공 화진이 결혼하여 신행이 돌아올 때 가동家僮 40인, 시녀侍女 10쌍이 마중을 나간다. 이 수만 해도 60명이니, 부리던 노속은 모두 합치면 얼마나 될지 알 수가 없다. 이처럼 수많은 노속들을 사역시키면서 부를 축적하고 소비하는 생활을 누린 것이다. 화문花門의 위기란 곧 이러한 물적 향유의 붕괴를 의미한다. 작중에서 악당인 범한과 장평이 노린 것도 실은 화부花府의 재산이었다.

화문이 위기를 넘기고 가문을 회복한 다음의 모습은 어떠했던가. 화진은 공명을 세워 진국공晉國公에 봉해지자 서울에 진부晉府를 새로 건설한다. 마침 진부에서 심부인沈夫人의 환갑잔치를 벌이는데 삼진三晉의 방물方物, 촉蜀의 비단, 13개 성省에서 올라온 예폐禮幣 등등 천하의 진귀한 보물이 구름처럼 쌓였다. 그리고 남경南京서 뽑아 올린 기녀가 무려 800인이요, 원래 진부에 소속된 기녀도 1백인이라는 것이다.[69] 평소에 기녀 1백인을 양성한 정도였다면 그 규모는 짐작하고도 남는다.

화진은 전에 "엄숭이 저처럼 호사하였으니 어찌 망하지 않으리오"라고

---

69 "天子賜宴, 壽沈夫人於晋公之第. 於是, 三晋方物·蜀國全羅·十三省州縣禮幣, 鱗集雲委. 柳學士(花珍의 姊兄)新除南京都御史, 選上南京妓女八百人, 晋府妓女亦百人." 二葉山房本 권3 장40.

말하며 이를 귀감으로 삼을 것을 자신에게 다짐한 바 있었다.[70] 작가나 작중인물의 의식에서 화씨가의 생활규모는 정도를 넘치지 않았던 모양이지만, 객관적으로 독점적인 물질의 향유가 아니라고 어떻게 말할 수 있겠는가.

'가문의 회복'이 경제적인 측면에서 무엇을 의미했던가는 분명하다. 정치적인 측면에서는 더욱 뚜렷하다. 논공행상으로 화진은 '효무광록대부效武光祿大夫 우주국병부상서右柱國兵部尙書 겸화개전태학사兼華盖殿太學士'라는 어마어마한 관작을 받고 晋國公에 분봉이 되며, 녹祿이 5천 석이다. 이 굉장한 명예와 실리는 그의 한 몸에 그치지 않고 그의 부모에게, 그의 처자에게 골고루 미쳐서 가문이 찬연히 빛났던 것이다. 선은 실로 무한한 복록을 창출하여, 이미 획득했던 지배층의 위치를 크게 격상시켜 주었다.

선의 정치적 승리의 결과는 조정에서 악인계열―소인당이 밀려나고 선인계열―군자당이 집권하는 것으로 실현된다. 작품은 이를 조정이 맑아진 것으로 선전하고 있으나 객관적으로 혁신한 면모는 제시되어 있지 않다. 엄숭과 같은 간특한 권신을 숙청하였으니 일단 정치환경이 개선되었다고 말할 수 있겠다. 그러나 그 이상의 의미는 찾아볼 수 없다. 요컨대 '가문의 회복'과 '조정의 환국'은 가부장적 체제의 복구 정비 이외에 다른 어떤 것이 아니었다.

소설이 주제의 핵심으로 효를 잡은 까닭이 여기 있는 것이다. 따라서 선에 내포된 중심 의미는 효다. 작품은 효란 백행지원百行之原이라고 재삼 강조하면서 치국평천하의 방도 또한 모름지기 효로부터 비롯되는 것임을 보여준다. 이는 소설을 관통하는 논리다.[71] 이 주제와 관련하여 주인공 화진

---

70 "晋公悠然嘆曰, 嵩豪侈如此, 安得不亡乎. 前車之覆, 後車之戒也." 위의 책, 장42.
71 이 논리를 단적으로 대변한 발언을 직접 황제의 입에서 나오게 한다.

의 형상을 설정하고 누구보다 그로 하여금 불후의 대업을 완수토록 서사를 끌어가는 것이다. 먼저 화진이란 인물형상의 사상적 경향을 살펴보자.

화진은 촉 땅의 청성산靑城山 속에서 우연히 한 노인을 만난다. 이 노인은 은진인殷眞人이라고 소개되어 있으나 신비에 싸여 신원을 알 수 없다. 노인이 화진을 보고 그대는 본래 상선上仙이었다고 하면서 환약 한 개를 준다. 그 환약을 먹으면 티끌세상에서 벗어나 전생의 자기를 깨닫게 된다는 것이다. 말하자면 본연의 자기를 찾아 영원한 세계로 회귀하게 되는 셈이다. 『구운몽』에서 성진이 놀던 연화봉과 같은 곳이다. 이에 대해 화진의 대답은 이러하다.

> 소생이 이미 인간 사람이 되었으니 망녕되이 전생 일을 안즉 몸에 유익이 업삽고 한갓 심뢰만 어지러울지며 또 설사 이 약을 먹고 신선이 된다 하드라도 소생이 편모와 고형孤兄이 있으니 어찌 차마 버리고 홀로 가리잇가.

화진은 은진인의 권유를 여지없이 거절한다. 그는 존재의 의미를 이 세상 바깥에서는 애당초 상정하지조차 않는다. 그러므로 부모에게 효도하고 형제간에 우애하는 그 이상의 가치를 생각할 수 없다. 『구운몽』의 양소유가 인생은 덧없다고 탄식하며 영원한 세계를 동경했던 것과는 전혀 다른 태도다. 화진은 유교적인 현세주의자다. 그 노인은 화진이 이와 같이 나오자 "군은 천상지사를 원치 아니하니 인간사나 의논함이 가하도다"라고 말한다. 천상계의 일이 아닌 인간사를 다루어 보자는 뜻이다. 여기

"효자(孝者)는 백행지원이라. 이제 정남 대원수 화진은 효행이 천하에 들리매 짐(朕)이 아름다이 여기나니 대저 효행은 추은(推恩)함이 큰지라. 진(珍)의 부 여양후 욱(郁)을 추징(推贈)하여 위국공을 봉하고 그 모 정씨로 위국부인을 봉하라." 『창선감의록』, 139면.

서 '인간사'란 다름 아닌 작품상에 엮어진 내용이다. 『구운몽』이 '영원의 세계'를 따로 설정하고 인간현실을 일장춘몽으로 돌린 데 반해서 『창선 감의록』은 '영원한 세계'를 단절한 구조로 출발하고 귀결된다. 다시 말하면 소설은 처음부터 '인간사'로 발단이 되어 '인간사'로 끝맺어지는 구조이다. 그런 면에서 『창선감의록』은 『구운몽』에 비해 현실주의로 한발 접근했다고 하겠다. 그러나 그 현실주의는 아직 불철저할 뿐 아니라 스스로 한계를 두고 있다. 위의 노인은 화진의 답변에 효자의 말이라고 탄복하여 '지성이 이같으니 하늘이 어찌 감동하지 않으리오'라고 한다. 곧 지성감천을 뜻하고 있다. 작품은 '천하에 어찌 효도를 하고도 복을 누리지 못할 자 있겠느냐'고 재삼 역설한다. 효와 복록의 사이에 과연 필연적인 인과관계가 성립될 수 있을까? 이상주의적 낙관론에 서 있는데 이 중대한 논리상의 비약을 소설은 어떻게 채워 넣었던가?

여기에 끌어들인 것이 하늘[天]이다. 곽선공郭先公(촉 땅에 숨어 사는 도교道敎의 선인仙人으로 채봉의 부모를 구해 줌)의 입을 빌려 인간만사 막비천정이며 인력의 미칠 바 아니라고 하면서 마땅히 천명天命을 순수順受해야 할 것이라 한다. 그러면 천도는 순환하기 때문에 길운吉運이 저절로 굴러온다는 것이다. 하늘이 선의 편에 서 있다는 논리이다. 또 선아仙娥(상군湘君의 사자로 채봉을 구해 준 여신)의 입을 빌려 "무릇 신명이 충신을 보호하는 것은 그 사람을 위해서가 아니라 실은 그 나라의 임금을 위해서라"고 한다. 천지신명이 나라를 지키기 위해 충신을 보호한다는 것이다. 작중의 사건 전개에 있어 선인계의 인물이 결정적 고난에 부딪치거나 국가 대사를 앞에 두고 기적과 신비가 일어난 일이 한두 번이 아니다. 곽선공과 청원淸遠(성도成都 자현암의 여승으로 채봉을 구해 줌) 같은 도불道佛의 인물을 설정하고 다시 그 배후에 은진인殷眞人 · 상군湘君 · 남해관음南海觀音 같은 초월적인 존재까지

배치해 놓았다. 난관과 위기에 투입할 구조대원인 셈이다. 작중에서 도교와 불교는 오직 유교적 현세주의에 봉사하고 상보하는 것으로 되어 있다.

화진 역시 그의 인생관이 '낙천지명樂天知命'으로 일컬어지듯 천명을 순수하는 자세를 견지한다. 그의 현실 대응의 방식을 보자. 그는 자신에게 닥친 고난과 위기를 전혀 능동적으로 타개하지 못한다. 불효의 죄목으로 처형을 당하게 되어도 말없이 받아들이겠다는 태도이다. 문제는 거기서 그치지 않는다. 자기 한 몸뿐 아니라, 그의 두 아내가 말할 수 없는 곤경에 빠지고 마침내 가문 전체에 멸문의 화가 밀어닥쳤다. 이 지경에 이르러서도 화진은 하늘을 원망하거나 사람을 미워하지 않고 조용히 운명을 기다릴 뿐이다.[72]

화진은 천하를 경영할 능력과 고금을 통달한 식견을 갖춘 인물이라고 한다. 이처럼 비범한 사람으로서 가문이 파멸되는 것을 보고도 속수무책, 수수방관이었다는 것은 아무래도 납득이 가지 않는다.

소설의 논리는 화진의 바로 이런 점을 도리어 높이 사고 있다. 인간으로서 도저히 참을 수 없는 경우에 당해서 능히 참고 또 그런 처지에서 마음이 동요하지 않았던 사실을 그의 거룩한 면모로 부각시킨 것이다. 유교적 실천이성의 목표인 '성誠'의 지고지순한 구현이 화진에서 이루어진 셈이다. 따라서 논리는 '지성이면 감천이라'는 것으로 직결되고 있다. 화진이 봉착한 난관들은 주체적·능동적으로 해결하지 못하고 모두 외적인 작용에 의해 풀려지는 것이다. 그의 역경 앞에는 언제고 행운이 따라온다. 도사가 출현하여 그에게 신통력을 부여하기도 하는 것이다.

지금은 화진의 형상을 유교적 이상형으로 규정짓는다. 만고 성현 순舜

---

72 이 작품의 운명론과 권선적(勸善的)인 면에 대해서는 이원주(李源周) 교수의 「倡善感義錄小考」(『童山 申泰植 古稀記念論叢』)에서 논의된 바 있다.

의 소설적 재현이다. 그런데 그는 현실주의자의 일면을 가지고 있으나 능동적으로 관철시키지 못했던 것이다. 그의 삶의 자세는 종교적이고 비현실적이었다. 유교적 현실주의의 속성처럼 생각되기도 한다. 어쨌건 소설은 종교적·미신적 요소를 부분적으로 용납하여 사건의 전개에 있어서도 불합리를 다소간 범하고 있다.

물론 결구에 이르는 논리는 이것이 아니다. 비록 신비와 비현실을 내포하고 있지만 대체로 관념적이라기보다는 현실적인 논리를 따라서 사건이 발생·변전·수습되는 경향을 취한 것이다. 거기에는 인과율이 자리 잡고 있다. 즉 정치권력을 둘러싼 다툼과 가문 내부의 갈등, 인간 상호 간의 이해의 대립 및 성격의 차이에서 야기되는 대결 등등에 의해서 인과의 고리가 얽혀져 있는데, 아울러 하나의 사건은 반드시 다른 사건을 끌어오는 인과론적인 방식이다(이 복선은 바로 인과율을 묘하게 운용한 수법이기도 하다). 여기서 인식론상으로 특징적인 점 몇 가지를 지적해 볼 수 있다.

첫째, 사물의 변화 발전은 내부적 요인이 기본임을 인식한 점이다. "자고로 빈틈에 바람이 나고 썩은 고기에 벌레 나나니 부인의 집은 부인이 어즈러이 함이요, 내 홀로 어즈러이 함이 아니라." 조녀가 재산을 훔쳐서 간부와 달아났다가 나중에 붙잡힌다. 심씨 부인이 조녀의 죄상을 다섯 가지로 열거하고 따지자 애초에 조녀는 심씨 부인 모자의 과오가 없었던들 저 스스로 어떻게 그런 나쁜 짓을 일으킬 수 있었겠느냐고 조목조목 반박하면서 내린 결론이다. 화씨가문에서 발생했던 제반 사태는 근본 요인이 가문 내부에 있었으며, 자기는 거기에 편승했을 뿐이라는 주장이다. 화씨가문이 썩은 고기였다면 조녀는 거기서 발생한 구더기다. 내적 요인은 사태를 일으킨 기본 조건으로 되어 외적 요인은 내적 원인을 통해서 작용한다는 뜻으로 해석된다.

둘째, 사태의 발전 과정에서 모순 대립이 발생하며, 그 때문에 계략과 횡포는 스스로 한계를 갖기 마련임을 인식한 점이다. "이 배 속에 만 가지 계교가 들었으매 이렇게 크기 마땅하도다." 조녀가 간부 범한의 배를 가리키며 한 말이다. 범한은 자기 배 속에 '진평陳平의 육출기계六出奇計'가 들었는데 그 중에 이미 쓴 것이 셋, 아직 쓰지 않은 것이 셋이라고 으시댄다. 조녀가 이미 쓴 계교가 무엇이냐고 묻자 범한은, "경옥화춘의 子을 달래여 재물을 물같이 쓰니 한 가지요, 화진을 모해하여 전정을 아조 망쳤으니 두 가지요, 어리석은 지아비를 속여 그 안해조녀를 가리킴를 아삿스니 세 가지라"고 말한다. 위의 세 가지 계교는 착착 맞아들어, 화씨가문을 몰락시켜 수렁에 밀어 넣고서 저는 그 집의 미인을 옆에 끼고 시방 희희낙락거리는 중이다. 조녀가 그럼 아직 쓰지 않은 계교는 무엇무엇인지 묻자 범한은,

> 하나는 화진을 죽이고 둘은 화춘을 마저 죽이고 셋은 이 집 금보金寶를 몰수히 취하여 가지고 낭자로 더불어 조각배를 타고 오호五湖에 놀고저 하나다.

라고 대답한다. 그리고 그 세부 계획을 설명하는데 그야말로 신출귀몰하고 주도면밀한 계교였다. 그러나 첫 번째 화진을 죽이는 일부터 뜻대로 되지 않는다. 화진을 화춘으로 하여금 고소해서 감옥에 집어넣는 데까지는 성공하였지만 예기치 못한 변수가 발생한 것이다. 화진이 비록 궁지에 몰리긴 하였어도 그 편의 형세 또한 만만치 않음을 보여준다.

그러자 이번에는 또 하나의 악당인 장평이 "내 정히 득의지추로다" 하고 나서게 된다. 범한과 장평은 동류로서 화진에 대해서 대립적인 관계인데 또한 그 둘 사이에 다시 모순이 발생하여 갈등을 일으킨다. 그래서 장평이 범한을 제치고 나서서 저의 계략을 쓰는 것이다. 장평의 등장이 화

진을 곤경에 밀어 넣는 점에 있어서는 마찬가지지만 범한을 부정하는 작용을 하게 된다. 장평이 제가 쓸 계교를 먼저 써버리자, 범한은 속수무책이 되어 "삼십육계 중에 주走짜 위상이라" 하고 도주한다.

범한과 누급의 관계 역시 재미나게 발전함을 보여준다. 당초 누급이란 하수인으로 범한을 위해 자객 노릇을 하였으며, 다음에 범한이 도망칠 때 미녀를 나누어 차지하는 대신 그의 신변을 지켜주는 노릇을 하였다. 범한과 누급은 서로 결탁하여 생사를 같이하는 관계로 발전한 것이다. 그런데 막다른 골목에 이르자 누급은 "죽일 놈 죽이고 내 몸 사는 것만 같지 못하다" 하고 즉석에서 칼을 뽑아 범한의 머리를 자른다. 외적 조건의 변화에 따라 내부의 모순 대립이 급속히 발전하여 부정을 당하게 됨을 선명히 보여 주고 있다.

셋째, 역으로 이용하는 원리를 제시한 점이다. 앞서 장평이 범한을 제치고 쓴 묘계란 다름 아닌 화진의 부인 옥화를 엄숭의 아들 세번에게 뇌물로 바치는 술수였다. 이 대목에 대해 앞서 주목했거니와, 윤여옥이 그 술수를 역으로 이용해서 자기 누이 옥화를 위기로부터 구출했을 뿐 아니라, 화진을 살리고 엄세번의 누이의 사랑까지 얻은 것이다. 그야말로 일석삼조였다.

진채경은 조문화에게 억지 혼인을 당했을 때 역시 같은 수를 써서 자기 아버지의 목숨을 구했다. 이 경우는 전화위복이다. 다만 우연히 굴러든 행운이 아니라 어디까지나 전술적으로 성공시킨 일이었다. 씨름의 되치기 기술처럼 적의 술수에 넘어가는 척하면서 그 술수를 역이용하여 상황을 유리하게 만드는 데에 묘수가 있다. 물질의 운동은 작용에 대해서 반작용이 일어나는 수가 허다하다. 험난한 현실을 살아감에 있어서 그 원리가 적용되는 경우를 보여준 것이다.

이상에서 살펴본 인식론적 특징은 나름으로 변증법적이라고 하겠다. 작가는 일찍이 변증법에 대한 이론적 인식을 가지고 있었다고 말하기는 어렵다. 다만 현실 자체가 변증법적이므로, 작자가 인생과 사회의 복잡한 실상을 이해하고서 이야기를 엮어냈기 때문에 거기에 변증법적 성격이 도입될 수 있었던 것으로 생각된다. 이는 현실주의의 귀중한 싹이다.

아울러 여기서 우리가 성찰하고 넘어가야 할 두 가지 사항이 있다.

하나는 체제적 모순을 반영한 측면이다. 가부장적 체제는 가부장의 이성과 현명한 판단을 전제로 한 것이었다. 가부장의 이성을 누가 보장하고 그의 오류를 누가 견제한단 말인가? 물론 견제적 기능을 하는 제도 관습이 없었던 것은 아니다. 이 소설이 보여주듯 가부장으로서 과오를 연발하고 무능력에다 권력의 남용까지 겹치는 경우 사태는 참으로 난감해지는 것이다. 심부인 모자의 실수와 우둔은 말할 것도 없으려니와, 원래의 가부장 화욱花郁 또한 책임을 면하기 어렵다. 그가 당초 적실嫡室 심씨를 소외시키고 장자 춘을 미워하면서 차자 진을 편애한 데에 화의 씨가 뿌려진 것이다.[73] 국가적으로도 나라가 어지러워진 근본책임은 엄숭에게 물을 것이 아니고 당시 황제에게 있는 것이다. 작품은 "지금 황제가 비록 잠시 권간權奸에게 그르친바 되었다"고 문제의 소재를 의식했으나 황제가 효성이 지극하므로 잘 될 것이라는 애매한 낙관론으로 호도하고 있다.[74] 가부

---

73 한 한문본 『창선감의록』의 발문에서 이 점이 적절히 지적되고 있다. "余於涔寂之中, 爲其消遣, 借閱創感錄一書, 小說中差强人意者. 然大抵花門之禍, 雖出於花瑃母子, 而沈氏卽一婦人之偏性薄質, 景玉(瑃의 字)卽一華閥之柔懦凡庸. 汝陽侯斷當律己齊家, 造端而正始, 則庶無後日之患. 予不此之爲, 伈伈焉·泄泄焉度了光陰, 而沈夫人愛重之情, 有間於鄭氏, 長子瑃慈愛之篤, 有遜於小子. 賞春亭詩章, 不過一時之吟風詠月, 而苟評而督責, 因爲釀禍之根基, 若或原其本而究其始, 則汝陽侯烏得辭其責乎." 驪江出版社版, 『拙修齋集』, 1984에 부록된 『倡善感義錄』에 붙여진 발문. 317면.

74 "今皇帝, 雖暫爲權奸所誤. 然聖孝出天, 五十猶慕父母, 天下焉有孝而不能亨其福者乎" 二葉山房版 권1 장24.

장의 오류 부분에 대해서는 불문에 붙이는 대신 충효의 순수한 실천만을 내세운 것이 작품의 논리다. 오직 낙관론을 펴면서 성誠으로 일관할 것을 강변하고 있을 뿐이다. 낙관론은 실상 비관론적 세계관의 표면에 드러난 모습이다. 그러므로 이 소설은 작가 자신이 의도했건 의도하지 못했건 체제의 근본적 모순을 심각하게 담아낸 것으로 읽혀진다.

다른 하나는 하층민에 대한 시각이다. 작품의 주제 사상에서 보수성을 엿볼 수 있었거니와, 작자는 문벌의식과 함께 신분적 편견을 노출하고 있다. 주인공의 입을 빌려 "여항 천녀조녀를 가리킴로 조상의 제사를 맡게 하면 우리 가문이 망한다"고 발언한다.[75] 한편 "사람이 뉘 허물이 없으리오. 고치는 것이 귀하다"고 역설한다. 개과천선하면 아무리 흉악한 자라도 착한 사람이 될 수 있다는 것이 작중의 논리다. 심씨와 화춘은 화진의 효성에 감화를 받아 새 사람으로 변한다. 그리하여 심씨는 부귀영화를 한껏 누리게 되며, 화춘에게는 새 사람이 됨을 기리는 뜻에서 벼슬까지 내려준다. 그런데 조녀 및 범한 장평 같은 천한 자들에게는 악행을 계속하여 끝내 죽임을 당하도록 방치하였다. 그들에게는 뉘우칠 가능성마저 고려하지 않았던 것이다.

또한 작중의 좋은 배역은 예외 없이 고귀한 신분의 인물들이 차지하고 있다. 조정의 청직과 화직·요직의 벼슬자리를 문벌 양반이 독점한 사실과 대응되는 것이다. 따라서 신분이 낮은 인간은 하찮은 보조역 밖에는 돌아가지 않았다. 비록 그렇긴 하지만, 아주 무시되지는 않고 이들에게도 시선이 돌려지고 있다. 몸종 계앵과 유모 계화, 그리고 겸인傔人 왕겸과 상인 유이숙이 하층인으로 등장한 중에는 비교적 뚜렷한 편인데, 대체로 모

---

75 "翰林(花珍) 又痛哭諫曰 '齊桓公之盟曰 毋以妾爲妻.' 今兄丈 公然使賢妻下堂, 而又以閭巷賤女, 猥承祖先之祀, 花門亡矣." 二葉山房版 권2 장10.

두 헌신적이고 충직한 형상으로 그려진 것이 특색이다. 남채봉은 계앵이 자기와 함께 생사의 고비를 넘기면서 고생을 하였는데 여전히 종의 신분을 면치 못하고 있는 사실을 탄식하며 속량을 시켜준다.[76] 신분해방이 의식되고 있는 경우이다.

이 소설에서 서민의 각성한 모습은 찾아볼 수 없다. 『창선감의록』 이후 등장한 소설에서 감지하게 되는 민중저항의 기운은 그다지 느껴지지 않는다. 그러나 전의 소설들에 비해서는 보다 얼굴을 많이 드러내어 그네들의 말소리가 종종 귀에 들리고 행동이 눈에 뜨이게 된 것이다. 이런 사실 또한 간과해서는 안 되리라고 본다.

5. 끝맺음―규방소설의 문학사적 행방

17세기에 성립된 규방소설은 어떤 문학사적 의미를 띠고 있는 것인가? 『창선감의록』을 비롯해서 『구운몽』·『사씨남정기』는 모두 여성 독자의 요망에 의해서 지어진 것이다. 작가와 독자가 뚜렷이 분화된 사실이나 '국문 장편소설'의 출현은 문학사상 초유의 현상이다. 이들 소설은 문벌에 속하는 인물이 작가이고 그 작품세계 역시 문벌들의 생활의식을 표현하였다. 그런데 여성을 규방 속에 속박해 놓고서 살짝 늦추어 주어야 한다는 모순의 타협점에서 산출된 것이므로, 자유를 동경하는 여성의 정서가 소설 형상에 투영되어 있다. 그리고 국문 장편소설의 형식은 지금까지 문학으로부터 소외되었던 규방여성을 제일차로 포섭했을 뿐 아니라, 일

---

76 "南夫人 向晉公 嘆曰：(…중략…) 妾之流楚入蜀也, 相與爲命者, 獨季鸞一人也. 今妾位極閨閣, 而鸞猶未免义鬟之列. 夫金銀縑帛, 非所以報恩也. 晉公大悟, 遂放籍季鸞而爲王謙之妻." 二葉山房版 권3 장42.

반대중이 참여할 수 있는 잠재적 가능성을 확보하였다. 문학사의 획기적 전환, 소설시대로 나아갈 길이 열릴 수 있게 된 것이다.

이 규방소설로 개발된 국문 장편소설의 형식은 뒤에 나오는 소설들에 지대한 영향을 미쳤다. 소설의 한 전형이 된 것이다. 본론에서 충분히 다루지 못한 『창선감의록』의 수법적 특징에 대해서 잠깐 언급하고 넘어가자.

이 작품은 전래의 전기소설과 형식적인 면에서 무관한 것은 아니다. 규방소설에 등장하는 인물들의 재자가인적才子佳人的인 성격은 전기소설의 유산이거니와, 수법 면에서도 이러저러한 흔적이 남아 있다. 가령 시를 삽입한 방식은 그런 흔적의 한 가지다. 그런데 시의 삽입이 빈번하지 않고 그 긴 이야기에서 겨우 두 장면에 그리고 있다. 그나마 전기소설에서처럼 전편이 다 제시되지 않지만 뒤에 일어날 모종의 일을 암시하는 복선의 기능을 하고 있다. 『창선감의록』은 전기소설의 발전적 전환의 형태인 셈이다.

전기소설의 단계에서는 아직 단편적 형식에 머물러 있었다. 규방소설에 이르러 장편으로 확장이 되었다. 그 장편화의 원리는 어디 있었던가?[77] 전기소설은 대체로 일대기적 단순구성의 수법을 쓰고 있다. 『홍길동전』 역시 이 점에 있어서는 마찬가지다. 그런데 『창선감의록』을 보면 여러 가문을 소설의 무대로 설정하고 수다한 인물들을 출연시켜 이야기가 복합적으로 얽히면서 엮어진다. 장회章回에 따라, 장회 안에서도 대목에 따라 무대가 달라지고 그에 따라 등장인물이 바뀌게 된다. 사건이 시간의 순차에 따라 꽂이 하나에 줄줄이 꿰어지는 방식이 아니다. 소설적인 시간 공간의 재편이 이루어지고 있다. 어떤 대목에서는 모종의 사태를 돌연히 제시하고 과거로 거슬러 올라가기도 한다. 완전히 극적 효과를 노린

---

77 嚴基珠, 「倡善感義錄研究」(성균관대 석사논문, 1984)에서 이 작품의 구성원리를 분석하고 있다.

수법이다. 그리고 가문의 서사를 위주로 소설이 엮이면서 후반에 '군담軍談'이 상당한 비중을 점유하고 있다. '가문소설'의 구조에다가 군담을 결합시킨 것이라고 하겠다. 요컨대 그 장편화의 원리는 복합구성의 수법에서 주어진 것이다.

이처럼 복합구성의 원리를 구사했기 때문에 보다 인생현실을 풍부하게 반영하여 작품세계는 복잡하고 다양하게 되었다. 그런 만큼 그 문학적 성과 또한 폭넓게 거두었다고 말할 수 있다. 『구운몽』역시 같은 수법을 사용한 것이다. 그러나 앞서 지적한 대로 『창선감의록』과는 상이한 방향으로 형상화 되어 있다. 『구운몽』이 귀족적인 성향의 소설임에 비해서 『창선감의록』은 사대부적 성향을 강하게 보여준 것이다.

한편 『창선감의록』과 『사씨남정기』를 대조해서 읽어보면 줄거리와 함께 삽화까지 유사하다. 과연 어느 쪽이 먼저일까? 『창선감의록』의 작자 조성기趙聖期는 김만중金萬重보다 3년 먼저 세상을 떠났는데, 『창선감의록』의 저작시기를 확인할 수 없기 때문에 그 선후관계는 분간하기 어려운 실정이다. 『사씨남정기』는 『창선감의록』과 달리 이야기가 한 가문에 국한되어 처첩간의 갈등으로 집약되어 있다. 그 작가가 의도한 바에 맞추어 『창선감의록』의 복합구성의 내용을 단일구성의 방식으로 개작한 형태이다. 그리하여 『사씨남정기』는 주제를 표출함에 있어 선명성을 획득하였으며, 바로 그 점에서 목적소설目的小說적인 성격이 뚜렷해진 것으로 볼 수 있겠다.

동시대에 출현한 이 세 편의 작품은 각기 규방소설로서 고전적인 것이다. 다만 『창선감의록』이 사대부 지향으로서 보다 전형적인 형태이다. 규방소설에서 고안한 가문소설의 구조는 규방소설 자체의 전개과정에서 확대 재생산되었으며, 다른 한편으로 거기 내포된 군담의 형태는 군담소설이란 양식으로 분화되었다.

소설양식은 17세기를 지나 18세기로 들어서면 마치 가속도라도 붙은 듯 급진을 한다. 이때의 소식을 전하는 것으로 채제공蔡濟恭, 1720~1799의 글이 있다.

가만히 살피건대 근세에 규합閨閤에서 능사로 삼아 다투는 일이란 오직 패설=소설을 숭상하는 것이다. 날로 달로 증가하여 그 종류가 천이나 백으로 헤아리게 되었고 쾌가儈家에서는 이를 깨끗이 필사해서 빌려가는 자가 있으면 곧 그 값을 받아서 이득을 챙긴다. 부녀들이 식견이 없어서 더러 비녀나 팔찌를 팔고 돈을 빌리기도 하여 다투어 서로 빌려다가 긴 해를 보내곤 한다.[78]

위의 쾌가란 이른바 세책점貰冊店을 가리킨다. 18세기 중엽에 이미 소설의 대본을 업으로 하는 세책점이 생겨났음을 확인할 수 있다. 소설의 종류도 천이나 백이라는 수자로 헤아릴 정도로 팽창했던 것이다. 그런데 한가지 주의할 바 소설에 대한 시각이 별로 긍정적이 아니라는 점이다.

채제공의 이 글은 자기 부인 친필의 『여사서언해女四書諺解』에 붙인 빌문이다. 부녀자들의 기호가 소설책에 쏠려서 여자의 본무에 소홀히 하는 사태에 당면해서 『여사서언해』와 같은 여자 교훈서에 관심을 촉구하고 있다. 다음에 채제공보다 한 세대 정도 앞서 이덕주李德冑, 1695~1751란 문인은 『소학언해小學諺解』를 손수 써서 자부와 딸에게 주면서 붙인 글이 있는데 함께 들어보자.

---

78 "竊觀近世閨閤之競以爲先能事者, 惟稗說是崇, 日加月增, 千百其種. 儈家以是淨寫, 凡有借覽, 輒收其直, 以爲利. 婦女無見識, 或賣釵釧, 或求債銅, 爭相貰來, 以求消永日"『樊岩先生集』권33 장4「女四書序」.

우리 동국의 부인들은 문자(한문을 가리킴)를 알지 못하는 데다가 습속이 독서를 금기처럼 여기고 있다. 이에 아무리 현숙한 여성이라도 대체로 지식이 없어 걱정이다. 혹은 이른바 **고담**古談이란 것으로 지식을 기르는 자료로 삼고자 한다. 그 내용이 **사음**邪淫한 것은 실로 말할 나위 없으려니와 그중에 좋다는 것이라 해도 또한 사마상여司馬相如의 부賦가 지닌 '풍일諷一'의 의미와 유사하다. 이어찌 단정해야 할 여자로서 마땅히 읽을 것이 되겠는가. 『소학』과 **고담**은 고언고사를 기록한 점에 있어서는 마찬가지인데 다만 **사**邪와 **정**正이 같지 않다. 지금세상의 부녀자들은 사만 좋아하고 정을 싫어한다고 하면 필시 노여워할 것이다. 그럼에도 온통 다들 고담만 좋아하고 『소학』은 좋아하지 않는단 말인가.[79]

위 글은 어의가 선뜻 이해되지 않아 설명을 요한다. 여기서 고담이란 이야기책, 국문소설을 가리킨다. 사는 바르지 않은 내용에다 실사가 아닌 것도 포함되며, 이에 대해 정은 그 반대가 된다. 사음이란 사가 과도한 것을 뜻하는바 실사가 아닌, 허구적 내용이 과도한 서사를 가리키는 것으로 여겨진다. 채제공이 『여사서언해』를 거론한 것처럼, 이덕주의 경우 『소학언해』를 여성들이 마땅히 읽어야 할 책으로 제시한 것이다. 여성에게는 한문을 가르치지 않는 우리나라의 실정에서는 고담, 즉 국문소설을 여성들의 '지식을 기르는 자료'로 삼고 있다고 하였다. 본고에서 다루는 규방소설에 관련한 언급이기도 하다.

그런데 거기에 대해 부정적인 지적을 하고 있는 것이다. 여기서 "사마상여司馬相如의 부賦가 지닌 '풍일諷一'의 의미와 유사하다는 것은 대체 무슨 뜻

---

79 "我東婦人不解文字, 俗又忌讀書. 於是雖賢女, 率患無識, 或欲資所謂古談者以養其知識. 其邪淫者固不足道, 就其善者亦司馬相如詞賦之諷一耳, 此豈女子端人所宜讀哉? 小學與古談, 記古言古事一也, 特邪正之不同也. 今謂世婦女好邪而惡正也, 必怒之矣. 何故樂讀彼不樂讀此者皆是也." 『嘉林四稿』권3 「書小學諺解與子婦丁氏及室女愛」(필사본).

일까? 양웅揚雄이 사마상여의 부賦 작품을 평하여 '풍일권백諷一勸百'이라 한
구절에서 따온 것으로, 제왕에 대한 풍간諷諫의 효과가 다소간 있다 하더라
도 많은 문제를 야기한다는 의미이다. 이는 특히 『사씨남정기』를 염두에
둔 듯한데 『창선감의록』 또한 포함되었을 듯하다. 『사씨남정기』나 『창선
감의록』의 처첩갈등이 특수한 정치상황에 관련해서 풍유적 의미를 띠고
있는 그런 소설류를 어떻게 규방의 읽을거리로 제공할 수 있겠느냐는 의
미로 이해된다. 요컨대 『사씨남정기』나 『창선감의록』 같은 소설들을 여성
의 교양과 교훈을 위한 책으로 삼기에는 부적절한 면이 있다는 취지이다.

여성도 상당한 정도로 교양을 갖출 필요가 있다고 주장했던 이덕무 역
시 『사소절』에서 부녀자들이 허다히 소설책을 세책점에서 돈을 주고 빌
려다 보느라고 가정사에 소홀하게 되고 길쌈과 바느질에도 방해가 된다
는 지탄을 한다.[80] 여항인閭巷人 임광택林光澤도 "남의 집 부녀들을 보니 많이
들 소설책을 탐독한다"고 하면서 그로 인해 여성들이 교만하고 나태해진
다고 탄식을 발하고 있다.[81] 19세기로 내려오면 홍직필洪直弼 같은 도학자
는 소설이 들어서 부녀자들을 도덕적으로 다락하게 만드는 것으로 우려
를 표명하여, 조정에서 국문소설을 엄금해야 한다는 주장까지 내놓는
다.[82] 당초 여성 교양적 의미를 지녔던 소설이 왜 이렇게 인식되었을까?
물론 도학자의 편견이 없지 않겠지만 탓을 그 쪽으로만 돌릴 수는 없다고
본다. 소설에 대해 부정적 의식을 심어준 그 실상을 한번 들여다 볼 필요
가 있다.

---

80 "諺飜傳奇貪看, 至於與錢而貰之, 廢置家務, 怠棄女紅. 且其說皆妬忌淫媒之事. 其可忍看
　　乎."『士小節』「婦儀」.
81 "汝嘗學諺字, 未知生與熟. 今見問候書, 反切俱中式. (…중략…) 多見人家女, 耽看稗說冊. 仍
　　成驕怠習, 不屑井臼役. 居然養長舌, 勸階從此作."『風謠三選』권1 장6「見卞氏婦書」.
82 "至若諺稗, 皆是淫褻不經之道, 而婦女不知都出於贗贋, 認以悖史. 其反道悖德, 咸從此出.
　　自朝家嚴禁諺稗."『梅山集』권52「雜錄」.

소설의 양적 팽창은 독자층의 증가를 수반한 현상이었음이 물론이다. 진작 규방을 넘어서 여항 시정으로 국문소설의 인기가 번져갔다. 위의 여항인 임광택의 경우 새로 맞은 며느리 변씨卞氏에게 소설 읽기에 대한 주의를 준 것이다. 그네들 간에도 소설이 보편화되었기 때문에 소설의 품종 또한 갖가지로 늘어나서 천이나 백으로 헤아리게 되었을 터인데, 그런 가운데 독자의 저속한 흥미에 영합하는 경향이 두드러지게 나타났다. 군담소설軍談小說이 그것인데 흥미 본위의 소설들이 인기를 모으는 실정이었다. 이렇듯 상업주의에 영합하는 과정에서 소설 자체의 질적 저하를 가져왔고 다분히 매너리즘으로 빠져들었다. 이제 원래의 교양적 성격으로부터 멀어진 것이 되었다.

따라서 식자층의 소설인식은 부정적인 쪽으로 차츰 더 경직된 것이다. 소설에 대한 부정적 발언의 수위는 저속한 소설로 경도한 소시민적 취미의 상승과 비례했던 셈이다. 그렇다고 소설을 읽지 말라고 금한다 해서 폐지될 것인가. 대체로 사부가에서는 무리하게 금하기보다 선별해서 읽도록 지도하는 편이었다. 본래의 교양적 기능을 아무쪼록 살려나갔다.

그리고 궁정 및 문벌 가정을 배경으로 해서 발달한 소설유형이 있었다. 이른바 '낙선재본樂善齋本 소설'은 그 증거물이다. 거기서 장편소설의 형식이 성장하여 대하소설大河小說로까지 확대된 것은 특기할 사실이다. 언제 그렇게 되었던가? 대하소설의 하나로 『완월회맹연玩月會盟宴』이란 작품이 있다.[83] 무려 180권의 대작이다. 그런데 "완월玩月은 안겸제安兼濟의 모친이 지은 바 궁중에 흘려보내서 성예聲譽를 넓히고자 한 것이었다"는 기록이 보인다.[84] '완월'은 『완월회맹연』을 가리키는 것이다. 안겸제1724~1791, 號

---

83 『玩月會盟宴(완월회밍연)』은 현재 藏書閣本 180冊과 서울대도서관본 180卷 93冊의 두 질이 전하는 것으로 알려져 있다.

八下, 벼슬은 대사헌·감사 등을 지냄의 모친은 이씨李氏 부인인데 본관이 전주, 대사간을 지낸 이언경李彦經의 따님이다. 그 저작 동기를 궁중에 자신의 명성을 올리고 기림을 받고자 한 것으로 말한 점이 흥미롭다. 작가적 명예를 의식한 셈이다. 대하소설은 궁정의 독자를 일차로 의식해서 씌어졌다. 이 기록을 그대로 인정하면 18세기 중엽에 이미 대하소설이 출현한 것으로 된다. 가문소설 구조에 복합구성의 방식이 가해져서 눈덩이처럼 불어나 마침내 저처럼 거대한 작품을 이루게 된 것이다. 이 또한 규방소설 계보의 성과임이 물론이다.

17세기 당대 최고의 지식인들이 참여해서 길을 수준 높게 개척했던 우리의 소설 장르는 18세기를 통과해 19세기로 넘어오면서 이런저런 변화 발전이 이루어졌다. 규방소설과는 계보와 체질이 아주 다른 방향에서 출현한 것으로, 민중적 성격의 판소리 소설은 자못 특기할 내용이고 필기·야담에 기반한 한문단편은 대단히 풍부한 성과를 이룩했다. 소설사의 길을 열었던 규방소설은 그 양적 비대화가 질적 수준으로 이어지지 못했으나, 소설의 주 독자층을 형성, 확장해간 것은 주로 여성들이었다. 여성 독자층이 애호했던 것 역시 규방소설의 범위를 별로 이탈하지 않았던 것 또한 물론이다.

이 규방소설의 계보에서는 19세기 중엽에 이르러 여성독자들을 사로잡는 소설이 출현했으니 남영로南永魯, 1810~1858, 호 潭樵가 지은 『옥련몽玉蓮夢』이었다. 『옥련몽』은 대중적 인기를 누리면서 작품명이 『옥루몽玉樓夢』이란 이름으로 유명하게 되었다. 1910년대 이후 신활자의 대중적 출판물이 유행할 즈음 각 출판사에서 『옥루몽』이란 이름으로 여러 종이 간행, 유포되었

---

84 "又瓿月, 安兼濟母所著. 欲流入宮禁, 廣聲譽也." 『松南雜識』「南征記」(1018면).

다. 그런 가운데 원본을 표방하고 간행된 것이 있었다. 여기에는 작자의 손자인 남정의란 인물이 서문을 붙이는데 표제는『옥련몽』으로 되어 있다. 이 서문은 규방소설의 취지를 인지하고 여성교훈적 의미를 강조하고 있는 점에 눈길이 간다.[85]『옥련몽』-『옥루몽』은『구운몽』의 후속적인 것으로 규방소설의 의미를 상실하지는 않았으되 인정세태의 변화에 따른 통속화의 침윤이 불가피했던 것으로 여겨진다.

덧붙임

『완월회맹연』의 작자와 관련하여 안겸제安兼濟의 모친 이씨 부인에 대해 탐문해본 바, 그 자손이 지금 경기도 파주군의 금촌읍金村邑 맥금리陌今里 상곡上谷이란 마을에 거주해 왔음을 알아냈다. 마침 창작과비평사의 정해렴丁

85　"이 책의 원본은 나의 본생 선조부 담초공(潭樵公)의 저술 하신 바이니 옥련화 한 가지를 빌려 조선고금의 부부의 애정과 여자 도리와 가정의 깊은 풍속습관을 그려서 세상의 부부 처첩으로 아름다운 모범을 얻게 한지라. 그러나 가석한 사세(事勢)로 인연하야 마참내 출판되지 못하고 그 후 칠십여 연간에 다만 유식자들이 서로 전차로 등초하야 상류가정에서는 대개 이 책으로써 부녀자의 경전같이 숭상하야 착한 일에도 이 글을 위하여 사모하고 악한 일에도 이 글을 위하야 증계(懲戒)하야 은연히 가정간 부녀자 사상과 풍속을 감화케 함이 적지 아니하니라.
　　그러나 세월이 멀어짐에 등서가 서로 착오되고 권질이 산락하야 장차 그 진본이 세상에 전치 못할까 두려워 하야 이에 나의 세전하던 원본을 편찬하야 책사(冊肆)에 부탁하야 써 세상에 공포하고 나의 조선(祖先)의 끼친 뜻을 이으며 우리 이 글을 아시는 자의 희망을 보답하니 청컨대 새 글과 새 소리가 유행하는 이 시대에 특별히 옛 경전과 옛 곡조를 좋아하는 자는 나의 이 생각을 함양(涵養)하실진저.
　　임자(1912년) 사월 일. 편자 시당 남정의(南廷懿)"
　　(원 표기를 기준으로 하되 현대 표기에 따랐음.)
　　위의 서문을 쓴 시점은 1912년이다.『옥련몽』이 간행을 보지 못하고 필사로 전전된 것이 70여 년이라고 하였으므로, 그 창작 연대는 대개 1840년경이 될 것으로 추정된다. 작품의 원제는『옥련몽』이라고 주장했으며, 그 여성교육적 의미를 역설해서 "상류가정에서는 대개 이 책으로써 부녀자의 경전같이 숭상"했다는 발언도 귀담아들을 대목이다(저자가 이용한 책은 전5권이며, 쇼와10년 1935년에 廣益書館에서 발행한 것으로 되어 있다).

海廉 선생의 고향 마을과 가까운 곳이라서 정 선생의 안내를 받아서 지난 1988년 3월 20일에 그곳을 찾아갔다. 그의 자손을 만났으나 6·25전쟁 때 여러 대 살아오던 집과 함께 세전하던 문적들이 모두 소실이 되어, 얻어 볼 것이 없었다. 이씨 부인의 묘는 그 부군 안해安鍇, 字 仲和, 1693~1769와 합폄合窆으로 마을에서 멀지 않은 산기슭에 있었다. 오직 비석 하나가 우뚝 서 있는데 비는 큰 아들 관제寬濟가 글을 짓고 셋째아들 겸제가 글씨를 쓴 것이었다. 이씨 부인의 생년은 숙종 갑술甲戌, 1694년, 졸년은 계

『완월회맹연』 작자 이씨 부인 내외의 묘비
남편은 돈녕부도정을 역임한 안개(安鍇)이다. 저자가 비서의 후면 기록을 살피는 중이다.

해癸亥, 1743년로 밝혀졌고, 그 인품이 현숙하고 여사의 기품이 있었다고 한다. 소설의 저작과 관련된 언급은 보이지 않지만 '여사풍'이 있었다는 언급으로 미루어 상당한 교양을 지녔던 여성으로 생각된다. 참고로 비문碑文에서 이씨 부인에 관련된 부분만을 옮겨 둔다.

貞夫人李氏, 世宗別子寧海君璋之後, 大司諫贈吏曹判書諱彦經之女. 事舅姑孝順, 待君子和敬義方, 嚴於子女, 媤睦洽於周親, 有女史風. 生於甲戌, 終於癸亥, 擧三男一女. 男長寬濟今正郎, 次大濟今司書, 次筴濟今監司, 女適吳彦瞻.

제4부

야담 · 한문단편

제1장 | 18 · 19세기 '이야기꾼'과 소설의 발달

제2장 | 한문단편 형성과정에서의 강담사
허생고사(許生故事)와 유영

제3장 | 『동패낙송東稗洛誦』 연구
야담의 기록화과정과 한문단편의 성립

제4장 | 야담의 근대적 변모
일제하에서 야담전통의 계승양상

야담은 전에 있었던 관습적인 양식이다. 한문으로 기록된 이야기인데 거기에 문학으로서의 보편적인 개념을 부여해서 한문단편이라고 호명한 것이다. 이 야담-한문단편을 학적으로 규명하기 위해 바쳐진 대목이 제4부다.

이들은 대부분 구연과정을 통과해서 서사물로 만들어진 터이기에, 제1~2장은 그 경위를 밝히기 위한 내용이다. 「18·19세기 '이야기꾼'과 소설의 발달」은 야담-한문단편이 판소리-민중소설과 동시기에 발전했던 사실에 유의하여 성립과정을 통합적으로 설명하려는 의도를 담았다. 「한문단편 형성과정에서의 강담사」는 본원적인 창작자로 간주할 수 있는 강담사에 중점을 두었다. 연암의 널리 알려진 작품인 「옥갑야화玉匣夜話」의 허생, 「광문자전」의 광문 일명 달문이 이야기의 주인공으로 떠오른 경로를 추적하였으니 역시 사례연구다. 그런데 야담-한문단편은 기록화과정을 통과해서 우리가 읽는 작품으로 전하는 것이다. 구연과정이 선차적이긴 해도 기록과정이 결정적이다. 「『동패낙송東稗洛誦』 연구」는 이 문제에 접근하기 위한 시도이다. 역시 구체적인 사례연구로서 한문단편의 문학성을 해명하는 데 초점이 맞춰 있다.

야담은 20세기의 근대적 환경에서도 존속하여 변화를 일으키며 대중적 영향을 행사하였다. 비록 주류에서 비껴난 것이긴 하지만 대중문화로서의 의미가 없지 않았다. 이 또한 간과할 수 없다고 보아 「야담의 근대적 변모」라는 한 장을 설정하였다. 가까운 쪽일수록 방치되는 수가 허다하여 실태조사 차원에서 품이 많이 들어가야 했다.

나는 1970년대에 이우성 선생과 공동편역으로 『이조한문단편집』을 상중하 3권으로 간행하였다. (상은 1973년에, 중·하는 일조각에서 1978년에 나왔으며, 개정판이 2018년 창비사에서 나왔다.) 당시는 신발견의 의미를 지닌 일이었다. 그 근원적 해명 및 체계적 인식을 위한 작업을 수행한 것이 이 4편이다. 따로 『한문서사의 영토』 1·2(태학사 2012)를 편역·간행한바 『이조한문단편집』의 후속, 보충적인 내용이다.

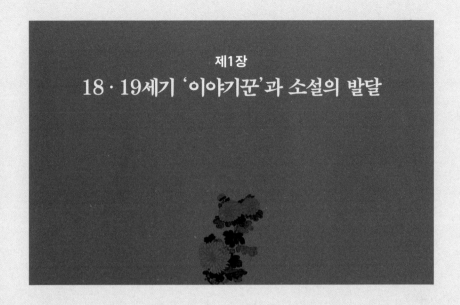

제1장
18 · 19세기 '이야기꾼'과 소설의 발달

1. 머리말

이야기는 아득한 옛날부터 오늘에 이르기까지 인간생활의 일부로서 있어온 것이다. 가령 『삼국사기』 「설총전薛聰傳」을 보면 신문왕神文王이 설총에게

오늘 장마가 막 개이고 마파람이 제법 서늘하구려. 아무리 맛있는 음식을 들고 풍악風樂을 잡힌들 고담선학高談善謔으로 우울한 마음을 푸는 것만 같겠소. 선생은 필시 이문異聞이 있을 터이니 나를 즐겁게 해주지 않으려오?

라고 말하였다. 이에 설총은 화왕계花王戒로 일컬어진 이야기를 들려주었다. 설총의 이야기가 끝나자 왕은 안색을 고치고서 "선생의 우언은 실로 깊은 뜻이 담겨 있소. 청컨대 그것을 적어두어 임금의 경계가 되게 해주오"[1]라고 깊은 관심을 표명했다. 위 글에 의하면 『삼국사기』에 실려 전하는 '화왕계'는 이런 경위로 지어진 것이다.

여기서 우리는 이야기가 인간생활의 없지 못할 한 부분으로서 있어왔던 연유를 유추해 볼 수 있다. 이야기는 맛있는 음식이나 듣기 좋은 음악에 못지않게 인간에게 즐거움을 주는 오락의 일종이다. 그냥 오락에서 그치지 않고 교훈성, 인생에 대한 의미를 띤 것이기도 했다. 오락성과 인생의 의미, 이 두 측면은 이야기의 기본적인 효용이라고 말해도 좋을 것 같다.

'이야기꾼'이라면 이야기를 잘 하는 사람, 곧 서사문학의 구연자口演者를 가리킬 텐데 이야기를 능수로 잘하는 사람을 지칭하게 된다. 따라서 이야기꾼도 이야기와 함께 어느 시대에나 존재해 왔다고 봐야 할 것이다. 그런데, 이야기와 함께 이야기꾼은 시대에 따라서 그 존재양상이나 역할에 변함이 없을 수 없었다. 인간생활의 변화에 따라서 이야기꾼의 양상과 이야기의 성격이 다양하게 변모하였을 것임이 물론이다.

문학사는 이러한 변모와 무관할 수가 없다. 구비전승을 문학으로 보는 입장에서는 이야기 자체가 문학에 포괄되겠지만, 이야기가 기록화를 거쳐 작품으로서 문학사의 일부를 이뤘기 때문이다. 무엇보다 소설이 그러하였다. 소설은 이야기와 밀접한 관련성을 가지고 발달해온 문학양식이다. 가령 르네상스 시대에 근대적 인간정신을 대변한 『데카메론』도 실은 그 당시의 이야기를 수집한 것에 불과하였다.

---

1 王以仲夏之月, 處高明之室, 顧謂聰曰: "今日宿雨初歇, 薰風微凉, 雖有珍饌哀音, 不如高談善謔, 以舒伊鬱. 吾子必有異聞, 盍爲我陳之?"(…중략…) 於是王愀然作色曰: "子之寓言, 誠有深志, 請書之以爲王者之戒." 『三國史記』 권46 「薛聰傳」.

우리의 소설사상에 18·19세기는 제반 동향이 자못 활발했던 한 기간 이었다. 이 시간대에 소설의 독자층이 확대되었고 연암燕岩의 소설을 비롯 해서 야담-한문단편이 쏟아져 나오고 판소리가 등장함으로써 문학사는 '소설의 시대'를 맞이한 감이 없지 않았다. 이 시기에 이야기꾼은 전문적 ·직업적인 예능인으로서 활동했던 사실이 특이한 현상인데, 저자가 파악 하기로 당시 이야기꾼의 성격은 ① 강담사講談師, ② 강독사講讀師, ③ 강창사 講唱師로 구분해 볼 수 있다. 이러한 이야기꾼의 활동과 연관하여 소설도 새로운 변모양상을 그려냈던 것이다.

소설의 시대로 접어들면서 이야기꾼들은 어떠한 형태로 존재하였고, 그 네들이 활동한 사회·문화적 배경, 그리고 이네들이 소설의 발달에 어떤 역할을 하였던가? 이런 등의 문제를 구체적으로 살펴볼 필요를 느낀다.

2. 이야기꾼의 유형과 실태

강창사가 이야기를 노래로 부르는, 말하자면 'singer of tale'임에 대하 여 강담사는 담화조로 이야기하는 'story teller'이다. 이에 대하여 강담 사는 소설책을 낭독하는 형태이다.[2] 다음에 이들 각각의 특성을 고찰해 본다.

---

2 본고에서 '이야기꾼'은 이야기, 즉 서사적인 것의 전문적인 구연자인데, 강담사·강창사· 강독사라는 용어를 써서 구분해 보았다. 강담사는 '이야기꾼'이란 말을 그대로 쓰고, 강창 사는 '판소리꾼'으로, 강독사는 전기수로 유형을 나타낼 수도 있다고 하겠으나, 일관성 있 는 명칭으로 각각의 성격을 용어상에서도 부각시켜 본 것이다.

1) 강담사

세상에서 특별히 이야기를 잘하는 사람을 '이야기꾼', 혹은 '이야기 주머니'나 '이야기 보따리'라고 불러왔는데 지금 강담사로 호칭한다. 가장 일반적인 형태의 이야기꾼으로서, 좁은 의미의 이야기꾼이라면 곧 이들을 가리키게 된다. 이들 강담사의 소식을 전하는 자료 몇 종을 들어 보자.

① 서울에 오吳가 성을 가진 사람이 있었다. 그는 고담을 잘하여 재상집들을 두루 드나들었다. 그는 식성이 오이 나물을 즐기기 때문에, 사람들이 '오물음'이라고 불렀다. 대개 '물음'이란 익힌 나물을 이름이요, '오'와 오이[瓜]가 음이 비슷한 때문인 것이다. 그때 한 종실宗室 노인이 네 아들을 두고 연로했는데, 물화를 사고팔고 하기로 큰 부자가 되었다. 그는 천성이 인색하여 추호도 남 주기를 싫어할뿐더러, 여러 아들들에게조차 분재를 않고 있었다. 친구들이 더러 권하면 "내게도 생각이 있노라"고 대답하고는 그냥 천연세월하며 차마 나누어 주지를 못하는 것이었다. 어느 날 그가 오물음을 불러 이야기를 시켰다. 오물음은 마음속에 한 꾀를 내어 고담을 지어서 했다.[3]

② 정조 때 김중진金仲眞이란 이는 나이가 늙기도 전에 이빨이 죄다 빠져서 사람들이 놀리느라 별명을 '오이무름[瓜濃]'이라고 붙여 주었다. 익살이나 이야기를 잘하여 인정물태를 묘사함에 당해서는 곡진하고 섬세하기 이를 데 없었다. 더러 들어볼 만한 이야기가 있었다.[4]

---

3 「강담사(講談師)」, 이우성·임형택 편역, 『이조한문단편집』 1, 1973·2018, 창비, 266~268면.
4 "正廟時, 有金仲眞者, 年未老而齒牙盡落, 故人嘲號曰瓜濃. 善該俚談, 其於物態人情, 曲盡纖悉, 往往有可聽者." 『里鄉見聞錄』 권3 「金仲眞」.

③ '이야기 주머니[說囊]' 김옹金翁은 이야기를 아주 잘하여 듣는 사람들은 누구 없이 포복절도를 하였다. 그가 바야흐로 이야기의 실마리를 잡아 살을 붙이고 양념을 치며 착착 자유자재로 끌고 가는 재간은 참으로 귀신이 돕는 듯하였다. 가위 익살의 제일인자라 할 것이다. 가만히 그의 이야기를 씹어 보면 세상을 기롱하고 깨우치는 뜻이 담기었음을 알게 된다.[5]

위의 자료들이 소개하는 오물음吳物音・김중진金仲眞・김옹金翁과 같은 인물들은 당시에 이야기 잘하는 특기로 행세하였던 강담사임을 알 수 있다.

이들 강담사는 일종의 예능인이며, 이들의 강담도 예능에 속하겠으나 성격상 다른 연예에 비해서 비전문적이고 단조로운 편이다. 강담은 행동적인 표현도 없고, 악기의 반주를 동반하거나 창唱으로 부르는 것이 아니고 그냥 담화조이기 때문에 특별하지가 않다. 이야기 몇 자리 제법 하는 사람이라면 공동체에 항용 있을 수 있었을 터이다. 그런데도 그 이름이 세상에 전하게 된 것은 그만큼 특이한 존재이기 때문이 아니겠는가. 김중진이 그렇듯 "인정물태를 묘사함에 당해서 곡진하고 섬세하기 이를 데 없었다"거나 김옹에서 보는 바 "이야기의 실마리를 잡아 살을 붙이고 양념을 치며 착착 자유자재로 끌고 가는 재간이 참으로 귀신이 돕는 듯"하고 청자들을 배를 안고 둥글게 만드는, 이런 수단이 그네들의 존재를 특이하게 만든 장기였다. 이들은 그야말로 전문적인 강담사에 속한다고 말할 수 있다.

이야기에 특별한 재주가 있었던 점이 전문적이었을 가능성을 시사하는 바인데, 거의 직업적인 수준이 되기도 했던 것 같다. 자료 ①에 소개된 오

---

5 "說囊金翁, 善俚語, 聽者無不絶倒. 方其逐句增衍, 鑿鑿中窾, 橫說堅說, 捷如神助, 亦可以滑稽之雄. 夷考其中, 又皆玩世警俗之語也." 趙秀三, 『秋齋集』 권7 「紀異・說囊」.

물음은 "고담을 잘하기로 유명하여 재상가의 집에 두루 드나들었다"고 하였는데, 장사로 부자가 된 종실 노인은 그의 이야기에 깊이 감명을 받고 "오물음에게 상을 후하게 주어 보냈다" 한다. 말하자면 청자로부터 보수를 받은 셈이었다. 재상가나 부유한 유한층에 출입하여 자기의 재주를 팔아서 살아간 것이라 하겠다. 오물음의 경우 이야기를 하는 것은 생활의 한 수단으로서 어느 정도 직업화된 일이었음을 짐작케 한다. 다만 그렇게까지 된 사례는 흔치 않았지 싶다. 전문화된 직업이라고 할 수는 없겠으나, 나름으로 이야기를 잘하여 자신이 속하는 공동체 내에서 오락적인 기능을 담당하였던 강담사들이, 도시나 농촌의 여러 사회층위에 따라 존재하여 이야기의 판이 벌어졌을 것으로 유추해 볼 수 있다.

연암 박지원朴趾源, 1737~1806의 「민옹전閔翁傳」이 그려낸 민옹은 강담사의 한 형태로 간주할 수도 있다. 민옹이 기인으로, 가곡歌曲에 능하며 입심이 좋아서 골계를 잘하여 사람들의 마음을 즐겁게 해주는 인물로 연암은 당초에 소개받는다. 그때 연암은 오랫동안 병석에 시달린 끝이었다. 성가聲歌 및 서화·골동에 취미를 붙이고, 친구들을 불러 모으고 해학이나 고담을 들어 마음에 위로를 얻으려 하였지만, 울적함 심회를 풀지 못하던 즈음이었다. 그래서 연암은 민옹에 기대를 걸고 즉시 초청한다.[6] 민옹은 유능한 강담사로 불려온 셈이었다. 과연 민옹은 기발한 골계로 연암의 마음을 금방 쾌활하게 만들었다. 민옹은 시청자에게 오락적인 기능을 십분 발휘했던 셈이다.

오물음과 민옹의 사례에 비추어 서울에서는 이야기꾼에 대한 사회적

---

6 "歲癸酉甲戌之間, 余年十七八. 病久困劣, 留好聲歌·書畵·古劍·琴·彝器諸雜物, 益致客俳諧古譚, 慰心萬方, 無所開其幽鬱. 有言"閔翁奇士, 工歌曲·善譚辯, 俶怪譎恢, 聽者人無不爽然意豁也." 余聞甚喜, 請與俱至(「閔翁傳」, 『燕岩集』 경희출판사, 1966).

수요가 상당한 정도로 발생했음을 짐작할 수 있다. 이러한 수요에 상응해서 전문적인 강담사가 등장하게 된 것임이 물론이다.

2) 강창사

강담사보다 전문적이고 직업적인 예능인으로 놀았던 것은 강창사였다. 이야기를 창唱으로 부르는 판소리 광대가 그들이다.

세창서관世昌書館판 『흥부전』의 서두에 "북소리에 맞춰서 내 별별 이상한 고담 하나를 하여 보리라"고, 판소리에 대해 고담을 하는 것으로 의식하고 있다. 판소리의 성격을 분명히 드러낸 발언이다. '내 별별 이상한 고담 하나를 하여 보리라'에서 '나'는 판소리를 구연하는 광대 자신이며, 고담은 이 경우 『흥부전』—박타령을 가리킨다. 광대 자신이 판소리를 '고담을 하는 것', 즉 '이야기'로 생각하고 있었다. 다만 북 장단에 맞추어 연행하는 방식이 그 특성이다. 이야기를 하되 북 장단에 맞추어서 창으로 부르는 것은 다름 아닌 판소리다.

그런데 판소리는 창으로만 구성된 것이 아니고 중간 중간에 '아니리'라고 하는 강담조講談調가 들어간다. 창과 백白이 교차하면서 진행된다. 창이 주가 되고는 있지만, 이야기에서 발전된 형태일뿐더러, 근본적으로 이야기의 한 방식에서 벗어나지 않은 것이라고 말할 수 있다.

판소리의 연행에는 '너름새', 즉 몸짓이 중시되는 점을 들어서 연극 내지 가극歌劇의 일종으로 보는 견해도 있었다. 그러나 '너름새'란 이야기를 하는데 있어서 보조적인 제스처에 불과하며, 연극적인 진행으로 볼 수 없다. 판소리는 연극처럼 행동으로 표현하는 방식이 아니라, 서사의 방식을 취한다.[7] 이러한 판소리의 성격은 강창에 속한다. 그리고 판소리 광대는 이야기꾼의 한 형태로서 강창사라 규정지어 틀리지 않을 것이다.

강창사인 이들 판소리 광대는 재인才人으로서 신분제사회에서 하층에
속했던 천민 출신이었지만 당시 직업적인 연예인으로 활약하고 있었다.
종래 판소리 광대가 비록 사회적으로 비천한 대우를 감수해야 했으며, 그
네들의 예능인 판소리까지도 비천한 것으로 취급되었다고 대개들 간주해
왔다. 저자는 이 점을 각도를 달리해서 바라보고 싶다.

'고송염모일대재高宋廉牟一代才'(고·송·염·모는 일대의 재주꾼이다)라는 자하紫
霞 신위申緯, 1769~1845의 시구에 오른 광대는 고수관高秀寬·송흥록宋興祿·염
계달廉季達·모흥갑牟興甲이다. 이들은 순조1801~1834년간에 판소리로서 명성
이 일국을 울렸던 것이다. 비록 천민신분을 타고 났지만 명창으로서 인기
를 모았으며, 더러는 소리의 재능으로 애호를 받아 비록 실직實職은 아니
라도 국왕으로부터 일정한 직함을 받은 사례도 있었다. 천민으로 머문 것
이 아니라 그 자신의 예술적인 재능을 가지고 사회적 지위상승을 실현하
고 있었다.

판소리는 원래 전라도 지방의 민속에서 기원했던 것이 거의 '국민적인
것'이라 이를 만큼 성장하였다. 판소리의 발달과 더불어서 판소리 광대도
사회적인 상승을 하였던 점에 주목해야 할 것이다. 그 당시 판소리 광대
는 신분제하에서 천민 취급을 당하고 있었다. 그리고 양반이나 관인들을
위해 연행을 하기도 했다. 그러나 양반이나 관에 꼭 예속된 상태는 아니
었다. 비교적 자유로운 처지에서 자기의 재능을 가지고 밖으로 돌며 연행
활동을 하였던 것으로 보인다. 양반 내지 부호, 혹은 벼슬아치들에게 초
치를 받아 연행을 하면 대체로 그에 상응하는 보수를 받았다. 판소리 광
대는 신분적 예속 상태에 계속 얽매이지 않고 자신의 예술적 재능으로 활

7　판소리의 장르적 성격이 서사임을 밝힌 것으로, 조동일, 판소리의 장르 규정(『어문론집』
　　제1집, 계명대, 1969)이 있다.

동하기 시작했던 것 같다.

3) 강독사

이야기책-소설을 청중에게 낭독해 들려주던 강독사. 조수삼趙秀三, 1762~ 1847의 「추재기이秋齋紀異」에 실려서 진즉 우리에게 알려진 '전기수傳奇叟'는 이 일종이다.[8] 전기수는 동대문 밖에 살던 사람으로 종각에서 동대문 사이, 지금의 종로 거리를 6일 간격으로 오르내리면서 청중에 둘러싸여 매일 소설을 구연하였다. 그가 낭송하다가 아주 재미나고 긴박한 대목에 이르러 낭송을 뚝 그치면 청중은 하회下回가 궁금하여 다투어 돈을 던졌다. '요전법邀錢法'이라 하는 것이었다. 흥행의 일정한 장소가 있었으니, 제일교第一橋, 제이교第二橋, 이현梨峴, 교동校洞 입구, 대사동大寺洞 입구, 종루鐘樓 앞이다. 6일 간격으로 이들 장소를 오르내렸다는 것이다. 정기적인 연행이었던 셈이다. 전기수가 정기적으로 일정한 장소에서 소설을 낭송하는 일로 삶을 영위했다는 점에서 그는 직업적 연예인이었다.

이러한 전기수의 형태는 앞서 연암의 『열하일기』에서도 인급된 바 있다. 구요동성舊遼東城 밖의 관성묘關聖廟에서 많은 사람들에 둘러싸여 『수호전』을 구연하는 광경을 목도한 연암은 마치 우리나라 항사巷肆, 길거리의 점포에서 『임장군전林將軍傳』을 구송口誦하는 것과 비슷하다고 했다. 대로뿐 아니라 점포에서도 전기수들이 구연하였음을 알게 한다. 그리고 『수호전』의 '화소와관사火燒瓦官寺' 대목을 펼치고 앉아서 기실 『서상기西廂記』를 외고 있

---

8 "叟, 居東門外. 口誦諺課稗說 ─ 如淑香・蘇大成・沈淸・薛仁貴等傳奇也. 月初一日坐第一橋下, 二日坐第二橋下, 三日坐梨峴, 四日坐校洞口, 五日坐大寺洞口, 六日坐鍾樓前. 溯上旣, 自七日沿而下. 下而上, 上而又下, 終其月也. 改月亦如之. 而以善讀故, 傍觀匝圍, 夫至最喫緊甚可聽之句節, 忽默而無聲. 人欲聽其下回, 爭以錢投之, 曰此乃'邀錢法'云."『秋齋集』권 7「紀異・傳奇叟」.

으니, 이자는 까막눈의 무식자임에도 입에 붙어서 줄줄 외는 것이며, 이 점이 우리나라의 상가 점포에서 『임장군전』을 읽는 것과 꼭 비슷하다는 것이었다.[9] 이로 미루어 전기수의 낭송은 대본에 의존해서 읽어가는 식이 아니라 고도로 숙련이 되어 구연하는 형태였음을 짐작할 수 있다. 서울의 거리와 점포에서 청중을 상대로 흥행을 일삼던 전기수의 형태와 함께 각 가정을 돌아다니며 소설책을 재미나게 읽어주던 형태의 강독사도 있었 다. 이업복이 그런 부류였다.

> 이업복李業福은 겸인傔人 부류다. 아이 적부터 언문 소설책을 맵시 있게 읽어 서 그 소리가 노래하듯이, 원망하듯이, 우는 듯이, 슬픈 듯이, 가다가는 웅장하 여 영걸의 형상을 표현해내기도 하고, 때로는 곱고 살살 녹아서 어여쁜 여인의 자태를 짓기도 하는데, 대개 그 소설 내용에 따라 백태를 연출하는 것이었다. 그래서 당시에 부자로 잘 사는 사람들이 서로 그를 불러다 소설책을 읽히곤 했 다. 어떤 서리胥吏 부부가 그의 재주에 반해서 업복이를 먹여 살리며 일가처럼 터놓고 지냈다.[10]

이업복은 부유층의 집에 불려 다니며 소설책을 읽어주는 것을 업으로 살아가는 강독사다. 단골이었던 서리 부부는 말하자면 패트런이었던 셈 이다. 이업복과 같은 부류로서 이자상李子常이라는 이름이 따로 전한다. 이 자상은 총명해서 "여러 패관서稗官書 및 어록문자語錄文字, 백화체의 소설류를 지칭하 는 듯함에 관계되는 것에 두루 환히 통했지만, 빈궁해서 살아가기 어려워

---

9 "有坐讀水滸傳者, 衆人環坐聽之, 擺頭掀鼻, 旁若無人. 看其讀處, 則火燒瓦官寺, 而所誦者 乃西廂記也. 目不知字而口角溜滑, 亦如我東巷肆中口誦林將軍傳讀者."『燕巖集』「渡江錄 ・關帝廟記」(157~158면).
10 「東園揷話」(『이조한문단편집』1).

더러 재상가의 문하에 출입하였는데 소설을 잘 읽는 것으로 유명했다"고
한다. 그는 빈곤을 타개하기 위해 소설을 잘 읽는 재능으로 재상가를 출
입하였던 것이다. 그러나 "말년에는 군문軍門에서 급료를 받기도 하였지만
지면知面이 있는 집에 기식寄食하는 일이 많았다"는 것으로 미루어 강독행
위가 그에게 충분히 생활의 수단이 될 만한 것은 아니었다.[11]

이업복의 경우는 안방 출입까지 하면서 여성들 앞에서 소설을 낭독할
수 있었다. 이와 같이 남자 강독사가 여성청자를 상대하는 것을 일반적인
현상이라고 볼 수는 없겠다. 이업복은 그때 나이가 많지 않았고, 그를 받
아들인 집이 서리층이어서 예법에 구애를 덜 받았을 듯싶다. 당시 추세로
보면 소설의 독자는 여성이 많았다. 사부가의 부녀자를 상대로 하는 여자
강독사도 있었다.

> 근년에 한 상놈이 십여 세 쩍부터 눈썹을 그리고 얼굴에 분을 바르고서 여자
> 의 언서체諺書體를 배웠다. 그리고 소설을 잘 읽었는데 목소리조차 여자와 꼭
> 같았다. 홀연 집을 나가 부지거처가 되었다. 그리히여 그는 사부가에 출입하면
> 서 혹은 진맥을 할 줄 안다고도 하고 혹은 방물장수로도 일컫고 혹은 소설을
> 읽어주기도 하였다.[12]

이처럼 남자가 여장을 하고서 규방에 출입하였던 것은 사부가의 부녀
자들을 상대하기 위한 술수였음이 물론이다. 굳이 가장할 필요가 없는 여

---

11 "李子常忘其名, 聰明强記, 諸種術書, 無不閱覽, 又嫻於稗官諸書. 凡係語錄文字, 盡爲通曉.
  貧不能自資, 或出入宰相門下, 以善讀小說稱. 晚年得軍門斗料, 多寄食於知舊之家." 『里鄕
  見聞錄』 권7 「李子常」.
12 "頃年一常漢, 自十餘歲, 畫眉粉面, 習學女人諺書體, 善讀稗說, 聲音如女人矣. 忽不知去處,
  變爲女服, 出入大夫家, 或稱知脉, 或稱方物興商, 或以讀稗說." 具樹勳, 『二旬錄』(『稗林』
  탐구당판 V.9, 452면).

자 강독사는 필시 이미 존재했을 터다. 어쨌건 그는 여성 독자의 수요에 응해서 소설을 낭독하는 행위를 한 것이다.

소설 읽기는 판소리처럼 특별한 재능이 아니며 국문만 해독할 줄 알면 할 수 있는 능력이다. 그렇기에 강독사로 활동하려면 보통과 달리 십분 판소리에 광대에 못지않게 흥행이 될 만한 낭독법을 구사했을 터이다. 앞서 보았듯이 이업복의 경우 그의 낭독법이 어떠했던지 구체적으로 묘사되어 있다. 가다가는 예쁜 계집의 자태를 짓기로 하는 등, 대개 소설의 내용에 따라 백태를 연출하는 수단이었다. 소설의 내용에 부합되도록, 청각적인 효과까지 십분 발휘하는 방식이었다. 소설의 낭독은 전문적이고 직업적인 수준에 도달했음을 짐작케 한다.

강독사의 활동 무대는 현재 확인된 자료로 보아 서울이라는 도시였다. 소설의 보급이 확대되면서 활발해졌을 것인데 농촌에서는 어떠했던가?

> 우리 금곡金谷 중의도 김호주金戸主는 언문을 잘하여 결복結卜을 마련하며 고담을 박람하기로 호주戸主를 하여 지 십여 년에 가계부요하고 성명聲名이 혁혁하니 사나희 되어 비록 진서眞書를 못하나 언문이나 잘하면 족히 일촌중一村中 횡행할 터이다.[13]

국문본 『요로원야화기要路院夜話記』의 한 대목이다. 이처럼 전해주는 소식으로 농촌에도 소설을 읽는 풍습이 유행했음을 확인케 하는바 국문에 능하고 고담, 소설을 잘 읽어 향촌 말단의 소임所任이라 여겨지는 '호주'의 임무를 수행하고 제법 부요하게 살아가고 있다는 것이다. 과장이 섞인 우

---

13 이병기(李秉岐) 선해(選解), 『要路院夜話記』, 1958, 을유문화사, 18면.

스갯소리이지만 농촌에서도 소설을 솜씨 있게 읽는 능력으로 제법 행세하기도 하였던 모양이다. 국문을 해독하지 못하는 시골의 수많은 잠재적 독자들에게도 소설의 수요가 발생할 가능성을 내다보게 한다.

지방에서도 강독사가 출현했으리라고 그 가능성을 상정해볼 수 있다. 시골의 사랑방 같은 곳에서 목청 좋은 사람이 동네 사람들에게 둘러싸여 소설책을 읽던 것은 보기 어려운 광경이 아니었고, 또 가을 추수가 끝나고 나서부터 이듬해 정월 사이에 정기적으로 책장수가 들리는데, 마을 사람들에게 소설을 읽어주고 소설책을 팔기도 하였다고 한다.[14]

이야기꾼의 유형과 실태를 밝히는 이 단원의 끝에서 이야기꾼들의 신분에 관련해서 몇 마디 언급해두고 가기로 한다. 강창사, 즉 판소리 광대는 천민출신이었지만 직업적인 연예인으로 진출하고 있었음을 앞서 지적하였다. 강담사나 강독사들은 어느 특정한 신분 출신은 아니었던 것 같다. 강독사인 이업복은 겸인이라 했는데, 서울의 겸인들은 더러 대갓집의 겸인을 거쳐서 서리직으로 나아가고 있었다.[15] 이자상은 군문에서 급료를 받았다는 것으로 보아 양반은 아니고 평민에 속했다. 강담사의 유형으로 간주한 민옹閔翁의 경우 신분이 모호하지만 양반이라도 한미한 출신으로서 현실에 적응하지 못하는 불평객이었다. 이야기꾼들의 사회적 성격은 딱히 한정시켜서 말하기는 어렵겠으나, 대체로 몰락 양반 내지는 중하층의 서민부류였다. 중시해야 할 사실은 그네들은 대개 생계가 빈궁하였고, 별다른 소업이 없었다는 점이다. 전문적인 이야기꾼은 주로 시정의

---

14 이러한 책장수의 사례는 경북 경주 인근 건천(乾川)의 고로(古老)들이 한 말에서 나온 것이다. 계명대 국문학과 교수인 최정여(崔正如) 선생으로부터 제공받은 사실이다.
15 서리층의 가문에서 자제들이 겸인을 거쳐 서리직으로 나가는 사례를 앞에서 든『이조한문단편집』 1에 실린 「선혜청(宣惠廳) 서리 처」나 「은항아리[銀甕]」에서 볼 수 있다.

룸펜 부류에서 나온 것으로 보인다. 다만 뚜렷이 전문화되지 못했고 직업화되기도 어려웠던 강담사의 경우는 그 신분범위가 보다 폭넓었던 것이 아닌가 싶다.

3. 이야기꾼의 활동 배경

이제 이야기꾼이 활동했던 배경에 대해 살피기로 한다. 앞에서 전문화된 재능을 발휘해서 활동했던 이야기꾼들은 주로 시정의 룸펜 부류에서 나온 것으로 보았거니와 그들이 놀았던 곳도 주로 시정의 주변이었다. 즉 서민의 세계, 그들 자신 시정인 부류로서 시정의 분위기에서 생존을 영위한 것이다. 먼저 강담사에서 논의의 실마리를 잡아보자.

1) 강담사 경우

강담사는 이야기를 행하던 특정한 장소가 있었던 것은 아니었다. 사람들이 모여 노는 곳이면 어디서나 자연스럽게 이야기판이 벌여졌겠지만 사장射場, 약국, 객점客店 등이 성행하던 장소로서 확인이 된다. 「선변善辨」이란 제목의 한문단편 1편의 한 대목을 보자.

> 어느 날 대감(현직 병조판서-인용자. 이하 같음)이 관아에서 일찍 파하여 일이 없이 한가로이 있었다. 역시 이 세 사람(병조판서 문하에 출입하는 무변들)과 그 시골 출신이 모시고서 주고받는 말로 한창 꽃을 피웠다.
> "자네들, 사장射場에 다닐 적에 아마 고담을 많이 들어 두었을 게야. 나를 위해 이야기하며 소한消閑이나 해보세."[16]

사장은 서울과 지방 부읍府邑의 각처에 있었던 한량들의 활쏘기 장소였지만, 그곳에 정자가 있어 사람들이 모여 노는 곳으로도 이용되고 있었다. 저자가 전주에서 한 고로에게 들은 바에 의하면 전주에는 사장이 4곳이 있었다. 각 사장마다 모이는 계층이 달랐고 그중 주로 아전들이 모이는 사장이 따로 있었다고 한다. 사장이 모여 노는 곳으로 바뀐 것과 무반武班 출신을 지칭하는 한량이란 말이 돈 잘 쓰고 잘 노는 사람을 가리키게 되었다는 것을 결부시켜 생각하면 흥미롭다.

시정상인의 삶의 현장, 점포도 경우에 따라 이야기의 장소로 제공되었다. 약국을 들어서 보자. 긴급히 약을 지으러 온 어느 상민에 대하여 동현銅峴, 구리개 약국의 주인이 하는 말이다.

> 너희 무식한 것들은 매양 약 파는 사람이 의술도 있을 줄 알고 찾아오더라마는 나는 의원이 아니다. 어떻게 증세에 맞춰 약을 지을 줄 알겠나? 의원에게 방문方文, 처방전을 내어오면 약을 지어 주지.[17]

> 동현, 지금의 을지로 입구 일대에 당시 약국이 집중해 있었는데, 이곳에서는 약국과 의원의 업무가 분리되어 있었던 사실을 알게 한다. 약국에 '약주름'이라 불리던 약재 중개상이 출입하였고 시정인들이 모여 놀기도 하였다.

> 그는 (아내의 말에) 회피할 말이 없어서 옷을 주워 입고 문밖으로 나섰다. 하지만 아무데도 갈 곳이 없었다. 어느 약국에 들러서 주인에게 물었다. "내 소

---

16 「선변(善辨)」, 『한문서사의 영토』 2, 태학사, 2012(원출전은 『靑丘野談』이고 원제는 『屈三牟善辯動宰相』이다).

17 主人曰: "爾輩無識, 每謂販藥者, 能通醫術, 有此來問. 然我非醫也. 焉知對症投劑乎? 若往問醫人, 出方文以來, 則當製給矣." 「동현약국」(『이조한문단편집』 4).

일할 곳이 없어하던 차에, 마침 댁에서 빈객을 잘 대접하신다는 소문을 들었는데, 종종 와서 놀아도 좋겠소?" 주인이 허락하여, 그날부터 그는 매일 약국에 나가서 한담이나 하며 세월을 보냈다.[18]

약국이 동네 사랑방처럼 사람들이 모여 이야기를 나누던 장소로도 제공되고 있음을 보게 된다.

> (비가 오는 어느 날 약국에서) 장동 약주름이 (…중략…) 문득 말머리를 꺼내는 것이었다. "오늘 비는 내 소싯적 새재를 넘을 때 비 같구려." 옆에 앉은 사람이 말을 받았다. "아니 비도 고금이 있나요?" "그때 내가 좀 우스운 일을 겪어서 아직까지 잊히질 않네 그려." "그 이야기나 좀 들어 봅시다." "아무 해 여름이었지."[19]

약주름이란 약재 중개상을 이르는 말이다. 그가 과거를 회상하는 형식으로 엮어진 한문단편의 한 대목인데 이야기가 행하여지던 현장을 여실히 보여주고 있다. 길손이 찾아드는 객점이나 상인이 모이는 객주 같은 곳도 『요로원야화기』에서 보듯이 만나는 사람들이 얼굴을 바라보며 심심찮게 이야기꽃을 피우던 장소였다.

『열하일기』 중의 「옥갑야화玉匣夜話」는 옥갑에서 연암이 여러 비장裨將들과 침상에 둘러앉아 밤들어 돌아가며 나눈 이야기를 기록한 내용이었다. 북경北京을 내왕하던 우리나라 역관들에 대한 이야기가 그 자리의 중심 화제였는데, 유명한 변승업卞承業에 대한 말이 나오자 연암도 허생의 이야기

---

18 「自願裨將」(『이조한문단편집』 1, 186~194면).
19 「驟雨」(『이조한문단편집』 2, 267면).

로 참여했다. 그리하여 허생의 사적이 「옥갑야화」의 핵심 부분을 이루게
된 것이다.

이조후기로 들어와 상업이 그런대로 성행하고 상인들의 활동이 활발해
지면서 객점이나 객주가 번창하였다. 그곳은 「옥갑야화」에서처럼 특히
이야기를 전파시키는 길목으로서의 구실도 하였다. 타관의 사람들이 모
여들어 접촉이 이루어짐에 따라 자연스럽게 경험과 지식이 교환되고 이
야기판이 벌어지기도 했다.

사장, 약국, 객점 등소는 바로 시정의 현장이다. 이런 공간에 모여서 이
야기를 나누며 즐기는 사람들은 한량들이나 중인·서리층, 상인층 내지
시정에서 노는 부류 등등이었다. 19세기 전반기에 씌어진 『한양가漢陽
歌』의 한 구절을 들어 보면,

> 션젼縇廛은 슈젼수전, 首廛이라 돈 마흔많은 시정市井드리 호사도 홀난ᄒ고 인물
> 도 쥰수ᄒ다.[20]

라고 시정의 인간군상에 대하여 감탄의 시선을 보내고 있다. 이 경우는
공인 받은 시전의 상인에 대한 평가이다. 상인층은 상업 활동을 통한 넓
은 교제로 새로운 지식과 경험을 섭취할 수 있는 이점이 있었다. 이들을
중심으로 시민층[21]이 형성되어간 것으로 볼 수 있다. 상품·화폐경제의

---

20 송신용(宋申用) 교주, 『한양가』, 정음사, 1949, 57~58면.
21 '市民'이란 말이 이조사회에서는 원래 '시사(市肆)의 민(民)', 즉 시전 상인들을 가리키는
   뜻으로 쓰였던 것으로 보인다. 선조 33년 이항복(李恒福)이 나라에 올린 글에서 그 용례
   가 있다. "我國之規, 如遇緩急, 凡所責辦專靠於市民. 市民於公家所關如此, 而市肆空虛亦
   非細慮."(『林下筆記·文獻指掌編』, 대동문화연구원판, 560면)
   『한양가』에 언급된 '시정'은 문맥으로 보아 '시전의 상인'을 지칭하고 있다. 따라서 '시민'
   과 같은 말이다.

발전과 함께 도시의 발달에 따라 나타난 역사적 현상이다. 이들 시정 사람들은 사대부들과는 취미나 교양이 사뭇 달랐다. 사대부들이 모이면 벌이는 시회詩會나 입만 달싹해도 나오는 성현의 가르침이 시정인이 취미나 교양에 잘 어울리는 것은 아니었다. 보다 이야기 내지 소설류가 시정인의 취미와 교양에 맞았다.

시정인과 함께 중간층을 형성한 것으로 볼 수 있는 여항인의 경우 여항시인閭巷詩人이라고 하여 일군의 한시인들이 배출되었다. 이들은 역관 출신 및 승문원承文院이나 규장각奎章閣의 서리 등 문학적 교양을 필수로 하는 직무에 종사했던 계층에 속하는바, 여항시인군이 그들로서 독자적인 문학 세계를 형성하였다기보다 다분히 사대부문학의 아류적 속성을 탈피하기 어려웠다. 이들 다양한 시정인의 성장과 더불어 시정 세계에서 크게 환영을 받아, 이야기-소설의 특징적 발달이 이루어지게 된 것이다. 즉 시민사회가 형성되어가는 과정에서 나타난 현상으로 볼 수 있다. 이러한 역사적 배경 하에서 전문적·직업적 이야기꾼이 등장할 수 있었다.

2) 강독사의 경우

강독사에 대해서는 장황하게 논할 것이 없다. 다만 사실을 확인하는 정도로 거론한다. 종로의 거리를 주기적으로 오르내렸던 전기수는 시가의 특정한 장소에서 청중을 상대로 연행을 했다. 청중이 없이는 당초에 이루어질 수 없는 일이다. 도시적 배경이 아니고서는 있을 수 없다. 이업복의 경우 서울의 부유한 집에 불려 다녔는데, 한 서리가정은 그의 단골이었다. 시정인적 취미에 영합한 형태이다. 소설 취향이 서울의 도시적 분위기에서 확산되고 있었던 것이다.

전에 한 남자가 종루 거리의 연사煙肆, 담배 점포에서 어떤 사람이 패사稗史, 소설책를 읽는 것을 듣다가 영웅이 극도로 실의에 빠진 대목에 이르러 문득 눈을 부릅뜨고 입에 거품을 내뿜더니 담배 써는 칼을 들어 패사를 읽던 사람을 찔러 즉사시킨 사건이 있었다.[22]

이는 정조 연간에 일어났던 살인 사건이었다. 소설책을 낭송하던 강독사가 연초煙草 가게에서 연행을 할 때 일어난 사건이었다. 강독사의 고도의 실감과 감명을 불러일으키는 구연술口演術로 해서 청자 중의 한 사람이 흥분한 나머지 소설적 허구를 현실로 착각한 나머지 격노하여 그만 살인을 저질렀다는 것이다. 참으로 어처구니없는 사건이지만, 그럴 정도로 구연술도 빼어났고, 또한 그런 사건이 일어날 정도로 소설에 대한 열광도 과열되었음을 짐작케 한다.

소설의 독자는 역시 여성 쪽이 주류를 형성했던 것 같다. 이덕무가 『사소절』에서 여자가 지켜야 할 도리의 하나로 소설을 탐독하지 말 것을 든 것을 보아서도(선비의 도리를 나열한 '사전士典'에는 이런 조항이 보이지 않음) 부녀자들이 소설을 많이 읽었음을 알 수 있다. 심지어는 가정사를 돌보지 않고 돈을 주고 세책을 빌려 보느라 가산을 탕진한 여자까지 있다고 했다. 한문 교육을 받을 기회가 제공되지 않았던 여성 일반은 대체로 국문소설의 독자로 흡수되기에 이르렀다. 이와 같이 소설이 인기를 얻고 독자층이 확대되면서 소설의 낭송을 직업으로 하는 강독사가 출현하게 된 것임이 물론이다.

---

22 "古有一男子, 鍾街烟肆, 聽人讀稗史, 至英雄最失意處, 忽裂眦噴沫, 提截烟刀, 擊讀史人, 立斃之." 李德懋, 『雅亭遺稿』 권3 「銀愛傳」(『靑莊館全書』 서울대 고전총서 제1집, 443면).

3) 강창사의 경우

강창사의 판소리는 강담이나 강독에 비해 보다 더 전문화된 예능형태이며, 더 널리 청중을 끌어들일 수 있었다.

그때 시절에 판소리는 마을 느티나무 아래 또는 사정射亭이나 정자 앞뜰에서 연창演唱하고 가객의 인기도는 청중들의 호응과 박수 소리가 척도였다고 한다.[23]

이는 판소리에 대한 구문舊聞을 술회한 글의 한 대목이다. 판소리가 청중을 상대로 청중에 의해서 심판을 받는 연행예술로 발달했음을 말해주는 흥미로운 내용이다. 원래 농촌의 민속에서 출발하였던 판소리는 청중을 상대로 하는 대중연예로 변모한 것이다.

이러한 판소리의 경연대회로서 '대사습' 놀이가 있었다. 이 놀이는 판소리의 본고장인 전주에서 매년 동짓날 열렸다고 한다. 감영 산하의 통인청通引廳에서 주관한 행사였다. 이 놀이에 여러 고을의 광대들이 대거 올라와서 청중 앞에서 소리 솜씨를 겨룬다. 여기서 명창을 선발하는데, 뽑힌 명창은 이방청吏房廳의 주선으로 중앙에 진출한다는 것이다. '대사습' 놀이는 말하자면 판소리의 콩쿠르였다. 여기서 광대는 관객인 청중에게 심판을 받는 셈이었다.[24] 판소리가 연행예술로 발달함으로써 이러한 대회가

23　劉起龍, 「판소리 八名唱과 전승자들」, 『新東亞』, 1974.10, 353면.
24　'대사습'에 대하여 저자는 각별한 흥미를 느껴왔으나 자세한 내용을 알아볼 길이 없었다. 지난해(1974년) 여름 전주를 지나던 길에 완산동(完山洞)의 노인당(옛 사정으로 지금도 고로들이 모여 노는 곳이 되고 있다)에 들러 탐문한바 전주에서 생장하여 전주에서 늙은 이양수(李良秀) 노인을 소개받았다. 당년 87세의 고령으로서 대사습에 대하여 오래된 기억을 더듬어 자신의 견문을 들려주었다. 본고에서 노옹의 술회를 기초로 '대사습'에 대하여 설명해 보았다. 유기룡의 위의 글에서 "박유전(朴裕全)이 '전주대사습(가객들의 백일장)에서 장원하여 명창 이름을 얻게 되었으며, 중앙으로 진출한 뒤에는 이내 대원군의 인정을 얻어 명성이 경향에 높아진 것이다"라는 언급을 보아서도 대사습의 성격을 엿볼 수 있겠다.

열려질 수 있었다. 연행예술은 성시를 배경으로 본격적인 발달이 가능했다. 판소리의 본고장 전주를 두고 보더라도 전라도의 행정의 중심지였을 뿐 아니라, 약령시藥令市가 섰고, 제지업製紙業이 성했으며, 인근에 담배·생강·닥한지의 재료·감 등 특산품의 상업적인 농업이 발달하여 일찍이 도시의 면모를 갖춘 곳이었다.[25]

서울과 함께 방각본坊刻本 출판이 활발했던 것을 보아서도 유추할 수 있다. 그리고 한 가지 지적해둘 사항은 '대사습'에 아전이나 통인 같은 하급의 실무 관리층이 관여했다는 점이다. 서리층에서 판소리 광대의 패트런 내지 매니저 역할을 담당했던 것으로 보인다. 이와같이 판소리는 도시적 배경과 서리층의 후원을 받아서 상승하였으며, 이른바 국민예술이라고 일컬음을 받을 정도로 보급될 수 있었다. 여기서 직업적인 예술가로 판소리 광대가 상승하게 된 것이다.

방금 도시적 배경에서 서민층의 성장으로 이야기-소설의 취미가 높아지고, 이에 따라 전문적·직업적 이야기꾼이 성장할 수 있었던 것으로 보았다. 농촌지역은 어떠하였던가.

전통적인 사대부 문화는 농촌에 기반을 두고 있었지만 신흥의 시민문화는 아무래도 도시를 배경으로 일어난 것이다. 하지만 도시의 형성은 농촌의 변화와 연관된 현상이었다. 농촌사회가 제반 변동을 거치고 있었음은 주지하는 바다. 특히 양반층의 몰락과 서민부자의 대두가 그것이다. 이러한 변동 속에서 전통적인 가치관이 흔들렸고 민중의 사회의식이 다

---

25 『택리지(擇里志)』에서 전주부(全州府)에 대한 서술을 보면 "土爲上腴, 有稻魚薑芋柿利, 千村萬落, 養生之具畢備, 西斜灘通舟船魚鹽. 府治人物稠衆, 貨財委積, 與京城無異, 誠一大都會也"(조선광문회판, 21면)라고 서울과 비등하게 변화한 도시로 말하고 있다.

소간 성장할 수 있었다. 판소리 광대는 성장한 민중의식을 대변하였다. 그들은 농촌출신이었을 뿐더러 판소리는 본래 '마을 느티나무 아래'서 농민들의 박수소리로 자랐다. 판소리는 기본적으로 농민적이었다. 이런 과정을 거친 다음 도시적 배경에 서리층의 후원을 받아 시민문화로 상승하였던 것으로 볼 수 있다.

4. 이야기꾼과 소설의 관계

세 가지 형태의 이야기꾼은 여러모로 성격이 다르므로 소설과의 관계 또한 서로 다를 밖에 없었다.

강독사는 이미 지어진 소설책을 낭송하는 형태이다. 이들은 소설의 보급, 독자층의 확산에 기여했다. 조수삼의 「추재기이」에 소개된 전기수의 경우 그가 낭송하던 책으로 『숙향전淑香傳』·『소대성전蘇大成傳』·『심청전』·『설인귀전薛仁貴傳』 등을 들었다. 이들은 모두 국문소설이다. 그리고 전기수가 연출하던 소설에 대한 청객의 반응을 "아녀자는 슬픔에 젖어 눈물을 뿌리지만 영웅의 승패는 칼로 나누듯 되기 어렵다네[兒女傷心涕自雰, 英雄勝敗劍難分]"라 표현하고 있듯이 주인공의 기구한 운명과 파란을 그린 유형의 통속소설이 주로 읽혀졌다고 하겠다. 『소대성전』·『설인귀전』 같은 군담류가 대표적인 것이었다. 이업복이 소설의 낭송을 내용에 따라서 원망과 슬픔, 웃음이 교체되게 하고, 영걸의 형상을 짓거나 계집의 자태를 나타냈다는 것으로 미루어 사건과 감정이 교직되어 교묘하게 꾸며져서 파란을 일으키는 내용이었던 듯하다. 즉 이업복의 레퍼토리는 전기수의 그것과 비슷한 소설류라고 여겨진다. 앞서 흥미롭게 들었던 담배 가게에서 일어난 살인사건에서 읽었던 소설도 '영웅이 실의에 빠진 대목'이라는 것을 보면 위와 같은 종류 아니면 『삼국지연의』일 것이다. 군담류의 국문 통속소설은 강독사들이 주로 읽던 것이었다. 따라서 강독사는 국문소설의 발달에 관계되었다. 그러므로 이들 국문소설은 오늘날의 소설처럼 눈으로 읽는 것이 아니라 입으로 소리 내 읽고 귀로 듣기에 알맞게 된 것이었다. 낭송을 위한 소설로 발달한 것이다. 이 점 국문소설의 요긴한 특징이라고 할 수 있다.

강담사나 강창사는 창작과정에 적극적으로 개입했다. 입체화된 것으로 볼 수도 있다. 강담사의 사례로 들었던 오물음은 인색한 부자의 초청을 받고 즉석에서 이야기 한편을 꾸며서 주인의 인색한 삶의 태도를 수정하도록 했던 것이다. 「민옹전」의 민옹은 상황에 따라서 해학을 기발하게 해냄으로써 자신의 존재가치를 십분 높였다. 유능한 강담사는 이처럼 창작적인 능력을 발휘하였다. 판소리의 역대 명창들은 자기 특유의 '더늠'이란 것들을 후세에 전하는데, '더늠'은 음악적인 면도 관계되겠지만 문학적인 면도 함께 인상적이었지 싶다. 판소리 명창에서도 문학적인 창의성이 중요하였음을 알게 한다.

이때에 그들은 창의성을 발휘해서 자신의 사회적인 입장과 의식을 대변하기 마련이다. 민옹을 예로 들자면 그의 해학은 결국 불평객으로서의 자기를 나타낸 것이었다. 민옹은 경륜과 웅지를 끝끝내 잃지 않았다 하며, 『주역』과 『노자』에도 통할만큼 학식을 지닌 인물이었다. 하지만 그의 생애는 불우함을 면치 못했다. 기인으로 세상을 조롱하는 태도를 짓게 되었다. 이것이 해학 내지 풍자로 표출되곤 했다. 다른 하나의 사례로 이야기꾼의 즉흥 창작에 속하는 「가장비假張飛」란 제목의 골계담을 들어본다.

어떤 사람이 고담을 잘했다. 동네 양반이 매일 그를 불러다 이야기를 시키는데, 혹시 하지 않으면 당장 볼기에 불이 났다. 적잖이 괴로운 노릇이었다. 어느 날 양반이 또 그를 불렀다. 그는 민망히 여겨 "오늘은 정말 이야기가 다 떨어졌습니다"고 빼어보았으나, 양반이 성을 내어 볼기를 치려하므로 얼른 고담을 꺼내었다.

옛적 삼국시절에 한나라 장수 장비張飛가 마초馬超와 싸우는데, 장비가 말을 타고 달려 나와 고함을 질러 마초를 부릅니다. "이놈 마초야! 탁군涿郡의 장비를 모르느냐?" 마초도 장비의 말이 떨어지기가 바쁘게 말을 달려 나오며 소리지릅니다. "나는 당대의 양반이다. 복파장군伏波將軍 마원馬援의 후손이요, 서량태수西凉太守 마등馬騰의 아들이니, 대대로 한漢 나라 공후로서 지모와 용맹 또한 천하에 들렸다. 너야말로 한낱 소 잡고 돼지 잡고 칼질해서 고기나 파는 장바닥의 백정놈 아니냐? 내 어찌 네깟 놈을 알겠느냐?" 이에 장비는 분기 탱천해서 고리눈을 부릅뜨고 수염을 거스르고 연방 삿대질에 주먹을 내지르며 욕을 해댑니다. "너희 양반, 어미 x을 가지고 하면 천생 좀 양반이 나온다." 이렇게 그 사람은 장비모양으로 연방 두 주먹을 들었다 놓았다 하며 면전에서 양반을 능욕하는 것이었다. 양반은 난처함을 견디다 못해 머리를 절레절레 흔들고 손을 내저으며 "그만둬라, 그만둬!" 하였다.[26]

이야기를 잘하는 사람이 이야기해달라고 귀찮게 구는 동네 양반을 순간적 기지를 발휘해서 모욕하였다는 것이다. 그가 양반을 욕보인 동기는 매일 귀찮게 불러다 이야기를 시키는 양반이 밉살스러워서였지만 근본적으로 말하면 양반과의 신분적인 갈등이었다. 여기 이야기꾼이 이야기를

---

26 『古今笑叢』「陳談錄·假張飛」(민속자료간행회간행, 1598). 이 자료는『이조한문단편집』제6부의 「해승(諧乘)」 속에 포함되어 있다.

잘하는 사람이라는 이외에 별다른 설명은 없지만 양반의 지배를 받는 평민 이하의 신분임에 틀림없다. 부당하게 억압하고 재능을 착취하는 양반의 행위에 대한 민중의 저항인 셈이다. 이때 양반을 능욕하기 위해서 『삼국지연의』의 한 대목을 변조시킨 이야기 그 자체가 양반에 대한 야유로서 저항적인 민중의식을 신랄하게 표출한 것이었다. 민중의식을 드러낸 사례이다.

이처럼 이야기꾼이 자신의 사회적인 입장 때문에 저항적인 민중의식을 갖게 된 점은 주목할 대목이다. 앞에서 판소리 광대는 천민으로서 사회적 지위가 향상하고 있었음을 지적했다. 신분제가 동요하는 중에서 두각을 드러낸 일종의 신흥세력이었던 셈이다. 성장한 민중이며, 그들의 의식이 신분적 지배질서를 거부하는 방향으로 가고 있었다. 판소리가 보여준 민중의식 그것이다.

이때 민중의식의 기조는 농민의 소리였다.[27] 이는 판소리가 본래 농촌에서 농민과 호흡을 같이하면서 자라난 것인 때문이었다. 그러나 관객예술로서, 하나의 국민적인 예술로 올라서는 과정에서 복합적인 성격을 갖게 되었다. 『춘향전』과 『배비장전』에 등장하는 방자라는 인물은 민중의 저항적인 움직임을 대변한 전형적인 사례이거니와, 도시서민층의 소리도 끼어들었던 것이다. 판소리 유파의 하나로, 일찍이 염계달廉季達, 순종~철종 연간의 명창에 의해서 개발되었다는 '경제京制'의 성립을 설명하면서 "서울 근교 왕십리의 야채 행상들이 외치는 소리, 가리街里에서 맹인들의 점치느라고 떠드는 소리가 작곡의 근거가 되었다"[28]고 하는데, 이는 단순히 음악상에

---

27 저자는 이러한 각도에서 구체적으로 『흥부전』의 작품분석에 들어가 『흥부전』이 농민층 내부의 갈등을 표현한 것임을 논한 바 있다. 「흥부전의 현실성에 관한 연구」, 『문화비평』 4호, 1969(후에 『한국문학사의 시각』, 창작과비평사, 1984)에 수록하면서 「흥부전의 역사적 현실성」으로 제목을 바꾸었다.

서 그칠 수는 없다. 판소리에 나타난 풍부한 사설 속에는 소상인을 비롯한 도시 서민군상의 입담이 많은 부분 끼어든 것으로 보아야 할 것이다.

판소리의 민중의식은 이처럼 복합적이다. 그러나 여러 요소로 분리시킬 수 있는 성질이 아니고 하나의 전체이다. 즉 판소리는 우리나라 18~19세기 농촌과 도시에서 여러 모양으로 성장하고 있었던 민중의 의식이 혼합되어 나름으로 예술적 통일체를 이루고 있었다.

판소리 소설은 광대가 구연하던 소리를 기록한 것이다. 판소리 화본話本이다. 오늘날 우리가 접하게 되는 필사본이나 간행본 형태의 판소리 소설들은 상당한 정도로 손질이 가해지긴 했지만, 기본적으로 판소리 광대가 구연했던 원형을 보유하고 있다. 서사 내용에서 언어표현까지 발랄한 민중성이 느껴진다.

야담-한문단편은 강담사의 이야기를 기록화한 것이다. 구연의 이야기, 즉 강담으로부터 야담-한문단편이 성립되는 문제에 대해 잠깐 언급해 두기로 한다.

예컨대 「옥갑야화」의 경우 그 중심내용인 허생의 일은 윤영尹映이 한 이야기를 연암이 듣고 지은 것으로 되어 있다. 제보자 윤영은 강담사인 셈이다. 우리 소설사를 빛낸 명작이 본디 강담사의 구연에 의해서 이루어진 것이었다. 또 연암의 「광문자전」을 보면 작가 자신이 집안의 겸인傔人을 불러서 시정의 이야기들을 탐문하여 이 작품의 소재를 제보 받았다고 한다.[29] 앞서 주목했던 민옹 또한 그와 접촉을 가졌던 일이 「민옹전」을 지은 직접적인 계기가 된 것이다.

---

28 유기룡, 앞의 글, 353면.
29 "余年十八時, 嘗甚病, 常夜召門下舊傔, 徵問閭閻奇事, 其言大抵廣文事." 『연암집』 「廣文者傳」(118면).

한문단편의 유능한 작가의 한 사람인 안석경安錫儆, 1718~1774을 또 다른 사례로 들어보자. 그가 쓴 작품에 「심심당한화深深堂閑話」가 있다. 작자가 신사겸申士謙의 심심당深深堂에서 주인 및 시골 선비 황성약黃聖若과 함께 나누었던 이야기들을 기록한 형식이다. 남녀관계를 주제로 한 6편이 한데 묶여져 있는 것이다. 그리고 변사행邊士行, 단옹丹翁 같은 제보자를 밝히고서, 한 제보자의 이야기를 몇 편 함께 제시하기도 했다. 그런데 안석경에 있어서는 연암에 비해 강담을 그대로 옮기는 편이었다. 즉 강담의 소재를 보다 충실하게 기록화한 방식이다. 이와 달리 연암은 작가로서의 창작의식이 적극적으로 발휘되었다. 대부분의 한문단편은 안석경처럼 강담을 기록화하는 방향에서 이루어진 것이다.

18세기에 출현한 『동패낙송東稗洛誦』, 그리고 19세기로 넘어오면서 『계서잡록溪西雜錄』, 『청구야담靑邱野談』·『동야휘집東野彙輯』 등 화집류話集類가 출현하였다. 『청구야담』에서 집대성적인 성과를 이룩하기에 이르렀다.

5. 맺음말

18·19세기 이야기꾼을 유형으로 파악, 그 실태를 묘사하는 식으로 드러내 보고자 한 위 내용은 자못 복잡하게 서술되고 말았다. 당시 활동했던 이야기꾼의 형태는 강담사·강창사·강독사로 구분지어 볼 수 있는데 그 양상을 간추리는 것으로 결론을 대신해 둔다.

① 강담을 잘 함으로써 오락적 기능을 담당했던 강담사들이 도시나 농촌에 허다히 있었는데, 여기서 전문적이고 거의 직업적인 단계에 이른 강담사가 출현했다. 강담사의 강담은 이야기-소설에 취미를 가졌던 지식인

들에게 직·간접으로 전해지고, 그것이 다시 글로 옮겨져서 야담-한문단편이라는 하나의 문학양식을 탄생시켰다.

② 이야기를 창唱으로 구연하는 형태인 판소리의 창자, 광대가 곧 강창사이다. 판소리가 크게 상승하면서, 그 담당자인 판소리 광대도 본래 천민출신이었지만 신분적 예속에서 벗어나 직업적인 예술가로 발돋음을 하고 있었다. 판소리는 민중의 사회의식을 대변하는 성격을 갖게 되었다.

③ 소설을 청중에게 낭송하던 직업적인 강독사는 시가에서 연행하는 '전기수' 이외에도 도시의 부유층 가정이나 지방을 순회하는 형태가 있었다. 이들 강독사는 소설과 독자층을 연계시키는 역할을 하였다. 국문소설의 보급에 큰 공헌이 있었는데, 이런 관계로 국문소설은 눈으로 읽는 것이 아니라 입으로 소리 내 읽기에 알맞은 낭송체로 발달하였다.

이상과 같이 서사문학의 구연자인 이야기꾼의 존재와 소설과의 관계를 밝혀볼 수 있었다. 다음에 전문적인 이야기꾼과 함께 소설이 발달하였던 역사적 배경으로서 도시의 형성과 서민층의 대두를 들어보았다. 이는 농촌의 변동과 유기적으로 연관된 현상이었다. 신분제로의 동요와 상업유통의 발전에 따라 사대부적 가치관이 흔들리고 민중의 사회의식이 성장하면서 시민적인 성격이 일어난 것이다. 여기서 사대부적 취미와 교양의 소산인 시문학 중심에서 우리의 문학사는 시민적(서민적이라 해도 좋다)인 소설로 주류가 이동하게 되었다.

이 점은 한국문학사에 있어서 대단히 중대한 현상이다. 본고는 이 문제에 대해 하나의 가설적인 견해를 제시해본 데 불과하다. 앞으로 정치한 연구가 진행되어 체계적인 이론을 수립해야 할 일이다.

붙임

이 논고의 마지막 교정지가 저자의 손에서 떠나야 할 무렵, 직업적인 이야기꾼의 한 분이 아직도 생존해 있음을 들었다. 당년 76세의 김순태金順泰 노인. 이분은 경기도 화성군 반월면 대야미리지금 안산시에 속한 곳 출생으로, 14, 5세부터 30 전까지 소설책 낭송하기를 업으로 하였다 한다. 주로 경기·충청 지역의 촌마을이나 장터로 다니면서 다소간의 보수를 바라고 소설책을 구연하는 일을 하였다 한다. 나중에 포목상으로 직업을 전환하여 생활의 안정을 얻었음에도 어느 장터에서 난장을 튼다는 말이 들리면 우정 달려가서 자신의 재주를 자랑하곤 하였다는 것이다. 그네들을 세상에서 '얘기 장사'라고 불렀다는데 이 '얘기 장사'는 본고의 구분에 의하면 강독사-전기수에 해당하는 것이다.

전기수의 형태가 지방에서도 활동하였다는 확증을 얻은 셈이다. 그런데 이 '얘기 장사'는 앞의 주석 14의 최정여 교수로부터 제보받은 바, 추수 이후 마을로 돌아다니며 낭송도 하고 책도 팔았다는 시례와는 똑같지 않다. 전문의 착오일까, 지역적 차이일까, 아니면 서로 다른 형태일까? 아무튼 문헌상으로만 직업적 이야기꾼인 강독사의 실태를 추적했다가 그러한 이야기꾼이 생존해 있었고, 그런대로 근래까지 활동을 하고 있다 하니 반갑기 그지없다. 김순태 노인과 같은 분은 직업적 이야기꾼의 산 자료가 아니겠는가. 귀중한 정보를 제공해 주신 민속학자 심우성沈雨晟 선생에게 깊이 감사의 뜻을 표하여 둔다.

제2장
한문단편 형성과정에서의 강담사
허생고사許生故事와 윤영

1. 한문단편과 강담사

여기서 한문단편이란 한문으로 쓴 단편문학을 말한다. 그러나 예로부
터 있어 왔던 한문으로 된 그리 길지 않은 서사물들을 통틀어서 지칭하는
것이 아니고, 우리나라에서 주로 18~19세기에 지어지고 읽혀졌던 한문
단편문학을 이름 한 것이다. 단편소설short story이 말뜻 만으로의 짧은 이
야기라면 어느 시대나 있을 수 있는 것이지만 근대 시민사회가 성립된 이
후 발달한 단형의 이야기들에 한정해서 특히 단편소설이라는 용어가 사
용되듯 한문단편도 특정한 시기에 발달했던 문학양식이다.

한문단편이 유행했던 시기를 주로 18~19세기로 잡았다. '주로'라는 표
현을 쓴 것은 그것이 형성된 시기가 좀 더 소급될 수 있고 그 이후까지도

그것이 이어져 내려온 때문이었다. 그것의 발달은, 아직 확정짓기는 어려우나 위로 17세기 초반의 『어우야담於于野談』이 중요한 성과로 인정할 수 있는데, 18세기 후반부터 자못 성행하여 19세기 전반기에는 방대한 형태로 묶여졌으며, 그 이후 계속 독자층에 널리 유포된 것이다. 여기서 언급해 두어야 할 사실은 20세기 초 근대계몽기에 간행된 신문·잡지들을 들추어보면 소위 소설란에 허다히 한문단편들이 현토懸吐 또는 번역으로 실려 있는 사실이다. 그리고 1930년대로 내려오면 야담류의 잡지가 발간되어, 한문단편의 유사작품들이 야담이란 이름으로 리바이벌되기도 했다. 20세기에 출현한 한문단편의 잔존물들이 어떠한 시대성을 갖게 될 것인지도 앞으로 살펴보아야 되겠지만, 대체로 그것들은 한문단편의 진면목을 상실하고 마침내 저속한 통속물로 전락한 것이었다. 한문단편은 18~19세기의 문학으로서 자기 존재의 고유한 의미를 갖는 것이다. 즉, 단편소설처럼 바로 근대 시민사회를 자기 배경으로 갖지 못하고 중세하향기에 화폐경제의 발달과 함께 발생한 시정문화의 일환으로 성립된 것이다.

가장 대표적인 한문단편의 화집話集으로 평가되는 『청구야담』에 수록된 작품만 해도 250편 이상이 헤아려지고 있다. 이렇게 적잖은 작품량을 가지고 있는 한문단편의 전체 성격을 파악하기는 그리 용이하지 않다. 그 가운데 단순한 견문기나 민담과 다름없는 것도 상당수 포함되어 있어, 이 때문에 그것의 성격이 설화집으로 매몰되기도 한다. 더욱이 한문단편이란 용어 자체가 학계에서도 생소하리만큼 그것의 연구가 이제 겨우 출발 상태이기 때문에 전체적인 윤곽을 평가하기는 어려운 실정이다. 다만 저자 자신이 한문단편의 자료들을 비교적 많이 만져 보았으므로, 저자가 느낀바 그것의 특징을 간략히 지적해 보기로 한다.

한문단편은 대체로 소박한 형태의 이야기다. 현대소설에 익숙한 독자가 읽으면 소설이라 생각하기에 미흡한 감을 주는 것이 사실이다. 뿐만 아니라, 전래의 한문소설인 전기류傳奇類나 당시 유행했던 국문소설인 군담소설류軍談小說類나 장편 국문소설들처럼 내용이 기이하지도 구성이 복잡하지도 않다. 그러면서도 다른 여러 소설류에서는 만나지 못한 면모를 발견할 수 있다. 무언가 하면, 당대의 일상현실을 테마로 삼고 있는 점이다. 거기에 등장하는 인물부터가 초인간적인 영웅이나 동양적인 귀족취향의 재자가인才子佳人 타입이 아니고 범속한 일상인들이다. 그 당시 이 땅에서 생을 영위했던 인간들의 살아가는 모습과 애환을 이야기로, 썩 흥미롭게 엮어놓은 것이 곧 한문단편인 것이다. 그래서 이조후기의 역사현실—그 시대 각계각층의 각양각색의 생활상이 어떠한 역사사료보다도 핍진·생동하게 그려져 있다. 이 '소박한 형태의 이야기'를, 부분적으로 설화적인 요소를 지니고 있음에도 설화로 취급하지 않고, 또 같은 한문소설이라도 전기傳奇와 구분해서 국문소설류에 못지않게 주목하는 요인이 여기에 있는 것이다.

이들은 종래 허다히 야담이라고 일컬어지기도 한 것이다. 『어우야담』에서 『청구야담』·『계서야담』에 이르기까지 야담은 일종의 관습적인 용어이다. 그렇긴 하지만, 지난 20세기를 거치면서 야담이란 워낙 속화되었던 까닭에 용어로 취해 쓰기에 부적합하다고 생각되었다. 하여 '한문단편'이란 보편적인 개념으로 이들을 파악하고자 한 것이다. 한문으로 쓴 단편문학이란 말이다.

한문단편의 세계는 작품들을 유별해 볼 때 치부致富, 남녀의 애정갈등, 신분 동향, 군도群盜 형태의 민중저항 등이 주요 테마로 잡힌다. 18세기 이후 화폐경제가 발달하여 상공업과 새로운 농업경영예컨대 상업적 농업을 통한

부의 추구가 확대되는 현상을 반영하여 '치부'를 내용구조로 하는 작품이 발생한 것이다. 그리고 위의 경제상황과 신분분화 현상에 따른 양반층의 몰락, 중인·서리 등을 비롯한 상공인의 대두 및 민중의 자기각성으로 전통적인 사회구조와 가치관의 모순 갈등이 심화되면서 애정갈등이나 신분갈등 내지 민중의 저항운동이 다루어지게도 되었다. 거기에 장차 다가올 시대의 진행에 나름으로 역할을 하게 될 다채로운 인간형들이 부각되기도 한 것이다.

방금 위에서 '당대의 일상현실'이란 표현을 썼다. 이는 리얼리즘의 특징을 드러내는 요소이기도 하다. 일반적으로 말해서 소설문학의 리얼리즘은 근대소설로 와서 본격적으로 확립되었다. 우리의 경우 근대소설은 3·1운동의 파장으로 일어나게 된 신문학운동의 산물로 보는 것이 타당한 견해이다.

여기에서 리얼리즘을 지향해온 단편소설과 한문단편 사이의 근친성을 느끼게 된다. 신문학운동기 작가들이 서구의 근대문학에 경도해서 문학정신을 쇄신하고 창작수법을 학습하여 새로운 문학을 창출한 것이다. 그 과정에서 서구의 근대문학이 적극적으로 수용되어, 창조적 변모에 기여할 수 있었던 데는 무엇보다도 당시 우리가 처한 상황이 그것을 강렬하게 요망했기 때문이다.

반일제·반봉건의 문학적 표현형식으로 출현한 단편소설과 조선왕조의 하향기·해체기의 사회를 리얼하게 포착한 한문단편 사이에는 역사적 관계가 없지 않았다. 일제 저항기를 거쳐서 오늘에 이르는 우리나라 문학사를 보면 소설 장르가 주류를 이룬 가운데 단편소설의 비중이 아주 큰 편이다. 이런 현상이 바람직한지 못한지 와는 별문제로 왜 이렇게 됐던지는 따져 물을 필요가 있는 것으로 생각된다. 그 이전 단계에서 한문단편이란 한자권에서도 특이한 양식이 자못 성황을 이루었던 사실 또한 이 문제와 관련해서 유의해 보는 것도 요망된다.

하지만 한문단편과 근대 단편소설 사이에 가로놓인 차이점을 간과해서는 안 될 것이다. 우선 표현수단부터가 다르다. 그런데 한문단편은 동일한 한문으로 쓰인 것이라도 전통 한문학의 고답적인 문장표현과 다른, 이 땅에 토착화되고 생활화된 한문이다. 이런 측면에 주목할 필요가 있겠으나, 진정한 리얼리즘을 성취하는 데 결정적인 제약요인이 되지 않을 수 없는 것이었다. 또한 창작과정과 유통과정을 검토할 필요가 있다. 한문단편은 뚜렷한 작가의식으로 창작된 것이 아니고 사랑방이나 여항간에 돌아다니던 이야기를 글로 옮겨 놓은 것이며, 인쇄에 붙여지지 못하고 어설픈 필사본의 형태, 즉 애호가들에 의해 손으로 베껴져 이 사람 저 사람으로 전해져서 읽혀지고 있었다. 이와 같은 생산과 유통의 경로는 지금 보면 전혀 생소한 방식이지만 그럴 수밖에 없는 시대여건을 따른 현상이었음이 물론이다.

18세기 이후 우리나라 사회는 전에 비해 자못 활발하게 되어 역사 변화의 가능성이 점쳐지기도 하였다. 하지만 그것은 아직 부분적이고 낮은 수준이었으며, 도시와 도시문화의 성장 또한 저급한 상태로 있었다. 일반 독자층-지식대중이 광범하게 형성되지 못했고 근대적인 신문·잡지의 출현은 기대할 수조차 없었다. 기껏 방각본坊刻本이라는 것이 영세하고 유치하게나마 대중을 위한 상업출판으로서의 면모를 보인 정도였다. 요컨대 대중성 문학이 발달할 수 있는 사회기반이 미숙한 상태였으므로, 국문소설은 부녀자들이나 하층 부류의 소일거리에 지나지 못했다. 당시 문인들이 소설을 하찮은 것 내지 몹쓸 것으로 말한 것은 분명히 보수적인 문학관의 편견이 개재되어 있으나, 그보다 자체의 수준이 문학으로 대접받을 만큼 되어 있지 못했다는 점도 부인하기 어렵다. 한문단편의 경우 애당초 한문학의 전통형식인 시문처럼 문집文集에 수록될 만한 성격과 가치를 지닌 것으로 생각할 수 없는 것이었고, 그렇다고 신흥문학으로서의 의의를 인식하게도 되어 있지 않았던 것이다. 한문단편의 형식이 소박하고 표현 수단이 한문이라는 점도 이와 관련해서 해석되어야 할 문제이다. 그럼에도 어떻게 해서 사실적이고도 상당한, 보기에 따라서는 아주 새로운 문학성을 획득할 수 있었을까? 여기서 그것의 기록화 이전의 단계가 문제선상에 떠오른다.

물론 작가의 자각적인 창작의식으로 만들어진 근대소설에서라면 작품으로 성립되기 이전의 단계는 아예 거론할 성질이 못된다. 그러나 한문단편의 경우 원래 작가에 의한 허구적 창작의 산물이 아니라 구연口演되는 이야기를 글로 적어놓은 것이 대부분이다. 그러므로 기록화 이전의 구연 과정에 일단 학적 관심을 돌릴 필요가 있는 것이다.

서사물의 능숙한 구연자인 '이야기꾼'들의 활동이 이조후기로 내려오면서 상당히 활기를 띠어 전문적인 예능으로 발달하고 있었는데 저자는 당시 이야기꾼의 활동양상을 강담사·강창사·강독사의 세 종류로 구분해본 바 있었다. 강창사는 판소리 광대를 가리키고 강독사는 길거리에서 청중을 상대로 이야기책을 낭송하던 전기수傳奇叟 같은 부류를 가리키는데 대하여, 강담사는 담화조로 하는 이야기꾼, 흔히 '이야기장사'나 '이야기 주머니[說囊]'[1]라고 불리는 축들이다. 보통 이야기 깨나 한다는 사람이라면 서울이나 지방에 어디든지 있을 수 있는 형태이다. 특히 서울과 같은 도

---

1 설낭(說囊), 즉 '이야기 주머니'는 이야기를 기억해서 잘 하는 사람을 지칭하는 말이겠는데, 조수삼의 『추재기이』에서는 강담사의 한 사람이었던 김옹(金翁)에 대하여 이 호칭을 쓰고 있다.

시를 배경으로 보다 전문화된 예능으로, 경우에 따라서는 직업적으로 행하였던 이야기꾼에 대해서 강담사라는 칭호를 부여하고 중시한 것이다. 이들은 양반다운 생활 질서를 유지할 수 없을 만큼 영락한 양반출신 내지 이와 상응하는 계층, 주로 양반대가의 주변 인물들로 대가집이나 부자집의 사랑방 같은 곳을 주 구연무대로 하면서 시정에서 활동하였다. 이 점에서 천민출신인 강창사나 서울의 도심지를 주 활동무대로 한 강독사와는 성격상으로 구별이 있다.

강담사들에 의해 구연된 이야기들이 기록으로 정착되는 과정에서 야담─한문단편이 형성되었던 것이다. 말하자면 귀로 듣는 이야기로부터 눈으로 읽는 이야기로 전환이 이루어지면서 야담─한문단편이 성립되었던 것이다. 곧 강담사에 의해 구연된 이야기는 한문단편의 전신前身이었다고 할 수 있겠다.

강담사에 의해 수행된 구두창작의 과정, 즉 한문단편이 형성되는 중간과정을 설명해 보려는 것이 본고의 취지이다. 그런데 저자가 여기서 제기한 문제에 적절한 해답을 얻어낼 문헌자료는 거의 없다고 해도 과언이 아니다. 그것을 풀어낼 가능한 대로의 방법을 모색해 보아야 할 일이다. 그 방법으로서, 하나의 고사故事의 연변양상演變樣相을 살피면서 강담사의 창작의식과 수법을 해명해 보고자 한다. 지금 하나의 사례로서 택한 것이 유명한 허생고사許生故事이다. 그리고 보조적인 사례로서 역시 연암의 소설인 「광문자전」을 들어볼 생각이다.

2. 윤영尹映의 존재

「옥갑야화」[2]에서 허생고사를 다룬 연암 박지원의 작가적 수법은 한번 음미해볼 만하다. 「옥갑야화」는 연암이 북경 여행서 돌아오는 길에 옥갑玉匣이란 곳에서 여러 비장裨將들과 밤새 나누었던 이야기를 정리해 놓은 것으로 되어 있다. 그날 밤의 화제가 주로 역관譯官에 얽힌 일들이어서 이런저런 이야기 끝에 숙종 때의 왜어倭語 역관으로 당시 국중의 갑부로 손꼽혔던 변승업卞承業[3]에 대한 말이 나오자 연암 자신이 변씨가 국중의 부자가 된 내력에 관련해서 허생고사를 끄집어냈던 것이다. 앞의 여러 비장들의 이야기는 허생의 일을 끌어내기 위한 도입부에 해당하는 셈이다. 연암은 허생 이야기를 꺼낼 때 "윤영이 말하기를……"이라 하여, 윤영에게 들었던 이야기를 옮기는 식으로 시작하고 있다. 또 끝에 에필로그를 붙여서 자신이 전에 윤영으로부터 허생고사를 듣게 된 내력과 함께 윤영이란 인물에 대해서 소개를 하고 있다.

이러한 서사의 방식은 보카치오의 『데카메론』을 연상케 한다. 하나의 서사기법으로 볼 수 있다. 그렇긴 한데, 작자가 아무 근거가 없던 일을 가공적으로 꾸며낸 것이라고 단정하기도 어렵다. 「옥갑야화」가 실린 『열하일기』는 경험한 사실을 보고하는 여행기이기 때문이다. 옥갑에서의 야화를 허구로만 돌릴 일이 아닌 것처럼 윤영이란 존재 역시 가공의 '오유선

---

2 「玉匣夜話」는 『열하일기』 가운데 한 편으로 수록되어 있다. 종래 그중에서 허생에 관한 기록 부분만을 분리시켜서 보았고, 그래서 「許生傳」이란 제목이 붙여진 것이다. 물론 「허생전」은 연암에 의해서 붙여진 제목이 아니다. 「옥갑야화」라는 표제로 작품을 구성해 놓은 연암의 원래 의도를 존중해서 「옥갑야화」 전체를 한 편의 작품으로 인식하는 것이 당연하다고 생각한다. 이재선 교수도 비슷한 견해를 발표한 바 있었다(진단학회 제5회 고전연구 심포지움 「연암집의 종합적 검토」, 1977.11).

3 卞承業은 順治 乙酉(1645年)에 譯科에 올랐는데, 그의 인적 사항은 『譯科榜目』에 의하면 다음과 같다. "字 善行, 癸亥生(1623年-筆者), 本 密陽, 倭學敎誨, 嘉義 應星子."

생'은 아니지 않겠는가. 즉 허생고사 제보자로서의 윤영이란 인물의 실재를 인정해야 할 것이라는 말이다.

하지만, 윤영은 허생이 그렇듯이 정체가 확실치 않다. 그런대로 「옥갑야화」 후기에 의거해서 윤영이란 인물에 대해 추적해 본다.

연암이 윤영을 처음 만난 것은 영조 32년^{1756년}에 서울의 봉원사^{奉元寺}였다. 그로부터 18년 후인 영조 49년^{1773년}에 평안도 성천^{成川}의 어느 암자에서 다시 만난다. 재차 만났을 당시 윤영의 나이가 80여 살이라 했으므로, 그는 17세기 말에 태어나 18세기 후반까지 생존했던 사람이다. 그는 성명마저도 모호하다. 연암이 그를 처음 대면했을 때는 자신을 윤영이라고 했다가 재회했을 때에는 자신을 신색^{辛嗇}이라고 주장해서 연암을 당황하게 만들고 있다. 그는 왜 자신의 성명을 바꾼 것일까?

연암은 그 인물의 신원을 "폐족^{廢族}이거나 아니면 좌도^{左道, 유교의 입장에서 본 이단적인 종교사상} 이단^{異端}으로 세상을 피하여 자취를 감춘 무리일지 모르겠다"고 보았다. 그리고 또 윤영에 관련해서 약립^{蒻笠} 이생원^{李生員}이라 하는 인물을 소개하고 있다.

> 또 광주^{廣州} 신일시^{神一寺}에 한 노인이 별호를 약립 이생원이라 하는데 나이는 아흔 살이 넘었으나 힘은 범을 움켜잡을 만하고 바둑과 장기를 잘 두고 종종 우리나라의 고사를 이야기할 때면 말이 바람이 일듯 하였다. 그의 이름을 아는 사람이 없는데 들어보니 아주 윤영과 닮은 것 같았다. 나는 그이를 찾아가서 한 번 만나고 싶었으나 뜻을 이루지 못했다.

이 약립 이생원은 『파수록^{破睡錄}』에 나오는 이평량^{李平凉}과 동일인물인 듯하다. 이평량 역시 부지하허인^{不知何許人}으로 늘 평량자^{平凉子, 패랭이}를 쓰고 다녀서 이런 별호가 붙었다 한다.[4] 평량자와 약립=삿갓이 꼭 같은 것은 아니라도 방랑시인으로 유명한 김삿갓이 김립金笠 혹은 김사립金莎笠 또는 김대립金簦笠으로도 기록되듯 한문 표현에서 이런 등의 차이는 허다히 생길 수 있다. 『파수록』은 1742년의 기록으로 추정되므로 그는 당시 나이 60 전후였고 떠돌아다니다가 나중에 경기도 광주 신일사에 머물렀을 것으로 추정된다.

연암은 약립 이생원이 윤영과 닮은 것 같다고 생각했지만 이 점은 연암도 확인하지 못했으니 알 수 없는 노릇이다. 허나 아무래도 동일한 인물로 간주하는 데는 무리가 없을 것이다. 이들은 불우해서 현실권을 떠나 아웃사이더로 세상을 방황하는 방외인方外人 부류에 속한다. 실로 범상치 않고 뇌락한 기인임에 틀림없다. 이들은 자기 정체를 드러내고 싶지 않거나 드러내기를 기피할 일이 있어 숨기든지 변성명하여, 그야말로 '부지하허인'이라 성명이 일정치 않았던 것도 있을 법한 일이라 할 것이다.

약립 이생원은 "종종 우리나라의 고사를 이야기할 때면 말이 바람이 일 듯 한다[往往談東方故事 言論風牛]"하였는데, 윤영 또한 "재미있게 흘러나오는 수만 마디의 말이 여러 날 밤을 끊이지 않고 이야기들이 궤기詭奇·괴휼怪譎해서 족히 들을 만하였다"고 표현된 만큼 '이야깃거리[話材]'도 풍부하며, 잘 둘러대고 익살스러워 솜씨가 탁월했던 사람이었다. 윤영은 전문적인 이야기꾼이었다고 보기는 어렵겠으나 역시 탁월한 솜씨를 지녔던 강담사의 일종으로 간주할 수 있을 것 같다. 무엇보다도 유의할 점은 연암이 그를 이야기를 재미나게 해주는 사람으로 만났다는 것이다. 연암은 그에게서

4　"李平涼者, 不知何許人也. 不詳其名, 亦不詳其居住. 長着平涼子, 世稱李平涼云. 其爲人, 不類俗, 不食烟火, 長食酒果而尤嗜蜂蜜海松子. 且逢人, 未嘗叙寒暄, 其去其來, 如烟如雲而已. 行遍東西, 若聞棋聲之丁丁, 則無關知與不知, 必歷入引秤, 不曾多勝, 只贏數三家, 雖敵國手, 亦如此…"『古今笑叢』「破睡錄」(民俗學資料刊行會版, 1958, 3~4면)

허생고사뿐 아니라, 염시도廉時道·배시황裵時晃·완흥군부인完興君夫人 등등의 이야기를 들었다. 가령 위의 염시도는 허적許積의 겸인傔人으로 특이한 일화 및 행적을 남긴 사람으로 그의 고사가 여러 한문단편의 화집話集에 실려 전하고 있다.

연암은 윤영에게서 들었던 여러 종의 이야기들 가운데 허생고사에 비상한 홍미를 느끼고 그것을 자료로 삼아서 작품화한 것이다. 그런데 연암은 뒤에 다시 윤영을 만났을 때 허생고사에 관해 몇 가지 모순되는 곳에 대해 물으려 한다. 그랬던 만큼 제보자로부터 원래 들었던 내용을 중요시했다고 여겨지는데, 연암은 작품화하면서 제보자의 성명을 뚜렷이 밝혀놓았다. 연암은 허생고사를 가지고 작품화하면서 구연화과정의 저작권에 해당하는 몫을 윤영에게 인정해주려 했던 셈이다.

3. 허생고사의 연변양상

허생고사가 실재 사실이었던가, 아닌가를 확인할 근거자료는 찾아지지 않는다. 다만『한경지략漢京識略』의 다음 기록은 허생이 실재 인물이었음을 말하고 있다.[5]

---

5 연암이 창조한 허생의 실제 모델이 누구냐에 대해서는 구구한 설이 있다. 김태준(金台俊)은『허후산집(許后山集)』에 실린「와룡처사유사(臥龍處士遺事)」를 거론해서 와룡정(臥龍亭) 허호(許鎬)라는 인물의 행적이 허생과 비슷하다고 허생의 근원설화로 보았다. 그후 이가원(李家源) 선생은 다시 와룡정 허호와 허생을 동일인으로 단정한 면우(俛宇) 곽종석(郭鍾錫)의 기록을 인용해서 위의 설을 보강하였다.(『燕巖小說硏究』599~601면) 그런가 하면 최영년(崔永年)의「해동죽지(海東竹枝)」를 보면 "許生墓, 在藍浦. 名自衡, 其後孫在唐津云"(하편 장20)라고, 허생의 이름이 자형(自衡)이었고 그의 묘가 충청남도의 남포(藍浦)에 있으며 후손도 당진(唐津)에 산다더라고 했다. 연암 자신이 꼭 허(許)일지 알 수 없다고 했을 정도로 정체가 불명했던 사람을 그가 누구였다는 식으로 확인한다는 것

묵사동에 이동악李東岳 안눌安訥의 고택이 있다. (…중략…) 또한 예전에 허생이 이 마을에 은거하였는데 집이 가난하면서도 독서를 좋아하여 자못 기이한 사적이 있었다. 박연암朴燕巖이 그를 위해 입전立傳을 하였다.[6]

시인으로 유명한 동악 이안눌의 고택이 있는 묵사동墨寺洞(지금 동국대학교 구내에 '동악시단'의 유적이 있음)에 허생이 살았다는 것이다. 막연히 "예전에 허생이 이 마을에 은거하였"다고 했으니, 언제 사람인지 분명치 않지만 허생은 동악 이안눌 이후에 '남산골 딸각발이'로 살다가 종적을 감춘 그런 인물로 볼 수 있다. 연암이 그를 위해 입전하였다고 했으니, 『열하일기』 소재 「옥갑야화」를 가리키는 것임이 물론이다.

「옥갑야화」에서 연암이 입전한 이외에도 허생고사와 유사한 내용이 담긴 기록들이 여러 종 발견된다. 다음에 이들을 먼저 소개한다.

A. 「독역讀易」 : 주인공은 남산골 선비 이모李某로 되어 있다. 그가 10년을 기한하고 『주역』을 읽다가 뒷바라지하는 처의 딱한 정경을 보다 못해 국부國富 홍동지洪同知를 찾아가서 돈을 빌리는 것까지는 「옥갑야화」와 비슷한데 여기서는 차용한 돈을 전부 처에게 맡겨서 돈놀이하도록 하고 자신은 독서를 계속한다. 역시 가족을 끌고 은둔한 것으로 끝난다.『이조한문단편집』, 1, 원 출전은 『청구야담』 권4

B. 「여생呂生」 : 주인공은 남산골 여생으로 되어 있다. 그가 독서를 하다가 주림을 견디지 못하고 다방골 김동지를 찾아가서 거금을 빌려 영·호남의

<hr>

은 무리한 일일 것 같다. 위의 기록들은 허생이라는 작중 인물이 워낙 유명해져서 그에 붙여 만들어진 전설로 생각된다.

6 "墨寺洞, 有李東岳安訥故宅, 園有詩壇. (…중략…) 又昔有許生隱居此洞, 家貧好讀書, 頗有事跡, 朴燕岩爲之立傳."『漢京識略』「各洞條」(서울 史料叢書版, 1956, 293면).

물산이 모여드는 하동河東·곤양昆陽 등지로 내려가서 도고都賈의 방법으로 치부한 다음 군도를 이끌고 무인도로 들어가서 대규모의 농장을 개척한다. 그리고 돌아와서 김동지에게 엄청난 돈으로 갚는다는 줄거리가 「옥갑야화」 허생전의 전반부와 비슷하다. 다음에 이어지는 이야기는 그의 처도 그가 떠날 때 남겨놓았던 약간의 돈을 밑천으로 이자를 늘려서 큰 부자가 되어 있었다. 여기서 이야기는 끝난다.위와 같음. 원 출전은『동야휘집』권7

C. 「허생별전許生別傳」: 주인공은 허생으로 방외인이라 했으며, 그가 살던 집도 역시 남산 밑이다. 독서를 중도에 폐하기까지는 위의 「독역」과 같은데, 여기서는 개성의 백白부자를 찾아갔으며, 「옥갑야화」에서처럼 이완李浣을 만나 북벌北伐의 선행 조건을 제시한다. 조건의 내용은 같지 않다. 치부 과정이 여기서는 평양의 기생집에서 보물을 얻어내는 것으로 그려져 있다.위와 같음. 원 출전은『해동야서(海東野書)』

D. 「허생이 만금을 빌려서 장사를 하다[貸萬金許生行貨]」: 문장 표현까지 「옥갑야화」의 허생전 부분 그대로인데, 글자가 약간씩 다를 뿐이다.『청구야담』栖碧外史 海外蒐逸本 권10

E. 「시각습장試権闊將」: 「옥갑야화」의 허생전 부분을 따다가 개작, 부연을 해서 만든 것이다. 작자는 19세기 후반기 사람인 배전裵婰이다. 변씨의 성명을 변승억卞承億이라 하였고, 변산의 군도를 명나라 유민으로서 해적이 된 무리인 것처럼 꾸며 놓았다. 내용이 다분히 속화되었고 문체도 원작의 신선감을 느낄 수 없게 풀어져 있다.『此山筆談』권1

이상에서 D와 E는 「옥갑야화」의 허생전 부분을 손질한 것이거나 모작模作이기 때문에 특별히 거론할 것이 못된다. 나머지 세 작품은 「옥갑야화」의 이야기와 비슷하면서도 저마다 그런대로 특색을 가지고 있다. 이러한 사례는 한문단편에 허다히 나타나는 현상이다. 가령 『이조한문단편집』 제5부 '민중기질民衆氣質 – 저항과 좌절'편에 수록된 「사우四友」・「회양협淮陽峽」・「홍길동이후洪吉同以後」・「선천 김진사宣川金進士」・「성동격서聲東擊西」를 예로 들어볼 수 있다. 이들은 내용이 서로 비슷비슷하면서도 그냥 이본異本으로 처리할 수 없게 다른 작품인 것이다. 근대소설이라면 이런 현상이 있을 수 없고, 있다면 그것은 모방 내지 번안의 결과일 것이다. 그러나 한문단편에서는 각기 독립된 작품으로서 특색과 의의를 지니고 있다. 이 점을 따로 주목하고 싶다.

위의 세 작품이 「독역」과 「여생」의 경우 주인공의 성은 다르지만 근원이 서로 다르지 않았다는 점은 의심할 여지가 없다. 그런데 어떤 실제 인물의 이야기가 이러저러한 차이를 발생하면서 몇 편의 한문단편으로 정착된 것일까? 이에 대한 해답은 기록되는 과정에서 작자의 개입도 고려되어야겠지만, 일차적으로는 구연과정에서 찾아질 것으로 생각한다.

다음에 다른 사례로서 「광문자전」의 주인공 광문廣文을 들어보자. 「광문자전」은 연암이 젊은 시절에 지은 작품 가운데 하나이다.

광문은 일명 달문達文으로 영조 때 서울의 시정에서 활동했던 인물이다. 연암은 어렸을 적에 직접 그의 모습을 한 번 본 일도 있었다고 한다. 18세 때에 자기 집안의 겸인들로부터 그에 대한 이야기를 들어서 「광문자전」을 지었다는 것이다. 연암이 이 작품을 지을 당시에도 광문은 생존해 있었는데 서울에 있지 않고 남방에서 떠돌았다. 한 필사본 기록에 그가 의협심을 발휘해서 고부 기생의 사랑과 의리를 이루어준 아주 특이한 행적이 실려 있다. 이에 대해서는 뒤의 보론에서 다룰 예정이다.

광문은 본디 서울의 거지였는데 그를 화제의 주인공으로 만든 것은 어느 약국에서 일어난 일이었다. 이 에피소우드가 연암의 「광문자전」에서

뿐 아니라 조수삼의 「추재기이·달문」[7]과 이옥의 「장복선張福先」[8]에서도 취급되고 있다. 이들 유사하면서도 다름이 있는 이야기를 소개해 보면 이러하다.

「광문자전」의 경우 : 광문은 약국의 점원이었다. 어느 날 약국 주인이 돈을 잃어버리고 광문에게 의심을 두었다. 그러나 광문은 변명하지도 않고 떠나지도 않았다. 며칠 후 약국 주인의 생질이 가져갔던 것으로 밝혀진다. 연암의 「광문자전」에는 '후기'를 붙여서 후일담에 속하는 내용이 실려 있다. 이 후일담은 광문이 역모사건에 잘못 연루되어 죽을 고생을 하다가 풀려 나온 이야기로 작품의 내용을 풍부하고도 흥미롭게 만들고 있다. 그가 연루된 역모사건은 영조 말년에 일어난 일이었다.

「추재기이·달문」의 경우 : 달문(여기서는 달문으로 되어 있음)은 약국 점원이 아니었고 다만 그가 우연히 약국에 들렀다가 생긴 일로 되어 있다. 잃어버린 물건은 인삼이었으며, 달문은 주인이 자리를 뜬 사이에 손님에게 팔았노라 하고 그 값을 변상해주었다. 며칠 후 인삼이 그 집안의 궤 뒤에서 발견되었다.

「장복선」의 경우 : 역시 달문이 한 친구의 집에 놀러가서 생긴 일로 되어 있다. 여기서는 집주인이 자리를 뜬 사이에 백금[銀] 한 봉이 없어져서 광문이 자기가 누구에게 빌려주었다 하고 변상을 해 주었다. 며칠 후 역시 돈이 그의 집에서 발견되었다.

위의 이야기들은 디테일이 서로 다르게 되어 있으나 실재 사건에다 같이

---

7 『이조한문단편집』 2, 469~470면.
8 『이조한문단편집』 3, 290~294면.

근거를 둔 것임이 분명하고, 그 주자主者가 한 시정 인간의 너그럽고도 의로운 면모를 표현한 점에서도 일치한다. 광문=달문의 일이 이처럼 이야기로 꾸며지기까지의 경위가 「광문자전」에 다음과 같이 진술되고 있다.

> 이에 (약국 주인이) 여러 아는 친구들이라든가 다른 큰 부자 상인들에게 널리 광문은 의로운 사람이라고 칭찬했다. 또 여러 종실의 빈객들과 여러 대감 문하의 측근들에게 떠벌여 자랑을 했다. 대감의 측근들과 종실의 빈객들은 다시 그것을 이야기투로 만들어서 잠을 청하는 자료로 삼았다. 몇 달 사이에 서울의 양반들은 광문의 일을 마치 옛날이야기처럼 듣게 되었다.[9]

광문의 일이 그 일차 경험자인 약국 주인으로부터 발설이 되어 사람들의 입에서 입으로 옮겨다니면서 '이야기투'로 만들어져서 마침내 종친이나 대감들의 귀에까지 마치 옛날이야기인 양 듣게 되었다는 것이다. 그 중간과정에서 벼슬아치들의 주변의 인물들, 겸인·문객 등등 부류들이 역할을 하였다. 연암 자신도 집안의 겸인들에게 광문의 일을 들었다는 것은 바로 그런 메카니즘에서 야기된 현상이라 하겠다.

어떤 하나의 일화가 구구한 변이를 일으키는 대략의 경위를 짚어볼 수 있다. 어떤 사실이 사람들의 입에 오르내리면서 여러 가지로 변이를 연출하게 되는 것이다. 이름이 광문 혹은 달문으로 다르게 나와 있는데 성은 훨씬 복잡하다. 「광문자전」에서는 성을 알 수 없는 것으로, 「장복선張福先」에서는 구具가로, 「추재기이」에서는 이李가로 되어 있다. 그가 역모사건에 연루되어 구금됨으로 해서 『추안급국안推案及鞫案』에 그의 성명이 오르게

---

9 "於是, 遍譽所知諸君, 及他富人大商賈, "廣文義人", 而又過贊廣文諸宗室及公卿門下左右. 公卿門下左右及宗室賓客, 皆作話套以供寢. 數月間, 盡聞廣文如古人." 『연암집』 「광문자전」.

되는데 여기에는 이가로 되어 있다. 뿐 아니라 그의 인간형도 변모가 일어난다. 「광문자전」에 그려진 광문은 일생을 독신으로 살았고 자신이 독신주의를 여성의 인간성을 긍정하는 논조로 합리화하고 있었다. 광문의 성격을 특히 매력적으로 만든 것이다. 그런데 「추재기이」에서는 다 늦게 장가를 들고 임금님의 은택(과년하도록 시집 장가를 가지 못한 남녀들에게 베풀어진 나라의 시책으로 장가를 든 것임)에 감사의 눈물을 흘리는 인간으로 바뀌어 있다.

허생은 역사 기록에 오른 인물이 아니고 무명의 한 기인奇人으로 오직 민간전승에 의해 창조된 형상이다. 실재의 허생으로부터 윤영의 구두에 오르기까지 대략 1세기의 구연과정이 있었으며, 여생呂生으로 기록되기까지 다시 1세기의 세월이 흘렀던 것이다. 그사이에 허생고사는 허다한 강담사들에 의해서 구구하게 각색되었으며, 그런 중에서 특히 작품으로 남게 된 중에서 「옥갑야화」 및 위의 세 작품을 제시하였다. 그런 가운데 허생이 혹은 이생, 혹은 여생으로도 되고 돈을 빌리러 찾아갔던 사람이 변씨가 아닌 홍동지나 다방골 김동지 또는 개성 백부자로 나오는 것은 물론, 이야기의 내용도 서로 엉뚱하며, 작품 수준도 함께 논하기 어려울 정도로 다양하게 창출되었다.

「독역」의 경우를 보면, 엄청난 거금을 빌려다가 처에게 맡겨버리고, 자신은 다시 독서를 계속하여 10년 기한을 마치자 이렇다 할 동기도 없이 은둔한다는, 주인공의 성격이 허생처럼 특별하다 할 것이 없는 싱거운 은둔담으로 변조되어 있다. 가장 늦어서 19세기 중엽에 정착된 「여생」에서는 부를 획득하는 과정이 보다 자세하게 그려졌으나 북벌론北伐論은 시사성을 잃었기 때문에 떨어져나가기도 했다. 「옥갑야화」와 전체 골격이 유사하고 주인공이 허생으로 되어 있으면서도 「옥갑야화」와 가장 대조적인 것은 「허생별전許生別傳」이다. 「허생별전」에서는 특히 치부 과정이 이색적이다. 개성상인이 대주는 장사 밑천을 세 차례 탕진하고 그 댓가로 오금烏金 덩어리를 얻어내는 여기 대목은 『고금소총』 소재의 『파수록破睡錄』에 나오는 「양주楊州 염씨廉氏 이야기」[10]에서 차용한 것이며, 그 원천은 『어우야담』[11]의 「올공금팔자」로 소급된다. 이것은 이야기를 만들 때 다른 고사를 끌어다 붙인 수법인 것이다. 어쨌건 이 대목은 기발하지만 현실성이 있는 이야기는 못되는 것이다. 반면 「옥갑야화」에서는 당시 유명했던 국중의 대부호 변씨와 관련시켜 더욱 관심이 가지는 내용일 뿐 아니라, 어떤 한 물화를 몽땅 쓸어서 값을 올려 팔고 군도가 된 유민流民들을 몽땅 쓸어가서 무인도에 집단농장을 경영하여 부를 획득하는 방법이 훨씬 그럴 듯하다. 도고都庫 행위에 의한 독점상업은 그 시대 상업사의 특징적인 일면이었으며, 군도 또한 당시 중대한 사회문제였다. 그만큼 「옥갑야화」는 현실적이고 문제적인 작품이다.

4. 강담사의 창작의식과 수법

허생고사가 연변하면서 18~19세기의 우리 소설사에 몇 편의 작품을 남겨놓았던 경위를 짚어보았다. 이들 작품들도 하나하나 특색이 있지만 연암의 「옥갑야화」에 견주어질 수준에는 미치지 못했다. 우리나라 문학사상에 걸출한 작가로 공인받는 연암의 대표작과 이름 없는 문사들의 솜씨에서 나온 것을 비교해서 우열을 논하면 웃음을 살 노릇이다. 문장수단이

---

10 『古今笑叢』「破睡錄」(民俗學資料刊行會版, 45~47면).
11 『於于野談』권4, 柳濟漢 편집본.

나 주제 사상의 격조는 차치하고라도 작품의 재료라고 할 이야기 줄거리만 가지고 비교해 보더라도 그렇다. 이 점을 중시할 필요가 있다. 요컨대 윤영의 구두창작에서 허생고사는 벌써 특출하게 만들어졌던 듯싶다. 윤영은 연암이 지적한대로 풍부한 화제에 능란한 익살과 재치로 고도의 이야기 수완을 체득하고 있었지만 그의 식견 또한 보통이 아니었던 것 같다.

연암이 처음에 윤영을 80 노인이라 표면적으로 존경하는 정도였다. 나중에 연암은 그의 노하여 푸른 눈동자를 번득이는 얼굴에서 기이한 지취志趣를 지닌 사람으로 느꼈다고 한다. 그는 연암과 마지막 작별할 적에 돌아서는 연암의 등에다 대고 "애처롭군! 허생의 처는 또다시 굶주렸을 거야"라고 중얼거린다. 윤영의 이 말은 무한한 여운을 남기고 있거니와 거기서 허생의 처가 계속 굶주려야 되는 상황을 비분해 하는 윤영의 심리가 읽혀지기도 한다. 그가 놓인 정치 상황은 아웃사이더로 자기 생애를 마치게 한 현실과도 무관하지 않을 터이다.

생애가 불우했고 기이한 지취를 지녔던 윤영은 허생의 삶에 깊이 공감한 나머지 뛰어난 솜씨와 창의를 발휘하여 허생의 이야기를 꾸며냈다고 하겠다. 허생의 치부과정을 변씨에 관련지어 서술한 다음 안성安城으로 내려가서 도고都賈 행위를 하게하고 변산邊山의 군도를 등장시킨 데서 윤영의 식견을 짐작할 수도 있다. 그리고 북벌론北伐論을 떠벌이는 집권층을 통렬히 꾸짖은 후반부의 이면에서 현실을 비분하던 윤영의 호흡이 느껴지기도 한다.

이 윤영의 허생고사는 연암의 천재적 영감을 자극하여 걸작 「옥갑야화」를 낳게 한 것이다. 허생고사를 빼어난 문학작품으로 창출한 것은 궁극 연암의 탁월한 작가의식과 문학창작의 수단이지만 그에 앞서서 구두창작으로 특이한 이야기를 만들어서 제공했던 윤영의 감추어진 공헌 또한 지워질 수 없는 일이었다.

한문단편의 전형전인 형성 경로를 도표로 제시해보면 다음과 같다.

구연화 　　　기록화

근원사실 ──→ 이야기 ──→ 한문단편

위의 구연화 과정은 한문단편 형성경로의 중간단계이며, 기록화 과정은 한문단편 형성경로를 최종 마무리하는 단계이다. 마무리 단계에서 연암의 경우처럼 고도의 창작의식이 발휘된 사례도 없지 않으나 대체로는 창작적이라기보다 기록적인 것이다. 그러나 기록자, 즉 작가의 생각이나 솜씨가 개입되기 마련이므로 이야기로부터 기록화로 나아가는 과정을 간과할 수 없음이 물론이다. 이 문제는 여기서는 보류해두고 구연과정에 대한 논의를 좀 더 계속해 보자.

당시 특히 서울의 강담사는 양반 대갓집이나 부호들의 사랑방을 자기의 활동무대로 삼고 있었는데 대개 시정 주변에서 노는 부류였다. 기인적인 언행을 서슴지 않았던 윤영 같은 사람은 강담사로서 특이한 존재였다. 이들 강담사의 창작원리는 문인처럼 혼자 책상머리에 앉아서 글로 써나가는 것이 아니라 청자들과 더불어 구두로 엮어나가는 방식이었다. 이러한 구두창작은 다음 두 가지 측면에 유의할 필요가 있다.

첫째, 창작과정의 현장성과 관련해서다. 강담사는 시정과 사랑방을 내왕하면서 서민대중의 생활현장과 양반층의 주변에서 발생한 이야기를 창의적으로 운반했던 것이다. 서민대중의 생활현장과 정감에 밀착될 수 있었던 한편으로, 양반사회 내부의 갈등과 그들의 생활 분위기도 포착될 수 있었다. 그래서 판소리 문학에서처럼 서민적인 성격을 띠면서 아울러 양반사회를 포괄하여 보다 폭넓은 세계를 보여줄 수 있었다.

둘째, 문자언어가 아닌 생활언어를 표현수단으로 쓰고 있다는 점이다. 자국어가 문학어로 채용되지 못했던 당시 문자창작은 특수한 사정이 있었다. 논의의 편의상 여항시인閭巷詩人의 경우와 대비해 보기로 한다. 같은 무렵 여항에서 활동하던 부류들 가운데 강담사와 대조되는 부류로 여항시인이 있었다. 이들은 다 같이 여항인에 속하지만 여항시인의 주류인 중인서리층은 사회적인 처지가 보다 안정된 위치에서 한문교양을 섭취하여 한시 창작에 재능을 발휘했다. 이들의 한시 문학이 『소대풍요昭代風謠』·『풍요속선風謠續選』·『풍요삼선風謠三選』이란 이름의 선집 형태로 묶이기도 했다. 강담사는 이런 앤솔로지에 참여할 만한 고급한 한문학의 교양을 지니지 못했음은 물론이다. 그러나 한문학은 일단 고전 한문을 배우고 전통적인 형식을 답습하지 않고는 안 되는 것이다. 따라서 여항시인들이 자기 계급에 상응하는 의경意境과 형식을 창조하기란 결코 쉽지 않고, 결국 사대부 한시의 아류적인 성격을 탈피하지 못했으며, 창작의식도 자기 생활과 유리되어 나가기도 했다. 반면, 강담사의 구두창작에서는 처음부터 한문학의 정통적인 형식에 하등 구애받지 않았을 뿐더러 일상의 생활언어를 도입해써 나갔으므로 자유롭게 생활 정감을 표현할 수 있었다.

강담사는 특별히 자각된 창작의식과 수법이 있었다고 보기는 어렵지만 창작 현장이 생활현실에서 유리되지 않았고, 또 직접 서민의 일상 언어로 이야기를 엮어나감으로써 문학의 새로운 경지를 열었던 것이다. 그리하여 다양한 시정생활의 동태와 각계각층 인간들이 행동하고 사고하는 모습들, 그리고 그들의 사랑과 웃음과 눈물과 분노가 생활언어로 생생하게 이야기되고 있었다. 그야말로 이야기들이 실감이 나도록 인정과 물태物態에 곡진曲盡·섬실纖悉하였다. 이는 미묘한 인정에 절실하도록, 삶의 모습에 부합하도록 자상하게 그린다는 의미로, 당시 서울에서 강담사로 손꼽히던 김중진金仲眞의 이야기 솜씨를 지적한 말이었다.[12] 물론 당시 시정인의 생활이, 독자적인 사회계층을 형성하고 사상을 확립할 만큼 향상되지 못하였으므로 이러한 상태를 반영해서 그 이야기들은 대개 복잡하지 않고 사건구성에 우연과 신비가 허다히 개입되며, 비현실적인 요소나 낡은 관념이 내포되기도 한다. 그러나 자연스럽고도 솔직 발랄하게 그려진 당대 인간들의 삶의 이야기는 전통적인 사대부문학과는 다른 새로운 문학의 세계를 가능케 하였다. 연암과 같은 진보적인 작가는 창작의 소재를 여기서 발견하였거니와, 그 이야기들이 광범하게 기록으로 정착되면서 우리 문학사는 장차 새로운 단계의 문학으로의 전환을 기약할 수 있게 되었다.

5. 보론─광문(달문) 이야기

위 글은 1977년 12월 20일 고전문학연구회에서 '이조후기 소설사의 시각'이란 주제로 가졌던 학술 모임에서 발표했던 내용을 정리한 것이며, 벌써 긴 세월이 지나간 일이 되었다. 허생고사許生故事를 주 자료로 이용해서 야담─한문단편의 성립 과정을 규명하였는데 「광문자전」의 주인공인 광문의 이야기를 보조자료로 다루었다. 광문에 관해서는 논의가 충분치 못했다. 40여 년이 지난 사이에 관련 자료가 새로 발견된 것도 있고 해서 이 자료들을 포함하는 별도의 고찰이 필요하다는 생각이 든다. 「광문자전」의 이해를 풍부하게 할 수 있는 자료들이지만, 내용이 상당히 복잡하다. 나는 지금 이들을 따로 자세히 분석해서 논의할 여력이 없기에, 자료

---

12 "正廟時有金仲眞者, 年未老而齒牙盡落. 故人嘲號曰'瓜濃', 善詼諧俚談, 其於物態人情, 曲盡纖悉, 往往有可聽者." 『里鄕見聞錄』 권3 「오이무룸(瓜濃)」(『이조한문단편집』 4, 227면).

소개를 겸해서 언급해 두는 것으로 그치려 한다.

① 달문가達文歌, 서사시 형식

　원전 : 홍신유洪愼猷, 1722~?의 『백화집白華集』

　임형택 발굴 소개(『이조시대서사시』, 창작과비평사 1992, 증보판 2013)

② 자갈쇠전者葛衰傳, 전傳 형식

　출전 : 이재운李載運, 1721~1782의 『해동화식전海東貨殖傳』

　안대회 발굴, 번역 소개(휴머니스트 2019).

③ 역적 태정등 추안逆賊太丁等推案 이태정의 심문 기록

　(영조 40년 『推案及鞫案』 제22책)

④ 파수록破睡錄(서벽외사해수일본) 소재기록

　『청성잡기靑城雜記』 소재기록

　＊ 이들 자료상에는 대부분 광문의 이름이 달문으로 기재되어 있는데 본디 이름은 '자갈쇠'라 였다.
　　자갈쇠가 한자식으로 達文 혹은 廣文으로 되었을 것이다. 성은 李가로 밝혀졌다.

　① 「달문가」를 지은 홍신유洪愼猷는 역관 계통의 여항시인인데, 달문의 형상을 여항에서 활동하는 인물로 그렸다. 달문이는 팔풍무八風舞나 산대놀이의 연희자로서 그의 비상한 재능을 포착하였으며, 또한 동래와 의주를 오가면 해외중개 무역에 종사했던 행적을 부각시켜 놓았다.

　② 달문을 입전立傳한 것은 이재운의 『해동화식전』에서다. 『해동화식전』이란 서명을 저자는 이규상李奎象의 『병세재언록』[13]에서 보고 굉장히

---

13 『병세재언록』은 저자가 주도하여 『18세기 조선인물지』란 표제를 달아서 민족문학사연구소 한문분과 옮김으로 간행한 바 있다(창작과비평사, 1997).

흥미롭게 생각하고 찾아보았으나 행방이 묘연해서 늘 아쉬운 마음이 있었다. 최근에 안대회 교수가 이를 찾아내서 연구를 수행하고 전체 원문과 역문을 발간하였다. 그 속에 달문이 자갈쇠라는 이름으로 등장한 것이다. 거지 노릇을 하던 자가 조선의 부자열전인 『해동화식전』에 입전이 되다니 의외라는 느낌도 없지 않다. 작자도 이 점을 염두에 두었던 것 같다. 그가 "돈벌이에 힘썼다면 필시 부富를 이루었을 것이다. 그가 부를 이루지 않았던 점이 부를 이룬 것보다 훨씬 어질다고 하겠다"는 말을 붙이고 있다. 그를 부자열전에 넣기 위한 변명처럼 느껴지는 말이기도 하다. 그는 시정에서 구걸 행각을 했던 신세였음에도 '신의'로 이름을 크게 떨쳤다. 신의는 부를 축적하는 기본 덕목이 되어야 한다고 작자는 생각한 것이다.

③ 「자갈쇠전」에는 원문에 미주尾註로서 "광문전과 함께 읽는 것이 좋겠다"는 말이 적혀 있다. 「광문전」이란 연암의 「광문자전」을 가리키는 것임이 물론인데 이는 후인이 붙인 말로 추정된다. 「자갈쇠전」은 그가 서울을 떠나 남쪽에서 노닐 적의 행적이 나오지 않는다. 그의 인생 후반기를 이재운은 접하지 못했던 것이 아닌가 한다. 이 시절의 달문에서 중대한 이야깃거리는 역모 사건에 그가 걸려든 일이다. 「역적 태정 등 추안」이 바로 본건을 다루었던 의금부의 공적인 기록이다.

본건의 주모자는 이태정李太丁이었다. 이태정 자신의 진술에 의하면, 그는 무신란1727년 당시 나주목사로 있었던 이하정李夏定, 定은 徵일 수도 있다고 함과 관기 사이에서 태어났는데 영암의 월출산 속에서 유모의 손에 키워졌다고 한다. 그는 '망명역종亡命逆種'이었다. 세상을 떠돌며 걸식해서 살았던바 개녕開寧의 수다사水多寺(지금 경북 구미시에 속한 곳)에서 자근만者斤萬이가 자칭 달문의 자식이라 하여 사람들에게 대단히 애호와 존경을 받는 것을 보고 자근만이를 유혹해서 자기를 작은 아버지라 부르도록 했다. 그리고 자기 이름도 달손達孫이라고 바꾸었다. 달문이 대중적 인기를 한 몸에 받고 있는데 편승해서 역모를 한번 꾸며보려고 했다는 것이다. 달문은 자식도 형제도 없는 사람인데 그에게 아들과 동생이 있다니, 이상하게 여긴 사람에 의해서 마침내 이태정과 자근만이 고변을 당하기에 이르렀다. 그리하여 달문이도 연루된 것이다.

이때가 1754년인데 당시 달문의 나이는 56세로 나와 있다. 이런 경위로 달문도 붙잡혀 와서 국청에 서게 된다. 덕분에 입으로만 전해진 인물의 실체가 공적 문서에 노출이 되었다. 그가 심문 과정에서 자기 신세를 진술한 대목을 들어보자.

> 저는 7세 때 세 차례나 상喪을 당했던 까닭으로 장가도 못 들었습니다. 어머니 쪽으로 친척이 있을 뿐이고 아버지 쪽으로는 20촌 이내에 아무도 없습니다. 제 비록 길에서 얻어먹는 신세지만 역적 종자(이태정을 가리킴―인용자, 이하 같음)와는 말을 주고받은 일이 없습니다. 제가 시골로 내려와서 떠돈 지 벌써 7년이 지났으되 양반들과는 서로 친하게 지낸 일이 없습니다. 길에서 걸식을 하다가 이 지경에 이르렀습니다. 장가를 가고 싶지만 손에 돈푼이 없는 까닭으로 가지 못했습니다. 제가 만약 풀려나게 된다면 내일이라도 의당 갓을 쓰고 아내를 맞이하겠습니다. 사환使喚(남의 부름을 받아 일함)을 잘하기 때문에 상사람들의 접대를 더러 받고 밥을 먹기도 했습니다. 태정과 자근만이를 직접 대면하게 해 주시면 죽어도 여한이 없겠습니다. 족보는 저의 조부가 살아계실 때 불에 탔다 합니다. 조모가 말씀해 주셔서 알고 있습니다.

심문 중에 달문의 소원대로 자근만이와의 대면이 이루어지는데 그 장면은 이렇게 나와 있다.

> 달문이 자근만이를 향해 "네가 어찌 일찍이 나를 보았다 하느냐?"고 물었다. 자근만이는 달문을 바라보며 "이름만 들었고 실제는 알지 못하는데 영남에서 유명한 까닭에 거짓으로 붙인 것이며, 들으니 형용이 남루한 데도 돈 1, 20냥을 얻으면 다 사람들에게 나눠주고 자기가 취하지 않는답디다"고 한다.

위와 같이 달문이 역모사건에 무관하다는 사실이 확인되었다. 하지만 달문이 무죄로 판명되었음에도 그에게 내려진 판결은 함경도 경성부鏡城府 정배로, 『역적 태정 추안』에 기재되어 있다.

연암의 「광문자전」의 후기는 후일담에 해당하는 내용이다. 그가 역모 사건에 걸려든 전말이 주를 이루는데 방금 주의해본 관문서의 기록과 대체로 일치한다. 이름이 광문이 아닌 달문, 광손이 아닌 달손으로 되어 있는 점이 다르다. 그리고 그가 하향하고부터 본 사건에 걸려든 시점이 관문서에서는 7년이 지났다고 했는데 「후기」에서는 막연하게 수십 년이 지난 것으로 되어 있다. 햇수의 차이는 서사에서는 가변적인 부분이다. 그런데 관문서에서는 그가 함경도 경성으로 유배형에 처해진 것으로 나와 있는데 「후기」에서는 바로 풀려난 것처럼 되어 있다. 이 차이점은 어떻게 된 일인지 알 수 없다. 양자를 붙여서 설명해 보자면 그가 멀리 유배를 가게 되었다가 무슨 사연으로 오래지 않아 풀려난 것이 아닐까 싶다.

④ 연암의 「광문자전 후기」는 그가 역모에 걸렸다가 고초를 겪고 풀려나서 얼마 지나지 않은 시점이다. 이후 그의 소식을 전하는 이야기로는 별본 『파수록』의 기록이 보인다.

별본『파수록』은 19세기의 어떤 문인이 남긴 필기류 자료이다.[14] 을해
옥사1755년 때 억울하게 처형당했던 심악沈鑰(원문은 鑵으로 나와 있는데 오기로
보임)이란 분의 아우와 어떤 기생 사이의 아름다운 사랑이 관철될 수 있도
록 달문이 도와주었다는 이야기다. 심악의 아우 심발沈鈸(원문은 鑣로 나와 있
는데 오기로 보임)이 당시 고부古阜 군수로 있다가 북쪽 변경의 삼수三水로 귀
양을 가는 신세가 되었다. 그 기생은 자신의 재산을 전부 처분해서, 한 필
말에 소주 수십 병을 사서 싣고 멀리 유배지로 찾아갔다 한다. 거기 당도
해서 "제가 불원 수 천리하고 이처럼 찾아온 것은 한번 뵙기 위해섭니다.
살아서 무엇 하겠습니까? 실컷 즐기다가 죽느니만 못하지요" 하고서는
남녀가 술을 실컷 마시며 쾌락을 누렸다는 것이다. 얼마 지나지 않아 남
자는 죽었다. 여자는 미리 치상할 준비를 다 해 간 터여서 고향으로 반장
返葬을 하였다. 이내 여자 자신도 따라 죽어서 사람들이 남자 옆에 묻어 주
었다. 이 과정에서 달문은 여자와 결교結交를 하여 소주를 싣고 북쪽으로
갈 적이나 고향으로 반장 해올 적에 전적으로 주선해 주었다고 한다. 여
기서 '결교'라는 의미가 구체적으로 어떤 성격인지 분명치 않지만 남녀의
관계를 초월한 인간적 신의로 여겨진다.

이 극적인 비련의 로맨스와 유사한 이야기가 따로 성대중의 『청성잡
기』「성언醒言」에도 실려 전한다. 여기서는 경상도 함양의 기생인 취섬翠蟾
이 주인공으로 나온다. 취섬이는 뽑혀서 서울로 올라와 한 때 이름을 날
리다가 내려온 기생이었다. 마침 심악의 여러 동생 중의 하나인 심악沈鑰

---

14 "乙亥罪人鑵之弟沈鈸, 爲古阜倅, 眄一妓矣. 其後被謫三水府, 其妓盡賣其家産, 買得一驪,
  戴還燒酒屢十甁, 結交達文, 自南邑偕往配所. 謂鈸曰: "吾之不遠數千里而來者, 只爲一面
  也. 然生亦何爲? 不如盡歡而終." 遂同晝夜極意酒色, 數月而終. 豫具殯殮之需, 遂與達文返
  葬, 因又死之, 而埋於其傍. 可謂女俠矣."『破睡錄』, 栖碧外史 海外蒐逸本.
  *을해: 1755년.

이 함양의 이웃 고을 원님으로 있어서 취섬과 만나 서로 잊지 못하는 관계가 되었다. 역시 역적으로 몰린 심악의 동생인 때문에 북쪽 변경으로 귀양을 갔다가 남쪽 바닷가로 옮겨지게 되는데 취섬이 북쪽으로 남쪽으로 줄곧 따라다니며 의복과 음식을 보살폈다. 그러느라 취섬은 재산을 탕진하고 고생이 이루 말할 수 없는 지경이었다. 이때 서울서 온 어떤 상인이 취섬이를 알아보고 이렇게 고생할 것 없이 자기와 함께 서울로 가서 낙을 누리며 살자고 종용했으나, 취섬은 눈물을 흘리며 "내 만약 그럴 마음이 있었다면 지금까지 이러고 있겠습니까"라고 대답했다는 것이다. 그 상인도 의리를 아는 사람이라 비단 몇 필을 주고 떠났다.[15]

이 두 기록은 동일 유형의 이야기다. 기생의 처지로서 귀양살이 신세가 된 남자와의 사랑과 신의를 위해 헌신하는 서사구조는 양자의 공통점이다. 더구나 역모에 걸려든 인물인 심악이 동일하게 서사의 결정적 인자가 된 것이었다. 그런데 지역이 다르게 설정되어 있고 사건의 진행도 다르게 되어 있다. 지방관으로 나가 있던 심악의 아우 이름도 전자에서는 심발, 후자에서는 심약이다. 그리고 여기서 주요 관심사이기도 한데 전자에는 달문이 등장하고 후자에는 서울의 상인이 등장하는 것이다.

심악이란 인물은 영조시기 영의정의 지위에 오른 심수현沈壽賢, 1663~1736의 둘째 아들이다. 청송심씨 족보상에 심수현에게 아들이 다섯으로, 학자로 명망이 높았던 심육沈錥, 부제학으로 당화를 입어 처형당한 심악, 그다음 심약, 심필沈鉍, 심발의 이름이 보인다.[16]『파수편』은 심악에 결부된 이야기

---

15 "翠蟾, 咸陽妓也. 嘗選入都下, 態藝特冠一時, 貴宰聘以千金, 飮食服御, 尙於主家, 而蟾意不樂也. 封金與衣服, 謝去不顧. 居都下數年, 俠游以不識蟾巷爲恥. 及歸咸陽, 沈鑰爲鄰倅, 寵以專房. 鑰坐兄鍷逆, 配北荒, 蟾傾産從之, 饋養曲備. 又從移配南海上, 襤裙赤脚, 跋泥而汲. 京賈過而識之, 持與泣曰, 若非翠蟾乎. 何自苦如此. 第從我去, 錦衣珍食, 在汝隨也. 蟾歔欷曰, 感君至意, 然我誠欲去, 豈待君哉. 顧從人於阨, 不忍徑背之也. 賈嗟嘆良久, 與之布數端而去, 賈亦義俠也."『靑城雜記』「醒言」.

이고 『청성잡기』는 심발에 결부된 이야기이다. 셋째 심약과 막내 심악에게 각각 별개로 연계된 일이었을까, 아니면 동일한 원천의 어떤 사건이 구연과정에서 변화를 일으킨 것일까? 그 실체적 사실을 고증해내기는 어려운 문제이다. 구비전승이나 야담사의 주제로 접근할 필요가 있다고 본다.

심악이 처형을 당한 것은 을해옥사[1755년]인데 이태정의 역모 사건이 처리된 바로 다음해 일이다. 이태정의 역모 사건에 달문이 비록 걸려들긴 했어도 실제로 관련이 있었던 것은 아니었다. 단지 그가 거지 출신으로서 의협의 인물로 민중적 영웅처럼 떠받들어졌기 때문에 반역적 일을 도모하려는 자에게 그의 본의와 관계없이 끌려 들어가게 되었다. 그렇기에 심악의 동생과 기생 사이의 이야기에도 인용되기에 이르렀을 것임은 틀림없다.

요컨대 17세기에 실존했을 것으로 보이는 허생, 18세기에 생존했던 광문달문은 구두기록의 적층과정을 통해서 야담적으로 창조된 인물이다.

---

16 을해옥사는 노론과 소론의 정치적 갈등으로 인해 일어난 사건인데 요는 소론 강경파를 제거하기 위해 조작된 일이었다. 이때 『우서(迂書)』의 저자인 유수원(柳壽垣)과 부제학 심악이 함께 걸려들어서 죽음을 당하고 가족들도 무두 화를 당했던 것이다. 심악의 부인은 유배지에 가서 자살했는데 어린 아들이 용케 살아남아, 이 증손자로 심대윤(沈大允, 1806~1872)이 태어난 것이다. 심대윤은 19세기의 특이한 실학 사상가이다. 그는 아버지가 심발에게 양자로 들어가서 가계상으로는 심발의 뒤를 이었다. 나는 심대윤에 대해 비상한 관심을 가지고 그 유고를 수습, 『심대윤전집』(전3책, 대동문화연구원, 2005)을 편찬 간행하고 또 문집 부분을 『심대윤의 백운집』(실시학사 실학번역총서 7, 사람의무늬, 2015)이란 이름으로 번역 간행하였다. 심대윤이 유배지에서 죽은 증조모와 조부 등의 유해를 사건이 일어난 88년 후에 향리인 안성으로 이장하는데 이때 남긴 기록이 『남정록』이다. 『남정록』을 통해서 혹독한 당화를 입은 이후 가족이 겪었던 정황을 살필 수 있었지만 그 증조부의 여러 동생들이 당했던 고난은 물어볼 곳이 없었다. 여기 기록을 통해서 대략 유추해 볼 수 있다.

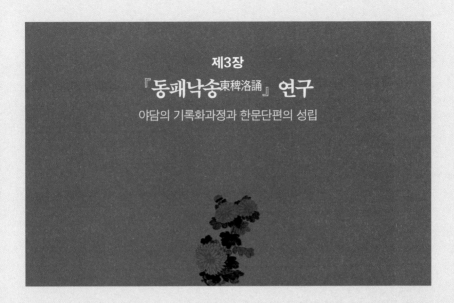

제3장

『**동패낙송**東稗洛誦』**연구**

야담의 기록화과정과 한문단편의 성립

1. 머리말

'한문단편'이라고 하면 한자문화권 내에서 보편적인 양식개념이 되겠는데 한국에서 15, 6세기에 발원하여 17세기 이래 특징적으로 발전했던 한문단편의 경우 야담이라는 고유의 서사형태를 기반으로 성립한 것이다. 때문에 '야담계 한문단편'으로 변별해 볼 수 있다.

한국문학사에 있어 근래 이르러 풍부한 유산을 간직한 신개지로 파악되고 있는 야담−한문단편의 창조적 메커니즘은 어떻게 작동되었던 것일까? 저자는 그 묘리를 일차적으로 '구연화口演化 과정'에서 찾았다. 구두창작의 원리이다. 17세기로부터 18세기를 거쳐 19세기에 이르는 시대−사회현실의 동태, 그 속에서 활동하며 갈등하고 고뇌하던 인간들의 모습을 예민하게 포착하여 하나하나 완결된 이야기로 엮어낸 솜씨, 그 솜씨를 십분 발휘하도록 만든 이야기판이 곧 야담을 풍부하고도 흥미로운 것으로 키워낸 현장이다. 그런데 우리가 지금 재미나게 읽고 감탄하는 야담이란 모두 다 한문의 기록물이다. 구연화에 뒤를 이어서 기록화가 진행되어, 야담은 드디어 존재하게 된 것이다.

야담이 이루어짐에 있어 구연화과정이 선차적이었음에 대하여 기록화과정은 후차적이다. 그러므로 구연화 쪽에 선차적인 공헌을 인정해야 함은 물론이다. 하지만 기록화과정이 녹음을 푸는 것처럼 물리적인 공정은 아니다. 기록자의 의식과 필치의 여과지를 통과해서 이루어지는 바, 이 과정은 사실상 결정적인 것으로 여겨진다. 어디까지나 기록화를 통해서 우리가 접하는 작품으로 실존하게 되었고, 문학적 성패는 결국 이 과정에서 좌우되기 마련이었다. 기록자는 응당 소설의 작가와 같은 존재로 간주되는 것이 당연하다.

야담의 기록화과정에 대해서는 작가의식과 표현기법이 필히 해명되어야 할 과제가 아닐 수 없다. 이 과제와 관련해서 나는 일찍이 『동패낙송』을 주목한 터였다. 『동패낙송』은 야담의 틀을 구비한 전형적인 작품집으로 판단했던 때문이다. 지난 1986년 9월 13일 진주의 경상대에서 열린 한국한문학연구회의 발표회에서 나는 「동패낙송고考」라는 제목으로 연구발표를 한 바 있었다. 작품의 창작연대 및 작자를 고증하고 작가의식의 저변에서 '사실寫實'의 구현을 해명해보려는 시도였다. 그리고 나서 이를 마무리 짓지 못하고 여태껏 미루어졌다.

나는 지난번 구두발표를 가진 이후로 『동패낙송』 연구에 진전이 있어 그 작자와 저작 시기를 확정할 수 있었으며, 서문 및 발문 등 자료를 새로 발굴했던 것이다. 그 결과의 일단을 서벽외사 해외수일본栖碧外史 海外蒐佚本의

『동패낙송』 해제에서 결론적인 내용만 대략 추려서 밝혀 두었다. 이후로 나의 앞에 밀려든 연구·번역 등의 일거리에 골몰하느라 『동패낙송』에는 손이 미치지 못하고 오늘에 이르고 말았다. 그 핵심적 내용은 이미 밝힌 터이기에 우선순위에서 밀려난 셈이다. 그러는 동안 우리 학계에 야담관련의 연구·논저들이 많이 제출되었거니와, 『동패낙송』에 관해서도 여러 각도의 고찰이 이루어졌다. 『동패낙송』의 이본 조사, 야담의 발전사에서 그것의 중요한 위상이 해명되었는가 하면, 특기할 사실은 『동패낙송』의 서발문이 발굴된 것이다.[1] 나는 지금 당초에 잡았던 문제의식에 따라서 실로 해묵은 작업을 매듭지을까 한다. 학계에 대한 약속을 이행하기 위함이다. 동학들의 『동패낙송』에 대한 논문들이 나와 있기에 여기서 맡을 짐은 그만큼 덜어지게 되었다.

무릇 학문의 공작은 실제에 다가가서 이루어져야 함이 기본원칙이다. 나는 소설사의 논리수립이란 당면 과제를 작가의 처지를 살피면서 특히 작품의 구체적 이해로부터 풀어보려고 하였다. 그래서 당대인의 인식논리를 되도록 경청할 생각이다.

1 　정명기, 「동패낙송 연구—異本의 관계양상을 중심으로」, 『圓光漢文學』 제4집, 1991; 金東錫, 「東稗洛誦의 研究—현실반영과 신이한 요소를 중심으로」, 성균관대 석사논문, 1991; 최인황, 「동패낙송의 편찬의식에 대한 고찰」, 『崇實語文』 제10집, 1993; 任完爀, 「文獻傳承에 의한 野譚의 變貌樣相—東稗洛誦과 溪西野譚·靑邱野譚·東野彙輯의 관계를 중심으로」, 성균관대 박사논문, 1997; 任完爀, 「東稗洛誦과 東野彙輯의 관련양상(其一)」, 『韓國漢文學研究』 제20집, 1997; 김영진, 「조선후기 사대부의 야담창작과 향유의 일 양상—盧命欽·盧兢父子와 豊山 洪鳳漢家와의 관계를 중심으로」, 『語文論集』 제27집, 1998.
위 여러 『동패낙송』의 관련 논문 중에서 특히 김영진 교수의 연구는 그 작자와 작자의 홍봉한가와의 관계를 해명해서 본고와 직접 연관되어 있다.

2.『동패낙송』의 작자 고증 과정

『동패낙송』의 작자는 노명흠盧命欽, 1713~1775이다. 작자를 모르는 상태였다가 최근에 밝혀진 것이다. 그 작자가 누구라고 이미 판명이 된 지금 이 문제는 새삼 거론할 것도 없는 일이 되었다.

그런데 학문은 몇 마디로 요약되는 결론보다 거기에 도달하는 과정이 중요하다고 말한다. 바로 학문의 길이기도 하기 때문이다. 작자 고증의 작업은 집 찾기와 비슷한 면이 있는 것 같다. 우리가 목적으로 한 집을 옳게 찾아갔으면 그만이다. 그 집을 찾느라 얼마나 헤매고 힘들었던지 굳이 이야기해야 할 사항은 아닐 터이나 잠깐 들려주어도 무방하지 않은가 한다. 저자가 최종적으로 교하 노씨의 족보상에서 노명흠의 이름 아래 "동패낙송 2권을 엮었다"는 기록을 확인하는 지점에 도착하기까지 추적해 갔던 경로를 되도록 간략히 정리해 둔다. 학문하는 사람들에게는 이 또한 타산지석이 될 수도 있지 않을까.

저자가 처음 접했던『동패낙송』은 일본의 동양문고東洋文庫에 소장된 '서벽외사 해외수일본'이다. 원래 2권 2책으로 편성된 것인데 속續 1책이 붙어 모두 필사본 3책이다.『동패낙송속』은 필기의 전형적인 형태로서『동패낙송』과는 내용 및 체제가 다른 것이다. 이 속집은 내용을 검토해본 바 이가환李家煥, 1742~1801의 저작으로 친필초고임이 확실시되었다.

『동패낙송』에 이가환의 친필초고가 어떤 연유로 붙어 있는 것일까? 더욱이 눈길을 끄는 점은『동패낙송』의 첫 권의 표지에는 '자손영보子孫永寶', 속집의 표지에는 '백재보용百載寶用'이라는 인장이 정중히 찍혀 있다. 필시 원 소장자의 가문과 직접 관련된 것이기에 이처럼 특별한 의미를 두었으리라고 여겨졌다.

『동패낙송』은 야담집이 대개 그렇듯 작자가 명기되어 있지 않고 연대 또한 알 수 없는 것이다. 그런데 속집이 이가환의 친필초고라는 사실, 원집·속집 모두 자손들에게 이 책자를 보배롭게 간수하라는 의미의 인장이 찍혀있는 사실로 미루어 『동패낙송』의 작자는 응당 이가환이거나 아니면 그 가계상의 누구일 것으로 생각되었다. 그러나 『동패낙송』의 내용에 들어가자 곧 이가환이 지은 것으로 보기 어려운 점들이 발견되었다. 해서 작자 찾기에 나서게 되

동양문고본 『동패낙송』 상책의 표지
'子孫永寶'라는 인장이 찍혀 있다.

어, 지난번의 구두발표는 그 중간보고에 해당하는 셈이었다. 이내 곧 그 중간보고의 내용이 나 스스로 잘못 짚었던 것을 깨달았다. 해서 재차 작자 추적의 작업을 벌이는데, 그 성립 시기를 먼저 따져 보려고 한다.

1) 그 성립 연대

『동패낙송 속집』은 대략 1795년을 전후해서 지어진 것으로 추정되므로[2] 『동패낙송』이 그 전에 지은 것임은 말할 나위 없다. 그 시점은 언제일까? 『동패낙송』 안에 실린 이야기에서 추정할 수 있는 근거가 발견이 되었다.

---

2   林熒澤, 「東稗洛誦 解題」, 서벽외사 해외수일본 26, 아세아문화사, 1990.

하나는 「청풍 김씨 제사淸風金氏祭祀」이다. 김극형金克亨의 부친 김인백金仁伯
이란 사람은 경기도 광주 땅의 사근촌沙斤村, 지금 서울의 성동구에 속해진 지명에서
몹시 빈한하게 살아가는 선비였는데 제사를 지극정성으로 모시더라는 일
화를 인조 때 명사인 낙정樂靜 조석윤趙錫胤이 직접 목도한 사실로 꾸며져
있다. 그의 가계는 후일 크게 번창하게 되는바 손자인 감사 김징金澄에서
처음 발복을 하더니 3대에 걸쳐 5정승이 배출되었다는 것이다. 김극형은
학자로서 명망이 높아 우암 송시열과 논전을 벌인 사실이 있으며[3], 그의
후손들이 영정시대에 혁혁하여 김종수金鍾秀에까지 이르렀다. 참고로 청풍
김씨의 가계도를 제시한다.

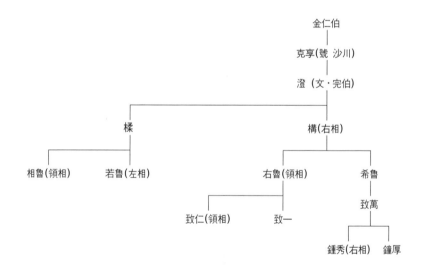

이 가계도를 통해서도 위의 이야기는 실제적 근거가 있음을 확인할 수
있다. 3대에 걸쳐 5정승이 배출되었다는 것도 그대로 일치한다. 그런데

---

3 "號沙川, 字泰叔, 仁伯之子. (…중략…) 潛冶門人. 以學行薦. 官止正郎. 與尤庵有理氣往復
書."『朝鮮人物號譜』상권, 文化書館, 1924, 98면.

정조 때 정치적 비중이 컸던 김종수는 정승의 숫자에서 제외되어 있는 것이다. 김종수를 넣으면 6정승이 된다. 김종수가 정승에 오르기 이전에 이 기록이 이루어진 것으로 여겨진다. 김종수는 1789정조 13년 정승으로 올랐으니 이 시점은 『동패낙송』의 하한선이 된다.

다른 하나는 「호서이담湖西異談」이다. 양반의 몰락과 평민의 경제적 성장이라는 사회적 테마를 신이한 이야기로 엮은 것인데 홍산鴻山 땅의 어느 마을, 천연두가 창궐하던 때를 배경으로 하고 있다. 마마 귀신이 부민富民의 아들을 조종하여 곤궁한 양반 자제에게 물질적 도움을 주도록 했다는 줄거리다. 사건이 일어난 때는 계사년 봄이라 하고, "그해 여름에 검암劒巖 사는 송재인宋載仁 군이 마침 홍산을 지나다가 본 마을 사람에게 그 시말을 들었다"고 덧붙여 놓았다. 계사년은 1773영조 49년에 해당한다. 『동패낙송』은 이 이후에 성립된 것으로 된다. 따라서 『동패낙송』의 성립 연대는 1773년 이후로부터 1789년 이전의 언제일 것이다.

2) 그 작자

1773년에서 1789년 사이에 성립된 것으로 일단 추정할 수 있는 『동패낙송』의 작자는 과연 누구일까? 위에서 언급했던 자료적 정황으로 미루어 그 작자는 이가환 아니면 그와 지친인 누구일 것으로 우선 생각이 들었다. 먼저 이 범위에서 추적을 해 보았다. 하지만 아무리 조사해도 잡히지는 증거가 없었다. 『동패낙송』은 과연 이가환이나 그의 부친 이용휴와 같이 당대 격이 높기로 알려진 학식과 필치의 소산으로 볼 수 있을까? 당초부터 이런 의문이 한편 들었던 터이므로 방향을 달리하여 원점에서 추적해 보기로 하였다. 이에 주목하게 된 자료가 해풍군海豊君 정효준鄭孝俊, 1577~1665을 주인공으로 한 일편의 이야기다.

정효준이란 인물은 본관이 해주, 선조에서 현종에 이르는 시기에 생존했던 사람이다. 조상이 문종의 부마였던 관계로 문종의 비妃 권權 왕후와 단종의 비 송宋 왕후의 제사를 받드는 특별한 가문의 종손이었다. 그런데 벼슬길이 막히고 가세가 빈궁한 처지에서 상처를 세 번이나 하였고 50을 바라보는 나이로 가문을 이을 아들 하나 두지 못한 신세였다. 종손으로서 두 왕후의 제사를 받들지 못하게 된 것이다. 이렇듯 난관에 처했던 사람이 30세 연하의 처녀를 네 번째 부인으로 맞아, 그 몸에서 아들 다섯을 얻었다. 이 다섯 아들이 모두 문과에 급제, 현달을 했다고 한다. 때문에 나라의 희한한 일이라 하여, 그에게 국왕으로부터 은전이 내려진 사실이 있었다. 정효준은 명망이 없던 인물은 아니지만 이러한 사적으로 더욱 유명해져서 "국중의 대복인"으로 후세에까지 일컬음을 받았다. 『한거만록閒居漫錄』 등 필기류 기록에도 그의 행적이 오르게 되었으며, 후세에 야담의 주인공이 된 것이다.

「해풍군 정효준」이 서벽외사 해외수일본에는 수록되어 있지 않은데 『동패낙송』의 다른 여러 이본에 보인다. 정효준의 실제 사적은 강백년姜栢年, 1603~1681이 찬한 묘비명에 상세히 기록되어 있다.[4] 『동패낙송』의 이야기는 물론 야담적 윤색이 가해졌으나 사실에 속하는 주요 부분은 거의 서로 일치하고 있다.

그런데 저자의 소장본 『동패낙송』을 보면 "해풍군 정효준씨는 나의 증조모의 외조부"라는 말로 시작이 된다. 후미에 가서는 또 "나의 증조부는 처외조부모를 직접 가서 뵌 적이 있었다"는 진술이 나온다. 『동패낙송』의 작자를 해명하는 단서가 될 수 있는 것으로 여겨졌다. '나'란 존재는 서술주체, 즉 『동패낙송』의 작자일 것이다.

---

4 『國朝人物考』 鄭孝俊條 규장각 소장 필사본.

정효준이 '나'의 '증조모의 외조부'라고 하였으니 '나'는 곧 정효준의 외손녀의 증손자가 된다. 정효준의 딸들이 어디로 출가했는지, 그 다음 딸들의 몸에서 출생한 딸들이 또 각각 어디로 출가를 했는지 추적하는 것이 작업의 순서다.

정효준은 세 딸을 두어 사위가 목사牧使 오빈吳翻, 유학 성준석成俊奭, 도사都事 남성훈南聖熏으로 족보상에서 확인되었다. 다시 이들이 각기 얻은 사위들을 찾아 그들 가계를 조사하는 일이 남았다. 이 일은 펵이나 번거롭고도 '남대문 안 김서방 찾기'처럼 막연한 노릇이었다. 지난 1986년의 연구 발표는 주로 그 추적 작업의 결과를 보고했던 것이다. 당시 저자는 용의 선상에 오른 여러 가계들 가운데서 남성훈의 사위인 허집許楫의 가계에 점을 찍고 있었다. 이런저런 정황으로 미루어 가장 가능성이 있어 보였기 때문이다. 그래서 저자는 허집의 증손자들 중의 한 이름을 지적해서 장차 이 사람에 대해 집중적으로 조사해 보겠노라고까지 말했다. 하지만, 거기서 더 진전이 되지를 않았다. 『동패낙송』과 관련한 증거가 도무지 잡히지 않은 때문이다.

정효준의 세 사위 중에서 성준석 쪽은 당시 미처 조사를 못한 상태였다. 창녕 성씨 족보를 뒤져서 발견한 바 성준석 1604~1675은 초취부인 정씨에게서 2녀를 두고 있었다. 그 맏사위는 노서盧序

『동패낙송』의 '해풍군 정효준' 편
첫 머리가 "海豊君政孝俊氏, 卽余曾王考之外祖考也"라고 시작한다.

다. 교하 노씨의 족보에서 노서의 자손으로 더듬어 내려가니 노긍盧兢이란

이름이 보였다. 노긍은 과시科詩로 유명하며, 『한원유고漢源遺稿』라는 문집을

남긴 바 있다. 노긍의 부친인 노명흠이 노서의 증손자였다. 교하 노씨 족보

는 노명흠에 관련한 기록에서 "문집 5권이 있고 동패낙송 2권을 찬했다"[5]

는 사실을 밝혀놓고 있다. 이에 나는 수소문하여 노명흠의 후손되는 한분

을 만나보았던 바 이분은 『동패낙송』이 지금 전하고 있다는 사실을 듣고서

대단히 반가워하였다.[6] 『동패낙송』의 작자는 정효준의 외손녀의 증손자에

서 노명흠으로 확인이 된 것이다. 관련 가계도를 정리하면 이러하다.

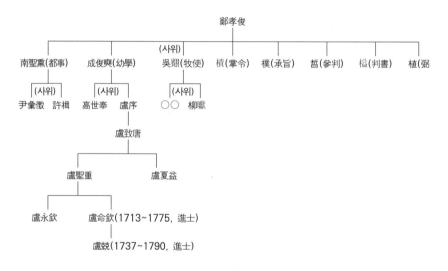

5   『交河盧氏 慶源君派 世譜』丙編, 1962, 8면.
6   저자는 淵民 李家源 선생의 소개로 노명흠의 7대손이 되는 盧載榮 翁을 만나게 되었다.
    1987년 봄으로 기억되는데 안암동 노타리 근처에 있는 댁으로 찾아가 『동패낙송』에 대해
    문의하였더니 교하 노씨 족보를 펼쳐 보이며 잃어버린 조상의 책을 다시 찾게 되었다고 여
    간 기뻐하시는 것이었다. 저자를 꼭 붙잡고 술과 음식을 권하며, 그 자신도 술잔을 거푸
    기울였다. 당시 그는 80이 지난 고령으로 기력이 여간 강건하시더니 몇 년 후 작고하였다
    는 소식을 간접적으로 들었다. 노긍의 문집인 『漢源遺稿』는 노재영 옹이 영인으로 간행하
    였던바 그 발문에서 표현이 모호하긴 하지만 『동패낙송』이 실전하게 된 안타까움이 언급
    되어 있었다. 『한원유고』에는 이가원 선생의 서문이 실려 있는데, 이 책을 전에 이가원 선
    생을 통해 증정을 받았던 것이다.

3. 『동패낙송』을 지은 노명흠

『동패낙송』의 저자로 밝혀진 노명흠盧命欽, 자 天若, 호 拙翁, 본관 交河은 숙종 39¹⁷¹³년에 태어나 영조 51¹⁷⁷⁵년에 죽은 사람이다. 작중에서 확인이 된 연대인 1773년은 저자 자신 환갑을 맞은 해로서 그가 세상을 떠나기 바로 2년 전이었다. 따라서 『동패낙송』은 성립년대가 1773년에서 1775년 사이로 좁혀지는데 저자의 일생을 마감한 책이 되었던 셈이다. 상당한 시일을 두고 기록했던 것으로 여겨져서 처음 착수한 시점은 위로 올라갈 것이다. 『동패낙송』과 같은, 생각하기에 따라서는 특이한 저술을 남긴 노명흠은 어떤 인물이며, 그것을 기록한 데 있어서 어떤 신상적 배경이 있었을까?

노명흠은 그야말로 무명의 인사이다. 그는 47세가 되어서야 겨우 진사에 합격했을 뿐 벼슬 한 자리 얻어하지 못했으며, 『동패낙송』 또한 당시 사람들의 눈에 대단한 가치를 지닌 물건으로 비쳐지지 않았던 것이다. 그의 아들 노긍盧兢, 1737~1790의 경우 역시 진사에 그쳤으나 과시科詩의 고수로 강백姜栢과 나란히 날렸던 데[7] 비해 그는 이렇다 할 문명도 누리지 못했다. 그에 관련한 기록이 세상에 전하지 않는 것은 당연한 현상이라고 보겠다. 그런데 당시 영조와 사돈간으로 한 때 권세를 누렸던 홍봉한가洪鳳漢家의 문헌들에서 그의 전기와 묘지명 및 『동패낙송』에 붙인 서문·발문 등이 발견된 것이다. 거기에는 특별한 사연이 있었다.

노명흠이란 존재는 문인으로서 양반에 속하였다. 본디 청주에서 세거해 온 집 출신인데 체화당棣花堂 노씨라면 청주지방에서 양반으로 인정을 받는 문중의 하나로 알려져 있었다고 한다. 그러나 그의 가계는 진작 사환으로

---

7 "項羽與沛公, 支離聯篇章. 姜栢放豪嘴, 盧兢抽巧腸." 「夏日對酒」, 『與猶堂全書』 詩文集 권 5 장2.

부터 멀어져서 오직 문한으로 지체를 유지하였다. 이 사실을 두고 홍용한 洪龍漢이 지은 노명흠의 전기인 「노졸옹전盧拙翁傳」에서 "여러 대에 걸쳐 문사 文詞로 업을 삼았다"는 언급을 하고 있다. 그 당시 사대부의 계층분화 현상 에 따른 실세한 사계층의 광범위한 출현은 역사적 현상으로 주목할 필요 가 있겠거니와, '사'의 한 전형인 노명흠은 경제적 궁핍이라는 절박한 사 정에 당면했다. 이러한 그의 처지에서 별도리 없이 하게 된 일이 홍봉한가 의 문객 노릇이었다. 홍봉한의 아들 홍낙임洪樂任이 지은 「노공 명흠 묘지명 盧公命欽墓誌銘」은 "우리 집에서 객으로 머문 지 30여 년"이라 증언하고 있다.

홍용한도 「노졸옹전」에서 "백씨 익재공翼齋公, 홍봉한을 가리킴이 그 마음이 전일하고도 정결함을 좋아하여 초치, 머물도록 한 것이다. 30여 년을 우 리 집에 머무는 동안에 옹翁은 객으로 있는 사실을 잊고 자기 집처럼 여겼 으며 상하노소 모두 그를 친척처럼 편히 대했다"고 쓰고 있다.[8] 노명흠은 30년 세월을 홍봉한가에서 지냈다 하니 실로 30세 이후 장년기로부터 죽 을 때까지의 기간이다. 홍봉한가에서 그는 무슨 일을 하였던가?

홍낙임은 이르기를 우리 집 자제들이 부귀한 처지에서 호사·일락으로 흐르지 않고 문학적 교양을 갖게 된 것은 오로지 졸옹 부자에게 힘입은 바라고 하면서, "내 어찌 노공을 위한 묘지명에 붓을 들지 않으랴!"고 하 였다.[9] 이로 미루어 노명흠과 그의 아들 노긍까지도 홍봉한가의 숙사塾師, 가숙의 스승, 요즘 말로 가정교사노릇을 했음이 확실시되는 것이다.

조선왕조는 원래 서울에 국학國學과 사학四學, 지방의 각 주현에 설립된

---

8 "伯氏翼齋公(홍봉한-인용자), 愛其心全而潔也, 則致而舘之三十餘年. 翁忘其爲客, 而家 上下老稗學安之如親戚." 『長洲集』권27 「盧拙翁傳」(연세대도서관 소장 필사본).
9 "第念吾家子弟, 處綺紈中, 無駑馬鮮衣之過, 能知詩書文學之可貴. 亦余湔劣, 幸不全昧於烏 焉·銀根者, 繄拙翁父子是賴. 余何忍不銘!" 洪樂任, 「成均進士 盧公 命欽 墓誌銘 幷序」, 『交河盧氏 慶源君派 世譜』實蹟錄.

향교에 이르는 교육제도를 정비하고 있었다. 그러나 이 공교육부문은 점차 부실해져서 거의 형식만 남게 되었을 뿐 아니라, 계속 증가하는 일반의 배우고자 하는 요구를 수용하지 못하는 실정이었다. 때문에 사교육의 여러 형태가 나름으로 발전하였던바 수도 서울에는 '여항의 교육가'들이 출현하고 있었다. 예컨대 여항시인으로 이름을 날리던 천수경千壽慶, 성균관 인근의 송동宋洞에서 학사學舍를 개설한 정선생鄭先生, 성명 鄭學洙로 洋人 등은 제법 규모를 갖추고 법도를 세워 교육을 실시했던 것으로 전한다.[10] 한편, 명문거족들의 경우 으레 사교육에 의존하였던바 자질들의 글공부를 위한 가숙과 함께 스승의 존재를 경홀히 생각할 수 없었음이 물론이다.

홍봉한가의 숙사로 노명흠에 앞서서 정래교鄭來僑, 1681~1759가 확인되며, 뒤로 남옥南玉같은 이도 있었다.[11] 정래교는 그의 아우 정민교鄭敏僑, 1697~1731와 함께 여항문단에서 홍세태洪世泰의 후속세대로서 굴지하는 존재인데 김도수金道洙는 "창랑자滄浪子, 홍세태의 호가 작고한 이후로 여항의 문학적 정화는 윤경潤卿, 정래교의 자 형제에게 남아 있어 학도들이 귀의하기를 백 갈래 물이 한 곳으로 모여들 듯한다"[12]고 정래교 형제에게 글을 배우는 자들이 집중하는 정황을 들려주고 있다. 정래교는 앞장에서 거론한 바 있던 바로 그 청풍 김씨가淸風金氏家에 숙사로 있으면서 김종후金鍾厚와 김종수金鍾秀 형제를 지도한 사실이 있었다.[13] 또한 그는 홍봉한의 몽학선생이 되기도 하여 훗날까지 홍봉

---

10 저자는 여항의 교육자에 대해 여항문학의 형성 배경을 해명하는 과정에서 검토한 바 있으며 (「閭巷文學과 庶民文學」, 『韓國文學史의 視角』, 441~2면), 후에 또 이 문제를 지식인의 분화현상에 관련해서 거론하기도 하였다. 「李朝末 지식인의 分化와 文學의 戱作化 傾向」, 『전환기의 동아시아문학』, 창작과비평사, 1985(『실사구시의 한국학』, 창작과비평사, 2002).

11 김영진의 앞의 글, 주 47 참조.

12 "嗟乎! 自滄浪子歿, 閭巷文華, 獨在於潤卿兄弟, 學徒之歸者如百水而一壑焉." 『春洲遺稿』 권2 「鄭季通敏僑哀辭」.

13 金鍾厚의 연보에 의하면 영조 35(1759)년 조에 "二月哭鄭玄翁來僑"(『夢梧金公年譜』 권 1)라고 기록하고 거기에 "公, 兒時塾師也"라는 협주를 붙여 놓았다.

한가 사람들에게 '정문장'의 칭호를 들었다 하며, 그의 문집이 홍봉한의 각별한 배려로 간행된 것이다.[14]

대개 17세기를 지나 18세기를 통과하는 과정에서 숙사 혹은 훈장이란 명목의 글을 가르치는 일은 지식소유자들에게 직업처럼 되어가는 추세였다. 특히 명문대가들은 가정교사를 문학적 역량이 대단한 자로 뽑고 예우 또한 상당했음을 보여주고 있다. 그러나 교육행위가 요즘처럼 분화된 사회는 아직 아니었다. 그렇기에 사대부 신분의 인간들은 훈장이나 숙사 등의 일을 생업으로 하는 신세를 떳떳하게 생각할 수 없었다. 때문에 그 일에 '설경舌耕'이란 자못 자조적 의미의 말이 붙여졌던 것이다. 농부가 경작을 하여 생활하듯 혀를 놀려서 먹고산다는 의미이다. 반면에 여항인들은 처지가 다소 달랐다. 명분의 구애를 덜 받는 편일 뿐 아니라, 이들에 있어서는 지식 자체가 전문성·기능성을 띠고 있었다. 18세기 초반의 정래교, 후반의 천수경 같은 여항문인이 교육가로 두각을 드러낸 데에는 이 점이 한 요인으로 작용했던 것이다. 그리고 남옥이 곧 그렇듯 서족출신의 문인들이 책실을 맡는 사례가 허다했거니와 또한 숙사 내지 훈장으로 나서기 쉬웠던 것 같다. 가세가 몰락한 양반의 경우 가족들이 굶주리고 벼슬길은 가망이 없는 형편에 놓일 때 식자라도 넉넉하다면 자신의 유일한 밑천을 팔 밖에 달리 방도를 찾기 어려웠다. 노명흠의 처지가 바로 그러했는데, 역시 "아무리 궁해도 선비의 입장을 벗어나서는 안 된다窮不離士"는 '사'의 자세를 망각할 수 없었다. 그는 항시 마음에 갈등이 있었으며, 몸가짐을

---

14 "玄翁(鄭來僑 - 인용자)之死, 舊要二三人, 懼其湮沒不稱, 收其散稿, 付諸剞劂. 余(洪鳳漢 - 인용자)亦與問於其間者. 記余幼少時問字於玄翁, 首尾數十年受益於玄翁者多矣." 洪鳳漢, 「浣巖集跋」, 『閭巷文學叢書』1, 麗江出版社, 1986, 487면.
"余(洪龍漢 - 인용자)幼時, 每見僮使傳告鄭文章至矣. (…중략…) 潤卿出於側微而志不拘 (…중략…) 士大夫遣子弟學焉; 公卿大人, 多樂與之交."『長洲集』권27「閭巷諸君列傳·鄭來僑」.

각별히 조심했던 것으로 여겨진다.

　　이내 익재공의 지위가 장상將相을 겸하게 되니 빈객이며 아전·군교들로 매
일 문전에 사람들이 들끓었다. 그럼에도 옹노명흠을 가리킴은 자기 몸을 더욱 겸
손하게 가져, 걸을 적엔 신발만 내려다보고 앉았을 적엔 벽을 향하고서 눈을
두리번거리거나 머리를 돌리는 적이 없이 항시 무언가 골똘히 생각하는 모습
이었다. 그래서 옹을 익히 아는 사람은 많지만 옹은 그네들의 얼굴을 알아보지
못했다. 익재공은 이 때문에 더욱 옹을 좋아하여 매양 공무에서 벗어나는 시간
이면 더불어 담화하고 수창하기를 즐겨했다.[15]

　　「노졸옹전」에 그려진 홍봉한가의 숙사인 노명흠의 형상이다. 홍봉한의
전기적 사실을 보면 그의 따님혜경궁, 『한중록』의 작자이 세자빈으로 간택되어
영조와 사돈 관계를 맺게 된 것은 1743년이고 홍봉한이 '장상을 겸'하는
권세를 쥐게 된 것은 1749년이다. 노명흠이 홍봉한가로 들어간 시점은
ㄱ 어름으로 추정된다. 노명흠 역시 글 읽는 선비라면 다 그렇듯 과거로
출세하고자 노력을 기울였으며, 그런 과정에서 상경을 했던 것으로 보인
다. 처음에는 척의가 있는 송도헌宋都憲 댁에 머물었던바 홍봉한의 눈에 들
어,[16] 마침내 그는 남은 반생을 홍봉한가에서 문객으로 생활하게 된 것이
다. 그는 자기의 외아들 노긍을 10대의 소년기에 홍봉한가로 데려온다.
노긍의 아들이 남긴 기록을 살펴보면 숙사로 있는 사실에 대한 구체적 기

15　"既而, 翼齋公位兼將相, 賓客吏校, 日匝遝盈門. 翁自持逾遜, 行必視屨, 居必朝壁, 未嘗遊
　　目轉頭. 其容常若有思而不得, 故人多習翁, 翁不識其面. 翼齋公以是益善翁. 每公退, 輒與
　　之唱酬談說不厭." 『長洲集』 권27 「盧拙翁傳」.
16　위의 글. 宋都憲은 대사헌을 지낸 송재회(宋載禧, 1711~1776)로 추정된다. 본관은 은진
　　이며, 이조판서 옥오재(玉吾齋) 송상기의 손자이다.

술은 전혀 없이 다만 자기 조부와 홍봉한과의 관계를 '동연교同硏交'로 표현하고 있다.[17] '벼루를 함께 쓴 사귐' 즉 동창관계라는 뜻이다.

노명흠 자신 명문 거실의 집에 가신家臣의 신분도 아니면서 붙어 있는 처지가 스스로 민망하게 생각되었을 터이다. 곤궁한 생계에 부득이한 노릇으로 감내하면서 또한 그 스스로 선비로서의 견결한 처신을 지키고자 한 것이다. 그래서 노명흠은 위와 같이 "걸을 적엔 신발만 내려다보고 앉았을 적엔 벽을 향하"는 자태로 굳어지기에 이르렀다. 바로 이 점이 고용주의 마음에 쏙 들었던 모양이다. 위의 인용문이 내비치듯, 권력의 자루를 쥐어 사람들이 들끓는 가운데 초연해서 홀로 조용히 있으니 홍봉한으로서는 그를 집에 두기 좋았을 것임은 물론이요, 간혹 정치권력의 판에서 심신이 피곤할 때 휴식을 취하고 싶으면 데리고 담소하기에도 마땅했을 것이다.

노명흠이 평생 겸손하고 조심하는 태도를 견지한 것은 위에서 살펴본 대로 그의 처지에서 '사의식'의 내면이다. 그렇긴 하지만, 자신의 성격적인 면이기도 하였다. 아들 노긍 또한 처지가 다를 바 없었다. 그럼에도 부자간에는 성격차가 있어서 노긍盧兢은 노명흠과 달리 호기를 부려서 '기남자'라는 칭호를 듣기도 했다. 이들 부자의 성격적인 면을 "졸옹은 졸하면서 단아하고 여림汝臨, 노긍의 字은 기가 있고 방달하다"고 홍용한은 대조해 말한 바 있다. 그러고서 노긍의 인간기질은 "능히 남의 형세를 잊는데 또한 남도 자신의 형세를 잊도록 만든다"고 한다.[18] 이 또한 글밖에 아무것도 가진 것이 없는 자 나름으로 주체를 지키는 방식이겠으니, 그의 인간적 매력이 되기

---

17 洪龍漢의 「盧汝臨傳」에는 "盧汝臨名兢, 拙翁子也. 十歲時, 隨拙翁, 來舘于我伯氏翼齋公宅"(『長洲集』권28 「盧汝臨傳」)라고 기록되어 있다. 노긍의 손자인 盧勉正이 쓴 행장에는 "辛未(1751년)隋王考始遊洛, 王父同硏交洪相公翼齋謂王父曰 : '君子之才奇, 誠我國神童'"(『漢源遺稿』附錄 「家狀」)이라고 하였다.

18 "拙翁拙而端, 汝臨傲而訴弛. 拙翁旣歿, 如臨文益肆, 氣遒遒, 酒戶彌壯, 能忘人之勢, 亦使人忘其勢." 『長洲集』권27 「盧汝臨哀辭」.

도 했을 것이다. 아버지와 달리 아들은 외향적으로 활발하여 당대 서울의 문단에서 명성을 얻는데 결국 죄망에 걸려서 6년 동안 귀양살이를 하게 된 다. 아버지가 별세한 2년 후의 일이다. 홍봉한가의 정치적 풍파에 휩쓸렸 던 때문이지만 그 자신의 외향적인 면과 무관하지 않았을 터이다.[19]

노명흠이 홍봉한가에서 근무한 대가로 얼마나 보상을 받았을까? 홍용 한은 언급하기를 자신이 의주부윤으로 나갈 때 형님봉한이 "천약노명흠의 자 은 늙어서도 심히 가난하니 필히 백금으로 도와주어라"고 당부했다 한다. 그런데 자신이 의주에 오래 있지 못해 그 절반의 액수인 50냥을 마련해 주었다. 그 돈을 받고서 노명흠은 "본디 이렇게까지는 기대하지 못했다" 하며 여간 기뻐하더라는 것이다.[20] 노명흠은 30년 가정교사로 있으면서 가족의 생계를 영위할 수 있었다. 그러나 빈궁에서 벗어나지는 못했다. "졸옹은 글을 좋아했지만 혁혁한 이름이 없었고 고관들과 교유하였지만 벼슬 한자리 얻어 하지 못했다." 졸옹이라는 그의 호에 어울리는 삶이었 다. 「노졸옹전」은 "졸옹은 뱃속이 주렸으되 뜻은 주리지 않았고 명名은 없 었으되 실實은 두터웠다"는 말로 끝맺고 있다.[21] 그가 확보한 '실'을 찾아 보자면 오직 『동패낙송』에 눈을 돌려야 할 것이다.

---

19 『朝鮮王朝實錄』에 의하면 盧兢은 湖西의 巨擘으로 지목을 받아 科場에서 賣文한 죄로 귀 양을 가게 된다. 그런데 당시 大司諫의 상소에서 "高鳳煥·盧兢等之罪謫, 不但騖文場屋, 壞誤士風而已, 其出入逆家(홍봉한 가계를 가리킴, 인용자), 爲其死土. 地處雖賤, 而作俑敎 猱…."(『실록』44책, 704면)라고 하여 정치적으로 연루된 사건임을 짐작케 한다. 李奎象 의 『幷世才彦錄』에는 盧兢이 '文苑錄'에 수록되어 있는데 "淸州人進士盧兢, (…중략…) 坐科場事, 竄而解 (…중략…) 風其陷科累者, 州人曰: '忮人也, 非其罪云'"(『18세기 조선 인물지』, 창작과비평사, 1997)라 하여, "남의 미움을 산 것이지 그에게 죄가 있어서가 아 니라"고 하였다.

20 "昔余尹灣州, 伯氏謂曰: '天若老而妻甚, 必以百金賙之. 余徑歸, 不能滿數, 與其半. 翁竦然 喜曰: '素望不及此爾.'"『長洲集』권27 「盧拙翁傳」.

21 "翁, 好文而無赫赫名, 結交於卿大夫而不沾秩祿, 身窮而妻子不免凍餒. 世之沾沾者笑翁之 迂也. 然翁歉於口腹而不歉於志, 薄於名而厚於實."『長洲集』권27 「盧拙翁傳」.

4.『동패낙송』의 작가의식과 구성·표현의 특징

　노명흠의『동패낙송』을 위해 쓴 서문과 발문 3편이 발견되었다. 홍용한의 아들 홍낙수洪樂受, 1755~1819와 홍봉한의 손자 홍취영洪就榮, 1759~1833의 서문, 홍용한의 손자 홍직영洪稷榮, 1782~1842의 발문이 그것이다. 글을 배운 은덕을 생각해서 지은 것임이 물론이다. 홍직영의 경우 노명흠의 사후에 태어나 대면한 적은 없지만 그가 쓴 발문을 보면 내용에 대한 이해를 보다 깊이 가졌던 듯 보인다. 그는 자신의 소년시절의 회상으로 글을 시작하는데 이야기 듣기를 무척 좋아하여 손님이 왔다 하면 졸라서 이야기를 하도록 하고는 완전히 바닥을 본 연후에야 그만두었다는 것이다. 이제『동패낙송』을 접해보니 "어렸을 적 들은 이야기가 거의 10에 7, 8이 되는데 비속한 것은 신기新奇로 바뀌고 허무한 것은 전실典實하게 되었다"고 한다.[22]

　홍직영의 이 발문으로『동패낙송』에 실려 있는 작품들은 대부분 그 당시 세상에 유전하던 이야기들이었던 사실을 확인할 수 있다. 기본성질이 화집話集인 것이다. 이 증언에서 정작 주목할 점은 '비속'은 '신기'로, '허무'는 '전실'로 변화하였다는 지적이다. 한갓 말치레는 아니다. 그 자신도 일찍이 들었던 이야기들을 기록해 보려고 시도한 적이 있었으나, "붓이 마음을 따르지 못하고 표현이 의미와 들어맞지 않아서" 결국 뜻은 두었지만 이루지 못했다고 한다.『동패낙송』은 결코 용이치 않은 구연물의 문자

---

22 "余兒時喜聽世俗所傳誦稗說, 客來, 必使之誦之, 屢見更端, 罄其所有, 客倦而思睡, 猶不欲
　其止. 嘗欲記綴所聞, 而筆不從心, 辭不槪意, 因循荏苒, 有志未就, 居閒處獨, 未嘗不往來于
　中. 近日, 得拙翁盧公所編東稗洛誦者, 伏而讀之, 喜難釋手, 非徒爲文辭之美也. 曾槖屆芰,
　自有宿昔之所嗜好故也. (…中略…) 今此編中所載男女之慾·仙釋之奇·技藝之妙·鬼物之
　變, 可驚可喜·可愛可惡, 言之骹心, 聽之折腰. 兒時所聞者, 幾居什之七八, 而鄙俚化爲新
　奇, 虛無變以典實. 類是某時某人, 明示指的; 某處某地, 可驗考證. 自有徵信而不誣者存."
　『小州集』권49「東稗洛誦跋」(연세대도서관 소장 필사본).

기록으로의 전환 작업의 성공사례로 지적한 발언이다.

　홍직영이『동패낙송』에서 지적한 '신기'나 '전실'은 따지고 보면 미학적 개념이다. 홍직영은『동패낙송』에 수록된 작품들이 시대와 장소, 인물을 낱낱이 구체적으로 명시하여 사실로 증험할 수 있다는 점을 중시하고 있다. '개별적 사실성'이다.『동패낙송』에는 이런 면이 분명히 있다. 물론 단순히 여기서 그치고 마는 것은 아니다.『동패낙송』에 의해 야담의 전형적 형식이 성립되었다고 말할 수 있다. 그중에서 빼어난 문학적 성취는 한문단편으로 파악되었던 터이기도 한다. 이러한『동패낙송』의 성과를 그 작가의식에 유의해서 해명해 보고자 한다.

1) 그 제재題材의 전반적 성격

　『동패낙송』은 현재 알려진 이본이 4, 5종 되는데 본에 따라 출입이 있어 어떤 것을 정본으로 삼을까 판단하기 쉽지 않다.[23] 먼저 성립 경위와 관련하여 이본을 더듬어 본다.

　홍취영은「동패낙송서」에서 적기를, 작지 자신이 "편차를 바꾸려고 하였으나 미처 손대지 못했다" 하고서 "공의 자제 한원漢源, 노긍의 호이 나에게 도세洮洗하여 완본을 만들어 줄 것을 부탁했으나 나는 그렁저렁 겨를을 얻

---

23 『동패낙송』이본으로 ① 서벽외사 해외수일본(원본 日本東洋文庫 소장 2권 2책) ② 연세대본(1권 1책) ③ 익선재본(상하 2책 중 하권, 道光 十四년－1834년으로 필사년도가 명기되어 있음.) ④ 이화여대본(상하 2책 중 하권) ④ 현담문고(구 아단문고)본(발췌 1책, 洪就榮의 서문이 실려 있음)이 현재 알려진 것이다. 그리고「별본 동패낙송」이 있는바 이본차를 넘어서는 정도로 여러 야담집의 자료가 혼재된 것이다(원본은 일본 天理大學所藏으로 서벽외사 해외수일본에 함께 수록되어 있다. 한편 국문본이 따로 전하는바 여기에는 『청구야담』처럼 7자의 제목이 붙여져 있다. 저자가 접한 책은 내표제가 '동패낙송 권지일'로 모두 8편이 수록되어 있고 말미에 "갑인 계하 초삼시작ㅎ야 초오 못다"고 쓰여 있는데 궁체의 달필이다). 정명기의 「동패낙송연구(2)」에서 소개한 국문본은 저자가 접한 것과 계통이 같은 것으로 여겨진다.

非神怪不經之説多是猥褻無倫之語雖供一時之

顔負媿而歸之曰後古稗書掇拾造真妄相糅甚勤强

公孫勉正弗回爲其先人手澤所存索還

漢源遺羫余且老矣遂無精力可以理會少年伎倆

及馬公亂漢源嘗托余澗洗可以更叙次而未暇

可聽間又綴緝爲書名曰東稗洛誦欲

野遠近俠聞異事靡不採訪搜討毎向人誦説纎悉

旣藏諸膝筩而无喜論國故棄工下數百年間朝

拙翁盧公以詩鳴而晚益誠洽博覽群籍鈎玄闡秘

東稗洛誦序

『동패낙송』의 서문
노명흠이 가정교사로 있었던 홍봉한가의 후손인 홍취
영이 지은 것이다. 현담문고(구 아단문고) 소장 『동패
낙송』에 실려 있음.

지 못한 사이에 한원이 졸지에 세상을 떠났다"고 하였다. '도세'란 골라내고 씻는다는 뜻이니, 노긍은 자기 부친이 남긴 초고 『동패낙송』에 손질을 가해서 온전한 책으로 만들어 줄 것을 홍낙수에게 요청했다는 말이다. 그렇게 말한 이면에는 이 책을 세상에 빛을 볼 수 있도록 간행해 달라는 의미도 곁들여 있었던 듯하다. 홍낙수는 노긍의 부탁을 이행하지 못하고 말았다고 고백한다. 노긍의 아들이 "자기 선인의 수택手澤이 남아있는 것이라"고 책의 반환을 요청하여, 부끄러운 마음으로 돌려주면서 대신 서문을 쓴다고 하였다.[24]

이로 미루어 노명흠이 작고한 시점에서 『동패낙송』은 아직 완성된 형태를 갖추지 못했던바 그의 아들 노긍에 의해 자료가 필사 정리되었던 모양이다. 홍낙수의 서문에 『동패낙송』은 세상에 유전하는 이야기들을 채록하여 총 편수가 100여 종에 이르는 것으로 말하였다.[25] 곧 노긍의 손에서 필사된 『동패낙송』에는 100여 편이

---

24 "間又綴緝爲書, 名曰東稗洛誦, 欲更叙次而未及焉. 公亂漢源, 嘗托余淘洗, 俾成完本, 而因循未暇. (…중략…) 公孫勉正弗回, 爲其先人手澤所存, 索還甚勤, 洒强顔負媿而歸之. (…중략…) 但漢源之托, 旣非其人, 世又鮮好事, 無有能揚扢而表章之者, 將抛委塵簏, 吞飫饞蠧而止, 良可慨也!"「東稗洛誦」「東稗洛誦序」(현담문고(구 아단문고)본).
이 서문을 쓴 시점은 戊寅, 즉 1818년이다.
25 "乃於翰墨之暇, 搜羅世俗流傳之說, 掇取百餘種, 裒萃爲一書. (…중략…) 名之而'東稗洛

416   제4부_야담·한문단편

수록되어 있었다는 추정이 가능하다.

『동패낙송』의 이본 가운데 가장 고본이고 선본으로 인정되는, 이가환의 속집이 첨부되어있는 서벽외사 해외수일본은 모두 57편을 수록하고 있다. 그런가 하면 연대본『동패낙송』은 77편으로 헤아려지고 있다. 왜 이렇듯 수록 편수의 차이가 발생했을까?『동패낙송』이 이가환의 집에 전해진 경위부터 궁금한 사항이다.

이가환의 속집이 1795년경 지어진 터이므로『동패낙송』은 노긍이 일차 정리한 시점에서 얼마 지나지 않아 이가환가에 전해졌다고 보아야 할 것이다. 여기서 주목할 점은 이가환이 노긍의 묘지명을 지은 사실이다.[26] 묘지명 같은 가문의 소중한 글을 부탁하고 부탁을 흔연히 받아들인 사이였으니 상호간의 관계가 소원하지 않았을 것임은 물론이다. 『동패낙송』이 미정고의 상태에서 이가환가로 일찍이 전해져 이본의 하나가 성립하게 된 사정을 짚어볼 수 있다. 그리고 수록 편수가 57편에 그친 것은 필사과정에서 (필사자의 관점으로) 탈락시킨 결과이리라.

『동패낙송』은 방금 언급한 2종과 다른 이본이 몇 종류 있다. 그중에 하권만 2종이 전하는데 양자의 목차가 서로 일치하는 것이다. 연대본의 경우 권책을 구분하지 않고 전부 1책으로 되어 있는바 뒷부분의 편차는 이 2종과 그대로 일치하고 있다. 이런 점으로 미루어 연대본처럼 77편을 수록한『동패낙송』이 널리 보급되었으리라 판단해도 무리가 없을 것이다. 『동패낙송』이 누구 손에서 77편으로 정착되었던지는 알 도리가 없다. 어쨌건 지금

誦', 欲更敍次而未及焉."『杜溪集』「東稗洛誦序」(연세대도서관 소장 필사본).

26 『漢源遺稿』에는 묘지명이 惠寰 李用休가 지은 것으로 되어 있다. 저자는 이 기록을 그대로 믿고 「동패락송 해제」에서 언급한 바도 있는데 이용휴는 노긍에 앞서 세상을 떠난 인물이다. 뒤에 이가환의『錦帶集』에 이 묘지명이 수록되어 있어 이용휴의 아들인 이가환의 작임을 확인할 수 있었다. 김영진의 위의 논문에서도 이가환의 작으로 언급하고 있다.

『동패낙송』의 연구고찰은 이 77편을 전체 대상으로 잡아야 할 것이다.[27]

『동패낙송』은 화집의 형태로 묶여진 것이다. 앞서 야담의 전형적 성격이 『동패낙송』에서 성립된 것이라는 말을 비쳤거니와, 이는 본격적인 야담집으로서의 첫 출발이 되기도 하였다. 하지만, 그것을 하나의 전체로서 포괄하는 논리를 세우자면 작업이 결코 간단치 않다. 제재 자체가 각양각색으로 잡다할 뿐 아니라, 편폭과 구성이 단순한 수준에서 제법 복잡한 데로까지 나아가 문학적 성취 또한 편차를 드러내고 있다. 먼저 구사하고 있는 제재의 잡다한 면모를 양적으로 제시해 볼까 한다.

문학작품을 접근함에 있어서 계량화의 방식은 의미를 갖지 못하는 것으로 저자 자신 믿고 있다. 그리고 속성이 물리적으로 결정되는 것이 아니요, 주관적으로 판단해야 하며 모호성이 많다는 점을 부인할 수 없다. 다만, 『동패낙송』 같은 내용·형식에 당해서 그 대체적 경향을 인지하는 방편으로서 운용해 보려는 것이다. 먼저 『동패낙송』에는 어떤 이야기들이 실려 있는가 보자.

신선·귀괴(鬼怪)의 일	14
남녀관계	14
노비문제, 신분갈등	14
전란·정사(政事)	9
선행	9
인물일화	6
운명론·풍수설	5
치부(致富)	4
기타	2
총	**77편**

---

27 연세대본에는 말미에 유성룡을 주인공으로 한 짧은 일화가 한 편 들어 있는데, 다른 본에는 보이지 않는 것이다. 이는 필시 필사 과정에서 첨가된 것으로 판단되어 제외한다.

제재의 내용이 단일하지 않고 복합성을 띤 경우가 많다. 가령 남녀관계에 신분갈등이 얽힌다거나 국난을 앞두고 북악산의 산신이 출현했다거나 하는 등. 각기 이야기의 중심이 어디인가를 따져서 귀속시킨 것이다. 위의 표에서 '신선·귀괴의 일'과 '남녀관계' 및 '노비문제, 신분갈등'이 나란히 14편으로 최다수를 점유하고 있는 점이 눈에 들어온다. '치부'라는 테마는 4편에 불과하여 수치로 보면 낮은 비중이다.

위와 같이 분포를 보인 제재의 내용 성격이 어떤지를 구분해 보기로 한다. 신이성의 유무를 그 중요한 징표로 삼을 수 있을 것이다. 신이성이란 요컨대 인간현실에서 합리적으로는 설명하기 불가능한 어떤 존재나 작용을 가리킨다.

신이성 있음	귀괴	12	24
	신선	7	
	운수	5	
신이성 없음	지감·지혜	20	53
	용력	11	
	기타	9	
	특징이 없음	13	
총		77편	

신이성을 내포한 것들이 24편, 그렇지 않은 것들이 53편이다. 신이성으로 적출할 수 있는 요소를 갖지 않은 이야기가 2/3의 분량을 넘어선 것이다. 그런데 이들에 있어서도 등장인물은 정신적으로나 육체적으로 비범한 능력이 사건전개에 긴요한 작용을 하고 있음을 보여준다. 특별히 내세울 무엇이 없는 경우는 13편에 그치고 있다.

신이성은 대개 전기소설을 특징짓는 요소로 지적된 것이다. 신이성이 1/3로 나타나는 만큼『동패낙송』은 전기적 성격에서 탈피하지 못한 것으로 볼 수 있다. '신선·귀괴의 일'이 14편에 이르는 것은 이러한 성격과 직결되는 현상이며, '남녀관계' 14편 또한 관련이 될 것으로 일단 간주할 수 있다. 애정갈등이 전기소설의 주된 테마이기 때문이다. 그러나 그들 가운데 남녀 관계를 전기식의 순수 애정으로 끌고 간 경우는 1편이다. 나머지는 모두 개가改嫁라든지 빈곤이라든지 하는 사회문제와 연계되는 줄거리다. 노비문제나 신분갈등을 다룬 사회적 주제가 14편에 이르는 점이 함께 주목할 현상이다.

『동패낙송』은 제재적 관심이 현실 사회로 대폭 이동하였다. 전기적인 색채를 아주 털어버린 것은 아니라도 많이 줄어든 상태이다. 그래서 신이성이 빠져나간 자리는 곧잘 비범성으로 채워지고 있는 것이다.

이제 『동패낙송』은 어떤 사람들이 등장하여 엮어내는 이야기인가 보자. 으레 주역이 있고 거기에 맞서는 주역의 상대인 대역對役이 있어 서사는 전개되기 마련이다. 『동패낙송』의 수다한 이야기들은 주역과 대역이 뚜렷이 나누어지는 것이다. 대역을 설정하지 않은 경우는 3편에 그치며, 또한 제3의 인물이 개입하는 이야기가 상당편이 된다. 가령 일화중심으로 구성되는 전傳을 보면 대역이 없거나 모호하다. 『동패낙송』의 작중 인물들을 각기 주역과 대역으로 나누어 신분관계를 파악해보면 다음과 같다 (제3의 역이 상당한 의미를 갖는 경우도 있으나 통계적 파악에서는 제외시켰음).

양반의 범위에는 종친과 고관으로부터 유생, 무관에 이르기까지 들어가 있다. 주역의 67에는 서출 2, 교생校生 1이 함께 잡혀 있는데 이들을 빼더라도 양반이 64편이나 된다. 『동패낙송』은 총 77편에서 64편이 양반을 주역으로 이야기를 엮고 있는 것이다. 대역을 보면 양반이 27편으로 다수를 점유하지만 평민 10편, 노비·천민이 5편, 기생 5편 등으로 여러 신분층이 등장하며, 신선·귀괴의 부류가 15편에서 출현한다. 그런 만큼

신원	주역	대역
양반	67	27
민	5	10
향족·중서(中胥)	1	5
노비·천인	2	5
기생		7
신선·귀신	1	15
기타	1	5
계	77편	74편

각양의 이야기들이 꾸며지는 것이다. 여기서 주목할 점은 주역의 양반에
서는 몰락했거나 곤궁한 처지에 놓인 양반을 다룬 것들이 무려 21편이
된다. 이는 양적 현상으로 그치지 않고 질적 가치로 전이되어, 우리가 중
시하는 수준 높은 작품들은 대부분 이 중에 들어 있다. 『동패낙송』은 제
재의 측면에서 현실사회로 관심이 돌려지고 있는바 특히 양반층의 몰락
이 빚어내는 문제를 민감하게 포착하였던 것이다.

곁들여서 등장인물의 성비율을 보면 주역과 대역에 제3역까지 포함해
서 모두 40편에 여성이 등장하는 것으로 나타난다(별 의미 없이 스쳐간 인물
은 제외). 그중 19편에서는 여성이 주인공 내지 그에 준하는 인물로 역할
하고 있다. 『동패낙송』은 전반적으로 남성 중심적인 내용이지만 여성의
존재가 바야흐로 부상하는 형국이다.

2) 사실과 허구의 문제

『동패낙송』에 등장하는 인물들은 대략 42편에서 실재했던 사람으로
확인이 되고 있다. 당시 조선조 사회에서 활동했던 유명한 인물들 혹은
무명의 인간들인 것이다. 다루어진 사건 내용 또한 실제 사실로 확인 가
능한 경우가 적지 않다. 앞서 거론한 『동패낙송』의 서발문들은 한결같이

그 내용이 조작되었거나 허황하지 않고 실증성이 있음을 장점으로 내세우는데 "이 책이 '동패東稗'로 자처하고 있지만 어찌 한낱 패서稗書라고 할 것이랴! 여러 인물들의 '가장家狀의 일사逸事' 내지 우리 동방의 '장고掌故의 별편別編'이라 일컬어도 지나치지 않으리라"는 주장을 펴기도 하였다.[28] 유사遺事의 성격을 부각시킨 것이다. 『동패낙송』은 실재 인물의 사실기록으로 규정지을 수 있는 그런 것인가? 위에서 제재의 대체적 경향을 수치로 드러내본 바 인물일화에 해당하는 것은 77편에서 6편에 그쳤다. 실기 혹은 유사로 규정지을 성향이 아님을 명백히 보여준 것이다.

야담은 원래 이야기로 돌아다니던 것이 기록된 형태인데 그 이야기들은 대개 근원 사실이 있었다. 바꾸어 말하면 근원 사실이 구연화를 거쳐 정착된 것이 야담이다. 따라서 야담은 발생론적으로 사실성이 있다고 하겠거니와, 보다 흥미로운 점은 편편이 대부분 사실증명의 단서를 붙여서 거짓말이 아니고 정말로 있었던 일이라는 느낌을 강하게 심어주려 한다는 것이다. 이는 결국 서술 방법상의 문제로 되고 있다. 여기서 먼저 일차로 제기되는 사안은 사실과 허구의 관계이다.

허구는 소설적 장치다. 역사는 허구가 되면 역사로서의 자격을 스스로 상실하는 꼴이 되거니와, 만약 신문의 기사를 허구로 보도하면 가짜 뉴스로서 지탄을 받는다. 그러고 보면 허구는 문학에서, 영화에서 특허를 받은 셈이다. 누구나 다 아는 바와 같이 문학의 여러 갈래에서도 특히 소설은 허구를 떠나서는 성립할 수 없는 것이다. 소설의 발전을 따라 허구성 또한 의미를 갖게 되었다고 말해도 좋을 것이다. 그런데 허구성에 대한 이론적 인식은 같이 따라가지를 못했다. 허구의 의미를 좀처럼 긍정하려

---

28 "公雅志執謙, 雖以稗自居, 是書也豈稗之云乎? 雖謂諸人家狀之逸事·東方掌攷之別編, 不足過也." 洪就榮, 「東稗洛誦序」.

들지 않았던 것이다. 종래 소설이라면 무가치한 것으로 따돌렸던 핵심적 근거는 바로 여기에 있었다.

『금오신화』를 두고 '술이우의述異寓意'라고 의미부여를 한 바 있었다.[29] 기이한 이야기를 서술하되 작자가 어떤 뜻을 붙여 놓았다는 말이다. 전기 소설의 속성을 적출한 논리인데 아울러 허구의 의미가 터득된 것으로 여겨지는 개념이다. 이렇듯 처음에 허구는 우의적인 측면에서 가치를 인정받게 된 것이다. 『동패낙송』에 발문을 붙였던 홍직영은 다른 비평적인 성격의 글에서 "허언虛言에 붙여서 실사를 꾸며내는가 하면 실사를 차용하여 허언을 살려낸다"는 발언을 하고 있다. '헛소리'는 헛소리로 끝나질 않고 실사를 분장해서 조출하며, 실사 또한 그에 가탁해서 '거짓말'을 엮어낸다. 전자는 사실적인 소설을, 후자는 역사소설을 연상케 하지만 서로 분리시킨 논리는 아닐 터이다. 허구와 사실의 관계를 역동적인 창조의 과정으로 보고 있다. 허구의 역동성에 착안한 그 미학적 사고는 대단히 흥미롭다. 나아가서 그는 허구와 사실의 역동적인 결합이 연출하는 효과에까지 생각이 미쳐서 '열백동혼悅魄動魂'이라는 말로 독자에 대한 감염력이 놀라움을 지적하였다. 즉 사람의 혼백을 온통 기쁘고 달뜨게 만든다는 뜻이다. 하지만 그는 이런 효과의 극대화를 긍정적으로 보지 않는다. 아무리 사람의 혼백을 빼가더라도 그것은 결국 나무로 깎고 흙으로 빚은 인형과 같다고 본다.[30] 오직 실지·실사만을 중시하는 관점에서 '가상'은 부정된 것이다. 왜 이토록 허구에 대한 평가는 인색하였을까? 거기에 유교적 문학관의 굴레가 있었다.

---

29 金安老, 『大東野乘』 권13 「龍泉譚寂記」.
30 "寓虛言而粧撰實事, 借實事而鼓動虛言, 水中撈月, 空裏御風, 紛脂冶妍, 錦繡粲粲, 非不悅魄動魂, 而迫而視之, 卽一土木偶人耳." 『小洲集』 권50 「題虞初新志後」.

『동패낙송』의 서발문 형태로 일찍이 제출되었던 비평적 논의에서 특히 '실증성'이 집중적으로 부각되었던 배경 또한 유교적 문학관에 있었다. 중국 쪽은 원대元代에 연극예술이 성행하였고 명대에 벌써 소설시대로 진입하였다. 소설의 다채로운 전개와 더불어 '위대한 소설'이 눈앞에 출현해 있었으니 소설에 대한 인식 역시 사뭇 달라질밖에 없었다. 당시 우리의 상황은 소설문학의 발전이 중국에 비해 낙후되어 있었고 유교적 이념은 현실에서 훨씬 강고하게 작동하는 편이었다. 소설은 유교적 문학관의 굴레에 꼭 끼인 판이었으니, 그 제약조건에 순응하면서 자라난 일종의 소설적 형식이 유행하고 있었다. 다름 아닌 야담이다. 야담은 실로 조선적 특수성의 산물이라고 말할 수 있는 것이다.

『동패낙송』의 이야기들 가운데 「이경류李慶流」는 신이성을 보인 대표적 사례다. 이경류란 주인공은 병조좌랑을 역임하고 임진왜란 때 경상도 상주의 북문 외평外坪 전투에서 싸우다 죽은 실제 인물이다. 시신마저 찾지를 못해 의관과 신발로 무덤을 만들었다는데 지금 분당신도시의 중앙공원에 그 묘와 묘비가 남아 있다. 『계서잡록』을 쓴 이희평李羲平은 곧 그의 후손이다. 그가 비장한 최후를 마친 이후 혼령이 본가에 출현하여 이런저런 신기한 일들이 종종 일어났다는 것이다. 『동패낙송』에 실린 내용이 그것이다. 『동패낙송』과 동시대에 엮어진 이규상의 『병세재언록幷世才彦錄』, 직계후손에 의해 쓰인 『계서잡록』 등에 실려 있다. 뿐 아니라, 이재李縡, 1680~1746, 호 陶庵가 이경류의 묘갈명을 지었던바 "공중에서 귤을 던지다"는 구절이 보인다. 『계서잡록』에 의하면 이경류의 노모가 한 여름에 병환이 나서 귤을 몹시 자시고 싶어 했는데 마침 공중에서 "형님, 귤 받으시오, 동정호가에서 얻어온 것이라오" 하는 소리와 함께 노란 귤 세 개가 뚝 떨어졌다[31] 하며, 『동패낙송』에도 이 기적이 에피소드의 하나로 들어가 있다.

그야말로 '신이한' 이야기다. 합리적으로 설명이 되지 않는 비현실이다. 하지만, 이런 귀환鬼幻의 내용이 실제 사실을 전하는 성격의 기록들에 엄연히 수록되어 있다. 실제 사실로 여기고 있었다는 말이 된다. '귀환'은 허구가 아닌 사실의 영역이었다. 『동패낙송』의 작가의식 또한 마찬가지였던 것으로 보인다.

> 매일 밤이 되면 이공의 혼령이 완연히 살아있는 사람처럼 나타나 부인의 방으로 들어가서 동침하며 집안의 굳은 일 좋은 일 이야기하다가 닭이 울면 곧 떠나갔다.
>
> ―「이경류」

『금오신화』의 「이생규장전」에서 이생이 죽은 최씨의 혼과 재회한 것과 유사한 설정이다. 그런데 『동패낙송』은 「이생규장전」처럼 이 대목을 비극적인 최후로 향한 서사적 구성에 연계시킨 것이 아니라 하나의 삽화로 그치고 있다. 이 역시 사실을 시술하는 차원에서 담담히 전할 뿐이다. 작가는 극히 신이한 제재를 극히 단조롭게 처리하고 말았다. 그래서 전체가 짧은 인물일화의 형식으로 귀착이 된 것이다.

신이성의 작품을 하나 더 들어보자. 낙동강 변에서 가난하게 살아가던 박씨 양반이 사냥꾼에게 쫓기는 노루를 구해주고 응보를 받아서 큰 부자가 되었다는 이야기「洛東江邊 朴氏」. 구원을 받은 노루가 꿈에 노인으로 나타

---

31 "空裏投橘, 神怳惚兮!"『陶菴集』권31「從事李公墓碣」(韓國文集叢刊 제195, 139면).
"八代祖妣常有病患. 時則五六月, 間也喉渴, 而病患中, 謂侍者曰 : '何有得喫一橘! 若得喫, 卽渴疾可解矣.' 數日後, 空中有呼兄聲. 伯氏公, 下庭而仰視, 則雲霧中, 公以三橘投之曰 : '老親念橘故, 吾於洞庭得來矣. 可以進之!' 仍忽不見. 以橘進之, 病患卽差."『溪西雜錄』권1(성균관대도서관 소장 필사본).

나서 낙동강 40리를 입안立案, 토지에 대한 관의 허가증서해 두도록 누차 종용하여, 마지못해 그대로 했더니 홀연 강물의 흐름이 바뀌어서 마침내 광활한 토지를 얻었다는 것이다. 『흥부전』의 제비가 물어다 준 박씨에 상응하는 유형의 보은, 치부를 주제로 한 기적담이다. 입안을 하는 등 현실의 구체성을 담고 있긴 하지만 허황하기 짝이 없는 내용이다. 여기에도 역시 "묵정동 신군 상권은 박씨 가문의 외손이어서 이 일을 상세하게 들려주었다"고 사실증명을 위한 '꼬리표'를 달아 놓고 있다.

묵정동은 「옥갑야화」에서 허생의 허름한 집이 있었던 그 동네로 지금 동국대학교의 교정에 들어가 있다.[32] 신상권申尙權, 1725~?이란 사람은 방목을 통해서 1753년 진사가 되고 1762년 문과에 급제, 승지를 지낸 것으로 확인되고 있다(본문에서 '申君 尙權'이라고 호칭하는 점으로 미루어 이 작품은 신상권이 문과에 급제하기 전에 기록한 것이 아닌가 한다). 이 신상권을 끌어들임으로써 허황한 이야기가 정말로 있었던 사실처럼 받아들여질 수 있게 된 것이다.

다음에 근대야담으로 와서까지 계속 인기를 누렸던 「일타홍一朶紅」을 들어본다. 명재상으로 알려진 심희수沈喜壽, 1548~1622, 호 一松,『一松集』을 남김와 명기 일타홍의 사랑을 다룬 이야기. 신이성을 내포하고 있지 않지만 재자가인의 기이한 만남과 헤어짐이라는 측면에서는 전기소설의 전형적인 구조이다. 야생마처럼 날뛰던 소년이 여자의 사랑과 분별력에 힘입어 마음이 잡히고 드디어 입신양명을 하게 되는 줄거리. 성장소설적인 일면과 함께 통속적 흥미를 유발할 요소를 십분 지닌 것이다. 이 이야기는『동패낙송』보다 성립 연대가 반세기 앞서는 『천예록天倪錄』에도 상당히 긴 편폭으로

---

32 墨井洞은『漢京識略』에서 墨寺洞으로 기록된 곳이다. 본래 東岳 李安訥의 고택이 있어 동산에는 詩壇이 있었다 하였으며, 또 허생이란 인물이 이곳에 은거한 사실이 있어 朴燕巖이 그를 위해 立傳하였다는 것이다(서울 시사편찬위원회 편,『漢京識略』, 1956, 293면). 「옥갑야화」에서는 墨積洞으로 표기되어 있다.

꾸며진 작품이 보인다. 물론 취재한 대상이 동일하기 때문에 대략의 줄거리는 서로 비슷하다. 그러나 사건 전개로 들어가 보면 많이 달라지고 있어 문학적 성향이 결국 같지 않은 것으로 생각된다.[33]

작품의 서두는 양자 공히 주인공 심희수에 대한 소개로 시작한다. 『천예록』의 경우 용모·풍채가 옥처럼, 눈처럼 아름답고 청수한 데다 글재주조차 대단히 영특한 아이로, 『동패낙송』의 경우 헝클어진 더벅머리에 콧물이나 줄줄 흘리며 기생에게 막무가내로 달라붙는 못된 과부자식으로, 주인공의 성격을 서로 전혀 판이하게 설정하고 있다. 전자에서는 '선동仙童'이라고 세인들의 기림을 받는데 반해서 후자에서는 '광동狂童'이라고 사람들의 놀림거리가 되고 있다. 이렇듯 서두에서 설정한 주인공의 성격차이는 이후 전개되는 사건에 관련이 된다. 『천예록』은 재자의 전형으로 등장한 심소년이 가인의 전형인 일타홍과 우연한 만남으로 애정의 불길에 말려들더니 과거급제를 기약한 헤어짐 끝에 기이한 재회가 그려지고 있다. 전기소설의 잔재가 뚜렷한 것이다. 『동패낙송』의 일타홍은 심희수의 거칠고 방종하는 외형과 달리 장차 대성할 수 있는 역량이 잠복해 있음을 간파한 것이다. 그래서 일타홍은 자신의 모든 것을 바쳐서 슬기롭고도 사리에 맞게 내조하고 비상수단까지 발동해서 드디어 심희수는 인간적으로 성숙하고 사회적으로 성공하게 된다. 일타홍에게는 나름의 교육적인 논리가 있었으니 "그의 좋아하는 바에 따라서 잘 인도하면 성취시킬 수 있다"는 주장이다. 문제아에 대해 무조건 억압하지 말고 그 개성에 비추어 너그럽게 이해하며 그가 가진 문제점을 순리로 이용하면 오히려 큰 효과

---

33 『한문서사의 영토』(태학사, 2012)에 『천예록』 소재의 작품은 「일타홍」(1권, 355~365면), 『동패낙송』 소재의 작품은 「광동」(1권, 366~372면)이란 제목을 붙여서 수록하고, 두 편을 한데 묶어 해설을 달았다. 이 해설을 취해서 여기 논지를 작성하였음을 밝혀둔다.

를 거둘 수 있다는 취지이다.『동패낙송』에 이르러는 전기소설적 성격이 탈각되면서 성장소설적 면모를 띠게 된 것으로 해석하였다.

또한 전체의 구성이 서로 다르게 되어 있다.『천예록』의 작중 현재는 70여 세의 노재상 심희수가 죽음에 임박한 장면이다. 그는 자신의 죽음을 미리서 알고 지난 일생을 회상하며 마침 찾아온 한 젊은 후배에게 일타홍과의 이야기를 들려준다. 주인공이 회고하는 방식으로 서사시간을 재구성한 것이다. 그런데 그가 어떻게 자기의 죽음을 알았던고 하면 일타홍이 꿈에 나타나서 "대감, 수명이 다했습니다. 저는 대감을 맞으렵니다"고 예고한 때문이다. 그녀가 죽은 이후로 집안에 무슨 길흉사가 있으면 꼭꼭 현몽하여 미리 가르쳐 주었고 그때마다 적중하였다는 것이다.『동패낙송』은『천예록』에서처럼 시간을 도치시킨 구성이 아닌 순치법으로 되어 있다. 일타홍이 죽어 상여가 무덤을 향해 떠나는 것으로 작품은 끝난다. 『천예록』이 쓴 구성법은 특이하긴 한데 전체적으로 신비감이 짙게 착색을 시킨 것이다.

「광동」과 같은 성장소설적인 작품으로「조보朝報」를 들 수 있다.「조보」는 주인공의 행동이 무섭도록 합리적이면서 현실적으로 자기 인생을 설계, 실천한 그 형상이 돋보여서 한문단편의 우수작의 하나로 손꼽혔다. 특히 주목할 바 결말부에서 여주인공 스스로 자신이 방문을 안으로 걸어 잠그고 식음을 거부하여 죽음을 결행한다. 하층 여성을 문제적 인간형으로 각인시킨 것이다. 아마도 자살의 동기가 정절에 있지 않고 복잡한 현실논리와 심리적 상태에 관련된 경우로는 앞선 유례를 찾기 어렵지 않은가 싶다. 또 양자 공히 자신이 선택한 남자를 성공하도록 노력하고 주선하는 유형이다. 말하자면 여성의 사회적 진출이 원천적으로 차단되었던 남성중심의 사회에서 여성은 '대리성취'를 한 셈이다. 끝맺음 역시 양자 공히 여주인공의 죽음으로 처리되고 있다. 장례식으로 끝나는 것이 비극의 종막이라지만 이를 비극적인 것이라고 규정지을 수 없는 것이다.

인간은 관 뚜껑을 덮을 때 가서 비로소 최종적 평가가 내려진다고 한다. 이들 성장소설적 작품에서 여주인공의 죽음으로 막이 내리는 구성은 당연한 결말로 생각된다. 한 인간의 성실한 삶이 종결되는 데서 작품 또한 종결되는 방식이 자연스러운데 독자들 또한 거기서 비장한 감회를 갖게 될 것이 아닌가.

그런데 바로 이 대목에다 역시 사실증명의 '꼬리표'를 달아놓는다. 「일타홍」의 경우 심희수가 일타홍의 주검을 운구하여 금강나루를 건널 때 비를 만나서 "금강 가을비에 붉은 영정 적시놋다. 죽음길 떠나가는 가인의 눈물인가?"라고 읊었던 바 이 시가 『기아箕雅』에 실려 있다고 한다.[34] 『기아』라는 시선집에서 이 시는 확인되고 있다. 「조보」의 경우 "나는 누차 평산을 지나다녔다. 평산 동쪽 10리 마당리 한길 가에 서향하여 우병사의 묘와 그 오른쪽 10여 보에 그의 소실의 무덤이 있어, 지나는 길손들이 손을 들어 그곳을 가리키며 옛 이야기를 하는 것을 볼 수 있었다"는 일종의 에필로그를 붙이고 있다. 전체구성에서 빼지 못할 부분이기도 하다. 이를 작자 자신의 직접적 견문으로 입증하기도 하였다. 사실을 전한다는 자세가 분명하여 구성의 수법으로까지 연장이 된 것이다.

그렇다면 이야기의 내용은 사실 보고의 차원에서 그친 것일까? 「조보」의 경우 남주인공 우하형이 무관으로 활동하다가 1710년 64세로 죽은 것이 확인되는바 이 역시 근원 사실이 물론 없지 않았을 터이다. 그런데

---

34 "一朶芙蓉載柳車, 香魂何處去躊躇? 錦江春雨丹旌濕, 應是佳人別淚餘"『箕雅』 권3 「有悼」 (아세아출판사, 1980, 207면). 제3구의 '春雨'가 '秋雨'로, '丹旌'이 '銘旌'으로 바뀐 것을 빼놓고 『동패낙송』에 실린 것과 다 일치한다.

어떻게 일타홍이란 동일인물을 주인공으로 엮은 이야기가 위에서 보았듯, 『천예록』과 『동패낙송』에서 작품 성격의 다름을 그토록 크게 빚어냈을까? 허구적 발전의 상이한 결과라고 밖에는 설명할 도리가 없다. 허구적 발전의 과정상에 결정적으로 개입한 것은 물론 그 기록자(작가)의 창작정신, 그리고 필치이다. 전기소설의 틀 속에서 작품화한 『천예록』의 작가와 달리 『동패낙송』의 작가는 '사실寫實의 정신'을 터득했던 것으로 평가된다. 예컨대 「조보」에 등장하는 새로운 여성형상은 '사실의 정신'에 기초한 허구적 발전의 성과에 속하는 것으로 보인다.

3) 서술 시각과 '닫힌' 구조

우리가 야담이라는 기록화된 결과물을 놓고서 구연자의 몫과 기록자의 몫을 따로 변별해 낼 수 있을까? 과정상에서는 획연히 구분되지만 우리의 인식대상은 구연에서 기록으로 혼연일체가 되어있는 상태이기에 거의 불가능한 일로 보아야 할 것이다. 야담이란 기실 소설의 3요소로 규정되는 인물·사건·배경은 물론 플롯까지도 이야기의 형태로서 이미 갖추어진 것이 아닌가. 기록자의 창작적 기여도는 낮은 것으로 여겨질 수 있다. 그러나 문학사에 하나의 양식으로 존재하고 있는 야담 혹은 한문단편은 기록화의 결정체結晶體이다. 때문에 '기록화의 주체'를 본고의 서두에서 작자로 인정하고 중시해야 할 것으로 말했던 것이다.

『동패낙송』의 문면을 유심히 살펴보면 '기록화의 주체'가 서술자로 역할하고 있음을 알 수 있다. 구연단계에서의 이야기꾼-강담사가 기록단계에서는 서술자로 전환된 모양이다. 「해풍군 정효준海豊君鄭孝俊」이나 「조보」에서처럼 드물게 서술자가 1인칭으로 노출된 사례가 없지는 않지만 대체로 문면의 이면에 감추어져 있다. 이 사실을 누구에게 들었노라고 했을 때, 그것을 듣고 기록하는 서술자가 이미 전제되어 있다고 하겠거니와, 그밖에 작품들 또한 끝말을 으레 "~라고 하더라[~云]"는 식으로 해서 이상의 내용이 들은 이야기임을 전제하고 있는 셈이다.

여기서 서술자와 관련하여 시점문제를 잠깐 거론한다. 앞서 작중 인물을 '주역'과 '대역'으로 구분해 보았는데 거의 예외 없이 주역을 따라서 서사적 시공간이 펼쳐진다. 주역과 주인공은 일치하는 경우가 대부분이다. 「일타홍」의 경우 대역이 오히려 주인공의 의미를 갖게 되는데 이런 때 주역은 서사적 진행자로서의 비중이 크게 주어진다. 다음에 거론할 「관상觀相」에서는 서사가 진행되면서 주역이 바뀌기도 한다. 이런저런 변모가 없지 않으나 야담의 서사적 전개는 주역에다 시선을 맞추고 있다고 보아야 할 것이다. 언제고 주역이 가는 데로 시선이 옮겨가며 일어나는 사건이 관찰되고 오가는 대사가 청취되는 그런 형태이다. 소설기법상의 개념을 적용해 보자면 제한적 시점을 써서 장면중심으로 서사가 진행되는 방식이다.

근대 이전의 소설들은 대개 '전지지적 시점'을 구사하고 있다고 한다. 전지전능한 입장에서 서술이 이루어지기 때문에 파노라마를 펼치기에는 용이하지만 사실성의 면에서 회의감을 불러일으키는 것이다. 합리성의 기초에서 현실을 추구하는 근대단편소설이 '제한적 시점'을 채택하게 된 것은 당연한 귀결이라 하겠다. 야담·한문단편에서 제한적 서사가 착실히 진전하고 있는 현상은 대단히 흥미로운 면모가 아닐 수 없다. 야담 자체가 자기 자신의 견문을 진술하는 필기의 변종이다. 야담이 취한 제한적 서사는 필기로부터 유래한 것이다. 뿐 아니라, 소설기법으로 논하기에는 아직 단순 소박한 단계다. 비록 그렇기는 하지만, 야담의 자기 발전의 경로에서 제한적 시점에 의해 새로운 서사형식이 창출되고 있었다고도 말할 수 있다. 리얼리티를 가능케 한 시각이 방법론적으로 확보된 것이 아닐까. 이 사안은 따로 본격적인 논의를 요하므로 여기서는 문제의 요점을 지적하는 데 그친다.

"부처님 살찌고 여위기는 석수장이 손에 달렸다"는 속담도 있지만 야담은 기록자의 붓끝에서 크게 좌우되기 마련이다. 지금 야담에 대해 작가의식을 거론하고 작가적 수법이라는 차원에서 분석해 들어가려는 것은 이 때문이다.

국가적 위기와 관련해서 엮어진 이야기로 「치숙痴叔」이 있다. 임진왜란이 일어나기 직전에 어느 정승의 숙부가 주인공으로 등장해서 꾸며지는 이야기다. 정승은 국가의 안위를 짊어진 인물로 알려져 있으며, 그 숙부는 '바보 아재'라는 별호가 붙은 무명의 어리석은 인물이었다. 이 '바보 아재'가 요인 암살의 임무를 수행하기 위해 잠입한 왜놈 첩자를 미리 간파하여 혼내준다는 내용이다. 현달하고 유명한 자는 내실이 적고 오히려 미천한 가운데 참으로 출중한 인재가 숨어 있다는 유형에 속하는 것이다. 이 작품은 다른 여러 야담집에도 실려 있으며, 홍신유는 이 테마를 「유거사柳居士」란 제목의 서사시로 표출하였다.[35] 이들 여러 작품들은 줄거리가 유사하면서 이런저런 차이를 보이는바 모두 정승의 성명을 유성룡으로 명기하고 있다. '모 정승'으로 되어 있는 것은 『동패낙송』의 「치숙」이 유일한 것이 아닌가 싶다. 민담이나 전설에서 고유명사는 가변성이 많은 부분이긴 한데 이 경우는 자못 미묘한 의미를 띤 것으로 생각된다. 유성룡은 남인당파의 중추적인 존재로서 그에 대한 평가는 당론의 주요 쟁점 사안으로 되어 있었다. 『동패낙송』의 경우 그 제재를 취해 쓰면서도 유성룡

---

35 임형택 편역, 『李朝時代 敍事詩』 2, 창비, 1992, 127~134면.

과의 연계를 배제한 의도적인 고려가 있다고 여겨진다. 하필 유성룡을 결부시킨 것 또한 의도가 있는 것임이 물론이다.

서술자의 정치적 입장을 엿볼 수 있는 대목이다. 붕당이 발생한 이후 사대부라면 어쨌건 당론으로부터 자유롭기 어려웠다. 야담류 조차도 눈여겨 보면 많건 적건 당파적 색채를 띠기 마련이었다. 그런데 『동패낙송』은 당파적 색채가 그렇게 투명하지 않다.

노명흠은 어느 당파에 속했을까? 그의 아들 노긍을 보면 묘갈명은 정범조丁範祖, 1723~1801, 호 海左에게, 묘지명은 이가환李家煥에게 청해 받았던 사실로 미루어 가계가 남인에 소속했음은 확실해 보인다. 남인 본색의 노명흠이 생존을 위해 노론대가 홍봉한가에 숙사로 들어가서 조심조심 지낸 것이다. "걸을 적엔 신발만 내려다보고 앉았을 적엔 벽만 바라본" 그 자세가 30년을 숙사로 살아갈 수 있었던 묘리였으며, 그의 이런 자세가 『동패낙송』에 반영되지 않을 수 없었을 터이다. 『동패낙송』은 전반적으로 당론에 예민한 제재는 다루어지지 않았거니와, 인물이나 사건이 혹 당론과 관련을 갖게 될 경우 당파적 모서리를 드러내지 않으려고 십분 주의했다. 그럼에도 방금 본 「유거사」에서 은근히 가려져 있듯 남인의 본색은 잃지 않는다. 기실 흥미롭고 중요한 측면은, 당파의식으로부터 빗겨서, 당초 당론과 무관한 서술자 자신의 기본적 입장에서 인생문제를 추구하였으며, 여기서 작가적 기량이 발휘된 사실이다.

「말馬」이란 제목의 작품이 있다. 나는 이 작품을 뽑아 『이조한문단편집』의 '성性과 정情'에 수록했는데 거기에 붙인 해설에 이렇게 적었다.

영남의 한 거벽巨擘이 매우 불길한 운수를 앞에 두고 점쟁이 말을 들어 미인을 얻고 과거에 급제했다는 줄거리다. 숙명론으로 일관되어 있다. 이 숙명론을 어떻게 해석할 것인가? 이 점이 문제인데, 요는 유형적인 것이다. 유형적 장치에 의해서 작품은 재미나고 짜임새 있게 구성되었다.

그런데 표면적으로는 거벽이 주인공으로 되어 있지만 작품에서 보다 중요한 의미를 갖는 인물은 '그 여자'이다. 우선 이 거벽은 별다른 개성도 찾을 수 없는데 비해, 그 여자는 비록 숙명론으로 위장이 되어 있으나 구도덕에 자신을 매몰시키지 않고 보다 적극적으로 자기의 인생을 개척하는 주견이 뚜렷한 인물이다. 그 여자는 '민촌 부자', 곧 농촌의 서민부자의 딸이며, 시집도 또한 서민부자였다. 이런 배경에서 양반 부녀자와 다른 의식이 형성될 수 있었을 것으로 여겨진다. 이러한 여성이 낡은 도덕률에 희생당하지 않고 자기의 인생을 개척하는 모습에 이 작품의 진정한 주제가 있다. 여기서 숙명론은 믿느냐 믿지 않느냐의 차원이 아니며 구성의 장치로서 기능한 것이다.

본고에서 사용한 용어를 적용해 말하면 '거벽'은 주역이고 '그 여자'는 대역인데 전체의 주제로 보아서는 대역이 도리어 주인공으로서의 의미를 지니고 있다. 그 여자는 16세에 결혼, 17세에 남편을 잃고 서사의 현 시점에서 19세다. 기껏 고3 정도의 소녀가 벌써 과부가 되어 한평생 홀로 살아야 하다니……. 이렇듯 어처구니없고 비인도적인 도덕률을 작품은 문제로 제기한 것이다. 당시의 이데올로기와 인습에 따르면 실제로 해결할 방도가 없다. 한문단편의 「청상靑孀」·「고담古談」에서 그려지듯 양반여자의 재혼은 극히 변칙적이고 기발한 방법을 연출해야만 했다. 「말」의 경우 역시 재혼을 시키기 위해서 기발한 변칙을 연출하는 한편 근원적으로 꿈을 차용해서 숙명론으로 합리화시킨 것이다. 위 해설문의 끝에서 "숙명론은 믿느냐 믿지 않느냐의 차원이 아니며 구성의 장치로서 기능한 것이다"고 지적한바 여기서 거론하는 '닫힌' 구조이다.

'닫힌' 구조란 전통적인 서사양식에 일반적으로 나타나는 어떤 패턴화된 장치를 지칭한 개념이다. 『흥부전』에 있어서 제비가 물어다준 박씨에 의한 선악의 응보, 『구운몽』에 있어서 꿈을 차용한 액자형태는 그 현저한 사례로 들 수 있다. 언제 누가 어디서 무슨 일이 있어 어찌어찌 되었다는, 서두에서 결말에 이르는 이야기의 형식 자체가 '닫힌' 구조다. 야담의 '닫힌' 구조는 생래적인 것이었다고 하겠거니와, 유형적인 화소가 종종 삽입되기도 한다. 미국문학의 초창기에서 등장한 「립·밴·윙클」의 작가 워싱턴 어빙Washington Irving, 1783~1859은 "나는 이야기란 소재를 스케치하는 액자라고 생각한다"는 견해를 펴고 있다. 어빙은 소설을 '스케치'란 말을 써서 회화적 묘사의 성격을 강조하였지만 액자 속에 담겨져야 하는 것으로 본 것이다. 어빙 역시 서사의 형식적 자유해방을 유보했다.

누구나 가만히 생각해 보면 우리의 사물인식은 문화적 논리에 사로잡히기 마련이요, 그 표현 형태 역시 일정한 관행과 격식에 의거하고 있음을 부인하지 못할 것이다. 흔히들 근대문학의 특징으로 정형시에서 자유시로의 전환을 지적하는바 여기 짝하여 서사문학에 있어서는 '닫힌' 구조로부터의 해방을 들 수 있겠다. 근대소설에 이르러 인식논리, 표현형태가 함께 개방적이 되었다. 하지만 나는 흑백론적으로 양분시키는 종래의 논리를 바람직하게 보지 않는다. 실상에도 꼭 들어맞지 않고 근대지상주의로 편향된 때문이다. 그렇다고 상호간의 변별성을 주의하지 말자는 주장은 아니다. 가령 신문학의 시·소설과 고전적인 시가·소설 양식들의 배경으로서 서로 상이한 각각의 인식논리, 그 표현 형태에 다가서서 정치하게 변별하고 명석하게 조리를 세우는 학적 노력은 요망되는 작업이다. 그리하여 각기 내장된 미학적 특성, 상호의 모순 조화로 엇물리는 역동성을 해명하는 일이 또한 바람직하지 않겠는가.

『동패낙송』을 두고는 전편에 걸쳐 '닫힌' 구조에서 완전히 탈피한 것은 한편도 없다고 말하는 편이 타당할 것이다. 물론 그 층위 및 방식은 한결같지 않으며, 기속성羈速性의 정도 또한 여러모로 차등이 있다. '닫힌' 구조라 하여 고정된 상태로 있는 것이 아니고, 창조의 변증법이 그 내부에서 작동하는 수가 있다. 이런 측면을 주목하기 위해 본 소절에서 '닫힌' 구조라는 개념을 도입하였는데, 다음 소절을 '사실 寫實의 성취'라고 표제하여 논의를 이어가려 한다.

4) '사실寫實'의 성취

「소금鹽」과 「광작廣作」은 모두 몰락양반이 경제활동을 하여 큰 부자가 되는 이야기다. 그러나 기적을 수반한 치부담과는 성격이 다른, 현실적인 경제활동에 초점을 맞추고 있다. 부의 추구에 합리적·적극적인 인간형상을 창출했다는 점이 특이한바 「광작」에서는 양반 남성을, 「소금」에서는 평민 여성을 부각시켜 놓았다.

이 두 작품은 이야기적 형식을 따르고 있는 점에서는 예외가 아니지만, 「말」에서 보는 그런 액자를 틀로 쓰지 않았다. 「소금」의 경우 서두를 "서울 김씨 궁생원이 처자를 이끌고 유리 호구하며…"라고 단도직입으로 시작하여 자못 긴장감을 준다. 한편 '성과 정'에 수록된 「관상」의 경우 도입부에 등장한 무변이 자신의 관상을 보고 취한 행동이 서사의 발단이 된 점에 있어 「말」과 유사한 액자형이지만 서사가 발전해 나간 결과 "그 무변은 진실로 관상을 잘 본 것이 아니었다"는 말로 끝맺음이 되고 있다. 이 경우 '닫힌' 구조를 역으로 이용한 셈이다. 「소금」은 『삼국사기·온달전』과 유형적 근친성이 지적될 수 있겠으며, 「광작」에서 10년 기한을 정하고 죽만 먹기, 「관상」에서 국왕이 남주인공에게 비밀히 봉투 셋을 주고 차례로 뜯어보도록 하여, 거기 맞추어 후반의 서사가 전개되는 등등 패턴화된 화소를 끌어오고 있다. 요컨대 3편 모두 '닫힌' 형식에서 자유롭지 못했으나 기속도는 한결 완화된 편이다. 이와같은 기속과 개방—상호모순되는 관계의 고리에서 우리가 주의해야 할 두 가지 점이 있다.

하나는 '닫힌' 구조의 문화적 논리의 측면에 대해서다. 대개 '닫힌' 구조는 인과응보로 얽혀지는 숙명론이 주조를 이루고 있다. 「말」의 경우가 전형적인데 일반 사람으로서는 인지할 수 없는 어떤 운세가 인간 앞에 놓여 있다는 식이다. 숙명론적 사고는 불합리하고 진취성이 결여된 태도라는 지적을 항용 받는다. 근대적 인간의 사고와 배치되는 것이라고 말한다. 그런 의미에서도 '닫힌' 구조는 전근대적인 것으로 규정지어 마땅하다. 하지만, 바로 이 숙명론과 연계된 거기에서 진취적인 실천의 논리가 도출되기도 한다.

"이 일은 하늘의 뜻이군요. 하늘의 뜻을 거스를 수 있겠습니까?"

「말」의 여주인공이 정절의 윤리를 파기하면서 한 발언이다. 하늘은 숙명론의 원천이요, 인간의 복선화음을 궁극에 보증해주는 곳이다. 계율과 인습이 엄중했던 만큼 거기에 반역하기 위해서는 최고의 보증을 필요로 했던 셈이다. 「소금」의 남주인공은 "하늘이 제각기 먹을 것을 점지해주신 [天不生無祿之人] 바에, 아무리 가난해도 연명할 방도야 없겠습니까"라고 주장한다. 『흥부전』에서도 이 관용어를 똑같이 원용하고 있는데 하늘이 당초에 인간의 생존을 보장하고 있으니 지금 아무리 곤궁하더라도 체념하거나 좌절할 일이 아니라는 의미로 해석되고 있는 것이다. 「소금」의 여주인공 역시 "빈부와 사생은 각기 정해진 복에 달렸"다는 말로서 적극적인 행동을 도출하고 있다. 기속장치가 있는 바로 그 지점에 개방의 논리 또한 도출된 것이다. 실로 역설적인 상황이다.

다른 한 가지는 양반에 편향하여 엮어진 점이다. 『동패낙송』은 전체 77편중 64편에서 양반이 주역으로, 27편에서 양반이 대역으로 등장하고 있음을 앞서 지적하였다. 그런 가운데 또 곤궁한 처지에 놓인 양반을 다룬 작품이 질적 양적으로 비중이 크다는 점을 어떻게 볼 것인가? 작가의식의 측면으로 간주할 수 있는데 양반의 이념 내지 가치관을 반영하고 있을 뿐 아니라, 팔이 안으로 굽듯 자계급적自階級的 이기심을 노정하기도 한다. 작중에서 인간의 운명을 초월적인 논리로 예단하는 풍수설, 점복설, 관상 따위는 대체로 양반들의 생활의식과 깊숙이 연계되어 있었다고 간주할 수 있겠거니와 복선화음의 귀결처는 일신의 영달, 가문의 번창 그것이었다. 행운은 항상 양반의 편인 듯 그려진다. 「신문외서생新門外書生」을 보면 적빈한 서생을 만석군 중인의 딸이 무한히 사모하여 그에게는 미인과 부가 저절로 굴러드는 이야기이며, 「차태借胎」를 보면 능력이라고는 아들 만드는 재주밖에 없는 서울의 궁생원이 시골 평민부자의 재물과 세 여자를 송두리째 인계받게 되는 내용이다. 「관상」에서도 영흥의 부자 노파는 서울 양반을 죽음의 위기로부터 구원하고 예쁜 딸을 주고도 떠날 때 또 큰 돈을 제공한다. 노파의 의협심, 딸의 서울 양반에 대한 선망 내지 사랑으로 이해되는 바 있다 해도 이런 면까지 포함해서 총체적인 양반의 행운이다. 몰락한 자의 주관적인 소망으로 비쳐지는 것이다. 그런데 작가는 몰락한 자의 삶을 포착함에 있어 사뭇 다른 사고의 모형이 그려지곤 한다.

허씨 양반 내외가 다 돌아가시자 삼년상까지 고을 사람들의 부조가 컸다. 삼년상을 마친 다음 그 둘째아들 허공許珙이 형과 아우에게 말했다.

"우리가 오늘날까지 굶어죽지 않은 것은 오로지 부모님이 인심을 얻으신 덕분 아니오? 이제 삼년상이 끝나 부모님이 남기신 덕에 더 의지할 수도 없는 일이니, 이런 곤궁한 형세로서는 다 같이 굶어죽을 지경에 갈 수밖에 도리가 없소. 우선 각기 살아갈 방도를 차려야 하지 않겠어요."

"본디 배운 글공부 말고는 달리 도리가 없는걸."

형과 아우가 한 목소리로 말하자 이에 허공이 말했다.

"각자 뜻을 따를 수밖에 없지요. 저는 굳이 다른 길을 권하지는 않겠으나, 삼형제가 모두 글공부에만 매달리다간 춥고 굶주려 죽기에 알맞소. 내 어쨌거나 10년 기한하고 결단코 목숨을 걸고 치산治産을 하여 우리 집안을 구해보겠소"[36]

「광작」에서 서사의 발단 대목이다. 주인공 허공은 일가족이 굶어죽을 위기에 직면해서 글공부라는 양반의 본업을 때려치우고 '살아갈 방도'를 차리기로 나서고 있다. "목숨을 걸고 치산治産을 하여 우리 집안을 구해보겠소." 가문주의에 입각하고 있으나 선비로서 생활 현장으로의 전환이었다. 그리하여 작품은 허공 내외가 밑천을 마련, 자영적인 농업으로 광작을 하고 특히 담배 같은 경제성 작물 재배로 부를 확대하는 상황을 구체적으로 그려낸 것이다. '살아갈 방도'를 개척하는 과정이 곧 서사의 중심 내용이다.

「소금」은 몰락의 정도가 「광작」에서 훨씬 더 심각하게 진행된 상태다. 이 가문은 종전까지 살던 터전으로부터 유리, 이제 걸식해서 연명하는 처지로 전락한 상태다. 새로 맞이한 신부는 거지 노릇하는 남편에게 "대장부로 세상에 나와서 밥벌이를 꾀하는데 전혀 깜깜해가지고 한껏 비렁뱅

---

36 『이조한문단편집』 1, 31면.

이를 일삼으니, 이를 장차 어찌할 셈이에요?"라고 문제제기를 하자, "농사일은 못 배웠고 나무하고 풀베기도 손방인 걸 구걸하는 일 말고 무엇을 하겠소?"라고 대답한다. 「옥갑야화」에서 허생이 굶주림에 지친 처의 항의를 받는 극적인 장면이 연상된다. 허생의 처는, 장사는 밑천이 없어 못하고 장인바치 일은 기술이 없어 못하겠다는 남편에 대해 "왜 도둑질이라도 못하느냐?"고 부르짖기 밖에 아무 도리가 없었다. 「소금」의 여주인공은 자신이 시집올 때 싸들고 온 세목 2필을 팔아서 40냥의 장사밑천을 마련한다. 이 40냥을 잘 운용, 소금장수를 하여 기하급수적인 이득을 창출, 마침내 큰 부를 축적하는 결말로 진행하는 것이 「소금」의 서사이다. 이 남녀 주인공이 짝을 맺는 경위를 작품은 이렇게 그리고 있다.

> "아랫마을 장풍헌이 당혼當婚한 딸이 있다지요? 제가 대면하여 청혼해 볼랍니다."
>
> "우리가 아무리 궁해서 죽을 지경이라도 평민들과 혼인하다니, 그건 차마 못할 일이 아니냐?"
>
> "아버지 말씀은 너무나 실정에 어둡습니다. 우리가 이 마당에 이르렀으니 그야말로 새벽 호랑이 중이건 개건 가릴 겨를 없다는 격이지요."[37]

작중의 남주인공 김총각이 장풍헌에게 청혼하기로 결심하고 자기 아버지와 의논하는 장면이다.

> 김총각이 (장풍헌을 대해) 말을 꺼냈다.

---

37 위의 책, 73면.

"어르신도 필시 우리 집 문벌을 들었을 줄 압니다. 이만한 양반으로 이 나이가 되도록 장가를 들지 못했습니다. 어르신 따님을 제 처로 주시면 어떠실는지요? 하늘이 제각기 먹을 것을 점지해주신 바에, 아무리 가난해도 연명할 방도야 없겠습니까?"

"내 딸이 자네 집에 들어가면 영락없이 굶어죽고 말거라. 자네는 어쩌자고 그런 말도 안 되는 소리를 하는가?"

풍헌은 손을 내젓는 것이었다.

김총각은 멋적게 물러나왔다. 풍헌은 집 안으로 들어가면서 혀를 차며 혼자 중얼거렸다.

"원 당치도 않은 소릴……."

그 딸이 마침 아침 부엌에서 쌀을 일다가 나와서 물었다.

"아버지, 무얼 가지고 그렇게 불평하셔요?"

"네가 참견할 일이 아니다."

그래도 딸이 재삼 까닭을 물어서 말해주었다.

"윗동네 김도령이 내 사위가 되기로 청하지 않겠니. 그래 내 이미 거절은 했다만, 원 말이 당치도 않구나."

"우리 집 안방에 맞아들일 사위래야 기껏 하총정병荷銃正兵 : 총대 맨 병정밖에 더 있겠어요? 김도령은 그래도 명색이 양반인데, 아무렴 저들보다야 낫겠지요. 빈부와 사생은 저마다 정해진 복에 달렸는데, 그의 청혼이 무어 해괴하달 것이 있겠나요? 저는 그가 꼭 허락받게 되기를 소원하옵니다."[38]

김총각과 장풍헌의 대화, 김총각의 퇴장 후에 장풍헌과 그 딸의 대화로

---

38 위의 책, 73~74면.

이어지는 대목이다. 연극처럼 장면을 구성한 그 필치가 생동하고 있다. 앞서 중시했던 숙명론에 기대어 진취적 사고를 노정한 그 문제적 발언이 바로 이 대목에 들어 있고 속담 및 관용어를 적절히 구사해서 인상을 뚜렷하게 하는 효과를 얻은 면모 또한 돋보인다. 나아가서 자못 주목할 점이 있다. 다름 아닌 등장인물들의 사회적·경제적 관계에 얽힌 복잡한 심리상태를 몇 마디 주고받는 대화로 간명하게 표출시킨 묘사기법이다. 사회적 처지와 빈부의 문제는 예나 지금이나 남녀의 결혼에 당해서 예민해지는 사안이거니와, 위의 두 장면에 등장한 인물들이 각기 신분이나 세대와도 관련하여 일으키는 상이한 반응이 재미나게 대조되는 것이다. 양반의식으로 신분 관념을 고수하려는 자는 "궁해서 죽을 지경이라도 평민들과 혼인하다니"라고 반응하는 김총각의 아버지뿐이다. 다른 세 사람은 먹고사는 현실을 보다 중시하는데 장풍헌은 "원 당치도 않은 소리"라고 경제 쪽으로 기울어진 데 반해서 그 딸은 자신의 현실과 신분관계를 아울러 돌아볼 줄 아는 영리한 면모를 연출하고 있다. 인간을 사회·경제적인 관계에서 포착하되 그 내면에까지 시선이 다가간 것이다. 현실적 인간의 발견이라고 볼 수 있겠다. 넷 중에서 가장 진취적인 것은 여성이었다.

그리고 또 주의할 점은 대화를 적극적으로 활용한 수법이다. 위의 두 대목은 서사가 거의 대화로 진행되고 있다. 연극적인 수법을 차용한 셈이다. 참고로 논의의 주요 대상이 되고 있는 몇 작품을 총 자수와 대화부분을 원문의 자수로 대비해 보면 이러하다. 「말」은 총 1,821자에서 897자, 「소금」은 1,571자에서 779자, 「광작」은 총 1,597자에서 495자가 대화로 되어 있다. 백분율로 환산하면 「말」과 「소금」은 대화가 50% 내외이며, 「광작」은 약간 낮아서 31%이다. 대화가 차지하는 비중이 아주 크다는 사실을 확인할 수 있다. 이러한 대화의 비중은 어떤 의미를 갖는 것일까?

「말」과 「소금」은 물론 「광작」까지도 지문에 속하는 부분은 아주 간결하다. 「광작」의 경우 밑돈을 마련하여 가내수공업 및 상업적 농업을 운용하는 과정을 서술하는데 치중하느라고 대화가 차지한 비율이 상대적으로 낮아진 것이다. 배경을 그리는 데는 전반적으로 극히 소략해서 서술에 편입되어 있다. 아직은 배경이 본격적으로 도입되지 않은 상태이다. 서사의 전체에서 배경의 약화는 인물의 비중이 커지는 반사효과를 초래한 것도 같다.

현실인간은 발견하였지만 현실배경은 아직 발견하지 못하였다. 그러고 보면 판소리소설 역시 유사성이 있다. 판소리소설도 생동한 묘사는 주로 대화에서 이루어진 것이다. 반면 판소리소설은 배경이건 인물이건 지문에서는 화려한 수사와 투식적 표현이 묘사를 대체하는 경향을 보여준다. 이와 달리 한문단편은 시종일관 간결성을 견지하여, 졸박拙樸의 미를 구현하였다. 단편적 서사물로서 『동패낙송』이 성취한 미학적 특성이라고 말할 수 있다.

등장인물이 자신의 목소리로 작품의 정채精彩가 만들어지고 있으니 이 점이 다름 아닌 인간중심적인 서사기법이다. 배경의 약화로 인간존재가 더욱 부각된 모양인데, 이 점은 '이인계사以人繫事'라는 한자권의 서사전통과도 관련지어 볼 필요가 있겠다. 주 요인은 역시 현실인간의 발견이 현실배경으로 심화·확대되지 못한 여기에 있다. '현실적 인간의 발견'으로 '닫힌' 구조에서 사실성을 추출할 수 있었으니 한문단편이 성립하게 된 묘리이기도 하다.

5. 맺음말

『동패낙송』은 노명흠이란 몰락계층의 지식인이 반평생 귀족 가문에 가정교사로 지낸 자신의 생애를 마감할 즈음에 남겨놓은 단편집이다. 그가 생을 마친 것이 영조 말년인 1775년이었으니 그 직전이 『동패낙송』의 성립 연대로 잡혀진다.

이 『동패낙송』은 한국 야담사에서 획기적인 의미를 갖는 것이다. 야담이란 우리 고유의 서사양식은 15세기 말 『용재총화』에서 출발하여, 17세기 초 『어우야담』에서 '야담'이란 자기의 이름을 얻었으며, 19세기 전반 『청구야담』에서 집대성이 된 것이다. 특히 18세기 후반의 『동패낙송』에서 19세기 전반의 『청구야담』에 이르는 기간은 그야말로 야담의 고전적 시대다. 『동패낙송』으로부터 야담의 고전적 시대가 열렸다고 말할 수 있다.

『동패낙송』에 반세기 이상 앞서서 임방任埅, 1640~1724, 호 水村의 『천예록天倪錄』이 나왔다. 『천예록』은 6, 7자로 제목이 달려 있으며, 이야기의 내용 또한 한결 복잡해져서 완결된 서사구조를 갖추고 있다. 야담은 그 형태가 『천예록』의 단계에서 이미 이루어진 듯 보인다. 『천예록』과 『동패낙송』을 비교해 보면 취재한 자료가 일치하는 경우가 7편이 확인될 뿐 아니라 상호의 형태적 유사성을 짚어볼 수 있다. 그럼에도 양자의 사이에는 문학적 거리가 있다.

『동패낙송』 이후 그 문학적 성과를 긍정적으로 계승한 야담집으로 『계서야담』을 손꼽을 수 있다. 심능숙沈能淑은 『계서야담』에 붙인 서문에서 그 전통을 비판적으로 논하여 "혹은 황탄한 데 가까우니 수촌水村의 『천예록』이 그러하며, 혹은 비리한 데 가까우니 『용재총화』가 그러하다"고 하였다.[39] 『용재총화』는 필기에 패설이 혼재한 형태로서 '비리'란 지적은 대체로 타당성이 없지 않다. 『천예록』에 대해서는 위에서 「일타홍」을 예로 들어 『동패낙송』과 같고 다른 면은 살펴보았거니와, 「가평 교생加平校生」과 「장도령蔣都令」 역시 화소가 동일한 것인데 『천예록』은 신이성을 대폭 증장시키면서 내용도 복잡하게 엮었다. 『천예록』은 전면에 걸쳐 신비와 환상의 색채가 짙게 깔려 있어, 방금 『동패낙송』에서 주목한 '사실의 성취'와 같은 문학적 자질은 발견하기 어려운 것으로 되었다. 『천예록』이 추구한 미학적 성취는 환상적·낙만적인 것이었다.

『천예록』과 『동패낙송』의 문학적 거리는 양자간의 시간적 거리, 그 사이의 사회·경제적인 변화를 반영한 것으로 해석할 수 있다. 이런 측면을 당연히 고려해야겠으나 아울러 기록자의 처지 및 문학적 지향 또한 진지하게 살펴봐야 할 문제이다. 『동패낙송』의 기록화의 주체─노명흠이란 존재와 관련지어 그 서사방식을 해명하고 특히 '인간현실'의 발견과 함께 '사실의 성취'가 진전된 측면을 주목했던 것이다. 심능숙은 야담의 전통을 비판적으로 논한 데 이어 『계서잡록』에 대해 "문견을 적실히 채록하여 황탄·비리한 면이 없고 사실을 섭취, 서술하여 불경스럽다는 단식이 들리지 않는다"는 평가를 내리고 있다. 『동패낙송』의 서발문에서 제기되었던 평가의 논리를 다시 보는 것도 같다.[40]

『동패낙송』에 앞서 구수훈具樹勳, 1685~1757의 『이순록二旬錄』, 신돈복辛敦復, 1692~1779의 『학산한언鶴山閑言』, 이와 동일한 시간대에 안석경安錫儆, 1718~1774의 『삽교별집霅橋別集』 등이 출현했던바 각기 한문단편의 우수한 작품 상당편이 들어 있다. 『동패낙송』이 획득한 문학적 성격은 돌연변이가 아님이 분명

---

39 "或近於誕, 水邨天倪是已; 或近於俚, 慵齋叢話是已."『溪西雜錄』「溪西雜錄序」(성균관대 도서관 소장 필사본).
40 "獨此錄, 的採聞見, 無誕俚之訛; 撫實記述, 無不徑之歎."「溪西雜錄序」(위와 같음).

하다. 처음부터 끝까지 야담집으로 엮어진『동패낙송』은 비중이 커서 당시 야담의 성과를 대변하고 있다고 말해도 지나치지 않을 것이다.

그런데『동패낙송』은 각 편에 제목을 달아놓지 않았다. 편편이 작품으로 의식하였던가에 회의를 불러일으키는 점이다.『청구야담』에 이르러 7자의 시구로 제목이 달려 있는데 이 역시 독립적인 작품이라는 전제 아래 개별적으로 표출한 제목이라기보다 편집상의 요령으로 여겨진다.『동패낙송』은 필기적인 형태로부터 야담집으로 분화된 성격을 갖게 되었다. 거기서 창작적인 성과가 진전하여 한문단편이란 문학양식이 창출되기에 이르렀다. 그러나 한문단편이 야담으로부터 분리 독립된 것은 아니었다. 야담이란 애당초 문학작품으로서 확실히 자각된 것이라고 말하기 어렵거니와, 한문단편은 창작적인 의식과 필치가 실제로 작용한 결과이긴 하지만 여전히 야담 가운데 수렴되어 있는 것이다.

한문단편은 외관상 작품으로 독립하지 못한 상태이다. 외관상에서 그치지 않고 그 문학적 내용과 형식에 미쳐서 두루 연관이 있었다. 중국 청대의 유명한 문예비평가 김성탄金聖嘆은『사기』와『수호전』의 특성을 견주어 전자는 "글로 사실事實을 운영한 것[以文運事]"이고 후자는 "글로 사실을 생성한 것[因文生事]"이라고 갈파한 바 있다. 이미 주어진 사실에 의거해서 한편의 글을 엮어내기 때문에 아주 고달픈 작업이 될 수밖에 없음에 반해서 '글을 가지고 사실을 생성하는' 작업은 창작주체의 창발성이 자유자재로 발휘될 수 있다고 한다. 그렇기에『수호전』이『사기』보다 문학적으로 높은 수준이라는 주장을 김성탄은 펴고 있는바 어쨌건 허구를 통과해서 창조된 가상 진실의 위대성을 착목했다는 점에서 그의 견해는 탁견이다.[41]

---

41 "某嘗道水滸勝似史記, 人都不肯信. 殊不知某却不是亂說. 其實史記是以文運事, 水滸是因文生事. 以文運事, 是先有事, 生成如此如此, 却要筭計出一篇文字來. 雖是史公高才, 也畢

우리의 『동패낙송』은 '글을 가지고 사실을 생성한' 것이라기보다 차라리 '글로 사실을 운영한' 쪽에 가깝다. '글로 사실을 생성한' 그런 경우에도 상상의 날개를 분방하고 화려하게 펼치질 않고 아무쪼록 '인간현실'에 집착해서 '살아가는 방도'를 그리는데 그치고 있다. 『동패낙송』은 구성이 단순하고 내용과 표현이 아울러 졸박한 편이다. 『수호전』은 부류가 다르므로 일단 접어두고라도 우리의 야담에 대응되는 명대明代의 『삼언三言』・『양박兩拍』으로 일컬어지는 백화 단편소설 역시 훨씬 복잡하고 발전된 서사기교를 구사하고 있다. 그러나 이러한 격차는 곧 가치척도로 이어지는 것은 아니다. 가치평가는 응당 별개의 문제로 보아야 할 것이다. 『동패낙송』으로부터 『청구야담』에 이르는 사이의 야담의 빼어난 결실은 그 자체로 완미한 실존이다. 그래서 야담은 '조선적 특수성'의 산물이라고 규정했던바 그것을 문학적・미학적으로 해석하는 일은 우리의 과제가 아닐 수 없다.

20세기, 1920년대 말경부터 1950년대 사이에 야담이 복고적으로 부활한 적이 있었다. 이때 근대소설의 교묘한 수법이 일부 차용되기도 했다. 이 야담의 근대적 부활은 통속적 흡인력은 상당히 얻었으나, 결국 성공하지 못하고 말았다. 근대야담은 대단히 유감스럽게도 야담이란 이름만 더럽힌 체 자멸한 꼴이 되고 말았다. 그러나 고전적 야담의 고유한 가치는 온전히 남아 있다. 야담의 진정한 가치는 어디에 있는 지 반성케 하는 대목이다.

竟是喫苦事. 因文生事卽不然, 只是順着筆性去, 削高補低都繇我."『評論出像水滸傳』2「讀第五子書法」.

제4장

야담의 근대적 변모

일제하에서 야담전통의 계승양상

1. 야담의 전통과 그에 대한 인식

'한문학 전통의 현대적 의의'[1]에 접근하는 데는 해석학적 방법과 계승
론적 파악의 두 길이 있다고 본다. 우리가 한문학의 유산을 참신한 눈으
로 읽어서 일견 난삽하고 케케묵은 속에 담긴 진실과 아름다움을 발견하
여 오늘을 사는 사람들에게 한문학을 친근하고도 값지게 여겨지도록 하
는 노력은 진정 요망되는 일이다. 이러한 해석학은 한문학을 공부하는 우
리로서는 감당해야 할 본무로 자임하고 항상 치력해야 할 노릇임이 물론
이다. 한편, 계승론적 파악이란 한문학 전통의 양식사적 맥락을 짚어보는

---

1   한국한문학회가 창립 20주년을 기념한 학술행사로서 잡은 주제는 '한문학 전통의 현대적
    의의'였다. 1995년 4월 28일 고려대학교에서 가졌던 행사다.

일이 된다.

　우리의 지성사에서 전통단절의 극복을 긴요한 요망사항으로 뚜렷이 의식하게 된 것은 아마도 1960년대부터가 아닌가 한다. 국문학에서는 고전과 현대를 아우르는 '하나의 국문학'을 소망했고, 그것을 위해서 학적 공작을 갖가지로 수행해 왔다. 그러나 '하나의 국문학'은 여전히 실감이 되지 못하고 있다. 그 학적 공작이 허술했고 그 방법론에 문제점이 있었던 것으로 여겨지기는 하나 기실 역사적으로, 현실적으로 엄연한 '단절'의 현상이 한낱 학적공작에 의해서 지워지기는 불가능한 것 같다. 그래도 종전에는 주체적 발전이 당위로서 널리 공감대를 형성하였으나 작금의 돌아가는 추세를 보면 당위론마저도 회의감을 불러일으키고 있다.

　구문학과 신문학의 단층은 현상적으로 부인할 수 없는 사실이다. 구문학에서 주류를 형성했던 한문학은 신문학의 등장과 함께 퇴출당한 꼴이었다. 그렇다 하여 물리적으로 있다가 없어지듯 되고 만 것일까? 인문현상은 결코 그렇게 될 이치는 없는 것임이 물론이다. 한문학의 역사적 퇴장에 있어서도 우리는 계기적 관계, 말하자면 부정과 창조의 변증법을 살펴서 따지지 않으면 안 될 것이다. 이러한 견지에서 지금 나는 특히 야담을 거론해보려 한다.

　야담이란 무엇이며, 야담도 문학으로 취급될 수 있는 것인가? 이 원론적 물음에 아직 견해가 확정되지 못했지만, 어쨌건 그것은 오랜 기간 존속했던, 문화적 현상이었음은 객관적 사실이다.

　이 야담의 성장사를 대략 훑어보면 15세기 말의 『용재총화慵齋叢話』로부터 시작하여, 17세기 초의 『어우야담』에서 야담이란 호칭이 생겼고, 18세기 중·후반기의 『동패낙송』에 이르러 일정한 성격이 갖춰졌으며, 19세기 전반기에 『청구야담』으로 종합이 되었다. 『동패낙송』에서 『청구야담』에 이르는 18세기로부터 19세기 전반기가 야담의 고전적 시대라고 평가할 수 있다. 이 기간에 단편문학의 우량한 성과가 쏟아져 나와서 이들을 나는 문학의 보편적 개념으로 파악하여 '한문단편'이라고 이름 한 것이다. 요컨대, 4백 년이 되는 야담의 성장사는 우리 한문학 전통의 한 이채로운 대목으로 인식하기에 이른 것이다.

이러한 야담의 전통은 신문학이 구문학을 대체하는 과정에서도 구시대의 유물로 사라지지를 않고 근대적 환경에 적응하여 한때는 제법 성세를 이루기까지 했다. 야담은 같은 전통양식으로 '서사의 구연형태'라는 면에서 근친성을 가진 판소리에 비해서도 20세기 전반기에는 계승되는 양상이 대중적 기반 위에서 제법 활기를 띠고 있었다.

그런데 야담도 문학이냐는 질문이 나올 만큼 그 관습적 개념은 유감스럽게도 저속하여 일고의 가치도 없는 것처럼 치부되었던 것 또한 부인할 수 없는 실상이다. 한국근대문학사가 낳은 탁월한 비평가 임화가 민족문학을 논의하는 자리에서 "심지어는 여항의 야담사류野談師類까지가 스스로를 민족문학의 작자라고 착각하고 있는 형편이다"고 하필 야담을 지적하여 단호히 매도한바 있었다.[2] 야담에 대한 부정적 시각은 임화의 편견이거나 그의 독특한 견해로 보이지 않는다. 안목을 가진 지식인 일반의 인상이 대개 그러했다. 하지만 당초부터 그처럼 '구제불능'처럼 치부되었던

2 임화, 「민족문학의 이념과 문학운동의 사상적 통일을 위하여」, 『文學』 제3호, 1946.3. 해방 이후 우익 진영에서 실제로 야담의 민족적인 의미(회고적 민족주의)를 생각하는 경향이 일부에서 있었으니 1948년 4월에 『야담』 잡지의 속간을 본 것이 그 한 사례이다. 그 속간사에서 "야담이란 속된 것 저급한 이야기로 오인하는 분도 없지는 않으나 야담 자체가 우리 조선(祖先)들의 생활·역사·문화·예술들을 재인식 시키는 계몽적 위력을 가졌다는 것을 상기할 때 야담의 책임이 크다는 것을 일층 느끼게 됩니다. (…중략…) 자주독립의 전야라고 볼 수 있는 이때에 야담이 지닌 성격─민족적 혹은 정신적 계몽 역할이 크다는 것을 느끼면서 감히 속간호를 내어 보냅니다"라고 그 취지를 밝혔다. 이 야담지가 얼마나 존속했던가를 저자는 확인하지 못했다.

것은 아니었다. 살펴건대 야담은 일제말의 시기에 막판까지 대중잡지로 존속하면서 자기 인상에 결정적으로 부정적 낙인을 찍어놓았던 것이 아닌가 한다.

근래 야담에 대한 이미지는 적어도 학계에서는 개선되고 있다. 이는 다름 아닌 '한문단편'으로 야담의 흥미로운 문학성이 알려지고 이어서 그것의 모태인 야담의 영역으로 학적 관심이 돌려진 결과라고 생각된다. 야담의 전통은 이제 풍부한 내용으로 다시 발견되고 있는 모양새이다. 그러나 야담전통의 후계자, 현대판 야담에 관해서는 관심이 아직 돌아가지 않고 있다.

야담을 문화현상으로 보자면 그것은 간과할 수 없는 대상이다. 대중적 기반에서 문화현상으로 존속한 것이라면 그냥 무시할 것만은 아니겠거니와, 장차 어떤 방식으로건 재생시킬 소지, 그럴 잠재적 가능성을 배제해 버릴 수 없을 터이다. 그러니 일단 그 실상을 검토해 볼 필요는 있다. 그러고 나서 의미를 캐 묻는다거나 가치를 분변한다거나 해도 해야지 않겠는가. 나는 이번에 일제하 시기의 야담에 대해 실태조사를 착수해 보았다. 하지만, 이 작업이 워낙 조사 대상이 방만한데다 읽어야 할 거리가 밑도 끝도 없는 것이라서 적잖이 난감하였다. 지금 이 논고는 중간보고에 그치는 것이다.

1928년을 전후해서 야담운동이 제기된다. 이 대중적 문화운동은 야담의 현대적 부활의 시동이었다는 점에서 역사적인 일이었으니 이후 1930년대 중반 야담의 전문잡지가 창간되는 선성이 된 것이다. 본고는 야담운동 및 야담이 잡지매체로 수용되어 발전한 사실에 중점을 두고 앞 단계의 1910년대로 소급해서 야담전통이 근대적 환경에서 승계된 모습을 먼저 추적해보기로 한다.

2. 1910년 이후 야담의 존속 양상

1910년의 주권상실이 때마침 발흥하던 신문학에 끼친 악영향은 실로 심대한 바 있었다. 신소설을 두고 말하면 그 초창의 과도적 형태가 왜곡·변질로 인해 훼손되어버린 것이다. 야담의 경우는 어떠했던가? 이 문제를 밝히자면 아무래도 신소설과 야담의 관계를 먼저 살펴볼 필요가 있겠다. 예컨대 계항패사桂巷稗史가 발표한 『신단공안神斷公案』을 비롯하여 「청루의여전靑樓義女傳」·「차부오해車夫誤解」 등등 야담의 전환으로 파악되어야 할 작품들이 있으며, 신소설의 중요한 징표로 지적된 '당대 현실의 소설화' 또한 야담—한문단편이 선취했던 현실성과 상통하는 성격이다. 야담은 문학사의 과도기에서 신소설로 변역하는 가운데 함께 운동하고 있었던 것이다.[3] 그리하여 신소설이 해체, 왜곡되는 과정으로 와서 역시 야담에서 보여준 창신적 측면도 다함께 실종되고 말았다.

그런데 신소설은 자기의 역사적 사명이 끝났음에도 형식의 잔영殘影이 남아서 망국의 백성들에게 실망의 위안제로 이용되었던 사실은 이미 지적된 바다. 뿐 아니라, 그 당시에 고소설이 신활자의 책자로 대량 출간이 되는 한편, '신작 고소설'로 일컬어지는 '의사擬似 고소설'까지 출현하였다. '딱지본'이라고 지칭되는바 책 모양부터 볼품이 없어 당시 통속문화의 천박성을 증명해주는 것이었다. 1910년대라는 좌절과 실의에 빠진 시대의 풍속도의 일면이라 하겠는데, 어쨌건 '딱지본'을 널리 유행시킨 기반이 있었음이 물론이다. 야담 또한 딱지본문화에 합류해서 일어난 것이었다.

---

3 야담—한문단편과 신소설의 관계에 대해서 한기형(韓基亨)이 이해조의 소설인 『薄情花』의 경우를 통해 고찰한 바 있다(「한문단편의 서사전통과 신소설」, 『민족문학사연구』 제4호, 1993).

1910년대로부터 1920년대에 이르는 동안 야담은 매우 착종된 상태로 존속하였던 데다 자료마저 흩어져서 종잡기가 어려운 형편이다. 앞으로 본격적인 조사 분석을 기대하면서 우선 내가 지금까지 구득한 약간의 자료에 의거해서 대강의 갈피나마 잡아본다.

1) 전래 야담류의 출간

靑邱奇談 朝鮮書館 1911년(순국문체, 부제「朝鮮野說」)

靑野彙編 滙東書館 간년 미상(동상, 『靑邱野談』 발췌본)

崔東洲 五百年奇談 廣學書館 1913년(현토에 가까운 국한문체)

崔永年 實事叢談 漢陽書院 1918년(현토에 가까운 국한문체)

白斗鏞 東廂紀纂 翰南書林 1918년(현토체, 金申夫婦傳 등 야담을 분류수록)

宋勿齋 奇人奇事錄 文昌社 1921년(현토에 가까운 국한문체)

朴健會編 拍案驚奇 大昌書院 普及書院 1924년(현토체)

姜斅錫 大東奇聞 漢陽書院 1925년(현토체, 인물일화를 왕조순으로 수록)

永昌書舘편집부 朝鮮野談集 1928년(현토체)

*조선서관의 1913년 간행목록에 朝鮮野談이란 부제를 붙인 『金聲玉振』(상하 2책)과 朝鮮野說이란 부제를 붙인 『拍案驚奇』가 보이는데 아직 실물은 접하지 못했다. 위의 박건회편으로 되어 있는 『박안경기』는 기왕에 조선서관에서 나왔던 것이 판권이 넘어가서 나온 것으로 추정된다.

종전에 야담집은 모두 필사의 형태로 유전하였을 뿐이다. 지금 전하는 야담집류 가운데는 이 무렵에 필사된 것이 허다하다. 야담을 애호하던 독자층이 온존해 있었음을 알게 하는 것이다. 그렇기에 위와 같이 새로운 인쇄 매체로 속속 출간이 될 수 있었다. 그 내용을 살펴보면 대개 전래의 야담을 수록하면서도 그대로 간행한 것은 없고 나름으로 발췌하여 일정

정도 개변을 가하는 방식을 취하고 있다. 최영년의 『실사총담』처럼 옛날 재료를 가지고 가공한 경우도 있는 것 같다.

위의 책자들은 대부분 현토체 아니면 현토에 가까운 국한문체를 쓰고 있는데 이 역시 기존의 야담독자에서 저변이 확대되는 과도적 현상을 말해주고 있는 것이다.

2) 신구의 견문으로 엮은 신작 야담

당대에서 취재한 것으로 최동주崔東洲의 『원세개실기袁世凱實記』廣益書院, 1918를 들 수 있다. 20세기 전후에 활동했던 원세개는 임오군란 때 서울에 주둔하여 우리의 국운도 좌지우지했던바, 20세기에 중국의 혼미한 정세에서 '태풍의 눈' 같은 존재였으니 그를 주인공으로 엮은 기록은 시사적 관심을 끌기에 충분한 것이었다. 그 내용에 우리 조선의 근대사와 연관된 사실도 곁들여지고 있다. 이러한 야담의 시사적 성격은 1920년대 말의 야담운동에서 중요시되었던 부분이다.

옛 명인의 일화들을 새로운 형식의 이야기로 재구성한 『오성鰲城과 한음漢陰』文建鎬 著·鄭旭朝 校. 文光書林. 序;1928. 刊年;1930이 있다. 홍학구洪學究와 한촌옹韓村翁이란 이름의 두 사람이 만나서 주고받은 이야기를 엮어낸 형태로 야담의 주목할 성과이며, 구비문학적 관점에서도 분석해 봄직한 것으로 여겨진다.

신채호는 야담에도 각별한 관심을 가졌던바 신작 야담으로 간주해도 좋은 작품을 여러 편 남기고 있다. 그리고 1920년대의 잡지 매체에서도 야담을 취급한 사례가 간혹 눈에 뜨인다. 월간지 『청년』에는 1921년 11월호부터 지재止齋라는 저자의 「단편고담短篇古談」이 몇 회 수록되고 있으며, 『동명東明』이란 주간지의 지면에도 「정만수鄭萬壽 이야기」라는 제목으로 봉이형鳳伊型의 인물을 주인공으로 엮은 야담이 1923년 1월 7일부터 3회 연재되고 있다. 1926년 11월에 창간된 월간지 『별건곤別乾坤』에는 거의 매호 야담 및 사화史話에 상당한 지면을 할애하고 있다. 이에 대해서는 뒤에 다시 거론하기로 한다.

3) 신·구소설의 형식에 야담이 결합된 경우

신소설 혹은 고소설의 형태를 갖추고 쏟아져 나온 딱지본류 중에 야담에서 취재하였거나 야담의 변종으로 간주해야 할 것이 상당수 포함되어 있다. 저자가 읽어본 것으로 『신기한 이야기』世界書林, 1924와 『신랑의 보쌈』출판사와 간년 미상이 있다. 『신기한 이야기』는 야담의 '신소설화'로서 긍정적으로 평가할 사례이며, 『신랑의 보쌈』은 민담이 분별없이 혼입되어 황당한 느낌을 주지만 그런대로 흥미가 있다. 이런 부류로 『림거정전』출판사 간년 미상이란 것도 보인다. 이것은 구전과 문헌의 이야기를 바탕으로 엮은 것이긴 하나 황잡해서 제목에 비해 실망스런 내용이다.

이와 같이 역사적 소재를 취급한 것은 열 손가락으로 다 셀 수 없을 정도이다. 가령 강감찬을 주인공으로 엮은 『강시중전姜侍中傳』조선서관, 1913은 고소설적인 것이며, 사명당의 애국적인 행적을 꾸며낸 『사명당실기四溟堂實記』영창서관, 1928는 신소설적인 것이다. 이해조의 『홍장군전洪將軍傳』·『한씨보응록韓氏報應錄』이 대표적인 작품인데 역사소설로 나아간 것이라기보다는 야담소설이란 범주를 따로 설정해 보는 편이 적절한 것으로 여겨진다.

4) 새로 엮어진 소화집

이 계통을 따져보면 위로 『고금소총』에 닿고 아래로 재담 혹은 만담으로 이어지는 것들이다. 신문관이 펴낸 『절도백화絶倒百話』·『개권희희開卷嬉嬉』, 박문서관이 펴낸 『앙천대소仰天大笑』·『깔깔 웃음』 등등, 개화 이래 신문물의 변이를 반영해서 시대성이 없지 않다. 허나 1910년대에 하필 깔깔웃음을 유도하는 책자들이 나와 널리 받아들여진 사실은 여러모로 생각해볼 점이다. 한편 종교적인 설교에 활용할 목적으로 소화집이 엮어진 사례도 있다. 강단자료講壇資料라는 부제를 붙인 『만고기담萬古奇談』光明書館, 1919, 안병한安秉翰 지음의 『강도기담講道奇談』평안북도 江界 具乙理書館, 1922은 개신교 쪽에서 낸 것이다.

이상의 1910년대에서 1920년대에 이르는 기간에 등장한 야담은 외관상으로 볼 때 소멸하는 형세가 아니라 오히려 성황을 이루었다. 하지만 그 내용을 들여다보면 회고적인 정서에 젖어들어 기왕의 야담이 리바이벌 되면서 새로 엮어지는 것들 또한 구형식에 결탁하고 있었다. 신소설에 접합이 되는 것이라도 이미 퇴물이 되어버린 상태의 신소설 아류였다. 1900년대 근대계몽기 신문학의 발흥과정에서 야담이 신소설로 수용되던 그런 창조적 변역과는 다른 양상이었다. 그러면서 야담의 대중 기반이 오히려 확대되고 있었던 사실에 유의할 필요가 있겠다.

3. 1928년의 '야담운동'

3·1운동으로 개막된 1920년대 조선사회는, 식민지 억압이긴 했어도 사상적으로, 문화적으로 자못 활기를 띤 기간이었다. 우리의 신문학은 그런 분위기 속에서 일어난 것이다. 당시 사회주의 신사상의 도입은 혁명적·비판적 기운을 진작시킨 한편, 민족주의와의 이념 갈등을 초래했다. 신문학 역시 진보적 계급문학이 대두함으로 해서 이에 대한 부정적 입장이

민족문학으로 보수적 색채를 드러내 대립하게 된다. 우리 근대사의 업원인 좌우 대립의 원형이 발생한 시점이기도 하다. 그런 그대로 당시 사상적 대립구도의 형성은 우리 역사의 진전으로 평가할 수 있다. 문제는 피식민지에서 민족 내부의 분열을 그냥 두고 볼일이냐. 운동사를 돌아보면 으레 대립이 발생하면 통일을 지향하는 운동 또한 일어나기 마련이다. 20년대 후반 전국적 조직으로 확산된 신간회운동이 그것이었다. 이른바 '야담운동'이 제창된 것 역시 같은 무렵이었다.[4]

야담이란 본디 구시대의 유물이요, 앞서 보았듯 그 당시까지 존재양상도 진취적 의미를 찾아보기는 어려운 것이었다. 20년대의 창조적 신문학과는 전혀 동이 닿지 않고 있었다. 그런데 야담을 운동적 차원에서 들고 나왔다니 무슨 뜬금없는 일인가 싶기도 하다. 의아스러운 만큼 그 내막이 궁금하게 생각된다.

야담운동이란 말 자체도 다소 생경한 감이 든다. 그러나 운동의 주도자가 직접 썼던 표현이기에 역사상의 용어로서 일단 접수해 보자. 논자들은 '야담운동'과 '민중 신교화新敎化 운동'을 등치시키고 있었다. 지금 나는 야담운동의 경위를 대략 살피면서 그것을 '민중 신교화 운동'으로 등치시켰던 그 민중의 논리가 어떤 의미를 내포한 것이었던지 아울러 유의해 볼까 한다.

1) 그 운동의 경위 및 취지

우리 조선에 있어서 야담이 출생하기는 작년=즉 단기 4260년=서력 1927년 11월 23일이었다.

---

4 이 야담운동에 관해서 최유찬이 「1930년대 역사소설론 연구」(연세대 석사논문, 1984)에서 주목하여 그것이 역사소설의 발전에 관련이 있음을 논한 바 있다.

운동의 주도자 김진구金振九란 인물이 『동아일보』에 기고한 「야담출현의 필연성-우리 조선의 객관적 정세로 보아서」란 논문의 첫 문장이다. 이 논문은 야담운동의 기조를 천명한 내용이다. 1927년 11월 23일은 다름 아닌 조선야담사朝鮮野談社가 창립된 날이었다. 야담사의 창립을 야담운동의 시발점으로 잡고 있는 것이다.

이 조선야담사여기서 社의 의미는 집회를 뜻하는는 김익환金翊煥·이종원李鍾遠·민효식閔孝植·신신현申伸鉉·김진구의 발기로 창립된 단체다. 창립 직후 '야담 제 1회 공연'을 개최하는데 12월 16일 천도교 기념관종로구 경운동 소재의 현 천도교 회관에서였다. 거기에 출연자는 최남선·민태원閔泰瑗·양건식·차상찬車相瓚·이윤재李允宰·방정환方定煥 등이다. 조선야담사는 동인적 형태의 학술·문화운동의 단체이니 그 창립 공연에 출연자로 등단했던 당대 일류의 지식인들 또한 회원이나 고문, 아니면 동조자였을 것이다.

그 운동의 형태는 '입으로 붓으로=단상으로 지상으로'라고 표방하였듯, 야담을 민중에게 공급하는 일로 주무를 삼고 있었다. 즉, 청중을 상대로 하는 구연과 지면을 통한 발표의 서로 다른 두 방향이었다. 당대 양대 신문인 『조선일보』와 『동아일보』가 야담운동의 두 방향을 다 후원하고 나섰다. 『조선일보』는 1928년 1월 1일부터 2월 5일 사이 17회로 『야담 계월향野談桂月香』[5]을 연재한다. 작자를 기명하는 자리에 '학보鶴步 구연口演'이라고 나와 있다. 학보란 바로 김진구의 필명이다. '구연'은 구두창작에 기초하고 있음을 뜻한다. 이를 표출한 데서 그의 실험정신이 느껴지기도

---

5 계월향이란 임진왜란 때 왜적에게 점령당했던 평양성중에서 애국적 활동을 한 의로운 기생으로 전하는 인물이다. 김진구는 다른 글에서 "桂月香이 한번 간 연후에 이어서 열 月香이 소생하며, 趙重峰이 죽은 뒤에 백 重峰이 나아오고 三壯士가 죽은 후에 그것이 거름되어 三萬 壯士가 쏟아진다"(「甲申政變의 急先鋒」, 『別乾坤』, 1929.6)고 하였다. 계월향을 주인공으로 삼아 야담을 구성한 작가의식을 짐작해볼 수 있겠다.

한다. 이는 '붓으로＝지상으로'의 실험에 해당하는 것임이 물론이다.

그리고 '입으로＝단상^{壇上}으로'의 방향은 『동아일보』의 후원으로 전개된다. 앞서 언급한 「야담 계월향」이 구연임을 밝히고 있듯 야담은 본래 속성이 구두창작이 일차적인 것이기도 하려니와, 의도한바 대중에 대한 영향력을 고려할 때 '붓으로 지면으로'의 방식보다는 '입으로 단상으로'의 방식에 치중했을 듯싶다. 과연 조선야담사를 창립하고 일차로 벌인 사업도 '입으로＝단상으로'의 방식이었다. 그리고 1928년 2월 6일의 신춘야담대회는 조선야담사 주최, 『동아일보』 학예부 후원의 형식으로 치러진 행사였다. 『동아일보』가 여기에 지원하는 모습은 조직적이고 적극적이었다. 이 대회에 앞서 광고로 여러 차례 선전을 하고 있을 뿐 아니라, 동년 1월 31일자에는 '민중의 오락으로 새로 나온 야담'이라고 제목을 뽑고 '조선에서 첫 시험'이란 부제를 단 특별기사로 관심을 끌게 한 다음, 동 2월 1일부터 6일 사이 5회에 걸쳐서 김진구의 「야담 출현의 필연성」을 게재한 것이다. 야담운동의 기조를 천명한 글이 끝나는 날은 신춘야담대회가 열린 그날이었다. 그날은 마침 정월 대보름 명절이었다. 천도교기념관에서 열린 자칭 '조선에서 첫 시험인 야담대회'는 대성황을 이루어서, 『동아일보』는 청중이 운집한 가운데 야담을 공연하는 현장 사진과 함께 실황을 보도하고 있다. 신춘야담대회의 광고 문안을 한번 보자.

"오라! 들으라! 우리 조선에서 새로 창설된 민중예술^{民衆藝術}＝ 그리고 민중오락^{民衆娛樂}인 야담 대회를 들으러 오라!

그리하야 우리는＝정신에 극도로 굶주린 우리는 이것을 들음으로써 정신의 양식을 구하라! 얻으라!

동양풍운을 휩쓸어 일으키든 혁명아들의 포연탄우^{砲煙彈雨} 가운데서 장쾌한 활약을 하든 이면사의 사실담을 들으라! 뜻있고 피 끓는 만천하의 청년들아! 반드시 와서 들으라!"

광고하는 논지가 오직 청년층을 겨냥하고 있음이 주목된다. 대회의 연사와 제목은 이러했다.

> 東洋風雲을 휩쓴 東學亂 李敦化
>
> 韓末豪傑 大院君 權悳奎
>
> 李鴻章과 伊藤博文 金翊煥
>
> 金玉均王國 金振九

차라리 학술강연회의 제목 같다. 야담이라고 치더라도 사화적史話的 성격이 농후한 것이다. 주제는 조선을 중심으로 동양 삼국을 넘나드는데 근대 혁명의 역사에 초점이 맞추어진 점이 자못 흥미롭게 느껴진다.

이러한 운동은 야담 장르에서 머물지 않고 '시대극 운동'으로 발전하고 있었다. 김진구는 역시 『동아일보』에 「시대극과 조선」 1928.8.3~4이란 논제의 글을 기고하는데 이 또한 시대극 운동의 기조를 천명한 내용이었다. 1928년 7월 20일에 동지 10인이 모여서 조선시대극연구회朝鮮時代劇研究會를 창립했다고 한다. 이 동인적 단체는, 조선야담사가 야담운동의 주체이었듯, 시대극운동을 창도하는 역할을 담당했을 것이다. 김진구의 설명을 들어보면 "야담과 시대극과는 표리 자매의 밀접한 관계를 맺고 있다"고 양자의 관계를 밝힌 다음, "시대극은 역사를 무대 위에서 극원劇員이 극화劇化하는 것"이라고 규정지었다. 시대극으로 「대무대의 붕괴」와 「반역자의 최후」라는 작품을 제작하여 그해 8월 4일에 인천에서 첫 막을 올리고, 이

어 지방으로 순회공연을 나가게 되었다는 것이다. 시대극 운동은 야담운
동과 동일 목적의 상보적 관계였다고 보겠다.

위 본 단원의 서두에서 야담은 마치 이 때 새로 생겨난 것처럼 말이 되
어 있었다. 이 「야담출현의 필연성」을 연재하기에 앞서 『동아일보』에 게
재되었던 「민중오락으로 새로 나온 야담」^{무기명으로 실려 있으나 문체 내용으로 미루어}
^{이 역시 김진구의 필치로 추정됨} 또한 "야담이라는 술어는 조선에서 새로 난 신술어
이다"는 선언적 주장으로 글을 시작하고 있다. 야담이 전에는 없었다는
것은 전혀 사실과 다르다. 논자 자신이 모르고 한 소리는 아무래도 아닐
터이다.

> 그러나 야담이라는 술어만은 오인吾人의 창작이나 그 유래에 있어서는 결코
> 창작은 아니다. 우리 조선에 있어서도 최근 몇 10년전 까지도 이것이 남아 있
> 었다. 지방에 따라 다르기는 하겠지마는 어느 향촌鄕村에 가면 넓은 마당에 동
> 리 사람을 모아두고 호변자好辯者가 대청에 높이 앉아 옆에 탁주병 놓고 뒤에
> 장고잡이 앉히고서 재담 명담名談 가진 잡담을 섞어가면서 자미있는 이야기를
> 하다가 흥이 나면 옆에 놓인 탁주를 우음경탄牛飮鯨呑한 연후에 일어나서 소리
> 하고 춤도 추어 일종의 향촌 오락기관이 되어왔다 한다. 다만 여기 문제되는
> 것은 그 말이 진부하고 허탄맹랑한 비과학적이며 사실을 너무 무시한데 그 유
> 치한 것이 나타나는 것이지마는 하여튼지 원시적 형태일망정 있기는 있었던
> 것은 사실이다. 그러면 지금의 야담은 그때 그것의 진화적 현신이며 과학적 출
> 현이라는 것이 가장 공평한 적평適評이라고 볼 수 있다.⁶

---

6   김진구, 「야담출현의 필연성」, 『동아일보』, 1928.2.6.

위의 야담의 유래를 언급한 대목은 기록적 가치를 갖는 대목이 있다. 나는 향촌에서 야담이 행해지던 연행현장을 위와 같이 생생하게 전하는 증언을 별로 들어보지 못했다.[7] 그는 이렇듯 우리 야담의 관행을 인지하고 있었음에도, 유치한 수준이며, 비과학적인 것이라고 아주 형편없이 보고 있다. 그것을 어디까지나 극복의 대상으로만 치부한다. 재래의 것을 부정하고 새로운 것을 창출하려는 의도가 성급히 작동한 때문일 터이다. 재래의 야담과 창출하려는 야담의 관계를 그는 '진화적 현신' 혹은 '과학적 출현'으로 굉장한 의미를 부여하고 있다. 「민중의 오락으로 새로 나온 야담」에서도 같은 논지를 펴고 있는데 다음에 또 참고삼아 인용한다.

야담이라는 술어가 옛날 조선에도 없든 것은 아니다. 『청구야담靑邱野談』·『어우야담於于野談』 같은 것이 그것이다. 그러나 그런 것은 어데 별로 근거도 없는 것을 엉터리로 적어놓은 서책이라는 것을 의미하는 것이었다. 그러나 이것은 절대로 그런 것이 아니라 일본의 강담講談과 중국의 설서說書를 절충하야 조선적으로 새 민중예술을 건설한 것이다.[8]

『어우야담』과 『청구야담』에 붙여진 야담이란 말의 의미와 함께 거기

---

7 김진구는 다른 글에서 '재담 잘하는 사람'을 가리켜 고담쟁이[古談師]라고 했다고 한다. 역시 긴요한 정보이기에 여기에 인용해 둔다. "조선에 있어서도 서책으로는 빈약하나마 이런 것이 없지 않았다. 『림경업전(林慶業傳)』·『박문수전(朴文秀傳)』·『홍길동전』 같은 것이 그것이다. 또 말고도 있기는 있었다. 지방에 따라 죄다 다르겠지만은 고담쟁이[古談師]라고 재담 잘하는 사람이 뒤에는 북장구를 둥당거리며 옆에 술병을 놓고 너른 마당으로 하나 가득 찬 사람을 상대로 갖은 재담 섞어가면서 옛날이야기를 하던 지방도 있었다. 불완전하고 너무나 허무맹랑한 소리를 하며 흔히 미신에 기울어진 진부 그것이었지만은 어쨌든지 있기는 있었던 것은 사실이다."(「민중오락으로 새로 나온 야담」, 『동아일보』, 1928.1.31)
8 김진구, 「민중의 오락으로 새로 나온 야담」, 『동아일보』, 1928.2.31.

담긴 내용이 "근거도 없는 것을 엉터리로 적어놓은 서책"임을 가리킨다는 김진구의 견해에는 결코 동의할 수 없다. 문헌에 대한 구체적 이해를 갖지 못하고 선입견에 사로잡힌 나머지 야담이란 어의를 왜곡하고 있는 것이다. "조선적으로 새 민중예술을 건설"하려 한다는 그의 주관적 의도는 사줄 만한 점이 없지 않다. 위에서 자못 기염을 토하고 있는 바 이를 위한 운동적 차원의 논리이기도 하다. 그가 주장한 '조선적 민중예술'의 함의는 어디에 있는가에 문제의 초점이 놓여 있는데, 먼저 한 가지 짚어볼 점은 일본 강담과의 관련성 문제이다.

종래 이야기의 구연형태는 중국·한국 그리고 일본이 각기 사회적 조건에 상응해서 전통을 형성하며 전개되어 왔다. 중국을 보면 당대唐代의 속강俗講에서 연원하여 송·원대를 거치면서 도시의 민중적인 문예형태로 발전하였고 그 결과물이 명대에 이르러 사대기서四大奇書로 일컬어지는 위대한 문학적 성취를 이루었던 것이다. 한국의 경우 그 연원은 위로 소급해 볼 수 있겠으나 본격적인 발전은 17세기 이래 이루어졌다. 이때 출현한 이야기의 구연형태는 강담사·상창사·강독사로 분화하고 있었다.

일본 역시 중국이나 한국과 상통하는 경로를 거쳐서 근대에 이르렀다. 강담 혹은 강석講釋이라고 일컬어졌던바 불교나 그들 고유의 신도神道의 교리를 알기 쉽게 풀이해 준다는 뜻이니 중국의 속강과 유사한 형태이다. 설교적 기능에서 출발했기 때문에 강석으로 일컬어지던 것이 오락적 성격으로 전환되면서 명칭도 강담이 두루 쓰이게 된 것이다. 역시 17세기 에도시대로 들어와서 강담은 성행하여 각종의 재미난 '들을거리', '읽을거리'를 대중에게 제공하였는데 메이지시대 이래 신강담으로서 이른바 '정치강담'·'문예강담' 그리고 '사회강담'이란 것이 출현하였다. 근대라는 시대의 사회적·정치적 요구를 반영하여 강담 자체도 변역을 시도했던 것이다. 이 길에서 일찍이 위대한 소설의 전통을 성취했던 중국에서도 제기되지 않았던 현상이 근대로 들어온 길목에서 나타났 다. 바로 김진구의 관심이 비상하게 닿아 있었던 지점이다.

근대일본의 '정치강담'은 메이지시대의 자유민권운동의 산물이라고 한다. 당시 언론의 자유를 요구하는 자유민권파의 투사들은 세치의 혀를 무기로 삼아 이른바 '정치연설'이 널리 행해졌는데 이것이 관헌의 언론탄압을 부르게 되자 이번에는 소설이라는 대중적 매체를 이용해서 '정치소설'이 생겨났다는 것이다. '정치소설'이란 개념은 우리의 애국계몽기 신소설에도 도입된 바 있거니와 '정치강담'이란 곧 '정치소설의 화예판話藝版'의 성격을 갖는 것이었다. 사회강담은 조선 땅에서 야담운동이 제기되던 직전에 일본문단에서 시도되었던 것이다. 당시 강담은 신문 연재로 대중적 인기는 잃지 않고 있었으나 문단으로부터는 저속한 것으로 무시되고 있었다. 그런데 '사회강담'이란 것을 들고 나와 강담을 적극적으로 혁신함으로써 기성문단의 정체停滯까지 타파해보고자 했다는 것이다. 이 방향에서 주역으로는 시라야나기 슈코百柳秀湖, 그리고 김진구가 거론한 사카이 도시히코堺利彦가 손꼽힌다. 거기에는 문예를 민중에게 가까이 가져가려는 의도가 담겨있었으니 노마 히사오本間久雄, 오스키 렌大杉榮 등에 의해 제창되었던 민중예술론에 대한 안티테제적 의미도 내포되었다고 한다.[9]

이처럼 '정치강담'에서 '사회강담'으로 이어진 일본의 '신강담'은 우리의 1920년대 말엽 '야담운동'의 주도자들에게 있어서는 하나의 선행 사례로 비쳤던바 저들의 '신강담'에 상응하는 '신야담'을 이 땅의 문화풍토 위에 일으켜보고자 한 것이다. 다름 아닌 "조선적 새 민중예술의 건설"이었다.

---

9 尾山秀樹, 『大衆文學』(紀伊國屋書店, 1964)의 '民權講談에서 社會講談으로'의 부분을 참고했다.

2) 그 운동의 중심인물 김진구와 운동의 성격

> 야담은 절대로 이렇게 허무맹랑한 소리나 진부한 그런 것이 아니라 적어도 역
> 사적 사실을—역사 중에도 재래의 역사 다시 말하면 어떠한 특권 계급의 독점
> 적 역사 그것이 아니라 민중적 역사—특권계급의 손으로 된 모든 추태를 엄폐
> 한 재래의 역사를 홀떡 뒤집어 놓은 역사[裡面史], 즉 야사 속에 서 그 재료를 뽑아
> 낸 것이만치 민중적이요 현대적 오락물의 하나이라는 것을 여기 단언한다.[10]

이른바 '조선적 새 민중예술'로서의 야담의 성격을 천명한 대목이다.
그것은 "특권계급의 손으로 된 모든 추태를 엄폐한 역사"를 뒤집어 본 '민
중적 역사'를 소재로 삼아 민중이 즐길 수 있도록 가공해 놓은 물건이다.
곧 김진구가 염두에 둔 야담이다. 그렇기에 그 성격은 '민중적'이요, 또한
'현대적 오락물'의 하나로 규정지어질 수 있는 것이다.

야담운동의 성격을 어떻게 볼 것인가? 그것은 분명히 브나로드적인데
민중사관에 기초하여 민중예술을 목표로 하고 있다.

민중이란 개념이 1970년대 남한사회의 진보적 운동담론에서 제기되었
던 사실을 우리는 아직도 생생히 기억하고 있다. 그러다가 어느덧 민중의
개념은 뒷전으로 밀려났고 어감도 많이 달라졌지만 당시만 해도 '민중'
하면 꺼내는 쪽이건 듣는 쪽이건 긴장감을 떨쳐버릴 수 없는 분위기였다.
그런데 방금 위의 민중논리를 접해 보니 50년이 지나서 재현이 되었구나
하는 느낌이 든다. '민중적 관점'이 그렇고 '민중예술'이 그렇다. 야담운
동의 성격을 해명하자면 민중논리의 내포 의미를 따져볼 필요가 있겠는

---

10 김진구, 앞의 글.

데 1970년대의 민중론과 어떻게 같고 다름이 있었던가도 곁들여 생각해 보려고 한다.

야담운동의 핵심인물은 김진구이다. 그 운동의 성격을 해명하려면 먼저 김진구란 인물의 사상경향을 알아보는 것이 필요하겠다. 하지만 그에 관한 전기적 자료로 찾아진 것이 별로 없다. 그의 생졸년대조차 파악하지 못한 형편이다. 그가 남긴 글은 여기저기 산견되므로 대략 그의 인간 면모를 유추해 보기로 한다.

그는 「6년만에 본 나의 고국故國」이란 제목의 글에서 "우리 시골 괴산槐山은 본래 양반이 많고 부호가 많아서 충청도 중에도 굴지屈指하는 반향班鄉이다. 나는 그와 반대로 충청도 중에서 제일 양반 적은 괴산의 일 부락部落인 청안淸安 사람이니까 물론 상놈"이라고 자신에 미쳐서 언급한 바 있다.[11] 그는 고향이 충청북도 괴산군 청안 땅으로 반벌을 내세울 처지가 못 되었던 것 같다. 양반제도에 대한 비판의식을 역력히 느끼게 한다.

잡지 『별건곤別乾坤』의 1930년 11월호에 「경성 명인京城名人 '스면'록錄」이란 제목의 인물 가십 란에 "윤백남尹白南 씨가 성대가 좀 컷스면 만담석漫談席 뒷자리에 있는 사람도 웃음보가 터지게 되겠고, 김진구 씨가 요새의 그 수염을 가지고(氏가 근래에 수염을 길렀다) 야담을 하얏스면 체격이 그럴듯하겠다."1930.11는 말이 나온다. 그리고 『혜성慧星』이란 잡지의 1932년 3월호에는 '가두에서 본 인물, 김진구 씨'라 해서 그가 창덕궁 앞 대로를 활보하는 모습을 스케치하여 보여준다. 여기 그려진 그의 얼굴에는 입 위로 수염이 선명하다. 그의 프로필에는 "창명昌明여학교 학감선생으로 조선야담가로

---

11 淸安은 조선왕조 때는 독립된 현이었으나 행정구역의 근대적 개편에 따라 괴산군에 통합되었다. 部落이란 원래 천민 거주지를 의미하는 말인데 청안현이 종래 班鄉이 아니고 게다가 괴산군에 편입이 된 상태이기 때문에 일부러 비하해서 "일 부락"이라 한 것이다.

김옥균 수제자^{수배자}로 글, 글씨 잘 쓰고 술 잘 먹고 노래 잘하고 모든 풍치를 독차지한 유명한 학보^{鶴步}"라고 열거되어 있다. 학보란 그의 필명인데, 스케치로 잡힌 그의 걷는 모습이 학의 걸음걸이를 닮아 보인다. 1930년대에 김진구는 나름으로 인기를 누려 윤백남과 쌍벽을 이룬 존재였다. 그렇게 될 수 있었던 것은 무엇보다도 야담가로서의 활동이었다.

가두에서 본 인물. 김진구
『혜성』 1932년 3월호.

김진구는 야담가로서 당대 명성을 얻기 전에 문필가로서 먼저 선을 보였다. 그는 일본 신문의 기자경력이 있었던 듯한데,[12] 위에 원용한 「6년만에 본 나의 고국」이 『개벽』 1926년 8월호에 게재된 이후로 신문 잡지의 지면에서 그의 기고문을 종종 만나게 된다.『별건곤』에는 단골 필자처럼 등장하고 있다. 1930년대로 와서 야담이 잡지로 제법 성황을 누리던 시기에는 문필 활동은 뜸해지더니『야담』지 1939년 10월호와 11월호에 「일화逸話의 김옥균金玉均」이 실리고 나서 그 이후의 종적은 포착하지 못했다.

김진구가 문필가로 첫 선을 보인 글 「6년만에 본 나의 고국」은 곧 6년을 일본에 가 있다가 고국에 돌아와서 목도한 감회를 편지투로 적은 것이다. 일제하 조선의 현실, 조선의 인간 면모들을 묘파하고 있으니 염상섭의 『만세전』과 길이는 비교가 안 되지만 내용은 비견해 봄

---

12 김진구, 「六年만에 본 나의 故國」, 『개벽』 제72호, 1926.8.

직하다. '만세후'라고나 할까. 온갖 봉건적 잔재를 생활의식에서 청산하지 못하고 꼴불견들을 연출하는 인심세태를 꼬집는데 사람들이 자기를 만나면 으레 "자네 내지內地(일제하에서 일본에 대한 지칭인데 일본중심적 관점에서 나온 말이다 - 인용자)에 들어가 있다더니 언제 왔나?"고 말하는 사실을 들어, "옛 '대국大國 들어간다'의 사상은 오늘 와서 '내지 들어간다'가 되는 것이다"는 통찰을 가하고 있다. 사대주의적 관념이 청산되지 못하고 남아서 비주체적으로 표출이 되고 있다는 생각을 갖고 있다.

그가 1926년 고국에 돌아왔을 무렵 마침 순종의 국상이 나서 "금방 어데서 무엇이 툭 터질듯 하든" 상황이었다고 한다. 그즈음 김진구의 발길이 개벽사에 자주 닿아서 후일 「개벽사의 첫 인상」이란 짤막한 글을 남긴다.

> 나는 그때 각 신문사로 각 단체로 불판이 나게 돌아다니면서 무슨 좋은 소식이나 들어볼까, 어데든지 한 다리 들어 밀어볼까 해서 열고 나갔지만은 별로 이렇다 하는 계획도 없는 모양. 더구나 개벽사의 배후에 있는 천도교라는 크고 무서운 덩어리에서 무슨 XX이 터지지나 않는가 해서 어떠한 기대와 열성을 가지고 매일 방문하였으나 종시 아무 부시댁이도 없이 지난 것을 나는 그때 무한 섭섭히 여긴 것이다. 그러나 이것은 개벽사에 대한 불평은 아니었다.
>
> -『別乾坤』, 1930.7

1919년 고종의 국상國喪이 민족해방운동의 중요한 계기로 작용했었거니와, 그로부터 7년 후 순종의 국상은 3·1운동의 재현같은 움직임이 기대되었던 터이며, 실제로 6·10만세사건을 불러일으켰다. 하지만 규모나 파장이 그렇게 크지 못했다. 위의 인용문에서도 운동이 확대되기 어려운 분위기를 십분 감지할 수 있겠는데 우리로서 주목할 점은 김진구의 대응

자세다. 그는 소식이 궁금해서만 아니고 자기 말대로 "어데던지 한 다리를 들어밀어볼까 해서" 각 신문사로 각 단체로 분주히 쫓아다녔다는 것이다. 또한 그는 운동의 중심체로 무엇보다 천도교를 "크고 무서운 덩어리"로 의식한 나머지, 개벽사에 바짝 다가섰던 모양이다.

이상에서 반봉건·항일의 자세가 강한 편이었던 김진구는 민족주의적 해방운동을 기도하고 있었음을 확인해볼 수 있다. 그런 한편 그가 주력하던 일로 『한말 삼걸전집韓末三傑全集』의 편찬사업이 있었다. 그가 손꼽은 3걸은 김옥균과 전봉준 그리고 손병희다. 그가 일본에 6년 있다가 돌아온 경위 또한 "나는 『한말 삼걸전집』을 출판할 목적으로 일본 전국을 행각行脚하면서 우선 김옥균에 대한 재료 수집을 대강 마친 후에 당시 관계인물을 방문하고 참고서적을 탐구하여 간행에 착수하려고 고국에 돌아온 것이다"고 술회하고 있다. 이 『한말 삼걸전집』은 아직 간행을 못했다고 1930년 7월의 시점에서 밝히고 있는데 이후 지금까지 햇빛을 보지 못한 것 같다. 위의 언급으로 미루어 적어도 3걸 중 김옥균에 대해서는 편찬 작업이 상당히 신행된 듯 보인다. 그가 잡지에 발표한 이런저런 글들을 훑어보면 김옥균에 관한 것이 많은 편수를 차지하고 있다. 대개는 구체적 견문을 가지고 쓴 것이어서 흥미롭기도 하다. 『한말 삼걸전집』을 엮기 위해 조사 수집했던 그 자료에 의거했을 것으로 여겨진다.[13]

---

13 김진구가 김옥균에 관해 발표한 글로 조사된 것은 이러하다.
「金玉均先生의 뱃놀이」(『別乾坤』, 1926.11)
「金玉均先生의 죽든 날」(『별건곤』, 1927.3)
「金玉均先生의 三日天下가 성공했으면」(『별건곤』, 1927.7)
「甲申政變의 急先鋒─當年 熱血兒 李圭完氏의 初冒險」(『별건곤』, 1926.6)
「金玉均과 朴泳孝」(『三千里』, 1931.6)
「逸話의 金玉均」(『야담』, 1939.10·11)
이 밖에도 「關西名物 金鳳伊」(『별건곤』, 1929.12), 「脫線 鄭壽銅」(『야담』 1936.8) 등 자료적 가치를 갖는 것들이 있다.

김진구가 삼걸전집의 편찬에 주력했던 만큼 3걸에 대한 향념이 남달랐을 것임은 물론이다. 한국의 근대전환기에서 하필 이 3인에게 경도되었을까? 그가 김옥균에 관해서는 여러 편의 글을 발표했으므로 김옥균에 기울어졌던 그의 의식을 간파하기는 어렵지 않다. 앞서 '가두에서 본 인물, 김진구 씨'에 나와 있듯 그는 김옥균 숭배자로 일컬음을 받고 있었다.

> 그때 김옥균 일파의 3일 천하가 성공을 했으면 일본의 명치유신明治維新처럼 구미의 물질문명을 수입해다가 우리의 국민성과 조화해서 미려美麗하고 장쾌壯快한 일종 순진純眞 문명국을 건설했을 것이요, 따라서 서 중국, 동 일본과, 북 로인露人을 교묘히 조종하야 동양의 평화라는 문제도 그때, 즉 40년 전에 벌써 해결해 버렸을 것이다.[14]

「김옥균선생의 3일천하가 성공했으면」이란 논제의 글에서 결론 부분이다. 역사적 사건에 대한 가정은 부질없는 일이라고들 말하지만 귀감으로 삼기 위해서, 실천적 모색을 위해서 이모저모 생각해 볼 필요가 때로는 있을 것이다. 그가 김옥균을 남달리 숭배하는 소이연이 단적으로 드러나는바 한반도상의 근대혁명을 완수하고 동양의 평화를 실현할 인물로, 근대적 이상을 김옥균의 형상에 붙여서 그려낸 것이다. 허황한 사람이란 느낌도 있다.

전봉준과 손병희에 관한 그의 생각은 물어볼 곳이 나오지 않으니 김옥균과 연관지어 유추해 볼 밖에 없겠다. 김옥균과 전봉준 사이는 각기 주도한 운동의 성격에 간극이 있다. 그런데 위의 「김옥균선생이 성공했으

---

14 김진구, 「金玉均先生의 三日天下가 성공했으면」, 『別乾坤』, 1927.7.

면」이란 논제에 이어 실린 글이 박달성朴達成의 「최초에 민중운동을 일으킨 동학당東學黨이 정치적 훈련만 있었으면」이다. 이 글의 결론 대목에서 "정치적 기타 만반의 훈련이 부족한 그들(동학군)로서 만약 성공을 하였다 해도 직접 실권은 못 가졌을 것이다"라고 전제한 다음, "그들의 성공을 기회로 하야 당시 개화당開化黨 김옥균, 서재필 등이 요로要路에 당해가지고 동학군을 이용하야 민폐民弊·정폐政弊를 혁신하고 일대 신국가를 조직하였을런지 모른다"라고 역시 희망적인 전망을 하고 있다. 동학농민군은 정치적 훈련을 결여한 상태였으므로 그들이 정권을 장악하는 경우 진보적 개화파와 손을 잡게 되리라는 논점이다. 이는 다른 필자가 쓴 것이지만 김옥균에 이어 전봉준을 손꼽은 김진구의 의식의 저변에도 유사한 생각이 깔려있지 않았을까. 손병희에 대해서는 우리가 앞서 유의해 보았던 그의 천도교에 대한 인식에서 직감할 수 있다. 그는 당시 조선사회에 있어 천도교를 운동의 중심체로 역할하는, '크고 무서운 덩어리'로 바라보고 다가서고자 했으니 그 조직을 이루고 움직였던 손병희라는 존재에 각별히 주목하였을 터임은 말할 나위 없겠다.

김진구는 변혁운동의 주체를 민중으로 내다보고 있었다. 이 신념이 그의 민중사관을 형성한 것이다. 그런데 우리 근대사에서 경험하였듯, 동학농민군의 민중혁명은 좌절하고 말았다. 그것이 성공하지 못한 내적 요인으로서는 무엇보다 민중의 정치적 훈련의 결핍에서 찾고 있었다. 민중을 정치적으로 단련시키는, 민중의식을 고취하는 사업이 응당 요망된다. 야담은 개발하기에 따라서는 민중에게 역사의식을 심어주는 좋은 자료가 될 수 있다. 때문에 '민중 신교화 운동'을 표방하며 야담운동을 전개한 것이다.

민중개념은 야담운동에서 처음 제기된 것이 아님은 물론이다. 기실 민중논리 또한 20년대적 담론의 하나로, 민중이란 개념을 중요하게 구사할 때는 거기에 따르는 정치·사회적 입장이 내포되어 있지 않았던가 한다. 대개 사회주의적 계급론을 사고의 중심에 놓으면 민중론은 수용될 여지가 없었던 듯하다. 민중론을 구사한 경우에도 편차가 나는데 저자의 가설적인 견해지만 대략 세 가지로 구별해 볼 수 있다. 오른편으로 온건한 문화주의적 입장이 있으니『동아일보』가 창간호에서 '조선민중의 표현기관'이라고 자임한 그런 것이다. 왼편으로 급진적·혁명적 입장이 있으니 신채호가「조선혁명선언」에서 주장한 '민중 직접 혁명'의 노선이다. 가장 왼편으로 치우친 것이라도 민족주의로 분류되는 사상경향이다. 이 양편의 중간에 선 입장이 있으니 '조선민중의 잡지'를 표방한『개벽』이 취했던 민중노선이 그것이다.[15]

『개벽』의 민중노선은 문화운동으로 전개된 점에서는 오른편과 마찬가지인데 민중에 기반한 점에서는 왼편과 통한다. 그러나 폭력을 불사하는 '민중혁명'이 아니고 '민중운동'의 차원이다. 다시 오른편의 온건한 노선과의 변별성을 들자면 사회주의적 이상을 수용하려 한 점이다. 말하자면 '용공적'이었다. '민중운동'은 방법론상 주로 민중 계도적인 '문화운동'의 형태를 취했으니 이 경우 지식인의 역할이 중시되기 마련이다.[16] 야담은

---

15 "개벽잡지가 이미 조선민중의 잡지요, 일 개인 일 단체의 소속물이 아닌 이상은 민중의 향상이 곧 이『개벽』의 향상이요, 이『개벽』의 노력이 곧 민중의 노력인지라, 민중과 한가지로 흥폐존망을 決하여 민중의 정신으로 정신을 삼으며 민중의 心으로 心을 삼을 것 밖에 없음을 담언함이 그 하나이며"(「권두언」,『開闢』제3주년기념호 통권 37호, 1923.7)
16 『東明』은 발행인 秦學文, 주간 崔南善의 시사주보인데,「민중운동과 지식계급」이란 제목의 권두 글에서 "이에서 민중은 敎導를 받지 않으면 안 되고, 지식계급은 그 교도에 任하지 않으면 안 될 이유가 있는 것이다. 계급투쟁 없이는 계급타파를 예상할 수 없고 계급투쟁 제일선은 계급의식 고조에 있다는 논법이 지식계급까지를 부인함에 至함은 필연한 결론이다. 그러나 지식계급이 없는, 다시 말하면 교도자가 없는 민중은 핸들을 잃은 기차이다. (…중략…) 민중에게 향하여 '가거라 하여라'고 명령하기는 쉬운 일이다. 그러나 할수있고 할수있게 민중을 교도하는 것은 가장 지난한 일이며, 또한 이것이 민중운동에 대한 지식계급의 제일사명이다"(제2권 제15호, 1923.2.15)라는 논리를 펴고 있다.

동의 민중논리는 이와 기맥이 닿아있는 것이다.

김진구는 『개벽』을 "조선 유일의 대표적 사상잡지"[17]로 신뢰하고 있었거니와, 『개벽』이 폐간을 당하고 대신 발간된 『별건곤』에 단골필자로 활약하였음은 위에서 언급하였다. 처음부터 '취미잡지'로 표방한 『별건곤』은 『개벽』에 비해 수준이 훨씬 저급해졌는데 달리 표현해서 '민중잡지'로 민중에게 가까이 다가선 셈이다. 물론 일제의 탄압에 의해서 굴절된 모습이긴 하지만 『개벽』이 추구하던 '민중운동'의 실천방법이 될 가능성을 완전히 배제한 것은 아니었다.

『별건곤』은 창간호에서 "취미라고 무책임한 독물讀物만을 늘어놓는다든지, 혹은 방탕한 오락물만을 기사로 쓴다든지 하는 등 비열한 정서를 조장해서는 안 될 뿐만 아니라, 그러한 취미를 할 수 있는 대로 박멸하기 위해서 우리는 이 취미잡지를 시작하였다"고 그 기본 취지를 밝힌다. 이열치열의 방식이니 건전한 취미로 민중을 끌어당겨서 그네들을 가르치고 깨우치는 일을 수행해 보자는 그런 취지이다. 야담운동이 '민중 오락물'로 야담을 가공하자는 것과 똑같은 주장이다. 『별건곤』이 사론·사화와 같은 역사물에 비중을 두고 또 따로 야담란을 두어 상당한 지면을 할애한 뜻을 이해할 수 있다. 야담운동은 기실 『별건곤』에서 먼저 시작이 된 셈이다.[18]

---

17 「개벽사의 첫 인상」, 『別乾坤』, 1930.7.

18 『별건곤』은 講談 또는 新講談이란 용어를 쓰기도 하였다. 『아츰(아침)』이란 제목의 이른바 連作講談을 1928년 8월 초부터 발표한 바 있다. 광해군 시절을 배경으로 대륙경략의 꿈을 그린 이야기인데 제1회는 崔南善이, 제2회는 宋鎭禹, 제3회는 李敦化, 제4회는 朴熙道, 제5회는 金起田, 제6회는 安在鴻이 이어받아 집필한 것이다. 제7회는 洪命憙가 맡아서 쓸 예정이었는데 "불의의 돌발사건"으로 집필이 중단되고 말았다. '돌발사건'이란 광주학생사건 직후 일제에 항의할 민중대회를 계획하다가 홍명희가 검거된 일을 가리킨다. 이 때문에 모처럼의 기획은 완결을 짓지 못했으나 당대 일류 지식인들이 대거 참여하여 야담 형식의 연작을 시도한 것은 흥미로운 사실이 아닐 수 없다. 그리고 『별건곤』 1928년 7월호에는 靑吾라는 필명으로 "綠林豪傑 林巨丁"이란 제목의 글이 발표되어 있다. 이는 구전과 문헌의 자료에 의거한 기록으로 홍명희 『林巨正』의 신문 연재가 시작되기 직전에 발표

그렇다 하여 야담운동이 특정 교단의 사업에 속한 일이었다고는 여겨지지 않는다. 당시 양대 언론기관이 함께 후원하고 나섰던 것만 보더라도 알 수 있다. 신문은 상업주의적 고려(야담이 가졌던 대중성) 또한 없지 않았겠으나[19] 그 취지 및 운동의 방법에 동의하였기 때문일 것이다.

야담운동의 민중지향은 기본성격이 민족주의적 사상 조류의 하나다. 그 무렵 김기진에 의해 제기되었던 문예의 대중화론이 김진구가 제기한 야담론과 문제의식 및 방법론에서 근친성이 보이고 있어 흥미롭다.[20] 그러나 이 김기진의 주장은 계급문학 진영에서 공박을 당하여 쑥 들어가고 말았다. 이런 점을 통해서도 우리는 야담운동의 성격을 가늠해 볼 수 있다. 하지만 그것은 사회주의 이념을 민중개념으로 수용하고 있으니 당시 좌우의 대립을 통일하려는 여러 사상운동의 한 형태로 간주할 수도 있는 것이다.

20년대의 민중론은 당시에 이미 선도적 운동 논리로 풍미하던 계급론에 대한 대응적 의미도 함축된 것이었다. 1970년대와는 역사적 의미에 있어서 서로 같지 않다고 보겠다. 1970년대의 민중론은 당시 분위기에서 위험수위에 접근한 진보적 논리였다. 1980년대 이래 민중문학의 논리는 한창 뜨겁게 일어나던 노동문학의 논리에 진보적 입지를 잃은 한편, 민족문학의 개념 속으로 수렴이 되었다. 야담운동의 민중논리에는 아직 대치

된 점에서도 주의해볼 필요가 있는 것이다.

19 당시 『동아일보』 후원의 신춘야담대회는 입장료가 30전이었다. 그런데 『동아일보』 독자에 한해서는 반액으로 하였는데 대회당일 신문지면에 반액권을 인쇄해 넣어 그것을 소지, 독자의 증빙을 삼도록 하고 있다. 이렇듯 야담대회가 신문사측으로서는 광고효과는 물론 독자를 늘이는 직접적 방도로 되었던 것이다.

20 "'대중소설'이란 단순히 대중의 향락적 요구를 일시적으로 만족시키기 위한 것이 결코 아니요, 그들의 향락적 요구에 응하면서도 그들을 모든 마취제로부터 구출하고 그들로 하여금 세계사의 현 단계의 주인공의 임무를 다하도록 끌어올리고 결정하게 하는 작용을 하는 소설이다." 金基鎭, 「大衆小說論」, 『金八峰文學全集』 제1권, 문학과지성사, 1988, 130면. 이 김기진의 대중소설을 옹호한 논지는 『별건곤』의 취지와 일치하며, 김진구의 논리와도 통함을 확인할 수 있다.

되기 쉽지 않은 고유한 입지가 있었다.

이 야담운동은 귀추가 어떻게 되었던가? "작년 11월에 조선에다 '야담' 을 창설한 이래 7~8개월 동안 야담운동에 노력하야 중앙 지방을 막론하 고 야담에 대한 기대와 환희에서 나오는 인기란 정말 예상 밖에 높았었 다."[21] 김진구의 이 발언은 자화자찬처럼 들리지만 그 반응이 자못 뜨거웠 던 모양이다. 조선야담사 창립 1주년을 기념하는 야담대회가 증언하는 바 다. 그런데 그 이후 김진구의 활동 소식은 이렇다 하게 잡히지를 않는다.[22]

야담운동은 운동적 차원으로 말하면 이내 시들해지고 만 것으로 보인 다. 그리고 한동안 지나 윤백남의 손에서『월간야담月刊野談』, 김동인의 손 에서『야담野談』이 창간된 것이다.

4. 1930년대 야담의 잡지매체 수용

야담이 잡지매체에 수용되어 부활을 한 것은 30년내적 문화현상의 한

---

21 金振九,「時代劇과 朝鮮」,『동아일보』, 1928.8.3.
22 1920년대 말에 김진구가 주도했던 야담운동이 퇴장하게 된 경위와 함께 김진구라는 인물 의 행보는 이후 어떻게 되었던가? 이 점이 궁금했음에도 추적하지를 못했다. 그런데 근래 한국사 연구자 김태웅이 발표한「일제 강점기 김진구(金振九)의 활동과 내선일체론」(『역 사연구』13, 2003)이란 제목의 논문이 발표된 것을 보게 되었다. 김진구는 1936년에『국 암절개(國癌切開)』라는 책자를 일본 名古屋出版社에서 발간하는바 '내선일체론(內鮮一 體論)'을 주창한 내용이었다고 한다. 표제의 '국암', 즉 국가가 고질적 암에 걸린 상태이므 로 이 암을 절개하지 않고는 이 나라가 생존할 가망이 없다는 논지를 펴고 있다는 것이다. 암에 걸려 죽을 운명인 조선을 살려낼 방도는 "절대적으로 일본과의 밀착"이라는 논지다. 1930년대 일본 군국주의가 중국대륙을 침략하면서 한반도상에도 탄압이 날로 가중되는 상황에서 일어난 왜곡, 변질의 하나의 사례라고 하겠다.
위 논문에서 밝혀진 김진구의 인적사항으로 그는 1896년 忠北 槐山郡 淸安面 文芳里에서 출생하였고 일본식 개명으로 岩前和成이었다.

단면이었다. 1936년 「월간야담」 3월호에 야담지의 경쟁적 출현을 "근래 유사 동업지가 족출簇出하는 형세"라고 그 무렵의 소식을 전하고 있다.

이는 동시기 이념지향의 문학계급논리의 문학이 퇴조하면서 순수와 통속의 이원화로 편향된 현상과 맞물려 일어난 일이다. 야담은 통속 쪽으로 편향된 모양인데 신간회운동이 좌절하고 학문으로 침잠하게 되면서 '조선학'에 관심이 기울어진 정황과도 연관이 있다.[23] 일제가 군국주의로 강경해지면서 너나없이 민족적 위기감과 상실감을 느낀 나머지 '회고적 조선정조'를 못내 그리워들 하였다. 야담 잡지란 속성이 상업주의를 떠나서는 존속할 수 없으니 '회고적 조선정조'는 문화상품으로 좋은 아이템이 된 셈이다.

앞서 살펴본 야담운동은 일시 큰 반향을 일으켰다고 하나 발전적으로 끝나가지 못한 채 흐지부지 되고 말았다. 그렇게 된 원인은 그 자체에도 없지 않았겠으나 외압이 들어와서 운동의 발전을 원천봉쇄 당한 데 있었다. 당초에 야담운동이라고 해서 야단스러웠던 만큼 이렇다 할 성과를 남긴 것이 없었다. 그렇지만 야담의 근대적 변모과정에서 보면 첫째 야담의 개념을 부각시키고, 둘째 그에 대한 대중적 관심을 확산시켜 놓은 기여를 하였다. 1930년대 야담 전문잡지가 출현하는 계기가 되었던 것이다.

1) 『월간야담月刊野談』과 『야담野談』

우리의 기도는 크다. 얄팍한 현대문명으로서 두툼한 조선 재래의 정서에 잠

---

23 임형택, 「國學의 성립 과정과 實學에 대한 인식」에서 "조선학운동은 좌우의 대립을 민족이란 개념으로 통합하려 했던 신간회 정신과 내면적으로 닿아 있었던바 신간회운동의 후속적인 성격으로 간주할 수 있다"는 견해를 표명하였다. 『현대학문의 성격』, 민음사, 2000(『실사구시의 한국학』, 창작과비평사, 2000).

겨보자. 그리하여 우리의 잊혀진 애인을 그 속에서 찾아보자.

—『월간야담』 창간호 권두언

취미—취미 가운데도 이즈음 흔히 건전치 못한 취미가 많음을 통탄하여 건
전한 이야기 잡지를 만들려고 꾸며낸 것이올시다.

—『야담』 창간호 선언

야담전문의 잡지를 창간함에 당해서 세상에 자기의 존재 의의를 선언
한 글이다. 전자는 『월간야담』을 주간한 윤백남, 후자는 『야담』을 주간한
김동인으로 기명이 되어 있다. 윤백남의 권두언은 표현이 고도로 절제된
데다 추상적이다. '우리의 잊혀진 애인'이란 한용운의 시에서라면 '님'으
로 비유됨직하다. 그러나 '애인'을 찾아보려는 동기가 애매모호하다. "얄
팍한 현대문명으로서 두툼한 조선 재래의 정서에 잠겨보자." 현대문명에
대해 반성이나 비판을 제기하는 것이 아니라 막연한 불만감을 가지고 회
고적 정서로 보상하고자 한 것이다. 김동인의 『야담』이 건전한 취미잡지
를 표방한 점은 『별건곤』의 취지와 일치하며, 김진구의 야담운동의 논리
와도 다르지 않다. 다만, 운동적 의미가 탈락이 된 것이다. 목적의식을 버
리고나니 취미 그것이 존재 의의의 전부다. 보는 각도에 따라선 거추장스
런 이념 따위로부터 탈피하여 이제야말로 확실히 '현대적'이 되었다고 말
할 수도 있을 것이다.

『월간야담』은 1934년 10월에 창간이 된다. 저자가 직접 확인하기로는
통권 28호까지이며, 김근수金根洙 씨에 의해 작성된 잡지 목록에 의하면 통
권 55호^{1939.10}까지 내고 있다. 발행의 주체는 계유사癸酉社인데 1933년에
설립된 합명회사合名會社이다. 이 계유사는 출판사로서 『조선야사전집朝鮮野史

『월간야담』 1935년 7월호와 『야담』 1937년 7월호 표지

全集』을 간행한 바 있으며, 그 안에 야담구락부가 있는 것으로 나와 있다. 『월간야담』은 '윤백남 책임편집'이라고 매호 내표지에 똑똑히 박아놓았 듯, 윤백남이 주인으로서 만들어낸 물건이다.

　『야담』은 『월간야담』보다 1년 늦어서 1935년 11월에 출범을 한다. 창 간호를 낼 때는 미처 사옥도 얻지 못해 주간하던 김동인이 자기 집을 임 시 사무소로 썼다. 김동인은 『야담』의 발간에 정신적으로, 경제적으로 일 시 모든 힘을 쏟아 넣었다. 그러다가 신병을 얻고 경제적 관계도 있어 발 행권을 임경일林耕一에게 넘기는데 1937년 5월이었다. 임경일이 맡고 나서 도 『야담』은 건재하여, 『월간야담』이 6년의 수명이 다한 다음에도 줄곧 살아남아서 1945년 일제가 패망하던 그해 2월 통권 110호를 기록하게 된다. 『야담』은 당시로서는 아주 장수한 잡지이며, 소위 암흑기에 조선어

잡지로서 거의 유일하게 명맥을 보존한 것이기도 했다.[24]

『월간야담』과 『야담』은 내용 및 체제가 어슷비슷하고 필진도 대부분 겹쳐있다. 『야담』을 주간한 김동인이 『월간야담』의 권두를 장식하는 필자로 등장해서 야담의 명품으로 손꼽히는 「원두표元斗杓」를 발표했는가 하면, 『월간야담』을 주간한 윤백남은 『야담』 창간호의 권두에 「신문고申聞鼓」를 발표한 것이다.

그렇다고 두 잡지의 관계가 좋았던 것은 아니었다. 성격이 유사한 것이기 때문에 숙명적 경쟁관계로 놓일밖에 없었던 모양이다. 서로 신경전을 벌인 것을 두 잡지의 지면에서 역력히 엿볼 수 있다. 발간 부수에서부터 신경전이 시작되는데 『야담』 측이 "창간호는 만천하의 환영아래 재판까지 하였다. 모종某種잡지와 같이 초판인쇄를 절반은 초판이라 하고 나머지 절반은 재판이라고 하는 기만성 재판이 아니요 거짓 없는 재판으로서 조선 잡지계의 희유의 성황이었다"고 과시한다. '모종의 잡지'라는 비아냥이 어디를 겨냥한 것인지 밝히지는 않는데 『월간야담』에 2호부터 9호까지를 500부 한정의 재판을 찍었다는 광고가 보인다. 이들 잡지가 과연 얼마나 팔렸을까? 그때도 비공개 사항이지만 『월간야담』은 창간 이래로

---

24 1948년 4월 『야담』의 속간에 붙인 글이 참고될 내용이기에 일부 인용한다.
  "日政時代의 朝鮮文言論이란 總督部의 가혹한 彈壓을 받았는데도 不拘하고 『野談』이 그때 當時에 있어서 大衆의 大喝采를 받았으며 수많은 部數를 發行케 된 것은 이것이 綜合誌나 文學誌보담도 大衆 속에 깊이 들어가서 啓蒙하는 바가 많았기 때문이었습니다.
  金東仁氏는 創刊 이래 數年間 物心兩面으로 犧牲하야 基礎를 닦아놓았으나 身病과 其他 經濟的 關係로 인하야, 適材 林耕一 氏에게 『野談』의 發行權을 引繼시키었던 것입니다. 林耕一 氏는 本來 篤實한 新聞人이었든 關係로 氏가 맡어서 본 三四年間은 그야말로 꾸준히 誠實히 해왔으나 第二次大戰이 이러난 몇 해 뒤엔 印刷難과 아울러 用紙難으로 더 前進할 수 없이 되고 氣도 脈도 盡할 危機에 逢着하고 말었든 것입니다.
  風前의 燈火와 같이 위태롭던 野談誌를 蘇生시키고 用紙, 印刷難을 넘어서 또한 所謂 大東亞戰爭中 한글에 대한 彈壓이 絶頂에 達했을 때 小說家 金松氏가 決然히 나와서 野談의 무거운 짐을 질머지게 되었으며 氏의 貧財로써 능히 繼續하며 四五年間 野談을 爲하야 奮鬪努力했든 것입니다."

매달 "만여부 매진의 호황을 누리고 있다"고 자랑하는데 『야담』은 "발행 부수 2만부 돌파도 멀지 않은 일"이라고 한층 더 기승을 부리고 있다.

두 동업의 잡지는 내용을 가지고서도 경쟁을 벌였음이 물론이다. 일 년 후에 출범한 『야담』은 『월간야담』이 쌓은 기존의 아성을 치고 들어가야 했다. 김동인은 이에 고심하고 비상한 수완을 강구했던 것 같다. 지면을 보다 다채롭게 꾸미는데 주안점이 두어졌으니 우선 분량을 『월간야담』에 비해 많이 잡고서 인기 있는 필진을 적극 동원하며, 내용도 제법 다변화를 꾀한 것이다. 고소설과 옛 시가詩歌 자료들을 발굴해서 전제하거나 일반 현대소설에까지 지면을 할애하여 이기영 채만식 같은 작가의 작품이 발표되기도 했다. 이런 『야담』에 비해 『월간야담』은 정태적이고 고전적인 아취를 풍긴다. 물론 매호마다 신기한 이야기들로 독자들의 호기심을 붙잡으려 애쓰지만 표지에서 삽화, 내용에 이르기까지 '조선재래의 정서'를 맛볼 수 있도록 꼼꼼한 배려를 하고 있다는 인상을 바꾸지 않고 있다. 『월간야담』이 『야담』보다 수명이 짧았던 직접적 이유는 어디에 있었는지 분명치 않지만 상품적 경쟁에서 뒤졌을 것으로 여겨진다.

『월간야담』은 그것을 주관하던 윤백남의 개성적인 취향이 배어있는 것 같다. 윤백남1883~1954은 1910년대 신파극 시절부터 연극계에 참여했고 1916년에 벌써 백남 프로덕션을 창립하여 영화를 제작 감독했다 한다. 연극 영화의 부분에 선구적 활동이 지속되는바 1920년대에 민중극단이란 이름의 극단을 조직하여 자신의 창작희곡을 공연한 일, 영화 〈운영전〉, 〈심청전〉 등을 감독 혹은 제작한 일이 눈에 뜨인다.[25] 『월간야담』을 주간하면서도 "영화회사 설립건으로 동분서주"하고 있었다고 한다.[26] 다

25 柳敏榮, 「尹白南과 朴勝喜」, 『韓國演劇의 美學』, 단국대 출판부, 1982.
26 「편집후기」, 『월간야담』, 1936.3.

른 한편 소설의 신문 연재로 인기를 끌어 대중문학의 작가로 우뚝한 위치를 확보하고 있었다. 19세기에 태어난 인간으로서 이처럼 근대적 대중성 문예의 방면에 뛰어들어 정력적이고도 현란하게 활동을 벌인 사실이 대단히 특이하다. 거기에 야담구연자로서의 명성, 그리고 야담을 월간지의 매체로 이 땅에 처음 정착시킨 사실이 추가되어야 할 것이다.

『야담』을 주간한 김동인1900~1951 또한 그 사업에 물심양면으로 헌신했던 사실은 앞서 언급했던 바와 같다. "그새 이십년간을 조선문학 건설을 위하여 애쓰고 그것으로서 얻은 신임을 한개 영리사업에 허위광고를 하여 싹여버릴 김동인이 아님을 믿어주시기를 바라는 바이다"『야담』, 1936.1 고 그 자신이 신문학 건설자로 쌓아올린 명예까지를 이 사업에 걸고 있다. 나는 전에 김동인이 야담에 손을 댄 것을 탐미주의로 빠졌던 그가 예술정신마저 포기한 결과라고 비판한 적이 있었다.[27] 위의 인용문에서도 『야담』의 발간을 영리사업으로 그 스스로 규정짓는다. 그러나 그 스스로 혼신의 정력을 바친데 있어서는 작가론의 측면에서 유의해 보아야 할 대목이겠거니와 그의 야담 창작물의 대중적 예술성도 따져 보아야 할 대상으로 여겨진다. 윤백남의 경우 특히 근대적 예술양식에서 선구적 활동을 펼쳐온 그 자신의 면모를 고려해서 그의 야담분야의 활동이 검토될 필요가 있다고 본다.

2) 이 시기 야담의 실태와 성격

위에서 본 두 야담잡지의 과민한 경쟁은 시장의 논리가 끌어들인 현상이다. 상품적 수요에 열심히 맞추어 따라가야만 생존할 수 있다. 항상 독

---

27 임형택, 「신문학운동과 민족현실의 발견」, 『창작과비평』 19, 1973(『한국문학사의 시각』, 1984, 337면).

자들의 구미를 좇아, 매호 신기하고 흥미로운 내용으로 지면을 채워야 하는 것이다. 이에 드디어 야담은 자체 변화를 일으키며 양산되기에 이르렀다. 김진구가 '신야담'을 제창했으나 이때 와서 뚜렷이 '신야담'으로 변용이 된 셈이다. 김진구가 추구했던 정신은 **빠져나간** 상태로.

우리가 장차 야담사史를 통관해서 엮자면 1930년대는 '야담잡지 시대'로 불러야 될 것 같다. 현대적인 대중문학의 한 장르로 부활한 야담은 양적인 축적을 이루어 놓았다. 『월간야담』과 『야담』 이외에도 야담의 범주에 속하는 서적이 숱하게 간행된 것이다. 이 시기의 야담에 대해 몇 가지 사항으로 나누어 대략 언급을 해둔다. 내 눈으로 그 자료들을 약간 훑어본 소견에 불과하다.

(1) 야담의 구연적 형태

야담운동은 '입으로 무대에서' 연출하는 형태와 '붓으로 지면에서' 펼치는 형태의 두 방식을 취했던바 오히려 전자에 비중이 두어져 있었다. 대중적 영향력을 중시한 때문이었다. 30년대로 들어와서도 야담은 여전히 '입'과 '붓'의 상이한 형태로 산출되어 청중에게 직접 전달되거나 독자에게 활자 매체로 전달되는 두 상이한 방식으로 존재했다. 당시의 야담작가는 대개 양자의 능력을 겸비한 경우가 많았다. 야담잡지사는 인기작가를 동원하여 야담대회를 지방으로 순회하며 개최하곤 했다. "유추강庾秋岡 선생은 인천서 본사 주최 야담대회에 출연하시었는데 '인기가 어떻게 좋았는지' 인천 같으면 며칠을 계속해도 좋다고."『야담』, 1937.8 이런 야담사의 알림도 보인다. 유추강은 손꼽히던 야담사師였는데 그가 무대에 출연해서 했던 야담을 김동인이 글로 써서 잡지에 발표한 사례도 있다.[28] 그리고 『야담대회록野談大會錄』永昌書舘, 1938이란 이름의 책자가 부정기 간행물로 나오기도 했다. 따로 또 방송매체에 출연하는 야담사가 있었다. 오상근吳祥根이 그런 인물인데 『조선야담대해朝鮮野談大海』永昌書館, 1941는 그가 방송으로 내보냈던 대본을 간행한 것이었다. 서사물의 전통적인 구연형태를 계승한 이들 야담사들은 판소리 명창에 못지않게 성업중이었던 모양이다. 이 시기 야담이 성황을 누릴 수 있었던 바탕은 우선 구연의 형태에 있었다고 보겠는데 그것은 문필적 창작과도 연계되어 있었다. 전통야담과 신야담의 구연과 창작의 관계비교, 구비문학적 고찰 등등이 연구과제로 떠오른다.

(2) 야담관과 야담의 전문성

30년대 '야담잡지 시대'를 선도한 윤백남은 「야담과 계몽」『啓明』, 1932.12 이란 소고를 『월간야담』을 창간하기 2년 전에 발표한다. 비록 짧은 글이지만 그 자신의 야담관과 함께 야담사의 존재에 관해 요긴한 논설이 담겨 있다. 이 글에서 그는 "야담이란 말이 야사野史에서 나온 이야기를 주主삼아 한다고 해서 지어낸 말이지만 이야기가 반드시 야사에서만 한限치 않은 이상 이 야담이란 말은 적당한 이름이 아니라고 생각한다"고 전제를 한 다음, "전조선적全朝鮮的으로 이미 선전된 이름이라 지금 와서 새삼스러이 고칠 필요도 없는 것이다"고 결말을 지었다. 통행하는 야담의 개념이 이미 기정사실화되어 있기 때문에 못마땅하지만 따르겠다는 뜻이다. 당초 야담의 개념을 야사에 바탕해서 지어낸 이야기로 규정지은 것은 김진구였다. 김진구에 의해 정립된 개념이 두루 통용되고 있었던 것이다. 그런데 김진구에 있어서 야사는 '민중적 역사'라는 특별한 의미가 부여되어 있었다.[29] 이 특별한 의미를 윤백남은 간과해 버렸다. 그러고서 김진구의

---

28 「壯士의 恨」, 『野談』, 1936.8. 이 제목에 '庾秋岡先生 舞臺野談을 根幹삼아'라는 부제를 달아 놓았다. 李洸을 주인공으로 삼고 北伐이 좌절된 이야기를 엮은 것이다.

야담 규정은 따르려니 불만스러움을 느끼지 않을 수 없었을 것이다.

윤백남은 또한 야담만이 갖는 특성에 언급하여 "야담은 일아에 수백수천의 사람에게 직접 감흥과 지식과 흥분을 줄 수 있는 것"이라고 대중적 감화력이 막대함을 그 효용성으로 들었다. 반면에 신문 잡지는 흥미 중심의 저널리즘에 지나지 못할 뿐 아니라, 그 독자는 일부의 '유산계급' 혹은 '인테리 계급'에 한정되는 실정이라고 말한다. 여기서 그가 염두에 둔 야담은 무대에서 대중을 상대로 구연하는 형태이다. 이러한 야담을 잘 하기 위해서는 필수로 갖추어야 할 조건이 있다면서 그는 다음 세 가지를 열거하고 있다.

① 전문적으로 또는 상식적으로 해박한 학식이 있어야 할 것.
② 상당한 성량聲量과 건강이 있어야 할 것.
③ 교묘한 화술話術이 있어야 할 것.

이는 무대의 야담으로 명성을 날렸던 윤백남 자신의 체험적 결론일 것이다. 신재효申在孝가 일찍이 판소리 명창이 갖추어야 할 조건으로 인물·

---

29 김진구는 야담의 개념을 野의 어의해석으로부터 출발해서 정립하고 있는바 이러하다. "야담이란 술어의 의의가 어데 있는가? 이것은 두 가지의 의의가 거기 붙어있다. 첫째는 '朝野'의 野와 둘째는 '正史·野史'의 野 그것이다. 朝라는 군데는 소수 특권계급의 향락처인데 대하여 野라는 곳은 대다수 민중의 집단지―즉 다시 말하면 野라는 것은 곧 민중을 의미하는 것인 때문이며, 역사에는 소위 정사라는 것과 야사의 두 가지가 있는데 (…중략…) 야사라면 홀대시하기 쉬우나 봉건시대에 있어서 제왕을 중심으로 한 모든 특권군들이 자기네의 온갖 죄악을 은폐해놓고 그네의 역사를 미화하고 연장해 놓은, 그리고 대중과는 하등 교섭이 없이 자기네의 享福과 行樂을 자랑해 놓은 것이 정사이며 모든 억압과 忌諱의 눈을 숨어서 정말 민중의 진정에서 나온 민중의 意思와 그네의 실적을 적어놓은 것이 즉 야사인즉 史的考察로 보아서 이것이 가장 隱諱없이 노골화된 정사일 것이다. 다시 말하면 야사라는 것은 곧 민중사라는 것을 의미하는 것이다. 이 두 가지 의의에서 빼내온 야담은 곧 역사적 민중교화운동이라고 볼 수 있지 아니한가."(「야담출현의 필연성」, 『동아일보』, 1928.2.6)

사설·득음을 들었던 것과 대비되는데 '해박한 학식'을 내세운 점이 제일의 야담적 특성으로 보인다. 윤백남은 "이 세 가지 조건을 구비하기 어려운 이상 훌륭한 야담연사를 얻기는 매우 어렵다"고 덧붙인다. 이 점을 가장 강조하여 "10인의 문인은 얻기 쉬우나 1인의 야담연사를 얻기는 어렵다"고 한다. 그는 야담사를 '야담연사'로 지칭하여 그 전문성을 강조한 것이다. 근대사회로 들어와서 문인도 전문작가로 분화되었거니와, 당시 야담 또한 근대적 여건을 타고 나름으로 발전하면서 전문가로 출연하고 있었다. 그러한 문화적 요구를 윤백남은 전문성을 강조한 말로써 대변한 것으로 보겠다.

이어서 윤백남은 '강화講話'란 개념을 들고 나오는데 이는 야담보다 더욱 어려운 것이라고 한다. 세칭 만담으로 일컬어지던 것을 그는 강화로 지칭하고 있는바 "사담史談은 이면裏面이라든가 역사의 일부를 이야기함에 그치지마는 강화는 유모어하고 윗트가 많고 그중에 도화적道話的 비유, 또는 미담美談 풍자 이 여러 가지 분자를 교묘히 섞어서 만들어내야 하는 이것이야말로 실상은 야담보다도 어렵지 아니한가 힌다"고 지적한 것이다. 김진구가 야담에 명성을 얻었던데 윤백남은 자기의 특성을 만담으로 드러내려 했던 것 같다. 만담은 야담과 구별되는 장르로 당시 성립되고 있었으니 윤백남은 이에 착안하여 야담 못지않게 전문적 의미를 부여하려고 든 것이다.

이렇듯 윤백남이 야담과 강화=만담의 전문성을 제고한 의도는 그 질적 수준을 높이면서 발전을 시키고자 하는 데 있었을 것이다. 그 목적하는바 계몽적 활용에 있었으니 「야담과 계몽」이란 제목이 뜻하는 그대로다. 그런데 그가 주간한 『월간야담』은 계몽이란 목적을 소거 내지 축소시킨 상태다. 왜 이렇게 되었을까? 상업주의와 진정한 계몽성은 말하자면 두 마리 토끼다. 야담잡지의 발간은 구연에 큰 의미를 두었던 그 자신의 논지와도 모순되고 있었다. 야담잡지를 계속 내자면 상업주의의 토끼를 부지런히 쫓아가지 않을 수 없었을 것이다.

(3) 현대적 창작기법의 개발

야담잡지의 출현과 함께 야담연사들은 야담작가로 나서서 활동하게 된다. 김동인이나 전영택 처럼 일반 작가에서 야담작가로 넘어온 경우도 있지만 전문 야담작가로 등장한 인물이 많았다. 이들 야담사들은 대개 '해박한 지식'의 소양을 본디 갖추고 있었기 때문에 '교묘한 화술'이 '교묘한 필치'로 전환되기에 용이했을 터다.

이 단계에서 야담은 비로소 '현대적' 범주에 속하게 되었다. 현대문학과 고전문학의 구분은 상투적이긴 하지만 양자의 구분이 성립할 변별성이 전혀 없는 것은 아니다. 야담의 경우는 현대적 특징이 이때 와서 뚜렷해진 셈이다. '신야담'으로 변용된 것이라고 지적한 것은 이 때문이다. 그것의 현대적 특징이라면 주로 형식의 측면인데 표현기법상의 문제였다.

『월간야담』과 『야담』에 수록되었던 야담 작품만 치더라도 양적 축적은 상당하다. 양적 축적의 품질이 어떠하며, 성과를 어떻게 가늠할지? 야담도 역시 작가에 따라 작품에 따라 개성과 수준이 다 달랐음은 물론이다. 김동인은 김동인대로 스타일이 있으며, 윤백남은 윤백남대로 예술적 개성이 분명하다. 다루어진 테마, 엮어가는 수법이며, 문체가 제각기 특색을 드러내고 있다. "경인읍귀적驚人泣鬼的, 사람을 놀래키고 귀신도 울리는 신필"이란 윤백남에게 붙여지던 찬사인데 광고를 위한 과장법이긴 해도 그의 예술적 개성에는 그렇게 지목할 소지가 없지 않았다. 야담의 현대적 기법의 개발자로서는 누구보다 김동인을 최고로 꼽아야 할 것이다. 김동인 소설의 극적이면서 날렵한 수완은 자신의 야담으로 십분 살려져 있다.

> 여주 벽절. 앞강에 무르녹은 저녁놀.
>
> 붉게 자줏빛으로 번갈아 반짝이는 저녁놀은 꿈과 같이 아름다웠다. 약한 바
> 람결에 뛰노는 물결을 따라, 금놀 은놀은 천 조각 만 조각에 갈라지면서 제빛
> 을 자랑하고 있었다.
>
> "아름다운 경개로다."
>
> 강언덕 작다란 바위 우에 올라서서 이 움직이는 저녁놀을 바라보고 있는 과
> 객過客

『월간야담』의 창간호를 빛낸 「원두표」의 첫머리다. 벽절이란 신륵사의
별칭이다. 바야흐로 펼쳐질 사건의 주인공이 신륵사 옆의 한강변의 바위
위에 우뚝 서서 강물결을 물들이는 저녁놀을 바라보는 그림이다. 마치 영
화의 첫 화면이 클로즈업되는 것도 같다. 종래 야담의 관습적인 서두와는
전혀 감각이 다를 뿐 아니라, 현대소설로서도 아주 인상직인 서막을 꾸며
낸 것이다. 문장형식 또한 명사형으로 짧게 짧게 끊어서 긴박감을 주는가
하면 길어진 문장에서는 시각적 영상을 두드러지게 묘사하면서 감상을
곁들여 선명히 각인시키는 효과를 노린다. 이 작품은 전체적으로 이야기
적 구성을 탈피하지 않았지만 진행의 속도감, 돌출·급전·시청각적 영상
표출 등등을 활용하여 극적 효과를 강화하는 점이 특징적으로 드러난다.
회고적 내용에 현대적 감각의 절묘한 조화다. 다분히 독자의 시선을 끌어
들이기 위한 수법이지만 그런대로 효과적이다.

김동인의 대표작의 하나로 평가되는 「광화사狂畵師」는 『야담』 창간호에
발표되었던 것이다. 야담으로 분류되어야 할 작품일까? 대체로 이 작품을

야담으로 생각치 않고 있다. 야담의 보편적 성격과는 다르기 때문일 것이다. 다시 생각하면 그렇게 인식되어질 정도로 파격적이고 그런 만큼 실험적이다. 『야담』을 창간함에 당해서 그 사업을 주간한 김동인으로서는 야담형식에 대담한 변화를 시도해보고도 싶었을 것이다. 「광화사」는 이질적이긴 하지만 야담에 속하는 작품이다. 요컨대 「광화사」로 야담의 형식실험을 해본 것이다. 이 모처럼의 형식실험은 일회성으로 끝나고 말았다. 그리고 현대적 창작기법은 통속성에 견인되어 흥미본위를 위한 수단으로 이용되는 데 그쳤다.

(4) 통속적 굴곡과 일제말기의 야담

위에서 야담의 현대적 성격을 표현기법의 측면에서 들여다보았다. 내용의 측면에서는 현대성을 어떻게 논의할 수 있을까? 실로 난감한 물음이다. 야담이 현대적 의미는 전무했다고 한다면 당초에 독자들을 끌지 못했을 터이니 현대적 의미는 어떤 식이건 있었다고 보아야 할 것이다.

원론적으로 말하면 아무리 옛날에서 소재를 끌어다가 창작을 하더라도 현대성을 함축한 주제사상이 주입되어야 하는 법이다. 야담작가들은 대부분 이 점을 고뇌하여 투득透得하는 길을 찾아들지 않고 다분히 안이하게 처리하고 말았다. 회고적 정서나 보수적인 충효 윤리, 아니면 시대성을 상실한 계몽 따위를 붙여놓는 식이다. 그래서 야담은 대개 낡은 내용물을 새 그릇에 담는 격이 되었다. 문학사의 과도기에는 신내용이 구형식에 수용되는 사례가 있거니와, 이 경우는 반대꼴로 된 것이다. 전자는 대개 진보적 의미를 띠게 되지만 그 반대꼴은 기실 진부한 내용을 포장만 그럴듯이 한 것이다. 다름 아닌 상업주의로 빚어진 통속성의 한 특징이다.

이 '신야담'은 대체로 야담전통의 우수한 성과를 계승하지 못한 것 같다. 신야담의 자료는 야사뿐 아니라 전래의 야담집에도 의거하고 있었다. 그러면서도 당대 현실을 사실적으로 반영한 작품들에는 거의 관심이 돌아가지 않고 있다.

어쩌다가 손을 댄 경우는 무언가 변질을 시켜 놓는다. 김동인의 「깨어진 물동이」1935.11라는 제목의 작품을 사례로 들어보자. 한문단편의 「조보朝報」를 취해다가 김동인 특유의 수법으로 가공한 물건이다. 전체 줄거리는 말할 것 없고 내용의 세부까지 거의 일치한다. 그런데 오직 현저히 달라진 곳이 있다. 여주인공이 작별하는 마당에서 "저는 본디 천한 몸이라 선다님을 위해 수절하기는 실로 어려운 처지입니다"고 헤어져 있는 동안 자기는 다른 남자와 일시 동거하겠음을 밝힌다. 그러나 실은 당시 천인 여성들의 생활상의 논리요, 주인공의 현실주의적 성격을 극명히 보여주는 대목이다. 김동인은 바로 이 대목을 왜곡하여 부득이한 훼절로 이야기를 엮어낸 다음, 여자의 한번 실절은 만회할 수 없는 통한이라는 의미의 '깨어진 물동이'란 상징적 제목까지 달아 놓은 것이다.

'구내용'에 '신형식'의 결탁은 진진직 방향과는 반대편의 의미를 띠게 마련이다. 그렇기에 그 신형식 또한 활달하게 펴나가지를 못하고 늘푼수 없이 통속적 도식에서 맴돌았다. '신야담'은 얼마 지나지 않아 고식적姑息的에 빠져들었던 사실이 반증하고 있다. 그렇게 만든 요인으로서 '암흑기'라고 불리어지는 일제말의 특수한 시대상황이 가로놓여 있었다. 1940년대로 들어와서도 야담은 명맥을 보전하는데 원래 표방했던 '건전한 취미'를 망가뜨리고 급격히 퇴화의 길을 걸었다. 책의 부피부터 얄팍해지면서 내용 또한 극히 빈곤해지고 있었다. 막판에는 "신풍대神風隊, 가미카제를 따르자"는 구호를 표지에 박을 정도로 양식을 지키지 못했으니, 그에 따라 내용 또한 친일적 군국주의로 빠져든 것이다.

5. 맺음말

일제 식민지시기[1910~45]는 한국 역사상 자본주의적인 근대문화가 조성된 시간대에 해당하였다. 그래서 본고는 이 시기를 따로 잡아서 야담의 근대적 변모양상을 고찰해 본 것이다.

야담은 우리의 문화전통의 하나로서, 특히 상하노소로 폭넓게 민족적·민중적 관심을 끌었던 것이다. 일제 지배하에서, 근대적인 제반 변모가 진행되는 상황이었지만, 이 기반 위에서 달라지는 여건에 적응하여 야담은 나름으로 근대적 변모를 연출하고 있었다. 1920년대 후반에는 민중운동의 차원에서 '신야담'이 제창되더니 30년대에 이르러 잡지매체로 수용되면서 야담의 '근대화'가 실현되었다. '신야담'의 형식(근대야담 혹은 현대야담이라고 일컬어도 좋은 것임)이 정착한 것이다. 이는 한문단편을 이은 단편형식이니 일반문학의 단편소설에 대응시켜 볼 수 있다. 그렇다면 장편적 형식의 야담은 어떻게 되었던가? 야담이 장편화하면 곧 역사소설이 되는 것도 같다. 야담작가에 의해 저술된 장편소설이 30년대에 단편야담과 함께 출현하였다. 일반작가에 의해 저술된 역사소설들이 있는데 이런 부류가 역사소설에 값하는 것일까? 장편야담에 대한 검토, 이것과 역사소설의 분별, 야담이 역사소설의 성립에 미친 영향 등등 문제들이 딸려 나오는데 여기서 일일이 거론하기는 어렵다. 한 가지 20년대 말의 야담운동이 역사소설의 성립에 관련이 없지 않았던 것으로 보이기에 이에 대해서만 언급해 둔다.

염상섭은 1929년 「현하現下 조선예술운동의 당면문제」란 제목의 글을 발표하는데 「강담講談의 완성과 문단적 의의」라는 부제가 달려 있다. 목전에 야담운동이 전개되는 상황을 보고 생각을 밝힌 것이다. "야담이 신출 유행하는 것을 필연한 사회현상·문단적 현상"으로 간주하면서, "이러한 노력으로 (…중략…) 진정한 문예의 민중화·사회화"의 가능성을 내다보며 기대를 걸었던 것이다.[30] 당시 동아일보에 연재되는『단종애사端宗哀史』와 조선일보에 연재되는『임거정전林巨正傳』뒤에『林巨正』으로 되었음을 야담과 연관 지어서 보고 있다. 그는 "현행의 강담=야담은 강담이라는 입장과 간판 하에서 소설의 형식과 수법을 따르는 경향인 고로 (…중략…) 소설식 강담, 강담식 소설의 얼치기 튀기가 되어가는 모양이다"고 비판적 지적을 하고 있다. 어쨌건 이 염상섭의 지적은 야담과 역사소설의 관계에 중요한 시사를 던지고 있다. 물론 야담운동은 역사소설과 동일시할 것은 아니다. 그러나 야담운동이 때마침 시작된 근대 역사소설의 성립과 상호 관련이 없지 않았던 점은 간과할 수 없다.

『임꺽정』의 작가 홍명희는 후일 한 좌담석상에서 "역사소설을 단편으로 써보면 어떨까? 즉 역사적 사실에서 테마를 잡아서 단편을 쓰되 시대순서로 써 모으면 역사소설이라느니 보다 소설적 형식의 역사가 되려니 일면으로는 민중적 역사도 되려니 생각했었오"[31]라고 술회했다. 야담운동에서 김진구가 제창했던 바와 일맥상통하는 착상이다. 『임꺽정』은 이 복안 그대로 실천된 것은 아니지만 근본취지는 살려졌다고 본다. 『임꺽정』은 야담전통을 창조적으로 계승한 사례이거니와, 작품구상의 단계에서 바야흐로 제기된 야담운동에서 자극을 받은바 있었을 것이다. 그렇다고『임꺽정』이 야담의 범주에 소속하는 것은 물론 아니다. 야담과는 이미 문학적 성격이 달라져서『임꺽정』은 진정한 의미의 역사소설로 창출된 것이었다.

---

30 『朝鮮之光』, 1929.1.
31 「洪碧初 선생을 둘러싼 문학 談議」, 『大潮』, 1946.1.

야담의 전통이 한때는 외관상 확대되는 형세였다고 말해야 실상에 맞을 것이다. 그 당시 대중문학의 양식으로서 상당한 위상을 차지하게 되었다. 대중에게 재미나고 지식도 주고 계몽적인 효과도 있는 읽을거리로 인기를 누렸다. 이에 대해 '본격문학'을 평가하는 기준을 들이대는 방식은 타당치 않다고 본다. 그러나 그 자체의 성격을 따져볼 때 진취적이고 창조적인 것이었다고 주장하기는 아무래도 곤란할 것이다. 왜 이렇게 되었을까? 상업주의의 속성 때문이라고 지탄할 수 있겠으나 거기에 일제의 외압이 항시 질곡으로 작용했었다. 야담의 근대적 변용은 대체로 상업주의적 통속화에 식민지적 억압으로 왜곡된 모습을 그려보였다. 이 또한 문화적 현상으로 볼 수 있겠다.

해방 이후 야담의 행방은 어떻게 되었을까? 완전히 따로 전을 벌여 작업해야 답을 구할 수 있는 물음인데 이 글의 끝맺음을 위해서 나의 소년 시절을 잠깐 회상해 본다. 『야담』이란 이름의 잡지가 50년대에도 한동안 간행되었다. 당시 어린 나는 『야담』을 어른들이 보다가 두면 슬쩍 집어다가 읽어보곤 하였다. 만화란 것도, 동화란 것도 구경할 수 없었던 당시 나에게 『야담』은 퍽이나 재미난 책이었다. 나의 희미해진 기억을 더듬어서 맞춰보면 그것은 30년대의 야담지의 연장선에 있었던 것 같은데 그 전의 작품들을 많이 재수록했던 것 같다. 야담작가들을 보더라도 해방 이후 등단한 작가 중에도 이렇다 할 면면들이 없지 않았으되, 30년대에 활약하던 대가급 야담작가는 출현하지 못했다. 그러고 보면 근대야담은 30년대가 전성기로서, 의미를 가졌던 한 시대였다고 하겠다.

1960년을 전후한 시점에서 『한국야담사화전집韓國野談史話全集』[32]이란 표

---

32 『韓國野談史話全集』은 총 20책으로 주로 고전 문헌을 간행하던 출판사였던 東國文化社에서 1959~1960년에 간행하였다. 한 책에 한 작가의 작품을 뽑아 실었는데 참고로 수록

제로 발간된 사실이 있다. 이후로 매체 환경의 변화에 따라 야담은 대중의 관심권으로부터 멀어져서 그 전통은 드디어 종식된 듯이 보인다. 그러나 한편 생각하면 대중매체에서 끊이지 않는 역사물은 기실 야담의 후속이 아닌가도 싶다. 야담전통은 라디오 연속극으로, 텔레비전 사극으로 변신을 하면서 명맥을 꾸준히 이어온 것으로 간주할 수 있다. 30년대에 잡혀진 방향에서 변모된 세태와 매체의 조건에 따라 적용한 방식이었다. 그런데 30년대의 야담은 비록 통속성을 띠었다 해도 완전히 저품질은 아니었다. 이 무렵의 역사물들은 일시 대중적인 인기를 누리기는 했어도 다분히 일회용의 소모품이 되고 말았던 것이 그 실상이 아닌가 싶다.

우리가 걸어온 문화예술의 길에서 통속화는 왜 저질화의 첩경이 되고 말았을까? 이는 실로 우리의 대중문화에서 심각하게 고민하고 성찰해야 마땅한 문제점이다. '통속' 자체가 꼭 부정하고 타기시해야 할 것이 아님은 물론이다. 통속이 저질화와 동일시되기에 이른 현상은 우리의 근대도정에서 구조적인 문제였다. 이에 대한 근본적인 반성과 대응이 정히 요망되는 것이다.

작가의 명단을 순서대로 제시해 둔다. 1. 金東仁 2. 李殷相 3. 尹白南 4. 金八峯 5. 車相瓚 6. 洪木春 7. 申鼎言 8. 庾秋岡 9. 李曾馥 10. 白大鎭 11. 洪曉民 12. 張德祚 13. 鄭飛石 14. 崔鍾璿 15. 宋志英 16. 趙欣坡 17. 朴容喆 18. 鄭漢淑 19. 李相玉 20. 具素靑.

제5부

20세기 전후
소설양식의 변모

제1장 | 『조선개국록』
민간적 상상의 역사소설

제2장 | 근대계몽기의 한문소설
『신단공안神斷公案』

제3장 | 20세기 초 소설의 신구양식의 교호양상
『빈상설』・『홍선격악록』・『정씨복선록』

여기서 '20세기 전후'는 안으로 동학농민전쟁과 밖으로 청일전쟁이 일어나 경장이란 이름
의 대변혁이 야기된 1894년부터서 주권을 상실하게 된 1910년까지다. 대변혁운동은 정치
적으로 근대적인 민족국가의 건설을 의도한 움직임인데 식민지로 전락함으로써 그 기획이
좌절되었기 때문에 1910년이 하한으로 잡힌 것이다.

이 시간대는 유사 이래 최대 전환기로 볼 수 있다. 중국 중심의 한자문화권이 해체되면서
근대적 세계로 넘어서는 단계였다. 신제도·신문화·신지식이 등장하여 구제도·구문화·구
지식이 부정되는 상황이 전개된다. 당시 신구의 변모양상은 착종·혼효를 일으켜서 극히 복
잡하고 혼란스러웠지만 그런 자체가 역동적·창조적인 과정이다. 역사적인 변혁운동은 실패
하였으나 무위로 돌아간 것이 아니고 발동이 걸린 셈이었다. 이 단계에서 '소설양식의 변모'
를 당시 출현한 작품들을 통해 살펴본 것이 지금 제5부다.

제1장의 『조선개국록』은 이성계를 주인공으로 한 개국 스토리인데 전래의 연의류와 달리
나름으로 특이한 성격이다. 5백년 왕국이 무너지는 소리가 '민간적 상상의 역사소설'에 투
영된 것으로 해석하였다. 제2장의 『신단공안』은 현토체 한문소설이지만 이 단계의 최대 성
과이다. 신소설의 대표 작가로 손꼽히는 이해조가 신소설로 이동하기 직전에 발표한 것이라
는 점을 탐구하였다. 제3장은 이해조의 『빈상설』과 무명씨의 『홍선격악록』·『정씨복선록』
의 분석을 통해서 '신구양식의 교호 양상'을 드러내 논평하였다.

덧붙여두고 싶은 말이 있다. 논의의 대상 작품은 『빈상설』을 빼고 나머지는 다 잊어버린
것들이었다. 왜 그랬을까? 물론 다른 까닭도 없지 않았으나 근대적 편견이 주요인이다. 이
단계를 통상 개화기라고 불러왔던바 이 인식논리는 철저한 근대주의다. 요컨대 근대주의에
의해서 이 소설들도 시간의 지층에 매몰되었다. 『신단공안』에 주목해서 비중을 크게 둔 것
은 근대주의를 극복하자는 데 뜻이 있다.

제1장
『조선개국록』
민간적 상상의 역사소설

1. 『조선개국록』

『조선개국록』은 이성계를 중심으로 꾸민 이야기책이다. 일명 「아태조전我太祖傳」이고, 따로 개국 이후의 이야기가 연속되어서 「동국사기東國史記」라는 이름으로 전하는 것도 있다. 저자가 소장하고 있는 책에는 겉 표제에 '조선개국록', 속 표제에 '아태조전'으로 되어 있는데, 맨 끝장에 "신축춘 삼월 구곡 서辛丑春三月 舊谷書"라고 명기해 놓았다. 구곡은 필사자의 거주지로서 '옛골'의 한자표기로 짐작된다. 신축은 1901년에 해당하는바 이책이 필사된 연도이다.[1]

---

1 『구활자본 고소설전집』(인천대 민족문화자료총서)이란 이름으로 영인 발간된 책 권32에 『朝鮮太祖實錄』(德興書林, 1925)과 『太祖大王實記』(滙東書林, 1929)가 수록되어 있다.

『조선개국록』첫 면
'아틱됴젼 권지단'으로 적혀 있다(인선재 소장).

　『조선개국록』은 고소설이 대개 그렇듯이 누가 언제 지은 것인지 알 수가 없다. 창작년대는 필사 년대인 1901년으로 하한선이 잡히는바 소설의

　　이성계의 사적이 딱지본 소설의 형태로 출판된 것인데 이 두 자료는 『조선개국록』과 계통이 다를 뿐 아니라, 일제하에서 변질이 된 것으로 보인다.

내용으로 미루어 이 하한선에서 많이 올라가지 않을 듯하다. 『조선개국록』은 대개 19세기 말엽 어느 무명씨에 의해 지어진 것으로 추정되는 것이다.

이성계는 조선 5백 년의 왕조국가를 창건한 역사적 인물이다. 그를 주인공으로 엮은 이 이야기는 어쨌건 역사소설에 속한다. 그의 역사적 행적은 당초에 『용비어천가龍飛御天歌』라는 장편의 노래로 만들어 졌거니와, 뒤늦게 다시 소설 형태로 재현된 것이다. 왕조국가가 새로 흥기하여 비상하던 시점에서 창업주를 기리는 노래가 유장한 소리로 울려 퍼졌던 것은 당연하고도 자연스러웠다. 그런데 5백 년 왕조의 파장에 임종을 목전에 둔 지점에서 그 개국의 사적을 엮은 소설이 나오게 되었을까?

저자가 이『조선개국록』을 입수하기는 벌써 여러 해 전의 일이었다. 일견해서 문학이나 역사의 일반 상식에 비추어 너무도 치졸하고 황당한 내용이었다. 우리 소설사의 목록에 이 한편을 더하면 그만큼 소설사의 인상을 산란하게 만드는 것이 아닌가 하는 마음도 솔직히 말해서 들었다. 한편으로 생각을 달리해 보면 우리가 이런 종류의 문학을 내할 때는 사고의 패턴을 달리해야 되지 않을까도 싶다. 세상은 잘난 사람 본위로만 바라다볼 수 없듯, 문학 역시 참으로 유치한 것이면 유치한 대로 의미를 갖지 않겠는가. 더구나 민족 공동체가 처한 위기 상황 앞에서 다수의 민간적 대응의 표출이라면 그 의미는 도리어 갸륵한 것으로 인정되어 마땅하지 않을까.

지금 이『조선개국록』을 소개하면서 그 소설적 특징 및 거기 담긴 역사의식을 해명해 보고자 한다. 우리의 소설사에 이미 중요한 작품으로 등록되어 있는『임진록』과『박씨전』은 이『조선개국록』과 동류에 속하는 것으로 생각된다. 이제『조선개국록』과 관련해서 이 부류를 소설사적으로 재고해 보려는 것이다.

2. 역사상의 사실과 소설

『조선개국록』은 일찍 부모를 여의고 사방으로 떠돌던 불우한 소년이 한 부호의 딸과 결혼하는 이야기로 시작한다. 개권벽두에서 남녀가 만나는 장면은 썩 극적이다. 춘풍이 따스하고 꽃이 만발한 봄날 최소저는 꿈속에서 자기 집 후원으로 들어갔다가 청룡이 자신을 향해 덤벼들어서 놀라 깨어난다. 그래서 후원으로 나가보니 한 소년이 낮잠이 들어 있지 않은가. 최소저는 자기의 속적삼을 벗어서 깊이 잠든 소년의 허리에 걸쳐주고 돌아선다. 대담한 애정의 표시다. 그로 인해 짝이 맺어진 이 부부 사이에서 태어난 아들이 바로 주인공 이성계이다.

이성계는 고소설의 주인공이 허다히 그렇듯 이미 영웅으로 예약이 된 셈이다. 청룡이 덤벼들어 맺어진 짝이므로 거기서 태어난 아들은 장차 용이 되어 하늘로 날아오르게 되기 마련이다. 과연 이성계는 퉁지란佟之蘭=이지란을 만나 함께 무예를 연마하는데 마침 북쪽 남쪽으로 침노하는 외적들을 나가 싸워 물리쳐서 공훈을 떨친다. 천운과 민심이 아울러 그에게로 쏠려서 드디어 낡은 왕조를 무너뜨린 다음, 왕위에 올라 신국가를 건설하는 것이다. 이후로 아들 이방원이 대들어서 마침내 이성계는 왕위를 내주고 물러나, 이방원 태종이 승계하는 것으로 소설은 끝이 난다.

이처럼 요약이 되는 『조선개국록』은 나름으로 역사에서 취재한 소설임이 물론이다. 먼저 역사상의 사실이 소설에 어떻게 투영되어 있는가를 도표로 정리해 본다. 고려에서 조선으로 바뀌는 역사는 과정이 사뭇 복잡한데 소설의 내용과 관련해서 사실을 대략 간추리면 이러하다.

역사상의 사실	연대	작중 표현
이성계 탄생	1335년 충숙왕 4년 元 순제 1년	"원순제 시절"로 소설이 시작됨
나하출(納哈出) 격퇴	1362년 공민왕 11년	납합
아기발도(阿只拔都) 격퇴	1379년 우왕 5년	애기발도
위화도 회군	1388년 우왕 14년 명 홍무 21년	위화도 회군이 고려의 전복으로 직결
우왕 폐위 창왕 세움	위와 같음	
창왕 폐위 공양왕 세움	1389년	
정몽주 살해	1392년 공양왕 4년	
이성계 즉위	1392년 7월 홍무 25년	
국호 조선으로 선포	1393년 태조 2년	조반(趙胖)의 중국 사행
한양 천도	1394년 태조 3년	
왕자의 난	1398년 태조 7년	태종이 곧 바로 즉위
태조 양위 정종 즉위	1399년	
태종 즉위	1401년	소설의 결말

위 표를 통해서 볼 때 역사상의 사실과 소설의 줄거리는 전적으로 다른 것은 아니다. 하지만 비록 서로 합치한다고 말하더라도 극히 개략적인 차원에서다. 가령 작중의 이성계가 출전해서 용맹을 날린 전쟁, 황당무계해서 믿기지 않는 싸움들도 다 가공적인 설정은 아니다. 그런데, 나하출의 격퇴로부터 위화도 회군에 이르기까지를 꼬리를 물고 일어난 사건으로 연결짓는데, 역사의 실황에서는 사이사이의 시간 간격이 넓을 뿐 아니라 크고 작은 외적을 물리친 사건들이 새중간에 끼어 있다.

위화도 회군으로부터 고려가 망하고 이성계가 왕위에 오르기까지 역사상에서는 5년의 간격이 있는데, 이 5년을 경과하면서 우왕을 폐하고 창왕을 세우며, 다시 창왕을 폐하고 공양왕을 세우며, 고려왕조를 밀어내는데 걸림돌이 되었던 정몽주를 제거하는 일련의 사건이 일어난다. 작중에는 이런 수순이 일체 탈락되고 위화도 회군이 곧장 왕조 교체로 직행하는 코스이다. 그리고 정몽주는 엉뚱하게도 이미 고려가 망해버린 뒤에 고려왕실을 회복하고 원수를 갚기 위해 칼을 들고 나서는 자객으로 등장한다. 또 왕자의 난으로부터 이방원이 왕위에 오르기까지도 소설상에는 역시 중간과정을 건너뛰는 방식으로 처리되어 있다.

『조선개국록』은 역사에 근거를 두었으되 역사상의 사실을 선택적으로 수용해서 자의적으로 재구하는 방식을 취한 소설이다. 이처럼 역사가 소설화되는 데서 두드러진 현상으로 단순화의 특징을 지적할 수 있다. 왜 이처럼 바뀌게 되었을까?

위화도 회군으로부터 이성계가 왕위에 오르는 과정을 보자. 위화도 회군이 역성易姓혁명으로 직행한 소설의 내용은 얼토당토않은 사실의 왜곡이다. 위화도 회군은 이성계가 대권을 잡게 되는 결정적 계기였다. 이후로 고려는 이름은 남아있었으나 실상은 망한 것이나 진배없었다. 그 사이의 수순을 밟아가는 과정에서의 우여곡절은 소박한 수준에서 이해하기는 너무도 복잡했다. 때문에 중간과정을 생략하는 '사실의 왜곡'을 범한 것으로 짐작된다. 그렇지만 소박한 수준에서는 '사실의 왜곡'편이 도리어 '진실'이 선명하게 돌출되는 면도 있다.

위와 같이 사실이 복잡한 것을 그냥 단순화시켜 놓으면 필시 약화略畵처럼 무미건조하게 보이기 마련이다. 소설로서는 바람직스럽지도 못하다. 그런데 『조선개국록』은 허전해 보일 그 자리에 조처하는 묘방이 있었다. 호발도의 격퇴로부터 위화도 회군으로 연계되고, 다음 위화도 회군에서 왕조 교체로 직행한 경로를 사례로 들어본다.

이성계가 여진의 장수 호발도를 격퇴한 무훈은 『용비어천가』 제57장에 나오는 사실이다. 당시 호발도의 침공은 북변의 단주端州, 단천 지역에 그쳤다. 소설은 "강원 일도를 함몰하고 거의 장안을 범하여도 막을 장수 없어 사직이 만번 위태함이 조석의 있는지라"고 사실을 상당한 정도로 과장

보도한 것이다. 그리하여 이 호발도와의 싸움은 다른 어떤 상대보다 가장 버거웠던 것으로 이야기를 끌고 간다. 아군의 전력이 도저히 대적하지 못하는데, 때마침 천승天僧이 출현해서 그의 훈수를 받아 불리한 전세를 일거에 역전시키고야 만다. 신비롭게 분장한 천승은 자신의 신원을 석왕사의 소속인양 말한다. 그래서 소설은 이성계가 석왕사로 가서 수륙재水陸齋를 지내는 것으로 진행되는데, 이 대목에서는 조반趙胖이란 제삼의 인물을 등장시켜 그로 하여금 목신木神과 귀졸들이 주고받는 말을 엿듣게 한다. 상제는 이성계의 수륙제에 흡족한 나머지 "도원수(이성계를 가리킴)로 조선왕을 점지한다"고 하교下敎하시더라는 것이다. 이는 곧 일어날 대사건의 예고편인 셈이다.

위화도 회군이 왕조교체로 비약한 소설적 전개에서 사건을 또 엉뚱하게 조작하고 이야기를 무한히 가공하고 있다. 당시 반군을 제압하기 위해 출동한 정부군 사령관은 최일영이란 이름으로 나온다. 역사상의 최영崔瑩을 연상케 하는 이름이지만, 소설의 최일영은 사세가 불리한줄 알고 얼른 반군 편으로 가담해 버린다. 다음 고려왕으로부터 항복을 받아내는 장면이 볼만한데, 폭력으로 협박해서 왕으로 하여금 손가락을 깨물어 용포자락에다 항서를 쓰게 한다. 최일영은 역사상 최영의 전도된 모습이며, 항복의 장면은 우왕의 양위讓位와 공양왕의 양국讓國을 혼합한 것으로 볼 수 있다.

그런데 소설은 중간에 위화도에서 돌아오는 군대가 청석동을 지날 무렵 동풍에 깃발이 모두 개성 쪽으로 향하는 이상한 일, 송악산 여신이 전하는 고려는 망하고 한양에서 왕조가 신흥하리라는 계시, 미륵당에 이르렀을 때 밭을 갈던 농부가 암시한 말, 서문 밖 할미의 해몽解夢, 마두각馬頭角·오두백烏頭白의 징조 등등 민담적인 기기묘묘한 이야기들이 끼어든 것이다. 이런 삽화들은 고려의 멸망을 필연으로, 조선의 개국을 당위로 각인

시키기 위한 장치인데, 그래서 소설은 다채롭고 흥미로워 단순하지만은 않게 되었다.

3. 역사에 대한 민간적 상상

위에 나온 최일영이 적전에서 창을 거꾸로 돌린 일이라던가, 고려의 왕에게 손가락을 깨물어 항서를 쓰게 하는 장면 등은 터무니없는 설정이긴 해도 아무튼 역사 사실로부터 유추된 것이다. 반면에 석왕사에서 잡귀들이 짓거리는 말을 엿듣는 대목이나 반군이 고려를 치는 과정에 끼어든 허다한 삽화들은 실제적 근거라고는 상정조차 하기 어려운 이야기다. 실로 황당무계하다. 이런 따위들은 도대체 어디서 유래한 것일까?

안변 석왕사는 이성계와 인연이 각별한 절이다. 『동국여지승람』을 보면 석왕사는 원래 태조 잠저시潛邸時에 창건한 것으로 되어 있다. 『동국여지승람』은 태조가 무슨 연유로 절을 지어주었는가에 대해서는 언급하지 않았다. 그 후의 다른 여러 기록들에 관련한 사적이 보인다.

> 무학대사가 안변의 설봉산雪峰山 토굴 속에 있는데 태조가 잠저시에 찾아가 "꿈에 무너진 집으로 들어가서 서까래 세 개를 짊어지고 나왔는데 이게 무슨 징조요?"라고 물었다. 무학대사는 경하해 하며 "몸에 서까래 셋을 짊어졌으니 '임금 왕'[王]자외다"고 해몽을 하였다. 또 "꿈에 꽃이 지고 거울이 떨어졌는데 이건 무슨 징조요?" 하고 물어 무학은 즉시 "꽃이 지면 곧 열매가 열리고 거울이 떨어지면 소리가 나지요" 하고 말했다. 태조는 크게 기뻐 즉시 그 자리에서 절을 개창하고 이름을 석왕사라고 붙였다.[2]

무학대사가 이성계에게 임금이 될 것이라고 해몽하였다는 석왕사 연기 설화는 이처럼 후세에 사실로 전해진 것이다. 휴정休靜은 홍무 17년1384년의 일이라고 연대까지 말해 놓았다. 하지만 그대로 사실이라고 믿기는 어렵다. 숙종 때의 인물 박태보朴泰輔, 1654~1689는 "석왕사 분명히 옛절이었던 걸 뒷날에 공공연히 괴설을 꾸며댔다"고 하면서, 홍무 10년에 우리 태조가 동북면 도원수로 있었던바 그때도 이 사찰 이름이 석왕사라는 이름으로 있었다고 고증적으로 밝힌 것이다.[3]

소설은 석왕사와 관련해서 해몽의 고사 대신에 다른 이야기를 끌어 왔다. 한층 신비화된 존재로 천승을 출연시키고 수륙재水陸齋를 올리도록 한 것이다. 소설에서 목산木神과 귀졸이 주고받는 말을 엿듣는 삽화와 유사한 내용이 안정복安鼎福, 1712~1791의 역사서인 『열조통기列朝通記』에도 보인다.[4] 이 기록은 여기에 군이 인용할 필요를 느끼지 않는다. 줄거리가 별로 다름이 없기 때문이다. 다만, 『열조통기』의 기록은 수륙재가 아니라 칠성신七星神에 치성하는 것으로 되어 있는데 소설은 엿듣는 주인공을 조반으로 내세우고 배경을 설정하였으며, 이성계에 대한 신의 보답이 "응당 삼한을 상으로 주리라"로부터 "도원수로 조선왕을 점지한다"는 투로 바뀌는 표현 및 세부의 차이가 보일 뿐이다. 요컨대 소설의 이 삽화는 작자의 머리에서 생각해낸 것이 아니고 기왕에 전하던 이야기를 옮긴 것임이 분명하다.

그런데 이 석왕사에 연계된 해몽고사가 소설에서는 이성계 군단이 고

---

2 李斌承 편, 『朝鮮太祖實紀』(大東成文社, 1928) 潛龍時事. 본 인용문은 『芝峯類說』, 『藥泉集・僧休靜 山水記』 등을 출전으로 밝히고 있다.
3 「釋王寺 用壁上韻」: "釋王應是古禪局, 晚出公然飾怪靈"(『定齋集』 권1, 장 42). 朴泰輔는 이 시의 序에서 洪武 10(1377)년 당시 「移藏經像記」라는 글 가운데 '安邊釋王寺'라는 문구가 이미 들어 있다고 했다. "寺有洪武十年太祖爲東北面都元帥, 移藏經像記. 記中已云, '安邊釋王寺', 則寺之名釋王久矣. 休靜所記乃云, '洪武十七年甲子 太祖移居鶴城'(학성은 안변의 옛 이름), 遇無學占夢建寺, 遂名釋王. 其爲誕妄明甚, 不可以不辨."
4 『列朝通紀』 권1 潛龍時…(『順菴叢書』 下, 大東文化研究院, 1970, 8~9면).

려의 수도를 총공격하기 직전의 상황에 들어가 있다. 내일 아침이면 성패와 생사가 결판나게 되는 밤에 이성계는 이상한 꿈을 꾼다. 해몽고사를 작품 구성상의 아주 급소에 도입한 것이다. 또한 앞의 해몽고사에서의 내용과 달라진 점도 흥미롭다. 꿈에 일어난 사건이 세 가지인데 서까래를 짊어진 하나는 일치하며, 또 하나는 서로 다르고, 또 다른 하나는 새로 추가된 것이다. 거기에 따른 이야기가 엮이는데 요약하면 이렇다.

이성계는 간밤의 꿈이 하도 이상해서 서문 밖의 점쟁이 할미를 찾아 간다. 할미는 집에 없고 딸이 대신 아는 척하고 나서는데 그 딸의 해몽은 극히 불길하다. 이성계는 돌아오는 길에서 마침 할미를 만난다. 할미는 전후사연을 듣더니 이성계에게 얼른 자기 집으로 도로 가서 "내 딸더러 '내 꿈 달라' 하고 왼손으로 뺨 세 번을 치고 돌아오소서"라고 한다. "연목椽木 세 개를 지어 뵈는 것은 '임금 왕'자요, 방아 찧어 뵈는 것은 어기동동[御氣動]] 어기동동 하오니 임금의 기운이 움직이고, 일천 마을에 닭이 울어 뵈는 것은 만조백관이 조회하는 격이로소이다." 서문 밖 할미는 이렇게 꿈을 풀이한 것이다.

『열조통기』에는 석왕사와 연계된 해몽고사로 유사한 이야기를 하나 더 소개하고 있다. 처음에 인용했던 해몽고사와 유사하지만, 온 마을에 닭이 울더라는 것이 하나 더 들어가서 꾼 꿈이 세 가지가 된 것이다. 그리고 꿈을 꾸고 나서 옆의 노파에게 물어보려고 말을 꺼내자 "장부의 일을 말하지 마오. 하찮은 여인이 알 바가 아니요" 하고 설봉산 굴속의 이승異僧을 찾아가 보게 했다고 한다.[5] 이 이야기는 당초 인용했던 해몽고사보다 소

---

5 "上時寓安邊, 夢萬家鷄一時鳴, 入破屋負三椽, 又花落鏡墜. 忽驚悟, 傍有一老婆, 欲問其兆. 婆止之曰:'莫說丈夫事, 非么麼女人所可知. 西去雪峰山, 屈中, 有異僧, 可往問之.'上卽往訪, 禮而問焉. 僧賀曰:'萬家鷄一時鳴者, 高貴位. 負三椽者, 王字也. 花落鏡墮, 興王之兆. 愼勿出口.'盖鷄鳴聲與高貴位, 音相同故云."『列朝通紀』권1(위의 책, 8면).

설에 삽입된 내용에 접근해 있다. 소설에 수렴된 이야기들은 그 자체로서 연변의 과정을 거친 것으로 볼 수 있겠다.

이성계는 역사적 인물이면서 구비적 인물로 되었다. 그의 사적은 당시에 벌써 사람들의 입에서 입으로 전해져서 이야기로 만들어진 것이다. 「몽금척夢金尺」·「수보록受寶籙」 같은 악장이나, 『용비어천가』의 신비롭게 꾸며지고 상당히 과장된 노래와 기록들이 모두 날조된 것은 아닐 터이다. 물론 이성계를 미화하고 조선개국을 정당화하기 위해서라도 사람들 사이에서 자연스럽게 전승되는 이야기들을 대폭 수용했을 것이다. 이후에도 이성계는 구비적 인물로 기억되어 왔다. 허다한 야사 또는 야담의 기록류에서 관련한 이야기들을 종종 찾아 볼 수 있다. 600년의 세월이 흐른 근래까지도 구비적 이성계는 잔영이 아주 사라지지 않은 편이다. 이성계의 행적이 민담으로 더러 채록된 것이 있고 이에 대해 보고된 연구논문도 나와 있다.

『조선개국록』은 이처럼 세월이 흘러가면서 조출된 구비전승의 기록들에 의거해서 지어진 것이다. 곳곳에 끼어든 민담적 성격의 이야기들은 물론, 역사로부터 유추된 내용 역시 민간적으로 굴절된 모습이다. 이 『조선개국록』은 민간적 상상의 역사소설로 규정지을 수 있다.

4. 불합리성과 투식적 표현법

『조선개국록』은 역사에 대한 민간적 상상의 소설로 파악되는 그 고유한 성격에 상응해서 두 가지 특이한 면모를 보여주고 있다.

1) 당착과 모순이 빈발하고 있는 점

인간은 누구나 자신의 경험과 식견에 따라 나름으로 인지하고 생각할 밖에 없는 동물이다. 촌사람들의 우직한 안목으로 조선개국의 역사와 인물들을 그려본 것이 곧 『조선개국록』이다. 위에서 살펴본바 조정에서 국사를 논하는 장면이란 기껏 시골 마을의 모임에서 연상된 것이니, 점치러 가고 오는 이성계를 상상해 내기도 하였다. 사실의 착오나 내용의 황탄함은 접어두고라도 앞뒤의 모순이나 구성상의 허점을 들추자면 열손가락이 부족할 정도다.

가령 이지란을 들어 보자. 작중에서 그의 성이 '퉁'과 '동'으로 혼선이 빚어질 뿐 아니라 자신의 입으로 증언한 말이, 한 번은 원래 고려인으로 본성이 이씨인데 죄를 피해 망명도주하여 변성명을 했다고 하더니, 나중에는 조상이 저 송나라 신하로 간신 진회秦檜의 참소를 입어 여진족으로 가게 되었다고 바뀐다. 그리고 이지란은 작중의 전반부에서는 이성계와 비등한 경쟁관계로 설정되어 복수 주인공처럼 보인다. 더욱이 병법을 지도한 노승이 그에게 "네 이름이 사해에 진동하리라. 만일 부귀를 탐하면 한신韓信 팽월彭越의 환을 면치 못할 것이니"라고 경계하며, "나를 보려 하거든 유산으로 찾아오라"고 말한다. 이에 연계된 사연이 무언가 기대된다. 그런데 이지란은 후반부로 들어가면 역할이 주어지는 정도가 아니라 아예 작중에서 말없이 사라지고 말았다.[6]

이성계의 어머니 최씨를 들어보면 그녀는 이규보의 서사시 『동명왕편』의 유화柳花에 비견되는 인물이다. 유화가 아들 주몽을 역사창조의 영웅으로 끌어올린 것과 유사한 역할을 최씨는 더 적극적으로 행하고 있다.

---

6 劉永大, 「說話와 歷史認識－이성계전승을 중심으로」, 고려대 석사논문, 1981.

이성계와 이지란을 의형제로 묶어 둘이 하나로 합해서 역량을 크게 발휘하도록 한 것도 최씨의 포석이었다. 이 최씨 역시 납합을 격퇴하며 공훈을 세워 금의환향하여 모자가 상봉하는 장면이 펼쳐진 이후로 무대에서 사라진 인물이 되고 만다.

『조선개국록』은 이성계와 이지란이 금의환향했던 바로 그 시점에서 "이 때 불행하여 부원수의 부인 한씨 우연 득병하여 졸하니"라고 난데없이 이성계의 부인 한씨의 죽음이 들어 있다.[7]

이지란이 강씨와 결혼하는 이야기는 서술되어 있으나 이성계의 결혼에 관해서는 일언반구 내비친 적이 없었다. 뒤에도 이성계의 결혼문제에 당해서는 오류를 자꾸 범한다. 이성계는 한씨와 사별한 직후 이지란의 부인이 자기 종제와 혼담을 꺼내어 분명히 강씨를 후취로 맞이하는데 왕위에 오른 다음 곡산의 우물가에서 만났던 여자를 회상하여 그 여자와 혼인을 추진한다. 이때 맞이한 부인이 또 강씨다.

이런 오류와 당착들을 어떻게 설명할 것인가. 이 역시 민간적 사고의 특성을 드러낸 현상이다. 전체를 두루 살피지 못하는, 식견이 단편적이고 유치한 수준에서 항용 빚어지는 현상으로 이해할 수 있겠다. 특히 주관적 당위를 객관적 사실로 착각하기 일쑤며, 전후좌우를 고려하지 않고 당면한 진실에 집착한 나머지 우직성이 발휘되는 경향을 보인다. 가령 침략전쟁을 일으킨 일본에 대해 응징하고 배상을 받아내야 한다는 '당위'가 『임진록』에서 사명당四溟堂으로 하여금 일본에 가서 왜놈의 인피人皮 3백장과 고환睾丸 3두斗를 받아오게 하는 비인도적인 무리를 저지른 것은 좋은 사

---

7 저자 소장의 『동국사기』에는 이 대목이 "부원수 모친이 홀연 득병하사 세상을 이별하신 이"로 되어 있다. 즉 부인 한씨가 아니고 모친 최씨가 죽었다 한다. 아마도 부인 한씨가 죽었다는 것이 어리둥절하게 생각되어 '모친'으로 바꾼 듯하다. 그러나 소설은 모친 최씨가 죽은 것으로 하면 또 금방 뒤의 내용과 모순을 일으킨다.

레라 하겠다. 『조선개국록』은 대단원의 막을 내릴 때 성대한 결혼식이 요망된다. 당면적 진실이 이미 결혼식을 올렸던 것까지 망각하고 다시 결혼식을 거행하는 당착을 일으킨 것이라고 해석할 수 있다.

『동명왕편』을 보면 유화와 주몽, 모자가 작별하는 장면은 참으로 애절하다. 그럼에도 주몽은 한 번 떠난 이후로 다시는 어머니를 찾은 일이 없어, 어머니는 작중에서 영영 잊힌 존재가 되고 만다. 『동명왕편』에는 원시적 어머니像이 투영된 것으로 해석할 수 있겠거니와, 『조선개국록』의 허술한 결구에서 원형적 대범성을 느끼게도 한다. 요컨대, 소설의 진행과 정상에서 빈발한 당착과 모순은 민간적 사고의 특징인 우직성·대범성의 소치로 양해되는 것이다.

2) 투식적 표현법을 전면적으로 구사하고 있는 점

투식어란 미인을 가리켜 화용월태라거나 용맹한 장수를 관우 장비도 당하지 못하리라고 말하는 따위다. 이런 표현 방식은 사물의 구체성을 표출한다든지 저마다의 개성을 포착한다든지 하기에는 부적절한 것임이 물론이다. 근대소설에서는 크게 금기시하는 언어사용법이다. 그러나 구비문학이론에 의하면 이를 포뮬라fomula라 해서 구비적 창작을 가능케 하는 특징적 요소로 보고 있다. 우리의 고소설 또한 투식을 구애하지 않고 즐겨 사용하는 편이지만 『조선개국록』의 경우 시종일관 투식적 어법을 구사하고 있다.

『춘향전』을 보자. 첫 문장부터 "숙종대왕 즉위 초에 성덕이 넓으시사…"라고 그야말로 고소설조로 시작하며, 주인공을 등장시키는 대목에 이르러서는 "사또 자제 이 도령이 연광은 이팔이요 풍채는 두목지라"고 4 4조의 투식어구로 끌고 나가지만, 소설이 진행되면서 인물들의 대화와 행동이 구체적이고도 생동하게 펼쳐지게 된다. 『춘향전』은 투식적 표현과 구체적 생동감, 이 양자가 착종해서 전체를 이룬 작품인데, 굳이 따지자면 구체적 생동감이 투식적 표현을 압도하는 것이다. 『조선개국록』은 구체적 표현법을 개발하지 못한 대신, 투식적 표현의 효과를 십분 살려냈다고 하겠다.

"신장이 구척이요 눈은 횃불 같고 쌍룡 투구를 쓰고 음신 갑옷을 입었으니"는 적장을 묘사한 문장이며, "사람은 천신같고 말은 비룡같으니 적진 장졸이 넋을 잃고 아모리 할 줄 모르더라"는 아국의 장수가 바야흐로 용맹을 떨치는 장면이다. 이처럼 일면 단순화하고 일면 극적으로 과장시킨 데다 장중한 율문체를 구사해서 영웅의 형상이 비상하게 클로즈업되고 있다. 물론 개성적 면모는 박제되었지만, 이미 입력된 유형적 표현에 따라서 얼른 연상 작용이 일어나는 효과를 보이는 것이다. 특히 영걸들이 대결하여 한판 싸우는 장면에서 투식적 표현법은 효험을 극대화하고 있으니, 실로 극화劇畵를 보는 듯한 흥미가 일어난다. 그리고 유사한 상황에는 으레 같은 투식어가 반복되는바, 이때도 약간의 변화를 주고 있다. 또한 투식적 표현이라도 기반한 느낌을 주는 경우가 있고 연상 작용이 풍부한 경우가 있다. 『조선개국록』의 투식적 표현법은 미학적 분석이 요망되는 대목이다.

5. 『조선개국록』의 소설화 과정

『조선개국록』은 누가 지은 것일까? 우리 고소설이 대부분 그렇듯 이역시 작자문제는 거의 불가지에 속하는 사안이다. 그렇다고 작품으로 엮은 그 사람, 특정한 작자를 잡아낼 수 없는 판소리계 소설과는 경우가 같지 않다. 이런 성격의 소설이 어떻게 이루어질 수 있었을까? 지금 작품의 문면을 통해서 지은이에 관해 약간 추정을 해보고자 한다. 작자의 이름을 밝히는 일에는 별로 소용이 닿지 않겠으나 소설화의 경위를 해명하는 데 는 약간의 단서가 될 수 있으리라고 본다.

문제는 역사상의 사실에서 터무니없이 빗나간 소설의 내용이 작자의 무식의 소치인가 하는 점이다. 결론부터 말하자면 그런 측면이 없지 않아 있겠으나 오로지 무식의 소치로만 돌릴 성질은 아닌 것 같다.

작자는 아무래도 문학적 세련을 받지 못한 사람이겠지만 문자 지식이 어 느 정도는 있는 듯하다. 소설이 거의 끝나는 대목에서 한양으로 국도를 옮 긴 다음, 연회를 개최하는 장면이 나온다. 이 장면에서 이성계는 한판 춤을 추며 노래를 지어 부른다. 유방劉邦이 한나라를 세우고 나서 「대풍가大風歌」를 불렀던 일에 견주어지는바 이성계가 부른 노래의 첫머리는 다름 아닌 「대 풍가」의 노랫말 그대로다. 소설의 이 대목은 민간의 구비전승으로부터 유 래했다고 보기 어려우니, 필시 작자에 의해서 꾸며진 것일 터이다.

작중에서 정몽주가 고려왕실을 회복하기 위해 자객으로 출현한 대목을 앞서 지적한 바 있다. 이 대목은 지백智伯을 위해 원수를 갚으려 했던 옛날 예양豫讓의 행동을 모의模擬한 설정이다. 작자가 정몽주의 사적을 잘 모르 고 이처럼 황당하게 꾸며낸 것일까? 그렇게는 생각되지 않는다. 사실에 구애받지 않고 나름으로 서사적 요청에 충실한 결과가 아닌가 한다. 하지 만, 선비로서의 상식, 유자로서의 규모를 최소한 의식하는 자라면 정몽주 를 그런 식으로 굴절시켜 놓지는 않았을 것이다.

요컨대, 『조선개국록』 작자는 문식이 대개 『사략史略』·『통감通鑑』 등은 학습한 수준이었겠으나 사대부적 의식규범의 바깥에 있었던 부류로 짐작 된다. 아니, 문자지식에 의존하는 기질이 아니었던가 싶다. 소설의 문맥에 빈발한 당착 모순을, 합리성을 생리적으로 따지는 독서인이 예사로 범할 수 있었겠는가. 소설의 문면을 보면 말이 덜된 문장이 자꾸 뜨일 뿐 아니라, 표기법이 엉망진창이어서 읽기에 당혹감을 준다. 소리 나는 대로 쓰기주의로 석왕사釋王寺 → 서광사, 이성계李成桂 → 니성겨로 되는데 또 엉뚱하게 고려를 골여니 고례라고도 표기해 놓는다. 소설의 문면은 무원칙의 혼잡이 걷잡을 수없이 빚어진 상태다. 이는 언어를 문자로서는 염두에 두지 않고 오직 소리로 생각하고 소리로 적은 결과가 아닐까 한다.

이조후기로 내려오면서 서당이 골골마다 마을마다 개설되어 지식의 하향 확산이 사회적 현상으로 나타났다. 추측컨대, 이 『조선개국록』같은 소설을 엮어낼 수 있는 사람은 하향 확산된 식자 부류 중에서 배출되었을 것이다.

『조선개국록』은 구비전승을 널리 수렴해서 엮어낸 결과물이다. 한국소설사에서 구연적口演的 창작과정을 거쳐 소설화된 경우로 판소리계 소설과 야담계 한문단편이 있는데, 지금 『조선개국록』과는 각각의 형성경위가 서로 같지를 않다. 판소리의 소설화는 기능이 전문화된 강창적講唱的 구연의 단계에서 이미 서사구조로부터 표현의 세부에 이르기까지 거의 완정完定된 상태다. 구연의 기록화는 곧 소설에 근접해 있었다. 반면, 『조선개국록』에 있어서는 구비전승에 전적으로 의존한 형태가 아니다. 서사의 구조는 당초 작자의 머리에서 안출된 것이며, 작자 자신의 상상에 의해 도출되고 작자 자신의 필치에 의해 꾸며진 부분이 또한 적지 않을 듯하다. 거기에다 유전하던 관련 설화들을 대폭 삽입해서 적절히 안배한 것이다. 때문에 『조선개국록』은 판소리계 소설과 내용 형식이 판연히 다르게 조출되었을 뿐 아니라, 양자의 공분모인 민중성 또한 우리에게 서로 같지 않은 감각을 느끼게 하고 있다.

『조선개국록』에 삽입된 이런저런 이야기들은 넓은 의미로 치자면 야담에 속한다고 말할 수도 있다. 그러나 야담의 보편적 성격은 『조선개국록』의 그처럼 유치하고 그처럼 황당한 이야기들과는 면목이 사뭇 다르다. 『이조한문단편집』에서 예를 들어보자. 「고래鯨」이나 「허풍당虛風堂」은 내용이 허황하고 치졸한 데다 문장 표현 역시 비록 한문으로 쓰여 있어도 졸렬하기 짝이 없다. 『조선개국록』과 유사한 민간적 상상의 형식인 것이다. 야담계 한문단편의 주류적 작품들과는 성격 차이를 뚜렷이 드러낸다. 「고래」나 「허풍당」은 한문단편으로서는 극히 예외적인 특수 사례이다. 야담은 민담과 구연방식 자체는 동일한 형태지만 사뭇 다른 사회문화적 기반에서 형성된 것이었다.

『조선개국록』은 판소리계는 물론 야담계와도 계보를 달리하는 또 하나의 소설 양식이다. 그것은 요컨대 민간적 기반에서 이루어진 별종의 문학이라 하겠다.

이 『조선개국록』의 소설화 과정에서 동원된 자료들은 구전의 상태에 있었던 것인가? 아니면 이미 기록되어 있었던 것들이었을까? 역시 소설의 성격을 파악하는데 관련이 되는 문제다. 이 해답은 아무래도 전자 쪽에 무게 중심이 기울어지기 쉽다. 즉 작자 자신이 입에서 입으로 전하는 이야기들을 널리 듣고 기억해서 소설로 엮어냈으리라는 것이다. 그런데 기록에 의존했을 것으로 여겨지는 증거들이 발견되기도 한다. 가령 이성계와 이지란이 납합이나 아기발도와 대전하는 장면을 야사류의 기록들과 대조해 보면 의외로 부합되는 면이 있는 것이다. 그리고 이지란이 계명성啓明星 정기를 타고 났다는 대목이나 이어 이성계가 이지란을 처음 찾아가는 대목은 홍량호洪良浩의 『해동명장전海東名將傳』에 실린 기록과 내용이 서로 흡사하다. 어구 표현에서까지 일치하는 점으로 미루어 우연의 일치만은 아니라고 생각된다.[8]

위에서 『조선개국록』의 소설화과정을 살펴보았다. 해결의 실마리는 그런대로 짚었다고 보겠으나 많은 의문점이 풀리지 않고 남아 있다. 바로 뒤에 언급하겠지만 동류에 속하는 『임진록』이나 『박씨전』이 판소리계소설처럼 이본을 다기다양하게 파생하면서 발전한 현상 또한 주목을 요한다. 이런 유형의 소설군의 창조적 메카니즘을 해명하는 문제는 소설사연구의 한 과제다.

6. 19세기의 민족 위기와 민간적 역사상의 문학세계

지금 「조선개국록」의 창작 연대를 19세기 말로 잡는 이유는 무엇보다그 형상화의 특징에 있다. 소설의 소재는 실로 '성왕聖王의 사적'이다. 제목이 일명 「아태조전」으로 붙여지거나 이성계의 호칭을 왕위에 오르기 전부터 태조로 부른다던가 하는 등 소재에 객관적으로 접근하지 못하며 기휘忌諱를 범해서는 안 된다는 생각을 아직도 떨쳐버리지 못하고 있나. 그렇긴 하지만, 존엄에 대해서 함부로 입에 올려 '망작妄作'을 한 꼴이다. 이런 소설은 아무래도 조선왕조의 권위가 거의 무너진, 막판의 분위기에서 출현한 것이리라. 때문에 조선 개국의 소설적 형상에는 말기적 시대 징후가 다각도로 투영되어 있다. 이 점을 대략 지적해 본다.

첫째, 주인공의 형상은 민족 위기를 극복한 영웅으로 가장 강조된 것이다. 작

---

8 "李之蘭, 姓佟氏, 名豆蘭, 女眞金牌千戶阿羅不花之子也. 時有大星垂于井甃, 望氣者曰: 此啓明也. 其下必生魁桀人. 已而之蘭生. (…중략…) 太祖庶母崔氏夢, 老人來言, 价江有射者, 伯王之輔也. 時之蘭射鹿价江上. 太祖一見大奇之, 以神德王妃康氏兄女妻之."(李之蘭, 『海東名將傳』권4, 조선광문회, 1911, 9면) 위의 价江이란 지명이 소설상에는 '개강산'으로 되어 있다. 이는 기록의 价江上(개강 가)이 와전된 것으로 생각된다.

중에서 이성계가 조선 개국의 주역으로 되는 당위성은 오로지 그가 외적의 침략으로부터 나라를 보위하고 인민을 구제한 데 있었다. 소설의 전반부는 전쟁 무용담으로 가득 차 있다. 적군의 전력 및 전황은 물론, 우리 측의 피해 상태 모두 크게 과장해서 위기감을 극도로 고조시킨다. 이에 대결하는 모습은 또한 자연히 극적으로 그려지며, 따라서 공훈 또한 최대로 빛나게 되는 것이다. 고려말, 동아시아전환의 시대에 우리 민족은 남쪽 북쪽으로 침략을 받은 것이 사실이다. 그러나 그때 위험 수위가 그전의 몽고 대침공이나 그 후의 임진왜란 병자호란에 견줄 정도는 아니었다. 소설은 몽고의 대침공과 임진왜란 병자호란에 준하는 침략전쟁이 마치 줄줄이 일어난 듯이 엮어내고 있다. 이는 이조말, 세계사적 전환시대에 전대미문의 제국주의 침략으로 인해서 경험하는 현재적 위기감이 과거의 시간대로 상승된 것으로 해석된다.

둘째, 변혁의 정당성을 역설하고 있는 점이다. 소설은 낡은 고려는 끝내고 새로운 조선이 일어서는 것이 이치의 당연이요, 사세의 필연임을 후반부에서 열심히 말하고 있다. 그걸 위해 별별 사건들이 다 돌발하며 원용된 논리 또한 가관이다. 옥황상제의 지시와 송악산 여신의 훈수를 받는가 하면, 동풍에 깃발이 남쪽으로 향하는 이변이 일어난다. 정감록 따위의 비결에다 절대적 의미를 주고 있을 뿐 아니라, 심지어 말대가리에 뿔이 돋고, 까마귀 머리가 희어지는 괴변을 일으키게까지 하는 것이다. 한편으로 이른바 두문동의 충신 72인이 자기들이 취했던 회고적 행동이 무의미한 일이라고 자기반성을 한 다음, 황희를 신왕조에 파견하는 이야기가 작중에 끼어 있다. 물론 터무니없이 허황한 설정이긴 하지만, 그 취지는 나름으로 진취적이다. 『조선개국록』에는 확실히 변혁사상이 저류하고 있다. 다만, 그 변혁 사상은 합리적 논리와 결합되지 못하고 신비주의로 분장을 한 것이었다. 이는 구체제의 청산이 급박한 과제로 제기된 시대상황에서 인민의 변혁사상이 투영된 것으로 붙여볼 수 있겠다.

셋째, 조선왕조의 국가상이 훼손되어 있는 점이다. 작품을 읽어보면 주인공 이성계는 최고의 영웅으로 그려지면서도 이상하게 인상이 통일적이지 못하고 약점을 은근히 내비친 듯 여겨진다. 이성계보다 이지란이 오히려 무예가 몇 수 윗길일 뿐 아니라, 인격적으로도 훌륭해 보인다. 더욱 해괴한 노릇은 이방원이 반기를 드는 사건으로 소설의 결말을 구성한 것이다. 이성계는 반군이 쳐들어오자 홍양산 아래 피신하였는데 이방원은 이 보고를 받고도 짐짓 "홍양산이나 청양산이나 아무 데라도 쏘라"고 명령을 내린다. 자기 아버지를 죽여도 좋다는 뜻이 담겨져 있다. 결국 이성계는 금군禁軍을 태반이나 잃고 퇴위하여 고향 함흥으로 돌아가게 된다. 『조선개국록』은 "태자^{이방원을 가리킴} 군사를 몰아 궁중의 들어가 강씨 소생 즛쳐 죽이고 즉위 하시다"는 문장으로 끝을 맺고 있다. 더할 수 없는 패륜아에 의해 신흥의 조선왕조는 승계된 모양새다. 소설은 조선국가의 도덕성을 심각하게 훼손시킨 것이다. 전체적 통일성을 흩어서 역시 그 문학성에도 흠집을 민든 모양이다. 왜 이렇게 처리하였을까? 문제의 핵심은 조선왕조에 대한 작가의 식에 있다. 작가의 뇌리에 조선왕조의 현재는 부정의 대상이다. 현재적 부정의식이 조선개국의 이야기를 재구하는 가운데 작용을 한 것이 아닐까. 조선왕조를 긍정하면서 부정하는 모순된 의식이 『조선개국록』에는 투영되어 있다.

역사에 대한 민간적 상상의 소설 『조선개국록』은 19세기 말의 민족 위기와 변혁의 시대에 직면한 문학적 대응의 산물이다. 20세기 초 근대계몽기에 출현한 역사 전기문학은 바로 그 후속편인 셈이다. 이 앞뒤로 이어진 문학 형상은 정신적으로는 통하면서 성격 차이를 분명히 드러내고 있다. 후자가 계몽지식인의 대응양식임에 대해서 전자는 민간적 차원의 대응양식이었기에, 품격의 차이, 성격 차이를 초래한 것이다. 소설적 형상 속에 투영된바 민족 위기와 변혁의 시대에 대처하는 논리를 따져보면 합리적 정신에 대해 이질적이며 근대사회를 전망하기 어려운 것이다. 전자는 말하자면 낡은 관념에 얽혀서 방황하고 있는 상태이다. 이와 상응해서 그 형상화의 특징 또한 우직성 미학의 과잉으로 오늘의 우리에게 서툴고 낯선 느낌을 주고 있다. 『조선개국록』은 근대문학으로의 전환점에서 민족문학으로 진전하는 의미를 띠었으나, 동시에 민족문학에 미달한 자기 한계를 지닌 것이었다.

『조선개국록』과 문학적 성격이 유사한 『임진록』·『박씨전』 또한 민간적 상상의 역사소설의 범주에 당연히 함께 소속되어야 할 것이다. 그런데, 종래 문학사에서는 임진·병자의 전란을 치르고 얼마 지나지 않아서 이 두 소설이 각기 출현한 것으로 설명하고 있다. 학계의 통설이기도 했다. 『임진록』은 과연 17세기 초에 나와서 읽혀졌던 것일까? 민간적 상상의 역사소설은 소설사상에 언제 등장했을까?

『임진록』·『박씨전』이 출현한 연대를 증명할 실증적 자료는 유감스럽게도 단 한 줄 제시된 것이 없다. 구비전승의 오랜 과정을 거쳐야 출현될 그런 성격의 소설이 이내 곧바로 나올 수 있었을까? 그런 소설유형은 소설사의 제반 정황에 비추어 그 당시에 출현할 수 있었을까 하는 의문이 생기는 것이다. 그렇지만 통설을 뒤집을 반증 역시 가지지 못한 터이므로 의문표를 붙인 채 오늘에 이르렀다. 이제 『조선개국록』을 논하는 자리에서 의문을 덮어둘 수 없게 되었으므로 가설적 견해나마 제출하려는 것이다.

『임진록』은 한문본과 국문본이 있어 서로 내용 및 성격이 다르다. 국문본은 이본이 여러 종인데 이본간의 편차가 다양한 것으로 알려져 있다. 이본간의 성격차이는 주로 역사적 사실과 다름에 따라 구별이 된다. 우리가 주목하는 이본은 역사사실의 기록에 가까운 쪽보다는, 사실과는 거리가 멀게 느껴지는, 역사에 대한 민간적 상상의 특징이 뚜렷한 작품이다. 종래 『임진록』의 이본들 가운데 중시되었던 것 또한 바로 이런 종류의 것이었다. 여기서의 논의 또한 이런 성격의 것으로 제한하고자 한다.

저자가 소장한 『임진록』의 이본을 들어서 언급해 보자. 저자 소장의 『임진록』은 일찍이 알려진 이명선 본과 유사한 성격인데, 내용을 비교해 보면 좋게 말해서 보다 풍부하고 나쁘게 말해서 보다 장황하고 황당하게 된 것이다. 그리고 사명당이 일본으로부터 전쟁 배상을 받아낸 후일담을 분리해서 『갑진록甲辰錄』이라고 제목을 달아 부록처럼 붙여놓은 점이 다르다. 필사 연대가 밝혀져 있는바 『임진록』은 "을미정월", 『갑진록』은 "병신정월"이니 1895년과 1896년에 해당하는 것이다. 『조선개국록』보다 5, 6년 먼저 필사된 책이다.

본문에 "조선 한양 도읍이 오백 년이 빽빽하거늘"이라고 하는 말이 나온다. 이명선 본에서는 "우리 조선 사직이 사백 년이 넉넉하거늘"로 되어 있다. 이런 종류의 기록에서 수치는 대체로 유동적이다. 하지만 2백 년으로 되어야 할 것이 4백 년, 혹은 5백 년으로 착각을 일으킨 데는 까닭이 있다. 이 또한 현재적 투영의 일면이다. 물론 정확히 조선 개국 이후 4백 년 혹은 5백 년의 시점으로 확정짓기는 어렵다 해도, 그 어름에 『임진록』이 지어졌으리라고 짚어볼 수 있지 않을까 한다.

> 이때의 청정淸正이 조선 삼백 주州를 앗아가지고 원주성의 웅거하야 자칭 조선왕이라 하고 제의 장수로 수령을 보내고 제 군사로 각 읍의 흩어 농사를 지으라 한대 조선이 변시便是 왜국이 되야더라.
>
> ─『임진록』18면 뒤(현대 표기법에 준하여 약간 바꿈)

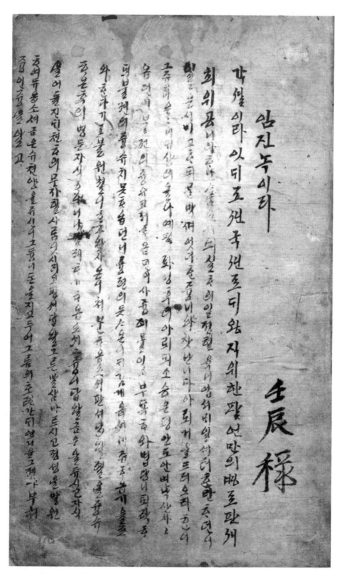

『임진록』첫 면

하단에 壬辰錄의 錄자를 엉뚱하게 오기한 글자가 보인다. 필사자의 지식수준을
짐작케 한다(익선재 소장).

이는 『임진록』에서 일본군이 한반도에 진출하여 벌린 작태를 서술한 대목이다. 19세기 제국주의적 식민지 지배의 상황을 3백 년의 시간대를 거슬러 올라가서 적용한 것인 듯하다. 『임진록』에 충만한 반외세 애국의 주제사상은 제국주의 침략에 대응하는 의미를 갖는 것이다. 『박씨전』은 지금 따로 검토하지 못했으나 『임진록』과 상통하는 것으로 여겨진다. 이런 유형의 소설은 민족 위기가 심각하게 의식된 19세기 중후반에 이르러 형성이 되고 여러 이본으로 발전한 것으로 생각된다.

근대 전환기에 출현한 '역사에 대한 민간적 상상의 문학세계'는 문학사적 조명을 아직 받지 못했다. 지금 『조선개국록』과 『임진록』·『박씨전』 이외에 조선왕조사를 이야기로 엮은 『동국사기』,[9] 그것을 가사체로 엮은 『한양오백년가』[10] 또한 이 범주로 포함되어야 할 듯하다. 저자는 『조선개국록』을 소개하면서 관련하여 가설적인 논의를 거칠게 진술하였다. 문학사의 한 사각지대를 학계의 관심권으로 불러들이는 계기가 되었으면 하는 바람에서 제기하는 것이다.

---

9   『동국사기』 또한 이본이 산재해 있으며 이본에 따른 편차가 있는 듯하다. 일찍이 李樹鳳 교수에 의해 소개된 자료인데 「동국사기해제」에 의하면 『東國寶鑑』·『海東見聞錄』 등의 서명으로 전하는 것도 있다 한다(『嶺大工專論文集』 제6집, 1969). 저자가 소장한 『동국사기』는 이 교수가 소개한 것과 대조해 보면 이본의 편차라고 보기 어려울 정도로 내용 차이가 있다. 저자 소장본은 결락이 있고 표기도 워낙 황잡해서 읽기 어려울 정도인데 대략 보면 『조선개국록』과 근친성이 있다. 조선개국 이후의 사적이 들어가서 『조선개국록』의 후일담적 성격을 띠고 있다.

10   『한양오백년가』는 부녀층 사이에서 널리 애독된 역사물이었다는 점에서 주목되는 것이다. 국권을 상실한 직후 민족의 역사에 대한 부녀층의 반성적 관심이 이 작품으로 쏠렸던 것으로 생각된다. 창작 연대는 1913년으로 알려져 있는데 이 또한 전 단계에서 형성된 민간적 역사인식을 수용하고 있다.

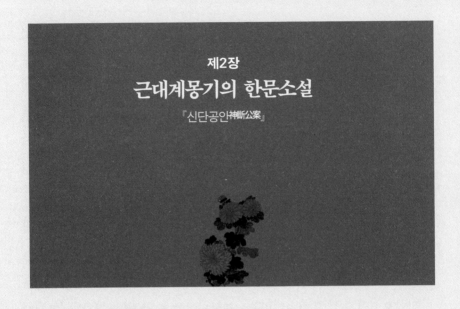

제2장
근대계몽기의 한문소설
『신단공안神斷公案』

1. 글을 시작하면서

여기서 근대계몽기는 19세기 말에서 20세기 초를 가리키고 있다. 1894
에서 1910년의 기간이다. 일반적으로 '개화기'라고 부르는 시간대인데 그
시대의 성격을 드러내기에 부적절하다고 보아 '근대계몽기'혹은 '애국계몽기',
줄여서 '계몽기'라고 지칭하는 용어를 바꾼 것이다.

1894년, 이 땅의 농민전쟁이 청일전쟁을 불러와서 중국이 일본에 패전
함으로 해서 중국 중심적 체제가 결정적으로 붕괴되기에 이르렀으며, 안
으로 제도개혁이 불가피하게 되어 이른바 갑오경장이 일어났다. 그리고
조선왕정 또한 대한제국으로 규모가 바뀌었다. 이런 시대상황에, 우리도
정신을 차려서 위기에 처한 국가 민족을 구하자는 애국·계몽의 운동이

치열하게 일어났다. 때문에 이 시간대를 근대계몽기로 호명하는 것이다. 일본 제국주의에 주권을 강탈당하고 식민화됨에 따라 자주적인 근대국가 기획은 실패하고 말았다. 그래서 한국의 근대계몽기는 하한선이 1910년으로 그어지게 되었다.

갑오경장의 장정에는 국문한글을 국가의 공식문자로 규정하는 한 조문이 들어가 있다. 한자를 보편문자로 받아들여서 통용해 왔던 장구한 과거에 비추어 실로 획기적 의미를 갖는 일임이 물론이다. 나는 이 점을 특히 중시하여 근대계몽기를 유사 이래 초유의 전환점으로 생각하고 있다. 그런데 이 조문에는 짚어볼 점이 있다. "법율 칙령은 모두 국문으로 본本을 삼고 한문 번역을 붙이며 혹 국한문을 혼용함"이라고 되어 있다. 국문으로 본을 삼는다고 원칙을 천명한 다음, 한문 번역을 붙여서 이해를 돕도록 고려한 것이다 그러고도 "혹 국한문을 혼용함"이라는 단서를 달아 놓았다. 그 역사적 전환에 상응하여 한글이 국문으로 부상하면서 국한문이 동반탄생한 모양새였다. 국문과 국한문은 근대계몽기의 쌍둥이였던바 당시의 애국계몽운동을 문체적으로 주도한 것은 사실상 국한문이었다. 이 현상은 근대계몽기적 특성이다.

이 단계에서 문학운동 쪽으로 시선을 돌려보면 애국심을 고취하고 계몽을 촉구한 성격의 '동국시계혁명'이 자못 활발하게 전개되었다. 아울러 소설 부문은, 시가만큼 울림이 크지는 못했으나, 시계혁명에 준하는 '소설계혁명'도 제기되었다. 문학사에서 이 시기를 대표하는 것은 신소설로 되어있다. 이인직李人稙, 1862~1916의 『혈의루』·『치악산』·『귀의성』이 손꼽혀 왔던 작품이다. 그런데 이들 소설이 취한 서사 논리는 '문명개화'로, 그것이 잡은 방향은 다분히 친일적이었다. 애국계몽운동의 주의주장과는 변별되는 입장이다. 해서 애국계몽운동 진영은 이인직의 문예활동을 직접 거론하여 사회도덕을 파괴하는 내용으로 독자를 홀리는 것이라고 여지없이 매도하고 있었다. 종래 문학사 인식에서 이인직의 신소설을 중심위치에 자리매김한 것은 그의 친일개화의 논리를 수긍한 태도에 다름 아니며, 그 시간대를 개화기로 부르는 것 또한 의식적이건 무의식이건 친일개화논리를 추종한 태도라는 비판을 면할 수 없다고 본다.

당시 이인직과 쌍벽을 이룬 신소설 작가는 이해조李海朝, 1869~1927이다. 이해조와 이인직은 각기 구체적인 행적과 작품경향이 대조적이다. 이인직이 친일행각을 벌였던 것과 달리 이해조는 애국계몽운동에 참여했을 뿐 아니라, 작품 또한 그에 상응하는 경향을 띠고 있었다. 이는 근대문학 연구자들에 의해서 규명되고 평가된 사실이다.

한편으로 이 대목에서 유의할 점이 있다. 근대계몽기의 시와 소설은 신문 잡지 같은 대중매체를 통해서 발표되고 출판사에서 발간한 책으로 보급되는 것이 주류적인 형태였다. 인간정신의 산물이 상품으로 생산-유통-소비되는 방식이 이 단계에서 비로소 성립한 것이다. 말하자면 신소설은 문학의 근대적 유통구조의 총아로서 부상한 셈이었다.

신소설이 우리 문학사에 처음 출현한 것은 1906, 7년이다. 이 지점에서 한문소설도 동반 등장한 사실이 확인된다. 한문소설이라도 현토를 한 것이었다. 전의 한문소설과는 외형상으로 구분되는 점이기도 하다. 현토체 한문소설과 신소설이 근대적 매체를 통해서 동시기에 출생하였다. 이상한 느낌이 들지만 흥미로운 대목이다.

『신단공안神斷公案』은 바로 그 지점에서 출현한 것이다. 당시 소설로서는 가장 대작인 데다가 한문소설이라도 형식 자체가 실험적이고 서사의 의미 역시 문제적이다. 본고가 이 작품에 각별히 주목하는 까닭은 여기에 있는데 접근하자면 우선 걸리는 사안이 있다. 작자가 밝혀 있지 않기 때

小說 神斷公案　第一段　美人竟拼一命　貞男哲誓不再娶

却說 爾宗大王位十六年에慶尚道晉州府城內에一個吉哉이有ᄒᆞ니姓은許名은憲

이니年方十八에眉目淸秀ᄒᆞ고半神이俊雅ᄒᆞ야軒昻風采ᄂᆞᆫ人마다艷賞ᄒᆞ며且才藝風

成ᄒᆞ야文詞大喋마다故로城內城外養惡ᄋᆞᆷ閨秀底人은紛ᄉ遣謀通婚이로ᄃᆡ許生父

母恒嫌早婚不利ᄒᆞ야併皆辭拒丁ᄒᆞ더라其鄰家有一富戶ᄒᆞ니姓名은河景漢이라

年近五旬이ᄂᆞᆫ膝下無克間之丁只有一個女息ᄒᆞ니名은淑玉年方二八姿色嬋娟이라

父世愛之如掌中珠玉ᄒᆞ야於後園에搆一層小樓ᄒᆞ고繞植名花異草ᄒᆞ야使淑娘ᄋᆞ로

桃處樓中이러러淑娘每在樓上刺繡女工ᄒᆞ니其樓近路故로許生이每行過樓下ᄒᆞ매與

淑娘ᄋᆞᆯ兩眼相着ᄒᆞ야情男嬌女가各有戀ᄉ相愛底意라時日積久ᄒᆞ매兩下慣

面ᄒᆞ야言言笑相通이라於是에生이以言挑之ᄒᆞᆫᄃᆡ淑娘이郎首眉月이어ᄂᆞᆯ是夜에許生以長

木一對ᄅᆞ依樓作梯ᄒᆞ야乘昏上去ᄒᆞ니繞欄花草ᄂᆞᆫ香氣龍襲人ᄒᆞ고微明月色ᄋᆞᆫ

『신단공안』 필사본 첫 면(익선재 소장)

문에 필히 해결해야 할 학계의 숙제이다. 『신단공안』이 신문에 연재되던 1906년 11월부터 월간지에 이해조의 『잠상태^{岑上苔}』란 제목의 한문소설이 연재되었다. 내가 보기에 이 『잠상태』 또한 나름으로 평가할 만한 작품이다. 여기서 『잠상태』도 근대계몽기의 한문소설로서 거론하는바 『신단공안』의 작자문제에 접근하는 방도로 삼아보려고 한다.

나는 1906년 신문에 연재된 『신단공안』을 필사한 책[1]과 그 해에 발표된 한문소설 『일념홍^{一捻紅}』에 『용함옥^{龍含玉}』을 붙여서 필사한 책을 전에 각각 우연히 입수하였다. 그래서 지금 자료로 손쉽게 이용하고 있는데, 돌아보면 여러 가지로 생각케 한다. 한국의 전근대 시기 소설은 대부분 필사의 형태로 유통되었다. 근대적 유통구조가 출현한 단계에 와서도 종래의 문화적 관습이 남아 있었음을 실감케 한다. 국문이 공식문자로 규정되었음에도 국한문이 오히려 주도적 위치를 차지하는가 하면 신소설과 현토체 한문소설이 공존하는 등등의 현상은 20세기 초의 문화적 풍속도라 하겠다. 신문 연재의 한문소설이 필사본으로 역행했던 현상 또한 그 시대 풍속도의 한 장면으로 볼 수 있다.

본고는 의도하는 바가 『신단공안』을 중심으로 '근대계몽기의 한문소설'을 규명하는 데 있다. 이는 '근대계몽기 소설'의 대한 구조적 인식과정이기도 하다. 이 지점이 한국소설사의 분수령이라는 사실을 나는 염두에 두고 있다.

---

1   익선재 소장의 『神斷公案』 필사본은 1책 59장으로 제1화에서 4화까지 적혀 있다. 끝장에 "隆熙三年 己酉春 東萊 鄭雨德謄書于寶亐帽寓舍"라는 필사기가 보인다. 필사연대는 1909년이고 필사자는 정우덕으로 보돌미란 마을에 거주한 사람임을 알게 한다. 이 끝장은 법관양성소(法官養成所)의 용지이다. 이로 미루어 필사자가 법관양성소에 관련되는 사람일 것으로 여겨지기도 한다.

2. 한국소설의 전래적 존재양상과 20세기 초의 변형

1900년대 신소설이 등장한 단계에서 현토체의 한문소설이 동반 출현한 사실을 지금 한국문학사의 구조적 변화와 관련지어서 설명해 볼까 한다.

1) 17세기 국문소설의 등장, 그 문학사적 의미

국문소설이 우리 문학사상에 유행한 것은 17세기 이후의 일이다. 최초의 국문소설로 확인되는 『홍길동전』은 17세기 초에 나왔으며, 규방소설로서 뚜렷이 성격을 갖춘 『창선감의록』과 『구운몽』은 17세기 후반에 출현한 것이다. 나는 이를 우리 문학사의 큰 변화를 예고하는 현상으로 생각하고 있다. 이후에도 국문소설과 이전부터 있었던 한문소설이 병행했던 터여서 외관상으로 말하면 한국문학사 특유의 국문학과 한문학의 이원구도의 연장선에 놓인 것이다. 그러나 국문소설의 등장이 갖는 문학사적 의미는 그렇게만 볼 수 없다. 왜인가?

한국문학사에서 국·한문학의 이원구도가 성립하게 된 요인은 우리나라가 한자문화권에 속한 데 있었다. 한자를 보편적인 문자로 통용함에 따라 문학 또한 한문학이 주류를 형성하였다. 다만 가창^{歌唱}의 필요 때문에 자국어의 노래형식이 명맥을 이어올 수 있었다. 향가 – 고려가요 – 시조·가사가 그것이다. 이렇듯 국문학이 오직 가창형식의 단선으로 내려온 것은 17세기 초엽까지다. 국문소설이 출현하여 유행함에 따라 국문학은 단선적인 모양에서 탈피, 그 위상 또한 달라질 수 있었다.

소설이란 독자를 위해서 존재하는 것이다. 당시 국문소설이 지어지고 읽혀진 경위를 들여다보면 규방의 여성독자들의 요구를 받아서 출현했다. 김만중이 지은 『구운몽』이나 조성기가 지은 『창선감의록』이 그렇다.

때문에 나는 당시 국문소설을 규방소설로 호명하고 있다. 그런데 규방소설이 독자들의 흥미를 유발한 나머지 규방의 문턱을 넘어 남성들을 독자로 끌어들였고 나아가서는 서민층에까지 확대되기에 이르렀다. 이에 따라 이런저런 변화가 일어났던바 18세기로 와서는 천백기종千百其種이라 이를 만큼 그 품종이 많아지는가 하면 대형화된 소설도 나타났다. 그런 한편에 독자들의 저속한 취미에 영합한 흥미본위의 소설로 쏠리는 현상이 현저하게도 되었다. 다른 한편으로 민중적인 연예형태에서 성장한 판소리계 소설이 대두하여 신선한 바람을 불러 일으켰던 사실 또한 특기할 대목이다.

당초 규방소설로 출발했던 국문소설의 발전은 종래 가창의 요구로 존속되어왔던 이원구도와는 외형이 같은 이원구도라 하더라도 그 내용은 많이 달라진 것이다. 17세기 이래 국문소설과 한문소설이 병행함으로 해서 성립한 국·한문학의 이원구도는 대체로 성적인 분할구도를 이루고 있었다.

2) 한문소설에 있어서 야담의 발전

한문소설은 국문소설에 비해서 훨씬 오랜 연원과 과정을 지니고 있다. 역시 신화·전설을 기록한 데서 발단하였겠으나, 한자권의 보편적인 서사양식을 수용하여 소설적 규모를 갖추게 된다. 전기소설傳奇小說이 그것이다. 전기소설이란 주지하다시피 중국에서 당나라 때 성립된 문어체 단편소설인데, 나말여초의 전환기에 수용되어 비록 잔편이지만 실물로써 오늘날에 확인해 볼 수 있다. 이후 조선조의 15세기에 김시습의 『금오신화』로 전기소설은 원숙한 경지에 도달하였으며, 16세기에서 17세기 초 사이에는 전기의 틀을 바탕으로 창조적 변용이 다양하게 일어났다.

여기에 주목할 점이 있다. 국문소설이 출현, 유행하면서 종래의 전기소설은 밀려나고 계보를 달리하는 한문소설이 전면에 대두, 자못 성황을 이룬 것이다. 다름 아닌, 필기筆記의 전통에서 파생된 야담野談이다. 필기란 견문을 기록한 것으로서 한자권의 글쓰기 방식의 하나이다. 필기가 한자권 보편의 글쓰기 방식임에 대해 야담은 한국 특유의 서사양식이다.

한국문학사에 필기는 고려 중기 이인로李仁老의 『파한집』이 최초로 등록되어 있거니와, 조선 초기로 와서 필기 저술이 양산되었다. 그 성격 자체가 견문의 기록이라도 사대부 문인의 관심사를 기록하는 것이었다. 조선 왕조는 사대부 사회였으므로 필기가 성행했던 것은 당연한 노릇인데, 그 기록이 풍부화를 실현하면서 다양화되는 추세였다. 서거정徐居正의 경우 필기 3부작을 저술하였던바 야승적 성격의 『필원잡기』, 시화로 엮은 『동인시화』, 그리고 소화적인 『태평한화 골계전』을 세상에 내놓은 것이다. 성현成俔의 경우는 『용재총화』를 내놓았는데 '총화'라는 표제가 뜻하듯 야승·시화·소화를 종합한 형태를 취했다.

필기는 본래적 성격이 사대부늘의 관심사, 즉 그네들의 생활주변을 기록한 것이었다. 그래서 민간영역인 가담항어街談巷語를 기록에 포함시키는 것을 분별없는 일로 치부하였다. 하지만, 사대부와 서민의 영역이 칼로 자르듯 구별되는 것은 아니었다. 사대부 문인의 서재의 기록이라도 관심이 확장되면서 서민들의 생활세계로 넘나들게도 되었다. 소설이 어원적으로 가담항어를 기록한 따위를 가리켰던 터인데, 필기의 내용에 소설적 요소가 끼어들게 된 모양새이다. 『용재총화』에서 이미 그런 현상이 나타났다. 이 추세는 자제하기 어려운 지경으로 진행되었던 바 17세기 초엽 유몽인柳夢寅, 1559~1623의 『어우야담』으로 와서는 '야담'이란 용어를 버젓이 표제로 올리게 되었다.

그리하여 야담은 다음 18세기로 넘어가서 본격적으로 발전하게 된다. 신돈복辛敦復, 1692~1779의 『학산한언』·노명흠盧命欽, 1713~1775의 『동패낙송』 같은 야담집이 출현하였고, 그 추세는 19세기에 이희평李羲平, 1772~1839의 『계서잡록』·이현기李玄綺, 1796~1839의 『기리총화』로 이어졌다. 야담이 고도로 성황을 이룬, 야담시대는 18세기 중엽부터 19세기 전반기로 잡아볼 수 있다. 이 야담시대의 끝자락에서 성과를 집대성한 작품집으로 『청구야담』이 편찬된 것이다.

나는 일찍이 고故 벽사 이우성 선생님과 함께 야담자료를 두루 수습·탐색, 선발해서 역주하고 해설을 붙여 『이조한문단편집』 3책을 학계와 독자들에게 제공한바 있었다.[2] 그리고 후속 작업으로 『한문서사의 영토』 2책을 같은 방식으로 정리하여 내놓았다.[3] 관행적으로 야담이라고 불러 왔던바 보편적 개념을 부여해서 한문단편으로 파악한 것이었다.

여기에 덧붙여 둘 점이 있다. 야담은 필기 중에 야승류로부터 전환된 것이 주류를 형성하고 있지만 소화笑話에서 이행된 것도 없지 않다는 사실이다. 소화류의 기록들은 『고금소총』으로 집대성되는데 이들 자료에서도 야담-한문단편에 속하는 작품을 상당수 추출, 『이조한문단편집』과 『한문서사의 영토』에 포함시켰던 것이다. 물론 소화류로부터 전이된 작품은 그에 따른 성격차가 나기 마련이었다.

야담의 작가라면 야담집을 엮어낸 그분들이다. 곧 신돈복·노명흠·이희평·이현기가 야담-한문단편의 손꼽히는 작가이다. 이들 야담작가와 「옥갑야화」·「방경각외전」의 박지원이나 「심생」의 이옥을 대비해볼 필요

---

2 『이조한문단편집』은 일조각에서 1973년에 1권, 1978년에 2~3권을 간행하였다. 이 개정판을 창비에서 전4권으로 2018년에 간행하였다.
3 『한문서사의 영토』는 '한문단편소설', '실사와 허구의 사이'라는 부제를 붙여 전2권으로 태학사에서 2012년에 간행하였다.

가 있겠다. 양자 공히 한문단편, 즉 한문으로 쓴 단편소설이라는 점에 있어서 마찬가지다. 야담적 재료를 원용한 점에 있어서도 양자가 다르지 않다고 보겠으나, 박지원과 이옥의 경우보다 적극적으로 창작정신을 발휘해서 작품화한 것이라는 점에서 야담계 단편소설과 변별성이 있다.

야담은 요컨대 서사-이야기를 구연한 형태로부터 진화한 것이다. 이 측면에서 보면 판소리와 유사성이 있다. 야담의 구연자로서 이야기꾼[講談師]이 있었듯 판소리의 구연자로서 소리꾼[광대]이 있었다. 각기 성립 과정상에서 아주 중요한 역할을 담당하였다. 이들의 구연 창작의 결과물이 이야기꾼 쪽은 야담-한문단편으로, 소리꾼 쪽은 판소리-민중소설로 우리 문학사에서 각기 중요한 위상을 갖게 된 것이다.

3) 국문소설과 한문소설의 교호관계

국문소설과 한문소설의 이원구도는 고착된 상태가 아니었다. 그 자체의 표기체계가 전환되는 교호작용이 일어난 것이다. 이 물론 독자들의 요구, 다시 말하면 소비의 형태에 응해서 번역이 이루어진 현상이다.

규방소설의 대표작인 『구운몽』과 『창선감의록』을 보면 국문과 한문의 이본이 공존하고 있다. 그것도 이루 다 셀 수 없는 정도로 많은 데다가 이본의 차이도 심한 편이다. 여기서 제기되는 의문점 두 가지가 있다. 하나는 국문이 먼저냐 한문이 먼저냐 하는 원작 문제이며, 다른 하나는 왜 이런 현상이 빚어졌는가 하는 배경적인 문제다.

원작 문제는 규방의 독자를 위해 국문으로 지어졌던 것이 실증적으로 밝혀진 터이므로 굳이 재론할 것은 없다. 그런데 왜 국문본과 한문본이 공존하고 이본차도 크냐는 점은 따져볼 사안이다. 근대적인 출판문화의 상식으로는 납득하기 어려운 현상이기 때문이다. 실물을 둘러보면 필사본이 압도적으로 많다. 방각본이라고 일컬어지는 상업출판이 이루어지긴 했으나, 아직 영세한 단계로서 극히 제한적이었고 필사로 전전轉傳하는 방식이 계속 주류적인 형세였기 때문이다. 그래서 '국문본→한문본'으로의 전환이 일어나는가 하면 다시 '한문본→국문본'으로의 역전환도 일어났다. 현전하는 자료만 가지고 말하면 역전환 된 것이 오히려 많다.

야담집에 있어서도 한문에서 국문으로의 전환이 일어난 사례가 발견된다. 『어우야담』을 비롯해서 『천예록』·『동패낙송』의 국문본이 확인되며, 야담의 집대성인 『청구야담』 또한 국문본이 따로 전하고 있다. 이는 여성 독자들의 요구에 의해서 이루어진 것임이 물론인데 규방소설에서처럼 활발하게 진행되지는 못했다.

소설에 있어서 국·한소설의 이원구도와 함께 표기체계의 교호 현상은 조선적 특수성으로서 전근대적 양상이긴 하지만 그런대로 역동적인 모습이라고 평가할 수 있다고 생각한다.

4) 1906, 7년 신문에 발표된 소설들

현토체 한문소설이 1906년의 신문지면에 4편이 게재되었고, 1906~7년의 잡지 지면에 1편 게재되었던 것으로 파악되고 있다. 구체적 내용을 정리해 보자면 다음과 같다.

『대한일보』

『일념홍一捻紅』: 일학산인一鶴山人, 1906.1.23~2.18, 16회 연재

『용함옥龍含玉』: 금화산인金華山人, 1906.2.28~4.3, 30회 연재

『여영웅女英雄』: 백학산인白雲山人, 1906.4.5~8.29, ○○회 연재

『황성신문』

『신단공안神斷公案』: 불기명, 1906.5.19~12.31, 191회 연재

『소년한반도』

『잠상태岑上苔』: 이해조, 1906.11~1907.4, 6회 연재(미완성)

최초의 신소설로 인정받고 있는 이인직의 『혈의루』는 『만세보』 지면에 1906년 7월 22일부터 연재된 것이었다. 이해조의 신소설은 1907년 『고목화』와 『빈상설』이 『제국신문』에 연재되었다.

현토체 한문소설과 신소설이 앞서거니 뒤서거니 문학사의 무대에 등장한 모양이다. 위와 같은 정황을 살펴보면서 나의 마음에 몇 가지 의문점이 떠올랐다. 이 의문점들에 내 나름으로 답을 하려는데, 그것이 20세기로 와서 야기된 소설의 변모양상에 대한 설명이 되기를 기대한다. 1906, 7년은 그 시대 소설계 동향을 극명하게 보여준 지점이다.

첫째, 하필 그때 이런 현상이 빚어지게 되었을까? 거기에 어떤 계기가 있었을까? 1905년 러일전쟁이 일본의 승리로 종결되면서 일본은 한국에 을사조약을 강요했고 이어 1907년 정미7조약까지 밀어붙였다. 대한제국으로 변신하여 근대세계에 대응하려고 하다가 일본에 의한 통감정치를 받게 되어 보호국의 지위로 전락한 꼴이 되었다. 망국의 위기가 목전에서 가중됨에 따라, 지방에서는 의병운동이 광범위하게 일어났고 서울을 중심으로 애국계몽운동이 치열하게 전개되었다. 전자가 무투武鬪 노선이라면 후자는 문투文鬪 노선이었다. 이와 다른 입장이 엄연히 있었던 사실을 간과할 수 없다. 다름 아닌, 친일개화 노선인데 사실은 당시 실세를 이루었다고 보아야 할 것이다. 러일전쟁과 소위 을사보호조약으로 자기들이

결정적 승기를 잡은 것으로 판단하였다. 이에 일제에 동조, 편승해서 친일개화론의 입장을 강조하고 설득할 필요성을 느꼈음이 물론이다. 어느 쪽이건 국민을 향해 고취하고 선전하는 수단으로서 소설에까지 관심이 돌아가게 되었다. 요컨대 러일전쟁에서 을사조약으로 도래한 시대 상황이 바로 새로운 소설을 부른 계기로 작동한 것이다.

둘째, 현토체 한문소설과 신소설의 동반 등장은 종래 소설의 이원구도와 어떻게 대비해서 말할 수 있을까? 외형상으로 이원구도라는 면에 있어서는 마찬가지이다. 먼저 한문소설에 붙인 토를 어떻게 볼 것이냐가 문제다. 현토는 한문 구절에 우리말의 조사나 어미, 즉 토를 붙여서 접근하기 쉽도록 하는 방법이다. 불교나 유교의 경전에 붙이는 토가 그것이다. 한문을 받아들여 사용한 역사가 오래기 때문에 현토의 유래 또한 오래다. 그런데 현토는 한문을 학습하기 위한 보조수단이었다. 한문소설에 붙여진 현토는 학습의 수단이 아닌, 독자들이 한문소설을 아무쪼록 읽기 쉽게 하기 위한 수단이다. 한문소설에 붙여진 현토와 같은 기능을 한 것은 예전에는 찾아볼 수 없다. 현토체 한문소설은 사실상 20세기적인 것이다.[4] 국문이 공용문자로 인정되었음에도 국한문체가 널리 통용되었고 그 국한문체가 한문 위주로 되었던 것과 관련된 현상으로 해석할 수 있겠다. 신소설이 고소설과 같지 않은 것은 말할 나위 없거니와, 현토체 한문소설도 이전의 한문소설과 동류가 아니다. 현토체 한문소설과 신소설은 이원구도를 유지하고 있으나, 종래의 성적인 분할 구도를 극복한 형태이다.

셋째, 위 소설들을 읽어보면 대략 경향이 양분되고 있다. 현토체 한문

---

4 현토체 한문소설에 대한 연구로는 정환국 교수의 「애국계몽기 한문현토소설의 존재방식」(한국고전문학회, 『한국고전연구』 24, 2003)이 있다.
   한문소설에 현토를 한 인쇄본이나 필사본들이 허다히 보이는데 이들은 대부분 지금 이 현토체 한문소설이 출현한 이후로 유행한 것이다.

소설과 신소설이라는 형식상의 구분을 넘어서 경향성이 둘로 갈린 현상을 어떻게 설명할 것인가?『대한일보』에 실렸던 3편은 친일개화적인 정치색을 노골적으로 드러내고 있다. 이인직의 신소설『혈의루』와는 서사구조와 논리가 유사하다.『일념홍』·『용함옥』·『여영웅』3편은 이인직 신소설의 한문소설판이라고 말해도 좋을 것이다. 반면에『황성신문』의『신단공안』은 구제도·구습속에 대한 비판이 신랄한 편임에도 친일적인 면모는 전혀 찾아볼 수 없다.『잠상태』는『신단공안』과 같이 현토체 한문소설로서 언어구사의 방식과 작풍이 유사해 보인다. 방금 지적한 점들은 뒤에 구체적으로 논의할 예정이다. 매체에 대해서는 지금 잠깐 언급하고 갈까 한다.

위 소설들의 서사내용은 발표지면의 성격에 연계되어 있는 상태이다.『대한일보』는 간행주체가 일본인이었다고 하며,『만세보』또한 당시 대표적 친일파인 이인직 자신이 주간으로 있었다. 공인하는바 근대 매체는 보도의 기능과 함께 인간정신을 담아내는 그릇으로서 근대를 선도하는 역할을 히였다. 매체라는 그릇의 성격은 거기에 남기는 글의 내용과 무관할 수 없겠는데 그로 인한 문제점이 근래에 이르러 더욱 심각하게 느껴진다. 1906, 7년 당시에도 허구적인 소설에까지 거의 직접적으로 영향이 미쳤던 것이다.

3.『신단공안』인식, 그 소설적 성격과 문체의 특색

앞의 '글을 시작하며'에서『신단공안』은 놀랍고 이상한 소설이라고 말하였다. 가치 있는 것이냐, 아니냐를 떠나서 소설로서 사실상 전무후무한 것으로 문체부터 유별난 것이기 때문이다. 서사의 논리와 내용 역시 자못 경이로운 바가 있다. 『신단공안』의 서사 논리와 시대정신에 관련해서는 다음 장에서 분석해 볼 예정이다. 여기서는 그 소설로서의 성격 및 제시된 문체의 특색을 살펴보려고 하는데, 그에 앞서 『신단공안』의 전모를 개관하고 그것이 학적으로 인식되었던 경위를 먼저 거론한다.

『신단공안』 개관도

	제목	배경	주요인물	재판관
1	美人竟抃一命 미인은 끝내 한 목숨 버리고 貞男誓不再娶 정남은 맹서를 지켜 재취하지 않다	숙종 때 진주성내	남 : 허헌 여 : 하숙옥 악역 : 중 오성	진주목사
2	老大郎君遊學 나이든 신랑은 공부하러 떠나고 慈悲觀音托夢 자비로운 관음보살이 현몽을 하다	정조 때 진안 마이산	남 : 송지환 여 : 이씨 악역 : 중 혜명	전라감사 유척기
3	慈母泣斷孝女頭 어미가 울며 효녀의 머리를 자르고 惡僧難逃明官手 악승이 명관의 손에서 벗어나지 못하다	순조 때 공주	남 : 최창조 여: 황씨(母), 혜랑(女) 악역 : 중 일청	공주판관 충청도관 찰사
4	仁鴻變瑞鳳 김인홍이 서봉으로 이름이 바뀌고 浪士勝明官 낭사가 명관을 이기다	인조 때 평양	주인공 : 김인홍 (鳳=봉이는 별호) 상대역 : 다수	평양부윤 김경징
5	妖經客設齋成奸 요사한 경객이 재를 지내며 간음하고 能獄吏具棺招供 유능한 판관이 관을 준비해 자백을 받다	영조 때 나주	모 : 윤씨 자 : 계동 악역 : 황경	나주군수
6	踐私約頑童逞凶 사사로운 약속을 지키느라 완악한 아이가 악행을 저지르고 借神語明官捉奸 귀신 말을 빌어 명관이 범인을 잡다	성종 때 순흥 벽파촌	남 : 손건 여 : 유취려 악역 : 장대경	순흥군수
7	痴生員驅家葬龍宮 어리석은 샌님은 가족을 용궁에 수장 지내고 孽奴兒倚樓驚惡夢 사악한 종놈은 누마루에서 잠들었다가 악몽에 놀라다	철종 때 충주 고간촌	상전 : 오영환 하인 : 어복손	진산군수

위의 도표를 보면 『신단공안』에 실린 7편의 작품이 각각 어떤 이야기인지 골자를 짚어 볼 수 있다. 그런데 제목이 대구 형식으로 달려 있다. 대구對句를 풀이해 보면 각기 줄거리를 짐작할 수 있는 이점이 있으나 오늘날 독자들에게는 제목으로서 부적절하다. 아무래도 독자를 위해서는 새 제목을 부여하는 것이 요망된다. 당장 논의하는 데도 지칭하는 명사가 필요하기에 가제로나마 제시해 둔다. 각각의 내용에서 표출한 것이므로 해당 전거를 밝혀둔다.

① 설원기雪寃記 –"庶雪貞婦之寃."

② 마이산馬耳山 –"相傳我太宗微時, 遊幸至此, 馬耳名之, 以勝地見稱於全羅道中."

③ 효녀두孝女頭 –"慈母泣斷孝女頭, …"

④ 김봉본전金鳳本傳 –"此, 金鳳本傳也."[5]

⑤ 욕화慾火 –"自此動了一點慾火, 按住不得, …"

⑥ 요호전饒戶傳 –"有了一個饒戶, 姓孫名同."

⑦ 어복손전魚福孫傳 –"這點奴, (…중략…) 姓叫魚, 名喚福孫."

1) 『신단공안』에 대한 학적 인식의 과정

이 작품이 근대계몽기에 영향력이 컸던 『황성신문』에 연재된 당시로서는 최대 소설이었던 사실은 앞서 지적한 터다. 그럼에도 사람들에게 아주

---

5 『金鳳本傳』은 김봉을 주인공으로 쓴 본전이란 의미이다. 작중 주인공의 성명은 金仁鴻으로 설정되어 있는바 세상에 이야기로 유전되는 김봉이와 동일인이다. 그가 닭장사에게 닭을 봉인 줄로 알고 고가로 샀다가 그 닭장수에게 큰 돈을 갈취해낸 일화가 유명해져서, 그의 별호도 '봉이'가 되었다고 한다. 작중에서는 그의 자호를 瑞鳳이라 했고 민간에서 鳳이라 부른다고 하였다. '봉'에 사람을 지칭하는 '이'가 붙어서 '봉이'라는 이름이 생긴 것으로 추정된다. 한자로는 통상 鳳伊라고 표기하는데 伊는 음을 취한 것이 아닌가 한다.

잊힌 것이 되고 말았으니, 이 역시 이상하다는 느낌을 지울 수 없다. 그러다가 1970년대로 와서야 근대문학 연구자들에 의해서 발견이 된 것이다. 이재선 교수는 이를 '개화기 신문소설'의 하나로서 학계에 소개했으며, 송민호 교수는 그 전모를 정리해 놓았다.

1970년대는 한국의 식민지 근대에 대한 반성적 사고가 학문연구에 도입이 된 지점이다. 그런 정신 풍토에서 『신단공안』도 시야에 포착이 된 것이었다. 이 단계에서 『신단공안』이 어떻게 비쳐졌느냐는 점에 대해 돌아볼 필요가 있다. 이재선 교수는 『신단공안』을 평가하는 대목에서 "언어 표현 양식에 있어서 이전의 이조소설에서 훨씬 퇴행하는 한문체로 머물러 버림으로써 소설사에 있어서 계승 발전의 획기적인 경계구분을 할 확정성은 어디에도 없다"고 부정적으로 단정하는 논조를 폈다.[6] 송민호 교수도 7편을 개관하면서 "소설사상 한문소설의 마지막 재흥"이라고, 구소설의 종말로 규정을 지었다.[7] 1900년대의 문학사를 신소설 중심으로 인식한 때문에 한문소설은 구태의연한 것으로 치부된 것이다. 종래 『신단공안』이 사람들의 관심권으로부터 멀어질밖에 없었던 원인을 이런 평가를 통해서도 유추해볼 수 있겠다.

요컨대 한국인이 전반적으로 사로잡혀 있는 근대주의가 『신단공안』을 역사의 지층 속에 매몰시켜버린 것이다. 모처럼 반성적 사고가 도입된 단계로 와서도 근대주의 자체에 대한 성찰로 나아가지 못하였음을 여실히 보여준다. 20세기 초 문학사의 현장에 제출된 소설 『신단공안』이 매몰되었다가 발견되긴 했어도, 그것이 제대로 인식되자면 넘어야 할 두 고비가 있었다. 하나는 인식론적 과제이고, 다른 하나는 문헌정리 및 번역의 과

---

6   李在銑, 『韓國開化期小說研究』, 1975, 일조각, 49~56면.
7   宋敏鎬, 『韓國開化期小說의 史的研究』, 일지사, 1975, 65~86면.

제이다.

『신단공안』의 의미를 해명하여 관심을 돌리게 만든 것은 최원식 교수의 「봉이형 건달의 문학사적 의의－삐까레스크의 가능성」이란 논문이다. 『신단공안』을 7편의 중·단편이 수록된 작품집으로만 보지 않고 박지원의 「옥갑야화」나 「방경각외전」과 유사한 연작소설로 규정짓고 있다. 그 가운데 특히 네 번째 작품인 「김봉본전金鳳本傳」을 주목해 분석하였다. 전체로서는 "조선후기 사회를 파노라마적으로 펼쳐 보이는 소설"이라고 높이 평가하고 있다. 「김봉본전」을 중심에 놓고 고찰한 결과로서 "출세주의를 부추기는 통속적인 구소설의 틀을 교묘하게 재생산하고 있는 신소설의 상투형과는 애초부터 유를 달리"하는 소설이란 결론에 도달한다. 그리하여, 작품에 드러난 특징들은 "전투적 국민주의시대의 열기와 결코 무관하지 않은 것"이라고, 문학사적 의미를 해석하고 있다.[8]

소설이란 무릇 독자들이 읽는 행위로 해서 존재하는 물건임에 틀림없지만, 『신단공안』의 경우 연구자들의 접근을 위해서도 난관을 해소하는 정지작업을 통과해야만 되는 특수성이 있다. 초창기 신문의 열악한 지면에 연재된 원 자료를 정리해내는 일차작업이 필수이며, 거기에 번역과 주석의 작업이 수반되어야 하는 것이다. 한기형 교수와 정환국 교수 공동으로 이 작업을 감당하여, 『역주 신단공안』이란 제목의 책으로 발간이 되었다.[9]

『신단공안』은 위와 같은 과정을 거쳐서 관점이 제공되고 읽을 수 있는 작품으로 제공이 된 덕분에 우리 문학사의 목록에 제대로 등재될 수 있게 된 것이다.

---

8 崔元植, 「鳳伊型 건달의 문학사적 의의」, 『李朝後期 漢文學의 再照明』, 창작과비평사, 1983.
9 한기형·정환국, 『역주 신단공안』, 창비, 2007.

2)『신단공안』의 소설로서의 성격

『신단공안』에 실린 7편은 서사의 구조가 하나같이 범죄사건을 유발하여, 그 사건의 해결이 곧 서사의 결말에 도달하는 식으로 되어 있다. 이런 구조적 공통성 때문에 전체의 제목을 '신단공안'이라고 붙인 것임이 물론이다. 공안소설 혹은 송사소설로 분류되는 것이다.

공안소설은 한국의 소설전통에서는 친숙한 개념이 아니지만, 중국소설사를 보면 유래가 오래고 대중적으로 널리 유행했던 것이다. 근래에도 영상매체로 재현되곤 하는『포청천包靑天』은 그 대표적인 것이 아닌가 한다. 포청천이란 인물은 북송대에 실존했던 포증包拯이다. 그가 정의를 강직하게 지킨 판관으로 크게 명성을 얻어 민중의 마음속에 '포청천'으로 각인되기에 이르렀다. 그를 주연으로 삼은 공안소설이 언제까지 소급되는지는 미상이나, 명대에 벌써 연작으로써 적잖은 규모를 갖춘『포공전』원제『包龍圖判百家公案』과『용도공안龍圖公案』이 나왔으며, 청말에는 무협과 결합된 형식으로써『삼협오의三俠五義』,『칠협오의七俠五義』같은 소설이 등장하였다. 대개 대중적 흥미 본위의 통속소설이다.

『용도공안』은 명말에 안우시安遇時라는 작가가 지은 것으로,『포공안包公案』일명『용도신단공안』이라고 하는 것이다. 20세기 초 한국에 등장한『신단공안』은 그 표제부터 중국소설의『용도신단공안』에서 취한 것임을 알게 한다. 작품의 내용도『신단공안』의 앞에 배치된「설원기」·「마이산」·「효녀두」 3편은 화소를『용도신단공안』에서 차용한 것으로 이쪽의 실정에 맞춰 제작한 방식을 쓰고 있다. 뿐 아니라, 이 3편 이외에도「욕화慾火」는 의화본擬話本 소설에 속하는 능몽초凌濛初의『박안경기拍案驚奇』중의 1편과 뼈대가 유사하며,「요호妖戶」도『당음비사棠陰比事』에서 상관성을 가진 작품이 지적되었다.『신단공안』이 학계에 소개된 이후로 연구자들에 의해 밝혀진 사실이다.

『신단공안』에서 방금 거명한 5편은 중국의 공안소설에서 골격과 화소를 차용한 작품이다. 「김봉본전」과 「어복손전」 2편은 다른 5편과 여러모로 다르다. 양적으로 보더라도 비대칭이라 할 정도로 차이가 크다. 5편은 단편 규모인데 2편은 중편 내지 장편의 규모이다. 보다 중시할 점은, 「김봉본전」과 「어복손전」이 공안소설의 틀에 맞춰지긴 했어도 마치 맞지 않는 남의 옷을 빌려 입은 듯 보인다는 점이다. 작가는 「김봉본전」의 끝 부분에 작중 평자로 출현하는 계항패사씨의 입을 빌어 이렇게 말한다.

이는 김봉金鳳, 김봉이의 본전이다. 본전은 모두 36회로 그의 기이한 행적이 워낙 많아 이루 다 들 수 없는 지경이다. 그 가운데 옥사를 판결한 일화가 있기에, 태반을 잘라내고 드디어 이 『신단공안』의 제4화로 삽입한다. 앞뒤의 작품들과는 글의 흐름이 달라 서로 같지 않은 것처럼 보인다. 독자들은 헤아려 주시기 바란다.

위 글을 통해서 「김봉본전」은 『신단공안』에 실리기 전의 원작이 있었던바 모두 36회로 엮은 장회체였음을 짐작케 한다. 그것을 절반 정도로 줄여서 『신단공안』에 포함시켰다고 하였다. 작가 자신 「김봉본전」은 다른 작품들과 글의 흐름이 다르다는 점을 의식하고 있었다. 글의 흐름만이 아니다. 비록 옥사의 판결이 부분적으로 들어 있어 공안류에 포함되었다고 하지만 구조적으로 다름이 있는 것이다.

「어복손전」 역시 마찬가지다. 「어복손전」의 경우 옥사 판결이 서사의 종결로 되어 있긴 하지만, 장황하게 경향京鄕을 오가며 펼쳐진 이야기들은 「김봉본전」과 유사하다. 양자 똑같이 일화의 집합체인데 「어복손전」은 교활한 종놈이 상전을 골탕 먹이는 이야기이다.

김봉이나 어복손은 같이 삐까로형의 인물로 볼 수 있다. 그렇더라도 양자는 인간 됨됨이가 판이하다. 김봉은 작중에서 낭사浪士로 지적되듯 방외적 인간형으로 출발하였으며, 어복선은 탈춤이나 야담에 허다히 등장하는 노비 신분의 악한형에 속하는 인물이다. 이 두 작품은 야담 계보로서 중·장편의 규모인데 소화류에 근친성이 있는 것이다.

한국의 서사전통으로 보면 「김봉본전」과 「어복손전」은 물론 다른 「설원기」·「마이산」·「효녀두」·「욕화」·「요호전」 역시 야담류에 속하고 있다. 이야기를 엮어가는 수법과 문체가 야담식이기 때문이다. 다만 공안소설의 틀에 담긴 점이 특징적인 모습이다. 다시 말하면 공안소설의 틀에 맞춰진 야담이다. 현토체 한문소설인 『신단공안』은 야담의 근대계몽기적인 변형태라고 규정지어도 좋을 것 같다.

이 대목에서 제기되는 의문점이 한 가지 있다. 하필 이때 와서 『신단공안』은 공안소설의 틀을 도입했을까? 게다가 골격을 가져오면서 화소를 차용하기도 했으니 표절로 비쳐질 소지가 있는데 말이다. 이 의문점은 두 방향에서 설명할 수 있는 것으로 생각된다. 한 측면은 신문 연재소설이라는 점이다. 소설의 신문 연재가 그 신문의 판매 부수를 끌어올리는 데 기여해야 한다는 것은 당시에도 의식하지 않을 수 없었을 터다. 신문 사업이 초창기로서 영세했기에 발행부수에 오히려 더 민감했을 듯싶다. 중국의 공안소설은 원래 흥미본위의 통속소설로 성행했지만, 이 지점에서 그것이 도입된 요인은 다른 무엇보다도 판매부수를 올리는 주효한 품종으로 의식한 데 있었다.

다른 측면으로 근대적인 창작의식이 확립되기 이전의 단계에 있어서는, 특히 소설의 경우 표절이란 개념으로 재단하기에 부적절한 점이 있다. 더구나 종래의 야담집들을 보면 사람들 입에 오르내리는 고담이나 다른 야담집에 실린 것을 바탕으로 재창작 내지 옮겨 싣기가 관습적으로 행해졌고, 그런 과정에서 진화가 이루어지기도 하였다. 『신단공안』이 무려 191회나 연재되면서 시종 무기명으로 되었던 사실은 작가의 존재가 의식되지 않았다는 것을 가장 뚜렷이 증언한 것이다. 그렇다 해도, 기존의 것을 수용한 경우 어떤 독자적 의미를 부여할 수 있을지 이 점은 따져봐야 지 않을까 한다.

3) 그 소설문체의 특색

위에서 「신단공안」을 두고 전무후무한 소설이라고 말했던바 무엇보다도 그 소설문체가 전에 못 보던 것이고 뒤에도 나오지 않은 것이기 때문이다. 한문소설이라고 지칭하기는 했지만 그 특징을 드러내는 데 부족하기에 '현토체 한문소설'이라고 지칭하기도 하였다. 한문에 토를 붙인 점이 전에 못 보던 방식이긴 하나 역시 그 전모를 드러내기에는 미흡하다. 이제 당시 독자들 눈앞에 제공되었던 문면의 한 단락을 그대로 들어 보자.[10] 실상에 대해 구체적 이해를 갖도록 하기 위함이다. 「김봉본전」의 서사가 시작되는 대목으로 주인공의 친구가 주인공에게 충고하는 말이다.

[원문] 究竟에는 斷不如蓬門僻巷에 撑拄了半日肚皮ᄒ고 認饑作文ᄒ야 摘得了初試一窠하야 以爲吾子吾孫的宅號(遐鄕之人은 有初試宅號)ᄒ면 於良에 亦足이어니 何必作許多妄想ᄒ야 但得世間에 風魔子(바람동이)稱號리오 (원문과

---

10 본고에서 『신단공안』의 원문은 일체 제1화에서 제4화까지 익선재소장 필사본에서 인용하고 그 이하는 『역주 신단공안』에 부록된 데서 인용한다. 번역은 『역주 신단공안』을 참조해서 모두 저자가 한 것이다.

달리 띄어쓰기를 하였고 괄호는 원문에 협주로 된 것임.) *원문의 '於良'은 미상인데 '於是'의 오자로 추정해 번역하였음.

[현대역] 필경에는, 가난한 골목의 허름한 집에서 반나절 텅 빈 배를 붙잡고 주림을 참아가며 글짓기에 힘써 초시 한 장이라도 얻어, 나의 아들 손자까지 '초시댁' 칭호(먼 시골 사람들에게는 '초시댁'이란 호칭이 있다)라도 듣는 것과 결코 같지 못하지. 그러면 또한 족한 것인데, 하필 망령스런 생각을 자꾸 일으켜서 기껏 세상에 '바람둥이' 칭호나 들으리오.

위 원문은 한문에 우리말식의 토를 달아 놓아서 독자들이 읽기에 편의를 주고 있는 것이 첫째로 특이한 점이다. 그리고 '撑拄了半日肚皮'와 '摘得了'는 백화체, 즉 어록語錄투이다. 중국에서 구어체로 발달했던 방식인데 우리나라에서는 일반적으로는 수용하지 않았던 것이었다. 또한 '宅號'에는 우리나라의 풍속을 들어 설명하는 주석이 달려 있고, 다음 '風魔子'에는 우리 고유어의 '바람둥이'의 한자어임을 밝히는 주석이 달려 있다. 양자는 경우가 다른데 전자가 한국 한자어임에 대해 후자는 어록에서 유래한 말이다. 나름으로 다양한 표출방식을 구사하고 있다.

이런 문장체는 전통적인 한문과는 여러모로 다른 것임이 물론이다. 근대계몽기의 한문소설에서 출현한 별종이다. 당시에 동반 등장했던 국한문체와 대비해볼 필요가 있겠다. 근대계몽기의 국한문체와 이 소설문체 또한 역사적 동기생으로 유상성이 있으나 다른 면도 있다. 국한문체는 비록 한문투로 느껴지긴 해도 한문으로 환원되지 않는 데 반해서 이 소설문체는 현토 부분만 빼고 읽으면 그대로 한문이다. 그렇기에 이들은 한문소설로 분류되는 것이다.

이처럼 특수한 문장체를 구사한 작자의 기법은 실험적임에도 능란하고 생동감이 있다는 점을 지적해두고 싶다. 구체적으로 이해시키기는 쉽지 않기 때문에 다시 또 「김봉본전」에서 한 대목을 예시해 본다. 앞의 예시문에서 김인홍은 과거시험 공부가 세상을 살아가는 데 유리하다는 친구의 충고를 듣지 않고 결국 '바람둥이'가 되어, 서사는 그가 협잡을 부리는 사람으로 전락하는 방향으로 진행된다. 다음은 이군응이란 이가 그에게 협잡을 당해 화가 치민 끝에 그에게 퍼붓는 말이다.

[원문] 君膺이 不勝怒道：“奸哉라 仁鴻이여! 毒哉라 仁鴻이여! 爾如此不已 다가는 尻底에 生針 고 臍上에 生松 고 坐處에 草不生 리로다.” 仁鴻이 微笑道：“老丈은 何故로 但知自己的三分錢 고 不知他人的七分錢麽아! 若使仁鴻으로 將此食床價除了 면 賣家鬻庄에 便作鍾路的丐兒(거지) 리니 不仁哉라 老丈이여! 龍恫哉라老丈이여! 老丈이 如此不已 다가는 必然項子가 脫盡了 리로다.” 君膺이 憤氣衝天 야 一雙拳子로 打碎門窓 고 大呼“狗子犢子 되” 只是鎖喉(목수여)而已라.

[현대역] 군응이 분노를 이기지 못해 소리친다. “(…중략…) 간교하다 인홍이여, 지독하다 인홍이여, 네가 이런 짓을 끝내 그만두지 않다간 똥구멍에 바늘이 생기고 배꼽 위에 소나무가 돋아나고 네가 앉은 자리에 풀도 나지 않을 게다.”

김인홍은 빙긋이 웃으며 말한다. “노인장은 무슨 까닭으로 내 돈 서푼만 알고 남의 돈 칠푼은 모른단 말이요. 만약 인홍으로 하여금 그 동안 드신 식사대도 다 제하라 하시면 집 팔고 땅 팔아 종로 바닥에서 거지 노릇이나 할 밖에요. 어질지 못하네, 노인장이시어! 답답하네, 노인장이시어! 그러다간 필시 이놈 모가지가 다 빠지리다.”

군응이 분기충천해서 두 주먹으로 창을 때려 부수고 큰소리로 '개새끼 쇠새끼'하고 부르짖다가 그만 목이 쉬어 버렸다.

작가의 붓 끝에서 언어적으로 재현된 극적인 장면이다. "내 돈 서푼만 알고 남의 돈 칠푼은 모른"다느니 "종로 바닥에서 거지 노릇"이라느니 하는 속담에, "똥구멍에 바늘이 생기고…" 하다가 '개새끼 쇠새끼' 하고 욕설까지 거침없다. 작중에서 이군응은 평안도의 고명한 의원으로 설정된 인물이다. 그런 사람 입에서 상말이 쏟아져 나오다니, 의아스럽게 여겨지는 만큼 김인홍에게 못된 짓을 얼마나 톡톡히 당했을까 싶다. 이에 대해 김인홍의 능청스럽게 넘기는 과장 어법 또한 십분 실감이 간다. 생활현장의 상스런 언어가 여과를 거치지 않은 듯 표출되는바 판소리 광대의 입담처럼 느껴지기도 한다. 문체에서부터 인간현실을 생생하게 그려낸 것이다.

「어복손전」은 『신단공안』의 맨 뒤에 배치되어 있고 편폭이 제일 긴 작품이다. 거기에는 엉뚱하게도 본문에 한글까지 끼어든다. 기생방을 한밤중에 상복차림으로 남몰래 들어왔다가 새벽에 훌쩍 나간 남자의 행위를, 그 기생이 이야기하는 장면인데 이런 표현이 보인다.

[원문] 那客ㅣ曰 "그래서"

[현대역] 그 손이 말하기를 "그래서."

(제12회)

그 기생이 하는 이야기를 듣는 사람이 "그래서" 하고 귀가 솔깃해져서 다음 말을 재촉하는 것이다. "그래서"라는 말이 한 번 더 나오고 이야기가 끝나는 대목에 가서는 "그 손이 말이 없었다."[那客ㅣ無語로다]는 서술어로 처리되고 있다. 여기에 평어가 달렸는데 번역으로 들어본다.

이상의 "그래서" "그래서" 하는 몇 구절은 궁금한 심사가 자구 급해진 것인데 여기 이르러 "말이 없었다"함은 궁금증이 사라지며 마음에 노여움이 일어 났음을 뜻하는 것이다.

장면제시적 수법인데 '그래서'란 말을 왜 꼭 한자어로 표현하지 않고 구어로 노출시켰을까? 이야기하는 중간에 그 손이 맞장구를 쳐서 "바라보면 절터라"고 하는 말을 "望見하면 寺墟"로 쓴 구절도 들어 있다. 그런데 한자어로 '然해서'하면 상황전달이 불충분하기에 '그래서'라고 썼을 터다. 보다 실감을 살리면서 회화적 장면이 재미나게 그려지는 효과를 얻을 수 있었다. 결국 한글이 뒤섞인 글이 되었다. 「어복손전」에서 사례를 하나 더 들어보자. 바로 위에 인용된 장면의 조금 앞이다.

[원문] 那客이 (…중략…) 這廝가 昨日에도 空然作氣ㅎ야 叱人如叱狗ㅎ더니 今日에는 怒甲移乙ㅎ야 親舊之間에 有問無答ㅎ니 괘씸괘심ㅎ도다 仍向一枝紅 問道何事件으로 如此面紅(낫블켜)麼오

[현대역] 그 손이 (…중략…) 저놈이 어제도 공연히 성질을 내서 사람 꾸짖기를 개 꾸짖듯 하더니 오늘은 부아를 갑에서 을로 옮겨 친구 사이에 물어도 대답이 없으니 괘씸괘씸 하도다. 그러고서 일지홍을 바라보며 묻기를 "무슨 일로 이 같이 낯붉혀 하는고?"

그 손은 작중에서 오진사의 친구이다. 「어복손전」은 한마디로 충청도의 양반가문이 멸망하는 이야기로서 이 망치기 사업의 주동자는 그 집 하인인 어복손이다. 거기에 조연급으로 기생 일지홍과 이 친구 등등이 등장하고 있다. 위의 인용에서 한문으로는 실감을 주기 부족하다고 여겨서 '괘심괘씸'은 아예 노출시켰고, '面紅'의 경우 실감을 더하기 위해 '낯붉

혀'라고 풀이를 달아 놓았다. 다분히 골계적이다. 「어복손전」은 작품 내용부터도 골계적이지만 문체 역시 골계적 효과를 십분 살리는 방식을 이용하였다. 거기다가 우리의 한문 글쓰기에서는 이색적인 백화문투를 전반적으로 구사한 것이다. 백화는 중국인에게는 일상의 구어지만 한국인에게 있어서 백화체는 문어체보다도 생소할밖에 없었다. 그런 만큼 모두 다 혼종적이었다.

『신단공안』은 전반적으로 혼종성의 특징을 띠고 있는 것이지만 방금 보았듯이 「어복손전」에서 훨씬 강화되기에 이르렀다. 속담이나 상소리를 구사하는 데서 훨씬 나아간 형태이다. 본디 속담이나 상소리도 문어체로 발달한 한문의 규범에는 어긋나는 일이다. 『신단공안』의 경우 현토에 백화체를 도입하는가 하면 생활현장의 언어를 대담하게 사용한 것은 특단의 조처였다. 획기적인 일이다. 하지만 그것이 처음부터 평지돌출은 아니었다. 두 가지로 짚어볼 수 있는바 하나는 야담 글쓰기와 직결되는 점이다.

야담은 본디 생활현장에서 일어난 실사가 구연口演 과정을 거쳐서 기록화되는 방식이 주류적인 것이었다. 따라서 야담이 문체는 생활한문의 특성을 보여주고 있다. 백화체를 구사하는 방식은 특히 이현기의 『기리총화』에서 선례를 찾을 수 있다. 『신단공안』은 이현기가 구사했던 수법을 보다 적극적으로 활용한 모습이다. 『신단공안』은 야담이 진화 내지 전환된 양상이지만 문체 또한 전반적으로 야담식의 생활한문이다. 곧 야담의 근대계몽기적 변용으로 출현한 것이 『신단공안』이다.

다른 한 측면은 실학파문학에서 선취한 언어표현을 계승한 점이다. 연암의 산문과 다산의 시에서 시도된바 민족의 고유어·생활어를 보편성을 요구하는 한문학의 시와 산문의 글쓰기에 적절히 활용하였다. 그리하여 한문학에서 민족적 색채가 살아났을 뿐 아니라 현실성을 획득할 수 있었다. 나는 이 점을 평가하여 현실주의문학을 준비하는 단계에서의 시도로 해석한 바 있었다.[11] 『신단공안』의 제2편인 「마이산」에 작중 소년이 글을 아주 잘 한다고 하여 "고시 고문을 얼음에 박 밀듯 외운다(誦如氷匏)"라 표현한 구절이 보인다. 유명한 「양반전」에는 '송여빙표誦如氷瓢'로 나와 있다. 우리말 속담을 한문 성어로 바꾼 사례이다. 양자를 우연의 일치로 보기는 어렵다. 『신단공안』의 작가는 실학파문학의 특이한 언어 표현법을 흥미롭게 여겨 그 방향으로 대폭 확장시킨 것이라고 말할 수 있다.

『신단공안』이 백화체까지 적극적으로 도입한 사실은 굉장히 문제적이다. 중국문학사에서는 5·4 전후의 신문학운동기에 백화로 작품을 쓰자는 주장이 문학혁명의 제일 구호였는데 한국에서는 『신단공안』이 보다 앞서서 시도한 셈이다. 그러나 이 시도는 중국의 신문학운동에서와 같은 의미로 평가할 필요는 없다고 본다. 한국에 있어서 한문은 중국의 문어에 해당하는 것이므로 한문글쓰기로부터의 탈피는 곧 국문글쓰기다. 『신단공안』에서 백화체 수용은 한문글쓰기가 일단 전제되어 있다. 『신단공안』은 한문소설의 틀을 아직 유지하면서 그 안에서 별별 이상한 짓거리를 한 꼴이다. 토 달기, 고유 생활어 끼어넣기에 백화투의 도입까지 『신단공안』의 실험적 신종성은 기나긴 한문학의 굴레로부터 빠져나오기 바로 직전의 몸부림 그것으로 해석할 수 있다.

이 단원을 매듭짓는 지금, 『신단공안』과 『일념홍』·『용함옥』·『여영웅』 3편을 간략히 비교해 볼까 한다. 1906년 그 해에 『신단공안』은 『황성신문』에 연재되었고 『일념홍』 등은 『대한일보』에 연재되었다. 모두 현토체 한문소설이라는 공통점이 있다. 이처럼 공통성이 있음에도, 소설문체로

---

11 임형택, 「실학사상과 현실주의 문학」, 『제4회 東洋學國際學術會議論文集』, 1990(『한국 문학사의 체계와 논리』, 창작과비평사, 2002).

말하면 『신단공안』의 실험적이면서 발랄한 특성을 『일념홍』 등은 전혀 지니고 있지 않다. 소설적 유형 또한 판이하다. 『일념홍』 등은 재자가인을 주인공으로 꾸민 전기소설적 유형의 사생아인 셈이다. 그런가 하면 국문소설에서 성립한 '영웅일생'의 서사구조를 차용하여 군담소설류에 친연성을 지니고 있다.[12]

반면에 『신단공안』은 기본적으로 야담을 계승, 변용시킨 것이었다. 문체와 수법 및 제재가 다분히 야담적이다. 양자의 문학적 속성을 규정짓자면 『신단공안』은 현실적이라 할 수 있음에 대해 『일념홍』 등은 이상적인 것이라고 할 수 있다. 『일념홍』 등은 근대주의에 편향해서 친일적인 방향을 추종한 것이었다.

---

12 『대한일보』는 일제 통감부의 어용지 역할을 하였던 신문이었다. 이들 3편은 소설로서의 가치는 논할 정도가 못된다고 보는 편이 실상이겠으나, 그 작가의식은 주의해 볼 필요가 있다. 3편을 각각 간략히 언급해 둔다.
『일념홍』은 요약본처럼 소략하다. 재자가인적인 남녀의 파란만장한 역정을 진술한 줄거리로 틀은 통속화된 '영웅일생'의 구조를 차용한 것이다. 위기에 처한 여주인공은 난데없이 일본공사의 구원을 받아서 영국으로 유학을 가게 되며, 남주인공은 어찌어찌 일본으로 가서 해군대학을 졸업하고 일러전쟁에 참전, 東鄕 장군의 휘하에, 旅順 전투에서 용명을 날린다. 이후 부부로 금의환국, 일차로 일본공관을 방문, 환영을 받고 학교 개설·도서관 설립 등등 문명개화를 성취한다는 내용이다. 여주인공은 "남녀가 이미 동등의 권리를 가지고 있으매 어찌 동등의 사업이 없으리오"라 부르짖으며 비상한 활동을 벌이는 것도 특이하다. 그리하여 나란히 "동양의 문명 창출가"라는 굉장한 칭호를 얻는 것으로 소설은 끝난다.
『용함옥』은 고소설 『王慶龍傳』을 가져다가 축약하고 후반에는 『창선감의록』이나 『옥루몽』에서 낯익은 군담을 끌어온 것이다. 표절에다 사족을 단 꼴이다.
『여영웅』은 저자가 직접 읽어보진 못했고 소개에 의하면 남장의 여영웅이 주인공으로 등장한다. 전반부에서는 薩摩伊島(남태평양의 사모아군도)를 평정하며, 후반부로 가서는 서구를 주유하여 문명체험을 하는 것으로 이어진다. 근대계몽기에 창작된 『鄭氏福善錄』과 비슷한 유형이지만 서사논리의 지향은 전혀 다르다. 『정씨복선록』은 유교적 이상국을 상상하고 있음에 반해 『여영웅』은 개화주의를 추수하고 있다.
이들 한문소설에 대한 조사 보고·논문으로 정환국의 「애국계몽기 한문소설의 성격규명을 위한 시론」(『한국한문학연구』 21, 1998)이 있다.

4. 『신단공안』의 작품적 성취

이제 『신단공안』의 성취에 대해 말할 차례이다. 작품으로서의 평가 및 소설사적 의미가 논의의 중심이 될 것이다. 문장표현의 측면은 바로 앞에서 다루었으므로 실린 작품들의 서사논리 분석이 지금 요망되는 작업이다.

그런데 여기에 문제점이 있다. 표제가 명시하듯 각 편의 서사가 범죄사건으로 귀착되어, 사건의 해결이 곧 서사의 결말이 되는 구조이다. 그런 중에서 「김봉본전」과 「어복손전」의 경우 위에서 언급했듯 서사논리가 같지 않아 소설의 성격부터 다름이 있다. 이 두 편은 주인공의 사람 됨됨이가 서사를 만들어내는, 말하자면 '인간형 소설'임에 대해서 다른 5편은 공안류의 서사구조를 따른 일종의 사건소설이다. 「김봉본전」과 「어복손전」은 공안의 틀에 맞춰지긴 했으나 전체적인 내용이 같지 않은 것이다.

아울러 무시할 수 없는 점은 편폭이 다른 5편과 현격한 차이를 드러낸 가시적 실상이다. 「김봉본전」은 중편소설의 성격을, 「어복손전」은 장편소설의 성격을 띠고 있다. 물론 양이 질로 치환되는 것은 아니지만, 단편소설과 중·장편소설은 체급을 고려해서 논평하는 것이 당연하지 않겠는가.

「김봉본전」과 「어복손전」은 문학적 성취 또한 만만치 않다는 것이 『신단공안』을 들여다보면서 갖게 된 나의 소견이다.

1) 「김봉본전」 - 김봉이가 주도한 서사논리

『신단공안』을 학계에 관심의 대상이 되게 한 작품은 「김봉본전」이다. 최원식 교수가 특히 중시해서 작중 주인공을 서구문학의 삐까로에 견주어 해석한 소설이다.

모두 7편으로 엮어진 『신단공안』은 「김봉본전」이 중간에 놓이고 「어복

손전」이 맨 뒤에 놓여서 2편이 전체를 압도하는 형국을 이루고 있다. 김
봉이만 아니라 어복손도 삐까로적 인간형에 속하는 인물이다. 지금 삐까
로란 용어를 쓰기는 했지만, 한국문학사에서 이런 부류의 인간형을 총체
적으로 파악하고 실제에 부합하는 명칭을 부여하는 학적인 노력이 정히
요망된다고 하겠다.

　김봉이와 어복손은 유형적 유사성은 있으나, 작중에서 처지가 다르게
설정되어 있고 노는 모양이 판이해서 상호 이질적인 소설로 작품화되기
에 이르렀다. 김봉이와 어복손을 어떻게 변별적으로 규명하고 작품의 성
과를 논평할 것인가. 이 주제는 한국판 삐까로를 인식하는 한 방도가 될
수 있지 않을까.

　대중적 캐릭터로서 김봉이의 등장 : 김봉이, 다름 아닌 봉이 김선달은 이야
기 주인공으로 지난 20세기 초에 등장해서 적어도 중엽까지는 대단한 인
기를 누렸던, 일종의 대중적 캐릭터이다. 김봉이와 같은 지점에 등장하여
인기를 누렸던 존재로 삿갓시인 김병연이 있었다. 양자를 누구도 관련지
어 보지 않지만 실은 동일한 인간형의 다르게 표출된 양상이다. 다 같이
기인 떠돌이로 제 나름의 특이한 재능을 발휘, 인기를 획득해서 대중적으
로 소비된 캐릭터로 되었던 것이다. 생각해보면, 우리의 지난 세기에 나란
히 출현했던 전통적인 두 캐릭터가 어느덧 대중으로부터 잊히고 말았다.
(기억의 잔영으로 남아있긴 하지만) 나 자신은 그런 전통적 캐릭터가 사라지는
막장에 어른들 틈에서 듣고 읽고 하여 기억에 남아 있는 셈이다.[13]

13　저자가 근대야담에 관심을 두면서 걷어둔 봉이 김선달 자료로 다음 몇 종이 있기에 제시해
　　둔다.
　　庾秋江, 『新新 鳳伊 金先達』, 東文社, 단기 4286, 전체 240면.
　　申鼎言, 「鳳伊 金先達과 梅花」, 『韓國野談史全集』 7, 東國文化社, 단기 4293, 98~113면.

'봉이 김선달'이란 이름으로 인구에 회자했던 그는 과연 언제, 어디서, 어떤 활동을 벌인 사람이었을까? 가공인물은 아닐 텐데 실체를 인지하기는 불가능한 것 같다. 20세기 이전의 기록에서는 찾아지지 않으나 대개 이조말기 평양사람으로 생각된다. 요컨대 봉이 김선달은 사람들의 입과 입에서 만들어진 이야기들이 글로 옮겨져서 형성된 인물이다. 야담의 형성과정이 곧 이와 같았다. 근대야담을 운동의 형태로 주도했던 김진구金振九가 『별건곤』 1929년 12월호에 발표한 「기상천외 묘안가! 관서지방 명물 김봉이」란 제목의 글이 있다. 『신단공안』의 「김봉본전」은 이보다 무려 23년 전에 발표된 것이다. 「김봉본전」은 봉이 김선달 전승이 정착된 가장 빠른 자료이기도 하지만 단순한 기록이 아니고 작가정신이 철저히 투입된 작품이다. 따라서 작중의 김봉이는 작가에 의해서 창조된 인물이다.

김진구는 김봉이를 관서명물이라면서 '기상천외 묘안가'라는 수식어를 선전문구같이 붙여 놓았다. '봉이 김선달' 하면 으레 떠오르는 그의 이미지와는 상당히 거리가 있다. 「김봉본전」에서 김봉이는 "사람을 속여 남의 재물을 빼앗는"[欺人騙財], 사기행각을 벌이는 일화들로 이어져 있지만 본디 경세의 뜻을 품었던 대인물이었다. 그가 연출한 사기행각 또한 생각하기에 따라서는 '기상천외 묘안가'의 실천적인 면모라고 볼 수도 있다.

「김봉본전」의 작가가 그려낸 김봉이는 어떤 인물인가? 작중에서 그는 초년에 성격이 크게 변하는데 바뀐 그 성격이 황당하고 무계해서 무엇이라고 규정짓기 참으로 난감하다.

그는 본디 타고나기를 총명하고 지략이 절륜해서 큰일을 해보겠다고 굉장히 자부했던 인물이었다. 그런 사람이 표변한 것이다. 그렇게 된 배

庚秋江, 『鳳伊 金先達』, 『韓國野談史野史全集』 8, 東國文化社, 단기 4293, 338~403면.
趙能植, 『봉이 김선달』, 한국해학풍자집, 대아출판사, 1977, 전체 192면.

경은 어디에 있었을까? 또 표변한 이후 그의 삶의 자세를 어떻다고 말할 수 있을까. 이 작품을 해석하는 데 있어 열쇠가 되는 사안이다.

김인홍이 김봉이로 변신하는 과정 : 김인홍이 김봉이로 탈바꿈하는 과정을 묘사한 대목이다. 여기부터는 번역문만을 제시한다.

> 인홍仁鴻, 봉이의 본명이 나이 17세 때 서울에 와서 놀더니, 어느 밤에 청명한 달빛을 타고 막걸리 한 병을 들고서 혼자 남산 꼭대기로 올라갔다. 홀연히 몇 번 고성을 지르다가 그만 미친 듯이 달렸다. 며칠을 그런 짓이 계속 되어 사람들 모두 그가 미친병이 든 것으로 생각했다. 이윽고 별일이 없었다. 이후에 강호를 오고가며 마음대로 소요하여 낭인浪人이라 자칭하고 그 해가 다 가도록 집에 내려가지 않았다. 얼마 지나지 않아 처자식들은 주림과 추위로, 집에서 오는 편지마다 비난과 원성이 이를 데 없었다. 이에 한숨을 내쉬며 "공명은 하늘에 달렸고 신선은 내 팔자에 없구나. 이제 그만이라. 집으로 돌아가서 풍타죽風打竹 낭타죽浪打竹으로 세월을 보낼 것이로다" 하고 짐을 꾸려 지고 초라한 꼴로 돌아갔다. 이젠 형제도 비웃고 동네 사람들이 멸시하여 수근대기를, "김인홍이 전날 뱃속에 가득 찼던 경륜을 오늘은 어디다 몽땅 내버렸는고?" 하였으며, 광자狂子라고 대놓고 놀리는 사람도 있었다. 인홍은 성내지 않고 태연하였으나, 마음속에 이미 십분 불평이 차 있었다. 게다가 눈에 보이느니 쓰러져가는 몇 칸 집에 늘 마주대하는 처자식은 굶주린 쥐, 얼어 죽는 참새 일반이다. 불쌍하게 느껴지는 심사는 더더욱 심해서 도저히 견딜 도리가 없었다. 며칠 자리에서 엎치락뒤치락 밤새 잠을 이루지 못하다가 베개를 밀치고 벌떡 일어났다.

위의 '풍타죽 낭타죽'은 바람에 날리고 물결에 흔들리는 대나무처럼 살아간다는 뜻으로 이 또한 관용적 생활어이기에 그대로 옮긴 것이다. 인용문 전체에서 가장 요긴한 말은 '광狂'이다. 평양에서 서울로 올라와 놀던 사람이 갑자기 광태를 부린다. 며칠 지나자 광태는 잠잠해졌으나 이미 정신이 뒤흔들려서 '낭인'이 되었으며, 집으로 돌아가서도 사람들에게 '광사狂士'라는 비웃음을 사게 된다. '광사'는 무례하고 방종한 자를 지칭하는 한자어다.

그는 왜 미치게 되었을까. 처음 광기가 발작해서 날뛰던 장소는 서울의 남산 꼭대기였다. 서울은 한반도에서 무언가 일을 해보려는 자들이 모여드는 곳이다. 남산에서 한눈에 내려다보이는 정치권력의 심장부 서울, 거기 올라가서 급기야 발광을 한 것이다. 그 의미는 무엇일까? 요는 기를 펴고 포부를 이룰 방도가 도무지 보이지 않았던 때문이다. 그래서 강호에서 자유롭게 노니는 사람이 되고자 했다. 그런 태도를 스스로 '낭인'이라고 표현한다. 그러나 낭인도 여건이 맞아야 가능하다. 하여, 강호에서 자유롭게 노니는 삶을 포기하게 되는데 이때 한 말이 "공명은 하늘에 달렸고 신선은 내 팔자에 없구나"였다. 입신양명은 하늘에 달려 있어서 자기 처지로는 붙잡을 도리가 없거니와, 신선처럼 강호에서 노닐려 해도 처자식이 길을 막은 것이다. 집으로 돌아가서도 처자식을 먹여 살리는 문제를 방관할 수가 없었다. 이에 김삿갓류의 유랑지식인과는 성격을 달리하게 된다. 그렇기에 오히려 고민이 클 밖에 없었다. 잠을 이루지 못하고 며칠을 엎치락뒤치락 하던 끝에 벌떡 일어나서 자신이 취할 바 삶의 방식에 결단을 내렸다. 그때 다짐한 말이다.

나는 뱃속에 본디 일종의 묘술이 들어 있다. 살짝 열었다 닫았다 하여 손바닥 한번 엎고 뒤집는 사이에 세상의 허다한 어리석은 사내들이 온통 다 나의 손아귀에 들어올 것이다. 다시 어찌 부귀공명을 누리지 못하고 재산이 없다 돈이 없다 탄식하고 앉았으랴!

이처럼 스스로 결심한 삶의 태도를 그는 "고금 영웅들이 고민을 해소하는 방법[消遣法]이라"고 정당화하고 있다. 결국 권모술수를 공격적으로 부려서 한 세상을 살아가겠노라고 선언한 셈이다.

돈에 대한 관점 : 이로부터 소설은 주인공 김봉이가 남을 속여서 재물을 탈취하는 일화로 엮어진다. 곧 김봉이란 인간의 본전本傳이다. 이런 서사의 논리에서 어떤 의미를 읽어낼 수 있을까? 방금 보았듯 김봉이로 변신한 요인은 무엇보다도 돈에 있었다. 작중에 노출된 돈에 대한 생각에 먼저 눈을 돌려보자.

그는 돈을 두고 이르기를 "자고로 돈이 있으면 귀신도 부린다는데 헛말이 아니다, 돈이여! 그래서 '돈이 항우項羽라'는 말이 사람들 입에 오르내리는 것이로다"고 한다. 또 작중의 평자인 계항패사씨의 붓을 빌려서 "무릇 재화란 신이 아끼는 바요, 사람이 욕망하는 것이다. 인색하지 않으면 어떻게 재물을 모을 수 있으리오" 한다. 그러므로 "돈을 지킬 줄 알면 응당 돈을 쓸 줄도 알아야 하겠거늘 해운海雲은 인색하기만 할 뿐이요, 세상을 구제하고 사람들에게 이로움을 주는 방도는 전혀 몰랐다"고 논평한 것이다. 해운이란 인물은 작중에서 평양의 영원사란 절의 부승富僧으로 일컬어진 자인데 김봉이가 간교하게 속여서 큰 재물을 내놓게 만들었다. 이에 계항패사씨는 쌓아놓기만 하고 쓸 줄 모르는 돈을 빼앗는 행위는 책망할 것이 못 된다는 주장을 하고 있다. 축적만 하고 효용가치를 발휘하지 못하는 돈을 빼앗은 행위는 책망할 것이 없다는 것이 계항패사씨의 논법이다. 『죄와 벌』에서 전당포 노파를 살해한 라스코리니코프의 행동과도 통하는 면이 있다고 하겠다.

김봉이는 나름으로 '평등의 도'를 실현하고 있는 셈이다. 이렇게 말하면 『홍길동전』에서 홍길동이 추구한 행위와도 유사성이 있다. 「김봉본전」에서는 폭력을 동원하는 것이 아니라 간교한 속임수를 구사한 방법론이 다를 뿐이다. 앞 장에서 이군웅이란 명의를 김봉이가 고약하게 사기를 쳐 먹어, 이군웅이 분노를 이기지 못해 김봉이에게 욕설을 퍼붓는 극적 장면을 인용해 보았다. 여기에 대해 계항패사씨와 청천자의 평설이 달려 있으므로 청취해 보자.

계항패사씨 평설 : 인홍이는 어떻게 그런 짓을 한단 말인가. 평소에 장량張良 진평陳平으로 자부하던 사람이 마침내 일개 사람을 속이는 협잡배가 되었으니, 이는 그의 본래 면목을 숨길 수 없어서인가? 아니면 영웅이 부득이하여 하책下策을 냈단 말인가? 이 대목을 읽음에 저절로 탄식이 나온다.

청천자 해설 : 이 세상은 어떤 세상인가. 눈이 없으면 코 베어갈 텐데, 딱하다 군웅이여! 누굴 용서하고 누굴 원망하리오! 지금 이 이야기로 경고하노니, 일반 세상 사람들은 오직 경계하고 경계할지어다.

『신단공안』에는 전편에 걸쳐 계항패사씨와 청천자가 서사의 진행과정에 종종 출연해서 작품 내용에 관한 발언을 하고 있다. 근대소설에서는 있을 수 없는 작품 외적 개입이지만, 이 역시 『신단공안』이 채용한 특이한 수법의 하나로 보아야 할 것이다. 종래 한문소설에 더러 보이는 방식이지만 『신단공안』은 이 수법을 적극적으로 적절히 활용하고 있다. 계항패사씨와 청천자의 논평은 서로 관점이 같지 않다. 계항패사씨는 인홍,

즉 김봉이에 초점을 맞춰 영웅으로 크게 자부하던 사람이 협잡배로 타락한 점을 꼬집어 원래 저열한 자였더냐, 시세가 어찌할 도리가 없어 하책을 쓸밖에 없었던 것이냐고 독자 쪽으로 생각해 보게 방향을 돌려놓았다. 청천자는 사기를 당한 이군웅에게 초점을 맞춰서 경세적 의미로 논평을 하고 있다. 두 평자는 곧 작가의 분신인데 역할분담을 시켜서 독자들에게 작품에 대한 이해의 폭을 넓히면서 일깨우는 효과를 주고 있는 것이다.

그 사기행각의 사업적 의미 : 지금 나는 이 대목의 서사를 각도를 달리해서 논평하고 싶다. 이군웅은 관서에서 유명한 신의神醫로 설정되어 있다. 김봉이가 이군웅을 설득한 논리가 흥미롭다. 선생이 아무리 놀라운 의술을 지녔다 해도 시골구석에 앉아 있으면 환자를 널리 치료할 길이 없으니 제중濟衆의 뜻을 펼 길이 없으며, 자신의 생계에도 별 도움을 주지 못한다고 설득한다. 그리하여 신의를 평양 성중으로 유치해 놓고서 간판을 '신농유업神農遺業'이라 붙인 다음, 당세의 편작扁鵲이 환자를 본다고 선전을 하자 문전이 사람들로 인산인해를 이루게 된다. 돈이 산처럼 쌓여서 사업적으로 대성공을 한 것이다. 근대적인 의료사업과 다르지 않은 경영 방식을 도입한 것으로 볼 수 있겠다.

그의 목적은 여기에 있지 않았기 때문에 사업이 지속이 되지 못했고 그자신 협잡배라는 부정적 평가를 면할 수 없었지만 분명히 사업가적 아이디어를 가지고 직접 실험해서 크게 성공을 거두었다. 김봉이를 위해 변명하자면 사업적 아이디어가 워낙 시대를 앞섰기 때문에 사기를 친 꼴이 되었다고 할까. 이런 각도의 평가가 가능한 사건으로는 '대동강 물 팔아먹기'가 대표적이다.

'대동강 물 팔아먹기' 사업은 김봉이의 명성을 높여준 희대의 사기극이다. 하지만, 강물을 돈을 받고 공급하는 방식은 근대사회로 와서 공적인 제도로 도입된 수도사업 아닌가. 이 대목에는 유의할 점 두 가지가 있다. 대동강 물을 각 가정에 돈을 받고 공급하는 물장사들이 당시에 실재했다. 평양 사람들이 대동강에서 예전부터 물을 날라다가 식수로 사용했던 것이 확인되는데[14] 평양이 도시적으로 발전하면서 그런 신종 직업이 출현했던 모양이다.

평양에 물장사가 3백 명 정도 있었다고 한다. 김봉이가 벌인 '대동강물 팔아먹기'에서는 그 이권을 자신이 독점하고 있는 것처럼 가장한 것이다. 그의 사기극이 무난히 성공할 수 있었던 데는 물장사들과 김봉이의 관계가 주효했다. "김봉이는 이렇듯 간교가 백출했지만 저런 아랫사람들에 대해서는 극히 은근하고 다정하여 노상 돈을 나눠 주고 곡식을 주었다. 그런 까닭에 그의 말이 떨어졌다 하면 즉각 '예'하고 모두들 나섰다." 이들의 적극적 호응과 협조가 있었기에 그의 사기극은 무난히 성공할 수 있었다. 해서 김봉이는 이 사업이 크게 성공하자 물장수들을 모두 다 모아놓고 잔치를 서관으로 벌인 다음 수천 냥의 돈을 일일이 고루 배분했던 것이다.[15]

다른 하나는 '대동강 물 퍼가는 값'(작중에 大同江汲水税로 표현되어 있음)을 받는 권리를 김봉이로부터 매입한 자와 물장사들 사이에 일어난 분쟁이다. 매입자가 매매증서를 제시하며 물 값을 요구한 때문에 다툼이 발생한 것이다. 그 증서가 원천적으로 무의미한 것이긴 하나 매입자의 입장에서는 자신이 돈을 주고 얻은 정당한 권리였다. 이때 물장사들이 나서서 항

---

14 柳得恭의 『古芸堂筆記』에 평양 사람들이 대동강의 물을 식수로 이용해서 종일 물을 퍼서 대동문으로 들어가므로 문안 쪽의 흙이 늘 젖어있다는 기록이 보인다(권4 '平壤人飮浿江'조).
15 "金鳳이 遂將數千兩錢ᄒ야 大設一卓, 齊齊聚了給水庸人ᄒ야 爾勸我醉에 終日醉樂ᄒ고 更將數千兩錢ᄒ야 一一均給了ᄒ더라." 「金鳳本傳」 33회.

의하는 말이 이렇다.

조선땅이 열리자 대동강이 있었는데 여기 대동강에서 물 퍼가는 세를 내야
한다는 말은 듣지 못했다. 물통을 진 자는 물통으로 퍼가고 바가지를 든 자는
바가지로 퍼 마신다. 동쪽 사람은 동쪽에서 와 퍼 가고 서쪽 사람은 서쪽에서
와 떠 마신다. 만고에 흐르는 장강이라 아무리 써도 마르지 않고 누구나 취해
가도 금하지 않거늘 지금 이 한 장의 문서를 누가 너에게 가져가라고 하더냐?

강물은 '공유'라는 데 근거한 이 주장은 실로 천지의 공도요, 고금의 공
론이라 하겠다. 물론 작가 자신의 염두에 있는 공도·공론을 대동강 물장
수의 입을 통해서 표출된 말이지만, 저들의 생존적 이해와 그대로 일치하
고 있다. 근래 중요한 이슈로 제기되는 커먼스commons와도 연관이 없지
않다. 커먼스의 개념이 위에 전개된 논리로 선명해지고 '공유'의 독점이
초래하는 문제점을 실감케 하는 듯하다.

김봉이와 김경징의 대결 : 김봉이는 대동강 물을 팔아먹을 때 적실히 보여
주었듯 평양 하층민들의 호응과 동조를 부단히 받았던 것으로 그려진다.
평양부의 한 아전이 김봉이를 이렇게 논평한다. "그 자가 남의 재물을 속여
서 빼앗을 적에 일호도 빈민을 괴롭히는 바 없삽고 단지 탐관혹리貪官酷吏와 인색한
부자를 상대해서 저의 수단을 부렸고, 다른 사람의 곤란한 사정을 보면 천금도 아
끼지 않고 쾌척합니다." 『홍길동전』에 서술된 홍길동의 행사와 표현한 말까
지 닮은 협객적인 모습이다.

김경징金慶徵은 인조반정의 공신 김류金瑬의 아들인데 작중에 천하의 기
재로 등장한다. 중앙정부에서 김봉이란 간민奸民이 설쳐대 질서를 어지럽

히고 국가의 정령政令을 무너트린다하여 징치할 자를 물색하는데 김경징이 자원하여 나선 것이다. 「김봉본전」은 김경징이 등장해서 김봉이와의 대결구도가 짜이면서 서사는 종결로 접어들고 있다.

김봉이와 김경징의 대결은 민중적 영웅과 관료적 영웅이 한판 겨루는 모양을 띠게 된다. 김봉이를 체포하여 징치하겠다고 벼르는 김경징에 대해서 노련한 아전이 "이 사람은 현하의 달변이 소진 장의에 못지않으니 그를 치죄하려다가는 오히려 죄를 논하는 마당에 무한히 곤욕을 보기만 할 겁니다"고 말렸다. 김경징은 그 충고를 받아들일 턱이 없었기에 김봉이가 잡혀와 법정에서 대결을 벌이게 되는데, 마침내 김봉이의 완판승으로 결론이 났다. 백성을 등에 진 김봉이의 논리가 단연코 우세했던 것이다. 이 장면에서 솔직히 패배를 인정하고 나오는 김경징의 태도는 가상하다면 가상하고 기발하다면 기발하다. 김경징이 김봉이에게 한 말이다.

누가 먼 지방에 이런 천하무쌍의 기재가 있을 줄 생각했으랴! 인홍아, 나는 평생에 큰 그릇으로 자부하였더니 너를 대하니 나도 모르게 두 무릎이 굽혀지는구나. 당초 너를 불렀을 적에 너의 사내다운 기개를 시험해보려는 뜻이 있었고 너를 벌주려는 것이 아니었다. 내가 10년 동안 친구를 찾았으되 얻지 못했더니 오늘 비로소 김인홍이를 만났다!

김경징이 김봉이에 대해 징치하려는 뜻이 있었던 것이 아니었다는 말은 변명이겠으나 참다운 친구로 사귀자는 말에는 그런대로 진정성이 담겨있다. 김봉이의 대응은 호락호락하지 않다. "저 인홍은 성주님의 죄인이 되는 것을 원치 않지만 성주님의 대접받는 상객이 되기도 원치 않습니다. 오직 천지간에 자유자재로 노닐렵니다." 김경징이 친구가 되자는 제안을 일언지하에 거절한 것이다. 체제에 속박을 당하지 않고 자유인으로 남겠다는 선언이다. 양반체제에 합류하지 않겠다는 뜻이 아닐까.

김봉이란 인간형상과 「옥갑야화」의 허생 : 「김봉본전」의 서사는 평양부중에서 발생한 살인 옥사를 김봉이의 귀신같은 판단으로 해결하는 데서 마무리된다. '신단공안'이란 전편 공동의 표제에 부합한 셈이다. 이에 그의 명성은 관민에 떨쳐서 하늘 닿게 올라간다. 부중의 인민들은 한 소리로 "김인홍은 과연 세상에 빼어난 기재로다! 다만 때를 만나지 못했고 처지가 한미해서 '협잡' 두 글자로 그 생애의 요지要旨를 만들었으니 가석한 일이로다"라고 안타까워한다. 관변의 반응도, 본도의 도백과 인근 수령들이 그를 초청한다느니 방문한다느니 야단스러웠다. 그로서는 관변의 반응이 여간 곤혹스러웠다. 혼자 탄식하며 한 말이 있었다. "내 듣기로 산림유자山林儒者는 저 달관 현인들이 존경 예우하는 대상이라 하거니와, 나 같은 일개 협잡한자挾雜漢子, [협잡꾼]를 애호하다니 벼슬아치 중에 사람이 없는 줄 알겠다." 그리하여 마침내 "동방삼천리가 좁아서 협잡부릴 곳마저 없어졌다" 하며, 가족을 데리고 멀리 달아났다는 것이다. 자유인의 자세를 고수하려는 뜻이다. 여기서 서사는 종결이 된다.

「김봉본전」을 박지원의 「옥갑야화」와 함께 읽어보면 내용 성격이 현격하게 다른 작품이면서도 대비되는 면이 없지 않다. 주인공이 방외형적 인간이라는 점에서 상통하고 그런 사람이 돈벌이로 뛰어든 것도 유사하며 종결부는 똑같다. 「옥갑야화」는 이완 대장이 재차 방문했을 때 주인공 허생이 가족과 함께 사라지는 것으로 이야기가 끝난다. 그 전날 밤에 허생은 이완 대장을 향해 칼을 들이대서 당국자의 무능을 공격하였다. 김봉이가 서사의 무대에서 퇴장하며 "동방삼천리가 좁아서 협잡 부릴 곳마저 없어졌다"고 탄식한 말은 실로 기막힌 역설이자 풍자이다.

김봉이가 조선사회에서 연출한 행위는 작중에서 '협잡'으로 규정되어 있다. 허생이 돈벌이에 나선 행위는 정도는 아니라도 협잡으로 규정될 성질은 아니었다. 김봉이는 스스로 자기를 '협잡한자'라고 했다. "산림유자는 허위의 덕이 많고 협잡한자는 참 재능이 많다"고 작중에서 허다히 써온 수법으로 넌지시 주를 달아놓기까지 했다. 조선왕조가 최고의 권위를 부여했던 '산림유자'는 허위의 표상임에 반해 참다운 인재는 '협잡한자' 가운데 있다는 것이다. 이 기막힌 풍자는 「김봉본전」의 서사논리를 총결하는 의미를 담고 있다.

2) 「어복손전」 – 어리석은 상전과 교활한 종놈이 만든 참극

이 작품은 계항패사씨의 서문에 해당하는 말이 맨 앞에 나온다. 참고로 들어보자.

> 우주가 광대하여 없는 것이 없으니, 어리석은 자 예로부터 한량이 있겠느냐 만은 오영환吳永煥이 전 가족을 용궁으로 몰아넣은 행위는 고금에 제일 어리석고 몽매한 짓이요, 교활한 자 예로부터 한량이 있겠느냐 만은 어복손魚福孫이 사악한 심술을 부려 주인을 전복시킨 행위는 고금에 유례를 찾기 어려운 기이하고 참혹한 짓이다. 슬프다! 비록 그러하나, 이 어찌 어복손이 교활해서일까, 오영환이 어리석기 때문이로다.
>
> 나는 지난날에 예성蘂城, 충주의 옛 이름, 원주의 고강촌古江村에 놀러간 적이 있었다. 그 마을 사람들이 종종 어복손의 이야기를 들려주는데 반도 듣지 못해 나도 모르게 머리털이 다 일어섰다.

「어복손전」은 오영환이란 양반 집안의 파멸을 그린 소설이다. 종놈 어복손의 사악한 행위로 인해서 야기된 사건이었다. 그 일가의 전복이 워낙 참혹한 사건이었기에, 참극이라고 위 표제에 붙인 것이다.

계항패사씨는 어복손의 사악함보다는 오영환의 어리석음이 문제라고 말한다. 문제의 요인을, 그 전복을 주도한 행위자 종놈의 사악함에서 찾지 않고 양반의 어리석음에서 찾은 것이다. 이는 양반가문의 전복을 그린 「어복손전」이 제기한 서사논리의 요지이다.

위 인용문에서 해설자로 등장시킨 계항패사씨를 '나'라고 하여 작자와 동일인임을 명시하고 있다. 작자 자신이 비극적 사건의 현지에서 이야기를 직접 들었다고 한다. 이어 서사를 본격적으로 시작하면서 조선개국 464~5년경에 충주 감물면甘物面 고강촌古江村에서 일어난 일이라고 좀 더 구체적으로 언급한다.[16] 작중의 내용이 실제 사실임을 강조하는 수법적인 고려임이 물론인데, 어쨌건 시간대를 19세기 중엽 조선의 양반체제가 크게 무너지는 단계를 배경으로 설정하였다.

「김봉본전」이 중간에 「어복손전」이 맨 끝에 놓여서 소설집 전체의 무게를 잡고 있는 이 양자를 대비해 읽을 필요가 있다. 이제 「어복손전」의 문학적 성과를 평가함에 당해서 「김봉본전」과 서로 같고 다름을 비교하는 방향에서 요점을 잡아 분석해 보려 한다. 논의를 간략히 하면서 각기 특성을 드러내는 효과를 기대하는 때문이다.

장편소설적 서사구조 : 「김봉본전」은 서사구조가 중편소설의 규모임에 대해서 「어복손전」은 장편소설의 규모를 갖추고 있다. 길이부터 그럴 뿐 아

---

16 충주목 감물면 고강촌은 지금 행정구역으로 괴산군 감물면 오성리(五城里)에 속하는 곳이다. 이곳에 도롱소란 물이 있는바 100m 정도로 길게 뻗은 절벽 아래로 깊은 소(沼)를 이루고 있다 한다. 작중의 용담(龍潭)은 바로 이곳을 가리킨다는 것이다. 나는 현장을 직접 답사하지 못하고 인근의 청주에 사는 이상주 박사에게 문의하여 알게 된 사실이다.

니라 구조적 성격이 전자는 중편적이고 후자는 장편적인 것이다.

「김봉본전」은 주인공 김인홍＝김봉이가 처음부터 서사를 끌고 가서 끝나는 구조이다. 상대역으로 여러 사람이 등장하지만 하나같이 김봉이에게 사기를 당하면 곧 서사무대를 떠나는 식이다. 이삼장과 이군응의 경우 재등장을 하는데 이들 역시 재차 사기를 당하고 나서 영영 사라진다. 따라서 전체가 일화적인 구성으로 엮어지는 특성을 띠고 있다. 다만 막판에 등장하는 김경징과는 대립관계를 지속하여 결말로 이어지는바 이는 주인공 김봉이의 성격을 크게 부각시키려는 의도일 터다.

이와 달리 「어복손전」은 주역이 상전인 오영환＝오진사와 하인인 어복손의 복수로 설정되어 있다. 종놈 어복손이 주도하는 '상전댁 망치기 사업'에는 보조인물이 여럿 등장해서 나름으로 각기 역할을 하고 있다. 앞장에서 이미 눈여겨보았던 기생 일지홍과 '그 손'이라고 불리었던 유생의 비중이 컸으며, 이 밖에 권세재상과 그 두 아들 취전구臭錢狗·색중귀色中鬼 등등 다수이다. 서사의 진행방식 또한 '상전댁 망치기 사업'을 향해서 사건이 사건을 낳아 꼬리에 꼬리를 무는 식이다. 종놈의 교활한 간계가 백출하고 조역들이 벌이는 농간과 장난 또한 보통이 아니며, 상전은 상전대로 대응한다는 것이 어리석기만 하여 자멸하는 쪽으로 스토리가 얽혀서 복잡하기 이를 데 없다. 저절로 장편소설의 규모를 갖추게 된 것이다. 한국소설사를 살펴보면 규방소설의 계보에서 대하 장편소설이 벌써 출현하긴 했지만 사회현실을 묘사한 장편소설은 「어복손전」에서 비로소 시도된 것 아닌가 싶다.

대립갈등의 발전과정과 그 서사논리 : 「김봉본전」과 「어복손전」은 다 같이 크게 보아서 신분제도의 문제를 다룬 소설이다. 양반위주의 신분제도는 조선왕조가 안고 있는 고질적인 병폐였으므로 양자 공히 중대한 사회적 주제를 소설적으로 문제제기한 것이다. 김봉이와 어복손은 처지가 같지 않다. 김봉이는 비록 어엿한 사족 반열에 끼이지는 못한다 해도 평양 지방에서는 대우받는 지위인 데다 그 자신이 걸출한 재능의 소유자였다. 그는 지역차별 때문에 중앙 관계로 진입할 가망이 없었다. 반면에 어복손은 충청도 양반 집안의 노비 자식으로 태어났으므로 예속적인 상태를 벗어나기부터 어려웠다. 신분적 속박에서 해방되어 '자유인'이 되는 것이 그의 인생 최대의 목적지였다. 그렇기에 김봉이와 어복손은 작중에서 노는 꼴이 다를밖에 없었다. 권모술수를 무한히 부리는 행태가 서로 유사하다고 하겠으나, 각기 표출된 양상은 판이했다. 김봉이는 '협잡꾼'으로 규정되었거니와, 어복손은 한마디로 '악한'이다. 상전 오진사와 하인 어복손의 대립갈등에 따라 어복손의 악행을 초래하게 되는 구조이다. 마침내 그 인간 자체가 흉포한 자로 전락하는 결말에 도달하고 있다.

어복손은 당초 자신이 "이 땅에 태어나면서부터 종놈이었으니 원한이 산처럼 높고 바다처럼 깊다"고 생각한 나머지, 상전에게 속량贖良해 줄 것을 간곡히 청원한다. 그러나 돌아온 것은 곤장 20대의 중벌이었다. 이때부터 어복손은 원한이 가슴 속에 사무쳤다. 그럼에도 겉으로는 고분고분 상전의 신임을 독점하여, 늘 측근에 있으면서 속이고 골리기를 일삼게 된다.

오진사는 벼슬 한 자리 얻기 위해 상경하여 오랫동안 여관에서 지낸다. 그리하여 서사는 종결부로 들어가기 직전까지 서울에서 전개되는 것이다. 이 지점에서 어복손의 상전 속여먹기와 골탕 먹이기는 실로 장관이다. 그의 행위는 교활하고 기발하기 그지없어서 오진사는 망신은 망신대로, 손실은 손실대로 입게 된다. 기실 오진사의 위인이 워낙 어리석어 사리 분별을 못 하는 데다가 종놈을 멍청한 사람으로 단정하기 때문에 계속

당하기만 한다. 그런 가운데 어복손은 당대의 권세 재상에게 접근하여 총애를 받게까지 되는바 이 역시 그 자신의 비상한 말솜씨와 재간이 효과를 발휘한 결과였다.

어복손이 전후로 벌인 수단과 공작은 오직 자신의 신분해방에 목적이 있었다. 그러나 아무리 술수를 부리고 발악을 해도 문제는 끝까지 해결이 되지 않는다. 상전의 수구보수적인 태도는 말할 나위 없거니와, 주변의 반응도 부정적이었다. 조역으로 등장했던 유생은 어복손이 권세 재상에게 접근한 정황을 알고 두 눈에 열불이 나서 "강상綱常의 도가 무너졌다"고 분노하며 힘을 모아 징치하겠다고 나선다. 이 대목에 특히 주목할 점이 있다. "강상이 무너졌다"는 유생의 주장에 대해 노비를 규율하는 도리가 "요순堯舜의 오륜에 들어 있더냐? 삼대 성왕의 가르침에 있더냐? 유생이 글을 잘못 읽은 것이로다"고 반박하는 협주가 달려 있다. 작가는 정면에서 비판을 가한 것이다. 계몽주의적 작가의식이 뚜렷하다. 이때에 당해서 오진사가 하는 말이다.

나 역시 장부로 태어나 (저 종은 유독 장부가 아니란 말인가, 협주) 문호를 계승하여 양반 종자가 되었으니 차라리 내가 죽을지언정 저 하찮은 종놈이 자유를 얻어 날치는 꼴을 어찌 좌시할 수 있으리오. 그리되면 처자식을 어떻게 볼 것이며, 친구들을 어떻게 대할 것인가. 내 비록 일개 서생이지만 남들이 모두 나를 무장공자無腸公子 취급하는 것을 어찌 견디리오. 나 오영환이는 일가족을 몽땅 고강촌 용담에 큰 고기 뱃속에다 수장을 시킬지언정 (아! 이 구절이 마침내 참언이 되었구나, 협주) 결단코 저놈이 꼬리를 치고 기세를 부리도록 놓아두지 않으리라. (39회)

오진사는 그 직전까지 어복손이 어리석은 줄로만 여겨왔기에 더욱 충격파가 커서 터져나온 소리다. 위에서도 협주로 넌지시 드러낸 작가의 발언에 주의할 필요가 있다. 오진사가 '장부'라고 자부한 말에 먼저 "종은 유독 장부가 아니냐"고 반문을 한다. 양반 종자만 인간으로 여기고 노비에 대해서는 동등한 인간으로 치지 않는 의식의 맹점을 지적한 것이다. 의식이 그렇기에 자기 집의 종을 자유의 몸이 되도록 풀어주는 일을 결단코 용납할 수 없었다. '무장공자'란 게를 가리키는 한자어인데 '속없는 사람'을 지칭하기도 한다. 집에 부리던 노비를 놓아주면 식구도 친구도 다 비웃어 자기는 속없는 사람이 된다는 논법이다.

노비제도는 진작 청산되었어야 할 구시대의 잔재인데 이를 철통처럼 고수하려 든 것이다. 오진사와 어복손의 대립갈등은 해결되는 방향과는 정반대로 진행하여 마침내 오진사의 일가족이 다 죽고 어복손 역시 처형당하는 비극적인 사태에 이른다. 위 인용문에서 자기 일가족이 몽땅 물에 빠져 죽는 한이 있어도 종놈을 자유 몸이 되게 놓아줄 수 없다는 말은 다른 누가 아닌 오진사의 입에서 나온 것이다. 이 대목에 작가는 "아! 이 구절이 마침내 참언讖言이 되었구나"는 탄식을 붙이고 있다. 말이 씨가 되어서 오진사 일가족이 고강촌 용담에 빠져 죽는 참극이 끝내 일어나고 말았다.

「어복손전」의 상전과 하인의 대립갈등으로 엮어진 전체 서사를 복기해 보자. 당초에 하인을 속량해주었으면 그의 철천지한도 진작 풀리고 시대의 진로에도 상응하는 조처였었다. 중간에도 그의 소원을 들어주었다면 어렵지 않게 난관이 해결될 수 있었다. 인사의 이치와 시대의 변화를 읽지 못하고 수구보수로 경직되어 마침내 상황을 최악으로 몰아가고 말았다. 변혁을 거부하는 수구 꼴통이 어떤 문제를 야기하는지 작가는 더없이 심각하게 그려내서 거대한 충격파를 일으킨 것이다.

서사전승의 수용 양상 : 「어복손전」은 야담을 기조로 하되 각종 서사전승을 혼합해서 엮어낸 소설이다. 「김봉본전」의 경우 대체로 당세에 유전하던 '김봉이 이야기'를 작가 자신이 채집해서 소설화한 것으로 추정이 된다. 「어복손전」은 작품을 시작하면서 작가 자신이 사건 현장에서 직접 들었던 이야기라 밝히고 있다. 이 일의 실제 사실 여부는 확인할 도리가 없는데 아무튼 민간의 이야기가 작가에 의해서 소설화된 것이다. 작품으로 제작되는 과정에서 다른 기록적 전승과 구비적 전승을 다양하게 활용하여 내용의 풍부화를 기할 수 있었다. 이 점이 「김봉본전」과 다른 「어복손전」의 특징적 면모이다. 「어복손전」이 기존의 서사전승과 맺고 있는 관계 및 여러 전승류를 수용한 양상을 살펴보자. 서사의 잡다한 종들을 끌어들였으므로 일일이 조사하자면 작업이 쉽지 않겠기로 몇 가닥 잡아서 정리한다.

① 조선조의 양반사회는 실상 노비의 보조적 역할에 의존하고 있었다. 노비가 없으면 양반제도가 유지되기 어려운 실정이었다. 서사전승에서도 노비문제가 다루어진 것을 허나히 만나게 된다. 야담에서는 도망 노비의 이야기나 양반이 노비를 추적하는 이야기가 중심 테마를 이루고 있다. 반면에 소화류나 탈춤에서는 '상전 골려먹기'가 심심찮게 나오는바 그런 행동에는 저항의식이 깔려 있겠으나, 노비주와의 예속적인 관계를 이탈한 상태는 아니었다. 가령 민속극 탈춤의 양반과장에서 말뚝이의 언행을 보면 상전의 권위를 형편없이 실추시키면서도 노주奴主 관계는 유지되고 있다. 『한문서사의 영토 2』에 수록된 「종놈이 상전을 속이다奴瞞上典」에서 득거리란 종놈은 상전을 실컷 골려먹다가 막판에 가서 달아나는 것으로 처리된다. 「종놈이 상전을 속이다」와 「어복손전」은 비슷한 지점에서 성립한 것으로 보이는데 줄거리가 대체로 유사하다. 상전이 이놈을 죽이라

는 편지를 그 종놈에게 들려 보내는 설정은 양자가 일치한다. 다만 편지 내용을 알게 되자, 득거리는 도망을 치는데 어복손은 끝까지 남아서 '상전 망치기 사업'을 벌이게 된다. 그리하여 상전 일가를 몽땅 수장시키는 비극적인 서사가 연출되고 있다.

② 오진사 일족을 몰아 용궁에 수장을 시킨 「어복손전」의 결구는 한국 서사전승에 배경이 있다. 옛날부터 인간세상을 모의한 형태의 용궁이 수중세계에 있는 것으로 사람들이 상상하였다. 『금오신화』의 한편인 「용궁부연록」은 황홀하고 경이로운 별세계로 용궁을 묘사하였으며, 판소리소설인 『토끼전』은 토끼가 별주부자라의 유혹에 넘어가서 용궁에 들어갔다가 용케 빠져나온 것으로 이야기가 엮어졌다. 오진사가 어복손의 말에 현혹되어 용궁으로 간다고 나선 것은 토끼가 별주부의 꼬임에 넘어간데 비견이 된다. 토끼 역시 좋은 벼슬을 얻어 보려는 욕망으로 결행을 하였다. 그런데 토끼는 목숨을 바쳐야 되는 위기 상황에서 기지를 발휘하여 살아나온 것이다. 오진사는 처자식과 하인들까지 몽땅 몰아서 시퍼런 물속에 빠져들도록 강제하였다. 그의 행위는 완전히 광태였다. 그가 이처럼 광태를 부린 이유는 오직 하나 좋은 벼슬자리를 얻으려는 데 있었다. 그가 서울에 와서 오래 머물렀던 까닭도 이에 있었거니와, 지금 어복손의 감언이설에 속아서 광태를 부린 것이다. 벼슬길에 오르려고 발광하는 세상 사람들의 태도를 두고 계항패사씨의 논평이 달려 있는데 결론적인 구절을 인용해본다. (사람들은 벼슬하고 싶은 욕망으로) "발광이 극도에 달하게 되면 '벼슬길이 물과 불 속에 있다, 무시무시한 형벌이 기다린다'고 가리켜주어도 다들 좇아간다. 그 누가 오진사만 어리석다 하겠으며, 그 누가 오진사만 미쳤다고 말할 수 있으랴!"[68화] 「어복손전」의 종결부는 『토끼전』의 용궁을 빌려와서 출세주의에 사로잡힌 세상 사람들을 깨우치는 의미를 부여한 것으로 해석할 수 있다.

③「어복손전」에서 오진사가 일족을 수장시킨 종결부는 알레고리로 이해할 수 있다. 하지만 이 종결부의 전후에 배치된 사건들이 무리하고 엉뚱하여 거칠다는 느낌을 지우기 어렵다. 예컨대 어복손이 오진사의 순진한 딸을 속여서 성폭행을 저지르는 짓이 그렇고, 오진사가 어복손을 물속에 던져 죽이겠다고 자루에 넣어 짊어지고 간다거나 그 도중에 자루 속의 사람이 바꿔치기 되는 등등이 그렇다. 끝마무리 대목에 가서 더한 편이다. 어복손이 진산珍山, 지금 금산군에 통합된 고을 땅으로 달아나 그 고을 이방 집에 있다가 학질에 걸려서 거의 죽을 지경이 된다. 이에 이방이 그의 학질을 치료하기 위한 민간처방으로 원님께 특청을 해서 모의법정이 열리는데 "네 죄를 네가 알렸다"는 원님의 대갈일성에 그 죄상이 그만 들통이 나는 식이다.

소설은 종결부로 와서 더욱 황당하게 된 인상이지만 이 대목 또한 숙고할 필요가 있다. 왜 어복손이 이토록 흉악범이 되었을까? 애당초 그가 못된 종놈이 된 것도 상전이 속량해 달라는 요구를 들어주지 않아서였고 이후에도 바로 극악한 자가 된 것은 아니었다. 노주의 대립갈등이 해소되지 못하고 발전하면서 악화되는 쪽으로 자꾸자꾸 진화한 결과였다. 마침내 흉악한 연쇄 범죄를 저지르고 죄의식에 제 정신을 잃게 된 모습이다. 그리하여 모의법정에서 "네 죄를 네가 알렸다"는 일성에 그만 혼비백산이 되었다. 학질 귀신을 겁내주어 쫓아낸다는 민간처방을 본떠 열린 모의 재판정이 진짜 재판정이 되는 해괴한 풍경이 일어나게 된다. 그리고 어복손이 상전의 딸을 간음하기 위한 거짓말이나 자루에서 빠져나오는 코미디도 실은 다 기존의 소화류에서 빌려온 것들이다. 전편에 걸쳐 어복손이 오진사를 골리고 속이는 일련의 이야기들 역시 대부분 소화나 민담에 출처를 두고 있다.

요컨대 「어복손전」은 갖가지 서사전승 및 민속을 여러 차원에서 활용한 소설이다. 「어복손전」의 혼종성은 문체에서 만이 아니고 내용구성상에서도 다채롭고 복잡하게 되어 있다.

　중편 규모의 「김봉본전」과 장편 규모의 「어복손전」은 인간의 사회현실을 사실적으로 묘사한 작품으로 한국소설사상 전에 못 보던 것이었다. 조선사회 특유의 신분제하에서 비롯된 갈등을 이야기로 꾸며낸 소설이라는 측면에서도 양자는 동일한데 주인공의 입장이 같지 않다. 김봉이는 명색이 양반이지만 주변부의 별 볼일 없는 처지였음에 대해 어복손은 노비로서 예속상태에 놓여 있었다. 그에 따라 서사가 각각 다르게 전개되면서 구사된 수법 또한 유사하면서 사뭇 다르다. 「김봉본전」은 주인공 김봉이가 협잡꾼으로 변신하여 활약하는 독무대였다. 출중한 인물로서 제도와 관습의 제약 때문에 가슴에 불만이 가득 찬 자의 발광이었다. 반면에 「어복손전」은 상전 오진사와 하인 어복손의 대립갈등이 심각하게 발전하다가 마침내 몽땅 수장을 당하는 참극이 벌어진 것이다. 전자가 해학적 풍자임에 대해 후자는 골계적인 풍자이다. 아니 「어복손전」은 풍자의 정도를 지나쳐서 공격적·파멸적이 되었다. 완전히 위험수위를 넘어 서사의 세계는 말세가 돼버린 형국이다. 「어복손전」은 같은 혼종성이라도 그런 유(類)들이 무섭게 확장·강화되어 어떻게 보면 수법적으로도 파탄상태이다. 양자 모두 실험적인 사회서사인데 「어복손전」으로 와서 민중성 또한 도를 넘어서 파멸에 이른 모양새가 되었다. 이 자체로서 갈데없는 비극이다.

3) 명말 공안소설류의 차용양상

　『신단공안』에서 단편소설 「설원기雪冤記」·「마이산馬耳山」·「효녀두孝女頭」·「욕화慾火」·「요호전饒戶傳」의 5편은 중·장편인 「김봉본전」과 「어복손전」

에 견주어 비중은 훨씬 미치지 못하지만 '신단공안'이란 표제의 뜻에 어울리는 것이다. 그러므로 『신단공안』을 논하는 자리에서 이들은 빼놓을 수 없음이 물론이다.

이 5편의 단편소설에 대한 학계의 연구는 중국의 공안소설을 차용한 점에 쏠려 있다. 앞에서 이 작품들을 한국소설사에서 보면 '공안소설의 틀에 맞춰진 야담'이라고 규정지었다. 그리고 근대적 창작의식이 확립되기 이전의 단계에서 표절이란 개념은 적용되기 어렵다는 견해를 표명하였다. 하지만 기존의 어떤 것을 차용한 경우 얼마나 내용상의 차이가 있고 그래서 어떤 가치를 구현했는지 따질 필요가 있다는 말을 덧붙인바 있었다. 이런 시각적 고려를 종래의 연구들은 별로 하지 않았던 것 같다.

지금 단편소설들 가운데 「마이산」 1편을 사례로 들어 차용의 대상작인 『용도공안』의 「관음보살탁몽觀音菩薩托夢」관음보살이 꿈에 나타나다과 비교분석해 보려고 한다. 이는 중국 공안소설을 차용한 문제에 관련해서 구체적인 고찰의 의미를 갖는다. 기존의 어떤 작품을 바탕으로 해서 개조하는 것은 집을 리모델링하는 일에 비유될 수 있는 듯하다. 리모델링을 함에 있어서 전면적으로 하거나 부분적으로 하는 등 여러 수준이 있을 수 있다. 그처럼 『신단공안』에서 명말의 공안류를 차용하는데도 정도를 꼭 균일하게 하라는 법은 없다. 지금 「관음보살탁몽」을 차용해서 작품을 제조한 그 결과물을 비교하는 것은 하나의 사례 분석이라는 한계가 있음을 미리 말해둔다.

먼저 5편의 전반적인 경향성에 대해 대략 언급하고 본론으로 넘어가려 한다.

성욕에 집착하는 인간의 포착 : 『신단공안』의 단편소설 5편은 다 성범죄가 서사의 핵심이 되는 형태이다. 성범죄 이야기라면 서사의 동력이 인간의 양대 욕망인 물욕과 성욕에서 성욕 쪽임은 말할 나위 없다. 「효녀두」의 경우 『흥부전』이 그렇듯 형제 갈등으로 형이 동생 재산을 탐내는 서술이 나오긴 하지만 이는 서사의 진행을 복잡하게 만드는 의미가 있을 뿐이었다. 이 역시 제삼자가 몰래 동생의 처를 겁탈하려다가 살해하는 성 범죄가 일어나서 이것이 문제의 발단이 된 것이다.

다음에 「요호」를 들어보면, 경상도 순흥 땅의 부자인 요호 집에서 아들의 혼처를 외모를 제일 조건으로 취택한 것이 화근이 된 이야기다. 고르고 골라 구한 신부가 연애경력이 있었다. 살던 동네에서 처녀총각으로 사랑을 맺었는데, 이들 남녀는 애정전기의 전형적인 포석처럼 사랑을 기어이 지키는 것도 아니고 그렇다고 '갑순이와 갑돌이'처럼 첫사랑을 잊지 못하면서 각자 시집가고 장가가고 하는 것도 아니다. 여주인공은 정식 결혼한 남자가 영 마음에 들지 않았다. 해서 혼자 한탄한다. "개떡을 먹고라도 대경大慶, 평어 : 이 두 글자가 빛을 발한다이만 보면 내 마음은 기쁘고 '개종아리'같은 집에서라도 대경이와 만나기만 하면 내 마음이 끓어오르는걸."[17] 이들을 작가는 '마남얼녀魔男孼女'로 규정짓는다. 이처럼 성욕에 방종하게 되면 앞에 놓인 장애물을 제거하게 되는 것은 피치 못할 서사의 논리다. 남녀가 음모해서 본부를 살해하는 것으로 가는 수순을 밟게 된다. 애정전기의 변형태로 볼 수 있다.

「욕화」는 성욕이 사람을 얼마나 추악하게 타락시키는지를 노골적으로 묘사한 소설이다. 여주인공 윤씨는 남편이 죽자 명복을 빌기 위해 부른

---

17 참고로 원문 그대로를 제시하면 이러하다. "糠餅(ᄀ l 떡)을 食ᄒ고라도 大慶(評曰二字放光)만 一見ᄒ면 我心則悅이며 犬脛(ᄀ l 종아리)과 如ᄒ 屋裏라도 大慶과 相會ᄒ면 余心所蕩이지."

독경사와 음행을 벌이더니 나중에는 시동侍童을 음란의 현장으로 끌어들이고, 마침내는 친아들을 불효자라고 하여 관가에 무고하기에 이른다. 친자식도 성욕의 장애물이 되자 제거하려고 들 것이다. 『신단공안』은 성욕에 집착한 인간의 모습을 폭로하였다. 재자가인류의 이상적 인간과는 판이하지만 그런대로 현실적인 인간의 모습이다. 다분히 부정적으로 편향되어 있다. 이를 어떻게 보아야 할 것인가? 오랫동안 질곡으로 작용했던 도덕주의적 인간관에 대해 물음표를 던진 것으로 해석할 수 있다고 본다. 적나라하게 폭로하는 방식으로 말이다.

『신단공안』의 단편소설에서 앞의 3편은 남자가 성욕에 탐닉해서 여자를 죽인 사건을 다룬 이야기이며, 뒤의 2편은 여자가 성욕에 탐닉한 이야기다. 지금 다루려는 「마이산」은 앞쪽에 속하는 작품이다.

「마이산」과 「관음보살탁몽」의 비교분석 : 「마이산」은 『용도공안』에 실려 있는 한 편인 「관음보살탁몽」을 차용한 작품이다. 양자의 같고 다른 양상을 살펴보는 것이 비교의 요점이 될 터이다.

양자는 기본골격이 일치하고 있다. 선비가 절간의 중과 친하게 지낸 데서 사건이 일어난다. 중이 선비 부인의 용모를 한번 보고 탐혹한 나머지 선비가 출타한 틈을 타서 부인을 유혹하여 절에 유폐시킨 것이다. 이 사실을 전혀 모르고 선비는 절에 들렀다가 붙잡혀 폭행을 당하고 육중한 쇠종 속에 갇혀서 죽게 된다. 이런 절대위기의 상황에서, 마침 그 지역을 순행하던 명관의 꿈에 관음보살이 나타나 암시해 주어서 미궁에 빠진 난제가 해결되는 줄거리다. 거기에 자연히 살도 붙게 되므로 대화나 지문에 유사한 문장이 간혹 보인다. 이런 점에서 「마이산」은 「관음보살」을 차용한 작품임에 분명하다.

그럼에도 상이한 면모 또한 여러 차원에서 지적할 수 있다. 등장인물의 이름이나 배경으로 삼은 지명이 다르게 된 것은 일차적이다. 지명이 귀주貴州 정번부程番府의 안복사安福寺에서 전라도 진안 땅의 마이산 복안사로 바뀐 것이다. 번안소설의 통상적인 현상이기 한데 이 경우는 '번안'으로 취급될 수 없다. 적극적이고도 창조적인 개작이 진행된 것이기 때문이다. 특히 여주인공의 역할이 중요시되어 그 인물성격을 크게 부각시킨 점이 개작의 핵심이다. 이에 따라 양자가 기본골격은 일치함에도 서사의 내용이 달라지면서 주제가 확실하게 되고 문학적 성취 또한 제고되기에 이르렀다.

「마이산」의 여주인공 이씨는 현명하고 위기에 맞선 대응능력이 출중한 여자로 묘사되어 있다. 이 면에 있어서, 『신단공안』이 창조한 한국소설사상의 빼어난 여성상이 아닌가 싶다. 그녀를 그런 인간형으로 그려내기 위해, 작가는 그 부부의 첫날밤에 논쟁하는 장면을 설정하고 있다. 신랑 신부가 인생의 진로를 어떻게 잡을 것인가의 문제로 논전한 끝에 신랑이 신부에게 설득을 당한다. 이 부분의 서사는 『한문서사영토』 2에 수록된 「고도령」[18]과 유사하다.

「마이산」의 남주인공 송지환宋之煥은 영락한 사족의 후예이다. 그는 먹고살기 위해 머슴살이를 하는 처지인 데다가 한 해 노고로 받은 새경을 노름을 해서 날리는 허랑한 인간이었다. 이씨 부인은 이런 인간과 어찌어찌 결혼을 하게 되어, 신랑을 글공부 쪽으로 유도하느라고 첫날밤에 논전을 벌인 것이다. 「고도령」의 경우 품을 팔아서 생존하는 형편은 마찬가지이지만 사람이 착실해서 논전을 벌일 것까지는 없었다. 신부는 신랑에게 사람은 의지가 중요함을 강조하며 자신이 직접 길쌈해서 간수하고 있던

---

18 임형택 편역, 『한문서사의 영토』 2, 창비, 2012, 384~392면. 「고도령」은 서유영(徐有英)이 지은 『금계필담(錦溪筆談)』에 실린 것이다.

최상품의 베 몇 필을 학비에 쓰도록 꺼내 주는 것으로 되어 있다. 반면 「마이산」의 신부는 신랑의 마음을 돌리기 위해서 충격요법이 필요했다.

신랑은 어려서부터 가난하여 머슴살이로 살아가는 형편이었으므로 글 공부할 틈이 없었고 중요하다는 생각도 하지 못했다. 그래서 농사짓고 나무하는 공로가 크지 않느냐는 주장을 편다. 이에 신부가 신랑을 설득하는 논리이다.

> 일상의 미물도 사람에게 효용이 되는 것은 공로가 없다고 말할 수 없겠지요. 더구나 낭군은 남을 위해 품을 팔아 한 해가 다 되도록 노동을 하시니 어찌 공로가 없다 하겠습니까만, 낭군께선 공로 두 글자 또한 크고 작고가 있는 줄을 아시나요? 감히 길게 늘어놓으려는 건 아니로되 간단히 밝히겠습니다. 낭군으로 말하면 밭을 갈고 나뭇짐을 져서 사람들에게 공급하고 있으니 그 공은 소와 말에 불과하며, 저로 말하더라도 길쌈과 바느질로 사람들의 옷감을 제공하니 그 공은 짐승의 털과 다름없다고 할 수 있습니다. 만민의 위에 있으면서 은덕을 만민에게 미치고 만민의 포악을 제거하는 본도의 도백과 같은 분과 비교하면 그 공이 어떻다 하겠습니까? 낭군은 사족의 자손이 되어 학문이 있으면 실로 치군택민致君澤民에 못할 바가 없겠거늘 지금 남의 집의 부림을 당하면서 소와 말의 공로를 가지고 자랑으로 삼고 있으니 어찌 안타깝다 하지 않으리까?

위에서 '효용'·'공로'·'노동'은 본문 그대로이다. 이들은 한자어지만 새로운 매체에서 통행되기 시작한 개념으로서 이후 오늘에 이르도록 중차대한 사회적 의미를 갖는 어휘이다. 신부 이씨가 주장한 요지는 육체노동보다는 정신노동을 우위에 놓고 있다. 조선 양반사회의 숭문崇文적 사고방식이 담긴 말이라고 여겨지기는 하지만, 요즘 한국인의 사고방식과도 그대로 통하는 것 같다. 극도로 영락한 양반의 후예로 설정된 작중에서의 입장을 감안해서 읽으면 진취적인 자세이기도 하다. 하여튼 신랑은 신부의 사리분명한 발언에 무릎을 꿇는다. 아니, 크게 깨달음을 얻어 당장 행동으로 표현되기에 이른다.

이에 신랑 송생은 '10년 공부'를 기약하고 「고도령」처럼 새벽같이 집을 떠나는 것으로 서사가 전개된다. 「고도령」의 경우 과거급제를 하여 그 고을 원님으로 금의환향을 하는 데서 이야기가 끝난다. 이 결말부에서 원님으로 내려온 남주인공이 걸객으로 변장하는 트릭을 연출하여, '행복한 결말의 잔치'를 더욱 극적으로 벌이게 만든다. 반면에 「마이산」에서 송생의 '10년 공부'는 '대성'을 이루지 못하고 '소성'에 그친다. 송생은 문과급제까진 못하고 진사가 되는 데서 만족해야 했던 것이다. 문과급제를 '대성', 생원이나 진사에 합격하는 것을 '소성'이라고 칭했다. 그 당시의 실정에서는 소성을 하고 돌아오는 것이 현실적인 처리방식이다. 「고도령」은 서사의 틀을 상투적으로 원용한 것임에 대해 「마이산」은 현실적인 방향으로 서사를 끌고 나간 모양새다. 그리하여 송생은 진사의 명예를 안고 복귀하게 된다.

진안 땅으로 돌아온 송생은 향리에서 송진사로서 사회적 지위를 누리며 이씨와 함께 살아가고 있다. 그런 중에 고을의 명승인 마이산 복안사에 놀러 가서 독서도 하고 하다가, 그 절의 악승 혜명이란 자에 의해 이씨가 유괴를 당하는 사건이 발생한다. 여기서부터 끝까지 서사의 기본 틀은 「관음보살탁몽」을 차용하고 있다. 하지만 중간의 구체적인 진행은 같지 않다. 그렇게 만든 결정적 요인은 유괴된 부인의 위기대응 방식에 있었다. 당초 이씨는 기지를 발휘해서 악승의 무서운 폭력에 겁탈을 당하지 않고 모면을 하는데 「관음보살탁몽」의 여주인공은 어쩔 도리 없이 강간을 당하게 된다. 이에 따라 양자의 서사는 다른 양상으로 전개되고 있다. 「마이산」은 자연히 사건도 복잡해지고 분량도 훨씬 늘어났다. 거기서 관건적 사안은 이씨가 악승의 폭력으로부터 자신을 어떻게 지켜내느냐, 육중한 쇠종 속에 갇혀 있는 남편 송생의 목숨을 어떻게 구출하느냐에 달려 있었다.

이씨는 혼자 소리로 "일이 이미 이렇게 되고 말았으니 백번 소리치고 천번 꾸짖은들 무슨 소용이 있으랴! '성인도 조그만 일을 참지 못하면 큰 꾀를 이루기 어렵다'[小不忍 難大謀]고 하였으니, 나 또한 통분을 참고 기회를 기다렸다가 갚기를 도모하리라"고 하였다. 이에 혜명을 향해 거짓으로 웃으며 "대사가 이처럼 자비로우시니 여러 부처님이 반드시 내려다보시리다"고 말하였다.

이씨가 악승 혜명을 대해 웃음을 지으며 좋은 말로 달래는 장면은, 송생까지 절에 들렀다가 중들에게 집단폭행을 당하고 갇힌 직후의 위기상황에 당면해서다. 송생은 육중한 쇠종 속에서 숨이 막히고 굶어서 금방 죽을 판이었다. 혜명이 악한이라도 명색이 불자이므로, 송생을 살리기 위해 자비심을 끌어내려는 목적의 연극임이 물론이다. 이 회유가 먹혀들어서 쇠종 밑에 조그만 구멍을 내서 매일 한 번씩 주먹밥을 넣어줄 수 있게 되었다. 죽음의 기한이 늦춰지게 된 것이다.

이씨가 주먹밥을 들고 쇠종 옆으로 가서 송생을 불러 넣어 주었다. 송생은 이씨의 목소리를 알아듣고 꾸짖는다. "네 어찌 지금까지 죽지 않고 살아 있느냐?" 이씨는 자신의 속마음을 말하고 싶었지만 혜명의 귀에 들릴까 두려워서 도리어 꾸짖는다. "너도 지금껏 죽지 않고 어찌 남에게 죽지 않느냐고 탓하느냐? 내 아직도 옛정을 생각해서 때때로 한 줌 밥을 넣어주어 조석에 달린 너의 목숨을 이어가게 한 것이다. 미친 잡소리를 말아라."

이씨의 기민한 말솜씨며 능소능대한 수단이 잘 드러난다. 대조적으로 송생의 유자로서의 꼬장꼬장한 면모가 여실하다. 송생은 곧 죽임을 당하는 급박한 위기로부터는 일단 유예된 터였으나, 그녀는 성폭력에 무방비로 상시 노출된 상태였다. 이 위험에 맞서 그녀는 두 방향으로 전술을 구사한다. 하나는 강경책이자 최후의 수단이다. 스스로 목숨을 끊는 방법을 동원해서, 처음 겁탈을 하러 덤벼든 때도 "혀를 깨물어 곧 바로 죽어버리겠다"는 결연한 태도를 보였다. 그런 한편으로 유화책인데 기실은 기만전술이다. 성욕에 사로잡힌 자를 어르고 달래서 아무쪼록 시간을 벌기 위한 수단이다. "대사가 나를 유인하고 내가 대사를 만난 것도 다 천운이요 연분이라"면서, 우리 두 사람이 결합하자면 응당 좋은 날을 택해야 한다고 주장한다. 그리하여 84일의 여유를 얻게 된 것이다.

84일은 데드라인인 셈이다. 하지만 위기에서 벗어날 길이 그 사이에 생겨나길 기대하기 어려웠다. 그녀는 지하시설에서 아침저녁으로 송생에게 한 주먹 밥을 갖다 주는 외에는 꼼짝 못 하고 갇혀 있어야만 했다. 관음보살에게 "우리 부부 구해 주소서" 하고 기도를 드리는 밖에는 도리가 없었다. 이 기도발이 나서 그 어려운 옥사가 해결되고 서사도 종결된 꼴이다.

이는 「관음보살탁몽」을 차용한 종결구조이다. 그런데 여기에 도달하는 중간과정이 서로 달랐던 것은 앞서 지적한 대로다. 「관음보살탁몽」에서는 아예 외통수로 몰린 상태에 놓였다. 여주인공은 폭력에 의해 겁탈을 당하자 남편을 만나 이 원한을 갚고 자결하리라 마음먹었다. 헌데 남편마저 잡혀 갇히고 나니 관음보살을 부를 밖에는 도리가 없었다. 「마이산」의 서사 진행에서는 해결의 현실적 가능성이 생기는 중이었다. 그 부부의 아들인 송서린이 13세인데 영특해서 어머니가 복안사에 유괴당한 것으로 의심하였다. 또 아버지가 복안사에 들린 사실을 증언하는 아버지 친구도 있었다. 이에 아들이 전라감사 앞으로 소장을 제출한 것이다.[19] 따라서 「마이산」의 경우는 관음보살의 도움이 필수로 요망된 절망적 상황은 아니었다. 이는 「관음보살탁명」의 틀에 맞춰진 서사의 결구로 설명되는 것이다.

「마이산」의 서사에 있어서는 여주인공의 기민성과 심모원려가 단연 돋보인다. 위기대응의 능력으로 표현되었다. 여성의 존재를 전면으로 부각시킨 것이다. 끝의 평결에서 이렇게 논한다. "특이하다, 이씨의 재능이여! 공부할 기회를 잃은 낭군을 격려해서 성취하도록 했고 호랑이 아가리에 들어가서는 능욕을 당하지 않고 자기를 지켜냈다." 이런 인물이야말로 위기상황에 처한 나라도 맡길 만하다고 한다. 그럼에도 우리나라는 여자라면 아무리 훌륭한 행적이 있어도 이름을 감추어 기껏 아무개 딸이니 아무개 부인이니 할 뿐이라는 탄식을 덧붙이고 있다. 「마이산」의 여성에 대한 관점은 더없이 선명하다.

결론적으로 말해서 「마이산」은 그 작가가 명말 공안소설류의 하나를 가져다가 기본 틀로 이용, 여성의 존재를 부각시키는 방향의 주제를 잡아서 개작한 것이다.

---

19 그때 전라감사는 유척기(兪拓基)였는데 마침 진안지역으로 순찰을 나왔기에 직접 소장을 올린 것으로 되어 있다. 이 대목에서 언급해 둘 두 가지 사항이 있다. 하나는 소장의 문체에 관해서다. 우리나라의 관행인 이문(吏文)을 쓰고 있는 점이다. 『신단공안』의 다른 작품들에도 소장이 나오는바 다 이문을 쓰고 있다. 자국의 실제 구체성을 드러낸 사례이다. 다른 하나는 유척기(1791~1767)는 실존 인물로서 영조 때 활동하였는데 정조로 설정한 작중 시대배경과는 맞지 않다. 평어에서 유척기가 아니고 이종성(李宗城, 1692~1759)이란 말도 있다면서 "이종성 공이 일찍이 순찰사로 유안(裕安, 진안의 고호)을 지난 적이 있었다"고 하였다. 이종성 또한 작중의 시대배경과 맞지 않는 점은 마찬가지다.

5. 『잠상태쑹上態』, 『신단공안』과의 대비

『잠상태』는 『소년한반도』라는 월간지에 발표되었던 소설이다. 이 잡지
는 1906년 11월호 창간, 이듬해 4월호로 종간이 되는바 소설도 그 잡지
와 운명을 같이 해서 6회로 중단되고 말았다. 지면의 표제 아래 작자가
이해조로 명시된 곳은 3회와 5회뿐이지만 다른 호에는 목차에 밝혀 있어
이해조 작임은 의심할 여지가 없다.

이 작품은 대표적 신소설 작가인 이해조의 처녀작으로 알려지면서 학계
의 관심을 받은 바 있다. 하지만 별로 좋은 평가를 받지 못했다. 대개 구태
의연한 한문소설의 아류작으로 치부되었던 까닭이다. 이유는 「영영전」의
모방이라는 데 있었다. 하지만 내가 보기로 『잠상태』는 그리 읽기 쉬운 소
설이 아니다. 근대문학의 난해성과는 차원이 다르지만, 당장 연구자에게
걸리는 난점이기도 하여 언급하지 않을 수 없다. 난해성은 그 자체의 서사
적 특징에 관련이 있다. 거기에 발표과정에서 일어난 문제점으로 원문이
오자가 많은 데다가 중단된 상태이기 때문에 곤란이 겹친 것이다.

이 소설은 남녀의 사랑을 다룬 것인데 중도반단이 되어 아쉽기 그지없
다. 서사 방식이 설의적設疑的 수법을 구사한 것이어서 의문은 더 크게 남
을 밖에 없다. 어떻게 얼마나 펼쳐질지 전혀 예상이 안 된다. 한국 전래의
애정전기류 한문소설에 백화체를 전면적으로 구사해서 우리 독자에게는
생경한 느낌을 주고 있다. 또한 서사가 설명적 진술 보다는 묘사에 치중
하고 인물의 대화를 위주로 진행되는바 미려한 수식에 관용구 내지 고사
를 빈번히 동원하고 있다. 모호해서 가닥을 추리기 어렵다. 그리고 우리
말식 한문에 근대적 신어들도 종종 끼어든다. 한·중과 신·구가 뒤섞인
혼종성의 특징이 『신단공안』을 방불케 하는 것이다. 나 역시 이 소설을

몇 번을 읽어도 명료하지 못한 구석이 없지 않은데 그런대로 줄거리를 잡아서 내용 성격을 논하고 한문소설로 동년생인 『신단공안』과 대비해볼 작정이다.

1) 애정서사의 전개과정

> 철은 무정한 것이고 자석은 무지한 것이다. 철과 자석이 서로 무슨 앎이 있겠으며, 자석과 철이 서로 어울린 정이 있으랴만은 한번 붙으면 떨어지지 않는 것은 기미氣味가 서로 다르지 않기 때문이다. 하물며 하늘과 땅 사이 산악의 신령과 강하의 신령이 조화를 이루어 맑고 아름답고 빼어난 원소原素를 아끼지 않고 발하여 허다한 재자가인才子佳人을 산출하니 그중에는 영각성도 있고 풍류성도 있고 치정성도 있다. 때문에 '포동蒲東의 염사艶辭'와 '광한루의 기연奇緣'처럼 서로 만나고 헤어지고 꿈꾸는 정회는 철과 자석 정도가 아니로다. 여기 또 하나의 좋은 사랑의 이야기가 있기에 천하의 다정한 사람들을 위해 제공하려 한다.

『잠상태』의 맨 앞에 나오는 말이다. 남녀의 사랑을 철과 자석이 붙는 성질에 비유하고 있다. 인용문의 뒷부분에 나오는 '포동의 염사'는 당나라 때 유명한 애정전기傳奇인 「앵앵전鶯鶯傳」을 가리키고, '광한루의 기연'은 다름 아닌 우리 『춘향전』을 가리킨다. 「앵앵전」은 이후 달라지는 시대의 문화적 욕구에 따라 소설로 연극으로 재창작이 반복되었다. 한국에서 『춘향전』의 위상은 말할 나위 없거니와, 「앵앵전」을 개작한 희곡 『서상기西廂記』도 우리 문인들 사이에 애독되어 일시 열풍이 일어날 지경이었다고 한다.

작가는 중국과 한국의 연애 주제의 대표적인 명품 두 편을 상기시킨 다음, 거기에 대응해서 '또 하나의 사랑 이야기'를 천하의 독자들에게 제공하겠다는 취지를 밝히고 있다. 지금 읽기에 재자가인을 내세운 것은 진부하다는 느낌을 주지만 당시로서는 철과 자석의 비유가 신선했을 듯싶다. 첫머리부터 독자들을 작중으로 끌어들이려는 글쓰기 공작이었을 터다. 그리하여 재자로 김서규, 영랑英郎을 등장시켜서 그가 동대문 밖으로 놀러 나가는 장면을 설정한다. 석양 무렵, 봄에 끌리고 술에 취한 그의 눈에 웬 가인이 들어오는 것이다. 그야말로 재자가인의 기우인데 서사는 본론으로 진입하게 된다. 이 대목을 원문과 함께 번역문을 제시해 본다.

[원문] 猛拍面香風이 一陣來터니 驚倒了十年螢窓咿唔人이라. 紅塵이 不動에 鞋兒는 是瓜子尖이오, 東風搖搖에 腰兒는 是弱柳枝라. 貌兒는 是秋水芙蓉이오, 手兒는 纖纖是春山新蕨이라. 不問時種福家에 掌上珠玉懷中美玉的年可二八佳兒娘이로다. (…중략…) 卽逢生客違道過ㅎ니 顔去眉來夕照深이라. 一步遠에 傷心ㅎ고 五步遠에 人老로다. 爾是閻羅卒가? 捕捉靈魂棄形骸로다. 爾是電線針가? 吸引全體餘空殼이라. 爾是幺麼酥體에 附着力이 太强剛ㅎ야 大丈夫精神을 都附着去로다.

[현대역] 얼굴을 때리는 향긋한 바람이 한 바탕 불어오자 십년 형창螢窓 아래서 글 읽던 사람을 놀래 넘어지게 만들었다. 외씨 같은 신발로 사뿐사뿐 걸어오는데 허리는 동풍에 한들거리는 버들가지요, 얼굴은 청수하여 가을 물에 연꽃인가, 두 손은 부드러워 봄 산의 고사리로다. 묻지 않아도 부귀가의 손속에 진주요 품속의 미옥美玉으로 십육 세 아가씨인 줄 알겠더라. (…중략…) 낯선 사람 길에서 만나자 지나치니, 얼굴은 사라지고 눈썹이 들어와 석양이 넘어간다. 한 걸음 멀어지자 마음이 상하고 다섯 걸음 멀어지자 사람이 늙어가네.

너는 염라대왕 나졸이냐 영혼을 붙잡아가고 형해만 버려진다. 너는 전기침이냐 온몸을 흡인해 가고 빈 껍질만 남는다. 너의 조그만 우유빛 같은 몸에 부착력이 너무도 강렬해서 대장부의 정신을 온통 들러붙게 만드는가.

원문에 더욱 뚜렷하게 드러나듯, 현토체의 한국식 한문에 백화체를 도입해서 문체상으로 혼종적이다. 또한 '염라졸'은 구문자이고 '전선침'은 신문자여서 신구지식을 병용한 것임을 실감케 한다. 그리고 '부착력' 같은 신어를 써서 머리글의 철과 자석의 비유에 꼭 맞추고 있다. 위의 첫 문장은 10년을 몰두해서 글공부하던 사람이 가인을 보고 그만 정신이 흔들린 상태를 과장법을 써서 묘사한 것임이 분명하다. 이어지는 문장들은 따져볼 필요가 있다. 가인의 아름다운 용모는 아마도 재자의 시선을 따라서 그려낸 것이리라. 그녀를 부귀가의 애지중지하는 딸이라 한 것은 그의 주관적인 판단으로 여겨진다. 뒷부분의 장황한 사설은 가인을 만난 재자의 심리적 반응을 표출한 독백이다. 전체로 혼종성의 특징에다가 과장된 수사법을 쓰고 시점의 변화까지 의도한 것이다. 『삼상태』의 난해성이 어디서 왔는지를 구체적으로 이해할 수 있게 하는 대목이다.

이처럼 등장한 여주인공이 실버들 늘어진 마을의 어느 허름한 집안으로 들어가더니 시야에서 영영 사라지고 말았다. 남주인공은 그 안타까운 심경을 "천연동 속에서 천연이 끊어지다니 한 떨기 도화는 사람의 혼을 뒤흔드네[天然洞裏天然斷[20] 一朶桃紛惱客魂]"라고 읊었다. 천연동에서 단절된 인연은 묘연하기만 했다. 가인과의 기우는 재자의 마음에 깊은 고뇌를 안겨주었다. 다름 아닌 상사병이다.

---

20 天然洞과 天然의 然은 緣의 오기로 추정된다. 작중의 다른 데서 그곳이 天緣洞으로 나와 있으며, 문맥상으로도 天緣 쪽이 적합해 보이기 때문이다.

그런데 가인은 누구이고 어떻게 다시 만나게 될 것인가? 1회 말에서 던져진 문제인데 5회로 가서야 겨우 그녀의 정체가 드러나면서 만날 기약이 정해진다. 6회에 천연동 집에서 그녀를 고대하는데 다시 또 반전이 일어난다. 그녀는 나타나지 않고 대신 수수께끼 같은 문제를 보내온 것이다. 문제풀기가 서사의 진행과정으로 되고 있다.

작중에는 조역으로 두 사람이 등장한다. 하나는 재자의 하인인 의동이며, 다른 하나는 천연동 집의 할멈인데 가인의 이모이다. 이 둘은 1회부터 출연해서 6회까지 재자가인의 사랑을 성사시키는 데 긴밀한 역할을 담당하고 있다. 의동은 상사병에 걸려 있는 그를 위해 묘책을 내서 천연동 할멈의 호감을 사서 중재자로 적극 나서도록 공작을 한다. 그리하여 5회로 가서 그녀의 정체가 할멈의 입을 통해서 드러나는 것이다.

가인은 성명이 홍운영洪雲英으로 이상서 댁의 하녀 신분이었다. 그녀의 친모가 이상서 부인마님의 침비針婢였는데 연전에 죽어서 무덤이 천연동에 있었다. 그녀가 한식날 마침 성묘를 나왔다가 그와 우연히 마주친 것이다. 그녀는 부귀가의 아씨가 아니다. 그래도 이상서 부인마마의 귀여움과 함께 엄히 관리를 받는 처지였다. 본인 또한 성격이 정숙하고 취미도 고상하여 가인으로서 조금도 손색이 없다. 할멈은 양인이 만나는데 어려울 것이 없다고 장담을 한다.

관인(남주인공에 대한 존칭 — 인용자)이 공경의 지위로 오를 운세는 하늘에 달려 있거늘 운영이 아무리 곧고 절조가 있다 해도 일개 여종의 처지를 넘어설 수 없겠지요. 이 몸이 모름지기 노력하여 잘 주선할 것이니 귀하신 몸 좋이 지내시며 반가운 소식이나 기다리소서.

뚜쟁이 할멈의 말솜씨가 역력하다. 자기가 들면 금방 이루어질 듯이 말하긴 하지만 가인의 타고난 신분적 제약으로 인해 갈등이 발생하겠구나 싶은 예감이 들기도 한다. 아무튼 할멈은 이상서댁으로 운영을 찾아가서 마침내 사월 초파일에 운영이 천연동으로 나오게 만드는 것이다. 그녀의 마음을 움직이는 데 할멈의 능숙한 말솜씨가 주효하긴 했어도 당초에 서로 스쳐 지나갔던 그때의 교감이 호감을 갖도록 한 것이었다. 이 대목에서 그녀의 영민하고도 신중한 성격이 돋보인다.

영랑은 가인이 오기로 된 그날 의동이를 데리고 천연동으로 나가서 기다리고 있다. 이날 종일 기다린 끝에 온 것은 한 장의 편지였다. "제가 식언하는 건 아니오나 몸이 제 몸이 아니니 어찌 하오리까? 여기 '若將馬誤色이면 何憂鯉正面'의 글귀를 써서 올리오니, 혹시 옆에 해석할 분이 있을까요?" 편지의 말미에 이런 사연이 적혀 있었다. '몸이 제 몸이 아니니'에서 그녀 자신의 처지를 드러내긴 하였지만 이는 약속을 지키지 못한 데 따르는 변명일 터다. '옆에 해석할 분'이란 재자를 가리키는 말임이 분명하다.

'若將馬誤色 何憂鯉正面'10자는 가인이 새사를 테스트하려는 문제다. 이 문제를 풀어야 프로포즈에 응하겠다는 뜻임이 물론이다. 영랑은 이 10자를 앞에 놓고 한동안 이리저리 뜯어보고 여러모로 궁리한 끝에 문득 깨닫는 것으로 되어 있다. "말의 색을 오인한 것은 색이 말을 오인하도록 한 것이요, 잉어의 얼굴을 바로 본 것은 얼굴이 잉어를 바로 보게 한 것이다. 말을 오인한 것은 (말의) 털이요 잉어를 바로 보게 한 것은 (잉어의) 얼굴이라. 그 말의 그 색이 어찌해서 오인하게 했으며, 그 잉어의 그 얼굴이 어찌해서 바로 볼 수 있게 했는가." 이렇게 해석을 하고서 천상천하에 가장 기쁜 듯 책상을 치며 경탄을 하였다.[21] 그는 그녀가 제출한 문제를 이처럼 풀이하고 나서 더없이 기뻐한 것이다. 10자의 시구는 "만약 말을 색으로 오인하면 잉어의 얼굴 바로 보이니 어찌 걱정하랴"로 풀이된다.

『잠상태』는 여기서 영영 중단되고 말았으니 앞으로 서사가 어떻게 전개될지 그야말로 하회가 궁금하기만 하다. 문제의 시구는 서사의 전개에 어떻게 관련될까? 『잠상태』가 후세의 독자에게 남겨놓은 문제인 셈이다.

2) 『신단공안』에 견주어 본 『잠상태』

『잠상태』는 서울을 배경으로 한 소설이지만 시간배경이 언제인지 확실치 않다. 마침 작중의 대화에 "성천자가 위에 계시니"라는 구절이 보여서 광무 연간임을 알게 한다. 즉 당대의 서울을 배경으로 한 소설이다. 이 점이 『잠상태』가 『신단공안』과 같은 현토체 한문소설이면서도 다른 면모이다(「김봉본전」과 「어복손전」은 서사가 서울에서 펼쳐지기는 하지만 주 무대는 서울이 아니다). 그리고 또 내용상으로 남녀의 사랑을 테마로 한 점이 『신단공안』과 다른 『잠상태』의 성격이다. 이런 점을 염두에 두고 『잠상태』를 『신단공안』과 대비하려고 한다. 비교의 관점은 세 방향으로 잡는데 차용관계, 신분제도의 문제, 문체문제가 그것이다.

『잠상태』의 「영영전英英傳」과의 차용관계 : 『잠상태』가 「영영전」을 모의模擬한 작품이라는 점은 이미 지적된 바다. 본고에서 『신단공안』과 명대 공안소설류와의 관계를 분석하면서 쓴 용어로는 차작이다. 이 경우 자국내에서 일어난 현상이라는 점에서 다름이 있다. 『신단공안』에 실린 「김봉본전」과 「어복손전」도 이런저런 전승자료를 이용해서 제작한 것이었다. 이 점은 『잠상태』 역시 마찬가지인데 그 대상의 성격 및 방식에서 변별성이 있다.

---

21 "馬誤色色誤馬오 鯉正面面正鯉라. 馬也誤也色也오 鯉也正也面也로다. 奈馬奈色이 怎麽誤며, 奈鯉奈面이 怎麽正고? 忽得歡天喜地ᄒᆞ야 拍案驚奇라."『잠상태』제6회.

「영영전」은 일명 「상사동전객기相思洞餞客記」로, 우리 소설사에서 애정전기의 후기에 속하는 것이다. 「영영전」의 남녀사랑이란 주제가 뒤늦게 『잠상태』로 이전된 형국이다. 「영영전」이란 여주인공의 이름을 딴 제목인데 「상사동전객기」는 풀이하자면 '상사동에서 객을 전송하는 기록'이다. 이 작명법을 『잠상태』에 적용하면 '천연동전객기'가 된다. 길에서 우연히 만나 그리움으로 병이 깊어서 가인을 만나기 위해 친구를 전송한다는 핑계를 대고 상사동–천연동으로 나오는 설정이 똑같다. 중개역을 맡은 할멈의 누추한 집이 재자가인의 '만남의 장소'로 이용된 것이다(『잠상태』에서는 예정된 만남이 아직 실현되지 못하고 있지만).

『잠상태』는 「영영전」의 틀을 차용해서 애정전기의 뒤를 이은 셈이다. 양자 공히 재자를 고급신분, 가인은 하층신분으로 설정해서 전체 구도가 일치하고 있다. 이 물론 근대 이전의 애정서사에 있어서 동서고금에 흔히 나타나는 보편적인 구도이다. 「영영전」의 경우 거기서 계보가 있었던 점에 유의할 필요가 있다.

성현成俔의 『용재총화』에 나오는 「안생」, 이육李陸의 『청파극담』에 나오는 「여종女奴」이 그것이다. 이 두 편은 『한문서사의 영토』 2에 수록되어 있다.[22] 다 같이 부마궁 소속의 시녀와 성균관 학생 사이의 사랑이 비극적으로 끝나는 이야기다. 야담의 초기적인 형태인데 「영영전」으로 와서 전기소설로 각색된 것이었다. 「영영전」은 문인 엘리트와 예속적인 처지의 궁녀간의 사랑을 그린 애정전기라는 점에 있어서 「운영전」의 자매편이라고 말할 수 있다. 그리고 지금 여기 「영영전」으로부터 『잠상태』로의 변이가 일어났다.

---

22 임형택 편역, 『한문서사의 영토』 2.

요컨대『잠상태』는「영영전」을 차용해서 창작을 한 것이다. 이런 경위가『용도공안』의「관음보살탁몽」이『신단공안』의「마이산」으로 개작된 것과 유사한 방식이다. 서사의 기본 틀을 이용하고 화소나 구절을 일부 따오기도 하지만 전면적으로 개작을 하였다.『잠상태』는 그 정도를 높여서 환골탈태換骨奪胎가 되었다. 환골탈태는 본디 시작법에서 유래한 용어인데 소설에 적용해 본다. 기존의 어떤 것을 차용하되 골격이 바뀌고 새로운 내용이 주입되는 방식을 환골탈태라고 할 수 있지 않은가 한다.『잠상태』를 보면 초입에서 어느 정도 진행될 때까지는「영영전」의 서사구조를 준용하다가 이내 기존의 틀이 무의미하게 되고 있다. 새판이 짜지는 모양이 된다. 그러면서 인물의 성격이 강화되고 내용이 달라진 것이다.

신분 문제에 대한 작가의 의식 :「안생」・「여종」→「영영전」→『잠상태』로 이어진 애정갈등의 서사는 조선사회의 신분제도와 관련된 문제이다. 그런 측면에서 보면 남녀 간의 사랑 이야기는 사회성이 내포된 주제이다.『잠상태』역시 신분제도에서 야기된 애정갈등을 어떻게 풀어갈지, 이 주제는 작품이 중도반단이 되었기에 논평하기 어려운 상태이다. 대신 조역으로 등장시킨 의동을 각별히 중용하여 그 존재를 부각시킨 작가의식을 주목해 보고자 한다. 작품 전체에서 중심부는 아니라도 의동을 통해 신분제도의 문제를 제기하고 있는 것이다.

의동은 영랑의 시중을 드는 예속적 신분이다. 영랑과 의동은 주종관계에 놓여 있다.『신단공안』의「어복손전」에서 오진사와 어복손의 관계와 마찬가지다. 종래의 서사구조를 보면 상전은 주역, 시종은 조역이 되기 마련이다.『춘향전』에서 이도령과 방자,『돈 끼호테』에서 돈 끼호테와 산초가 그렇듯이. 현실이 작중에 투영된 꼴이라고 하겠다. 그런데「어복손전」에서는 특이하게도 어복손이 도리어 서사를 주도해서 끌어가고 있다. 그럼에도 표면상의 주종관계는 끝까지 지속되다가 마침내 모든 것이 파멸되는 참담한 결말을 초래하게 된다. 『잠상태』는 이러한 「어복손전」의 서사구도의 대척점에 놓여 있다. 신분갈등이 파멸에 이르고 참극을 유발하는, 더없이 심각한 사회문제의 해법을 작가가 고민한 것으로 해석할 수 있다.

「어복손전」과 『잠상태』는 작중에 설정된 노주의 성격 또한 반대이다. 어복손은 힐노黠奴라고 지칭되었듯 교활하고 못된 자였다. 이와 대조적으로 의동은 총달성聰達性이라고 지적되었듯 총명·기민한 데다가 충복忠僕의 전형이었다. 이에 상응해서 「어복손전」의 오진사는 어리석고 보수적으로 꽉 막힌 인간이라, 힐노의 반감을 초래하여 사람을 극악하게 만들어서, 서사는 참극으로 끝나게 된 것이다. 이와 반대로 『잠상태』에서 영랑은 학문도 있고 호쾌한 성격이었다. 아랫사람들에게도 인간적으로 관용을 베푸는데 의동의 재주를 알아보고 그의 능력을 최대치로 발휘할 수 있도록 하겠노라고 다짐한다.

> 나는 너를 천금의 문서로 속량贖良해 주고, 나는 너를 가르쳐서 일대의 문장이 되도록 하여, 너를 '어진 하늘 은혜로운 바다[仁天義海]'에 풀어 주어서 명예로운 장부로 활동할 수 있도록 할 것이다.[23]

'어진 하늘 은혜로운 바다'가 도대체 천지간에 어디 있겠으며, 더구나 작중의 시대배경인 20세기 초 대한제국의 현실에서 어떻게 가능성을 전

---

23 "我贖爾千金重券ᄒ고 我敎爾一代文章ᄒ야 放爾仁天義海에 決闊名譽丈夫ᄒ리라."(3회)

망할 수 있겠는가. 그럼에도 영랑은 의동을 대면해서 너와 나 사이는 "명분으로 말하면 노주요, 인정으로 말하면 붕우인데 지략은 선생이요, 은혜는 활불"이라고 말한다. 이런 영랑의 말에는 의동의 능력을 이용하려는 계산도 담겨 있겠으나, 진성성이 없지 않은 것으로 보인다. 의동을 지모가 있고 능력도 비상한 자로 여긴 까닭에, 그를 신분제의 굴레로부터 해방시켜서 장차 세상에 유용한 인재로 키워내겠다는 의도가 있었다.'어진 하늘 은혜로운 바다'는 그런 세상을 염원하는 뜻으로 이해될 수도 있는 것 같다.

이런 영랑의 말에 의동은 "개는 한낱 미물이로되 능히 주인을 알아보고 소인은 비록 천한 몸이지만 서방님이 글공부하는 옆에 모시고 있으면서 의리가 무엇인지 대강 깨쳐 들었습니다"고 공손히 대답한다.[24] 의동의 상전으로 향한 태도는 분명히 굴종적이다. '충복'이란 의미에 어울린다. 어깨 넘어 학습으로 알았다는 '의리'는 유교적인 것임이 물론이다. '나도 인간이다'라는 자아의 각성이란 찾아보기 어렵다. 그는 상전댁을 '공동체'라고 표현한다.[25] 공동체란 단어는 의동이 영랑에게 충고하는 말 가운데 들어 있는바 그 자신도 스스로 상전댁에 복속된 상태에 일체감을 느끼는 것이다. 『잠상태』작가의 신분제도에 대한 의식을 어떻게 평가해야 할 것인가? 위에 인용된 언표는 모두 작중 서사의 인물들의 입에서 나온 말이다.

「어복손전」의 서사에서 극단적인 형태로 발전한 대립갈등이 『잠상태』에서는 친화 협조의 관계로 그려지고 있다. 물론 신분 문제도 『잠상태』에 있어서 중심은 남녀 주인공 사이에 있고 주종간은 부차적인데, 어쨌건 작품 자체가 중단된 상태이므로 이 사안 또한 미지수이다. 아마도 신분문제

---

24 "意同이 鞠躬道호듸ㅣ 犬는 是箇微物이로듸ㅣ 也能識主人커던 小人이 雖賤畜이나 伏侍在郎君螢瀣下호야 粗曉得義甚理甚이오니"(3회).
25 "郎君一體가 雖渺少호시나 明白是共同體니"(3회).

는 친화 협조하는 방향에서 해결책이 모색되지 않았을까.

문체 문제 : 본고는 문체 문제에 관심을 두어 『신단공안』에서 그 특징적인 면모를 거론하였고 『잠상태』에서도 이 점을 지적하였다. 여기서 양자의 공통분모로 몇 가지를 정리해 본다.

① 한문소설로서 다 같이 우리말 토를 달아놓은 것이다. 한문 원전에 토를 달아 읽는 방식은 오랜 옛날부터 한문 학습의 방법론으로 발전한 것이었다. 이른바 구결口訣이다. 그런데 독자들이 읽기 쉽도록 하기 위한 목적으로 한문에 토를 단 것은 기실 20세기로 와서 새롭게 유행한 방식이다. 현토체 한문소설은 근대 계몽기의 문화적 현상의 하나로 간주할 수 있다.

② 본래의 한자어가 아닌 우리 고유의 생활어 내지 이두어를 한문 문장 속에 도입하였다. 『신단공안』에서는 그런 곳에 한글로 협주를 달아놓기도 한다. 『잠상태』에서는 협주를 다는 방식은 사용하진 않았으나, 가령 개가 짓는 것을 의성擬聲해서 '乙乙',[26] '이야기 한 자루' 하겠다는 데 우리말을 차용해서 '利於藥一柄'이라[27] 표현한 것이다.

③ 구시대·구체제에 연속되는 면에 신문물·신지식이 대거 유입되는 19~20세기의 환경을 반영해서 신어들이 끼어들었다. 『잠상태』에 이런 현상이 보다 확장된 것으로 보인다.

④ 중국의 통속소설에서 성립한 장회章回 형식의 제목과 백화투의 어법을 수용한 것이다. 종래의 야담에 조선적 생활어가 허다히 구사되었는데

26　"卽向門前一剝啄ᄒ니 尨也ㅣ 乙乙ᄒ고"(1회).
27　"姆ㅣ 云我和爾利於藥一柄波호리라."(5회) 이 원문에서 '波'는 어떻게 풀이되어야 할 것인지 미상이다.

이는 중국소설에서 백화를 사용한 것에 상응하는 현상으로 간주할 수 있다. 야담집의 하나인 『기리총화』에 실린 작품에 백화투가 들어온 사례가 보이는데 부분적이었다. 『신단공안』과 『잠상태』로 와서 이를 전면적으로 보다 적극적으로 구사하고 있다.

본고는 이와 같은 제반 특징적인 면모를 혼종성으로 규정짓고 이를 대담하게 실천한 작가적 태도를 실험적인 것으로 인식했다. 관련해서 언급해 둘 점이 있다. 『신단공안』과 『잠상태』가 신문 잡지에 발표된 같은 시기에 『일념홍』과 『용함옥』 등 한문소설 역시 다른 신문에 발표되었다. 이들도 현토체 한문소설이란 점에서는 마찬가지다. 하지만 방금 실험적 혼종성으로 인식한 문체적 특성은 이들에서는 찾아볼 수 없다. 작품의 내용 또한 친일 개화적인 성격이 뚜렷한 점에서 대조적이다. 1906,7년의 현토체 한문소설로 현재 알려진 것은 여기 거론하는 작품이 거의 전부이다. 요컨대 당시 현토체 한문소설 중에서 실험적 혼종성은 『신단공안』과 『잠상태』 두 작품의 독특한 특성이다.

『신단공안』과 『잠상태』의 문체적 상동성은 우연일 따름일까? 당시의 제반 정황으로 미루어 동일 작자의 머리에서 나온 수법이 아니고는 아무래도 그렇게 되기 어려울 것이다. 이는 『잠상태』를 『신단공안』과 대비해서 얻은 결론이다.

앞서 신분 문제가 「어복손전」의 경우 극히 악화되는 방향으로 치달은데 대조적으로 『잠상태』에서는 무갈등의 서사가 되고 있는 점을 드러내 보았다. 신분제도가 일으킨 갈등은, 20세기로 들어오면 이미 구시대의 잔재이긴 해도, 시급히 청산되어야 할 사회적 장애물이었다. 「어복손전」과 『잠상태』는 바로 이 신분갈등의 문제를 소설적으로 제기한 것이다. 다만 접근법이 반대였다. 「어복손전」이 묘사한 신분갈등의 참극은 충격을 주고 경종을 울리기 위한 역설이라면『잠상태』는 사회적 난제를 순리로 접근하여 해법을 제시하려는 의도로 보인다.『잠상태』를「어복손전」에 대비해 읽으면 작가 나름의 시대정신이 담긴 것으로 이해되는 것이다.

6. 맺음말—『신단공안』의 작자 문제

『신단공안』은 1906년『황성신문』에 발표되었던 한문소설이다. 그 당시 애국계몽운동에서 구심점이 되었던 신문 지면에 무려 191회에 걸쳐 연재되었던 것은 의미를 갖는 일이 아닐 수 없다. 이 지점은 문학사적으로 보면 신소설이 출발하는 단계이다. 현토체 한문소설이 신소설과 동시적으로 등장한 사실은 당연히 주목할 필요가 있다. 본고는『신단공안』을 근대계몽기에 한문소설로서 어떤 의미를 구현했는가를 규명하는 데 일차적 목적을 두었다.

당초 지면에『신단공안』은 무기명으로 실렸기 때문에 작자가 미상으로 남아 있다. 따라서『신단공안』에서 꼭 밝혀야 될 과제이다. 거기에 유의할 점이 있는데『신단공안』의 신문 연재가 끝나기 2개월 전부터 이해조의『잠상태』가 월간지에 연재된 사실이다. 본고는『잠상태』를『신단공안』과 아울러 근대계몽기의 한문소설로 분석하면서『신단공안』의 작자 문제에 접근하는 방도로 삼아 보았다. 양자 사이에 소설문체의 상동성이 현저한 점을 각별히 중시, 이 특징적인 면모를 두 소설의 작자가 동일인임을 의미하는 것으로 인지하였다. 끝으로 작자 문제에 관한 견해를 추가한 다음, 한국소설사에서『신단공안』이 갖는 위상에 대해 붙이는 논의로 글 전체를 맺으려 한다.

『신단공안』에 들어가 보면 작자가 계항패사씨桂巷稗史氏인 것은 금방 알 수 있다. 「어복손전」에는 청천자聽泉子의 평어로 "내가 계항패설을 읽다 가…"15회라는 대목이 나온다. 계항패설은 『신단공안』을 가리키는 것임이 물론이다. 작중의 평자로 계항패사씨와 청천자는 동일 주체인 작자의 분신이다. 작자는 호칭을 달리한 둘을 거느리고 평어를 상보적으로 다채롭게 하였다. 그러면서 계항패설이라 한 것을 보면 대표 필명은 계항패사씨로 볼 수 있다. 문제는 계항패사씨의 성명이 무엇인가다.

『역주 신단공안』은 해제에서 역관출신의 계몽지식인 현채玄采, 1856~1925를 작자로 추정하는 견해를 제출한바 있다. 현채는 중국어 소양이 있었고 계동에 거주하였으므로 『신단공안』의 작자로서의 필요조건을 일단 갖춘 것으로 볼 수 있다. 하지만 그가 수많은 저술 활동을 벌였음에도 『신단공안』 같은 소설류를 남긴 것이 없기 때문에 현채 저작설은 설득력을 얻기 어렵다. 최근에 『신단공안』의 작자는 신채호라는 주장이 나왔다.[28] 신채호의 저술 내용에서 『신단공안』과의 접점을 탐색하여 여러 가지로 나열하였으나 어느 하나 증거력을 갖기는 부족하다. 단재 신채호가 『신단공안』의 작자임을 증명하려면 그가 과연 『신단공안』 같은 소설을 지었을까를 먼저 따져보는 것이 순서이다. 신채호의 글쓰기를 살펴보면, 그가 중국으로 망명하기 이전에 계몽서사로는 『최도통전』이나 『수군제일 위인 이순신』 같은 것을 지었다. 이후에 허구적 형식을 빌려서 『꿈 하늘』・「용과 용의 대격전」 같은 소설을 짓기도 했다. 그의 붓끝에서 『신단공안』의 「욕화」나 「요호전」 같은 소설이 나올 수 있을까. 이런 따위는 그가 회음誨淫이라고 혐오하는 대상이었다. 신채호는 소설가이기보다는 학자이고 비타협적

---

28 김주현, 「「신단공안」의 저자 규명」, 『선금술의 방법론』, 소명출판, 2020.

인 노선을 관철한 운동가다. 반면에 이해조는 기질적인 소설가다. 인간의 본능적인 욕망을 십분 고려하여 통속성을 외면하지 않는 소설가였다.

이 글은 전에 어느 학술장에서 기조 강연으로 발표했던 초고를 대폭 확충한 것이다.[29] 그때도 『신단공안』을 누가 지었느냐 문제를 제일 관심사로 생각하여 이 사안에 접근하는 원칙을 다음과 같이 세워 보았다.

"『신단공안』은 한문소설로서 당대 최대 최고의 작품이라는 사실이다. 소설로서 문장을 구사하고 사건을 엮어가는 솜씨가 보통 수준이 아니다. 게다가 한문이라도 백화체를 능숙하게 구사하고 있다. 뿐 아니라, 당시 출현했던 신소설류에 견주어서도 전혀 손색이 없다. 결코 무명의 인사가 어쩌다가 한두 편 써서 남기고 사라진 그런 경우가 아니라는 점을 분명히 염두에 두고서 추적해야 할 것이다." 이에 나는 "결론부터 말하자면 『신단공안』의 작자 계항패사씨의 실명은 이해조로 본다"는 견해를 표명하였다. 이렇게 추정한 데는 물론 근거가 있었다. 네 가지를 들었던바 제일 유력한 논거로 포착한 것은 『잠상태』와의 관련성이다. 이에 대해서는 문체의 상동성에 주목하여 이 글에서 구체적으로 검토·의론한 터여서 중언부언하지 않겠다.

다음에 중요시한 문제는 '계항'이다. 이에 대해서도 처음부터 관심을 두고 조사해서 초고에 정리해 놓았기에 해당 부분을 약간 손질하여 옮겨둔다. "계항패사씨의 계항이란 자신의 거주지와 관련된 것이다. 계항은 계동 골목이란 뜻이다. 계동은 지금도 서울의 창덕궁 옆의 동명으로 남아 있는데 원래 계생동桂生洞이었고 제생원濟生院에서 유래한 지명이었다. 『동

---

29 고소설학회 주최로 숭실대학교에서 2014년 1월 15일에 '번역과 전파, 장르와 매체의 변화'라는 주제의 학술모임에서의 기조 강연으로, 제목 또한 「근대계몽기 한문소설－『신단공안』」이었다.

『신단공안』의 『황성신문』 연재 제1회분

근대적인 매체에 현토체 한문소설의 연재가 시작되었고, 그것이 독자에 의해서 전통적인 필사본 형태로 제작되기도 한 것이다.

국여지비고東國輿地備考』를 보면 계생동에는 박연암의 구거舊居가 있는 것으로 나와 있으며, 연암의 아들이 기록한 『과정록過庭錄』에는 그곳을 계산桂山으로 일컫고 있다. 이해조의 호적표 2건의 복사본을 얻어 본바 그의 거주지가 광무 7년1903 호적에는 가회방嘉會坊 재동계齋洞契 상분동上糞洞 제21통 제7호로 기재되어 있고, 광무 10년1906 호적에는 광화방廣化坊 원동계苑洞契 원동苑洞 제9통 제11호로 기재되어 있다. 이해조가 『신단공안』을 신문에 연재하기 얼마 전에는 재동에 살았고 연재하던 그해에 원동지금의 苑西洞으로 이사한 것이다. 지금 재동 소재 헌법재판소 구내에 백송 한 그루가 서 있는데 그곳에 박규수가 살았다고 한다.[30] 박규수는 연암의 손자인데 자기 조부가 살던 집에 살았던 것으로 알고 있다."

셋째는 이해조가 뒤에 발표한 신소설들과의 공분모이다. "이 점은 여러 모로 살펴볼 필요가 있겠는데 우선 한 가지 미신을 배척한 사실이다. 「욕화」에서 '무당을 부르고 점을 친다거나 굿을 하고 독경을 하는 따위는 엄히 물리치고 단절하지 않으면 안 된다'고 어조가 강경한데 이 주제에 집중한 『구마검驅魔劍』을 1908년에 발표했으며, 『빈상설鬢上雪』 등에서도 미신타파의 문제는 다루어지고 있다." 이는 계몽적 사고가 작중에 표현된 사례인데 이런 점이 허다하여, 본고에서 누차 지적된 터이다. 다른 한 가지는 '차용 창작'이다. 『신단공안』에서 이런 방법을 여러 가지로 활용했던바 이해조의 방대한 소설세계에서 '차용 창작'은 하나의 특징적인 방법론이다. 판소리 『춘향가』를 개작한 『옥중화』는 『춘향전』의 복잡한 변용

---

30 『한국지명총람』1 서울편 종로구의 '재동 백송'이란 표제 아래 "이곳은 풍양 조씨(豊陽趙氏)의 터로 학당(鶴堂) 조상경(趙尙絅) 이후 칠세 판서가 낳고, (…중략…) 그 후 (…중략…) 정승 박규수(朴珪壽)가 살았으며, 현재 창덕여자중고등학교가 되었음"(한글학회 편, 1966)이라고 기재되어 있다.
이해조의 호적상의 거주지인 재동이나 원동이 계항과 일치하지는 않으나 인조지역이기 때문에 계항패사씨라는 필명을 썼을 것으로 생각한다.

사·이본사에서 가장 재미있고 값진 성과로 평가를 받고 있다. 이런 이해조 특유의 기법이『신단공안』에서부터 뚜렷하다.

넷째 한문으로 이런 소설을 지어낼 역량이 있는가의 문제다.『신단공안』의 작자는 백화체 중국소설을 많이 읽어서 능히 백화투의 소설을 지었을 것임에 틀림없다. 그것만으로 다가 아니다. 어디까지나 한문소설이므로 문언문文言文을 자유자재로 구사할 능력이 필수 요건이다. 이해조가 과연『신단공안』을 쓸 한문 실력을 갖추었을까? 마침 이해조의 친필 서간 3점을 입수하여 이 문제에 관해서는 자신 있게 답변을 할 수 있다. 서간의 발신 연도가 한 점에 1895년으로 명기되어 있으니『신단공안』을 발표한 시점보다 10여 년 전이 된다. 당시 양반가문의 남성에게 있어 한문은 기본 필수였다. 이해조의 경우 특히 문학을 좋아해서 자신을 한시문의 작가로 세우기 위해 노력했음이 여실하다. 간찰 3점이 증언하는바 문장력이 활달하고 기상이 높다. 문학에 대한 기본 관점도 엿볼 수 있다. 실물을 보여주는 것이 무엇보다도 필요하다고 여겨, 이에 관한 논의를 줄이고 이들 서간을 뒤에 부록으로 제시한다. 그 대신에 끝맺는 발언을 붙여둔다.

한국소설사상에 분수령이 되었던 1906년에 신소설과 현토체 한문소설이 동시적으로 출현하였다. 이 지점에서 현토체 한문소설로 발표된『신단공안』은 내용이 매우 풍부하고 나름의 실험적 성격이 돋보여서 당대를 대표하는 문학적 성과로 평가할 수 있는 것이다. 동시기의 신소설 작품은『신단공안』에 미치지 못한다는 것이 이 글을 정리해 작성하면서 갖게 된 나의 개인적인 생각이다.

『신단공안』의 작자 계항패사씨의 실명은 이해조임이 분명하다고 본다.『잠상태』와의 대비분석이 이렇게 판단하는 유력한 근거이다. 이해조는『잠상태』를 중단 상태로 버려두고 바로『빈상설』·『구마검』등을 발표하면서 신소설 작가로 전환을 하였다. 이후 한국문학사에서 한문소설은 퇴장한 셈이다. 계몽사상을 설파한 밀아자蜜啞子, 유원표의 『몽견제갈량夢見諸葛亮』이 1908년에 간행되기도 했지만 대세와 주류는 이미 신소설로 넘어갔다.

그렇다면 『신단공안』의 높은 성취를 어떻게 설명할 것이며, 이해조 자신이 한문소설을 포기한 점은 또 어떻게 설명할 것인가? 『신단공안』은 나말여초의 전기소설로부터 『금오신화』를 거쳐서 야담에 이르는 한문소설의 풍부한 전통의 종착점이자 전환점에서 산출된 것이다. 전환의 태동이었기에 놀라운 물건이 산출되었지만 그 자체로서 재생산이 이루어질 것은 아니었다. 당시의 제반 상황이 그러했다. 작가 자신이 이 점을 분명히 깨닫고 있었다. 어쩌면 『신단공안』과 『잠상태』를 이어달리기를 하듯하면서 이런저런 변화들을 감지하지 않았을까. 『잠상태』 이후 그는 한문소설의 창작에는 손을 떼고 국문소설의 전업작가로 나서서 『빈상설』1907로부터 『자유종』1910 · 『옥중화』1912 등등 출중한 신소설 작가로서의 위상을 확립하였다.

① 이 글에 붙여서 이해조의 서간 원본을 사진으로 제시하는데 각각 탈초하고 번역해서 참고가 되도록 한다. 미상 부분은 그대로 제시하니 가르침을 구한다.

② 제3서간의 말미에 "을미 초춘 기망既望"으로 나와, 이 편지를 쓴 시점이 1895년 1월 16일음력임을 알게 한다. 발신자는 해조海朝, 수신자는 해사海史로 적혀 있다. 해사가 누군지 단언하기 어려우나, 1907년 헤이그 밀사의 한 분인 이준李儁, 1859~1907 열사로 추정된다. 이준이 해사라는 호를 썼는데 이해조와 친교가 있었음이 확인되기 때문이다.[31] 다른 두 점 또한 글씨나 글로 보아 발신자가 이해조임은 의심할 여지가 없다. 수신자는 해사인지 꼭 단정할 수는 없지만, 내가 이 자료를 접했을 때부터 함께 묶인 상태였고 내용으로 미루어 보아도 그럴 가능성이 많다고 본다.

③ 한국근대문학 초창기에 중요한 위치에 있는 이해조의 친필 유묵이라는 점에서 이 자료는 문헌적 가치를 갖는 것이다. 지금까지 이해조의 한시문 저작으로 알려진 것은 없는데 이를 통해서 그의 한문학의 기초교양이 상당한 수준이었음이 확인된다. 이해조 자신의 문학적 전환과정은 한시문 → 한문소설 → 신소설로 분명히 그려볼 수 있다.

---

31 趙昌容(1875~1914 이후)이란 인물이 남긴 『白農實記』(한국독립운동사자료총서 제7집, 1993)에 연동예배당의 「巡幸査察時 統率人員及區域名錄」이라는 문서가 수록되어 있다. 조창용이 "광무 11년(1906) 3월에 皇城 蓮洞禮拜堂 사찰위원을 피임"되어 작성한 문서이다. 문서에 이해조와 이준의 성명이 나와 있는바 기재상황은 각기 이러하다.
李海朝 年三十八(入敎 光武九年 七月 日) 職業議官(北署 廣化坊 苑洞 九統 十一號)
李準 年四十八(入敎 光武九年 一月 一日) 職業檢事(北署 安國坊 小安洞 十一統 六號)

제1서간

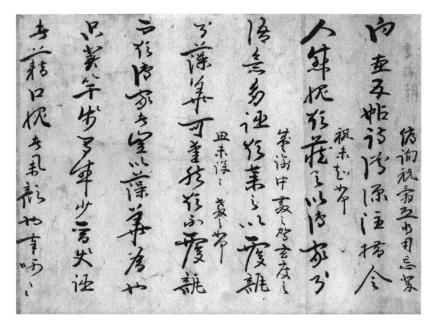

向惠五帖詩, 淵源注措, 令人感愧, 欲藏之以傳家, 則語意多誣, 欲棄之以覆瓿, 則藻華可愛. 然欲不覆瓿而欲傳家者, 豈以藻華爲也? 只冀竿步, 有或少晉, 使誣者籍口·愧者擧顔也. 奉呵奉呵.

俯詢祝辭, 恐當用忌祭祝, 未知如何.

盛諭中慶之駕·玄度之思未詳, 詳敎如何.

지난번에 보내주신 5첩帖의 시는 연원이며 배치한 수단이 사람으로 하여금 부끄럼을 느끼게 합니다. 보존하여 가문에 전하고자 한다면 말뜻이 거짓이 많고, 무가치한 것이라고 한 쪽에 치워버리자 하면 수식의 아름다움이 아깝겠지요. 그런데 버리지 않고 가문에 전하는 것으로 삼으려면 어찌 수식의 아름다움으로 되겠습니까? 단지 높은 경지만 기대하여 조금 나은 정도를 취하면 거짓된 것을 변명거리가 되게 하고 부끄러운 것을 자랑거리로 삼게 되지 않을까 걱정됩니다. 우스갯소리일 따름이지요.

물어주신 축사는 기제忌祭의 용도인 것 같은데 그런지 모르겠습니다.

깨우쳐주신 중경지가中慶之駕와 현도지사玄度之思는 뜻을 알 수 없으니 자세히 가르쳐주심이 어떨까요.

* 중경지가(中慶之駕): 어떤 뜻을 갖는 말인지 확인이 되지 않는다.

* 현도지사(玄度之思): 초승달이 밝게 떠오른 느낌을 표현한 말(金昌翕,『三淵集拾遺·答李季祥』, "新月將弦, 便有玄度之思…").

제2서간

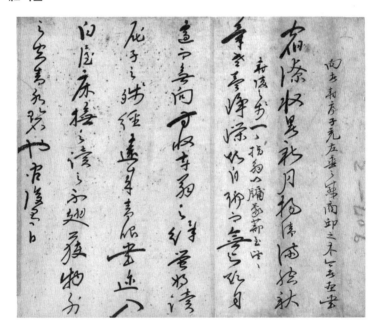

宿潦收暑, 新月揚淸, 滿腔秋氣, 老益崢嶸, 欲自聊而無與, 欲自適而無向,

方收車翁之餘螢, 將讀屈子之殘經, 遠來靑眼書, 邇入白屋床, 撫之讀之, 不翅

獲物外之空靑水碧也. 間後有日, 向者壽序子充, 左垂之感·商邱之木, 今者惠

書, 壽陵之步, 一一指解, 以牖蒙莃, 至望至望.

　　오랜 장마 끝에 더위가 걷히고 초승달이 맑게 비쳐서 가슴에 가득한 가을 기운이 날이 갈수록 높아갑니다. 스스로 무엇을 즐기고자 해도 더불어 할 것이 없고 스스로 어디 가고자 해도 향할 곳이 없으매 바야흐로 등불 아래서 굴원屈原의 「이소경離騷經」을 읽고 있는 즈음, 멀리서 온 청안서靑眼書가 서생의 책상 위에 놓여, 사랑스럽게 펼쳐드니 그야말로 속세 바깥의 공청수벽空靑水碧을 얻은 정도가 아닙니다. 그 사이에 여러 날이 지났는데 전번 자충子充을 위한 수서壽序의 좌수지감左垂之感과 상구지목商邱之木, 이번 혜서惠書의 수릉지보壽陵之步를 일일이 풀이하여 저의 미몽을 깨쳐주시길 바라 마지않습니다.

* 청안서(靑眼書) : 반가운 편지. 죽림칠현의 한 사람인 혜강(嵇康)이 싫은 사람이 찾아오면 백안(白眼)으로 대하고 반가운 사람이 찾아오면 청안으로 대했다는 고사에서 유래한 말.
* 공청수벽(空靑水碧) : 지극히 귀한 것을 이름. 선가仙家에서 유래한 말이다.(權斗寅, 『荷塘集 · 五芝安公墓碣銘』, "空靑水碧, 雖不合世用, 自可爲物外珍奇.")
* 자충(子充) : 누군가의 자(字)로 생각되지만 그의 성명은 미상.
* 좌수지감(左垂之感) : 어린 시절에 대한 감회. 좌수는 어린 아이의 머리털 모양에서 유래한 말.
* 상구지목(商邱之木) : 나무가 크기만 하고 쓸모없는 것. 세상에 쓸모없는 사람을 비유한 말.(『莊子 · 人間世』)
* 수릉지보(壽陵之步) : 한단지보(邯鄲之步)의 동의어. 남의 흉내를 내다가 제 본색마저 잃어버리는 것을 비유함.

제3서간

　　念表惠書, 因風落案, 雖尋常文字, 猶爲愛敬, 且況勉之以向學, 喩之以出處, 情辭義旨, 洋溢於篇牘. 譬如長江巨海之中, 驚瀾怒濤, 出沒起伏, 殆非管蠡所可窺測者耶. 不欲以尺蔡[槫]拱璧相與易也. 因審此際, 經體享樂, 庇節納休, 實叶願聞. 海朝, 年進學退, 無可聞狀, 而每爲執事者所推詡, 何令人愧欲

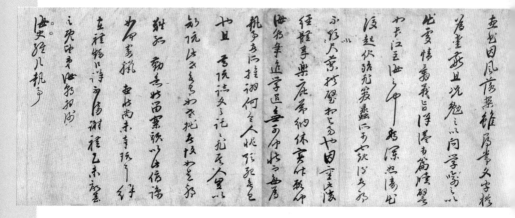

死無已也. 且尊阮誌文之託, 託非其人, 豈以知阮此世無有如老拙者, 故如是耶. 難孤勤意, 姑留案頭, 以此俯諒如何? 窮臘惠狀, 尚未奉玩耳. 餘在禮甥口詳, 不備謝禮. 乙未初春之既望. 弟海朝拜謝.

　海史經几執事

　뜻밖의 반가운 편지가 바람 타고 책상에 떨어지니 심상한 편지라도 경애의 마음이 일어날 것인데 하물며 학문을 권면하고 출처出處의 자세를 일깨우시니 정다운 사연과 의로운 취지가 지면에 차고 넘칩니다. 마치 거대한 강과 바다 가운데 놀란 물결 성난 파도가 요동치는 것 같아, 저의 좁은 식견으로 헤아릴 수[管窺蠡測] 있으리까. 척규공벽[尺揆拱璧]과도 바꾸고 싶지 않습니다. 요즘 경체經體 안락하시고 가내 평안하심을 살피니 실로 저의 바람에 꼭 맞습니다.

　저 해조는 나이는 들어가는데 학문은 퇴보하니 드러내 말할 것이 없거늘 매양 집사執事의 칭찬하는 말씀을 듣게 되니 어찌 사람을 부끄러워 죽고 싶게 만드는 것이 아닙니까. 또한 완장阮丈의 묘지문을 부탁하신 것은 적임자가 아님에도 세상에 완장을 아는 사람이 저만한 자가 없다 하여 그러는 것이겠지요. 이 뜻을 저버리기 어려워 우선 책상머리에 놓아두니 이처럼 양해해 주심이 어떻겠습니까. 지난 섣달에 보내신 편지는 아직 받지 못했습니다.

나머지는 예생禮甥의 입에서 상세히 들으실 것이라, 예절을 갖추지 못합니다.

을미(1895) 초춘 기망既望(16일)에 해조는 절하고 올립니다.

해사海史 경궤집사經几執事

---

* 관규여측(管窺蠡測) : 좁은 구멍으로 하늘을 바라보고 작은 바가지로 바닷물을 헤아림. 겸손의 의미.

* 척규공벽(尺揆拱璧) : 지극히 귀중한 물건을 비유한 말(宋時烈, 『宋子大全·答宋玉汝』, "麗落長書, 春容大篇, 雖尺揆拱璧, 不願易也"). 揆는 원문에 蔡로 적혀 있는데 오자로 보임.

* 예생(禮甥) : 이름에 禮자가 들어있는 생질. 해사의 생질을 가리키는 것으로 보임.

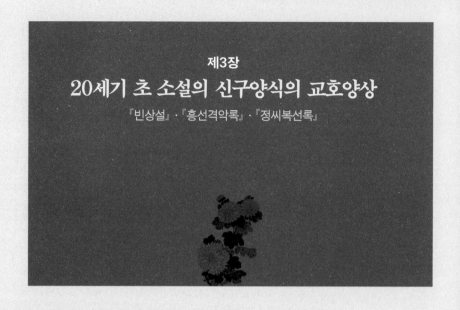

제3장
20세기 초 소설의 신구양식의 교호양상
『빈상설』·『흥선격악록』·『정씨복선록』

1. 20세기 초의 전환기적 상황

1907년 『제국신문』에 연재되었다가 1908년 광학서포에서 단행본으로 발행되었던 이해조의 『빈상설』을 보면 작중의 정길이란 인물을 이렇게 소개하고 있다.

구학문으로 말하면 오장육부에 정신보가 빠졌다할만하고 신학문으로 말하면 뇌에 피가 말라 신경이 희미하다할만한 정길이……

구학문의 지식과 신학문의 지식을 끌어들여서 작중 인물의 성격을 표출한 이 대목은 적실한 시대의 정신풍속도처럼 여겨진다. 인간 자체를 인식하는 지식부터 이렇듯 신구로 엇갈려 있었던 것이다.

20세기를 전후한 시공간은 아마도 유사 이래 최대의 전환점으로 볼 수 있다. 당시에 처음 출현한 현상들은 전에 없이 '새로운' 것으로 의식되어 신문물·신사상·신제도로 지칭된 것이다. 그리하여 여러 천년을 이어 오던 유형·무형의 것들을 싸잡아 구식으로 치부하기에 이르렀다. 구학문과 신학문의 구분 역시 이에서 비롯된 것임이 물론이다. 이는 한국만의 특수성이 아니었고 중국이나 일본도 사정이 크게 다르지 않아, 대략 유사한 궤적을 거쳤다.

동아시아의 전통—한자문화권은 서양주도의 '근대적 세계'에 편입되는 과정에서 영락·해체의 길로 빠져들면서 종래의 공유양식 또한 용도 폐기의 처분을 당하게 되었다. 뿐 아니라, 공유양식과 병존했던 각기 민족 고유의 양식 또한 부정의 대상이 되었던 점에서는 마찬가지였다.

중국과 한국이 다 같이 처했던 전환기적 상황에서 각기 전개된 양상을 살펴보면 상호 간의 같고 다름이 대조를 이루고 있다. 중국의 신지식층은 고전적 전통의 중압에서 아직 탈출하지 못하고 다만 부분적인 혁신을 도모하여 이른바 '시계혁명詩界革命'을 제창한 한편 '신소설'이 등장해서 이목을 끌었던 것이다. 같은 무렵 한국은 더 급격한 사회 문화의 변모화 함께 절박한 민족 위기에 처하게 되었다. 구국운동 및 개화의 물결에 호응하여 '동국시계혁명'이 일어났고 '신소설'이란 것도 출현하였다.

'동국시계혁명'은 중국의 '시계혁명'의 자극을 받아 제기된 개념이다. 그래서 '한시혁명'으로 발단이 되는데, 거기서 그치지 않고 '국시혁명國詩革命'으로 발전을 하였다. 민중적인 전래 가요의 형식들을 일체 동원해서 구국과 개혁이라는 시대정신을 담아 정서적 감염력을 발휘하고 정신적 계몽성을 고취할 수 있도록 한 것이었다.[1] 이처럼 자못 활발하게 전개된

운동과정에서 고전적·전통적인 공유양식으로부터의 이탈, 근대적 민족문학으로 향해가는 길에 들어선 것으로 생각된다.

'신소설'이란 용어는 중국에서는 잡지의 명칭으로 처음 등장한 만큼 신지식층이 의식적으로 표방한 것이었다. 우리의 경우『혈血의 루淚』를 출판하면서 그 표지에 '신소설 혈의루'라고 표제한 것이 첫 용례로 알려져 있는데 "서양소설투를 모범"[2]으로 삼은 것이라 함이 그 의미한 바였다. 한·중문학사에서 이 신소설이란 용어의 일치에는 직접적 관계가 있었던 것 같지 않다. 당시 한국문학사에서 계몽적 성격을 극대화한 형태—정치소설로 일컬어진—역사전기류는 중국 쪽과의 관계가 긴밀한 편이었다. 반면에 중국 쪽 신소설의 주류적 형태로 시대성이 선명한 이른바 견책소설 譴責小說은 우리 쪽에서 찾아보기는 어렵다. 한국문학사에서 신소설의 주류는 중국과 다른 양식에 의거해서 발전하고 있었다.

그런데 20세기 초의 전환기적 상황은 '신'과 '구'로 구별되었던 만큼 양자는 서로 대척적이고 그런만큼 '신'에 의해 '구'는 부정되었다. 이 현상을 과장, 왜곡해서 양자의 사이에는 마치 불상통의 단절이 발생한 듯 인식되어 왔다. 마침내 역사의 단절, 문화의 불연속을 초래한 원점으로 지적되곤 하였다. 그러나 당시의 실상을 살펴보면 전혀 그렇지 않았다. 단층의 골은 그 다음 단계에서 깊어졌다. 그 실상을 들여다보면 '구'와 '신'은 혼돈의 상태였으니 양자의 관계는 동전의 양면으로 비유될 수도 있을 것 같다. 시가부문에서는 신구양식의 관련양상이 근래 밝혀진 편이

---

1   임형택,「'동국시계혁명'과 그 역사적 의의」,『백영 정병욱선생 환력기념논총』, 1982(『한국문학사의 시각』, 1984).

2   "此小說을 讀하면 國民精神을 感發하야 無論男女하고 血淚를 可히 灑할 新思想이 有할지니 此는 西洋小說套를 模範한 것이오니"(1907년 廣學書舖 간행『鬼의 聲』에 별면으로 실린 '新小說 血의 淚'의 광고문).

다. 이에 비해 소설부문은 여러모로 논의되긴 하였으나 관련양상이 선명히 규명되었다고 말하기 어렵다.

저자는 이 시기에 나름으로 관심을 두어 왔다. 시가부문의 운동에 대해서는 직접 다루어 보기도 하였다. 우리의 오늘과 오늘이 안고 있는 문제, 그리고 근·현대문학과 고전문학을 연계해서 인식하는데 긴요한 고리라고 생각한 때문이다. 몇 년 전에 나는 『홍선격악록興善擊惡錄』이란 필사본 소설을 우연히 구해 볼 수 있었다. "저작자 박응화朴應和", 융희 2[1908년] 8월 1일로 연대가 명기되어 있는 것이다. 1908년은 신소설이 발단하여 나름으로 특성을 갖추게 된 바로 그 지점이다. 이 『홍선격악록』이란 자료는 나에게 신구소설의 관련 양상을 돌아보게 하는 계기가 되었다.

지금 나의 관심은 20세기를 전후의 소설사적 연속성을 새삼스럽게 밝히자는 데 있지 않다. 요컨대 신구가 교호되는 지점에 주목해서 들여다보려는 것이다. 근대전환의 바로 그 시공간에서 일어난 신구소설의 착종·혼효의 양상 자체를 문학사의 창조적·역동적인 국면으로 해석하자는 취지이다.

2. 『빈상설鬢上雪』의 경우

임화林和는 신소설의 삼대작가로 이인직·이해조·최찬식崔瓚植을 손꼽고 이들의 작가적 특성을 비교하여 "이인직은 순수한 현대작가요, 이해조는 전통적 작가요, 최찬식은 대중작가로 부를 수 있다"고 규정을 짓고 있다.[3]

3　林和, 「槪說 新文學史」, 『조선일보』, 1940.2.2.

이 규정은, 임화의 우리 근대문학사의 체계를 세운 학적 비중에 상응해서 큰 무게가 실려 있다. 물론 수긍되는 면이 다분히 있는 견해이다. 그러나 저자의 판단으로는 실상에 꼭 부합하지 않으며, 논지 자체가 비록 각기 경향성으로 언급한 것이라도 따져 물을 점이 있는 듯하다. 우선 최찬식을 이인직, 이해조와 같은 반열에 놓을 수 있는가 의문이며, 대중작가로 친다면 다른 두 사람은 그런 경향을 띠지 않았던지 반문하고 싶은 것이다. 신소설은 작품이 제작되어 독자에게 공급되는 과정도 그러려니와 작품 자체도 가령 이인직에 대해 전광용 선생이 지적한바 "엽기적 탐정극의 기분"[4]이 농후하듯이 대개 흥미 본위의 대중성을 기본성격으로 잡고 있었다고 여겨진다. 『대한매일신보』가 "『귀의 성』과 같은 소설을 지어서 사회상의 도덕만 파괴하며 독자들을 미도媚倒하고 책값 기幾 백원으로 기하저 비其下筆費, 자신의 식사비용만 충당하고 있다"[5]고 비난을 한데서 당시 뜻있는 식자들의 눈에 신소설이 어떻게 비쳤던 지 여실히 느낄 수 있다. 문제의 초점은 이인직의 '현대적', 이해조의 '전통적'에 있다.

임화는 『빈상설』을 "이해조의 절충성을 대표하는 소설이다"라 규정짓고 다음과 같이 전체적인 논평을 내리고 있다.

> 신소설시대의 작가 중에서도 가장 현대문화에 가까웁고 또한 현대문학의 생 탄生誕을 위하야 직접의 산모가 된 이인직 같은 작가는 초기에 가졌던 절충성을 종합적·통일적인 방향으로 발전시켜온 것이다.[6]

---

4   全光鏞, 「李人稙 硏究」, 『서울대학교 論文集』 제6집, 1957, 222면(『신소설연구』, 새문사, 1986, 141면).
5   「演劇界之李人稙」, 『大韓每日申報』, 1908.11.8.
6   임화 『개설 신문학사』의 이해조를 다룬 부분(『人文評論』 제3회, 임규찬·한진일 편, 『신문학사』, 284면).

임화는 이인직을 이렇듯 '현대적'이라고 규정지었기에 드디어 우리의 문학사에서 현대문학근대문학의 창시자의 영광을 그에게 안겨준 것이다. 이 인직이 이해조와 달리 "종합적·통일적 방향"으로의 지향을 능히 구현했는가의 여부는 뒤에 따지기로 남겨두고 우선 논리의 초점이 된 '절충성'이란 개념에 대해 보자. 임화에 의하면 절충성은 다른 말로 '불철저한 종합성'이니 아직 새 양식은 물론 엄밀한 의미에서 새 정신도 탄생하기 전, 즉 모든 것이 새로운 것의 탄생을 위하여 우선 한번 혼효해 보는 신문학 태생의 시기인 때문에 문학이 그러한 성격을 드러냈던 것으로 파악한 것이다. 임화는 이 절충성을 불가피했던 역사적 현상으로 이해하고, 그 성격을 이해조와 이인직이 공유했던 것은 극히 당연했던 것으로 보고 있다. 그런데 『빈상설』의 절충성이 『치악산』의 절충성을 답습한 것이라고 본 판단은 임화가 실증적 오류를 범한 것이다. 이 점을 제외하고 말하면 임화의 논리는 일응 수긍될 뿐 아니라 지금 보아도 탁견으로 여겨진다.

『빈상설』은 최원식 교수의 고증에 의하면 『제국신문』에 1907년 10월 5일부터 연재되있다가 그 이듬해 단행본으로 출판된 깃이다.[7] 저자는 임화가 "이해조의 절충성을 대표하는 작품"이라는 말을 받아서 이해조의 대표작이며 이인직의 『은세계』와 더불어 신소설의 대표작이라고까지 말하고 싶다. 그렇다고 완성도가 높은 작품으로 치는 것은 아니다. 『빈상설』역시 꼬집어 내자면 결함투성이다. 사례를 들어보자.

작중에 복단이란 이름의 하녀가 나온다. 이 인물은 전체 구성상에서 긴요한 인물임에도 작중에서 실제로는 등장시키지를 않고 계속 남의 입에서만 오르내릴 뿐이다. 다만 죽은 몸뚱이로 한번 출현하는데, 악독한 상

7   崔元植, 「李海朝文學 硏究」, 『한국근대소설사론』, 창작과비평사, 1986, 31면.

전의 구박에 견디다 못해 우물에 빠져 자살한 것이다. 그런데 우물에 빠져 죽은 복단이가 어떻게 저절로 길바닥에 쓰러져 있다. 이런 모순을 "물에 빠진 사람이 죽을 때는 기어나와 죽는다더니"라는 말로 합리화를 시킨다. 이 복단이의 사체가 다른 악역의 발에 걸거치는 것으로 이야기를 끌고 갈 필요가 있었기 때문에 어설픈 속담을 가지고 불합리를 호도한 것이다. 사례를 하나 더 들어보자. 작품의 후반부로 가면 부산서 제주도 첫 취항을 한 여객선이 전복하는 사고가 일어난 설정이 있다. 사고의 원인은 어처구니없게도 여객선의 선장 스크랭쓰라는 서양인이 간밤에 첫 취항을 축하하는 연회석에서 만취했던 까닭에 이튿날까지 정신이 몽롱해서 항로를 이탈, 그만 난파를 당했다는 것이다. 여자 주인공의 고난에 고난을 중첩시키기 위해, 또 한편으로 최원식 교수가 지적했듯 외국자본에 의해 운수업이 운영된 사실의 부당성을 경고하기 위해 삽입한 것으로 양해할 수는 있겠다.[8] 하지만 너무도 황당하다.

우리의 옛 소설 가운데 특히 판소리계 소설에서 불합리나 당착을 범하는 사례를 허다히 만난다. 그런 경우 대체로 민중의 간절하고도 진솔한 원망願望을 대변하고 있기에 오히려 그런데서 발랄성 · 현실성을 느낄 수도 있다. 전문 작가가 제작한, 더구나 계몽주의적인 신소설에 있어서는 미학적 의미가 서로 같지 않은 것이다. 신소설의 원죄라고나 할 흥미위주의 대중성에 직결된 현상이다. 그런데 신소설은 대부분 작품이 후반으로 넘어서면 흐트러져서 리얼리티를 거의 망실하는 꼴이 되고 만다. 이인직의 경우는 현실을 비약하면서 공상을 제시한 셈이었다. 능히 전편을 끌고 가서 완결을 짓지 못하는 신소설 작가의 기량적 한계인데 이는 개인적 한계로만

---

8 위의 책, 73~4면.

돌릴 수 없고 당시의 초창기적인 미숙성에다 현실을 전망하기 어려웠던 시대사정과도 무관하지 않은 것으로 해석할 수 있다.[9] 이상주의적인 소설 양식으로 복잡한 현실을 담아내기에는 근본적 한계가 있었다고도 여겨진다. 그럼에도 『빈상설』을 높이 평가하는 이유는 어디 있는가?

『빈상설』이 내포한 결함은 신소설 일반의 문제점인데 이 작품이 보여준 서사 양식으로서의 두 면모를 먼저 높이 산 때문이다. 하나는 서사시간의 긴박한 구성이다. 이야기식 구조에서 장면 중심적 구조로 바뀌는 데서 근대소설이 성립하는 것으로 보는 것이 통설이다. 『빈상설』은 수다한 인물들에 의해 이야기가 복잡하게 얽히는 사건소설임에도 장면 중심적으로 전개시키고 있거니와, 구성을 밀도 있게 하여 긴장된 시간단위 속에서 서사가 짜인 것이다. 그러자면 아무래도 앞뒤의 경위를 독자들에게 알리는 방도가 쉽지 않겠는데 작중인물들의 대화 혹은 독백을 통해서 난제를 요령 있게 해결하고 있다. 다른 하나는 서사의 문체에 민중성이 돋보이는 점이다. "일아개장日俄開場, 러일전쟁에 미국 대통령이 구화媾和, 양자를 중재하는 말 담판하듯"이라거나 "북벌北伐하러 가는 군정 모으듯 부산을 떤다"는 식의 풍자만화적 특징이 보이는가 하면 일찍이 판소리계 소설에서 구사된 민중언어의 리얼리티를 살려내고 있는 것이다. 『은세계』의 전반부는 판소리의 재현이라는 견해가 제출되어 관심을 끌었는데 『빈상설』의 경우 작가의 구수하고 걸쭉한 입담, 곧 소설가적 장점이 십분 발휘된 결과라고 하겠다.

그런데 『빈상설』을 신소설의 대표격으로 중시하는 요인은, 물론 이런 면도 고려하지 않는바 아니지만 기실 다른 데 있다. 작품이 보여주는 신

---

9 한기형(韓基亨)은 신소설의 작품적 성과가 가지는 제한점을 제기하여, "작가역량과 분량의 모순, 계몽성과 현실성의 충돌이란 두 가지 문제가 신소설의 구성을 분열시키거나 주제와 형상간의 대립을 만들어낸 원인이다"(「新小說의 近代文學的 位相」, 성균관대 박사논문, 1997, 169면)라고 논한 바 있다.

구의 교호양상을 주목하는 것이다. 임화의 개념으로 '절충성'을 뜻한다. 임화는 일찍이 '구소설적 가정소설'이 신소설의 기반이 되었던 것으로 인식했던바 뒤의 연구자들에 의해 '남여 이합형離合形 구조' 혹은 '악인모해형 구조'로 파악되기도 하였다. 조동일 교수는 '영웅의 일생'이란 한국 서사문학을 관류하는 유형구조를 발견하여, 신소설 또한 이 유형구조를 고스란히 물려받았다는 결론을 내리고 있다.[10] 이 여러 견해들은 대체로 수긍이 가는 것이다. 다만 작품의 생생한 이해를 위해서는 관련 양상이 단순화되는 정태적인 방법으로 유형화시킬 것이 아니라 살도 붙어 있고 살아 움직이는 생명체로서 드러나야 하며, 그러기 위해서는 보다 구체화한 접근을 요한다고 본다. 『빈상설』의 경우 『창선감의록』과 『사씨남정기』와의 관련성이 제기되는 것이다.

『창선감의록』과 『사씨남정기』는 『구운몽』과 나란히 우리 문학사상 장편 국문소설이 발흥한 단계인 17세기 후반기의 고전적 성과이다. 사대부 부녀자들을 독자기반으로 해서 성립했던 터이기에 규방소설의 성격을 가졌던 것이다. 규방소설은 가문 내부의 갈등을 중심으로 엮어진 것이어서 가문소설로 일컬어지기도 하는 바 가문소설은 가정소설과 유사한 용어다.[11] 이들 소설이 당시의 사회관습에서 활동이 규방에 한정될 밖에 없었

---

10 趙東一, 『新小說의 文學史的 性格』, 한국문화연구소, 1973.
11 규방소설과 가문소설, 가정소설은 뜻이 비슷하면서도 실은 관점과 의미하는 바가 서로 같지 않다. 저자는 한국소설사의 발전과정을 우리 조상들의 실제 삶에 즉해서 해명해 보려는 취지에서 규방소설이란 개념을 도입해 본 것이다(「17세기 규방소설의 성립과 『창선감의록』」, 이 책 249면). 발전배경, 특히 독자층에 초점을 맞춰 규방소설이라고 이름을 붙인 것이었다. 그런데 가문소설이라 할 경우 대상으로 하는 작품군의 성격 내용이 서로 유사하지만, 작품의 소재적인 면과 유형적 성격을 중시해서 명명된 것이므로 규방소설이라 할 때와는 인식의 방향에서 시각차가 있는 것이다. 그리고 가정소설이란 개념은 임화의 경우 "구소설적인 가정소설"이라고 한 데서 드러나듯 근대소설의 사회적 의미를 담은 특징에 대비해서 사회성이 결여된 성격을 지적한 개념이었다. 가문소설이건 가정소설이건 작품의 특징을 지적하는 데 사용할 수는 있겠으나 분류적인 개념으로 도입한 방식은 소재주의

던 부여층을 위한 읽을거리, 거기에 교양적·교훈적 기능이 곁들여졌던 사실에 주목하여 규방소설로 성격규정을 지은 것이다. '재미'에다 교양적 의미가 결합된 형태이다. 『빈상설』은 전면에 새로운 서사기법이 도입되었으며 판소리어법의 영향이 드리워져 있다. 그런 한편 규방소설과 구조적으로 연계되는바 그 관련양상은 착종되어 있으면서 다양성·생동성을 연출하고 있다. 그 양상을 대략 다음 몇 가지 측면에서 살펴보려고 한다.

1) 선악대립의 서사구조

『창선감의록』과 『사씨남정기』는 성격이 상동할뿐더러 테마까지 유사한데 전자는 가부장적 가족제도의 전반적 모순갈등을 다룬 것이라면 후자는 처첩갈등으로 축소지향을 한 셈이다. 『빈상설』은 처첩갈등을 중심으로 엮어진 점에서 『사씨남정기』에 닿아 있는데 인물설정 및 화소의 차용에서는 『창선감의록』에 근친성이 있다. 그리고 선인계와 악인계의 대립구도는 다함께 공통되는 구조다. 그런데 대립양상을 눈 여겨 보면 의미하는 바가 같지 않다. 『빈상설』에서 선인계는 이승지와 그의 딸 이씨 부인으로, 악인계는 서정길과 그의 첩 평양집으로 대표되고 있다.

> 울른꾸스로(양복지 이름인 듯―인용자, 이하 같음) 양복을 말쑥하게 지어입고 다까보시(서양식의 신사모)에 불란서 제조 살죽경을 쓰고 흰 떡가래만한 여송연을 반도 채 타지 못한 것을 희떱게 휙 내버리고 종려 단장을 오강巫ㅣ 노질하듯 휘휘 내두르며(1면)[12]

로 흘렀다는 비판을 면할 수 없다고 본다.

12 본고에서 『빈상설』의 인용은 1908년 5월 광학서포 발행의 초간본을 영인한 책을 대본으로 했다(『新小說·飜案小說』1, 아세아문화사, 1978). 원문 그대로 인용하되 현행 표기법을 준용함. 고어나 방언, 속어적 표현 등은 바꾸지 않았다. 이하 같다.

소설의 첫머리에 등장하는 서정길이다. 본고의 서두에서 본 "오장육부에 정신보가 빠졌다"는 그 인간이다. 서정길은 『사씨남정기』의 유연수보다는 『창선감의록』의 화춘을 닮았는데 이같이 개화풍의 외양을 묘사하여 그 시대의 한 전형적인 모습을 드러내 보여준 것이다.

> 정길이는 (…중략…) 여주 있는 오려논 십여 석락石落(섬지기)을 팔아다 놓고 (…중략…) 점잖게 말하면 교육에 기본금을 삼아 간접으로 이익을 취하던지 공업이나 상업을 하야 직접으로 이익을 구할 터이요, 그렇지 못하고 천착하게 말하면 은행소에 임치任置하야 변이라도 늘일 것이요, 전답 마지기를 다시 사서 부모가 물려준 재산을 아조 없애지 아니하자고 생각할 터이어늘 위선 성중에 들어서면 진고개로 올라가 반지를 산다, 시계를 산다, 유성기 자명악 권련 과자 등속 보기 좋고 귀에 듣기 좋은 것을 짐이 터지게 사서 앞세우고…(114면)

서정길은 외관상으로는 개화인이 분명한데 기실 구제도와 유착된 관계망 속에서 조상으로부터 물려받은 재산을 말아먹고 신문물을 오직 사치와 소비의 형태로 접수하는 모습이다. 하긴 '개화' 자체가 자본주의의 소비시장으로 흡수되는 지름길 아니었던가. 그 당시 발간된 신문의 광고란을 한 번만 훑어보아도 그러한 사실을 실감할 수 있다. 담배 광고가 유난히 눈에 뜨이는데 세계 각처의 이름난 특산품들이 나열되는 중에 "하바나 마닐라 엽권연葉卷煙, 여송연"도 나와 있다. 그리고 이현泥峴, 진고개, 지금의 충무로의 일본인 상회에서는 각종 모자·축음기·음반과 포도주·우이스키·부란데 등등 "구미 잡화 양주 식료품을 직수입"한다고 매일 선전을 하고 있다. 거기에 말려들어 정신을 못 차리는 조선인 소비자가 서정길이다. 이 서정길과 신문물의 동반적 소비자인 평양집의 의식형태를 보자.

복단이 년은 어디로 돌려놓고 전 같으면 그년의 아비놈을 형·한양사刑漢兩司
(사법을 담당하는 두 기구인 형조와 한성부)로 보내어 학의 춤을 취였으면 절
로 설설 기어 들어오련만은 세상이 말세가 되야 양반이 욕을 보아도 설치할 수
가 있어야지. 더구나 개화장정開化章程에는 세전비世傳婢로 부리는 법을 금한다니
까 법소를 차릴 수도 없고 하인 성청법成廳法(세력가가 사적으로 하인을 처벌하
는 관행)도 없어졌으니 사다듬이나 할 수가 있나.(45면)

평양집이 개화세상을 불평하는 소리는 아주 풍자적이다. 실은 하녀 복
단이를 저의 손으로 구박해서 죽게 만들어 놓고 자신의 죄악을 은폐하기
위해 누군가가 빼돌렸다느니 하고 악다구니를 쓰며 법석을 떨고 있는 것
이다. 아무튼 평양집은 하인에 대해서는 인권을 마구 짓밟고 있으면서,
그런 행악을 못 하게 된 세상을 '말세'로 인식하고 있다.

이들 부정적 개화꾼과 달리 이승지는 "일찌기 문명각국에 많이 유람하
야 세계사정을 요연히 아는 고로 부패한 정부를 공박하야 유신의 사업을
성취"하려는 뜻을 지닌 개명적·애국적인 성향의 인물이다. 이씨 부인 또
한 정숙한 사대부여성의 전형으로 그려져 있으나, "금같은 시간을 허송치
말고 공부하여야 우흐로 황상폐하의 총명을 도와 아래로 노예를 못 면한
인민을 구원"하도록 남동생에게 권유하는 애국계몽의식의 소유자로 설정
되어 있다. 『빈상설』의 갈등구조는 주체적 개화론—애국계몽의식의 소유
자와 개화의 바람을 탄 타락자의 대립관계로서 당대적 의미를 띤 것이다.

2) 권선징악의 의미구조

『빈상설』은 선악대립의 서사구조와 권선징악의 의미구조가 결합되어
혼연일체를 이루고 있는 소설이다. 이런 면모는 고금에 통하는 대중성 문

예의 보편적 속성이라고 말할 수 있겠으니 우리의 옛 소설도 예외일 수 없었다. 문인지식층의 전기소설 단계를 지나 규방소설로 와서 비로소 권선징악의 '행복한 결말'이란 구도가 잡혀진 것이다. 신소설 또한 이 정석을 따르고 있다. 거기에 전환기적 시대성이 부여된 것이다.

작중에서 서사의 주역은 사실상 평양집과 하녀 금분이다. 금분이는 『창선감의록』이나 『사씨남정기』에 등장하는 악인계의 어떤 하녀보다도 악역이 활동적이어서, 그런 만큼 자기 성격이 부각되어 있다.

> 사람이 착하면 복을 받고 악하면 앙화를 받는다는데 말이야 바른 말이지 화개동 아씨같이 착하고 무던하신이야 또 어데 있나.(16면)

금분이가 이씨 부인 편이 될까 평양집 편이 될까를 놓고 속으로 저울질해 보는 장면이다. 권선징악의 원칙을 회의하며 자신의 처지를 고려해서 이모저모로 이해타산을 하는 것이다.

> 화개동 아씨 친정아버지 이승지영감은 착하지를 않아서 귀양다리가 되었나. 남의 청 아니 듣고 재물 모르기로 유명한 양반으로 충신을 가까이 하야 정사를 바르게 하고 간신을 물리쳐 법강法綱을 세우랴 옳고 반듯한 상소를 하다가 그 지경이 되었다는데 지금 세상에는 다 쓸데없어. 못된 짓하는 사람이 다 잘 된다더라.(17면)

눈앞의 현실이 현숙한 이씨 부인은 곤경에 처해있고 그녀의 부친 이승지는 국정을 바로 세우기 위해 옳은 행동, 바른 소리를 하다가 멀리 제주도로 귀양을 가 있다. 금분이는 이해득실을 저울질해 본 결과 선이 불리한 시대상을 간파한 것이다. 그리하여 마침내 지금의 '개화세상'은 악이 승리하는 시대라고 결론을 내린다.

개화 세상에 더 볼 것 무엇 있소?(81면)

양반 부인을 납치해 온 자가 그 여성의 정조를 겁탈하려고 덤비면서 달래는 말이다. 저지른 악행이 '개화 세상'으로 합리화되고 있다. 그것이 현상으로서 만연하고 있음을 소설은 보여준다. 기존의 질서가 무너지는 과정에서 인간의 가치관의 혼란, 도덕성의 마비가 극도에 달한 상태가 도래한 모양이다. 하긴, 악마적 현실을 파고드는 것이 실은 소설의 본령 아닌가. 전환기의 부정적 인간성, 타락한 시대상을 그린 『빈상설』은 근대성을 나름으로 포착한 셈이다. 이 자체가 모순 구조다. 다만 문제적 현실을 작가는 권선징악이라는 낡은 서사의 틀 속에서 해결하고자 한다. '신악'을 구식으로 퇴치하고자 한 셈이다. 때문에 '권선'으로 결구를 찾은 한편, 작가가 나서서 인물들의 입을 빌려서 실교를 하곤 한다. 규방소설의 고유한 성격인 교양적·교훈적 의미는 『빈상설』에서 애국적·계몽적 내용으로 대치되었다고 하겠다.

3) 고난의 해결논리

사람마다 말하기를 착한 자는 극락세계로 가고 악한 자는 지옥으로 간다하니 극락세계가 하늘위에 있고 지옥이 땅속에 있는 것이 아니라. 착한 사람은 초년고생을 겪다가 늦게 복을 누려 가엾이 질기는 것을 극락세계라 할 만하고 악한 사람은 당장에 엄적掩跡(자취를 감춤)은 될지언정 종내 감옥서에나 경무

청에 들어가 고초 겪는 것을 지옥이라 할 만한지라.(112면)

　권선징악-복선화음福善禍淫의 의미구조는 위에서 "착한 사람은 초년고생을 겪다가 늦게 복을 누려"라고 고난에서 행복으로 역전되는 정식을 성립시키고 있다. 그 인생의 파란의 역정이 곧 소설의 재미를 불러일으키는 요소임이 물론이다. 불교의 극락 지옥, 기독교의 천당 지옥은 말하자면 복선화음의 논리를 보증하는 장치인 셈인데 『빈상설』에서는 '보증장치'를 내세가 아닌 현세에다 두고 있다. 그것도 바로 현실국가＝대한제국의 치안 사법기구에 의뢰하고 있는 것이다. 그의 계몽주의를 대변하는 『구마검驅馬劍』에서는 역시 근대적 제도로 도입된 사법부의 재판에 의해 악이 제거되는 것으로 결말을 끌고 가는데 그에 앞서 파탄에 이른 가정이 문장門長이 주제하는 종중宗中 회의의 현명한 판단에 의해 재건되는 것으로 설정하고 있다. 이해조적인 고난 해결의 논리다.

　우리가 지금 생각해보면 선의 필승, 악의 필패는 아무래도 인간현실의 논리라고 말하기는 어렵다. 불확정성의 논리를 필연으로 가공하는 데 있어 비약이 따르지 않을 수 없다. 때문에 극락이니 지옥이니 하는 일종의 '내세 보험'을 만들어 내지 않았을까. 그리고 선악대립의 서사구조에서는 여기에 초월적·신비적인 무엇을 끌어들이곤 했던 것이다. 『흥부전』에서 제비가 물어온 박씨가 흥하게 하고 망하게 하듯, 『창선감의록』에서 곽선공郭仙公·청원淸遠 같은 신비한 존재가 나서서 주인공을 위기로부터 구출하듯. 이런 따위의 외적 개입을 배제하고 소설 자체의 논리로 전개되는 데서 근대소설의 징표를 발견하려는 견해는 타당성이 있다고 본다. 이해조가 보여준 고난의 해결논리는 근대소설의 그것에 가까워진 셈인데 전통성을 곁들이면서 근대적 방식으로 바뀐 것이다.

그런데 이인직의 신소설을 보면 『혈의루』에서는 고난의 구원자가 일본인으로 설정되어 있으며, 궁극적 해결처는 그의 작품들이 다 그렇듯이 미국으로 유학을 떠나는 데서 찾고 있다. 『은세계』에서는 미국 유학을 가 있던 주인공 남매가 작중의 현재인 1907년 고종이 퇴위한 사실을 '한국 대개혁'으로 인지하고 개혁사업에 동참할 목적으로 기쁨에 들떠서 귀국을 한다. 소위 정미 7조약으로 일제에 국가주권을 대폭 상실한 바로 그 지점이다. 식민지 근대화의 도정을 발전의 논리로서 긍정하고 환영한 것이다. 친일 개화론자의 꿈인데, 서구에 편향된 외세의존이기도 했다. 이인직은 그런 점에 있어서는 국제적이고, 또한 그런 의미에 있어서는 '근대적'이라고 말할 수도 있겠다. 곧 근대주의요 서구중심주의에 다름아니었다. 이인직의 친일적·반전통적인 외세의존의 국제주의에 대조적으로 이해조의 신소설은 애국적·전통적인 민족주의의 경향성을 지니고 있는 것이다.

3. 『흥선격악록興善擊惡錄』의 경우

대됴(조)선 영종대왕 시절에 국태민안하고 세화연풍한지라. 이때 경기도 고양군 사철면 삼포동에 한 사람이 있으되 승(성)은 증(정)이요 이름은 됴(조)민이라.

『흥선격악록』의 맨 첫머리다. "군밤사오. 군밤사오. 설설 끓는 군밤이오"로 시작하는 『빈상설』의 극적인 첫머리에 견주어 구투가 역력하다. 하

『흥선격악록』 첫 면
"흥선격악녹 권지일"이라 하고, 그 아래 "즈작즈 박응화"라고 적어 놓았다. 국문소설에서 이런 식으로 작가를 명시한
것은 전에 없던 방식이다(익선재 소장).

지만 '대조선'이란 표현부터 1894년 이후로 유행한 용법이거니와 집주소를 대듯이 배경을 소개하는 식도 신소설적인 것이다. 그 정조민이 노경까지 자식을 두지 못해 여간 쓸쓸해 하다가 태몽을 꾸고 쌍둥이 아들을 얻으니 태남과 차남이다. 이들 형제를 중심으로 소설은 엮어진다. 구소설의 틀 그대로이다.

형 태남은 인품이 정인군자로서 처지가 곤궁한데 반해 아우 차남은 장인의 권세에 힘입어 일찍 평양감사로 출세하였다. 그런데 이 아우는 심지가 바르지 못해 악의 유혹에 빠져들게 되는 것으로 서사가 펼쳐진다. 형제간의 빈부격차에서 비롯된 갈등을 다룬 면에서는 『흥부전』을 닮았지만 제목의 뜻이 말해주듯 『창선감의록』과 친연성이 있다. 따라서 『흥선격악록』은 『빈상설』과도 구조적으로 가까운 계보이다. 상호 비교해보면 서사 구조가 기본적으로 일치하면서도 특히 두 가지 차이점이 있다. 『창선감의록』과 달리 『흥선격악록』은 악을 아우 쪽으로 배치하였다. 『흥선격악록』으로 와서 선악의 배역이 『창섬감의록』이나 『흥부전』과는 달리 뒤바뀐 형태이다. 그런데 『흥선격악록』에서 악행을 능동적·공격적으로 일삼는 자─수악首惡은 정차남의 정실부인인 이씨이다. 『창선감의록』의 조녀, 『빈상설』의 평양집, 이런 악역을 단골처럼 맡아온 첩이란 존재를 『흥선격악록』에서는 당초에 설정하지 않았다. 『흥선격악록』으로 와서는 가부장적 제도를 지켜야 한다는 의식이 탈색된 데다가, 처첩갈등과는 무관한 차원에서 서사의 문제가 제기된 것이다.

작품에 펼쳐지는 파란이 심한 사건의 발단은 부인 이씨가 남편이 임지에 가있는 까닭에 독수공방을 하는데 있었다. 이씨는 시아주버님인 태남을 댓바람에 "속옷 바람으로 내달아 손목을 잡고 침실로" 유혹한다. 정태남은 잡힌 손목을 아무리 뿌리쳐도 놓지를 않아, 그 여자의 가장 부끄러운 과거를 일깨워서 물러서도록 만든다. 그래도 이씨는 자신의 부정한 행실을 뉘우치기는커녕 적반하장으로 남편 차남에게 편지질을 해서 시아주버님^{태남}이 자기를 성폭행하려 덤벼든다고 무함을 하는 것이다. 그리하여 마침내는 차남이 이 무함에 넘어가서 분노한 나머지 친형인 태남을 죽게 만드는 데에 이른다.

동생이 친형을 살해하도록 만드는 악행은 아무리 허구적 설정이라도 설득력을 얻기 쉽지 않다. 작자는 이 대목을 독자들에게 별 무리한 느낌이 들지 않도록 처리하고 있다. 편지가 오고 가면서 차남의 심리가 차츰 동요하는 것으로 그리는데 작가의 수완이 썩 돋보인다.

이씨는 시아주버님을 유혹하다가 뜻대로 되지 않자 남편을 꼬드겨서 마침내 살해하도록 하는 것이다. 왜 이토록 못된 짓을 감행했을까? 직접적인 설명은 나와 있지 않으나 서사적 논리로 미루어 이씨의 입장에서는 자기를 매정하게 뿌리친 태남이 원망스럽기도 했으려니와, 자신의 딴 사내와 벌이는 음탕한 행동에 장애물이 되므로 제거할 필요를 느꼈다. 이씨는 오직 자신의 성적욕망을 관철하기 위해서라면 도덕율을 염두에 두지 않고 어떤 죄악도 서슴없이 저지르는 극히 탐욕스런 악인형이다.

우리의 가족제도에 있어서 수숙 간은 아주 조심스런 관계이다. 수숙 간의 불륜이 서사물에서 다루어진 사례를 찾기 어려운 것은 고래의 생활정서에 워낙 위배되는 때문일 터이다. 아무튼 이씨는 소설사에서 유례가 없는 특이한 인간형이고, 그 여자가 벌이는 행각 또한 심히 해괴해서 기발하다면 기발한 소설이다.

이씨의 능동적인 행악은 끊이질 않는다. 이씨는 먼저 자기 손위 동서 즉 태남의 처를 후환을 없애기 위해 스스로 목숨을 끊도록 계교를 꾸민다. 그리고 남편의 이종사촌인 공원칠이란 자와 불륜의 관계를 맺으면서 이 사

내를 독점하기 위해 그 처를 자살해 죽도록 만드는 것이다. 모두 이씨의
간활한 머리로 치밀하게 연출되며, 행동대원인 왁쇄 마누라라는 구변 좋
은 여편네다. 이야기는 공원칠의 처가 목을 매달아 죽는 처연한 장면에서
끝나고 있다. 마지막 장이 "홍선격악록 권지일 종"으로 되어있고 저자에게
들어온 책이 이뿐이니 하회가 어떻게 전개되었을지는 알 도리가 없다.

　이씨의 계교는 공원칠의 처에게는 적중했으나 태남의 부인 김씨에게서
차질이 생겼다. 이씨는 다시 제이의 계교를 써서 김씨로 하여금 "팔자를
고치도록" 공작을 꾸미고 있으니 다음 권에서 김씨의 앞에는 제이의 고난
이 닥칠 것이다. 앞서 매를 맞고 억울하게 죽었던 태남은 "평양부내에서
가무도 첫째요 인물도 첫째가는 평양기생 춘월"이란 여자에게 구원을 받
게 된다. 춘월이 거의 시체가 되어 떠메 나가는 사람을 빼돌려서 지극정
성으로 살려낸 데는 연유가 있었음이 물론이다. 그 여자는 기생의 몸이
되기까지 무척 경난을 했던 터이라 동병상련으로 구제할 마음이 생긴 한
편, '대리출세'를 해서 자기의 묵은 원한을 갚고자 하는 계산도 없지 않았
다. 춘월과 태남 사이에 3년을 기한하고 '필도어사'가 되어 "군자의 원통
한 일과 천첩의 원통한 일이 다 설치"되도록 하기로 약속을 한다. 그리하
여 태남은 서사무대에서 잠적하게 되는데 서울의 동소문 밖의 천흥사에
서 과거급제를 위한 칩거로 들어간 것이다. 이러한 설정은 국문소설 『옥
단춘전』이나 야담의 노옥계盧玉溪 이야기에서 화소를 차용한 것이니 대단
원이 어떤 식으로 이루어질지 대략 짐작은 할 수 있다. 어쨌건 『홍선격악
록』의 서사시간은 3년으로 예정되어 있는 것이다.[13]

13　『홍선격악록』의 제1권은 46장으로 되어 있다. 당시 신소설은 분량이 대개 1책으로 2권을
　　상회하는 것은 찾아볼 수 없다. 이런 점으로 미루어 『홍선격악록』 역시 2권으로 종결된 것
　　이 아니었을까 추정된다.

이 『홍선격악록』은 전개수법이 위에서 보았던 구소설투를 주조로 진행되면서도 "무궁화는 만발하고 녹음방초 화승시花勝時라"는 식의 신구감각이 혼성된 문장이 또한 심심찮게 눈에 뜨인다. 그런데 흥미롭게도 18장부터는 톤이 바뀐다.

고양군 옥남산 밑에 기역자로 집을 짓고 이은자로 퇴를 달고 네 귀퉁이 풍경을 달아 바람 한번 슬쩍 불면 잉그렁 뎅그렁 하는 집은 뉘집인고? 입만 떼면 남이 짐작하는 평양감사 정차남이지.

이렇듯 신소설 특유의 문체가 된다. 뿐 아니라, 장면중심적 수법을 구사해서 끌어가는가 하면,

"흥 그러면 그렇지. 제가 어데가나? 우리 남편 평양감사도 내 꼬임에 넘어갔구나."

"무웨여? 그게. 평양감사한테서 편지 왔지. 존 소식 들었구먼."

하는 것은 이웃집에 사는 공 서방인데 그 공 서방은 누구냐 하면 이름은 내 잊었거니와 그 자字는 원칠이니 평양감사 정차남의 이종사촌 아우라. …자층(칭) 공자의 몇 대손이라 하여 양반 자랑하고 외양과 문필이 똑똑하므로 가장 얌잔(전)한 체하여 태를 빼고 평양감사 증(정)차남의 이종사촌간이라 하여 교만하고 그(거)만하여 상놈 잡아다 두딜기고 재물을 탈취하여 협잡질이 수단일세. 수습없이 차남의 집 안팎으로 낮이나 밤이나 드나 다니면서 외면으로는 남 알기에 이종사촌의 세간살이 보살핀다지만 그 실상은 속세간 꾼이로다. (19장)

이렇듯 극적 제시의 수법으로 전개되는 가운데 판소리 특유의 말솜씨

가 곁들여진다. 위의 "내 잊었거니와"라고 한 나는 누구일까? 작중의 화자인 셈인데 딱히 일인칭을 쓴 것은 아니므로 따지고 들면 의아스럽다. 이 물론 판소리 광대나 강담사의 어법에서 따온 것인데 실감을 보태주고 있다. 그리고 주목되는바 풍자의 신랄함이다. 근친상간을 일삼는 '속세간꾼'의 성을 하필 공자님과 동성으로 설정해서 "공자의 몇 대손"이라고, 양반계급을 겨냥하여 저들을 지탱하는 가족윤리가 내부에서 붕괴하고 있는 꼴로 꼬집은 것이다.

『홍선격악록』은 일종의 혼성모방작처럼 여겨진다. 구소설을 주조로 하고서 신소설과 결탁한 형태인데 거기에 야담과 판소리같은 서사문학의 전통이 혼입되어 있는 것이다. 등장인물들을 보면 구소설적 유형에 속하지만 악의 주역인 이씨는 근대적 인간의 성적인 쾌락추구와 이기심에 집착하는 한 행태를 극단화시킨 전형으로 볼 수 있다.

그리고 서사의 근간을 이루고 있는 형제간의 갈등구조는 선악대립으로 표출된다. 『홍부전』의 경우 부를 소유한 자와 상실한 자의 대립을 의미하고 있거니와, 『홍선격악록』에서 악의 주인공은 "못된 송아지가 음둥이서 버팀^{응덩이서부터} 뿔난다고 차남이는 호미질 하나도 못하면서 소시랑질과 고물개질은 잘 하는가 부데"라고, 무능하면서도 탐학을 일삼는 관장으로 그려져 있다. 여기서 형제간의 갈등이 발전하는 과정은 구제도가 내부에서 무너지는 현상 그 자체인데, 거기에 양반 관료체제에 대한 비판의식이 투영되어 있는 것이다.

『홍선격악록』의 저작자로 원본의 지면에 기재되어 있는 박응화朴應和란 성명의 사람은 조사해본바 확인이 되었다. 그는 1889년 출생으로 1910년에 휘문의숙徽文義塾을 마쳤다. 족보상에는 보성전문학교를 졸업한 것으로 나와 있다. 『홍선격악록』을 필사한 시점인 1908년은 그의 나이 20세인데, 당시 그는 휘문의숙의 2학년 학생이었다. 과연 그가 이 소설을 필사한 데 그치지 않고 지었을까? 1908년이라면 최남선이 『소년』이란 잡지를 창간하고 「해海에게서 소년에게」라는 신체시를 발표한 그 해다. 최남선에 비해 박응화는 나이가 1세 위였다. 박응화가 과연 창작한 것일까 의문시되지 않는바 아니나, 작품의 성격 및 이런저런 정황으로 미루어 일단 자료상에 기재된 그대로 받아들이고자 한다. 그렇다면 신지식 문학청년의 창작의욕의 소산이 구소설의 형태를 띠고 신소설적 수법과 감각을 배합시킨 것이다. 이런 현상은 당시 문학사의 이면적 실상을 이해함에 있어 간과할 수 없는 점이다.[14]

---

14 徽文義塾(지금 휘문중고등학교가 그 후신이다)의 학적부를 조사해 본 바 그 기재사항에 朴應和는 11세에서 15세까지 家庭修業을 하였고 광무 9년(1905년)에 廣成義塾에 입학하였으며 휘문의숙에는 광무 10년 9월에 입학한 것으로 되어 있다.

저자는 『흥선격악록』을 인사동 소재 호고당에서 구입한 것이다. 구입 당시 탐문하여 그 자부되는 분이 다른 몇 종의 책과 함께 가지고 나왔다는 말을 들었다. 그래서 자부되는 분의 댁을 직접 찾아가서 만나 알아보았다. 박응화는 보성전문을 다녔으며, 문학과는 전혀 관계가 없는 일에 종사했고 1968년에 돌아가셨던 것으로 답을 해주었다. 책을 구입하고 자부를 만나본 시점은 1990년대 초년이었다. 그 자부 되는 분이 사시던 집은 동대문 밖의 보문동에 있었다.

본 책의 표지를 보면 '興善擊惡錄'이란 제목의 오른쪽에 이렇게 적혀 있다.

隆熙二年 八月 一日
著作者 朴應和
德洞 新刊

본문의 맨 앞장에도 "즈작자 박응화"로 명기되어 있다. 德洞은 박응화 자신의 고향 마을 이름으로, 휘문의숙 학적부에 "忠北 淸州郡 木果面 德洞"으로 나와 있는 곳이다(필사본 소설에서 필사자의 소재처에 신간이란 용어를 붙인 사례를 더러 볼 수 있다). 이 책은 덕동 본가에 보관되어 있다가 그 자부가 그곳을 떠나 서울로 이사해 오실 때 가져와서 다른 몇 종의 책들과 함께 처분한 것이었다고 한다. 혹시 제1권 이외에 더 있을까 하여 물어보았으나 모르겠다는 답만 들었다.

4. 『정씨복선록鄭氏福善錄』의 경우

이상의 서술은 '한·중문학의 전통과 근대'라는 주제로 열린 학술회의 석상에서 발표했던 것이다. 그러고 나서 나는『정씨복선록』이란 제목의 필사본 소설이 국립도서관에 소장되어 있는 사실을 장효현 교수의 논문을 통해서 알게 되었다. 즉시 복사를 해서 읽어본바 작자 및 창작연대는 밝혀 있지 않으나『흥선격악록』과 같은 구소설적 외피에 신소설적 내용이 결탁된 형태다. 특히 계몽기적 시대정신을 적극적으로 대변하여 '정치소설'적인 면모를 띤 점이 저자에게는 매우 흥미로운 면모로 비쳐졌다. 지금 구고를 정리해서 손질한 끝에 이『정씨복선록』에 대한 분석을 덧붙인다.[15]

> 화설 천하 지구의 육대쥐 있으니 왈 구라파요, 왈 아세아요, 왈 아푸리카요, 왈 호태리아濠太利亞(오스트렐리아)요, 왈 남아미리가요, 왈 북아미라가니 이 육대주중의 단셜 아세아쥐 가장 광대하고 그 중앙이 더욱 인물이 번성하고 의관문물과 예악법도 천하의 제일 일걷는 배라.

작품의 첫머리다. '화설'로 시작해서 '차설'로 국면 전환을 하는 구소설의 전개 방식을 그대로 준용한 것이다. 그러면서도 지리학의 신지식을 동원하여 전지구적 안목을 과시하는 점이 특이하다. 그리고 다시 아시아의 중앙-중국에 대해서는 "의관문물衣冠文物과 예악법도禮樂法度 천하의 제일"

---

15 『정씨복선록』은 필사본 2권 2책으로 제1권은 69장, 제2권은 66장으로 국립도서관의 전신인 朝鮮總督府 圖書館에 昭和 17(1942)년 12월 15일 들어온 것으로 등록인이 찍혀 있다. 이 자료를 학계에 소개한 고려대학교 장효현 교수는 '자주개화의식이 담긴 영웅소설'로 성격규정을 하였고, 창작 연대는 필사에 사용된 종이가 表勳院의 용지인 사실과 내용적 측면을 고려해서 1900~5년으로 추정을 하였다(張孝鉉,「애국계몽기 창작 고전소설의 한 양상-新資料의 紹介를 중심으로」,『정신문화연구』 13권 4호, 1990).

이라는 주장을 하고 있다. 그런데 정작 이 소설의 무대는 중국이 아니다. 섬어국이라는 공간에서 소설의 초반부가 펼쳐진다. 섬어국은 아시아주의 서남간에 위치하여 의관제도가 중국과 비슷한 나라라 하고 있다. 섬라暹羅, Siam, 지금의 태국을 상정하지 않았던가 싶지만 실제에 부합되는 나라로 보기는 어렵다. 시대는 18세기로 설정하고, 정화라는 인물을 중심으로 한 정씨 가문의 이야기다.

『흥선격악록』이 『창선감의록』에 『흥부전』을 결합시킨 양식의 소설임에 대해 이 『정씨복선록』은 『창선감의록』에 『홍길동전』을 결합시킨 양식이다. 따라서 문체 또한 『흥선격악록』에서는 판소리의 구어적·해학적 어투가 혼합되는 데 반해 『정씨복선록』은 규방소설의 점잖고 절제된 문장 표현으로 시종하고 있다. 다른 한편 『정씨복선록』은 『창선감의록』과 마찬가지로 국가의 조직 내부의 갈등에 의해 발단이 되는데 본론의 이야기로 바뀌면서는 내부의 대립갈등이 전혀 노정되지 않고 있다. 갈등구조가 약화된, 말하자면 무갈등을 특징으로 한 소설이다. 이는 작품의 계몽주의적 성격과 관련이 있는 것으로 생각된다.

1) 가상공간 대남국

『정씨복선록』은 『창선감의록』 계보의 소설군에서 정통에 속하는 것으로 볼 수 있다. 주인공 정화는 『창선감의록』의 화진에 대응되는 인물로서 똑같이 충효의 덕목을 구현한 인간전형이다.[16] 정화는 화진이 그러하듯 고귀한 인품, 탁월한 문장으로 일찍이 문과에 급제, 명망이 높아 중용되

---

16 주인공 정화 역시 가상적인 인물임이 물론이다. 그런데 그 이름이 명나라 때 선단을 이끌고 해외로 진출하여 인도양을 거쳐 아랍지역에 닿고 아프리카 동북부에까지 이르렀던 鄭和(1371~1435)와 일치되도록 한 것은 의도적인 듯하다. 역사상의 실존인물인 鄭和의 이미지를 일부분 가차한 것이다.

는 관료였다. 그러다가 무도한 군주가 등장하고 간당이 득세하는 정국을 만나 충효의 인간전형들은 고난에 처하게 되는 것이다. 줄거리를 간단히 요약하고 보면 『창선감의록』과 유사한 이야기다. 여기서부터 소설은 『창선감의록』의 구도에서 이탈하여 『홍길동전』의 이상국 모티브가 도입되기에 이른다.

정화는 새로 제위에 오른 군주가 사치와 일락에 빠져서 국정이 혼미해 가는 사태를 방관할 수 없어 충직한 말로 간하기를 그만두지 않았다. 그러다가 군주의 진노를 사서 마침내 향리로 추방을 당하는 벌을 받는다. 그의 다섯 아들과 두 딸로 구성된 가족이 배를 타고 향리로 돌아가다가 중도에서 폭풍우를 만나 대양을 표류한 끝에 어느 낯선 땅에 당도하게 된다. 남외양 대남국으로 일컬어지는 영역이다. 소설은 이곳으로 서사무대가 옮겨져 거기서 끝까지 진행되고 있다.

『정씨복선록』의 서사공간인 대남국은 어떤 곳인가? "천하 육대주의 남외양의 일편지방이니 연무延袤 수만리요, 옥야천리요, 토광민희土曠民稀하야 지금도 공한空閑한 따히 많은지라"라고 소개한다. 먼저 섬어국은 육대주 내에서 상정한 공간인데 대남국은 육대주 밖의 가상공간이다. 『홍길동전』의 율도국, 『옥갑야화』의 무인공도처럼 우리의 서사전통에서 이루어진 별세계와 맥락이 닿는 곳이다. 대남국의 역사는 진시황의 진秦나라가 망하고 초와 한이 다투어 세상이 어지러웠던 먼 옛날 초나라 지역에서 수천 명이 이주해 옴으로써 시작되었다고 한다. 그래서 의관문물이 지금껏 '아세아 중앙의 제도'를 유지하고 있는 것으로 말하고 있다.

이러한 설정은 저 유명한 「도화원기桃花源記」에서 따온 것이다. 그렇지만 중세인이 동경하던 이상향—도원경은 아니다. 대항해시대에 유럽 국가들이 진취적으로 개척하던 공간의 이미지를 연상케 한다. 정화와 그의 아들 다섯, 사위 하나가 들어가서 유신·경장을 시행함으로써 일약 부강하고 문명한 국가로 탈바꿈을 시킨다. '나라 만들기'를 가상적 공간 위에서 실험한 셈이다. 다분히 우언적 성격을 띠고 있으니 '정치소설'의 내용을 갖게 된 것이다. 문제는 가상적 공간 위에 건설된 국가의 성격이다. '국가 만들기'는 실로 20세기 초에 제기된 민족적인 기획이었다. 그 기획이 실패함으로 해서 우리 민족은 식민지로 전락이 되었다. 당시 '나라 만들기'는 참으로 중차대한 의미를 지닌 과제였다. 『정씨복선록』이 배경을 18세기에 가상적 공간으로 설정하고 있으나 기실은 1900년을 전후한 시간대, 제국주의 침략 앞에 선 위기의 지점이었다.

> 여러 나라이 합병하야 좇어 들어오니 옥석玉石을 불문이라, 천재[天子ㅣ] 달아나시다 난민亂民의 죽은 배 되고 나라는 각국이 찢어 난호고 머리를 둥치고 검은 옷을 입히며 경성 내외 대가 갑제大家甲第는 외국 사람의 집이 되고……(하권, 12면)

섬어국이 충신 정화가 떠난 이후로 야기된 모습이다. 연합국의 침략으로 수도가 함락됨에 미쳐서 국토는 분할 점거 당하고 인민이 노예의 상태에 처한 꼴이다. 이 장면에 그 무렵 중국의 상황이 투영되어 있는 듯싶은데 바로 대한제국이 직면한 운명에 최악의 사태를 상상한 그림인 것도 같다. 이에 작가는 위기 탈출의 전략을 가상현실에서 설계한 것이다. 가상현실은 우리가 지향해 가야 할 경지이다.

그 국가전략은 당시 우승열패의 엄혹한 국제 경쟁에서 어떻게 살아남아 극복하느냐 오로지 여기에 달려 있었다. 국가의 설계도는 응당 부국강병의 논리에 의거하게 되었다. 작중에서 이런저런 전쟁이 끊이질 않는데 이는 고소설 일반의 군담을 차용한 방식이지만 부국강병이라는 새로운 논리의 실험장이기도 했다. 주목되는바 부국강병의 방법론이다.

2) 부국강병의 방법론

정상(정화의 아들)이 수군 도독都督을 겸헌 후로 영춘강안江岸의 수군도독부를 세우고 전선과 상선을 지으며 법식을 구주 태서의 제도를 본받아 화기火氣로 행하는 것이니 원래 정상이 어려서부터 태서를 유람할 때 그 아우 정치도 가동家僮 수십 인을 다리고 십 년을 학습하야 여러가지 재주를 배화 본국의 돌아온 후에 씨이지 않는 고로 세상의 행세치 아니 허더니 대남국으로 들어오매 왕이 모든 정사를 맡기시매 학교를 광설하야 후생을 교휵敎畜(가르치고 길러냄)하고 금은동철과 석탄 석유를 캐며 기교정치技巧精緻(기술의 정교화) 날로 진취하야 십여년지간의 천하부강지국이 되얏지라.(하권, 6장)

정화의 가족이 대남국에서 성취한 치적을 중간 결산하는 취지의 언급이다. 정상은 정화의 제2자, 정치는 제4자이다. 이 형제는 일찍이 유럽으로 유학을 가서 저쪽의 기술 및 농상지학을 배워왔던 바 섬어국에 있을 때는 쓰이질 못했는데 대남국에서는 위와 같이 중용이 되었다. 다른 아들들과 사위들 역시 하나같이 역량에 따라 기용되어 행정과 세제의 정비, 영토의 개척, 군사력의 증강, 도시의 건설 등등 사업을 눈부시게 추진하였다. 이리하여 대남국은 "남으로 해안국과 서로 여러 해국海國에 능모凌侮를 입어 땅 수 천리를 잃고 서해 13도를 빼앗기고 백성이 도탄에 가까운" 상태에 놓였던 국가적 위기에서 벗어났을 뿐 아니라 부강국으로 올라선 것이다. 부국강병을 이룬 요령은 다름 아닌 서양의 정교한 기술의 도입에 있었다. 위에서 "화기로 행하는 것"이란 증기선을 가리키며, 금은동철과 석탄 석유는 기계혁명에 소요되었을 터이며, 그 인적기반으로서 "학교를 광설하야 후생을 교육"하는 일이 또한 급선무로 인식되었던 것이다.

> 이제 천하형세를 보건대 미구未久의 만국과 한번 통헐지라, 그러하나 아국 소
> 년 재사 백여 명을 구주각국의 보낸 지 거의 연한이 되얏지라 바삐 불러 들이
> 사 좋은 법을 가려 쓰시고 사방의 영준을 모화 학문을 널리 하야 일후의 타국
> 에 욕을 면하쇼셔. 성인도 시속을 좇으라 하셨으니 허물며 천하각국의 순환하
> 는 대변을 으찌 견집(고집)하리이꼬? (하권, 56장)

정화가 대남국의 젊은 황제에게 특별히 당부한 말이다. 천하형세로 보아 만국과 통할 날이 멀지 않았다고 예견한 것은 서양제국이 주도했던 '근대적 세계'를 가리킨다. 문호개방은 피할 수 없는 대세인바 쇄국을 고집하는 태도는 결코 바람직하지 못하니 문호개방을 앞두고 적극적인 대비책을 강구해야 할 것이라 한다. '서양 배우기'는 바로 그 적극적인 대비책이었다. 『정씨복선록』은 끝에서 대남국이 세계각국과 통상외교를 하는 시대에 이르러 산업기술은 이미 자립을 하였으며, "일등국으로 비견하야 깊이 예대禮待허더라"고 열강의 대열에 당당히 설 수 있었던 것으로 마무리를 짓고 있다.

이상에서 살펴보았듯 대남국은 개혁·개방을 통해서 산업국가, 군사대국을 이룩했다. 곧 부국강병의 국가전략이다. 이는 우승열패의 근대적 세계에 대응하기 위한 논리로서 근대성을 인정할 수 있겠다. 그리고 서구의 기술문명을 학습의 모델로 삼은 점에서는 서구지향이 뚜렷했다. 하지만 국가제도와 정치이념을 보면 의연히 중국적·유교적인 것이었다.

3) 유교적 이상국가

> 과인의 나라히(가) 개국한 지 천여 년에 의관문물이 아세아 중앙을 효측效則
> 하나 매양 아세아 지방으로서 오는 재[者ㅣ] 장사와 공장이 많고 문사와 관인이
> 적은 고로 공상은 초성하나 국가정치와 관제와 군제·예악·문필이 그 대강만
> 짐작하고 참 지경地境을 모르는지라 평생의 중앙국에 명문거족과 문장 재사를
> 고대허더니 오날 하날이 지시하사 경등을 만났으니……(상권, 23~24장)

정씨 일문이 대남국에 상륙한 당초 국왕의 환영사에 해당하는 내용이
다. 대남국은 아세아주와 멀리 떨어진 별천지라지만 아세아의 중앙—중
국의 문물제도를 모델로 삼아온 때문에 전통적인 '참 지경'의 문명을 갈
구하고 있다는 것이다. 정씨 일문을 환영하고 중용하게 된 배경이다. 대
남국은 부국강병의 실효를 거두자 왕이 황제의 위에 오르고 연호를 반포
한다. 구한국—대한제국이 취했던 칭제 건원稱帝建元에 상응하는 설정이다.
그런데 작중의 전개과정을 보면 공훈이 큰 신하들에게는 분봉을 해서, 분
봉된 나라들은 독자적으로 발전하게 된다. 소설에서 '나라 만들기'의 결
과는 봉건제를 섭취한 제국의 형태로 그려낸 것이다.

그렇기에 작중에서 설교하는 정치학은 유교적 제왕학으로 귀결되고 있
다. 군주는 "그 자리 높고 귀하나 만민을 위하야 있는 바이요, 만민이 한
사람을 위하야 있는 것이 아닌 즉" 인민을 위한 존재로 규정되고, "임금의
자리를 무쇠로 끓여 부어 자자손손이 나만 하는 줄" 알아서는 안된다하여
공기公器로서의 의미가 제기되기도 한다. 정치학 원론은 민본·인정에 기
초하고 있으니 정치의 성패는 궁극적으로 군주의 명찰과 인덕, 신하의 충
직에 달려 있다. 근대적 산업국가를 지향하면서도 원론적 차원에서는 유

교적 이상국가의 범주를 벗어나지 않은 형태이다. 전지구적 근대세계를 인식하면서도 "의관문물과 예악법도가 천하의 제일"이라고 생각하는 중화문명 우월적인 관점을 끝까지 관통하고 있다.

『정씨복선록』의 작가의식은 근대적 세계로 향한 적극성·진보성을 보이는 한편 원론적 차원에서는 유교적 정치학을 견지한 것이었다. 이 입장은 대개 동도서기東道西器 내지 중체서용中體西用의 논리에서 시작하여 변법자강變法自彊으로 나아간 것으로 볼 수 있다. '자강'을 실현하기 위한 제도상의 변혁이 학교교육을 비롯해서 다방면으로 추진된다.

『정씨복선록』은 유교적 이념에 기초한 산업국가를 이상국으로 고안해냈다. '갓 쓰고 자전거를 탄' 그런 부조화한 모습으로 여겨지기도 한다. 인류역사에서 그와 같은 국가 형태는 존재한 사례가 없었으니 현실적이지 못한 사고를 한 셈이다. 그런데 서양의 기술과 제도를 학습의 모델(어쩌면 표도르 대제에 의해 재건된 제정 러시아가 연상되기도 하지만)로 정한 그 부국강병의 방법론은 범박하게 보아 이후 오늘날까지 이어지는 근대화의 방향과 기본적으로 일치하는 꼴이니 그리고 보면 부인할 수 없는 현실성이 거기에 담겨 있는 것이다. 다만 유교적 정치학은 근대의 진로에서 폐기처분을 당했던 터이니 우리의 귀에 복고를 꿈꾸는 잠꼬대처럼 들리게 되었다. 그러나 그 당시로 돌아가서 두루두루 살펴보면 그러한 사고를 불러일으킨 현실이 없지 않았다. 다른 곳이 아닌 구본신참舊本新參·내수외학內修外學을 표방했던 대한제국의 신구·동서의 이념적·문명적 갈등을 나름으로 투영한 모습이 아닌가도 싶다. 제목의 '복선록', 즉 복선화음은 권선징악의 논리적 근거이다. 이 서사구조의 이데올로기는 유교적 충효논리를 대변하고 있는바 이 또한 대한제국의 성격과 관련지어 해석해 볼 소지가 있는 것이다.

『흥선격악록』 겉표지

『빈상설』의 판권지 형태는 근대적 출판제도로서 오늘날까지 대체로 유지되고 있다. 『흥선격악록』의 표지에 "隆熙 二年 八月 一日 著作者 密陽 朴應和 德洞新刊"이라 적은 것은 종래의 방각본과 근대적 방식이 혼종성 모방의 행위로 보인다.

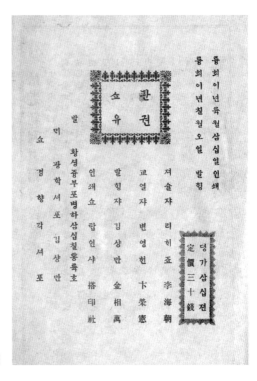

『빈상설』 판권지

『정씨복선록』의 작자는 어떤 인물이었을까? 익명이어서 알아낼 도리가 없으나 현재 전하는 자료는 대한제국의 기구인 **표훈원**表勳院, 지금의 보훈처에 해당하는 부서로 1900~5년에 쓰인 명칭의 용지를 쓰고 있다. 이 자료는 작자의 원고본이라고 단정하기에는 아직 이르지만 가능성은 짚어 볼 수 있다. 『정씨복선록』은 대한제국의 지향과 작가의식의 면에서 연계되는바 작가의 신원이 대한제국과 어떤 관계가 있었을지 의문점으로 남겨둔다.

5. 맺음말

위에서 검토한 한국의 20세기 초, 근대계몽기의 소설 3편은 권선징악적 구도를 공분모로 지니고 있지만 존재형태부터 서로 같지 않다. 『빈상설』은 저작자가 분명하며, 원래 신문에 연재되었다가 출판사에서 단행본으로 간행한 것이다. 이와 달리 『정씨복선록』과 『홍선격악록』은 구태의연하게 필사본으로 전하고 있다. 전자는 우리 소설사 초유의 근대적인 형태에 속하는 것임에 대해서 후자는 전근대적인 방식을 답습한 것이다. 그런 중에 『홍선격악록』은 작가의 성명을 명시해 놓았으니 이는 필사본 국문소설로서는 초유의 사례이다.

이렇듯 동시대적 지평 위에 현시된바 존재 방식의 혼란스러움에 아울러 내용과 형식에 있어서도 신구의 뒤섞임을 우리는 어떻게 이해할 것인가? 비록 착종된 상태이긴 하지만, 그 실상을 파고들어 전모를 파악하고 평가하는 방식과 논리가 요청되고 있다. 기존의 통상적인 문학개념이나 인식논리를 적용하기에 들어맞지 않는 대상물이다. 그러므로 근본적인 성찰을 수반하는 난감한 문제에 봉착한 것이다. 결론에 대신하여 이들에 접근하는 사고의 방향이나마 잡아 보고자 한다.

먼저 이전부터 당시에 이르기까지 소설류가 대체로 공유했던 권선징악을 두고 보자.[17] 권선징악이란 교훈적 장치는 기실 대중성의 추구와 더불어 도입된 것이다. 문인 엘리트들의 한문소설에서는 권선징악적 구도를 찾아보기 드문 사실이 이 점을 반증하는 셈이다. 국문소설이 대중장르로 확산되면서 서사의 논리로 도입된 것이었다.

그런데 대중적으로 공급되는 소설은 내용과 함께 외형이 치졸한 상태를 면치 못하고 있었다. 비록 방각본이라는 상업출판의 유통경로가 열리긴 했어도 그 책 모양이 열악했고 유통 범위도 한정이 있었다. 역시 필사본 형태가 널리 통행하는 방식이었다. 이와 연관해서 익명성의 문제를 생각해 볼 필요가 있겠다.

국문소설은 저자의 이름이 책에 명기되어 있는 경우를 찾아볼 수 없다. 그래서 국문소설은 대부분 작자불명으로 남게 되었으며, 그중 일부만 다른 어떤 기록에 근거해서 작자를 유추할 수 있게 된 것이다. 왜 이렇게 되었을까? 요는 국문소설이란 굳이 작자를 드러낼 물선으로 제작자건 향유자건 의식하지를 못한 때문이다. 같은 종류의 소설이라도 한문소설에 대해선 상당한 차등이 있어 작자가 명기된 사례를 더러 발견할 수 있다. 국문소설은 당초 문학으로 취급하려고 들지 않았으니 더구나 거기에 창작적 가치를 부여할 생각을 하지 않았던 것은 당연한 노릇이었다고 하겠다.

---

17 권선징악이란 교훈성은 소설뿐 아니고, 이조말엽의 가사장르에도 우세하게 나타나 있으며, 보다 근원적으로 종교 신앙이 표방했던 주제이다. 유학의 정통적 입장은 반공리적이었다. 따라서 권선징악은 정통유학 내지 성리학적 사고와는 원칙적으로 보면 거리가 있다. 19세기로 들어와 경학의 해석상에서 권선징악을 강조한 경향이 대두한 바 있었고, 동학이나 도교 역시 권선징악으로 민중을 교도(敎導)하였다. 19세기 후반에 이르러 집중적으로 간행·유포된 도교 관계의 책자들은 바로 권선서(勸善書)라고 일컬어진 것이다. 소설의 권선징악도 이와 무관하지 않다고 보겠거니와, 이러한 현상 전반을 정신사·사회사적인 측면에서 살펴볼 필요가 있는 것으로 여겨진다.

국문소설의 전반적인 익명성은 그 자체의 성격과 관련이 있을 뿐 아니라, 그것의 사회적 위상을 보여주는 징표이기도 하다.

우리 문학사에서 대중장르─소설의 익명성은 신소설의 단계에 와서 비로소 극복이 된 것이다. 외관상으로 저자의 성명이 명기됨으로 해서 저작권이라는 법적인 권리가 발생할 수 있게 되었으며, 그에 따라 창작적 의미 또한 객관적으로 인식할 수 있게 되었다. 근대적인 제도의 문학이 성립한 것으로 간주할 수 있다. 종래 이인직과 이해조에게 '이 땅 최초의 소설가'라는 칭호가 부여된 데는 그럴 만한 실상이 없지 않았다.『홍선격악록』이 필사본이면서 "저작자 박응화"라고 명시하고 있는 것은 신소설에서 개시된 새로운 문학의 제도를 모방한 행위이다.

이 단계로 들어와서도 소설이 전면적으로 권선징악의 구도를 탈피하지 못한 사실은 일단 문학적 낙후성으로 인정해야 할 것이다. 일본문학사는 이미 1885년에 쓰보우치 쇼오坪內逍遙의『소설신수小說新髓』에서 공리적인 권선징악이 부정되어 근대문학의 방법론을 획득했던 데 비추어 한국문학사의 상대적 낙후성은 자명하다고 보겠다.『홍선격악록』과『정씨복선록』으로 필사본의 실존을 증명하고 있는바 당시 모처럼 성립한 근대문학적 제도는 필사본 형태를 밀어낼 형세를 이루지 못했던 것이다. 다시 말하면 구소설의 형식은 아직 생산성을 유지하고 있었고 신소설의 새로움은 대개 구소설의 틀 속에서 이루어지는 실정이었다. 그렇기에 권선징악의 구도는 새로운 내용을 담는 '낡은 부대'의 구실을 수행할 수 있었다. 한낱 도구로서 그친 것이 아니라, 민족 위기의 현실에서 과열·증폭된 계몽주의와 결탁함으로써 시대적 의미를 담지하게 되었다.

신소설의 시대는 본질적·내면적으로 달라진 문학사의 단계는 아니었다. 전대 소설에 대한 부정적인 의미로 신소설을 표방하였으나 부정의 대상이 된 구소설과의 혼효·착종된 양상을 그 스스로 드러냈던 것이다. 신소설의 대표적인 사례로 분석해 보았던 『빈상설』의 경우 규방소설의 관행을 승계하고 있다. 서사구조, 의미구조에서 상통하고 있는 바 규방소설이 지녔던 교양적·교훈적인 성격이 신소설의 계몽적 성격으로 인계된 셈이다.

한편으로 구소설적 외피에 신소설적 정신과 수법을 차입한 『정씨복선록』과 『홍선격악록』의 경우 상호 이질적이면서 각기 특이한 소설이다. 그럼에도 공히 규방소설의 전통으로부터 변용을 시도한 점에서 실험적이다. 그 보수적인 형태와 모순되게 실험적인 성격을 구현한 것으로 작품적 성과를 평가할 수 있다고 본다.

구형식은 신소설의 시대에 폐기처분을 당하지 않고 있었다. 그것은 역설적이게도 신소설이 등장함에 따라 생산성이 민활해졌다. 한문학 또한 자신의 임종을 목전에 둔 지점에서 전변하는 시대의 개혁과 구국의 요청에 호응해서 계몽주의와의 결합을 선도했던 것이다. 예컨대 몽유형식을 차용한 『몽견제갈량』을 비롯하여 정치소설 일반은 한문학의 계몽주의적 변형태로 규정될 수 있는 것들이었다.

1910년, 변혁의 시대상을 대변했던 신소설은 주권의 상실과 함께 계몽주의의 파산을 경험하면서 변질, 퇴조하게 되고 도리어 일시 구소설이 부활하는 퇴행현상이 범람하게 된다. 이 1910년대는 소설사로 보면 그 직전의 정황과 관련되면서 거기서 퇴행하는 모습을 드러내고 있다. '근대적 자아'의 확립이 부실했던 때문에 신소설은 이 땅의 계몽주의의 파산과 함께 곧 변질된 것이다. 그 변질된 형해와 더불어 범람했던 고소설은 대체로 회고적인 잔존물에 지나지 못한 것이었다.[18]

끝으로 붙여두고 싶은 말이 있다. 우리 문학사의 현장을 대면할 때면 각별히 발본적인 성찰이 있어야 한다. 우리들 스스로 근대주의에 사로잡혀서 우승열패의 논리로 모든 것을 사고하고 판단하지 않았던가. '작은 것'의 지혜로움을 깨달아야 함은 물론, '못난 것'의 아름다움을 진정으로 느껴야 할 것이다.

---

18 이 시기 문학사를 대표하는 인물로 신소설의 이인직과 이해조, 신체시의 최남선을 종래 손 꼽아 왔다. 이들 모두 본격적 의미의 근대문학 작가로 성장하지 못했으며, 1910년 이후엔 오히려 퇴행적 자취를 보여주었음이 여러모로 드러난 것이다. 최남선만 하더라도 그가 택한 문학의 형식인 신체시를 스스로 버리고 정형시조로 후퇴하였다. 이해조는 1910년 이후로도 작품 활동을 왕성하게 벌인 편이었으나 자신의 신소설의 성과를 크게 진전시키는 방향으로 밀고 나가지 못했던 것으로 평가되고 있다. 이렇게 된 요인은 일차적으로 그들 자신의 '근대적 자아'에서 맹점이 있었던 것으로 보인다. 신채호의 경우 1910년까지는 구 문학의 틀에서 벗어나지 못했으나 그 이후 근대문학으로 혁명적 전환을 실험한 사실, 홍명희의 경우 뒤늦게 근대문학의 기념비적 성과를 남기게 된 사실과 대조되고 있다.

제6부

근대소설

제1장 | 『임꺽정』론 1 : 벽초 홍명희와 『임꺽정』

제2장 | 『임꺽정』론 2 : 한국근대문학사에서 『임꺽정』

제3장 | 『삼대』론 : 염상섭의 작가정신과 한국 근대

제4장 | 단편소설론
그 연원과 전개

20세기는 지금의 직전 세기이다. 따라서 오늘 우리의 삶이며 문화 전반과 연관되어 있는 지점이다. 문학사적으로는 근대문학이 성립, 발전하는데 특히 소설이 부상하여 시대를 대표하게 되었다.

앞의 '20세기 전후 소설양식의 변모'를 다룬 제5부는 소설시대로 넘어서는 초입에서 전환점이었던 셈이다. 여기 제6부는 홍명희의 『임꺽정』을 두 장으로 잡아서 다루었다. 우리 문학사에서 제대로 된 민족문학은 『임꺽정』으로부터라는 판단에서 중시한 것이다. 그리고 염상섭의 『삼대』를 주목해 거론했다. 근대소설이라고 하면 무엇보다도 근대적 지식인으로 각성한 작가의 자기 시대에 대한 성찰을 소설적으로 표현한 것이라는 관점에서 이 『삼대』를 논평한 것이다.

한국근대소설에서 단편소설은 질적으로 보나 양적으로 보나 소홀히 넘길 수 없는 부분임이 물론이다. 그럼에도 여기서 단편소설론을 다룬 곳은 한 장에 불과하니 그 위상에 비추어 소홀한 편이다. 다만 단편소설의 연원을 밝히는 논의를 펴서 문제제기로 의미를 갖는다고 생각하며, 한국단편소설의 우수한 미학적 성취를 이태준 작품으로 품평하여 나로서는 보람을 느낀다.

여기서 다룬 것은 신문학으로 발동해서 근대문학으로 개성을 확립하게 된 지점에 치중한 나머지, 사실상 근대소설의 초중반에 그치고 말았다. 기껏 「단편소설론」에서 8·15 이후가 거론된 정도이다. 근대소설이 발전하면서 이룩된 풍부한 성과 및 다채로운 변화와 변이로는 들어가 보지도 못했다. 더구나 분단 이후 북쪽의 성과들은 아예 논외가 되었다. 여기에 한계선이 있었음을 고백하는 바다.

끝으로 사족 같지만 붙여둘 말이 있다. 논의 중에 임화의 견해를 많이 비판적으로 언급한 편이었다. 그가 우리 근대문학이 성립하는 단계에서 비평적으로 치열하게 개입했을 뿐 아니라 문학사적 인식에도 선각적이었음을 높이 인정한 때문이었다.

『임꺽정』론이 1·2로 묶이기까지

「벽초 홍명희와 『임꺽정』」과 「한국근대문학사에 있어서 『임꺽정』」 두 편은 원래 발표 경위가 전혀 다르고 체제도 다른 것이다. 전자는 1991년 사계절사 『임꺽정』에 붙인 해설로 작성했던 것이었고 후자는 1996년 11월 어떤 자리에서의 강연 초고였다.

한국문학 연구자로서 나는 홍명희와 『임꺽정』에 대해 각별한 관심을 가졌다. 그래서 분단의 금기를 깨고 우리 독자들 앞에 제공되었던 사계절사판 『임꺽정』의 미진한 부분을 보충, 정리해서 개정신판을 내도록 권유하여, 이 책을 위한 해설을 쓰게 되었다. 그리고 따로 『임꺽정』에 대한 이해를 넓히고 연구를 촉진하려는 취지에서 『벽초 홍명희, 『임꺽정』의 재조명』^{사계절, 1988}이란 단행본을 편찬한 바 있었다. 이 분야의 전문연구자인 강영주姜玲珠 교수와 공동으로 수행한 작업이다 (1996년에 증보판을 『벽초 홍녕희와 『임꺽정』 연구자료』로 개명하여 간행하였음).

나는 『임꺽정』의 본격적 연구를 의도해서 관계 자료를 수집하기까지 했다. 이 자료들을 일괄 정리해서 위 단행본에 수록해 놓았다. 이후로 정작 나 자신의 『임꺽정』 연구는 손을 대지 못한 채 오늘에 이르고 말았다. 나로서는 아쉬움이 없을 수 없다. 이에 『임꺽정』을 다룬 낡은 적발을 꺼내 수정, 보충하여 여기에 함께 싣는다. 「한국근대문학사에 있어서 『임꺽정』」은 전면적으로 개작이 되었음을 밝혀 둔다.

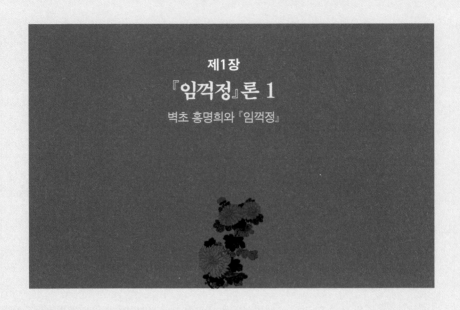

제1장
『임꺽정』론 1
벽초 홍명희와 『임꺽정』

1. 『임꺽정』의 첫머리

> 자 임꺽정이의 이야기를 붓으로 쓰기 시작하겠습니다. 쓴다 쓴다 하고 질감
> 스럽게 쓰지 않고 끌어오던 이야기를 지금부터야 쓰기 시작합니다.

　장편 거작 『임꺽정』의 첫머리에 나오는 말이다. 시작이 절반이란 속담
도 있지만 글쓰기는 누구나 시작에서 붓방아를 찧기 마련이다. 작가 스스
로 "이야기 시초를 어떻게 꺼낼까를 두고두고 많이 생각했습니다"('머리
말씀')라고 고백한 바도 있었으니 위의 서두는 얼핏 허투루 빼는 사설 같
지만 필시 고심 끝에 나온 말일 것이다.

첫머리의 앞 문장은 임꺽정이 이야기를 붓으로 쓰겠다는, 말하자면 작품의 성격규정인 셈인데, 다음 문장은 오래 미뤄둔 이야기를 이제야 시작한다는, 곧 작가적 발언이다. 굳이 이런 변명이 필요했던 사정은 어떠하며, 여태껏 미루어 둔 일을 하필 '지금부터' 시작한 까닭은 무엇일까?

『임꺽정』의 작가 벽초碧初 홍명희洪命憙, 1888~1968는 어떤 사람이고 작품은 어떤 것인지를 해설하기 위한 이 글은 방금 던진 질문에 답하는 형식으로 시작한다. 거작이 미완성이어서 천고의 유감이다. 마지막 책장을 덮는 독자라면 누구나 뒷이야기를 궁금해 할 터이다. 끝이 어떻게 되었을까 추정하는 말을 뒤에 붙여둘 예정이다.

2. 문학사에서 홍명희의 위치

① 홍범식洪範植이 아들 넷을 두었는데 큰아들은 명희命憙다. 아버지 삼년상을 마치고 중국으로 도망쳐 와서 6, 7년 동안 산천 인물을 두루 돌아보았다. 나는 그를 한두 번 만났는데 글솜씨가 빛나며, 외모는 온공하나 심중은 측량할 수 없으리만큼 강개하다. 대개 길에서 굶어죽을지언정 결코 원수놈의 나라에서 구차히 살지는 않을 것이다.

— 김택영, 「홍범식전」, 『합간소호당집(合刊韶濩堂集)』 권10

② 상해에 가서 불계佛界 백이부로白爾部路에 홍가인洪假人 · 문호암文湖巖 등이 유숙하는 집에 동숙하였다. 그들은 집 하나를 빌어 가지고 청인淸人 하나를 밥 짓는 사람으로 두고 살았다. 아래층에는 문호암이 강개에 반 광인 생활을 하고

위층 방에는 오스카 와일드의 「도리안 그레이」를 탐독하고 '관조'의 생활을 말하는 홍가인과…

—이광수, 「문단고행(苦行) 30년」, 『조광』, 1936.5

③ 좋다! 그러면 이른바 신흥문학은 유산계급문학에 대항한 문학일 것이며, 생활을 떠난 문예에 대항한 생활의 문학일 것이며, 구계급에 대항한 신흥계급의 사회변혁의 문학일 것이다. 그러면, 프롤레타리아 문예는 즉 신흥문예의 별명이 아닌가.

그리하야 지금 신흥문예는 조선의 문예계에 있어서 새로운 기운을 진작하고 있다. 그리고 역사적 필연을 가진 신흥계급이 계급전선에 있어서 반드시 이길 것이나 마찬가지로 문단세력에 있어서도 신흥문예가 주조를 잡을 것은 멀지 않은 장래일 것이라 한다.

—홍명희, 「신흥문예의 운동」, 『문예운동』, 1926.1

①과 ②는 『임꺽정』 집필의 시작으로부터 10여 년 전에, 다른 사람의 눈에 비쳐진 작가의 모습, ③은 집필 바로 2, 3년 전 작가의 문학에 대한 이론적 주장이다.

①은 김택영金澤榮, 1850~1927이 지은 「홍범식전」의 평결評結에 나오는 말이다. 홍명희는 홍범식洪範植의 맏아들로 1888년 충청북도 괴산에서 태어났던 것이다. 증조부이름 祐吉는 판서를 지내고 조부이름 承穆는 참판을 지낸, 전통적 명문을 그는 배경으로 지니고 있었다. 아버지 홍범식은 1910년 일제에 의해 조국이 강제 병탄이 된 당시 금산군수로서 자결해 죽은 인물이다. 20대의 홍명희는 위에 언급된 대로 부친상을 마치고 중국으로 망명했던 것이다. 김택영은 한문학의 노대가로서 망국으로 기운 상황을 보다 못

해 중국으로 망명해 있었다. 김택영은 홍범식의 애국적인 비장한 죽음을 애도해서 그의 전傳을 지었거니와 그 아들 명희에 대해 "글솜씨가 빛나다"라고 문학적으로 주목하고 "길에서 굶어죽을지언정 결코 원수놈의 나라에서 구차히 살지는 않을 것이다"라고 인간적으로 무한히 신뢰하였다.

②는 '신문학의 선구자' 이광수李光洙, 1892~1950에 의해 포착된 홍명희의 상해 시절 모습이다. 이 두 분의 청소년기의 관계는 아주 흥미롭다. 이광수는 회고하기를 "홍명희 군을 만난 것이 을사년1905년(실은 병오 1906년으로 추정됨-저자)경이라고 기억되는데 군이 19세 때인가 합니다. 그 후 4년간 군과의 교유는 끊긴 일이 없는데 그는 문학적 식견에 있어서나 독서에 있어서나 나보다 늘 앞섰다"「다난한 반생의 도정(途程)」라고 생각했다. 이광수는 홍명희보다 네 살 아래인데 최남선1890~1957은 홍명희보다 두 살 아래다. 홍명희는 이 두 사람의 선배로서 서로 만나게 해주었으며, 최남선이 주간하는 『소년』지에 이광수로 하여금 글을 쓰도록 주선한 것도 홍명희였다 한다. 이들이 '조선의 3천재'라고 불리게 된 것은 이 무렵의 활동에 연관이 있었다.

그런데 이광수는 "홍군은 나와 문학적 성미가 다른 것을 그때에도 나는 의식하였습니다"라고 고백하고 있다. 홍명희가 바이런의 시집에서 「카인」편을 읽고 좋아한 나머지 자기 별호를 '가인假人'후일 '可人'으로 바꿈이라 한데서도 이광수와 상이한 문학적 취향을 엿볼 수 있다. 동경 시절로부터 몇 년 뒤 상해에서 재회했을 때도 두 사람의 사이는 한 침대에서 뒹굴 만큼 가까웠다. 그러나 오스카 와일드를 탐독하는 홍명희는 이광수에게 문학적 거리감을 주었던 것 같다.

③은 1925년에 결성된 카프KAPF, 조선프롤레타리아 예술가동맹의 기관지적 성격을 띠었던 『문예운동』에 권두 평론으로 실린 것이다. 그의 문학적 주장

은 프롤레타리아문학(당시 약어로서 프로문학이라 일컬었음)을 현단계의 신흥 문예로 규정하고 이 신흥문예가 조선에 있어서도 헤게모니를 잡을 것으로 전망한다. 바로 카프의 입장과 이론의 대변으로 보아도 좋을 것 같다. 이 때 홍명희의 문학적 주장은 오스카 와일드를 탐독하던 지점으로부터 현격히 달라져 있다.

이러한 전환의 과정, 탐미주의의 심취에서 '프롤레타리아 문예'의 주장으로의 선회를 그의 문학적 논리로 추적하기는 쉽지 않겠으나 그 자신의 실천적 사상을 통해서 이해할 수 있다. 그는 김택영이 「홍범식전」을 쓴 그해 귀국을 한다. 그리하여 이듬해 자기 고향 괴산에서 3·1운동을 주도하다가 체포되어 옥고를 치른다. 그리고 이내 사상적으로 사회주의로 경도하여 신사상연구회 혹은 화요회에 참여, 활동한 것이다. 홍명희는 우리나라 초창기 사회주의 이론에 정통했던 것으로 알려져 있다. 위의 문예이론은 사회주의 사상의 문학적 관철인 셈이다.

우리의 20세기 전반기 신문학의 전개는 최남선·이광수가 중심이 된 제1단계, 김동인·염상섭·현진건 등의 제2단계, 김기진·이기영 등이 주도한 제3단계로 편의상 구분해 볼 수 있다. 1단계에서 신문학이 유치한 상태로 출발하였던 바, 2단계는 3·1운동의 영향으로 활발해진 문예운동에 의해서 근대적인 의미의 문학이 형성되었으며, 3단계에 이르러는 비판적 성격으로 방향전환을 시도한 것이다.

홍명희는 신문학 제1세대에 속할 뿐 아니라, 실은 거기서 지도적 위치에 있었다. 그럼에도 최남선이 『소년』, 『청춘』을 발간하여 활약이 눈부실 때 그는 뚜렷한 성과를 내놓은 것이 없었고, 이광수가 『무정無情』을 발표해서 그야말로 날리던 때, 멀리 남양, 오늘의 싱가포르에서 방황하고 있었다. 『무정』을 어떻게 받아 읽었던지 이광수에게 "『무정』을 보았으나 신통치 않다"는 말로 충고의 편지를 싱가포르에서 보냈다고 한다. 『무정』을 평가절하하였던 홍명희의 논리는 들을 길이 없으나 그는 이광수적 신문학과 다른 방향을 마음속에 그렸던 것은 확실하다.

다음 제2단계의 3·1운동 세대가 등장해서 신조류를 형성하고 새로운 작품을 산출할 당시에도 그는 기껏 서구 근대의 단편 몇 편을 번역해서 소개한 이외에는 문학 창작에 붓을 놀리지 않았다. 그러다가 제3단계로 들어와서 문학적 이론을 비로소 선명하게 제출한 것이다. 그리고 3년을 경과해서 『조선일보』의 지면에 소설 『임꺽정』의 첫 회가 나간다. "쓴다 쓴다 하고 질감스럽게 쓰지 않고 끌어오던" 경위는 대략 이러했다.

홍명희는 신문학 1단계에서 실상 지도적 위치에 있었던 존재인데 3단계로 넘어서 『임꺽정』을 발표하기 시작한 것이다. 1930년대 군국주의로 치달은 일제 지배하의 10년에 온갖 풍상을 겪으며 연재가 때때로 중단되곤 하면서 그런대로 지속되었다. 그러다가 군국주의의 침략전쟁이 확장되며 탄압이 가중되는 상황에 직면해서 견결하게 연재를 중단한다. 결국 『임꺽정』은 우리의 근대문학사에 미완성의 대작이 되고 말았다. 작가는 1968년 분단의 북에서 삶을 마감하는데 『임꺽정』은 그의 81세 생애의 문학적 결산이 된 것이다.

신문학 제3단계는 카프가 주도한 계급문학의 시대다. 소설 『임꺽정』은 계급문학의 계보에 속하는 것인가? 이 물음의 대답은 자명하다. 당시 카프진영 내부에서도 카프진영 외부에서도 『임꺽정』을 카프의 성과로 끌어들이거나 집어넣으려 하지 않았다. 지금 우리가 보더라도 『임꺽정』은 어느 쪽으로건 동류로 묶기에는 맞지 않은 것이다.

앞서 1926년에 발표한 평론에서 홍명희는 프롤레타리아 문예의 이론적 기치를 선봉에서 들었다. 당시 그는 카프를 이론적으로 대변한, 말하자면 카프의 대부代父라고 말해도 망발은 아닐 것 같다. 그런데 3년 뒤에 그의 작품적 실천은 카프 노선의 문학과는 거리가 떨어져 있다. 이 점을 우리는 어떻게 설명할 것인가.

3. 신간회와 홍명희의 입장, 『임꺽정』

① 우리의 민족적 운동이 바른 길로 바르게 나가도 구경究竟 성공은 많이 국제적 과정에 관계가 있으므로 우리의 노력만이 조건될 것은 아니겠으나 국제적 과정이 아무리 우리에게 유리하더라도 우리의 노력이 아니면 성공은 가망이 없고 또 설혹 노력이 없는 성공이 있다 하야도 그것이 우리에게 탐탁치 못할 것은 정한 일이다. 그러므로 우리들은 우리들의 경우가 허락하는 대로 과학적 조직─일시적이 아니요 계속적인, 또는 개인적이 아니요 단체적인 행동으로 노력하여야 할 것이니 새로 발기된 신간회의 사명이 여기 있을 것이다.

(…중략…) 대체 신간회의 나갈 길은 민족운동만으로 보면 가장 왼편 길이나 사회주의 운동까지 겸兼치어 생각하면 중간길이 될 것이다. 중간길이라고 반드시 평탄한 길이란 법이 없을 뿐 아니라 이 중간길은 도리어 험할 것이 사실이요, 또 이 길의 첫머리는 갈래가 많을 것도 같다.

─ 홍명희, 「신간회의 사명」, 『현대평론(現代評論)』, 1927.1

② 원래는 화요계火曜界의 인물이었으나 중간에 그와 이반離反하야 자기 그룹을 맨들고 그의 영수격이었다. 사회주의의 연구가 깊은 사람으로, 자타가 일시는 그를 사회주의자로 인정하였으나 화요에서 이반하야 자기의 그룹이 이루어진

후의 그의 태도는 민족주의적이었다.

— 「조선 각계 인물 온 파레드 단상(壇上)의 인(人)과 필두(筆頭)의 인」, 『혜성(彗星)』, 1931.9

③ 위대한 혼 위대한 천재일 때 그는 학적 교양보다 자기 속에 전개되는 세계와 현실생활에서 예민한 피부로 흡수하고 생활로 세워나가는 것을 봅니다. (…중략…) 나는 형식으로서 사건을 중심으로 한 역사소설들을 보나 그것은 사건 흥미에 맞추려는 데 불과하고 **독특한 혼에서 흘러나오는 독특한 내용과 형식**이 있어야겠 다고 생각합니다. 일시 관심되는 프로문학도 이러한 산 혼에서 흘러나오는 문학이 아니면 문학적으로 실패할 것은 정한 일입니다.

— 홍명희, 「문학청년들의 갈 길」, 『조광(朝光)』, 1937.1(강조는 모두 인용자가 쓴 것임)

위의 ①은 신간회가 발족하던 단계에서 신간회의 사명 및 진로를 천명한 홍명희의 글이며, ②는 신간회를 이끌던 홍명희에 대해 잡지사 기자가 본 프로필이다. ③은 홍명희가 문학청년들에게 주는 형식의 글로서 『임꺽정』 연재 당시에 피력되었던 그의 창작론으로 볼 수 있다.

민족의 주권을 상실한 지 10년 만에 일어난 3·1운동은 중요한 역사적 전기가 되었다. 피압제의 상태로부터 폭발한 운동으로 고양된 기운은 구 문화의 청산 신문화의 건설로 발전하였다. 이때 신문화의 성격은 응당 근 대적·민족적인 것이 되어야 했다. 그러나 식민지 반봉건의 특수한 조건 하에서 신문화는 다분히 미숙한 모방화로 흐른 나머지 민중적 현실과 민 족적 요구를 제대로 담아내지 못했던 것이 부인할 수 없는 실상이었다. 이에 내부적으로 진취적 신사상을 요구하였던 바 마침 신생 사회주의 국 가로부터 사상적 자극이 강렬히 들어왔다. 진취적 지식인들은 많이 사회 주의 신사상으로 경도하였으니, 이를 기초이념으로 한 사회운동·문화운동이 뒤미처 약동하게 된다. 그리하여 1925년이 되면 조선공산당의 결성, 문학 부문에 있어서 카프의 조직으로 나타났던 것이다.

한편 사회주의 신사상의 발흥은 불가피하게 갈등상태를 불러 일으켰다. 우리의 현대사에서 고질화된 대립·분열로 해서 심대한 통한으로 남아 있는 좌우익의 갈등은 이미 이때부터 비롯된 것이다. 사회주의의 대립항에 대한 명칭은 일정치 않은데 그 당시에는 흔히 '민족주의'로 일컬어졌다. 또한 좌우의 대립은 동시에 좌우의 통일을 기본과제로 제기하였다. 식민지로부터의 해방이 민족적 과제로 주어져 있고 아직 전근대적인 제반 잔재가 청산되지 못하고 남아있는 상황 하에서 좌우의 갈등은 말하자면 적전 분열인 셈이다. 더구나 일제의 전 민족을 대상으로 일층 가일층 강화되는 탄압 앞에서 거기에 대항하는 운동은 민족의 전체 역량을 결집할 필요성이 나날이 높아진 것이다. 그리고 민족개량주의자들의 타협적 자치론의 방향에 쐐기를 박고 민족운동의 주도권을 잡아야 한다는 것도 당시의 긴급한 요구였다. 좌우합작의 통일운동이 요망되었던 바 1927년에 창립된 신간회는 그것의 구체화된 형태다.

신간회의 발의자, 실질적 주도자는 다른 사람이 아닌 홍명희였던 것으로 알려져 있다. 그런 점에서 「신간회의 사명」이란 위의 글은 의미를 갖는 것이다. 그는 당시 국내외의 정세 동향을 보고 일제로부터의 해방의 가능성을 막연하나마 감지했던 것 같다. 이때 그는 우리 자신의 주체적 노력을 중시해서 사고하고 있다.

그는 '주체적 과정'이란 표현을 써서 국제정세의 변화를 우리의 민족적 운동의 성패를 좌우하는 요소로 고려하고 있으나, 보다 "우리의 노력이 아니면 성공은 가망이 없고 또 설혹 노력이 없는 성공이 있다 하야도 그것이 우리에게 탐탁치 못할 것은 정한 일이다"라고 역설했다. 그러므로 우리의 민족적 운동은 "바른 길로 바르게 나가되 과학적 조직"을 가지고 진행해야 한다고 한다. 그가 사고한 신간회의 사명은 여기에 있었다.

그러면 "바른 길로 바르게 나가"는 길, 신간회의 나갈 길은 어떤 노선이었던가? 그는 말하기를 "민족운동만으로 보면 가장 왼편 길이나 사회주의 운동까지 겸치어 생각하면 중간길"이라고 한다. 이 구절에서 '민족운동'은 사회주의에 대립항인 우익적인 것을 지칭한 것이요, '중간길'이란 민족주의와 사회주의의 중용을 취하는 길이다.

당시 노정환盧正煥, 사회주의운동가 安光泉의 다른 성명 같은 마르크시스트는 "조선 사회주의 운동은 그 초기에 있어 조선 '민족운동'에 대하야 무자비하게 싸웠다. 그러한 그 운동이 1927년부터는 그 스스로가 조선민족운동을 일으키게 되었다"고 선언하면서 이 단계의 조선민족운동=신간회을 '프롤레타리아운동'=계급운동으로 명백하게 규정짓고 있다「조선사회운동의 사적 고찰」, 『현대평론』, 1927.7. 홍명희 또한 자신의 신간회 활동을 '프롤레타리아 운동'으로 생각하였던가? 이에 대해 그는 '중간길'이라고 말하면서 거기도 갈래가 많다고만 했을 뿐 그 이상의 발언은 유보한 상태다.

신간회를 주도했던 홍명희는 과연 사회주의자였느냐 민족주의자였느냐? 홍명희 앞에 곧잘 던져지는 질문인데 아직껏 판정이 똑떨어지게 내려지지 못하고 있다. 이 사안에 정보가 엇갈린다. 일제 관헌 측의 정보기록에 의거하면 홍명희는 조선공산당의 비밀당원으로, "신간회를 당의 정신에 기초해서 주도"하려 했다는 것이다. 한편 조공朝共의 당수를 지낸 바 있었던 김철수金鐵洙의 증언에 의하면 홍명희는 조공에 입당했다가 김철수의 손에서 출당 처분을 당했다는 것이다. 그의 출당 시기는 1926년 6~12월로 추정되므로李均永, 『新幹會硏究』, 홍명희는 조공과의 연계 없이 신간회에 관여했던 것으로 된다. 어느 쪽이 사실일까? 밖에서 엿들은 정보보다는 안에서 일을 처결했던 당사자의 증언 쪽에 신빙성이 가지는 것은 물론이다.

이런 비밀스런 부분을 파보는 일이 무의미하지는 않을 것이다. 그러나 보다 중요한 것은 객관적으로 수행된 행동, 역사적으로 실천된 내용에 있다. 그런데 신간회를 주도했던 홍명희의 형상은 당시 '민족주의적'으로 비쳤던 점이 주목된다.

위의 ②에서 "원래는 화요계의 인물이었으나 중간에 그와 이반하야 자기 그룹을 맨들고 그의 영수격이었다"라고 한 '자기의 그룹'이란 곧 신간회를 지칭한 것으로 여겨진다. ②의 관찰자는 '자기의 그룹'을 결성하기 이전의 홍명희는 주관적·객관적으로 '사회주의자'였으나 그 이후 그의 태도는 '민족주의적'이라고 보았던 것이다.

신간회는 1931년에 '해소'라는 명목으로 막을 내렸다. 역사적인 민족통일전선운동은 실패하고 말았다. 1945년 우리 민족은 해방의 날을 맞았다. 그것이 진정한 해방으로 되지 못했음을 우리가 뼈아프게 경험한 바다. 그렇게 된 이유는 무엇보다 해방이 우리의 주체적·통일적 노력에 의해 성취되었다기보다 '국제적 과정'에 관계된 바 컸기 때문이다. 「신간회의 사명」에서 홍명희가 그토록 역설했던, "설혹 노력이 없는 성공이 있다 하야도 그것이 우리에게 탐탁치 못할 것은 정한 일이다"라는 말이 불행히도 적중한 셈이다. 그리하여 아직까지 해결하지 못한 민족적 통한이 되었다.

신간회 활동과 『임꺽정』의 창작은 홍명희의 개인사에서 서로 맞물려 있다. 그는 신간회를 창립한 이듬해에 『임꺽정』을 시작한 것이다. 신간회 활동과 관련해서 옥고를 치르고 나온 1930년대는 오직 칩거상태에서 '문학적 실천'만을 지속하였으니 역시 『임꺽정』의 집필이다.

3·1운동을 경험하고 1920년대로 들어서면 민중의 각성이 현저하게 된다. 반제민족해방 투쟁은 노동자 농민의 운동역량에 근거해서 발전하

는 추세였다. 신간회 역시 여기에 기반하였음이 물론이다. 홍명희는 「신간회의 사명」에서 이 점을 정확히 인식하여 민중의 정치적 의식이 급격히 각성되고 있으니 이 정치적 의식은 곧 민족적 운동의 전제가 된다고 하였다. 역사 주체로 성장하는 민중에 대한 근원적·역사적 해석을 위한 작업으로 『임꺽정』을 쓰기 시작한 것으로 볼 수 있다.

③에서 작가는 "독특한 혼에서 흘러나오는 독특한 내용과 형식"의 문학을 제창하고 있다. '독특한 혼'을 강조한 점이 주목된다. "일시 관심되는 프로문학도 이러한 산 혼에서 흘러나오는 문학이 아니면 문학적으로 실패할 것은 정한 일입니다." 이 한마디는 프롤레타리아문학에 대해 얼핏 건드린 듯싶으나 실은 급소를 찌른 것이다.

'독특한 혼', '산 혼'은 여하히 얻어지는 것인가. 그는 '위대한 천재'를 들고 나오는데 이는 문자 그대로의 천부적 재능을 가리키는 것은 아니다. 문예의 학문과 다른 속성, 작가 내부의 사상 감정의 영활靈活한 측면이다. 그런데 '위대한 혼' 위대한 창조 주체로 되는 데 있어서 그는 "현실생활에서 예민한 피부로 흡수하고 생활로 세워나가는 것"을 비상히 중시한다. 현실생활을 지식이 아닌 자신의 몸뚱이, 피부로 감수하고 자기의 생활의 일부로 삼아나가는 과정에서 작가의 창조적 영혼은 획득될 것이며, 거기서 흘러나올 때 비로소 '독특한 내용과 형식'의 참다운 문학이 성취될 것이다. 홍명희의 고도의 독창성을 강조한 그 속에 치열한 현실주의 작가정신이 내화되어 있다.

1926년 초 「신흥문예의 운동」에서 기치를 든 이론과 1928년 11월에 착수한 『임꺽정』의 창작 사이에 놓인 거리는 작가 자신 사회주의로부터 민족주의적 지향志向으로 이해할 수 있다. 물론 『임꺽정』은 「신흥문예의 운동」에서 자신이 제시했던 논리의 근본까지 철회한 것은 아니다. "생활을 떠난 문예에 대항한 생활의 문학", 그리고 "구계급에 대항한 신흥계급의 사회변혁의 문학"을 염두에 두고 쓴 것이라 말해도 좋다. 그러나 작품세계, 창작방법론이 목적의식으로 경직화된 카프적 경향과는 스스로 구별이 있는 것이다.

『임꺽정』은 민족문학의 위대한 성과다. 그 민족문학적 성격은 계급문학에 대척적인 것이 아니라 새로운 차원의, 사회주의의 이념을 수용한 현실주의 민족문학이다.

덧붙임 : 해방 직후 간행된 『신세대』란 잡지에 홍명희의 사상적 입장 및 문학관을 표명한 자료들이 보이기에, 간추려서 이 단원의 보충으로 소개해 둔다.

박학보朴學甫, 「홍명희론」(『신세대』 창간호, 1946.3)

홍씨가 유물사관의 세계와 자본론의 학설도 잘 알고 있다. 하나 홍씨가 공산주의자냐 하면 결코 공산주의자는 아닌 것이다. 공산주의의 학설은 조선에서 있어 누구보다도 통효通曉할 것이다. 하나 공산주의는 되기 싫어하는 분이다. (…중략…) 엄밀하게 말하면 민족주의의 좌익이라 할 수 있는 분으로 민족주의 좌익 속에도 또 구분할 수 있다면 우익에 가까운 분인 것이다. 민세民世 안재홍安在鴻 씨를 민족주의 좌익 속에 우익이라 하면, 홍씨는 좌익인 것이다. 하나 두 분이 다 진보적이요, 아울러 공산주의나 기타 학설에 있어 그 장점만을 취해다 쓰려고 하는 것은 두 분의 의상意想일 것이다.

「홍명희·설정식薛貞植 대담기」(『신세대』 23호. 1948.5)

8·15 이전에 내가 공산주의자가 못 된 것은 내 양심 문제였고 공산주의가

무엇인지도 모르고서야 공산당원이 될 수가 있나요. (…중략…) 8·15 이후에는 또 반감이 생겨서 공산당원이 못돼요. 그래서 우리는 공산당원 되기는 영 틀렸소. 그러니까 공산주의자가 나 같은 사람을 보면 구식이라고 또 완고하다고 나무라겠지만 그래도 내가 비교적 이해를 가지는 편이죠. 그러나 요컨대 우리의 주의 주장의 표준은 그가 혁명가적 양심과 민족적 양심을 가졌는가 안 가졌는가 하는 것으로 귀정歸定지을 수밖에 없지.

위 대담 중의 홍명희 발언에서 '양심'이란 두 글자에 특히 눈길이 가진다. '혁명가적 양심'과 함께 '민족적 양심'을 꺼낸 것이다. 대담자 설정식은 "민족적인 양심에 해당한다면 설혹 내 개인이 간직한 양심이 있다고 하더라도 절대 다수의 양심이 숫자적으로 절대일 때에는 내 개인의 양심 같은 것은 버리는 것이 옳지 않을까요"라고 질문을 던진다.

홍명희는 "정치도 별거없이 현실인 바에 현실을 차근차근 구명究明하는 게 우리 도리지요. 최후의 승리는 사실뿐이니까. 문학이나 정치나 간에…"라고 화제를 문학으로 끌어온다.

여기에 설정식은 전적으로 동의하여, "그 말씀을 한 걸음 더 제가 부연한다면 사실事實을 사실화하기 위하여서는 절대로 문학은 시류에 굴종을 하여서는 안 되겠다는 말씀이 되지 않을까요"라고 한다. 홍명희는 설정식의 이 말을 받아 문학의 가치에 대해서 결론적 발언을 하는데 이러하다.

"그러기에 나는 문학작품에 반항정신이 풍만한 것을 높이 평가합니다. 반항정신이 있는 사람이라면 그 작품엔 반드시 그런 무엇이 들어 있고 따라서 가치있는 작품이 될 것입니다."

4) 『임꺽정』의 창작, 그 미완의 결말부

홍명희는 신간회 운동이 결코 쉽지 않음을 절감하면서 소설 『임꺽정』의 집필에 착수하였다. 1928년 11월 21일부터 『조선일보』 지면에 연재되는 방식이었다.

그 자신 1929년 말 광주학생운동 사건에 관련한 민중대회사건으로 일제 관헌에 검거되어 옥고를 치름에 따라 연재가 한동안 중단되었다. 1931년 말부터 연재가 재개되는바 그 후로도 중간에 몇 번의 휴지기간이 있었다. 일제 군국주의의 폭력과 탄압으로 문화풍토 전반이 왜곡·변질되는 상황을 온몸으로 느끼며 연재를 어렵게 지속한 것이다. 문학적 실천에다 혼신의 삶을 걸었다. 그러다가 군국주의의 막장에서는 부득이 붓을 꺾고 말았다. 『조선일보』의 지면은 1939년 7월 4일자로 중단이 되고 월간지 『조광』으로 옮겨 1940년 10월호에 단 1회 실리고 나서 하회下回는 영영 나오지 못하였다. 작가는 자신의 자아를 지키기 위해 절필을 택한 것이었다.

8·15 이후 『임꺽정』의 완성은 독자대중의 간절한 바람이었을 뿐 아니라, 문학사적 요구이기도 하였다. 그럼에도 끝끝내 미완성의 거작으로 남을밖에 없었던 사정은 퍽이나 안타까운 노릇이다.

『임꺽정』은 과연 어떻게 마무리 지어졌을까? 물론 전적으로 작가의 구상, 작가의 붓 끝에 달린 일이다. 다만, 작품 구상에 관한 작가 자신의 발언을 짚어보고 작중의 서사가 쭉 진행되어 왔던 경로를 살펴서 미완의 부분을 짐작해 볼 수는 있겠다.

본 논의로 들어가는데 앞서 『임꺽정』에서 수법상 유의할 점이 있다. 하나는 '이야기를 붓으로 쓰기'에서 역사 사실을 기본축으로 삼은 점이다. 이 소설은 『조선왕조실록』의 해당 시기를 면밀히 읽어서 줄거리의 골격을 세운 한편, 필기·야담의 허다한 자료들을 원용해서 내용을 풍부하게 만들었다. 허구라도 빙공착영憑空鑿影으로 터무니없이 꾸며낸 것이 아니고 사실에 근거한 허구이다. 역사 사실과 역사소설을 특징짓는 허구, 말하자면 역사적 상상력이다.

다른 하나는 복선伏線의 수법이다. 지금 바야흐로 전개되는 이야기는 앞으로 나올 이야기를 은근히 준비하고 있으니 이것이 복선이다. 복선의 수법을 적절히 운용하여 작품은 편편이 분리되는가 싶으면서도 이어져서 전체로 잘 짜인 이야기로 흥미진진하게 읽히는 맛이 있다.

작가의 손에서 쓰여 신문지상에 발표된 작품은 '평산쌈'에 이어 '자모산성 상'에서 끝나고 '자모산성 하'로 들어가서 이내 중단된 상태다. 『조선일보』 1934년 9월 8일 자에 연재 중단이 되었던 소설이 다시 시작된다는 예고로 「작자의 말」이 나온다.

『림거정』을 쓰기 시작한 뒤 5, 6년에 이제사 비로소 '화적 림거정'을 쓰게 되었습니다. '화적 림거정'이 사람 림거정의 본전本傳이오 소설 림거정의 주제목主題目입니다. 림거정이가 청석동서 자모산성慈母山城으로 옮기고 또 구월산싱九月山城으로 옮기었다가 구월산성에서 망한 것이 사실史實이므로 『화적 림거정』을 청석편·자모편·구월편의 세 편으로 난호아서 쓰겠습니다. 사상史上에 숨었든 인물 림거정을 얼마만큼이나 살려내게 될지는 작자부터 작자의 붓을 믿지 못하나 진력하야 쓰면 다소 보람은 없지 아니할 듯합니다. '화적 림거정'이 끝난 뒤에도 림거정의 아들 백손白孫의 유락流落된 것을 짤름하게 써서 붙이랴고 생각하므로 한참 장차게 쓰게 될 것입니다. 앞으로 이삼 년 더 나갈는지 모릅니다.

「화적 임꺽정」으로 예고된 이 부분은 '화적편火賊編'에 해당하는 것이다. 작가의 구상이 집필 단계에서 판에 찍듯 될 수 없었으니 연재 기간부터 당초 2, 3년에서 무작정 늘어났거니와 편목도 그대로 되지 않았다. 「화적편」의 목차는 '청석동' 다음에 '소굴'·'피리'·'평산쌈'이 더 들어가고 나서야 「자모산성」으로 넘어간다. 서사의 진행과정에서 대폭으로 늘어난 것이다. 마무리 단계인 「자모산성」에서 임꺽정의 최후를 연출하는 「구월산성」으로 이어지는 수순만은 바뀌지 않았을 것으로 여겨진다.

작가 자신 '사람 임꺽정의 본전'이라고 말했거니와, 농민 저항의 지도자 임꺽정이 지배체제에 대항해서 싸우다가 마침내 꺾이는 경로, 그의 좌절과 죽음의 이야기는 아직 소설로 쓰이지 않은 부분이다.

참고로 『조선왕조실록』에 나타난 임꺽정 관계 주요 기사와 소설의 진행과정을 대조해서 표로 작성해 본다.

연월일	사실	소설
명종 14년 3월 13일 (1559년) 3월 27일	• 황해도 도적 무리에 대한 어전 대책 회의 • 개성부 포도관 패두(牌頭) 이억근(李億根)이 살해당함 *임꺽정(林巨叱正)의 이름이 처음 나타남	의형제편-결의
명종 15년 8월 20일 (1560년) 11월 24일 11월 29일 12월 1일	• 서울 장통방(長統坊)에서 도적을 놓침 • 남치근(南致勤)이 파직당함 • 서림(徐林)이 서울에서 붙잡힘 • 평산 어수동에서 관군이 패함 • 어전 비밀회의 • 순경사 황해도 이사증(李思曾)과 강원도 김세한(金世澣) 파견	화적편-피리 화적편-평산쌈 화적편-자모산성
명종 16년 1월 3일 (1561년) 9월 22일 10월 22일 12월 22일	• 이사증·김세한 복명(復命) *임꺽정을 잡았다는 허위 보고 • 서림을 황해도로 데리고 감 • 적도가 해주서 평산 가는 길에 민가 30호를 불지르고 인명을 살상함 • 황해도 토포사 남치근·강원도 순검사 (巡檢使) 백유검(白惟儉)을 파견함 • 적당이 궤멸되었다는 보고	이하 모두 소설화되지 못한 부분
명종 17년 1월 3일 (1562년)	• 임꺽정을 황해도 서흥(瑞興) 땅에서 군관 곽순수(郭舜壽)·홍언성(洪彦誠) 등이 포착했다는 보고	

위의 도표에서 알 수 있듯 「화적편」의 서사는 대략 역사 사실에 맞추어지고 있다. '평산쌈'은 서림이 붙잡히고 관군이 평산서 패전한 사실을 바탕으로 꾸민 이야기이며, 이에 경악한 조정이 이사증李思曾을 황해도 순경사로 파견한 데 연관되어서 '자모산성 상'의 이야기가 엮어진 것이다. 임꺽정 부대는 이사증이 순경사로 내려와서 대규모의 공격을 벌이는데 대응하여 자기네의 근거지 청석골을 포기하고 우여곡절 끝에 자모산성으로 들어가게 된다. 여기까지가 「자모산성」 상편이어서 역사상의 시간으로는 명종 15년 말이다.

그런데 이 대목에서 청석골의 최고참 두령인 오가가 청석골을 버리고 갈 수 없다고 끝내 고집을 부려 졸개 약간 명과 잔류하게 된다. 하여 「자모산성」 하편이 시작되는 데서 오가는 외롭고 쓸쓸함을 달래지 못해 괴로워하는 모습이 그려지고 있다. 그는 병졸들이 뿔뿔이 달아나는데도 갈 놈은 가라고 내버려둔다. 작가의 손에서 그려진 마지막 장면이다. 마치 독거노인이 혼자 고독하고 고통스럽게 죽어가는 것처럼 처연하기 그지없다. 『임꺽정』의 비극적 최후의 예고편처럼 느껴지기도 한다.

역사 기록에는 명종 16년 1월 3일에 황해도 순경사로 내려간 이사증이 "적괴 임꺽정을 체포했다"고 보고를 올린 것으로 나와 있다. 이에 이미 잡혀 있던 서림과 체포된 자를 대질시켜서 그자가 임꺽정이 아니고 그 형인 가도치加都致임이 밝혀지고 있다. 아마도 가도치를 고문하여 임꺽정으로 조작해낸 것이리라. 작중에서 오가의 본명이 개도치이다(「화적편」의 '청석골'에서 한첨지의 말로 오가의 내력과 함께 이름이 개도치라고 나와 있음). 개도치의 한자 표기가 加都致이다. 이로 미루어 「자모산성」 하편의 서사는 청석골에서 오가가 관군에게 붙잡히는 이야기로 이어질 것임에 거의 틀림없다. 임꺽정의 본진은 자모산성으로 이동하여 관군에 맞서 싸우다가 견디지 못하고 구월산으로 달아나는 이야기로 속개될 것이다. 「구월산성」이 『임꺽정』의 마지막 편으로 예정되어 있었던 터이니 거대 장편소설은 거기서 드디어 끝이 날 것이다. 종결부에서 가장 관심이 가지는 점이 있다. 임꺽정의 최후가 어떻게 되었을까.

『왕조실록』에 의하면 명종 17년 1월 10일에 황해도의 도적을 토벌한 뒤 공을 세운 자들을 국왕이 직접 불러 포상하는데 그 석상에서 국왕은 "도적을 잡은 전말에 대해 자세히 말하라" 하여, "곽순수 등이 잇따라 도적을 잡게 된 정상을 아뢰었다"고 하였다. 정작 그 자리에서 아뢴 내용은 『실록』 기사에 올라 있지 않다. 임꺽정의 최후는 『왕조실록』의 문면에서는 알아낼 길이 없다. 필기류 기록으로 눈을 돌려보면 『기재잡기寄齋雜記』가 있다. 『기재잡기』의 저자는 박동량朴東亮, 1569~1635인데 작중에 봉산군수로 등장하는 박응천朴應川의 친조카이다. 이런 가정적 배경으로 임꺽정에 관해 구체적인 기록을 남길 수 있었을 것으로 추정된다. 『기재잡기』에서 임꺽정의 최후의 이야기를 전하는 대목을 들어보자.

이로부터 임꺽정의 형세는 확대되어 수백 리 사이에 도로가 거의 끊길 지경이었다. 혹자가 적당賊黨이 도성 안에 가득 차 있다고 말하여, 조정에서 오부五部로 하여금 호별로 통별로 조사, 기찰을 하였다.

그리고 남치근을 토포사로 임명하니 그는 재령군載寧郡으로 내려가서 진을 쳤다. 적당은 무리들을 거느리고 구월산으로 들어갔는데 가장 가깝고 날랜 자들만 데리고 가고 나머지는 모두 흩어 보냈다. 험한 요충지를 점거해서 끝까지 항전하려는 계책이었던 것이다.

남치근은 군마를 엄청나게 집결시켜 차츰차츰 산 밑으로 핍박해 들어가서 도적을 하나도 빠져나가지 못하도록 하였다. 적의 모주謀主 서림徐林은 끝내 면하지 못할 줄 알고 드디어 하산하여 항복해 왔다. 서림이 적의 허실 내막을 샅샅이 말하여 이에 쳐들어갔다. 나무숲을 뒤지며 올라가니 여러 적들이 다 항복하고 오륙 명은 처음부터 끝까지 함께 따라다니므로 서림을 시켜 유인해 와서 당도한 즉시 죽여 버렸다.

임꺽정만은 골짝을 넘어서 도주하였다. 남치근이 해주로부터 황주黃州 사이에 민정民丁을 모두 동원하여 사람으로 성을 쌓고 문화文化로부터 재령 사이에 가옥 하나 농막 하나까지 수색하였다. 임꺽정은 비로소 계책이 궁한 나머지 어느 촌가로 뛰어 들어갔다. 남치근이 군사를 몰아서 포위하자 임꺽정은 그 집의 주인 노파를 협박하되 "네가 급히 소리 지르고 뛰쳐나가지 않으면 죽인다"고 하였다. 노파가 "도적이야" 하고 외치며 문밖으로 나간즉 임꺽정은 군사 모양으로 활과 화살을 차고 칼을 뽑아 들고서 그 노파의 뒤를 쫓아 나오며 "도적이 벌써 달아났다"고 외쳤다.

여러 군졸들은 그가 적괴인 줄을 알지 못했다. 일시에 모두들 "도적이야!" 하고 왁자지껄 소요하는 가운데 임꺽정은 한 군사를 끌어내 말을 빼앗아 타고 뭇사람들 속으로 들어갔다. 그 군사는 누구에게 말을 빼앗겼는지도 몰랐다.

이윽고 한 사람이 대오에서 벗어나 천천히 뒷산으로 향해 가며 "몸이 갑자기 아파서 좀 쉬어야겠다"고 하였다. 누군가 나서서 "네가 아무리 아프더라도 대오에서 한 발짝도 이탈할 수 없다. 이놈이 수상하다"고 하여 오륙 기騎가 그를 추격하는데 서림이 멀리서 보고 "저게 임꺽정이다"라고 소리쳤다. 드디어 군사들이 화살을 퍼부어 임꺽정은 크게 상처를 입었다. 이에 임꺽정이 부르짖기를 "내가 한 일은 모두 서림이의 계책이다. 서림아 서림아, 이놈 네가 항복하다니."

대개 서림이 먼저 투항한 것을 분히 여겨서 마지막에 죽임을 당하도록 계교를 부린 것이다.

위의 기록은 사실 서술에 그치지 않고 임꺽정이 패망하는 과정이 아주 극적으로 그려져 있다. 서림이 구월산에서 몰래 빠져나와 귀순했다는 언급은 경위가 사실과 다르지만, 그가 동료들을 배반해서 임꺽정을 패망하게 하는데 결정적인 역할을 하였던 것은 사실이다(서림이 관에 붙잡혀 있던 것은 비밀에 붙여져 있었음). 앞의 서사에서도 작품은 『기재잡기』에 실린 내용을 적절히 활용했던 터인데 작가는 임꺽정의 최후를 쓰자면 아무래도 『기재잡기』의 이 대목을 긴요하게 활용했을 것이다.

그리고 저마다 독특한 성격과 삶의 역정을 지니고 등장한 수많은 남녀 인물들이 비참하게 무너지는 과정에서 각기 어떤 운명으로 처리되었을까? 소설에 그려질 하나하나의 인생은 상상조차 하기 어렵다. 그래도 한 가닥은 어느 정도 자신을 가지고 추측해 볼 수 있다. 「작자의 말」에서 "아들 백손의 유락된 것을 짤름하게 붙이"겠다 하였으니 후일담 형식으로 백손의 이야기가 엮어질 것이다. 작중에서 백손이를 두고 장래 병사감이라고 했던 관상쟁이의 말은 이를 위한 복선이었지 싶다.

5)「『임꺽정』이 책으로 간행된 경위」

소설 『임꺽정』은 그 작가가 써서 신문 연재로 발표된 기간이 유례없이 길고 어려운 과정을 거쳤지만, 그것이 책의 형태로 간행되어 지금 우리 독자들이 읽을 수 있게 되기까지에는 더 길고 어려운 경위가 있었다. 한국현대사의 고난이 고스란히 여기에 담겨져 있는 듯하다. 전후로 간행된 그것의 판본은 다음과 같다(분단 이후 북에서 간행된 것은 제외했음).

조선일보사판, 1939~40년, 총 4권, 의형제편 · 화적편

을유문화사판, 1948년, 총 6권, 위와 같음

사계절사판, 1985년, 총 9권, 의형제편 앞부분의 봉단편·피장편·양반편이
　　들어감

　　사계절 개정신판, 1991년, 총 10권, 화적편의 '자모산성 상' 및 '자모산성
　　하'의 앞부분이 들어감

　책으로 맨 처음 간행된 해방 이전의 조선일보사판은 4권으로, 해방 이
후의 을유문화사판은 6권으로 각각 달리 묶어져 있으나 내용은 다르지
않다. 다 같이 「의형제편」과 「화적편」의 두 편뿐이며, 앞의 「봉단편」·
「피장편」·「양반편」의 3편은 들어가 있지 않은 것이다. 그리고 「화적편」
의 후미도 미완성 그대로다.

　신문에 연재된 부분을 정리해서 책으로 간행할 때 앞에서부터 순차로
내놓지 않았던 까닭은 어디에 있었을까? "이왕 쓴 세 편은 사실이 누락된
것을 보충하고 사실이 착오된 것을 교정하고 쓸데없이 늘어놓았던 이야
기를 깎고 줄이어 책을 만들려고 합니다"『조선일보』, 1932.11.30라는 '작자의
말'로써 짐작할 수 있다. 작가는 앞의 3편을 수정·보완하기로 작정하고,
우선 「의형제편」부터 간행한 것이다. 「의형제편」의 시작 부분을 보면 박
유복이가 그의 특기인 표창을 앉은뱅이가 된 후에 익히는 것으로 나와 있
다. 「피장편」에서 그가 표창 기술을 학습했던 이야기와는 어긋난다. 작가
의 착각으로 볼 수는 없다. 「피장편」에서 그 대목을 고치려고 했음에 틀
림없다. 작가 자신이 상당한 수준으로 예정했던 수정·보완의 작업 또한
끝내 손을 대지 못한 것이다.

　을유문화사에서 6권으로 간행했을 때도 당시 잡지에 나온 광고를 보면
전10책으로 전반부의 3편과 「화적편」의 네 번째 권이 근간으로 들어 있
다. 1948년의 을유문화사판의 광고내용은 남북 분단이 악성으로 발전함

에 따라 끝내 이행이 되지 못하였다. 이에 『임꺽정』은 앞의 3부는 손질이 제대로 가해지지 못했고 뒤에 가서는 완결이 되지 못한 것이다.

뿐 아니다. 『임꺽정』은 그 작가와 함께 분단의 남쪽 당국에 의해서 배제되어 금기시되었다. 그러다가 1980년대로 와서 사계절사판이 경이롭게 독자들에게 다가선다. 당시 막판의 군부독제에 저항해서 민주·민중·민족운동이 가열차게 일어나 이데올로기적 금기를 깨뜨리려는 움직임이 확산되는 추세였다. 바로 그런 상황에서 『임꺽정』이 간행된 것이다.

1985년 사계절사판 『임꺽정』은 을유문화사판을 대본으로 하여 그 앞의 「봉단편」·「피장편」·「양반편」이 들어가서, 월북 작가에게 내려졌던 부당한 제약을 돌파하는 의의를 갖는데다가 앞서 책의 형태로 간행될 당시 빼놓았던 3편이 포함되어서 의미가 더욱 크게 되었다. 그런데 이 사계절사판은 제작과정에서 급히 서두느라 정밀을 기하기 어려웠다. 해서 스스로 개정신판을 내기로 결정하고 작업에 들어가, 처음부터 끝까지 신문연재분과 단행본분을 대조, 교정하는 공정을 거쳤다. 이 과정에서 여러 가지 착오와 오류를 바로잡았음이 물론이다. 거기에 특기할 사실이 있는바 간행된 책에 미수록된 「자모산성」 상편 및 「자모산성」 하편의 첫 부분이 발견된 것이다. 이 신발견 자료의 보충으로 개정신판 『임꺽정』은 10권으로 묶여지게 되었다. 이 개정신판의 작업은 특별히 정해렴丁海廉 선생이 담당해서 이루어진 일이다.

한국근대문학사의 기념비적인 『임꺽정』은 식민지배 체제하에서 미완성으로 끝날밖에 없었던 대작이다. 이 '개정신판'으로 『임꺽정』은 반세기를 지나 가장 갖춰진 형태로서 우리 독자들에게 제공된 것이다.

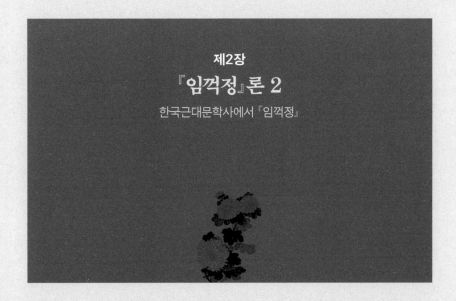

제2장
『임꺽정』론 2

한국근대문학사에서 『임꺽정』

1. 서언

소설 『임꺽정』이 민족문학의 고전적 성과라는 데는 이미 합의가 이루어진 상태다. 냉전체제가 강고해지기 이전에도 『임꺽정』에 대해서는 좌건 우건 이구동성으로 찬사를 보냈거니와, 냉전체제가 완화되어 그에 대한 '금기'의 사슬이 풀리면서 널리 읽히고 비평적 논의가 되살아난 이후론 『임꺽정』을 빼고 민족문학의 성과를 운운하기 어려운 형편이다.

우리의 근대문학사에 있어서 『임꺽정』의 위상을 논하자면 일차로 그것이 산생된 시대로 올라가서 살펴보는 것이 순서이다. 논의가 추상화로 흐르지 않고 역사적 구체성을 얻을 수 있기 때문이다. 1928년부터 1940년에 이르는 기간에 신문 연재의 형식으로 발표되었던 작품이다. 일제의 식민지라는 특수 상황인 1920~30년대가 그것의 원위치이다.

당시 문단은 민족문학 진영과 계급문학 진영으로 양분되어 있었다. 그런데 『임꺽정』은 어느 편에도 소속되어 있지 않았다. 당시 관행적 의미의 민족문학 범위에 속하지 않았음은 물론, 계급문학으로 인식된 바도 없었다. 이 사실을 어떻게 설명하여 『임꺽정』을 자리매김할 것인가? 『임꺽정』에만 국한되지 않는 한국문학의 전반에 걸치는 문제이다.

지난 20세기를 우리는 식민체제를 거쳐 남북분단의 상황에서 삶을 영위하였다. 분단 상황은 식민체제와는 다르지만 더욱 더 끈질긴 체제가 조성되어서 21세기의 오늘까지 우리의 모든 삶을 규제하고 있는 실정이다. 우리의 근대문학은 그런 시대의 산물임을 일차로 유의할 필요가 있다.

근대의 주요 과제는 민족(국민)국가의 수립에 있었다. 이 주요 과제가 식민체제에서 극도로 왜곡되었던 터에, 분단체제에서 심각한 손상을 입은 것이다. 근대문학이라면 민족문학적 성격을 띠게 마련이지만 우리의 특수한 상황을 돌아보면 민족문학적 가치를 중시하지 않을 수 없다.

물론 한국의 근대문학사에서 민족문학은 따로 존재하는 어떤 것이 아니다. 우리 근대문학사에서 『임꺽정』의 민족문학으로서의 의미를 실감해보자는 것이 이 글의 취지다.

2. 신문학의 성립 과정에서 계급문학의 대두와 민족문학

한국의 근대문학은 '신문학'이란 개념으로 출발하였다. 신문학이라면 이전의 문학을 낡은 문학으로 돌리는 뜻의 말이어서 어폐가 있어 보인다. 그렇긴 하나, 근대를 선도한 서구에 문호를 개방하면서 종래의 문물제도

가 온통 문란해지고 제국주의 세력의 강도적 침탈로 민족 위기가 극도에 달했다. 당시 상황에서 제기되었던 제구포신除舊布新이란 구호 그대로 획기적인 자기 쇄신, 자기 변혁이 절실히 요망되었다. 이런 시대정신을 대변해서 신문학이 제기된 것이다. 요컨대 신문학은 근대세계로의 진입경로가 특수했던 한국이나 중국에서 근대문학 성립 과정에 도입된 용어이다.

이 땅의 신문학은 대략 세 단계를 거쳐서 성립되었다. 1900년대 민족 위기의 상황에서 애국계몽운동이 전개된 지점이 신문학 1단계, 3·1운동 이후의 지점이 2단계, 1925년 즈음 계급문학이 대두한 지점이 3단계이다.

1894년 동학농민전쟁과 갑오경장을 계기로 국가적 차원에서 전반적인 개혁의 움직임이 개시되긴 했으나, 1905년 일본에 의해 강요된 을사조약으로 인해서 민족 위기가 목전의 현실로 되었다. 이에 의병투쟁과 함께 애국계몽운동이 요원의 불길처럼 퍼졌다. 그 일환으로서 신문학의 싹이 튼 것이다. 하지만 결국 일제에 식민화되어 주권을 상실함으로 하여 그 싹이 짓밟히고 왜곡되고 하였다. 그런 가운데 3·1의 함성이 거족적으로 일어났다.

1919년의 3·1은 식민지 피압박 민족의 독립운동사에서 세계사적 의의를 지니고 있고 우리 문학사 측면에서는 신문학을 고취하는 동력으로 작용하였다.

우리와 역사적으로 문화적으로 밀접했던 중국 대륙으로 시선을 돌려보면 3·1은 저쪽에 5·4운동을 촉발하였던바, 5·4는 신사상·신문화운동으로 확산되었다. 반면에 한반도는 자주독립을 위한 투쟁에 민족 역량이 사활적으로 바쳐진 나머지 사상 문화의 방향으로는 움직임이 크게 일어나지 못한 편이었다. 그래도 3·1의 고조된 분위기가 문화예술에 창조적 기운을 불어넣었다. 식민체제하에서 말살되고 변질된 신문학의 기운이 소생하여 활발해질 수 있었다.

한국의 근대문학은 신문학 2단계에서 비로소 근대문학적인 형식을 갖출 수 있었다. 그런데 얼마 가지 않아 계급문학당시의 용어로는 프롤레타리아문학으로 문학계가 방향전환을 한다. 계급문학의 주장은 액면 그대로 말하면 질적으로 구분되는 시대라고 할 수 있다. 식민지적 억압과 낡은 유제遺制로 뒤얽힌 조선 현실을 극복하기 위한 방법론으로서 사회주의적 이론을 차용한 것이었다. 근대문학 건설이라는 기본과제의 연장선에 놓인 것이므로 이를 신문학의 제3단계로 간주한 것이다.

이 대목에서 우리가 유의할 점이 있다. 계급문학의 깃발이 문단을 휩쓸게 되자 그에 반대되는 입장이 민족문학(처음에 국민문학이란 용어를 들고 나섰는데 민족주의문학 혹은 민족문학으로 일컬어졌음)으로 표면화되기에 이른 것이다. 그리하여 문학계는 좌파적인 계급문학 노선과 우파적인 민족문학 노선이 대립하는 양상이었다. 1925년 이후에 그려진 조선 문단의 판도였다. 물론 문학계만 그랬던 것이 아니고 사상운동 전반에 걸쳐서 좌우익의 대립갈등이 급속도로 확산되는 추세였다. 우리가 지금 돌이켜보면 민족사에서 통한으로 남은 좌우의 대립갈등의 기원은 이때부터다.

이 지점을 우리는 다시 심각하게 성찰할 필요가 있다고 생각한다. 신문학 제3단계에 이르러 계급문학이 대두함에 따라 야기된 민족문학과 계급문학의 대립갈등을 어떻게 해석할 것인가? 당시 계급문학을 표방하였으나 그것은 어디까지나 진보적 지식층의 문학이었다. 아직은 계급문학이 아니고 민족문학을 건설할 단계였다. 계급문학을 주장한 것은 아무래도 지식층의 조급 증세로 여겨지는 것이다. 당시에 발표되었던 프롤레타리아문학의 작품들이 대부분 관념적이라는 평을 면치 못하게 된 것은 요인이 바로 여기에 있었다.

더욱 주목할 사실이 있다. 사회 전반에 걸친 좌우의 대립갈등을 통합하자는 통일전선론이 제기되어 운동체로서 출발을 하게 된 사실이다. 문학계를 두고 말하면 이 과정에서 취한 입장이 엇갈렸으나, 작품적 성과로는 거기에 해당하는 작품이 출현하고 있었다. 새로운 의미의 민족문학인 셈이다. 말하자면 계급문학과 민족문학의 대립을 지양止揚한 제3의 민족문학이다. 참다운 근대문학에 값하는 것이었다. 그 구체적 성과로서 첫손가락에 꼽히는 작품은 지금 거론하는 『임꺽정』이다.

3. 홍명희의 좌우합작을 위한 노력과 문학관

분자필합分者必合은 『삼국지연의』의 첫 머리에 나오는 케케묵은 소리지만 사물의 지극한 이치가 담겨 있다. 좌우의 분열은 동시에 좌우의 통합을 요망하게 마련이다. 당시 좌파문학의 이론적 맹장이었던 박영희朴英熙는 좌익의 당면 과제는 "조선민족을 일본의 제국주의의 굴레에서 해방"이며, 민족주의자의 당면과제 또한 그와 동일했다고 말한다. 좌우의 대립상태는 적전분열이었던 셈이다. 대립의 해소는 실로 역사적·민족적 요망사항이었다. 이에 좌우합작의 '단일협동기관'으로 신간회新幹會와 함께 여성들의 근우회槿友會도 결성이 되었다. 1927년이다. 사회운동에 있어서는 좌우의 통합이 일단 성사되었다. 문단의 움직임은 어떠했던가?

"1922년 전후하여 민족주의적 운동으로부터 분리하여 가지고 맹렬히 싸우고 그 운동을 파괴하고서 다시 1927년에 이르러서 민족운동을 자수自手로 일으켰던 것이다. 그러면 1922년까지의 민족운동과 1927년이래의 민족운동은 동일한 것이냐? 아니다. 그 본질에 있어서 판이한 것이다."김기진, 「10년간 조선문예의 변천과정」 박영희와 함께 카프 진영의 이론적 맹장이었던 김기진金基鎭의 1929년 시점의 발언이다.

위 첫 문단의 "1922년 전후하여 민족주의적 운동으로부터 분리하여 가지고 맹렬히 싸우고"는 사회주의적인 운동의 시발점을 1922년으로 잡은 것으로 보인다. 그리고 "1927년 이래의 민족운동"이란 신간회를 가리킬 것이다. 신간회의 민족운동은 이전의 민족주의운동과는 본질에 있어서 판이한 것이라고 진단을 내린다. '민족운동'의 이름으로 '단일협동'의 전선이 성립했다는 것이다. 하지만 당시 문학계를 돌아보면 움직임이 착잡했다. 다시 박영희의 증언을 들어보자.

> 드디어 신간회라는 민족단일당이 결성된 것이었다. 그때 우리의 예술동맹도 이에 참가해야 할 것을 알면서도 우리는 주저하였었다. 어느 날 벽초는 일부러 우리를 찾아와서 참가하기를 역설하여 나와 다른 사람들도 다 입회를 하고 말았다. 이로부터 조선의 정치운동의 방향은 새로운 단일적인 것, 거국적 통합 운동으로 기울어진 것이었다. 이에 따라 문단에서도 분열되어 있을 필요가 없으며, 넓은 의미의 민족주의로 합동 매진하자는 의견이 싹 나기 시작하였었다.
>
> ─『초창기의 문단 측면사』

예술동맹조선프롤레타리아예술동맹, 약어로 '카프'의 작가들이 통합으로 나가야 한다는 취지에 수긍하면서도 주저하다가 홍명희의 적극적 권유를 받아들여서 신간회에 입회했다는 것이 위 회고의 요지이다. 문단이라고 분열해 있을 필요가 없기에 '민족주의로 합동 매진하자'는 방향으로 갔다는 것이다. 그럼에도 어찌된 영문인지 문학계의 실제 정황은 신간회의 대의에 동조해서 '합동매진'으로 진전하지를 못했다.

이즈음에 좌우문학의 통합론에 선수를 친 것은 김동환金東煥이었다고 한다. 카프는 이에 반대하여 김동환을 제명하는 조처를 내렸다. 이즈음 양주동梁柱東은 『문예공론』이란 잡지를 만들어 가지고 "민족문학과 사회문학이 빙탄불상용氷炭不相容이라고 보고 호상 배격하는 따위는 소위 종파주의의 여독餘毒이다"고 기염을 토하며, "우리의 문학은 민족적인 동시에 무산계급적이어야 한다"는 주장을 편다. 근대문학사에서 절충파 논리로 규정된 것이다. 절충론으로 간주되었던 만큼 별로 동조를 얻지 못했다. 이 문제를 둘러싸고 계속 논란만 벌이다가 결국 대승적 통합을 이루어 내지 못하고 말았다.

박영희는 후일에 "이 논전은 서로 지지 않으려는 지력智力의 싸움이었을 뿐, 문학적 창조에 기여한 바는 심히 적었다"고 평가한 바 있다. 이처럼 문학계는 신간회에 상응하는 어떤 통일도 묶어내지 못한 채 1930년대로 들어간다. 파시즘의 질주로 인류적 위기상황에 부딪친 지점이다. 신간회는 1931년 '해소'라는 이름으로 종결되고 말았다. 좌파문학의 조직체 카프 또한 강제 해산되기에 이르렀다.

홍명희가 신간회운동의 실질적 주도자였다는 것은 잘 알려진 사실이시만 문학계의 통합을 위해서도 직접 나섰던 사실이 확인되고 있다. 좌우문학의 통합문제로 다투는 즈음, 한 잡지에서 제시한 민족문학과 계급문학을 어떻게 보아야 할 것이냐는 설문에 홍명희는 「두 문학은 시간적으로 일치한다」는 제목으로 답을 하였다. 『삼천리』 창간호, 1929.6 그런데 일제 당국자의 검열로 그의 답변이 삭제되었기 때문에 구체적 내용은 들을 길이 없다. 짐작컨대 민족문학과 계급문학은 조선의 현실에서는 배타적이 아니고 공존해야 한다는 논지였을 것이다. 바로 그 무렵에 창간된 『신소설』이란 문예지에 홍명희의 창간사가 실려 있다.

홍명희가 통일전선운동을 추진하면서 좌우의 문학적 통합을 위해 고심했던 그 자신의 문학적 견해를 논리적으로 표명한 글은 이『신소설』의 창간사이다. "예술가도 한 개의 사람이다. 사람의 사회를 벗어난 신이 아니요 또는 짐승이 아니다." 그 전에 '신흥문예 운동'을 제창하여 '유산계급 문학에 대항한 문학'을 표방했던『문예운동』, 1926.1 논지와 통하는 면이 없지 않으나 크게 달라진 것이다. 결론적인 주장을 청취해 보자.

"그러나 사람은 예술가로서기보다 먼저 사람으로서 분한 일이 있으면 먼저 분하고 다음에 시가 나오며, 슬프고 아프고 독이 날 때도 다 마찬가지다. 투르게네프의 말에 극도의 자극에는 예술이 없다고 한다. 그것도 역시 예술가로의 자격이 사람의 자격보다 뒤떨어지는 것을 증명하는 것이다. 사람이 분이 나나 독이 나면 한갓 시로의 표현을 만족한다면 그것은 시인이 아니다. 정신병자다. 우리는 예술로 살기보다 사람으로 살아야 하겠다. 우리는 어디까지 우리의 생활을 본위로 예술을 창조하여야 하겠다. 아니 예술은 구경究竟 우리 생활의 한 도구다. 우리는 그 도구를 가지고 우리의 진영을 개척하자."

문학하는 자는 예술가이기 이전에 사람이라는 위 글은 뜻이 더없이 강경하다. 앞서 "예술가는 사회를 벗어난 신이 아니요 또는 짐승이 아니다"라고 했던 의미가 머릿속에 잡히는 것 같다. "사람으로서 분한 일이 있으면 먼저 분하고 다음에 시가 나오며, 슬프고 아프고 독이 날 때도 다 마찬가지"라는 것이다. 철저한 인본주의인데 그의 인본주의는 사람에 가해지는 부당한 해독에 같이 아프고 사회의 불의에 같이 분노하는 것이 우선이다. 요컨대 "예술로 살아가기보다는 사람으로 살아야" 함을 각성하자는 취지다. 글 전체를 끝맺는 말이 예술은 우리 생활의 한 도구이므로 "우리는 그 도구를 가지고 우리의 진영을 개척하자"는 것이었다. 고도로 압축된 이 구절의 의미는 문학을 가지고 민족 공동체의 삶을 열어가자 아닐까. 홍명희가 강조한 인본주의가 문학적 실천에 어떻게 연계되는 것인가 하는 문제는 뒤에 다시 언급할 것이다.

4.『임꺽정』의 해석·평가 문제

근대문학의 성과로서『임꺽정』은 이제 불후의 고전 반열에 올라섰다. 하지만 그것의 해석·평가상에서 다음 다섯 가지 사안을, 비록 뒷북치는 감이 있더라도, 짚어볼 필요가 있다는 것이 나의 지론이다.

① 야담에 관련한 문제

② 세태소설로 간주하는 문제

③ '조선적 정조情操'의 문제

④ 작가의 문학적 입장과의 내적 연계성

⑤ 작가의식이 일관성을 견지하고 있는가?

①과 ②는 발표 당시 거론되었던 문제이며, ③과 ④는 작가에 의해서 발설되었던 검토사안이다. ⑤는 1980년대『임꺽정』에 대한 비평적 논의가 살아나면서 제기된 쟁점이다. 따지고 들어가면 하나하나 분석적 논의가 요망되지만, 지금 그럴 자리가 아니므로 되도록 간추려서 소견을 정리해 둔다.『임꺽정』의 독법에 관한 주제일 뿐 아니라 근대문학사를 성찰하는 계기이기도 하다.

1)『임꺽정』의 야담과 관련한 문제점

『임꺽정』이 발표되기 직전『조선일보』의 지면에「조선의 처음인 신강담新講談」이란 제목으로 "이 강담이 얼마나 조선문단에 큰 파문을 줄는지

추측되는 바이며…"[1928.11.17]라는 자체 광고가 실려 있다. 『임꺽정』을 애당초 '신강담'으로 불렀던 사실을 알게 한다.

강담이란 일본사회에서 예로부터 써왔던 말로 당시에 야담과 동의어로 등장했다. 일본근대에 신강담운동이 일어났던바 조선에서도 이 무렵 '신야담운동'이 제기된 것이다. 이를 당시에 신강담운동이라 부르기도 했다. 신야담운동은 김진구金振九란 인물이 주도했고 유력한 매체의 성원을 받아서 대중적 호응도 폭넓게 일어났다. 1930, 40년대에 걸쳐서 유행했던 야담은 신야담운동의 후속인데 운동성은 상실한 상태였다. 원래 야담은 조선조에서 형성, 발달했던 것이다. 이것이 근대적 상황에서 재등장을 한 모양새인데, 그 계기를 마련했던 것이 이른바 신야담운동이었다. 통상적인 야담, 즉 근대야담에 대해서 전근대에 발달했던 것은 전형적인 야담으로 구분지어 볼 수 있다.

야담이 근대적으로 부활하는 상황에 유의한 작가는 염상섭이었다. 염상섭은 1929년 「현하現下 조선예술운동의 당면문제」란 표제의 글을 발표하는데 '강담의 완성과 문단적 의의'라는 부제를 달아놓은 것이다. "야담이 신출, 유행하는 것을 필연한 사회현상·문단적 현상"으로 평가하여, "이러한 노력으로 (…중략…) 진정한 문예의 민중화·사회화"의 가능성을 전망하였다.[조선지광朝鮮之光, 1929.1] 『동아일보』에 이광수의 『단종애사端宗哀史』, 『조선일보』에 홍명희의 『임꺽정』이 앞서거니 뒤서거니 연재되는 현상을 보면서 이렇게 판단한 것이다. 그리고 "현행의 강담은 강담이라는 입장과 간판 하에서 소설의 형식과 수법을 따르는 경향인 고로 (…중략…) 소설식 강담, 강담식 소설의 얼치기 튀기가 되어가는 모양이다"라고 부정적인 논평을 가하고 있다. 여기서도 강담은 야담과 동의어다. 염상섭은 역사소설의 새로운 등장과 당장 눈앞에 펼쳐지는 신야담운동을 꼭 동일시한 것은 아니다. 그렇다고 상호 무관한 것으로 생각하지도 않았다. 신야담운동과 동시적으로 등장한 역사소설을 어떻게 관련지어 볼 것인가를 염상섭은 당대에 처해서 연구주제로 일깨운 셈이다.

『임꺽정』의 작가 홍명희는 후일에 "역사소설을 단편으로 써보면 어떨까? 즉 역사적 사실에서 테마를 잡아서 단편을 쓰되 시대순으로 써 모으면 역사소설이라느니 보다 소설적 형식의 역사가 되려니 일면으로는 민중적 역사도 되려니 생각했었오"「홍벽초 선생을 둘러싼 문학 담의(談議)」, 『대조(大潮)』, 1946.1라고 술회한바 있었다. 구상단계에서는 일종의 사화史話를 염두에 두었던 듯 보인다. 결과물은 사화와는 다른 것이 되었다. 『임꺽정』은 염상섭이 우려했던바 '소설적 야담'이나 '야담적 소설'로 떨어진 것이 아닌 독특한 역사소설이다. 확실히 그렇지만, 『임꺽정』의 서사진행은 전면적으로 야담적인 이야기 수법을 차용한 방식이다. 내용 또한 전대에 축적된 야담을 다채롭게 끌어다가 이용했다. 특정 시기의 역사를 다루었기 때문에 기본골격은 실제 사실에 맞추어 세운 것임이 물론이다. 거기다 야담에서 취재해 살을 붙이면서 허구적 상상력을 발휘하여 서사를 흥미롭고도 풍부하게 엮어간 것이다. 그리하여 『임꺽정』은 실로 유례를 찾아보기 어려운 개성적인 역사소설이 되었다.

1930년대 당시 대단히 날카롭게 평필을 휘둘렀던 임화는 『임꺽정』에 대해서도 누구보다 경청할 만한 발언을 남겼다. "『임꺽정』은 어떤 종류의 역사소설이냐?"「세태소설론」 이 물음에 답해서 "춘원의 그것과는 결정적으로 틀림은 물론 야담에 비할 수 없는 예술성"을 인정한다. 『임꺽정』이 『단종애사』와 결정적으로 다르다거나 야담에 견줄 수 없는 예술성을 갖추고 있다고 한 그의 견해는 십분 타당하다. 그럼에도 임화는 『임꺽정』을 본격적인 역사소설로 평가하는 데 유보하면서 세태소설의 성격을 띤 것으로 간주하고 있다. "홍미만의 이유로 무대를 과거로 옮기는 것은 야담의 일이고 문학의 일은 아니다." 그가 『임꺽정』을 역사소설로서 문제점이 있다고 판단하는 논거이다. 그의 이론 자체는 역시 타당성이 있다. 역사소설은 야담과는 차원이 다른 것이다. 하지만 따져 물을 점이 거기에 있다. 그의 염두에 있는 야담은 변질된 근대야담이다. 전통적인 야담의 성과에는 그의 지식이 미치지 못하고 있었다. 고려대상이 아니었다. 따라서 『임꺽정』과 야담의 관계는 그의 인식범위에 들어올 수 없었다. 『임꺽정』을 세태소설로 간주한 것도 이와 무관하지 않다.

2) 임화가 『임꺽정』을 세태소설로 간주하는 논리

임화는 『동아일보』 지면에 「세태소설론」 1937.4.1~6과 『문장』 지면에 「현대소설의 주인공」 1939, 9월호, 발표 당시 제목은 「최근 소설의 주인공」을 발표하였다. 『임꺽정』을 따로 논한 글은 아니지만 그것의 평가에 논쟁적 의미가 담긴 내용이다.

임화는 1930년대 문학이 세태소설로 기우는 경향을 두고 '근대문학의 위기'를 드러낸 증상으로 진단하였다. 그리하여 발표한 글이 「세태소설론」인데 『임꺽정』을 거기에 싸잡아 비판한 것이다. 그는 분석적으로 따져서 "이 세 점, 즉 세부묘사, 전형적 성격의 결여, 그 필연의 결과로서 플롯의 미약 등에서 『임꺽정』은 현대 세태소설과 본질적으로 일치된다"라는 판정을 내린다. 이에 "세태소설로서 역사소설이 가능하냐"고 묻는다. "묘사되는 현실이 한 개의 정신적 실체로서 독자에 작용하는 과정에 있어 역사상 현실은 현재의 현실의 가치를 분명히 추종키 어려운 때문"에 『임꺽정』은 본격적인 역사소설로서는 문제점이 있다는 결론에 도달하였다. 작중에서 그려낸 '역사상 현실'이 '현재의 현실'을 비춰보는 거울로 삼기에 부족하다는 논지다.『임꺽정』의 경우 세태소설적이어서 역사소설로는 결격 사유가 있다는 주장이다.

1930년대에 세태소설이라면 박태원朴泰遠의『천변풍경川邊風景』이 대표작이다. 임화는 세태소설의 특성을 모자이크적인 데서 발견하였다. "왜 그러냐하면, 전형적 성격과 운명적 치열미를 가진 플롯이 불가능한 세부묘사의 문학은 자연히 모자이크적이 아닐 수 없기 때문이다." 이에 대해『임꺽정』은 파노라마적이라고 한다. 임화는『임꺽정』의 파노라마는 다른 세태소설들과 구조적 차이에서 비롯된 것으로 생각하고 있다. 그렇지만『임꺽정』은 '본질적으로 세태소설에 일치'하는 것으로 그는 간주하였다.

왜 그랬을까? 이 의문점의 답은 그의「현대소설의 주인공」에서 얻을 수 있다.「현대소설의 주인공」은「세태소설론」의 연장선에 위치한 평론이다. "소설은 어느 때나 인물의 예술이다." 이것이「현대소설의 주인공」전체의 명제이다. 곧 등장인물들의 성쇠와 생애가 그려지는 가운데 인간의 운명이 표현되는 예술, 그것이 소설이다. 이 논리에 의거해서 세태소설에 속하는 작품은 "주인공이 결여 되었거나 혹은 주인공이 분산되어 있는 특징"을 보인다고 한다.『임꺽정』또한 이런 특징을 지닌 것으로 보는데 논리는 이러하다.

소설『임꺽정』은 주인공 임꺽정의 운명을 중심으로 구성된 작품은 아니다. 어째서 임꺽정은 반역아가 되지 아니할 수 없었으며, 어째서 그는 또한 반도叛徒의 적명賊名을 쓰고 헛되이 일생을 끝맺지 아니할 수 없었는가? 가혹한 운명의 철鐵의 필연성! 이것의 표현 없이 소설의 인물은 주인공일 수 없는 것이다. 또한 이른바 주인공과 환경과의 유기적 연관이란 것도 성립되지 아니한다. 소설『임꺽정』을 읽으며 느끼는, 연락連絡을 이해하기 어려운 무수한 에피소드의

출몰도 전혀 이런 곳에 원인한다. (…중략…) 주인공의 운명을 중심으로 소설
이 구성되어 있지 않기 때문이다.

"가혹한 운명의 철의 필연성!" 근대소설의 주인공이 짊어지지 않으면
안 되는 무서운 숙명, 그 필연성으로 작품은 일관되어야 한다는 것이 그
의 결연한 주장이다. 그런데 『임꺽정』은 그렇지를 않고 '환경과의 유기적
연관'이 없는 것이 되었다고 한다. 과연 그런가? 『임꺽정』의 「봉단」·「피
장」·「양반」·「의형제」·「화적」의 전5편에서 앞의 4편은 대적 임꺽정이
등장해서 화적질을 하는 경위를 장차게 벌인 이야기다. 「화적편」은 본론
에 해당하며, 「봉단편」·「피장편」·「양반편」은 임꺽정 같은 대적이 등장
하게 되는 역사적 필연성을 보여주는 서설에 해당한다. 그리고 「의형제
편」은 화적집단을 형성하게 되는 꺽정이 동무들의 환경적·성격적인 필
연성을 그려서 본론으로 들어가도록 한 것이다. 운명의 결정적 요소로서,
환경적 요인과 성격적 요인을 조직해서 서사를 전개한 방식이다. 『임꺽
정』에는 수많은 인물들이 출현하는데 중심에는 임꺽정이 있다. 그 장편거
작의 서사는 주인공 임꺽정을 벗어나지 않은 것이다. 위 인용문에서 임화
는 "주인공의 운명을 중심으로 구성되어 있지 않기 때문"에 "무수한 에피
소드의 출몰"로 도무지 갈피를 잡을 수 없다고 타박을 하였다. 작품을 오
독한 것이라고 밖에는 말할 수 없다(『임꺽정』이 워낙 오래 연재된 까닭에 임화
는 쭉 따라 읽지 못했을 것이다). 그의 평가의 논리 자체는 역시 타당하다. 나
아가 당면한 현실을 '근대문학의 위기'로 진단한 데서 그의 시대에 대한
깊은 고뇌를 읽을 수 있다. 다만 『임꺽정』에 대해서 오독이 있었던 까닭
에 세태소설로 간주한 것이다.

3) 『임꺽정』에 있어서 '조선적 정조'

『임꺽정』은 발표 당시에도 좌우의 경계를 넘어 찬사를 들었다. 좌파작가인 이기영李箕永은 "해박한 학식과 풍부한 어휘가 아울러 건전한 사상으로 능란히 묘파한 것"『조선일보』, 1937.12.8이라면서 '조선문학의 획기적 대수확'이 될 것으로 전망한다. 우파작가인 박종화朴鍾和는 한 회도 빼놓지 않고 애독했다면서 어휘도 어휘지만 "구상이 혼연히 조선적인 때문"에 "조선 사람으로 잊어버릴 수 없는 구수한 조선냄새"『조선일보』, 위와 같음를 느낄 수 있다고 격찬을 아끼지 않는다. 『임꺽정』이 이처럼 전폭적인 호감을 불러일으킬 수 있었던 데는 무엇보다도 조선적 정조의 구현에 있었다. 언어문제도 조선적 정조를 살리기 위한 수단이었음이 물론이다.

조선적 정조는 그 작가가 누차 강조한 바였다. "『임꺽정』만은 사건이나 인물이나 묘사로나 정조로나 모두 남에게서는 옷 한벌 빌려 입지 않고 순 조선 거로 만들려고 하였습니다. '조선 정조에 일관한 작품' 이것이 나의 목표였습니다."「『임꺽정』을 쓰면서」, 『삼천리』, 1933.9 우리 문학이 근대 이전에는 중국문학의 과도한 영향으로 우리에게 유리된 점이 많았고 근대 이후로는 구미문학의 영향에 빠져 양취洋臭를 털어내지 못한 데서 벗어나려는 뜻이었다고 분명하게 말했다. 그 작가가 이처럼 강조점을 두었던 조선적 정조는 어떻게 평가할 것인가? '우리 것 제일'이라는 식의 자족주의처럼 비쳐지기도 한다.

「조선문학의 전통과 고전」이란 제목으로 유진오兪鎭午가 묻고 홍명희가 답하는 대화가 『조선일보』1937.7.16~18에 나온다. 대화 중에 '조선문학의 건설'이 화제로 제기된다. 우리 근대문학, 즉 신문학의 성립을 회고하는 내용이다. 초창기 문학가들이 자기 문학을 건설해 보겠다는 어떤 의욕이나 주장이 있지 않았느냐는 유진오의 질문에 홍명희는 별다른 것이 없었다면서, 이광수의 경우도 "막연하게 창작욕이라고 할까 그런 것"이 있는 정도였다고 한다. 이에 유진오는 『임꺽정』을 끌어들여 창작정신이라고 할 무엇이 있습니까라고 캐묻자 "그건 다 신사상 덕택이지"라고 대답한다. '신사상'이란 개혁적 사상을 의미할 터다.

여기에 주목할 점이 있는데 신문학 3단계를 지나서 등장한 『임꺽정』을 유진오는 '조선문학의 건설' 과정의 중심에 끌어와서 논의되게 한 것이다. 이때도 홍명희는 "조선 정조나 그려볼까 한 것"이라고 한다. 그러면서도 "덮어놓고 조선 것이라 해서 자랑하는 것은 좋지 못합니다"라고 강한 톤의 단서를 붙인다. 조선 정조의 중시가 국수적인 자족주의로 흘러서 못씀을 경계한 것이다.

"사실 저같이 젊은 사람들은 외국 것만 배워왔으니 조선 것으로 가치 있는 것이 있더라도 잘 모릅니다. 외국 것을 배운 눈으로서 조선 것의 가치 있는 것을 보기도 했으면 좋겠는데요." 유진오의 발언은 이후 오늘에 이르는 한국의 교육문화의 풍토에서 불가피한 실태이며 '외국 것을 배운 눈으로 조선 것을 보는 것' 또한 전반적인 추세이다. 이에 대해 홍명희는 "건 물론 좋은 현상이지마는 자연 환멸과 낙담하는 것이 많을 겝니다"라는 긍정과 함께 단서를 붙이고 나서 "자유자재하게 건설의 일로—路밖에 없는 것은 도리어 좋지 뭐. 더구나 문화적으로는"이라고 모호한 답을 한다. 무슨 말일까 의문이 드는데 유진오가 받아서 "전승될 것이 없으니까 자수성가自手成家란 셈입니까"라고 풀이를 한다. 부정을 통한 자유를 만끽하는 창조, 자수성가라는 말뜻 그대로 자주적 건설=창조을 뜻하는 것으로 터득이 된다.

『임꺽정』을 쓰면서 작가가 특별히 역점을 둔 '조선적 정조'는 우리의 새로운 문학을 어떻게 창조할 것이냐는 고민에 닿아 있는 것이다.

4) 『임꺽정』, 작가의 문학관과의 연계성

앞에서 홍명희가 좌우통합을 위해 노력한 한편 『임꺽정』을 연재하면서 표명된 그의 문학관은 인본주의적 성격을 갖는 것이다. 인본人本주의는 기실 신조어인 셈인데 그가 쓴 『신소설』 창간사의 논지에 내가 붙여 본 개념이다.

그는 예술가란 사회로부터 유리된 무슨 특별한 존재가 아니고 '예술가이기 이전에 사람'임을 일깨우면서 "예술로 살기보다는 사람으로 살아야 하겠다"라고 다짐한다. 사람으로서 분개할 일이 있으면 분개한 다음에 문학이 나오며, 슬픔과 아픔이 있을 때도 마찬가지라고 한다.

실은 인본주의라면 너무도 지당해서 따로 내세울 필요도 없을 것 같다. 더구나 문학에서는 말할 나위 없다. 하지만 인류 역사상에 진정한 인본주의가 실행된 적이 과연 있었던가. 신본神本주의가 있었고 군본君本주의가 있었다. 20세기 근대문학으로 와서는 '예술을 위한 예술'이 유행하는 추세였고 사회주의적인 문예경향 역시 다분히 이념으로 경직된 상태였다. 해서 홍명희는 사람들의 생존을 우선시하는 문학관을 제기했지 싶다. 이런 내용 및 당시의 문화적 배경을 고려해서 인본주의로 지칭했음을 밝혀둔다. 하나 덧붙이자면 자연에 친화하고 자연물과 공생하는 사유를 결여한 인간중심주의와는 전혀 다른 것이다. 살아가는 사람들의 애환에 소통하는 것이 먼저다.

문제는 인본주의와 그의 문학적 실천인 『임꺽정』을 어떻게 내적으로 연계해서 해석하느냐다. 작품의 전체적 분석이 요구되는 사안이다. 이 대작을 전부 치밀하게 읽어서 해명해야 할 노릇인데, 여기서는 작중에서 두 가지 사안을 들어 간략히 논할까 한다. 신분제도의 모순과 여성문제다.

『임꺽정』을 펼쳐들면 이야기가 술술 풀리는 가운데 아주 인상적인 장면이 종종 들어온다. 나의 개인적인 소감이지만 전편에 걸쳐서 곽오주의 아내 신배댁이 죽기 전에 갓난아기를 안고 젖을 물리면서 혼자 말하는 장면이 가장 인상적이다. "어미 죽기 전에 어미 젖 남기지 말고 다 먹어라. 아무쪼록 병 없이 잘 자라서 수명장수 오래 살고 불쌍한 어미 생각해라. 어미가 세상에 났던 표적이 너 하나뿐이다. (…중략…) 어미가 죄가 많아서 너를 핏덩이로 두고 죽는다."IV-299~300 이렇게 간절한 그녀의 소망이 이루어질 도리는 없었다. 홀아비가 된 오주가 동냥젖을 얻어 먹이지 못하고 울어대는 아기를 안고 밤중 내내 안절부절 하다가 그만 정신착란을 일으켰다. 결국에는 남의 집 머슴살이하던 사람이 '쇠도리깨 도둑'이 되어 나타나기에 이르렀다. 사람의 슬픔과 아픔을 우선시하는 작가의 필치가 이와 같은 장면을 그려낼 수 있지 않았을까. 곽오주는 작가가 창조한 무산농민의 형상인데 '쇠도리깨 도둑'으로 변신하는 경위는 계급의식을 운운하기 이전의 삶의 뼈저린 현실로서 그려진 것이다.

그리고 또 읽어가노라면 안으로 되게 다져져서 새겨보게 되는 문장이 눈에 종종 들어온다. 주로 인물들의 입을 빌어 나오는 말이다. 먼저 「피장편」에서 한 대목을 들어본다. 누나가 꺽정이에게 무술을 한 가지라도 배우라고 말하자 나같이 천한 놈이 무술은 배워 무엇에 쓰느냐고 반발하여 오고가는 말이 길어졌다.

"내가 사내 같으면 너더러 배우라기 전에 내가 나가서 배우겠다만."
"여편네는 배워 두면 어떻소."
"그럼 여편네가 활이나 창 같은 것을 배워 두어서 무엇에 쓰니?"
"쓰기는 무엇에 써요, 그저 배워 두는 것이지."
"여편네가 벼슬하는 나라 같으면 나도 배워 두다 뿐이야."

"누나가 쓴다 못 쓴다 하는 것이 벼슬을 두고 하는 말이라면 누나의 여편네나 나의 사나이나 못 쓰기는 일반이오."(Ⅱ-182~3)

누나로서 동생에게 무술을 익히라고 타이르는 것은 당연한 노릇이다. 임꺽정은 조선사회에서 최하층인 백정 출신으로 천하장사여서 말하자면 전설적 영웅이다. 어린 나이에도 벌써 꺽정이는 자기의 신분적 처지를 의식해서 발끈했던 것이다. 신분제도의 제약이 여자라고 면제될 리 없었다. 여자이므로 가중되는 제약도 따랐다. 남성과 함께 여성이 부당한 처지에 놓여 있음을 주인공 임꺽정이 명료하게 인지하고 있음이 위 인용문에 선명하다.

임꺽정은 반항아다. 그의 반항적 기질이 장차 어디로 갈지 짐작케 하는 대목을 들어보자. 갓바치가 후일 큰 난리가 날 것이라고 우연히 발설을 하자 꺽정이는 귀가 번쩍 뜨여서 소리친다.

"큰 난리가 나요? 아따 난리가 나서 세상이 한번 뒤집어 엎이면 좋겠소."
하고 껄껄 웃으니 대사가
"세상이 자네 소원대로 뒤집힐는지 모를 일이야."
하고 덕순이를 돌아보며
"저 사람의 소원하는 세상이 당신네 양반에게는 못쓸 세상인 줄을 아시오?"
하고 빙그래 웃었다.(Ⅲ-273)

꺽정이는 자신의 처지 때문에 가슴에 울분이 꽉 찬 사람이었다. 백정들이 당하는 괴롭고 분노할 일들이 작중에서 의도적으로 곧잘 건드려지기도 했다. 영웅적 인물 임꺽정의 경우는 "양반을 미워하고 세상을 미워하는 생각은 뼈에 깊이 새기어졌다."III-97 우리 속담에도 '내 복에 무슨 난리'란 말이 있다. 갖바치가 예언한 난리는 임진왜란이었다. 꺽정이가 소망해 마지않던 난리는 그의 시대에는 오지 않았다. 그가 직접 난리를 일으키는 것이다. 「의형제편」은 꺽정이가 세력을 결집하는 이야기이고 「화적편」은 꺽정이가 중심이 되어 무장 항쟁을 벌이는 이야기이다.

요는 그는 사람이기 때문에 부당한 제도에 분노해서 일어선 것이다. 조선왕조의 입장에서는 '임꺽정 반란'이요, 역사적으로 보면 '농민봉기'이다. 임꺽정이 주도한 농민봉기는 갖바치가 슬쩍 비친 대로 '양반에게는 못쓸 세상'을 만들자는 의도였다. 임꺽정의 봉기는 양반 세상을 뒤집어엎는, 억울한 사람이 없는 세상을 만들자는 뜻이 있었다. 그것은 반체제적 성격이다.

5) 『임꺽정』 평가에서 근래 제기된 문제점

그런데 임꺽정 집단이 반체제 활동을 벌여 본격적으로 대결해 싸운 적이 있었던가? 그런 장면은 실상 작중에서 찾아볼 수 없다. 「화적편」은 시작부터 청석골이 관군의 전면적인 공격을 받게 되자 정면 대결을 회피하고 강원도의 두메산골로 거점을 이동한다. 이는 지구전에 대비한 전략적 후퇴였던 만큼 비난할 것이 없다. 그 다음이 문제다. 문제를 일으킨 장본인은 다른 누가 아니고 최고지도자 임꺽정이었다. 그가 자기의 위치를 이탈하여 상경을 한 것이다.

"꺽정이가 광복산 두메 구석에 엎드려 있기가 답답하여 서울로 올라올 때 과즉 한 달포 놀다 가려고 생각한 것이 늦게 난봉이 나서 갖은 오입을 다하고 종내 계집을 셋씩이나 얻어서 각 살림을 시키는 동안에 세월이 가는 줄 모르게 오륙 삭이 지나갔다. 그 동안에 광복산 도중에서 꺽정이에게

오라는 재촉이 없었던가. 도중에 비록 대리 괴수가 있기로서니 정작 대장이 오래 밖에 나와 있는데 어찌 재촉이 없었으랴. 광복산 재촉은 성화같아도 꺽정이가 갈 생각은 아니하고 서울에 늘어붙어 있었다."VII-222~3 서울에 늘어붙어 있는 동안에 기생방 출입도 하고 여자를 셋씩이나 얻어 들여서 그 때문에 야기된 일들을 해결하는데 한 권을 거의 소비하고 있다. 이 부분은 기법상으로 원숙한데다가 서울의 인정 풍물을 다채롭게 보여주어서 재미나게 읽힌다. 하지만 웅지를 품은 임꺽정, 영도자의 처신으로서는 대단히 부적절함은 물론이고, 역사소설로서도 따져보지 않을 수 없다.

한참 전의 일이 되었지만, 『임꺽정』 연재 60주년을 기념해서 염무웅·반성완·최원식과 임형택이 같이한 좌담이 있었다. 그 결과물이 『벽초 홍명희, 『임꺽정』의 재조명』사계절 1988이란 단행본에 수록되어 있다. 『임꺽정』을 그 작가와 함께 종합적으로 검토하고 성과를 평가한 내용인데 바로 이 문제가 쟁점 사안으로 크게 부각된 것이다. 요컨대 임꺽정의 탈선·방종은 그 창작 주체인 작가의 문제점이냐, 작중인물의 문제점이냐로 견해가 엇갈렸다. 전자는 염무웅 선생이 제출한 견해였다. 그 당시가 식민지 지배가 강고해진 시대임을 고려하여 "작가 자신이 사회에 대한 긴장이 이완되는 데서 연유한 것"으로 설명했다. 저자는 후자 쪽으로 생각하여 작가의식의 후퇴가 아니고 작가의 계산된 의도라고 주장했다. 『임꺽정』에 대해 이 부분에서 실망감을 느끼고 부정적으로 논평하는 독자나 연구자가 적지 않은 것으로 알고 있다. 이 현상을 두고 반성완 선생은 좌담에서 "문학적 텍스트와 독자의 '기대지평'과의 간극에서 나오는 것"으로 보기도 했다.

나는 이 부분을 어떻게 해석하느냐가 『임꺽정』의 작가적 자세와 창작 수법을 규명하는 관건적 사안으로 잡고 있다. 작가는 성차별 문제에 대해 지속적인 관심을 두었던 터에 문제를 신분모순과 연계시켜 사고했던 점을 위에서 인용해 보았다. 임꺽정의 성적 방종이 마침내 부부싸움을 초래해서 남자가 여자에게 폭력을 쓰게 되고 입씨름으로 바뀐다. 임꺽정의 처 운총은 백두산에서 태어나 자란 특이한 이력의 인물이다. 운총이가 쩍정이에게 서울서 상관한 여자가 도대체 몇이냐고 대들자 "뜨네기 기집은 이루 헤아릴 수가 없구 붙박여 데리고 사는 것만이 셋이다"고 사실대로 털어놓는다. 이에 운총이 기가 막혀 "뻔뻔도 하다. 인두껍을 쓰고 그런 말이 입에서 잘 나온담" 하여, 서로 옥신각신 다투게 된다.

> "기집년 하구 사내대장부 하구 같으냐?"
> "사내나 여편네나 사람은 매한가지지."
> "저게 소견없는 기집년 생각이야. 그래 같은 사람이면 아이나 어른이나 마찬가지구 종이나 상전이나 마찬가지냐?"
> "아이에 머슴도 있고 종에 사내도 있지. 기집애만 아이고 기집종만 종인가?"
> "말귀나 터졌어야 남의 말을 알아듣지. 누가 머슴애나 사내종이 없다느냐? 기집을 아이로 치면 사내는 상전이란 말이지."(Ⅶ-282)

꺽정이가 갓바치를 따라 백두산에 들어갔다가 운총이와 결혼하는 이야기는 대단히 인상적이고 의미심장하다. 이 과정을 두고서 위 좌담에서도 염무웅 선생은 "저는 남녀 간의 사랑이 이렇게 아름답고 천의무봉하게 묘사된 예를 잘 알지 못했습니다"라고 감탄하였다. 최원식 교수는 "혁명적 에너지를 충전하는 계기로 묘사되고 있습니다"라고 의미를 적극적으로 인정하였다. 운총이가 꺽정이를 보고 인두껍을 썼느냐고 여지없이 비판한 것은 그의 변질과 배신에 대한 환멸감의 표출이었다. 임꺽정은 여자가 남자와 같냐는 성차별 논리를 내세워 자신의 행동을 정당화하고 있다. 운총은 결코 물러서지 않고 "사내나 여편네나 사람은 매한가지"라고 남녀평등을 주장한 것이다.

작가는 임꺽정의 탈선을 그려내면서 동시에 운총으로 하여금 비판적 발언을 하도록 만들었다. 이 점을 주목할 필요가 있다. 임꺽정의 서울 행각은 성적 방종에만 문제가 있었던 것이 아니다. 도중의 공동 재물을 탕진한 것이다. 지구전을 위한 전략적 대비에 소요되는 시간과 물자를 날린 것이다. 또한 도덕적 권위와 함께 지도력에 손상이 없을 수 없었다. 등등의 문제점이 임꺽정과 운총의 부부싸움에 집약되어 있다. 이 모두 작가의 눈이 포착해서 그려 보여준 문제점이다. 임꺽정의 문제점은 기실 다른 데서도 종종 엿보이지만, 특히 이 대목에서 집중적으로 예각화되어 있다.

작가는 이 부분을 작중에 왜 굳이 집어넣었을까? 거기에는 직접적인 까닭이 있으며, 보다 중요하게는 전체 구상과 관계된 면이 있다. 『실록』의 기사에 임꺽정의 처 셋을 붙잡은 기록이 보인다.명종 15년 8월 20일 구체적 경위는 나와 있지 않으나 그의 처 셋이 서울에 있었던 것은 실제 사실이다. 작중에서 꺽정이가 처 명목의 여자 셋을 얻어 들이는 소실적 허구는 이 기록에 의거한 것이다. 작가가 『실록』 기사를 중시했던 사례이기도 한데, 뿐 아니라 의도한 바가 있었을 터임이 물론이다.

임꺽정이 주도한 체제변혁 운동은 객관적으로 성공하기 불가능한 노릇이었지만, 그 자체로도 이런저런 제한성이 있었다. 임꺽정 스스로 말과 행동을 통해 그 제한성을 보여주고 있는 것이다. 작품은 일단 큰 위기를 수습해서 서사가 진행되긴 하는데 이후 형세가 위축되어 패망으로 향해 가고 있다. 『임꺽정』은 『홍길동전』의 율도국과 같은 제삼의 세계로 떠나는 낭만적 구도를 취하지 않았다. 작가의 현실주의적 창작방법론은 여기에도 관철되어 있다.

5. 맺음말

신문학으로 출범한 우리 근대문학의 기본과제는 민족문학의 수립에 있었다고 할 것이다. 근대적 형식 속에 이 땅 사람들의 생활과 정신을 담아야 할 것임은 물론이다. 기본 방향은 자유와 평등을 실현하는 인간다운 삶의 모색으로 요약되는바 당면 현실의 특수성에 비추어 민족해방이라는 과제가 그 중심에 놓일밖에 없었다.

신문학은 애국계몽문학으로 싹이 터서 3·1의 고양된 정신을 배경으로 성립할 수 있었다. 이 단계에서 근대적 형식은 일단 갖추었다고 하겠으나 그 내용을 살펴보면 부실한 상태였다. 민족적 내용, 사회적 의미를 확충하지 못한 것이다. 계급문학의 단계에 이르러서 신문학은 사회적 의미, 현실내용을 획득했다고 볼 수 있다. 하지만 계급문학은 민족문학에 대척적으로 개념화됨으로써 민족의 생활교양이 용해된, 피가 흐르고 정감이 살아 움직이는 문학형상으로 그려내지 못했다. 계급문학에 대립하여 존립했던 민족문학 또한 민족의 구성원 대다수의 현실에서 유리된 감상과 회고조로 흘렀다. 민족문학과 계급문학의 대립을 통일하지 않고서는 진정한 의미의 민족문학 수립은 기하기 어려웠다. 한국근대문학사에서 제대로 된 민족문학은 『임꺽정』으로부터다. 그것은 좌우의 사상적·문학적 대립갈등을 민족적 차원에서 수렴함으로써 성취될 수 있었다.

16세기 조선의 군도형태의 농민저항을 배경으로 한 『임꺽정』은 한마디로 '양반세상을 뒤집어엎겠다'는 반체제적인 성격의 역사소설이다. 일관되게 현실주의적 창작 수법으로 소설을 써나갔기 때문에 비극적 종말이 숙명적으로 예정되어 있었다. 그 역사적 한계를 서사의 주역인 임꺽정의 말과 행동으로 그려보였다. 그런 한편 임꺽정의 아내 운총을 통해서 남녀평등을 주장하는 진보적인 목소리를 담아내기도 했다. 작가는 주관적 희망에 의해 극복되기 어려운 냉엄한 현실 조건을 묘사하는 가운데에도 인간의 자율성·역동성을 표출한 것이다.

본고는 갓바치라는 묘한 인물은 거론하지 못했다. 그는 작중에서 가장 완벽한 인물로 묘사되어 있다. 당시의 역사상에 활동했던 정암 조광조, 화담 서경덕, 퇴계 이황, 남명 조식 같은 일류 명사들도 출현하고 있는바 갓바치는 이들과 결이 다르면서 윗길로 느껴진다. 게다가 앞일을 훤히 내다보고 신통력도 부릴 수 있고 노경에는 생불 스님으로 일컬음을 받았다. 옛 소설에서 더러 만나는 신비한 인물, 예컨대『구운몽』의 육관대사에 비견되는 존재이다. 서사의 진행에 결정적인 역할을 한 점에서 유사한데 갓바치는 서사의 과정에 들어와서 계속 실질적인 개입을 하고 있다. 양자의 다름은 두 소설의 성격차를 단적으로 드러낸 것으로 보인다. 갓바치는 천민 출신으로 현실적인 역할을 하면서도 현실주의를 넘어선 존재인 것도 같다. 소설 자체가『임꺽정』은 현실주의를 관철한 것이라고 주장하였지만, '실증적 사실주의'는 넘어서 있음을 간과힐 수 없다. 문학의 현실주의는 폭넓게 숙고할 필요가 있는 것이다.

제3장
『삼대』론
염상섭의 작가정신과 한국 근대

1. 『삼대』에 대한 평가 문제

염상섭廉想涉, 1897~1963의 『삼대三代』는 조선일보 지상에 연재1931.1.1~9.17
되었던 장편소설이다.

『삼대』가 어느 시점에서 근대소설의 대표작 반열에 올라섰는지 조사해
볼 필요가 있겠으나, 현재 남한학계에서 『삼대』의 위상은 확고한 편이다.
반면 북조선의 문학사에서 『삼대』에 대한 평가는 남한과 전혀 딴판이다.
『삼대』는 문학사에서 거명도 되지 않을 뿐 아니라 염상섭이란 작가 자체
가 배제된 상태다. 북측의 주체사관으로 설계된 문학사 구도에서 『삼대』
와 염상섭은 놓일 자리가 없는 것으로 보인다. 그런데 주체사관으로 진입
하기 이전에도 좌파적 문학논리에서 염상섭은 경원시되었고 『삼대』 또한

관심의 대상이 되지 못했다. 좌파의 문학이론을 주도했던 임화에서부터 확인되는 사실이다.

임화는 1930년대 당시에 염상섭을 두고 "오래된 지나간 시절의 존속자"[1]로 규정지었다. 구시대의 유물쯤으로 취급한 논법이다. 임화가 이렇게 본 이론적 근거는 염상섭 문학이 "소부르주아지의 부정적 리얼리즘−자연주의가 그 주요한 성격을 이루고 있"[2]는 것으로 판정한 것이다. 그는 근대문학사의 구도를, 3·1운동 이후 출발한 신문학이 1925년을 전환점으로 프롤레타리아문학의 주도로 넘어가서 부르주아적인 문학은 이미 그 역사적 수명을 다한 것으로 간주했다. "이 시기(1925년 이후−인용자)에 있어 문학적 진보와 민족해방의 정신이 계급문학의 형식으로밖에 표현될 수 없었"다는 것이 임화가 누구보다도 선명하게 제출한 주장이었다.[3]

남과 북은 『삼대』에 대한 평가에 당해서도 현격한 차이를 드러냈다. 분단적 문학사인식을 어떻게 극복할 것인가? 남북 양쪽이 공감하고 공유할 수 있는 문학사를 다시 세울 수 없는 일일까? 『삼대』에 대한 평가는 바로 이 과제와 직결된 사안에 속한다.

저자는 오래전에 「신문학운동과 민족현실의 발견」이란 제목의 글을 발표했다.[4] 그때 나는 한국문학연구에 입문한 초학자로서 비록 고전문학, 그 중에도 한문학을 전공하지만 문학사 전체를 통관할 필요가 있다고 여

---

1   임화, 「조선의 현대문학」, 『京城日報』, 1939.2.23(『임화문학예술전집』 5, 소명출판, 2009, 483면).
2   임화, 「1933년의 조선문학의 제경향과 전망」, 『조선일보』, 1934.1.1~14(『임화문학예술전집』 4, 370면).
3   임화, 「조선민족문학건설의 기본과제에 관한 일반보고」, 『건설기의 조선문학』, 1946(『임화문학예술전집』 5, 420면).
4   『창작과비평』 1973년 봄호에 실린 것으로, '1920년대에 있어서 현진건·이상화·염상섭의 문학활동'이란 부제를 달았다. 이 논문이 저자의 『한국문학사의 시각』(창작과비평사, 1984)에 수정, 수록되어 있다. 여기에 인용한 대목은 이 책의 317면과 350면이다.

겼다. 그래서 한국의 근대문학은 3·1운동의 여파로 일어난 신문학으로 출발했다고 나름의 인식논리를 제시했다. 당시 식민지적 현실에서 젊은 지식층이 주도한 문화활동은 왜곡될밖에 없었다. 단재 신채호로부터 "3·1운동 이래 가장 현저히 발달된 자 문예운동인데 (…중략…) 강토의 전부를 주고라도 재미있는 몇 줄의 신소설을 바꿈"이라고 여지없이 매도를 당하기도 했다. 해외에서 투쟁노선을 견지했던 신채호의 눈에 그렇게 비쳐질 소지가 다분히 있었다. 하지만, 신문학의 자기 발전과정에서 민족현실을 발견함에 따라 초창기의 취약점을 극복해 나갔다. 요컨대 신문학은 '민족현실의 발견'에 의해 근대문학=민족문학으로서의 내실을 채워갔다는 관점이다. 염상섭의 『만세전』은 이 관점을 입증하는 데 적합한 사례이다. 그런데 저자는 『만세전』을 높이 평가하면서도 "소시민적 트리비얼리즘에 작가적 역량을 많이 소모하였"다는 투로 불만을 토로했다. 그렇게 간주할 면이 꼭 없지 않지만, 염상섭 문학 전체로 볼 때 나의 이 판단은 소견 부족에서 나온 것이고 스스로 수정해야 한다는 생각이 언제부턴가 내 머리 속에 들어와서 떠나지 않고 있었다.

지금 『삼대』 읽기를 다시 시도하는 것은 나 자신 염상섭에 대한 해묵은 부채를 청산하자는데 일차적인 뜻이 있다. 『삼대』는 『만세전』과 시차가 크지 않아도 문학사의 단계가 달라진 시기의 작품이다. 3·1운동으로 출발한 신문학은 1925년을 분수령으로 사회주의 사상에 기초한 좌파문학이 등장함에 따라 소위 민족문학과 계급문학이 대립하는 양상이 빚어진 것이다. 이 시기 좌우의 대립은 우리 역사상 초유의 사태인데 남북분단이 이념적 대결로 굳어진 내재적 기원으로 볼 수 있다. 염상섭은 이 단계에서 사상적 대립갈등의 중심에 서 있었거니와, 『삼대』는 바로 이 시기를 소설적으로 대변한 것이다. 식민지시대를 거쳐 분단시대에 도착한 한국

근대는 분단체제를 해결하지 못하고 있는 상태이다. 『삼대』 읽기가 한국 근대 읽기로 통하기를 스스로 기대한다.

최근에 『염상섭 문장전집』[5]이하 『문장전집』으로 지칭이 발간되었다. 염상섭이 일생 동안 산문형식으로 발표한 글들을 수집, 정리한 내용으로 3책 2,000면이 넘는 방대한 분량이다. 이 『문장전집』은 소설가로서의 염상섭의 사상적 독백이자 그가 실천한 문학의 논리이다. 나는 이 책을 통해서 그의 작가정신을 폭넓게 접하면서 『삼대』를 돌아보게 되었다. 염상섭에 대한 부정적 평가의 근거가 되었던 그의 자연주의에 관해서 유의해 볼까 한다. 염상섭과 『삼대』에 관련해서 많은 연구와 논의가 제출된 줄로 알고 있다. 그럼에도 일일이 들어 따지지 못하고 다만 저자의 문제의식과 관련해서 약간 거론하는 데 그쳤다. 이 점 양해를 구한다.

2. 염상섭의 사상적·문학적 입장

폭수暴手가 두려워 이에 굴종하기에는 너무나 자유의 존엄을 지나치게 깨달았다. 주저할 바 있겠는가! 마땅히 한 목숨을 걸어 독립을 선언하는 바이다.

염상섭이 한국근대사에 최초로 두각을 드러낸 것은 1919년 당시 일본 유학시절에 오오사카의 텐노오지天王寺 공원에서 독립선언을 거행하려던 일인데, 위는 당시 선언서에 담긴 구절이다. 먹지에 써서 돌리려 한 선언

---

5   한기형·이혜령 편, 『염상섭 문장전집』, 소명출판. 1권과 2권은 2013년, 3권은 2014년에 발간되었다.

서를 사전에 압수당하고 말았다 한다. '자유의 존엄'을 우리가 독립하지 않으면 안 되는 절대당위로 내세운다. 근대 주체로서의 자아각성이 자유란 개념으로 표출되는바 개아個我의 차원에서 머물지 않고 식민지 속박으로부터의 자유, 즉 해방적 의미를 확고히 한 것이다. 이듬해 『동아일보』에 정론적인 산문을 발표하는데 제목이 「노동운동의 경향과 노동의 진의眞義」1920.4.20~26였다. 젊은 염상섭의 사상적 지향은 이 제목만으로도 엿보기에 어렵지 않다. 후일에 "나 역시 그 노동운동, 즉 그때의 술어로 제3계급 해방운동에 공명하였고, 또 그것을 실천하려 하였었다. 적어도 그러한 이념을 가지게 되었었다. 민족해방운동은 노동쟁의를 통한 무산자해방운동으로 우회하는 작전이라 할까"[6]라고 술회했다.

근대적 자아를 각성한 염상섭의 사상 경향을 짐작케 한다. 젊은 염상섭의 사상적 입장은, 마치 지난 1970~80년대 운동권학생들처럼 급진적이었다. 이 입장을 자신의 전 생애에서 그대로 견지했던 것으로 보이지 않는다. 그렇다 해서 청년기에 취했던 신념을 포기하고 사상적 전환을 했다는 어떤 증거도 찾아볼 수 없다.

염상섭에 있어서 필생의 사업은 물론 소설이다. 근대인으로 각성한 염상섭은 직업 작가로서의 삶을 살았다. 소설가로서 그는 대단히 생산적이다. 자신의 작가생활 40년에 "써온 작품 수를 따져본다면, 소위 중편(중편이란 분량으로 측정하는 말인지 모호하거니와)이라고 할 듯한 것 2편을 제쳐놓으면, 장편이 18편이요, 그 나머지 95편이 단편"[7]이라고 결산한 바 있다.

『문장전집』은 그의 작가적 진지성·성실성을 증언하는 문건이다. 물론 그의 작가적 진지성·성실성이라면 다른 어디보다도 그가 남긴 장편·단

---

6 「橫步文壇回想記」, 『사상계』, 1962.11(『염상섭 문장전집』 3, 소명출판, 2014, 592면).
7 「橫步文壇回想記」, 『문장전집』 3, 602면.

편의 소설이 실증하고 있다. 염상섭에 있어서 소설은 자신의 문학에 대한 근대적 자각의 표명이요, 실천의 장이다. 먼저『문장전집』을 통해서 그가 실천한 문학의 논리와 함께 방법론을 청취해보자.

1) 문학에 대한 근대적 각성, 소설정신

염상섭은 자신의 문학 활동을 신문학이란 개념으로 표현하면서 3·1운동에 연계시킨 발언을 누차 하였다. 사례 하나만 들어본다.

> 신문예운동은 이조李朝 최말기부터 싹이라고 하겠으나 조선의 현대적 저널리즘의 획기劃期라 할 기미未 전후로써 봉우리가 앉졌거나 한 두 송이 꽃이 피었더니라고 볼 수 있는 정도요, '울연鬱然'이라든지 '찬연燦然'이라는 형용사는 당치 않을 것이다.[8]

신문학운동에 대한 염상섭의 견해는, 활발한 상태가 되지 못했음을 분명히 하면서도 20세기 초初를 그 맹아기로 상정하고 3·1운동이 계기가 되어 꽃이 핀 것으로 보고 있다. '현대적 저널리즘'이란 신문·잡지를 가리키는바 신문학을 가능케 한 조건으로 이를 중시한 것은 신문·잡지의 지면이 새로운 시와 소설의 발표장이 되었기 때문일 터다. 이런 대목에서도 문제를 실제 현실에 입각해서 관찰하는 염상섭다운 사고방식을 느끼게 한다.

당시 신문학에 대한 사회적 몰이해는 심각한 수준이었다. 현진건玄鎭健의「빈처貧妻」『개벽』, 1921.1는 소설가를 주인공으로 설정한 작품이다. "그 잘

---

8   「文藝年頭語」,『每日新報』, 1934.1.5(위의 책, 364면).

난 언문 섞어서 무어라고 끼적거려놓고 제 주제에 무슨 조선에 유명한 문학가가 된다니! 시럽에 아들놈!" 이런 빈정거림을 감내해야 하는 것이 작가라는 존재였다. 염상섭 역시 이런 분위기에 저항하면서 창작을 했다. 그가 문학에 관한 원론적 견해를 종종 표명하는가 하면 문학현장에 비평적 개입을 한 것은 이런 상황과 관련이 있었을 터이다.

> 세상 사람이, 조선사회가 예술가라거나 문사라면 조소와 빈축으로 맞는 것은 예술이나 문학이라는 것은 유희요 오락이라고 생각하는 근본적 오류에서 출발한 것이다. 그러나 예술은 옥돌이 아니다. 문학은 붓장난을 이르는 것이 아니다. 문학가家라면 세책貰冊 집으로 알고, 문인이라면 둥근 목침 베고 누워서 흥타령이나 부르고 앉았는 것으로 말하기 때문에 사회적 이단자거나 생명의 유희자로 간주하게 되는 것이다.[9]

염상섭이 조선문인회朝鮮文人會를 위해 발표한 글의 한 대목이다. 조선문인회는 1922년 말에 결성된 단체로 뚜렷한 성과를 남기진 못했지만, 『창조創造』·『폐허廢墟』 같은 동인 형태를 넘어서 문학운동을 전개하려는 취지를 가졌던 것이 아닌가 싶다. 위에서 "예술은 옥돌이 아니다"라고 한 것은 옥을 다듬듯 세공을 부리는 이상의 심오한 정신이 깃들어야 한다는 뜻이다. 그리고 "문학가라면 세책 집"으로 오인한다는 말은 문학가를 세책가처럼 저속한 이야기책이나 취급하는 곳으로 잘못 알고 있다는 다분히 희화적인 어조이다. 문학은 한낱 세공적인 기교나 오락적인 유희가 결코 아니라는, 문학에 대한 고도의 각성을 담은 내용이다. 그는 작가란 '내적 생

---

9 「문인회 조직에 관하여」, 『동아일보』, 1923.1.1(『문장전집』1, 273면).

활의 백병전에 투사'라고 일갈한다. 문학하는 자를 '백병전의 투사'에 비유한 것은 창작에 심혈을 쏟아야 한다는 취지에 다름 아니다. 이렇게도 말한다. "진순眞純과 진지眞摯로써 볼 때에 생명이 연소하고 영혼의 화염이 번쩍거릴 따름이다."『문장전집』1, 274면 최상의 수사적 강조인데 작가적 특성으로 지적한 그의 진지성·성실성의 원천으로 보아야 할 것이다.

그가 전력투구를 역설한 신문예에서 선택한 종류는 무엇인가? 다름 아닌 소설이었다. "제다諸多 사정을 고찰하여 조선의 예술운동을 생각하면 결국에 소설 이외에는 진로가 또다시 없다 할 것이다"[10]라고 그는 똑 부러지게 말했다. 여기서도 그의 현실적인 사고방식의 특성이 드러난다. 연극과 영화도 고려했지만, 연극운동은 전통의 뿌리가 취약한 데다가 열악한 경제형편으로 발전하기 어려우며, 영화운동도 연극이 부진한 마당에서는 기대할 수 없다는 것이었다. 소설밖에 길이 없다는 결론이다. 소설이라면 과연 어떤 소설이 되어야 할까?

> 소설의 진정한 가치는 위에도 말하였거니와 읽은 뒤에 생각케 하는 것, 불의
> ·부정에 대하여 의분·증오의 염念을 환기케 하는 것, 자기의 감정을 순화하
> 고 자성케 하는 것, 지금까지 모르던 깊고 넓은 인생의 형용을 깨닫게 하는 것,
> 자기의 소아小我를 버리고 대아大我를 체득하면서 이상의 세계에 비약할 용기를
> 주는 것 (…중략…) 이러한 모든 점에서 결정되어야 할 것이다.
>
> ─『문장전집』1, 721면

염상섭에 있어서 문학에 대한 근대적 각성은 오직 소설로 집약되었다.

---

10 「소설과 민중」, 『동아일보』, 1928.5.31(위의 책, 713면).

위 글에 강렬하게 표명된바 진정한 소설은 사회정의의 실현을 위한 것이고, 인간을 고양시키고 이상세계로 비약할 수 있도록 용기를 주는 그런 성격이었다. 소설은 오락물과는 다른 차원으로, 사회서사에서 그치지 않고 인생서사의 의미를 갖는 것인데 그것은 종교적 심성에 깊숙이 다가서 있다. 그의 소설정신은 자연주의와는 거리가 멀다.

2) 계급문학 진영과의 대결 논리

신문학은 1925년으로 오면 계급문학프롤레타리아문학, 신경향파문학의 등장에 따라, 이른바 민족문학과 계급문학의 대립구도가 형성, 좌우의 갈등이 치열하게 된다. 문단에서뿐 아니라 사상적·정치적 대립과 갈등이 전면에서 일어났다. 신간회운동은 좌우의 분열을 통합하려는 시도였다. 문단에서는 신간회운동에 동참하는 기류가 투명하지 못했다. 좌파적 문학운동이 강경하여 문단의 헤게모니를 장악한 까닭이다. 염상섭은 계급문학에 맞서 고군역전孤軍力戰을 사양하지 않았다.

당시 사상문화 운동을 주도하던 잡지 『개벽』은 1925년 2월호에 계급문학의 시비를 가리는 문제를 제출하고 작가들에게 답을 구하는 지면을 설정한다. 문단의 주요 작가들이 출동하여 계급문학에 대한 각기 견해를 표명했는데, 염상섭은 계급문학이라고 따로 들고 나설 필요가 없다는 주장이었다.

계급문학이 출현되지 못하리라는 것도 아니요, 또 그 출현이 불합리하다는 것도 아니나, 다만 일종의 적극적 운동으로 무리하게 형성시키려고 애쓸 필요가 없다는 말이다. 필요가 없다는 것보다도, 그리함은 문학의 근본의根本義에 어그러진다는 말이다. 그러므로 시대상의 필연적 경향, 혹은 물산物産, 또는 어떠한 작가의 소질로 인하여 소위 계급문학이라는 것이 형성되고 출현된다 하

면 그는 문학계의 자연한 일 현상으로 용인할 따름일 것이다.[11]

계급문학을 딱히 거부하거나 부정하는 논조가 아니다. 시대의 요청이
나 작가의 취향으로 출현하게 된다면 '당연' 혹은 '자연'으로 받아들인다
는 입장이었다. 하지만 그것을 억지로 밀어붙여서는 안 된다고 본다. 여
기에 방점을 찍어 '문학의 근본의根本義'에 위배된다고 단언한다. 문학주의
로 규정해도 좋을 것 같다. 염상섭이 문학주의를 취했다는 면에서는 이광
수·김동인과 일치한다. 그러나 계급문학을 거부하지 않고 용납한다는 면
에서는 같지 않다.

그 이듬해 염상섭은 「계급문학을 논하여 소위 신경향파에 여與함」으로
계급문학 진영을 향해 포문을 열었다. 비판의 초점은 "고정된 계급관념에
사로잡혀서" 문학을 "계급해방의 수단방편"으로 삼지 말라는 주문이었다.

> 프롤레타리아문학의 의무는 결코 목전의 계급전階級戰의 일 보조무기로써 사
> 용되려는 고식적姑息的 사업에서 발견할 수 없다. 그렇다! 진정한 프롤레타리아
> 문학, 완전히 해방된 프롤레타리아로 탄생된 프롤레타리아가 잃었던 인간성을
> 찾는 거룩한 운동과 그 정신에서 나오는 문학이어야 할 것이요, 구체화한 인류
> 애와 모든 음영이 걷히고, 가장 자유롭게 흐르는 위대한 생명을 예찬하기 위하
> 여 건전한 정신과 사상에서 성장하는 문학이어야 할 것이다. 새로운 인생관, 새
> 로운 사회관, 새로운 예술관 (…중략…) 이러한 인류가 이때까지 가져보지 못
> 하던 모든 아름다운 사상을 길러주고, 풍윤豊潤하고 순진한 정서로 생명의 미와
> 생활의 유열愉悅을 한층 더 꾸미고 맛보게 하기 위하여 존재할 문학이다.[12]

---

11 「계급문학 시비론 – 작가로서는 무의미한 말」, 『개벽』 1925.2(위의 책, 331면).
12 「계급문학을 논하여 소위 新傾向派에 與함」, 『조선일보』, 1926.2.1(위의 책, 469면).

프롤레타리아문학을 부정하고 거부했다기보다는 그것이 가야 할 바람직한 지점을 제시한 것이다. 그는 자기 논지를 다시 요약하여 "프롤레타리아문학은 신인도주의요, 신인생주의며, 신로맨티시즘일 것"이라고 한다. 그가 제시한 프롤레타리아문학은 인도주의적이요, 인류적 이상을 담지하고 있는데 다분히 추상적이고 현실성을 결여한 것처럼 보인다. 그의 작가적 태도는 앞서 지적한 대로 답답할 정도로 현실주의적이었다. 계급문학에 관해서도 마찬가지였다. 1929년 당시 원산에서 노동쟁의가 일어났다. 이 사태에 직면해서 염상섭은 "조선의 초유할 만한 일대 쟁의가 조선의 무산문예운동에 대하여 얼만한 자극과 공효功效와 또는 실수實收를 주겠느냐"고 기대반 회의반 하고 있다. 조선 현실의 변화에 작가적 촉각으로 "예술적 가치로나 공리적 가치로나 장래 조선문학, 조선무산문학을 위하여 만장의 기염氣焰을 토吐"해야 할 계제라면서 오직 대망하는 것은 그것을 실천할 '웅혼한 필봉'이라고 역설한 것이다.[13] 청년시절 염상섭이 '제3계급 해방운동에 공감'하였다는 그 작가의식이 자신의 뇌리에서 지워지지 않고 있음을 확인할 수 있다.

3. 『삼대』의 작법상의 특징적 면모

나는 '소설에서 근대어문의 실현'이란 주제로 염상섭의 『만세전』을 루쉰魯迅의 『아Q정전阿Q正傳』에 비견해 논한 바 있다.[14] 한자를 공용함으로

---

13 「勞爭과 文學」, 『동아일보』, 1929.2.15(『문장전집』 2, 41면).
14 「소설에서 근대어문의 실현경로 – 동아시아 보편문어에서 민족어문으로 이행하기까지」, 이 책 44면.

해서 형성되었던 '동아시아세계'는 서구 주도의 근대세계로 합류함에 따라 급격히 전통적인 문명권의 해체 단계로 들어갔다. 중국에 인접하여 한자문화, 유교사회를 지켜왔던 한국은 해체 과정에서도 중국과 유사한 경로를 통과하게 된다. 근대문학이 신문학운동으로 성취된 점 또한 같은 모양새였다.

5·4운동의 문학적 대변자가 『아Q정전』이라면 3·1운동의 문학적 대변자는 『만세전』으로 볼 수 있다. 중국의 근대소설 형성기의 대표작으로 『아Q정전』을 손꼽는 데 대해서 『만세전』을 평가한 것이다. 그런데 루쉰과 『아Q정전』이 중국문학사에서 차지하는 정도의 위상을 염상섭과 『만세전』이 누리고 있느냐고 묻는다면 답변이 궁색해진다. 턱없는 소리라는 반응이 나올 것도 같다. 중국문학사에서 루쉰처럼 확고부동한 위치에 선 존재가 한국문학사에는 부재한 형편이다. 실은 이런 문제를 판정할 공론의 장이 아직 열리지 못했다. 남북의 분단으로 이념적 대립을 겪어온 데다가 내부에서 이념적 갈등이 겹쳐 공정한 평가로 합의가 이루어지길 기대하기 불가능한 형편이었다. 공청병관公聽倂觀이 무한히 아쉽다.

때문에 나는 염상섭을 중국 근대의 루쉰에 비견하는 논의를 제기하면서도 사견임을 전제했다. 지금 논의를 좀 더 끌고 가자면 루쉰은 『아Q정전』 이후로 치중한 방향이 달라서 소설 창작에서는 진전된 경지를 내놓지 못했던 데 비해서 염상섭은 필생을 소설 창작에 바쳐 수많은 장·단편을 쏟아냈다. 김동인은 신문학을 회고하는 자리에서 "춘원春園, 이광수이 쓰기는 먼저 썼지만 근대적인 장편소설을 쓴 것은 횡보橫步, 염상섭"[15]라고 말한다. 김동인의 이 발언은 정론으로 인정할 수 있다.

---

15 「신문학운동의 회고와 전망─양씨에게 문학을 듣는 좌담회」, 『중앙신문』, 1947.11.1~2 (『문장전집』 3, 58면).

『삼대』는 설정된 배경이 『만세전』과 유사한데, 말하자면 『만세전』 이후 1920년대의 조선현실을 그린 내용이다. 『만세전』의 주인공 이인화가 조덕기로 이름을 바꾸어 재출연한 셈이다. 『삼대』는 『만세전』의 후속편이라고 말해도 좋을 것 같다. 염상섭에 있어서 『만세전』은 근대소설 성립기의 성과에 해당한다면 『삼대』는 거기서 진전한, 장편소설의 완성단계의 성과이다. 물론 그의 개성적 필치의 소산인데, 근대어의 소설적 실현이란 측면에서 몇가지 점을 적출해본다.

1) 『삼대』의 문체와 서사방식

일찍이 김동인은 소설을 어떻게 써야 할까 고민하여 "작풍은? 문체는? 수없는 '?'가 우리 앞에 있었다"라고 말한다. 근대문학 '개척자의 고통' 그것이었다. 국문으로, 구어로 글을 쓴다는 자체가 처음 부딪친 당면한 어려움이었다. 직전까지 보편적 글쓰기는 한문이었고 국문 글쓰기는 주로 여성이, 혹은 여성에 관련해서 행해진 일이었다. 그래도 소설 장르에서는 선례가 있었다. 염상섭이 지적했듯 명색 소설이란 안방마님이나 아씨들의 심심풀이 독물이었는데 문장도 문어체여서 근대소설의 작가에게는 반면교사의 의미를 가졌을 뿐이다. 염상섭의 소설은 서울말을 문학어로 탁월하게 구사한 성공사례라 할 것이다.

그런데 그의 문체는 '염상섭표'라 할 정도로 개성적이었다. 그는 그 자신의 문체를 거론한 글의 제목을 '고삽苦澁·난삽難澁·치밀緻密'이라고 붙여 놓았다. 염상섭을 읽을 때 얼른 떠오르는 단어들이다. 대체로 만연체여서 부정적으로 말하면 선명치 못하고 자연히 모호성도 따른다. 그의 기질적인 면과 관련되지만 작가적 성실성이 그렇게 만든 것이 아닐까 싶다.

나는 생래生來의 기벽이라 할지, 매사에 무심히, 예사로이 보아 넘기지 않고 천착하는 버릇이 있어, 그것이 작품에 묘사로 나타날 때 독자를 머릿살 아프게 하는 모양이기도 하다. (…중략…) 소설이 거짓말이라고 생각하는 사람처럼, 소설에 한가롭게 잔말을 늘어놓을 여유가 있는 것으로 생각하였다가는 탈이다. 소설작법을 이야기하는 것이 아니지마는, 치수가 들어맞고 빈틈없이 앞뒤가 꼭 째인 기구機構를, 크면 큰 대로, 작으면 작은 대로 가진 것이 소설인데, 거기에 군소리나 잔말이 넌출지게 끼일 여유를 허락할 리 없다.[16]

위 인용문에서 "치수가 들어맞고 빈틈없이 앞뒤가 꼭 째인 기구機構를, 크면 큰 대로, 작으면 작은 대로 가진 것이 소설"임을 강조했듯 염상섭은 구성의 치밀성을 소설 작법의 제일 요건으로 자각하고 있었다. 『삼대』는 정치한 짜임의 전범으로 그 특유의 서사방식을 구사한 것이다.

『삼대』는 조씨가家 3대를 중심으로 삶의 일상을 그려나간 가운데 사회적 의미가 심대하다. 그런데 기조를 일상성에 두고 있지만, 서사가 발전하는 과정에서 극적인 장면이 종종 끼어든다. 예컨대 '봉욕' '피 묻은 입술' 같은 장이나 조상훈이 가짜 형사를 대동하고 가서 자기 집의 금고를 터는 등 장면은 극적이고도 엽기적인 느낌마저 든다. 구구각색의 인물이 등장해서 사건이 얽히고설켜 복잡한 가운데 '검거선풍'신문 연재본에서는 '용의자의 떼'에서 위기의 정점에 이른다.

지금 사건은 두 군데로 나뉘어 진행되고 있다. 병화, 장훈이를 중심으로 필순이 경애 모녀들은 고등계에 불린 것이다. 지주사, 한방의漢方醫, 최참봉 들은

---

16 「고삽·난삽·치밀」, 『현대문학』, 1961.5(『문장전집』 3, 574~5면).

사법계다. 덕기와 원삼이 내외는 두 군데 다 걸쳐 있다.[17]

좌익사범의 고등계와 파렴치범의 사법계로 사건이 얽혀진 이야기다. 한쪽은 사상적인 문제이고 다른 한쪽은 물질적인 문제이지만 양쪽 다 식민지 권력의 사법적 처리에 운명이 맡겨진 상태이다. 여기 올 때까지 극적인 사건뿐 아니라 음모와 의혹이 서사의 과정에 곧잘 삽입된다. 작자는 처음부터 독자에게 의문을 제공하며(예컨대 첫 대목에서 홍경애의 존재), 의도적으로 의혹을 일으키게도 한다. 소설이 진행되면서 의문과 의혹이 풀려나가는 방식을 쓰고 있다. 추리적 성격이 농후하다. 물론 추리소설은 아니지만 합리적으로 전개되면서 독자의 흥미를 유도하는 서사기법을 구사한 모양이다.

2) 작자의 해설적 개입

『삼대』는 책을 펼쳐들면 첫장부터 주인공 덕기가 쿄또로 떠나기 위해 행랑아범을 시켜 짐을 꾸리는 옆에 서 있는데 "애, 누가 찾아왔나 보다. 그 누구냐? 대가리 꼴 하고……" 하며 조부가 사랑에서 안마당으로 들어오는 장면이 눈앞에 나타난다. '그 누구'란 덕기의 상대역인 병화이다. 작품은 극적인 장면으로 이어진다. 장면제시적인 수법을 쓴 것이다.

극적인 전개에서 등장인물의 대화가 차지하는 비중이 커질밖에 없다. 위 장면은 덕기와 병화가 만나는 장면으로 넘어가서 두 친구가 서로 비꼬

---

17 염상섭, 『삼대』 하, 창비, 1993, 260면.
  『삼대』는 두 계열의 이본이 통행하고 있다. 하나는 당초 『조선일보』 연재본을 바탕으로 한 것이고, 다른 하나는 1947·8년에 을유문화사에서 2책으로 간행한 단행본에 바탕을 둔 것이다. 을유본은 작자의 손에서 수정·보완이 되었다. 교양문고본은 을유본을 기초로 한 것인데 본고는 이를 주 텍스트로 삼았다.

는 투의 대화로 넘어간다. 작중에서 대화는 인물의 성격을 묘사하고 서사가 발전하는 과정이 되기도 하지만 작자가 하고 싶은 말을 대신 하게도 하는 것이다. 그런 한편 작중에 작자의 개입이 빈번하다. 등장인물 각각의 심리를 설명하고 내심을 드러내는가 하면 어떤 사건의 맥락이나 은밀한 사실을 알려주는 등등 작자의 개입이 서사의 진행상에서 갖는 의미 또한 긴요하다. 원론적으로 소설은 해설을 위주로 하는 문학양식이 아니다. 작자의 부단한 해설적 개입을 어떻게 해석할 것인가?

해답은 작자 자신의 소설정신에서 찾아야 할 것이다. 염상섭에 있어서 문학하는 행위는 '내적 백병전의 투사'가 되는 일이기에, 진정한 소설은 사회현실에 대해 발언하고 인간을 고양시키는 의미를 갖는 것이었다. 이를 위해서는 장면중심적 수법을 구사하면서도 작자의 해설적 개입이 필요하다고 판단하지 않았을까.

투르게네프I. S. Turgenev의 『아버지와 아들』은 『삼대』와 비교해 봄직한 작품이다. 세대갈등이 서사의 중심에 놓인 점이 유사하거니와, 신세대를 대변하는 인물로 『아버지와 아들』에서 아르까디와 비지로프를 설정한 데 대해 『삼대』는 덕기와 병화가 대칭을 이룬다. 『아버지와 아들』에서는 세대갈등이나 입장차가 토론에 의해 표출되곤 하는데 『삼대』에서는 토론의 장이 펼쳐지지 않는다. 덕기의 부자처럼 갈등이 심각해도 아예 등을 돌리며, 입장차도 비아냥거리는 투로 그려진다. 전래적으로 토론문화가 결여되었던 때문이지 싶다. 『삼대』의 작자가 사회문제를 제기하고 삶의 고뇌를 파고들자면 해설적 개입이 불가피했을 것이다.

4. 세 세대를 통한 서사의 의미

　　삼대가 사는 중산계급의 한 가정을 그려보려 합니다. 한 집안에 살건마는 삼
　대의 호흡하는 공기는 다릅니다. 즉 같은 시대를 살면서도 세 가지 시대를 각
　각 대표합니다.[18]

　『삼대』의 신문 연재가 시작되기 직전에 나온 「작자의 말」이다. 작중의
조씨가(家) 삼대에서 조부 조의관은 3·1운동 이전 시대, 부친 조상훈은 3·
1운동 직후 시대, 손자 조덕기는 눈앞의 오늘을 대변하고 있다. 작중 현
재가 언젠지 딱히 명시되지 않았으나, 『삼대』를 쓰고 있는 당시라고 간주
해도 좋을 것이다. 염상섭은 당대 현실을 배경으로 포착해서 소설을 꾸며
내는 특성을 보였다. 말하자면 '신문news'이 그때그때의 기사를 내보내듯
시선을 철저히 목전에 둔다. 『삼대』의 자매편 『무화과』는 만주사변1931년
이 터져서 호외가 뿌려지는 장면으로 시작하여 시사성이 더욱 강렬하다.
염상섭은 참으로 '따끈따끈한' 소설의 작가다.

　조씨가 삼대를 각기 시대의 대표자로 설정하고 있으나, 공간적으로 동
일한 무대에 출연시켜 "같은 시대를 살"아가는 정황을 소설적으로 꾸며낸
것이 곧 『삼대』다. 조씨 삼대는 한 시대를 살아가면서도 '호흡하는 공기'
가 다르다 할 만큼 세대차가 있다.

---

18 『조선일보』, 1930.12.27(『문장전집』 2, 281면).

1) 세대 간 층차와 가문의 위기

조부는 갈데없는 구시대의 유물이다. 그의 의관議官이란 관직이 이른바 '개화벼슬'이므로 구한국의 시대변화를 경험한 세대지만 봉건적 구태에서 한 치도 탈피하지 못한 위인이다. 가문의식에 집착하면서도 실은 제대로 된 양반이 아니어서 자기 집에 대동보소大同譜所를 차리고 족보간행 사업을 벌인다. 가짜로 양반이 되려는 수작이다. 매관賣官에 2만 냥을 들였거니와, '덤붙이'로 양반 족보에 편입하는 데는 무려 20만 냥이나 들어갔다고 한다. 차세대인 조상훈은 "돈 주고 양반 사!" 하고 그 처사를 '일종의 굴욕'으로 치부하고 있다.

차세대 조상훈은 굉장히 개화한 사람이다. 그는 "이태 동안 미국을 다녀온" 극히 희소가치를 누린 인물인데다가, "도도한 웅변으로 설교說教"를 하는 교회 사업가였다. 명망가로 존경을 한 몸에 받았던 조상훈이 위선자에서 그치지 않고 타락자로 악의 구렁텅이에 빠져든 것이다. 3세대의 조덕기는 부친에 대해 "봉건시대에서 현시대로 건너오는 외나무다리의 중턱에 선 것 같다"상 45면고 생각한다. 조부에서 손지 사이의 다리인데 이 다리가 위태위태하다는 뜻이다. 실제로 작중에서 조씨가를 위기로 떨어드린 장본인이 다름 아닌 2세대의 상훈이었다.

원인은 돈이다. 조씨가의 몰락위기는 요컨대 1세대가 축적해놓은 부의 행방에 있었다.

"돈? 돈 때문에? 돈 동록 냄새가 욕기의 입김에 서려서 쉬고 썩고 하여 나오는 냄새 같기도 하다. 그러나 돈을 어떻게 하겠다는 것인고? (…중략…) 생각하면 뉘 집에서나 열쇠 임자의 숨이 깔딱깔딱할 때가 닥쳐오면 한번은 겪고 마는 풍파가 이 집에서도 일어나려고 뭉싯뭉싯 검부잿불처럼 보이지 않는 데서

타오르는 것일지도 모른다. 덕기는 정신을 바짝 차려야 하겠다고 생각하였다."(하권 58면)

덕기의 독백에 해당하는 서술이다. '열쇠 임자'인 조의관의 죽음이 다가오자 조씨가에는 중량급 태풍이 닥친다. 음모와 작란作亂이 난무하여 마침내 '검거선풍'이 일어나는데, 큰 피해를 입긴 하지만 파산지경에 이르지는 않았다. 가문의 위기를 그런대로 선방한 꼴이다. 이 과정에서 놀았던 삼대 각자의 역할을 구분해보는 것도 흥미롭다.

중산계급으로 규정된 조씨가의 부가 어떻게 이루어졌던지는 알 수 없고 나아가서 재산을 자본으로 활용한 측면도 보이지 않으나, 어쨌건 조의관은 부를 잘 유지, 관리하였다. 그가 작성해서 남긴 분재기록을 보면 합리적이고 적절한 조처로 평가할 수 있다. 조부는 청산되어 마땅한 구시대 유물임에도 자기 세대의 역할을 잘 수행한 셈이다. 조부에 의해 취해진 가산의 분배 과정에서 부친은 약간 배려를 받는 정도에 그치고 손자에게로 승계된다. 1세대에서 차세대를 건너뛰어 3세대로 넘어간 것이다. 차세대 상훈은 가독상속자家督相續者로서의 권리를 상실하고 말았다. 세대갈등의 원인을 제공하였는데 자초한 면이 컸다. 가짜 형사를 대동하고 제집 금고문을 여는 어처구니없는 행위를 한 것은, 그의 입장으로서는 가산분배에서 소외된 데 대한 나름의 대응방식이었다. 결과적으로 중간을 건너뛰어 손자를 선택한 조부의 판단이 옳았음을 증명한 셈이지만.

조부는 손자에게 열쇠를 맡기면서 "그 열쇠 하나에 네 평생의 운명이 달렸고 이 집안 가운이 달렸다. 너는 그 열쇠를 붙들고 사당을 지켜야 한다"하권 64면는 유언을 남긴다. 덕기는 자신이 일생에 할 일이 금고문지기와 사당지기 이 두 가지 일밖에 없단 말이냐고 고민한다. 덕기는 근본적으로 인간이 돈에 집착하는 행태에 회의적이었다. 하지만 앞의 인용문에 나와 있듯 "정신을 바짝 차려야 하겠다"고 스스로 다짐했다. 그리하여 취한 행동양태는 금고문지기의 역은 정신 차려 접수하면서 사당지기 역에는 소극적이다. 그는 복잡하게 얽혀든 위기상황을 신중하고도 명민하게 대응, 마침내 가문을 파산위기에서 구해냈다. '돈 있는 덕기'가 되는 데 성공한 것이다. 돈이 없으면 아무 일도 해낼 수 없는, 자본주의의 생리를 덕기는 깨닫고 있었다. 「작자의 말」에서 "손주의 대에 와서 비로소 새 길을 찾아들"게 된다고 한 그대로 '새 길'로 갈 동력을 확보했다. 근대적응을 가능케 하는 힘을 얻었다고 하겠다.

2) 심퍼사이저sympathizer

삼대서사를 통해서 작자가 전하려 한 메시지는 무엇일까? "손자의 대에 와서 비로소 새 길을 찾아들려고 허덕이다가 손에 잡힌 것이 그 소위 '심퍼사이저'라고 하는, 즉 좌익에의 동조자 혹은 동정자라는 것이었다."[19] 염상섭이 후일에 밝힌 말이다. 작중에서도 금천이란 일제 관헌이 조덕기를 "소위 심퍼사이저일 것"하권 256면이라고 지목하기도 한다.

심퍼사이저를 어떻게 볼 것이냐는 문제는 『삼대』는 물론 염상섭 문학을 읽는데 중요한 사안이다. 연구자들은 당연히 이 문제에 관심을 두었던 바 염상섭 문학의 한계점을 드러낸 것으로 보는 관점이 주류였다. '이념적 결핍'을 돈으로 보상하는 방식이라는 것이었다. 최근에 이에 대한 비판적 견해로 식민지하에서 자본의 특성과 연계지은 해석이 제기되었다. 저자는 이 신해석이 문제를 보는 각도를 제대로 잡은 것으로 보면서도 심

---

19 「橫步文壇回想記」, 앞의 책, 605면.

퍼사이저를 일종의 필터로 상정한 것은 적절치 않다고 여겼다.[20] 무엇보다도 작중에서 심퍼사이저를 중시한 작가의식이 어떻게 구현되는가를 살피는 것이 필요하다.

『삼대』는 "구차한 사람, 고생하는 사람은 그 구차, 그 고생만으로도 인생의 큰 노역勞役이니까, 그 노역에 대한 당연한 보수報酬를 받아야 할 것이 아닌가"라고 독백하며, "이런 도의적 이념이 머리에 떠오르는 덕기는 필순이 모녀를 자기가 맡는 것이 당연한 의무나 책임이라는 생각도 드는 것이었다"는 다짐으로 전편全篇이 끝난다.[21] 덕기는 좌파 운동가의 딸 이필순을 후원할 것인가의 여부로 계속 고민하고 주저하는 모습을 보여왔다. 부친 조상훈이 말로가 비참하게 된 어떤 애국지사를 후원하고 유족을 보살피다가 그 집 딸을 농락하게 되는데 바로 홍경애다. 덕기는 동정심이란 위선에 가깝고 나쁜 결과를 초래할 우려가 크다는 점을 십분 고려했다. 다른 누가 아닌, 자기 부친이 저지른 과오는 그에게 뼈저린 교훈이 아닐 수 없었다. 백번 주저하며 깊이 숙고한 끝에 내린 결론이 위의 도의적 결단이었다.

『삼대』의 마지막에서 덕기의 머리에 떠오른 '도의적 이념'이란 심퍼시 sympathy에 해당하는 것이다. 심퍼사이저의 정신 그것이다. 심퍼시는 대개 동정심이라고 풀이되지만 이 경우 인간사랑을 의미하는 것으로 이해된다. 『삼대』의 끝에 표명된 취지가 그렇다. 계급문학에 대해 근본적으로 공감하면서 휴머니즘을 주문했던 작가정신과 기맥이 닿는 것이다.

당시 조선현실은 엄혹한 식민지배하에 있었다. 1930년대로 오면서 세

---

20 박헌호, 「소모로서의 식민지, (不姙)資本의 운명-염상섭의 『무화과』를 중심으로」, 『외국문학연구』 48집, 한국외대 외국문학연구소, 2013; 「'심퍼사이저'라는 필터 : 저항의 자원과 그 양식들-1920~1930년대 염상섭의 소설과 평문을 중심으로」, 『상허학보』 38집, 2013.
21 이 끝부분은 해방 후 을유문화사에서 간행하면서 새로 들어간 것이다. 신문 연재본에서는 그 앞에서 작품이 끝나고 있다.

계적인 대공황이 닥치자 식민지배자들은 억압을 가중시켰다. 이런 상황에서 우리 동포가 인간답게 살자면 식민억압으로부터의 해방이 급선무가 아닐 수 없었다. 그래서 "자기의 애국사상과 이에 따르는 모든 행동을 좌익에 동조하는 길로 돌"렸으며, "독립운동을 잠행적潛行的으로 실천하는 길"이라는 생각을 그는 하게 된 것이리라.[22]

지면은 다르지만『삼대』에 바로 이어 신문 연재한『무화과』는 세 세대의 서사가 재현된 모양새다.『무화과』에서 3세대로 등장하는 이원영은『삼대』의 조덕기처럼 심퍼시의 구현자다.『무화과』라는 제목부터 상징적이었다. 우리 선조는 비록 "비틀어졌으나마 꽃 속에서 나고 꽃 속에서 길"러졌지만, 지금 우리는 꽃 없이 태어났다. 곧 '무화과無花果'인데, 앞으로는 우리 자손들은 꽃 속에서 기르고 싶다고 한다. 무화과로 식민지의 뿌리 뽑히고 황폐한 삶을 암시하고 있음이 물론이다. 작자 자신 그 간절한 소망을 "축원하는 마음으로 쓰는 것"이라고 했으나 실제로 그려낸 작품은『삼대』보다도 훨씬 암울하다. 주인공 이원영이 신문경영에 뛰어들었다가 실패하고 모종의 사건에 연루되어 일제 관헌에게 재차 연행 당하는 장면에서 막이 내린다. 전체적으로도 서사의 진행이 잘 풀리지 못해 지리멸렬한 느낌도 없지 않다. 왜 이렇게 되었을까? 작자의 개인적인 역량 문제로만 돌릴 일은 아니지 싶다.『삼대』에서『무화과』로 이어진 1931년에서 1932년은 일제의 식민지배가 군국주의로 치닫는 상황이었다. '인간적 이상'으로 향한 소망이 간절한 데 반비례로 아이들이 '꽃 속에서 자라는 세상'을 그려내기는 어려웠을 것이다. 리얼리스트로 철저한 작가적 기질로는 그렇게밖에 될 수 없었던 것으로 여겨진다.

---

22 「橫步文壇回想記」, 앞의 책, 606면.

5. 염상섭 문학의 자연주의와 사실주의

염상섭에 대해 박종화朴鍾和는 '자연주의문학의 거목'이라고, 임화는 '자연주의의 챔피언'이라고 일컬었다. 양쪽 말이 같지만 취지는 딴판이다. 박종화는 극구 찬양임에 반해 임화는 깎아내린 논조다. 어쨌건 염상섭 문학을 자연주의로 규정지은 것은 통설이었다. 그가 세상을 떠나고 10년쯤 지나서 1970년대로 와서야 리얼리즘으로 평가하는 논의들이 나왔던 것 같다.

염상섭 문학은 자연주의냐, 사실주의냐, 혹은 양자를 관련지어 보느냐는 문제는 간단치 않다. 염상섭은 1963년 3월 14일 영면하는데 그 2년 전에 이 문제를 해명한 글을 발표한다. "한번은 이야기하여둘 필요가 있겠기로 초보적인 창작론 같으나 쓴 것이다"로 끝맺은 글이다. 작가 자신이 후인에게 공개적으로 남기고 싶었던, 마치 유언처럼 들린다.

> 나 보기에는 '자연주의'라는 것은 문학이 근대로 넘어오는 데에 겪어야 할 면역성 홍역 같아서, 나도 그 영향을 받고 그 고비를 넘겼지마는 내가 생각하여도 실제의 작품에 나타난 것으로 '자연주의적'이라는 것은 우연한 일치일 것이다. 성격이란다든지, 사회환경이나 민족적 처지가 더욱이 자연주의문학의 색채를 띠게 하였는지도 모르겠다.[23]

이렇듯 자기 문학의 성격을 자연주의로 규정짓는 데 동의하지 않고 다분히 유보적이다. 자연주의를 '면역성 홍역'에 빗댄 말이 묘하다. 홍역은 이미 사라진 질병이지만 예전에는 누구나 앓게 되는 인생의 필수코스였

---

23 「나의 창작 餘談 - 사실주의에 대한 一言」, 『동아일보』, 1961.4.27(『문장전집』 3, 570면).

다. 자연주의는 홍역처럼 작가가 으레 거쳐야 하는 창작의 코스였다는 뜻이다. "자연과학은 근대의 여명"이었으며, "마찬가지로 자연주의는 현대문학의 새로운 발족점이었던 것"으로 그는 보았다.[24] 근대 지식인들이 과학science을 절대적으로 신봉했던 까닭이다. 자연주의의 기반은 과학에 있었다. 그런데 염상섭은 홍역을 한번 앓고 나면 면역이 생기듯 자연주의도 일단 통과하고 나서는 거기서 벗어나야 할 것으로 사고했다. 이 지점에 염상섭 문학의 입지가 있다.

그는 "'무해결無解決'이라는 것, 즉 결론을 내리지 않거나 해결을 짓지 않는다는 것은, 과학적이요, 따라서 객관적이어야 할 자연주의문학의 태도로서는 당연한 것인데 나는 언제나 무해결을 노리기보다는, 좁은 주관으로라도 어디까지나 자기 유流의 해결을 짓고자 애를 써왔었다"고 고백한다. 탈자연주의적인 문학정신이 더없이 선명하다. "나는 자연주의적 제약을 무시하면서도 그 테 안에서 돌던 자기 작품을 끌어내서 '사실주의'라는 자유로운 경지에 놓았다고 생각하는 것인데, 이것은 자연주의로부터의 해방이라고 할까."[25] 문학을 자연주의로 입문했던 염상섭 스스로 그틀에서 탈피, '사실주의 경지'로 올라섰다는 것이다. 이 발언을 액면대로 접수해도 좋을지 따져볼 필요가 있겠으나, 염상섭의 문학적 논리 및 『삼대』를 분석한 본고의 내용이 입증하고도 남는다.

문학상의 자연주의는 학문상의 실증주의와 상통하는 것이다. 근대에 풍미했던 과학주의의 문학적 방법론이 자연주의이고, 학문적 방법론이 실증주의이기 때문이다. 염상섭 문학에 대한 자연주의적 평가는 작가정신 및 작품이 구현한 리얼리즘을 간과한 소치이다. 자연주의라고 찬양한

---

24 「討究·批判 三題—무산문예·양식문제·기타」, 『동아일보』 1929.5.9(『문장전집』 2, 60면).
25 「나의 창작 餘談—사실주의에 대한 一言」, 『문장전집』 3, 570~1면.

것은 과학주의＝근대주의에 매몰된 관점이다. 반면에 자연주의라고 폄훼한 것은 근대극복이란 주관적 의지로 앞서 나간 것인데 당시 처한 현실에 비추어 역사적 비약으로 보지 않을 수 없다. 저자는 이 점을 지적해서 지식인이 범하기 쉬운 '역사적 조급증'이라고 비판한 바도 있다.[26]

『삼대』 서사의 리얼리즘은 식민지배의 억압하에서 자유롭고 행복한 삶의 길을 물은 내용이다. 식민지제도 자체가 자본주의체제에서 배태된 것이므로 자본주의에 대한 부정의 뜻도 담겨 있다. 그뿐 아니고 사회주의에 대해서 공감하면서도 추종하는 입장은 아니었다. 리얼리즘은 본디 자본주의에 대한 미학적 비판인데 진정한 리얼리즘이라면 사회주의에 대한 성찰까지 요망하게 된다. 그런 점에서 김병화같이 사회주의자에 대한 작가의 거리 두기는 그가 자본주의적 근대에 매몰되어서라기보다 '근대적응과 근대극복의 이중과제'를 한층 원만하게 수행하려는 자세라고 해석할 수 있는 것으로 보인다.

염상섭은 1930년대 당시 문학의 가야 할 방향은 '중정中正의 길'이라고 주장하였다. "우로 후퇴하지도 않고 좌로 편의偏倚하지도 않은"길이다. "자본주의가 발달 안 된 조선"에서는 이 길밖에 없다는 생각이었다.[27] 염상섭 사실주의가 입각한 지점인데 계급문학 진영이 표방했던 사실주의와는 입지가 다를 뿐 아니라 방법론도 같을 수 없었다. 식민지적 속박에서 벗어나는 것이 일차적 과제이지만 자본주의가 미발달한 조선의 현실로서는 건너뛸 수도 없다고 판단한 것이다.

염상섭 사실주의에는 '근대적응과 근대극복'이란 문제의식이 내재되어

---

26 임형택, 「임화의 문학사 인식논리」, 『창작과비평』 159, 2013.봄, 『한국학의 동아시아적 지평』, 창비, 2014, 322면.
27 「文藝年頭語」, 『매일신보』, 1934.1.9~10(『문장전집』 2, 37면).

있다. 때문에 상호 대립한 한국근대의 한편에서는 염상섭과 『삼대』의 위상이 불확실하게 되었으며, 다른 한편에서는 문학사적 미아가 되었다. 이런 의미에서 『삼대』 서사의 리얼리즘과 염상섭의 작가정신은 절실한 현재성을 지닌 것이다.

제4장
단편소설론
그 연원과 전개

이 장은 '한국단편소설의 연원'이란 머리말 형식의 글에다가 「단편문학의 고품질―이태준의 『해방 전후』」와 「8·15 전후의 작가들과 작품들」『한국현대대표소설선』 7이란 해설적인 글을 묶어놓은 것이다. 『해방 전후』창작과비평사, 1993는 민충환 교수이태준 문학을 정리하여 펴낸 연구자와 함께 엮은 이태준의 단편선집이며, 『한국현대대표소설선』창작과비평사, 1996은 정해렴·최원식·임규찬·김재용과 임형택이 공편으로 우리 근·현대소설의 정수를 총 9권으로 묶은 책이다. '대표소설선'이라고 표제하였으나 기실 단편소설을 뽑은 내용이어서 이 책 간행사로 붙인 것이 '한국근대 단편소설의 연원'이다.

단편소설은 우리 근·현대 문학사에서 대단히 큰 비중을 차지해 왔다. 이것이 객관적인 사실임에도 나는 이에 대한 본격적인 연구를 수행하지 못했다. 지금 이 두 꼭지의 글은 해설적인 성격이지만 구체적 논의를 편 셈이고 간행사로 썼던 글은 우리 근대 단편소설에 대한 서설적 의미를 갖는 내용이다. 그래서 세 꼭지를 한데 묶어 손질을 가하고 제목을 감히 '단편소설론'으로 달아보았다.

1. 한국단편소설의 연원

우리가 살아온 시대-근·현대는 문학사적으로 말하면 '소설의 시대'이다. 소설은 동양 전래의 문화관습에 비추어 보면 이야기의 형태로서 오늘에 이른 것이다. 옛날에 벌써 「화왕계花王戒」나 「김현감호金現感虎」와 같은 이야기 문학의 주옥을 접할 수 있거니와, 15세기 『금오신화』를 거쳐서 16, 17세기를 지나면서부터 그 내용 형식이 나름으로 퍽이나 다양하게 발전하였다. 그런데 20세기가 '소설의 시대'로 일컬어지는 것은 무슨 연유일까?

20세기에 이르러 소설이 시대를 대변하는 장르로 확고히 자리 잡은 때문이다. 스탕달이 불후의 명작 『적과 흑』에 스스로 '19세기 연대기'라는 부제를 붙인 데 대조해서 발자크의 소설은 그 시대 '풍속의 연구'라고 지적되기도 한다. 우리의 20세기 역사는 식민지 질곡에 분단모순으로 엮어지고 있다. 이에 민족의 해방과 통일을 쟁취하기 위해, 민중의 자유와 행복을 취득하기 위해 부단히 움직이며 노고하였다. 또한 그런 가운데 구제도·구문화로부터 탈피하여 인간 개개인의 삶과 그 삶을 규제하는 문물제도 전반에 걸쳐 서구적 자본주의와 함께 근대적 양식이 받아들여지기에 이르렀으니, 실로 경천동지·상전벽해의 변화를 경험하고야 말았다. 이런 우리의 근·현대 상황 및 역사의 행방이 보통 사람들의 일상적 삶을 포착하는 형식에 의해서 속속들이 생생하게 담겨질 수 있었던 것이다.

우리가 고전소설의 빼어난 성과를 거론하자면 판소리계 서민소설과 야담계 한문단편으로 눈을 먼저 돌려야 할 것이다. 거기에도 당대 현실이 반영되어 '보통 사람들의 삶의 진실'이 소박하나마 여러모로 그려져 있다. 지금 그 익명성에 유의하고자 한다. 작자의 이름이 있고 없고로 작품의 가치가 있고 없는 것은 물론 아니다. 하지만, 처음부터 작자가 드러나지 않은 메커니즘 그 자체는 살펴볼 점이 있는 것이다. 각기 고유한 구연口演 방식을 통해서 세상을 살아가는 보통 사람들의 감각으로 시대의 진실이 이야기의 진실로 자연스럽게 용해될 수 있었다. 이렇게 얻어진 현실성은 그것을 산출한 시대의 활발성에 주로 기인한 것이었다. 그 과정상에서 작가의 존재는 떠오르지 못했다. 입으로 하는 이야기를 붓으로 기록해서 남긴 사람이 작가에 해당할 텐데, 주관적으로도 창작의식이 발휘되었다고 말하기 어렵고 객관적으로도 창작물로 인식이 되지 않았다. 이는 물론 당대 소설 전반의 익명성과 대체로 유사한 현상이다. 그런데 박지원의 경우는 크게 다르다. 단편소설의 연작이라 할 수 있는 「방경각외전」, 그리고 허생 이야기를 중심으로 엮은 『옥갑야화』를 읽어보면 야담적 소재를 이용하고 있으면서도 고도의 창작 수법과 창작 정신이 투입되어, 소설사에서는 말할 것 없고 문학사에서도 높이 평가되는 것이다. 그러나 굳이 따지자면 소설이기보다는 한문학의 전傳 형식으로 경사되어 있다. 『옥갑야화』의 경우는 『열하일기』 속에 끼어 들어가 있다. 고수高手의 창작주체는 그가 진지하면 진지할수록 시대적 한계를 뛰어넘으면서 오히려 과거를 견지하는 일면을 보이는 듯하다.

근대소설의 세계는 작가의 창조적 의식과 수법으로 투입된 현실이다. 현실을 용인하고 추수하는 쪽보다는 현실을 비판하거나 개조하려는 쪽에 관심이 가 있다. 더러 환멸감을 노정하는 수도 있지만 기본적으로 아름다운 세상에 대한 희망을 잃지 않고 인간다운 삶을 생각하는 때문일 터다. 소설의 허구는 인간 주체의 창조적 모색에 값하는 형식이다. 아름다운 세상은 저 피안에 있는 것이 아닌, '지금' '이곳'에서 인간이 살아가는 과정을 통해 가꾸어져야 할 것이 아닌가, 그러므로 '보통 사람들의 일상적 삶'을 포착한 소설의 형식은 정치의 민주화, 사회의 민주화의 문학적 표현 형태로 볼 수 있겠다.

이 땅에 서구적 예술형식의 도입은 상호이질화의 모순을 빚어냈다. 서양화에 동양화가 분립하여 새삼 한국화를 주장하는가 하면 서양음악과 국악은 어울리지 못한 채 딴전을 벌이는 모양이 여태까지의 실태이다. 미술계나 음악계에서는 민족예술로서의 근대적 통합이 아직도 이루어지지 못한 것처럼 보인다. 문학사에 있어서 역시 서구 문학의 도입에 의한 전통 단절의 현상이 없었던 바 아니지만 사정이 사뭇 다르다. 문학 동네는 애당초 '서양화'에 해당하는 그런 개념이 생기지도 않았다. 내재적인 고전소설의 기반에 외래적인 요소로 서구 소설이 받아들여져서 창출된 것이 우리의 근대소설이다. 이러한 근대소설은 민족문학으로서의 자질을 확충하면서 풍성하고도 다양하게 성장하였다. 때문에 한국 20세기는 '소설의 시대'로서 문화예술 전반에 걸쳐서 문학이 주도적 역할을 감당해온 것이다.

『한국현대대표소설선』은 곧 이 시대 한국소설의 풍부하고도 준수한 수확물을 총 정리해보는 기획이다. 장편소설은 부득이 제외하여 단편소설 중심으로 되었다. 여기에 장편소설을 포괄하지 못하는 것은 소설사의 전체 모습을 드러내는 데 있어서는 적지 않은 결함이다. 그러나 우리의 경우 소설문학의 진수는 단편소설에 있었다. 우리가 겪었던 위기의 시대, 열악한 환경에서 고뇌하는 작가들은 대개 상업주의적 통속화의 유혹을 단편형식의 깔끔함과 칼날의 매서움으로 뿌리쳤던 것이다. 이 또한 그렇게 될 수밖에 없었던 우리의 객관적 사실이다. 단편문학을 중심으로 엮는 『한국현대대표소설선』은 살아 움직이는 인간 시대의 '연대기'일 뿐 아니라 '풍속의 역사'이다.

대체로 우리 단편문학은 1920년대에 성립, 1930년대에 완성이 되었던 바 이후로 지금까지 그 기틀 위에서 다채롭고 난만하게 꽃핀 것으로 보고 있다. 이 구도에 따라서 소설선을 엮었다. 1920년대의 단편소설은 3·1운동의 여파로 일어난 신문학운동의 가장 빛나는 성과물이다. 당시 단편소설이 의외로 빨리 높은 수준에 도달할 수 있었는데 바로 그 직전에 형식상으로 거기에 근접했기 때문이다. 이 점을 고려하여 본 '소설선'은 1910년대 말을 출발선으로 삼았다.

끝으로 붙여 둘 말이 있다. 우리의 소설시대가 단편문학 위주로 전개되었던 사실에 관해서다. 대개 상업주의에 오염되지 않은 참다운 문학, 예술혼을 살리겠다는 작가정신이 단편소설로 경도하도록 만든 이유가 되었던 것으로 생각되지만, 잡지 매체의 지면에 단편소설이 약방감초처럼 들어간 데 직접적인 이유가 있었다. 지금까지도 비록 많이 달라지긴 했다 해도 지속되고 있지 않은가. 근대소설은 요컨대 '창작주체의 자아'를 표출한 데서 발단했던 점에 유의할 필요가 있다. 초기소설이 대개 자기 서사로 엮어졌던 사실이 이를 증언하고 있다. 근대 이전부터 유행했던 통속적 국문소설 및 일제하에서 범람했던 이른바 딱지본 소설류와는 준별되는 지점이다. 20세기 초에 등장한 신소설은 물론이고 이광수의 『무정』조차도 통속성의 유전인자가 생리적으로 담겨 있는 것이다. 위에서 한국 근대 단편소설의 원류를 한문단편에서 찾고 특히 박지원을 주목했던 것은 바로 이 때문이다.

박지원뿐만이 아니다. 「심생沈生」 같은 우수작을 지은 이옥, 『기리총화綺里叢話』라는 창작적인 야담집을 남긴 이현기李玄綺 등이 19세기로 들어오면서 등장을 한다. 이들의 한문단편들에서 '창작주체의 자아'를 발견할 수 있다. 더 위로 올라가서 만나는 15세기 김시습의 『금오신화』, 16세기 임제의 「수성지」·「원생몽유록」은 '창작주체의 자아'가 강렬한 작품인데 양식적으로는 단편소설로 분류될 것이다. 자기 서사의 정신전통이 한국의 근대 환경에서 단편소설의 위상을 크게 키운 요인이 되었던 것으로 해석할 수 있지 않은가 한다.

2. 단편문학의 고품질 ― 이태준의 『해방 전후』

1) 시작하는 말

『해방 전후』는 이태준이 1925년 발표한 처녀작 「오몽녀」로부터 1946년에 발표해서 '해방기념 조선문학상'의 영예를 안은 「해방 전후」까지 17편을 뽑아 실은 단편소설집이다.

이태준은 우리의 근대문학사에서 현진건을 이어 단편문학의 완성자로 손꼽히는바, 이 단편집은 이태준 문학의 결산으로 엮어본 것이다.

2) 해방 직후의 이태준

「해방 전후」를 보면 1945년 8월 15일 일제의 속박이 풀리자 문예운동은 여간 발 빠르고 기운차게 나간 것이 아니었다. 바로 8월 16일 '조선문화건설 중앙협의회 조선문학건설본부'가 결성되었고, 한 발짝 늦게 9월 17일 '조선프롤레타리아예술동맹약칭 프로예맹'이 따로 결성되었다. 두 문예운동 단체는 대립되는 모양이다가 이내 '조선문학가동맹'으로 통일을 지향한다. 그리하여 "조선문학 유사 이래 처음으로 전국의 문학자가 일당一堂에 모이어 자기의 과제를 토의한" 전국문학자대회가 개최되기에 이른다.

> 친구들은 '프로예맹'과의 합동도 끝나고 이번엔 '전국문학자대회' 준비로 바쁘고들 있었다.

「해방 전후」의 끝 문장이다. 프로예맹과의 합동이 이루어진 것은 1945년 12월 13일이었고 전국문학자대회는 과연 이듬해 2월 8, 9 양일에 걸쳐 개최되었다. 그러므로 위의 작중 시간대는 1945년 말 1946년 초 어름으로, '바쁘고들' 있는 거기에 무언가 대단한 기대감이 실려 있는 듯하다.

「해방 전후」의 주인공 현은 「패강랭浿江冷」·「토끼 이야기」에도 같은 이름으로 등장하는, 이태준1904~1970 자신의 가탁적假託的 인물이다. 작가의 개인적 체험을 담고 있는 것이다. 그런 면에서는 사소설적이다. 그러나 제목이 그렇듯 신변잡기로 떨어지지 않고 해방전후사의 기록적 의미를 띠고 있다. 이 점은 매우 값지고 흥미롭게 읽혀지지만 그래도 보고문학으로 규정할 성질은 아니다.

소설은 절박하고 간고한 해방 직전의 상황에서 최소한으로 자기를 지켜내는 고뇌를 그린 다음, 혼란·변역의 해방 후 상황에서 적절하고 정당한 방향을 찾아 실천하는 문제를 주관적·객관적으로 착잡한 모순 속에서 해명하고 있다. 이 「해방 전후」는 "무엇보다 현대에 있어 가장 근본적 의의를 갖는 주제"를 설득력 있게 표출했다는 점에서 당시 평가를 받아 해방기념 조선문학상의 수상작으로 뽑혔던 것이다.

「해방 전후」는 주인공 현과 대립적 인물로 김직원金直員 노인을 설정하고 있다. 김직원 노인은 3·1운동 때 옥고를 치른 경력이 있으며, 모진 풍상에도 항일적 기개가 끝끝내 꺾이지 않은 그런 인물이다. 인품은 옥처럼 고결하고 주관적으로 분명한 애국자지만 보수적 완고 때문에 해방 후 상황에서 무용의 구물로 퇴장하는 것이 서글픈, 그러나 부득이한 그의 운명이다. 현은 표표히 사라지는 노인을 떠나보내고 '바쁘고들' 있는 친구들 사이로 돌아서는 것이다. 「해방 전후」의 이 마지막 장면은 곧 작가 자신의 투영이다.

이태준은 조선문학건설본부 중앙위원장을 맡더니 역사적인 전국문학자대회에서는 공동의장으로 회의를 주재하였으며 조선문학가동맹에서도 지도적 위치에 섰다. 조선문학가동맹의 중앙위원장으로 홍명희, 부위원장으로 이기영·한설야·이태준이 선출되었는데 홍명희는 상징적 존재였고 이기영·한설야는 당시 38선 이북에 머물러 있어서 참여할 형편이 아니었다.

8·15는 해방조국의 신생을 민족사적 과제로 제기하였다. 이 과도적 단계에서 해방조국의 민주적 건설에 이바지하려는 문예운동은 좌우의 갈등을 민족문학으로 해결코자 한다. 이태준은 여기에 적극적으로 참여하였는데 그의 위상은 우파문학과 좌파문학을 통일하는 구심점이 되었던 듯하다.

이태준, 그는 자타가 공인하는 '순문학' 계열의 작가였다. 이른바 순문학이란 사상성을 중시하는 계급문학 혹은 프로문학에 대해 예술성을 옹호한다는 뜻에서 도입된 개념이었다.

단편 하나라도 자기 예술욕을 채울 수 있는 창작에 자기를 기르며 자기를 소모시키고 싶었다.

— 「토끼 이야기」

이처럼 예술로서의 문학을 추구하던 이태준은 "계급에 편향했던 좌익엔 차라리 반감이었고"「해방 전후」라며 계급문학에 대한 거부반응을 감추지 않았다. 그런데 「해방 전후」는 굳이 갖다 붙이자면 참여문학이다. 역사의 진보에 기여하고자 하는 적극적 참여문학이다. 이태준, 그 인간과 문학은 외형상으로 보면 '순수'에서 '참여'로 180도 선회한 셈이다. 내용적으로 과연 그러한가? 이 물음은 「해방 전후」 이전의 소위 '순문학' 경향의 작품세계를 들여다보아야 해답이 나올 것이다.

3) 일제하에서 이태준의 작가정신과 단편소설

동경 유학을 마치고 뜻을 펴고자 돌아온 한 청년이 고국 땅에서 부딪히는 정황에 비판적으로 반응한 「고향」은 염상섭廉想涉의 『만세전』을 연상케한다. 『만세전』의 경우 '만세', 즉 3·1운동 직전의 일제 무단통치가 조선 현실인데 「고향」에서는 그로부터 10년 후의 조선 현실을 만나는 것이다. 청년은 10년 전 만세의 함성이 울렸던 그곳에 들러서 "알뜰하게도 좋은 꼴만 보인다. (…중략…) 파고다 공원도 오늘은……"이라고 현실에 대한 좌절감을 토로한다.

주인공 윤건은 현이란 이름처럼 작가의 가탁적 존재다. 「해방 전후」가 그렇듯 작가의 개인사에 깊숙이 관련되지만, 물론 자서전은 아니다. 그 자신의 체험을 소설적으로 개조하고 재구성한 것이다. 가령 소설은 윤건이 서울서 W고보를 졸업하고 도쿄의 M대학에서 졸업 논문이 우수한 평가를 받은 것으로 설정하였는데, 이태준의 전기적 사실에 의하면 그는 휘문고보를 다니다가 동맹휴교 주모자로 퇴학당했으며, 일본의 상지대학上智大學을 마치지 못하였다 한다. 이 같은 학력 변조는 주제를 살리기 위한 소설적 허구라 하겠다.

「고향」의 윤건은 딱히 고향이 없는 사람이다. "그가 나기는 강원도 철원이었으나 개화당開化黨의 한 사람이었던 그의 아버지가 밤을 타서 집에 들어와 처자를 이끌고 망명의 길을 떠나 (…중략…) 아라사 땅인 해수애[海蔘威]에 가서 이 년 동안, 그곳에서 아버지를 잃고 다시 홀어머니를 따라 조선 땅인 함경북도 배기미[梨津]라는 곳에 와서 사 년 동안, 그곳에서 어머니를 마저 잃고" 천애의 고아로 어렵게 고학을 해서 학업을 마치고 돌아오는 지금, 그에게는 반겨줄 사람이 사는 고향이 따로 있지를 않다. 그에게 고향은 조선의 어디가 아닌 바로 조선이었으니, 고생고생하면서도 "어서 졸업하고 조선 가자"라고 다짐했던 터였다.

이러한 작중 주인공의 인생 경로는 이태준의 이력과 거의 일치한다. 그는 강원도 철원의 '육부자네'로 떵떵거리고 살았던 용담龍潭 이씨 가문에서 1904년 태어났던 바, 과연 러시아 땅의 블라디보스토크에서 아버지를, 함경북도의 연해주에 인접한 포구 마을에서 어머니를 잃었다. 열 살도 못 되는 나이에 그는 나라를 잃고 또 양친을 함께 잃은 것이다. 처녀작「오몽녀」의 색다른 배경이나 방언은 배기미 시절에 직접 닿고 있거니와, 유년기·소년기의 기구하고 가련한 소경력所經歷은 작가의 머리와 가슴에 한평생 지워질 수 없게 깊이깊이 새겨져 있었다.

그런데 그의 아버지는 어떤 인물이었기에 하필 블라디보스토크로까지 망명을 갔을까? 작중에서 개화당에 속했다 했는데 이는 구체적으로 무슨 내용인가?

덕원 감리德源監理란 개항 원산의 외교행정관이다. 아라사 영사관에는 전날에 면분이 있다. 아라사 배만 얻어 타면, 우선 블라디보스토크로 갈 수 있고, 거기 가서는 구라파 직계의 문명을 시찰하면서, 한편 사방에 흩어져 있는 동지들과

연락해가지고는 서울의 완미頑迷한 세력권에서 멀리 떨어져 있는 서북간도 일대를 중심으로 거기 널려 있는 조선 사람들을 모아가지고 일본의 유신과 상응하는 이곳 유신을 일으킬 큰 뜻을 이감리는 그 응혈진(피맺힌 – 인용자) 가슴속에 깊이 품었던 것이다.

이태준 자신의 유년기·소년기의 체험을 풍부하게 담은 일종의 성장소설『사상의 월야』의 한 대목이다. 그 아버지가 덕원 감리로 있었다 했는데, 민충환閔忠煥 교수의 고증에 따르면 덕원감리서德源監理署 주사主事를 지냈다 한다. 직위의 고하 차이는 있으나 이태준의 아버지가 개항장에서 외교행정관으로 근무한 것은 사실이다. 따라서 망명을 결행하게 된 동기 또한 언급한 데서 과히 벗어나지 않으리라 생각되기도 한다. 나라가 망하는 민족 위기에 직면해서 국정개혁·주권수호를 위한 모종의 계획을 실천할 뜻을 가졌던 모양인데 그 실상은 분명치 않다.

그의 부친 이창하李昌夏가 과연 어떤 인물이고 어떤 운동을 하였는지 달리 확인은 아직 되지 않았다. 어느 정도의 사실적 근거 위에 더해진 아버지에 대한 그리움으로 미화되었을 수도 있으니 역사사실로 신빙하기는 자료 성격상 어렵다. 그러나 어쨌건 작가의 뇌리에 각인된 진실이라는 점을 우리는 중시할 필요가 있다.

이태준의 의식 속에, 이역의 낯선 땅에서 갑자기 돌아가신 아버지의 상像은 근대 계몽기의 진취적·애국적인 인물로 애절하게 남아 있는 것이다. 그는 자기 아버지의 유품으로 오직 연적 하나를 평생 소중히 간직하였다는데, 이 연적을 바라보며 "바다도 얼어 파도소리조차 적막하던 블라디보스토크의 겨울밤, 흉중엔 무한한無限恨인 채 임종하시고 만 아버님의 머리맡에는 몇 자루의 붓과 함께 저 연적이 놓였던 것은 어렸을 때 본 것이지만 결코 흐릿한 기억이 아니다"「고완(古玩)」 하고 회상하곤 하였다.

「고향」의 윤건이 "어서 졸업하고 조선 가자"라고 스스로 다짐했던 것은, 물론 조선현실로 들어가 일을 해보려는 뜻이다. 그러나 조선현실을 타개해야 할 주체로서의 조선인, 근대 교육을 받은 지식분자들이란 만나는 자마다 타협적 자세로 속물화되어 있었다. "큰일을 못 칠 바에야 내 한 사람이 헐벗지 않도록 하는 것도 작게 보아 조선 사람 하나가 헐벗지 않는 것이 되니까요"라고 식민지 통치기구에 붙어서 밥이나 먹는 것을 자기 합리화하고, 나아가 "수염이 석 자라도 별수 없겠어요. 똥이라도 씻으라면 씻는 체라도 하고 사는 사람들이 그래도 제 체면이라도 꾸리고 살지" 하며 오히려 노예적 삶의 방식에 자족하는 분위기에서 "사람의 하루를 갖자. 구복□腹에만 충실한 개의 십 년은 나는 싫다"라는 윤건에게 형설지공의 보람을 찾을 마당이 생길 리 없다. 윤건은 마침내 "나만 쓸개 빠진 놈인가, 저놈들이 쓸개 빠진 놈인가?" 하며 회의에 빠지는 것이다.

「아무 일도 없소」는 조선 현실의 고발이요 풍자다. 서울의 밤은 너무도 고요하고 평화스러워 '아무 일도 없소'를 알리는 듯하다. 과연 그러한가? 잡지사 기자는 팔리는 잡지를 꾸미기 위해 밤에 에로틱한 현장을 취재하러 나갔다가 어머니의 시신을 옆방에 뉘어놓고 사내를 유인하는 여성을 만난다. 병들고 굶어 쓰러진 어머니를 보다 못해 그 딸은 자기 몸을 팔았는데 그 어머니는 이 사실을 알고 자결해 죽은 것이다.

"어머니 시체는 지금 저 방에 계십니다, 저 안방에 (…중략…) 이러고 내 목숨이 살아서 무엇합니까마는 내 어머니 시체나 내 손으로 감장해야 안 합니까……" 어머니의 장사를 치러드리기 위해 다시 어머니를 죽게 한 그 짓, 매음을 저지를밖에 없다는 딸의 고백이다. 그 처절한 비극은 "아버진 만세 때 대동단에 끼어서 해외로 가셨습니다"라고 한 바, 아버지가 독립운동의 대의에 참여한 경위로 비롯된 일이었다. 표면적인 고요와 평화 속에 얼마나 기막힌 모순이 잠복되어 있는가.

이「아무 일도 없소」는「고향」과 함께 1931년 한 해에 발표되었거니와, 두 작품은 연작처럼 느껴지기도 한다. 「아무 일도 없소」의 주인공은 말하자면 기자로 취직한 윤건인 셈이다. "나의 붓은 칼이 되자. 저들을 위해서 칼이 되자." 이태준의 작가적 각성의 소리로 들리기도 한다.

「아무 일도 없소」의 풍자는 칼처럼 몸속으로 파고든다. 그러면서 이 작품의 내용 가운데 붓이 칼이 되기 어려운 정황이 또한 드러나 있다. 주인공은 독자들에게 저차원으로 영합하는 잡지의 '간상배짓'에 실망하고 분노하지만 하숙집 주인의 얼굴이 떠올라서 취직자리를 버릴 용기를 내지 못한다. 먹고 입어야 사는 인간의 조건에서 누구도 벗어날 수 없는 고민이라 하겠다. 뿐 아니라, 그는 후일에 "가끔 품속에 서린 현실자로서의 고민이 불끈거리지 않았음은 아니나, 가혹한 검열제도 밑에서는 오직 인종하지 않을 수 없었"「해방 전후」음을 고백한 바 있다. 파시즘의 상승으로 경화된 1930년대, 붓은 칼이 되기에 정히 어려웠다. 단지「아무 일도 없소」에서 "나의 붓은 칼이 되리라 한 그 붓을 들고 자기는 무엇을 쓰려 나섰던 길인가"라고 스스로 질타하듯 뉘우침을 망각하지 않았던 것으로 여겨진다.

「패강랭」과「토끼 이야기」에는 찬 서리를 밟고 이내 혹한의 겨울을 맞아, 덜덜 떨면서도 자아를 지켜내기 위해 고뇌하는 작가의 자화상이 그려져 있다. 「토끼 이야기」는 생활 현실과 혼연일체가 된 문제를 제시해서 더욱 돋보인다. 그리고「해방 전후」에서 이 작가의 분신인 주인공은 일제 말 암흑기 '시국에 협조'를 강제하는 판국에서, 최소치로 자기 인격에 손상을 입히지 않고 살아남기 위해 강원도의 안협安峽이란 산골로 도피했던 것이다.

"나의 붓은 칼이 되자. 저들을 위해서"라고 속으로 부르짖었을 때 대체 누구를 위한단 말인가? 「아무 일도 없소」에서는 민족운동가의 딸이요 유리공장의 직공으로 부당하게 해고당한 여성이었거니와, '저들'이란 민족·민중을 떠나서 다른 대상이 있지 않을 것이다. 민족문제가 작품의 문맥 사이에 의미심장하게 숨겨져 있었던 것을 이미 살폈는데, 작가는 또한 민중생활의 문제에 나름으로 초점을 맞추고 있다.

「꽃나무는 심어 놓고」·「촌뜨기」·「농군」·「밤길」 등 일련의 작품에서는 1930년대 조선의 유랑민·빈민의 박탈된 삶이 이태준 특유의 수법으로 형상화되고 있다. 「농군」은 당대의 평판작인데 임화林和로부터 "비록 단편일망정 이 소설을 꿰뚫고 있는 것은 분명히 크나큰 비극을 속에다 감춘 서사시의 감정"이라는 격찬을 받은 바 있다.

1940년에 발표된 「밤길」은 "하늘은 그저 먹장이요, 빗소리 속에 개구리와 맹꽁이 소리뿐이다"라는 끝맺음에서 느껴지듯 암흑의 시대상을 상징하고 있다. 이태준의 소설 미학을 흔히 '잔잔한 애수'로 규정하지만 이 「밤길」은 애수로 가늠할 수 없을 만큼 울분이 과격하고 분위기마저 표제처럼 캄캄하다.

「밤길」에서 작가의 '가진 자'에 대한 시선은 주인 나리의 묘사에서 드러나듯 비판적인 반면, 작중의 '못 가진 자'들은 가진 자의 오만과 매정에 반감을 일으킬 줄 모른다. 도리어 새집 짓고 주인도 들기 전에 송장부터 나가게 해서는 도리가 아니라고 곧 숨 떨어지는 아기를 끌어안고 빗속에 밤길을 나서는 것이다. 조선사람의 한 충후한 전형처럼 비쳐지기도 한다.

황서방은 죽은 자식을 땅에 파묻고 나서 "내 이년을 그예 찾어 한 구뎅이에 처박구 말 테여"라고 복받친 분노를 자식을 버리고 달아난 아내 쪽을 향해 터뜨리고 있다. 작가는 민중에게서 계급의식은 주목하지 않은 대신 무지하고 가난한 그들에 대해 애정을 가지고 인간적 신뢰를 보낸 것이다. 이러한 작가의식으로 「달밤」·「손거부」 같은 서민적 인간형을 재미나게 포착한 작품들을 이해할 수 있겠는데, 「달밤」은 잔잔한 애수의 아름다움으로 절창이다.

이태준은 소설을 통해 낡은 것, 사멸하는 것에 대해 유난한 관심을 보낸다. 「불우선생不遇先生」·「복덕방」·「영월영감寧越令監」, 그리고 「해방 전후」에까지 하필 시대의 뒷전으로 밀리는 노인을 출현시킨다. 물론 작품마다 성격은 다르지만 석양의 아름다움을 완상하는 감회도 든다. 그런 의미에서 회고의 정서이며, 애수의 미학이다. "주인공이 그 시대의 생활을 대표하는 인물이 아니다"라고 평론가 김동석金東錫에게 꼬집힌 바 있는, 현실성의 결여로 연결되는 듯도 하다.

과연 이태준 소설에는 그 시대의 생활을 대표하는 인물이 아닌 주인공이 허다히 등장하고 있다. 「까마귀」 같은 작품이 그렇다고 보겠는데, 애수미를 아주 묘한 분위기로 살린 한 폭의 그림이다. 그러나 앞서 거명한 네 작품의 노인들은 그렇지 않다. 구한말로부터 식민지적 변화의 풍상을 거쳐 파시즘 체제로 재편된 1930년에 이르는 시간대의 '조선사람'의 생활이 그들 얼굴의 주름살에 축약되어 있는 것이다.

「돌다리」의 노인은 땅에 애착한 나머지 이해타산을 절대로 거부한다. "자고로 하눌 하눌 허나 하눌의 덕이 땅을 통허지 않군 사람헌테 미칠 줄 아니? 땅을 파는 건 그게 하눌을 파나 다름없는 거다." 노인의 땅에 대한 애착은 가위 신앙적이다. 그는 확실히 근대적 생활을 터득하지 못한, 농민적 보수성으로 완고한 인간이다. 하지만 이 노인의 입에서 "지주허구 작인作人 틈에서 땅들만 얼말 곯는지 아니?" 하며 열심히 일하는 농민에게 토지가 돌아가도록 조처하는 유언이 나온다. 이즈음 땅을 투기의 대상으로만 보는 사람들과 얼마나 다른가. 진실한 보수는 진보로 통하는 듯하다.

다음에 3·1운동 때 옥고를 치르고 나오더니 삶의 태도가 진취적으로 된 영월영감의 인생관과, 실패·좌절의 연속에도 현실 개조의 기백을 잃지 않는 불우선생의 비판의 소리를 들어보기로 한다.

"자연으루 돌아와야 할 건 서양사람들이지, 우린 반대야. 문명으루, 도회지루, 역사가 만들어지는 데루 자꾸 나가야 돼….."

— 「영월영감」

"나 그럼 신문사 하겠소. 요즘도 셋이나 있긴 하지만 그것들이 신문사요? 조선 선 그런 신문사 백이 있어도 있으나마나요."

— 「불우선생」

이러한 인물들이 인생의 패배자로 떨어진 세상, 이것이야말로 정녕 작가가 부각시킨 민족적 비애다. 작가의 가슴속 깊이 새겨진 지사적 이념이 영월영감이나 불우선생 같은 형상에 투영되어 있는 것 같다.

이태준 문학의 세계는 계급모순보다는 민족모순을 일차적으로 다루었다. 따라서 민족의 내적인 계급갈등에 대해서는 예민하게 주의하지는 않았다. 당시 카프문학 계열의 작가와 대조되는 경향이다. 한편으로 지사적 지향이 작가의식에 잠재해서 현실 인식과 인물 묘사에 투영되어 있다. 이 측면은 이태준 문학에 견결堅潔한 성격으로 반영되는 바, 혼탁한 흐름 속으로 뛰어들어 메기도 잡고 흐름을 헤아리는 그런 현실성의 풍부화를 이룩하는 데는 부적합하였다. 장편보다는 단편문학에서 고도의 예술적 성취를 이루게 된 이태준의 작가적 특성을 이런 데서 찾을 수 있지 않은가 한다. 하지만, 그의 예술적 추구는 현실주의와 배치되는 방향은 아니었고 오히려 현실성을 진지하게 내포한 것이었다.

4) 맺음말

3·1운동으로 고양되었던 우리의 신문학은 신사상이 주입되면서 계급문학으로 비약한다. 그리하여 문학계는 좌파적 계급문학과 우파적 민족문학으로 대립, 갈등하더니 1930년대로 들어서는 일제 파시즘의 강화로 계급문학이 퇴조하게 되었다. 좌우의 대립 자체가 무의미하였던 바, 이 단계에서 이태준의 작가적 존재가 부상되었던 것이다.

이태준 문학은 계급문학에 대립하던 민족문학과는 다른 성격의 민족문학을 지향한 것이다. 해방 직후 '민족문학의 수립'이 과제로 제기될 때 그를 중심적 위치에 세웠던 까닭은 무엇보다 그의 문학과 인간에 있었다.

1930년대 이태준은 예술파의 순문학 작가로 손꼽혀왔다. 그에 있어서 순문학은 남한의 1960, 70년대 소위 '참여문학'에 대립하였던 '순수문학'과는 내용 성격이 크게 다른 것이었다. 문학사적으로 1930년대의 순문학을 다시 돌아볼 필요가 있다. 이태준의 순문학에는 현실과 밀착한 민족적·민중적 자각과 의식이 있었다.

해방 직후 '민족문학의 수립'이란 역사적 과제는 분단체제로 치달으면서 무산·왜곡되고 말았다. 작가 이태준 또한 분단 상황의 희생물로 버려져서 아직까지도 문학사상에 복권이 되지 못했다. 남북 양쪽이 모두 마찬가지다.

이태준의 예술적 성취인 단편소설의 완성은 우리 문학의 값진 목록이다. 근래 남한에서는 재북 내지 월북 작가에게 취해졌던 '금기'가 해소되면서 이태준 문학에 대한 학적 관심과 함께 독서대중의 마음에서 살아나는 듯싶어 반갑기 그지없다.

3. 8·15 전후의 작가와 작품들―『한국현대 대표소설선』 7

1) 시작하는 말

일제 암흑기로부터 해방을 맞고, 해방이 분단으로 낙착되어 내전으로 이어진 1940년대, 이 시기의 암울과 환희, 좌절과 혼돈으로 인한 파란만큼이나 소설사는 명암이 교차하여 요철을 짓고 있다.

『한국현대 대표소설선』 7은 소설사의 1940년대에 주로 연계된 것이다. 여기에는 당시 등단했던 작가 18인의 작품 22편이 실려 있다. 작가들 자신의 인생 역정을 훑어보면 순탄치 못한 경우가 많음에 우선 놀라게 될 것이다. 더러는 남에서 북으로 갔는가 하면 북에서 남으로 온 사람도 있는데, 그런 중에 행불이 되거나 비명에 죽기도 했으며, 심지어는 불구의 몸을 이끌고 남에서 북으로 탈출했다가 다시 타국으로 망명을 결행하지 않을 수 없었던 경우도 있다. 시대의 상흔이다. 이네들의 문학적 추이를 들여다보면 생물학적으로 일찍 붓이 꺾이지 않고 남은 이들 중에 몇은 통속의 길로 쉽게 빠져 들어갔으며, 문학을 진지하게 고수해나간 경우라도 자기의 작품 세계를 대성했다고 할 작가는 드문 편이다.

여기 수록된 작품 22편은 발표 연대가 일제말로부터 근래에 이르기까지 펼쳐진다. 그러나 제재의 중심은 해방기에 놓여 있다. 대개 혼돈의 해방 정국 및 암울했던 그 앞과, 분단의 갈등에 부패 타락한 그 뒤 사회, 그런 시대와 그 속의 인생들을 각기 소설적으로 반영한 것이다. 물론 이념의 갈등이 심각한 시대였던 만큼 역사와 사물, 문학에 대한 기본 관점의 차이가 드러날 뿐 아니라 작가의 인간적 개성, 작품 기법의 취향에 따라 구구각색으로 다양한 모습을 연출하고 있다.

한국소설의 오늘은 여기서부터 시작한 것이다. 다음에 18작가의 22편을 통해서 대략이나마 살펴보려 한다.

2) 8·15 해방, 그 혼돈기의 소설적 증언들

1945년 8월 15일로부터 남과 북에 단독 정부가 들어선 몇 년간의 해방 정국은 창조적 혼돈기 그것이었다.

일제 36년이 이 땅 위의 사사물물事事物物 모두에 제약과 영향을 미쳤던 터이므로 8·15는 이 땅 위의 어느 것 어느 일 하나 해방과 광복의 계기로 감지되지 않은 것이 없다. 식민지로의 강제 편입은 자주적 근대 국가의 수립이란 역사적 과제의 좌절을 의미하는 것이었다. 따라서 제일 당면의 과제 또한 여기에 있었다. 새 나라는 어떠한 정치 제도를 도입하고 어떤 경제 체제로 설계할 것이며, 문화는 어떤 성격을 갖추도록 할 것인가? 이 중차대한 과제들에 당해서 민족적 합의를 전혀 끌어내지 못한 상태에 있었다. 1920년대부터 이미 대두되었던 좌우의 이념 갈등은 새로운 역사적 국면을 맞아 도리어 격돌 폭발하는 형세였다. 무엇을 청산하고 무엇을 개혁할 것이며, 그러자면 어느 계급이 주도해야 할 것인가? 일제가 이 땅에서 점유했던 토지·가옥·공장·물자 등등을 어느 누가 점유하며, 어떤 방식으로 관리 운영할 것인가? 미국과 소련이 남과 북을 분할 점령하고서 신탁 통치를 강요하는데 수용할 것이냐, 거부할 것이냐? 그야말로 난제들이 일시에 쇄도하고 온통 혼란으로 요동치는 판이었다. 엄청난 혼돈의 상태를 벗어나지 못하고 고난과 무질서에 빠져들긴 했지만, 지금 생각해보면 그것은 창조적 계기의 혼돈이었다.

이 창조적 혼돈기에 당면해서 여러 학술·문예 또한 각기 약동하여 창조적 역량이 분출되었다. 소설은 다른 어느 분야보다 앞서서 민감하게 해방 정국의 사회상과 시대의 과제를 파헤치고 드러내고 깨닫도록 하였다.

그리하여 그 당시 다채로운 수확물들이 『조선소설집』1947 · 『해방문학선집』1948 등의 선집 형태로 묶이어 나왔다. 염상섭의 「양과자갑」, 채만식의 「논 이야기」와 「도야지」, 이태준의 「해방 전후」는 거기서 빼어난 성과로 평가되는 작품이다.

이 『한국현대 대표소설선집』에는 그 당시 신인들의 작품이 수록되어 있다. 인간은 누구나 젊을 때 가장 현실에 민감하게 반응하고 치열하게 덤벼들기 마련인데 신인의 열정으로 창조적 혼돈기를 체감하며 고민했던 기록이라는 면에서 특별한 의미를 갖는 것이다.

김영석金永錫, ?~?의 「전차운전수」1946와 박찬모朴贊謨의?~? 「꿈꾸는 마을」1947, 이동규李東珪, 1911~1952의 「오빠와 애인」1945, 지하련池河蓮, 1912~1960의 「도정」1946은 해방의 그 지점의 기록적 의미가 담긴 것들이다.

「꿈꾸는 마을」은 '일주간의 기록'이라는 부제 그대로 8월 15일부터 21일 사이 원산 근교의 한 마을의 이야기다. 비록 50여 호 밖에 안 되는 두메마을이지만 거기에도 인간의 여러 양태와 관계는 나름으로 다 있고 일어날 일은 다 일어난다. 당시 조선 사회의 축도이다. 주인공은 어렴풋이 의식화된 인물이다. 그의 인식 능력으로는 바야흐로 벌어지는 일과 들리는 말이 혼란스러워서 갈피를 잡지 못한다. 자신의 개념으로 자본가로 분류되는 자의 아들이 나서서 "못 사는 사람들끼리 단결해서 새 나라를 세우"자고 소리치는 데는 도시 어리벙벙할 따름이다. 혼돈 속에서 꿈을 꾸고 있는 것 같다. 주인공만 그런 것이 아니고 마을 전체가 꿈속이다.

「꿈꾸는 마을」이 이북 지역의 주요 항구의 근교를 배경으로 삼고 있음에 대하여 「전차운전수」는 그날은 아직 남북 전체의 심장부인 서울의 실황을 묘파한 작품이다. 이 소설은 서울 시민의 거의 유일한 발이었던 전차의 운전수를 주인공으로 엮어진다. 8월 15일, 해방의 뉴스가 울려 퍼지고 그날 주인공은 전차를 차표도 받지 않고 앞뒤로 사람들이 매달리게 내버려 둔 채 운행을 한다. 그리고 승객들과 하나가 되어 "조선 해방 만세" "조선 인민의 나라 수립 만세"를 부르짖는다. 우리에게 눈 익은 8·15 화보의 한 폭 같다. 주인공은 그처럼 흥분에 들뜬 상태를 "질서가 없어져서"가 아니며, "가장 뚜렷한 질서가 생겨서 그런 것"이라고 독백을 한다. 왜냐? 전차를 두고 말하면 시민의 발인 전차는 사장과 중역들의 전차가 아니며, 전차 승무원이 부리는 기관이라는 생각이다. 전차 승무원은 한 개 '태엽장치'가 아님을 새삼 강조한다. 노동자의 자율성과 주체성을 뜻하는 것이다. 당위로 믿어 마지않는 '조선 인민의 나라 수립'은 곧 노동하는 사람들의 주체적 참여로 실현되어야 한다. 이야기는 실제 상황에서 이런저런 차질이 빚어지고 곤경에 부딪치는 정황을 보여주고 있다. 전차 승무원의 조합 자체도 우익인 대한노총의 음모 공작으로 분열 와해될 조짐이 나타나는 것이다.

「오빠와 애인」 역시 8월 15일 그날의 서울이 첫 장면인데 환희보다는 문제점이 구체적으로 제기되고 있다. 해방의 결과로 일본인 소유의 공장을 인수 받아 운영하는 문제를 다루고 있는 내용이다. 쟁점은 공장 경영을 자치적으로 할 것이냐, 외부에서 자본가를 영입할 것이냐에 있었다. 당초에는 근로직과 사무직의 종업원들이 연합하여 공장관리위원회란 것을 결성했는데 이내 사무직 쪽에서 외부 영입 쪽으로 방향을 틀려고 하는 것이다. 갈등은 여기서 일어난다. 소설이 여성을 서술자로 삼아 엮어지는 바, 작중 서술자의 오빠는 근로직에 서 있고 애인은 사무직에 서 있다. 양자의 갈등이 자못 심각한 지경으로 발전했으나, 사무직 애인이 자신의 과오를 인정하고 근로직의 오빠와 화해가 이루어질 것을 암시하는 쪽으로 소설은 끝이 난다. 낙관적인 결론이다.

일본천황의 항복방송을 어느 지방도시의 역전에서 듣는 것으로 설정한 지하련의 「도정」은 환호작약하며 '춤추는 거리의 모습'과는 반대로 작중의 분위기는 착 가라앉아 있다. 일제가 물러가게 됨으로 해서 얻어진 공장이 기계를 뜯어 없애는가 하면 나눠먹기로 아귀다툼을 벌이는 꼴을 심히 우려한다. 노동자들의 이익을 옹호한다 해서 "그들의 원시적 비위만을 맞추는" 방식이 되어서는 안 된다는 것이다. 지금이야말로 '당'의 현명한 지도가 요망되는 시점이라 한다. 그런데 '당'은 양심을 진작 팔아먹은 기회주의자가 설치는 판국이다. 이 작품은 그 당시 제1회 해방기념 조선문학상의 심사대상에 올랐던 작품으로 "8·15 직후 국내에서 발흥한 민주주의적 운동에 있어서 양심의 문제를 취급한 거의 유일한 작품"「1946년도 문학상 심사결과 급 결정이유서」, 『문학』, 1947.4이라 하여 주목을 받은 바 있다.

> '나는 나의 방식으로 나의 소시민과 싸우자! 싸움이 끝나는 날 나는 죽고, 다시 나는 탄생할 것이다 (…중략…) 나는 지금 영등포로 간다. 그렇다! 나의 묘지가 이곳이라면 나의 고향도 이곳이 될 것이다……'

작품이 끝맺어지는 대목에서 주인공의 독백이다. 소시민적 지식인이 노동현장으로 들어감으로 해서 거듭 태어나기로 각오하고 있다.

지식인의 자기 성토, 새로운 민주주의 문화건설을 위한 반성의 소리를 전홍준全洪俊, ?~?의 「새벽」1948에서 다시 듣게 된다. 「새벽」에서는 「도정」에서보다 구체적인 생활현장을 통과해서 지식인의 허울이 벗겨지는 이야기다. 「새벽」의 배준은 말하자면 현대판 북곽선생北郭先生(박지원의 「호질」에 등장하는 위선적인 학자의 전형)이다. 그는 조선의 쟁쟁한 저널리스트요 일류의 문화인으로 자타의 인정을 받는 존재이다. 작중 현재의 그는 진보적

출판사의 주간으로 앉아, 북곽선생이 교서校書 일만 권에 경전을 부연한 저서가 일만 오천 권이듯이, 월간지와 단행본을 속속 출간하여 '조선문화의 양식'을 공급한다고 한다. 작중의 주인공은 배준의 지도하에 "민주주의 신념을 좀 더 뚜렷이 잡아보려는" 뜻으로 입사했다가 그의 저열하고 이기적인 태도에 분노하고 환멸한 나머지 "자기의 스승은 이 허울 좋은 지식인들보다는 오히려 새까맣게 때가 묻어 있는 노동자 속에 있는 것 같"다고 생각하는 것이다.

김영수金永壽, 1911~1977의 「혈맥血脈」1946은 위에서 거론한 소설들과 취재를 같이 했지만 다룬 방식은 사뭇 다르다. 해방정국에서 최대 이슈, 신탁통치안을 둘러싼 좌우대립을 취급한 것이 「혈맥」이다. 이 소설은 한 가족 내부에서 부자간의 대립으로 문제가 부각되고 있다. 지난 1980년대에 항용 보던 운동권 아들과 보수적 아버지 사이의 갈등과도 흡사한 면모이다. 갈등하는 부자의 사이에 끼어 안타까워하는 어머니가 인상적으로 그려져 있다. 작가의 서술시각은 신탁통치안의 반대자와 지지자 그 어느 편에도 기울어지지 않는다. 그러면서 「혈맥」이란 제목이 암시하듯 아버지와 아들 상호 간의 증오의 거리가 혈연의 무의식적인 끌림으로 가까워지는 데서 끝이 보인다. 이 작가의 주의는 이념에서 멀어져 있다.

해방이 불러온 신인작가로서 김학철金學鐵, 1916~2001은 특별히 귀중한 존재였다. 본고의 서두에서 불구의 몸을 이끌고 남에서 북으로, 다시 타국으로 망명을 했다는 작가가 바로 그이다. 그는 중국대륙의 태항산太行山에서 조선의용군의 일원으로 항일전투에 참여했다가 마침내 한쪽 다리를 잃었다. 포로로 일본땅에 있다가 해방과 함께 조국으로 복귀했던 것이다. 「균열」1946은 작가 자신의 태항산 전투체험을 재구한 소설이다. 「무명소졸」1989은 그가 당초 중학생 신분으로 상해로 탈출해서 항일운동의 대열에 참가하게 되는 과정의 이야기다. 그는 결국 중화인민공화국의 국적을 가지고 있게 되었지만 그의 육신 자체가 우리 민족의 기구·험난한 근대사의 한 징표이다. 그의 체험을 담은 소설세계는 민족문학적 의미가 각별한 바 있다.

작가 김학철은 지극히 어렵고 고통스런 경험을 도리어 경쾌하고 재미나게 풀어내는 이야기꾼의 솜씨를 발휘한다. 기본적으로 현실주의문학의 노선을 견지하면서도 낭만성을 한껏 살려내는 작가적 개성일 터다. 「균열」은 '인정'과 '원칙'이 실제 현실에서 어떻게 조절되어야 하는냐는 물음을 던지고 있다. 인간성 옹호자와 원칙주의자 사이의 팽팽한 대립이 결국 포화가 작열하는 전투에 한 사람은 다리를 잃고 다른 한 사람은 팔을 잃고 나서 화해하게 된다. '이인삼각脚' '이인삼완腕'의 실로 극적인 화해다. 따지고 보면 전우애적 결합이므로 주제는 인간성의 옹호로 귀결된 셈이다. '인간의 얼굴을 한 사회주의'란 말을 근래 와서 듣게 되는데 이 작가는 진즉 '인간의 얼굴'을 일깨우고 있었다.

3) 남북 분단이 초래한 갈등, 시대상

위에서 살펴보았듯 8·15 당시 신인들의 소설세계는 시대의 증언으로서 의미를 갖는 것이다. 민주주의 민족국가의 수립, 그 당시 양심을 지닌 동포라면 누구나 당연한 과제로 생각하고 이를 실현하기 위한 노력을 기울였으나, 그것이 이루어졌다 치더라도 극히 왜곡된 형태로 결정되고 말았다. 작품들은 대개 역사적 상황변화를 기민하고 심각하게 포착하였던바 필치가 생생하지만 거칠다. 작중에 펼쳐진 내용을 통해서도 우리는 역사적 과제가 실현되기 결코 쉽지 않으리라는 점을 감지할 수 있다. 또한 작중에 깔린 작가의 진보적 의식은 곧잘 현실을 비약하곤 한다. 현실 상황을,

인간현실까지를 철저하게 읽어내는 현실주의에는 미치지 못했던 것으로 여겨진다. 이 모든 것을 포함해서 그 역사적 고비를 증언하고 있다.

인간의 역사는 자기 시대의 과제를 청산하고 해결하지 못할 때 부채로 남기 마련이다. 한국현대사는 이 부채의 중압으로 인해 중병을 앓고 괴로워하며, 이를 갚기 위해 몸부림을 쳤다. 여기 작품들에 여실히 그려지듯 1950년대 사회는 엉망진창이었다. 그런저런 세월을 보내면서 엄청난 대가를 지불해왔는데, 이제는 부채를 많이 갚은 것도 같다. 그럼에도 아직 한국의 현대사가 상환하지 못한 최대의 부채라면 남북분단일 텐데 오영수吳永壽, 1914~1979의 「후일담」1960과 박연희朴淵禧, 1918~2008의 「증인」1956은 분단 갈등의 모순이 이 땅의 인생에 가해진 국가 폭력을 고발한 작품이다.

「후일담」의 경우 현대사에 '제주 4·3사건'으로 등록된 제주도 양민을 무차별 학살한 문제가 다루어지고 있다. 소설은 제목처럼 후일담 형식을 취하고 있으나 장교의 입으로 군경에 의해서 행사된 무도와 횡포가 발설됨으로 하여 사태의 잔혹성이 더욱 선명하다. 동시에 작가의 입장 또한 분명하다.

여기에 이념도 사상도 아닌 또 하나의 비극이 있었다.

폭력이 이념이나 사상에 무관하게 행사된 것으로 간주하면서 어디까지나 인도주의적으로 분노하며 고발하였다. 그 비극의 현장은 입도 떼지 못하도록 국가권력에 의해 통제되어 왔다. 훨씬 지나 1970년대 말에 현기영의 「순이 삼촌」이 발표되는데 그 때문에 작가는 역시 당시 국가권력을 찬탈한 신군부에 의해서 심한 고통을 당해야 했다. 오영수의 「후일담」이 1960년에 발표되었다는 사실 그 자체가 특기할 일이다. 4·19 직후의 분위기에 이 소설이 창작되고 발표되고 했을 텐데 곧 다시 5·16 구테타로 군부 권력의 등장과 함께 쉬쉬하는 가운데 모처럼의 「후일담」의 고발은 그 작품과 함께 매몰되는 아쉬움을 남겼던 것이다.

박연희의 「증인」에서 주인공은 양심적 지식인이다. 이승만 정권이 거의 희화적 수준으로 저지른 정치 행위인 사사오입四捨五入 개헌안 통과를 시대배경으로 한 소설이다. 주인공 장준은 기자로서 사실 그대로 보도했다가 실직자로 전락하게 되며, 생계 대책으로 들인 하숙생이 철학도인데 이 하숙생 때문에 간첩불고지로 걸려드는 줄거리다. 분단 상황이 독재적 정치권력을 배양하고 그 독재를 유지하기 위해 간첩을 조작해내는 경위를 소설은 보여주고 있다.

「증인」의 장준은 편집국장이 사표를 내라 호통 치는 바람에 신문사를 그만둔다. 앞의 전홍준의 「새벽」에서는 그렇다고 사표 내는 것은 현실도피라고 판단, 동료들과 함께 뭉쳐 부당한 조처에 맞섰던 것과 대조적이다. 지식인의 자세가 그만큼 적극성을 상실한 모양인데 이 또한 위축된 시대상황의 반영이다. 이에 부패하고 왜곡된 현실을 그리는 수법이 세태소설적으로 되었던바, 거기에 풍자와 해학이 곁들여지기도 했다. 김광주金光洲, 1910~1973의 「나는 너를 싫어한다」1952, 유주현柳周鉉, 1921~1982의 「장씨 일가」1959, 정한숙鄭漢淑, 1922~1997의 「전황당인보기田黃堂印譜記」1955, 손소희孫素熙, 1917~1987의 「전말」1954, 김이석金利錫, 1914~1964의 「뻐꾸기」1957 같은 작품이 그러하다.

「나는 너를 싫어한다」는 부산 피난시절을, 「장씨 일가」는 이승만 정권 말기를 배경으로 고위층 부류의 인간적 타락상을 그린 내용이다. 「장씨 일가」로 오면 타락상이 구조적으로 확장된 모습을 묘사하는데 정권의 부패와 함께 출세주의적 인간 자세에 큰 맹점이 있음을 느끼게 한다. 작가는 정치행태를 희화화시키고 있을 뿐 아니라 다분히 정치 자체, 인간 자체를 환멸하는 식이 된다.

「전황당인보기」는 현대인, 그중에도 권력 추종자들의 속물근성을 풍자한 소설이다. 물질화된 시류에 휩쓸리지 않으려는 고집은 회고적 취미로 전환되고 있다. 골동 취미가 경지에 이르러 문기文氣를 터득한 인물의 묘사는 이 소설의 출색出色한 면모이다. 여기서 비판의식이 퇴색하고 보면 회고적으로 흐르기 십상인데 이 작가는 실제로 야담작가로 이름을 올리게 되었다. 그리고 「나는 너를 싫어한다」나 「장씨 일가」는 풍자가 탈락하면 애욕의 이야기로 남게 되기 쉬운데, 이들 작가는 통속소설로 견인당할 소지가 이미 내재해 있었다고 하겠다.

손소희의 「전말」과 김이석의 「뻐꾸기」의 세태묘사는 정치 상황에 눈길이 미치지 않는 사회 인정으로 파고들었다. 소설은 풍자적이라기보다 해학적이다. 구시대적 인습이 새로운 시대의 진행에서 전도될밖에 없는 실태를 극적으로 연출한 것이 「전말」이며, 일자리를 찾아 방황하는 인간들이 가장 약으면서 악착하지 못하고, 돼먹지 않았으면서 인정에 약한 이야기가 「뻐꾸기」이다. 「뻐꾸기」는 궁핍한 50년대, 미군의 실체가 먹고사는 문제에까지 직결되었던 시대의 풍속도이다.

4) 애잔의 서정

집마다 밥상위에 벌어지는 반찬이 다 같을 수 없듯, 사람마다 그 생김새에 비롯해서 입고 다니는 복장이며 신발까지가 또한 같을 수 없듯, 이웃 아이들이 자기네의 처지를 넘거나 말거나 한껏 차려입고 학교로 놀이터로 흩어져가듯, 장손이가 대장간에 가고 온다.

최태응崔泰應, 1917~1998의 소설 「항구」의 첫머리다. 이렇듯 인간들의 삶이 동일한 시공에서도 구구각색인 것은 말할 나위가 없다. 이러저러한 가운데 시대의 뒷전으로 밀리고 별 볼일 없이 된 것들이 세상에는 널려 있다. 작가에 따라서는 저녁노을이 지는 풍경에 유난히 집착하기도 한다. 이태준의 경우 '사양의 미학'이 그의 소설세계의 한 측면을 장식했다.

여기 수록된 작품들 중에서 이봉구李鳳九, 1916~1983의 「선소리」1958를 비롯해 최태응의 「항구」1940, 최인욱崔仁旭, 1920~1972의 「개나리」1948, 김이석의 「실비명」1954, 오영수의 「산호 물부리」1976와 「갯마을」1953은 대개 그런 미학적 범주에 속하는 소설로 볼 수 있다. 신선한 감각을 표현한 강신재姜信哉, 1924~2001의 「젊은 느티나무」1960와는 색조가 대조적이다. 위에서 먼저 살펴보았던 여러 작품들 또한 괴롭고 어둡지 않은 이야기가 있었느냐고 반문할 수 있는 정도로 다 어두웠다. 그런데 여기 이들 소설에서는 사회적 시각을 개입시키기보다 인정으로 접근해서 인상적인 화폭을 펼치는 점이 특색이다.

위에서 보았듯 학교로 가는 아이들은 제쳐두고 대장간으로 가는 소년에게로 시선을 돌린 것이 「항구」의 이야기다. 이 소년은 또 하필 늙다리 지게꾼 곽서방과 끈끈한 정으로 이어진다. 항구도시의 "움집들이 아기자기 들어박힌 빈민굴" 그야말로 주변부의 인생이다. 지게가 작품 전체의 의미구조에서 상징물인데 전래의 생활도구로 중요한 것이었으나, 시대의 뒷전으로 밀려 날 운명이니 지게를 진 인생 또한 뒷전의 인생일 밖에 없다. 소설은 사회적 시각을 아주 배제해버린 것은 아니다. 명색이 부두 노동자인 곽서방이 노동조합이라는 데도 가입 못 하고 헤매는데 이유인즉 일제의 빈민을 방치하는 정책과 연관되어 있었다. 하지만 소설은 이런 문제를 들고 나선다거나 해결의 방도를 모색한다거나 하는 것이 아니고 지질한 사람끼리의 애잔한 서정에 마냥 집착하고 있다.

김이석의 「실비명」은 인력거꾼이 권번 기생을 싣고 평양 거리를 달리는 지나간 세월의 풍속도다. 인력거꾼 덕구는 「항구」의 곽서방에 비해 소중한 희망을 간직하고 사는 인생이었다. 아내가 죽은 이후 내내 홀아비로 지내면서 외동딸을 여의사로 만들어보겠다는 것이 그의 꿈이다. 이런 그의 욕구는 대리 출세적인 것으로 볼 수 있겠으나, 그보다는 아내를 끝내 잊지 못하는 사랑의 연장선이었다. 허나 꿈은 꿈일 밖에 없는 일이어서, 그 자신 불의의 사고로 죽음을 맞고 딸은 기생수업을 받는 결말로 가게 된다.

가뜩이나 간고한 시대에 여성이란 멍에를 져서 숙명적으로 곤고한 인생은 최인욱의 「개나리」에서 만난다. 오영수의 「갯마을」에서도 기구한 여자를 만나는데, 남편이 징용(일제 말의 상황)을 나가는 것은 양쪽 다 같은 설정이다. 그런데 「갯마을」의 해순은 「개나리」의 연이처럼 운명으로 받아들여 체념하는 태도와 다른 모습을 짓는다. 남편이 징용을 나가자 갯마을로 돌아오는 것이다. 바다는 첫 남편을 잡아먹었어도 보재기[해녀]의 딸이라 몸에 밴 바다의 삶을 못내 그리워한 때문이다. 작가는 시대의 이면에 남아있는 '생활의 고집'을 포착하고 있다.

오영수의 「산호 물부리」 또한 현대의 이면에 '생활의 고집'을 부리는 한 인간형을 표출한 것이다. 작중의 할아버지는 왕조의 잔영이다. 일인칭 서술형식을 취해서 그는 나의 조부라고 했으므로 '나'는 작가와 동일시해도 좋을 것이다. "자네는 그 전근대적 회고 취미와 퇴영적 식성을 좀 버려야 해!"라고 소설의 '나'가 어떤 친구로부터 타박을 들었듯, 작가의 회고적 취미에 의해 왕조의 잔영이 추억되고 있다.

사실史實에 대해서는 별 흥미도 없고 또 사가史家들의 영역이기 때문에 내가 여기에 선불리 운운할 계제도 못 될 것 같다.

'역사적 사실'이란 '나'의 조부가 3·1운동에 참여했던 일과 관계된 부분이다. '역사적 사실'에는 흥미가 없다는 발언은 의아스럽다. 자기 가계와 직결된 민족사의 한 부분을 '사가의 영역'이라고 관심을 미뤄둘 노릇인가. 지금 못내 추억하고 있으면서도 말이다. 이 의문의 해답은 바로 다음 단락에서 풀어주고 있는데, "(역사란) 흥망성쇠의 반복에 지나지 않다"는 점을 잘 알고 있기 때문이라는 것이다. 역사는 덧없는 명멸에 불과한 것이기 때문에 거기엔 관심이 없고 다만 가끔 회상해볼 따름이다.

「후일담」에서 이 작가는 무도와 횡포에 격한 분노를 삭이기도 하였다. 그런 한편 현실을 환멸하고 나아가 인류 역사를 무상한 것으로 치부한 것이다. 「메아리」1959 같은 작품에서 그는 현실을 도피하는 삶을 보기 좋게 그려 놓기도 하였다. 하지만 현실을 도피한 삶이 인간을 환멸한 것은 아니다. 오히려 인간이 정겹고 인간의 사이가 정답다. 염세적인 나머지 인간 자체를 혐오하는 것과는 문학적 행방이 아주 다르게 된 것이다.

이봉구의 「선소리」의 주인공, 위워달공을 구슬프게 부르는 선소리꾼은 염세주의자다. 이 선소리꾼을 작중의 나는 "청춘의 뜬눈으로 망우리 무덤에 잠든" 시인 박인환을 찾아갔다가 만나서 서로 친하게 된다.

> "문안에 들리어 들뜬 인생들의 아우성 소리를 들어보시면……"
> "허, 그 까진 물거품 같은 것들을 (…중략…) 이곳 무덤의 새소리와 꽃이면 나는 원이 없어. 대신 노형이나 한번 더 찾아주시구려."

선소리꾼은 수도 서울의 문물을 '물거품 같은 것'으로 환멸하는 것이다. '무덤의 새소리와 꽃'이 그 반대급부의 전부다. 이렇듯 중증의 염세주의자임에도 그는 방금 사귄 젊은 친구를 보고서 다시 찾아오라고 한다. 나작가와 선소리꾼은 '들뜬 인생들의 아우성 소리'와 '그까진 물거품'으로 서로 죽이 잘 맞고 인정에 흠뻑 통하여 화합을 이룬다. 그리하여 선소리의 구슬프고 흥겨운 만가挽歌로 염세주의자의 아름다운 죽음을 맞이하게 되는 것이다. 소설 「선소리」는 인물성격 및 분위기가 어울려 쏙 빠진 '사양의 미학'의 전형이다.

보론

군도의 사회사
역사 속의 홍길동과 소설 속의 홍길동

한국 실학의 화폐에 대한 두 시각
동시대 소설의 문제제기와 관련하여

여기 두 편은 앞의 1부에서 6부까지 어디에도 끼워 넣을 자리가 없긴 하지만 소설의 발전에 관계되는 내용이 담겨 있어서 보론으로 끝에 배치한 것이다. 소설사의 배경이 되었을 뿐 아니라 내면적으로 중요한 고려사항이라고 보기 때문이다.

군도는 농민저항의 한 형태인데 그 우두머리로 유명하게 된 존재가 홍길동이다. 홍길동은 일찍이 허균의 손에서 소설의 주인공으로 탄생하였는데 이후 영웅형상으로 전승되어 오늘날까지 대중적인 캐릭터로 잊히지 않고 있다. 중간에도 군도이야기들이 야담 형식으로 전승이 이루어지더니 근대소설로 와서는 『임꺽정』 같은 기념비적 작품과 『장길산』 같은 대작이 창출되기도 하였다. 나는 「『홍길동전』의 신고찰」이란 논문을 발표한 바 있었다. 역사현실에서 활동한 인물의 형상이 아닌 '초시간적 인간'을 끌어와서 작품에 투영한 것으로 해석하는 견해를 정면으로 비판한 내용이다. 지금 이 '역사속의 홍길동과 소설속의 홍길동'이란 부제를 단 「군도의 사회사」는 홍길동이란 주인공이 농민저항의 형상으로 부각되었음을 다시 일깨워서 문학연구와 역사학 양쪽을 향해 관심을 촉구한 것이다.

우리나라는 익히 알려진 대로 17세기 말엽부터서 돈이 통용되었다. 이후 3백 수십 년이 지나면서 어느덧 만사가 돈인 세상으로 바뀌고 말았다. 실학사상이 돈에 대해 중대한 문제로서 관심을 불러일으킨 것은 당연했다. 당시 소설이 유행한 현상 또한 따지고 보면 돈의 통용과 관계가 없을 수 없거니와 돈이 인간의 삶을 옥죄는 실상에 문제를 제기한 소설을 들어서 논의를 하였다.

종래 우리 학계는 '외적'이란 가상의 울타리를 만들어서 그 밖으로는 관심을 두지 말도록 부단히 경계해 왔다. 해서 학적사고가 실제 현실을 이탈, 역사상에서 엄연히 활동했던 인물을 초역사적 유형으로 돌리는가 하면 '돈이 만사'인 세상에 파묻혀 살면서도 돈을 전문가의 영역으로만 돌리고 있는 것이다.

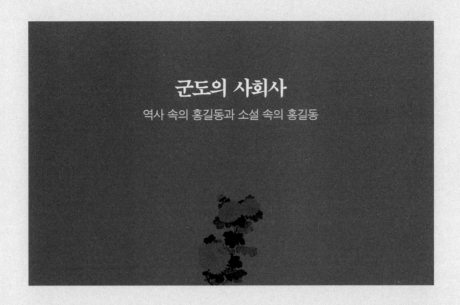

군도의 사회사

역사 속의 홍길동과 소설 속의 홍길동

1. 『홍길동전』과 활빈당

우리 문학사에서 허균의 『홍길동전』은 민중의 저항운동을 낭만적인 색조로 형상화하여 인간 해방의 주제를 담은 초유의 사회소설이다.

동학농민전쟁의 혁명적 원망이 참담하게 깨지고 이어 반외세 의병투쟁마저 별로 성과를 거두지 못한 채 저상된 시점_{1889~1904}에서 벌떼처럼 일어난 애국적 무장집단이 저 홍길동이 표방했던바 '활빈당'이란 호칭을 소환했던 사실은 자못 흥미롭다. 『홍길동전』이 출현하고 3백 년에 이르도록 『홍길동전』의 인간 해방 정신은 민중 속에서 망각되지 않고 저류했던 듯싶다.

18세기 학자 성호星湖 이익李瀷의 기록에 의하면 "당시 홍길동이란 이름이 시정 아이들의 맹세하는 말 속에 들어가 있다"고 한다. 홍길동의 존재는 협소배들 사이에 일종의 영웅적 이름으로 전해지고 있었던 모양이다. 지금 우리들 입에 더러 오르내리는 "저마다 홍길동"이란 속담은 아직까지 남아있는 그 흔적이 아닌가 싶다.

이 홍길동은 소설의 허구적 주인공이기 이전에 역사상 실존했던 인물이다. 『홍길동전』은 역사적 사실을 근거로 잡아서 쓴 소설인 것이다.

이 글은 역사상에서 활동했던 홍길동이란 인물에 대해 우선 알아보려고 한다.

2. 역사상의 홍길동

연산군 6년은 16세기가 시작되는 1500년인데 이해 10월 22일 자『조선왕조실록』에 이러한 기록이 나온다.

> 영의정 한치형韓致亨·좌의정 성준成俊·우의정 이극균李克均이 계문하기를 "강
> 도 홍길동을 체포하였으니 기쁨을 이기지 못하옵겠거니와, 백성을 위해 해를
> 제거하기로 이보다 큰 일이 없사옵니다. 청하옵건대 그 도당을 끝까지 잡도록
> 하옵소서" 하니 그대로 따랐다.

홍길동의 이름 앞에 붙인 '강도'란 칭호는 강력한 도둑이란 말이다. 『실록』은 그를 지칭하여 '광한성당獷悍成黨'이니 '적괴賊魁'니 하는 표현을 쓰기도 한다. 이 모두 당시 통치자의 입장에서 군도 내지 그 우두머리를 일컫는 관용적인 표현이다. 홍길동은 다름 아닌 15, 16세기 어름에 활약했던바 유민무장저항집단의 두령이었다(그의 이름이 『실록』에는 吉同으로 나

와 있어 吉童과 글자가 일치하지 않는다. 민중적 인물들의 경우 한자표기가 고정되지 않은 사례는 허다하다. 위에 인용한 이익의 언급은『성호사설』에 수록되어 있는데 본에 따라서는 吉同과 吉童이 혼용되고 있다).

이 홍길동은 과연 어떤 인물이었으며, 그가 역사상에서 실제로 벌인 활동은 어떤 양상이었던가?

『실록』의 홍길동사건에 대한 직접적인 보고는 위의 몇 줄, 그리고 간접적으로 언급된 기록이 몇 번 나올 뿐이다. 동 사건은 의금부에서 다루었던바 추국이 그 이듬해까지 이어졌다. 그런데 바로 이 과정에서 모종의 놀라운 일이 발생했던 것 같다.

다음 중종 18년1523에 역시 군도사건을 처리하는데 붙잡힌 자들을 경옥京獄에 모두 수감할 것이냐, 지방의 감옥에 분리 수감할 것이냐로 논의가 분분하였다. 이때 결정은 "지난 경신·신유년홍길동사건을 다루던 1500년과 그 이듬해 사이 홍길동의 옥사를 감계로 삼아야 한다"는 주장이 설득력을 얻어 분리 수감으로 내려진다. 체포자들을 경옥에 모두 수감하는 경우 요컨대 저들이 옥중에서 언어를 서로 통하여 추국히는 데 난점이 있으며 반옥叛獄. 옥중에서 도망치는 등의 행위의 우려도 있다는 것이었다. 홍길동 옥사로부터 감계를 삼아야 한다는 내용은 구체적으로 무엇이었을까? 위의 어느 하나 아니면 둘 다였으리라.

당시 『실록』은 홍길동 옥사의 결말을 당해서 일언반구 언급이 없다. 『실록』의 집필자 사관들은 대개 민중운동에는 관심이 심히 소홀한 편이거니와, 연산군 치하의 특수한 사정도 감안해야 할 터이다(이 기간의 『실록』은 다른 임금 때와 달리 기사가 전반적으로 소략하다). 어쨌건 사실의 파편이나마 수습되는 대로 끼워 맞추어 역사상 홍길동의 실상을 그려보고 소설『홍길동전』에 비추어볼 것이다.

홍길동이 의금부에 구금되었던 것은 그를 국사범으로 엄중하게 다루었음을 뜻한다. 아무리 '강도'라도 의금부에서 다루지 않는 것이 관행이었다. 그는 왜 의금부로 넘어갔던가? "홍길동이란 자는 당상관의 의장을 하여 수령들 또한 그를 존대하였고 그의 형세가 사납게 확장되었습니다. 그런 까닭에 길동을 조옥詔獄, 의금부의 별칭에서 심리했던 것입니다." 홍길동 사건에 찰리사로 참여했던 장순손張順孫이 훨씬 뒷날에 중종 임금에게 설명한 말이다.

홍길동 부대는 정부당국으로서 심상히 넘길 수 없으리만큼 형세가 컸던 것을 알기에 충분하다. 그의 활동 지역은 대개 충청도로 생각되는데 경기도에까지 미치고 서울 도성 안에도 서슴지 않고 출몰했던 듯싶다. 홍길동이 붙잡히기 2년 전인 연산군 4년 1월의 기록에 "서울 안팎으로 '도적'이 발생하지 않은 날이 없으며, 심지어는 궁궐 근처에까지 저들이 떼를 지어 횡행하다가 순라군과 접전하였다"는 언급이 보인다. 당시 한 조관은 "지금 밖으로는 왜구가 변경에 들어와서 주장主將을 죽였으며 안으로는 도성 아래서 도적이 군사를 죽이는 사태가 발생하니 심히 우려할 때입니다"고 상소를 한다. 이런 일련의 사태를 홍길동에게다 전적으로 결부시키기는 어렵겠으나 홍길동 부대의 활동과 연관이 없지 않을 것으로 본다. 홍길동이 붙잡힌 지 10년 후에도 "경기는 인가를 철거(연산군 때 인가를 철거한 것-원주)한 이래 절호絶戶가 많고 충청도는 홍길동이 작적作賊한 이래 백성들이 유망流亡하여 역시 아직 복구하지 않고 있다"는 보고가 들어오고 있다. 『홍길동전』을 보면 어느 판본이나 공통으로 포도대장이 길동을 잡기 위해서 새재鳥嶺로 내려간다. 새재는 충청·경상의 경계이다. 그곳 근처의 험준한 산악을 근거지로 삼아 충청도 방면으로 진출하였고, 때로 서울까지 원정하였던 것으로 추정된다.

그러면, 홍길동은 무슨 연유로 굳이 당상관 의장을 하고 다녔을까? 이것이 홍길동을 의금부로 넘긴 첫째 요인이니, 그 행위를 집권체제의 기강을 문란케 하고 국가의 체통을 모독하는 짓으로 받아들였던 것이다.

> 강도 홍길동은 옥관자를 붙이고 홍대紅帶를 띠고 첨지僉知(정삼품 무관직―인용자, 이하 같음)를 자칭하고서 백주에 떼를 지어 병기를 소지하고 관부에 출입하여 거리낌이 없이 멋대로 행동하였습니다. 권농勸農·이정里正·유향소품관留鄕所品官 등이 그 정황을 어찌 알지 못하겠습니까? 그럼에도 체포·고발을 아니했으니 징벌하지 않을 수 없습니다.

당시 영의정으로 홍길동 옥사에 수석 심판관이었던 한치형이 이 사건의 심리를 종결짓는 단계로 보이는 그해 12월 말일에 국왕에게 건의한 말이다. 군도 우두머리의 당상관 복색은 저들이 간혹 연출하던 위장수법이었던 듯하다. 명종 6년1551 전라도 고산현의 한둔산에 거점을 두고 활약했던 임송林松부대의 경우도 당상관 의장을 꾸미고 횡행하였다 하며, 저 유명한 임꺽정 부대도 역시 같은 방식으로 여러 고을에 들어가서 혹 수령들의 대접을 받기도 하였다. 이는 양면의 효과를 노린 술수였을 것이다. 첫째 당상 무관 행세를 해서 간교하게 관부나 부호들을 속이고 골리면서 재물이나 병마를 탈취하는, 말하자면 기만전술이다. 둘째 일반 백성들에게 자기들을 한갓 초적이 아니라 당당한 존재로 인식시키려 한 수작이다. 그 당시 자기들의 권위를 과시하고자 할 때 따로 의관 제도를 마련할 수 없었을 터이요, 자연히 조정의 무관 복장을 차용하게 되었을 것이다. 『홍길동전』을 읽어보면 "길동이 혹 쌍교를 타고 다니며 수령을 임의로 출척하고, 또 창고를 통개하여 백성을 진휼하며, 죄인을 잡아 다스리며, 옥문을 열고 무죄한 사람을 방송하며"(전주판, 경판에도 비슷하게 나옴)라는 대목이 있다. 위의 사실이 소설에 이와 같이 반영되었을 것이다.

앞의 인용문은 홍길동이 옥관자에 홍대를 띠고 관부에 출입한 사실만 지적하고 있으나 향촌의 말단 행정 책임자들이 줄줄이 연루된 것으로 미루어 민간에도 출입하였음에 틀림없다. 실은 권농·이정·유향소품관^{좌수·}별감들이 홍길동과 필시 내통이 있었을 터이므로 이들을 처벌하자는 것이 건의의 취지였다. 홍길동 부대는 향촌 사회와 은밀히 연결되어 있었을 것으로 짐작된다. 임꺽정의 경우에는 한 도의 이민吏民 : 아전과 좌수·별감들과 내통이 있었다고 한다. 임꺽정 때 나온 말이지만 "백성들이 적賊, 임꺽정이 있는 줄만 알고 조정이 있는 줄은 모른다"고 집권층이 탄식을 하기까지 하였는데, 홍길동 또한 고기가 물을 떠날 수 없듯 민중적 기반 위에서 활동이 가능하였을 것이다.

작중의 홍길동은 누구나 아는 대로 홍판서의 천첩자로 설정이 되어 있으며, 그 때문에 받는 천시를 견디다 못하여 집을 뛰쳐나가고 마침내는 군도의 우두머리로 올라선다. 역사상의 홍길동은 실제로 어떠했을까? 그의 신원이 사료에는 전혀 밝혀져 있지 않으나 판서 같은 그런 고귀한 혈통을 비록 절름발이로라도 물려받았을까 적이 회의적이다. 홍길동의 연루자로 당시 엄귀손嚴貴孫이라는 당상 무관이 붙잡혔다. 이 엄귀손은 관인 신분이었기 때문에 충격을 주었으며, 그래서 『실록』에 보다 상세한 기록을 남겼다. 만약, 홍길동이 소설에서처럼 친부가 높은 벼슬아치였다면 문제시되지 않을 수 없었을 터이니 또한 『실록』에 흔적을 남겼을 것이다. 그러나 임꺽정같이 아주 비천한 신분은 아니었을 듯하다.

엄귀손이란 인물은 홍길동과의 관련이 당초에는 불고지로 의심을 받다가, 중간에는 외주窩主로, 끝내는 동당同黨으로 지목이 된다. 그리하여 마침내 옥중에서 죽는다. 이 엄귀손은 '무지용력자無知勇力者'로 지목을 받고 있으나 일찍이 군공을 세워 높이 출세하였으며, 가산도 부요해서 3, 4천 석의 추수를 받는다. 그는 홍길동을 위해서 서울에 집을 마련해준 일도 있었다 한다. 홍길동은 이런 엄귀손을 능히 포섭해서 거느렸던 것이다. 여기서 홍길동의 지도적 역량과 위세를 유추할 수 있겠거니와, 한편 그가 완전한 천인은 아니었기 때문에 그럴 수 있었으리라 여겨진다.

조헌趙憲, 1544~92이 올린 상소문에 선대 임금 시절에는 민간에서 '강상綱常의 변'을 낸 자로 홍길동과 이연수李連壽의 이름을 들었다는 말이 적혀 있다. 길동이 '적괴'이기 때문에 그렇게 거명되었음직도 하다. 그러나 길동에게 정작 '반역죄'가 적용되었던 것은 아니니 '강상의 변'에 해당시키기에는 덜 맞는 것이다. 이연수는 시정의 하천인으로 과연 중종 26년1531에 부모를 살해한 자였다. 작중의 길동은 "일찍이 사람을 죽이고 망명도주"한 것으로 되어 있다. 실재의 길동도 무언가 가정 내의 심각한 갈등으로 인해서 '강상의 변'이라 불릴 정도의 일을 저지르고 도주하였던 것이 아닌가 한다. 그는 사환가의 곁가지는 아니더라도 양반 신분의 얼자일 가능성이 있으며, 이 때문에 어떤 심각한 가정직인 갈등이 야기되었던 것이 아닐까 추정해 볼 수 있겠다.

역사상의 홍길동은 신분적 모순 갈등으로 일찍이 체제의 바깥으로 뛰쳐나갔다. 관헌에게 쫓기는 몸, 법 밖의 사람이 되어서 춥고 배고픈 유민들을 결집, 강력한 농민저항의 지도자로 떠올랐다.

3. 역사상 홍길동의 존재 의미와 그 소설화

홍길동이나 임꺽정이 조직화한 저항 운동의 성격을 어떻게 볼 것인가?

관변 측에서 보는 바에 의하면 물론 도적 무리이다. 『실록』에서 사관은 이 도적집단을 규정하여 "취즉도聚則盜 산즉민散則民" 즉 숲속에 떼를 짓고 있으면 도적 무리지만 흩어져 농토로 돌아가면 '민'이라 했다. 군도 또한 '민'의 한 존재 형태이다. 다만, 왕조의 지배체제를 이탈하여 따로 집단을 형성하고, 양반 지배층을 상대로 적대적인 무력행사를 감행하였던 점이 특이하다. 말하자면 체제에 저항적인 민의 집단인 것이다. 이때의 '민' 또한 농토로부터 유리된 농민이 주축을 이루고 있었음은 물론이다. 따라서 그 기본 성격은 중세 사회의 범세계사적 현상인 농민저항의 한 형태로 간주할 수 있다. 이 군도유민무장집단 형태의 저항은 19세기 우리 역사에서 활발하게 전개되었던 민란형태와는 다 같은 농민저항운동이라도 일정하게 성격의 구분이 지어지는 것이다.

독일 농민전쟁이 16세기에 발발하였거니와, 한국사는 이 시기에 군도 형태의 농민저항이 홍길동으로부터 임꺽정으로 성장하였다. 이 16세기에서 17세기를 살았던 허균許筠, 1569~1618이라는 선각적인 작가에 의해 그려진 『홍길동전』의 문학형상은 16세기 농민저항의 정신적 투영이다.

『홍길동전』은 비록 역사 사실에 근거하고 있다 해도 사실적 창작기법으로 쓴 소설은 아니다. 그것은 다분히 낭만적으로 착색이 되고 신비적으로 변형되어 있는 것이다. 일견해서 드러나는 상이점으로 시대배경을 보자. 소설은 역사상의 사실 그대로 연산군 당년으로 하지 않고 엉뚱하게 세종 때로 설정하였다. 배경이 연산군 때라야 작품 전개에도 유리할 것으로 생각되는데 왜 굳이 바꾸었을까? 우리의 옛 소설의 배경 연대는 별 의미 없이 잡힌 경우가 허다하다. 그러나 하필 한국사상 최고의 성군으로 의식되는 세종 때로 잡았느냐는 데는 우연 이상의 의미가 거기에 개재되어 있지 않았을까 본다.

작품의 내용이 법질서를 부정하는 행동을 자행하면서도 국왕에 대해서만은 시종 긍정적이라는 점은 주목할 필요가 있다. 활빈당의 성격 자체도 "세대로 이 나라 수토水土를 먹으니 만일 위태한 시절을 당하면 시석을 무릅쓰고 인군을 도울"것이라고 왕권을 부정하기는커녕 임금에 대한 변함 없는 충성을 다짐했던 것이다. 그리고 작중에 직접 등장하는 국왕의 인상이 가장 인자하게 그려졌을 뿐 아니라, 홍길동이 국왕에게 양곡 천 석을 하사받는 것으로 되어 있다. '우리의 임금님'으로 짝사랑한 셈이다. 이같이 국왕을 '우리의 임금님'으로 환상을 하면 이미 폭군으로 낙인찍혀 축출되었던 연산군을 등장시키기는 적절치 않았을 것이다. 그래서 이왕 성군으로 추모되는 세종으로 대체된 것이 아닐까 한다.

홍길동은, 그에 의해 대변된 행동이 객관적으로는 체제를 부정하면서도 주관적으로는 체제를 부정하지 못하는 아이러니를 보여 준다. 이는 농민저항의 역사적 성격을 반영한 현상이다. 그런데 체제 모순이 심화될수록, 불만은 체제의 말단을 구성하는 탐관오리에 그치지 않으며, 국가와 동일시했던 구왕에 대한 감정도 갈등을 일으키게 마련이나. 소설은 길농이 국왕의 자별한 은택을 입고 국왕의 통치권을 이탈하는 이율배반으로 처리하고 있다. 다름 아닌 율도국이란 유토피아를 찾아서 떠나는 결말부의 이야기다.

역사상의 홍길동은 의금부에 갇혀 있으면서도 좌절하지 않고 옥중 투쟁을 벌였다. 그의 최후의 운명은 어떻게 되었을까? 사료에 확인이 되지 않으나 아무래도 형장의 이슬이 되고 말았을 것이다. 소설상의 홍길동은 거기서 죽는 것이 아니라 새로운 세계의 개척으로 나아간다. 민중의 패배를 거부하는 의식이 홍길동을 부활시킨 것이리라.

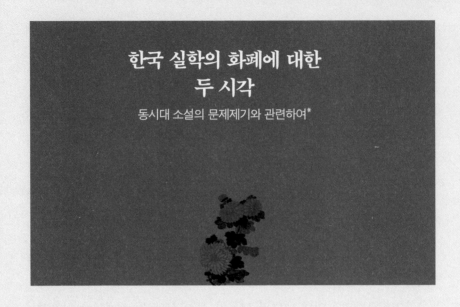

한국 실학의 화폐에 대한 두 시각

동시대 소설의 문제제기와 관련하여*

1. 금속 화폐의 출현과 실학, 소설

조선왕조 사회는 상평통보常平通寶가 통용되면서 비로소 금속 화폐의 시
대로 진입하였다. 상평통보가 주조되기 시작한 것은 1679숙종4년부터인
데[1] 그 6년 전에 생을 마친 유형원柳馨遠, 1622~1673은 자신의 대표 저작인

---

* 이 글은 2000년 11월 27~8일 일본의 후꾸이(福井)에서 가졌던 제6회 동아시아 실학 국
   제 심포지엄에서 발표한 내용을 보완한 것이다. 당시 주최 측이 제시한 주제는 '화폐지배
   문명의 극복'이었다.
1 박지원은 1792년에 쓴 것으로 추정되는 글에서 "錢行百十有三年"(『연암집』 권3 「賀金右
   相履素書・別紙」)이라고 화폐가 113년 전, 즉 1679년부터 통행되었음을 명기하고 있다.
   금속 화폐를 주조, 통용하려다가 실패한 사례는 역사상에 누차 있었으며, 바로 상평통보란
   이름의 화폐도 전에 주조된 사실이 있었다. 숙종 5(1679)년 영의정 허적(許積)의 상소로
   추진하였던바 이후 통용되기에 이른 것이다.

『반계수록藩溪隨錄』에서 화폐시대를 여는 사상적 준비를 하였던 것으로 보인다.

유형원은 화폐의 본질을 '무용'으로 규정짓는다. '무용'의 것이 유용한 재물을 유통시키면 훼손·부패로 인한 손실을 없애고 운반의 노고를 줄일 수 있다는 것이다. 반면, '유용'의 물화로서 교환의 수단으로 차용해 왔던 포목布木·미곡은 손실과 노고가 따르기 마련이다. '무용'의 화폐가 창출하는 무한한 효용 가치에 유형원은 주목하고 있다. 그리하여 화폐는 부국편민富國便民의 좋은 방도임을 역설하면서 중국은 물론 서역 제국에 이르기까지 모든 나라들이 이미 화폐를 통용하는 실정이라고 설파하였다. 그리고 "전번에 서양 표류인을 내가 직접 만나 물어보니, 자기네 나라도 은전을 사용한다더라"는 말을 덧붙이기도 한다. '서양 표류인'이란 일본열도에 먼저 진출, 표류해서 조선 땅을 밟게 되었던 화란사람으로 벨테브레Weltevree, 朴燕 아니면 하멜Hamel, H일 텐데 후자 쪽에 가능성이 높아 보인다. 유형원은 서방 세계 국가들의 정황까지 의식해서 "만국이 모두 화폐를 쓰고 있는데 우리 동국만 아직 행하지 못하고 있다"[2]면서 화폐 유통의 필요성과 함께 방안을 강구했던 것이다.

유형원은 주지하는바 한국 실학의 '개산조開山祖'이다. 유형원을 계승한 실학자들은 목전에 전개되는 화폐경제에 관심을 두지 않을 수 없었다. 실학의 화폐에 대한 시각은 크게 두 방향으로 구분해 볼 수 있다. 하나는 그에 대한 부정적 사고의 논리이며, 다른 하나는 긍정적 사고의 논리이다. 실학의 성격은, 물론 여러 각도에서 설명할 수 있겠는데, 화폐경제의 초기 단계에서 성립한, 화폐경제가 수반한 제반 변화에 학적으로 대응한 것

---

2   유형원,『반계수록』권8「本國錢貨說」.

이라는 해석이 가능하다.

화폐경제의 시대를 대변하는 문학양식이라면 무엇을 들 수 있을까? 누구나 소설을 먼저 떠올릴 듯싶다. 지적 창작의 부문에까지 상거래적 형태가 도입되자 소설이 그 선두주자로 나선 것이다. 경제적 변화가 지적 창작에 미친 영향을, 비근한 사례 하나를 들어서 보자. 『만언사譏言詞』는 정조 때 안조환安肇煥이란 사람이 추자도로 유배를 가서 겪은 체험과 심경을 서술한 장편 가사인데 독자들에게 제법 읽혀졌던 모양이다. 이것의 한 필사본이 2책으로 되어 있는 것인데, 맨 끝장에 1책으로 만들기에는 많은 분량이어서 2책으로 나누어 만든다는 의미로 적어 놓고서 "세전貰錢을 더 받고자 함이 아니오니 보는 이는 허물마오"라는 변명조의 말을 붙이고 있다.[3] 이 필사본은 당초에 세책점의 대본용으로 만들어진 것이다. 세전의 수입을 늘이기 위한 분량 늘리기가 있었음을 역으로 증언한 셈이다. 18세기 이후로 서울에는 세책점이 발달하였던바 주 종목은 소설책이었으니 1백 권을 상회하는 대하 장편이 출현한 놀라운 사실은 당시 세책점의 유통구조를 고려하지 않고는 설명하기 어려운 현상이다.

소설과 화폐경제의 관계 양상은, 소설 자체의 발흥뿐 아니고 서사형식, 주제 내용에 직접 혹은 간접으로 이어지고 있었다. 때문에, "소설은 신이 떠난 시대의 서사시"란 명언이 나왔을 터다. 한국소설사의 경우 18세기로부터 19세기에 걸쳐서 성립한 한문단편은 화폐경제의 사회현실과 연관되어 있는바 '치부致富'라는 서사구조가 그 가운데서 큰 비중을 차지하고 있다. 한편으로 화폐경제가 야기한 어두운 측면의 사회에 시선을 맞춘 소설도 만날 수 있다.

실학의 화폐에 대한 두 시각은 소설의 문제제기와 동일한 사회적 지평

---

3 『萬言詞』 2권 2책의 필사본 가사. 현재 일본 東洋文庫에 소장된 것이다.

에서 잡은 것이다. 나는 이 소고에서 돈이 위력을 발휘하기 시작한 단계의 사회에서 소설이 표출한 문제적 상황을 실감해 보면서 실학의 화폐에 대한 사고의 논리를 분석해 보고자 한다. 오늘의 경제 현실에서 돈은 물속에 사는 고기가 그렇듯, 절체절명의 조건으로 되어버렸으며, 돈으로 인한 위기는 개인적 차원이건 국가적 차원이건 상시 벗어날 수 없게 되었다. 오늘 우리가 당면한 이 상황의 시발점에 접근하는 셈인데 아울러 문명사적 반성의 한 계기가 되기를 희망한다.

2. 소설에 반영된 화폐경제의 사회상 — 『흥부전』과 『보은기우록』의 경우

흥부 어찌 좋은지 반말하든 사람이 별안간에 존대가 한량없다.

"여보 이방님, 다녀오리다."

굽실굽실 하직한 후 우선 노자 닷 냥 둘리차고 자기 집으로 돌아오며 노래를 부르는데 돈타령을 한다. 멀찍이부터 마누라를 부르며

"여보 마누라, (…중략…) 이러한 소장부는 읍내 한번 꿈쩍하면 돈 삼십 냥이 우수수 쏟아진다. 마누라야, 거적문 열어라."

흥부 아내 좋아라고 내달으며

"돈 말이 웬 말이요? 일수 돈을 얻어 왔소? 월수 파수변을 얻어 왔소? 오푼 달변을 얻어 왔소?"[4]

---

4 신명균 편, 『조선문학전집·소설집』 상, 1948, 278~9면. 위 인용문은 현대표기법으로 바꾼 것이다.

한국인 치고 모르는 사람이 없는 고전소설인 『흥부전』의 한 장면이다. 흥부가 환곡이나 타 먹으려고 읍내의 이방청吏房廳을 찾아가자 이방은 상환 능력도 없으면서 국곡國穀을 달라느냐고 핀잔을 주면서 대신 매품이나 팔아 보라고 권유한다. 그래서 흥부는 매품의 선금조로 돈 5냥을 받아들고 한껏 호기를 부리며 집으로 돌아오는 장면이다. 작중에서 흥부의 신분이 본에 따라 다르게 설정되어 있다. 여기서 흥부는 양반이어서 이방에 대해 반말을 하다가 "별안간에 존대가 한량 없"이 된다. 돈이 전통적인 신분 관계에 미친 영향을 극명하게 표출했다고 하겠다. 뿐 아니고 돈이 인간 심리의 기쁨과 슬픔을 조종하고 있으니, 사람의 마음 자체가 돈에 좌우되는 모습이다.

돈의 위력이 어쩌면 이렇게까지 되었을까? 우리 속담에 '수염이 다섯 자라도 먹어야 양반'이라고 일렀다. 흥부의 호기를 부리는 꼴이나 흥부 아내의 반가워 내닫는 꼴이나 오직 배고픔 때문인데 그 해결책은 돈에 귀착되어 있다. 흥부 아내는 돈이라는 말에 한량없이 기뻐하면서 대뜸 "일수 돈을 얻어왔소? 월수 파수변을 얻어왔소? 오푼 달변을 얻어왔소?"라고 말한다. 이 모두 당시 관행적인 돈놀이 방식으로서 악성 고리채임이 물론이나, 흥부 아내는 그 악성을 따져볼 여유마저 벌써 잃어버린 상태이다.

정조 때 관료문인 남공철南公轍, 1760~1840은 "서울은 돈으로 살아가고 팔도는 곡식으로 살아간다"는 말을 남겼지만 농촌까지도 이미 돈이 필수적인 세상으로 바뀌었다. 농업 사회를 이상으로 상정하고 있는 『농가월령가農家月令歌』에서조차 "담배 줄 녹두 말을 아쉬워 작전作錢하랴. 장 구경도 하려니와 홍정할 것 잊지 말소"라고, 상업적 성격의 농업을 부정하지 못했을 뿐 아니라 장터에 홍정이 이루어지고 사람이 모여드는 모습을 풍속도처럼 그리고 있다. 장터에 가서 구경에만 빠질 일이 아니요, 홍정할 것도 잊지 말라고 당부하는 정도이다. 위에서 들었던 『흥부전』의 장면은 실로 '목구멍이 포도청'이라고, 돈이 지배하는 사회에서 사람들이 '악마적 유혹'을 뿌리치기 어렵게 되어 가는 정황을 극적으로 표출하고 있다.

여기서 『보은기우록報恩奇遇錄』이란 국문소설을 거론해 보자. 궁정 및 상류 양반층 여성들을 중심으로 형성된 독자들 사이에서 읽혀진 것이어서 『흥부전』과는 성격을 달리하는 소설이다. 이 작품은 대중적 인지도가 거의 없었으며, 학계에도 얼마 전에야 소개된 것이다. 저자가 한국소설사의 인식을 위해 제기한 개념으로 규방소설閨房小說에 속하는데 화폐경제에 저항하는 의식을 담았다는 점에서 문제작이라고 할 것이다.[5]

『흥부전』이 형제간의 갈등으로 엮어진 소설임에 반해서 『보은기우록』은 부자간의 갈등이 서사의 골격을 이루고 있다. 즉 『흥부전』의 놀부에 해당하는 부정적 인물이 『보은기우록』에서는 주인공 연청의 아버지인 위지덕이다.

> 벼슬은 내 집에 불호지사不好之事요 글 잘함이 한갓 스스로 괴로울 따름이요 헛이름을 중히 여겨 평생 궁곤窮困을 감심함이 어리지('어리석지'의 옛말─인용자, 이하 같음) 아니리요. 부상재주富商財主의 가음열며(부유하다는 뜻의 우리말) 평안함이 행락이라.

위지덕이 자기의 가치관을 표명하는 발언이다. 이 가치관에 의거해서 그는 "스스로 글 읽지 아니하고 오직 치산하기를 힘쓰는" 삶의 방식을 밀

---

5   낙선재 국문소설을 처음 학계에 소개했던 고(故) 정병욱(鄭炳昱) 선생은 『보은기우록』을 특히 화폐경제시대의 변모된 가치관을 반영한 작품으로 평가하였다. 「李朝末期小說의 유형적 특징─樂善齋本小說의 몇 작품을 중심으로」, 『文化批評』 제1권 제1호, 1969(『한국 서사문학의 탐구』, 신구문화사 1999).

고 나간 것이다. 지난 전통사회에서 사대부적 가치관에 맞서는 다른 어떤 가치관이 있었던가? 이렇다 할 만 한 것은 있지 않았다. 그런데 위지덕이라는 위인은 사대부적인 문학과 벼슬의 고귀함을 모두 거부하며, '부'를 최상의 가치로 여겨서 '부상재주'의 인생을 동경하고 있다. 작중에서 위지덕에 대한 호칭이 한문재주寒門財主 혹은 부민재주富民財主라고 하였다. 그는 하층인으로서 이미 호상豪商의 반열에 올라선 자산가이다. 말하자면 신흥계급인 셈이다.

위지덕은 돈놀이, 즉 금융업으로 부를 축적하고 있다. 규방소설이 으레 그렇듯 『보은기우록』 역시 중국을 배경으로 설정하였는데 명明대의 번영을 자랑하는 상업도시 양주揚州가 주 무대이다. 그의 재력은, 양주 지역은 말할 것 없고 소주蘇州·항주杭州 등 동남지역을 덮었다고 한다. 이 소설의 배경은 동아시아의 보편적 공간이다. 방금 『홍부전』에서 보았던 그 돈이 지배하는 사회상의 확대판이라 할 수 있다. 문제는 그의 돈놀이의 수탈적인 성격이다. "사람의 혈육을 긁어 재물을 만들고 피를 팔아 이利를 구하"여, 그는 백악호白惡虎, 탐욕연貪慾鳶이라는 악명을 얻게 된다. 「베니스의 상인」의 샤일록 아니면 「크리스마스 캐럴」의 스크루지, 혹은 『금병매金瓶梅』의 서문경西門慶을 연상케 하는 인물 유형이다.

종래 수탈이라면 관이나 양반의 행티에 속하였다. 부상富商에 의한 수탈이라는 면에서 『보은기우록』은 다른 양상이다. 위지덕은 말하자면 '신흥악마'요, 철저히 천민적이었다. 이 소설의 갈등구조는 천민적 가치관에 사대부적 가치관이 갈등하는 구조이다. 양자의 대립 관계를 소설은 부자간으로 설정, 갈등이 극적으로 전개되어 파란만장을 일으킨 나머지에 결국 사대부적 가치관이 승리하는 것으로 종결된다. 마침내 악마적인 부의 추구는 무산되는 것이다. 이 처리과정을 잠깐 둘러보면 각처의 상인들에게 대여한 자금은 본전만 받고 이자 부분을 감해주되 가난한 자들이나 소상인들에 대해서는 본전과 이자까지 전부 탕감하는 대단히 시혜적인 방식이다. 아들 연청이 아버지 위지덕을 감복시킨 끝에 취한 조처였다. 그리고 돌아간 자리는 사대부적인 위치다. 글을 읽고 벼슬아치로 출세하여 부귀공명을 얻는 코스이다. 화폐가 일으킨 변화의 바람에 당혹하여 돌아서버린 그런 꼴이 되고 말았다. 보수적 회귀이다.

이 소설은 진행과정상에 서세西勢의 바람이, 비록 어렴풋하지만 보기에 따라서는 상당히 중요하게 작동하고 있다. 기독교 선교사로서 중국 땅에 첫발을 디딘 마테오 리치1552~1610, 중국명利瑪竇란 존재가 작중에 비치는 것이다. 그가 중국에 착륙한 시점은 1589년이었다. 소설의 시간배경은 가정嘉靖 연간1552~1566으로 설정되어 있는데 "홍무말洪武末, 1398 이마두利瑪竇 구라파 국으로조차 조회朝會하고"라 썼다. 거의 200년의 시간 착오를 범한 것이다. 그리고 나서 놀랍게 황당한 이야기를 꾸며낸다. 이마두라는 이방인을 아득한 옛날의 신화적 인물, 광성자廣成子라는 신선과 동렬에 놓는다. 그는 풍수설風水說에도 비상한 안목을 지녔던 터라서 집터를 잡아주며 후세에 "문장이 빼어나고 도학이 으뜸"인 인재를 낳으리라고 예언을 한다. 이 예언이 적중해서 문장 도덕이 출중한 인물이 태어났다는 것이다. 그가 다름 아닌 『보은기우록』의 주인공 연청이다. 이 소설은 서양이란 후광을 빌어서 주인공의 신화화를 시도한 셈이다. 왜 하필 마테오 리치를 끌어와서 황당한 상상력을 발휘하게 되었을지 여러 가지로 의문을 자아낸다. 아마도 그 무렵에 직·간접으로 접하게 되는 서세에 대한 놀라움·두려움이 이마두라는 존재를 신화적으로 굴절시켜 놓지 않았을까, 이런 생각이 들기도 한다.

『보은기우록』은 전변하는 시대의 바람을 쏘이자 보수적 역행을 감행한 꼴이 되었다. 실은 이 소설이 취한 규방소설이란 서사의 틀에서 이런 결구結構는 이미 정해져 있었다. 『금병매』와 마찬가지로 『보은기우록』은 화폐의 유통으로 상업이 홍성한 사회를 바라보는데 신홍 자산가에 대해 극히 혐오하는 시선이다. 그래서 다 같이 신홍 자산가를 배격하는 식의 결구에 도달하는데 호색한好色漢 서문경西門慶은 나락으로 떨어진 반면, 백악호白惡虎 위지덕은 관작官爵의 그늘에서 안주하게 된다. 달라진 시대, 변화한 사회상을 낡은 틀에 수용한 결과이다. 어쨌건 『보은기우록』은 화폐경제에 대결하여 모처럼 문제를 던져 놓고는 해법은 찾지 못했다. 『흥부전』역시 현실의 문제를 상상력으로 비약을 시킨 나머지 문제의 해결책을 제시하지는 못하였다. 하긴 생각해 보면 소설이란 원래 문제를 던지고 문제에 대한 구체적 이해를 갖도록 하는 것이지 문제의 해결책을 탐구하는 형식은 아니지 않은가.

3. 18세기 실학의 화폐에 대한 긍정론과 부정론

　　돈을 폐지하면 곡식이 썩어나고 옷감이 거칠어지는 병폐가 발생하며 통용하
　　면 이익만 중히 여기고 말업末業을 좇는 폐해가 발생한다.[6]

화폐경제는 상평통보의 통행을 따라서 순풍에 돛을 단 듯 순항했던 것은 아니었다. 화폐의 유통이 17세기 말로부터 18세기를 통과하면서 유형원이 예견했던 대로 빨라진 편이었으나, 방금 살펴본 소설에 그려진 상황 이전

6　"廢之則有濕粟薄絹之患, 行之則有重利逐末之尤". 李翼, 『藿憂錄』「錢論」.

의 실제 상황에서 화폐경제의 모순 내지 부작용이 심각한 수준에 달해 있었다. 게다가 '전황錢荒'이라고 일컬어진 현상이 통화자체의 문제점으로 떠올랐다. 전황이란 '돈 흉년'이란 뜻인데 시장에 돈이 고갈되어서 물가가 오르는, 즉 화폐 수급의 불균형 현상이다. 이 전황은 19세기로 들어서까지 내내 해소되지 못한 채 날로 더 심각해지는, 실로 만성적·악성적 병폐로 지적되고 있었다. 이런 사태에 직면해서 실학자들의 화폐에 대한 시각은 부정론과 긍정론의 두 가지로 갈라졌던 것이다. 간단히 말해서 화폐 부정론은 모순·병폐를 일으키는 근원을 제거하자는 생각인 반면, 긍정론은 병폐를 잘 다스려서 화폐경제를 발전시키자는 생각이다. 전자를 대변하는 사상가로는 성호星湖 이익李瀷, 1681~1764이 홀로 우뚝한 존재이며, 후자를 대변하는 사상가로는 먼저 『우서迂書』의 저자 유수원柳壽垣, 1694~1755을, 그다음으로는 연암 박지원1737~1805을 들 수 있을 것이다.

위의 인용문은 화폐경제의 장단점을 객관적으로 간명하게 적시한 내용이다. 요컨대 화폐에 대한 긍정적 시각은 "곡식이 썩어나고 옷감이 거칠어지는" 물화가 정체되고 기술이 퇴보하는 현상을 문제점으로 중요하게 인식한 것이요, 부정적 시각은 '이익만 중히 여기고 말업末業=상업을 쫓는' 인심세태에 위기의식을 가졌던 것이다. 이렇듯 양자는 착안한 곳이 서로 다른데 그에 따라서 이론은 물론 지향점이 서로 상반되는 방향이었다. 다음에 몇 가지 논점을 잡아 상호 간의 차이점을 짚어 보기로 한다.

1) 화폐 문제의 해법과 상업관

화폐에 대한 부정적 시각의 논리는 그것이 유발한 사회 모순에 주목한 나머지 근원적 회의를 일으켜서 마침내 화폐 폐지론에 도달한 것이다. 이에 반해서 긍정적 시각은 바야흐로 목전에서 화폐경제의 장애 요인으로 되고 있는 전황에 주목하여 그 해결책을 강구한 것이니 화폐경제의 발전론적 성격을 띠고 있다.

박지원은 이르기를 "민우국계民憂國計가 오로지 재부財賦에 달려있거늘 공사 모두 고갈이 되고 상하가 함께 곤궁하게 되는 것은 무슨 까닭인가?"라고 자문한 다음, "이재지술理財之術이 제대로 방도를 얻지 못한 때문이다"라고 자답한다. 그가 제시한 해법의 논리적 핵심인 '이재지술'이란 다름 아닌 화폐의 고유한 기능에 직결된 사안이다. 화폐로 물화를 교역交易하되 요는 "막힌 곳은 뚫고 넘치는 곳은 막아서 편중편경偏重偏輕의 형세가 없고 심귀심천甚貴甚賤의 때가 없도록 하는 데 있다".[7] 이는 바로 우리 금속 화폐에 붙여진 '상평常平'이 표방한 뜻이기도 하다. 박지원은 여기에 사고의 깊이를 더하여 소통과 균형을 유지함에 있어 그 자체의 자연스런 법칙성이 있음을 인식한 것이다.

박지원은 화폐를 매개로 행해지는 교역·소통은 물이 위에서 아래로 흐르듯 자연스런 형세이므로 어떤 인위적 간섭을 배제하고 시장의 자율적 기능에 방임해야 할 것으로 본다. 그는 이를 묘사하여 "물밑의 모래가 물살에 흔들려서 가지런히 펴지고 움푹진푹 되지 않는 것이 그 자연스런 형세인 것과 마찬가지다"라고 하였다.[8] 이러한 그 자체의 법칙성을 이해하여 운용하는 데 도리가 있으니 그것이 곧 이재술이다.

유수원은 성호 이익과 동시대에 대척적인 화폐론자이다. 박지원과 마

---

7 "顧今民憂國計, 專在財賦. 我國舟不通外國·車不行域中, 財賦之生, 常有此數, 不在官則在民矣. 然而公私匱竭, 上下具困者何也? 理財之術, 不得其道故也." 『燕巖集』 권2 「賀金右相履素書·別紙」.

8 "先君議略曰 : 古人所以戒無擾市者何哉? 以徒賤就貴, 商賈之權而民國賴之也. (…중략…) 又曰 : 商賈不可自官操縱. 操縱則停格, 停格則失利, 失利則貿遷之政廢, 而農工具困, 生民無資. 是故商賈之徒賤就貴, 實有哀多益寡之理. 譬如水底輕沙, 蕩漾均鋪, 無有卓陷, 自然之勢也." 『過庭錄』 권1(『韓國漢文學研究』 제6집, 61면).

찬가지로 전황의 해결에 관심을 두어서 소통이 활발하게 이루어질 수 있도록 출납유방出納有方으로 전법자통錢法自通이 되어야 한다는 주장이었다. 눈길을 끄는 대목은 전관錢官이란 전문 기구를 설치, 주전 및 통화가 통일적·합리적으로 관리·운영되는 제도를 마련해야 한다는 제안이다. 그 경영 논리가 근대적이라는 느낌이 든다. 그런데 그의 논리 구조에서 관건적인 것은 상업이다. 박지원 역시 "(물화가) 천한 데서 귀한 데로 옮겨가도록 하는 일은 상인의 권능이니 인민과 나라가 그에 힘입게 된다"는 중상적 논리를 분명히 세우고 있었다. 물화를 유통시키는 화폐의 매개적 기능을 박지원과 유수원은 대단히 중시한 것이다. 특히 유수원은 상업을 천시하는 관념에 문제점이 크게 있다고 보았으며, 이는 결국 신분 제도에 음성적인 연관이 있는 것으로 판단한다.

> 우리나라 사람들은 호명무실好名無實하여 한갓 선비만 존귀한 줄 알고 공상업을 천시한다. 그런 까닭에 아무리 모리배라도 겉으로는 상인의 일을 부끄럽게 여기니 전화錢貨를 비축해 두고 암암리에 이익을 노린다.[9]

화폐가 화폐로서의 정상적인 기능을 하지 못하고 퇴장되어, 기껏 무슨 횡재수를 노리며 대개는 농토에 투여되고 만다는 것이다. 겉으로 장사치의 이름을 싫어하는 듯하지만 기실은 "행상좌고行商坐賈의 광명하고 통쾌한 것만 못하다"고 깊이 탄식하는 것이다.

> 나라의 풍속이 이와 같은 까닭으로 돈놀이를 크게 벌이는 자가 아주 드물다.

---

9   "我國之人, 好名無實, 徒知士人之可貴, 賤汚工商. 故雖牟利之輩, 外恥商賈之事, 不得不貯蓄錢貨, 暗中射利."『迂書』「論錢幣」(서울대학교 고전간행회, 1971, 144면).

저 수공업자 소상인 부류들은 어디서 돈을 얻어 사고팔고를 널리 행할 수 있겠는가. 소상인이 많지 않으며 물화가 도회지에 집중이 되지 못하며, 때문에 부상富商들 또한 마음껏 교역하여 큰 이익을 도모할 도리가 없는 것이다. 상업이 이런 모양이니 화폐의 길이 어찌 막히지 않겠는가?[10]

앞서 『흥부전』, 그리고 『보은기우록』에 그려진 상황과는 격차가 있어 보인다. 물론 시차에 의해 달라진 면도 고려해야겠지만 보다 근본적으로 시각의 다름에서 온 것이다. 『보은기우록』은 돈놀이를 악행으로 치부하였으나 유수원은 돈놀이가 상공인의 자금 수요에 호응하는 유용한 것으로 믿고 있다. 전황은 상업이 위축된 원인이 되며 결과적인 현상이기도 한데 이 병폐는 상업을 천시하는 관념, 그것이 문벌門閥제도와 뿌리 깊게 연계되어 있어 고질병이 된 것이다.

중국의 황종희黃宗羲는 상공업을 말업末業으로 보는 기존의 낡은 관념을 반대하여 '공상개본工商皆本'이란 논리를 세웠다. 조선의 유수원 또한 본말의 논리를 탈피해서 상업의 의미를 새롭게 발견한 것이다. 이 사상의 논리는 박지원이 계승한 것으로 볼 수 있다.

한편으로 화폐를 부정적 측면에서 사고한 성호 이익에 있어서는 상업관 역시 부정적이다. 시장경제를 수긍하지 않는 입장이다. 얼핏 보아 농본상말農本商末의 관념에 사로잡힌 듯싶지만 화폐경제가 성립한 단계의 사상이므로 차원을 달리해서 해석해야 할 것이다. 고민한 지점이 서로 같지 않은데 근본적으로 사유 방식에서 다름이 있었다.

---

10 "由其國俗如此, 故多出子錢者甚少. 唯彼手業小販之流, 何所得錢而廣行商販乎? 小販不多, 則物種不能廣集於都會之地. 故富商亦無以任意翻轉, 以規利殖. 商販如此, 則泉貨能不雍滯乎." 위의 글.

2) 사유방식의 차이 및 각기 지향점

> 지금 이 돈이 쓰이게 된 것은 기껏 40년 전부터다. 쓰이기 전에는 그 손실이 어떠했으며, 쓰인 이후로는 그 이익이 어떠했던가? 민산民産으로 말할 것 같으면 날로 줄어들고 민풍民風으로 말할 것 같으면 날로 야박해지고 국고國庫로 말할 것 같으면 날로 텅 비는 지경이다. 그 손익을 따져 보면 대략 알 수 있다. 오직 징수徵收의 편이 때문에 많이들 유익하다고 말한다. 그러나 민民이 이미 손실을 입고 있거늘 나라가 어떻게 따로 이득을 얻을 수 있으랴![11]

돈 사용의 총 손익 결산서를 손실 쪽으로 내리고 있다. 화폐 사용의 인류적 차원의 결산서라고 하겠는데 그것은 동시에 농민적 입장에서의 결산서이기도 하다. 그는 "이국利國은 이민利民의 바깥에 있을 수 없다"고 민의 이익을 옹호하는 보강 논리를 붙이기까지 하였다. 화폐 통용이 초래한 문제를 국가의 입장이 아니라 농민의 현실을 우선하여 사고한 것이다.

그렇다면 농민에게 행복한 삶을 가져다 줄 도리는 어디 있는가? 그는 민을 부유하게 하는 방도로서 요목 세 가지를 드는데 무농務農이요, 상검尙儉이요, 금탈禁奪이다. 그는 이르기를 "돈이란 수탈을 일삼는 자가 원하고 말업을 좇는 자가 원하고 사치를 좋아하는 자가 원한다"고 지적한 다음, "저 제 힘으로 살아가며 가난에 편안한 자에게 무슨 보탬이 되랴"라고 덧붙였다. 그의 견지에서 "돈이란 백해무익한 것"으로 규정될밖에 없었다.[12] 이에 화폐 자체에 대해 근원적인 회의를 하게 된 것이다.

---

11 "今錢之行, 纔四千年(다른 필사본에는 四千이 四十으로 적혀 있다—인용자). 未行之前, 其損如何, 旣行之後, 其益如何? 以言乎民産則日碣, 以言乎民風則日渝, 以言乎國儲則日匱, 其利與害, 槪可見矣. 獨其便於徵斂, 故多謂之益. 然民旣損矣, 國安得獨益哉!" 위의 책 「錢論」.

저 돈이 보화로 되는 이유는 무엇인가? 금은주패金銀珠貝처럼 본디 귀함이 있는가? 능라금수綾羅錦繡의 무늬처럼 아름다움이 있는가? 구리와 주석은 민간에서 산출될 때는 보배로울 것이 없는데 단지 녹여서 외형을 바꾸어 놓고 거짓으로 '보寶'라 이름 붙였을 따름이다. 민간에서 주조하는 것을 금하고 아래쪽으로 상행위를 통해 그물질하고 있으니 벌써 어진이의 마음이 아니다. 그렇다면 어떻게 해야 하는가, 폐기해야 할 것이다.[13]

구리와 주석의 합금으로 만들어진 엽전, 거기에 통보通寶라는 이름을 붙인 것부터 허위인데, 그 이권을 국가 권력이 독점, 장악하고 있으니 도덕적으로 정당화될 수 없다. 말이 사리에 당연하므로 지극히 소박하게 들린다. 하지만, 만인이 다 망각하고서 매달리는 그 물건에 대해 본질을 찌른 질문을 제기하였기에 도리어 신선한 충격을 준다. 그렇다면 이 화폐를 어떻게 하자는 말인가? "폐기해야 할 것이다." 답은 이처럼 간단명료하다. 그는 방법론까지 제시하는데 "국가는 재물이 없으면 망하고 가정은 재물이 없으면 파탄이 난다"는 점을 유의하여 방안을 세우고 있다.

화폐 폐기론은 중농사상의 논리에서는 지당한 결론이다. 하지만 그 역시 이 결론, 즉 '무전의 사회'로 돌아가는 일이 실현 불가능하다는 점을 모르지 않았다. 그래서 내놓은 대안이 있었다. 돈 한 개의 무게가 1천 푼分이 나가는 대전大錢을 통용시키자는 주장이다. 돈이 무거우면 불편한 것은 정한 이치다. 바로 이 점을 노린 것이다. 그는 언급하기를 "대개 돈이 크면 사용하기 불편하다. 사용하기 불편하면 이익이 많이 확산되지 않을 것

---

12 『星湖僿說』 권4 下 「類選·錢害」.

13 "彼錢之所以爲寶何哉? 其有金銀珠貝之質之可貴歟? 有綾羅錦繡之文之加美歟? 銅錫生於民而不曾爲寶, 只爐輴換面, 强名之曰寶, 禁民幷鑄, 獨罔市于下, 已非仁人之用心. (…중략…) 然則如之何其可也? 廢之而已."『藿憂錄』「錢論」.

이다"고 하였다. 이 대안에 대해 그는 "세상은 바야흐로 더욱 더 편리함을 추구하는데 지금 돌이키자고 하니 세무世務에 깊은 자가 아니면 논의할 수 없다"는 단서를 달았다. 「전론錢論」을 끝맺는 문장이다. 인력으로 몇 개 밖에 들 수 없는 큼지막한 돈을 통용시키자고 하다니, 온라인으로 오고 가고 카드로 결제하는 오늘날에 비추어 참으로 어처구니없는 소리로 들리지만 그 당시에도 인정세태에 통하기 어려운 주장이었다.

문제는 인류가 편리만을 한없이 좇는 것이 과연 좋으냐, 옳으냐는 것이다. 그는 또 언급하기를 "사람 마음이 맑아지지 않는 것은 남을 이기자는 심리 때문이며, 물욕이 자꾸 불어나는 것은 사치 때문이다"고 하였다. 경쟁과 물욕은 근대적 발전에서 필수불가결의 촉진제로 작용하였다. 화폐에 부정적 시각을 견지한 성호 이익은 편리와 발전을 가치의 개념으로 수용하지 않은 것이다.

이와 달리, 화폐론자는 발전론의 입장에서 사유하여 이용후생에 역점을 두었다. 박지원의 사상을 적극적으로 계승한 박제가朴齊家, 1750~1805는 "다른 나라의 경우 사치 때문에 망하는데 우리나라는 검약 때문에 쇠퇴하고 있다"고 갈파하였다.[14] 그리고 "기용器用이 예리하지 못하면 남이 하루 걸릴 일이 나는 1개월 혹은 2개월이 걸린다"[15]고 생산수단과 생산량의 관계를 속도의 개념으로 파악한 것이다.

이러한 양자의 사고방식의 차이에 따라 지향하는 사회상이 서로 다르게 그려지고 있었다. 유수원은 국가가 화폐를 통일적·합리적으로 관리·운영하면 공상工商의 문이 활짝 열려서 사업이 흥성하게 될 것으로 내다보고 "사민四民이 모두 자기 직분을 얻어서 부강의 효과가 곧바로 나타날 것이다"라

---

14 "夫他國固以奢而亡, 吾邦必以儉而衰." 『貞蕤集』中「丙午所懷」(336면).
15 "器用之不利, 人可以一日而我或至一月二月, 是失天也." 『北學議』「財富論」(위의 책, 431면).

고 확신하였다. 중상重商의 기초 위에 선 부강한 국가상이 떠오른 것이다.

> (한 사람이) 힘을 들이는 것은 1경頃을 넘지 못하고 지혜를 쓰는 것은 1백 리
> 를 벗어나지 못한다. 그 땅에서 편안하고 거기서 나는 식량으로 살아가며 자기
> 의 생업을 즐기는데 국가는 여기에 기초한다. 돈을 없애더라도 무슨 손실이 있
> 겠는가.[16]

이익이 그린 무전의 사회상이다. 나는 이 대목을 읽으면서 도화원桃花園
의 이상향보다 톨스토이 동화의 세계─바보 이반의 나라를 연상하였다.
"힘을 들이는 것은 1경을 넘지 못 한다"는 데서 '사람에게는 얼마만큼의
땅이 필요한가'를 생각했거니와 돈이 없어도 좋은 사회는 곧 군사력도 힘
을 못 쓰고 돈도 무용지물이 된 이반의 나라가 아니겠는가.

이 '무전의 사회상'은 한자권에서 원류를 찾아가면 노자老子에 닿을 것
이다. 『도덕경道德經』에 그려진 소국과민小國寡民의 국가상은 성호 이익의 이
상사회와 흡사한 형태다. 중상적인 부강의 국가상을 그린 화폐론자의 논
리에 비추어 근대성을 현저히 결여했다는 평가를 내릴 수 있겠다. 하지
만, 중농적인 소국과민의 국가상은 탈근대의 정신적 자원이라는 평가 또
한 가능할 것이다.

---

16 "用力而不離於一頃, 運智無出於百里, 安其土利其食, 樂其所爲業, 而國以之基焉. 使其無
錢, 損何足言哉?"『藿憂錄』「錢論」.

4. 19세기 두 지식인의 화폐관

위에서 18세기 실학의 화폐에 대한 사상을 긍정론과 부정론으로 구분 지어서 살펴보았다. 금속 화폐의 매개로 상업 유통이 발흥한 시대에 당면 하여 야기된 여러 문제점 및 사회 모순에 대한 해결책의 모색이면서 반성 적 의미를 갖는 것이었다. 당시의 문제점들은 대체로 해결을 보지 못한 채 19세기로 넘어갔다 19세기 학자들의 화폐관은 어떠했던가?

여기에 대한 본격적인 연구는 역시 전문가의 몫으로 돌리지만 본고를 마무리하는 취지에서 19세기 전반기에 재야의 두 지식인이 남긴 저작을 거론하려고 한다. 하나는 석전石田이란 필명의 학자가 남긴 『야언野言』이란 책에서 「제민산制民産」이며, 다른 하나는 심대윤沈大允, 1806~1872이란 학자가 저작한 『한중수록閑中隨錄』이란 책에서 「공아도전孔阿堵傳」이다. 근대전환의 지점를 눈앞에 둔 19세기에 화폐경제의 실황은 어떠했으며, 그때 학자들 의 눈에 화폐는 어떤 모습으로 비쳤던가? 두 편의 글은 마침 이런 의문점 에 관련된 내용이어서 분식해 보려는 것이다. 나로서는 신 사료를 학계에 소개하는 보람까지 곁들여지는 내용이다.

『야언』은 유수원의 『우서』와 유사한 형태의 실학적인 저술이다. 유감 스럽게도 저자의 성명이 명기되어 있지 않은데, 발문 말미에 "갑오 오추 상한甲午梧秋上澣 석전서石田書"라고 적혀 있다. 석전이란 인물의 저작이다.[17]

---

17 『野言』은 필사본 1책(65장)으로 저자가 소장하고 있는 것이다. 저자의 발문 다음에 첨부 된 글이 보이는데 "批評者夢坡鄭世翼, 而亦一質于淵台(竹洞 洪丞相－원주), 則其答以爲未 窺一斑, 固未可臆其裏面, 而卽其序 文頓挫起伏, 已卜爲作家高手"라고 하였다. 淵台는 淵泉 洪奭周를 지칭하는 듯하며, 鄭世翼은 진사를 하고 군수를 역임한 인물인데, 동래 정씨로서 정조 때 정승을 지낸 存謙의 손자이다. 이 책은 원래 정세익의 수택본으로, 정세익이 일차 홍석주에게 평가를 요청했던바 본 내용에 대해서는 유보한 채 저자 발문(서문이라고 말했 음)에 대해서 문장론적으로 높은 평을 하고 있다.
*이 『야언』은 신발굴 자료로서 『한국실학연구』 17호(2009년)에 영인, 소개된 바 있다. 여

저작 시기는 1834년 가을이니 갑오농민전쟁의 60년 전이다. '야언'이란 서명에서 벌써 저작 주체가 재야의 입장임을 드러낸 터이지만 "나는 급기야 농사짓는 삶마저 파괴되는 지경에 이를까 두려워 이에 말하였다"고 발문의 끝을 맺는다.[18] 자기 시대를 위기로 인식한 나머지 구국·구민의 정신으로 이 책을 쓴다는 것이다. 따라서 경세치용의 절실한 뜻을 담고 있는바, 「제민산制民産」과 「이재理財」로 제목이 붙여진 연속된 글을 읽어보면 화폐관을 포함한 사회관이 성호 이익과 상통하고 있다(학적 계보로서는 연맥이 되지는 않는 것으로 보임).

『야언』의 사상 기조는 발전의 논리를 부정하는 쪽이다. "이미 굴착된 땅은 다시 봉합될 이치가 없으며 한번 파손된 본바탕은 다시 온전해질 희망이 없다[已鑿之竅, 無可再縫之理; 一破之質, 無再完之望]"라고 한 장자莊子의 유명한 혼돈混沌의 비유를 끌어와서 개발을 파괴로 치부한 나머지 인공이 가해지기 이전의 자연 상태를 무한히 아쉬워한 것이다. 그가 동경하는 사회상은 이익이 그렸던 바와 마찬가지로 저마다 땀 흘려 밭 갈고 길쌈하기에 힘쓰는 농업 공동체였다. 『야언』이 가장 맹점으로 생각하고 통렬하게 비판한 문제는 빈익빈貧益貧·부익부富益富로 인한 사회적 불평등이다. 땅이 없는 농민들은 남의 땅을 빌어서 경작할 수밖에 없어 땀 흘려 노동한 결과를 기껏 절반밖에 나누어 갖지 못하는데 거기다가 혹은 고리로 빌려 쓴 돈을 곡물로 상환하고, 또 혹은 상인들의 매점매석買占賣惜으로 손실을 입게 되어 소민의 궁핍화는 가속도가 붙고 그에 따라 부는 소수에 편중된다는 지적이었다.[19] "천하의 우환은 불균不均에 있다." "한 마을의 부자는 한 마을을 해

<hr />

기에 저자의 해제가 실려 있다.

18 客有罪之者曰: "子, 野人. 桑麻秔稻之不言, 而言世務經濟, 其志則善矣, 而自爲計則闊矣." 曰: "葼不恤其緯, 而憂宗周之隕爲將及焉. 吾懼其及而耕且不得, 是以言."(『野言』의 저자 후기)

치고 한 고을의 부자는 한 고을을 해친다." 그러니 "이를 억제하지 않으면 그 형세가 소민을 전부 삼키고야 말 것이다." 이렇듯 사뭇 강경하고도 비관적인 논조로 문제를 제기하였다. 부의 편중은 고리채에 의한 착취, 그리고 매점매석으로 폭리를 취하는 데 있으니 이 모두 돈의 작간作奸이라는 것이다. 그리하여 마침내 "무엇이 재앙의 계단으로 되는가? 안타깝다, 공방孔方, 돈의 별칭이여"라고 돈을 혐오하여 아우성을 치고 있다.

『아언』의 현실 고발은 『흥부전』과 사회의식이 통하고 있으며, 돈에 대한 혐오는 『보은기우록』과 정서적으로 닿아 있다고 하겠다. 『아언』은 이 사회문제에 어떤 해결책을 고안했던가? '제민산'이 그가 낸 처방이었다. "한 사람이 백 명이 먹고 살 것을 독차지한다면 이 곧 천지의 좀벌레다"고 하면서 지나치게 못살지도 잘살지도 않는 사회상이 인류적 이상이므로 이를 추구해야 한다는 결론에 도달하고 있다.[20] 이 사회상은 소박한 차원의 이상론으로 비쳐지는 것이다. 그렇긴 하지만, 화폐경제가 불평등 구조를 악성으로 강화시키고 있다는 진단은 이후 농민 항쟁의 확대·발전으로 실증이 되었다.

심대윤은 경학經學의 방대한 저술을 남긴 학자인데 그 존재가 파묻혀 있다가 최근에 와서야 알려지게 되었다. 나는 「19세기 서학西學에 대한 경학의 대응」[21]이란 논제로 정약용과 함께 심대윤의 경학에 담긴 사상을 주목한 바 있다. 그의 사상의 핵심은 '복리福利'라는 개념으로 표출되는 바, "인민의 부에 대한 욕구는 천이다民之欲富天"라고 인간의 물질적 욕망을 본원

---

19 "小民無田可耕, 必耕富人之田, 終歲力作, 分得其半. 而貸錢於富人者, 以穀取償, 則分其半者又半爲其有矣. 京外商賈, 拈其餘粒而盡榷之. 及到春後, 則小民之家, 甁罌如洗, 而一邑一國之穀, 都入於商賈富人之手矣.「野言·理財」, 『한국실학연구』 17, 357~6면.

20 "地之所生, 僅足以養一時之人, 而一人兼百人之養, 是天地之蟊賊也. 然則人君之制民也, 可使之不貧不富而免於飢寒足矣. 三代之制可考也." 위의 책 「野言·制民産」(365면).

21 임형택, 「19세기 서학에 대한 경학의 대응」, 『창작과비평』 91, 1996(『실사구시의 한국학』 창비, 2000).

적으로 긍정한 것이다. 그의 생애는 자세히 알 수 없다. 지금까지 밝혀진 사실들을 간추리면 정치적 숙청을 당한 소론가계의 출신으로 경기도 안성 지역에서 거주하였는데 궁핍한 처지에서 한 때는 학문을 계속하기 위해 안성에서 상床 만드는 공방을 경영했고, 뒤에 약 파는 일에 종사하기도 했다. 정인보鄭寅普 선생은 그를 학문적으로 높이 평가하여 '심백운沈白雲 선생'이라고 호칭하였는데 백운은 그의 호이다. 『옥갑야화』의 주인공 허생처럼 그는 학문에 열중하다 보니 먹고 살 계책이 막연한데 농사를 짓자 하니 논밭이 없고 장사라도 하자 하니 돈이 없었다. 이에 상 만드는 공방을 경영한 것이다. 그는 허생에 견주어 현실적이고 능동적인 자세를 취하였다. 이 체험을 그는 「치목반기治木槃記」란 산문으로 표출하고 있다. "공인의 작업은 근력이 수고롭긴 하지만 마음은 한가로워서 일이 없으면 곧 경사經史를 토론하며 깊은 뜻을 강구할 수 있다." 복리를 사상의 중심에 두고 이利의 추구를 본원적인 시각에서 옹호한 심대윤 사상의 민중성·현실성은 그 자신의 특이한 체험에 닿아 있는 것으로 생각된다.

그는 화폐를 주제로 한 산문으로 「제화식전후題貨殖傳後」와 「공아도전孔阿賭傳」을 쓰고 있다. 전자는 재화가 인간의 생존에 필수적이므로 소중하게 여겨야 할 것임을 먼저 분명히 하고 있다. 그럼에도 인간과 재화 사이의 무게가 재화 쪽으로 기우는 현상에 우려를 표명한 것이다. 그것을 난세의 징후로 본다. 이에 '사람을 귀하게 물화를 천하게貴人賤貨' 여겨야 한다는 것을 다시 천명하는바 이 물론 한자권 전래의 논법으로 들리지만 화폐의 위력을 체감하는 단계의 발언임을 또한 유의할 필요가 있다.

「공아도전」이란 돈을 의인화하여 전傳의 형식 속에 담은 작품이다. 의인전기로서 이 양식은 한국문학사에서는 12세기 이후로 문인들 사이에 곧잘 쓰였던 형식이다. 바로 돈을 의인화한 경우로서 임춘林椿의 「공방전孔

方傳」이 있다. 이 「공방전」을 보면 돈은 인간 사회를 타락시키는 것이므로 후환을 막기 위해서는 없애야 한다는 방향으로 주제를 끌고 간다. 금속화폐가 통용되지 않는 마당에서 이 작품은 다분히 관념적인 것이 되지 않을 수 없었다. 심대윤의 「공아도전」의 경우, 화폐경제가 형성된 단계로 들어와서 소설의 다양한 형식이 출현한 마당에 의인전기라는 낡은 형식을 차용하였다. 새삼스럽게 보이기도 하지만 도리어 흥미롭게 여겨지기도 한다. 그 의장意匠부터가 풍자적인 것이다.

돈을 공방 혹은 아도阿賭라고 일러왔기에 공아도를 주인공의 성명으로 삼은 것임이 물론이다. 그런데 그의 성이 하필 공자의 공씨일까? 「공방전」에서는 동전이 가운데 네모난 구멍이 있어 그 모양을 취해 성명을 공방이라고 붙인 것이다. 「공아도전」은 "무릇 천하가 존숭하기로 공자 같은 분이 없다. 나=돈는 사람들에게 대우받는 것이 실로 공자보다 못하지 않다. 그런데 나는 문벌이 높지 못하니 명과 실이 서로 어긋난 상태이다. 이는 옳지 못하다"고 하여 스스로 공씨로 모칭冒稱을 한 것으로 설정하고 있다. 돈이 지배하는 사회로 바뀜에 현실적으로 돈의 위세는 공자를 능가하고도 남는다. 다만, 공자를 존숭하는 관념이 형식으로서 지배하는 사회이기에 성립한, 일종의 패러디이다. 아도=돈는 스스로 이르기를 "나는 세상에 처해서 대체로 일이관지一以貫之를 하고 있다"고 말한다. 동전이 구멍에 끈을 꿰어 통행되는 까닭에, 공자가 일찍이 자기의 도는 '일이관지'라고 한 그 말을 따온 것이다. 아도=돈이 '일이관지'로 통행함에 있어 관철하는 하나란 다름 아닌 '이利'일 터이니 이 또한 패러디이다. 돈은 오직 '이익'으로써 꿰뚫어 천하사를 관통하고 있는 것이다.[22]

---

22 "是以阿賭獨知天下之事而擅其權. 凡人之貧富奢儉貴賤乘降, 一關決焉". 『閒中隨錄』 下 「孔阿賭傳」(연세대도서관 소장의 필사본인데, 귀중본으로 분류되어 있음).

나(=돈) 어찌 마음이 있어 애증과 후박을 두리요! 오직 무위無爲로 행하여 사람들이 하는 대로 따를 뿐이다. 그런 즉 어진 자는 나로 말미암아 성공하고 불초한 자는 나로 말미암아 실패한다.

돈은 인간 사회를 지배하고 인류의 화복을 좌우하는 신통력을 부리지만 그 자체는 무위와 자율을 속성으로 가지고 있음을 간파한 논리로 이해할 수 있다. 시장의 자연적 형세와 자율적 조절기능을 인식했던 박지원의 사상은 이런 사고방식에 연원하였을 것이다. 심대윤은 이런 성질을 지닌 돈에 우리 인간은 어떻게 대응해야 옳다고 보았을까? 「공아도전」은 평결의 부분에 이렇게 적혀 있다. "나=작자는 아도의 사람됨을 논하기를 즐겨 하는 바 천하의 요물妖物이자 천하의 기화奇貨라고 생각한다." 돈에 대해 부정적이지만 끝까지 부정적은 아니다. "군자는 그것으로 발신發身을 하지만 소인은 그것으로 이성을 잃는다"고 말한다. 그렇다면 돈에 대해서 어떠한 자세를 가져야 하는가? "아도에게 부림을 당하지 말고 아도를 부려야 하리라[毌爲阿賭之所使而使阿賭哉]." 돈에 대한 그의 결론이다. 화폐가 지배하는 사회에서 화폐에 대한 인간의 주체성 회복을 제창한 것으로 해석할 수 있다.[23]

화폐경제의 시대로 들어선 초입에서 먼저 인간의 주체성을 깊이 고뇌한 학자는 박지원이었다. 그의 여러 빼어난 단편소설에서 일관된 주제의식은 바로 여기에 있었다. 「양반전」에서는 돈에 자기를 팔아버린 양반을 풍자하였으며, 「예덕선생전」에서는 도회지의 인분을 수거하는 직업으로 돈을 버는 자에게서 부귀에 흔들리지 않는 고결한 인간 품성을 발견한 것

---

23 현전하는 심대윤의 저작들을 모두 수집해서 『심대윤전집』이란 서명으로 성균관대학교 대동문화연구원에서 2005년에 영인으로 발간된 바 있다. 그리고 그의 시문 작품들을 총괄해서 『백운 심대윤의 백운집』이란 이름으로 역주, 간행한 바 있다. 이 작업은 2015년에 실시학사의 지원을 받아 이루어졌다. 이 두 작업은 저자가 주도하여 이루어진 것이다. ─ 보주

이다. 이미 윤리 도덕은 돈의 문제를 배제하고서는 생각할 수 없는 상황이 되었다. 「옥갑야화」에서 주인공 허생은 그 스스로 사업에 투신하였지만 "만금이 어찌 나의 도를 살찌게 하랴[萬金何肥於道哉]"라고, 자본의 추구에 힘을 쏟는 자에 대해 독서를 본분으로 하는 자아를 준엄하게 구별해서 지식인의 주체 선언을 한 것이다.

5. 맺음말

본고는 한국 역사상에서 17세기 말경부터 19세기 중반에 이르는 시기에 성립한 실학사상과 소설 작품을 돈이라는 그 현실적 조건에 유의해서 분석한 하나의 시론이다. 다룬 범위가 워낙 넓은 데다 논의의 기초로 삼고 있는 화폐 문제에 당해서는 나의 지식이 미치지 못하는 분야이다. 한편 생각하면 돈이란 당장 우리들 자신이 배제하고서는 한시도 살아갈 수 없지 않은가. 화폐경제의 시대로 진입하고부터는 사상이건 문학이건 돈을 고려하지 않고는 그것의 현실성을 논하기 어렵다. 때문에 나 스스로 주제 넘는 줄을 알면서도 문제시하지 않으면 안 된다고 생각했다.

요컨대 실학과 소설은 동시대의 지평에서 출현하였다. 소설이 화폐시대의 문학으로 일컬어지듯 실학은 화폐시대의 사상으로 볼 수 있다. 실학의 화폐에 대한 부정적 사고의 논리와 긍정적 사고의 논리는 각기 학문의 성격을 규정짓기에 이르렀다. 실학의 양대 유파-성호학파와 연암학파의 사상적 분기점에 화폐 문제가 놓여 있는 것이다. 그런데, 화폐에 대한 부정적 의식은 소설에 있어서도 심각한 수준으로 포착되고 있었다. 실학에서의 긍정적 시각 또한 화폐경제의 실상을 긍정적으로 본 것은 아니었다.

그 실상의 어둡고 어려움을 근심스럽게 여기면서 그래도 화폐경제를 발전적 방향으로 인식한 까닭에 그 해결책을 강구한 내용이었다. 왜 화폐에 대한 인상은 부정적인 쪽으로 기울어졌을까?

이 의문점은 해답이 쉽게 떨어질 성질이 아니다. 대개 화폐경제가 미숙한 단계에서 빚어진 차질·모순으로 인해 부정적인 측면이 과다하게 된 데 요인이 있지 않았을까. 새로운 부의 형태에 기초한 새로운 계급의 형성이 부진한 상황에서 문제가 더욱 왜곡되고 악화된 것은 아닐까. 당시의 화폐론이 신흥계급이 아닌 사대부 출신의 실학자에 의해 제기되었다는 사실을 주의해 볼 필요도 있겠다. 그리고 화폐시대의 문학은 소설이 대변하고 있다지만 실상 소설이 이 시기의 주류적, 대표적인 문학으로 올라섰다고 보기는 어렵다. 당시의 소설은 대체로 통속적인 비대화를 질적 상승으로 넘어서지 못한 상태였다. 화폐에 대한 부정적 의식은 국문소설의 형태에서 사회의식의 고양에 따라 서사형식의 내면적 심화를 기대하기 어려웠던 것이다. 한국문학사에서 소설의 시대는 20세기로 들어와서 본격적으로 시작이 된 사정을 이해할 수 있겠다.

오늘 심포지엄의 주제인 화폐지배의 문명에 우리 인간은 과연 저항하고 부정할 수 있을까? 마르크스는 "화폐가 (…중략…) 선천적으로 왼쪽 뺨에 핏자국을 띠고 나타난다면 자본은 머리에서 발끝까지 그 털구멍에서부터 피와 먼지에 젖어서 출현한다"고 갈파하였다 자본주의에 맞선 사회주의적 대안은 20세기 역사에서 실패로 귀결되었다. 이제 우리는 21세기를, 지구를 관철하고 우주로 뻗어나가는 자본주의 문명의 극성을 맞이하고 있다. 오늘날 '환'으로 둔갑한 돈은 신의 위세를 능가하고도 남을 뿐 아니고 세계를 휩쓴 징기스칸의 기마군단처럼 휘황하다. 얼마 전에 닥친 외환 위기로부터 벗어났는지도 애매한데 언제 무슨 위기가 닥칠지 항시

불안하기만 하다. 한편으로 자본주의 문명이 전지구적 파멸을 불러일으
킨다는 공포감을 너나없이 떨치지 못하고들 있다. 위에서 살핀 화폐경제
의 양상은 그야말로 호랑이 담배 피던 시절의 이야기처럼 들린다. 실학자
들의 화폐에 대한 논리는 지금 유효한 처방으로 되기 어려운 것은 물론이
다. 하지만 거기에는 화폐 지배의 문명에 길들여진 우리를 반성적 사고로
인도하는 문명사적 자산이 담겨 있음을 간과하지 말아야 할 것이다.

심대윤이 남긴 지혜의 소리는 다시 한번 들어보는 것도 좋겠다. 그는
"음식이란 이利의 근본이요, 이득은 생양生養의 원천임"을 지적하였다. 오
히려 이렇기에 그는 "이득이 공평하지 못하면 오래가지 못하며 음식은 절
제하지 않으면 길이 얻을 수 없다"고 우리를 깨우친 것이다.[24] 하늘과 땅
사이에서 우리 인간과 자연은 아무쪼록 장구히 생생生生을 누려야 할 터인
데 '편리'와 '발전'이란 개념으로 계속 질주해도 괜찮을까? 부의 제어와
균평均平은 끝끝내 실현 불가능한 일인가? 화폐에 대한 인간 주권은 종내
회수할 수 없는 노릇인가? 실학자들이 제기했던 여러 과제는 곧 현재적 과
제다.

---

24 『閑中隨錄』「食戒」.

이 책에 실린 각 부의 여러 글들은 긴 기간에 걸쳐서 학술장에서 발제하고 각종 지면에 게재되었다. 이 책에 처음 선보이는 것도 있다. 기록으로 남기는 의미에서 발표, 저작의 경위를 일괄 정리해서 끝에 붙여둔다.

제1부 동아시아 서사와 그 근대전환

동아시아 서사학 시론―『구운몽』과『홍루몽』을 중심으로

‒ '동아시아 서사학의 전통과 근대'라는 주제로 성균관대학교 동아시아 학술원에서 가졌던 국제학술회의 기조 발제문. 이것이 『대동문화연구』 40에 수록되었으며, "On the East Asian Narrative : The Guunmong and Hongloumeng"이라는 제목으로 *Sungkyun Journal of East Asian Studies*Vol.2, No.1, 2002에 게재되었다. 그리고 2005년에는 『동아시아 서사학의 전통과 근대』성균관대 출판부라는 서명으로 당시 학술회의에서 발표된 논문들에 몇 편을 추가해서 단행본으로 간행한바 있다.

소설에서 근대어문의 실현경로―동아시아 보편문어에서 민족어로의 이행

‒ '근대어의 형성과 한국문학의 언어적 정체성'이란 주제로 성균관대학교 대동문화연구원에서 가졌던 국제학술회의 기조 발제문. 이것이 『대동문화연구』 582007에 수록되었다. 또한 2006년에 대동문화연구원이 '동아시아 근대 어문질서의 형성과 개편'이란 학술회의를 가졌던바 두 번의 성과를 묶어서 편집, 『흔들리는 언어들―언어의 근대와 국민국가』성균관대 출판부를 간행하였다.

제2부 15, 16세기의 전기소설 ─────────────────

전기작가의 탄생, 『금오신화』

―당초 저자의 석사학위논문으로 제출되었던 것인데 『국문학연구』13으로 인쇄, 발간하였다. 원제는 「현실주의적 세계관과 『金鰲新話』」1971였다. 이를 2020년 겨울에서 이듬해 봄 사이에 전면적으로 개작하였다.

『화영집花影集』을 통해 본 한·중의 소설―우의적 성격과 권선징악적 서사구조

―2020년 봄여름 사이에 새로 작성한 것이다.

전기소설의 연애주제와 『위경천전韋敬天傳』

―『東洋學』57단국대학교 동양학연구소, 1992. 본 논문의 부록으로 「위경천전」의 원문이 정리, 소개되어 있다.

제3부 규방소설 ─────────────────

17세기 규방소설의 성립과 『창선감의록』

―『동방학지』57연세대 국학연구원, 1988. 국어국문학회 편, 『고소설연구』1태학사, 1997에 재수록.

제4부 야담·한문단편 ─────────────────

18·19세기 이야기꾼과 소설의 발달

―『한국학논총』2계명대 한국학연구소, 1975. 이것이 월간지 『讀書生活』, 1976.2, 단행본 『고전문학을 찾아서』문학과지성사, 1976에 수록됨. 뒤에 다시 『한국의 이야기판과 이야기 문화』소명출판, 2012에 실리게 되었다.

한문단편의 형성과정과 강담사―허생고사許生故事와 윤영

―1977년 12월 20일 고전문학연구회, '이조소설사의 시각'을 주제로 한 토론회에서의 발제문. 이를 확대, 수정하여 『한국고전문학의 탐구』일조

각, 1977에 수록하였고, 『창작과비평』 9[1978, 가을]에도 발표되었다.

『동패낙송東稗洛誦』 연구－야담의 기록화과정과 한문단편의 성립

－『한국한문학연구』 23[한국한문학연구회, 1999]

야담의 근대적 변모－일제하에서 야담의 계승양상

－『한국한문학연구』 창립20주년 기념특집호. 1996년 4월 28~29일에
  고려대 인촌기념관에서 가졌던 한국한문학회 창립20주년 기념학술행
  사의 발제논문.

제5부 20세기 전후 소설양식의 변모 ─────────────

『조선개국록』－민간적 상상의 역사소설

－『민족문학사연구』 5[민족문학사연구소, 1994]. 『조선개국록』의 원문이 정리, 수
  록되어 있다.

근대계몽기 한문소설, 『신단공안神斷公案』

－2021년 봄여름에 작성.

20세기 초 소설의 신구양식 교호양상－『빈상설』·『흥선격악록』·『정씨복선록』

－1997년 12월 성균관대학교에서 '한·중문학의 전통과 근대'라는 주제
  로 가진 학술회의에서 발제한 논문으로 『대동문화연구』 33[1998]에 게재
  하면서 수정, 보충하였다.

제6부 근대소설 ─────────────

『임꺽정』론 1－홍명희와 『임꺽정』

－사계절사판 『임꺽정』에 붙인 해제로 썼던 것. 임형택, 『우리고전을 찾
  아서』(한길사, 2007)에 수록했는데 여기에 포함시키면서 보완, 수정하
  였다.

『임꺽정』론 2-한국근대문학사에 있어서 『임꺽정』

－1996년 11월에 어떤 자리에서 행한 강연 초고를 바탕으로 2021년 가
  을에 작성한 것이다.

『삼대』론-염상섭의 작가정신과 한국근대

－『창작과비평』42[2014, 겨울]

단편소설론

－한국단편소설의 연원, 『한국현대대표소설선』[창작과비평사, 1996]의 머리말

－단편문학의 고품질, 이태준의 『해방전후』[창작과비평사, 1993]의 해설

－8·15 전후의 작가와 작품, 『한국대표소설선』7의 해설

보론————————————————————

군도의 사회사-역사 속의 홍길동과 소설 속의 홍길동

－『역사비평』17[역사비평사, 1992]

한국 실학의 화폐에 대한 두 시각-동시대 소설의 문제제기와 관련하여

－『한국민족문학사연구』18[2001]

－2000년 11월 27~28일에 일본의 福井에서 가졌던 제6회 동아시아실학
  국제심포지엄에서의 발제문. 주최 측에서 제시한 주제가 '화폐지배의
  문명극복'이었다.

한국소설사의 영토

백낙청(문학평론가, 서울대 명예교수)

외우 경인絅人 임형택 교수가 출간을 앞둔 그의 한국소설사 관련 저서에 서문을 써달라고 했을 때에 나는 당황을 넘어 황당한 느낌이었다. 내가 문학평론가로 자처하며 영문학도로서 소설 공부를 주로 해온 것은 사실이다. 하지만 영국소설이나 한국 현대소설도 독서량이 태부족이려니와, 전통시대의 우리나라 소설에는 무지하기 짝이 없다. 특히 임 교수의 전공 분야인 한국 한문학과 한문소설은 원전을 직접 읽을 한문 해독력을 결한 상태다. 그래도 그의 간곡한 당부가 대단한 후의를 담은 것임은 분명하기에 결국 '서문' 대신 '발문'을 쓰는 것으로 절충을 했다.

서문이나 발문이나 그게 그거랄 수 있다. 하지만 내 느낌으로는 서문이라 하면 그 분야에 식견과 권위를 갖춘 이가 책을 평가하여 독자에게 권유하는 글이고, 발문은 책 끝머리에 일종의 독후감으로 몇 마디 적으면 되는 비교적 부담이 적은 글이지 싶었다. 그런데 저서가 본문만도 800면이 넘는 분량이니 독후감 또한 만만찮은 일이었다. 그래도 이 대목에서만은 나도 어떤 욕심이 발동하여, 차제에 나의 무식을 더는 공부를 좀 해볼 생각을 했다.

저자는 제목을 달면서 '한국소설사' 대신 '한국소설사론'이라는 표현을 택했는데 통사通史가 아니라는 겸손의 뜻도 담긴 것 같다. 그러나 온전한 통사는 아닐지언정 첫 한문소설로 알려진 15세기의 『금오신화金鰲新話』로부터 20세기 초 근대문학으로의 대전환기에 이르는 한국소설의 통사로 이만한 저서가 있을까 싶다. 저자는 일찍이 『한국서사의 영토』라는 두 권짜리 책을 엮어낸 바 있는데太學社, 2012 한국소설사의 영토에서 비어 있던 자리를 메우며 귀한 안내지도를 제시한 것이 본서다. 15, 6세기의 전기소설傳奇小說과 『홍길동전』, 『구운몽』, 『창선감의록』 같은 국문소설, 16~19세기에 걸친 한문단편들, 애국계몽기의 현토懸吐 한문소설과 신소설, 나아가 신문학의 본격적 출범 이후의 홍명희, 염상섭, 8 · 15 전후의 단편소설에 이르는 큰 흐름과 세목들을 그려내고 있는 것이다. 아무튼 나로서는 즐겁고 소중한 공부를 했고, 보답 삼아 다분히 주관적인 감상문을 써보고자 한다.

임형택의 소설사가 보람 있게 읽히는 이유로 그가 문예비평적 능력이라는 기본을 갖춘 학자라는 점을 먼저 꼽고 싶다. 원래 평론과 학문이 내용상 겹치는 대목이 있지만 그 본질은 다르다고 생각된다. 특히 비평적 능력을 '읽고 생각하는 능력'으로 넓게 이해한다면 그것은 모든 학문의 기본—임형택도 강조한 다산의 '문심혜두文心慧竇'—에 해당하며 바로 이 기본의 부실이 오늘날 우리 학계의 큰 병폐라고 말할 수 있다.

분야가 문학사에 이르면 비평적 능력의 중요성은 더욱 절실해진다. 문학의 역사에서는 문학작품들이 곧 1차 자료에 해당하기 때문이다. 그 1차 자료를 제대로—곧 작품을 작품으로—읽어내는 능력이 없이 써낸 문학사는 모래 위에 지은 집이나 다름없다. 저자는 실제로 현대문학의 비평가로도 활동한 바 있지만, 본서 제1부 1장 '동아시아 서사학 서설'의 『구운몽』과 『홍루몽』 논의로부터 『금오신화』와 임백호의 「수성지愁城誌」, 규방소설의 대작 『창선감의록』이나 애국계몽기의 한문소설 『신단공안神斷公案』과 신소설 『빈상설鬢上雪』, 근대문학의 고전이 된 벽초의 『임꺽정』과 횡보의 『만세전』 및 『삼대』, 「해방전후」 등 이태준의 중 · 단편들을 모두 자신의 비평적 안목으로 읽어내며 소설사를 엮어 나간다. 특히 제6부 1~2장의 『임꺽정』론은 작품에 대해 여러 궁금증을 풀어주는 학문적 연구임과 동시에 비평적 논의로서도 우리 평단의 드문 성과에 속한다.

그러나 전통시대의 한국문학, 특히 한문 문학 분야에서는 남달리 성실하고 철저한 학자가 아니고서는 평론조차 하기 힘들다. 기존의 학문적 성과에 의존해서 작품을 읽고 평가하는 작업에만 몰두하기에는 이 분야의 축적이 너무 빈한하기 때문이다. 본문의 발굴과 비정, 그 산출배경의 탐색과 추정, 심지어 작자 신원의 규명에 이르기까지 논자가 손수 해결해야 할 기초적인 과제가 잔뜩 쌓여 있는 것이다. 이 대목에서 학자 임형택이 남달리 빛을 발한다. 몸소 발품을 팔아 자료를 찾아내고, 익명으로 되었거나 저술인의 신원이 특정되지 않은 경우 의문을 풀기 위해 엄청난 노력을 기울이곤 하며, 시대상황과의 연관에 대해서도 세심한 조사와 검토를 수행한 흔적이 책의 곳곳에 담겨 있다.

평론가와 학자의 차이 가운데 하나는, 평론가도 물론 일정한 학식이 없어서는 안 되지만, 그는 자기가 다루는 작품을 비평하는 데 필요한 만큼의 독서만 하면 되는 데 반해, 학자는 해당 분야의 온갖 작품을 (가능한 한) 다 읽고 관련된 온갖 사실들을 속속들이 알아내야 하는 사람이다. 학자가 그렇게 해줌으로써 후학과 후대 평론가들의 삶을 수월하게 만들어주는데, 다행히 임 교수는 그런 수고를 마다않을뿐더러 치졸하고 하찮다고 볼 작품에 대해서도 독특한 애정을 지니는 미덕마저 있다. 19세기 말엽의 작품으로 추정되는 『조선개국록』을 거론하면서 그는 이렇게 말한다.

저자가 이 『조선개국록』을 입수하기는 벌써 여러 해 전의 일이었다. 일견해서 문학이나 역사의 일반 상식에 비추어 너무도 치졸하고 황당한 내용이었다.

우리 소설사의 목록에 이 한편을 더하면 그만큼 소설사의 인상을 산란하게 만드는 것이 아닌가 하는 마음도 솔직히 말해 들었다. 한편으로 생각을 달리해 보면 우리가 이런 종류의 문학을 대할 때는 사고의 패턴을 달리해야 되지 않을까도 싶다. 세상은 잘난 사람 본위로 바라다볼 수 없듯, 문학 역시 참으로 유치한 것이면 유치한 대로 의미를 갖지 않겠는가.(본서 499면)

비평가적 판단을 견지한 채 문학사와 역사 전반에 관한 각별히 애정이 살아 있는 것이다.

　문학사가 제대로 되자면 문학의 사회사를 겸하지 않을 수 없다. 작품은 어디까지나 작품으로 읽는 것이 옳지만 동시에 그것은 사회적 산물이기 때문이다. 그런데 한국의 경우 문학의 사회사는 어문생활의 역사를 떠나 생각하기 어렵다. 지난날의 한반도는 한자문화권의 일부로 한문이라는 공동문어가 문학창작의 주류를 이룬 가운데 가창歌唱에 국한됐던 국문사용이 점차 그 영역을 넓혀 나갔거니와, 이런 어문의 역사는 곧 사회사의 중대한 일부이기도 했다.

　전기소설傳奇小說의 계통에 속하며 중국소설『전등신화剪燈新話』의 직접적인 영향 아래 씌어진『금오신화』를 논하면서도 저자는 영향관계를 추적하는 데 멈추지 않는다. 오히려 그는 "근래 국제화시대라고 하여, 교류·관계사 쪽으로 휩쓸리는 경향"에 일침을 가한다. "교류관계다, 비교론이다 하면서 작품읽기에 깊이 들어가지 못하고 '나'에 대한 사고까지 망각한 경우가 많은 것 같다"본서 223면는 것이다. 그 자신은 '방외인' 김시습이 처한 개인적·역사적 정황에서 어떻게『금오신화』가『전등신화』에서는 볼 수 없는 비극성과 현실주의를 획득하는가를 설명한다. 동시에 중국에

서 전기소설에 대한 문학사가들의 평가가 높지 않은 사실에 대해서도 독
자적인 해석을 내놓는다. 한편으로 그것은 이른바 4대 기서_{奇書} 곧 『삼국
지』, 『수호지』, 『서유기』, 『금병매』 등 장편소설의 대작이 일찌감치 출현
한 중국에서 당연한 면이 있다. 그러나 저자는 두가지 문제점을 제기한
다. 명대의 실상을 들여다보면 문단의 주류적 위치를 차지한 것은 여전히
전통적 시문이었는데 백화체 근대문학의 건설에 골몰하던 20세기 지식인
들의 근대주의적 편견이 작용한 면과, 동아시아적 시각의 부재, 일종의
중국중심주의 문제도 간과하지 않는다.

> 명대소설의 한 계보로서 문어적인 전기소설이 공존했던 데는 그에 따른 사회
> ・문화적 요청이 응당 있었는데, 동시대에 한국은 전기적 유형이 소설사를 대
> 변하는 추세였으며, 일본과 베트남도 전기적 유형이 발전하였다. 반면에 백화
> 체 장편소설은 창작의 틀로서는 수용되지 못했다. 전기소설은 동아시아세계에
> 보편적인 소설유형으로 설정할 수 있는 것이다. (본서 180면)

단지 백화문 창작이 불가능했던 주변부적 낙후성 탓만이 아니고 『금오
신화』나 연암 박지원의 「호질_{虎叱}」, 「옥갑야화_{玉匣夜話}」 같은 독창적 한문 중
・단편을 낳는 배경이 되기도 했다는 것이다.

저자가 근대계몽기라 이름지은 1894~1910년의 기간을 그는 "유사 이
래 초유의 전환점"_{531면}으로 규정하는데, 이때도 국문 및 국한문혼용의 전
면화라는 어문생활상의 전환이 결정적인 요인이 된다. 물론 1894년의 동
학농민전쟁과 갑오경장, 청일전쟁 등의 정치적・사회적 대변동을 외면하
는 것은 아니지만 한문이라는 공동문어로부터 한반도 특유의 어문체계
개발에 본격적으로 나선 점을 동시에 주목한 것이다. 하기는 삼국시대에

중국문화가 대대적으로 유입되어 왕과 관직의 이름들이 온통 바뀌고 상류층 인사들이 '창씨개명'에 나섰던 대변혁을 상기하면 근대계몽기가 문자 그대로 '유사 이래 초유'의 전환점인지 확언하기 쉽지 않다. 어쨌든 우리가 세세한 내용을 모르는 그 시기 이후로 '초유'의 대변동임은 분명하다. 더구나 1876년 개항 이래 한반도는 자본주의 세계시장에 편입됨으로써 훗날 소태산 박중빈이 '물질개벽'으로 규정한 변화에 휩쓸리게 되었으니 근대계몽기에 한반도가 초유의 대전환을 맞게 되었다는 주장은 여러모로 음미해볼 만하다.

책 제목에 '동아시아 서사'가 들어 있듯이 저자는 곳곳에서 한국소설사를 동아시아적 시각으로 비교 분석하며, 『홍루몽』 외에도 『화영집花影集』, 『아Q정전』 등 중국소설의 상세한 읽기를 선보이기도 한다. 반면에 서양의 소설문학에 대한 논의가 별로 눈에 안 띄는 것은 당연하다. 하지만 영어로 '노블'the novel, 불어로는 le roman, 독일어로 der Roman이라 불리는 유럽의 근대 장편소설에 대해 그가 지나가듯 던진 질문은 실로 의미심장한 것이다. 저자는 미국의 중국학자 플랙스Andrew H. Plaks가 16~18세기 유라시아 대륙 양쪽 끝에서 위대한 소설문학이 발생한 '놀라운 동시성'을 언급한 것을 인용하면서 오히려 궁금증이 일어남을 술회한다.

저자 자신 중국 소설에 접해서 두고두고 풀리지 않은 의문점이 한가지 있다. 서구적인 소설Novel은 시민계급의 성장과 밀접하게 관련된 장르이다. (…중략…) 중산층의 성장, 인쇄술의 발달, 순회문고의 유행 등의 조건이 조성된 18세기 영국사회에서 선진적으로 소설이 발생하였다 한다. 19세기로 와서 유럽은 '위대한 소설'의 시대를 맞이한 것이다. 중국의 경우 오늘날까지 인구에 회자하는 '위대한 소설'들—『삼국지』·『수호지』·『서유기』가 오랜 연변演變의 과정을 거쳐서 15, 16세기가 되면 이미 완성된 형태로 출현하였으며, 개인 창작의 '위대한 소설'『홍루몽』은 18세기에 출현하였다. 중국소설의 범세계적인 조기성취를 어떻게 설명할 것인가? 그럼에도 저 위대한 전통이 20세기 근대의 과정에서 외관상으로는 무화되고 서구적 소설의 압도적 영향으로 거의 새판이 차려진 모양새가 된 사실을 어떻게 설명할 것인가?(본서 19면)

이런 현상은 플랙스처럼 '16~18세기'로 범박하게 시간대를 잡은 채 막연히 양자의 '위대성'과 '놀라운 공존'에 주목하고 넘어갈 문제가 아니다. 임형택이 지적하듯이 중국의 4대 기서는 15, 16세기 이전에 출현하여 오랜 연변의 과정을 거친 것이며, 유럽에서 16세기에 라블레F. Rablais의 대작들이 나왔지만 최초의 '노블'로 꼽히는 세르반떼스의 『돈 끼호떼』가 출현하는 것은 17세기 초엽이요 장편소설이 하나의 대세를 형성한 것은 18세기 영국에서였다. 그런데 중국소설의 '조기성취' 자체는 특별한 수수께끼가 아니다. 중국사회의 발달수준과 중국문화의 풍부한 전통에 비추어 얼마든지 해명될 수 있는 현상일 것이다. 초점은 그런 성취와 유산이 20세기 근대의 과정에서 왜 그렇게 맥없이 '노블' 앞에서 밀려나게 되었는가 하는 것이다.

유럽의 근대 장편소설을 모든 허구적 산문서사prose fiction의 표본으로 전제하고 그 표본에 못 미치는 온갖 소설들이 밀려나는 것이 당연하다고 주장하는 것은 그야말로 '노블 제국주의'다. 반면에, 17~18세기에 서유럽에서 발생한 새로운 소설문학이 19세기를 거치고 20세기 초에 이르는 동안 어떤 발전을 겪었고 그리하여 세계문학에서 나름으로 독보적인 위대한 성취를 이룩했는가, 그리고 근대세계의 팽창과 더불어 그 전통이 다른 지역에 전해지면서 '우세종'이 되는 과정에서 어느 정도까지 그 본연의 탁월성이 작용했으며 어느 면에서 '서세동점'의 물리적 대세에 편승한 것인가 등을 규명하는 것은 '노블 제국주의'의 극복을 위해서나 새로운 동아시아 서사의 창조를 위해서나 필수적인 작업일 것이다.

이와 관련해서 염상섭이 자신에게 흔히 붙여지는 '자연주의자'라는 호칭을 부정하면서 오히려 자연주의로부터 해방된 "'사실주의'라는 자유로운 경지"「나의 창작 餘談―사실주의에 대한 一言」, 본서 718면에 인용를 이룩했다고 자부한 것이 흥미롭다. 임형택이 지적하듯이 자연주의는 학문상의 실증주의와 통하는 것이고 둘 다 근대 과학주의의 산물인데732~3면 염상섭은 그 점을 정확히 인식하고 있다. 동시에 과학과 자연주의 문학의 세례를 받고도 그 틀에 머물지 않는 '사실주의' ― 우리 평단에서 더 흔히 쓰는 표현으로는 '리얼리즘' ― 의 문학정신을 표방한다. 이는 서구적 근대에 대한 적응과 극복을 동시에 겨냥한 입장이기도 하다.

저자는 『삼대』 논의의 끝머리에 '근대적응과 근대극복의 이중과제'론을 제기함으로써 비록 동아시아 바깥의 문학을 길게 논의하지는 않지만 근대세계 전체를 아우르는 지구적 시각을 과시한다.

> 염상섭 사실주의에는 '근대적응과 근대극복'이란 문제의식이 내재되어 있다. 때문에 상호 대립한 한국근대의 한편에서는 염상섭과 『삼대』의 위상이 불확실하게 되었으며, 다른 한편에서는 문학사적 미아가 되었다. 이런 의미에서 『삼대』 서사의 리얼리즘과 염상섭의 작가정신은 절실한 현재성을 지닌 것이다.(719면)

다만 조덕기에 대한 작품의 공감'심파시'에 임형택이 특별한 문제제기 없이 동조하는 것이 '적응'과 더불어 '극복'을 강조하는 이중과제론의 온전한 실행에 해당하는지는 그것대로 검토를 요한다. 나 자신은 「시민문학론」에서 『부자父子』직역하면 '아버지들과 아들들'에서 투르게네프가 바자로프와 아르까지 양자를 모두 비판하는 관점을 취하는 데 비해 『삼대』의 염상섭은 김병화에 대한 예리한 비판과 달리 덕기를 너무 쉽게 긍정하는 점을 지적한 바 있는데백낙청 합본평론집 『민족문학과 세계문학 1 – 인간해방의 논리를 찾아서』, 창비 2011, 70면, 염상섭의 리얼리즘 지향과 '중정中正의 길'본서 720면을 높이 평가하더라도 개별 작품에 대한 해석에는 비평적 논의의 여지가 있을 듯하다.

인명 찾아보기

ㄱ

강백년(姜栢年) 404

강신재(姜信哉) 749

강영주(姜玲珠) 647

강희맹(姜希孟) 168

계항패사(桂巷稗史) 452, 541, 556, 557, 563, 564, 570, 596, 597, 600

고수관(高秀寬) 346

고야스 노부쿠니(子安宣邦) 78

구수훈(具樹勳) 274, 349, 445

구우(瞿佑) 146~148, 153~155, 157, 169, 171, 187, 193

권필(權韠) 216, 237, 238, 242, 245

기대승(奇大升) 181~183, 185, 186, 189, 190

김광주(金光洲) 747

김근수(金根洙) 477

김기진(金基鎭) 474, 652, 675, 676

김도수(金道洙) 291, 409

김동석(金東錫) 399, 736

김동인(金東仁) 68, 76, 475, 477~482, 486~489, 652, 705, 707, 708

김동환(金東煥) 676, 677

김만중(金萬重) 26, 31, 217, 282, 286, 288, 328, 527

김문경(金文京) 214

김봉(金鳳, 봉이) 537, 541, 542, 551~554, 556~563, 565, 566, 569, 572

김성탄(金聖嘆) 446

김수증(金壽增) 264

김순태(金順泰) 367

김시습(金時習) 3, 82~85, 87~90, 92, 98, 99, 102, 111, 112, 117, 130, 137, 138, 145, 147, 148, 151, 158, 167~169, 171, 172, 189, 213, 216, 528, 727, 797

김영석(金永錫) 741

김영수(金永壽) 744

김옹(金翁) 343, 373

김용겸(金用謙) 280, 281

김이석(金利錫) 747~750

김재용(金在湧) 722

김종수(金鍾秀) 402, 403, 409

김종후(金鍾厚) 409

김중진(金仲眞) 342, 343, 389

김진구(金振九) 458~471, 473~475, 477, 482~485, 491, 553, 680

김창협(金昌協) 264, 280

김춘택(金春澤) 286, 288, 289

김택영(金澤榮) 289, 649, 650~652

김학철(金學鐵) 744, 745

ㄴ

나관중(羅貫中) 177

난릉소소생(蘭陵笑笑生) 177

난설헌(蘭雪軒) 265

남공철(南公轍) 768

남영로(南永魯) 333

남효온(南孝溫) 88, 95, 168, 206, 207

노긍(盧兢) 406, 407, 408, 411~413, 415~417, 433

노명흠(盧命欽) 399, 400, 406~414, 416, 433, 444, 445, 530

노정환(盧正煥) 657

능몽초(凌蒙初) 540

ㄷ

대진(戴震) 230, 231

도보(陶輔) 173, 192, 193, 214

ㄹ

량치차오(梁啓超) 46

루쉰(魯迅) 23, 25, 32, 33, 36, 61, 63, 169, 706, 707

리우 따지에(劉大杰)　169, 170

ㅁ ──────────────

마테오 리치(利瑪竇)　771
모흥갑(牟興甲)　346
민충환(閔忠煥)　722, 732
민태원(閔泰瑗)　458

ㅂ ──────────────

박동량(朴東亮)　666
박연희(朴淵禧)　746, 747
박영희(朴英熙)　675~677
박응화(朴應和)　611, 624, 629, 630, 639, 642
박인량(朴寅亮)　158
박재연(朴在淵)　173, 174, 184, 185
박제가(朴齊家)　60, 779
박종화(朴鍾和)　76, 685, 718
박지원(朴趾源)　50, 52, 54, 55, 62, 66, 245, 344,
　　　375, 530, 531, 539, 562, 724, 726, 727, 743, 764,
　　　773~776, 779, 786, 798
박찬모(朴贊謨)　741
박태보(朴泰輔)　505
박태원(朴泰遠)　76, 683
박희병(朴熙秉)　7, 171, 172, 217, 245
반성완　691
발자크(Honore de Balzac)　723
방정환(方定煥)　458
배전(裵?)　380
변승업(卞承業)　354, 375

ㅅ ──────────────

서거정(徐居正)　167, 529
서경덕(徐敬德)　92, 695
선덕여왕(善德女王)　159
성임(成任)　167
성현(成俔)　167, 529, 589
세르반테스(Miguel de Cervantes)　177
손소희(孫素熙)　747, 748

송렴(宋濂)　220
송민호(宋敏鎬)　538
송분(宋翼)　188~190
송세림(宋世琳)　168
송시열(宋時烈)　266, 287, 297, 402, 607
송흥록(宋興祿)　346
숙명공주(淑明公主)　268, 269, 278
스탕달(Stendhal)　723
시내암(施耐庵)　177
신돈복(辛敦復)　99, 445, 530
신사겸(申士謙)　365
신위(申緯)　346
심능숙(沈能淑)　444, 445
심대윤(沈大允)　396, 781, 783~786, 789
심우성(沈雨晟)　367
심희수(沈喜壽)　426~429
쓰보우치 쇼오(坪內逍遙)　642

ㅇ ──────────────

안겸제(安兼濟)　332, 334
안대회(安大會)　189, 390, 391
안석경(安錫儆)　365, 445
안우시(安遇時)　540
안정복(安鼎福)　505
안해(安鍇)　335
앤드루 플랙스(Andrew H. Plaks)　19
양건식(梁健植)　61, 65, 458
양주동(梁柱東)　677
양희지(梁熙止)　99
어숙권(魚叔權)　174
염계달(廉季達)　346, 363
염무웅(廉武雄)　691, 692
염상섭(廉想涉)　61, 75, 76, 467, 490, 491, 646, 652,
　　　680, 681, 696~712, 715, 716, 718~721, 730, 741,
　　　793, 795, 801, 802
영수각(靈壽閣)　265
오물음(吳物音)　342~344, 361
오상근(吳祥根)　483

오승은(吳承恩)　177
오영수(吳永壽)　746, 749, 750
오장(吳長)　214
완서(阮嶼)　171, 172
우에다 아키나리(上田秋成)　171
워싱턴 어빙(Washington Irving)　21, 435
위응물(韋應物)　245
유득공(柳得恭)　53, 281, 559
유몽인(柳夢寅)　244, 529
유수원(柳壽垣)　396, 773~776, 779, 781
유주현(柳周鉉)　747
유진오(兪鎭午)　685, 686
유척기(兪拓基)　536, 581
유추강(庾秋岡)　482, 483, 493
유형원(柳馨遠)　764, 765, 772
윤경희(尹景禧)　174, 175
윤계연(尹繼延)　188
윤원형(尹元衡)　296
윤지당(允摯堂)　265
윤춘년(尹春年)　102, 103, 187~191
이가원(李家源)　53, 140, 378, 406
이가환(李家煥)　400, 401, 403, 417, 433
이겸노(李謙老)　183
이광수(李光洙)　41, 69, 650~653, 680, 686, 705, 707, 726
이규상(李奎象)　390, 413, 424
이기영(李箕永)　480, 652, 685, 729
이덕무(李德懋)　258, 259, 261, 331, 357
이동규(李東珪)　741
이명선(李明善)　245, 246, 519
이봉구(李鳳九)　749, 751
이성계(李成桂)　496~509, 512~517
이승만(李承晩)　747
이심원(李深源)　259
이업복(李業福)　348~351, 356, 360
이옥(李鈺)　277, 309, 382, 530, 531, 727
이완 와트(Ian Watt)　19
이우성(李佑成)　55, 290, 338, 342, 530

이우준(李遇駿)　28~30
이원주(李源周)　250, 320
이육(李陸)　589
이윤재(李允宰)　458
이익(李瀷)　253, 257, 755, 757, 773, 774, 776, 779, 780, 782
이인직(李人稙)　523, 524, 533, 535, 611~613, 614, 623, 642, 644
이자상(李子常)　348, 349, 351
이재(李縡)　286, 424
이재선(李在銑)　375, 538
이중환(李重煥)　252, 253
이태준(李泰俊)　646, 722, 727~732, 734~738, 741, 749, 793, 795
이해조(李海朝)　452, 455, 496, 524, 526, 533, 582, 595, 597, 599~602, 608, 611~613, 622, 623, 642, 644
이현기(李玄綺)　56, 60, 66, 530, 548, 727
이희평(李羲平)　424, 530
인선왕후(人宣王后)　268~270, 278
임방(任埅)　444
임상덕(林象德)　256, 265
임영(林泳)　269
임제(林悌)　82, 176, 205, 216, 727
임춘(林椿)　784
임화(林和)　450, 611~613, 616, 646, 681~684, 697, 718, 720, 735

ㅈ

장맹경(張孟敬)　192
장붕익(張鵬翼)　274
전광용(全光鏞)　612
전홍준(全洪俊)　743, 747
정규복(丁奎福)　282, 283
정동준(鄭東浚)　291
정래교(鄭來僑)　409, 410
정민교(鄭敏僑)　409
정범조(丁範祖)　433

정병욱(鄭炳昱)　117, 610, 769

정이(程頤)　231

정인보(鄭寅普)　784

정한숙(鄭漢淑)　493, 747

정해렴(丁海廉)　335, 670, 722

정환국(鄭煥局)　7, 172, 534, 539, 550

정효준(鄭孝俊)　403~406

제갈량(諸葛亮)　122

조동일(趙東一)　167, 346, 616

조성기(趙聖期)　31, 217, 282, 286~288, 328, 527

조수삼(趙秀三)　343, 347, 360, 373, 382

조위한(趙緯韓)　132, 216, 243

조재삼(趙在三)　287

조정위(趙正緯)　287

조태억(趙泰億)　270, 277, 278

조헌(趙憲)　761

지하련(池河連)　741, 743

ㅊ ─────────

차상찬(車相瓚)　458, 493

채제공(蔡濟恭)　329, 330

청이중(程毅中)　193, 194

최남선(崔南善)　71, 145, 146, 458, 472, 473, 630, 644, 651, 652

최립(崔岦)　174, 175

최영년(崔永年)　378, 453

최원식(崔元植)　7, 539, 551, 613, 614, 691, 692, 722

최인욱(崔仁旭)　749, 750

최정여(崔正如)　351, 367

최찬식(崔瓚植)　611, 612

최태웅(崔泰應)　749

ㅌ ─────────

톨스토이(Lev Tolstoi)　780

ㅎ ─────────

하멜(Hamel, H)　765

한기형(韓基亨)　7, 452, 539, 615, 699

허균(許筠)　205, 206, 215, 217, 265, 754, 755, 762

현기영(玄基榮)　746

현진건(玄鎭健)　61, 65, 75, 76, 652, 697, 701, 727

현채(玄采)　596

홍길동(洪吉同)　557, 560, 754~763

홍길주(洪吉周)　28, 29

홍낙수(洪樂受)　414, 416

홍낙임(洪樂任)　408

홍량호(洪良浩)　514

홍명희(洪命憙)　76, 473, 491, 644, 646~662, 675~677, 679~681, 685~687, 691, 729, 795

홍범식(洪範植)　649~651

홍신유(洪愼猷)　390, 432

홍용한(洪龍漢)　408, 410, 412~414

홍직영(洪稷榮)　414, 415, 423

홍직필(洪直弼)　259, 331

홍취영(洪就榮)　414~416, 422

화운(花雲)　219~222, 293, 294

황성약(黃聖若)　365

황종희(黃宗羲)　776

작품 및 매체 찾아보기

ㄱ ───────────────────

「가장비(假張飛)」 361

「가평 교생(加平校生)」 445

『갑진록(甲辰錄)』 519

『강도기담(講道奇談)』 456

「강도몽유록(江都夢遊錄)」 216

「강시중전(姜侍中傳)」 455

『개권희희(開卷嬉嬉)』 455

「개나리」 749, 750

『개벽연의(開闢演義)』 278

『개벽』 71~73, 75, 467, 472, 473, 701, 704, 705

「갯마을」 749, 750

『계명(啓明)』 145, 146, 483

『계서잡록(溪西雜錄)』 365, 424, 425, 445, 530

『계여서(戒女書)』 266

『고금소총(古今笑叢)』 362, 377, 385, 455, 530

「고담(古談)」 182, 330, 342, 344, 345, 350, 352, 362, 434, 543

『고담요람(古談要覽)』 245

「고래(鯨)」 514

『고사촬요(攷事撮要)』 174

「고향」 730, 731, 733, 734

「공방전(孔方傳)」 785

「공아도전(孔阿堵傳)」 781, 784~786

『과정록(過庭錄)』 53, 54, 599, 774

「관상(觀相)」 431, 436, 438

「관음보살탁몽(觀音菩薩托夢)」 573, 575, 578, 580, 590

「광문자전」 338, 364, 374, 381~384, 389, 391, 393

「광작(廣作)」 436, 439, 442, 443

「광화사(狂畵師)」 487, 488

『구마검(驅魔劍)』 599, 600, 622

『구운몽(九雲夢)』 23~29, 31~33, 36~42, 130, 131, 200, 201, 217, 218, 248, 250, 282~286, 288, 289, 292, 309~311, 318, 319, 326, 328, 334, 435, 527, 531, 616, 695, 790, 795

『국조인물고(國朝人物考)』 404

「귀거래(歸去來)」 61, 64~66, 69

『귀의성』 523

『귀전시화(歸田詩話)』 147, 148

「균열」 744, 745

『금병매(金甁梅)』 23, 25, 177, 178, 770, 772, 798

『금오신화(金鰲新話)』 3, 7, 82~84, 87, 101~104, 110, 122, 123, 126, 130, 132, 137~140, 143~147, 151, 153, 156~162, 165~172, 176, 189, 191, 194, 195, 197, 213, 216, 225, 232, 423, 425, 528, 570, 601, 723, 727, 791, 794, 795, 797, 798

『기리총화(綺里叢話)』 50, 55~58, 60, 66, 530, 548, 594, 727

『기문총화(記文叢話)』 273

『기재잡기(寄齋雜記)』 666, 668

「김봉본전(金鳳本傳)」 537, 539, 541~543, 545, 551, 553, 557, 559, 561~565, 569, 572, 588

「김현감호(金現感虎)」 162, 165, 232, 723

『깔깔 웃음』 455

「깨어진 물동이」 489

「꽃나무는 심어 놓고」 735

「꿈꾸는 마을」 741

ㄴ ───────────────────

「나는 너를 싫어한다」 747, 748

「남염부주지(南炎浮州志)」 103, 104, 213

「내훈(內訓)」 264, 266, 272

「노옹화구(老翁化狗)」 159

「노졸옹전(盧拙翁傳)」 408, 411, 413

「노힐부득(奴肹夫得) 달달박박(達達朴朴)」 162, 163, 165, 166

『녹의인전(綠衣人傳)』 268

「논 이야기」 741

『농가월령가(農家月令歌)』 768

「농군」 735

ㄷ ───────────────────

『단종애사(端宗哀史)』 491, 680, 681

「달천몽유록(達川夢遊錄)」 216, 243, 244

『당음비사(棠陰比事)』 540

『대동운부군옥(大東韻府群玉)』 158, 160, 162

『도덕경(道德經)』 780

「도야지」 741

「도정」 741, 743

「도화원기(桃花源記)」 633

『돈끼호테』 177

「동구후전」 220, 221, 223

「동국사기(東國史記)」 497, 509, 521

『동국여지비고(東國輿地備考)』 599

『동국여지승람』 504

『동사회강(東史會綱)』 256, 265

『동아일보』 458~462, 472, 474, 475, 484, 680, 682, 700, 702, 703, 706, 718, 719

『동야휘집(東野彙輯)』 365, 380, 399

「동인시화」 529

『동패낙송(東稗洛誦)』 338, 365, 398~401, 403~407, 413~430, 432, 433, 436, 438, 443~447, 449, 530, 532

ㅁ ─────────────

「마이산(馬耳山)」 540, 542, 549, 572, 573, 575~579, 581, 590

「만복사저포기(萬福寺樗蒱記)」 103, 113, 123~127, 129~133, 143, 144, 156, 160, 163, 195, 232

『만세보』 533, 535

『만세전(萬歲前)』 60~62, 64, 67~69, 467, 698, 706, 707, 708, 730, 795

『만언사(謾言詞)』 766

「만취서원기(晩趣西園記)」 193, 199

「말([馬])」 21, 22, 433, 434, 436, 437, 442, 443

『매월당 시사유록(梅月堂詩四遊錄)』 83, 87, 132

『매월당집(梅月堂集)』 89, 99, 102

「메아리」 751

『명사기사본말(明史記事本末)』 220

『몽견제갈량(夢見諸葛亮)』 601, 643

「몽금척(夢金尺)」 507

「몽몽옹록(夢夢翁錄)」 199~201, 210

「무명소졸」 744

『무정(無情)』 41, 42, 69, 652, 653, 726

『무화과』 712, 716, 717

『문예운동』 650, 651, 678

「문인전기(文人傳奇)」 193

『문장전집(文章全集)』 699, 700~703, 706, 707, 709, 712, 718~720

「민옹전(閔翁傳)」 344, 361, 364

ㅂ ─────────────

『박씨전』 499, 515, 518, 521

『박안경기(拍案驚奇)』 453, 540

『반계수록(磻溪隨錄)』 765

「밤길」 735

「방경각외전」 55, 530, 539, 724

「백월산양성성도기(白月山兩聖成道記)」 163

「베니스의 상인」 770

「별건곤(別乾坤)』 455~467, 469, 473, 474, 477, 553

『병세재언록(幷世才彦錄)』 390, 424

『보은기우록(報恩奇遇錄)』 767, 769~772, 776, 783

「복덕방」 736

『봉신연의(封神演義)』 142

『부휴자담론(浮休子談論)』 245

「불우선생(不遇先生)」 736, 737

「비연외전(飛燕外傳)」 23

『빈상설(鬢上雪)』 496, 533, 599~601, 608, 611~613, 615~617, 619, 621~623, 625, 639, 640, 643, 792, 795

「빈처(貧妻)」 61, 64~66, 68, 701

「뻐꾸기」 747, 748

ㅅ ─────────────

「사괴옥전(四塊玉傳)」 194~196

『사략(史略)』 512

『사명당실기(四溟堂實記)』 455

『사소절(士小節)』 258~260, 262, 263, 331, 357

『사씨남정기』 217, 282, 309, 326, 328, 331, 616,
　　617, 618, 620

「사우(四友)」 381

『사호집(思湖集)』 214

「산호 물부리」 749, 750

『삼관기(三官記)』 286

『삼국사기』 339, 340

『삼국사절요(三國史節要)』 159

『삼국유사』 130, 158, 162, 165~167

『삼국지연의』 122, 176, 180~186, 191, 204, 209,
　　214, 222, 278, 295, 361, 363, 675

『삼국지전 통속연의(三國志傳 通俗演義)』 183

『삼대(三代)』 646, 696, 697~699, 706, 708~712,
　　715~717, 719~721, 793, 795, 801, 802

「삼랑가(三娘歌)」 259

『삼협오의(三俠五義)』 540

『삽교별집(霅橋別集)』 445

「상사동전객기(相思洞餞客記)」 589

「새벽」 743, 747

『서상기(西廂記)』 347, 583

『서유기(西遊記)』 19, 23, 142, 143, 177, 798, 800

『석보상절(釋譜詳節)』 167

「선녀홍대(仙女紅袋)」 160

「선변(善辨)」 352, 353

「선소리」 749, 751, 752

「선천 김진사(宣川金進士)」 381

「설원기(雪冤記)」 540, 542, 572

『설인귀전(薛仁貴傳)』 360

「설총전(薛聰傳)」 339

「성동격서(聲東擊西)」 381

『성호사설(星湖僿說)』 257, 757

「세태소설론」 681~683

「소금(鹽)」 436, 437, 439, 440, 442, 443

『소년한반도』 533, 582

『소대성전(蘇大成傳)』 360

『소대풍요(昭代風謠)』 388

『소설신수(小說新髓)』 642

『소양취사(昭陽趣史)』 21~24

「손거부」 736

『송남잡지(松南雜識)』 287

『송천필담(松泉筆談)』 25

「수보록(受寶籙)」 507

「수삽석남(首揷石枏)」 159, 160, 164, 166

「수성지(愁城誌)」 82, 176, 205, 206, 207, 210~213,
　　215, 727, 795

『수이전(殊異傳)』 158~160, 162, 166, 167, 195

『숙향전(淑香傳)』 360

「순이 삼촌」 746

『시문독본(時文讀本)』 71, 72

『신기한 이야기』 455

『신단공안(神斷公案)』 7, 452, 496, 524~526, 533,
　　535~543, 546, 548~551, 553, 557, 572, 573, 575,
　　576, 581~583, 588, 590, 593~601, 792, 795

『신랑의 보쌈』 455

「신문고(申聞鼓)」 479

「신문외서생(新門外書生)」 438

「실비명」 749, 750

『실사총담』 454

「심견금석전(心堅金石傳)」 194, 196~199, 201

「심생(沈生)」 530, 727

「심심당한화(深深堂閑話)」 365

『심청전』 360

「심화요탑(心火遶塔)」 159

○ ─────────────

『아Q정전(阿Q正傳)』 16, 60~64, 706, 707, 799

「아무 일도 없소」 733~735

「아태조전(我太祖傳)」 497, 515

「안생」 589, 590

『앙천대소(仰天大笑)』 455

「애향전(愛鄕傳)」 149, 156

「앵앵전(鶯鶯傳)」 583

『야담 계월향(野談桂月香)』 458

『야담(野談)』 450, 467, 469, 475~482, 486~488,

492

『야담대회록(野談大會錄)』 482

『야언(野言)』 781~783

「양과자갑」 741

「양반전」 549, 786

「양주(楊州) 염씨(廉氏) 이야기」 385

『어면순(禦眠楯)』 168

「어복손전(魚福孫傳)」 541, 542, 546~548, 551, 552, 563~565, 568~572, 588, 590~592, 594~596

『어우야담(於于野談)』 51, 244, 369, 370, 385, 444, 449, 462, 529, 532

「어제백행원(御製百行源)」 245

「언서 서주연의발(諺書西周演義跋)」 270, 271

『여사서언해(女四書諺解)』 329, 330

『여영웅(女英雄)』 532, 535, 549, 550

「여종(女奴)」 589, 590

「연방루기(聯芳樓記)」 149, 156

『열조통기(列朝通記)』 505, 506

『열하일기(熱河日記)』 52~54, 62, 66, 347, 354, 375, 379, 724

『염상섭 문장전집』 699, 700

「영영전(英英傳)」 245, 582, 588~590

「영월영감(寧越令監)」 736, 737

「영호생명몽록(令狐生冥夢錄)」 150, 154, 156

「예덕선생전」 786

「오빠와 애인」 741, 742

『오성(鰲城)과 한음(漢陰)』 454

「옥갑야화(玉匣夜話)」 54, 57, 65, 255, 338, 354, 355, 364, 375, 376, 379, 380, 384~386, 426, 440, 530, 539, 562, 787, 798

『옥련몽(玉蓮夢)』 248, 333, 334

『옥루몽(玉樓夢)』 26, 41, 42, 248, 282, 333, 334, 550

『옥비미사(玉妃媚史)』 23

「올공금팔자」 385

『완월회맹연(玩月會盟宴)』 332, 334, 335

『요로원야화기(要路院夜話記)』 350, 354

「요호(饒戶)」 540, 574

「요호전(饒戶傳)」 542, 572, 596

「욕화(慾火)」 540, 542, 572, 574, 596, 599

「용궁부연록(龍宮赴宴錄)」 103, 132, 134~136, 139, 140~144, 169, 570

『용도공안(龍圖公案)』 540, 573, 575, 590

「용비어천가(龍飛御天歌)」 499, 502, 507

『용재총화(慵齋叢話)』 167, 168, 444, 449, 529, 589

『용함옥(龍含玉)』 526, 532, 535, 549, 550, 594

『우서(迂書)』 396, 773, 781

『우암선생계녀서(尤菴先生戒女書)』 262

「우월물어(雨月物語)」 171

「운영전(雲英傳)」 82, 171, 216, 217, 243~245, 589

『원감록(冤感錄)』 290

「원두표(元斗杓)」 479, 487

「원생몽유록(元生夢遊錄)」 206, 207, 211, 214~216, 727

『원세개실기(袁世凱實記)』 454

『월간야담(月刊野談)』 475~480, 482, 483, 485~487

「위경천전(韋敬天傳)」 82, 226, 227, 230, 232~238, 241~246, 791

「위당기우기(渭塘奇遇記)」 149, 156

「유거사(柳居士)」 432, 433

「유여매쟁춘(柳與梅爭春)」 208, 209

「육신전(六臣傳)」 206, 207

『은세계』 613, 615, 623

「이경류(李慶流)」 424, 425

「이생규장전(李生窺牆傳)」 103, 113, 117, 120, 123~125, 127, 129~131, 133, 143, 144, 156, 160, 165, 197~199, 232~237, 242, 244, 425

『이순록(二旬錄)』 445

「이언(俚諺)」 277

『이조한문단편집』 56, 338, 342, 348, 351, 353, 354, 362, 379, 381, 382, 389, 433, 439, 514, 530

『이향견문록(里鄕見聞錄)』 349, 389

『일념홍(一捻紅)』 526, 532, 535, 549, 550, 594

「일리론」 104, 110

「임거정전(林巨正傳)」 491

『임꺽정』 491, 646~650, 653~655, 658~660, 662,
　　665, 666, 668, 670~672, 675, 679~687, 690, 691,
　　693~695, 754, 792, 793, 795, 796
『임장군전(林將軍傳)』 347, 348
『임진록』 499, 509, 515, 518~521

ㅈ ────────────

『잠상태(岑上苔)』 526, 533, 535, 582, 583, 585,
　　588~595, 597, 600, 601
「장도령(蔣都令)」 445
「장복선(張福先)」 382, 383
『장수과전』 57~60
『장승상전(張丞相傳)』 287
「장씨 일가」 747, 748
『장주집(長洲集)』 408, 410~413
『적과 흑』 723
「적길적선가(翟吉翟善歌)」 199, 203
『전기만록(傳奇漫錄)』 171, 172
「전동군서(餞東君序)」 208
『전등신화(剪燈新話)』 145~153
『전등신화구해(剪燈新話句解)』 171, 186~191
『전등여화(剪燈餘話)』 169, 175, 192
「전론(錢論)」 779
「전말」 747, 748
「전차운전수」 741
「전황당인보기(田黃堂印譜記)」 747, 748
『절도백화(絶倒百話)』 455
「젊은 느티나무」 749
『정씨복선록(鄭氏福善錄)』 496, 550, 631~634,
　　636, 638, 640, 642, 643, 792
「제전등신화후(題剪燈新話後)」 152, 169
「제주해전등신화후(題註解傳燈新話後)」 188
「제화식전후(題貨殖傳後)」 784
「조보(朝報)」 428~430, 489
『조선개국록』 496~500, 502, 507~519, 521, 792,
　　796
『조선문단』 75
『조선문학사(朝鮮文學史)』 245

『조선소설집』 741
『조선야담대해(朝鮮野談大海)』 483
『조선야사전집(朝鮮野史全集)』 478
『조선왕조실록』 181, 190, 413, 662, 664, 666, 693,
　　756, 757, 760, 762
「조신(調信)」 130, 131, 162~166, 232
『주생전(周生傳)』 82, 216, 237, 238, 240~245
『주역』 53, 104, 361, 379
『주자강목(朱子綱目)』 264
「죽통미녀(竹筒美女)」 159
『중국문학발달사(中國文學發達史)』 169
『중국소설사략(中國小說史略)』 32, 169
『중용』 104
『증보언간독(增補諺簡牘)』 272
「증인」 746, 747

ㅊ ────────────

「차부오해(車夫誤解)」 452
「차산필담(此山筆談)」 380
「차태(借胎)」 438
『창계선생연보(滄溪先生年譜)』 269
『창선감의록(倡善感義錄)』 31, 49, 176, 216~223,
　　248, 250, 251, 280, 282, 285~292, 294~301,
　　304~306, 309, 311~315, 318, 319, 324, 326~328,
　　331, 527, 531, 550, 616~618, 620, 622, 625, 632,
　　633, 791, 795
『천변풍경(川邊風景)』 683
『천예록(天倪錄)』 426~428, 430, 444, 445, 532
『청구야담(靑邱野談)』 51, 56, 291, 365, 369, 370,
　　379, 380, 415, 444, 446, 447, 449, 450, 462, 530,
　　532
「청루의여전(靑樓義女傳)」 452
「청상(孀女)」 434
『청파극담』 589
「청풍 김씨 제사(淸風金氏祭祀)」 402
『촌담해이(村談解頤)』 168
「촌뜨기」 735
『총암공수묵첩(叢巖公手墨帖)』 261

「최척전(崔陟傳)」 82, 132, 216, 243, 244
「최치원(崔致遠)」 159, 160, 162, 165, 166, 195, 196, 232
『추강냉화(秋江冷話)』 168
『추안급국안(推案及鞫案)』 383
「추재기이(秋齋紀異)」 347, 360, 382~384
「추향정기(秋香亭記)」 147, 156, 199
『춘향전』 6, 26, 299, 309, 363, 510, 511, 583, 590, 599
「취유부벽정기(醉遊浮碧亭記)」 103, 132, 169, 195
「취취전(翠翠傳)」 149, 150, 156
「치목반기(治木槃記)」 784
「치숙(痴叔)」 432
『치악산』 523, 613
『칠협오의(七俠五義)』 540

ㅌ ————————————
『태평광기상절(太平廣記詳節)』 167
『태평통재(太平通載)』 158, 160, 167
『태평한화 골계전(太平閑話滑稽傳)』 168, 529
「태허사법전(太虛司法傳)」 154, 156
『택리지(擇里誌)』 252, 359
「토끼 이야기」 728, 729, 734
『통감通鑑』 512
「퇴일자전(退逸子傳)」 199~201

ㅍ ————————————
『파수록(破睡錄)』 376, 377, 385, 393, 394
「패강랭(浿江令)」 728, 734
『포공전』 540
『포청천(包靑天)』 540
『풍요삼선(風謠三選)』 388
『풍요속선(風謠續選)』 388
『필원잡기(筆苑雜記)』 167, 168, 529

ㅎ ————————————
『하북 이장군전(河北李將軍傳)』 268
『학산한언(鶴山閑言)』 99, 445, 530

『한거만록(閒居漫錄)』 404
『한경지략(漢京識略)』 378
『한국야담사화전집(韓國野談史話全集)』 492
『한말 삼걸전집(韓末三傑全集)』 469
『한문서사의 영토』 338, 353, 427, 530, 576, 589
『한씨보응록(韓氏報應錄)』 455
『한양오백년가』 521
『한원유고(漢原遺稿)』 406
『한중수록(閑中隨錄)』 781
「항구」 749, 750
『해동명장전(海東名將傳)』 514
「해동전도록(海東傳道錄)」 98, 99
『해동화식전』 390, 391
「해방 전후」 727~730, 734, 736, 741
『해방문학선집』 741
「해에게서 소년에게」 630
「해풍군 정효준(海豊君鄭孝俊)」 404, 430
「허생별전(許生別傳)」 380, 385
「허생전(許生傳)」 245, 375
「허풍당(虛風堂)」 514
「현대소설의 주인공」 682, 683
「혈맥(血脈)」 744
『혈의루』 523, 533, 535, 623
『혜성』 467
「호서이담(湖西異談)」 403
「호질(虎叱)」 54, 743, 798
「홍길동이후(洪吉同以後)」 381
『홍길동전』 6, 112, 217, 218, 267~269, 327, 462, 527, 557, 560, 632, 633, 693, 754~756, 757~759, 762, 795
『홍루몽(紅樓夢)』 16, 19, 26, 27, 28, 31~36, 39~42, 63, 790, 795, 799, 800
「홍범식전」 649, 650, 652
「홍장군전(洪將軍傳)」 455
「화몽집(花夢集)」 174
「화사(花史)」 82, 176, 205~210, 213~215
『화영집(花影集)』 7, 82, 173~176, 192~194, 197, 199, 201, 204, 205, 210, 213~215, 220, 222, 223,

791, 799

『황성신문』 533, 535, 537, 549, 595, 598

「회양협(淮陽峽)」 381

「효녀두(孝女頭)」 540, 542, 572, 574

『효빈집(效顰集)』 192

「후일담」 746, 747, 751

『흥부전』 6, 345, 363, 426, 435, 437, 574, 622, 625,
629, 632, 767~769, 770, 772, 776, 783

『흥선격악록(興善擊惡錄)』 496, 611, 623~625,
627~632, 639, 640, 642, 643, 792

지명 찾아보기

ㄱ ―――――――――――――

개녕(開寧) 수다사(水多寺) 391
개녕동 125, 126, 128
계항(계동, 계생동) 597, 599
고강촌(古江村) 563, 564, 567, 568
구월산성(九月山城) 663
구의산(九疑山) 230
금릉(金陵) 27, 227
금오산(金鰲山) 86, 87, 90, 99, 102

ㄴ ―――――――――――――

남경(南京) 149, 227, 238, 316

ㄷ ―――――――――――――

동정호(洞庭湖) 227, 312, 424

ㅁ ―――――――――――――

만복사(萬福寺) 124, 132, 232
무량사 85, 87
묵사동(墨寺洞) 379, 426

ㅂ ―――――――――――――

박연폭포 132
백두산 692
봉원사(奉元寺) 376

부벽정 132, 133, 136

ㅅ ―――――――――――――

석왕사 503~506, 513
소상강(瀟湘江) 129, 227
송동(宋洞) 409
수락산 87, 95

ㅇ ―――――――――――――

악양(岳陽) 227, 229, 230, 238
원각사(圓覺寺) 90
율도국 112, 633, 693, 763
임청(臨淸) 198, 201

ㅈ ―――――――――――――

장강(長江) 227, 238, 560
장사성(張士誠) 147, 149
장통방(長統坊) 664
전당(錢塘) 147, 148, 229, 238

ㅊ ―――――――――――――

청석골 665, 690

ㅌ ―――――――――――――

태항산(太行山) 744

ㅎ ―――――――――――――

호원사(虎願寺) 162

용어 찾아보기

ㄱ ─────────────────────

가문소설 248, 328, 333, 616
가인형(佳人型) 32
가전문학 135, 208
가정소설 616
강담사(講談師) 338, 341~345, 351, 352, 361, 364,
    365, 368, 373, 374, 377, 384, 385, 387, 388, 430,
    463, 629, 791
강독사(講讀師) 341, 347~351, 356, 357, 360, 361,
    365~367, 373, 374, 463
강창사(講唱師) 341, 345, 346, 351, 358, 361, 365,
    366, 373, 374, 463
개화기 496, 522, 524, 538
계급문학 456, 474, 650, 653, 660, 672~675, 677,
    678, 694, 697, 698, 704~706, 716, 720, 729, 730,
    738
계몽논설 73
공간서사 134
공안소설 540~542, 572, 573, 581, 588
과학주의 719, 720, 801
교양소설 306
구연체 55, 378, 387, 397, 398, 422
국문소설 3, 18, 30, 31, 48~50, 69, 77, 78, 130, 174,
    175, 176, 205, 216~219, 222, 223, 243, 244, 248,
    251, 267~270, 273, 275, 276, 278, 290, 291,
    330~332, 357, 360, 361, 366, 370, 372, 527~529,
    531, 550, 601, 616, 624, 627, 640~642, 726, 769,
    788, 795
국학 115, 116, 171, 197, 408
국한문체 69~78, 453, 454, 534, 544
군담소설류(軍談小說類) 370, 550
군도형태의 농민저항 694, 762
군본주의 687
군자형(君子型) 293, 302
권선징악 7, 155, 157, 174~176, 193, 204, 205, 216,

218, 219, 222, 223, 300, 619~622, 638, 640~642,
    791
귀신신이(鬼神新異) 171, 194, 196, 199, 215
규방소설(閨房小說) 4, 26, 31, 32, 39, 42, 49, 218,
    220, 223, 248~251, 267, 269, 279, 282, 286, 289,
    291, 292, 298, 315, 326~328, 330, 333, 334, 527,
    528, 531, 532, 565, 616, 617, 620, 621, 632, 643,
    769~771, 791, 795
근대계몽기 7, 69, 72, 369, 456, 517, 522~524, 526,
    537, 542, 544, 548, 550, 595, 597, 640, 792, 798,
    799
근대적 자아 643, 644, 700
'근대적응과 근대극복' 720, 801
근대주의 496, 538, 550, 623, 644, 720, 798
근우회 675
근원사실 387
기(氣) 일원론 92, 110, 157
기록화 55, 60, 338, 340, 364, 365, 373, 387, 398,
    430, 445, 513, 548, 792
기속성(羈速性) 436
기자동래설 138
기자조선 133, 137, 139

ㄴ ─────────────────────

논설체 70

ㄷ ─────────────────────

닫힌 형식(구조) 21, 22, 27, 32, 39, 42, 430, 434~437,
    443
대사습 358, 359
동국시계혁명 523, 609, 610
동도서기(東道西器) 638
동아시아 서사학 16, 17, 20, 32, 40, 42, 43, 790,
    795

ㄹ ─────────────────────

리얼리즘 240, 371, 372, 697, 718~721, 801, 802

ㅁ ─────────────────

명청소설(明淸小說)　50, 51, 52, 59

모호성　124, 125, 136, 418, 708

목적소설(目的小說)　328

몽유형식　140, 206, 244, 643

몽자류(夢字類)　27, 41

문언소설(文言小說)　51, 175

문언전기(文言傳奇)　153

문인적 고독감　136, 139, 144

문인전기(文人傳奇)　178, 193, 194, 199, 205, 215, 223, 226

민간적 상상의 역사소설　496, 507, 518, 792

민생옹호론　94, 96, 98, 100

민족문학　450, 457, 474, 518, 610, 646, 660, 671, 672, 674, 675, 677, 694, 698, 704, 725, 729, 738, 745

민족어문　70, 76, 77, 706

민족해방운동　468, 700

'민족현실의 발견'　698

ㅂ ─────────────────

방각본(坊刻本)　5, 183, 217, 272, 310, 359, 372, 532, 639, 641

방외인　83~85, 91, 92, 101, 103, 132, 133, 141, 144, 148, 172, 216, 377, 380, 797

백화문운동(白話文運動)　46

백화소설(白話小說)　175

백화체(白話體)　51, 52, 54, 59, 60, 63, 64, 82, 170, 178~180, 348, 544, 548, 549, 582, 585, 597, 600, 798

변려문(騈儷文)　166

보편문어　31, 48, 70, 76~78, 706, 790

복선화음(福善禍淫)　203~205, 219, 222, 437, 438, 622, 638

북벌론　57, 384, 386

불합리성　507

비극성　101, 113, 121, 122, 132, 144, 145, 172, 797

비극적 종말　197, 235, 241, 694

비판논설　73

ㅅ ─────────────────

사대기서(四大奇書)　51, 82, 142, 177~180, 463

'사실'의 성취　445

사실주의　695, 718~720, 801

사회강담　51, 463, 464

상평통보(常平通寶)　764, 772

서구중심주의　5, 179, 623

서사구조　7, 36, 58, 131, 136, 150, 161, 196, 203, 204, 293, 395, 444, 513, 535, 550, 551, 564, 590, 617, 619, 622, 625, 638, 643, 766, 791

서사학　19

선인계(善人系)　300, 303, 304, 317, 319, 617

세아모순(世我矛盾)　88, 103, 122

세책점　30, 329, 331, 766

세태소설　60, 679, 681~684, 747

소설　3, 4, 6, 16, 18~20, 24, 47, 48, 54, 65, 69, 70, 73, 75~77, 82, 167, 224, 225, 232, 244, 250, 267, 268, 273, 275, 288, 315, 319, 333, 340, 341, 371, 422, 423, 527, 646, 703, 704, 706, 711, 723, 725, 766

소화(笑話)　530, 542, 569, 571

송사소설　540

숙사(塾師)　408~411, 433

술이우의(述異遇意)　57, 423

숭문주의　139

시간서사　133

신간회　476, 654~659, 662, 675~677, 704

신강담　463, 464, 679, 680

신마소설(神魔小說)　23, 25, 142

신문학운동　61, 69, 179, 371, 481, 549, 697, 701, 707, 726

신본주의　687

신야담　464, 482, 483, 486, 488~490

신야담운동　51, 680, 681

신이성　199, 215, 419, 420, 424~426, 445

신체시　630, 644

신해혁명(辛亥革命)　61, 63

신흥문예운동　678

신흥문학　6, 152, 172, 190, 373, 650

실사구시(實事求是)　5, 29, 54, 217, 250, 409, 476,
　　783

실증주의　719, 801

실학　396, 754, 764~767, 772, 781, 787

심퍼사이저(sympathizer)　715, 716

ㅇ ─────────────────────

악인계(惡人系)　300, 301, 307, 617, 620

애국계몽기　464, 522, 534, 550, 631, 795

애국계몽문학　694

애물정신　95

애정전기(愛情傳奇)　139, 143, 144, 216, 574, 582,
　　583, 589

액자소설　22, 104

야담　4, 6, 21, 48, 50, 51, 54~56, 60, 244, 291, 333,
　　338, 341, 364, 366, 369, 370, 374, 389, 397~399,
　　404, 415, 418, 422, 424, 426, 430~432, 435,
　　444~463, 465~467, 471, 473~476, 481~493,
　　507, 513, 514, 528~532, 542, 548, 550, 553, 569,
　　573, 589, 593, 601, 627, 629, 662, 679~682, 754,
　　791, 792

야담운동　451, 454, 456~461, 464~466, 471,
　　473~477, 482, 490, 491

언문일치　46, 48, 60, 69, 72

언번전기(諺飜傳奇)　278

여사고담(女史古談)　49, 249, 269

여성교양　267

여항시인(閭巷詩人)　356, 388, 390, 409

역사소설　60, 423, 455, 457, 490, 491, 499, 655, 663,
　　680~683, 691, 694

연변양상(演變樣相)　374, 378

연의류(演義類)　281, 294, 496

열린 형식(구조)　21

와카(和歌)　171

우의적 성격　7, 174, 176, 205, 222, 223, 791

유선소설　134, 141

은둔주의　161

의인전기(擬人傳記)　208, 784, 785

이기론　92, 104, 110

이류교구(異類交媾)　162

이야기꾼　340~342, 344, 345, 351, 352, 356, 359~363,
　　365~367, 373, 374, 377, 430, 531, 745, 791

이원구조(구도)　48~50, 69, 155, 527, 528, 531, 532,
　　534

인본주의　678, 679, 687

인정소설(人情小說)　23, 25, 32, 36

ㅈ ─────────────────────

자연주의　697, 699, 704, 718~720, 801

장면중심적 수법　628, 711

재영유화(再領有化)　78, 79

재자가인　26, 32, 33, 36, 39, 40, 42, 58, 114, 142,
　　149, 150, 161, 197, 198, 303, 327, 370, 426, 550,
　　575, 583, 584, 586, 589

재자형(才子型)　32, 34, 36

전기(傳奇)　6, 84, 144, 146, 150, 153, 158, 161, 171,
　　172, 175, 186, 191, 194~196, 216, 222, 225, 286,
　　370, 408, 528

전기류(傳奇類)　370

전기소설(傳奇小說)　4, 32, 40, 51, 82, 84, 85, 103,
　　123, 126, 145, 152, 160, 167~172, 175, 176,
　　178~180, 192~195, 205, 207, 213, 214, 216, 220,
　　222, 224~226, 230, 232, 236, 242~244, 267, 327,
　　419, 420, 423, 426~428, 430, 528~550, 589, 601,
　　620, 791, 795, 797, 798

전기수(傳奇叟)　341, 347, 348, 356, 360, 366, 367,
　　373

전황(錢荒)　773~776

정유재란　132

정치강담　51, 463, 464

조선문학가동맹　728, 729

조선문화건설 중앙협의회 조선문학건설본부　727

'조선식 한문'　60

조선야담사(朝鮮野談社) 458~460, 475
조선적 정조 679, 685, 686
조선프롤레타리아예술동맹 676, 727
조선학(운동) 476
주정주의(主情主義) 151, 157
주체사관 696
지괴류 160

ㅋ

카프(KAPF) 651~654, 656, 660, 675~677, 737

ㅍ

판소리 333, 338, 341, 345, 346, 350, 351, 358~361,
363, 364, 366, 373, 387, 450, 483, 484, 513, 531,
546, 599, 615, 617, 628, 629, 632
판소리계 민중소설 6
패설(稗說) 274, 286, 329, 444
필기(筆記) 21, 168, 333, 394, 400, 404, 431, 444,
446, 529, 530, 662, 666

ㅎ

한문단편 4, 6, 21, 50, 55~58, 333, 338, 341, 352,
354, 364~366, 368~374, 378, 381, 387, 389, 397,
415, 428, 430, 431, 434, 443, 445, 446, 450~452,
489, 490, 513, 514, 530, 531, 724, 726, 727, 766,
791, 792, 795
한문소설 3, 7, 18, 30~32, 48, 49, 174~176, 205,
216, 222, 223, 242, 243, 291, 370, 524, 526~529,

531, 534, 535, 538, 543, 544, 549, 550, 557, 582,
583, 593, 594, 595, 597, 600~602, 641, 792, 794,
795
허생고사(許生故事) 374~376, 378, 379, 384~386,
389, 791
현실주의 35, 36, 83, 84, 91, 101, 104, 110, 113, 121,
131, 143~145, 157, 169, 172, 315, 319, 321, 324,
489, 549, 659, 660, 693~695, 706, 738, 745, 746,
791, 797
현토체 한문소설 496, 524, 526, 532~535, 542, 543,
549, 588, 593~595, 598, 600
혼종성 548, 572, 582, 585, 594, 639
홍건적란 119, 123
화본(話本) 51, 55, 364
화왕계(花王戒) 339, 340, 723
화집(話集) 55, 365, 369, 378, 414, 418
화폐경제 263, 355, 369, 370, 765~767, 769, 772~774,
776, 781, 783, 785~789
화한혼용체(和漢混用體) 77
활빈당 755, 763
3·1운동 61, 371, 456, 468, 652, 653, 655, 658, 673,
697, 698, 701, 707, 712, 726, 729, 730, 737, 738,
751
4·3사건 746
5·4운동 673, 707
8·15 660~662, 722, 729, 739, 740, 742, 743, 745,
793, 795